SFV

OTTO FLAKE

WERKE

II

S. FISCHER

OTTO FLAKE

FORTUNAT

Roman in zwei Büchern

Mit einem Nachwort des Verfassers

und einem Nachwort von Max Rychner

Erstes Buch: Fortunat

S. FISCHER

Herausgegeben von
Rolf Hochhuth und Peter Härtling

2. Auflage, 4. bis 5. Tausend

Umschlagentwurf: Eberhard Marhold
Gesamtherstellung:
Mohndruck Graphische Betriebe GmbH, Gütersloh
Printed in Germany 1981
ISBN 3 10 021102-2

FORTUNAT

Berge und Täler bleiben stehen,

Menschen begegnen sich.

Arabisch

Erstes Kapitel

SOHN DES EMIGRANTEN

I

Waterloo war geschlagen. Es dauerte geraume Zeit, bis die Nachricht in die äußerste Ecke des Elsaß drang. Hüningen deckte dort den Übergang bei Basel.

Die Feste stammte wie Neubreisach und Kehl aus den Tagen, als Ludwig der Vierzehnte sich am Rhein festsetzte. Jetzt wurde sie von zwei Pelotons, einer Handvoll Zöllner und einem Haudegen von Kommandant gehalten. Der Belagerer dieses Barbanègre war Erzherzog Johann. Er sicherte für alle Fälle die Rückzugslinie nach München, das Millionenheer der Österreicher und Russen stand tief in Frankreich.

Als Hauptquartier diente dem Erzherzog das alte Basel. Es verpflegte überdies sein Heer und lieh ihm Waffenhilfe. Barbanègre hätte mehr als einen Grund gehabt, die Stadt aufs Korn zu nehmen. Mit Mauern, Türmen, Wällen spiegelte sie sich im resedafarbenen Strom. Der Franzose schonte sie und wußte, weshalb er es so hielt: Beliefern mußte sie auch ihn.

Wenn dem Baron des Kaiserreiches die Vorräte ausgingen, pochte er mit ein paar trefflich berechneten Kugeln an ein Tor. Die Handelsherren wurden alsbald beim Erzherzog vorstellig, schickten einen Unterhändler nach Hüningen und vernahmen, was dort benötigt wurde, Tuch oder Leder, Brot oder Wein. Sie beschafften es, dann durfte der Erzherzog wieder schießen. Warum auch nicht, man hatte Zeit, und die Entscheidung fiel weit von hier.

Der Kaiser also war schon an Bord der englischen Fregatte; doch über Hüningen flatterte seine Fahne noch, im Talwind des Rheines und in einer Buschlandschaft, die an die immergrüne Macchia Korsikas erinnerte. Am stolzesten, empfand der Kommandant, wenn der Wind aus dem Westen kam und die Fahne nach Osten drehte, zum Tal der Wiese, zum Feldberg hin. Dann war er überzeugt, daß die Adler seines Herrn den Schwarzwald noch einmal überflögen.

Die Botschaft aus Belgien traf bei Freund und Feind gleichzeitig ein. Der Erzherzog erhielt sie amtlich in richtiger Form, der Baron unter der Hand in falscher, als Kunde von einem Sieg des Korsen. Und beide Männer setzten fest, das Ereignis sei zu feiern.

Ein Bote teilte Barbanègre mit, der Geschützdonner, der am nächsten Tag anheben werde, entspringe nicht einer feindlichen Handlung, man begehe nur den Sieg von Belle Alliance und Waterloo. Kurios, mit demselben Sieg habe er es zu tun, erwiderte Barbanègre – wetten, daß einer schlecht unterrichtet sei, nämlich der Herr Gegner?

So kam es, daß hüben und drüben am gleichen Tag Viktoria geschossen wurde. Auf deutscher Seite war eine Parade damit verbunden. Von weit und breit zogen die Landleute nach Lörrach am Eingang des Wiesentals. Sie lagerten auf dem Käferholz und schauten zu, wie diesseits die badischen Dragoner Attacke ritten, jenseits aus den Bastionen Vaubans die Pulverschwaden quollen. Es fehlte in der schönen Landschaft etwas, das zu ihr gehörte, die Rebstecken – die Kosaken hatten sie verfeuert. Aber sie ließen sich ersetzen, und man wollte zufrieden sein, Kriegszeit war bestanden. Über den Baron Don Quichotte in Hüningen lachte man.

Der Erzherzog, der den Aufstand in Tirol geleitet hatte, war auch bei den Schweizern volkstümlich, zur Parade kamen viele. Als er am Abend dieses Tages in sein Quartier, den Seidenhof, zurückkehrte, geschah es, daß der eidgenössische Posten das Gewehr, statt es zu präsentieren, bei Fuß ließ und treuherzig sagte: »Guet Nacht, Herr Prinz Hans, und schlafet wohl.«

Barbanègre erfuhr schließlich doch, daß er es war, der die Wette verloren hatte, streckte die Waffen und erhielt freien Abzug. Unter denen, die bei klingendem Spiel die Festung verließen, befand sich ein Artilleriekapitän, Vicomte Maslin.

Emigrantenkind, russischer Offizier, bei Borodino kriegsgefangen und in Hüningen interniert, hatte er nach dem ersten Sturz des Kaisers bourbonische Dienste genommen, die sich danach in napoleonische verwandelten. Jetzt ließ er in Hüningen ein Bauernmädchen aus dem Badischen mit einem einjährigen Kind zurück, das in den Eihäuten zur Welt gekommen war – mit der Glückshaube, wie die Hebamme verkündete. Daher sein Vater ihm außer dem Vornamen Jacques einen zweiten gegeben hatte: Fortuné.

Barbara Kestenholz behauptete, Maslin habe gesagt, ein gescheiterter Adliger wie er gehe am besten nach Amerika und mache ein ehrliches Mädchen zu seiner Frau. So wartete sie, aber man hörte nichts mehr von ihm. Sie und der kleine Jakob wären verhungert, wenn sich ihrer nicht ein Lörracher Bürger angenommen hätte, ein ehemaliger Feldscher, der eine beschränkte Erlaubnis zum Doktern besaß und sich seither Chirurgus nannte. Auch er hieß Kestenholz, wußte aber nichts von ihr und mußte lange nachforschen, bis Licht auf die mehr als entfernte Verwandtschaft fiel.

Die Typhusepidemie, die der Überschwemmung mit Soldaten, den Durchzügen und den Einquartierungen folgte, raffte seine Frau hinweg, obwohl er noch fleißiger als andere vor seinem Haus am Marktplatz Tag und Nacht die Holzstöße brannte. Er blieb mit zwei kleinen Mädchen, Luise und Josephine, zurück, sah sich nach einer Stütze um und nahm Barbara ins Haus. Den Säugling durfte sie mitbringen.

Ihre einzige Habe war das gemalte und gerahmte Bild eines jungen Offiziers. Barbara gab an, sie habe es in Hüningen während der Beschießung aus einem brennenden Haus gerettet, und verschwieg, daß es den Vicomte darstellte.

Dem Typhus rückte eine Geißel nach, die nicht so gefährlich, aber hartnäckig und lästig war, die Krätze. Eine Durchreisende, Frau von Krüdener, den Zeitungen nicht unbekannt, den Behörden verdächtig, weil sie sozialistische Ideen vortrug, heilte die Kranken auf seltsame Art, indem sie ihnen um den nackten Leib einen Streifen aus rotem Flanell band. Der Chirurgus schüttelte verwundert den Kopf und vermutete irgendeine sympathetische Beeinflussung. Aber auch der kleine Jakob, der noch zu jung war, wurde auf diese Weise von dem Übel befreit. Das Geheimnis enthüllte sich nie, die Polizei schob die Russin zu den Eidgenossen ab.

Barbara war eine blühende Erscheinung und eine verschlossene Natur. Von den Ereignissen in Hüningen sprach sie nicht ein einziges Mal, auch nicht, um sich zu rechtfertigen. Vielleicht war darum soviel Gegenwart um sie, weil man spürte, daß es etwas Früheres gab. Dieser Eindruck ging von der jungen Frau aus, der die Zöpfe so fest und üppig zugleich um den Kopf lagen. Wenn sie das Haarwerk löste und auskämmte, verriegelte sie die Kammer. Bei den Lichtgängen hörte sie mehr zu, als daß sie selber redete. Lichtgänge nannte man die abendlichen Besuche, die sich die Hausfrauen mit Töchtern und Mägden machten; es brachte jede das Spinnrad und die Neuigkeiten mit.

Dank der tüchtigen Person überstand die Familie das Hungerjahr 1817, in dem ein Sack Weizen auf achtzig Florin stieg. Als dieser Winter zu Ende ging, suchte der Chirurgus den Pfarrer auf, einen ungewöhnlichen Mann, der in der Gemeinde das Ansehen eines Führers genoß, und legte ihm zwei Fragen vor – was man dazu sagen werde, wenn er sich mit Barbara ehelich verbände, und ob er es vor seinen Kindern verantworten könne, ihnen eine Mutter zu geben, auf der ein Makel laste.

Der Geistliche billigte seinen Entschluß. Zur Vorsicht fühlte er der Gemeinde ein wenig auf den Zahn. Man fand allgemein, daß es für drei Kinder und eine junge Person, die in wilden Kriegsjahren

Unglück gehabt habe, eine gute Lösung sei. Das älteste der Kleinen zählte vier Jahre; man würde vorsichtig mit Bemerkungen sein, damit sie nichts erführen.

Barbara brauchte in der Kirche nicht mehr abseits zu sitzen, und nach ein paar Jahren war ihr Mißgeschick vergessen. Sie gebar dem Chirurgus zwei Kinder, doch blieb nur eines, ein Bub namens Louis, am Leben. Der zweite Knabe also war Jakob Kestenholz, der Sohn des Vicomte und Franzosen. Seine Mutter verschwieg, daß er nach dem Vater katholisch getauft worden war. Sie schickte ihn mit den übrigen Kindern zum protestantischen Unterricht, um des lieben Friedens willen.

2

Zehn Stunden um Basel lebt es sich am besten, konnte man von Leuten vernehmen, die an ihrer Heimat hingen. Sie bot sich dem Auge weit, grün und lieblich dar. In den Kriegsjahren waren die Markgräfler verwildert; als die Russen ins Elsaß marschierten, folgten sie ihnen auf Wagen, um mitzuplündern. Aber wie die Ruhe kehrte die Gottesfurcht ins Wiesental zurück.

Ein paar kleine Fabriken gab es darin, für Kattun und Tabak. Wenn der Feierabend kam, gingen die Arbeiter in ihre Gärten; ein Stück Land besaß jedermann. Der Chirurgus nahm neun Kreuzer für einen Besuch im Ort. Ritt er nach auswärts, so mußte man ihm etwas fürs Hafergeld drauflegen. In den besten Jahren verdiente er nicht mehr als tausend Florin, aber auch davon tat er einen Teil zurück und wußte Zinsgewinn zu ziehen, indem er rechtschaffenen Bauern mit kleinen Darlehen aushalf. Ein jeder war einem jeden bekannt, und es fiel nicht schwer, zu beurteilen, wie es mit der Vertrauenswürdigkeit stand.

Sein Weib blieb ihm immer ein wenig fremdartig, immer neu. Sie redeten einander nicht in die Gewohnheiten hinein. Er liebte den Tabak, sie verabscheute ihn insgeheim. Ihr konnten nicht genug Blumen in den Zimmern stehen; ihn jammerte es, wenn man ihnen das Lebensrecht nahm. So zog Tabaksrauch durchs Haus und standen Blumen im Glas.

In seiner Jugend ein gläubiges Gemüt, wäre er es gern in den Mannesjahren geblieben, doch schlug der Geist des Wissens andere Wege ein. Er hielt viel auf die Wissenschaft, war stolz, ihr als bescheidener Jünger anzugehören, und hatte zu Basel Gelegenheit, ihren Fortschritten zu folgen, vornehmlich denen, die in der französischen Schule geschahen. Christlich dachte er in allem, was das Töten betraf. Er weigerte sich, bei schweren Geburten die Kindesfrucht im Mutterleib zu zerstückeln, es verstieß gegen das Gebot. Er duldete nicht, daß seine Buben gleich den andern Maikäfer, Eidechsen und Grillen quälten oder gar, wie es im Elsaß üblich war, Fröschen die Schenkel ausrissen, die man dort aß.

»Solang du nicht selber ein Gänseblümchen erschaffen kannst, zerstör du es mir nicht«, sagte er, und Louis mit dem rechtschaffen runden Schwarzwälderschädel leuchtete es ein.

Jakob blieb selbständiger. Das Mienenspiel des Knaben verriet, daß er nachdachte und die Berechtigung abwog. Er hatte zarte Glieder und eine lichte Haut. Unter den derberen Bauernbuben hätte man ihn für ein Stadtkind halten können. Das Blau seiner Augen vertiefte sich leicht und wurde dunkel; die Schwestern, andere Mädchen und am meisten fremde Menschen betrachteten ihn mit Wohlgefallen.

Da der Chirurgus der jüngste Doktorsmann der Gegend war, wandten ihm die Juden die Kundschaft zu, der jüngste Arzt mußte auch der billigste sein. Es gab ringsum viele Juden, Basel zog sie an. Aber sie durften nicht darin übernachten – Napoleon hatte sie dort umsonst befreit. Die meisten waren arm, wie auch die Katholiken. Wenn einer bettelte, konnte man sicher sein, daß er ein hängengebliebener Russe oder ein Katholischer war, der sich nach dem Breisgau und dem Weihrauch des Freiburger Münsters sehnte. Wie es hieß, würde es dort bald einen Erzbischof geben.

Jakob war so aufgeweckt, daß man ihn auf sein eigenes Verlangen mit fünf Jahren in die Volksschule tat. Er wollte lesen lernen. Luise, zwei Jahre älter, nahm ihn gönnerhaft an der Hand. Die Schule bestand aus einem einzigen Raum, den in der Mitte eine gußeiserne Säule stützte. Rings um die Wände standen Bänke, die Buben saßen auf der einen Seite, die Mädchen auf der andern. Der Schulmeister ging hin und her, alle drei Schritte war er in einer neuen Klasse.

Zwei Jahre später vertauschte Jakob diesen Unterricht mit dem im Pädagogium, das jährlich sechs Florin nahm. Dafür lernte man Latein und nicht am schlechtesten Französisch, das noch mehr als fürs Elsaß für die welsche Schweiz von Nutzen war. Die jungen Leute bildeten sich dort im Handel aus. Den Lehrern fiel auf, wie leicht Jakob die französische Sprache einging. Sie flog ihm zu, und wenn er sie hörte, schien er sie zu sehen – seine Züge nahmen einen zärtlichen Ausdruck an, als begrüße er eine Gespielin, so blondgelockt wie er.

Nach dem Abendessen, es konnte auch vorher sein, blies der Chirurgus die Flöte, und jede der Töchter vermochte ihn zum Klavier zu begleiten. Auch hatten alle Stimme. Josephine war so begabt, daß sie Violinunterricht bekam. Die Fenster standen offen, Linden dufteten, die Bürger hielten an und lauschten dem Freikonzert.

Der einzige, der kein Instrument spielte, war Jakob. Er trieb sich lieber mit den Buben herum. Wenn man des Versteckens müde war, ließ er sie einen Kreis schließen und in die Hände klatschen. Der Rhythmus steigerte sich, er wurde immer wilder. So hatten es die älteren den Kosaken abgesehn, wenn sie den Nationaltanz vorführten. Der Tänzer in der Mitte war er selbst, man zog die Knie ein und lag auf den Fersen. Es ermüdete und entsprach nicht dem deutschen Temperament, auch Jakobs eigenem nicht. Aber daß er die Buben zwang, in Feuer zu geraten, und daß sie gehorchten, verlockte ihn. Die Mutter sah es nicht gern. Sie wollte an diese Zeit nicht mehr erinnert werden. Für sie war Maslin ein Kosak, ein unwiderstehlicher Verführer gewesen, und jetzt wie der Zar so fern.

Der Herbst brachte den Jahrmarkt. Alles kaufte das Bild des Studenten Sand, der zu Mannheim den Kotzebue ermordet hatte und dafür hingerichtet worden war. Die Arbeiter, Handwerksburschen und Barbiergesellen trugen ihm zu Ehren rote Mützen. Rot war in Mode, zum erstenmal seit der Franzosenzeit, an die das Volk trotz allem Leid nicht mit Abscheu dachte. Die Stadtsoldaten schauten mißtrauisch auf die gefährliche Farbe hin. Zu sechs hielten sie in der Gemeinde Ordnung. Wenn ein Trupp von Wiesentälern, verarmte Hausleinenweber, die gegen die Fabriken nicht aufkamen, nach Polen oder Amerika auswanderte, gaben ihm die Stadtsoldaten bis Stetten ein unfreundliches Geleit, und höhnische Worte folgten den Heimatlosen.

Der Herbst war auch darum Bubenzeit, weil man nun mit dem Kuhhirt auf die Matten zog. Der Hund, der ihm bis dahin das Vieh zusammengehalten hatte, sah sich von einem Dutzend Helfer verdrängt, gehörte aber nicht der Rasse an, die nachträgt; am zweiten Tag schon tollte er kläffend und springend mit. Der Hirt hatte bei den Knaben ein größeres Ansehn als Vater oder Lehrer.

An schulfreien Tagen konnte man zum Heuen gehn und gewiß sein, daß der Bauer jedem ein Schüsselchen gestockte Milch vorsetzte. Das Brot zum Einbrocken schnitt man vom Laib, der die Runde machte; das Messer steckte gleich darin. Im Spätherbst war Weinlese, bei der es so viel des süßen Mostes gab, wie nur ein Herz begehrte.

Am Eingang der Rebberge standen die Herbstschreiber, die für die Hofkellerei des Großherzogs den Weinzehnten sammelten. Die Bauern murrten, die kleinen Leute schimpften auf sie, die ernteten, wo sie nicht säten, und Beamte schickten. Auch der Pfarrer erhob den Zehnten von allem, was auf dem Acker wuchs, von Heu und Öhmd, Kartoffeln, Rüben, Bohnen, von Flachs und Hanf. Der Zehnter erschien mit Stab und Wagen, bezeichnete eine Garbe oder ein Büschel und lud sie auf.

Weit und breit gab es nur das eine Basel, nur die eine Stadt. Dorther kamen die Zeltwagen voll Baumwollpacken, dorthin kehrten sie mit der Fertigware zurück. Es war alles in Basler Händen, und wenn sie viel Geld aus dem Tal zogen, brachten sie es auch herein, bis Schopfheim und Hausen, wo man Papier machte und Eisen goß.

Raps, Reben, Flachs, Obst und zahme Kastanien folgten den Hängen; darunter lief die ansteigende Chaussee, noch tiefer der schäumende Bach mit alten Mühlen, auf denen Moos wuchs, und hoch darüber in klaren Nächten oder warmen die Milchstraße, die geteilte. Selten kam es jemand in den Sinn, bis zum Feldberg und Belchen vorzudringen. Der Bürger fand es zu anstrengend, der Bauer war froh, wenn er am Sonntag den Körper ausruhen konnte.

Aber es wurden viele Holzstämme den Schwarzwald heruntergeschafft und nahmen, auch sie, den Weg nach Basel. Lörrach erhob von jedem Wagen, der durchfuhr, die Abgabe. Sie bestand in einem Scheit, das ohne Aufenthalt der Fuhrmann auf dem Marktplatz abwarf. Die Stadtwache heizte ihren Ofen damit, und die Buben schleppten es ihr vors Haus.

Mit Schanzen, Scharten, Türmen hätte man Basel für ein vergessenes Stück Mittelalter halten können, wären nicht auf dem Rhein die Frachtschiffe gewesen, die aus der Welt holten und in sie hinaustrugen, was die Städter reich macht und die Bauern Bedürfnisse lehrt. Am Freitag war dort Markttag, und das halbe Wiesental strebte ihm zu Pferd, zu Fuß, mit Karren, mit Körben am Arm und auf dem Kopfe zu. Ein gut Teil des Erlöses blieb gleich in den Läden; an der Grenze erhob man weder hüben noch drüben Zoll. Im Badischen hatte jeder Gau und bei den Schweizerischen jeder Kanton seine eigene Tracht.

Auch der Chirurgus hatte in Basel zu tun, kaufte Instrumente, Bücher, Haushaltungsdinge. Sooft Jakob ihn begleiten durfte und zwischen den Weiden das Münster erblickte, hob in seiner Brust ein Pochen an. Es gab dort Gewölbe, die nach Indien und den Antillen rochen, den ganzen Tag brannte das Licht. Italienischen Mädchen lagen die Drehleiern auf dem Schoß, Savoyardenknaben saßen die Murmeltiere auf den Schultern; man hörte Romanzen, Moritaten und Juchzer. Schwäbische Hausmädchen kauften für die Patrizierinnen ein, die vornehm in den Stuben blieben. Zigeunerinnen und Weibel stritten in Zungen, die einander nicht verstanden, aber das Wunderbarste war doch der Geruch aus den Gewölben; alles Ferne, Lockende darin.

Um die Zeit, als Jakob die Volksschule verließ, hörte er zum erstenmal von den Hellenen. Die Griechenbegeisterung brach auch ins Tal der Wiese ein und war so stark, daß selbst der Bauer, der doch jeden Kreuzer umdrehte, in den Geldstrumpf griff. Man sammelte für die Opfer der türkischen Grausamkeit und für die Freiwilligen, die von München zu den Freiheitskämpfern gingen.

Hinreißender als das Wort Freiheit schien keines in der Menschenwelt zu klingen. Die Augsburger Allgemeine, die der Vater sich lieh, und der Schweizer Bote, den die Mutter hielt, weil er von demselben Zschokke kam, der so schöne Geschichten schreiben konnte, waren gefüllt mit Jammer, Heldentum und Todesmut. Das hielt durch die Jahre an. Zwei Geigenspieler, von denen der eine keine Augen, der andere ein Stelzbein hatte, erzählten das Gemetzel auf Chios und behaupteten, von den Türken verstümmelt zu sein.

Die Lateinschüler zimmerten, nagelten und leimten in der Kegelbahn des Hirschen ein Boot, mit dem sie den Rhein hinab bis Rotterdam und dann auf dem Meer nach dem Piräus fahren wollten. Als es fast fertig war und schon mit dem heimlichen Beschaffen der Lebensmittel begonnen wurde, verlangte der Wirtssohn den Befehl, den Jakob von Anfang an für sich in Anspruch nahm; denn die Idee, die hatte er gehabt. Die Fäuste mußten es entscheiden. Jakob ging ihn mit blitzenden Augen an, und was ihm an Kräften fehlte, ersetzte die Geschmeidigkeit. Er umhüpfte den Hirschensohn mit Tanzschritten, die die andern zum Lachen brachten, weil er auf den Fußspitzen wippte, aber die Schläge trafen den Magen und das Kinn.

Die Kapitänschaft fiel ihm von neuem zu, jedoch am nächsten Tag mischten Maurer grinsend ihren Mörtel im Boot, und von den verstauten Speckseiten säbelten sie sich den Z'nünibissen ab. Zur rechten Zeit bewilligte die Gottheit, die für die Knabenspiele sorgt, einen Ersatz: Der Gönner des Vaters schickte aus Basel das Neueste vom Büchermarkt des Jahrs 1827, die ersten Lederstrumpfgeschichten.

Für Josephine aber, Josepha genannt, die ein Jahr älter als Jakob war, lag eine Novelle bei und hieß: Aus dem Leben eines Taugenichts. Das entzückte Mädchen brachte sie ihm; auch er müsse sie lesen, da er ja selber ein Taugenichts sei, wie sie neckend sagte. Und da er alles tat, was sie von ihm verlangte, gehorchte er. Doch die Geschichte vom letzten Mohikaner gefiel ihm besser als die Gräfinnen, die auf Söllern den Flieder und den Mond ansangen.

Er fragte, ob die Gräfinnen und Söller wirklich seien, ihm schwebten sie in einem Irgendwo. Josepha zog nur ein wenig die Brauen zusammen, die seltsam dichten, seidenweichen. Sie ließ die Vorhänge übereinander gleiten, zündete die Kerzen des Weihnachtsbäumchens an, setzte sich neben ihn aufs Sofa und legte den Arm um seine Schulter. So las sie ihm den Taugenichts auf die richtige Weise vor. Wem Gott will rechte Gunst erweisen, den schickt er in die weite Welt – wie frohe, frische Musik klang es von frohen, frischen Lippen. Er schloß die Augen, von der Geschichte blieb nicht viel haften. Er fühlte nur, wie warm, wie süß es sich ruhte an ihrer Brust, an ihrem Haar.

3

Der Gönner des Vaters war ein Professor an der medizinischen Fakultät zu Basel. Er liebte es, wenn die Landärzte ihn auf merkwürdige Fälle aufmerksam machten. Der merkwürdigste, den der Chirurgus melden konnte, ereignete sich, als Jakob vierzehn war, und er hatte Erschütterungen des Familienlebens zur Folge.

Der Vater behandelte eine hübsche, ledige Person, die an Krämpfen litt, und machte einen Versuch mit dem Magnetismus, von dem er gelesen hatte. Schon nach den ersten Strichen, die vom Kopf zu den Füßen gingen, wurde das Mädchen ruhig und schlief ein. Wenn sich das zwei, drei Tage wiederholt hatte, redete sie nach dem Erwachen in gehobenen Ausdrücken, betete inbrünstig und fand sich im Besitz hellseherischer Kräfte.

In den Gesprächen über die Zeit fiel öfter der Name der Königin Hortense, der Stieftochter und Schwägerin Napoleons, die das Schlößchen Arenenberg bewohnte: Zwischen Basel und Konstanz, im Kanton Thurgau, lag es nicht allzuweit. Ihr zweiter Sohn, der in Augsburg ins Gymnasium gegangen war, lebte bei ihr, die Zeitungen erwähnten gelegentlich auch ihn. Über diesen Prinzen einer abgesetzten Dynastie, der schwerlich eine Zukunft hatte, verlangte der Chirurgus etwas von der jungen Somnambulen zu erfahren. Was sie erblickte, war ein Mann in seidenen Kniehosen, mit einem spitz ausgezogenen Bart und einem roten Ordensband quer über die Brust, der von einem erhöhten Sessel aufstand und durch eine Reihe sich neigender Herren ging.

Damit konnte man nicht viel anfangen, denn wenn die Familie des Korsen noch einmal zur Macht gelangte, war sein Sohn, der Herzog von Reichstadt, der erste, der Anspruch auf sie erheben konnte, und vor dem jungen Mann in Arenenberg kam überdies sein Bruder, den der Exkönig von Holland in Italien erzog. Aber das Mädchen machte andere Aussagen, die man besser nachprüfen konnte und die erstaunlich waren.

Sei es, um seiner Frau, die wachsende Eifersucht verriet, keinen

Grund zu geben, sei es aus Vorsicht überhaupt, der Chirurgus blieb mit der Kranken nie allein, und wenn sonst keiner zur Hand war, rief er Jakob herein. Der Professor in Basel lachte ihn am Anfang aus, aber als die Sache im Schwäbischen Merkur stand, kam er doch herüber, just an einem Tag, an dem Jakob Fieber hatte und ins Bett gesteckt worden war.

Chirurgus und Professor gingen zu der jungen Person in ihr Haus. Sie verfiel in Schlaf, erwachte und wußte dem Basler, der die Hand in die Tasche gesenkt hatte, zu sagen, daß seine Faust einen Zahnstocher umschloß. Dann legte er ihr zwei Briefe auf den Schoß und erfuhr nicht nur, wie der Schreiber aussah, sondern auch, was er im Augenblick tat. Das brachte den Chirurgus auf den Gedanken, sie zu fragen, was in dieser Minute bei ihm daheim geschah.

Sie beschrieb, daß seine Frau daheim am Küchenherd Hagebutten in einem großen Kupferkessel kochte, im Zimmer daneben liege ihr Bub -- jetzt richte er sich an der Wand auf und hebe das Bild ab, das über seinem Kopf hänge, lasse sich in die Kissen zurücksinken und betrachte die Malerei mit verzückten Augen von nah.

Was für ein Bild es sei, wollte der Basler wissen. Das Porträt eines jungen Offiziers, erwiderte sie. Wen es darstelle, lautete nun die nächste Frage. Den Vater des Knaben, sagte sie. Der Professor sah den Chirurgus achselzuckend an – der Vater des Buben war doch der Chirurgus selber, wie?

Der hatte nicht genug Geistesgegenwart, um die Somnambule für eine Schwätzerin zu erklären. Er gestand unterwegs die Wahrheit und meinte nur, er habe das Bild immer für das eines Russen gehalten. Der Professor beschleunigte seine Schritte, er stürmte nun fast ins Haus. Die Frau stand vor dem kupfernen Kessel, und daß Hagebutten darin kochten, merkte man am Wohlgeruch. Der Knabe aber, Jakob, hatte das Porträt zwischen Kissen und Knien vor sich stehn.

Wohl oder übel gab der Professor zu, daß zwischen Himmel und Erde sich unbegreifliche Dinge fänden, doch am nächsten Tag brach er befreit in ein Gelächter aus, als die Somnambule, nach ihrer eigenen Zukunft befragt, erklärte, sie werde zu Paris in Dienst treten und dort vom Sohn ihres Herrn ein Kind bekommen.

Der Professor behielt die Geschichte nicht für sich, sondern gab sie beim Wein zum besten, und von Basel kehrte sie nach Lörrach zurück. Die Selbstprophezeiung machte das Mädchen bei Erwachsenen und Gassenbuben unmöglich, daher es nach kurzer Zeit ins Elsaß ging. Jakob aber vernahm, wie vor den Kopf getroffen, daß er kein eheliches Kind sei und draußen in der Welt einen unbekannten Vater habe. Der Wirtssohn vom Hirschen, den er mißhandelt hatte, verhöhnte ihn als erster, und Jakob schlug wie rasend auf ihn ein, anfangs mit den Fäusten, dann mit dem Holzschuh, aus dem er schlüpfte, es war Winterszeit.

Der Chirurgus bekam eine Schädelhaut zu nähen und verlangte, daß Jakob dem Burschen Abbitte leiste. Er werde es nur tun, wenn der die Verleumdung zurücknehme, erwiderte der Sohn. Aber es war keine Verleumdung, die Wahrheit kam vollends an den Tag. Sie überwältigte nicht nur Jakob, sondern auch die Geschwister. Die Mutter ging darauf nicht ein, sie hörte nicht einmal hin. Nur der Haß gegen das Mädchen, das an allem schuld war, beschäftigte sie.

Der Knabe empfand den Makel, ein Bankert zu sein, obwohl er ihn nicht ganz verstand. Er schaute der Mutter, die von unbekannten Leidenschaften bewegt wurde, wie einer Fremden nach. Der Vater fuhr ihm mit der Hand über die Locken und fragte ihn, ob er den Freischütz ansehn wolle.

Eine Schar böhmischer Musikanten führte das Stück, von dem landauf, landab die Gassen widerhallten, im Saal des Hirschen auf. Dahin mochte er nicht gehn, nicht wie der Vater dem Gerede Trotz bieten. So stürmte er an diesem Abend ins nächtliche Tal. Der hartgefrorene Schnee knirschte ihm unter den Füßen, und über dem Haupt funkelten die Sterne so blau, als ob sie selbst nur Eissplitter seien.

Er wußte auf einem Außenhof einen Knecht aus der welschen Schweiz, der daheim irgend etwas begangen und bei einem der Bauern Dienst genommen hatte, sich aber nicht sicher fühlte, daher er im Frühjahr nach Griechenland weiterwandern wollte. Jakob, der seine Sprache verstand, half ihm und dem Bauern als Dolmetsch aus, sooft sie sich nicht vertragen konnten. Er kam wieder einmal im rechten Augenblick, es galt einen Streit zu schlichten.

Der Bauer glaubte, die seltsamen Laute, die der junge Kestenholz mit dem Knecht wechselte, beträfen seine Sache. Aber Jakob gebot jenem, zu tun, als gäbe er nach, zwei Tage später möge er aufsagen und erklären, er gehe nach Basel zurück. In Wirklichkeit solle er nach Beuggen gehn und ihn dort am Sonntag treffen. Sie würden zusammen nach Griechenland ziehn und er, Jakob, das Geld, das bis München nötig sei, mitbringen. Da man schon Mitte März schreibe, werde die verspätete Kälte nicht mehr lange dauern.

Der Knecht nickte gleichmütig, Jakob kehrte heim. Er hatte für die Flucht einen Tag gewählt, an dem der Vater nach Basel ritt. Der Mutter sagte er, ein Kamerad außerhalb habe ihn eingeladen, er werde erst am Abend oder gar am nächsten Morgen zu Hause sein. Er nahm ein Felleisen und aus der Schublade des Vaters eine Handvoll Kronentaler. Sie trafen sich in Beuggen, die Wanderung begann. Von den Südhängen des Hotzenwaldes taute der Schnee ab, während sie dem Lauf des Stromes gen Schaffhausen folgten. In Konstanz blieb Jakob mit Fieber liegen, der Knecht wartete gleichmütig, dann verschwand er mit dem größten Teil der Barschaft. Als Jakob eben sich erholte, stand der Vater vor ihm. Er sagte nur:

»Du hast eine Ferienreise gehabt, nun komm zurück und laß es uns verünftig überlegen, was denn zwischen mir und dir sich geändert hat. Bist du nicht nach Recht und Gesetz mein Sohn geworden? Ich hätte dir nach der Schule alles gesagt. Nun weißt du es schon heute und mußt ein Jahr früher den Verstand eines Erwachsenen zeigen. So hat es Josepha ausgedrückt – der hast du weh getan.«

Jakob wurde rot. Er hatte der Schwester ein Briefchen hinterlassen wollen und es nur aus Angst, den Vorsprung zu gefährden, nicht getan. Plötzlich wich ihm das Blut aus dem Gesicht – sie war ja gar nicht seine Schwester. Er fragte den Stiefvater nach dem Grad der Verwandtschaft, die zwischen ihm und der Mutter bestand. Der Chirurgus erwiderte, sie stamme von einem Bruder seines Urgroßvaters, also sei ihnen der Ururgroßvater gemeinsam. Und für mich und Josepha muß noch ein Ur vorangesetzt werden, das ist keine Verwandtschaft mehr, dachte Jakob. Die Sehnsucht nach dem Mädchen, nach seinen samtweichen, dichten Brauen überflutete ihn.

Inzwischen hatten Föhn und Lenz den Winter vertrieben. Ostern stand vor der Tür und hielt an seiner Hand die Ferien. Da also Jakob zum mindesten nichts versäumte, reisten die beiden gemächlich zurück. Viele Schlösser standen über lieben Städtchen, und eines davon, mit den drei Pappeln zur Seite, war Arenenberg, steil über Mannenbach gelegen, das schon das zärtliche Gewebe des Blustes um sich zog.

Sie stiegen hinauf, und auf der Höhe umwanderte der Blick den Horizont. In der Ferne rannen die Schneemulden vom Säntis, der Erzschild des Schwäbischen Meeres neigte sich ein wenig schräg. Zu ihren Füßen schwamm alt und heilig die Reichenau.

Hortense, die einmal Königin von Holland gewesen war, weilte im Ausland. Ein Trinkgeld bestach den Verwalter, die Besucher durften einen Blick in die Gemächer zur ebenen Erde tun. Sie bestanden aus einem Salon, worin das Bild der Kaiserin Josephine hing, einem Billardzimmer, der Bibliothek und dem Atelier. Hier pflegte die Königin, die jetzt den Titel einer Gräfin von Saint-Leu führte, zu zeichnen, zu dichten und Musik zu machen. Partant pour la Syrie, das Lied der Bonapartisten, war von ihr geschrieben.

Jakob sank ein Stein vom Herzen, als er erfuhr, daß seine Flucht geheimgehalten worden war. Der Vater hatte angegeben, er habe den Sohn zur ärztlichen Behandlung nach Basel geschickt. Die

Mutter unterließ es, ihn zu umarmen, zu tief war sie verletzt. Er fiel Josepha um den Hals und küßte sie so heiß auf den Mund, daß sie seine Hände festhielt und sanft fortdrängte.

Er habe unrecht getan, sie so sichtlich zu bevorzugen, erfuhr er am nächsten Tag, die Mutter lasse sie es entgelten und warte immer noch darauf, daß er sich ihr zu Füßen werfe. Niemals, erwiderte er und vertraute Josepha an, daß zwischen ihn und die Mutter etwas getreten sei, wovon er nicht zu sprechen brauche, vergessen aber könne er es nicht mehr. Sie sah ihn mitleidig an und redete ihm nicht zu. Er fühlte, daß es auch ihr nicht anders mit der Stiefmutter ging.

Mädchen sollten von so häßlichen Dingen gar nichts wissen, stieß er hervor. Sie lachte unbefangen. Auch Mädchen seien Menschen, auf Altären wollten sie nicht stehn, belehrte sie ihn mit der Reife ihrer fünfzehn Jahre und einem süßen Lächeln um den Mund, den man nicht ansehn konnte, ohne sich nach ihm zu sehnen. Das Blau in seinen Augen wurde stahlfarben, so daß ihr war, sie schaue von einem Busch, der hell-lila Flieder trägt, auf den daneben, der dunkel ist.

»Nicht«, wehrte sie sich scheu, als er, über den das Verwegene kam, die Locken von ihrem Ohr fortschob, um hineinzuflüstern, daß er und sie ja keine Geschwister seien – nicht einmal Stiefgeschwister in dem Sinn, daß sie den gleichen Vater oder die gleiche Mutter hätten. Und wie es denn mit Hortense Beauharnais gewesen sei? Durch Heirat ihr Vater geworden, habe Napoleon sie doch seinem Bruder gegeben. Damit rannte er hinaus und ließ sie bestürzt allein.

4

Den ganzen Tag ging sie ihm aus dem Weg und grübelte über seinen Worten nach. Am Abend, als sie deckte und den zweiarmigen Kerzenhalter auf den Tisch stellte, kam er, etwas Französisches trällernd, mit Schwung herein. Sie griff nach seiner Hand und sagte, er dürfe das, was er am Morgen behauptet habe, nie wiederholen. Er nickte – aber daran denken werde er immerdar. Sie eilte in die Küche, aus der die Mutter rief.

Als sie zurückkehrte, hielt Jakob den Leuchter über den Kopf und betrachtete das Wappen auf dem Bild, das neben der Anrichte hing. Es war das Bild seines Vaters; auf Anordnung des Chirurgus hatte es einen neuen Platz bekommen. Der Knabe wurde rot und wandte sich ab. Die andern kamen herein, und alle traten hinter ihren Stuhl. Die Reihe, das Gebet aufzusagen, war an Jakob.

»Ich kann nicht, Josepha soll für mich beten«, sagte er.

»Ja, das will ich«, erwiderte sie, des Doppelsinnes bewußt, von ihm betroffen. Der Vorsatz gab ihr die Sicherheit zurück.

Der Vater ließ die Weigerung hingehn. Wohl lag auf seinem Nachttisch die Bibel, die er auswendig kannte. Aber er las sie nicht als Andachtsbuch, sondern als Literaturschatz eines Volkes von hohem Alter. Die Gottessohnschaft galt ihm nichts, Christus war in seinen Augen ein magischer Arzt, Moses ein Politiker, und die Propheten waren Volkstribunen.

Er fand es wunderbar, daß Laënnec in Paris das Stethoskop erfunden hatte – da sitze dieser Wohltäter der Leidenden im Hôpital Necker und baue mit Hilfe der Auskultation eine neue Wissenschaft von Lunge und Herz zusammen. Wenn er daran denke, war ihm ganz religiös zumut, als Mitglied der Gilde der Menschenfreunde, als Helfer und als Arzt.

Er bestellte in Basel Laënnecs berühmtes Buch über die Diagnostik, und da er die fremde Sprache nur schlecht verstand, hielt er Jakob an, ihm die Abhandlung Stück für Stück zu übersetzen. Es wurde eine harte Arbeit. Die Fachausdrücke waren dem jungen Mann unbekannt, aber nun lernte er sie eben.

Das Buch beschäftigte die beiden sechs Monate. Der Vater sagte scherzend, Jakob gewinne oder erspare damit ein medizinisches Semester. Als er das betroffene Gesicht des Knaben sah, ging er mit ihm die Laufbahnen durch. Offizier? Ein geistloses Handwerk, vom gesamten Bürgertum gemieden, und überdies, weit konnte man es in der kleinen badischen Armee nicht bringen. Theologie? Darauf ließ sich ein frischer, lebhafter Junge schwerlich ein. Sie verzogen beide den Mund und mußten darüber lachen.

Unterdessen steckte Louis den runden, wohlgefüllten Schädel herein. Er trat ins Zimmer und setzte sich mit seiner aufmerksamen, stillen Art an den Tisch, den beiden gegenüber, die auf dem Sofa saßen. So blieben nur Juristerei und die exakten Wissenschaften, nahm der Vater den Faden wieder auf. Gegen die Juristen wolle er nichts sagen, unter dem Gesichtspunkt der Erfolgsmöglichkeit. Wenn man die Geschäfte des Staates besorgte, boten sich Aussichten, und wer unter die Advokaten ging, konnte neuerdings in die Kammer, die Politik, die Volksgunst gelangen. Das A und O des Jahrhunderts aber war die Wissenschaft. Berühmter als Humboldt, Cuvier, Ampère konnte niemand sein. Oder hatte Jakob noch einen andern Vorschlag?

Höchstens den, Kaufmann zu werden, erwiderte der Knabe und sah sich vor den Gewölben, die nach Sumatra oder den Antillen rochen. Der Vater beobachtete, wie die Nasenflügel sich einzogen und das Blut verdrängten, so daß in dem gesunden, jungen Fleisch ein heller Fleck entstand. Es wirkte sinnlich; was für ein hübscher Bursche er war. Aber kam einer Indien schon dadurch näher, daß er Indigo einführte und an die Fabrikanten in den Vogesentälern vertrieb?

»Sein Lebtag wird kein Kaufmann aus ihm«, fiel Louis ein, »du mußt etwas suchen, wo er mit Frauenzimmern zu tun bekommt. Laß ihn auf Kavalier studieren – der an der Wand dort hat es ihm angetan.«

Der Vater winkte ärgerlich ab, Jakob lächelte und schaute zum Bild, das in der Ecke ein Wappen trug. »Den Kaufmann will ich gern aufgeben – bewillige mir zwei Semester Paris, Vater, und ich bin bereit, Mediziner zu werden«, sagte er.

»Damit du mir dort hängenbleibst? An sich wäre es freilich kein schlechter Gedanke, die französische Schule ist den andern voran.«

»Und über Lobstein in Straßburg geht nichts«, meinte Jakob, der die Ansichten des Vaters kannte. »Sagen wir zwei Semester in Paris und eines in Straßburg.«

»Bis dahin ist noch Zeit. Beginnen mußt du in Freiburg, und schließen auch«, beendete der Chirurgus die Unterhaltung.

Aber nicht Jakob verließ Lörrach zuerst. Eines Tages im nächsten Winter klopfte ein Kutscher ans Haus. Er sagte, sein Wagen sei umgestürzt und er befürchte, sein Herr, ein Baron aus Neuenburg, habe einen bösen Schaden am Hüftgelenk.

Neuenburg oder, wie die Welschen es nannten, Neuchâtel war ein preußisches Fürstentum und gehörte zugleich der Eidgenossenschaft als Kanton an. Die Preußen hatten dort nicht viel Freunde, aber der Adel unterhielt Beziehungen zum Hof, und so war der Baron auf der Heimfahrt von Berlin begriffen, als der Kutscher ihn am Straßenrand abwarf.

Der Chirurgus schaffte den Verunglückten in sein Haus und stellte einen Bruch des Schenkelhalses fest, der eine langwierige Behandlung erforderte. Im oberen Stockwerk war eine kleine Wohnung, die gewöhnlich vermietet wurde und gerade leer stand. Sie hatte gescheuerte Dielen und einen blauen Kachelofen mit Messingbändern. Die Küche erwies sich nun von großem Nutzen.

Josepha begann Vorhänge für die Fenster zu nähen, der Kranke sah ihr zu. Das junge, über die Arbeit gebeugte Gesicht tat ihm wohl. Der weiße Stoff um sie bauschte sich wie das Kleid einer Braut. Er schickte den Kutscher nach Neuenburg, um Teppiche, Porzellan, ein paar Bilder und Bücher zu holen. Seine Frau sandte auch Tulpenzwiebeln mit, die Josepha an die Ofenbank stellte. Sie blühten inmitten der fürchterlichen Kälte des Winters von 1829 auf.

Jakob las dem Baron französisch, Josepha deutsch vor. In den Dämmerstunden nahm sie ihre Geige und stellte sich beim Fußende des Bettes ans Fenster. Die Schneeflocken draußen sanken so dicht wie ein Schwarm Bienen; fast war es, als hüllten sie das Mädchen mit einem weißen Mantel ein. Wenn er ergriffen fragte, was sie gespielt habe, erhielt er am häufigsten die Antwort: Schubert. Er kannte ihn nicht, erfuhr, daß er jüngst gestorben sei; in diesem Volk rann der Quell der Musik unerschöpflich.

Der Baron wurde von den philantropischen Ideen Pestalozzis bewegt, und es gefiel ihm unter den jungen Menschen so gut, daß er den Aufenthalt zu verlängern beschloß, bis die Landstraßen vom Schnee frei seien. Er brachte Josepha Französisch bei, doch wenn sie die Sprache gründlich lernen wollte, mußte sie nach Neuenburg gehn.

Seit einem Jahr nahm man in den Bürgerhäusern Anteil an den seltsamen Schicksalen des Findlings von Nürnberg, des Kaspar Hauser, nirgends aber mehr als in den badischen. Es hieß, er sei ein Sohn des verstorbenen Großherzogs und Stephanies, der Adoptivtochter Napoleons – wenn es mit rechten Dingen zugegangen wäre, hätte nun er regiert. Jakob trug Josepha alles zu, was geflüstert wurde, und es verwirrte sie. Häßliches und Böses und Geheimes war in der Welt, der Ehebruch, die Gier, der Haß, die Lüge, der Betrug. Ihr ganzes Herz wandte sich dem Kaspar zu, und als ein Anschlag auf ihn gemacht wurde, um ihn aus dem Weg zu räumen, entstürzten ihr die Tränen.

Eines Tages kam sie zum Baron und fragte, ob es ihm ernst gewesen sei, als er davon gesprochen habe, sie nach Neuenburg einzuladen. Er merkte, daß sie verstört war, es schien nicht alles zwischen ihr und der Stiefmutter in Ordnung zu sein. In Wirklichkeit flüchtete sie vor Jakob, dem ein Bärtchen zu wachsen begann. Er hatte durch seine Reden erreicht, daß sie in ihm nicht mehr den Bruder sah und alle Kräfte eines frommen Herzens anrief.

Der Baron, er hieß Buisson de Bachaud, war kinderlos. Er konnte zeichnen und fertigte mit Bleistift ein Bildchen von Josepha an. Die Lichter auf den braunen Zöpfen kamen vorzüglich heraus, und die Mundlinie stand an fester Zartheit dem Original nicht nach. Diese Zeichnung schickte er seiner Frau, postwendend folgte die Einladung.

Bei den Gehversuchen stützte Jakob den Baron, der nun den ersten Blick in die untere Wohnung warf. Vor dem Bild der Anrichte blieb er stehn, und Jakob hob den Leuchter auch für ihn. Der Baron verstand sich ein wenig auf Wappen, und in diesem war ein gespaltener Sarazene.

»Ich glaube mich zu erinnern, daß das die Maslin sind, doch müßte ich mich vergewissern«, sagte er; »tragen Sie das Bild doch in mein Zimmer, damit ich das Wappen abzeichnen kann.«

Jakobs Hände zitterten, als er der Aufforderung nachkam. Die Mutter hatte sich nicht darauf eingelassen, ihm den Namen seines richtigen Vaters zu nennen, und nun erfuhr er ihn.

Der Küfer ersetzte das zerbrochene Rad, der Schmied die Feder; das Pferd war in der Stallung des Hirschen üppig geworden, und an einem Tag im Februar, als schon Weidenkätzchen über der schnellfließenden Wiese hingen, beugte sich Josepha mit der Kapuze noch einmal im Ausschnitt des Kutschenfensters vor, um dem Vater zuzuwinken. An Jakob, der hinter ihm stand, sah sie vorbei. Erst als der Wagen anzog, schenkte sie auch ihm einen kurzen, raschen Frauenblick und schloß danach, wie lange, die Lider. Sie hatte Angst um seine Seele, Gespenster bedrohten ihn.

Den Dank der Armen, denen der Baron einen Betrag gestiftet hatte, brachten die Stadtmusikanten dar; sie trugen eine Uniform aus Grün und Silber. Während die Koffer abgeladen wurden, hatten sie aus ihrem Notenheft das Stückle fünf geblasen, einen Marsch von zwei Dutzend Takten, und dann besprochen, was bei der Abfahrt zu spielen sei. Ein jeder im Städtchen wußte so gut wie sie, daß Stückle fünf wiederholt werden würde, dieweil sie nur dieses eine konnten. Der Würde und dem Ernst, womit die Beratung stattfand, tat es keinen Abbruch.

5

Das Jahr schritt vor und Josepha schrieb beglückte Briefe. Die Pfade am Neuenburger See waren so schön, so weit und reich die Ebenen bis zu den Alpen, so gewaltig die fernen Wände – aus diesem Himmelstor, das am Abend erglühte, rannen die Gletscher ins Irdische hinunter.

Gehalten wurde sie wie eine Tochter. Manchmal war sie die einzige Nichtadlige in einem Kreis, der Damen aus Genf und Yverdon, Lausanne und Noyon vereinte. Des Besuchens war kein Ende, und sie spielte oft vor. Die Baronin entstammte einem bürgerlichen Bankhaus, das mit Laffitte in Frankreich arbeitete. Die reichen Leute waren wie Espenlaub, sie zitterten weit hinten in der Provinz, wenn es in Paris unruhig zuging. Was Josepha damit sagen wollte, verstand man in Lörrach erst, als die Julirevolution ausbrach.

Nun zitterten nicht nur die Espen, auch die Eichen bebten. Von

Westen fuhr ein Sturm gen Osten und führte Lieder mit, die Parisienne und bald auch die Brabançonne, als sich in Brüssel die Belgier von den Holländern trennten. Was ging es die Menschen im fernen Winkel an? Jedoch, sie stimmten in die Gesänge ein, vom Winkel war es gar nah zu den Eidgenossen – die stürzten die Aristokraten und fegten die Vorschriften der Heiligen Allianz aus dem Lande.

Es sei ein Völkerfrühling, es gehe eine Erneuerung durch die Welt nach dem Schlaf der Erschöpfung, in den sie 1815 gefallen, sagte der Chirurgus, der von Politik nichts verstand, die Bourbons aber so wenig wie den Metternich leiden konnte und mit dem Gefühl bei den Liberalen war. Für Baden mochte es eine glückliche Fügung sein, daß das Volk um die Versuchung kam, dem unerfreulichen Großherzog den Gehorsam zu kündigen. Er starb, kurz bevor zu Paris die Orléans die Bourbons ersetzten, und vom Nachfolger erwartete man die schönsten und neusten Beschlüsse. Er war der Sohn der Frau, die den Kaspar Hauser auf dem Gewissen haben sollte, aber ihm machte man keinen Vorwurf daraus.

Als er eine Reise durch sein Land antrat und Lörrach näher kam, stellte der Deutschlehrer den Primanern die Aufgabe, eine Begrüßung in Versen zu verfassen, und nannte die Jakobs die gefälligste. An einem strahlenden Frühlingstag standen am Eingang des Tals, dort wo von allem Schönen – Hollunder, Rebe, Weide und Bach – ein Pröbchen zu sehen war, die Schulmädchen in Weiß, die Bauern in Tracht, die Stadtsoldaten in Paradeuniform, die Bürger im Bratenrock. Am linken Ufer der Wiese lag das Städtchen, am rechten Schloß Rötteln, eine romantische Ruine, und dazwischen, dahinter, darüber, dreikantig zugespitzt, die blauende Bergpyramide.

Der Großherzog hörte sich wohlwollenden Gesichts in Jakobs Versen, die ein Schulmädchen vortrug, als Fürsten eines Landes rühmen, das die freien Eidgenossen dort nicht zu beneiden brauche. Das Wort frei kam sogar ein zweites Mal vor, und wenn der hohe Herr am Ende dachte, daß es nur eine dichterische Wendung sei, so schrien doch bei eben diesem Wort die jüngeren Vivat, indem sie die Hüte hochwarfen, und die Hüte wiederum waren für die Böller das Signal, mit verstärkter Kraft zu schießen. Den älteren wurde ein wenig beklommen zumut.

»Bursche, wo hast du die leichte Hand, oder ist es das Mundwerk, her?« fragte der Chirurgus, und es wollte ihm nicht gefallen, als der Sohn mit einem geschwungenen Lächeln erwiderte, die schönen Worte täten es nicht allein, sie seien bloß der Anfang. Auch gab der Deutschlehrer zu verstehn, daß Jakob durch eine gewisse Haltung, die er nicht revolutionär, wohl aber zu weltmännisch nennen wolle, in der Klasse nicht gut wirke. Und Familienväter wiederum klagten, er verdrehe den Mädchen den Kopf. Der Chirurgus seufzte und unterdrückte den Gedanken, dies anvertraute Kind sei ein welsches Ei.

Als es Herbst wurde, kamen die Briefe Josephas aus Ragaz. Die Baronin nahm hier die Kur, während ihr Mann in Paris weilte, wo es recht eigentlich sein Geschäftsfreund Laffitte war, der den Kammern den Herzog von Orléans als Nachfolger des Vetters Bourbon mundgerecht machte. Konnte er doch sagen, der Herzog sei gleich seinem Vater Egalité in jungen Jahren Mitglied des Jakobinerklubs gewesen. Wie diese Freundschaft geendet hatte, vernahmen die Lörracher wiederum von Josepha. Sie schrieb, die Badegäste führen an schönen Nachmittagen nach Chur, denn ganz in der Nähe sei der Ort, wo der Prinz nach der Enthauptung seines Vaters unter falschem Namen sein Brot als Schulmeister verdient habe.

Bravo, sagte der Chirurgus, das sei eine gute Erziehung für einen König des neunzehnten Jahrhunderts, und was die Uhr schlage, das wisse er auch – zum ersten Male lebe der Herrscher in Frankreich anständig wie ein Bürger und komme mit seiner einen Hausfrau aus.

Er, der keiner Raupe ein Härchen krümmte und in schlaflosen Stunden darüber grübelte, ob die Vivisektion zu verantworten sei, las mit Ausrufen des Beifalls, daß in Braunschweig nach der Flucht des Herzogs das Schloß Heinrichs des Löwen geplündert und in Brand gesteckt worden war. Einen jungen Narren, der mit seinen Skandalen Deutschland und England aufgebracht hatte, holte so die Vergeltung ein.

Als Ende des Jahres die polnische Revolution ausbrach und die Russen zum Abzug zwang, ergriff die Zeitgenossen ein noch größerer Jubel als in den Tagen der Griechenbegeisterung. Baden bereitete sich in diesen Wochen für die Wahlen zum ersten Landtag vor, den der neue Großherzog ausgeschrieben hatte. Freiheit der Wahl, Nichtbeeinflussung war zugesagt und wurde gehalten – so froh, so jung, so voll Erwartung wie 1831 begann man selten ein Jahr. Für Jakob war es das, worin er die Schule beenden sollte. Kaum hielt er es mehr aus, nach Freiburg zu kommen und Rotteck zu hören, der in die zweite Kammer gewählt worden war.

So hieß es, sich auf die Hosen zu setzen und zu lernen, während die Erwachsenen die Kammerverhandlungen verschlangen. Im Anfang begriff ein junger Mensch gar nichts davon. Aber wozu hatte man einen Vater, der mit dem Kirchenrat Hitzig die Dinge durchsprach? Zuletzt ergab sich, daß der Geschäftsgang in Karlsruhe sehr einfach war.

Auf der einen Seite brachte die Regierung sogenannte Vorlagen ein – Reformen, zu denen sie sich schon selbst entschlossen hatte.

Und auf der andern legten die Abgeordneten Motionen vor – Forderungen, die darauf hinwiesen, was in einem modernen Staat noch alles zu tun war. Motionen, die durchgingen, waren die Abschaffung der Herrenfronden und der Zensur. Fortan konnte man reden und schreiben, erörtern und sich bekämpfen, ohne Einschränkung.

Wie ein Volksfest war dieses Jahr. Der Aufruf zur Mündigkeit verschmolz die Menschen eines Staates, der vor dreißig Jahren noch nicht bestanden hatte. Weder Heidelberg noch Freiburg, noch Konstanz waren damals darin gewesen.

Im letzten Schuljahr schloß sich an Jakob der um ein Jahr ältere, schon siebzehnjährige Erwin Zumkreuz an. Sein Großvater hatte noch Bürgerrecht zu Zürich gehabt, seine Mutter war eine Kestenholz, des Chirurgus Bäschen, daher die beiden Knaben sich Vettern nannten. Durch die Jahre waren sie einander nicht nähergekommen, verschiedener konnten junge Leute kaum sein. Der mit dem schwereren Blut suchte zuerst den mit dem leichten: Erwin suchte Jakob, der mit der Glückshaube geboren war.

Erwin erkundigte sich immer wieder, ob Josepha aus Neuenburg geschrieben habe, und ließ sie grüßen. Daß er sie verehrte, kam erst jetzt heraus und paßte zu seiner zurückhaltenden und doch selbständigen Art. Wo Erwin steht, da schlägt er Wurzel, lobte ihn einmal der Rektor, und bemerkenswert war, daß keiner der Mitschüler spottete. Er hatte eine klare Stirn, einen reinen Mund und eine der alemannischen Bauernnasen, die es mit der jedes Ritters aufnahmen. Wer in das ideale Jünglingsgesicht sah, schrieb ihm gern edlere Gedanken als die eigenen zu.

Die beiden hatten für die Prüfung gearbeitet, und als sie bestanden war, beschlossen sie, eine Schweizer Reise zu machen. Der Chirurgus willigte ein. Jakob konnte in Neuenburg nach Josepha sehn, die nun anderthalb Jahre fort war. Man hielt sie dort wie das eigene Blut und wollte sie an Tochter Stelle annehmen.

Es gab für ihn, den Mann mit vier Kindern, mehr als einen Grund, den Vorschlag zu überlegen. Nicht nur hatte ihm Josepha, die nun im achtzehnten Jahre stand, anvertraut, daß sie das Zusammenleben mit der Stiefmutter scheue – die neuen Eltern wollten ihr auch zur Ausbildung in der Musik verhelfen, die er selber schon deshalb nicht ermöglichen konnte, weil sie in einer der fernen Hauptstädte erfolgen mußte.

Die Mutter erklärte, Josepha sei undankbar, es gefalle ihr besser, die Tochter eines Barons als eines Chirurgus zu sein.

»Josepha? Josepha denkt so nicht. Aber selbst wenn sie es täte, wäre meine Vaterpflicht, einem Kind, das ich liebe, nicht im Wege zu stehn«, erwiderte er und entschloß sich im gleichen Augenblick, die Einwilligung zu geben – Jakob sollte der Bote sein.

Der vierzehnjährige Louis trug Jakob auf, den Baron zu fragen, ob er ihm nicht eine Stelle in einem Bankhaus verschaffen könne.

»Fehlt nur noch, daß ich auch für Luise dort anklopfen soll, schreib ihm doch selber«, gab Jakob zur Antwort.

»Ich hätte nichts dagegen, aber einer muß wohl beim Vater bleiben«, meinte Luise seufzend.

Als älteste verstand sie sich am besten mit der Stiefmutter, sie kam mit ihr aus, von Zuneigung war weiter keine Rede. Luise hatte einen herzhaften Charakter, der sich mit Tatsachen abfand. Unter den Geschwistern lag ihr allein die Sehnsucht nach draußen nicht im Blut.

6

An einem der ersten Tage des August 1831 stiegen Jakob, der im Juli siebzehn geworden war, und Erwin Zumkreuz in Neuenburg die mäßige Erhebung hinan, auf der, inmitten des Städtchens, das Schloß und unweit die Kirche standen. In den Gassen unten war es schwül, hier oben ging ein Lüftchen. Man sah es an den Bäumen, die sich vom seidenblauen Himmel abhoben; es waren Kastanien, man sah es an den Früchten.

Auf dem Schloß, dem Sitz des Gouverneurs, flatterte dieselbe schwarzweiße Fahne, die auch an einer Reihe Häuser hing. Der König von Preußen, der Landesherr, hatte Geburtstag. Ein paar Fragen waren nötig, bis die Knaben den Wohnsitz der Buisson de Bachaud fanden. Es war das Haus, vor dem die Oleander in Kübeln standen.

Ein Wappen war in den Schlußstein des Torbogens gemeißelt. Auf dem dunkelgebeizten Holz blinkten Messingbeschläge. Über dem Wappen ragte gleich dem Ende eines Flintenlaufs die Eisenhülse, worin die Fahne steckte. Wiederum darüber hatte ein Fenster, das von weißen Leisten gevierteilt war, ein Gesims aus winzigen Säulchen und war geschmückt mit roten Geranien.

Jakob hob den Türklopfer auf und ließ ihn fallen. Alsbald öffnete ein Kutscher, der in Hemdsärmeln war und eine große Schürze umgebunden hatte, den Torweg vor den Stallungen. Dahinter verbarg ein Mäuerchen die Stämme der Bäume und Büsche eines Gartens, aber nicht die Kronen und die weißen Winden, die sich in sie schlangen. Auch vor den gelben Stallwänden standen Oleander mit südländisch glänzenden Blättern. Die einen blühten rot, die anderen weiß.

Die jungen Herren hatten an die Einfahrt geklopft, die eigentliche Haustür war an der andern Seite. Doch machte es nichts; der Kutscher zog eine Glocke so geschickt, daß sie nur zwei Schläge gab, worauf eine Köchin irgendwo den Kopf hinaussteckte, mit einem Blick die Lage übersah und den Diener rief, der die Gäste dorthin geleitete, wohin man empfangsfähige Leute führte. Sie mußten warten, und daß es so lange dauerte, drückte ihre Stimmung herab. Endlich wurde die Flügeltür geöffnet, der Baron und Josepha traten ein, sie gaben sich den Arm.

Der Baron sah verwundert, daß die Geschwister einander nicht um den Hals fielen, ja daß das warmherzige Mädchen dem Bruder nicht einmal die Wange bot. Die Begrüßung seines Begleiters ließ sich ermutigender an.

Mit Wohlgefallen betrachtete er die jungen Männer. Sie sahn beide gut aus, auf sehr verschiedene Art. Sie wiederum starrten zu Josepha hin, die so erwachsen, so verändert war. In Lörrach hatte sie einen Rock aus derbem Stoff getragen, der die Füße frei ließ, und die Achselbänder, die ihn hielten, hatten das weiße Mieder gekreuzt. Das Kleid hier bedeckte die Fußspitzen, war malvenfarben, zartgemustert, bis zu den Hüften mit Volants aus schwarzem Samt besetzt. Zur Dame machte sie vollends die Frisur, in der Mitte gescheitelt, in den Schläfenecken aufgerollt, im Nacken lastend und mit einem dunkelroten Band durchzogen; nichts kündete vom Weiblichen so sehr.

Nach den ersten Fragen und Antworten stand Josepha auf, um nach dem Tee zu sehn. Sie ging lautlos über den hellen Teppich. Es waren die Blätter, die Blüten, die Früchte von Erdbeeren hineingewebt. Als sie die Tür zum Nebenzimmer öffnete, flutete doppeltes Licht herein von den Kirschholzmöbeln und vom Fenster, das auf den Garten ging.

Die Tür schloß sich wieder; aber Jakob, den der Baron Jacques nannte, hatte nicht nur den Mirabellenkuchen, sondern auch das süße Stubenmädchen gesehn, das auf die Tassen die Löffelchen legte und ein Spitzenschürzchen trug. Das Band zwischen Knie und Hüfte betonte die Mulde des Schoßes mehr, als gut für die Augen eines jungen Mannes war.

Der Baron entschuldigte die Frau des Hauses, sie ruhe aus. Erst gestern war sie mit ihm von Dijon zurückgekehrt; dort hatte sie ihn getroffen, der von einer Geschäftsreise aus London kam. Die Erschütterung des Geldmarktes, die der Zusammenbruch von Laffitte in Paris hervorgerufen hatte – aber das konnte ihn, Monsieur Jacques, kaum interessieren.

»Mein Bruder Louis würde sich schon eher etwas darunter vorstellen«, erklärte Jakob gewandt, »im übrigen habe ich Ihnen einen Brief meines Vaters zu übergeben, Herr Baron.« Der Gedanke war ihm gekommen, dieser Mitbesitzer eines Bankhauses könne dafür, daß Josepha ihm überlassen wurde, Louis behilflich sein.

Die Fremdenzimmer lagen ein Stockwerk höher. Jeder der jungen Leute hatte sein eigenes, und wenn es nicht groß war, so schaute man doch senkrecht in den Garten. Die Kinder des August blühten darin. Hortensien, Dahlien, Sonnenblumen und manch andere. An den Obstbäumen hingen pfauenblaue Zwetschen, gelbe Mirabellen und jene Spalierbirnen in Keulenform, die daheim Madamen-Schenkel hießen – offenbar hatte ein Gärtner sehr bestimmte Vorstellungen von den Reizen der Stadtfrauen gehabt.

Die Mirabellen erinnerten Jakob an den Kuchen, den es zum Tee gegeben hatte, und der an das aufwartende Mädchen mit der Pfirsichhaut, das Manon gerufen wurde. Zwar kam es aus der Provence, doch die großen Augen waren die von Byzanz, nur daß sie ihn nicht starr, sondern weich und schmachtend gestreift hatten. Der alte Pascha, mit was für schönen Mädchen er sich umgab, in einem Hause, worin alles erlesen war. Zum ersten Male im Leben begegnete der Sohn des Chirurgus dem Reichtum, es erregte ihn.

Der eine Koffer, der den besseren Anzug der Wanderer enthielt, stand in der Tür, die ihre Stuben verband, damit er jedem gleich zugänglich sei. Der Kutscher hatte ihn vom Posthaus abgeholt, der Baron davon gesprochen, daß sie ein paar Tage bleiben müßten – es sei anständig vom Pascha, erklärte Jakob oder Jacques.

»Pascha?« fragte Erwin zurück. »Wie kannst du ihn so nennen, er ist ein vornehmer älterer Mann.«

»Schon recht«, sagte Jakob beschwichtigend, »wohin du kommst, machst du dir ein Idol.«

»Ideal würde erträglicher klingen«, erwiderte Erwin, der seinen Anzug aus dem Koffer hob. Darunter lagen Heines Reisebilder, Jakob hatte sie in Basel gekauft.

»Nun, also Ideal, du Schwärmer. Wie Goethe hast du es mit dem Trefflichen zu tun, brauchst aber deshalb die Reisebilder nicht in die Ecke zu puffen. Es steckt Geist darin, das gibst du doch zu?«

»Ohne weiteres – es steckt zuviel Geist darin. Auf die Dauer ist nichts so billig wie der Spott.«

»Es wird nie ein Mann von Welt aus dir. Was sagst du zu unserem schönen Bäschen, das aus dem Mädchen vom Wiesental eine Hoffnung der Gesellschaft geworden ist? Nicht nötig, daß du gleich den Kopf hängen läßt. Die Frauen sind uns in diesem Alter voran. Wir armen Burschen hinken vorerst nach.«

»Da hast du recht«, bestätigte Erwin bitter. »Es sollte von der Natur so eingerichtet sein, daß ein junger Mann sich nicht vor fünfundzwanzig verliebt. Drei Jahre muß er studieren, drei oder vier dauert es noch, bis man ihm so viel zahlt, daß er eine Frau notdürftig ernähren kann.«

»Was weiter? Ahmst halt die Nichtstudierten nach. Die warten nicht bis fünfundzwanzig, sie nehmen sich mit siebzehn ein Mädchen und gehn mit ihm. Wenn du fünfundzwanzig bist, wird Josepha schon vier Kinder haben. Oder sagen wir in ihrem Fall zwei, denn in den ersten Jahren wird sie der Kunst treu bleiben, bis einer kommt, für den sie die Geige in den Kasten tut.«

»Ich kann es nicht ausstehn, wenn du, der Bruder, so von ihr sprichst.«

»Was ficht dich an?« warf Jakob hin. »Wir sind nicht verwandt, und inzwischen ist sie Josephine de Bachaud geworden – man kann sie ansehn, wie man andere Mädchen ansieht.«

Erwin schleuderte die beiden Bände der Reisebilder aufs Bett und meinte, der Freund dürfe froh sein, daß sie ihm nicht an den Kopf flögen. Der Teufel scheine in ihn gefahren zu sein, man könne vor ihm erschrecken.

»Pah«, sagte Jakob und begann sich geschmeidig zu dehnen und zu strecken.

Am Abendessen nahm die Baronin teil, eine kleine Frau, die üppig und etwas schwer geworden war. Nicht eine einzige Frage stellte sie den beiden nach dem Woher und Wohin. Jemand kam ins Haus, und sie unterhielt sich mit ihm – er reiste ab, und sie hatte ihn vergessen. »Hofmanier«, flüsterte Jakob, der nie einen Hof gesehn hatte, Josepha zu. Sie schaute ihn verwundert an; dann sagte sie, man urteile über einen Menschen nicht in den ersten fünf Minuten, die Baronin sei eine herzensgute Frau.

Das Zimmer und der Tisch, an dem gegessen wurde, waren rund. Der Kronleuchter mit den sechs Kerzen hing in Ketten aus Muranoglas. Die Fenster gingen bis zum Boden, desgleichen zwischen ihnen die Felder, worauf die Gestalten der vier Jahreszeiten gemalt und mit weißen Lichtern erhöht waren. Der Suppe folgte eine Matelotte aus Hecht, Aal, Barsch und andern Fischen, gebratene Hühner mit Salat, Früchte im Korb, Trauben aus dem nahen Burgund, Roquefort, Weißbrot und Wein in zwei Farben. Für Jacques war alles neu; er beobachtete genau, wie man gedeckt hatte und wie angeboten ward.

Nach Tisch gingen sie eine Viertelstunde in den Garten, dann in die Bibliothek, die eine wohnliche Ecke hatte. In geordneten Regalen stand die französische Literatur seit Corneille, während die deutsche mit Haller begann. Zwei Bilder aus der römischen Campagna waren in glühenden südlichen Farben gehalten, Leopold Robert hieß der Maler. Auf dem eingelegten Tisch in der Mitte lagen aufgeschlagen ein Atlas und ein Prachtwerk über Vögel aus dem vorigen Jahrhundert.

Neben Josephine stand ein Nähtischchen mit bunten Sternen zum Aufwickeln der Seide, mit Fingerhüten und den blauen Nadelpapieren, die aus England kamen. Die Baronin legte Patiencen, und ohne die Gäste hätte der Baron aus Victor Hugos Notre-Dame de Paris vorgelesen, wie an den Abenden zuvor. Der Roman, der im Mittelalter spielte, war an düstern, grellen, starken Bildern reich; die Vorschrift der romantischen Schule verlangte es.

Der reformierten Kirche angehörend, mißbilligte der Baron diesen Einbruch des Phantastischen – begonnen habe er im Grund schon unter dem Konsulat, als Chateaubriand den Katholizismus neu entdeckte.

Er erinnerte sich noch gut, wie müde man damals der Aufklärung war – gleich einer Lotosblume schwebte Atala, die indianische Märtyrerin, heran, und das kaustische Gesicht Voltaires verblaßte. Atala führte René an der Hand, und René bereitete den Weg für Lord Byron.

Jakob und Erwin sahn sich verstohlen an. Zu diesem Gespräch fehlten ihnen die Voraussetzungen. In Lörrach und auf dem Pädagogium hörte man nichts von alledem.

»Im Rom der Gracchen wissen wir besser Bescheid, als im eigenen Jahrhundert«, erklärte Jakob und lachte, weil Erwin bei diesem Eingeständnis einen roten Kopf bekam. »Mein Lieber«, wandte er sich an ihn, »es wäre erstens unhöflich gegen unsern Gastgeber, ihn glauben zu machen, daß wir ihm folgen können, und zweitens gewinnen junge Leute dadurch, daß sie ihre Lücken eingestehn.«

Von ihrer Stickerei aufsehend, ließ Josepha einen Blick über die beiden gleiten. Gewandt der eine, verlegen der andere – sie nickte dem zweiten zu, dann woben die Finger wieder schlank und eilend Stramin.

»Sie müßten Saint-Simon lesen«, meinte der Baron. »Nicht als ob ich, der Geldmann, seine Utopien billigte – aber was die Stunde geschlagen hat und in welchem Zeitalter wir stehn, das weiß er Ihnen zu sagen. Der Industrialismus hat begonnen, Arbeit und Wissenschaft sind seine Pfeiler, daher sie die kommende Gesellschaft zu tragen haben, nicht mehr die alten Mächte, nicht Geistlichkeit und Militär und leider, muß ich sagen – auch nicht der Adel.«

»Das ist logisch gedacht, und das Lob auf die Wissenschaft habe ich schon selbst gehört«, erwiderte Jakob, der sich an seinen Vater erinnerte. »Aber wenn dem so ist, ich meine, wenn der Industrialismus die Führung hat, wie verträgt sich damit das, was Sie den Einbruch des Romantischen und Phantastischen nennen? Ist es nicht ein Widerspruch?«

»Man sieht, daß Sie Scharfsinn besitzen«, lobte der Baron und dachte nach. In Paris wartete alles auf die Premiere von Robert dem Teufel, und schon, daß das Dämonische versprochen wurde, erregte die Gemüter. Seit einem Jahr setzte sich Frankreich in Algier fest und in der Phantasie der Leute der Orient mit seinen Burnussen, Sklavinnen und Hengsten.

»Sie haben recht«, sagte er, »es ist ein Widerspruch, die Wirklichkeit wird ihn nicht lange dulden.«

»Verzeihung, Herr Baron«, ließ Erwin sich vernehmen. »Ich glaube eher, daß der Mensch diesen Widerspruch braucht, um das Leben zu ertragen.«

»Wirklich?« fragte der Baron.

»Wenn der Alltag zu nüchtern wird, öffnet sich die Seele dem, was überwirklich ist, oder auch nur dem, was man bisher nicht gesehn hat, weil man zu eng und zu blind war. Denn der Orient, das Dämonische in der Menschennatur und das Düstere, wovon Sie sprachen, gehören schließlich auch der Wirklichkeit an.«

»Wir wollen nicht streiten. Sie sind die Jugend, Sie haben das Wort«, wich der Baron höflich aus, stand auf, nahm von einem Tisch, worauf die neusten Bücher lagen, ein paar Bände und reichte sie seinen Gästen.

»Dies hier hat ein Landsmann von Ihnen geschrieben. Ganz London sprach davon, die Zeitungen und die Klubs. Ich las es im Reisewagen.«

Jeder der jungen Männer nahm einen Band und schlug den Titel auf. Aber er lautete nur »Briefe eines Verstorbenen«, drei Worte, nicht mehr. Sie erfuhren, daß der Verfasser Fürst Pückler heiße, der Schwiegersohn des Fürsten Hardenberg sei und sich von seiner Frau auf Verabredung habe scheiden wollen, um in London nach reichen Erbinnen auszuschauen.

»Das Ergebnis des Aufenthalts war nicht eine Mitgift, sondern ein Manuskript, eben diese Berichte über die Engländer von heute«, schloß der Baron. »Exzentrischen Charakters, versteht er doch geistvoll und ohne die preußischen Vorurteile zu beobachten. Heine hat mit den Reisebriefen keinen größeren Erfolg als dieser fürstliche Schriftsteller mit seinen gehabt.«

Jakob nahm Erwin das Buch aus der Hand und sagte:

»Nochmals Reisebriefe und Geist. Du hast den ersten Band, gib her und fange erst gar nicht an.«

»Wir wollen lieber losen, wer zuerst lesen darf«, gab Erwin zur Antwort.

Josepha richtete alsbald zwei Wollfäden von ungleicher Länge und hielt sie ihm hin.

»Wer sich wehrt, zieht nicht den kürzeren«, sagte sie. Eine nachhelfende Bewegung gab ihm zu verstehn, welche Hand er wählen müsse.

Die Baronin schob die Karten zusammen, nicht eine der Patiencen war aufgegangen. Überzeugt, daß diese roten und schwarzen Zeichen ein Orakel seien, erwiderte sie auf die Frage, woran sie gedacht habe:

»An die Berliner Reise.«

»Sie machen mir Angst, man wird mich prüfen und finden, daß das Talent nicht reicht«, meinte Josepha lächelnd. Die Reise nach Berlin sollte ihr zuliebe unternommen werden.

»Es könnte auch diese Cholera sein, die aus Rußland näher kommt«, erklärte die Baronin ernsthaft.

In der nächsten Viertelstunde vernahmen die jungen Herren eine Fülle von Namen, die ihnen unbekannt, den Berliner Salons vertraut waren – Varnhagen und seine Frau Rahel, Fanny Elßler und die Taglioni, Sabine Hennefetter und Zelter, Spontini und Felix Mendelssohn.

Jakob beneidete die Schwester, Erwin sah sie für immer aus seinem Gesichtskreis entschwinden. Man wünschte sich gute Nacht, und jeder wartete, von seinen eigenen Gedanken bewegt auf den Schlummer.

7

Die Zimmer gingen nach Osten, die Sonne drang durch die hölzernen Läden; in ihrem goldgetönten Grün erwachte Erwin Zumkreuz früh. Er sprang auf und befühlte sein Kinn. Aber es war so glatt wie gestern, wo er es mit dem Examensgeschenk des Paten rasiert hatte.

Der Gedanke an Josepha bewog ihn gleichwohl, zum Messer zu greifen. Als er den Abziehriemen am Laden befestigte, sah er sie durch die Rillen hindurch im Garten. Sie schnitt blaue Schwertlilien ab und tat sie in hohe Gläser. Sie hatte einen Morgenrock und ein Häubchen an, das dem jungen Gesicht gut stand, die Locken quollen darunter.

Manon kam, mit einem Tischtuch und Tassen. Sie deckte in der Gloriette, die nach allen Seiten offen war, und trug die Gläser mit den Blumen ins Haus. Wenn Josepha die morgenfrische Flora selbst war, dann mußte Manon wohl ihre süßeste Gehilfin sein, die dunklere, die südlichere. Er hatte ein Gefühl, als werde eine Ode daraus, wenn er noch lange hinschaue. Das Leben war schön – Gott oder die Natur, wem immer dieser Tag verdankt wurde, froh hob sich das Herz ihm entgegen.

Kaum war er in den Rock geschlüpft, so stieß er die Läden auf und tat es behutsam, um Jakob, den er rumoren hörte, nicht auf den Schauplatz zu rufen. Josepha schaute empor, sie winkte ihm zu; der lose Ärmel fiel von der erhobenen Hand bis über den Ellenbogen.

Inzwischen hatte Manon fertig gedeckt, und als Erwin den Garten betrat, sah er, daß Weißbrot, Gebäck, Konfitüren und Butter im Überfluß dastanden, der Tassen aber nur drei waren.

»Für die Jugend«, sagte Josepha, »die Baronin frühstückt im Bett, der Baron macht schon seinen Spaziergang, du mußt mit mir vorliebnehmen. Was ziehst du vor, Schokolade wie im ancien régime oder den Kaffee des neuen zur Förderung der Industrie und des Handels?«

»Kaffee, damit Saint-Simon mich lobt, wenn er es erfahren sollte.«

»Er erfährt es nicht mehr, ist schon gestorben«, belehrte sie ihn und schickte Manon mit der Botschaft zur Köchin.

»Wie gut du Bescheid weißt«, sagte er.

»Nur Zufall. Der Pastor fragte neulich, ob Graf Saint-Simon noch lebe, und ich hörte die Antwort.«

»Graf ist er? Ich weiß gar nichts.«

»Du wirst es lernen«, tröstete sie. »Wo willst du studieren, in Freiburg daheim?«

»Ja, daheim, es ist nicht weiter verlockend. Und du, freust du dich auf Berlin? Es scheint dort viel los zu sein.«

»Musikalisch schon. Um mitzureden oder, wenn du willst, um mitzugeigen, muß man sich freilich die Weihe in Paris holen.«

»Und dann? Wie geht es weiter?«

»Dann kommt London. Wer dort ein Gastspiel geben kann, hat das Spiel gewonnen. Denke dir, auch die Amerikaner fangen an, die Virtuosen einzuladen.«

»Man wird ganz klein, wenn du so sprichst. Berlin, London, Boston, wohin willst du entschwinden? Bald wirst du ganz unerreichbar sein – du bist es schon.«

»Ach, Erwin«, sagte sie. Ihr Blick war fern.

Sie standen; er hatte die Arme auf der Brust gekreuzt, und Josepha die Hände auf dem Rücken. Der Kaffee kam; neugierig auf den Gast, brachte ihn die Köchin selber. Sie trug ihn wie eine Opfergabe, und ein belebender Geruch stieg auf, als sie ihn auf dem Altar, dem Tisch im runden Gartenhäuschen, niederstellte. Josepha setzte sich, dann auch Erwin. Josepha bot ihm das Brotkörbchen an, und er fragte, ob sie nicht auch auf Jakob warten müßten.

»Wenn du darauf bestehst«, erwiderte sie, das Körbchen kam auf seinen Platz zurück. Er nahm es nun selber, hielt es ihr hin und sagte, zwei Worte stark betonend:

»Ich *hoffe,* daß er sich gründlich ausschläft, ich *wünsche,* daß er diesen Augenblick mir gönnt. Der kehrt nie wieder, so nicht – noch wenn ich ein alter Mann von fünfzig bin, wird er vor mir stehn, als sei es eben gewesen.«

»So früh setzt du das Alter an? Mit fünfzig nimmt mancher Mann die zweite Frau . . .«

»Ich nicht einmal die erste«, versicherte er so überzeugt, daß Josepha den Wärmer von der Kanne zog und ihm einschenkte.

»Schwarz, Rahm, Zucker?« fragte sie und mußte ihm wohl in die Augen sehn, es waren graue.

»Wie du ihn liebst, so will auch ich ihn haben«, gab er Bescheid. In der Erregung klang es belegt, und die Antwort biblisch.

Unwillkürlich schaute sie zum Fenster des Spötters mit den königsblauen Augen hinauf, aber die Läden Jakobs waren noch zu. Auf die Entfernung konnte man sich nicht verlassen, die Büsche warfen den Schall zurück, die Akustik besaß ihre Tücken. Sie machte Erwin darauf aufmerksam, über die Ablenkung froh. Sie hatte ihn gern, doch Erwin empfand das Gebot, leise zu sprechen, als den Beginn aller Seligkeit.

Der Kaffee wirkte wie Champagner auf ihn, und dem Beschwingten konnte sie nicht gut sagen, daß man auch essen müsse. Viel einfacher war, vom langen Weißbrot kleine Scheiben zu schneiden, mit dem Löffelchen Konfitüre darauf zu tun und sie ihm hinzulegen. Nun aß er willig wie ein Kind und hungrig wie ein junger Wolf. Sie wäre kein Mädchen gewesen, hätte sein Gehorsam sie nicht gerührt.

Er aber – als ihre Hand auf der Tischdecke ruhte, lag übereins seine Stirn darauf, so daß sie die weichen Brauen spürte, die dicht und aschblond wie ihre eigenen waren. Er wisse, wie töricht er sich aufführe, sagte er, und alles brach in einem heißen Strom hervor. Sie gehe fort, er sehe sie nie wieder, und heute, hier, in diesem Garten sei ihm nur ein Augenblick gegönnt, im nächsten werde jemand kommen, Manon oder Jakob, der Gärtner oder der Baron. Was solle einer denn tun, dem man keine Zeit lasse und der doch seine Sache führen wolle? Nur eine Bitte habe er und sie enthalte nichts, was sie beleidige.

Er hatte, noch immer in dieser Lage, den Kopf zur Seite gedreht, damit sie ihn verstehe. Sie sah sein edles Jünglingsgesicht, die klare

Stirn, den reinen Mund und die ritterhafte Nase, die der Kaiser Maximilians auf den alten Holzschnitten glich. Mit einem scheuen Blick nach Jakobs Fenster neigte sie sich zu seinem Ohr und fragte, worin die Bitte, die nicht zu nahe treten wollte, bestehen mochte.

Darin, daß er ihr schreiben könne, daß er in Verbindung mit ihr bleibe, stieß Erwin hervor. Sie fuhr ihm mit der freien Hand übers Haar, und einer der Nägel ritzte ihn ein wenig am Hals. Die Spur, nicht mehr als ein weißer Strich, senkte sich in ihn wie Feuer, und die Locke, die sein Ohr berührt hatte, durchhallte ihn wie Donner.

»Man kommt und – natürlich darfst du mir schreiben.«

Erwin richtete sich hastig auf. Wenn Jakob, der vom Hause nahte, die Bewegung gesehn hatte, ließ er es nicht merken. Die Farbe seiner Augen war so intensiv wie das Blau, das an Föhntagen ohne Regen der Neuenburger See hatte.

»Heiß ist es bei euch«, sagte er, die Stirn abwischend. »Was habt ihr zu trinken, Kaffee? Könnte ich ein Glas Wasser dazu bekommen?«

Josepha rief nach Manon. Gewöhnlich reichte die Stimme bis zur Küche, die um die Ecke lag. Man hörte die Köchin den Namen laut wiederholen. Jakob stand auf und ging selber hin. Die Köchin reichte ihm ein Glas Wasser und sagte, sie werde gleich frischen Kaffee bringen.

Als sie nach einer Weile kam, fragte Josepha:

»Was ist mit Manon? Irgendwo im Haus muß sie doch sein.«

»In ihrem Zimmer«, erwiderte die Köchin. »Elisa wollte hinein, aber sie hat sich eingeschlossen. Das geht doch nicht, man wird es der Frau Baronin sagen müssen.«

Josepha erklärte, sie wolle selbst nachsehn.

»Ach, bleib doch und billige auch mir das Vergnügen, in deiner Nähe zu frühstücken«, bat Jakob. Er zog eine englische Holzpfeife hervor und begann sie zu stopfen. Der Baron hatte einige Büchschen der neuen teuren Schwefelhölzer aus London mitgebracht und ihm eines geschenkt.

Josepha goß allen noch einmal Kaffee ein. Später überlegten sie, was man mit dem Morgen anfangen könne. Im Postwagen, sagte Jakob, habe jemand von drei Automaten, die den Fremden in einer Schaubude gezeigt würden, erzählt.

»Ja, vor ein paar Jahrzehnten hat sie ein Uhrmacher aus La-Chaux-de-Fonds mit seinem Sohn angefertigt, und für den Augenblick sind sie in ihre Heimat zurückgekehrt – drei künstliche Menschen, der eine schreibt, der andere zeichnet, der dritte, ein Mädchen, spielt gar Klavier.«

Sie wurde von der Köchin unterbrochen, die abermals erschien und ihr mitteilte, man höre Manon in der Dachstube schluchzen.

Jakob war bleich geworden, Josepha sah es zufällig. Beunruhigt folgte sie der Köchin.

»Vielleicht ist es Liebeskummer, vielleicht auch eine schlechte Nachricht von daheim«, sagte Erwin.

»Was weiß ich«, erwiderte Jakob heiser und stand auf, um die Sonnenuhr an der Mauer zu betrachten.

Es verging lange Zeit, dann räumte Elisa, das andere Mädchen, den Kaffeetisch ab. Sie berichtete, Fräulein Josepha lasse niemand zu Manon herein und habe nach dem Doktor geschickt. Erwin fiel die Angst der Baronin vor der Cholera ein, aber die Cholera gab zuerst ihr Gastspiel in Wien.

»Man möchte fast glauben, das Mädchen habe sich ein Leid angetan«, sagte Elisa und ging. Jakob erklärte, er müsse sich Bewegung machen. Erwin könne ihn am Seetor treffen.

8

Als Erwin sich allein sah, stieg er zu seinem Zimmer hinauf, um den Band Pückler zu holen. Oben angelangt, hörte er draußen seinen Namen rufen, meldete sich am Fenster und sah eine veränderte Josepha.

»Wo ist Jakob?« stieß sie hervor.

»In die Stadt gegangen.«

»Ich muß dich sprechen, bleib wo du bist«, rief sie hinauf. Er wartete. Sie trat ein, schloß sorgfältig die Tür, lehnte sich verzweifelt an seine Schulter und stieß das eine Wort »Manon –« hervor. Alles war verändert, er der Mann, der Schutz gibt, sie das Mädchen, das ihn sucht. Was aber konnte sich zugetragen haben, das diese Wandlung erzwang?

Es mußte etwas Schlimmes geschehen sein, da sie immer wieder ansetzte und die Worte nicht fand. War es eine Liebesgeschichte? Sie gab einen gequälten Ton von sich. Liebe, was hatte Liebe damit zu tun? Er wurde aufmerksam und begann, Fragen zu stellen. Schon bei der zweiten nickte sie.

Also Jakob hatte das begehn können, im Hause seines Gastgebers, des Beschützers seiner Schwester, und an einem Mädchen, das lieblich wie eine Knospe war, fast noch ein Kind. Hatte sie einen Selbstmordversuch gemacht, war deshalb der Doktor da? Aber Josepha schüttelte den Kopf, es sei nur die seelische Erregung, erklärte sie und lachte schrill. Nachdem es gesagt war, entströmten ihr die Tränen. Dann öffnete sie die Tür, an der der Arzt vorüber mußte, wenn er von oben kam. Als sie ihn hörte, eilte sie ihm entgegen, und Erwin folgte ihr.

Er müsse mit ihm sprechen, redete er den Doktor an. Ja, das werde wohl nötig sein, erwiderte der, und alle drei kehrten in Erwins Zimmer zurück. Die Kleine werde es überwinden, berichtete der Arzt und fügte für Erwin auf lateinisch hinzu, es falle doch nicht so leicht, sich eines kräftigen Mädchens zu bemächtigen. Am wichtigsten scheine ihm, dem Ehepaar die Wahrheit zu ersparen und dem Personal sie zu verschweigen. »Dem jungen Ding habe ich schon versprochen, daß es dem Missetäter nicht mehr begegnen wird«, fügte er hinzu.

Erwin sagte: »Wir müssen die Stadt sofort verlassen. Wo ist der Baron?«

»Auswärts am See, er kommt erst mittags zurück«, berichtete Josepha.

»Um so besser. Ich muß nur wissen, ob heute morgen noch eine Mallepost abgeht, ganz gleich wohin.«

Der Doktor sah auf die Uhr, es war neun. In einer Stunde fahre der Eilwagen nach Bern, erklärte er. Blieb die Baronin. Josepha sagte, so früh dürfe man nicht stören, irgendeine Entschuldigung genüge, sie werde sie finden. Sie war auch bereit, die Sachen der beiden zu packen und den Kutscher damit zur Post zu schicken. Erwin schloß sie in die Arme, und sie küßte ihn. Dann eilte er in den Ort, um Jakob zu suchen, fand ihn aber gleich vor der Post. Jakob wollte wissen, was sich zugetragen habe.

»Genug, was dir den Hals brechen kann«, erwiderte Erwin und ließ ihn im Glauben, nur schleunige Flucht rette sie beide.

Sie bekamen die zwei letzten Plätze. Als alles geregelt war, blieben noch zwanzig Minuten übrig. Erwin zum Leid. Wie Abenteurer oder wie Diebe machten sie sich aus dem Staub, und für die Gewissenlosigkeit Jakobs büßte er, gab das Glück gemeinsamer Tage mit Josepha hin.

Plötzlich sah er aus der Gasse, die auf den Platz mündete, das liebe Mädchen kommen. Er erkannte sie sofort, obwohl der große Schutenhut ihr Gesicht verbarg.

»Das ist Josepha, vermutlich bist du es, dem sie Lebewohl sagen will«, ließ er voll Hohn Jakob wissen und sah mit Genugtuung, daß der sich in den Posthof zurückzog, weil ihm gar nichts anderes als die Rolle des Feiglings übrigblieb.

Er selber ging ihr entgegen; wie weich und zärtlich waren die Bewegungen einer Frau. Und in der Hand hielt sie drei rote Rosen.

Vier, fünfmal gingen sie auf dem Gepflasterten hin und her. Es prägte sich ihm alles unvergeßlich ein, die verschnittenen, kurz gehaltenen Platanen, die zum Trocknen ausgespannten Netze und zwischen den höheren Dachgiebeln der tiefere mit dem Storchennest.

»Was hast du vor, wirst du dich mit ihm vertragen?« fragte sie.

»Ich weiß nur, daß wir uns trennen werden. Ich mag ihn nicht mehr sehn. Aber vorher soll er wie eine arme Seele schmoren; ich habe ihm gesagt, daß Manon ins Krankenhaus kommt.«

»Dabei mußt du nicht bleiben, er könnte nie mehr ruhig schlafen.«

»Was schadet es? Man darf nicht so weichherzig sein. Wir sind wohl alle in dieser einen Stunde älter geworden findest du nicht auch?«

Sie nickte. In der Tat, seit gestern war er männlicher geworden; aber sagen konnte sie es ihm nicht gut. Und nun war es Zeit, auseinanderzugehn. Sie hielt ihm die roten Rosen hin, er stieg ein, der Postillon blies, der Wagen entrollte auf dem Pflaster, das bald in den natürlichen Boden der Ebene überleitete.

Erwin versuchte zu lesen, das Gerüttel war zu stark. Böse schaute er zu Jakob hinüber, dem eine Falte zwischen den Brauen stand. Die Frauen unterhielten sich gern mit ihm, und Erwin sah nicht ohne Erbitterung, daß ihr Wohlwollen noch dem Schläfer galt. Wenn er selber die Augen schloß, erblickte er Josepha. Die Liebe war wie der Stachel einer Biene; man trug ihn mit, die Entfernung milderte nicht den süßen Schmerz.

Den Gesprächen der Mitfahrenden entnahmen sie, daß auch der Kanton Bern die Erschütterung der Julirevolution erfahren hatte – vor vier Tagen sei die neue Verfassung in Kraft getreten und werde vom Volk gefeiert. Sie merkten es, als sie ankamen, an den Flaggen und geschmückten Straßen. Das Bärenwahrzeichen hing überall. An Wirtschaften war kein Mangel; es blinkten Öllampen darin und standen blanke Tische. Es erschollen Gemeinschaftsgesang, Mundharmonika und Wiener Akkordion daraus.

Sie hatten beide nichts von der Welt gesehn; daß es aber viele Städte gebe, die so sauber die alten Lauben reihten, so reich, mit Rot und Gold, an Brunnen waren, das konnten sie schwer glauben. Es war die einzige Übereinstimmung, in der sie sich fanden.

Jakob verlangte, als sie bei Wein und Gebratenem saßen, endlich zu hören, was in Neuchâtel geschehen sei. Erwin sagte:

»Ja, wenn du mir vorher erzählst, wie es mit dem armen Mädchen gewesen ist. Hast du nach warmem Wasser gerufen und sie in dein Zimmer gelockt, oder bist du ihr in ihres nachgegangen und dort über sie hergefallen, so daß sie den Verstand verloren hat und von Amts wegen eingesperrt werden muß?«

»Das ist unerträglich, ich will die Wahrheit wissen.«

»Noch unerträglicher ist, daß Josepha vor Beschämung in den Boden sinkt, wenn der alte, gütige Herr sie fragt: ›Wie konnte dein Bruder dir das antun?‹ Muß er nicht an ihrer Familie, an ihrem Blut irre werden und sie nach Hause schicken? Und nicht nur das – der Bruder, zuerst ein Lüstling, entweicht der Verantwortung feige.«

»Ich will verflucht sein, wenn wir morgen abend noch zusammen sind«, stieß Jakob hervor.

»Und ich meinen Schöpfer loben, wenn du mich von deiner Gegenwart befreist«, erwiderte Erwin.

Sie hoben beide das Glas und leerten es zur Bekräftigung. Sie setzten es nicht eben glimpflich hin. Die Wirtstochter im blauen Rock und roten Mieder nahm es als ein Zeichen, daß sie noch ein Schöppchen brauchten. Aber Erwin zahlte, stand auf und wollte in sein Zimmer gehn.

»Einen Augenblick – laß mich etwas sagen«, bat Jakob. »Ich könnte mich damit entschuldigen, daß das Mädchen in Neuchâtel mir warme Augen machte und daß ich sie für erfahren hielt – du verstehst, für heißblütig und erfahren. Bei uns hat man von den Franzosen die Vorstellung, sie dächten alle an nichts als das und williger als ein Zöfchen könne niemand sein. Und als sie sich wehrte, lief mir auch so eine angelesene Behauptung unter – in gewissen Augenblicken dürfe man nicht an Blödheit leiden, die Schöne werde es schon vergeben.«

»Du suchst es zu erklären, was überflüssig ist, da ja alles irgendwie erklärlich sein muß. Du suchst dich zu entschuldigen, aber es ändert nichts an der Tat. Von der Tat muß man ausgehn, für die Tat hat man einzustehn«, erwiderte Erwin heftig.

»Pardon, ich habe gesagt, daß ich mich entschuldigen könnte, es aber unterlasse. Es bleibt dir unbenommen, mich einen brutalen Burschen oder gar einen Schweinehund zu nennen. Aber daß du mich einen Feigling genannt hast, das trifft. Als ich vor der Post wartete, sagte ich mir selbst, es sei rühmlicher, auszulöffeln, was man sich eingebrockt hat, aber dann kamst du mit diesem Wort Krankenhaus, und da dachte ich nur noch: Fort. Jetzt ist es zu spät, und den Feigling muß ich einstecken, statt daß ich dir an die Kehle fahre.«

»Und was weiter, worauf willst du hinaus? Du meinst, du seist schon freigesprochen, weil dein Stolz sich einer Demütigung unterwirft? Zum Beispiel, wenn dein Vater dich zur Rede stellt, erklärst du, genug dadurch gebüßt zu haben, daß du den Feigling hinunterschluckst. Gewiß, angenehm mag es nicht sein, aber wenn du es unerträglich findest, schieß dir eine Kugel vor den Kopf, du Narr und Egoist.«

Jakob wurde bleich, für Erwin gab es kein Halten mehr:

»Herrgott, um siebzehn, achtzehn sind wir alle alt, du, Josepha, Manon, ich, und sind von einem Augenblick zum andern aus unserm Alter geworfen worden, durch deine Schuld. Wenn Manon mit dem Schreck davonkommt, hast du ihr doch für immer den frohen Sinn zerstört. Josepha zwingst du brutale und sinnliche Bilder auf, die vergiften, mich aber hast du um das Holdeste gebracht, wovon ich nicht reden mag. Mach es mit deinem Gewissen ab«, schloß er hart und ging.

9

Jakob blieb sitzen. Vom Lärm der Eidgenossen hörte er nichts, er starrte in sein Glas. Was Erwin angerufen hatte, das Gewissen, es regte sich nun doch. Wenn das Schlimmste eintrat und man ihn wegen Nötigung verhörte, kam über die Familie Schande. Um Gewißheit zu haben, hätte er nach Neuchâtel zurückkehren müssen. Er überlegte, da setzte sich zu ihm der Hagere vom Nebentisch. Herübergeschaut hatte er schon lange.

»Fremd im Kantönli, vermutlich ein Dütscher?« fragte der Unbekannte.

War er Mephisto, so mußte er die Sprache des Landes gründlich studiert haben, Ch und R gelangen vorzüglich. Da er keine Antwort erhielt, wiederholte er die Frage auf französisch, englisch, Mephisto kam als Polyglott. Sein schlauer Blick war zugleich verstohlen. Er witterte mit ihm wie ein Tier, das sich die Flanken frei hält. Jakob vermutete, er könne ein Spitzel sein, wenn es ihm auch unklar war, in welchem Dienst. Hatten die Schweizer, die freiesten von allen, auch eine Fremdenpolizei?

Der Mann fing mit dem Verfassungsfest an und geriet bald in die Unruhen der Zeit, die die eines Erdteiles waren. Überall hatte es sich schon geregt, allenthalben regte es sich noch: in Spanien, in Polen, in Portugal, wo der abgedankte Kaiser von Brasilien seine Tochter, ein Kind von zwölf Jahren, auf den Thron zurückzuführen suchte, oder im Kirchenstaat, wo ein in der Schweiz nicht Unbekannter, der Sohn der Exkönigin Hortense, bei den Insurgenten war.

Welcher von den Prinzen, fragte Jakob, es gebe zwei, der ältere heiße Napoléon Louis, der jüngere Louis Napoléon.

Ah, er wisse Bescheid. Dann habe er noch nicht vernommen, daß der ältere neuestens in Italien gestorben sei.

Worauf wollte der Mann hinaus? Eine Viertelstunde später hatte Jakob erfahren, daß nicht nur der portugiesische Prätendent Parteigänger anwerbe; Handgeld zahlten auch der aus Braunschweig vertriebene Herzog, der augenblicklich in Madrid sitze, und die von den Franzosen in Algier eingerichtete Fremdenlegion – der strömten Deutsche in Scharen zu, einfache Leute und auch feine, wer immer vor den Fürsten und den Beamten weiche.

Jakob wurde zum Trinken ermutigt, doch blieb er auf der Hut und sagte:

»Angenommen, ich hätte Lust, einen Sprung nach Afrika zu machen, wie fädeln Sie es ein?«

»Sehr einfach, man gibt Ihnen die Visa für einen Ausflug nach Lyon, und mit drei andern, die sich zu diesem Vergnügen schon entschlossen haben, gehn Sie über die Grenze, wo Sie alles finden, was Ihr Herz begehrt, Burgunderwein und pfirsischbraune Mädchen«, sagte der Werber träumerisch.

»Pfirsiche sind nicht mein Geschmack«, erklärte Jakob, was überflüssig war und ihn in falschen Verdacht brachte; eine unbestimmte, aber liberale Handbewegung verriet es.

»Und wenn man dem Landsmann, dem Braunschweiger, den Vorzug gibt, welche Visa erhält man dann – die spanischen?« erkundigte er sich weiter.

»Ebenfalls die französischen, der Vertrauensmann des Herzogs wohnt in Paris.«

»Und heißt?«

»Das, Monsieur, vorzeitig mitzuteilen, bin ich nicht befugt.«

»Sie sind vorsichtig. Nun wohl, ich bin es auch. Wer gewährleistet mir, daß die Stelle, an die Sie mich schicken, nicht ein Büro der Fremdenlegion ist?«

»Das nicht, Sie können beruhigt sein. Der Vertrauensmann existiert, aber es ist noch nicht soweit, daß schon die Teilnehmer geworben würden. Vorerst ist man bei der Ausrüstung und den Schiffen.«

»Den Schiffen?« fragte Jakob. »Ich wüßte nicht, daß Braunschweig am Meere liegt.«

»Nehmen Sie denn an, der Herzog führe seine Legion durch die Länder des Deutschen Bundes, der schon seinen Nachfolger bestätigt hat? Er muß bei Hamburg oder Bremen landen –«

»Ich verstehe.«

»Nein, noch nicht. Bei diesem Unternehmen kann man keine unausgebildeten Leute brauchen, es müssen alte Soldaten sein. Ich hätte gar nicht davon sprechen sollen – mein Auftrag geht dahin, bei Gelegenheit auf Offiziere, die eine Anstellung suchen, zu achten.«

»Dann brauchen wir nicht länger zu verhandeln«, sagte Jakob und lehnte einen neuen Versuch, ihm die Fremdenlegion mundgerecht zu machen, ab. Der Werber dachte eine Weile nach, dann begann er von neuem:

»Sie sind Student?«

»Woher wissen Sie das?«

»Man hat seine Beziehungen zur Polizei. Sie machen vermutlich eine Ferienwanderung und gehn auf die Universität zurück?«

»Ich beziehe sie, will sagen, ich fange mein erstes Semester an.«

»In jedem Fall sind Sie Student. Ein Student hat ein Ehrenwort und hält es, wenn er es gegeben hat?«

Jakob nickte, neugierig, was nun kam.

»Hören Sie. Wenn ich Ihr Wort besitze, daß Sie alles, was wir heute abend gesprochen haben und noch sprechen, für sich behalten, mache ich Ihnen einen Vorschlag, den Sie ebenfalls vergessen werden, falls wir uns nicht einigen können.«

»Sie haben mein Wort«, sagte Jakob und erfuhr nun, worum es sich handelte.

Der Werber rechnete auf das große Geschäft, die Reisläufer und Söldner, der Herzog konnte sofort ein paar hundert haben. Er hatte aber auch Vorräte anzubieten, im Augenblick waren es Leder und Leinen und Werg. An den Vertrauensmann des Herzogs sollten also Angebote auf Menschen und Waren gehn, aber man übergab sie besser nicht der Post. Die französische Regierung fürchtete Umtriebe der verjagten Bourbons und unterhielt ein schwarzes Büro. Deshalb, wenn Jakob die Papiere nach Paris bringe, biete er ihm freie Reise und eine Vergütung von hundert Franken an – Zuschuß für einen Studenten, der sich diese Stadt ansehn wolle.

»Gut«, sagte Jakob, »ich bin einverstanden. Wann soll ich fahren?«

»Morgen mit der Diligence nach Genf. In Paris gehn Sie sofort ins Hôtel de Castille und übergeben die Papiere eigenhändig dem Vicomte Maslin. Schreiben Sie nichts auf, wiederholen Sie den Namen: Hôtel de Castille und Vicomte Maslin. Was haben Sie? Ist der Vicomte Ihnen bekannt?«

»Ich weiß nicht, ob es der ist, den ich meine. Können Sie mir etwas über seine Vergangenheit sagen?«

»Ein Emigrant, der in Rußland gedient und die berühmte Belagerung von Hüningen auf französischer Seite mitgemacht hat. Ist es der, den Sie meinen?«

»Ohne Zweifel. Er verkehrte in der Hüninger Zeit in meiner Familie, und ich denke, daß er sich erinnern wird«, gab Jakob zur Antwort.

»Um so besser«, meinte der Schweizer, »was aber werden Sie Ihrem Freund erklären?«

»Wir haben Streit gehabt und beschlossen, jeder solle seine eigene Wanderung machen.«

»Um so besser«, hieß es zum zweitenmal.

Jakob hätte gern etwas über die Umstände, unter denen der Herzog vertrieben worden war, gehört. Als der Werber zu verstehn gab, daß er dank den Zeitungen recht gut Bescheid wisse, bestellte Jakob zwei neue Schöppchen. Der Werber erzählte und begann mit dem Großvater des Herzogs: Anno 1792 führte er die Preußen gegen die Sansculotten und kehrte um. Die Mutter, eine badische Prinzessin, starb so früh, daß dem Kind keine Erinnerung an sie blieb. Seine Jugend war eine Folge von Irrfahrten; man floh vor Napoleon, der das Land dem Königreich Westfalen einverleibte. Karl war noch nicht elf alt, als der Vater bei Quatre-Bras fiel.

Der Vormund gehörte der jüngeren Linie des Hauses an, die England regierte. Er gab, als Karl mit achtzehn mündig wurde, das Vermögen nicht frei – ein ungeheures Vermögen, der Braunschweiger war der Nabob unter den deutschen Fürsten. Der Vormund, ein mit Skandalen beladener Mann, schickte die Erzieher. Sie reisten mit dem Prinzen, der sie haßte. Er wandte sich an Metternich, der an den Vormund, der König in England geworden war. Endlich konnte Karl als Herzog in seine Hauptstadt einziehn und über den Reichtum verfügen, was er mit vollen Händen tat.

Um sich in seiner neuen Würde zu zeigen, ging er auf Reisen, mit einem Gefolge und Troß, wie man es vor zweihundert Jahren gesehn hatte. Ein französischer Coiffeur kräuselte ihm die Locken. Er trug die Uniform der Schwarzen Jäger, aber sie war auf Taille gearbeitet, übersät mit Diamanten und Orden. Um die Schultern hing an silbernen Fangschnüren ein Dolman, der mit Seide gefüttert war.

So durchfegte er auf arabischen Pferden den Hydepark und lenkte den Viererzug vor der Mailcoach. So auch überritt er das Herz der jungen Charlotte Colville, die nur die Tochter eines Admirals war. Er entführte sie nach Deutschland, ließ sich zur Linken trauen und gab dem Töchterchen, das sie gebar, den Namen einer Gräfin Colmar. Ein bizarrer Einfall, die Kleine hat nicht das geringste mit der elsässischen Stadt zu tun. Das Kind blieb ihm, als Lady Colville, seiner müde, nach England floh.

Er kümmerte sich nicht um die Regentengeschäfte und nicht um die versprochene Verfassung, immer wieder ging er außer Landes und brachte die Bürger gegen sich auf. Die Beamten, der Adel, die Minister wiederum warfen ihm vor, daß er sein Vertrauen einem Schreiber schenkte, der der Sohn eines Tischlers und mit der Tochter des Kochs der Lady Colville verheiratet war. Dieser Mann amüsierte ihn durch die Kunst, alt oder jung, dick oder dünn, kurzum jedermann am Hof und in der Stadt aufs täuschendste nachzuahmen. Es konnte geschehn, daß ein gesetzter Geheimrat atemlos mit Depeschen in der Mappe vorgelassen zu werden verlangte und die Lakaien ihn ins Schlafgemach führten – auch der Herzog bemerkte erst nach einer Weile, daß der Geheimrat sein lieber Bitter war. Er machte ihn zum Direktor der Privatkanzlei und eines Tages zum Freiherrn von Andlau – auch diese Stadt lag im Elsaß, im Monde.

Als der letzte Bourbon in Paris die Einnahme Algers feierte, war Karl von Braunschweig anwesend. Unmittelbar danach brach die Revolution aus. Er floh vor ihr nach Brüssel, und sie folgte ihm. Er floh nach Braunschweig, und sie holte ihn ein. Aber die Deutschen waren um einen Tag zu langsam. Er konnte in sechzehn Wagen, die ihn angeblich zur Krönungsfeier nach London begleiten sollten, alles packen, was nicht niet- und nagelfest war – Truhen voll Goldmünzen, Bündel von Wertpapieren, Diamanten, Geschmeide, Kunstgegenstände. Die Wagen standen im Park, am Abend setzten sie sich mit dem Herzog in Bewegung. Als er zurückblickte, rötete den Horizont der Brand des Schlosses, das die Soldaten nicht mehr verteidigten.

Sein Töchterchen war schon in London, Andlau traf auf Schleichwegen ein. Die Nachfolge in Braunschweig trat Karls Bruder an. Karl kehrte auf einem der neuen Raddampfer zum Festland zurück, erließ von Frankfurt einen Aufruf an seine Bauern, sagte alle Freiheiten zu, die er bisher abgelehnt hatte, und versuchte, sein Land zu betreten. Das preußische Militär wies ihn ab.

Louis-Philippe nahm ihn unfreundlich auf, mit allen Ehren der König von Spanien, der noch absolut wie in den alten Zeiten regierte. Hier beschloß der Herzog, eine Legion auszurüsten, soeben verlegte er seinen Wohnsitz nach Nizza. An Andlau in Paris gingen Anordnungen. Er wohnte im Hotel de Castille, wo der Herzog eine Zimmerflucht behalten hatte, und zum Stab Andlaus gehörte der Vicomte Maslin.

10

Bis Genf fand Jakob noch leidliches Wetter, die französische Grenze überschritt er unter Regengüssen. Beim Anblick der ersten dreifarbigen Kokarde ergriff ihn ein eigentümliches Gefühl. Erregender als das Wort Freiheit war keines in der Menschenwelt. Grinsend sagte der Zöllner, die Reisenden hätten Glück: morgen werde die Cholerastation, das gelbe Haus, eröffnet.

Das Unwetter hielt die ganzen drei Tage an. Nur gelegentlich warf die Landschaft die Schleier ab. Dann sah man Kuppen, Schluchten und Wald sich weithin dehnen. Die Fahrt war nicht teuer, da die Unternehmer Krieg miteinander führten. Von Straßburg gelange man jetzt für zwanzig Francs nach Paris, erzählte ein Reisender in Sheffieldstahl. Er bediente sich des Deutschen und sprach es so komisch aus, daß Jakob ihn fragte, wo er es gelernt habe. »An der Mutterbrust, mein Gutester«, lautete die Antwort. Jakob hatte noch nie Sächsisch gehört.

Ein blutjunger Bursche, der an diesem Morgen zugestiegen war, lachte hellauf, als er die Antwort vernahm. Der Sachse sprach ihn an:

»Landsmann?«

»Pfälzer«, lautete der Bescheid. Der Sachse zog mit ein paar Fragen alles aus dem rotwangigen Knaben heraus. Er hieß Krautheimer und hatte einen Onkel, Koch in Paris. Mit zwei Gulden fuhr er zu ihm, um zuerst marmiton, dann omnibus, dann garçon zu werden. Diese drei Worte machten ein Zehntel seiner Sprachkenntnisse aus und standen für Küchenjunge, Ausläufer, Kellner.

Die Wirte plünderten die Reisenden. In Sens rechnete man Jakob das Bett mit acht Francs und ein Glas Zuckerwasser mit einem an. Man habe ihn für einen Engländer gehalten, nur ein Engländer könne in Frankreich etwas anderes als Wein oder Kaffee bestellen, erklärte ihm lachend das hübsche Mädchen, das in Sens mit einem jungen Mann einstieg.

Es war der vierte Tag der Reise, das letzte Stück. Die Landstraße trug einen gepflasterten Mittelstreifen, auf dem die Diligencen das Vorrecht hatten, die andern Wagen wichen ihnen aus. Wenn sich einmal ein Fuhrmann schwerhörig stellte, ging es laut zu, aber doch nicht grob, eher lustig als mit greulichen Flüchen.

Jakob hatte wenige französische Gesichter gesehn, gleichwohl schien ihm keines französischer zu sein als das des Mädchens, das ihm seit Sens gegenübersaß und mit ihm, ihrem Begleiter, den übrigen Insassen auf eine ihm neue Art plauderte – rasch, lebhaft, fröhlich und ungemein bestimmt, ungemein sicher.

Das Gesicht war so regelmäßig, daß ein Längsschnitt durch das Köpfchen es in zwei vollkommen gleiche Hälften geteilt hätte. Im Verlauf der Stunden zog Jakob die Linie immer wieder nach. Sie begann, wo über den blonden Scheitel das Zipfelchen der phrygischen Reisemütze aus schwarzem Moiré fiel, und endete auf dem Grübchen des energischen kleinen, leise unterpolsterten Kinns. Zwischen diesen beiden Punkten trennte sie die hochgewölbten Brauen, lief auf dem Nasenrücken, durch keinen Höcker beirrt, zu den gedrungenen Nüsterchen und überquerte den in den Winkeln emporgebogenen Mund.

Die Locken an den Schläfen bauschten sich in kurzen, kühnen, schöngepflügten Wellen mänadisch auf, und in den hell blickenden Augen wohnte die Intelligenz. Fern waren die Mädchenscheu, das Verhaltene und Innige der Gesichter daheim – zum Greifen nah, mit Schalk und Spott, die Feinheit der schwingenden Lippen.

Sie hatte eine Unmenge von leeren Kartons bei sich, um sie in Paris für die Mutter, die Modistin in Sens, mit Hutformen, Bändern und Stoffen zu füllen. Gewiß, sie sei siebzehn, aber schon drei Jahre im Geschäft und werde jetzt in einem Laden des Faubourg Saint-Germain die letzte Ausbildung erhalten, erzählte sie.

»Und dann?« fragte eine mitreisende Bürgerin.

»Dann, Madame, wird sich zeigen, ob es für Paris reicht oder nur für Sens«, erwiderte sie freimütig.

Sie hieß Francine, der Bruder Raymond. Er mochte zwanzig sein und war Medizinstudent. Als er hörte, daß auch Jakob das sei oder werden wolle, überschüttete er ihn mit Namen von Hospitälern und Professoren: Dupuytren, Broussais, Sanson, Chomel. Logier führe im Hôspital Necker aufs eleganteste die bilaterale Lithotomie aus, und kein Geringerer als Civiale komme, um sein Assistent zu sein.

Jakob schrieb sich die Wohnung Raymond Boulangers auf, sie lag am Odéontheater. Der Regen rauschte nieder, als sie am Abend die Bannmeile erreichten. Das zu Bern gekaufte Köfferchen in der Hand, stand er eine Weile später recht hilflos unter dem Bogen des Posthofs und sah zum ersten Male Gaslaternen. Leuchttürmchen der Großstadt, durchschimmerten sie den Dunst. In Gasthäusern war er gewesen, aber noch nie in einem Hotel, worin Herzöge Zimmerfluchten mieteten. Der Vicomte war sicher beim Speisen, oder er saß in einem Theater.

Francine und Raymond hatten einen Kutscher angerufen und warteten, bis ihre Sachen aufgeladen waren. Francine sagte zu ihrem Bruder, der junge Deutsche scheine sich nicht zurechtzufinden, man müsse ihm helfen. Sie kam auf ihn zu und fragte, wohin er wolle, sie könnten ihn dort absetzen.

Er erwiderte, im Hotel de Castille habe er etwas zu übergeben, wisse aber nicht recht, ob er eingeladen werde, da zu wohnen. Es sei nicht einmal gewiß, daß er den Herrn antreffe.

»Das erfahren Sie sofort beim Portier, wir warten solang, und wenn Sie nicht bleiben wollen, läßt Raymond Sie auf seinem Sofa schlafen.«

So fuhr er mit den beiden stadteinwärts. Der Zauberlaternen

im Regenschleier wurden immer mehr, und als sie beim Palais-Royal an der glasgedeckten Galérie Orléans vorüberkamen, schien sie ihm eine Grotte der Feen zu sein, taghell beleuchtet, mit Menschen gefüllt, die vor den Auslagen standen, an Tischchen saßen, plaudernd umhergingen.

Viele Kutschen rollten, es waren wunderbare Privatcoupés darunter. Die hohen Wände der Gassen hallten von den Hufen wider. In dieser Stadt gab es keine Nacht, die Magazine waren so spät noch offen, und auf den Scheiben stand der Name mit Goldbuchstaben.

Das Hotel de Castille lag an der Ecke der Rue de la Paix und des Boulevard des Capucines, daher es zwei Eingänge hatte. Der Fiaker mußte hinter einer Reihe anderer halten, um diese Zeit fuhr man zum zweiten Akt in die Oper. Ein Chasseur eilte mit einem Regenschirm herbei, Francine trug ihm auf, nach dem Vicomte Maslin zu fragen. Der Junge brachte die Nachricht zurück, der Herr sei zu Hause, aber schwerlich zu sprechen. Jakob sagte, er werde es erzwingen, und stieg aus. Die Geschwister fuhren weiter.

Der für eine Schweizer Wanderung angezogene Student mit dem Köfferchen machte keine gute Figur im Rot und Gold des Vestibüls. Die hohen Spiegel sagten ihm, was er schon wußte. Er hatte in Sens ein Briefchen vorbereitet, das nur die Worte »Von Ch. M. in Bern« enthielt. Er schaute zur Treppe empor, auf der der Chasseur verschwunden war. Der Chasseur kam wieder zum Vorschein, beim Absatz, und winkte. Durch Gänge, die wie das Labyrinth des Minos waren, wurde Jakob in ein Vorzimmer geführt. Eine einzige Kerze füllte es eher mit Schatten als mit Licht.

Die Tür hinter ihm fiel zu, die zum Nebenzimmer war angelehnt, und durch den Spalt drang ein Schein, bald auch eine Stimme, die ihn mit militärischer Kürze aufforderte, einzutreten. Vielleicht verlangte die Höflichkeit, erst anzuklopfen, doch schien ihm das eher eine Vorschrift für Lieferanten zu sein. Er öffnete und erblickte nebeneinander das behagliche Bett, das schon zurückgeschlagen war, den Sessel, worin eine eingewickelte Gestalt saß, den Schreibtisch mit der grünen Lampe und den gehäuften Papieren, darüber schließlich das Bild des Kaisers in Ornat und Lorbeerkranz.

Die Gestalt im Sessel sagte:

»Was für eine Idee, um neun Uhr abends Besuch zu machen, junger Mann.«

»Ich kann auch am Vormittag kommen, Herr Vicomte.«

»Es würde nichts an meiner Ischialgie ändern. Sie wissen nicht, was das ist? Man kann auch Coxalgie sagen, die Wirkung ist die gleiche. Denken Sie sich Zahnweh und verlegen Sie es in die Hüften.«

Bei diesen Worten zog er unter der Decke eine Wärmflasche hervor und hieß Jakob, die Klingelschnur dreimal ziehn, worauf bald ein Diener mit einer neuen Wärmflasche eintrat. Jakob hatte unterdessen Zeit, den Mann zu betrachten, der vermutlich sein Vater war. Er sah überraschend jung aus und war glatt rasiert bis auf die Oberlippe, die ein schmales, ausgezogenes Janitscharenbärtchen trug. Die schönen Hände fielen Jacques auf, das intensive Blau der Augen loderte ihm ins Gesicht.

Der Diener ging, Jakob zog das versiegelte Paket hervor und sagte:

»Dies ist der Grund, weshalb ich mich sofort nach der Ankunft melde, Herr Vicomte.«

»Sie wissen, was darin ist?«

»Durchaus nicht, ich bin nur Zufallsbote und weiß nicht einmal, wie Ch. M. mit vollem Namen heißt, ich habe diesen Mann nur eine Stunde gesehn – vielleicht, daß es ein Charles Müller ist?«

»Vorzüglich. D'Orsay hätte es nicht nachlässiger sagen können. Wie kommt es, daß Müller Sie gewählt hat?«

»Er suchte offenbar jemand, hielt einen Studenten für geeignet, weil man ihm das Ehrenwort abnehmen kann, und sprach mich an.«

»Sie verstehn sich kurz auszudrücken. Wie kamen Sie nach Bern? Gibt es in Bern eine Universität?«

»Nein. Ich besuchte es auf einer Wanderung.«

»Gewiß. Aber ich weiß noch nicht, von wo Sie kamen.«

»Von Lörrach in Baden, das Hüningen gegenüberliegt.«

Der Vicomte hob den Kopf ein wenig.

»Weshalb betonen Sie das?«

»Weil Ch. M. erwähnte, Sie hätten Baron Barbanègre geholfen, Hüningen zu verteidigen.«

»Lieben Sie den Kaiser?«

»Er war ein großer Mann«, erwiderte Jakob, indem er zu dem Bild hinschaute.

»Und Sie geben diplomatische Antworten, bemerkenswert an einem Deutschen. Woher haben Sie das, von Ihrem Vater? Was ist er?«

»Arzt.«

»Sein Name?«

»Kestenholz«, sagte Jakob, sein Herz schlug heftiger. Der Vicomte blinzelte.

»Kesten bedeutet in Ihrem Teil von Deutschland soviel wie Kastanien, stimmt das?«

Die Mutter hat ihm das gesagt, dachte Jakob.

»Es stimmt, man versteht darunter bei uns die zahmen, die Edelkastanien«, erwiderte er.

»Der Name ist dort wohl häufig?«

»Ja. Meine Mutter wurde nicht erst durch Heirat eine Kestenholz. Es war schon ihr Mädchenname und daher auch meiner, sie brachte mich in die Ehe mit.«

»Wie? Wollen Sie damit sagen, daß –«

»Ich wurde in Hüningen am vierzehnten Juli 1814 geboren, von Barbara Kestenholz, Herr Vicomte.«

»Ihr Vorname?«

»Später wurde ich Jakob gerufen; auf dem Geburtsschein, der französisch ist, heiße ich Jacques Fortuné.«

»Erstaunlich das, finden Sie nicht auch?« fragte nach einer Weile Maslin. »Zeigen Sie Ihre Hände, junger Mann, halten Sie sie hoch, damit ich nach der Form auch die Ballen sehn kann.«

Er betrachtete seine Hand, dann wieder die Jakobs . . .

»Kein Zweifel, die Gleichheit besteht. Es ist erstaunlich, mein Sohn. Wie benimmt man sich in diesem Fall? Äußern Sie sich bitte. Was würden Sie an meiner Stelle tun?«

»Im Deutschen haben wir ein Sprichwort, man müsse gute Miene zum bösen Spiel machen.«

»Faire bonne mine à mauvais jeu – die Deutschen haben es nur übersetzt, es ist eine sehr französische Vorschrift. A propos, wenn Ihre Angabe stimmt, dann sind Sie auf französischem Boden geboren und von einem französischen Vater gezeugt, also selber Franzose?«

»Nicht nach dem Code civil, der große Mann dort hat die Nachforschung untersagt.«

»Erst siebzehn und schon den Fragen gewachsen. Sie sind also nicht gekommen, um – wie soll ich sagen, um eine rührselige Szene zu machen?«

»Es liegt mir fern«, gab Jakob mit glänzenden Augen zur Antwort.

»Sondern um mit einem bisher unbekannten Vater ein wenig zu plaudern?«

»Man kann es so ausdrücken –«

»Dann lassen Sie uns plaudern, mein Junge. Wie steht es mit der Unterkunft, dem Abendessen, den kleinen Wünschen für den Augenblick? Ich bitte die Klingelschnur ein einziges Mal zu ziehn.«

11

Jakob träumte, man führe ihn als Mörder Manons zum Richtplatz und die Stadtsoldaten von Lörrach bliesen einen lustigen Marsch dazu. Jedoch, es klang viel kühner als das Stücklein fünf, das ihr einziges war.

Er erwachte vollends, sprang zum Fenster, schob die Vorhänge auseinander und sah ein Regiment vorüberziehn. Es war Nationalgarde, und der erste Kanonier hinter den Geschützen, Gemeiner unter Gemeinen, war der Thronfolger, Herzog von Orléans. Doch das erfuhr er erst später.

Er hatte keine Ahnung, wie man sich in einem Hotel benahm, zum Beispiel zu einem Frühstück kam. Da aber über dem Kopfende eine Klingelschnur hing, zog er daran und legte sich wieder, auf ein Zimmermädchen oder einen Kellner gefaßt. Es war jedoch ein weißhaariger Diener in Kniehosen, der ihn zu seiner Überraschung auf deutsch ansprach. Ob Herr Kestenholz gut geschlafen habe, erkundigte er sich und fragte dann nach den Wünschen, Kaffee oder Tee. Wenn Herr Kestenholz nicht im Bett frühstücken wolle, werde er das Tischchen in der Ecke decken. Die Waschgelegenheit sei nebenan, wo auch der Schlafrock hänge.

Jakob warf also einen Schlafrock über, und als er wieder ins Zimmer trat, war auf dem Tischchen alles aufgestellt, was seinen Heißhunger stillen konnte. Der Diener schenkte ihm die erste Tasse ein und ordnete noch dies und das. Der junge Herr möge sich, wenn er das sagen dürfe, in allem vertrauensvoll an ihn wenden, er heiße Häsgen, erklärte er.

»Danke, Herr Häsgen«, erwiderte Jakob. »Sie können mir gleich einen Rat geben. Ich bin hier hereingeschneit, nur mit den Sachen für eine Fußwanderung versehn. Was ziehe ich heute an, kann ich mich überhaupt mit dem Studentenrock, den Sie in der Hand haben, in diesem Hotel blicken lassen?«

»Ich wollte eben im Auftrag des Herrn Vicomte darauf zu sprechen kommen. Der Herr Vicomte ist der Meinung, daß Sie und er die gleiche Statur haben, und schlägt vor, daß Sie den Anzug, den ich sofort herüberbringe, anlegen, bis die Sachen, die für Sie bestellt werden sollen, fertig sind. Herr Kestenholz ist, wenn ich mich auf eine Mitteilung des Herrn Vicomte berufen darf, sein Patenkind?«

Jakob nickte. Irgend etwas hatte der Vicomte wohl sagen müssen.

»Habe ich richtig verstanden, man hat mich für diese Nacht im Zimmer des Barons Andlau untergebracht?« fragte er.

»Gewiß. Der Herr Baron ist gestern morgen zu einer Besprechung mit Seiner Durchlaucht an die Grenze gereist. Herr Kestenholz soll das Zimmer während seiner Abwesenheit behalten.«

Die Frage Jakobs, ob der Herzog oder der Baron sein Gebieter sei, kränkte den alten Mann. Er war herzoglich-braunschweigischer Diener und hatte den verstorbenen Herzog schon zum Wiener Kongreß, den jungen bisher auf allen Reisen begleitet, jetzt war er zu alt.

»Sie sehnen sich nach Braunschweig?«

»Ich hoffe, daß Seine Durchlaucht bald zurückkehrt.«

»Der Herzog hat dort noch Anhänger?«

»O gewiß.«

»Sie billigen, daß er die Vermittlung des Herzogs von Wellington abgelehnt hat? Er wäre wenigstens Chef seines Hauses geblieben, mit allen Ehren und der Apanage eines Souveräns.«

»Herr Kestenholz ist gut unterrichtet«, begnügte sich der Diener zu antworten.

Jakob hatte den Vicomte gefragt, wie er die Landung, die Legion, den ganzen Plan beurteile, und erfahren, daß Preußen ohne Zweifel einen Strich durch diese Rechnung machen werde, wenn nicht schon vorher die französische Regierung den Waffenankauf verhindere.

Was war Maslin, der sich trotzdem zur Verfügung stellte – ein Glücksritter, der ein paar Monate lang die Mine ausbeutete? Kein angenehmer Gedanke für einen jungen Menschen, der soeben seinen Vater entdeckt hat.

Der Diener öffnete ein Schränkchen und entnahm ihm eine Dose Zigarren, die er vor Jakob stellte.

»Danke, ich rauche Pfeife. Aber sagen Sie, wem gehören diese Zigarren? Sie haben sie nicht hereingebracht, Sie nehmen sie aus einem Möbel, das, soviel ich sehe, persönliche Dinge enthält – vermutlich sind es Andlausche Zigarren?«

»Verzeihung, es war wohl nicht korrekt«, erwiderte der Alte. »Jedoch, sie sind für die Gäste des Herrn Barons bestimmt, und diese Gäste sind zuletzt Gäste des Herzogs, der alles in den Räumen hier bezahlt.«

»Demnach danke auch ich ihm Speise und Trank, solange ich hier wohne, das wollen Sie doch sagen?«

»Wenn ich mir die Bemerkung erlauben darf, Herr Kestenholz kann diese Gastfreundschaft ruhig annehmen. Der Herzog wird nicht geschädigt, da er für die Tafel des Herrn Barons eine feste Summe zahlt, gleichgültig, ob dieser anwesend ist oder nicht.«

So ist das, dachte Jakob. Nicht der Vater, sondern der Herzog trug die Kosten seines Unterhalts. In diesem Augenblick trat der

Vicomte ein, schlank, lässig, elegant, Jakob erkannte ihn nicht wieder. Aber ohne Zweifel galt nicht der Eindruck der Nacht, wo er mit wirrem Haar im Krankenstuhl gesessen hatte, sondern der, den er jetzt, im Licht des Morgens und angekleidet, machte. Auch Häsgen schien ihn zu schätzen. Mit einer respektvoll freundlichen Verbeugung zog er sich zurück.

»Gut geschlafen? Du erlaubst?« Maslin nahm eine der Zigarren und ließ sich im Sessel nieder.

»Ich bitte, es sind nicht meine Zigarren. Ich habe festgestellt, daß sie Baron Andlau gehören.«

»Was heißt Andlau und was heißt Baron? Eines hat so viel Wert wie das andere, die echten Andlaus haben protestiert, und der Herzog ist nicht mehr souverän. Geltung hat nur noch sein Geld. Du kannst sicher sein, daß diese Rauchartikel ihm unter irgendeinem Posten in Rechnung gestellt worden sind. Hier lebt alles von Seiner Hoheit – du verzeihst, daß ich seinen Titel so übersetze, er ist unaussprechlich, selbst für mich, der immerhin in den Emigrantenjahren etwas Deutsch gelernt hat.«

Er brach ab, Häsgen trat wieder ein, legte einen Anzug aufs Bett und entfernte sich.

»Es gibt auch eine Baronin Andlau?« fragte Jakob.

»Da sie in Braunschweig bei ihrer Mutter, der englischen Köchin, geblieben ist, muß sie sich vorerst damit zufriedengeben, Frau Bitter zu sein. Deine Frage bringt mich auf den schrecklichen Gedanken, daß die Standeserhöhung sie hierherlocken könnte. Aber Andlau wird es nicht zugeben, sie unterrichtet ihn über alles, was in Braunschweig vor sich geht, der Herzog hat eine geheime Botschafterin in ihr.«

»Andlau dient ehrlich?« Maslin hob die Schultern.

»Alles in allem verdient er sein Geld. Der Herzog fällt weniger auf Frauen herein als auf Abenteurer, die die Beute wittern. Andlau hat seine liebe Not, diese Leute, die ihm hierhergeschickt werden, aus dem warmen Nest wieder herauszuwerfen. Wir haben den Herrn von Bienenthal gehabt, meinen Vorgänger, der Artillerist zu sein behauptete und nicht einmal wußte, daß Napoleon dieser Waffengattung angehört hat, sodann Viriot und Alloard, zwei Franzosen, und jüngstens Herrn Goldstücker aus Warschau, der mit der einen Hand Mehl, mit der andern Tabak en gros anbietet, im Augenblick ziert seine fette Gestalt die Boulevards. Herr von Balzac würde ihn bezahlen, wenn er ihm für seine Romane Modell stehn wollte. Genug, du bist im Bild und möchtest nur noch, um klarzusehn, wissen, welche Rolle ich in dieser Komödie spiele. Darüber können wir uns nachher unterhalten. Jetzt gilt es vor allem, dich zum Schneider zu bringen. Es ist besser, du zeigst dich dort nicht in deinem Wandersmannrock, sondern leihst dir etwas von mir aus. Wie alt bist du, siebzehn? Ich bin einundfünfzig, aber in der Hüfte nicht viel stärker, laß uns sehn.«

Maslin hatte Grund, auf seine jünglingshafte Taille stolz zu sein. Die Hose paßte Jakob, nachdem er die Schnalle stärker angezogen hatte.

»Vor allem, für Straße und Gesellschaft kommt niemals der Rock, immer nur der Frack in Betracht«, begann der Vicomte einen Vortrag, worin er dem jungen Mann aus der Provinz und vom Überrhein erklärte, die Herrenmode werde nicht in Paris, sondern in London gemacht.

»Die Pariser Schneider setzen sich zur Wehr«, sagte er, »und in diesem Sommer scheinen sie einen Sieg errungen zu haben: das weiße Beinkleid, das du anhast, würde man jenseits des Kanals nicht gelten lassen. Ein Engländer zieht dunkle Farben vor, Braun, Grün und Schwarz. Leute, die zu düstern Gedanken neigen, behaupten, daß alles mit einem schwarzen Anzug enden wird – vorerst steckst du mit der oberen Hälfte in einem braunen. Die Weste ist um einige Nuancen heller und, wie du siehst, geblümt. Deshalb darf auch die Halsbinde, die grundsätzlich weiß zu sein hat, ein paar Knöspchen aufweisen. Ich werde sie dir selber binden. Dein Hemd taugt nichts, der Kragen schaut nicht hoch genug heraus – klingle bitte, Häsgen soll eines von meinen holen.«

Jakob glaubte schon fertig zu sein, als der Vicomte bei der letzten Musterung sagte:

»Man sieht deinen Schuhen an, daß Lörrach in den Bergen liegt – Paris ist am Boulevard de Gand gelegen. Du mußt ein Paar von meinen probieren, bemühn wir Häsgen noch einmal.«

Die Stiefelchen, aus Glanzleder und dünn, sie drückten. Sehr? wurde Jakob gefragt. Wenn es nicht anders ging, mußte der Schneider zum Maßnehmen ins Hotel kommen, aber man wollte doch auch die Stoffe und die Journale sehn. Jakob schritt auf dem Teppich hin und her; es ließ sich vielleicht aushalten.

12

Über Nacht hatte ein Landwind die Wolken verjagt und die Nässe aufgesogen. Im übrigen war es nicht weit zum Schneider, sein Laden lag in der Rue Vivienne. Sie gingen zu Fuß. Maslin hatte Jakob noch die Handschuhe zugesteckt. Von den Hosenstegen bis zur Krempe des Hutes war alles an ihm entlehnt. Was die Hüte betraf, so sah man neben den korrekten seltsame Gebilde aus weißem Filz, und darauf waren allerlei Gestalten gedruckt.

»Figuren aus Victor Hugos Notre-Dame, der Quasimodo und die Esmeralda«, erläuterte Maslin. »Auf der anderen Seineseite, bei den Studenten und Künstlern, ist das Mode. Bemerke, daß sie schwarze Krawatten tragen, ebenfalls nach Hugo, schwarz wie die Nacht oder auch die Sünde. Sie sind entzückt, weil es auffällt und die Bürger ärgert – jedoch der Gandin straft sie mit Verachtung.«

Jacques erkundigte sich, was ein Gandin sei.

»Ein Mann, der sich auf dem Boulevard de Gand zeigt – dasselbe, was die Engländer einen Dandy nennen. Machen wir einen kleinen Umweg dahin.«

Sie kamen an der Oper vorbei, die an der Ecke des Boulevard des Italiens und der Rue Le Pelletier stand. Der Boulevard, der sich nach Gent in Belgien nannte, gehörte zum Straßenzug, der bis zur Porte Saint-Denis ging. Die Gandins schritten auf und ab, oder sie saßen auf den Stühlen, die sich an der Seite reihten. Manche kamen zu Pferd und banden das Tier an einen der Bäume – das gelte als höchster Chic, erläuterte Maslin. Der Glanz in den Augen des Sohnes vertiefte sich.

Die Uhranhänger, die auf die Kaschmirhosen fielen, waren noch Mode. Einige der Elegants trugen schon die herbstliche Pelerine, die von der Schulter zum Boden reichte und einen Astrachankragen verlangte, der mit einer goldenen Kette geschlossen war. Hinter den Stühlen gab es Villen mit Gärten, sogar Gartenhäuschen standen noch hier.

Sie machten kehrt und kamen wieder zum Boulevard des Italiens. Fern waren die Gewölbe von Basel, die nach den Spezereien der Antillen rochen, den ganzen Tag brannte Licht darin. Auch in dem ungeheuren Paris mußte es eine Altstadt geben; doch auf dem Boulevard galten helle Farben, Blumen, Spiegel, weiß lackiertes Holz und Messing. Der Gehweg war mit Bäumen bepflanzt, die nicht alle die gleiche Größe besaßen. Vor einem Jahr, in den Julitagen, hatte man viele für die Barrikaden gefällt. Maslin zeigte Jakob auf dem Pflaster die ausgebesserten Stellen.

Über den Damm rollten die Cabriolets mit den teuren englischen Federn. Die Hufe der schweren Omnibuspferde stampften, die der Eselchen hörte man nicht. Denn diese Beine wurden zierlich und langsam gesetzt: Sie trugen Kinder, die wie Erwachsene gekleidet waren, auf einem Spazierritt, der von den Spielplätzen der Tuilerien ausging und auf ihnen endete.

Jakob erfuhr, was lebende Reklame sei – das Plakat auf dem Rücken eines Burschen mit der Ankündigung, daß nächstens, in der italienischen Oper und in Rossinis Barbier, Lablache den Figaro und die Malibran die Rosine singen würden. Die täglichen Theaterzettel klebten an den Bäumen, den Bauplätzen, den Gaslaternen und den runden, hohen Säulen, hinter die nur Männer gingen. Buchhändler gab es viele, sie legten im Freien aus. Das Innere war oft nicht breiter als ein Hauseingang; an den Türpfosten hingen die Nummern der Caricature, worin Philipon sich über den Birnenkopf des Königs lustig machte.

Hier verkaufte ein Geschäft nur Waffen, dort eines nur Klaviere. Dazwischen lockten die Schaufenster von Humann, bei dem Orsay arbeiten ließ. Wer Orsay war? Der Nachfolger Brummels, der arbiter elegantiae für London und Paris, zwischen denen er sich teilte. Die Preise bei Humann waren unerschwinglich, der Vicomte begnügte sich mit Dufour.

Herr Dufour bediente sie persönlich, in der Uniform eines Leutnants der Nationalgarde, die durch die Julirevolution und Lafayette wieder zu Ehren gekommen war. Er nahm mit Diskretion zur Kenntnis, daß der Frack des jungen Herrn in den Schultern zu breit sei, und versprach, in vierundzwanzig Stunden zwei Anzüge zu liefern. Er schwor, der höchste Chic schreibe laubgrünen Frack, lichtgrüne Weste, violette Beinkleider vor. Für den zweiten Anzug empfahl er einen braunen Wollstoff, gelbe Weste und cremefarbene Hosen. Der Betrag auf das Konto des Herrn Vicomte, sehr wohl. Es sei ihm auch eine Ehre, das Neueste an Unterkleidung und Halsbinden zu zeigen, erklärte er, und eine der Verkäuferinnen öffnete sogleich die Kartons. Jacques errötete, als das hübsche Mädchen wie eine verwegene Nymphe das Maß seiner Hüfte nahm, und beim Gedanken, sie könne seine derbe Wäsche sehn, überlief es ihn.

Mit dem Besuch von Schuhmacher und Hutmacher schlossen die Einkäufe. Der Strauß aus hohen Gladiolen, den der Vicomte an eine hingekritzelte Adresse schickte, kostete ein sündhaftes Stück Geld. Maslin erklärte, das Hotelfrühstück halte nicht vor, er habe Lust, bei Tortoni eine Tasse Schokolade zu trinken. Tortoni hatte Lesezimmer mit ausländischen Zeitungen, in einem durfte man sogar rauchen. Aber der Pariser setzte sich vors Haus und betrachtete, auf den Knauf seines Spazierstocks gestützt, das Treiben.

Ein paar Schritte vor dem Tischchen, an der Haltestelle, entstieg dem Omnibus ein Ladenmädchen, das an einem Arm die Schachtel der Modistin hängen hatte, mit dem andern den Rock raffte, um nassen Unrat zu umgehn. Jakob ertappte sich dabei, wie er auf dem Rand der Getränkekarte die Bewegung, die Linie festzuhalten suchte. Das war nun das dritte Mal an diesem Morgen, daß es ihn trieb, etwas, das er sah, nachzuzeichnen, und immer war es ein Schwung, ein Fluß und eine Kurve in der Haltung – zuerst beim Anblick der Nationalgarden, dann im Laden Dufours bei den Verkäuferinnen, und so auch jetzt.

»Sieh an, du kannst ja zeichnen – vorzüglich, wie du die Kleine getroffen hast«, sagte der Vicomte, der Eintragungen in sein Notizbuch gemacht hatte. Jakob wandte sich ihm lebhaft zu:

»Woher kommt es nur, daß ich in die Tasche greife, um einen Bleistift zu suchen, seitdem ich in diesem Lande bin? Ich merke es nicht, mit einem Male ist irgendein Stück Papier mit Strichen bedeckt. Vorher, drüben, in der Schulzeit – ich verfiel nie darauf. Es ist, als sei ein anderer Geist in mich gefahren, kaum daß die Grenze überschritten war.«

Maslin sah ihn prüfend an, dann sagte er nachdenklich:

»Es ist mir ähnlich gegangen, als ich Anno zwölf den Boden der Heimat wieder betrat, obwohl ich nur Kriegsgefangener war. Bis dahin hatte ich viel gezeichnet, aber nur in meiner Eigenschaft als Genieoffizier. Jetzt taten es mir die Menschen an, am meisten ihre Gesten. Ich weiß noch, was mir zuerst auffiel – daß Franzosen ihre Uniformen wirksamer als andere, mit einem heiteren und malerischen Pathos trugen. Offenbar ist um den französischen Menschen eine Lebendigkeit, auf die zuerst das Auge aufmerksam wird, und das Auge gibt die Nachricht weiter an die Hand, die in die Tasche nach dem Bleistift fährt.«

»Wenn ich mir eine Bemerkung gestatten darf – wie Häsgen sagen würde –, so beweist diese Übereinstimmung, daß ich der Sohn eines Franzosen bin«, meinte Jakob. Maslin lächelte und gab zurück:

»Du hast Heimatgefühle in dieser Stadt –«

»Ja. Aber was fange ich damit an?« fiel Jakob ein. »Pardon, das ist mir nur so entschlüpft. Vor allem habe ich dankbar zu sein für die Ausstattung mit Anzügen und dem andern, was dazugehört. Es ist mir nicht entgangen, wie teuer man das hier bezahlt.«

»Schön, bleiben wir bei diesem Thema. Viel teurer als der Schneider ist das Castille – so teuer, daß es über meine Mittel ginge, dich dort auf eigene Rechnung zu übernehmen, wenn Andlau zurückkehrt.«

»Wann wird das der Fall sein?« erkundigte sich Jakob.

»In zehn, zwölf Tagen, schätze ich. Wie helfen wir uns dann weiter? Es liegt nahe, dir den Aufenthalt in Paris zu gönnen, bis deine Universität beginnt. Du könntest ein Zimmer im Studentenviertel mieten, ich komme für die paar Wochen auf.«

»Das ist herrlich. Es scheint, daß ich wirklich ein Glückskind bin.

Vor acht Tagen wanderte ich mit dem Ränzel auf einer Landstraße des Kantons Biel, und heute bin ich Besitzer violetter Beinkleider. Der erste Schritt zum Dandy ist der schwerste –«

»Der zweite der gefährlichste«, entgegnete Maslin und hob die Hand. »Was ist ein Dandy? Ein junger Mann, der sein bürgerliches Jahrhundert behandelt, als ob es noch das der Kavaliere sei. Das ist, als fasse man eine Viper an, weil man sie für harmlos hält. Das Jahrhundert, in dem du lebst, ist unheimlicher, als du ahnen kannst. Es verzeiht dir deine Freiheit nur, wenn du das Kapital nachweist, das die mühelosen Zinsen bringt.«

Wenn eine gewisse Bitterkeit in seinen Worten war, schüttelte er sie ab und sagte als ein Edelmann, der nicht von seinen Beschwerden spricht:

»Andererseits ist es ein Jahrhundert, das den liebt, der seinen Verstand zu benutzen weiß. Es trägt hunderttausend Knospen, und wäre ich so jung wie du, so würde ich mir zutrauen, meinen Strauß zu schneiden –«

»Ein Mann von fünfzig, der so geschmeidig ist wie Sie ...«

»Weiß trotzdem, wie Balzacs Frau von dreißig, die du lesen solltest, daß er nicht das Unbegrenzte vor sich hat. Mit fünfzig startet man nicht mehr, um es englisch auszudrücken, man rechnet mit der Zeit. Das scheint mir der einzige Unterschied zwischen den Altern zu sein. Der Zwanzigjährige rechnet nicht, er wagt, er galoppiert in die unendliche Prärie, wie ein Indianer überzeugt, daß nichts ihn abwerfen kann.«

»Wo waren Sie mit zwanzig?« fragte Jakob.

»Bei der Condéarmee in Österreich, und die Österreicher verloren Marengo in diesem Jahr. Wir wurden aufgelöst, eine Handvoll Kameraden ritt zur russischen Grenze und klopfte an. Es wurde uns aufgetan, ich kam nach der Ukraine in Garnison. Andere, die klüger waren, erinnerten sich, daß der Konsul damals die Emigranten aufforderte, ihren Frieden mit ihm zu machen. Ich sah erst 1812 Frankreich wieder, bei Borodino hatte ich mich einem badischen Trupp ergeben müssen. Ney bot mir die Freiheit und denselben Grad an, wenn ich gegen die Russen kämpfen wolle. Ich tat es nicht und wartete, bis Napoleon auf Elba war. Das Weitere kennst du. In Hüningen wurde ich, es ergab sich so, doch noch Parteigänger des Kaisers und verscherzte mir um ein Haar die Gunst der Bourbons. Man ließ mich 1816 wiedereintreten, aber den Oberst gab man mir nicht, als es soweit war, worauf ich vor einem Jahr den Abschied nahm und, um meine Unabhängigkeit zu beweisen, ein Bild des Korsen aufhängte. Einen andern Schluß als den, daß die Maslins Querköpfe sind, brauchst du nicht daraus zu ziehn.«

Da nichts mehr kam, fragte Jakob nach einer Weile:

»Der Herzog ist sehr reich?«

»Ich verstehe, du willst das Ende der Geschichte wissen. Der Herzog wird nicht nur deshalb der Nabob genannt, weil ihm der blaue Diamant gehört, den ein Abenteurer in Indien raubte und Ludwig der Vierzehnte der Montespan gab. Vorsichtige Leute schätzen Karl von Braunschweig auf achtzig Millionen, Enthusiasten auf zwanzig mehr. Was mich betrifft, so erfuhr ich vor drei Monaten, daß er jemand sucht, der sich auf das Artilleristische versteht und ihm bestimmte Fragen beantwortet, etwa die, wie man in der Lüneburger Heide ein Lager für fünftausend Mann befestigt. Er beauftragte mich, Angebote von Kriegslieferanten zu prüfen oder auszurechnen, was achttausend Patronentaschen kosten dürfen. Wenn *ich* mich nicht an seinen Meßtisch setze und Generalstabskarten studiere, tun es andere. Die Herrlichkeit dauert noch ein Vierteljahr, im besten Fall ein halbes, und bringt mir, abgesehn davon, daß ich in dieser Zeit umsonst lebe, ein paar tausend Francs ein. Wie ich sie verwende, wirst du vielleicht schon heute abend sehn.«

Jacques fühlte, daß er ihm näherkam. Gestern nacht hatte er ihn für einen Kauz von Militär gehalten, heute morgen für einen Geck – es tat doch wohl, zu spüren, daß der Vater kein Abenteurer, vielmehr ein Mann von Haltung sei. Auch war in seinen Augen etwas, das ihn berührte, ein Kummer oder auch ein gefaßter Schmerz. Eine Zuneigung trug ihn dem sauberen Mann entgegen – er hätte sein Vertrauen gewinnen mögen, und ein Wunsch überkam ihn, ihm die Missetat in Neuenburg zu gestehn.

Der Verkehr auf dem Boulevard nahm zu, die Fieberkurve stieg und war ein Zeichen, daß Mittag nahte. Maslin sagte, er habe zu tun und müsse das Déjeuner im Hotel ausfallen lassen, das Diner finde um fünf Uhr statt. Er verwies Jakob zur Stillung des mittäglichen Hungers auf die Cremerien, man erhalte Eierspeisen darin. Jakob hörte höflich zu, fand aber, als er allein war, sein guter Anzug passe nicht zu einer so wohlfeilen Stätte oder die Stätte nicht zu ihm. Eine Pâtisserie in der Rue Castiglione schien ihm angemessener zu sein.

Zu denken, daß er nur ein paar Schritte vom Louvre saß, gab ihm ein seltsames Gefühl. Er wog das Wort, das schwer von Schicksal war. Einem Plakat, das in der Pâtisserie hing, entnahm er, daß man im Louvre die Produktion des Jahres ansehn konnte, den sogenannten Salon. Nach der Mittagspause betrat er die Säle. Vor die alten Gemälde waren spanische Wände gestellt und daran hingen zu Hunderten die neuen. Er aber verstand so gut wie nichts davon.

Das Bild, um das sich alle drängten, stellte ein bis zu den Hüften entblößtes Weib dar, das auf dem Kopf die rote Mütze, in der einen Hand die Flinte, in der andern die Trikolore trug. Es war die Freiheitsgöttin, die mit einer kühnen Wendung den Julikämpfern vom vorigen Jahr den Weg wies und über Leichen schritt, inmitten von Staub und Pulverrauch. Der Maler hieß Delacroix.

Am besten gefiel ihm die Patrouille von Decamps, ein orientalisches Bild. Der Polizei-Aga von Smyrna ritt durch die kalkweiße Stadt, die vor Furcht zu erblassen schien. Sein Gesicht war das Gemeine selbst, und tierische Schergen der Bastonnade liefen neben ihm. In Neuchâtel hatte Jakob zwei Robert gesehn: Hier hing eine Ernteszene aus der Romagna, vom gleichen gemalt. Ein Wagen, den Büffel zogen, stand im Abendlicht, die Schnitterinnen saßen auf den Garben, oder sie trugen die letzten herbei. Von Ary Scheffer stammten magische Bilder nach Goethe, der zergrübelte Faust im roten Sessel und Gretchen vor dem Spinnrad, doch hielt sie süßlich ein Gebetbuch in der Hand.

Das Stadtpflaster hatte Jakob ermüdet, er ruhte im Hotel eine Stunde aus, bevor der Vater ihn holte. Als der junge Mann die Table d'hôte sah, begriff er erst, daß es nicht darauf ankam, ob einer mehr oder weniger mitaß. Wenn der Herzog da sei, sagte Maslin, leiste er ihm für gewöhnlich oben Gesellschaft, heute müßten sie sich zu den vielen Herren mit dem Orden im Knopfloch setzen – die neue Regierung teile die Ehrenlegion freigebig aus.

Man speiste bei Licht, die Kellner hatten die Bärte von englischen Lords. Das Ochsenfleisch wurde in verdeckten Silberschüsseln die Tische entlanggefahren; auf den Anrichten loderte blauer Spiritus, als bringe man an Altären den Manen ein Opfer.

Das Abendessen nahm Jakob bei Marja Gornicka, der Maslin die Gladiolen geschickt hatte.

Zweites Kapitel

MARJA

13

Das Königreich Polen ging aus dem Wiener Kongreß hervor, daher man es auch Kongreßpolen nannte. Es wurde dem Zaren durch Personalunion verbunden und erhielt einen eigenen Reichstag, eine eigene Verwaltung und eine eigene Armee. Aber es sah sich nicht nur um die Stücke, die bei Preußen und Österreich blieben, vermindert – noch schmerzlicher war der Verlust der großen östlichen Hälfte. Rußland verleibte sie sich ein und machte Gouvernements daraus.

Königreich und Personalunion, das erlaubte noch immer die Hoffnung; die Abtrennung des Gouvernements aber sollte unwiderruflich sein. Kongreßpolen nahm sie nicht willenlos hin, und die Dinge trieben dem Aufstand zu. Zwischen den Polen der Gouvernements und denen des Königreichs liefen geheime Fäden, und die Verschikkungen nach Sibirien brachen nicht ab.

Im Jahre 1829 verhaftete die Polizei in Minsk, das auf russischem Boden lag, nach einem Attentat auf den Gouverneur eine Anzahl junger Leute, darunter zwei Gymnasiasten namens Gornicki. Die Untersuchung ergab, daß die Seele des Geheimbundes, die Spenderin aller heißen Gefühle, die älteste Schwester der beiden Knaben, die vierundzwanzigjährige Marja, war.

Der Polizeichef weigerte sich, es zu glauben. In den Familien, bei denen Russen verkehrten, hatte er sie mehr als einmal gesehen. Nach seiner Meinung war sie eine sehr weibliche junge Person mit einem bezaubernd weichen Gang. Sie fuhr jedes Jahr nach Warschau, um sich in der Musik fortzubilden, auch hatte er selbst gehört, wie sie diesen neuen Polen mit dem französischen Namen Chopin spielte. Als er daran dachte, hielt er es doch für möglich, daß ihrer Natur das Leidenschaftliche nicht fremd sei. Und jetzt erfuhr er, daß sie bei den Besuchen in Kongreßpolen geschworen habe, sie werde heiraten, wenn die Russen Warschau räumten, oder nie. Sie hatte es vor der Muttergottes in einer katholischen Kirche gelobt, diesem Glauben gehörte sie an.

Als ihre Brüder festgenommen wurden, hieß es, sie sei wieder in Warschau. Marja Gornicka aber hatte sich dort einer Wallfahrt nach Czenstochau angeschlossen; diesem Umstand verdankte sie die

Rettung. Man konnte sie warnen, und es gelang ihr, über die nahe Grenze nach Breslau zu fliehn.

Ihr Ziel war nun Paris oder London. Da sie keinen visierten Paß und kein Geld besaß, brauchte sie ein halbes Jahr, um der zahllosen Schwierigkeiten Herr zu werden. Ein wenig Deutsch konnte sie, von ihrer Mutter her, einer Deutschen aus dem Bistum Ermland. Klosterfrauen und Geistliche, denen sie sich anvertraute, halfen ihr voran. Meist verlief es so, daß sie, von Stadt zu Stadt, ihren Glaubenseifer erst zu beweisen hatte und dann, wenn die Herzen von ihrem Schicksal gerührt waren, mit barmherzigen Schwestern in deren Tracht ein Stück weiterfuhr.

In Frankfurt fand sie eine Geschäftsfrau, die in Straßburg zu tun hatte, in ihrem eigenen Wagen reiste und bereit war, sie wenigstens bis Offenburg mitzunehmen. Vor Offenburg warf der Wagen um, und jene Frau wurde so schwer verletzt, daß man sie zur Operation in ein Spital schaffte. Unter den Sachen, die Marja zusammenlas, war der Paß der fremden Dame. Sie nahm ihn an sich, am gleichen Abend war sie in Straßburg. Ihr Geld reichte noch bis Lunéville. Hier kaufte sie sich vom letzten Betrag derbe Schuhe und wanderte, aufs Mitleid angewiesen, nach Paris; im Spätherbst erreichte sie es, mietete sich in einem Kosthaus ein, das an der Place de Grève lag, und suchte Arbeit.

Am Tag gab sie Stunden, nachts begleitete sie eine Hebamme auf ihren Besuchen und ging ihr bei den Wöchnerinnen zur Hand. Die Zeit verstrich, es wurde Sommer eines neuen Jahres. Man belästigte sie auf der Straße und wohin sie kam; am schlimmsten aber waren die Regentage. Die Stunden mußten gegeben werden, und sie hatte kein Geld für einen Wagen. Von oben sprudelte es aus den Wasserspeiern, in der Mitte der Gasse rauschte die Abflußrinne wie ein Wildbach des Gebirges. Die Kaufleute sperrten die Läden zu und verstopften die Risse. Wer in einen Hauseingang schlüpfte, fiel johlenden Burschen in die Hände, die unglaubliche Dinge sagten. Nichts half, man mußte warten, bis die Flut sich so weit verlief, daß der Eckensteher seine Bretter quer über die Gasse legen konnte, schwankende Bretter, von denen man abzurutschen drohte und die zu benutzen mindestens zwei Sous kostete.

Der Schlamm in den Rinnen verschwand nie, die Räder wühlten ihn auf, und es roch entsetzlich. Ob trocken oder naß, das Pflaster war mit einem schwarzen Kot überzogen, der alle Röcke beschmutzte. Wie oft stand sie nach einem Ausgang mit Tränen an der Schüssel, wusch die Säume aus und begriff, daß eine Frau sich verkaufte, nur um einen Wagen zu haben, der sie so sauber heimbrachte, wie sie gegangen war.

Im Kosthaus aßen junge Leute, und einer war ein deutscher Musiker, den alle Welt bei seinem Vornamen nannte, er hieß Max. Er studierte bei zwei berühmten Landsleuten, Hiller und Habeneck. Habeneck hatte eine Gesellschaft gegründet, um den Parisern Beethoven näherzubringen; Max bot ihr eine Karte an. Sie war so menschenscheu geworden, daß sie die Einladung ausschlug. Darauf sagte er etwas Merkwürdiges – wenn Berlioz ihr begegnete, würde er sich an ihr entflammen.

Weshalb? fragte sie lächelnd. Weil Melancholie etwas Unwiderstehliches für ihn habe, erwiderte Max und entwarf mit dem Enthusiasmus der Jugend ein Bild des Freundes, der trotz seiner siebenundzwanzig Jahre das Meer der Leidenschaft befuhr, Sturm und Drang die Segel, Ariel die Galionsfigur. Marja konnte sich nichts darunter vorstellen und lehnte ab, die Bekanntschaft dieses Komponisten zu machen.

Lafayette, seit fünfzig Jahren Freiheitskämpfer in zwei Welten, verschaffte ihr einen Schüler, der Russisch lernen wollte. Es war ein noch junger Mann, der im auswärtigen Ministerium beschäftigt wurde. Nach ein paar Wochen wollte er die Stunden aufgeben. Es sei ihm unmöglich, länger mit ihr zusammenzusein und die Haltung zu bewahren, erfuhr sie – er verzehre sich nach ihr.

Sie erteilte ihm den Unterricht in ihrem Haus, da sie nicht zu ihm gehn wollte. Er fand es unerträglich, sie in einem Raum zu treffen, der nach dem Mittagessen der Kostgänger roch. Sie sah, daß sie Macht über ihn hatte, und flehte ihn an, sein männliches Würdegefühl oder seine ästhetischen Empfindungen zum Opfer zu bringen, er rette einen Menschen vor dem Untergang. Er schaute sie mitleidig an; es fehlte ihr alles, was eine Frau braucht, um sich gut zu kleiden und ihre Jugend zu schmücken. Er las die weichen, bezaubernden Gedichte Mussets, wie gern hätte er es ihr ein wenig leichter gemacht.

Die Stunden wurden eine Zeitlang fortgesetzt, dann nahm er in einem Briefchen, dem zweihundert Francs beilagen, Abschied von ihr. Es gehe über seine Kräfte, immer sehe er ihre dunklen Augen, ihren stolzen, zarten Mund vor sich. Wohl fühle man in guten Stunden, daß es eine reine, hohe Liebe gebe, die entsage und im Helfen ihre Erfüllung finde, aber es sei auch ehrlich, zu sagen, man sei nur ein Mensch. Den Betrag, der beiliege, möge sie den Armen zurückerstatten – der Augenblick, wo sie ihn ersetzen könne, komme doch vielleicht.

Es war am Nachmittag, als Marja diesen Brief erhielt. Sie dachte nach; dann ging sie aus, um sich von dem Geld, das sie nicht behalten konnte, zu befreien. Es war milder, warmer Vorabend, als sie im Faubourg Saint-Germain sein Haus betrat und dem Pförtner folgte. Aus dem Treppenhaus hatte sie den Blick auf einen Garten, von dem man in der Straße nichts ahnte. Das Grün der Blätter, das Braun der Mauern, das Gold der schräg einfallenden Sonne verbanden sich zu einer Dreieinigkeit, die wohl die grün-braun-goldene heißen durfte. Von einem der Bäume sah sie nur einen Zweig; er war mit weißen Blüten bedeckt, obwohl man schon Juli schrieb. Gleich einem Schwarm von Faltern saßen sie hochzeitlich daran und prägten sich ihr für immer, auch ohne Namen, ein.

Vignol war nicht daheim, sie schob den Brief und das Geld unter seine Tür. Als sie hinunterging, kam jemand die Treppe herauf und war Vignol selbst. Der Hausmeister entfernte sich, Vignol berichtete, er komme von ihr. Denn plötzlich sei es ihm klargeworden, daß man einem Abschiedsbrief kein Geld beilegen dürfe, auch in der uneigennützigsten Absicht nicht, es sehe unweigerlich aus, als wolle man sich loskaufen, sagte er.

»Oh«, hauchte sie, beglückt, daß er zart sein konnte, und legte in die Hand, die er ihr entgegenstreckte, die eigene so freimütig wie daheim, wenn die jungen Kameraden sie begrüßten.

»Sie dürfen nicht fortgehn, Marja«, erklärte er, und heißer konnte man nicht bitten. Sie antwortete nicht; in ihren Augen war ein Glanz, so fremd, so kühn, so fragend auch, daß Gaston Vignol denken mußte, es gebe Naturen in Gottes weiter Welt, für die der Maßstab eines Parisers nicht passe. Er bete sie an, liebe sie, hörte sie ihn sagen und atmete tief.

Versteckter als das Junggesellennest, wohin er sie führte, konnte keines sein. Der Märchenbaum, der erst im Juli blühte, wiegte sich mit allen Zweigen nun vor dem Fenster des Studios, und auf dem Kamin stand eine Schale mit dunklen Rosen. Es war südländisch heiter, lateinisch hell.

»Wie bin ich arm und unfroh angezogen«, sagte Marja. Das Licht war überall im Raum, und nirgends konnte sie sich ihm entziehn.

Als fühle er, was allein ihr die Sicherheit wiedergeben könne, öffnete Gaston das Piano und bat sie, seinen Ton zu prüfen. Er überfiel sie nicht, als sie sich auf den Hocker setzte; er ließ ihr Zeit und machte sich zu schaffen. Neben dem Instrument hing ein Spiegel. Sie sah darin, wie er über das Tischchen vor dem Sofa eine Decke breitete, zuerst die Schale mit den Rosen darauf stellte, dann der Vitrine das Porzellan und dem Schrank die Konfitüre entnahm. Seine Lippen waren von einem seltsam nackten, hellen Rot, sein Haar war weich und seidig. Den Schauer spürend, sagte sie:

»Mein Gott, ich kann nicht spielen, was sollte ich auch wählen?«

»Etwas von dem, den ich nur aus Ihren Erzählungen kenne, Ihrem Landsmann, dem jungen Chopin«, rief er aus dem Nebenraum, der eine winzige Küche enthielt.

»Nachher«, sagte sie und fügte hinzu, in diesem Augenblick fühle sie sich fast als Russin, angesichts des Tees, den zu bereiten ihre Sache sei.

In der Küche war so wenig Platz, daß er sich unter die Tür stellen mußte. Die Arme kreuzend, schaute er benommen ihren Bewegungen zu, sie kamen lautlos aus den Hüften.

Man trank also Tee, dann spielte sie. Es dunkelte nun schon im Garten. Ins Zimmer glitten die ersten Schatten, wollten nicht zudringlich sein und kauerten in den Ecken, Zuhörer auch sie. Was hat die Seele eines Polen mit der lateinischen Klarheit zu tun – vernimm, wieviel reicher sie ist, durch Schwermut und Leid. Sie kennt nicht die Erfüllung und ruht nicht aus, es bleibt ein Rest, der sie zu neuer Sehnsucht weitertreibt. Selbst noch ein Tanz, für den Salon geschrieben und einer vornehmen Dame gewidmet, baut sich auf dem Erlebnis auf, das das christliche ist, dem Widerstreit. Jetzt, dieser Taktwechsel, achte auf ihn, nie hat man das vernommen. Was leicht ist, hier ist es auch tief.

Sie erklärte es in Gedanken dem, der dort saß und ihr mit seinen Augen sagte, daß er sie liebe. Was konnte ein Liebender dem, den er begehrte, als Liebesbeweis anbieten? Die Gemeinschaft für immer oder den heißen Augenblick. Das dritte, die großmütige Liebe, die verzichten kann, hat er schon verworfen, Kind eines skeptischen Landes. Sieh, ich warte, was du beschließt, und ziehe alle Wächter ein, nur nicht mehr feilschen. Du weißt nicht, daß heute mein fünfundzwanzigstes Jahr zu Ende geht und mir vor dem neuen graut. Ich kann mich nicht mehr länger weitertragen, da mein Leben mich nicht länger trägt.

Gaston, mit dem sie so sprach, hielt, was sie spielte, noch immer für Chopin. Dann fühlte auch er, daß es Paraphrasen sein mußten, worin sie sich selbst ausströmte. Ihm war zumute wie einem, der jemand, um den er besorgt ist und der vor ihm flieht, ins Gebirge folgt. Es könnte bei so stürmischem Gang sein, daß er sich versteigt, nicht mehr weiter kann und abstürzend zugrunde geht.

Im Ausschnitt des Fensters, über dem blühenden Baum, war das Rosa in Grün und das in Stahlblau übergegangen, es entzündete sich der erste Stern darin. Im Zimmer spannten die Schatten mit weicher Hand die rasch gewobenen Schleier von Wand zu Wand. Die Leidenschaft, die Sehnsucht, der Schmerz und die Kraft der Töne klangen gedämpfter. Dann fiel in das Dunkel der Schein, den jenseits der Mauer eine Laterne über den Garten warf.

Marja ließ die Hände von den Tasten sinken, die Klage und das Geständnis brachen ab. Ein Kopf legte sich in ihren Schoß – so sehr hat es dich erschüttert?, sagte sie nachsichtig-spöttisch in ihrer Sprache, die er nicht verstand.

14

Als sie am nächsten Morgen im Kosthaus an der Place de Grève erwachte, fragte sie sich als erstes, wer an diesem, ihrem Tag wohl noch einen Gedanken an sie wende. Der älteste Bruder hatte im Gefängnis Selbstmord begangen, der jüngere einen Fluchtversuch mit dem Leben bezahlt, der Vater sich aus Kummer über das Schicksal dreier Kinder wie ein Russe in ein namenloses Dorf zurückgezogen – so blieb wohl von allen Hausgenossen nur Alexandra, eine halbwüchsige Kusine.

Diese Nachrichten hatte ihr der Priester verschafft, bei dem sie freitags in Notre-Dame zu beichten pflegte, ein alter gütiger Mann, der nicht mit Verstandsgründen bewies, daß Gott sein müsse, sondern aus dem Unmaß von Leid, das er durch die Jahrzehnte sah, die Überzeugung schöpfte, daß der Mensch das Leben nur ertrage, wenn er gläubig sei.

Heute war Freitag, was würde sie ihm gestehn? Daß sie gestern bereit gewesen war, sich einem Mann, der sie begehrte, nicht zu versagen, nur damit in ein Dasein, das unerträglich gestaltlos war, eine Tatsache kam, mit der man sich dann, gleichviel wie, verzweifelnd oder trotzig, auseinandersetzen konnte?

»Welche Sünde, meine Tochter, und um so größer, weil sie dem Nachdenken entspringt«, würde der Pfarrer sagen, »Gott hat besser als Ihr Stolz Wache für Sie gehalten.«

»Und doch war es mein Stolz, der im letzten Augenblick zurückschreckte, nichts als mein Stolz –«

»So bediente Gott sich seiner, er erweckte ihn. An Gott darf man nicht zweifeln.«

»Nein, ehrwürdiger Vater«, bestätigte sie lächelnd, »und damit Sie meine Versuchung kennen, erzähle ich sie. Der Mann, ich will ihn Gaston nennen, besitzt das Haus, worin ich ihn besuchte, zu eigen, und über seiner Wohnung liegen drei Zimmer mit einer winzigen Küche, die er nicht an jeden vermieten will, weil schöne ererbte Möbel darin stehn. Wenn ich seinen Vorschlag annehme, gehört die kleine Wohnung mir; verträumter als die Aussicht in einen Garten, den man von der Straße nicht sieht, kann keine sein. In den Augen der Leute ist nichts zu tadeln, in dieser Stadt wohnen viele Frauen allein. Niemand sieht, wenn ich zu ihm hinuntergehe, niemand, wenn er zu mir heraufsteigt, denn über meiner Wohnung liegt keine andere.«

Sie hielt mit klopfenden Pulsen an, und aus dem Umstand, daß keine Antwort kam, schöpfte sie Mut, noch rückhaltloser zu sprechen. Ihr Zustand war halbwach, ihr Herz so voll, daß sie die vor dem Geständnis gesenkten Augen des Beichtvaters zu sehn glaubte.

»Ich werde des Kosthauses ledig, das meiner, sagt Gaston, unwürdig ist. Ich kann mir mit seiner Hilfe anschaffen, was eine Frau so schwer entbehrt. Wie war ich in Rußland verwöhnt, hier mag ich nicht einmal in den Spiegel sehn und bin doch an dem Ort, der sich die Hauptstadt der Welt nennt. Gaston ist nicht brutal und nicht zynisch, nur ein wenig skeptisch, ein Großstadtmensch. Er hat mir nicht das angeboten, was bewirkt hätte, daß ihm jetzt meine ganze Seele gehörte, aber er wird auch nie eine Frau, die sich verkauft, in mir sehn. Zugegeben, daß bei einer Verbindung dieser Art das Schönste unter den Tisch fällt, so darf man fragen, bei wieviel Paaren es auf ihm steht. Es ist eine freie Verbindung, eine Emanzipation, wie die Saint-Simonisten sie nennen, eine Verabredung unter zwei Menschen, die Zukunft auf sich beruhen zu lassen, weil man sich für die Gegenwart zusammentut. Eines Tages wird er heiraten, eine Dame mit Mitgift und Verbindungen, aber es wird erst in Jahren sein. Inzwischen werde auch ich Fuß fassen, Menschen kennenlernen und das, was ich durch Schüler verdiene, zurücklegen. Das Leben, mein Vater, ist reich an Möglichkeiten, vorausgesetzt, daß man nicht in einem Kosthaus bleibt und schlecht angezogen ist.«

Der gute alte Pfarrer vermochte nichts zu erwidern, weil er nicht wußte, daß sie mit ihm sprach. Sie konnte erst am Nachmittag zu ihm gehn und beschloß, als sie den schlechten Zustand ihrer Stiefelchen sah, etwas für ein neues Paar zu tun. Der Mann, der ihr Schuhwerk betreute, war eine merkwürdige Erscheinung, einer der vielen deutschen Handwerker, die man hier traf.

In einer der Wolgasiedlungen geboren, hatte er, fast noch ein Kind, bei den Kosaken, mit denen sein Vater gegen die Franzosen zog, Dienst als Troßbub genommen und war nach der Schlacht bei Leipzig ganz verwaist. Russisch hatte er kaum je gekonnt – jetzt bereitete er sich bei ihr auf den Tag vor, an dem er an die Wolga zurückkehren würde, und war überzeugt, daß dort ein Erbteil auf ihn warte. Wenn Marjas Gutschrift anwuchs, ließ sie sich ein Paar Schuhe machen; keiner zahlte dem anderen bar.

Er wohnte auf der Ile Saint-Louis, und die Insel war eine andere Stadt. Die engen Gassen im Innern gehörten dem Mittelalter an, die

Adelshäuser an den Quais dem Jahrhundert Voltaires. Wer sich vor seinen Bekannten verbergen wollte, war auf der Insel sicherer als im äußersten Faubourg. Man konnte dort Frauen in altmodischen Kleidern sehn, als stehe die große Revolution erst vor der Tür.

Als Marja aus dem Haus trat und über den Grèveplatz hinsah, fröstelte es sie wie immer, wenn sie daran dachte, daß man hier gerädert und gevierteilt hatte, ja heute noch Hinrichtungen vornahm. Sie lachte leise auf – war es denn der Platz, vor dem sie Mädchenängste hatte? Es war Gaston, der sie zur gleichen Zeit wie gestern erwartete, nur statt zum Tee zu einem Abendessen, das so gewiß aus den hübschesten kleinen Sachen bestand, wie daß darauf die Stunde folgte, in der den goldnen Abend die Schatten ablösten und zuerst die weißen Blüten vor dem Fenster einhüllten, damit die Scham einer Novize leichter sei.

Vor dem Portal von Notre-Dame, das man mit rotem Tuch, mit schwarzem Samt und den weißen Lilien des Königs ausschlug, stand der Beichtvater; er schaute den Arbeitern zu. Marja erkennend, ging er ihr entgegen und fragte, was sie so früh in diese Gegend führe. Sie faßte einen Entschluß und sagte:

»Mein Vater, vielleicht können Sie mir behilflich sein. Aus einem Grund, den Sie nicht mißbilligen würden, suche ich auf der Insel eine Unterkunft, ein Zimmer, das sofort beziehbar ist.«

Er schüttelte den Kopf, und sie glaubte, es sei eine Ablehnung. Jedoch er erwiderte:

»Das ist seltsam, man muß eine Fügung darin sehn. Kommen Sie, ich kehre gleich um und nehme Sie mit. Hören Sie, worum es sich handelt.«

Es handelte sich darum, daß eine alte Frau ihm vorhin gesagt hatte, sie habe Angst, von einer Schwäche befallen zu werden und dann hilflos in einem Haus zu liegen, das sie allein bewohnte, seitdem ihre Betreuerin, ein junges Mädchen, einem Amerikaner heimlich über den Ozean gefolgt war.

»Es ist ein neues Wort in die Welt gekommen, die Emanzipation. Manus ist lateinisch und bedeutet Hand«, belehrte er mit rührendem Ernst, »man befreit sich aus der Hand der Eltern oder auch des Mannes, man will seine Bestimmung nicht mehr von ihrer Hand empfangen. In diesem Fall kam hinzu, daß die alte Frau, ich muß es sagen, eine herrschsüchtige Ader hat und sehr genau mit dem Geld umgeht.«

Mit andern Worten, sie ist geizig, abgesehn davon, daß sie alt, krank und tyrannisch ist, welche Aufgabe wird mir wohl zugedacht, fragte sich Marja. Sie kamen eben an der Werkstatt vorbei, in der die Stiefelchen gemacht wurden. Sie war so dunkel, daß der Wolgadeutsche beim Schein einer mit Wasser gefüllten Kugel arbeitete. Die Frau, die ihn beschäftigte und die Witwe eines Wallonen war, stand neben ihm mit eingestemmten Armen.

Nach ein paar Schritten mündete die Gasse auf das Ufer, das die Insel umzog und in diesem Stück Quai d'Anjou hieß. Jenseits des Flusses lag das Viertel der Bastille, und darin stand, erhöht wie eine Feste, einer jener Glockentürme, die in dieser schicksalhaften Stadt mehr als einmal Sturm geläutet hatten.

Das Haus, an dem der Pfarrer den Klöppel hob und fallen ließ, war schmal und vornehm wie unter Menschen ein alter Edelmann. Barockengel trugen die erblindeten Laternchen, die den Eingang und die drei abgetretenen, noch immer schön geschwungenen Steinstufen einfaßten. Durch das Gitter spähte ein Gesicht, und daß es einem herrischen Menschen gehörte, sah man der Nase an.

In derselben Stunde, in der Gaston Marja erwartete, machte sie ihrer neuen Herrin das Bett zurecht. Nach dem Abendessen, das aus Milch und Brot bestand, wurde sie angewiesen, im Nebenzimmer ihrerseits zur Ruhe zu gehn, um Licht zu sparen und aufzustehn, wenn die Kirchen zur Frühmesse riefen. Marja nahm ihren Mut zusammen und sagte:

»Es ist halb acht, Madame. Wenn ich mich so früh legte, fände ich keinen Schlaf. Darum bin ich auch gewiß, daß ich das Glöckchen morgen früh nicht höre. Wenn Madame zurückkehrt, wird der Kaffeetisch gedeckt sein.«

Aber es stellte sich heraus, daß Frau Houblon gar nicht die Absicht hatte, jeden Morgen in die Messe zu gehn, nur um die Kerzen war es ihr zu tun. Marja erklärte, sie schaffe sich ihre eigenen an.

Der Pfarrer war so klug gewesen, genau auszumachen, worin die Pflichten und Rechte Marjas bestanden. Anwesend zu sein, war sie nur von sechs Uhr abends bis acht Uhr früh verpflichtet, wofür sie ihr eigenes Zimmer und den Morgenkaffee erhielt. Wenn sie im Haushalt mithalf, ging es wie bei einer Aufwärterin nach Stunden, und für ihrer zwei, zum Beispiel die von acht bis zehn, bekam sie entweder das Mittagessen oder sechzig Centimes bar oder die Erlaubnis, das Piano im Salon für Stundengeben zu benutzen.

Ihr Zimmer hatte gute Möbel, nur standen sie zu dicht gedrängt. Auch die beiden oberen Stockwerke, jedes drei Fenster breit, waren mit Gegenständen im Stil des fünfzehnten und des sechzehnten Ludwig gefüllt. Über Marjas Bett hing das Porträt eines jungen Mädchens, das dank der starken Nase als die jetzige Frau Houblon kenntlich war. Die Figur im Wappen stellte einen gespaltenen Sarazenen dar. Sie hatte es sich in den jungen Jahren nicht träumen lassen, daß eine Vicomtesse Maslin, nur um den Jakobinern zu entgehn, einen Lieferanten heiraten würde – bedeutete doch das plebejische Houblon nichts anderes als Hopfen. Jetzt war sie siebzig Jahre alt und erwähnte einen Neffen, der als Artillerist in der Provinz stand.

Zweimal in der Woche erhielt sie Besuch, zwei alte Damen, die zur Zeit der Genlis und der Staël Romane geschrieben hatten. Sie selbst ging nur in aller Frühe aus und umwandelte die Insel; in dieser heißen Jahreszeit war es ein schöner Gang. Die Sonne brannte noch nicht, sie streute goldene Lichter auf die Seine, und die Karren, die zum Blumenmarkt fuhren, knarrten auf der anderen Seite des Flusses. Nur vom Portal der Kathedrale kamen Hammerschläge, und Marja erfuhr, weshalb man es schmückte – der König hatte die Stadt Alger erobert und feierte den Sieg durch ein Tedeum. Frau Houblon drängte sich nicht dazu.

Die Lilien waren vom Portal noch nicht abgenommen, als die Revolution ausbrach. Die Truppen hielten die Place de Grève und die Quais am Stadthaus besetzt. Vom andern Ufer schossen die Studenten; aus dem Bastillenviertel rückten die Arbeiter und das Volk heran. Von ihrem Fenster konnte Marja sehn, wie junge Leute in der Uniform des Polytechnikums, die Trikolore in der Hand, von Kisten auf Fässer und von da auf die Barrikaden sprangen, dann abstürzten, weil die Kugel sie traf. Auch von den Frauen, die sie fortschaffen wollten, sank mehr als eine hin.

Sie wußte nicht, was den Franzosen an ihrem König Karl mißfiel. Ein Nikolaus mit sibirischem Herzen war er sicher nicht, wohl aber sein Verbündeter, und sie suchte ihn zu hassen, wie die Polin den Zaren haßte, ganz gelang es ihr nicht. Sie glaubte die Rufe zu verstehn: Freiheit, und Volk, und Republik. Sie konnte nicht schießen, wohl aber verbinden, das hatten sie in Minsk bei den heimlichen Zusammenkünften gelernt.

Wieder rollte eine Salve, und als sei sie selbst getroffen, preßte sie die Hand aufs Herz. Wieder stürmten Frauen vor, um die Verwundeten aufzulesen – und als seien es Polen, die gegen Russen kämpften, stürzte auch sie hinaus. Vor der Haustür, auf dem Treppchen, prallte sie an einen Mann, der sofort die Arme ausbreitete, um ihr den Weg zu versperren.

»Lassen Sie mich«, rief sie auf russisch, es konnte nur einer dieser Verhaßten sein. Statt aller Antwort ergriff er ihre Hände und drängte sie zurück. Sie riß sich los. Nacht in den Augen, hämmerte sie mit geballten Fäusten an eine Brust und dann höher ihm mitten ins Gesicht. Er aber zitierte zwei Verschen, mit denen eine Fabel Krylows endete, in Rußland waren sie jedem Schulkind vertraut und besagten, in den Krallen der Katze singe die Nachtigall nur schlecht. Sie ließ die gehobenen Arme und die zart gestraffte Büste sinken. Der Fremde hatte Augen vom intensivsten Blau.

»Kommen Sie zur Besinnung«, mahnte er ruhig, »hier schlagen sich Franzosen, was hat eine Russin damit zu tun?«

»Ich bin Polin«, erwiderte sie, und er: »Sie sind eine Frau.«

Es klang, als könne es auf der Welt nichts Wertvolleres geben – sie hätte weinen mögen und wußte nicht, warum.

Aus seiner nächsten Frage erriet sie, daß er Vicomte Maslin, der Neffe war, und später aus den Gesprächen, daß er seinen Abschied genommen hatte. Von Farbe frisch, feingliedrig und für einen Franzosen groß, schien er ihr zuerst viel jünger zu sein, als möglich war. Als sie erfuhr, daß er fünfzig sei, empfand sie eine Regung des Bedauerns, und es verwirrte sie.

15

Maslin erklärte, daß er sich in Paris niederlassen wolle, und schlug der alten Frau vor, eines der oberen Stockwerke an ihn zu vermieten. Wenn er wiederkomme, bringe er seinen Burschen mit, der den Haushalt für ihn führen solle. Frau Houblon erwiderte, es sei keine Küche da. Er ging nach oben, sah alles an und sagte, das einfachste wäre, beide Stockwerke zu nehmen, zu einem Freundschaftspreis. Er entwarf gleich einen Ausbauplan.

Es gab vier größere Zimmer und sechs kleine Kammern. Ad eins: ein Schlafzimmer, ein Eßzimmer, ein Studio und eine Bibliothek, in die auch ein Billard kam. Ad zwei: ein Raum für den Burschen, einer für Gastfreunde, der dritte und vierte für die Küche, der fünfte fürs Bad, der sechste für die Rumpelkammer. Beim Worte Bad schaute ihn die Tante mißbilligend an. War er ein Verschwender? Aber er müßte wissen, was das alles kostete. Im übrigen war er zur Hälfte ihr Erbe, und so machte sie ihm einen Preis, den er vernünftig fand.

Da er schwerlich mit Milch und Brot als Abendessen zufrieden war, wurde Marja fortgeschickt, um einzukaufen. Er erklärte, unmöglich könne man sie den Gefahren dieses Tages aussetzen, und begleitete sie. Frau Houblon verfinsterte ihr Gesicht.

Als Marja es vor dem Haus erwähnte, sagte er, sie möge sich nicht darum kümmern, und fragte, wie sie aus Rußland hierher gekommen sei. Sie gab ihm einen Bericht, und so wenig sie auch bei den Schwierigkeiten ihrer Lage verweilte, sie entgingen ihm nicht.

Die Lädchen auf der Insel hatten zugesperrt, doch standen die

Leute vor den Türen, und die Lebensmittel zu erlangen, fiel nicht schwer. Nach allem, was erzählt wurde, ließ sich schon erkennen, daß das Volk gesiegt hatte, die Truppen leisteten keinen starken Widerstand. Ein Kohlenhändler berichtete, wie die neue Hängebrücke zwischen der Cité und dem Grèveplatz genommen worden war.

Als die Studenten auf der Citéseite gezaudert hatten, war einer von ihnen vorgesprungen: »D'Arcole heiß' ich, bei Arcole hat der junge Bonaparte seinen schönsten Sieg errungen – wer Mut hat, der folge mir.« Mit diesen Worten hatte er als erster den Fuß auf die Brücke gesetzt und die erste Kugel empfangen – ein Held, ein Franzose, ein antiker Charakter, größer als Scaevola, riefen die Bürger der Insel, die doch kleine Leute waren, und die Wallonin verlangte, daß die Brücke auf ewige Zeiten seinen Namen tragen solle: Es löste einen Sturm des Beifalls aus. Die Kinder reichten sich die Hände, riefen »Vive d'Arcole« und tanzten einen Reigen.

Keine Nation sei für Tapferkeit empfänglicher, und wenn Napoleon wiederkehren könnte, risse er sie von neuem hin, erklärte Maslin. Marja sah ihn mit glänzenden Augen an.

»Ich würde Sie gern etwas wissen lassen«, sagte er, als sie zurückgingen, »und da ich noch einmal nach Poitou fahre, darf ich mich deutlicher ausdrücken, als bei so kurzer Bekanntschaft herkömmlich ist.«

Sie merkte, daß er kleine Umwege machte, um den kurzen Gang zu verlängern, und wußte nicht, was ihm am Herzen lag.

»Ich möchte Ihnen helfen«, fuhr er fort, »und sei es auch nur, weil Sie Polin sind. In meiner Jugend habe ich durch eine Polin viel Glück empfangen. Es ging mir so bedrängt wie heute Ihnen, und keine Frau konnte uneigennütziger sein. Ich erinnere mich daran wie an eine Schuld, die man abtragen muß. Bleiben Sie bei meiner Tante, bis ich wiederkomme, in vier Wochen ist es soweit. Ich zweifle nicht, daß wir dann etwas für Sie finden, das Sie aus Ihrer Ungewißheit befreit. Ich bin viel älter als Sie, zwar sage ich es nicht gern, aber wenn es dazu beiträgt, daß Sie mir vertrauen, überwinde ich meine Eitelkeit.«

Sie erreichten den Posten am Pont-Marie, der sie zurückwies, mit aufgepflanztem Bajonett und dreifarbiger Kokarde. Von fern her, wo das Stadtinnere war, fielen Schüsse, der Abendhimmel dieses achtundzwanzigsten Juli war rot gefärbt. Sie machten, wie ihnen befohlen wurde, kehrt, und diese Bewegung hatte einen Einklang, als wären sie nicht ein paar Stunden, sondern ebenso viele Wochen nebeneinander gegangen. Sie wünschte, daß er es nicht bemerkte, war aber nicht sicher; er hatte eine freie, überlegene Art.

»Im übrigen«, sagte er leichthin, »man sollte einem andern nicht nur deshalb helfen, weil einem selbst geholfen worden ist. Ein Russe, den ich kannte, hat mir einst gesagt, wir würden alle als Christen geboren, aber auch nur den ersten Beweis, daß wir es sind, blieben wir schuldig bis zum Grab. Ich fand überhaupt, daß man in Rußland auf eine andere Weise als bei uns über das Leben nachdenkt. Aber ich vergesse, daß Sie den Russen Gefühle entgegenbringen, die nicht so wohlwollend sind.«

»Was macht es?« fragte sie. »Wir haben oft darüber gestritten, ob man ein Volk lieben kann, obwohl man seine Regierung hassen muß.«

»Es läßt sich gut mit Ihnen reden, Marja Gornicka«, sagte er.

Am nächsten Morgen nahm Maslin in aller Frühe Abschied. Die Diligencen fuhren alle schon in der siebten Stunde. Er verneigte sich zum Verdruß der alten Frau über Marjas Hand, so daß der Stock, den er unter dem Arm trug, gleich einem Degen abstand. Sie mußte denken, zu Augen, die so blau sprühten, hätte die große Perücke einer vergangenen Zeit gut gepaßt, und fühlte sich durch diesen Besuch tiefer als durch ihren eigenen bei Gaston gestört.

Frau Houblon war unfreundlich, als greife man in ihre Rechte auf den Neffen ein. Am Nachmittag hatte Marja eine Klavierstunde im Faubourg Saint-Victor und trat auf dem Heimweg in den Jardin du Roi. Mehr als die landfremden Tiere lockte sie die Natürlichkeit der Bäume, sie waren hoch und alt.

Noch grollten über dem Häusermeer die letzten Entladungen der Revolution, doch wagten sich schon wieder die Wagen mit den Damen und Kindern hinaus; nichts konnte seltsamer sein. Nach Obst für die Elefanten und Brot für die Bären war die Nachfrage groß, keine Bank und kein Stuhl standen leer. Die Armen bettelten draußen, die Bürger wurden durchs Gitter geschützt. Sogar den Beichtvater erkannte sie von weitem; die Priester trugen in diesen Tagen aus Vorsicht eine andere Kleidung.

Die Bemerkung Maslins über die, die nur durch die Taufe, nie durch Verdienst Christen werden, beschäftigte sie, und auch das Leid, von dem der Pfarrer gesprochen hatte. Unabsehbar war das Sündhafte, unmeßbar das Häßliche, das an einem einzigen Tag die ungeheure Stadt gebar. Die Stadt war wie eine Maschine, sie war mächtiger als der einzelne – Schuld, Armut und Elend entstanden in ihr wie ein Maschinenprodukt.

Es war ein Gedanke, der nicht froher machte. Er schlug der Selbstverantwortung, die man sie gelehrt hatte, ins Gesicht. Sie verstand zum erstenmal, daß es Menschen gab, die mit Hohn von den Heilswahrheiten sprachen. Wen die Stadt zermalmte, ging nicht mehr zum Priester, und wer sich ihr anpaßte, hielt es ebenso. Er diente dem Geld, er verkaufte sich dem Genuß. Es war, als könne die Religion mit den Städten nicht Schritt halten, und die Städte wuchsen mit jedem Tag. Ein Grauen wollte nach ihr greifen, das Gesetz der Stadt kam auf sie selber zu.

Ein einziger Mensch konnte sie davor bewahren, Edmond Maslin. Nie hätte sie geglaubt, daß sie einem Franzosen so stark vertrauen würde, und das nach einem einzigen, nach einem halben Tag. Wohin sollte es führen, sein Alter paßte nicht zu ihrem. Unglücklicher als je im Leben stand sie auf, ein wenig getröstet durch das Bedauern eines kleinen Mädchens, das sie unverwandt angeschaut hatte und jetzt auf sie zusprang, um mit einem Ton, als gehe das Schöne für ewig fort, »Adieu, Madame« zu sagen.

Frau Houblon verstand sich erst nach einer Weile dazu, das Klopfen zur Kenntnis zu nehmen. Es sei sieben, sie habe eine Stunde gewartet und schon geglaubt, Marja lege keinen Wert mehr darauf, ihr Nachtlager in diesem Haus aufzuschlagen, erklärte sie. In welchem sonst, fragte Marja sanft, erhielt aber die Antwort, ein Mädchen finde oft von einem Tag zum andern einen Beschützer, und empörte sich.

Nach ein paar Tagen bekam Frau Houblon einen Brief aus Poitou, der sie ihrerseits erregte, weil aus ihm hervorging, daß Maslin damit rechnete, Marja noch vorzufinden, wenn er zurückkehrte, und mehr, sich von ihr bei der Wahl der Stoffe, Vorhänge und Neuanschaffungen helfen zu lassen. Die alte Frau setzte fest, in acht Tagen werde sie nach Saint-Germain zur Erholung gehn und die Wohnung abschließen, bis der Vicomte einziehe. Weile er erst im Haus, so falle der Grund fort, aus dem sie Marja aufgenommen habe, das Alleinsein.

Marja verstand, sie mußte Maslin streichen. Sie erbot sich, sofort zu gehn und auf die Gnadenfrist von acht Tagen zu verzichten. Das Angebot wurde nicht angenommen; der Pfarrer hätte vermuten können, man habe seinen Schützling ausgestoßen. Sie merkte, daß es Frau Houblon mit der Reise nach Saint-Germain nicht ernst war; Geld auszugeben hätte auch nicht zu ihr gepaßt. Es war einfach ein Vorwand, sie rechtzeitig loszuwerden.

Sie kniete diese Woche nicht im Beichtstuhl nieder. Der Pfarrer erkannte sie immer an ihrer härteren Aussprache und machte, da sie nur Einfaches zu beichten hatte, kein Hehl daraus. Er würde fragen, ob sie mit Frau Houblon auskomme, und sie wieder sagen müssen, daß sie auf der Straße sitze. Man fiel vielleicht auch einem Priester auf die Nerven.

Bei der Wallonin, die den Schuhmachergesellen beschäftigte, erfuhr sie, daß ein Zimmer im Haus frei werde. Sie sah es an. Es ging aufs flache Dach, das mit Wäschestangen, Kaminen und Blumenkästen fast ein romantischer Aufenthalt war. Im Zimmer wohnte noch die Näherin, eine sanfte Schwindsüchtige, die zwei Kätzchen hielt. Man dürfe Katzen nicht verpflanzen, sie liebten zwar auch den Menschen, noch mehr aber den Ort, Marja könne sie haben, sagte sie.

Die Wallonin wollte nur fünfzehn Francs für das Zimmer. Sie kannte Frau Houblon und meinte, rechtschaffen wie sie war, so geizig, so lieblos könne in der ganzen Welt nur eine böse alte Frau sein. Sie versprach, Marja zu helfen, die einfachen Leute hätten Herz. Sie stemmte die Arme ein und berichtete dem deutschen Gesellen, wie schlecht es einem Engel in dieser schlimmen Stadt Paris gehn könne, doch siege zuletzt die Tugend.

Marja graute vor so viel Teilnahme. Zu Haus suchte sie die Briefe hervor, die Gaston Vignol ihr geschrieben hatte. Die Aussichten der Tugend waren schlecht. Sie konnte sie verteidigen, aber nie durch Sprachen und Klavier so viel verdienen, um zufrieden mit ihrem Los zu sein; und sie war schon fünfundzwanzig.

Um Mitternacht lag sie noch schlaflos, und als sich mit dem neuen Tag die alten Gedanken erhoben, schrieb sie an Gaston Vignol einen einzigen Satz – sie habe nach andern Wohnungen gesucht, aber keine so reizend wie die in seinem Haus gefunden: Er möge ihr mitteilen, ob sie noch frei sei. Als das Briefchen gesiegelt war, kam Frau Houblon herein und fragte, ob es an den Vicomte gehe. Aber Marja wußte nicht einmal seine Adresse, und es gab keinen Vicomte mehr.

Die Antwort Vignols kam am nächsten Tag. Er schlug ihr vor, ihn am Nachmittag am Jardin du Roi zu treffen. Es war taktvoll, er bestellte sie nicht gleich in sein Nest.

Sie traf ihn und erfuhr, daß er froh sei, ihren Brief noch rechtzeitig erhalten zu haben: Am nächsten Tag müsse er mit seinem Chef verreisen. Er ließ durchblicken, daß es um einen politischen und nicht ungefährlichen Auftrag ging. Seine Gedanken fieberten, sie kehrten immer wieder zu den Ereignissen zurück: Man säuberte die Ämter, man fegte die Reaktion hinaus. So fieberten sie beide; wenn sie heute nicht ihm folgte, tat sie es nie. Sie erzählte ihm das Nötigste, ohne Maslin zu erwähnen.

Er brachte sie in einem Fiaker vor ihr Haus und hielt das Fenster im Auge, darauf gefaßt, eingreifen zu müssen, wenn Frau Houblon ihr Schwierigkeiten machte. Nach einer Weile öffnete sich das Fenster, Marja reichte den hastig gepackten Koffer hinunter. In ihrer Aufregung hätte sie die Wohnung am liebsten auf dem gleichen Weg verlassen, der Kutscher grinste und winkte schon, für ihn war es eine Entführung am hellen Tag. Sie wußte nicht, daß Frau Houblon inzwischen in einer Dachkammer wühlte und ohne Ahnung war.

Das Haus Gastons lag hinter dem Luxembourg, sein Garten war wie ein Teil der entfernteren Alleen. Er verließ den Wagen vor ihr, man brauchte sie nicht gemeinsam aussteigen zu sehn. Der Pförtner, zu ihrer Erleichterung unbeweibt, war unterrichtet, er schloß ihr die Wohnung auf.

Zwei der Räume hatten eine einheitliche Ausstattung im Empirestil, der dritte stand leer. Auf einem Tischchen lag ein Brief, der ihren Namen trug. Sie erkannte die Handschrift Gastons. Er schrieb, daß er Aussicht habe, im Amt in die Abteilung Oststaaten versetzt zu werden. So wolle er die russischen Studien ernsthafter als bisher betreiben und subskribiere hiermit auf zwei Stunden wöchentlich oder hundert im Jahr. Jede zu fünf Francs gerechnet, ergebe sich ein Betrag von fünfhundert, und sie finde ihn in der Schublade des Tischchens. Es sei diesmal kein Geschenk, nur eine Vorauszahlung, die wiederum noch schneller abgetragen werden könne, da die Möglichkeit bestehe, eine zuverlässige Polin als Übersetzerin zu verpflichten. Es habe allen Schein, als werde man aus Polen bald etwas Neues hören.

Er trat ein, sie dankte ihm, er nahm ihre Hände und sagte, es falle ihm schwer, sie an diesem ersten Tag allein zu lassen, jedoch sein Chef erwarte ihn zu Tisch, und er sei nicht sicher, ob sich daran nicht Stunden angestrengter Arbeit anschlössen. Wenn es zu spät werde, wage er nicht, sie zu stören. Sie hörte die Frage heraus und erwiderte ruhig:

»Sie stören mich nicht.«

Im Spiegel über dem Kamin sah sie ihr Gesicht – das einer fremden Frau, die sich ein wenig hochmütig abwandte, als Marja ihr zugestand, daß sie Haltung zeige. Gaston schlug ihr vor, den Abend nicht in diesen Zimmern, sondern unten zu verbringen, wo sie Früchte, Schokolade, Tee, Piano und Bücher finde. Sie verstand, er konnte nicht gut bei ihr eindringen, er wünschte sie bei sich anzutreffen. Sie nickte und nahm den Schlüssel in Empfang. Er schloß sie in die Arme und fragte, vom Abschied erregt, ob sie ein Staatsgeheimnis zu wahren wisse.

»Als sei ich schon als Übersetzerin vereidigt«, sagte sie lächelnd und erfuhr, daß er nach Brüssel reisen werde – unter den Wallonen gäre es, mit den Holländern vertrügen sie sich nicht. Sie erkundigte sich, ob Revolutionen Exportartikel seien –

»Vielleicht ist es diese«, erwiderte Gaston.

Ein Köfferchen stand bereit, er nahm es für alle Fälle gleich mit.

Marja ging in sein Studio hinunter und wußte nicht, wem sie so starr gehorchte, ihm oder einem selbstgewählten Befehl. Es fiel ihr schwer zu lesen, und vor dem Klavier hielt eine Scheu sie ab. Was sollte das indessen? Sie hatte eine Frau zu sein, die auf den Geliebten wartet. So spielte sie, bis draußen mehrstimmig »Bravo« gerufen wurde. Es konnte nur aus dem Garten kommen; leise schloß sie das Fenster.

Aber sie fand nicht mehr dahin zurück, wo sie gewesen war, auf einer Straße im Gebirge irgendwo in Deutschland, mit Sternenschein, dem Rauschen eines Bachs, der Angst vor dem Fuhrmann, der sie im Zeltwagen mitgenommen hatte, und wiederum dem Vertrauen zu seinem roten Märchenbart und den Glöckchen am Hals der nickenden Pferde, zwischen denen an der Deichsel die Laterne hing – ein armes Pferde- oder Menschenlicht im Abgrund, der von der Erde zur Milchstraße ging.

Es wurde spät, die Augen fielen ihr zu. Manchmal fuhr sie auf und dachte müde, daß alles schon vorüber wäre, hätte Gaston sich nicht entfernt. Nach langer Zeit verkündeten die Glocken einer Kirche, es mochten die von Saint-Sulpice sein, Mitternacht. Wenn sie wollte, konnte sie nun in ihre Wohnung gehn und sich taub stellen, wenn er doch noch kam. Aber sie vertauschte nur den Sessel mit dem Sofa und hörte, wie jede Stunde schlug.

Nach der siebten ging sie hinauf. Die erste Nacht in der Wohnung eines Mannes, den sie nicht haßte, aber auch nie lieben konnte, war vorüber. Die Vorstellung, daß zahllose andere folgen würden, die sie nicht auf dem Sofa verbringen würde, erfüllte sie mit Angst.

16

Während sie sich umzog, kamen aus den Gassen, die jenseits des Gartens lagen, die vormittäglichen Rufe. Sie konnte den Glaser, den Mann mit dem Holz, den Lumpensammler unterscheiden. Den, der Milch frisch von den mitgeführten Ziegen anbot, kannte sie schon vom Grèveplatz.

Es waren die Rufe von Paris und, auch wenn der Augustmorgen nicht so gelöst, so heiter gewesen wäre, die Stimmen des Lebens selbst. Sie wurde ruhig, und der Hunger regte sich. Es klopfte; gefaßt, Gaston zu sehn, ging sie zur Tür und erblickte den Pförtner, der seltsam genug zum Schurz einen roten Fes trug. Er war Savoyarde, ein gefälliger und, wie sie bald erkannte, ein philosophischer Mann.

Er sei gekommen, um mit Madame seine Pflichten zu besprechen, und biete zugleich seine Dienste an: Wenn Madame frühstücken wolle, hier sei die Milch, sagte er und hielt wie ein Zauberer das Fläschchen plötzlich in der Hand. Sie hoffe, daß er nicht Ziegenmilch bringe, meinte Marja freundlich. Gewiß nicht, sie sei nicht nach jedermanns Geschmack, erwiderte er bedächtig.

Sie hatte das Bett nicht benutzt, und es war nicht nötig, daß er sich einen Reim darauf machte. So sagte sie, es sei ihr ein noch unvertrauter Gedanke, daß ein Mann es auslege. Wie Madame will, erklärte er und zog aus der andern Hand einen Beutel mit frischen Brötchen: Die Konfitüre, den Kaffee, den Zucker finde Madame im Schränkchen. Mit der Zeitung überraschte er sie nicht, sie steckte sichtbar im Schurz.

Der Morgen lockte. Marja zog sich zum Ausgehen an, und da sie nicht alle Kleider bei sich hatte, mußte sie gleich ihr bestes nehmen, das cremefarbene. Es paßte zum einzigen Hut aus gelbem Stroh, der eine blaßblaue Fütterung besaß. Auch die Bänder waren blau, auch das Schleifchen, der Schmetterling auf dem weißen Spitzenkragen – den Kragen hatte sie gerettet, von Polen bis hierher. Die Stiefelchen waren neu, die Strümpfe zart durchbrochen. Die gelben Handschuhe gingen; das Schirmchen hätte, um der Modefarbe dieses Sommers zu entsprechen, grün sein müssen und nicht grau.

Als sie fertig war, prüfte sie sich im Spiegel. Der Rock war weit, die Taille mit der Schnalle schmal; die Unterärmel trug man eng, die Oberärmel gebauscht und die Schultern abfallend. Sie fand es so wenig schön wie den Kragen, der die ganze Brust überdecken mußte; die spitzgestellte Ecke berührte die Gürtelschnalle.

Vor der Tür nahm sie den aufgespannten Schirm in die Linke, raffte mit der Rechten den Rock und begann sich umzusehn. Sie stellte fest, daß sie in der Rue du Pot de Fer wohnte, und an den schwarzen Hausnummern, daß es eine Straße war, die senkrecht auf die Seine zulief; die parallelen Gassen führten rote Nummern. Auch ob man den Fluß im Rücken oder vor der Nase hatte, ließ sich berechnen: wer von ihm fortging, der sah die geraden Nummern zur linken Hand. Die französische Vernunft hatte sich das alles ausgedacht.

Den Faubourg Saint-Germain durchschnitten keine breiten Boulevards, und Marja kannte sich nicht aus. Aber das ging den Engländern nicht anders, sie fanden doch von Saint-Sulpice zum College Mazarin am Wasser. In den Julitagen hatten vom Louvre auf der andern Seite die Schweizer herübergeschossen und die Fassade mit Kugeln durchsiebt.

»Den Engländern zuliebe haben wir das in die Reisezeit verlegt«, sagte ein Student zu Marja und wollte wissen, ob Mademoiselle auch zu den Töchtern Albions gehöre, verbesserte sich aber gleich selbst – es sei unmöglich bei einem so kleinen Fuß, man brauche ihn nur mit dem zu vergleichen, den diese hageren Damen hätten.

»Ich trage auch keine grüne Brille«, erwiderte sie, jedoch auf polnisch, was ihn zur Verzweiflung brachte. Sie gab ihm so lange Antwort in dieser Sprache, bis er es aufgab, sie zum Mittag in eine Guinguette vor den Barrieren, zum Nachmittag in ein Pano-, Neo-, Diorama auf den Boulevards, zum Abend und zum Tanzen ins Tivoli, ins Vauxhall, in die Chaumière einzuladen.

Kaum hatte Marja ihn und die Engländer mit den Regenschirmen verlassen, so näherte sich auf dem Pont des Arts ein Übereleganter, der einen gewichsten Schnurrbart trug, das Französische noch härter als sie aussprach und sich als Ungar zu erkennen gab. Sie sagte ihm zornig, daß er sie störe. Worin? fragte er. Sie wies stumm flußabwärts über all das Gewordene hin, bis zu dem Schoß, von dem es seinen Ursprung genommen hatte, der Cité auf der ersten Insel. Jeder der düstern Pavillons, die den Louvre gliederten, schien ihr ein Jahrhundertganzes zu verkörpern, jedes der eigenwilligen Kaminchen auf der andern Seite ein einzelnes und fröhliches Jahr.

Den lästigen Mann neben ihr bewegten neuere Gedanken. Er trug die Dukaten seines Landes lose in der Tasche und zog ein paar hervor. Sie glitzerten wie die Sonnenlichter auf der Seine unter ihnen. Er schätzte, daß sie auch für Marja unwiderstehlich seien, und bot ihr an, ihr Glück an der Roulette im Palais-Royal oder in einem der andern Spielhäuser zu versuchen. Sie sagte, vorher müsse sie zu ihrem pockenkranken Kinde gehn. Er fuhr zurück, es vertrieb ihn endlich. Paris war schön, aber nicht für eine Frau, die es ohne Begleitung ansah.

»Was wollen Sie«, hatte Gaston einmal gesagt, »wir sind ein soziales Volk, und unsere Menschen nehmen ganz naiv an, daß jemand, der allein auftritt, noch keinen gefunden hat, der mit ihm ausgeht und mit ihm ißt, vor allem nimmt man es von einem jungen Menschen an.«

Der Pont des Arts führte auf den Quai am Louvre. Dem folgend, erreichte sie den Tuileriengarten von der Wasserseite her. Zwischen die beiden Terrassen bettete sich das Parterre mit Beeten, Wasserbekken und Rasen. Auf den Terrassen standen über Gittern, die goldene Spitzen trugen, hohe Bäume, Statuen nach der Antike, und Vasen. Ein Verbindungsstück schloß im Westen die Terrassen gegen den Platz ab, der zuletzt nach Ludwig dem Sechzehnten genannt worden war und jetzt wieder de la Concorde hieß.

Es gab Stühle, und man stellte sie da hin, wo man mit andern plaudern wollte. Es gab Bänke, die nichts kosteten; das schaulustige Volk saß darauf, erzählte und machte Glossen. Araber in weißen Burnussen und wallenden Bärten waren noch ein neuer Anblick, die kleinen Mädchen ließen ihre Segelschiffchen im Stich. Maler, die im Handumdrehn ein Kind oder einen Schoßhund abzeichneten, trugen lange Haare, abenteuerliche Westen und Schuhzeug, das den Rückzug aus Rußland mitgemacht zu haben schien. Einer blieb vor einem Burschen stehn, der aus Pfeifentabak und einem Stückchen Zeitung eine kleine Zigarre drehte, und bannte mit ein paar Strichen seine rauhe Grazie aufs Papier.

Die Sieger der Revolution, auch die beleibtesten, zeigten sich in der Nationalgardeuniform. Eine Bürgerin erzählte vom Schrekken, den sie an diesem Morgen in ihrem Zimmer im dritten Stock erlitten hatte, als es plötzlich draußen an die Scheibe klopfte und sie einen recht großen Affen sah – die Straßenmusikanten schickten die Tiere zum Sammeln an den Wänden und Balkonen empor.

Wer lange genug hier saß, dem ging es wie dem Kalifen auf der Brücke von Bagdad, er sah alles an sich vorüberziehn. Am schönsten für das Auge war der Blick auf die fernen Gruppen, die allenthalben plaudernd standen oder saßen, und immer da, wo die besonnte Zone sich mit der beschatteten schnitt. In so lässigen und ungezwungenen Linien konnten nur Franzosen zusammenfließen. Man sah, daß sie sich auf Unterhaltung verstanden, auch wenn, um sie zu hören, die Entfernung zu groß war. Es verriet so viel Menschliches, und man konnte eine tänzerische Musik darauf machen, schoß es der Pianistin Marja durch den Sinn.

Die Sonne rückte höher, die Wagen in der Rue de Rivoli rollten schneller, das Mittagsfieber kam über die Stadt. Die Leute hatten sich aneinander sattgesehn, nun kehrte jeder in sein Viertel zurück. Auf dem Pont des Arts, der eine Fußgängerbrücke war, hatten inzwischen die Tagesbettler ihren Posten bezogen – nachts waren es verschämte Arme, die einen Schleier trugen und ein Lämpchen neben den Teller stellten. Vor Saint-Germain-des-Prés mit den wunderbaren alten Fenstern zögerte Marja, empfand sich vor Gott als sündig und trat nicht ein.

Der Laden eines Metzgers, der rosige Koteletts, getrüffelte Kalbsfüßchen und Schinken mit weißzartem Rand ausstellte, erinnerte daran, daß sie dem Savoyarden aufs allgemeinste gesagt hatte, sie werde zu Hause speisen, nicht aber, daß er Vorräte anschaffen solle. Sie beschloß, nur Pfirsiche zu essen und bis zum Abend zu warten, kam aber doch noch zu Koteletts – sie waren einfach da, wie auch die grünen Erbsen, der Käse, der Salat und was immer auf einen Pariser Tisch gelangte. Er kaufe manchmal für den Herrn ein, wenn der zu Hause essen wolle, erklärte der Mann und erwähnte beiläufig, die Dame vom Nachbarhaus habe Madame einen Besuch machen wollen.

Er wusch zuletzt noch das Geschirr und erkundigte sich, ob auch zum Abend etwas zu besorgen sei. Sie erwiderte verwirrt, daß es nichts schaden könne, und gab ihm das letzte Fünflivrestück, das sie in ihrem Beutel fand. Als er gegangen war, schloß sie die Schublade auf, in die Gaston das Geld gelegt hatte. Es waren Goldstücke zu vierzig und zwanzig Francs. Anrecht besaß sie auf ein einziges, für noch nicht bezahlte Stunden.

17

Am Morgen, in der Stadt, unter Menschen, war sie den Gedanken entgangen; in den langen Stunden eines einsamen Nachmittags kehrten sie zurück. Verächtlicher als jemand, der mit sich selbst Versteck spielt, konnte nichts sein. Sie durfte nicht noch einmal in dieser Wohnung übernachten, wenn sie nicht bereit war, den Preis zu zahlen.

Sie nahm die Schlüssel, ging hinunter, und der erste Raum, den sie entschlossen öffnete, war das Schlafzimmer Gastons. Dein Rhodus, sagte sie und setzte sich in den Sessel. Man verlangte wohl nicht immer Nachtdienst von ihr, wie sie am Morgen mit Entsetzen gedacht hatte. Es würde nicht anders als in der Ehe sein, mit dem einen Unterschied, daß sie nicht die Würde und nicht die Rechte einer Frau besaß. Entweder führte er sie wie eine Grisette aus oder er verbarg sie wie eine Odaliske. Das eine paßte so wenig wie das andere zu ihr – so stand sie auf und zog eine Tür, die sie nie hätte öffnen dürfen, hinter sich zu.

Der Vorsatz, mutig zu denken, begleitete sie ins Studio. Auch hier war ein Sessel; sie rückte ihn ans Fenster, vor dem der Baum mit den großgelappten Blättern geblüht hatte, es gab die Blüten nicht mehr. Wie still es hier war, wie gepflegt, wie sauber. Auch einer Wohnung war die Macht des Verführers gegeben – wenn man aus einem Kosthaus kam.

Sie sah alles vor sich, was in diesem Wort enthalten war: an der Gassenwand die Stände der Höckerweiber, die das Gedärm, die Kaldaunen, verkauften; den gewölbten Eingang, hinter dem die Schatten, die Gerüche und der Schmutz begannen; die mit Kreide geweißten Scheiben der Schenke im Erdgeschoß; die Treppe, die so steil war, daß man sich am Strick hinaufziehen mußte; das Zimmer, das über einen Schacht hinweg in ein anderes schaute, und den barbarischen Riegel an der Tür, ohne den sie nicht gewagt hätte, sich dem Schlaf zu überlassen. Dahin zurückkehren – nie mehr.

Was aber blieb, wenn Gaston und das alte Leben gestrichen waren? Sie schloß die Augen, bevor sie die Antwort gab: die Flucht mit den fünfhundert Francs oder der Sprung in die Seine. Den taten Tag um Tag mindestens zwei Menschen, die man sich dann in der Morgue ansehn konnte. Wie oft war im Kosthaus davon gesprochen worden.

Gaston würde sie nicht verfolgen, wenn sie mit dem Geld fortging, sondern nachsehn, ob sonst nichts verschwunden sei. Er würde sagen: »Man ist zu anständig mit diesen Frauen, es soll mir eine Warnung sein.« Sie mußte in Frankreich bleiben, paßlos und geduldet wie sie war, aber sie konnte nicht darin reisen, weil man in keinem Postwagen einen Platz ohne Ausweis bekam. Sie konnte sich nur in einem andern Viertel verbergen, im äußersten, im Norden, beim Theater von Montmartre, beim Tivoli, oder im Osten beim Panorama, um Saint-Lazare, wo die gefangenen Frauen saßen, die Diebinnen. Wenn Gaston sie doch suchen ließ, schickte man auch sie dahin.

Alles in ihr revoltierte, die Stimme des Lebens sprach. »Warum verhandelst du nicht mit Gaston«, sagte sie, »du mußt ihn bitten, dir auf den Unterricht, den du ihm ja geben wirst, hundert oder hundertfünfzig Francs zu leihen. Du mietest dir dort im Norden, wo es billig ist, ein Zimmer mit Küche und bist des Kosthauses ledig. Du gibst Stunden, nähst dir deine Sachen selbst, stellst Blumen ins Fenster, gehst auch zum Pfarrer und bringst dich rechtschaffen durch, man muß nicht beim Luxembourg wohnen. Hier bleibst du nur noch, bis Gaston kommt, solange aber bleibst du wirklich, was macht es ihm aus.«

Sie sprang auf und lief singend nach oben, nahm zwei Stufen der Treppe auf einmal. Der Mann mit dem Fes schlürfte hinter ihr her – wenn er vor ihr gewesen wäre, hätte sie ihn umarmt und ihm gesagt, das Leben, die Freude, der Mut seien ihr wiedergegeben, obwohl – obwohl es kein Verdienst, nur ein Zufall war, daß sie Würde und Ehre behalten habe.

»Madame, Madame«, suchte er sich bemerkbar zu machen. Endlich gelang es ihm auch, aus dem einfachen Grund, weil sie, an ihrer Tür angekommen, Zeit brauchte, um das Loch für den Schlüssel zu finden. Sie drehte sich um und sah, daß er ein Kärtchen hochhielt. »Mme. Lydia Stoffel née de Bosenstein« stand darauf und in der einen Ecke »Saint Pétersbourg«, in der andern »Paris«. Es sei wieder die Dame von nebenan, sie bitte Madame, sie zu empfangen, und warte bei ihm in der Loge, sagte er.

Marja glaubte sich zu erinnern, daß ihr Vater zuweilen den Namen Stoffel erwähnt hatte. Es war in irgendeinem Zusammenhang mit Geldangelegenheiten und respektvollen Tones geschehn. Die blonde Frau, die der Pförtner heraufbrachte, führte sich mit der Frage ein, ob auch in Paris eine Russin sich als Feindin einer Polin empfinden müsse. Sie mochte in der Mitte der Dreißig stehn, war lebhaft, majestätisch und robust.

Marja wußte nicht, was sie antworten sollte. Sie bot der Dame das Sofa an und sagte ausweichend:

»Es ist Ihnen bekannt, daß ich Polin bin?«

»Durch Ihren Concierge. Es ist die einzige Auskunft, um die ich ihn bat, es sei denn, daß er bestätigte, daß Sie es waren, die gestern abend spielte. Das ist auch der Anlaß, der mich zu Ihnen führt. Die Stunde, in der ich Sie belästige, verstößt gegen alle Regeln.«

»Man hat mir gesagt, daß Sie schon heute morgen hier waren, Madame?«

»Sie hatten das Haus bereits verlassen, und da ich fürchtete, Sie auch nachmittags zu verfehlen, überfalle ich Sie so früh. Wie soll ich fortfahren – lassen Sie mich mit einem Kompliment über Ihr Talent beginnen.«

»Sie überschätzen es, Madame.«

»Wir lauschten ganz entzückt, ja hingerissen, und mein französischer Gast, Baronin Dudevant, lief impulsiv in den Garten, um zu klatschen. Sie war es auch, die erklärte, ein Nachbar, der mit so viel Empfindung spiele, sei wert – nicht doch, der Umstand, daß man einen solchen Nachbar besitze, rechtfertige es, ihm einen Besuch zu machen. Wenn Sie Mme. Dudevant kennenlernen, werden Sie es sofort verstehn. Sie ist eine künstlerische, leidenschaftliche und unkonventionelle Natur. Was mich betrifft, so teile ich von diesen Eigenschaften nur eine, es ist die dritte. Mein Gott, das Ärgste ist gesagt, und ich finde es ganz reizend, daß Sie die Geduld noch nicht verloren haben.«

»Ich widerspreche mit Vergnügen, Madame.«

Lydia Stoffel unterbrach sie lachend:

»Wenn wir beim Französischen bleiben, kommen wir über die Höflichkeiten nicht hinaus. Darf ich fragen, ob Sie Russisch verstehn?«

»Vollkommen.«

»So lassen Sie uns Russisch sprechen. Wollen Sie mir Ihre Vornamen sagen?«

»Die Russen reden mich mit Marja Wassiljewna an.«

»Und ich heiße Lydia Feodorowna. Geboren bin ich in Stuttgart, kam aber als ganz kleines Kind nach Rußland – Sie wissen, daß die

Kaiserinmutter eine württembergische Prinzessin war. Mein Vater eröffnete das Bosensteinsche Bankhaus, und es bestand, bis ich in das der Brüder Stoffel heiratete, dann wurden die Firmen zusammengelegt.«

»Nun weiß ich, weshalb Ihr Name mir gleich bekannt vorkam«, sagte Marja. »Mein Vater, der Kaufmann war, arbeitete in Sankt Petersburg mit dem Haus Stoffel & von Stoffel.«

»Sehn Sie, nun haben wir doch einen Berührungspunkt. Man muß sich nur lange genug unterhalten. Mein Mann – er ist der bürgerliche Stoffel – sagt immer, ›Lydia Feodorowna, du gibst deine ganze Energie in Worten aus‹, aber es ist nicht wahr, ich verstehe mich sogar auf die Geschäfte und habe hier Abschlüsse für ihn gemacht, mit denen er sehr zufrieden war. Er schreibt mir auch immer, ich solle im Herbst zurückkommen. Aber Sie begreifen, wenn man so weit reisen muß, nutzt man es aus – ich habe ihm geantwortet, daß ich, wie es verabredet wurde, genau ein Jahr hier bleiben will.«

»Wenn wir in Rußland wären, würde ich Sie fragen, ob Ihnen ein Gläschen Tee genehm ist«, sagte Marja, »der Samowar fehlt freilich.«

»Er fehlt hier immer. Vergebens habe ich in einem Pariser Geschäft danach gefragt, meinen eigenen vergaß ich in Frankfurt. Ich gestehe, es wäre angenehm, bei Tee plaudert es sich noch besser.« Sie folgte Marja in die Küche, um bei der Bereitung zu helfen, genauer gesagt, um sie zu übernehmen. Sie war offenbar eine Frau, die gern persönlich Hand anlegte.

Marja begann inzwischen zu decken. Es entging Frau Stoffel nicht, wie wenig sie sich mit dem Geschirr und dem Tischzeug auskannte. Sie sei erst gestern eingezogen, gestand Marja, und das war der Anfang eines Gespräches über sie selbst. Sie mußte entweder jeden Einblick verweigern oder ihn völlig gewähren.

Lydia Stoffel sah nicht aus, als ob sie viel Phantasie besäße, wohl aber, als habe sie das Herz auf dem rechten Fleck und finde sich in jede Lage.

»Haben Sie alles«, fragte sie zum Salon hinüber, »wie steht es mit dem Gebäck?«

»Kläglich – ich wollte gerade sagen, daß ich rasch hinunterspringe.«

»Nicht doch, es geht viel einfacher – gleich werden Sie sehn«, erwiderte Frau Lydia, kam in den Salon, lehnte sich aus dem Fenster und rief »Iwan Iwanowitsch« in den Garten.

Als habe er nur gewartet, erschien ein Vertreter der leibeigenen Klassen mit langem Haar, und beinahe war er ausgestopft. Marja betrachtete ihn mit Entzücken, nie hätte sie diesen Kutscher in Paris erwartet.

Die Herrin befahl ihm, zum gleichen Bäcker wie gestern zu gehn und das gleiche zu bringen, nur etwas weniger, nicht für vier Personen, bloß für ihrer zwei.

»Wenn Ihnen eine Kleinigkeit fehlt, die Sie rasch brauchen, Salz, Brot, ein Kotelettchen, so rufen Sie in Zukunft in den Garten, Iwan bringt es sofort«, erklärte sie.

»Kotelettchen habe ich zu Mittag gehabt, und es ist sogar noch eines für den Abend da«, sagte Marja und mußte vor Vergnügen lachen.

»Ach meine Liebe, ich hoffe, daß Sie heute abend bei mir essen werden, und auf diese Bitte folgt ein Attentat –«

»Doch nicht, daß ich spielen soll? Gewiß sind noch andere Gäste da.«

»Sicher sind außer drei alten Marquisen nur Mme. Dudevant und M. Sandeau, ihr blutjunger Freund. Sehen Sie, jetzt wissen Sie, weshalb ich gekommen bin, müssen aber nicht glauben, daß es mir nur darum zu tun ist, meinen Gästen etwas Musik vorzusetzen. Wenn Sie mir nicht gefallen hätten, würde ich mich mit zehn nichtssagenden Komplimenten aus der Verlegenheit gezogen haben, und drüben hätte ich zu Madame Dudevant gesagt: ›Meine liebe Aurore, die junge Dame lohnt sich nicht.‹«

»Was für ein seltsamer Vorname.«

»Ja, er ist seltsam, und seine Geschichte nicht weniger – wenn Sie wollen, erzähle ich sie.«

18

Unterdessen war der Tee fertig geworden, auch Iwan ließ nicht auf sich warten. Sein Bäcker war ohne Zweifel ein echter Pariser Pâtissier, die Menge aber hätte doch für vier gereicht.

»Sagen Sie das nicht«, meinte Lydia Feodorowna, Marja schenkte ihr gerade ein, »ich habe seit acht Uhr früh nichts zu mir genommen und halte es oft so, diesen petits fours zuliebe. Auch tue ich etwas, das die Pariser Damen verabscheuen, ich laufe stundenlang zu Fuß. Dafür kenne ich ihre Viertel besser als sie. Manchmal muß man ganz einfache Kleider anziehn, um sich nicht vor sich selbst zu schämen – Sie wissen schwerlich, wieviel entsetzliches Elend es in dieser Stadt gibt.«

»Ich glaube, ich weiß es, ich habe in den Vierteln bei der Cité gelebt.«

»Doch nicht allein? Ein so junges, schönes Mädchen? Selbst ich, die für den französischen Geschmack viel zu unätherisch aussieht, habe mich in diese Gegenden nie ohne Iwan gewagt. Sie müssen mir alles berichten.«

Marja suchte abzulenken und erinnerte Frau Lydia daran, daß sie noch die Geschichte des Namens Aurore schuldig sei. Sie ging sofort darauf ein:

»Gestern fuhr ich mit ihr am Quai des Oiseaux vorüber, Aurore zeigte mir den Vogelladen, aus dem ihre Mutter stammte – es war seinerzeit eine Mesalliance, als Herr Dupin aus einer Generalspächterfamilie und Leutnant seit Marengo die hübsche Vogelhändlerstochter heiratete. Denn er hatte einen berühmten Großvater, allerdings nur einen natürlichen, Moritz von Sachsen, der in Frankreich Marschall geworden war. Dieser Moritz wiederum war der Sohn Augusts des Starken und der Gräfin Aurora von Königsmark – nun wissen Sie, weshalb Mme. Dudevant Aurore heißt.«

»Sie kennen sie seit langem?«

»Seit ihrer Heirat mit dem Baron Dudevant, der als junger Offizier von den Bourbons verabschiedet wurde und seinen Titel beanstandet sah. Sie hat auch zwei Kinder, aber die Ehe ist nicht glücklich – sie ganz Leidenschaft und Geist, er Alltag und nüchtern.«

»Es klingt wie ein Roman der Staël«, sagte Marja, und Lydia erwiderte:

»Sie schreibt ihn eines Tages, ich bin überzeugt, daß eine große Schriftstellerin aus ihr wird. Im Augenblick ist alles in ihrem Leben Übergang. Sie will die Trennung und die Erlaubnis, in Paris zu wohnen, der Baron verweigert noch beides.«

»Und Herr Sandeau ist ihr Freund?«

»Er ist Schriftsteller, und sie will mit ihm ihr erstes Buch verfassen. Mehr brauche ich als Dame nicht zur Kenntnis zu nehmen, als Frau ergreife ich ihre Partei.«

»Sicher ist sie blond? Wenn man wie die Morgenröte heißt, kann es nicht anders sein.«

»Überzeugen Sie sich selbst und kommen Sie«, erwiderte Frau Stoffel.

»Ich würde es gern tun, wenn ich wüßte, daß ein einfaches Kleid genügt. Wozu es leugnen, seit Polen bin ich in keiner Abendgesellschaft gewesen.«

»Es genügt. Wenn die Baronin keine Lust hat, sich umzukleiden, tritt sie wie ein Postillon in Wertherstiefeln und Zylinder ein. Es ist die Kleidung, in der sie Paris durchstreift.«

Sie unterhielten sich noch eine Weile. Frau Stoffel machte keinen Versuch mehr, etwas über die persönlichen Umstände Marjas zu erfahren; Marja war ihr dankbar dafür. Leichter öffnet man das

Herz dem, der seine Neugierde beherrscht. Als Frau Stoffel fragte, ob sie Lust habe, eine Wagenfahrt ins Bois mit ihr zu machen, errötete sie vor Dankbarkeit. Die Verbindung mit Iwan wurde wieder durch einen Ruf aus dem Fenster hergestellt. Er erhielt Anweisung, den Wagenvermieter zu benachrichtigen.

Eine halbe Stunde später trafen sich die Damen auf der Straße und stiegen ein. Marja war glücklich, daß Frau Stoffel sie nicht am Morgen gesehn hatte, sie trug dasselbe Kleid. Zwei Pferde, zwei Sonnenschirme, blauer Himmel und nur zuviel Staub – so gelangten sie durch die lange Rue de Grenelle zum Palais-Bourbon und über das Wasser zur Place de la Concorde.

Sie fuhren bis zum Arc de Triomphe, den Napoleon begonnen hatte und der noch immer nicht fertig war. Marja sah verwundert, wie viele Bekannte Frau Stoffel besaß. Sie wurde oft gegrüßt, bisweilen von Reitern angesprochen. Einer gehörte der russischen Botschaft an, sie stellte ihn Marja vor, die daraufhin es für ihre Pflicht hielt, ihr zu sagen, die Polizei des Zaren verfolge sie.

»Ich habe es mir fast gedacht«, erwiderte Lydia. »Auf dem Petersburger Korso könnte ich mich mit Ihnen nicht zeigen, auf dem Pariser durchaus.«

Sie erkundigte sich, was gegen Marja vorliege, und Marja erzählte, wie sie von Czenstochau hierher gekommen war. Als sie zu Hause anlangten, hatte sie auch über die ersten Monate in Paris berichtet bis zum Zweihundertfrancsbrief Vignols, und merkte, daß Lydia wußte, wer das war. Lydia schlug ihr vor, herüberzukommen, sobald sie fertig sei, man könne sich noch ein wenig im Garten ergehn.

Und dort dann sagte sie mit einem Blick auf Gastons Fenster, sie kenne ihn gesellschaftlich und durch sein Klavierspiel, auf das dieses Wort gleichfalls am ehesten passe.

»Sie haben ohne Zweifel gesehn, daß bei mir kein Instrument steht?« fragte Marja.

Lydia nickte.

»So ist Ihnen auch nicht entgangen, daß ich gestern in seiner Wohnung spielte?«

»Gestern abend fiel es mir nicht auf, in der Dunkelheit lassen sich die Stockwerke schwerer unterscheiden. Wir sahn nur am Kopf, daß es eine Dame war, und nahmen an, es sei eine neue Mieterin. Erst der Concierge sagte, es gäbe nur dieses eine Piano im Haus.«

»Und trotzdem machten Sie mir einen Besuch?«

»Mein liebes Kind, hätte ich fast gesagt – Sie müssen wissen, daß ich fünffache Mutter bin – es gibt zehn Erklärungen für Ihre Anwesenheit in Vignols Wohnung, weshalb sollte ich gleich die unehrenhafteste wählen? Vielleicht wäre ich darauf verfallen, wenn Sie einen Walzer geklimpert hätten. Selbst urteilen, damit fährt man immer gut.«

Es wurde dunkler, und die Kühle, die aus dem Rasen stieg, mischte sich mit der Wärme, die von der Mauer strahlte. Über den Garten segelten kleine Abendwolken hin, gelb, grün und braun, auf glühendes Kupfer gemalt. Lydia legte dem Mädchen einen Schal um die Schulter, das Mädchen vertraute sich ihr an. Es erzählte alles, ohne Scheu und Schonung, die Flucht mit Gaston, die einer Entführung gleichgekommen war, die Nachtwache in seiner Wohnung und die Errettung, die verdienstlos blieb.

»Es wäre schade gewesen, Marja Wassiljewna«, erwiderte Lydia Stoffel.

»Sie müssen mir versprechen, daß Frau Dudevant nichts davon erfährt.«

»Wie schade, abermals. Sie könnte einen Roman daraus machen, zur Belehrung, und er hätte auch eine Moral – daß man die Flinte nie ins Korn werfen soll.«

»Ja«, sagte Marja ohne Überzeugung. Ein lebender Mensch war doch nicht nur dazu, um eine Moral zu beweisen. Schon in der Schule hatte sie die dummen, aufdringlichen Fabeln gehaßt.

Lydia entging ihre Enttäuschung nicht, sie lachte:

»Am besten von allem hat mir gefallen, daß Sie ein Eremitenstübchen auf Montmartre beziehn wollen, mit Blumen zwischen den Kaminen und einem Kätzchen. Wenn ich nicht Frau Stoffel wäre, die jeden Nachmittag ausfahren muß, weil der Wagen gemietet ist, ginge ich mit. Es würde mir Spaß machen, ich rege mich gern und bin überzeugt, daß ein Mensch, der zupackt, sich immer durchsetzt. Auch das ist eine Moral, Sie entgehn ihr nicht, Sie sensibles Kind. Wissen Sie, es ist wirklich schade, daß man nur einen Mann heiraten kann, ich würde Ihnen gleich einen Antrag auf Gemeinschaft der Wohnung und der Arbeit machen. Oh, das ist eine Fledermaus, es wird Nacht, und« – sie wandte sich mit einem Ausruf zur Tür des Salons – »das ist ihre Königin. Aurore, man hat dich auf einen Namen getauft, der schwerlich zu dir paßt.«

Die nicht sehr große Frau, die in der Öffnung stand, trug schwarze Gewänder wie eine Iphigenie in Trauer. Die Haare fielen vom Scheitel der Mitte gleichmäßig in stillen Fluten zur Schulter. Weiß waren an dieser Erscheinung die bleichen Flächen der Stirn und der Wangen, die Blütensternchen in der Flechte über dem linken Ohr, das Elfenbein des Kruzifixes auf der Büste und die Gemme, die den Gürtel schloß.

Für eine Iphigenie war sie zu dunkel, die Unterlippe zu voll.

Aus den stark gewölbten Augen schaute verschleiert der Rätselblick Judiths, der Sphinx, des Orients. Die dichten Brauen waren Bogen der Symmetrie, die große Nase widersprach ihr, denn sie ging ein wenig quer. Das Kinn verriet Willenskraft.

19

Marja hatte geglaubt, außer den drei Marquisen komme niemand, und sah entsetzt, daß sich der Salon mit einem Dutzend Menschen füllte. Es war einer der Abende, an denen Lydia ihre Freunde empfing. Vor allen diesen Leuten sollte sie spielen, der Erardflügel stand schon geöffnet.

Lydia war schrecklich; sie stellte sie jedem als Polin von ungewöhnlicher Begabung vor und fügte unweigerlich hinzu, Mlle. Gornicka werde nachher die Güte haben, einen Beweis ihrer Kunst zu geben. Wer immer es vernahm, war entzückt, und alle wollten hören, was an den Zeitungsnachrichten aus Polen wahr sei. Sie erfuhr mit Herzklopfen, daß sich dort große Dinge vorbereiteten, von denen sie nichts wußte, und entzog sich der Antwort, indem sie sagte, sie sei schon ein Jahr von zu Hause fort.

Sandeau erzählte, auf den Brücken hätten die Bettler an diesem Abend das Bild Bonapartes neben ihr Kerzchen gestellt, es sei fünfzehnter August und Napoleonstag. Die drei grauhaarigen Damen, die wie die Parzen zusammensaßen, machten bei diesem Datum ein abweisendes Gesicht. Lydia hatte Marja nicht den geringsten Wink gegeben. Die Anhängerinnen Seiner vertriebenen Majestät, des Königs Karl, die Karlistinnen, waren nur eine Oase des Royalismus in einer Sahara von Orleanisten, von Bonapartisten und sogar von Republikanern. Es sah Lydia ähnlich, sie alles selbst finden zu lassen.

Um die Oase brandeten die Ideen. Man hätte glauben können, daß die französische Geselligkeit, die Kunst des Plauderns, altmodisch geworden sei. Aurore setzte einem Deputierten aus dem Süden auseinander, weshalb sie in Paris am liebsten Männerkleidung trug – um sich des primitivsten Menschenrechtes, der Freiheit der Bewegung, zu erfreuen. Eine junge Frau konnte nicht allein ausgehn: In den Altstadtgassen war es gefährlich, in denen des Verkehrs wurde sie belästigt. Im Louvre ein Bild anzusehn – unmöglich, es stand gleich einer neben ihr. Im Musée Dupuytren, das die anatomischen Präparate enthielt, ließ man sie überhaupt nicht zu. In den Bibliotheken bekam sie einen Platz und Bücher erst, wenn ein alter Kauz, dem sie schön tun mußte, die Erlaubnis gab. Schlug es

Mittag und sie wollte ihren Hunger stillen, so nahm man in den besseren Restaurants eine Dame, die ohne Begleitung kam, nicht auf, in den andern wurden die Kellner unverschämt und die Gäste zudringlich. Von einem Jahrhundert, das die Freiheit auf seine Fahne schrieb, hatte eine Frau alles noch zu fordern – die Verfügung über ihre Zeit, ihr Geld, sich selber.

Nicht jede Frau könne zu dieser Selbsthilfe greifen, nicht jede sei so kühn wie Madame, sagte der Deputierte bewundernd. –

Und nicht jede so schlank wie ein Jüngling, fügte d'Haligan hinzu, ein junger Mann, der sich nach der letzten Vorschrift kleidete.

»Auch die älteren Frauen und sogar die dicken haben den gleichen Anspruch, M. d'Haligan«, erwiderte Aurore, »und Sie, M. Etchégoyen, als Deputierter hätten Sie die Gelegenheit, Ihren Namen in die Annalen des Fortschritts einzuschreiben: Beantragen Sie, daß man den Frauen dieselben politischen Rechte wie den Männern verleiht – die menschlichen werden dann von selbst folgen.«

»Gott sei mir gnädig«, rief der beleibte Mann, der das Departement Landes vertrat, »ich bin kein Saint-Simonianer. Man würde mich daheim steinigen, die Emanzipation ist das Recht auf die wilde Liebe ...«

»Das Recht auf die Leidenschaft«, berichtigte Aurore mit ihren dunkelsten Augen, »die Leidenschaft als Himmelsmacht verstanden, als Ursprung alles Schönen, Wahren und Gesunden.«

»Heiliger Rousseau!« rief d'Haligan, und alsbald kam Aurores Antwort:

»Sie haben recht, aus Rousseau kann man einen Heiligen machen, doch nie aus einem Herrenschneider.«

Man lächelte, der Gandin schaute drohend drein und fixierte in Ermanglung des Ehemanns Sandeau, von dem jeder wußte, daß er es war, der die Baronin in ihrem Provinzschloß entdeckt und ermutigt hatte.

Sandeau sah aus, als sei er kaum zwanzig, sie mochte sechs, sieben Jahre älter sein – er war ein sanfter Luftzug, sie war Sturm, doch stammten beide aus dem Berry.

»Es ist ein Skandal«, seufzte die erste der Parzen der zweiten zu, »sie duzt sich vor allen Leuten mit diesem Berrichon.«

»Was wollen Sie, nur ein Baron des Kaiserreiches geht so mit seiner Ehre um«, erwiderte die dritte.

Aus Zufall war keine der drei Damen taub, sie redeten nicht allzu laut. Immerhin hatte Lydia die Bemerkungen gehört und fand es an der Zeit, die Aufmerksamkeit von Aurore abzulenken. Sie gab Iwan, der gleich einer Statue aus Roßhaar und Tuch an der Tür stand, ein Zeichen, und er zündete die Kerzen am Flügel an. Ein

»Ah« und »Oh« ging durch die Gäste, sie wandten sich wie die Sonnenblume dem neuen Lichtquell zu.

»Aller Vorteil ist auf Ihrer Seite, Marja Wassiljewna. Was immer Sie spielen und wie Sie es tun, man würde schon aus Höflichkeit begeistert sein – wieviel mehr, wenn der, der spielt, etwas kann.« Lydia sagte es scherzend, aber sie sagte es laut und auf französisch, so daß es alle verstanden. Marja lernte in diesem Augenblick ihre neue Freundin besser kennen, als in Stunden zuvor.

Zuversichtlich schlug sie die ersten Takte an. Die Musik Chopins offenbarte ihren Zauber auch hier. Allen Wünschen, die ein Pariser an Eleganz und Leichtigkeit stellen konnte, kam sie entgegen, und den, der Seele verlangte, riß sie durch ihre Schwermut hin. Die Hindernisse, an denen sonst ein neuer Komponist scheiterte, galten nicht für sie. Und jeder fühlte, daß hinter ihr das Temperament eines Volkes stand, das man nicht kannte, doch eben trat es in die Reihe der leidenschaftlichen Künder.

Am nächsten Morgen, als Marja noch darüber nachsann, wieviel ihr in zwei Tagen begegnet war, schickte Lydia ein Briefchen hinüber: Aurore sei abgereist, sie selber schlage ganz unparteiisch einen Spaziergang im Viertel vor – worunter sie, wie sich dann zeigte, den halben Stadtteil diesseits der Seine verstand. Sie folgten im Garten des Luxembourg der schnurgeraden Allee, die auf das Observatoire führte, und gingen zum Val de Grâce hinüber, das aus einer Kirche ein Soldatenspital geworden war. Lydia wünschte es zu sehn, weil es das Vorrecht besessen hatte, die Herzen der königlichen Prinzen und ihr erstes Schuhzeug zu bewahren – weder die einen noch das andere waren mehr da.

Ringsum roch es nach Medikamenten, und der Garten langweilte durch seine verschnittene Regelmäßigkeit, aber weit und breit gab es keinen andern Ort, um sich auszuruhn. An der Umgebung lag nicht viel, wenn die gute Fee neben dem armen Mädchen saß und ihm mitteilte, daß die Stunde der Belohnung gekommen war.

Lydia sagte, sie habe über Marjas Pläne nachgedacht. Daß sie Geld aufnehmen wolle, sei vernünftig, und daß sie nicht mehr als hundertfünfzig Francs verlange, bescheiden. Gleichwohl könne sie nicht Gaston darum bitten, eine Frau verpflichte sich besser einer andern Frau statt einem Mann. Gaston werde gestrichen, an seine Stelle trete Lydia.

Die gleiche Lydia habe kein Interesse daran, daß Marja nach Montmartre ziehe, und ein großes, daß sie ihre Nachbarin bleibe. Stoffel in Petersburg, der zum Glück nicht Hans, sondern Gregor heiße, bestehe darauf, daß sie wieder eine Gesellschaftsdame nehme, sie aber wolle kein dienendes und kein willenloses Geschöpf, auch keines, das sie langweile und ihr fremd bleibe, kurzum, keinen Hausgenossen, der auf jeden Wink zur Verfügung steht.

»Was hätte ich am liebsten?« fragte sie. »Wenn Sie es wären, die mir bei Tisch Gesellschaft leistet, mich in die Theater begleitet und beim Empfang der Gäste behilflich ist. Dazu brauchen Sie nicht bei mir zu wohnen – behalten Sie Ihre Zimmer und sagen Sie M. Vignol, daß die Miete auf meine Rechnung geht. Besser noch, ich tue es, es macht Sie vollständig von ihm unabhängig. Das ist die Wohnung. Das Gedeck am Tisch kostet Sie nichts, übrigens auch mich nicht, gekocht wird doch bei mir. Bleibt Ihr Taschen- und Toilettegeld – das sollen Sie sich selbst verdienen, mein Kind.«

Auch dafür hatte sie schon einen Plan. Die drei Marquisen, die Marja die Parzen nannte, leiteten ein Unternehmen, das verarmten Adligen des Faubourg Saint-Germain mit Beihilfen unter die Arme griff, und in diesem Zusammenhang waren sie ihr verpflichtet. Alles beruhte auf Gegenseitigkeit, sie würde durchblicken lassen, daß sie einen neuen Beitrag zeichne, wenn man der jungen Polin, die mit so großem Erfolg bei ihr gespielt hatte, in zwei oder drei der reichen Familien des alten Regimes zu einem Schüler verhelfe. War das erreicht, so machten es die Bürger des neuen Regimes nach, sie waren Snobs, auf englisch gesagt.

»Man bringt in Umlauf, daß Sie untalentierte Schüler abweisen und grundsätzlich nur eine Stunde am Tag geben. Erschwerungen gefallen den Snobs. Sie verlangen mindestens drei Francs, bei einigen noch mehr. Ich stehe dafür ein, daß Sie in kurzer Zeit fünfundzwanzig Francs in der Woche verdienen, das sind hundert im Monat. Seien wir ganz vorsichtig und sagen achtzig, rechnen aber die Stunden des guten Vignol dazu, so kommen wir wieder auf hundert und Sie langsam auf einen grünen Zweig.«

»Liebe Fee, Sie setzen es fest, und ich gehorche«, sagte Marja, »nur die drei Zimmer bedrücken mich, so viele Räume ziemen sich nicht für jemand, der eben noch im Kosthaus einen einzigen hatte.«

»Erstens sind es nur zwei Zimmer, das unmöblierte zählt nicht, und zweitens ist es mir angenehm, Sie so nah zu wissen«, erwiderte Lydia.

Durch die Rue d'Ulm gelangten sie zum Dom der heiligen Genoveva, der nun wieder Pantheon werden sollte, und folgten der Rue Saint-Jacques, die zum Pont Saint-Michel führte. Vor den Häusern wühlten die Lumpensammler, spitze Körbe auf dem Rücken, in den Abfalleimern, und was man so fand, das wurde geputzt oder, wenn es Lebensmittel waren, gesäubert und unter buntgestickten Schirmen an den Quais den Armen verkauft – es war kein schöner Kreislauf.

Am Pont Saint-Michel blickte Marja scheu zur Morgue hin, die an dieser Stelle über der Seine stand. Die Flächen zu beiden Seiten der Tür waren mit den schrecklichen Beschreibungen der Leichen bedeckt. Vor zwei Tagen hatte auch sie an den Sprung ins Wasser gedacht. Zum Seziersaal waren es ein paar Schritte, er lag im uralten Hôtel-Dieu am gleichen Quai. Ein Student im Kosthaus hatte erzählt, wie man es machte: Die Professoren kamen und der eine nahm eine Leber mit, weil sie völlig gesund, der andere eine Milz, weil sie ganz zerfressen war.

Sie schauderte, mit einem heißen Gefühl drückte sie Lydia den Arm und fragte, ob sie noch die paar Schritte zu Notre-Dame gehn wollten. Die Stuttgarterin war Protestantin, aber sie sagte, in einer großen Stadt verstehe man besser als irgendwo, daß Gotteshäuser nicht dazu da seien, um sechs Tage ihre Tür zu schließen. Sie setzte sich und beobachtete die schönen Bewegungen der Demut, mit der eine Frau das Heilige grüßt.

Marjas Gesicht war fern und seltsam rein, als sie auf sie zuschritt, und Lydia seufzte. Draußen meinte sie, im eigenen Glauben stecke man wie in einer zugenähten Haut. Sie konnte ebenso drastisch wie offenherzig sein. Dann gingen sie zum Blumenmarkt, einem jungen, ewig schönen Zwischenspiel inmitten der alten, gotisch krausen Häuser, kauften verschwenderisch ein und nahmen einen Wagen, um dem schauerlich unebenen Pflaster längs der Quais zu entgehn, das die Stiefelchen zerriß. Es war nicht so einfach, Paris zu Fuß zu durchstreifen, und was die Zugtiere betraf, so wurde es gar die Hölle der Pferde genannt.

20

Drei Tage später kehrte Gaston aus Brüssel zurück. Lydia merkte es zuerst. Sie saß in dieser warmen Nacht mit Marja im Garten.

»Bei Vignol ist Licht«, sagte sie. »Wonach schaut ein Mann, wenn er von einer Reise heimkommt, nach seiner Freundin oder seiner Post? Ich wette, nach seiner Post. Nun wohl, so wird er einen Brief finden, den ich ihm geschrieben habe. Es ist der Vorschlag, mich zunächst für ein halbes Jahr als Mieterin Ihrer Wohnung anzusehen. Es wäre recht gut, wenn ich noch heute abend mit ihm sprechen könnte. Sonst klopft er um Mitternacht an Ihre Tür, und das sollte man ihm ersparen. Kommen Sie, Marja, ich bringe Sie hin – Iwan, das Laternchen, und du gehst mit.«

Sie stiegen in Gastons Haus die Treppe vernehmlich hinauf, und er öffnete in der Tat seine Tür.

»Gute Nacht«, rief Lydia Marja nach; »guten Abend, Herr Vignol«, fuhr sie fort. »Ich würde zu gern ein paar Erläuterungen zu meinem Brief geben, den Sie ohne Zweifel schon gelesen haben? Es wird fünf Minuten dauern und mein Diener solange die Anstandswache in Ihrem Vorzimmer beziehn. Läßt es sich wohl machen?«

Vignol, der sie einzutreten bat, erfuhr, daß Marja ihre kleinen Probleme mit ihr bespreche, so auch das, wie sich der Verkehr einer Dame mit dem Herrn, der im gleichen Hause wohne, am einwandfreisten abspiele – sie schlage vor, bei ihr, der schwesterlichen Beraterin. Sie empfange freitags und sei überdies für einen Nachbarn, der eine Tasse Tee nicht verschmähe, so gut wie jeden Nachmittag zu Hause.

Er machte am nächsten Morgen, es war Sonntag, Besuch und wurde in den Garten gebeten, wo die Damen saßen. Marja errötete ein wenig und war ihm dankbar; die erste Begegnung brauchte nun nicht auf der Treppe stattzufinden. Für Lydia war er der Jäger, dem man in letzter Minute das Wild abjagt.

Marja fühlte sich doch mit ihm verbunden, er hatte das Häschen schon in seiner Gewalt gehabt. Das Häschen war nun eine Traube geworden, die zu hoch für ihn hing. Aber daß er sich nicht gleichgültig stellte, gefiel ihr immerhin.

Zweimal in der Woche war sie eine Stunde mit ihm allein. Er bestand darauf, daß der russische Unterricht nicht unterbrochen werde. Sie hätte zu ihm gehn können, er zu ihr, aber sie trafen sich in Lydias Salon.

Zwei andere Stunden gab sie dank den Parzen in einer Familie französischer Kanadier, die übers Meer gekommen waren, um ein halbes Jahr im Mutterland zu verbringen, und Molitor hießen – altmodische Menschen, die keinen Anteil an der großen französischen Revolution gehabt hatten und nicht verstanden, daß man die angestammten Könige vertrieb. Es war ihnen von der Zeit, in der ihre Väter, die Pioniere, mit dem Urwald, den Indianern, den Rotröcken Englands gekämpft hatten, ein Bild vererbt, und seine düstere Kraft hob sich vom goldenen Hintergrund des verklärten Versailles ab.

Andererseits waren auch sie Amerikaner, auf Unabhängigkeit und den Mut zu sich selbst gestellt. Die beiden Knaben, die Marja unterrichtete, fühlten sich unglücklich in der großen Stadt, worin es Gärten mit Aufsehern, aber keine Savannen, keine Tiere und keine Gefahren gab. Über die Bären im Jardin du Roi lachten sie – das seien Babys, sie aber hätten ausgewachsene Riesen gesehn. Sie waren nicht für Komplimente, und Marja gewann ihr Herz, weil sie auf ihre Shakehands einging.

Damit begrüßte sie auch der älteste Sohn, der schon fünfundzwanzig war. Er machte ihr auf eine unfranzösische oder uneuropäische Weise den Hof und versäumte keinen Abend, an dem Lydia empfing. Er hieß Robert, war groß wie ein Baum und hatte die Bewegungen eines Läufers, der ins Unendliche ausgreift. Es erkläre sich leicht, meinte er, seine Vorfahren seien Waldläufer gewesen und er selbst sei noch ein halber, der Pelze jage und ankaufe: Das führe weit ins Land der Seen, zu seinen Faktoreien.

Er schluckte vor Erregung, wenn er mit ihr sprach, und jeder sah es, denn sein Adamsapfel war stark. Den Bonapartisten konnte er viel über seinen Freund, den jungen Jérôme Bonaparte in den Staaten, berichten. Nicht alle erkannten ihn als Neffen Napoleons an, aber daß er ein Recht darauf hatte, darüber bestand kein Zweifel. Als Napoleon noch Konsul war, befehligte sein Bruder Jérôme ein Kriegsschiff in Westindien, kam nach Baltimore und heiratete ein amerikanisches Mädchen, die schöne Betsy Patterson, die ihm diesen jüngeren Jérôme gebar. Kaiser geworden, erklärte Napoleon die Ehe für nichtig und befahl Jérôme, allein zurückzukehren, er werde ihm eine Prinzessin geben und ihn zum König erhöhn. Jérôme schwor bei der Abreise, nicht von Betsy zu lassen, brach sein Wort, heiratete eine württembergische Prinzessin und wurde König von Westfalen. Das war längst vorbei, Betsy aber mehr ehrgeizig als stolz: Vielleicht kam doch noch einmal der Tag der Bonaparte, die in Rom lebten – sie führte ihnen den Sohn zu und suchte eine vornehme Braut für ihn. Auf einem Besuch daheim tat er wie sein Vater, verliebte sich in ein amerikanisches Mädchen und heiratete es. Robert Molitor konnte einen Brief von ihm zeigen, des Inhalts, daß er froh sei, als freier Mann in der Neuen Welt zu leben.

Ob Staaten oder Kanada, die jungen Männer heirateten alle früh, sagte er und suchte Marja die Stadt zu schildern, in der er wohnte, Quebeck, das auf einer schiefen Felsplatte aufgebaut war, am Sankt-Lorenz-Strom. Er erwähnte auch, drüben lege man keinen so großen Wert wie in der Alten Welt darauf, daß eine Frau eine bedeutende Mitgift habe, und Marja sagte, sie zweifle, ob die Familie seine Meinung teile. In dieser Beziehung schienen sie ihr echte Franzosen zu sein.

Es konnte seiner Mutter nicht entgehn, daß sie ihn anzog, und da er sie nicht verwirrte, gab sie der Mutter recht, eine mittellose Polin kam für einen Nerzprinzen nicht in Betracht. Er kannte keine Noten, verstand aber die Töne und Akkorde zusammenzusuchen, und warb auch mit diesen erregend fremden Weisen, die zu Träumen von einer fernen Welt verlockten. Sehnsucht und Wanderwege waren überall.

Lydia regierte ihr kleines Reich, wie der Zar sein großes, ihr

Wille galt absolut. Sie lebte nach außen, jede Regung setzte sich sofort in eine Bemerkung, einen Befehl, einen Tadel und eine sichtbare Empfindung um. Sie aß rasch, lachte gern und urteilte im Handumdrehen, was sie nicht hinderte, eine vorsichtige und zähe Unterhändlerin zu sein. Der Köchin schaute sie auf die Finger, am meisten dann, wenn sie, die Fingerchen, Eintragungen ins Wirtschaftsbuch machten. Mit Iwan sprang sie wie mit einem Pudel um, er war keine Person, und übersah ihn, wenn er irgendwo regungslos stand, ein ausgestopfter Bär, nicht einmal beim Auskleiden störte er.

Alle paar Tage knüllte sie einen Brief zusammen und stieß ihn in den dunkelsten Winkel unters Bett. Wenn die Frau, die zum Reinigen kam, mit dem Zimmer fertig war, schaute sie nach, ob das Papier noch dalag. Marja fand, es sei beleidigend, das Mißtrauen so offen zu zeigen. Lydia erwiderte:

»Sie schimpfen, aber sie lassen es sich gesagt sein. Sie wollen sehn, daß man wachsam ist. Glauben Sie niemals, daß Sie ohne das gut bedient werden, mein Kind.«

»Ich will es mir merken, auch ich stehe in Ihrem Dienst«, sagte Marja. Lydia lachte:

»Wenn ich mich entschlossen habe zu vertrauen, tue ich es ganz.«

Es kam ihr nicht darauf an, sich zu widersprechen, irgendwie paßte es doch zusammen. Am Abend sagte sie:

»Sie können alles von mir haben, Sie sind mir schon unentbehrlich geworden, Marja. Ein Mensch wie ich fühlt sich erst gesund, wenn jemand um ihn ist, vor dem er sich gehn lassen kann, ohne mißverstanden zu werden, die Ehe macht ihn meistens krank. Sie sind nicht gewöhnlich, Sie haben gute Rasse, meine Liebe, nehmen Sie ruhig das Halsband an. Sie haben keinen Schmuck, und darauf sieht man hier sehr, wie überall.«

Es blieb nicht bei dem Halsband. Sie steckte Marja, wenn sie ins Theater gingen, einen Ring an und reichte ihr ein Ohrgehänge. »Still, ich leihe es nur.« Aber sie wurde ärgerlich, wenn sie die Sachen immer wieder auf ihrem Tischchen fand: »Ich leihe sie Ihnen auf zwei Jahre«, sagte sie dann.

Sie kleidete sich teuer, doch fehlte ihr die letzte Sicherheit. Sie hatte eine unglückliche Liebe zu Farben, die einer Brünetten wie Marja besser standen, und vernachlässigte die, die zu ihr, der Blondine, paßten. Marja wagte eine Bemerkung darüber zu machen. Die Folge war nur, daß Lydia sie zu den Schneidern mitnahm. Fortan beriet Marja sie in allen Garderobefragen und sah verwundert, daß selbst eine Lydia, in dieser Hinsicht wenigstens, sich zur Unterordnung verstand. Die Beratung brachte Marja von Zeit zu Zeit ein Kleid ein, Lydia schenkte es ihr.

Zuletzt standen selbst Marjas Ausgaben für den Coiffeur auf der Rechnung Lydias, einfach deshalb, weil der Mann ins Haus kam und Lydia ihn ermutigte, Marja jede Woche eine andere Frisur zu geben. Sie hatte reiches Haar, und Lydia sagte zu Vignol, sie sei in diese Flechten nicht weniger als in den weichen Gang des Mädchens verliebt. Er erwähnte als dritten Reiz ihren Mund, und Lydia nickte etwas hochmütig wie jemand, der seine Entdeckungen gern selbst macht.

Im November traf Marja auf der Straße jenen jungen Deutschen, den sie im Kosthaus gekannt hatte und der für seine Freunde Max hieß. Er fing sofort wieder von Hector Berlioz zu reden an. Berlioz, der Victor Hugo der Musik, der Himmelsstürmer, habe den großen Rompreis erhalten und gebe vor seiner Abreise ein Konzert.

Als sei sie einer seiner männlichen Kameraden, durchforschte Max mit harmloser Zutraulichkeit ihr Gesicht. Er stellte fest, daß sie froher als vor einem halben Jahr aussah, und sagte es, ein wenig täppisch war er wohl. Sie fragte, was man im Konzert vernehmen werde, und erfuhr: Programmusik, das Gemälde eines Sturmes.

»Noch immer Ariel?« erkundigte sie sich. Er nickte eifrig:

»Noch immer Ariel.«

Sie besorgte die Karten, Lydia bezahlte sie. Aber als die Frauen in die Oper fuhren, tobte ein Wintergewitter über Paris und versetzte die Gassen in den Zustand, den sie im Mittelalter gehabt hatten, sie waren Schlamm und Morast. Im Saal saß das Orchester der Oper, vermehrt um ein Dutzend Blechinstrumente, ein Harmonium und vier Pianisten – die Zuhörerreihen waren so gut wie leer. Für den jungen Tondichter mußte es eine grausame Enttäuschung sein. Er warf den roten Schopf zurück und hatte eine Sperbernase: zur Hälfte Held, zur Hälfte Don Quichotte.

Hätte Marja ihn nicht gesehn, so würde sie seine Musik für gesucht gehalten haben. Da sie das kühne, schon geprägte Gesicht mit den überhoch geschwungenen Brauen und den blauen Augen sah, fand sie, daß er neu und eigenartig komponiere. Lydia war anderer Meinung, hielt sich die Ohren zu und wollte nachher sofort aufbrechen. Marja gab Max einen Wink, neugierig auf den Mann, von dem er gesagt hatte, der erste Blick auf sie entflamme ihn.

Doch er lag in anderen Banden und schaute sie kaum an. Er stellte den Damen vor, was ihm so teuer wie sein Tonstück war: Fräulein Camille Moke, die aus Flandern stammte und rührend sanft aussah. Als sie zu zwitschern begann, war sie die lebhafteste und kokettste Pariserin. Lydia fand weder Berlioz noch Braut einladenswert, und Marja schalt sich selber.

Lange war sie nicht mehr beim Beichtvater gewesen. Als sie ihn aufsuchte, machte er ihr Vorwürfe, weil sie rücksichtslos und heimlich aus dem Haus der Frau Houblon entwichen war. Marja konnte nachweisen, daß die alte Frau ihm ihren Anteil, die Entlassung, verschwiegen hatte.

Sie erfuhr auch, Edmond Maslin sei zurückgekehrt und habe sich in unwilligen Worten über sie geäußert. Es ging nicht gut, den Pfarrer zu bitten, er möge dem Vicomte sagen, wie alles gekommen war. Oder wenn es ging, so unterließ sie es doch, weil sie fand, Maslin sei doppelt so alt wie sie, mit fünfzig urteile er nicht vorsichtig genug.

Einmal, als sie nach Notre-Dame ging, erkannte sie ihn von weitem neben einem andern Herrn. Der Begleiter redete auf ihn ein; er selbst, gespannt zuhörend, betrachtete den Boden. Das tat auch sie, mit Herzklopfen, bis sie sich streiften. Der Begleiter schaute sie an, nicht aber Maslin.

Sie hörte, daß von Maurern und Zimmerleuten gesprochen wurde, der andere mochte den Umbau leiten. Er hatte den gleichen eleganten, geschmeidigen Tonfall wie Vignol. Es war der der Pariser, die ihre Sprache genossen, sie lauschten sich selber.

21

Die Theaterdirektoren rieben sich die Hände, wenn sie bedachten, daß die Revolution Ende Juli ausgebrochen und nach wenigen Tagen beendet war: Sie verdarb das Geschäft nicht, versah die Hausdichter mit Motiven und ließ ihnen sechs Wochen Zeit – vier mehr, als sie im Notfall brauchten. Als die Herbstsaison begann, war ein Dutzend Komödien fertig. Am längsten hielt sich das Stück, das ein Theater der Rue Montmartre, die Variétés, spielte. Im November erklärte Doktor Vérac Frau Stoffel, wenn sie diese Gelegenheit zum Lachen benützen wolle, müsse sie sich beeilen.

Vérac war Arzt im Viertel, er behandelte Lydia und hatte ein Töchterchen, dem Marja Stunden gab. Er besorgte die Karten und begleitete die Damen. Nicht alle Logen waren voll besetzt. Als Maslin in eine leere trat, erkannte Marja ihn sofort, und diesmal auch er sie. Er verbeugte sich, und Lydia fragte, wer das sei. Die Antwort gab Vérac, er hatte die Begrüßung auf sich bezogen:

»Ein Vicomte, der heute Oberst sein könnte, wenn er mit dem Abschiedsgesuch noch vier Wochen gewartet hätte; jetzt langweilt er sich mit seiner Pension.«

»Schade, er sieht gut aus«, meinte Lydia, »warum tritt er nicht wieder ein?«

»Das habe ich ihn auch gefragt.«

»Was sagte er?«

»Er habe von den Revolutionen genug und wolle nach den Vereinigten Staaten gehn, um dort seine Dienste anzubieten.«

»Kennt er die Sprache?«

Der Doktor zuckte die Schultern:

»Vielleicht versteht er auch Englisch. Sicher ist, daß er Russisch kann, sein Vater war Emigrant.«

»Das geht mich an, Sie müssen ihn mir vorstellen«, erklärte Lydia.

»Gern, im Zwischenakt«, erwiderte Vérac. Es wurde dreimal auf den Boden gestoßen, und der Raum verwandelte sich in eine Höhle mit warmen, rosigen Schatten.

Das Stück war skrupellos zurechtgezimmert. Ein royalistischer Adliger und seine Frau haben eine hübsche Tochter und einen bürgerlichen Hausarzt, der ihnen als Schwiegersohn nicht genügt. Am Vorabend der Julirevolution gibt der junge Doktor dem Paar ein Opiat, halb um ihm die Unruhen zu ersparen, halb um ihm einen Streich zu spielen. Die beiden erwachen am dreißigsten Juli und setzen sich an den Frühstückstisch. Der Edelmann greift nach den Zeitungen: Sie heißen La Révolution und La Patrie. Er reibt sich die Augen und schellt nach dem Bedienten. Ein Barrikadenkämpfer mit Pistole und Säbel erscheint: Sein Herr hält ihn oder sich für verrückt und schickt nach dem Doktor. Der Doktor tritt in der Uniform der Nationalgardisten auf: Verzweiflung, die alte Dame geht aus, um Erkundigungen einzuziehn. Sie kehrt mit einer dreifarbigen Kokarde an der Brust zurück: Des Augenreibens ist kein Ende, zuletzt bekommt der Doktor das Mädchen zur Frau.

Im Zwischenakt holte Vérac den Vicomte und stellte ihn Lydia vor. Sie ihrerseits machte ihn mit Marja bekannt. Er unterließ jede Bemerkung, daß er ihr nicht fremd sei, blieb in der Loge bis zum Schluß und begleitete die Damen an den Wagen. Lydia sagte, sie würde sich freuen, wenn er ein wenig ausführlicher mit ihr über Rußland sprechen wolle, und gab ihren Tag an. Er dankte und verabschiedete sich.

»Was für Augen«, sagte Lydia, »sie sind vom intensivsten Blau und faszinieren.«

Marja, die sich kaum mit ihm unterhalten hatte, war überzeugt, daß er nie kommen werde, aber er kam schon am nächsten Freitag. Marja empfing ihn, und sie blieben ein paar Augenblicke allein. Maslin sagte, daß er froh sei, sie so gut untergebracht zu sehn.

»Ich wüßte gern, wie es Frau Houblon geht«, erwiderte sie.

»Sie wird sich zu meinem Bruder nach Tours zurückziehn, das Haus auf der Insel ist zu einsam für sie.«

»Auch wenn Sie dort wohnen?«

»Das wird nicht der Fall sein. Wir suchen bereits einen Käufer.«

»Ist es wahr, daß Sie nach Amerika gehn wollen?«

»Ich beabsichtige es in der Tat.«

Unmutig wandte sie sich ab, man mußte ihm jedes Wort aus dem Mund zerren. »Sie zürnen mir offenbar«, sagte sie gereizt.

»Wäre ich dann hierher gekommen?« erwiderte er.

Diese Antwort verwirrte sie so sehr, daß sie den jungen, verlebten d'Haligan, der eintrat, wärmer begrüßte, als ihrem Gefühl entsprach.

An diesem Abend kam die Rede auf die Gemälde im Louvre. Weder Lydia noch Marja kannten sie. Jeder der Herren erbot sich, sie hinzuführen, aber nach einer halben Stunde hatte man von hundert andern Dingen geredet und den Vorschlag vergessen. Beim Abschied erinnerte Maslin daran. Am nächsten Morgen holte er die Damen ab.

Ein Besuch genügte nicht, so wurden es drei oder vier. In der nächsten Zeit verging kaum ein Tag, an dem Maslin nicht erschien. Er begleitete die Frauen in die Theater, und nachher aß man im Café de Paris oder im Rocher de Cancale. Das verlangte Lydia, Sitte war es nicht.

Lydia fragte Marja, wer von ihnen beiden ihn wohl anziehe, ein Mann von Erfahrung spiele nicht aufs Geratewohl den Kavalier. Marja erwiderte lächelnd, sie verstehe sehr gut, daß ein Mann von Erfahrung den Umgang Lydia Stoffels suche, und Lydia fühlte sich befriedigt. Insgeheim war Marja überzeugt, daß er um ihretwillen kam, obwohl er sich mit ihr nie persönlicher als mit Lydia unterhielt.

Sie wußte nicht, ob er als alter Soldat eine Taktik anwandte. Aber sie mußte denken, kein Verhalten könne einer Frau besser gefallen als dieses abwartende. Sie erschrak, denn das hieß nichts anderes, als daß sie sich selbst auf etwas, das kommen werde, gefaßt machte. Sie vergaß manchmal, daß er soviel älter war, und wenn es ihr einfiel, drückte es sie.

Im Dezember standen jeden Tag in der Zeitung Nachrichten aus Kongreßpolen, von denen eine erregender als die andere war. In der Warschauer Militärschule brach, als zwei der jungen Leute die Knute erhalten sollten, eine Revolte aus, und sie verwandelte sich in die Revolution eines Volkes. Frauen und Kinder kämpften mit, man stürmte das Schloß, der Großfürst-Statthalter floh daraus und ließ seine Frau zurück, der nichts geschah. Der Chef der geheimen Polizei, der Henker von Hunderten, wurde selbst gehenkt, die russischen Truppen räumten das Königreich.

Die Parzen kamen nicht mehr zu Lydias Abenden. Alle drei benutzten mit unendlicher Höflichkeit dieselbe Ausrede: Beschwerden des Alters und der Jahreszeit. Vignol brachte aus seinem Ministerium die Erklärung mit. Der royalistische Adel verließ in diesem Winter die Stadt oder er schloß seine Salons, aus Protest gegen den neuen König.

Marja merkte es, sie verlor drei Schüler. Aber nun konnte sie zwanzig haben, die Begeisterung für alles Polnische war uferlos. Sie hätte Konzerte geben können, und sie wären voll gewesen. Vignol nahm sie mehr und mehr als Übersetzerin in Anspruch. Zwischen Warschau, das frei war, und Paris knüpften sich Fäden.

»Es ist wie ein Traum, die sieben fetten Jahre sind gekommen«, sagte sie zu Maslin, mit dem sie an einem Sonntagnachmittag gegen alle Gesetze des Wohlanstandes allein in einem Wagen auf dem Boulevard saß.

Sie schauten dem Leichenbegräbnis Benjamin Constants zu, eines Politikers der Opposition, der fast so bekannt wie Lafayette war. Lydia und Vignol saßen irgendwo in einem andern Wagen. Da eine große Menge die Gehsteige besetzt hielt, war es das einzige Mittel gewesen, und Lydia hatte auf die Gesellschaft Maslins, den sie vorzog, verzichtet. In dieser Lage mußte man wohl dem älteren Mann das junge Mädchen überlassen – anvertrauen, wie sie sich ausdrückte.

So befand sich Marja in einem Tête-à-tête mit Maslin, und es war fast, als hätten zwei Liebesleute durch einen Zufall erreicht, was ihnen bisher mit aller List nicht gelingen wollte. Zum ersten Male seit den Tagen der Frau Houblon klang seine Stimme warm, als er sie fragte, wie es ihr gehe.

Es sei in einer Woche das fünfte Mal, daß sie sich sähen, gab sie mit einem kleinen Auflachen zu bedenken, berichtete dann, was diese Tage ihr an Erregungen und Überraschungen brachten, und schloß mit jenem Gleichnis von den sieben fetten Jahren. Es ging ihr so gut, daß sie nun jeden Tag zwei Stunden gab und alles zurücklegen konnte. Wenn die fetten Jahre nur sieben Monate dauerten, hatte sie, da Lydia für alles sorgte, tausend Francs erspart.

Sieben Monate Begeisterung seien für Paris viel, meinte er, aber wenn es in Polen schiefgehe, würde dieser Welle des Gefühls vielleicht eine neue der noch stärkeren Hilfsbereitschaft folgen.

»Sie glauben, daß wir unterliegen?« fragte sie entsetzt.

»Ich kenne Rußland, und Sie kennen es auch. Es ist ein Land der unbeschränkten Mittel. Nehmen Sie an, daß der Zar seine Heere nicht in Bewegung setzt? Kann er ein freies Warschau dulden?«

Bei diesen Worten fiel ihr ein, was sie als zwanzigjähriges Mädchen einmal gelobt hatte, nicht zu heiraten, bevor Warschau frei sei – zu Hause würde sich ihr jetzt mehr als ein Bewerber nahn.

»Man muß dem Zaren in die Arme fallen«, sagte sie leidenschaftlich.

»Wer sollte es tun?«

»Europa.«

»Europa ist keine Einheit. Österreich, Preußen, Rußland, alle gleich reaktionär und durch eine heilige Allianz miteinander verbunden, das ist eine Einheit«, erwiderte Maslin.

»Dann Frankreich. Frankreich hat Polen immer geliebt, ihm immer geholfen.«

»Louis-Philippe wird sich hüten, es mit drei Großmächten zu verderben. Er sitzt auf seinem Thron nicht fest. Bedenken Sie, daß er eben erst Platz darauf genommen hat und unsicher die rechte Mitte sucht.«

Das war eine Anspielung auf das juste milieu, mit dem die Zeichner, die Witzblätter, die Bänkelsänger, die halbe Stadt den König verspotteten – sie verspotteten ihn auch mit seinem Regenschirm und Birnenkopf. Bei der Vorstellung, wie er auf dem Thron herumrutschte, um die Mitte zu suchen, mußte sie lächeln.

Sie saß am Fenster, Maslin neben ihr. Wenn er etwas sehn wollte, kam ihr sein Kopf so nah, daß sie seinen Atem, der gesund roch, spürte, und seine Zähne, die stark waren, schimmern sah.

Die Leute, die draußen marschierten, waren Kleinbürger, nach Vierteln und Sektionen wie in den Tagen der großen Revolution geordnet – Männer, die sich ihr Menschenrecht erkämpft hatten, aufmerksam auf das, was im Staat geschah. Wie dumpf und gleichgültig waren in Rußland die Massen. Sie schrie auf – in der schwarzen Schlange bewegte sich ein helles Stück, es war Nationalgarde, und ihr schritten zwei Polen in Uniform voran. Sie schulterten die Sensen, mit denen so schreckliche Ernte unter den Russen gehalten wurde.

Maslin, der nicht verstand, was sie erregte, griff unwillkürlich nach ihrer Hand. Einen Augenblick oder zwei war der enge Raum mit einem Schweigen gefüllt, in dem sie das Geräusch der zehntausend Füße nicht mehr vernahm. Sie hörte ihn etwas sagen, suchte den Sinn zu verstehn und hing gebannt an seinen blauen Augen, von denen Lydia sagte, daß sie faszinierend seien. Was sie bis jetzt nicht gesehn hatte, sie sah das Geheime darin, einen Ausdruck von Qual oder Not, der wie eine Sprache für sich, ein Geständnis und eine Frage war. Ihr Herz schlug bis in den Hals, und alles in ihr wartete.

Er aber schwieg. Sie fühlte sich beschämt und ermattet.

22

Weihnachten kam näher, es war kein Friede in der Stadt. Wenn man in diesen Tagen ausging, standen aufgeregte Massen um den Luxembourg, den Palast der Pairs, die über Polignac und die andern Minister des entthronten Königs Gericht hielten. Das Volk, hieß es, verlange den Tod, und ein Teil der Nationalgarde rufe nach der Republik.

Schrecklich war, was Gaston Vignol sagte – daß mancher Ehrgeizige unter den Karlisten nichts dagegen gehabt hätte, Polignac hingerichtet zu sehn. Denn wenn der neue König sich mit diesem Blut befleckte, wuchs der Haß gegen ihn. Seine Parteigänger wiederum fanden, er sei nicht liberal genug. Er heiße nur noch König, aber das Königtum von Gottes Gnaden gebe es nicht mehr.

Man verglich ihn mit Wilhelm von Oranien, den die Engländer geholt hatten, als sie mit den Stuarts Schluß machten, und damals sei genau ausbedungen worden, worin ihre großen Rechte, worin seine kleinen beständen. Maslin erklärte es Marja, und Marja sah klarer. Man muß die Ideen kennen; dann ist nicht mehr sinnlos, was geschieht.

Aber darum noch nicht vernünftig, schränkte er ihren Eifer ein. Die ewigen Revolutionen waren ihm verhaßt. Er hatte zu viele gesehn – die von 1791, die ihn um Heimat und Jugend brachte, das Kaiserreich, die Rückkehr der Bourbons und die Napoleons, die Restauration und den Juliaufstand. Wenn es jetzt weiterging, wanderte er aus. In Amerika hatte ein Volk seine Staatsform gefunden, Pioniere konnten nur Republikaner sein.

Man saß im Halbkreis um den Stoffelschen Kamin, und Robert Molitor, der Kanadier, widersprach. Er liebe die Engländer gewiß nicht, aber sie, die einen König hätten, eroberten die ganze Welt ...

Das möge so sein, erklärte Maslin, doch wenn eine Kolonie sich selbständig mache, dann greife sie zur Staatsform der Republik – nicht weil, wie in Europa, eine Erinnerung an das alte Rom in den Köpfen spuke, sondern ganz aus dem Augenblick, ganz aus der Lage heraus: Neuland, Selbsthilfe und Mut zur eigenen Kraft gehörten offenbar zusammen.

»Jeden Tag«, sagte er, »sieht man in den Pariser Straßen die Auswanderer aus Deutschland, Italien, dem Osten westwärts ziehn – was treibt sie denn, wenn nicht diese Vorstellung, daß jeder, der in Boston landet, im gleichen Augenblick zu einem Menschen wird und ein Ich erlangt?«

Man sprach an diesem Abend nur von Amerika, es war ein unerschöpfliches Thema. In Amerika brauchte die Emanzipation der

Frauen nicht gefordert zu werden, sie setzte sich von selber durch. Die Frauen von Kanada besaßen als die einzigen der Welt in den Gemeinden Wahlrecht, die in den Staaten der Union eine Achtung und eine Freiheit der Person, als wenn sie Wesen höherer Art seien.

Iwan legte von Zeit zu Zeit Holz nach. Er war an die russische Verschwendung gewöhnt, hier aber durften nur drei, vier Stücke aufeinandergeschichtet werden, kleine Stücke, die von weither kamen – Fällen, Sägen, der erste Transport in die Stadt, der zweite von den Händlern in die Häuser verteuerten sie. Molitor sagte, was nahe lag, daß ein Amerikaner vor die Tür gehe, um seinen Vorrat zu ergänzen – ganze Scheite verbrannte er, die harzig und nach dem Wald rochen.

Marja schaute in die Glut und träumte. Sie roch das Harz Kanadas und sah den Urwald der Staaten. Alles, was an diesem Abend gesprochen wurde, war nach dem Willen Maslins für sie bestimmt. Von Amerika erwartete er für sich die zweite Jugend, für sie den Mut, ihn trotz seiner mehr als fünfzig Jahre zu begleiten. Selbst Molitor mußte in seinem Sinn reden, ohne es zu wissen.

Sie stellte sich Maslin vor, wie er Pelztiere jagte, Hütten baute oder, wenn der Gouverneur den Soldaten brauchen konnte, ein Fort befehligte, mit Indianern kämpfte – ein Mann voll Tatkraft, der noch zwanzig Jahre vor sich hatte, genug, um für sich und sie ein neues Dasein zu schaffen. Er dachte kühn, er erwartete es auch von ihr – und doch, er verführte sie durch Amerika, warum verführte er sie nicht durch sich selber?

Sie fuhr auf, begegnete seinem Blick und sah die blaue Flamme, die wie eine Erinnerung an das alte Königsauge war; vielleicht hatte die schöne, sanfte La Vallière so empfunden. Der Blick lag unverwandt auf ihr. Mit einem Schauer wiederholte sie: Du verführst mich durch die Vision eines Landes, warum nicht durch dich selber – ich bin nur eine Frau.

Schon einmal hatte er sich ihr nicht anvertraut und den Augenblick aus irgendeinem Grund, den sie nicht kannte, verschoben. Zwei Tage vergingen, nochmals zwei, dann brach etwas in ihr wie eine überspannte Feder. Daß er mit ihr sprechen würde, fühlte sie, aber es machte krank, zu denken, daß er sie hinhielt, weil er die geeignete Stunde berechnete.

Wieder einen Tag später mußte sie dem kleinen Mädchen Véracs seine Stunde geben und traf in der Tür mit Maslin zusammen, den der Doktor eben entließ. Verwundert sah sie, daß Maslin einen roten Kopf bekam. Vérac schloß die Tür hinter ihm und führte sie in den Salon, wo das Piano stand. Dabei fragte er, ob sie den Vicomte kenne.

»Durch seine Tante, Frau Houblon«, erwiderte sie, was ging es ihn an.

Er öffnete den Mund, als wolle er noch etwas sagen. In seinem Blick war Neugier oder eine Teilnahme, die Marja nicht verstand. Sie hatte plötzlich den Eindruck, die beiden Männer müßten über sie gesprochen haben, und konnte sich nicht denken, in welchem Zusammenhang. Hatte sich Maslin vor der Reise nach Amerika untersuchen lassen und gefragt, ob er es verantworten könne, noch eine Frau zu nehmen, war es das?

In der ersten Hälfte der Stunde unterrichtete sie unaufmerksam. Dann ließ das Gefühl der Auflehnung nach, weil sie sich sagte, daß sie nichts wisse; aber das einer Ernüchterung blieb. Statt sein Herz zu befragen, holte er beim Doktor Mut.

In den letzten Tagen vor Weihnachten sah es aus, als stehe ein neuer Bastillesturm bevor. Das unteilbare Wort Volk war übereins in Bürger und Hefe zerfallen. Die Studenten und Schüler, die den König gemacht hatten, retteten ihn auch jetzt. Sie riefen Ruhe und Ordnung aus und marschierten durch die Gassen. Die Nationalgarde nächtigte bei Biwakfeuern auf den Plätzen. Der König ritt mit den Patrouillen und hielt Revuen ab; er war kein feiger Mann, und nicht immer kam er mit dem Regenschirm daher. Wenn man es bedachte, gehörte auch dazu Mut, ein Schirm bot keinen Schutz bei einem Attentat.

Am dreiundzwanzigsten war doch noch der Friede eingekehrt, man stellte Lichter vor die Fenster und die Gipsbüste des Königs dazwischen. Maslin sagte, es sei eine Entscheidung gefallen, die Nation habe sich für diese Staatsform entschieden, und man könne vielleicht doch in Frankreich leben. Marja berührte es nicht mehr, daß er seine Pläne zu ändern schien.

Als sie in der Christnacht, von Vignol und Lydia begleitet, nach Notre-Dame zur Mitternachtsmesse ging, suchte sie ohne Bitterkeit auch mit ihm zum Frieden zu kommen. Er hatte ihr Herz zum ersten Erzittern gebracht, sie aber durfte nicht mit ihm rechten. Statt der kleinen Suzanne, dem verträumten Doktorskind, hatte sie sich selbst ein Märchen erzählt – es war einmal ein Prinz, dem konnte die Patenfee zwar nicht die ewige Jugend schenken, da sie aber die Fee der blauen Augen war, bestimmte sie, wer in seine schaue, der sehe ihn jung und jede Frau erliege seinem Zauber. Durfte man mit fünfundzwanzig so töricht sein?

Sie kniete, sie betete heiß, sie sehnte sich nach dem, was ausfüllt und erlöst. Aber nicht die Jungfrau, nicht die Heiligen, nicht Gott erhörte sie, die nach dem Rausch verlangte.

Es war nicht das erste Mal, daß Lydia und Marja mit Vignol

gemeinsam heimkehrten und vor seinem Haus Abschied nahmen. Marja ging dann immer zuerst hinauf, während Vignol, um ihr Zeit zu lassen, mit Lydia noch eine Minute verplauderte. Auch wenn es sich traf, daß Marja und Vignol die letzten Gäste Lydias waren, brach Marja vor ihm auf; in späten oder besonders dunklen Stunden nahm sie Iwan mit.

Heute, nach der Weihnachtsmesse, gab es bei Lydia noch Punsch, und als man sich trennte, schlugen die Uhren drei. Der alte Iwan war schlafen gegangen; Lydia erklärte, daß sie todmüde sei:

»Einmal ist keinmal, meine Liebe. Zwar sieht es nicht gut aus, wenn Sie gemeinsam das Haus betreten, aber wer außer den Katzen sollte es sehn?«

Es waren nur zwanzig Schritte. –

»Ich fand Sie heute abend so verändert, Marja Wassiljewna«, sagte Vignol, die russische Redeweise benutzend, die so persönlich war.

»Ja, haben Sie es gemerkt? Aber es lohnt sich nicht, eine Unterhaltung zu beginnen, wir sind schon da.«

Er setzte die Klingel in Bewegung, die den Savoyarden veranlaßte, das gleiche mit dem Strick zu tun, und trat einen Schritt zurück.

»Kommen Sie«, sagte Marja, »es wäre grausam, den Pförtner nach zwei Minuten wieder aus dem Schlaf zu reißen. Einmal ist keinmal, und wenn Sie warten wollen, tun Sie es wenigstens innerhalb des Hauses.«

Er folgte, nahm den letzten Leuchter, den die Hausgenossen übrig gelassen hatten, von seinem Platz und reichte ihn, nachdem die Kerze angesteckt war, Marja. Sie ging drei Stufen voraus und bei der Biegung schaute sie zurück. Der ungeheure Schatten, den sie warf, und der brav hinter ihr aufsteigende Mann waren so komisch, daß sie leise auflachend sagte:

»Es ist eine ungewöhnliche Situation, und ich fürchte, daß ich zum Ersten aufkündigen muß.«

Mit einem Satz war er neben ihr: »Marja, ich bete Sie an.«

Sie machte eine heftige Bewegung, die Kerze erlosch. –

»Ich habe mich vier Monate zurückgehalten, weil Sie es so verlangten, aber nicht ein Tag war darunter, an dem ich nicht dachte: Marja, Sie sind ein Rausch.«

Er fühlte, daß sie erzitterte, aber dann löste sie sich sanft und sagte:

»Gaston, es ist eine Bitte, zünden Sie die Kerze wieder an.«

Er gehorchte, sie floh die Treppe hinauf.

»Dank«, rief sie von oben »und gute Nacht.«

23

Am ersten Wochentag nach Weihnachten schickte Vignol ihr rote Rosen. Gefragt, woher er sie nehme, erwiderte er, es gebe Treibhäuser in Paris. Auch in der Folge erhielt sie zweimal in der Woche Rosen, es waren immer drei.

Wenn sie ihr Zimmer betrat, liebkosten sie zwei Dinge, die Wärme und der Duft. Eines machte das andere bewußt. Im übrigen belästigte Vignol sie nicht, aber daß er von neuem warb und hoffte, das zeigte ihr jeder Tag. Sie wußte, daß er eine Freundin hatte, die regelmäßig zu ihm kam. Er wäre kein Pariser gewesen, die jungen Männer lebten alle so.

Lydia wußte sogar, wer es war, eine Schauspielerin vom Odéon, sie hatte sie das Fenster Vignols schließen sehn. Marja erwiderte, sie sage es in einem Ton, als wolle sie Vignol ihren Salon verbieten, weil er sich mit einer Schauspielerin und nicht mit einer Ehefrau einlasse. Lydia lachte, erklärte aber auch, Marja scheine neuerdings leichtsinniger zu denken, es falle ihr schon lange auf. Marja gab es zu, man habe nur die Wahl, leichtsinnig oder trübsinnig zu sein. Wenn Lydia sie ernster sehn wolle, möge sie ihr zur Rückkehr nach Polen verhelfen. Die Polen hatten im neuen Jahr 1831 einen Reichstag einberufen und den Zaren auf ewige Zeiten für abgesetzt erklärt. Wer konnte, der eilte in die Heimat; doch Marja als russische Untertanin hätte nie einen Paß erhalten.

Maslin ließ sich in großen Abständen sehn. Frau Houblon war gestorben. Eine Nichte in Colmar, Maslin und sein Bruder in Tours beerbten sie. Wenn er anwesend war, fühlte Marja wohl, daß er ein anderes Gewicht als Vignol besaß, aber sie suchte ihn nicht mehr zu wiegen und zu ergründen. Vignol begehrte sie, nichts konnte einfacher und durchsichtiger sein, und was verständlich ist, das ist auch menschlich, daher man es verzeihlich findet.

Soweit also hatte ihr Weltverstand, der alles erst lernen mußte, es gebracht, und daß dem so war, verdankte sie immerhin Maslin. Wie hilflos war sie noch vor einem halben Jahr gewesen, jedes Pariser Mädchen von fünfzehn hätte über sie gelacht. Jetzt wußte sie schon zu vergleichen: Kam Vignol herein, so dachte man von ungefähr immer an Coiffeur, Schneider, Salon, Theater und Frauen – hingegen, wenn Maslin auftrat, daß es ihm gut stehe, ein Mann ohne Anhang zu sein, ein Gast sans conséquences, wie man hierzuland die Junggesellen nannte. Er wußte es vermutlich selber und war deshalb immer wieder drei Schritte zurückgewichen, wenn er sich ihr um zwei genähert hatte, ein Werber oder Freier nach der Art einer Prozession von Springern.

Zuletzt verstand sie ihn doch ganz gut – ein Mann, der in reiferen Jahren von seiner Pension und seinen Ersparnissen leben konnte, gesichert durch eine Überlegenheit, die ihn von andern unabhängig machte, und gelegentlich vom Wunsch der andern geplagt, eine Frau zu besitzen. Sooft er sich ihr näherte, war es, als werfe er den Schatten der Persönlichkeit, aber man gewöhnte sich daran und wußte, daß sie weitergingen, der Schatten und der Mann.

Am Morgen des Lundi gras, des vorletzten Tages der Faschingszeit, schlug Vignol den Damen vor, ihn am Abend auf den Ball in der Oper zu begleiten. Lydia hatte keine Lust, und so verzichtete auch Marja, obwohl er ihr zuflüsterte, daß einmal keinmal sei und sie für dieses Keinmaleinmal mit ihm allein gehn könne, er habe einen Schrank voll Dominos und Seidenzeug, worunter sie sicher etwas finde.

Sie machte sich brav auf den Weg, um der kleinen Suzanne Vérac ihre Stunde zu geben. Als der Unterricht vorüber war, bat der Doktor sie zu sich ins Studio. Er war ein Mann in reiferen Jahren, sie erfuhr auch die genaue Zahl, denn er begann mit der Bemerkung, daß er fast so alt wie Maslin sei. Wenn er sie durch diese Einleitung aus der Ruhe bringen wollte, gelang es ihm vollkommen.

Er fuhr fort, indem er sagte, es sei immer gut, daß ein Arzt sich in die Empfindungen und Probleme eines bestimmten Alters versetzen könne. Er hatte die französische Leidenschaft für das Methodische und verbreitete sich darüber, inwiefern ein Fünfziger noch jung, inwiefern er es bereits nicht mehr sei.

Marja unterbrach ihn. Sie verlangte zu hören, ob der Vicomte ihn beauftragt habe, mit ihr zu sprechen.

»Durchaus nicht«, erwiderte Vérac, »ich handle ohne sein Wissen und verstoße, was Sie bei einem Arzt selten finden werden, gegen die Verschwiegenheit. Indessen ist es wiederum kein Verstoß, da der Vicomte mich bereits gefragt hat, ob ich bereit sei, mit Ihnen zu reden, wenn er mich darum bitte. Kurzum, er quält sich, ich sehe es ihm seit Wochen an, und um diesem Zustand ein Ende zu machen, habe ich mich entschlossen, Sie einzuweihn. Geschieht es mit Erfolg, so bin ich gerechtfertigt – im entgegengesetzten Fall werden Sie ihn nicht wiedersehn.«

»Und weshalb ist ein Vermittler nötig? Weshalb wendet er sich nicht an mich?« fragte Marja fassungslos.

»Das werden Sie verstehn, wenn Sie wissen, worum es sich handelt. Sehn Sie, die Mitteilung, die er Ihnen zu machen hätte, besteht aus zwei, und die zweite müßte er ehrlicherweise voranstellen. Sie ist aber von der Art, daß sie der ersten, genauer Ihrer Antwort darauf, schadet.«

»Genug, Herr Vérac«, erklärte Marja. »Es ist Ihnen gelungen, meine Neugierde zu reizen . . .«

»Was zu erreichen war«, unterbrach sie der Doktor, nahm ihre Hand mit einem väterlichen Lächeln und sagte:

»Auf die erste Mitteilung sind Sie wohl gefaßt, einen normalen Antrag, wie ihn schon mancher ältere Mann einer jüngeren Frau gemacht hat. Was die zweite betrifft, so lassen Sie mich etwas ausholen. Als Maslin Sie kennenlernte, befanden Sie sich in mißlichen Umständen. Der Eindruck, den er von Ihnen hatte, war sehr stark, und er wünschte sofort, Ihnen zu helfen. Aus bestimmten Gründen, von denen wir nachher sprechen müssen, hielt er sich für jemand, der auf die Ehe zu verzichten hat. Sie erinnern sich, er kehrte noch einmal in seine Garnison zurück. Hier formte sich in ihm ein Plan, den er Ihnen beim Wiedersehn vorlegen wollte. Er hätte Ihnen gesagt: ›Sie wissen nicht, wohin sich wenden, sind schutzlos, jung, in dieser unerbittlichen Stadt so gut wie verloren – heiraten Sie mich, erlauben Sie mir, für Sie zu sorgen, und lassen Sie uns in einer kameradschaftlichen Ehe leben, es klingt besser als in einer geschwisterlichen.‹ Drücke ich mich klar aus?«

»Durchaus, ich verstehe nur nicht . . .«

»Haben Sie Geduld, ich wollte eben darauf kommen. Im Jahre siebenundzwanzig erhielt er den Auftrag, so unauffällig wie möglich bestimmte Punkte des Mittelmeeres zu besuchen. Er trug Zivil und benutzte einen kleinen Segler. An der Küste von Algerien wurde das Schiff von Seeräubern angegriffen. Sie waren dort häufig, und aus diesem Grund, um aufzuräumen, haben wir ja voriges Jahr die Expedition begonnen. Maslin erlitt mehrere Verwundungen. Die übrigen heilten, die schwerste zwar auch, aber sie hatte eine Operation zur Folge, die man einer Frau nur andeuten kann. Um also auf den Vorschlag, den Maslin Ihnen machen wollte, zurückzukommen, so war es ein romantischer Vorschlag mit einem edelmütigen Motiv, und zugleich ein nüchterner, denn für die Sicherheit, die Ihnen geboten worden wäre, hätten Sie auf die Möglichkeit, eines Tages Frau und Mutter zu sein, verzichtet. Was haben Sie? –«

Marja war aufgesprungen und stieß hervor:

»Es war nicht nötig, mich in das Geheimnis des Herrn Vicomte einzuweihn, und ich bezweifle, daß Sie mir zumuten würden, es anzuhören, wenn ich statt einer schutzlosen Fremden eine junge Dame in Ihrem Viertel wäre.«

»Es ist natürlich, daß Sie so antworten, Sie sind eine gesunde junge Frau. Aber Sie sollten auch bedenken, daß Mme. Stoffel nicht ewig hier bleibt und daß Sie dann wieder allein dastehn. Die Sicherheit . . .«

»Es gibt andere Gesichtspunkte für eine Frau, leben Sie wohl, Herr Vérac.«

»Aber Sie haben noch nicht fertig gehört, hören Sie doch und Sie werden erkennen, daß er Ihre Bewunderung verdient«, rief der Arzt ihr nach; sie war schon fortgegangen.

Das geschah am Vormittag. Am Nachmittag ließ sich der Doktor melden. Sie nahm ihn nicht an. Er hatte diese Weigerung vorausgesehn und schob einen Brief unter die Tür, den sie in den Kamin schleuderte. Sie lag, vor Beschämung, Haß und Bitterkeit weinend, auf ihrem Bett. Am Abend warf sie sich Gaston Vignol in die Arme, der sie entzückt und fast bestürzt eine Mänade nannte. Lydia rief aus dem Garten ihren Namen, denn Vignol war zu Tisch geladen. Sie hörten es nicht, und als Iwan an die Türen klopfte, wurde ihm nicht aufgetan.

24

Gaston sagte, die einzige Möglichkeit, in dieser Nacht etwas zu essen zu bekommen, seien die Buffets der Oper, und öffnete zugleich den Schrank der Dominos. Sein eigenes Kostüm, das eines Valoispagen, hing schon über der Stuhllehne.

Um Mitternacht huschten sie aus dem Haus und waren nicht die einzigen. Es huschte aus jedem Haus, in jedem schimmerten die Fenster. Wer keinen Wagen fand, ging zu Fuß, es war eine Vorfrühlingsnacht, so lind, so schmeichlerisch, als blühe schon der Flieder. Der Wagen, den Vignol bestellt hatte, stand vor der Tür des Nachbars, eines Junggesellen gleich ihm, der keine Gefährtin mitnahm, weil er sicher war, sie in der Oper zu finden. Marja trug das Lärvchen in der Hand, nun setzte sie es auf, der Nachbar hielt sie für Gastons Freundin vom Odéon.

Die erste Musikbande spielte am Eingang des Opernhauses, und der erste Blick, die Treppen hinauf, löschte das einzelne aus. Es brach, es wiederholte sich alles unendlich zwischen den Spiegeln, die mit den Stufen anstiegen. Blumenketten umwanden sie, die Teppiche wiesen der Menschengirlande, der schillernden Schlange, den Weg zum gewaltigen Saal, der mit der Bühne zu einem einzigen kreisenden Raum verschmolz.

Ein Lichtquell von fünfzig heißen Sonnen stürzte herab, vier Ränge umschwangen ihn – vier Sphären, in jeder Büste an Büste und Kopf an Kopf. Die fünfte, mit Bänken und Sesseln, umschloß die Tanzfläche, das Parkett. Ein Posaunenstoß, und die große, wogende Schleife begann, die Spirale der Lust, aus der die Arme von Bacchantinnen, nackt bis zu den Hüften, aufzuckten und versanken.

Als der Morgen graute, war Gaston erschöpft. Der süße, in seinem Durst noch zartschöne Mund der Geliebten riß ihn ein letztes Mal hin, und er löste ihr Halblärvchen, um die Augen zu sehn, die wie in der Hingabe das Weiße zeigten. Er hatte sie gehabt, er würde sie wieder haben, die Stolze, die Spröde, die Reine, die ihm ein Jahr widerstanden hatte. Sie stieß ein russisches Wort hervor, drei, viermal hintereinander, es steigernd bis zur Raserei, und als er nach der Bedeutung fragte, wiederholte sie es schrill ein fünftes Mal: Nitschewo, alles ist gleich.

Auf dem Heimweg fuhren sie die Rue de Richelieu hinunter, aber am Palais-Royal machte der Kutscher einen Umweg, da der Platz zwischen dem Louvre und Saint-Germain-l'Auxerrois gesperrt war.

Gaston fluchte über die ewigen Revolten. Gestern hatten die Karlisten in dieser Hofkirche der Bourbons den Todestag des Herzogs von Berry begangen und das Bild seines Sohnes, der in ihren Augen der Thronfolger war, mit einer Krone geschmückt. Das Volk aber, eine Verschwörung der Geistlichkeit mit den Legitimisten witternd, hatte die Versammlung auseinandergejagt, auch das Innere zu verwüsten begonnen.

Sie wurden am nächsten Nachmittag daran erinnert. Lydia verlangte die Umzüge und das Treiben des Mardi gras zu sehn. Die beiden waren spät genug zum Vorschein gekommen. Marja gab zu, daß sie mit Vignol auf dem Opernball gewesen sei, und Lydia schaute mißbilligend drein. Aber Vignol hatte Anweisung von Marja, sie mit nicht mehr Galanterie als bisher zu behandeln. Er merkte rasch, daß sie über Nacht nicht weicher, sondern sicherer geworden war.

Kaum hatten sie das Haus verlassen, so hörten sie das Viertel tosen. Aber war das Karneval, was sie nach ein paar Schritten erblickten? An Saint-Sulpice lehnten Leitern, und oben, wo die Türme ansetzen, auch. Auf der höchsten Sprosse schmetterte ein als Sansculotte Kostümierter Hammerschläge auf das Kreuz. Gaston drängte die Frauen in einen Hausgang und erkundigte sich, was dort geschehe – das Volk entferne die bourbonischen Lilien von den Kreuzen, hier wie überall, erklärte man.

Das Volk tat noch mehr. Als sie sich der Seine näherten, kam ihnen ein Zug entgegen, der für eine Prozession hätte gelten können. Ein Pierrot trug das Bild des Erzbischofs, und aus Kirchengefäßen räucherten Colombinen. Die Weiber, die Kinder, die Männer johlten und hatten ihre zynische Lust am Spaß.

Lydia war empört, Gaston wurde blaß. Er verstand nicht, wo Bild und Gefäß herkamen. Auf dem Pont-Neuf begriff er endlich.

Der Fluß trug Möbel, Bücher, Federn, Betten heran, und von den Inseln, dort wo Notre-Dame stand, kam ein Brausen. Es war aus dem Geschrei von Hunderten, aus hallenden Schlägen und dumpfem Krachen zusammengesetzt. Nationalgarde drängte sie über die Brücke. Einer ließ sich herbei, Auskunft zu geben:

»Was weiter, sie zerstören dem Erzbischof das Palästchen.«

Auf dem rechten Ufer merkte man nichts von alledem. Das Volk war mit einem andern Bacchanal beschäftigt, an diesem Tag des fetten Minotaurus, der das Labyrinth der Boulevards durchtrabte, umwogt von Tanzenden. Mütter schrien nach ihren Kindern und zogen weiter, die Polizei würde sie auflesen, ein Kleines ging nicht so leicht verloren, »und wenn es sein muß, machen wir ein neues, wir machen es auch so«, rief eine megärische Schöne.

Alles Gleichzeitige war greller Gegensatz. An einem Tag, der die Nachricht brachte, daß die Russen vorgerückt und die aufständischen Polen geschlagen seien, ging Marja zu den Italienern und hörte die Malibran im Othello Rossinis die Desdemona singen. Den Othello gab ihr Vater, Garcia der Spanier. Sie war jünger als Marja. Daß sie eine wunderbare Mezzosopranstimme hatte, ließ sich verstehn, und daß man selber diese Fähigkeit entbehrte, war kein Grund, sich so klein zu fühlen, wie es Marja nun geschah. Was hatte die junge Frau auf der Bühne erlebt, daß sie tausend Menschen zwang, mit ihr zu weinen, zu flehn, zu verzweifeln und sich aufzubäumen?

Es war alles Spiel, und man vergaß es, denn es war alles Natur, und man vergaß es, denn es war alles Kunst; die Begriffe galten nicht mehr. Gab es den Auserwählten die Gottheit mit, oder mußten auch sie vorher durch Himmel und Hölle gehn? Fand sich in ganz Paris ein Mann, für den die zarte, gebrechliche Marie Felicita eine so ungeheure Leidenschaft fühlen konnte? Wer war Herr Malibran? Ein Kaufmann aus New York. Nein, alles war nur in der Malibran selber, aber alles auch, sei es durch Gnade oder dank dem Leben, gleichzeitig da. Es konnte sein, daß darin der einzige Unterschied zwischen Menschen bestand – in den einen war das Starke, das Reife, das Wissende gebunden, in andern war es frei. Wenn es sich aber so verhielt, dann mußten die, die noch nicht frei waren, sich dem Leben öffnen.

Vielleicht war ihr um eine Rechtfertigung darum zu tun, daß sie, während über die daheim in Polen die Verzweiflung und das Entsetzen kam, zu einem Geliebten schlüpfte, den sie sich zur größeren Bequemlichkeit im Hause hielt. Was konnte er sie lehren – nichts als den Rausch der Sinne. Aurore Dudevant, die seit ein paar Wochen wieder in Paris war und mit Sandeau zusammen in einer kümmerlichen Wohnung hauste, sprach gern vom Recht auf Leidenschaft – zu Gaston trieb sie nicht die Leidenschaft.

Was war sie also? Eine Frau, die, weil sie keinen Mann für die Ehe bekam, sich einen für die Begierde nahm – eine, die nicht warten konnte und Angst hatte, ihre Jugend nicht genutzt zu haben. Wie schrecklich war alles eingerichtet, mußte es so sein, hatte Gott es so eingerichtet? Sie bezweifelte, daß die Menschenwelt in seinem Blickfeld lag.

Sie dachte manchmal an die letzten Worte, die der Arzt ihr nachgerufen hatte, daß Maslin ihre Bewunderung verdiene. Aber sie konnte es nicht bewunderungswürdig finden, wenn zwei ältere Männer sich zusammentaten, um eine junge Frau zu einem Opfer zu überreden, das gegen die Natur verstieß.

Maslin zürnte sie nicht; dem Arzt verdachte sie, daß er sie zwang, sich insgeheim zu fragen, was dem Vicomte damals widerfahren sei. Sie errötete, die Physiologie des Mannes war ein Rätsel, das ihr auch Balzac nicht löste, der eine Physiologie der Ehe geschrieben hatte und ihr bei einem der Konzerte zugunsten der Polen gezeigt worden war – ein dicker Mann, eine schnaufende Maschine, der man zutraute, daß sie Tag und Nacht Druckbogen auswarf.

Von Lydia erfuhr sie, daß Maslin nach England gegangen war. Er hatte sich schriftlich verabschiedet und erwähnt, daß er noch einmal zurückkehre, in London versuche er nur, die Sprache zu erlernen.

Drittes Kapitel

UNGLEICHE HEIRAT

25

Marja empfand eine Scheu, dem alten Priester, bei dem sie bis jetzt zur Beichte gegangen war, zu sagen, daß sie sich im Zustand der fleischlichen Sünde befand. So ging sie in eine kleine, unscheinbare Kirche des Faubourg Saint-Antoine, die gewiß nicht von vornehmen Damen und nicht einmal von Frauen der Bourgeoisie besucht wurde.

Sie wählte den mittleren von drei Namen, P. Dutort, und begann mit dem schwersten Geständnis. Auf die Mahnung, zu bereuen und von der Sünde zu lassen, erwiderte sie, es fehle ihr die Kraft zum einen wie zum andern, weil ihr die Überzeugung fehle, daß die Verweisung auf die zehn Gebote genüge, um eine Seele von ihren Zweifeln zu befreien.

Worin die Zweifel beständen, wurde sie gefragt. Oft glaube sie nicht mehr, daß Gott den Gang der Welt überwache, erwiderte sie, und da sie nicht an Gott selber zweifle, so versuche sie der Gedanke, daß er die Welt zwar geschaffen habe, sie sich aber selbst überlasse.

Es gebe, wenn man so denke, keine Notwendigkeit mehr, sich für das Gute zu entscheiden, und es habe keinen Sinn mehr, gegen das Böse anzukämpfen, Belohnung und Strafe und das Gericht am Schluß seien gleich nutzlos, lautete die Erwiderung.

»Ich könnte mir vorstellen, daß Gott am Ende, wenn alles vorüber ist, alles erlitten wurde, auch alles verzeiht. Er würde gar nicht mehr in eine Erörterung dessen eintreten, was getan, angestrebt und unterlassen worden ist; er würde sagen, die arme Seele habe ihre Zeit überstanden, es liege nun alles hinter ihr, das Gute und das Schlechte . . .«

Die Stimme hinter dem Vorhang fragte, wer ihr diese Gedanken eingegeben habe.

»Niemand, sie kommen mir, wenn ich durch die große Stadt gehe, in der die einen zerbrochen, die andern geformt und alle unterworfen werden. Ist es eine Sünde, anzunehmen, daß Gott aus Mitleid mit soviel Not und Schwäche alles, was geschieht, vergibt? Kann Gott strafen, widerspricht es nicht der Lehre von der unendlichen Barmherzigkeit?«

Die Stimme sagte: »Dies ist nicht der Ort, das Wesen Gottes zu erörtern. Ich will alles tun, um eine Seele, die einen Weg sucht, zu stützen; jedoch, item, nicht hier. Ihre Aussprache ist nicht die dieses Landes, weilen Sie nur vorübergehend in Paris?«

»Nein, dauernd. Ich bin Polin ...«

»Ich dachte es mir, denn ich selber bin in Polen geboren. Wenn Sie mich als Berater beanspruchen wollen, bemühen Sie sich in meine Sprechstunde. Und nun die Absolution – wenn Sie nicht bereuen, kann ich sie nicht erteilen.«

Sie erwiderte gequält, sie könne bereuen, gegen die Gebote der Kirche zu verstoßen, nicht aber – sie zögerte und stieß dann hervor, nicht aber ihre Kenntnis von Menschendingen bereichert zu haben. Er bedrängte sie nicht und sagte nur, bis Ostern, vorausgesetzt, daß sie dann kommunizieren wolle, sei genügend Zeit.

An diesem Abend entzog sie sich Gaston. Als sie es auch am nächsten tat, fragte er, was sie gegen ihn habe. Sie sah ihn prüfend an und dachte, es sei eine Gelegenheit, festzustellen, ob sie ihn richtig beurteile. Wenn sie ihm die Wahrheit gestand, sagte er vermutlich irgend etwas Spöttisches über sie und irgendeine Bosheit über den Klerus.

Sie warf den Kopf zurück und deutete den Zusammenhang zwischen Beichten und Kommunizieren an, den er als Katholik sofort verstand. Sie fühlte sich beschämt, als er den Wunsch, an Ostern nicht ausgeschlossen zu sein, selbstverständlich fand. Aber er nahm das Hindernis auch nicht ernst und meinte, in den Kirchen, die von Gesellschaftsdamen besucht würden, gebe es Priester genug, die mit sich reden ließen.

Zuletzt sagte er dasselbe wie der Pfarrer, nur in einem andern Sinn: Für das Bereuen sei noch einen Monat Zeit. Nach ein paar Tagen suchte sie Dutort im Pfarrhaus des Viertels auf. Statt einem weißhaarigen Mann saß sie einem noch jungen gegenüber, der leidenschaftliche und gebändigte Augen hatte. Er senkte sie vor ihr.

Seit langem sprachen sie zum erstenmal polnisch. Er sei der Sohn eines französischen Kaufmanns in Warschau und erst mit zwanzig nach Frankreich gekommen, erzählte er. Jetzt flute ein Strom von Flüchtlingen durch die Stadt, obwohl die Regierung sich bemühe, ihn schon an der Grenze nach dem Süden zu leiten – der Süden sei der Fremdenlegion näher.

Es klang bitter. Diese armen Menschen opferten alles, um sich dem Unterdrücker zu entziehen, und es ende damit, daß sie halfen, ein ihnen unbekanntes Land für fremde Rechnung zu erobern. Und sie, Marja Gornicka, wußte sie, welche Not unter den Flüchtlingen herrschte? Was tat sie bei Mme. Stoffel?

Sie erzählte, wie es ihr gegangen war, auch sie hatte Not erfahren. Er nickte, und die Bestätigung verwirrte sie. Ihr war plötzlich, als sei das alles nichts gewesen. Sie hatte Kleider, eine schöne Wohnung, einen gedeckten Tisch, Ausfahrt, Theaterloge, Freunde und Verkehr. Zweimal hatte sie für die Polen in einem Konzert mitgespielt, dreimal Karten zum Ball gekauft ...

»Aber die hungernden Kinder und die frierenden Frauen haben Sie nicht gesehn -- ich kann sie Ihnen zeigen, mein Sprengel ist überfüllt«, sagte der Pfarrer und sah sie für einen Augenblick mit diesen starken, düsteren Augen an.

»Ich werde Mme. Stoffel mitbringen«, erklärte sie.

»Mme. Stoffel ist Russin. Wenn sie sich überhaupt entschließt, wird sie gut daran tun, nicht darüber zu sprechen. Am einfachsten ist es, wenn man sie für eine französische Dame hält.«

Er hatte recht. Lydia sagte, sie müsse Rücksicht auf ihren Mann nehmen, und ließ Marja allein gehn, gab ihr aber zweihundert Francs mit. Dutort führte sie durch Gassen, die dunkel, eng und stinkend waren, in einen Raum, worin eine Nonne eine Schar blasser Kinder beschäftigte. Es waren hübsche und häßliche, bezaubernde und abstoßende darunter; aber wer betreuen wollte, durfte nicht auf Unterschiede sehn.

Es fehle diesen Kindern an Bewegung und Luft, sagte die Schwester, und Marja überlegte, ob Lydia darauf eingehe, ihr zweimal in der Woche freizugeben, damit sie die Kinder in den Jardin du Roi führen könne.

Lydia war einverstanden, Gaston nicht. Marja kam an diesen Ausgehtagen müde nach Haus, und im Verkehr mit einem andern Viertel, mit einer andern Welt, mit andern Ideen war etwas, das sie von ihm entfernte. Lydia unterstützte es; sie wußte nichts von ihren Beziehungen, hatte aber einen Verdacht und mißbilligte als Protestantin, die jeden Sonntag in die Rue des Billettes zum lutherischen Tempel fuhr, die Lebensführung der jungen Männer, in denen sie frühreife, skeptische, ehrgeizige Genießer sah.

Aurore hatte, um den Schein zu wahren, ein Zimmer gemietet, wohnte und arbeitete aber bei Sandeau, der zwei Stuben an der Seine besaß. Sie versuchte, bei den Zeitungen etwas zu ihrem Monatswechsel hinzuzuverdienen. Ein Landsmann aus dem Berry hatte ein kleines Blatt gegründet, las ihren ersten Roman und sagte, es seien Gänseblümchen aus der Provinz, worauf sie ihn ins Feuer warf. Mit Sandeau schrieb sie nun einen neuen.

Marja begegnete ihr eines Tages, als sie die weibliche Hälfte ihrer polnischen Kleinen, es waren fünf, durch den Jardin du Roi lenkte – für den man jetzt Jardin des Plantes zu sagen begann. Aurore trug Männerkleidung, sie war ein hübscher, etwas molliger Student, dem die Samtkappe über die Haare fiel. Zwei Kinder irgendwo daheim hätte man ihr nicht zugetraut, so frisch und unternehmend schaute sie in diese muntere, nachmittägliche Welt, die ihrerseits sie neugierig musterte und vielleicht angesichts der östlichen Mädchen für eine polnische Lehrerin hielt, die mit ihrer Schule über die Grenze geflüchtet war. Die Pariser nahmen all das Unwahrscheinliche, das zu ihnen kam, ebenso naiv wie ironisch hin.

Aurore gab zu, daß sie Lydia unerlaubt vernachlässigte; aber wenn man schrieb und so viele Menschen kennenlernte wie sie, blieb wenig Zeit, und überdies, Mme. Stoffel war stärker mit der Familie ihres Mannes befreundet als mit ihr selbst. Bei Mme. Récamier in Saint-Germain draußen hatte sie Chateaubriand, Humboldt und Schlegel getroffen, bei einer Probevorlesung von Antony den Verfasser, Dumas, und Sainte-Beuve. Sie kannte Balzac, Sue, Hugo, Vigny – übrigens, was machte Vignol, dieser Bourgeoissohn und geborene Mitgiftjäger, der bei Lydia Stoffel verkehrte?

Sie überschüttete Marja mit neuen Namen: aber es drang Marja nicht bis ins Bewußtsein, daß Lamartine ein eitler Gottvater und Nodier ein reizender Träumer in einem Winkel des Arsenales sei. Der geborene Mitgiftjäger hatte sie tief getroffen. In der Tat, er würde heiraten, wenn er Sektionschef wurde, und ohne Zweifel eine Notarstochter mit Geld – sie konnte auch einen Fabrikanten oder Deputierten zum Vater haben.

»Man muß arbeiten und den Mut nicht verlieren«, sagte Aurore, »man muß seine Unabhängigkeit behaupten, und tapferer als jeder andere hat in dieser Bürgerwelt eine junge Frau zu sein.«

Sie verließen zusammen den Garten, dann ging Aurore zu einer Verabredung in die Closerie des Lilas, und Marja trieb ihre Schäfchen über die Austerlitzbrücke zum Bastilleplatz. Sie kehrte mit einer Dame blanche zur Seine zurück. Die Sechssouslinien hatten hübsche Namen: Beim Stadthaus nahm man eine Citadine und bei Saint-Sulpice eine Béarnaise.

Es blieb ihr kaum Zeit, aus ihren Unterröcken den Schmutz dieses regnerischen Tages zu waschen – an Aurore dachte sie mit Neid – und sich umzuziehn. Lydia hatte Empfangstag, und der erste Gast, der vorfuhr, war eine alte Dame, Marja unbekannt, die Baronin Dudevant.

Man konnte sich schon im Garten ergehn, schon griffen die Kastanien mit ihren dicksten braunen Knospen über die Mauer. Da die Baronin die Schwiegermutter Aurores war, lag es Marja auf der Zunge, zu sagen, daß sie ihr am Nachmittag begegnet sei, wußte aber nicht, wie es aufgenommen würde. Gaston, der sich als nächster einstellte, überlegte weniger oder war boshafter. Er fragte, ob man auch Mme. Aurore Dudevant erwarten dürfe.

»Sie nehmen an, daß ich ihr meine Anwesenheit mitgeteilt habe? Es besteht kein Grund dazu«, erklärte sie kühl, ergriff aber die Gelegenheit, ihre Meinung über Aurore in Paris zu verbreiten.

»Wenn die Männer Schwächlinge sind, werden die Frauen schamlos«, erklärte sie. »Niemals hätte mein Sohn ihr diesen Aufenthalt in Paris erlauben dürfen. Man hat mir erzählt, daß sie mit einem Schriftsteller lebt, und durchblicken lassen, daß sie ihre Gunst noch andern dieser Herren gewährt. Es mag übertrieben sein, darauf kommt es nicht an, der erste genügt. Bedenken Sie, eine Mutter von zwei Kindern und eine Dudevant. Ich rechne sie, der Herkunft nach, zum alten Régime, nur dort kann man so pflichtvergessen sein.«

Marja erinnerte sich amüsiert an die drei Parzen, sie hatten dasselbe von den napoleonischen Baronen gesagt.

»Was wollen Sie«, ereiferte sich die alte Dame, »ihre Großmutter war die natürliche Tochter dieses deutschen Marschalls, und man verheiratete sie mit einem natürlichen Sohn Ludwigs des Fünfzehnten, bevor sie Mme. Dupin wurde. Ihre Mutter wiederum, die Vogelhändlerstochter, brachte ein uneheliches Kind in die Ehe – was konnte aus all diesem leichtfertigen Blut entstehn? Nur neue Leichtfertigkeit.«

Es war schwer zu entscheiden, ob die Offenheit, mit der sie diese Einzelheiten zwei Fremden anvertraute, mehr dem Haß oder jenem Hochmut entsprang, dem die Urteile der andern gleichgültig sind. Dann eilte Lydia auf sie zu und war enttäuscht, als die Baronin, eine Viertelstunde später, schon wieder ging. Sie wolle sich nicht der Gefahr aussetzen, ihrer Schwiegertochter zu begegnen, gab sie aufs deutlichste zu verstehn.

»Sie trägt ihre Kriegserklärung selber aus«, sagte Gaston. »Ich bin überzeugt, daß sie heute abend noch in mindestens vier Salons geht, und die gute Aurore wird es spüren, besonders die Bemerkung, daß die Liebhaber möglicherweise ein Kleeblatt bilden, dürfte wirksam sein.«

»Wie abscheulich«, erklärte Lydia, aber er gab ihr zu bedenken, daß es sich mit dem Ruf einer Frau wie mit dem Kapital verhalte – spekuliere sie stückweise damit, in den Mansarden und Kaffeehäusern der Literaten, dann lohne es sich nicht. Auch . . .

Betroffen über den Ausdruck in den Augen Marjas hielt er ein.

»Sie haben recht, es ist ein schlechtes Geschäft für eine Frau, sich zu zersplittern«, sagte sie so ruhig, daß Lydia sich täuschen ließ, Vignol nicht.

Er hatte in ihren Augen einen Entschluß gelesen und kannte sie nun genug, um zu wissen, daß Entscheidungen sich bei ihr lange vorbereiteten und jäh entluden. Er beobachtete, wie sie den jungen d'Haligan behandelte, der zu fühlen schien, daß jetzt oder nie etwas zu machen sei – sie sah ihn einfach nicht, irgendein neuer Gedanke breitete eine Abwehr um sie.

26

Sie gingen auseinander, ohne es mit Worten festzustellen, sie traten aus einem Zustand in einen andern ein, es ergab sich wie von selbst. Ostern nahte, die Vorbereitungszeit begann, und nachher kamen sie nicht mehr auf Vergangenes zurück. Eines Nachmittags begegnete Marja auf der Treppe wieder jener Schauspielerin, die um ihretwillen in die Ecke gestellt worden war.

Dutort wußte, wie es in ihr aussah. Er nannte sie eine Jansenistin, weil sie vom Gnadenmittel der Absolution nicht so unbefangen Gebrauch machte, wie es möglich und wie es richtig war.

Sie hatte ihn durch die Behauptung überrascht, daß der Sünder die stärkere Position besitze: Erst habe er seinen Willen oder gar seine Lust, dann zwinge er den Priester, ihm zu vergeben – so sei er es, der das Gesetz diktiere.

»Zwingen?« fragte Dutort.

Ja. Er zwinge den Priester, das Sündigen als eine viel größere Tatsache anzuerkennen, als er zugeben möchte – eine viel größere, als er im Anfang wisse. Denn im Anfang denke er doch sicher, man könne sie, die Sünde, angreifen und ausrotten – später sehe er, daß sich nicht mehr tun lasse, als sich zu verteidigen.

Er stand von seinem Platz am Schreibtisch auf und ging erregt durchs Zimmer. Dann blieb er vor ihr stehn und sagte:

»Es ist schwer zu begreifen, daß Sie Gedanken haben, die einem Priester wohl kommen können, die er aber mit sich selbst abmacht. Woher haben Sie sie nur?«

Sie malte kleine zögernde Linien auf die Platte hin und erwiderte:

»Sie kamen mir zuerst, als ich nach Notre-Dame zum guten alten Kanonikus ging. Ein Vergehn, das man ihm beichtete, war ein Fleckchen, das er mit freundlichem Finger wegwischte, oder ein Stäubchen, das er geschwind fortblies, damit es die schöne, saubere Gotteswelt nicht störe. Dann dachte ich immer, daß ich, an seiner Stelle Priester, verzweifeln müßte, weil die Wirklichkeit soviel schlimmer ist.«

»Ich kenne ihn und habe ihn um diese Einfachheit beneidet«,

sagte Dutort. »Glauben ist weiter nichts als der Entschluß, einfach zu werden, wenn man es nicht wie ein Kind oder ein Mensch aus dem Volk von Anbeginn sein kann. Die Skeptiker sehn darin eine Verlegenheitsantwort, aber die bedeutenden Geister wußten immer, daß es keinen größeren Entschluß gibt, als die Bitte um die Gnade des einfachen Sinnes.«

Sie schaute zu ihm auf, und er gestand, daß es ihm wie ihr gegangen sei. In den ersten Jahren seiner Tätigkeit in diesem Viertel der Armut hatte auch er sich gefragt, ob man angesichts so vieler Not den Geist der Stadt nicht für stärker als den des Glaubens halten müsse. Der Glaube befand sich in der Tat im Zustand der Verteidigung gegen die Stadt oder, mit einem andern Wort, gegen die Emanzipation. Dann hatte er die Wahrheit erkannt – die Einfachheit brauchte, um ein Wert zu bleiben, einen Gegenspieler, und fand ihn in der Stadt. Er nahm seine Wanderung wieder auf und sagte:

»Die Hoffnung, daß es möglich sei, das Reich Gottes restlos auf Erden zu verwirklichen, gibt es nicht mehr. Es ist ein Irrtum, den man durch eine tiefere Einsicht ersetzen muß – daß der Gegenspieler nicht besiegt werden soll, sondern notwendig ist. Die Stadt, die Zivilisation, die Sünde, der Taumel der Tat, das alles gehört zur Einfachheit wie der Schatten zum Licht, der Abgrund zur Oberfläche.«

Sie bekannte sich, um die Osteroblate zu erlangen, zur Reue. Wenn sie im tiefsten noch zweifelte, ob es die echte sei, so war es doch auch keine geheuchelte. Die Reue freilich gab ihr nicht den Stolz zurück, den sie verloren hatte. Dutort sagte, die Reue sei der Friede mit Gott, und Gott verzeihe. Ob sie sich selbst verzeihe, oder die Gesellschaft, oder ein Mann, den sie heiraten möchte, das stehe auf einem andern Blatt, sie solle es ruhig darauf stehn lassen und warten.

Der Freundschaft zwischen einer jungen Frau und einem Priester waren Grenzen gezogen, die er peinlich einhielt. Im Pfarrhaus sah man sie für eine Konvertitin an, die zum Unterricht kam. Er sagte unbestimmter, daß er sie in Glaubensfragen unterweise. Sie wiederum ließ Lydia bei der Meinung, sie führe noch immer die Kinder aus, die neuerdings von einer Schwester übernommen worden waren.

Er las und erörterte mit ihr Kapitel aus dem ersten Buch des Abbé Lamennais, dem über die Gleichgültigkeit in religiösen Dingen. Sie erfuhr, daß man nicht mit Selberfragen und Selberantworten beginnen dürfe. Wie ein Soldat durch den Gehorsam gehn muß, bevor er befehlen kann, so muß die Seele sich dem Glauben unterstellen, wenn sie sich stark und sicher fühlen will.

Sie sah, und es erregte sie, daß ein Mann wie Dutort, der ein kühner Wanderer im Hochgebirge der Ideen war, den alten Kanonikus, der sein Gärtchen in der sanften Ebene bestellte, für den Begnadeteren hielt, ihn franziskanisch nannte. Und er sagte, daß auch sie, die Frau, dem Göttlichen näher stehe als er, der Mann. Sie brauche sich nur dem Gefühl zu überlassen, das wie die Kompaßnadel unbeirrbar auf Gott gerichtet sei – den Mann treibe seine schweifende, selbsthelferische, tatdurstige Natur von ihm fort.

Ruhiger hatte Marja nie gelebt. Jede Stunde des Tages war besetzt; die nicht mehr erregten Sinne schwiegen. Gaston näherte sich ihr wieder und flüsterte ihr auf der Treppe zu, sie sei ein Stachel in seinem Fleisch. Sie erwiderte mit sanftem Spott, daß man zu einer fremden Dame nicht von dieser Substanz spreche, und bat ihn, die Stufen freizugeben, was er auch tat. Nur einmal war er so geschmacklos, ihr, die im Garten war, ein »Komm doch« zuzuwinken. Sie lehnte sich ein wenig zurück, in den Schutz der großen Blätter, der grünen Elefantenohren des Baumes, der erst im Hochsommer blühte und ihr inzwischen als Catalpa auch dem Namen nach bekannt geworden war.

Die Straßen hallten vom Lärm des Schotters, den man in sie einklopfte; sie bekamen etwas Neumodisches, den Makadam. Über alle Mauern hingen Goldregen und Syringen, die Nächte dufteten nach Jasmin, und in den Kirchen brannten die goldnen, stillen Kerzen der Maiandachten. Wenn sie bei Dutort eintrat, entspannten sich seine Züge. Was zu sagen war, brauchte nicht gesagt zu werden.

Da sie keine andere Zuneigung zeigen durfte, liebte sie ihn wie einen Polen oder Bruder, alt mochte er sechsunddreißig sein. Und weil Lydia ihn nie zu sehen bekam, so war niemand da, der die kleinen Zeichen beobachtet hätte, durch die eine Frau, ohne es zu wissen, verrät, daß sie im Bann eines Mannes steht.

Sie wurde auch mit seinen Gedanken vertrauter und wußte nun, daß er sich Sorgen um die Haltung der Kirche machte. Die Kirche verknüpfte ihr Schicksal noch völlig mit den Legitimisten und den alten Mächten, von denen jener noch nicht lang verstorbene Graf Saint-Simon schrieb, daß nicht sie einem neuen Zeitalter die Führer stellen würden.

Sie schauten in Saint-Simon hinein. Er entzog den Staat dem Adel, dem Klerus, den Juristen und übergab ihn Männern der Technik, der Wissenschaft, des Geldes; denn das Jahrhundert des Industrialismus brach an. Langsam schloß ihr Dutort die innersten Tore der Welt auf, in der er lebte, man mußte wie in einem Burghof durch viele gehn. Hinter dem letzten hauste gleich einem Gespenst die Frage, ob die christliche Barmherzigkeit, selbst noch die tätigste und uneigennützigste, genüge, um des Elends in den untersten Ständen Herr zu werden. Genügte sie nicht und verkannten die Oberen der Kirche die Sturmzeichen, so kam ein Tag, an dem die neue Gesellschaft außerhalb der Kirche und gegen sie entstand.

Erschüttert begriff Marja nun endlich, was er war, ein Revolutionär – er aber hob die Hand und sagte, er folge nur dem Weg, den ein Größerer bahne. Lamennais war es, der die Kirche aus dem Bund mit der Reaktion lösen und in das Lager der Demokratie führen wollte. Und urplötzlich weigerte sich Dutort, mehr zu sagen – nicht schroff, ganz sanft. Daß sie zum ruhigen, sicheren Glauben zurückgefunden habe, sei ein wenig sein Verdienst, und er dürfe ihn nicht gefährden, nur eben gerade sie ahnen lassen, daß hinter jeder gefundenen Antwort neue Fragen ständen. Hatte sie ihm nicht gesagt, daß sie jetzt von der Maiandacht heimeilte, um, noch den letzten Orgelakkord im Ohr, das schöne, gelöste Motiv am Flügel aufzugreifen? Diese Fähigkeit würde sie verlieren, wenn er sie zur Vertrauten seiner unruhigen Gedanken mache.

Sie war verletzt; dann dachte sie, wie seltsam, wie rastlos das Leben sei. Lamennais, der sie gelehrt hatte, daß Gehorchen höher als Fragen stehe, machte sich gefaßt, auf den Index zu kommen, und Dutort deutete an, daß er eine Seele dem Glauben zugeführt habe, damit es ihm als Verdienst angerechnet werde, wenn er sich selbst mißbilligt sähe. Ja, Frauen waren einfacher; sie wollte ihm gern zu einem Verdienst behilflich sein.

Anfang Mai drängten sich die Leute auf dem Platz, der noch immer nach dem Herzog von Vendôme oder seinem Palais hieß und seit Napoleons Tagen die Nachahmung der Trajanssäule trug. Auf diese Säule hatte der König aus dem Hause Orléans wieder das Standbild des Korsen gesetzt und die Bourbonlilie entfernt.

Lydia und Marja, die auch hinfuhren, sahn verwundert, daß die Pariser Kränze niederlegten und die kaiserlichen Adler auf den Gittern mit Blumen schmückten. Neben ihrem Wagen hielt ein anderer, aus dem eine verschleierte Frau und ein junger Mann schauten. Jemand rief, es seien die Exkönigin Hortense und ihr Sohn, Napoleons Neffe. Eine Unruhe entstand, der Wagen fuhr alsbald fort. Vignol, dem Lydia von dieser Begegnung erzählte, hielt es nicht für unmöglich; er hatte schon gehört, daß die sogenannte Gräfin von Saint-Leu heimlich und nur für ein paar Tage in Paris sei.

27

Bei einem der Konzerte, die Paganini zweimal in der Woche gab, saß Doktor Vérac unweit Marjas und grüßte. Ein paar Tage später schickte er einen Brief: Die kleine Suzanne frage, ob sie denn noch immer krank sei, und er, ob man dem Kind nicht sagen dürfe, Fräulein Gornicka nehme die Stunden wieder auf. Sie ging hin, es fand eine Aussprache statt.

»Sie werden verstehen, Doktor, daß ich damals erregt war«, sagte sie. »Heute liegt das alles weit zurück, Sie können ruhig von Maslin sprechen. Ist er schon in Amerika?«

»Vorerst noch in England. Er kehrt am fünfzehnten Mai, also schon in einer Woche, zurück, und das Haus der Frau Houblon ist umgebaut worden, um es leichter zu verkaufen. Das ist alles, was ich weiß, es sei denn, daß die englische Sprache ihm Schwierigkeiten zu machen scheint. Es wird ihm wie den meisten Franzosen gehn – weil sein Gaumen sich ihr nicht anpaßt, liebt er sie nicht, oder umgekehrt, weil er sie nicht liebt, verweigert sie sich ihm.«

»Sie sind dagegen, daß er in die Staaten geht?«

»Wenn er auf mich hört, bleibt er hier. Was könnte er drüben erreichen? Daß man ihm ein Kommando gegen die Indianer gibt. Ist das ein Ersatz für den Verzicht auf Paris?«

»Mir erschiene das nicht wenig«, erwiderte Marja. »Ich könnte mir denken, daß ein Mann in seiner Lage sich nach einem tätigen Leben sehnt, nach einem, das ihn von den düstern Gefühlen ablenkt.«

»Damit haben Sie nun wieder recht. Sie besitzen Vorstellungskraft und können sich in ihn hineindenken.«

»Gleichwohl, ich möchte ihm nicht begegnen, wenn er wieder hier ist«, erklärte sie.

»Paris mag groß sein, das Viertel ist klein, und die Ile Saint-Louis liegt neben Notre-Dame. Sie werden ihm also begegnen – wollen Sie dann an ihm vorbeisehn?«

»Gewiß nicht ...«

»Er hätte es auch nicht verdient. Darf ich das heute sagen?«

»Sie haben es schon in unsrer ersten Unterhaltung gesagt.«

»Die Sie abbrachen, ich bedauerte es sehr«, erwiderte Vérac.

»Nun gut, sagen Sie mir, inwiefern der Vicomte meine Bewunderung verdient hätte – dafür, daß er mir ungebeten einen Vorschlag machen wollte, der, ich gebe es zu, an sich sehr ungewöhnlich, sehr großmütig war.«

»Nein, dafür, daß er ihn nicht gemacht hat, als er zurückkehrte und Sie nicht mehr bei seiner Tante fand.«

»Er sah, daß es noch andere Menschen gab, die sich um mich kümmerten. Und – Sie dürfen mir das nicht übelnehmen – er sah, daß ich dank Mme. Stoffel nicht mehr eine so hilflose Beute war.«

»Es verhielt sich anders«, sagte der Doktor. »Als Sie hilflos waren, konnte er, ein neuer Don Quichotte, sich einreden, er wolle weiter nichts, als Ihnen beistehn. Als Sie es nicht mehr waren, merkte er, daß es ihm um Sie selber, Ihre Freundschaft, Ihre Nähe zu tun sei. Er empfand eine Leidenschaft für Sie und zwang sich, sie nicht zu zeigen. Es zog ihn zu Marja Gornicka, und er ging ihr, angesichts seines Defektes, aus dem Weg. Er hätte reden mögen und unterließ es.«

Das alles hatte er mit der französischen Freude an der rednerischen Steigerung gesagt. Jetzt hob er den Ton und schloß mit dem triumphierenden Satz:

»Er belästigte Sie nicht, und das ist bewunderungswürdig.«

Sie dachte an den Tag, als man Constant begraben hatte, und an die Gespräche vor dem Kamin, als sie ihm zürnte, weil er sie, statt durch sich selber, durch Amerika verführte. Sie verstand ihn nun besser, sie sagte:

»Doktor, Sie sind sein Freund, Sie betonen seinen Edelmut. Ist es so edelmütig, wenn ein Krüppel eine gesunde und jüngere Frau nicht belästigt?«

»Leidenschaft hat ihre eigenen Gesetze und ihr eigenes Recht«, entgegnete er mit Überzeugung. »Sie sind zu feinfühlig, um nicht zu wissen, daß in dem, was ich sagte, doch ein Körnchen Wahrheit steckt und daß hinter seinem Schweigen doch ein tapferes Herz steht.«

»Ich will es gern zugeben«, sagte Marja und stand auf. Es war Zeit, zu Suzanne zu gehn.

Als sie nach Hause kam, saß Lydia entgeistert da und hielt ihr etwas hin, das auf ihrem Schoß gelegen hatte.

»Sehn Sie sich das an, meine Liebe«, sagte sie.

Es war ein Brief aus Sankt Petersburg, der entsetzlich nach Essig roch. Die Tinte war von der Schärfe vergilbt, und das Papier wies ein paar Dutzend Einschnitte auf, durch die man die Flüssigkeit hatte einsickern lassen.

»Cholera?« fragte Marja. Lydia nickte.

»Sie ist in Sankt Petersburg. Die Kinder hat man nach Zarskoje Selo gebracht, ich bin zu lang fortgeblieben. Mein Mann schreibt, daß ich des Krieges wegen nicht zu Lande reisen kann – ich soll am ersten Juni ein Schiff in Stettin besteigen. Haben Sie eine Ahnung, wo das liegt? Natürlich an der Ostsee, aber wie kommt man dahin, über Hamburg? Tun Sie mir den Gefallen und schicken Sie Iwan zu Heideloff und Campe, man möge ihm eine Karte von Norddeutschland geben – oder besser, wir sprechen am Nachmittag selber vor. Wie lange brauche ich bis Stettin – ich wollte, Sie könnten mich begleiten. Wie viele Visa sind nötig – es gibt mehr Staaten, als erträglich ist.«

Sie war erregt, und Marja wehte ein paar Wochen früher, als sie erwartet hatte, die Auflösung an.

Man schrieb den achten Mai, Lydia bestand darauf, spätestens am sechzehnten zu fahren. Lieber ein paar Tage in Stettin verliegen, als zu spät eintreffen. Marja mußte eine Reihe von Stunden absagen, um Lydia zu den Gesandtschaften zu begleiten, der russischen, der preußischen, den beiden hessischen, der von Nassau, Frankfurt, Hannover.

Eine Menge Sachen, die Lydia zurückließ, wurde zu Marja gebracht. Es war am letzten Abend, und Lydia, die mitkam, sagte:

»Wenn Sie nach Rußland zurückkehren dürften, hätte ich Ihnen vorgeschlagen, bei mir zu bleiben. Es ist zu schade. Was fangen Sie hier nur an? Sind Sie mit Geld versehn?«

Marja, die jeden Monat auf der Mairie des Viertels ihre Beträge eingezahlt hatte, holte das Sparkassenbuch und überreichte es Lydia – »der Patin«, sagte sie mit einem Kleinmädchenknicks.

Lydia sah das Heftchen neugierig an; in Rußland würde niemand dem Staat oder der Stadt genug vertraut haben. Dann las sie sich, das war so ihre Art, in die Bedingungen hinein und verstand nicht, weshalb nur zweitausend Francs angenommen wurden. Zuletzt schaute sie nach der Gutschrift, die fast elfhundert Francs betrug.

»Unter Leuten, die nichts haben, sind Sie ein reiches Fräulein«, sagte sie, »aber nach bürgerlichen Begriffen ist es nur ein Notpfennig. Haben Sie schon einen Plan?«

»Sie kennen ihn«, erwiderte Marja, »ich sehe mich nach der kleinen billigen Wohnung im Außenviertel um.«

»Mit einer Katze oder einem Kanarienvogel, der Wäscheleine vor dem Fenster und dem Rauch aus vielen Kaminen – das ist Romantik für ein Rührstück, es ist gar nichts. Sie müssen im Faubourg bleiben, hier sind Sie bekannt. Behalten Sie diese Wohnung. Die achtzig Francs, die sie kostet, werden Sie erschwingen. Die ersten drei Monate übernehme noch ich.«

»Ich möchte nicht bei Vignol wohnen, wenn Sie fort sind.«

»Unsinn, Sie werden sich Ihrer Haut zu erwehren wissen, wenn es nötig sein sollte.«

Am sechzehnten in aller Frühe verließen Lydia und Iwan Paris mit Extrapost. Marja brachte Ordnung in die Vorräte, die Lydia ihr überlassen hatte. Im Garten wurden Betten und Teppiche geklopft, dann abgeholt, um Mittag stand die Wohnung schon leer. Die Tränen stiegen ihr auf, sie flüchtete ins Pfarrhaus zu Dutort.

Sie konnte ein paar Stunden dazunehmen, im Monat war es eine stattliche Zahl. Das Essen kostete eine Frau, die keine Köchin hatte, wenig. Durch Gaston verdiente sie soviel, wie die Miete kostete, und da sie ihre Kleider selbst machte, kam sie eben durch, ohne die Ersparnisse angreifen zu müssen.

Es war nicht die Lebensnotdurft, an der sie litt, es war die Verlassenheit. Niemand dachte daran, sie einzuladen. Von Lydia nicht mehr gestützt, wurde sie wieder Flüchtling, die Klavierlehrerin, bedeutungslos. Um sich Mut zu machen, sagte sie jeden Morgen zu sich selber: »Vor einem Jahr hast du unter Straßenmädchen leben müssen, heute bewohnst du zwei Zimmer im Faubourg. Du kannst nicht mehr in einer Kutsche zum Bois fahren, aber der Omnibus tut es auch. Du arbeitest zwei bis drei Stunden am Tag, oder sagen wir, mit dem Hin- und Herweg seien es vier, während in England Kinder zwölf und sogar fünfzehn Stunden im Bergwerk bleiben, sie schlafen da, und statt Milch gibt man ihnen Schnaps. Eine Welt, in der das möglich ist, ist fürchterlich, auch Dutort hat es gesagt – sei dankbar, daß du dir Blumen ins Zimmer stellen darfst.«

Der Juni kam näher, und Marja erfuhr, woran sie nicht gedacht hatte, daß im Juli und August ihre Einnahmen um mindestens die Hälfte zurückgehen würden, weil die Familien das Land aufsuchten. Gaston schlug ihr vor, eine hübsche kleine Reise mit ihm zu machen. Nach diesem Vorstoß, den er von Zeit zu Zeit versuchte, war er wieder korrekt. Ihre ausländische Ehrbarkeit, die er in Wirklichkeit für eine provinzielle hielt, nötigte ihm ein pariserisches Lächeln ab. Sie hatte ihre Preise vorausschauend herabgesetzt; er zahlte ihr fünf Francs nach wie vor. Von Sicherheit konnte keine Rede sein; das Wort erinnerte sie an den, der ihr Sicherheit hatte anbieten wollen.

In einer der Sonntagsmatineen, die den geschlagenen polnischen Generalen Gelegenheit gaben, wie ein Held zu reden, wenn auch nicht zu handeln, erblickte sie den Vicomte; er war mit dem Doktor gekommen. Vérac sprach sie an: Er habe drei Freunde zu Tisch, alles Junggesellen, es fehle eine Frau, ob sie ihm und ihnen nicht das Vergnügen machen wolle. Sie nahm an, zum Entzücken der kleinen Suzanne, die in der Küche bei der Köchin aß, das Dessert aber drin nehmen durfte. Außer Maslin waren zwei Ärzte zu Gast, jüngere Herren mit seidig weichen Bärten und den unvermeidlichen Bemühungen, den galanten Gesellschafter zu spielen.

Beide schrieben ihre Adresse auf, um ihr Schüler zu verschaffen. Der eine tat es wirklich, während der andere ihr in einem Brief mitteilte, er selber wolle Russisch lernen, habe aber nur in den Ferien Zeit, sie solle ihn nach Deauville begleiten, Reise und alles frei.

28

Mit Maslin hatte sie, von der allgemeinen Unterhaltung abgesehn, nur über Lydia gesprochen, dabei auch ihre reizende Wohnung erwähnt. An einem der nächsten Nachmittage, zufällig aus dem Fenster schauend, erblickte sie ihn im Garten.

Nach einer Weile schellte es. Sie öffnete, und Maslin stand vor der Tür. Er sei sich bewußt, daß es gegen die ihr geschuldete Rücksicht verstoße, sie aufzusuchen, sagte er, aber wenn er nicht einen umständlichen Brief schreiben wolle, gebe es keine andere Möglichkeit, sie zu sprechen, es sei denn der Umweg über Vérac.

Sie mußte unwillkürlich denken, daß er ungefährlich sei, errötete über sich selber und bat ihn, einzutreten. Er erwiderte, der Hausmeister habe ihn gesehn und er, Maslin, ihm gesagt, daß er Fräulein Gornicka auf eine Minute sprechen wolle – es sei besser, dabei zu bleiben. So hörte sie in der Tür an, was er zu sagen hatte. Es war weiter nichts als die Mitteilung, daß er, nachdem das Houblonsche Haus einen Käufer gefunden habe, eine Wohnung für sich suche und um des Gartens willen die der Mme. Stoffel mieten würde, wenn es ihr, Marja, nicht unangenehm sei – wenn sie nicht denke, er wolle sich neben ihr einnisten.

Sie gab zur Antwort, was am nächsten lag, daß die Wohnung ausgeschrieben sei und er mindestens ebensoviel Recht darauf wie jeder andere besitze.

»Mindestens«, wiederholte er. Das Wort war ihr irgendwie in den Satz hineingeraten, und um sich nicht darüber zu ärgern, lachte sie, gleich ihm. Auch stieg eine warme Welle in ihr auf. Kein Mann vermochte mehr Rücksicht zu üben.

Vérac war er wie Don Quichotte erschienen; aber so, dürr und lächerlich, hätte sie ihn nie sehn können, und sah ihn immer, um der blauen Augen und der starken Nase willen, in der Perücke der großen Zeit, feingliedrig, gelenk und chevaleresk, als ob er ein Condé wäre.

»Amerika haben Sie also aus Ihren Plänen gestrichen?« fragte sie.

»Ja. Ich hätte die Yankees am Ende überredet, einen Indianerstamm mehr auszurotten, und es aus demselben Grund getan, weswegen ein neuer Gärtner, den Sie einstellen, in den schönen, einfachen Rasen überflüssige Beete setzt.«

Er empfahl sich mit dem Wunsch für gute Nachbarschaft.

Aurore behauptete zwar, zwischen den Geschlechtern müsse sich alles sagen lassen – sie, Marja, durfte ihm nicht einmal sagen, daß sie gern Freundschaft mit ihm gehalten hätte. Wenn er nun neben ihr wohnte und das Bedürfnis hatte, sie zu treffen, konnte er nicht einfach wie Lydia heraufrufen: »Kommen Sie doch herüber, meine Liebe, damit wir ein wenig plaudern«, und sie nicht ihn fragen, ob er Lust habe, mit ihr zu den Italienern zu gehn. Wünschte er sie bei sich zu sehn, so mußte er dafür sorgen, daß andere Frauen da waren, die sie trotzdem mißtrauisch beobachten würden. Mit der politischen Freiheit mochte es in diesem Land gut bestellt sein, da sie ihren König verspotteten, mit der menschlichen nirgends.

Außer Maslin schaute nur noch Vérac nach ihr. Er erkundigte sich, ob es nicht doch möglich sei, daß auch sie Ferien nehme: Straßenweise würden die Häuser und sogar die Läden geschlossen; selbst unter den kleinen Bürgern gebe es wenige, die nicht eine Beziehung zum Lande hätten.

Sie rechnete, es war nicht daran zu denken. Sie fühlte sich auch nicht abgespannt, vermißte nur den Garten. Und eines Tages bot Maslin ihn ihr an. Er hatte zum Juli einziehn wollen – nun trat ein neuer Umstand auf und änderte seine Pläne. In England hatte er in irgendeinem militärischen Zusammenhang den Herzog von Braunschweig kennengelernt, der ihm jetzt ein Angebot machen ließ, worüber er sich nicht näher äußerte. Es lief darauf hinaus, daß er für einige Monate ins Hotel de Castille übersiedeln sollte, ins Hauptquartier des Herzogs.

»Ich kann mich nicht um die Einrichtung meiner Wohnung kümmern«, sagte er. »Von Frau Houblon habe ich eine Menge Möbel geerbt, die man sichten müßte. Anderes wäre neu zu kaufen, Vorhänge zum Beispiel. Verhandlungen mit den Dekorateuren werden nötig sein . . .«

»Wenn Sie wollen, nehme ich es Ihnen ab«, erbot sich Marja. »Ich habe wenig zu tun, stelle mir einen Schaukelstuhl mit einem großen Schirm in den Garten. Warum sprechen Sie nicht, eben wollten Sie doch etwas bemerken?«

»Es hätte Sie geärgert, ich lasse es unausgesprochen.«

»Geld?« fragte sie nur.

»Bloß weil ich daran dachte, daß man in England jeden zweiten Mann vom Geldwert der Zeit reden hört«, beeilte er sich zu sagen.

Maslin siedelte in das Hotel auf dem Boulevard über, und Marja bezog den Posten in der Wohnung. Man brachte Maslins Anteil an den Houblonschen Möbeln, den er schon einer Vorwahl unterworfen hatte. Seine Bücher kamen; sie, ein paar Schränke und einige Teppiche, auf jener Mittelmeerfahrt erworben, waren alles, was aus seiner Soldatenzeit beibehalten wurde, wenn man nicht den Burschen hinzurechnete, der noch im Urlaub weilte.

Zwei-, dreimal in der Woche kam Maslin für ein paar Stunden. Dann gab es Besprechungen mit dem Tapezierer, der kostspielige Vorschläge machte und die Stoffe selbst besorgen wollte, aber nicht durchdrang, da Marja sie in den Geschäften der Rue Saint-Honoré auswählte. Ein Maurer kam und baute ein Bad. Die Wand war pompejanisch rot, der Boden aus Backstein, die Wanne selbst aus Kacheln.

Eines Tages erschien auch Jean, der Bursche, um die Küche einzurichten. Von Frau Houblon stammte eine Kiste voll Kupfergeschirr, das er liebkoste, aus Leidenschaft für Pfannen. Jean war Elsässer, und Maslin sagte, er sei der geborene Koch, der die Köchin erspare . . .

»Und das Zimmermädchen«, erklärte Jean. Er wollte die Hausarbeit selbst besorgen; wenn die Putzfrau zwei Stunden am Vormittag komme, sei es genug, und für den Rest des Tages herrsche Frieden.

Einmal brachte Maslin einen Herrn mit. Er stellte ihn als seinen älteren Bruder vor und sagte, es sei neben ihm der letzte männliche Maslin, verwitwet und kinderlos. Der Bruder kehrte bald in seine Provinz zurück. Da Maslin nicht einzog, nahm man sich Zeit. Aber Anfang Juli war doch alles fertig. Die Wohnung lag an den Schenkeln eines rechten Winkels, so daß die fünf Wohnräume auf den Garten mündeten, während das Zubehör rückwärts auf eine Gasse ging.

Es gab einen Salon, ein Eßzimmer, ein Schlafzimmer, ein Studio und einen unbenutzten Raum, der Fremdenzimmer genannt wurde. Bei Gelegenheit sollte er ein Billard erhalten.

Den Nachbarn war die Anwesenheit Marjas nicht entgangen, sie hielten sie für die künftige Vicomtesse. An einem Sonntag lud Maslin zu seinem ersten Diner ein, Jean bestand darauf. Es kamen nur Vérac und die kleine Suzanne, die Marja gegenüber saß. Zwei Herren, zwei Damen, sagte sie und fragte Marja dann unter vier Augen, wo ihr Zimmer sei. Auch sie glaubte, Marja und Maslin gehörten zusammen.

Danach reiste Jean für ein Vierteljahr in sein elsässisches Dorf, und die Vorhänge wurden heruntergelassen. Marja hatte die Schlüssel, die sie nicht benutzte. Sie ging nicht mehr in den Garten, es hätte zu vertraut ausgesehn.

Maslin schickte ihr Theaterkarten, und wenn er es einrichten konnte, fand sie ihn auf dem Platz neben sich. An diesen Abenden ging sie mit ihm in die Restaurants. Zuweilen war sie um Mittag in der Gegend der Boulevards, dann trafen sie sich bei Tortoni zum Kaffee. Die Theaterabende kosteten ihn viel, aber er sagte, sie dürfe es annehmen, da er ihr verpflichtet sei.

Zuletzt dachte sie auch daran nicht mehr. Die Stunden mit ihm unterbrachen das Gleichmaß der Tage, das nicht Eintönigkeit zu nennen sie sich zwang. Der Mensch, schien ihr, sei seltsamen Wesens. Hatte er sein Brot und seine Beschäftigung, seine Wohnung und seine Gesundheit, so war er im Anfang dankbar, nach einer Weile verlangte er nach Erregungen. Wurde ihm Freundschaft zuteil, so gelüstete es ihn nach Liebe. Fand er Liebe, so suchte er die Abwechslung.

Zwei Freunde hatte sie, die nie mehr sein konnten, einen Priester und, mit einem häßlichen Wort, einen Eunuchen. Gaston, dem sie nun ohne die Ehrendame im Hintergrund seine Stunden gab, hatte neulich geseufzt und, als sie ärgerlich wurde, erklärt, es gelte nicht ihm, sondern ihr, die nicht richtig lebe. Einen Freund brauche sie oder einen Mann – warum heiratete sie nicht Maslin, sie brachte sich ins Gerede.

Er hatte sie neben ihm in der Oper gesehn. Gegeben wurde Aubers Der Gott und die Bajadere; die Taglioni tanzte die Hauptrolle darin. Er behauptete, auf die Andeutung, daß er die Begleiterin des Vicomte kenne, habe man ihn mit Fragen bestürmt und er geantwortet: Eine polnische Fürstin, vom Zaren auf der Stelle verbannt, als sie um Gnade für ihr Land bat.

Sie zuckte die Achseln – man schwindelte, um sich ein Ansehn zu geben, andern etwas vor, und nannte das eine geistvolle Unterhaltung.

Am Tag bevor er in die Ferien fuhr, kam Marja erst gegen Abend nach Hause. Als sie ihr Nachtmahl bereitet und die Küche aufgeräumt hatte, setzte sie sich zum Lesen hin. Es schellte. Sie öffnete die Tür, die durch ein Kettchen gesichert war, und fragte, wer da sei.

»Gaston, der in aller Frühe reist und vergebens Adieu zu sagen versuchte«, kam es aus der Dunkelheit auf russisch; »wenn ich Fehler gemacht habe, die verbessert werden müssen, haben Sie einen Grund, mich einzulassen. Auch sind noch Schulden zu regeln«, fügte er auf französisch hinzu, »was heißt Schulden, was regeln auf russisch?«

Sie sagte es lachend und ließ ihn ein. Sie verrechneten also, sie plauderten ein wenig. Von draußen kamen so viele Insekten ins

Zimmer, daß er das Fenster schloß. Sie stand unwillkürlich auf und erklärte, er müsse nun gehn.

»Der Abend ist so sanft, Sie sind so weich gestimmt, und man kann Sie nicht ansehn, ohne es auch zu sein«, sagte er, mit einem bewundernden Blick auf ihr reiches Haar, dem sie eine volle Frisur gegeben hatte. Er riß sie plötzlich an sich; einen Augenblick war sie schwach, dann suchte sie ihn fortzustoßen. Es war zu spät, und die Stunde kam, in der sie zum erstenmal fühlte, wie heiß, wie vernichtend die Begierde sein kann. Aber vernichtender war die Demütigung, als er von ihr aufstand und sie bald danach den Wagen fortrollen hörte.

29

Um den Gedanken zu entfliehn, ging sie in den Jardin des Plantes, seit Monaten war sie nicht mehr da gewesen. In einer Zeitung, die sie kaufte, stand, am nächsten Tage werde der König, um den Jahrestag der Revolution zu feiern, auf dem Bastilleplatz den Grundstein für eine Gruft der Toten vom achtundzwanzigsten Juli legen. Damals hatte sie Maslin kennengelernt. Sie sah sich aus dem Hause stürzen und ihn, wie er ihr den Weg vertrat.

Als sie zurückkehrte, gab gerade ein Bursche einen Strauß Rosen ab; es war ein Brief daran geheftet. Maslin hatte den Tag nicht vergessen. Er lud sie zu einem Ausflug nach Enghien ein: Sie möge um neun Uhr an der Barrière Saint-Denis, von wo die Wagen abgingen, auf ihn warten.

Sie schrieb ihm zurück, daß sie nicht kommen könne, nahm am Nachmittag einen Fiaker, gab diese Antwort im Hotel ab, ließ sich zu Dutort fahren, der im Beichtstuhl saß, und gestand ihm ihren Rückfall - überzeugt, daß er sie an der Stimme, dem Geruch der Veilchen, der polnischen Sprache erkenne. Der Gedanke, ihm persönlich weh zu tun, bereitete ihr eine schmerzhafte Genugtuung. An diesem Tag hatte sie ihre beiden Freunde verloren, und alles war zu Ende.

Ein Überdruß, sich mit sich selbst zu beschäftigen, ein Wunsch, ausgelöscht zu sein, überkam sie, und war maßlos. Man konnte durch sein eigenes Ich vergiftet werden. Sie ließ sich von einem Apotheker Schlafpulver geben, nahm zwei, bevor noch die Sonne unterging, und sank in eine Tiefe, aus der sie erst erwachte, als Maslin an ihre Tür hämmerte. Kopflos kehrte sie ins Schlafzimmer zurück und ersetzte, um Zeit zu gewinnen, die drei künstlichen Rosen auf dem goldgelben Strohhut durch natürliche Knospen aus seinem Strauß.

Maslin, der im Fiaker wartete, fragte nicht, weshalb sie abgeschrieben habe; er sagte nur, sie sei ein wenig blaß. Im Wagen, der geschlossen war, stand ein Körbchen mit Aprikosen; er hatte an ihr Frühstück gedacht und zu den Früchten auch Weißbrot besorgt.

Als sie nach ihrem kleinen seidenen Taschentuch griff, um die Finger zu säubern, erklärte er, es sei schade, und zog ein großes baumwollenes hervor, das wie eine zweispaltige Zeitung aussah. Es war auch eine, von englischer Herkunft – Marja wollte es nicht glauben. Er übersetzte zwei der darauf gedruckten Nachrichten: »Lord Grey versichert, daß er die große, vom Oberhaus verworfene Reformbill doch durchbringen werde« und: »Seine Majestät König Wilhelm der Vierte hat dem französischen Botschafter, Herzog von Talleyrand, die nachgesuchte Audienz bewilligt«. Diese baumwollene Zeitung sei ein Protest gegen die Stempeltaxe, die auf bedrucktem Papier liege, erklärte er. Um Marjas Lippen flog der erste Hauch eines Lächelns.

Sie reinigte die Hände an einem Blatt, das aus dem Körbchen schaute, und sagte nun ihrerseits, es sei schade, etwas so Merkwürdiges hebe man doch auf.

»Sehr wohl, Madame, es kommt in die Vitrine der Erinnerungen«, erwiderte er und legte das Tuch wieder sorgsam in seine Falten.

An der Barrière Saint-Denis stiegen sie in den großen Wagen um, der in die Städtchen der nördlichen Bannmeile fuhr. Sie waren an diesem Wochentag die einzigen Ausflügler; es saßen Marktfrauen, Landmädchen und Schwestern um sie, ein summender Bienenschwarm. Alles schwatzte, scherzte, lachte, und hinter Saint-Denis, wo die Schwestern ausstiegen, fing ein Mädchen zu singen an. Marja erkannte die Melodie, die aus der Auberoper vom Gott und der Bajadere stammte. Sie machte Maslin darauf aufmerksam ...

»Oh, dabei fällt mir etwas ein«, sagte er und erzählte auf russisch, man habe ihn nach ihr gefragt, man halte sie für eine vom Zaren zum Tode verurteilte polnische Fürstin: Ob sie in seinem Hotel wohne, warum er sie nicht zeige, sie sei eine hinreißende Schönheit, jung, ungeheuer reich.

Das habe Gaston Vignol angerichtet, lag ihr auf der Zunge, aber nie hätte sie diesen Namen vor ihm aussprechen können.

Die fremden Laute hatten die Aufmerksamkeit der Frauen erregt, und eine, die mit einem Korb voll junger Hähne eingestiegen war, wollte wissen, ob Monsieur und Madame Polen seien. Marja bejahte es der Einfachheit halber für beide und wurde nach der Lage ausgefragt. Dieser russische General mit dem unaussprechlichen Namen – Diebitsch war gemeint – sei nach seinen Siegen an der Cholera gestorben, und die habe der Himmel geschickt, vermutete die Frau. Marja erwiderte schwermütig, sein Nachfolger Paskewitsch kreise bereits Warschau ein.

Unterdessen waren sie in Montmorency angekommen. Beim Aussteigen fragte Marja Maslin, ob seine Verbindungen es ihm nicht möglich machten, ihr einen Paß zu verschaffen, dann könne sie nach Polen fahren ...

»Heute gewiß nicht und später nicht gern«, erwiderte er, zog sie auf eine Bank und holte einen Führer hervor. Daraus las er ihr vor, was über Montmorency gesagt war: Dorf von zwölfhundert Einwohnern, Wiege der Barone von Montmorency, aus denen ein Konnetabel, zwölf Marschälle, vier Admirale und mehrere Kardinäle hervorgegangen sind; umgeben von Kirschgärten und herrlichen Kastanienwäldern, Aufenthaltsort Jean-Jacques Rousseaus, man kann seinen Schreibtisch und seine Büste von Houdon ansehn; Wirtshaus zum Weißen Roß, das Aushängeschild vom berühmten Gérard.

»Das ist unser Programm vorerst«, sagte er; »Kirschen können wir nicht mehr pflücken, und die Kastanien sind noch nicht reif. Wenn wir im Weißen Roß gebratenen Gockel gegessen haben, werden Sie auf einem Eselchen in einer Stunde nach Enghien reiten und ich werde neben Ihnen gehn. In Enghien ist ein See, auf dem darf ich Sie rudern, die zwei Kilometer bis Saint-Denis machen wir vielleicht zu Fuß. Dort besichtigen wir, was von den zerstörten Königsgräbern zusammengetragen ist, und trinken Kaffee bei Mme. Quatresous, die sehr wohlfeil klingt.«

Er war entschlossen, guter Laune zu sein, und steckte Marja an. Die Kastanienwälder waren herrlich, wie es im Führer stand, und wenn auch, zu dieser Jahreszeit, die Vögel schwiegen, so sang es doch darin, zweistimmig, und war wieder eine Arie aus der Bajaderenoper. Maslin erinnerte es an den Erfolg, den vor ein paar Jahren Weber beim Volk gehabt hatte, damals entging man den Freischützweisen nicht einmal im Krankenhaus. Sprunghaft sagte er:

»Das komischste ist, daß im Castille tatsächlich eine Ausländerin wohnt, die sich als verbannte Fürstin ausgibt, nur daß sie nicht Polin, sondern Russin sein will. Bei der Table d'hôte redete ich sie an und erhielt ein entgegenkommendes Lächeln – das erstarrte, als ich zu Russisch überging. Ich sei wohl ein Spion, sagte sie, offenbar auf einen Zwischenfall dieser Art gefaßt. Wieviel besser wären Sie, Marja, daran, besäßen Sie eine auch nur kleine Anlage zur Abenteuerin.«

»Ich könnte Ihrer Ausländerin einen Besuch machen und sie fragen, wie man diesen Beruf ergreift«, sagte sie ein wenig bitter.

»Noch ist Polen nicht verloren, das gilt auch für Sie«, erwiderte er, »aber die Umstände, unter denen Sie jetzt leben, taugen nichts. Ohne eine Lydia Stoffel im Hintergrund können Sie sich nicht halten. In einem Dachstock wohnen und mit dem Kanarienvogel um die Wette zwitschern ist eine Vorstellung, die gelten mag, wenn man sechzehn oder siebzehn zählt. Es ist sogar eine tapfere Vorstellung, wenn man nämlich verzichten muß und einem gar nichts anderes übrigbleibt. Eine Frau dagegen, die mit dreißig noch im Dachstuhl haust, wird nie mehr in den ersten ziehn, geschweige denn das Viertel verlassen.«

Nachdenklich hörte sie ihm zu und betrachtete ein Idyll von Gold und Silber.

Den Erdhaufen vor dem Wald hatten die Ranken von Kürbissen überwuchert, die großen Früchte lagen unter den Blättern gleich Tieren im Nest, und darum standen Sonnenblumen, drei Meter hoch. Das war das Gold. Der Silberschimmer kam von den Weiden, die den Lauf des Bachs begleiteten. Eine Bodenwelle hatte sich zwischen die Wälder geschoben und drängte sie an den Horizont – dort schwangen gelbe Stoppelfelder über sanfte Hügel in die Unendlichkeit des reifenden Sommers.

Maslin kam nicht mehr auf das Persönliche, auf ihre Umstände und Lage zurück; um so stärker wirkten seine Worte nach. Die Hähnchen, in einer ländlichen Laube gegessen, der Ritt auf dem Esel, das Boot und der See, alles folgte in der natürlichen Ordnung der Dinge, die da sind und warten, bis man sie in Anspruch nimmt.

Er erzählte von seinem Leben, unterhielt sie von dem, was ihm zwischen den russischen Garnisonen und dem Sklavenmarkt in Kairo begegnet war. Die tiefste Liebe hatte ihm eine Polin gegeben, die heißeste ein persisches Mädchen, das er auf dem Sklavenmarkt in Tunis kaufte und beim Überfall der Korsaren verlor. Am gewissenlosesten hatte er sich in Hüningen benommen: beim Abzug eine junge Schwarzwälderin mit einem Kind zurückgelassen, von dem er nur wußte, daß es Jacques und Fortuné getauft worden war.

Wenn ein Mann einer Frau seine Erlebnisse anvertraut, ist der Augenblick nicht mehr fern, wo er um sie wirbt. Marja, die ihm im Boot gegenübersaß, hob den Blick und fragte:

»Sie wissen nicht, was aus diesem Knaben geworden ist?«

»Als die Kriege aufhörten, wurde alles, was in ihnen geschehen war, schattenhaft. Nur einmal, als ich zu sterben glaubte, suchte ich in Gedanken diesen Sohn.«

»Wie alt wäre er heute?«

»Es muß Juli vierzehn gewesen sein, als er geboren wurde, das sind jetzt siebzehn Jahre her.«

»Und wenn er plötzlich vor Ihnen stände, was würden Sie tun?«

»Das weiß ich nicht. Es käme darauf an, was er von mir verlangte.«

»Daß Sie ihn anerkennen . . .«

»Ich bitte Sie. Nicht einmal das Gesetz schreibt das vor, es verbietet sogar, der Vaterschaft nachzuforschen. Der rein menschliche Zustand träte ein – ein junger Mensch, den man nicht selbst erzogen hat, gefällt, oder er läßt kalt.«

»Und wenn es ein Mädchen wäre?«

»Es ist kein Mädchen, Marja.«

»Wie hart Männer miteinander umspringen – auf eine Frau wirkt es wie Gefühllosigkeit«, sagte sie, und er:

»Männer sollen hart handeln, Frauen weich denken, das erhält den Lauf der Welt.«

30

Sie brauchte an diesem Abend kein Schlafpulver zu nehmen, Luft und Bewegung hatten sie müde gemacht. Einmal wachte sie auf und sah die Augen, das Charakteristischste an seinem Gesicht. Es ging ihr immer so, selbst im Wachen noch – wer sie beschäftigt hatte, von dem löste sich ein Bild, das eine Leiblichkeit besaß.

Der Ausflug hatte am Donnerstag stattgefunden, am Samstag sollte sie Maslin wiedersehn. Aber er sagte ab, ein Agent habe ihn nach Lille bestellt, erst am zweiten August werde er zurückkehren und, wenn sie einverstanden sei, den Abend bei ihr verbringen – im Vertrauen auf die Rechte, die eine so ungewöhnliche Freundschaft ihm verleihe.

An der Enttäuschung merkte sie, wie unentbehrlich ihr diese Freundschaft geworden war; alles, was sie hätte gefährden können, fiel ja fort. Und da es so war, begann sie in diesen fünf leeren Tagen zu denken, daß man etwas Einmaliges daraus machen könne, als wäre es eine Freundschaft zwischen Mann und Mann oder eine zwischen Frau und Frau. Nichts stand entgegen als die Deutung, die ihr von den andern gegeben wurde. Eine Welle des Mutes unterfing sie, den Menschen trotzte man.

Am Dienstag kam er so spät, daß sie ihn nicht nur mit Blumen und gedecktem Tisch, sondern auch mit brennenden Kerzen empfing. Die Leuchter standen auf der Kommode, auf der Platte des Sekretärs und auf der Konsole, die den Spiegel trug.

Der Coiffeur Lydias, der nun nicht mehr ins Haus kam, jedoch noch immer, in ihr Haar verliebt, billigere Preise machte, hatte sie à la cascade frisiert, was er als unbekümmerter Pariser spanisch nannte. Quer über den Scheitelpunkt lief eine Barrière, von der die Haare zur Stirn in glatten Strähnchen rannen, während sie nach hinten in Stufen abfielen. Sie trug ein Hauskleid, das ihr die natürlichen Formen bewilligte – die Puffe und schiefen Schultern des Straßenkostüms erlaubten sie nicht.

»Sie sind für den Abend geboren, Marja«, sagte er; »nicht, daß Sie mit ihrer klaren, reinen Haut den Tag scheuen müßten, das Kerzenlicht fügt nur einen wärmeren Schimmer hinzu. Ihr Ohrgehänge ist hübsch, aber Ihre Frisur verlangt ein größeres. Es müßten Tropfperlen sein, die tief herunterhängen.«

»Wo denken Sie hin, eine echte Tropfperle bedeutet ein Vermögen.«

»Ja und nein. Wenn die Perle ein gewisses Alter erreicht hat, zerfällt sie, und wenn man sie, um die Luft von ihr abzuhalten, nicht trägt, dann wird sie blind. Sehn Sie her, was hier auf meiner Hand liegt, verliert schon seinen Wert.«

Er hatte in die Tasche gegriffen und öffnete nun die Faust. Marja schrie auf, sie hatte nie Perlen von solcher Länge gesehn, aber sie besaßen wenig Glanz.

»Die Fassung stammt aus der Zeit, als Marie Antoinette Ludwig den Sechzehnten heiratete. Der Juwelier, dem ich sie zeigte, riet, sie schleunigst zu tragen, in der altmodischen Fassung, so wie sie sind. Ich hätte sie gern einmal an Ihren Ohren gesehn.«

Marja legte sie vor dem Spiegel an und wußte nicht, welch schönes Bild sie bot, als die rechte Hand das linke Ohr berührte. Dann drehte sie sich um, und Maslin sagte, es sei ihr ein neuer, berückend fremder Reiz verliehn. Sie nestelte daran, um sie abzulegen; er bat sie, es nicht sofort zu tun.

»Wenn man etwas nicht als Geschenk annehmen mag, bleibt noch immer der Ausweg, eine Leihgabe daraus zu machen«, sagte er. »Sobald der verteufelte Paganini sein verteufeltes Konzert gibt, müssen Sie diese Frisur und diese Perlen tragen.«

Sie schüttelte den Kopf; seine Leihgabe war ein verstecktes Geschenk, und eine Frau durfte sich von einem Mann keinen Schmuck geben lassen.

»Auch nicht von einem Freund?« fragte er. »Bedenken Sie, daß es eine besondere Freundschaft ist. Ich habe auf meiner Reise darüber nachgedacht, wieviel Arten von Freundschaft wohl möglich seien, und fand, daß Ihnen, Marja, zwei Voraussetzungen fehlen, die notwendig sind, wenn in unsern Kreisen eine Frau mit einem Mann so frei verkehren will, wie die Idee der Freundschaft es verlangt.«

»Ich gehöre nicht Ihren Kreisen an«, erwiderte sie.

»Es handelt sich hier nicht um Adel und dergleichen, sondern darum, ob Sie sich zur bürgerlichen Welt rechnen oder nicht«, widersprach er geduldig, was ihrem weiblichen Empfinden gefiel, daher sie zärtlich spottend fragte, welches die offenbar bürgerlichen Voraussetzungen seien, die ihr nach seiner Meinung abgingen.

»Die materielle Unabhängigkeit und der Titel Frau«, sagte er so bestimmt, daß sie, eines doppelten Mangels bewußt, zusammenfuhr.

»Und wenn ich reich, aber nicht verheiratet wäre?« erkundigte sie sich verwirrt.

»Müßten Sie zum mindesten Ausländerin und sehr reich, sehr verschwenderisch sein. Sie würden dann aus den hierorts bekannten Kategorien fallen, und man könnte Sie in der durchaus unfranzösischen Extravaganz unterbringen.«

»Ich vermag Ihnen nicht zu folgen«, gestand sie hilflos, »und es ist auch nicht nötig. Alles, was Sie sagten, hatte doch den Sinn, daß wir, da ich weder verheiratet noch vermögend bin, keine Freundschaft schließen können ...«

Sie saß auf dem Sofa, er halb gegenüber, halb neben ihr im Sessel. Nichts Drittes war zugegen, nur die Reseden in der Schale, der Kerzenschimmer, das Ticken des Ührchens, das klein und eifrig die Zeit zermahlte. Er hob die Hand, ließ sie auf die Lehne fallen und erklärte:

»Der Augenblick, bis auf den Grund zu gehn, scheint mir gekommen. Die Ehe um der Ehe willen anzubieten, ist mir versagt – nicht aber, sie als eine formale Handlung vorzuschlagen, durch die man sich bei den Mitmenschen freikauft.«

Er setzte es ihr mit derselben Freude am klaren Denken auseinander, der Marja bei dem Franzosen Vérac begegnet war.

Wenn er ihr sage, er liebe sie und wünsche sie zur Frau, so mache er sich eines Verbrechens schuldig, denn der Sinn auch der Vernunftehe noch verlange, daß sie vollzogen werde und der Frau zur Mutterschaft verhelfe. Gewiß, Marja könne sich abfinden und großmütig über eine Schwäche hinwegsehn, die er im Dienst des Königs erworben habe – es sei wertlos. Denn der Gedanke, daß sie um ihre Frauenrechte komme, werde sie vergiften, wie ihn der, daß sie so fühlen müsse. Tragische, bittere Empfindungen würden wie Unkraut aufschießen und alle guten, frohen überwuchern. Wie lange, und sie bemitleideten oder haßten sich. Wenn sie das vermeiden wollten, mußten sie von vornherein festsetzen, daß die Heirat nicht Selbstzweck, sondern ein Hilfsmittel sei, ein Zugeständnis an die Gesellschaft, um nicht von ihr ausgeschlossen zu werden.

»Meine Liebe dürfen Sie ahnen, aber nur Zuneigung und Achtung nennen«, sagte er. »Wenn wir uns gute Nacht sagen, sollen Sie nicht denken, daß ich ein Krüppel bin, sondern mir so heiter die Hand geben, wie ich es tue, weil ich es kraft meines Willens kann.«

Wie klug und wie töricht er in einem war, ein echter Mann, der der Willenskraft und den Festsetzungen mehr zutraute, als ihnen zukam. Er erkannte die Gefahr und glaubte ihr durch Unterscheidungen zu begegnen, die sich nicht durchführen ließen, wenn man unter einem Dach lebte – ganz einfach, wenn die Schlafzimmer in der gleichen Wohnung lagen. Wie wollte er verhindern, daß sie des Abends, beide, an das Unnatürliche ihres Bundes dachten?

Sie deutete es an, und er erklärte, wenn die gemeinsame Wohnung das Hindernis sei, dann könne man sich dadurch helfen, daß sie ihre eigene behalte, in die sie sich abends, oder wann immer sie allein sein wolle, zurückziehn würde. Es komme ein wenig teurer, aber von Mme. Houblon habe er soviel geerbt ...

Sie unterbrach ihn, um ihm zu sagen, daß sie das nur annehmen könne, wenn er es ihr erlaube, diese Mehrausgabe selbst zu bestreiten. Aber konnte sie als seine Frau ihre Stunden weitergeben und tagsüber in fremde Häuser gehn, während sie abends seine Gäste empfing? Man würde annehmen, daß sie sich nicht vertrügen oder ihn für einen Mann in schlechten Verhältnissen halten.

»Mein lieber Freund, darf ich Ihnen sagen, was ich an Ihrer Stelle täte, wenn ich einer Frau die Heirat anzubieten hätte?« fragte sie.

»Ich bitte darum.«

»Verwischen Sie den Charakter der Ehe nicht; sie ist das, was sie ist. Sie kann kein Hilfsmittel sein, durch das man zur Freundschaft gelangt, denn sie dient nicht der Gewinnung eines Freundes. Erklären Sie der Frau, an die Sie denken, daß Sie ihr nur eine unvollkommene Ehe anbieten können, und sie wird wissen, daß sie einem Ausnahmefall gegenübersteht. Verwirren Sie nicht die festen Begriffe, die auch sie von der Ehe hat. Nennen Sie Ihre Bedingungen – es ist dann Sache der Frau, sich mit ihnen abzufinden. Seien Sie nicht ängstlich, sondern genauso fordernd wie, im Namen der normalen Ehe, andere auch. Geht die Frau auf Ihren Vorschlag ein, so ist sie damit einverstanden, daß ihre Pflichten nicht geringer sind, trotzdem sie in geringere Rechte einwilligen muß.«

»Und wenn ein Tag kommt, an dem sie fühlt, daß sie die Bedingungen nicht mehr erfüllen kann?«

»Dann ist es eines dieser Gefühle, auf denen die Entscheidungen ruhn, und die ein Mann immer achten sollte – dann müssen Sie großmütig sein und ihr die Freiheit zurückgeben.«

»Sie werden an diesem Tag nicht von mir enttäuscht werden, Marja«, sagte er. »Ich nehme an, daß Sie für sich gesprochen haben?«

»Für mich, Edmond«, erwiderte sie sanft und nannte ihn zum erstenmal bei seinem Namen.

Er ergriff ihre Hand und küßte sie. Marja beugte den Kopf über seinen Schoß und sagte:

»Sie wissen nichts von mir. Warum fragen Sie nicht, ob ich so lebte, wie Sie es von Ihrer Frau erwarten können?«

»Ich habe nie geglaubt, daß diese Frage gestellt werden müsse«, erwiderte er, und es war eine Antwort, die sie vernichtete. Den Kopf hebend, begegnete sie einem so zwingenden Blick aus seinen blauen Augen, daß sie schwieg.

»Ich glaube nicht, daß Sie je etwas Schlechtes getan haben«, wiederholte er.

»Es kommt darauf an, wie Sie es beurteilen«, erklärte Marja entschlossen.

Sie konnte Vignol nicht schonen, nicht seine Wohnung durch irgendeine andere in der Nachbarschaft ersetzen. Die Wohnung in diesem Hause war ein Teil der Geschichte, begonnen hatte sie mit ihr. Maslin unterbrach sie nicht ein einziges Mal. Sie erzählte so gleichmäßig, wie die Kerzen niederbrannten. Das Ührchen, das die Zeit zermahlte, schlug zwei Viertelstunden dazu. Nur eines verschwieg sie, die letzte Begegnung mit Vignol, die Schwäche, den Überfall.

Als sie fertig war, sagte Maslin, sein Stolz verbiete ihm, zu gestehn, daß ein Mann, der so wenig wie er zu geben habe, nicht auch noch die Unberührtheit erwarten dürfe – er ziehe es vor, einzusehn, daß durch sein Schweigen und sein Zögern sie, Marja, zu heftigen Entschlüssen getrieben worden sei. Als unangenehm empfinde er, daß Vignol Tür an Tür mit ihnen wohne – wie sollte man es halten, ihm aus dem Wege gehn oder tun, als wäre nichts geschehn?

»Weder das eine noch das andre, wir werden mit ihm verkehren«, gab sie zur Antwort, »und alles überlassen Sie mir.«

31

Es war so spät geworden, daß Maslin beschloß, zum Schlafen nicht ins Hotel, sondern in seine Wohnung hinüberzugehn. Sie leuchtete ihm und sagte, wenn er zurücktreten wolle, sei er frei. Er nickte, in einen dunklen Mantel wie ein Römer in die Toga gehüllt, ihr ruhig zu.

Am nächsten Morgen war er zum Frühstück wieder da, unbefangen, und bat sie, als sie ihm die Rechte gab, auch um die Linke. Gleich einem Künstler, der das Zarte anzufassen weiß, wählte er unter fünf schlanken Fingern den aus, der nach Gottes oder der Menschen Anweisung zum Verlöbnis dient. Der Ring, den er darüberstreifte, mochte noch älter als die Ohrgehänge von gestern sein. Das Blau des Steines kam dem seiner Augen an Tiefe gleich.

Wie sie geschlafen habe – gut? erkundigte er sich und plauderte weiter, von einem ausgezeichneten Lehrer des italienischen Fechtstils, der in der Gasse hinter Saint-Sulpice wohne. Am liebsten gäbe er das Castille und diesen Diamantenherzog auf, aber er habe sich verpflichtet und eine Summe ausgemacht, für die sich jetzt mehr als eine Verwendung finde – ein Flügel für Marja, die Einrichtung ihres Zimmers und der künftige Verkehr, das offene Haus.

Fast hätte sie ihn nicht wiedererkannt. Sie begegnete einem beschwingten Edmond, der rasch dachte, rasch über sich verfügte, die Steigerung und die Laune liebte. In dieser Nacht hatte sie die Gewißheit gewonnen, daß er der Güte fähig sei – er trug sie nur nicht wie ein Hausierer seinen umgeschnallten Kram vor sich her.

Er legte sein Taschenbuch neben sie und zeigte ihr eine Seite. Sie enthielt Zahlenreihen, die zusammengezählt und durch zwölf geteilt waren. Die letzte Zahl bedeutete den Betrag, der ihm und nun ihnen im Monat zur Verfügung stand – ob sie ihn für ausreichend halte, fragte er und gab die Antwort selber. Weit entfernt, ein reicher Mann zu sein, sei er doch ein gesicherter, es reiche für zwei, die nicht verschwenderisch und nicht geizig leben wollten.

»Ich«, sagte sie und es tat ihr wohl, »ich wäre eine wohlhabende Frau, gäben die Russen mein Vermögen frei.«

»Und da Sie nun aus einer Russin eine Französin werden, könnten Sie einen Versuch machen, um wenigstens einen Teil zurückzuerlangen«, erwiderte er lebhaft und sah sofort zwei Möglichkeiten. Als Nikolaus, der jetzige Zar, noch Großfürst war, hatte Maslin ihn in einem Gefecht mit Gefahr seines eigenen Lebens gedeckt, und einer der wenigen Verwandten, die er noch besaß, sein Onkel, gehörte zu den Freunden des Ministerpräsidenten Casimir Périer. Wenn nur ein paar tausend Rubel dabei herausschauten, nur ein Trinkgeld, lohne es sich, Nikolaus und Casimir aufeinander abzustimmen, sagte er. Lieber würde er verhungern, als einen Machthaber um ein Geschenk bitten – anders verhalte es sich in diesem Fall, ihr Anspruch sei legitim.

Während sie sich anzog, schrieb er einen Brief, der Jean anwies, zum ersten September zurück zu sein, er werde den Haushalt um eine Herrin vermehrt finden. Dann fuhr er mit ihr zum Maire des Bezirks, der ihn, da Marja keine Papiere hatte und sie auch nicht beschaffen konnte, in ein Ministerium schickte. Auf dem Weg dahin besuchte er den Fechtmeister und verabredete für drei Tage in der Woche eine Übungsstunde. Im Ministerium ging alles gut. Schon am nächsten Tag war er im Besitz eines Dispenses, und ab Freitag lief das Aufgebot.

Jeweils am ersten Sonntag im Monat sprangen in Versailles die Wasser, wenn es auch nicht die großen waren; die bekam man am Geburtstag des Königs zu sehn. So machten sie dorthin einen Ausflug, der abgebrochen werden mußte, weil es in Strömen zu regnen anfing. Maslin erkältete sich so schwer, daß er ins Bett flüchtete. Als Marja, beunruhigt, ihn am Dienstag im Hotel besuchte, saß er mit Decken, Wärmflaschen und einem Turban im Sessel, versprach aber, am nächsten Tag bei ihr zu Nacht zu essen.

Der Mittwoch kam, ein Blumengeschäft schickte Gladiolen, und der Bote brachte ein Briefchen Maslins mit: Sie möge sich auf einen romantischen Zwischenfall gefaßt machen, ein junger Mann sei aufgetaucht und behaupte, jener Sohn aus den Hüninger Tagen zu sein. Er, Edmond, habe überlegt, ob er ihn unterschlagen solle, denn einen ungeschickteren Augenblick hätte Jacques Kestenholz nicht wählen können. Aber er halte es für richtiger, ihr nichts zu verschweigen. Es sei ein hübscher Bursche, und weil ihm an ihrem Urteil liege, bringe er ihn am Abend mit, Jacques bleibe immerhin ein paar Wochen in Paris. Damit sie sich nicht in der Minderheit fühle, habe er Vérac gebeten, nach Tisch zu kommen, und wenn der Abend mild sei, könne man in den Garten hinüberwechseln.

Als Maslin und Jacques, der nun den Jakob ablegte, das Haus Marjas betreten wollten, teilte ihnen der Savoyarde mit, daß sie sich in die Wohnung des Herrn Vicomte bemühn sollten. Dort öffnete ein Mädchen, das Maslin nicht kannte. Es war die Tochter der Büglerin, und Marja hatte sie geliehn.

Der Herd in der Küche brannte, und mit dem Knistern ging von diesem Ursprung der Häuslichkeit die Wärme des Geordneten aus. Silber, Leinen, Blumen, Kerzen lebten, weil Leben um sie war. Vérac sagte später, es sei ihm virgilisch zumut, und wußte es als Lateiner auch zu begründen – hatte nicht Virgilius den Lebenswert der umgebenden Dinge entdeckt?

Jacques war unterwegs nur gesagt worden, er werde die zukünftige Frau seines Vaters sehn. Er hatte sich auf eine ältere Dame gefaßt gemacht und stand nun einer blühenden gegenüber, die nach der ersten Begrüßung seinen Arm nahm und ihn in den Garten zog. Maslin, der nichts so gefürchtet hatte, als daß sie, verlegen und gehemmt, sich mit diesem jungen Menschen auf eine Altersstufe stelle, schaute ihr unter der Tür zufrieden nach. Bei dieser Gelegenheit ergründete er die akustischen Geheimnisse des Gartens. Solange die beiden längs der Schmalseite gingen, warf die Längsseite die Worte zu ihm zurück. Marja sagte:

»Monsieur Jacques, ich nehme an, daß Sie bereit sind, mir einen Gefallen zu tun. Es kommt noch ein Gast, und es ist im Interesse des Vicomte nötig, die private Beziehung, in der Sie zu ihm stehn, zu verschweigen. Sie sind ein junger Deutscher, der an ihn empfohlen worden ist, und Sie sind nach Paris gekommen – was könnte man wohl angeben?«

»Bedarf es einer Begründung, wenn man Paris besucht, Madame? Sagen Sie aber immerhin, daß ich Medizin studiere und wiederzukehren hoffe«, entgegnete Jacques.

Als sie Maslin erreichten, sagte dieser:

»Vérac ist intelligent, es wird ihm auffallen, daß der Student meine blauen Augen hat.«

»Sie haben uns belauscht?« fragte Marja.

»Nicht ich, nur meine Ohren«, erwiderte er, »was aber die Augen betrifft, so wird es besser sein, zu sagen, daß Jacques aus dem Elsaß kommt, wo ich tatsächlich Verwandte habe. Der Mann jener Kusine, von der ich schon sprach, ist in Colmar Richter am Kassationshof. Nehmen wir an, daß er einen Sohn hat, der Jacques heißt. Sie, Jacques, fragt man hoffentlich nicht nach Colmar aus. Gelegentlich fehlt Ihnen das richtige französische Wort – sagen Sie, man spreche in Colmar gern Elsässerdeutsch.«

Vérac brachte im Namen der kleinen Suzanne einen Strauß, und als Burgunder in die Gläser floß, hielt er auch eine Rede, die allerlei Fragen aufwarf. Als Vicomte, alter Offizier und Gatte einer jungen, schönen Frau werde Maslin bald Bürgerrecht im Faubourg erlangen, sagte er, und als einem welterfahrenen, aufgeklärten Kopf könne es dem gleichen Maslin nicht schwerfallen, auch in der neuen Gesellschaft eine Rolle zu spielen – er müsse in die Politik und in die Kammer gehn. Die Kirche, die Börse, der Staat, das Volk, die Presse, die Industrie – wie viele Sprungbretter für einen klugen Mann. Nicht nur in Amerika seien Wälder zu roden, in Europa hießen sie Vorurteile, Dummheit, Haß der Klassen und Mangel an Blick. Es sei gefährlich, wenn eine Frau ihren Gatten dem Ehrgeiz in die Arme treibe – aber ihn unterstützen, ihm ihren Instinkt für die Menschen und die Dinge leihen, diese Hilfe komme für eine echte Frau gleich hinter den Mutterpflichten. In Marja spüre er diese Fähigkeit, die französischste von allen.

Der Verkehr zwischen Maslin in der Stadt und Marja im Faubourg vollzog sich in dieser Zwischenzeit durch Briefe, Chasseurs des Hotels und andere Boten. Umständlich war es immer, und oft reichte die Zeit nicht aus. So stellte sich Jacques, der nichts zu tun hatte, als in der Stadt herumzustreifen, zur Verfügung, und aus dem Boten wurde ein Gesellschafter, der Marja auf Spaziergängen und bei den Einkäufen begleitete.

Da die Umstände das gemeinsame Schlafzimmer verboten, richtete sie ihr eigenes im sogenannten Fremdenzimmer ein. Für das Boudoir war kein Platz mehr da; sie verlegte es in den Salon, den größten Raum, der an jeder Schmalseite einen Kamin besaß. Ein Drittel ließ sich abtrennen, ohne daß er gelitten hätte. Er gewann sogar, da sie einen hübschen Einfall hatte, um die fehlende Wand zu ersetzen.

Nachdem der Gärtner ihr versichert hatte, daß auch im Winter genug hängende Pflanzen zur Verfügung ständen, stellte ihr der Schreiner eine Etagère mit einem halben Dutzend Stufen her. Sie erhielt so einen Wandschirm oder eine Blumenwand, die links und rechts einen Durchschlupf frei ließ und drei Viertel der Zimmerhöhe erreichte. Bei den Ansatzpunkten des letzten Viertels begann an den Längswänden eine Draperie, die bis zur Decke reichte und unter ihr quer über den Schirm lief. Sie wählte einen schweren blauen Seidenstoff dazu, den sie mit Goldfäden und polnischen Motiven bestickte.

Die andere Seite der Etagère, aus Eichenholz, bekam Reihen für Bücher kleinen Formats, die von Fächern für Tiere aus Porzellan unterbrochen wurden. Es waren alles entweder Kakadus oder Löwen, Stücke aus China, Persien, Spanien darunter, die Frau Houblon gesammelt hatte.

Die Zeichnung für dieses zweiseitige Möbel machte Jacques, der auch für zwanzig Francs eine Fayenceplatte aufstöberte, die auf der Blumenseite in den Boden kam. Er kannte sich bald bei den Antiquitätenhändlern aus, und was er in ihren geordneten Läden lernte, wandte er in den verwinkelten der Trödler an. Maslin liebte Gläser; Marja, die über ihre Ersparnisse froh war, wollte ihn am Hochzeitstag mit einer Auswahl überraschen.

Jacques verstand nicht, daß sie dem Vicomte, der so viel älter war, eine so entschlossene Neigung bewilligen konnte. Er bemühte sich galant um sie, darauf gefaßt, sich in seine Schranken gewiesen zu sehn. Statt dessen ermutigte sie ihn auf eine so überlegene Art, daß er sich in die Verteidigung gedrängt fühlte. Ein Kompliment wie das, ihr Gang müsse jeden Mann betören, wagte er nicht ein zweites Mal, weil sie ihm ruhig erwiderte, einen Mann von Haltung erkenne man daran, daß er nicht alles, was er von einer Frau denke, ihr auch sage.

Er mußte ihr viel von Lörrach und seiner Familie erzählen, was er ungern tat, denn es war die nackte Wirklichkeit. Gegen Ende des Monats kehrte Andlau, der Vertreter des Herzogs, zurück und erklärte kühl, daß er keine Verwendung für Jacques habe. Mit dem Freitisch und dem Zimmer im Hotel war es vorbei.

Maslin sagte, da Jacques im Dienste des Herzogs nach Paris gekommen sei, müsse man ihm die Heimfahrt bezahlen, und Andlau kaufte sich mit hundert Francs frei. Jacques hatte noch bis Oktober Ferien, mietete nebenan im Quartier latin ein Studentenzimmer und nahm die Mahlzeiten mit Marja ein, sei es im Restaurant, sei es bei ihr.

32

Der letzte Tag des Aufgebots nahte. Am nächsten sollten die beiden Trauungen stattfinden, die religiöse nach Marjas Wunsch in der unmondänen Kirche Dutorts. Während einer Anprobe bei der Schneiderin überkamen sie körperliche Empfindungen, die im Verein mit der Tatsache, daß ihre Tage ausblieben, kaum einen Zweifel ließen. Sie vertraute sich Vérac an, der alles, was sie in ihrer Scham vorschlug, verwarf.

Er sprach mit Maslin und fragte sie dann in seinem Auftrag, ob Gaston Vignol etwas vom Geheimnis, vom Gebrechen des Vicomte wisse. Sie war entsetzt über diese Annahme; Vérac nickte ihr beruhigt und beruhigend zu.

»Den Vicomte traf diese Nachricht nicht völlig unvorbereitet, zum mindesten mußte er darauf gefaßt sein«, sagte er. »Sich Vignol ausgeliefert zu wissen, wäre eine schwere Zumutung gewesen – sie ist hinfällig, wir brauchen nicht darauf einzugehn. Um Vignol keinen Anlaß zu Berechnungen zu geben, werden Sie, wenn es soweit ist, nach Orléans reisen, die Maslins stammen von dort. Für die Pariser wird die Niederkunft erst vier, fünf Wochen später stattfinden, auch sie werden nachrechnen, und es muß stimmen. Der Vicomte bittet Sie, sich keine Sorgen zu machen. Der Gedanke, daß Sie nicht auf die Mutterschaft verzichten müssen, entlastet ihn in einem gewissen Sinn. Der Umstand, daß das Kind nicht von ihm ist, erscheint ihm unwichtiger als der, daß Sie es haben. Das ist auch meine Meinung, man eignet sich im Verlauf des Lebens selbständige Urteile an. Nach meiner Ansicht wird die Entlastung auch Ihrer Ehe zugute kommen – Sie haben weniger zu fordern, und was Sie verlangen dürfen, ist wenigstens im Schlußeffekt da. Verzeihen Sie – was wir Mediziner sagen, klingt oft etwas zynisch, aber letzten Endes ist es nicht unsere Schuld.«

Marja beugte sich, als sie Maslin sah, über seine Hände und küßte sie. Jacques, der der unbemerkte Zeuge war, verstand sie überhaupt nicht mehr. Ihr Kleid warf bei dieser Bewegung Falten wie das der mittelalterlichen Madonna, die neustens – wurmstichiges Holz und ein Gefäß der innigsten Demut – neben dem Flügel stand.

Er beobachtete in den nächsten Tagen, daß Marja in einer Art Ekstase war – zum Glück, zur Zuneigung, zur höchsten Frauenliebe entschlossen. Er lächelte ironisch, und es verwirrte ihn gleichwohl. Er verstand nicht, daß die beiden nach der Hochzeit keine Reise machten, sondern die Wohnung bezogen, in der nun Jean das Herdfeuer unterhielt.

Die Hochzeit selbst entsprach seinen Erwartungen. Vérac, Dutort, der Bruder des Vicomte, zwei Obersten mit ihren Frauen und zwei alte Marquisen nahmen teil. Am gleichen Tag entschied sich auch sein Schicksal.

Vérac wollte wissen, weshalb er sein Studium nicht in Paris begann, da er schon an Ort und Stelle war. Weil sein Vater ihm einen Wechsel gebe, der für die Provinz reiche, aber schwerlich für Paris, erwiderte er. Maslin, der die Antwort hörte, fragte ihn nachher, wie hoch der fehlende Betrag sich belaufe. Jacques rechnete die Gulden, die er von daheim beziehn sollte, in achtzig Francs um. Maslin erklärte, wenn Jacques die Mahlzeiten bei ihm nehme, was hiermit angeboten sei, reichten die achtzig Francs als Taschengeld.

Jacques dachte, mit Taschengeld und Mahlzeiten sei es nicht getan; auch Zimmer, Anzüge und Vorlesungen kosteten Geld. Aber er überlegte nicht, woher diese Beträge ihm zufließen sollten; die Aussicht, in Paris zu bleiben, bezauberte ihn. Nach Lörrach ging ein Brief, der um die Zustimmung des Stiefvaters bat.

Auf dem Tisch der Hochzeitsgeschenke standen zwei Meißner Biskuits der klassischen Zeit. Gaston Vignol hatte sie geschickt. An der Hochzeit selbst nahm er nicht teil und entschuldigte sich mit der vermehrten Arbeit, die der politischen Lage entsprang. Die Belgier hatten sich zwar einen König gegeben, aber die Holländer versuchten, das abtrünnige Land zurückzuerobern, daher Frankreich zum Schutz von Brüssel ein Heer zusammenzog.

Vignol kam zur ersten Abendgesellschaft, die Marja in der Mitte des Septembers als Vicomtesse Maslin gab, und kannte sie genug, um zu wissen, daß ein verstohlener Händedruck so wenig wie ein Blick in die Augen angebracht war. Maslin spielte seine Rolle so gut, daß Gaston sich die Ironie ersparte, die ein Pariser gern empfand, aber auch nicht wichtig nahm, denn jedes Theaterstück erinnerte ihn daran, wie rasch die Triumphe über Ehemänner ausgeglichen wurden; eines Tages war man selbst Ehemann.

Bei dieser Gesellschaft nötigte ein Engländer von einigen zwanzig

Jahren Jacques Bewunderung ab, durch seinen unvergleichlich geschnittenen Frack und die Haltung, die Miene, das Gesicht. Es war Neville Brighton, titelloser Sohn eines Baronets, der Maslin neulich in London und auf seinem Landgut Gastfreundschaft gewährt hatte. Der junge Mann befand sich auf der Durchreise, machte aber nicht den Eindruck, als ob es ihm eilig sei, ein offenbar unbestimmtes Ziel zu erreichen, das er mit dem weiten Begriff Deutschland umschrieb.

Auch d'Haligan, der die hübschen und verlebten Züge hatte, war nicht entgangen, daß Brighton von einer Insel mitbrachte, was nachzuahmen ihm als Chic vom höchsten Grad erschien, das Byroneske, das Lässigmüde, das Gelangweilte eines jungen Mannes, der alles kennt.

Zuerst fanden sich diese beiden. Jacques sah sie in jenem Teil des Salons verschwinden, der als Boudoir abgetrennt worden war. Die andern saßen vor dem Kamin, worin ein frühes Herbstfeuer brannte, bis zum geöffneten Flügel hin. Die Damen beschäftigten sich mit Stickereien, die dem polnischen Hilfswerk zugute kamen. Die Herren machten Konversation, und sie drehte sich gleichfalls um die Polen, deren Schicksal besiegelt war. Die Russen hatten vor wenigen Tagen Warschau erstürmt und alles, was sie nicht brauchen konnten, über die preußische Grenze gedrängt, die revolutionäre Regierung, den Reichstag, das Insurgentenheer, so daß Frankreich einer neuen Welle von Flüchtlingen entgegensah.

Jacques schaute zwischen dem Schirm aus lebenden Blumen und der Wand ins Boudoir – ungewiß, ob ausgereifte Dandies von vierundzwanzig bereit seien, einen Anwärter von siebzehn als vollwertig anzusehn. Das »Hallo« des Engländers, das für einen Blasé recht jung und lebhaft klang, gab ihm die Sicherheit zurück. Brighton sagte, von d'Haligan habe er erfahren, daß Jacques aus dem Elsaß komme und sein Deutsch vorzüglich sei – wie es mit seinem eigenen stehe, das wüßte er gern.

»Sehr einfach«, erwiderte Jacques, »sprechen Sie etwas vor.«

»Ich weiß nicht, was soll es bedeuten, daß ich so traurig bin, ein Märchen aus uralten Zeiten, das will mir nicht aus dem Sinn«, ließ sich Neville alsbald vernehmen, und Jacques mußte lächeln; etwas Komischeres hatte er nicht gehört. Er begnügte sich, zu erklären, daß das W noch zu englisch klinge, worauf Neville nickte; seine Mutter hatte das gleiche gesagt. Sie sei Deutsche, in Hannover geboren, erzählte er, und habe ihn von Kindheit an Märchen lesen lassen – ob Jacques den Schwarzwald kenne?

»Ganz gut . . .«

Neville stieß ein zufriedenes »Oh« hervor und überschüttete ihn mit Fragen nach Glashütten, Kohlenbrennern im düstern Wald und Flößen, mit denen man bis Holland fuhr. Das alles lasse sich dort finden, gab Jacques zu, aber es war Neville nicht genug. Er hatte Hauffs Kaltes Herz gelesen und hielt den Schwarzwald für einen Ort der Dämonie. Kurzum, er wollte sich nach Freiburg setzen, bei einem Professor Unterricht nehmen, Forellen fangen und zuletzt im Frühjahr mit einem Floß rheinabwärts gleiten.

D'Haligan empfand als Grieche, der die Barbaren von wilden Strömen und rauhen Gebirgen reden hört. Vom Schwarzwald wußte er nicht mehr, als daß darin Baden-Baden lag, wohin viele Franzosen fuhren, um zu guter Letzt doch nur Roulette oder Trente et quarante zu spielen. Doch brauchte, wem es darum zu tun war, nicht so weit zu reisen, Spielsäle hatte auch Paris. Die öffentlichen fand man im Palais-Royal und die geheimen – er hob nur die Hand ein wenig – die heimlichen fand man überall.

Das Neueste aber war ohne Zweifel den Herren noch nicht bekannt: Die Regierung bereitete ein Gesetz zur Schließung der Spielhäuser vor.

Die Führung des Gesprächs kehrte zu ihm zurück. Sie abzugeben vertrug er schlecht, und einer seiner wenigen Grundsätze war, ein Mann von Selbstbewußtsein oder Geist dürfe sich nie damit begnügen, bloßer Zuhörer zu sein.

Er verbreitete sich über die Folgen, die jene Aufhebung der Spielhäuser haben mußte – Paris verlor einen Reiz, und das Leben wurde um ein paar Grade grauer. Es verhalte sich damit wie mit den alten Gassen, auch mit denen räume man nun auf. Statt das erzbischöfliche Palais nach den Ausschreitungen des Karnevals wiederherzustellen, benutze man die Gelegenheit, um es abzutragen, und unter dem Vorwand von Licht und Luft werde man auch dem Hôtel-Dieu auf den Leib rücken, obwohl es das älteste Spital der Christenheit sei.

»Mit Recht, alle diese alten Krankenhäuser sind Brutstätten des Wundfiebers, man müßte sie vor die Städte legen«, erklärte Jacques, der sich an Bemerkungen seines Lörracher Vaters erinnerte.

»Pah, Medizin, Aufklärung, Fortschrittsgeschrei – als ich geboren wurde, standen auf dem Pont Saint-Michel noch Häuser. Ich habe sie zwar nicht selbst gesehn, aber wenn ich über die Brücke gehe, schaue ich mit Bedauern nach den leeren Rändern aus.«

»Es überzeugt mich nicht«, erwiderte Jacques; »Sie würden gewiß nicht bereit sein, in solch einer Baracke mitten auf dem Pont Saint-Michel zu wohnen . . .«

»Wo denken Sie hin?« sagte d'Haligan hochmütig.

»Und auf den Boulevards ziehen Sie doch auch die eleganten Läden vor? Es gäbe sie nicht, ständen die Häuser aus der Zeit Ludwigs des Vierzehnten noch dort.«

»Man muß geborener Pariser, zum mindesten Franzose sein, um unseren konservativen Sinn zu begreifen, Herr Kes – verzeihen Sie, ich fand immer, daß Ihr deutscher Name schwer auszusprechen ist. Warum übersetzen Sie ihn nicht und nennen sich Marronnier?«

Das war unverhüllter Spott, Jacques wurde blaß. Neville griff ein. Gentlemen ereiferten sich nicht wegen ein paar alter Mauern. Er zog einen Brief hervor, an den eine Karte geheftet war, und bat den Pariser d'Haligan, ihm Auskunft zu geben. D'Haligan wußte in der Tat sofort Bescheid.

»Sie sind im Hotel abgestiegen«, sagte er; »Sie werden nicht nur diese Einladung zu einem Ball auf Subskription bekommen. Die Vicomtesse Arrouet, die sie schickt, ist mir bekannt – eine Phantasiekomtesse, Witwe eines Obersten, der seine Feldzüge auf dem Mond gemacht hat. Es gibt Dutzende von solchen Frauen. Sie lädt diesmal in ein Hotel, das letzte Mal hatte sie so viel Fremde an der Hand, daß sie die Salle Grignon mietete. Der Tanz ist Vorwand, das Souper Mittel, Hauptsache das Spiel, das heißt der Angriff auf Ihre Brieftasche. Gehn Sie hin, die zwanzig Francs lohnen sich, wenn Sie auf bequeme Weise eine Abwechslung suchen. Sie werden eine Menge sehr anziehender und entgegenkommender Damen finden, nur sind sie mit allen Wassern gewaschen, in allen Sätteln gerecht. Hüten Sie sich vor den vielen ebenso eleganten Kavalieren, deren Titel alle falsch sind – echt ist die Fertigkeit, mit der sie die Karten mischen.«

»Wenn Sie mir erlauben wollen, Sie zu diesem Ball einzuladen, würde es mir ein Vergnügen sein«, sagte Neville, und d'Haligan erwiderte, das Vergnügen sei auf seiner Seite. Neville wandte sich an Jacques und bat auch ihn, sich anzuschließen.

»Pardon«, fiel d'Haligan ein, »wenn ich recht gelesen habe, findet die Sache morgen abend statt? Ich sehe leider keine Möglichkeit.«

Er sagte es mit der Unverschämtheit, die zu beherrschen dem vollkommenen Dandy oblag. Er stand auf und meinte, man dürfe sich nicht zu lange von der Gesellschaft absondern.

»Sie haben recht«, gab Neville ebenso leichthin zu, faßte Jacques unter und folgte jenem nach.

Im Salon war eine Unterhaltung über Byron im Gang. Vérac wandte sich an Neville.

»Ich sagte eben, es sei zu bedauern, daß man Lady Byron nicht verhindert hat, die Memoiren des Dichters zu verbrennen, kaum daß sie mit der Leiche aus Griechenland gekommen waren.«

Neville vermutete, daran werde eher Mrs. Leigh, die Halbschwester Byrons, schuld gewesen sein. Jacques empörte sich, es gab doch auch die Ehrfurcht ...

»Wären sie gedruckt worden, so hätte Mrs. Leigh nur die Wahl zwischen Selbstmord oder Flucht aus England gehabt«, erwiderte Neville. »Es ist besser so. Stirbt ein bedeutender Mensch, der während seiner Erdentage in allzu Menschliches verstrickt gewesen ist, so setzt eine begreifliche Gegenbewegung ein – die Nation wünscht weniger die Flecken seines Charakters als das Bleibende zu sehn.«

Vérac, der neben ihm stand, umarmte ihn spontan. Der Engländer machte ein verlegenes Gesicht; Jacques fand ihn dafür liebenswert.

»Ich werde Englisch lernen, um Byron lesen zu können«, meinte er.

»Und ich darf Sie bitten, eine Ausgabe seiner Werke anzunehmen«, erwiderte Neville Brighton sofort.

33

Jacques wohnte in der Rue Voltaire, einer kurzen Gasse zwischen Odéon und den Gebäuden der medizinischen Fakultät. Die Rue Racine mündete gleichfalls aufs Odéon, und Jacques durchschritt sie oft.

Am Morgen des Tages, an dem er mit Neville zum Ball gehn sollte, stieß er an der Ecke mit einem jungen Mann zusammen und erkannte in ihm den Reisegenossen auf der Fahrt von Sens nach Paris. Alsbald erinnerte er sich auch an seine Schwester – sie hieß Francine und war das Mädchen mit dem phrygischen Reisemützchen, den intelligenten Augen und einem so regelmäßigen Gesicht, daß es sich durch einen Längsschnitt in zwei gleiche Hälften teilen ließ.

»Sie sind ein treuloser Freund«, sagte Raymond Boulanger.

»Es ist mir soviel Neues begegnet, daß ich Sie in der Tat vergaß ...«

»Sie sind wenigstens aufrichtig, und zum Lohn will ich verraten, daß Francine manchmal von Ihnen gesprochen hat.«

»Wie geht es ihr?« fragte Jacques.

»Sie ist fleißig, sie arbeitet zuviel, ich will sie morgen ins Freie führen – kommen Sie doch mit. Wir besuchen Saint-Cloud, wo Jahrmarkt ist und die Fontänen springen. Holen Sie uns um neun Uhr ab, wir wohnen in Nummer sechs, beim Anatomiediener Boulanger, ohne mit ihm verwandt zu sein.«

Zur verabredeten Zeit, am Sonntagmorgen, verließ Jacques sein

Zimmer, das er nur betreten hatte, um den Abendfrack auszuziehn, und fragte ein paar Minuten später an der Tür des Anatomiedieners nach dem Studenten. Eine zweite Tür wurde aufgerissen, eine Lichtflut überschüttete ihn und war ihm unangenehm, weil er sich übernächtig fühlte. Francine stand in der Öffnung, gab ihm die Hand und zog ihn herein.

Er sehe nicht so frisch aus wie in der Diligence, sagte sie. Er erwiderte, daß er wenig geschlafen habe – gar nicht, berichtigte sie, er gab es zu, und lebhaft wollte sie wissen, weshalb, wieso. Unterdessen trat Raymond, fertig zum Ausgehn, ein. Francine nahm ihm den Hut aus der Hand, erklärte, Jacques bekomme zuerst Kaffee, und füllte aus der Kanne, die auf dem Tisch stand, eine Tasse.

Gleichwohl kämpfte er im Wagen mit dem Schlaf, und als sie in Saint-Cloud ausstiegen, mußte man ihn wecken. Am Nachmittag fand er sich in einer Ecke des Parks mit Francine allein. Sie breitete ein Tuch über den Rasen und setzte sich neben ihn, der ausgestreckt lag. Das Gedudel der Drehorgeln, die Stimmen der Ausrufer und die hellen Töne der heftig geläuteten Glocken drangen herüber. Man sah über den Zelten die hohle Stange, in der die Holzkugel zur Höhe fuhr, und hörte den Krach des Hammers, der sie hinaufjagte. Dort vertrieb sich Raymond die Zeit, bei den Mädchen in den Schießbuden und dem dicken Türken, der aus den Pluderhosen alles hervorholte und in sie alles zurückzauberte, was er für seine Kunststückchen brauchte.

Jacques mußte erzählen, wie es bei der Vicomtesse Arrouet gewesen war. Er hatte getanzt, im Spiel gewonnen, soupiert und den Gewinn verloren. Neville hatte ihm mit einem Goldstück ausgeholfen, er es en plein gesetzt und fünfunddreißig andere dazubekommen. Er fuhr in die Tasche und holte die zwei letzten heraus; mehr war ihm nicht geblieben, und eines davon also gehörte Neville.

»Sind Sie stolz auf dieses Abenteuer?« fragte Francine.

»Gar nicht«, erwiderte er.

»Aber wenn Sie die nächste Einladung erhalten, gehn Sie wieder hin?«

»Da ich nicht im Hotel wohne und nur ein Student bin, schickt man mir keine Karten.«

»Dann eilen Sie ins Palais-Royal oder wo man sonst spielen kann.«

»Vielleicht ...«

»Das ist nicht das Richtige, Herr Jacques. Wenn Sie nicht die Kraft besitzen, den Versuchungen aus dem Weg zu gehn, wäre es besser, in der Provinz zu studieren.«

»Dann könnte ich Sie nicht sehn, Francine.«

Sie lachte hell auf. Komplimente höre sie gern, doch dürfe man sie nicht an den Haaren herbeiziehn. Wenn er nicht das Leben eines ordentlichen Studenten führe, wolle sie ihn nie mehr sehn.

»Nie mehr?« fragte er lächelnd.

»Nie«, erklärte sie entschlossen und warf die goldblonden Locken zurück, die sich mänadisch, in schöngepflügten Wellen bauschten.

Sie saß zu seinen Füßen, er sah von unten auf das Grübchen ihres festen und doch weiblich gepolsterten Kinns. In den Augen funkelte es hell, nicht nur von Intelligenz; auch die Fröhlichkeit eines französischen Persönchens war darin. Da er sich aufrichtete, ließ sie sich auf den Rücken sinken, und aus dem Stoff über der Büste traten zarte Spitzen. Er mußte immer die Winkel der Lippen ansehn. Wie die Enden einer aufgebogenen Armbrust waren sie, kleine Nester des Spottes und der Energie. Man durfte sie vielleicht küssen, verführen ließ sich Francine nie.

Zu rechtschaffener Zeit fuhren sie heim, und Francine lud Jacques zum Nachtessen ein. Raymond erzählte von seiner Ferienarbeit, er hatte noch zwei Jahre vor sich. Wenn sie vorüber waren, würde er eine Praxis in Sens eröffnen. Ein junger Arzt konnte nichts Gescheiteres tun, als da anzufangen, wo ihn alle kannten. Die Ablenkungen von Paris berührten ihn nicht. Andere mochten mit zwitschernden Grisetten hausen: Er verdankte Ordnung, Ruhe, Freude, alles der tüchtigen Francine.

Zwei gesunde Kleinbürger waren sie, und zwei Ehrgeizige, die sich voranbringen würden. Francine wollte entweder daheim das Geschäft der Mutter fortführen oder im Faubourg Saint-Germain ihr eigenes beginnen – ein Ziel muß man haben, aber festlegen soll man sich nicht.

Sie hielt Jacques, der seine Mahlzeiten am Tisch eines Vicomte einnahm, für einen reichen jungen Mann. Aber schon nach einer Woche kam der Tag, an dem er ihr gestand, daß er keinen Franc mehr in der Tasche habe und Neville Geld schuldig sei. Sie verlangte genau zu hören, wie es gekommen war. Er hatte mit Neville jeden Abend in der Stadt verbracht, und zuletzt waren sie immer in die Spielhäuser gegangen. Neville reiste nun ab; er lachte nur über Jacques' Verlegenheit und wollte von einer Zurückzahlung nichts wissen.

Jacques solle sich an seinen Vater wenden, verlangte sie. Er mußte ihr gestehn, daß sein Vater nicht in der Lage sei. Sie ging mit ihm die Personen durch, denen er sich anvertrauen konnte, und er nannte Vérac, den Vicomte, die Vicomtesse. Francine entschied sich für den Vicomte. Jacques ging zu ihm; Maslin erklärte, einmal sei keinmal, aber beim zweitenmal sage er »Nie wieder«.

Neville erhielt sein Geld, schenkte Jacques die Werke Byrons und nahm Extrapost nach Basel. Da er von dort nach Freiburg fahren wollte, schwankte Jacques, ob Lörrach und der Chirurgenvater zu erwähnen seien. Den hochmütigen d'Haligan, der ihn für einen Juristensohn hielt, hätte er um keinen Preis eingeweiht.

Neville war wie ein Freund zu ihm gewesen; vor einem Freund machte man nicht mehr aus sich, als man war. Neville vernahm das Geständnis verwundert und mochte ahnen, daß einer sich überwand.

Sein Händedruck tat Jacques wohl. Er gab dem Engländer nun auch Briefe mit. Einer davon war für Erwin Zumkreuz, von dem er sich zu Bern im Zorn getrennt hatte. Den andern richtete er an den Vater, der auf seinen Vorschlag, das Studium in Paris zu beginnen, noch nicht eingegangen war.

Ende September wurde er unruhig. Nicht einmal das Abgangszeugnis war in seinem Besitz. Täglich kam er durch die Straße, worin die Medizinische Fakultät lag; sechzehn ionische Säulen bildeten das Mittelstück. Im Relief oben sah man die Chirurgie und ihre Beschützer: die Regierung und die Wohltätigkeit. Für den, der schwach im Allegorischen war, stand darunter Ecole de Médecine.

Im Hof war abermals ein Peristyl: sechs korinthische Säulen, dem Amphitheater vorgebaut. Das Amphitheater umfaßte zwölfhundert Plätze und empfing aus einem Glasdom das Licht. Die unvermeidliche Plastik fehlte auch hier nicht im Giebel: Praxis und Theorie reichen einander die Hand. Doktor Vérac erklärte es. Jacques hörte zu und überließ dem älteren Mann die Ironie. Vérac zeigte ihm in den Seitenflügeln das chemische Laboratorium, die Bibliothek, das Museum und das physikalische Kabinett.

Der Fakultät gehörten sechsundzwanzig lebenslängliche Professoren und vierundzwanzig Agrégés an. Zweiundzwanzig Kurse mußte man hier mitmachen und neun in den Hospitälern. Die Kosten für die Kurse, Prüfungen und zuletzt Diplome beliefen sich auf gut tausend Francs. Es gab eine Menge Zwischenprüfungen: Im vierten Trimester wurde man Externer, der in den praktischen Kursen dem Professor zur Hand ging, ein Jahr später Interner oder Gehilfe im engeren Sinn.

Endlich traf die Antwort aus Lörrach ein. Da Jacques zuerst das Abgangszeugnis entfaltete, glaubte er, daß alles in Ordnung sei. Aber der Vater schrieb, es bestehe Gefahr, daß Jacques seiner Familie entfremdet werde. Die Erlaubnis, in Paris zu studieren, gelte, wie verabredet, für das fünfte und sechste Semester, in den vier ersten habe er die Universität Freiburg zu beziehn. Kehre er nicht rechtzeitig zurück, so vermute man, daß sein Unterhalt in Paris gesichert sei, und werde keine Wechsel schicken – das verlangte Zeugnis liege bei.

Mit dieser Schroffheit hatte er nicht gerechnet. Wohin gehörte er denn – zum Chirurgus und nach Deutschland oder zum Vicomte und nach Paris? Seine Verwirrung wuchs, als ein Brief Erwins kam. Erwin erwähnte, er gehe mit Neville zum Semesterbeginn nach München, und sagte dann, er verstehe nicht, daß Jacques noch den Monatswechsel des alten Vaters in Anspruch nehme, da der neue gefunden sei.

Jacques machte einen Morgenbesuch in der Maslinschen Wohnung. Der Vicomte war schon im Castille. Marja sah, daß der junge Mensch erregt war; sie fragte, und er gab ihr den Lörracher Brief.

»Es sind nicht nur diese achtzig Francs«, sagte er. »Ich müßte Kurse belegen, Instrumente anschaffen, Bücher kaufen, das Zimmer behalten, und fürchte, daß ich mich zu einer Belastung auswachse – es ist besser, morgen nach Lörrach zurückzukehren und wieder der Jakob zu werden, der ich war.«

Sie schaute ihn forschend an, ob er das nur so sage. Er stand zwischen den Nationen, es mußte seinem Charakter schaden, er tat ihr leid. Auf die Frage, ob er der Ansicht sei, daß der Vicomte die Pflicht habe, für ihn aufzukommen, erwiderte er zögernd, man könne so denken, und sie gab ihm innerlich recht. Andererseits überlegte sie, daß ein Mann, der eine mittellose Frau geheiratet hatte, sich durch diese neue Aufgabe bedrückt fühlen konnte. Sie saßen in ihrem Boudoir, Jean trat ein und überreichte einen Brief.

Das Siegel zeigte den russischen Doppeladler; das Schreiben kam aus der Botschaft in der Rue de Varennes. Man forderte sie auf, sich in persönlicher Angelegenheit zur Kanzlei zu bemühen: Seine Majestät der Zar habe geruht, das gegen sie ergangene Urteil umzustoßen.

Wohl hatte Maslin davon gesprochen, daß man etwas unternehmen könne, nicht aber gesagt, daß es geschehen war. Bedeutete der Gnadenakt, daß auch der Betrag auf der Bank in Minsk nun ihr gehörte? Er war für ihre Mitgift bestimmt, und nach dem Willen des Vaters hatte sie ihn erhalten sollen an ihrem Hochzeitstag. Bekam sie ihn, so war es wie eine Fügung des Himmels selbst. Sie bat Jacques, sich bis zu Tisch zu gedulden – und auf seinen zweiten Vornamen zu vertrauen, fügte sie lächelnd hinzu.

In der Rue de Varennes, wohin Marja alsbald fuhr, brachte man sie zu einem Botschaftsrat. Der Gnadenakt erstreckte sich auf das Bankguthaben, das zwanzigtausend Rubel betrug. Die weit wertvolleren Brillanten ihrer Mutter waren seinerzeit dem Fiskus verfallen und nicht mehr zu beschaffen – der Zar bewilligte abermals zwanzigtausend Rubel als Entschädigung.

Mit seltsamen Empfindungen fuhr sie zu Maslin ins Castille. Die Jahre der bitteren Armut erstanden so lebhaft vor ihr, als lebe sie noch darin. Einmal, als Dutort angesichts des Elends in seinem Viertel die Hände rang, hatte sie impulsiv erklärt, wenn Gott fügen wollte, daß das Erbe zu ihr fände, träte sie den Zehnten Dutort für Bedürftige ab.

Vierzigtausend Rubel waren hunderttausend Francs, vielleicht auch etwas mehr, und der Zehnte betrug zehntausend Francs. Was würde Maslin zu diesem Abzug sagen? Im Castille legte sie ihm die Frage vor. Er erklärte, abgesehn davon, daß ein Gelübde einzuhalten sei, gehöre das Geld ihr und ihrem Kind, am einfachsten verwalte sie es selbst. Sie nickte ihm dankbar zu und sagte:

»Dann wirst du auch nicht widersprechen, wenn ich die zehntausend Francs in zwei Hälften teile und Dutort bitte, mit der einen zufrieden zu sein?«

»Du handelst dem Himmel etwas ab?«

»Ich erstatte ihm oder den Armen auch die zweite Hälfte, nur möchte ich sie auf die Jahre verteilen.«

»Und warum?«

»Weil ich für die übrigen fünftausend Francs eine Verwendung habe, die dich entlasten soll«, erwiderte sie und setzte ihm auseinander, was ihre Absicht war.

»Jacques ist dein Sohn, was das Gesetz auch sagen mag. Ein anderer hat dir siebzehn Jahre lang die Sorge um ihn abgenommen, und es wird nur noch ein paar dauern, bis er sich selbst durchbringen kann. Er ist begabt und sieht dir ähnlich – ob er auch ein Herz hat und dir Dankbarkeit beweisen wird, läßt sich noch nicht sagen: warten wir es ab.«

»Ganz sicher scheinst du nicht zu sein?« fragte der Vicomte.

»Er ist blutjung, weder im Guten noch im Schlechten steht etwas fest. Fassen wir den schlimmsten Fall ins Auge, daß er sich unwürdig zeigt, so hast du doch deine Pflicht getan. Ich möchte, daß wir uns in die Kosten teilen. Du ernährst ihn an deinem Tisch und magst auch noch den Schneider übernehmen – ich gebe ihm monatlich, was er sonst braucht für Anschaffungen, Zimmer, Taschengeld.«

»Das kann ich nicht annehmen ...«

»Du kannst. Nur dir verdanke ich, daß der Zar gütig gewesen ist.«

Ihre Verrechnung mit dem Himmel amüsierte ihn. Dann wurde er ernst und schlug ihr vor, was sie mit Erstaunen vernahm. Er sagte:

»Es wird Jacques leichter fallen, Geld von dir zu nehmen, wenn er hört, daß die Geldverwaltung, auch meine, in deinen Händen liegt. Ich bin kein Geschäftsmann, war es nie, ein Emigrant und Troupier. Frauen verstehn sich besser darauf, die Dinge zusammenzuhalten – nicht alle, es ist wahr. Ich gebe dir Vollmacht, und du zahlst mir am Monatsersten mein Taschengeld aus, nicht nur Jacques.«

Sie fand ihn liebenswerter als je zuvor. Was er ihr gab, war nicht nur ein Vertrauensbeweis – er gab ihr auch das Gefühl, ein Mensch mit Aufgaben und Pflichten zu sein.

Auf dem Heimweg ließ sie in der Rue de Lille halten. Der Kutscher war Royalist, da er sie noch immer Rue de Bourbon nannte. Bei der Markthalle suchte Marja den Laden einer Putzmacherin, die man ihr für Hüte empfohlen hatte. Ein goldblondes Mädchen, an dem alles fest, rund und jung war, bediente. Zu ihrer Verwunderung sah sie an der Tür Jacques hereinspähen und dieser Kleinen zuwinken. Das Mädchen wurde rot, es schüttelte den Kopf, die Locken flogen. Dann trat Jacques ein und sagte:

»Ich habe Sie nicht gleich erkannt, Vicomtesse, und hoffe, daß ich Sie nach Hause begleiten darf. Das ist Fräulein Francine, die Schwester meines Freundes Boulanger.«

Es gefiel ihr, daß er die Modistin nicht verleugnete, wenn sie auch eine gewisse Verlegenheit empfand. Er riet ihr von dem Hut, den sie anprobierte, ab – es sei denn, daß sie die Frisur ändere, und warf eine Zeichnung aufs Papier, die ihre Zustimmung fand.

»Sehr hübsch, das ist eine Fähigkeit, die ich an Ihnen noch nicht kannte«, sagte sie.

»Alles, was Frauen tragen, gibt mir einen Einfall ein«, erwiderte er.

»Sie werden die Neigung Ihrer Patientinnen gewinnen.«

»Um so besser, ich werde Frauenarzt.«

Sie verabschiedete den Kutscher und ging die paar Schritte neben Jacques zu Fuß. Er erfuhr, daß seine Angelegenheit durch eine Besprechung mit dem Vicomte geregelt war. Sie ließ ihn beim Glauben, daß Maslin der Geldgeber sei.

»Es ist ein Versuch, Jacques«, sagte sie. »Seien Sie nicht verwundert, wenn Sie sehn, daß ich Ihr Schatzmeister bin; fortan geht alles Geschäftliche im Haus durch meine Hand. Von Ihnen wird nichts verlangt, als daß Sie die Zeit benutzen. Meiden Sie die Ablenkungen und kommen Sie aus mit dem, was Ihnen zur Verfügung steht.«

Daheim angelangt, zeigte sie auf einen Sessel, gab ihm einen Bogen und verlangte, daß er eine Aufstellung mache: sowohl für die

Ausgaben, die der Beginn des Studiums mit sich brachte, wie für die monatlichen und laufenden. Nach einer Weile kehrte sie zurück und ging Posten um Posten mit ihm durch.

»Ich lerne Sie von einer neuen Seite kennen«, meinte er naiv, und in der Folge dachte er das noch oft. Sie erlaubte ihm nicht, das Haus des Vicomte als eine Stätte anzusehn, wo man sich zeigte oder fortblieb, wie es Zufall oder Laune fügten. Er erfuhr, daß sie erwartete, ihn zum mindesten bei der Hauptmahlzeit zu sehn, umgekleidet und gepflegt wie der Vicomte selbst. Und dann lief man nicht gleich wieder fort, in die Kaffeehäuser oder Schenken: Wenn das andere Studenten taten, geziemte es sich nicht für einen gewissen Jacques, der nicht früh genug lernen konnte, daß die Teilnahme an Abendgesellschaften und der Umgang mit Leuten in Stellung ein Vorzug waren, nicht eine Last.

Vérac, der Beziehungen zu den Professoren hatte, behielt ihn im Auge, auch dafür sorgte sie. Vérac war befreundet mit Baron Dupuytren, dem großen Chirurgen und Chefarzt am Hôtel-Dieu. Dupuytren hatte im Verlauf der Jahre eine Sammlung von pathologischen Präparaten angelegt, die nicht allgemein zugänglich war. Vérac durfte sie sehn, so oft er wollte, und nahm Jacques mehr als einmal mit.

Dupuytren erkundigte sich, wer der junge Dandy mit den guten Zähnen sei; er selbst gab sich eher salopp. Vérac erwiderte, mit dem Dandysmus nicht anzufangen, wäre unnatürlich, so wolle es, wenn nicht das Jahrhundert, so doch das Jahrzehnt. Im übrigen würde er sich nicht wundern, wenn Jacques es als Chirurg zu etwas brächte; die Studenten sagten, er habe eine leichte Hand.

Vérac wußte nun, woher Jacques stammte, der Vicomte hatte keine Geheimnisse vor ihm, und Marja vertraute dem Arzt, nachdem jene Mißstimmung überwunden war. Halb sarkastisch, halb wohlwollend, wie es seinem Temperament entsprach, stellte er fest, daß die junge Frau aus ihren Gefährdungen und Prüfungen als Bekennerin der bürgerlichen Tugenden hervorging. Sie hatte die Unordnungen kennengelernt, jetzt sah sie in Klarheit und Sauberkeit die höchsten Werte. Sie war gläubig, sie fürchtete den strafenden Gott und legte den Umstand, daß Jacques auf so seltsame Weise den Weg zu Maslin gefunden hatte, als Fügung aus.

Vérac fand Gefallen an dem hübschen Menschen, der sich so schlank und lässig bewegte, daß man ihm die Herkunft aus ländlichen Verhältnissen nicht ansah. Er beobachtete ihn drei Monate lang, um ein Bild zu gewinnen, ob der noch nicht Achtzehnjährige Willenskraft besaß. Er selbst war Liebhaber kleiner Diners im Freundeskreis. Zu einem lud er außer Jacques seine beiden Brüder ein. Der eine war Lehrer am Collège Saint-Louis, der andere Augenarzt am Hospital der Rue de Charenton, das aus alten Zeiten Quinze-Vingts hieß, weil es fünfzehn mal zwanzig blindgeborenen Armen eine Stätte gab.

34

Beide Brüder waren Schachspieler, wie auch Jacques seinerseits. Auf den Kaffee also folgten an diesem Allerheiligentag einige Partien. Jacques ahnte nicht, daß die Herren, mit denen er sich maß, den Auftrag hatten, Vérac nachher zu sagen, was ihr Eindruck von seinem Verstand und seinem Charakter sei.

Der Lehrer sagte: »Biegsam, elastisch, vermutlich ganz guter Stahl.« Der Augenarzt ging von den Händen aus, die er aristokratisch nannte, und schloß mit dem Kinn: »Eigenwillig, die Möglichkeit der Härte gemildert durch die Andeutung einer Kerbe, die vielleicht ein Grübchen wird.«

Vérac ging methodisch vor. Jacques vernahm, daß er mit dem badischen Zeugnis zwar in Paris studieren konnte, zur Ausübung der Praxis jedoch nicht zugelassen wurde. Da der Stiefvater in Lörrach nicht mehr für ihn aufkam, war er nicht Fleisch und nicht Fisch, nicht Deutscher und nicht Franzose, mithin ein Zwitter. Ein kluger Mann machte sich rechtzeitig klar, wohin er steuerte – für Jacques gab es nur einen Kurs: die Nationalität seines natürlichen Vaters erwerben. Wenn also feststand, daß er Arzt in Frankreich werden wollte, so mußte er das Baccalaureat nachholen, was sich bei einigem Fleiß in zwei, drei Jahren erreichen ließ.

Jacques seufzte. Das medizinische Studium füllte den Tag, die Gesellschaftlichkeit die Abende aus, und jeden Morgen hatte man früh aufzustehn.

»Es ist schwer«, gab Vérac zu. »Gleichwohl wird von Ihnen im Grund nicht mehr als von jedem jungen Menschen verlangt. Denn was von jedem verlangt wird, ist, daß er einmal seine Energie einsetzt und sich bewährt – zur rechten Zeit, in diesen Jahren. Jedes Jahr kommen einige tausend Knaben nach Paris und glauben, nun endlich sei ihnen erlaubt, alles Lockende zu genießen, die Freiheit und die Frauen. Sie, Jacques, wissen nicht, wie viele davon zugrunde gehn. Können Sie den Genuß um vier, fünf Jahre verschieben? Das ist Ihr Problem. Wenn ich nicht glaubte, daß Sie die Energie haben, der Stadt zu widerstehn, würde ich Ihnen raten, im nächsten Sommer doch noch nach Freiburg zu fahren.«

Vérac machte es sich zur Regel, vor dem Schlafengehn eine halbe Stunde Montaigne oder Plutarch zu lesen: Er rechnete sie zu den

Grundwerken. Jacques hatte vom Griechen nichts als den Namen gehört und von Franzosen kannte er nicht einmal diesen. Vérac schenkte ihm eine der vielen Ausgaben, die er von beiden besaß, indem er sagte:

»Man ist nicht schon Franzose, wenn man weiß, wie die Weine von Burgund und Bordeaux heißen. Erfassen Sie unsern Geist und bemerken Sie wohl, daß er mit Montaigne schon fertig in die Geschichte springt. Plutarch wiederum steht für das in uns, was antik, römisch oder griechisch ist.«

Die Sonntage verbrachte Jacques mit Raymond und Francine. Es war ein Ausgleich, man mußte nicht nur in einem einzigen Lager leben. Der Spaziergang des Nachmittags endete meist an der Barrière. In den Schenken war immer Tanz, und Francine brachte ihm bei, was in dieser Hinsicht fehlte. Dann aßen sie in einem der Studentencafés zu Nacht, spielten Domino und hörten Lieder. Eine Laute war immer da, und Francine summte mit, wenn einer mit dem Samtbarett das Lied vom Mädchen sang, das in der Nacht vor seiner Hochzeit den Tag nicht erwarten kann. Die Schöne geht viel zu früh ans Fenster, um nachzusehn, ob es noch nicht dämmert:

Lune belle, oh belle lune,
tu n'es donc encore que là.
Je te croyais à quatre heures,
et à minuit tu n'es pas . . .
Le point du jour arrive, arrive,
le joli jour,
vive l'amour.

Der Refrain war ein Bekenntnis, abgelegt mit hoher, heller Stimme, französisch auch er. Im Café de la Régence, wo sich seit einem Jahrhundert oder mehr die Schachliebhaber von Europa trafen, spielte Jacques einmal in der Woche mit dem Vérac, der Arzt im Quinze-Vingts war, und hier sah er den einen oder andern deutschen Flüchtling. Diese Emigranten erregten sich über die hessischen Bürger, die mit den Liberalen im Landtag haderten, weil die sich weigerten, dem Großherzog die Schulden zu bezahlen. In Frankreich gab es nicht dreißig Fürsten, es gab nur einen, und wenn man ihn beließ, war man Königreich – wenn man ihn absetzte, war man Republik; die Rechnung war einfach, klar.

Statt in der Heimat zu wirken, hielten die Verbannten in Paris Versammlungen mit den deutschen Handwerksburschen ab, und nach einer Rede Börnes verfaßten sie wilde Adressen, die nicht zu

Cotta ins Morgenblatt gelangten. Zu sagen hatten sie nichts, weder hier noch dort – er war seinem Schicksal dankbar, das ihn der Notwendigkeit enthob, ein armer Verschwörer draußen oder ein strebsamer Beamter zu werden, der sich im Inland versaß.

Deutsche, die gleich ihm in der Sorbonne hörten, vermißten am französischen Studenten die Freiheit, weil er jedes Trimester den Fortschritt seiner Kenntnisse nachzuweisen hatte und weder Biertrinken noch Mensuren üblich waren. Sah man genauer hin, so bestand ihre Freiheit im Zwang, auf Befehl anderer den Körper mit Alkohol zu überschwemmen. Selbst wenn sie sich vergnügten, ordneten sie sich einem fremden Willen unter, dachte er und tat es nicht ohne Hochmut, mit einer Dandymiene.

Als Marja den Betrag aus Minsk erhielt, teilte sie den Zehnten. Jede Hälfte betrug fünftausenddreihundert Francs. Die eine ging in den für Jacques bestimmten Fonds, die andere an die Kirche für die Armen. Mit der Quittung suchte sie Dutort auf. Er lobte sie und blieb doch kühl. Fern waren die Zeiten, in denen sie mit ihm aufwühlende Schriften gelesen hatte. Er sagte, durch Geld könne man zwar viel Gutes tun, und gleichwohl kaufe man sich damit nur frei. Er gab zu verstehn, daß das Scherflein einer armen Frau wertvoller als die großzügige Gabe einer reichen sei. Er verletzte sie, und sie erwiderte, wenn Gott das Scherflein höher bewerte, weise er trotzdem die Gabe nicht zurück – sie sei überzeugt, höflicher als Gott könne niemand sein.

Er lenkte ein und gestand ihr, daß er vor der schwersten Entscheidung seines Lebens stehe. Der ganze Pariser Klerus war aufgewühlt. Der Erzbischof verabscheute Lamennais, der die soziale, die demokratische Kirche verlangte und jetzt in Rom war, um aus der Hand des Heiligen Vaters die Verdammnis oder den Segen zu empfangen. Im Fall der Verdammnis sei er entschlossen, die Folgen zu tragen, selbst wenn er aus der Kirche austreten müsse, und das werde auch für ihn selber die Entscheidung sein, erklärte Dutort.

Sie sah ihn entsetzt an. Wenn die Priester sich empörten, was sollten die Laien tun? Beim Hinausgehn sah sie ihn das Gesicht in den Händen bergen und dachte, daß es einer Frau dank ihrer natürlichen Bestimmung leichter falle, ihren Platz in der Ordnung der Dinge zu finden, als einem Priester, der außer der Versuchung der Sinne auch der der Ideen ausgesetzt sei.

Im Dezember hatte Maslin doppelte Arbeit. In Lyon machten die Seidenweber das, was man eine Emeute nannte, und hielten an ihren Barrikaden den Postwagen an, in dem Baron Andlau mit ein paar Kisten Gold saß, er sollte sie dem Herzog nach Nizza bringen. Ein Teil der Kistchen fiel auf den Boden und zerbrach, der Herzog erlitt einen Verlust, durch den er nicht ärmer wurde. Marja haßte ihn, sie konnte die zwei Jahre, in denen sie arm gewesen war, nicht vergessen.

Streit und Unzufriedenheit waren überall. In den Läden hingen, denn man war in einem freien Land, drei Hoffnungen nebeneinander: der Herzog von Reichstadt, Napoleons Sohn; der bourbonische Prätendent, den sie Heinrich den Fünften nannten; der Kronprinz, Herzog von Orléans. Vom Herzog von Reichstadt, der unter den wachsamen Augen Metternichs lebte, hatte der Staat freilich nicht viel zu fürchten, und Napoleon stand auf der Vendômesäule, so hoch und fern wie das, was vergangen ist. In den Salons sagten die einen, diese Reverenz vor dem Korsen sei schamlos bei einem Bourbon, als den man den König schließlich doch ansehn müsse, während die andern es klug und staatsmännisch fanden, denn nichts war im Volk so verbreitet wie die Kaiserlieder Bérangers.

Bis zum Jahresende nahm Marja Einladungen an und ging in Theater oder Konzerte. Wohin man kam, fiel der Blick zuerst auf die polnischen Generale. Es wurde ihr verübelt, daß sie sich zurückhielt. Sie hielt sich so sehr zurück, daß sie erst um Weihnachten erfuhr, Chopin wohne in Paris und sei unglücklich über das Schicksal seines Landes. Maslin hatte aus alten Zeiten russische Sympathien, sie war seine Frau, und der Gnadenbeweis des Zaren verpflichtete.

Wenn man Leute zu sich bat, mußte man darauf achten, daß nicht ein Liberaler neben einem Legitimisten saß. Jacques half ihr, wenn sie die Tischordnung entwarf. Für seine Jahre fand er sich erstaunlich leicht zurecht, im Weltlichen, im Geist der Gesellschaft. Blieb ein Zweifel, so sagte er leichthin, zu weit dürfe man die Rücksicht nicht treiben, auch die eigene Entscheidung sei Gesetz.

Er galt den einen als Neffe und Patenkind des Vicomte. Andere kamen der Wahrheit näher, sie hielten ihn für seinen Sohn. Jacques lehnte sich gegen diese Unstimmigkeit nicht auf, aber Marja sagte zu Maslin, daß sie auf die Dauer nicht tragbar sei.

»Wäre es möglich, daß du ihn adoptierst?« fragte sie.

»Adoptieren kann nur, wer keine Kinder hat – oder erwartet«, erwiderte er, und sie begriff: Das Kind, das sie unter dem Herzen trug, stand entgegen – das Kind, das ein geringeres Anrecht als Jacques besaß, da Maslin nicht sein Vater war.

Eines Tages beklagte Jacques sich über die Schwierigkeit, die der Name Kestenholz ihm bereitete. Nicht daß man ihn scheel ansah, weil es ein deutscher Name war – die Deutschen erfreuten sich einer gewissen Beliebtheit, insbesondere die ehemaligen Bundesgenossen, die Badener – aber keine französische Zunge war imstande, das fremdartige Wort auszusprechen, und selbst der Vérac vom Lycée Saint-Louis empfahl ihm, zum wenigsten das H zu unterdrükken.

Jacques befolgte den Rat des Doktors, das Baccalaureat nachzuholen, und sein Bruder stellte einen Arbeitsplan für ihn auf, den er auch überwachte. Als Jacques Vérac erklärte, er habe Lust, Englisch zu lernen, sagte der Arzt:

»Stellen Sie diesen Plan zurück. Wichtiger ist, den Geist Ihres neuen Vaterlandes kennenzulernen. Machen Sie sich mit seinen Dichtern und Schriftstellern bekannt, mit Corneille, Racine, Molière, Fontenelles, Voltaire, Helvètius, Rousseau, Diderot . . .«

»Ich habe in einem Monat den Cid, die Phädra, den Geizigen gehört«, verteidigte sich Jacques.

»Ausgezeichnet, denn Sie sehen zugleich, wie wir uns bewegen. Aber ohne ein methodisches Studium fliegen Ihnen nur ungefähre Kenntnisse zu. Belegen Sie bei Villemain, er ist der Begründer unserer Literaturwissenschaft.«

Villemain trug mit einer Begeisterung vor, die fortriß, und mit einem Pathos, das den deutsch erzogenen Jacques fremd berührte, bis er begriff, daß die Freude am Rhetorischen Enthusiasmus für den Adel der Ideen und ihren Vortrag war.

Der Arzt Vérac wurde gern von den Sängern der Italienischen Oper aufgesucht; die Pianisten, die Musikverleger, die Pianofabrikanten folgten. Bei einem Abendessen, das er gab, saß Jacques, da eine der Damen ausblieb, neben Ernest Legouvé, der einige Jahre älter war. Der Vater Legouvés hatte zur Zeit des Kaiserreichs Stücke geschrieben, der Sohn schrieb Verse. Jacques fand, daß er warmherzig, lebhaft sei, und unterhielt sich gut. Sein Gegenüber war Mme. Malibran, ihr Tischherr Alexandre Dumas, der Verfasser von Antony.

Man sprach nachher im Salon vom Kampf des romantischen Theaters mit dem klassischen; in diesem erregten Jahr konnte es nicht anders sein. Die Wogen gingen hoch. Legouvé erklärte, für seine Person habe er den Konflikt gelöst, durch den Entschluß, die Leistung jedes Lagers zu bewundern – festlegen dürfe man sich nicht, Kompromisse seien matt, Bekenntnis tue not, erwiderte man.

»Nun denn, ich bekenne mich zu Chéniers schönem Wort: L'art ne fait que des vers, le cœur seul est poète«, gab er zur Antwort. Das war so wahr, daß man nicht gut widersprechen konnte; aber erst als Mme. Malibran den Vers mit holder Stimme wiederholte und seinen Gehalt an Gefühl abwog, siegte die These: Ein Beifall, wie er vielleicht nur unter Franzosen möglich war, brach aus.

Im neuen Jahr 1832 schritt die Schwangerschaft vor, und Marja, die abends nicht mehr ausging, empfing nur noch im kleinen Kreis. Sie zitterte, wenn sie hörte, daß die Cholera schon in Preußen war und näher kam.

Jacques hatte gelacht, als im Figaro die Nachricht stand, in Berlin sei der Philosoph Flegel an der Seuche gestorben, womit Hegel gemeint war, aber Marja weinte über den Brief, den Lydia Stoffel im Januar schickte: Sie habe den jüngsten Sohn und ihr Vetter Nikolaus seine junge Frau mit dem ungeborenen Kind verloren – Nikolaus sei schwermütig geworden und aus dem Bankhaus ausgetreten. Man könne ihn nicht davon abbringen, jetzt zu reisen, er nehme lieber die vielen Quarantänen auf sich, als daß er warte – vielleicht komme er auch nach Paris.

Im Februar wurde im Konservatorium die Sommernachtstraum-Ouvertüre angesetzt, der ein großer Ruf vorausging, und in den Zeitungen stand, der junge Komponist werde anwesend sein. Marja bestand darauf, hinzufahren. Die Bedenken Maslins reizten sie, und Jacques als angehender Mediziner riet, nachzugeben, es sei ein bei ihrem Zustand erklärliches Gelüst. Als der Tag der Aufführung kam, fühlte sie sich so elend, daß Maslin ihre Karte Jacques schenkte, der bereits seine eigene hatte. Jacques lud Francine ein, ihn zu begleiten.

Raymond widersprach, ein junger Mann könne nicht ein junges Mädchen ausführen. Francine schlug vor, es umgekehrt zu halten, sie nehme Jacques mit, und dieses Amazonische führte sie reizend durch. Die Musik Mendelssohns erwies sich als eine der heitersten, und die Gesellschaft glänzte. Sie saßen im Virtuosenviertel, wie Jacques sich ausdrückte; man sah Cherubini, Hiller, Baillot, Habeneck, Kalckbrenner und Herz.

Maslin war nicht gekommen, der einzige, der Jacques hätte fragen können, wer die junge Dame sei. Ein neues Gesicht, fiel sie den andern auf; Jacques gab sich geheimnisvoll und deutete eine Engländerin an, so daß sie den Mund kaum mehr aufzumachen wagte. Die Toiletten beeindruckten sie doch. Der glatte Organdistoff stand ihrer jungen Haut vorzüglich, und der Hut war, was man von Hüten immer sagte, ein Gedicht. Nachdem die kleine Britin heimlich von ihrer Insel entwichen sei, müsse sie sich zum mindesten eine Redoute ansehn und einem Cancan oder gar Chahut beiwohnen, sagte er. Aber da tauchte Raymond auf und hielt sie zornig zurück, als sie mit Jacques in eine Kutsche steigen wollte.

Jacques zuckte die Achseln, überließ sie ihrem brüderlichen Beschützer und bog, sein Stöckchen aus Malakkarohr schwingend, auf den Pfad der Vergnügungen ein, den man nicht lange allein beschreitet, in dieser Stadt wurde es nicht einmal einem Engländer gestattet. Fünf Monate hatte er gearbeitet, nicht eine Karte und nicht den Arm einer Frau berührt. Am nächsten Morgen nahm er in den Bains Aromatiques der Rue Saint-Dominique ein Bad mit Kohlensäure und Essenzen, das ihn erfrischte, aber auch seine letzten drei Francs verschlang.

Er faßte sich ein Herz und suchte die Schatzmeisterin, er suchte Marja auf. Sie saß im Boudoir am Schreibtisch und war im Begriff, ihre Angelegenheiten zu ordnen, weil Maslin wünschte, daß sie, um der Cholera zu entfliehn, die Niederkunft am Meer abwartete, sie sollte nach Rouen gehn.

Sie fühlte ernst, denn sie schrieb nichts Geringeres als ihr Testament. Die Cholera war die kleinere der Gefahren, denen sie entgegensah. Die schlimmere war das Kindbettfieber, es raffte Hekatomben von Frauen hinweg.

Da sie fragte, weshalb Jacques, obwohl erst der Zwanzigste war, kein Taschengeld mehr besitze, gestand er, es in der Nacht verspielt zu haben.

»Ich stelle eine gewisse Neigung zum Leichtsinn fest.«

»Nur eine gewisse, Madame«, erwiderte er.

»Sie lieben es, sich gut anzuziehn.«

»Jeder Mann sollte diesen Ehrgeiz haben, jede Frau hat ihn.«

»Ich fürchte, daß Sie zur Untreue neigen«, stieß sie weiter vor, mit einem Gefühl, als fechte sie Florett.

»Ich hatte noch keine Gelegenheit, Treue zu beweisen.«

»Sie verteidigen sich gewandt.«

»Es ist keine Untugend und kein Nachteil . . .«

Sie öffnete die Schatulle und reichte ihm, was er brauchte. Er steckte das Geld, ohne hinzusehn, mit einer leichten Verbeugung ein.

»Geben Sie mir Ihr Ehrenwort, daß Sie nicht mehr spielen«, verlangte sie.

»Für immer?«

»Für Ihre Studienzeit.«

»Wenn es Sie beruhigt, gern.«

Sie streckte ihm die Hand hin und nahm das Versprechen entgegen. Seine blauen Augen bezauberten sie, so hatte Maslin wohl als junger Mensch ausgesehn.

In der Nacht überfiel sie das wildeste der Gelüste, denen sie sich in diesen Monaten ausgeliefert fühlte. Sobald sie die Augen schloß, war sie wieder Vagantin auf der Landstraße; jeder Fremdling, der des Weges kam, hatte blaue Augen, ein junges Gesicht. Sie hätte die Welt umarmen mögen und war überzeugt, daß nur so eine Frau natürlich sei. Sie stand auf, kniete vor dem Bett und betete heiß um Gnade.

Im Februar eroberte Chopin Paris. Durch die polnischen Ereignisse in Geldnot geraten, von den Verlegern zurückgewiesen und scheu, bereitete er die Überfahrt nach Amerika vor, als ihm Fürst Radziwill in den Weg lief und ihn kurzerhand zu einer Abendgesellschaft bei den Rothschilds mitnahm. Er spielte dort, der Erfolg war beispiellos. Er liebte den Erfolg, den Glanz, den Reichtum, wie eine Frau die Zärtlichkeit liebt, weil sie das Schöne und das Warme ist. Die vornehmsten Familien bestürmten ihn, ihren Frauen oder Kindern Unterricht zu geben, und überhäuften ihn mit Einladungen. Maslin schlug Marja vor, sich um ihn zu bemühn. Sie erwiderte nur, sie wolle es tun.

Unter den Londonern, die zum Sonntag Lätare, zu Mittfasten, nach Paris fuhren, war ein unsichtbarer Gast.

Das Wetter konnte nicht schöner sein. Die Männer kauften Veilchen, und die Frauen steckten sie an. Auf den Boulevards drängte sich die halbe Stadt zusammen. Man sah sogar Masken, die die Cholera darstellten, von Arlecchino spöttisch umtanzt. Am Abend auf den Redouten schrie und drehte sich die Lebenslust; die Nachfrage nach Eis und kalten Getränken entsprach der Glut.

In Petersburg, Berlin und Wien wußte jeder Zeitungsleser und sogar jedes Kind, daß es in diesen Tagen besser sei, die Därme nicht zu erschrecken, Flanell zu tragen, Essig zu räuchern und in kein Gedränge zu gehn. In Paris hatte man über soviel Ängstlichkeit gelacht, die Cholera schien eine Spießbürgerkrankheit zu sein.

Aber der große Arlecchino dort riß plötzlich die Larve, an der er erstickte, ab, und das Gesicht, das er zeigte, war so abstoßend violett, daß man nicht einmal lachte. Jemand, der erkannte, die Cholera habe diese Redoute genommen, schrie auf. Ein ganzer Wagen voll Menschen wurde ins Hôtel-Dieu geschafft und noch in der gleichen Nacht mit den Kostümen verscharrt.

Hals über Kopf begannen die Behörden dem Schmutz auf den Leib zu rücken und gaben den Kehricht, den die Lumpensammler mit ihren Stöcken zu durchwühlen pflegten, einem Unternehmer zur Abfuhr. Die Lumpensammler und die Höckerweiber, die bei ihnen den Abfall zusammenkauften, verbarrikadierten sich an der Porte Saint-Denis, die Nationalgarde rückte gegen sie aus.

Die Büros im Stadthaus, die Pässe wurden gestürmt. Bald fehlte es an Särgen, man steckte die Toten in Säcke und schichtete sie in den Markthallen auf. Jacques, der die Taschen voll Kampfer hatte, versah Hilfsdienst in der Medizinschule. Maslin schickte ihm einen Brief und bat ihn, um Marjas willen das Haus zu meiden, bis er sie fortgebracht habe – im Augenblick war kein Wagen aufzutreiben, Zehntausende verließen die Stadt.

Das Gerücht verbreitete sich, es sei nicht die Cholera – die Karlisten und die Priester streuten bei den Bäckern, den Weinhändlern, den Gemüseständen Gift. Man machte Jagd auf die Agenten der Bourbons, und eines Tages sah sich Jacques vor einem der rot angestrichenen Weinläden von einem wild redenden Haufen angehalten und durchsucht. Man fand ein Fläschchen mit Chlorür bei ihm; er beteuerte umsonst, es sei ein Mittel gegen die Ansteckung, und schon schrie einer »An die Laterne mit dem Spion«, als zu seinem Glück der Anatomiediener, bei dem Raymond wohnte, hinzukam und ihn rettete. Einen andern, der sich scheu vorüberdrücken wollte, schlug man mit Holzschuhen tot. Die Masse war wahnsinnig und wußte in ihrem Haß auf die Gutangezogenen nicht mehr, was sie tat.

Fortan ging Jacques nur in einem weißen Pflegerkittel aus. Die Zeitungen brachten die Nachricht vom Tode Goethes, und Jacques nahm zunächst ohne weiteres an, daß auch er der Seuche zum Opfer gefallen sei. Als sie erlosch und die Markthallen sich wieder mit schwatzenden Frauen füllten, ging er endlich, man schrieb den ersten Mai, zu Maslin und erfuhr von Jean, dem Diener, in einem Atem sämtliche Nachrichten, die Marja betrafen. Maslin hatte sie zu einem Arzt in der Nähe von Rouen gebracht, und sie war vor zehn Tagen mit einem Mädchen niedergekommen.

Wie am ersten Tag, als sie sich in der Diligence trafen, liebte Jacques an Francine den kühnen Lockenansatz, die gedrungenen Nüsterchen, die vor geheimem Leben zitterten, und ihre fröhliche, französische Intelligenz. Jeden Augenblick hätte sie ein Abenteuer haben können, mit anderen oder mit ihm, aber sie hielt sich das alles fern, arbeitete und wartete auf den Tag, an dem sie in Sens einen Salon nach Pariser Art eröffnen würde. Wie Cäsar zog sie vor, in der Provinz der erste, statt in Paris einer unter vielen zu sein.

Im übrigen, sie war auch zu Orléans oder Tours bereit und sagte das im Hinblick auf Jacques. Sie erwartete offenbar, daß er sie heiraten werde, und hatte einen in ihren Augen wenigstens recht vernünftigen Plan: Sie kleidete in der noch nicht feststehenden Stadt die Frauen, Jacques behandelte sie, und nach zwanzig Jahren waren sie beide wohlhabende Leute.

Ohne Zweifel fuhr jeder Mann, der Francine zur Frau bekam, aufs beste, er fand keine fleißigere und klügere. Wenn Jacques überlegte, daß er jetzt zwar dank seinem natürlichen Vater und Marja studieren konnte, danach aber mittellos dastand, hatte ihre Idee etwas Verlockendes. Einzuwenden war nur, daß er ruhmlos und gar zu bequem in der Provinz verschwand. Er zweifelte nicht am eigenen Haus, von dem sie träumte; doch störte ihn das Putzmacherinnenschild daran.

Er fühlte sich als Maslinsproß, als Vicomtesohn, als blaues Blut und seufzte. Manchmal wandelten ihn böse Gedanken an: Marja und das Kind, das sie geboren hatte, waren schuld, daß sein Vater sich nicht zu ihm bekannte. Aber vom Vater ging etwas aus, das ihn beschämte – Noblesse oblige, sagte er und ahmte seine Haltung nach.

Als Jacques eines Tages in die Montmartregegend kam, sah er an einer Ecke eine Bretterbude. Es war eben Platz darin für einen jungen Burschen und zwei Pfannen, die auf Holzkohlenfeuer standen. In der einen Pfanne brieten Pommes frites, in der andern Fischchen, und die Arbeiter nahmen sie in Tüten mit.

Das Gesicht des jungen Unternehmers dünkte ihn bekannt. Er sagte es, nachdem er sich nach dem Weg erkundigt hatte, und erfuhr nun auch den Namen. Es war der Pfälzer, der mit ihm nach Paris gefahren war, um marmiton und omnibus zu werden. Der Tod des Onkels hatte diese Laufbahn unterbrochen, aber Herr Krautheimer, der nun ein kleiner Gargotier war, sah aus, als sei er entschlossen, ein großer zu werden.

Wer will, erreicht alles, dachte Jacques; nötig waren Geduld und Energie. Dem künftigen Gastwirt konnte der deutsche und überdies unschöne Name gleichgültig sein; aber auch Kestenholz klang kaum besser. Vicomte Maslin hätte eher gepaßt, gestand er sich und sah sein Ziel. Den Titel zu erlangen und vom Makel der Geburt befreit zu werden, mußte möglich sein.

Viertes Kapitel

JUGEND IN MÜNCHEN

36

Neville Brighton, der im September 1831 Paris verlassen hatte, bestieg zu Basel den Eilwagen, der nach Karlsruhe hinabfuhr. Er glaubte, daß Lörrach die erste Station an dieser Strecke sei. Die Erklärung war ihm auf alemannisch gegeben worden, und dafür reichte sein Deutsch nicht aus.

Als die Kutsche ihn abgesetzt hatte, fand er sich bei einem Gehöft, das Kaltenherberge hieß und nichts als eine einsame Haltestelle war. Nicht einmal Pferde konnte er gleich haben, sie arbeiteten alle auf dem Feld. Er beschloß, nach Lörrach zu wandern. Wie er so dahinmarschierte, den roten Murray in der Tasche und den blauen Schwarzwald vor sich, holte ihn ein Wägelchen ein. Der ältere Mann, der es lenkte, hielt an und wünschte zu wissen, wohin die Reise ginge. Der Engländer gab Bescheid, ein Wort folgte dem andern, und Neville merkte, daß er mit dem Vater des jungen Jacques sprach.

»Nennt er sich Jacques? Wir haben ihn als Jakob gekannt«, meinte der Doktor trocken und forderte Neville auf, sich neben ihn zu setzen. Als Neville nach einem Gasthof fragte, erklärte er, es sei genug Platz in seinem Haus, und Erwin Zumkreuz könne am Abend herüberkommen, um seinen Brief abzuholen.

So geschah es, Erwin wurde gerufen und begriff nicht, was ein durchreisender Lord von ihm wolle. Der Knecht, der die Botschaft brachte, hatte aus Neville einen Lord gemacht – das war das einzige, was er von Engländern wußte, sie hießen Lord. Der erste Eindruck Erwins faßte sich in dem einen Wort Stutzer zusammen. Es war offenbar ein verwöhnter junger Mann, der ihn an Gewandtheit weit übertraf.

Aber eine Stunde später, als Erwin nach Hause ging, fühlte er sich doch ein wenig bezaubert. Der Engländer hatte ihn, der achtzehn war, behandelt, als wolle er zu verstehn geben, daß junge Leute zusammengehören, weil sie junge Leute sind, und daß sechs Jahre Unterschied an Wichtigkeit verlieren, wenn man gemeinsame Interessen findet. Neville hatte zuerst nach dem höchsten Berg des Schwarzwaldes gefragt und dann ohne weiteres vorgeschlagen, Erwin solle ihn auf den Feldberg führen.

Am nächsten Tag ließ Neville sich Maß für Stiefel nehmen und kaufte alles, was zu einer Wanderung nötig war, wobei er Erwins Ratschläge nicht nur einholte, sondern auch befolgte. Was für ein angenehmer Kamerad. Obwohl er das schottische Hochland kannte, bestand er nicht darauf, auch mit dem Schwarzwald fertig zu werden; nichts gefällt jungen Männern mehr als Sachlichkeit.

Erwin verlangte, daß er zuerst ein paar kleinere Ausflüge mache, um sich anzupassen, und Neville nickte, zum Sport gehöre Training.

Unter dem Gepäck Nevilles war eine wunderbare Angel, die man auseinanderschrauben konnte. Erwin wurde in die Geheimnisse des Forellenfangs eingeweiht und hörte sich old boy genannt. Als die Stiefel fertig waren, stand schon fest, daß man vom Feldberg weiterwandern werde; Neville wollte Glashütten und Flöße sehn. Ha, sagte der Förster, den sie zu Rat zogen, wenn man das vorhabe, müsse man ins Murgtal gehn. Bei Schönmünzach gebe es eine Glashütte, bei Gaggenau auch, und bei Forbach donnerten die gefällten Stämme gleich einem Bergrutsch in den Fluß hinein.

An einem schönen Morgen brachen die beiden auf, und das Wetter blieb ihnen hold während der zwölf Tage, die der Ausflug dauerte. Der Laubwald mischte schon Rot und Gelb ins durchsichtige Grün, das dem Sterben der Blätter vorangeht. Darüber die Heere der Tannen starrten schwarz; das Altgold der Lärchen milderte ihr Düster.

Das Sommervieh war bereits vom Feldberg heruntergetrieben, doch ein Teil erwartete den Winter und graste auf den Matten. Erwin staunte über das Geschick, mit dem Neville die Senner zu nehmen verstand. Wenn alle Briten ihm glichen, war es ein unbefangenes Volk. Neville hatte eine hübsche Stimme, sang zuerst ihre Lieder mit und dann Weisen seiner Heimat vor. Eine davon war neu wie ein Goldstück, das aus der Münze kommt, das Long, long ago. Zwei von den Burschen hatten Mundharmonikas, übten einen ganzen Tag, und am Abend konnten sie Neville begleiten; die rauhe Gesellschaft war von dem Lied entzückt.

Auf dem Feldberg hatte man den weiten, strahlenden Herbsthimmel über sich – an andern Tagen saßen sie inmitten der dichtesten Wälder am Fuß von altersgrauen Fichten wie in einem Höhlennest. Der Meiler eines Kohlenbrenners und seine Hütte daneben waren nicht größer als Termitenhaufen. Neville vermißte Räuber, aber die Holzfäller mit den Samthosen und den spitzen Hüten glichen ihnen aufs Haar, und einmal nächtigten sie bei echten Schmugglern, die um ein wenig Pottasche willen, die nach dem Elsaß ging, mit den Zöllnern auf so gefährlichem Fuße lebten wie die Wilderer mit den Förstern der Gemeinden und den Hegern der Grundherren.

Das Wandern ist zum Schweigen und zum Plaudern gleich gut – so hielten sie es mit jenem und mit diesem. Die Charaktere konnten nicht verschiedener sein. Erwin fiel es schwer, eine Verstimmung zu überwinden, wenn er sah, daß die Fragen, die ihn erregten, Neville nicht aus dem Gleichgewicht brachten. Den jungen Deutschen beschäftigte die Revolution in Frankreich, der Kampf der Polen, das böse Prinzip, das sich in Metternich verkörperte, die Freiheit und jegliche Idee – der Brite begriff nicht, daß man seine Gedanken durch alle Länder schickte. Auf seiner Insel ging es um die Reform des Unterhauses, die Arbeitszeit in den Fabriken und die Entschädigung, die das Weltreich den Unternehmern zahlen würde, wenn es den Sklavenhandel aufhob.

Den fordernden Geist hatte Erwin, erzählen aber konnte Neville. Er hatte Reisen gemacht, gejagt, geboxt, in Cambrigde gerudert und Abenteuer mit Frauen gehabt. Erwin war noch nie in einem Theater gewesen, Neville schon im Parlament. Sein Vater wollte, daß er Politiker werde; er selber dachte an die Diplomatie und war nicht zuletzt deshalb nach Deutschland gekommen. Wenn er die Sprache beherrschte, schickte man ihn auf eine der vielen Gesandtschaften, die England an den deutschen Höfen unterhielt.

Von seinen Beziehungen zu Frauen erzählte er drei. Um ein Haar hätte er die eigenwilligste aller jungen Damen entführt, um sie in Gretna Green zu heiraten, aber am Tag zuvor beim Boxen sich ein zugeschwollenes Auge geholt – als er nach einer Woche wieder ausging, war sie mit einem älteren Gentleman, der die Hochzeitsreise in eigener Jacht machen konnte, verlobt. In Brüssel behauptete ein flamisches Bügelmädchen, ihr Kind sei von ihm; in einem Haus bei den Champs-Elysées verschwieg eine Frau ihrem zahnlosen Mann, dem englisch-indischen General, daß Jugend ihr besser gefiel.

Er hatte eine Meinung von den Frauen, die der Byrons entsprach – sie waren unter Umständen sogar der Treue fähig, wenn die Leidenschaft über sie kam. Childe Harold steckte in seinem Ränzel; er zog den Band bei den Rasten heraus und las Erwin die erste Seite so lange vor, bis der die Verse mitsprechen konnte. Im Schwarzwald war solcher Chor noch nicht vernommen worden. Von den deutschen Mädchen, die ihnen auf dieser Wanderung begegneten, erklärte er, sie sähen aus, als hätten sie noch das Unverdorbene, das in den Städten nicht mehr zu finden sei, und das wenigstens versöhnte Erwin mit ihm.

Vom Titisee ging es gen Neustadt hinab, noch tiefer gen Donaueschingen hinunter und dann wieder nach Freudenstadt hinauf, der unerwarteten, auf einer Hochfläche ausgesetzten Stadt, die von flüchtigen Salzburger Protestanten besiedelt worden war. Sie hatte Laubengänge um einen weiten Platz und ihre Kirche den Altar da, wo zwei Langhäuser, eines für die Männer und eines für die Frauen, im rechten Winkel zusammenstießen.

Das obere Murgtal war so eng, so wild, daß Erwin im Traum noch über Holzstamm und Steinblock stieg, als er schon im Bereich des singenden Stahles, der tönenden Sägemühlen war. Zu Gernsbach lagen die Flöße zwischen Molen, wie in einem Hafen die Schiffe in Docks, und auf einem fuhren sie mit der Familie eines Säufers, dem die Gemeinde, um ihn loszuwerden, die Reise nach Amerika zahlte, bis Rastatt. Hier hörten sie, daß die richtigen, die ungeheuern Flöße, worauf man Ochsen schlachtete und Schlafhütten baute, erst in Mannheim zur Hollandfahrt aneinandergereiht wurden.

Der Kriegsrat beschloß, der Umwanderung des Schwarzwalds im Osten die im Westen folgen zu lassen: So werde es eine vollkommene Schleife sein. In Baden-Baden erzwang sich Neville, ungeachtet sie wie die Söhne Rinaldinis aussahn, den Zugang in den Spielsaal und kam mit einer Mütze voll Silberstücken zurück. Dann stiegen sie von neuem im Gebirge auf, machten in Herrenwies der dritten Glashütte einen Besuch und standen an einem einzigen Tag vor zwei unterschiedlichen Dingen: dem dunklen, unheimlich einsamen Mummelsee auf der Höhe und, am Rand der Ebene unten, dem Obelisk, den neustens die französische Regierung Turenne dort gesetzt hatte, wo er in einem verschollenen Gefecht geblieben war.

Die Ebene erntete die Frucht des Nußbaumes und der Rebe. Die Sonnenblumen in den Bauerngärten hatten die höchste Höhe erreicht. Der Morgennebel schwebte auf den Wiesen, die dünne Luft trug die Gesänge der Winzer weit, und nackte Füße preßten den Saft der Trauben: Er rann wie Ocker in die Bütten, ein Geruch stieg stark und sinnlich auf.

Unadliger war der der Krautköpfe, die über die flachen Teile der Ortenau einen bläulichen Schimmer legten. Den durchfuhr man mit der Post, doch stiegen sie, dem Rheinried nahe, in Ettenheim aus, wo Napoleon den Herzog von Enghien ausgehoben hatte. In Freiburg war Markt, die Bauern trugen bunte Trachten, und fröhlich rann das Wasser durch die Gassen ab. Es war eine ordentliche Stadt, die sogar ihr Münster zu Ende gebaut hatte. Man konnte es besteigen, man konnte es auch lassen, dieweil sie zurückkehren würden, wenn das Semester begann. Doch kam es anders, denn ihr vorbestimmtes Schicksal griff nun ein.

Als sie in Lörrach auf den Platz, an dem der Doktor wohnte, einbogen, erblickten sie den Reisewagen, und Erwin erkannte daran das Wappen der Buisson de Bachaud in Neuenburg. Josepha ist gekommen, durchfuhr es ihn.

Im gleichen Augenblick trat sie ans offene Fenster und warf zwei Italienern, die neben dem Wagen standen, eine Münze hinab. Den Dank erstatteten die Musikanten mit einem Lied. Die begleitende Violine klang schön, aber die Stimme des Sängers wunderbar. Josepha lauschte betroffen, Erwin hielt gebannt hinter dem Tenor die Schritte an, und so erblickte sie ihn, dem war, als trage er selber mit diesen verhaltenen Tönen sein Empfinden vor und sie müsse es verstehn.

Er vergaß, daß sie ihn nicht erkennen konnte – verstaubt, verbrannt, wie er war, und mit einem weichen Flaum rund um die Kiefer. Wohl hatte Neville, der sich jeden Morgen rasierte, ihm sein Messer leihen wollen, er aber die Gelegenheit benützt, um seine Leute zu verblüffen, denn der Flaum war lodernd rot. Es gab ihm einen Stich, als er sah, daß sie, über ihn hinweg, den Gefährten ins Auge faßte, der lässig heranschlenderte, trotz des Hemdes ohne Kragen und der hohen Stiefel ein junger Mann von Haltung oder Welt, der »by Jove, du scheinst zu wissen, wer das ist« sagte und ihn mit zwei Fingern in einen Schraubstock nahm.

»Du lieber Gott, was jetzt?« rief Frau Kestenholz aus, als die jungen Herren im Hause waren. Sie hatte gehofft, daß sie noch einen Tag länger fortblieben, weil Josepha in Nevilles Zimmer schlafen sollte.

Neville erklärte sofort, daß er ins Gasthaus gehe, und wurde damit getröstet, es sei nur für eine Nacht. Josepha war mit ihrem Adoptivvater, dem Baron, gekommen und fuhr nach München weiter. Den kleinen Umweg über Basel hatte sie gemacht, um nach anderthalb Jahren die Eltern wiederzusehn.

Er habe geglaubt, sie werde den Winter in Berlin verbringen, sagte Erwin beim Kaffee, der an diesem Nachmittag alle vereinte. So sei es auch geplant gewesen, erwiderte Josepha, aber dann habe der Baron die schlimmen Nachrichten aus Berlin erhalten – die Cholera wütete dort – und beschlossen, nach München zu gehn, wo weder ein Konzert noch auch nur das Oktoberfest abgesagt zu werden brauchte. Auch habe der Baron in München eine Schwester, bei der sie bleiben könne, wenn es ihm zuviel werde, den ganzen Winter von zu Hause fort zu sein.

Neville erkundigte sich, was das Oktoberfest sei, und der Baron gab zur Antwort, das könne er ihm sagen, denn er habe Anno zehn, als jene Schwester heiratete, das erste mitgemacht – damals hatte der Kronprinz, der König von heute, die Prinzessin Theresa heimgeführt, und seither hielt man auf der Theresienwiese jedes Jahr acht Tage lang eine Volksbelustigung ab, bei der alle zusammenkamen, der Hof, die Bürger und der einfache Mann.

»Fängt man pünktlich am Ersten an?« fragte Neville.

»Am ersten oder zweiten Sonntag, diesmal am zweiten, der also noch vor uns liegt. Wir werden am dreizehnten, vierzehnten Oktober in München sein und kommen noch zum Rennen am sechzehnten zurecht.«

»Hallo, Erwin, wie wäre es, wenn wir uns das ansähen und dann noch ein bißchen in die Alpen schauten?«

»Dazu reicht die Zeit nicht aus, wir wollten Ende Oktober in Freiburg sein.«

»Es sei denn, daß Sie Ihr erstes Semester nach München verlegen, das können Sie doch?«

Das Du gebrauchte Neville nur gelegentlich, wenn er im Schwung war und Silben sparte. Erwin sah ihn aufmerksam an, ungewiß, ob er im Ernst rede. Verführerischer als der Gedanke, einen ganzen Winter lang am gleichen Ort wie Josepha zu weilen, konnte keiner sein. Er suchte auch ihren Blick, aber der galt Neville – er hing an Neville, schien es ihm, und so sagte er, es gehe nicht, der Vater würde nicht dulden, daß er auswärts studiere ...

»Dann, alter Boy, nehmen Sie es mir nicht übel, daß ich Sie im Stich lasse«, erwiderte Neville. »Bestellt man die Postpferdchen hier, oder muß ich nach Basel zurückfahren?«

»Ich kann Ihnen einen Sitz in meiner Kutsche anbieten, auch für Herrn Zumkreuz wäre noch Platz«, erklärte der Baron.

»Ich fürchte, daß Ihre Bequemlichkeit leiden würde«, wandte Neville sich an Josepha.

»Gar nicht, ich fände es sehr hübsch, wenn Sie beide mitkämen«, sagte sie und lächelte nun auch dem Gespielen der Kindheit zu.

Das Blut schoß Erwin ins Gesicht; er werde mit seinem Vater sprechen, sagte er und eilte heim. Auch die andern erhoben sich, um einen Spaziergang durch den schon dämmernden Abend zu machen. Sie kamen am Zumkreuzschen Haus vorbei, das zur Domäne des Großherzogs gehörte, der Vater war der Verwalter. Er stand am Fenster, drehte ihnen den Rücken zu und schüttelte den Kopf. Offenbar trug ihm Erwin sein Anliegen vor und stieß auf Ablehnung.

Aber als sie zurückkehrten, stürzte er aus der Tür und rief:

»Es ist geschafft, ich darf, hurra!«

Seine Augen blitzten, und alle dachten, was für ein schöner junger Mensch er sei. Josepha sah sich und ihn an jenem schrecklichen

Tag in Neuenburg vor dem Posthaus warten, und mit der Erinnerung kehrte auch die süße Erregung des Abschieds wieder. Sie blieb ein wenig hinter den andern zurück, er ging neben ihr und sagte froh:

»Wie schön, Josepha, daß ich nun bei dir sein kann. Ich glaubte schon, ich sei dir ganz fremd geworden. Ja, ich ...«

Er brach ab. Es war nicht gut, einzugestehn, daß er fast eifersüchtig auf Neville gewesen sei. Sie gingen eine Weile still nebeneinander her; dann fragte er und bemühte sich, es lässig zu sagen:

»Wie hat dir übrigens Neville gefallen?«

»Gut, wenn du das wissen mußt. Ihr seid Freunde geworden?«

»Ja. Nur bedrückt es mich, daß ich wieder einmal erst achtzehn bin.«

»Was macht das unter jungen Männern aus?«

»Unter Männern wenig«, erwiderte er betont. Sie wandte sich mit einer kleinen Falte zwischen den Brauen ab und sagte, er verbohre sich in diesen Gedanken, man dürfe es nicht. Er spürte die Ungeduld und war unglücklich.

Neville, der neben dem Baron und dem Doktor ging, schaute zurück, blieb stehn und erwartete die beiden. Josepha kam auf ihn zu, sie wuchs mit jedem Schritt, und ihm war, als sei sie die Göttin, die auf der Kugel schwebt. Sein Herz, das er nur beim Wettrudern in Cambridge gespürt hatte, begann zu pochen. Wenn er nicht zur Seite trat, mußte sie mit ihm zusammenstoßen. Auch sie sah es und hing an seinem Blick, dem lächelnden und verwegenen.

Daß sie selbst ausweichen könne, kam ihr nicht in den Sinn, er bannte sie, und als sie dicht vor ihm stand, suchte sie in seinen Augen angstvoll nach dem Guten. In einem ungeheuern Rund war sie allein mit ihm und wußte nicht, wie es kam, daß er dann neben ihr ging. Sie fühlte sich wie vernichtet und suchte nach einem Arm, der sie stützte. Es war der Erwins, den sie vergessen hatte.

Am Abendessen nahm Erwin nicht teil, und nachher kam er nur auf einen Sprung herüber, um sich zu vergewissern, daß man tatsächlich Punkt zehn am nächsten Morgen fuhr. Den letzten Abend müsse er in seiner Familie verbringen, sagte er.

Im Hause Kestenholz saßen sieben Personen um den Tisch, der Chirurgus oder Doktor und seine Frau, der Baron, Neville und zwei Geschwister Josephas, die Louis und Luise hießen, dazu Josepha selbst. Sie redete den Doktor mit Vater und den Baron mit Père an. Bürgerlich war sie nun Fräulein de Buisson de Bachaud. Neville, der keine Nahrungssorgen kannte, fragte sich, was den Arzt bewogen habe, seine Tochter herzugeben. Die Abneigung, die Josepha und die Stiefmutter sich bezeigten, war doch kein zureichender Grund – ein jeder sah, der Vater hing an seiner Tochter. Luise, ein neunzehnjähriges Mädchen, musterte die achtzehnjährige Josepha kühl. Vermutlich dachte sie, daß es auch ihr zusagen würde, mit einer wappengeschmückten Kutsche und einem Koffer voll schöner Kleider zu reisen.

Am nächsten Morgen erhob sich Neville in aller Frühe und hatte auf der Stadtwache eine Besprechung, von der er am Kaffeetisch nichts sagte. Zur festgesetzten Stunde hielt der Wagen vor der Tür. Um der erhöhten Belastung willen hatte man ein drittes Pferd vorgespannt. Als alles vorüber war und das Städtchen schon hinter ihnen lag, standen an der Landstraße die von Neville gemieteten Musikanten und bliesen – zuerst ein lustiges Stück, das sie im Schlafe konnten, und dann ein trauriges, das nicht über die ersten Takte kam. Erwin horchte auf, es war das »Long, long ago« vom Feldberg. Neville hatte es den Musikanten aufgeschrieben, und sie zogen die Töne noch länger, als sie schon waren.

Die vier Reisenden sahen den Rheinfall bei Neuhausen im Mondschein und machten am nächsten Tag bei Stein einen Abstecher über den Fluß, um Arenenberg zu besichtigen, das zweistöckige Haus, neben dem drei Pappeln standen. Man wollte sie zurückweisen, die Königin Hortense und ihr Sohn seien anwesend, bedeutete der Gärtner. Ein junger Mann mit braunen Augen kam hinzu, hörte den Baron an und bat die Fremden, einzutreten. Es war Prinz Louis Napoléon. Er gab sich sehr höflich und wirkte recht vornehm. Von den Ohren ringelte sich ein Flaum herab, über der Oberlippe und am Kinn trug er ein Bärtchen, dazwischen noch eine Mouche.

Josepha ließ er vor sich durch die Türen gehn, die Herren nicht, er betonte seinen Rang. Die Königin, die nun nur noch eine Herzogin war, befand sich in den oberen Gemächern, kam aber herunter und ging eine Unterhaltung ein. Der Baron gab ihr den Titel Majestät, sie lächelte schmerzlich – in Paris und London, wo sie im Sommer mit dem Prinzen gewesen sei, habe man ihn ihr verwehrt.

Neville fragte den Prinzen, ob er im Juli mit der Rocket gefahren sei. Die Rocket war die Lokomotive, die auf der ersten Eisenbahn von Liverpool nach Manchester lief. Der Prinz erwiderte, Rakete sei ein komischer Name für ein Ding, das waagerecht fortsause, aber gefahren sei er damit. Dann habe er ihn gesehn, erklärte Neville.

Die Königin seufzte; sie fühlte sich zu alt, um an dieser Heraufkunft der Maschine Gefallen zu finden. Der Prinz dagegen war gut unterrichtet. Auch machte er sich Gedanken über das Zeitalter und las dem Baron sogar eine Stelle aus einem Manuskript vor, an dem er schrieb. Den kommenden Staat denke er sich als soziales

Kaiserreich, das die Vorteile der Demokratie mit der Festigkeit verbindet, die den Republiken abgeht.

»Er spricht für sich selber, hat aber keine Aussicht, aus diesem Winkel je auf die große Tribüne zu gelangen«, sagte der Baron nachher. »Ich habe etwas läuten hören, daß Louis Philippe ihn in die französische Armee aufgenommen hätte, wenn er bereit gewesen wäre, seinen Namen abzulegen, und in Bern hat man mir gesagt, daß der Prinz sich nun um einen Rang bei der Artillerie bewirbt.«

»Auch sein großer Onkel fing als Artillerieleutnant an«, meinte Erwin.

»Aber nicht in einer Kantontruppe, die keine Berufsoffiziere kennt.«

»Man kann nie wissen«, sagte Josepha, der seine Augen gefallen hatten.

»Armer Bursche«, erklärte Neville. »Wie alt ist er? Zwei-, dreiundzwanzig und muß seine jungen Jahre in einem Schlößchen versitzen. Wenn er über die Grenze geht, heften sich die Spione an seine Sohlen. In London war man nervös, als er auftauchte. Wenn ich schon Herr von Brighton House wäre, lüde ich ihn ein.«

»Ihr Engländer seid seltsame Leute, für alles zu haben, was ausgefallen ist«, sagte der Baron.

»Wir tun, als ob wir uns langweilten, und das ist der beste Vorwand, um Dinge zu unternehmen, die nicht langweilig sind«, erwiderte Neville mit seinem dandyhaftesten Gesicht.

Josepha mußte lachen, aber er versicherte, trefflicher könne man den Spleen nicht erklären, und reichte ihr beim Einsteigen die Hand. Sie bat um Beispiele, er gab sie und blieb bei seiner Familie – denn wenn er diese Grenze überschreite, reiche die Zeit bis München nicht aus. Was also die Familie betreffe, so müsse sie uralt sein, denn sie betreibe noch Frauenraub.

Josepha sah ihn ungläubig an, worauf er die Geschichte von jenem Archibald Brighton erzählte, der zur Zeit des ersten Stuartkönigs von den Ehen, die er beobachtete, so entsetzt gewesen war, daß er erklärte, wenn die Nation nicht leiden solle, müsse etwas geschehn, um ihr zu schönen Kindern zu verhelfen, und das einzige Mittel sei, sich in ein Mädchen zu verlieben, das dem Stand nach entweder zu hoch oder zu tief stehe, und es zu entführen – so werde wenigstens das erste Kind gut ausfallen.

»Und«, fragte Josepha, »hat er danach gehandelt?«

»Ein Schankwirt im Hafenviertel hatte eine Tochter, die mit goldnen Haaren und seegrünen Augen wie eine Nixe aussah. Er zwang sie, sich mit einem Schneidergesellen zu verloben, aber Sir

Archibald bestach den Kutscher, der den Wagen zur Kirche fuhr. Der Kutscher hieb vor dem Portal auf die Pferde ein, der Wagen rollte weiter, ein Schiff stach alsbald in See, und wenn betrunkene Matrosen den Wirt in Raserei versetzen wollten, sangen sie die Ballade von Jungarchibald und dem Nixchen; die Polizisten meldeten dann kurz und bündig: Archibaldschlägerei.«

»Hübsch«, sagte Josepha. »Hatte Archibald einen Sohn?«

»Einen Adonis mit seinen schwarzen Haaren und den grünen Augen der schönen Mildred. Er griff zum Ausgleich höher und ging, als Karl der Zweite eine portugiesische Infantin heiratete, mit der Tochter eines Grafen aus Lissabon durch. Seither war das Entführen in der Familie Gesetz und zugleich Sport. Dem dritten Archibald freilich mißglückte das Unternehmen. Er begleitete eine Gesandtschaft nach Konstantinopel, und als er zurückkehrte, lief sein Schiff an der Küste von Morea auf. Wie Odysseus am Strand die Tochter des Königs der Phäaken traf, so er ein Griechenmädchen, und ob Sie es glauben oder nicht, sie hieß Nausikaa. Er erzählte ihr, daß sie, um ihn zu heiraten, sich entführen lassen müsse, und sie fand auch glücklich den Weg auf sein Schiff. Unterwegs wurde es von Korsaren abgefangen, er verwundet, sie fortgeschleppt. Als er genesen war, suchte er alle Sklavenmärkte zwischen Kairo und Rabat ab, sah sie aber nie wieder und verfiel in Schwermut. Erst mit fünfzig heiratete er und machte . . .«

»Eine Ausnahme, mit fünfzig findet man niemand zum Entführen mehr«, fiel Josepha ein.

»Machte er keine Ausnahme«, verbesserte Neville, »sondern entführte eine verheiratete Frau, die noch jung war, als er nachher bei Malplaquet fiel.«

»Wann war Malplaquet?« wandte sie sich an Erwin, und er sagte, ohne zu zögern, die Jahreszahl.

»Dann sind Sie uns noch über ein Jahrhundert Rechenschaft schuldig, Herr Brighton, oder ist aus ihm keine Entführung zu melden?«

»Nur noch eine; 1792 begegnete mein Onkel einer französischen Emigrantin. Sie gab an, eine junge Dame von Adel zu sein, und dann, als sie heiraten sollte, stellte sich heraus, daß sie die Tochter eines spanischen Stierfechters war.«

»Was ist aus ihr geworden?«

»Wie meinen Sie das? Nehmen Sie an, er habe sie nach Hause geschickt? Eine Frau, die ein Engländer heiratet, ist immer Lady, und die, von der wir sprechen, hat letzthin, wie ich im Baden-Badener Kasino las, Talleyrand zu Ehren einen Empfang gegeben.«

»Ich wußte nicht, daß Engländer so romantisch sind. Alle Frauen, von denen Sie erzählt haben, waren jung und schön – sie hatten sicher auch alle leicht entzündliches Blut?«

»Was wollen Sie, Fräulein Josepha, das sind drei Eigenschaften, von denen jeder Mann einmal träumt, und mancher sein Leben lang. Geben Sie zu, daß Archibalds munterer Vorschlag, die Rasse aufzufrischen, für sich spricht.«

»Er will sagen, daß auch er viel dafür übrig hat«, merkte Erwin an.

»Ich werde mir alle Mühe geben, old boy«, erwiderte Neville.

»Sehn Sie doch, das könnte ein Zug Wildgänse sein, die den Bodensee überfliegen«, sagte der Baron, dem es schien, daß ein nicht ungefährliches Thema lange genug gedauert habe, und alle beugten sich ans Fenster.

37

In München war es bedeutend kühler als am Bodensee, und aufs Oktoberfest ging Josepha schon im Pelz.

Es war der letzte Tag, und wie am ersten erschien der König. Er schaute von seinem Pavillon dem Preisschießen und dem Nachrennen zu. Man schoß auf hölzerne Adler und Hirsche; von sechzehn Pferden, die liefen, gewann ein Schimmelwallach.

Der Baron und seine Reisegefährten standen auf der Fremdentribüne. Der Baron ging danach zum Diplomatenpavillon, wo er Bekannte sah. Die jungen Leute machten einen Gang über die Wiese, die ungeheuer groß war. Es hatte alles auf ihr Platz: Tausende von Besuchern, starkvertäute Zelte, Buden, Kaffeehäuser, Kegelbahnen, Seiltänzer, Bierzapfer, Musikanten, Karusselle, Menagerien und in den Ecken Bretterböden, hier tanzte man.

Verrückt, ein Volksfest so spät im Jahr anzusetzen, sagte Neville, um zwei Stunden später zu finden, die gar nicht schmeichlerische Luft und das rauflustige Gehabe der Menschen paßten doch zusammen. Erstaunlich rasch begriff er, was hier Frotzeln hieß und sich in einem ununterbrochenen Feuerwerk von Zurufen, Herausforderungen und blitzenden Augen entlud.

Die Lederhosen, die nackten Knie, das Jodeln, das Schenkelklatschen, die Gamsbartpinsel auf den Hüten entzückten ihn. Ein ahnungsloser Reisender kam an, und was er sah, war ein Originalindianerstamm, halb blond, halb braun, in voller Vorführung. Vom Dialekt fühle er sich einfach überwältigt. Seit Paris hatte er große Fortschritte in der Sprache gemacht und bereits ein Ohr dafür.

Er fragte, ob es an der Universität einen Professor gebe, der Unterricht in diesem spitzen und schlagfertigen Humor erteile. Erwin, der an den Buchläden die vergeistigten Herren Schelling, Görres und Döllinger hatte aushängen sehn, lachte laut auf bei dieser respektlosen Vorstellung eines Briten von der geheiligten Wissenschaft.

Dann werde er Stunden bei einem Bierausschenker nehmen oder mit einer der fröhlichen Handwerkstöchter am Sonntag ausgehn, meinte Neville und witterte zu ihnen hinüber. Sie schauten treuherzig drein, aber ein klein wenig Hinterhältigkeit war auch dabei, und deshalb wirkten sie so weiblich. Als er danach Josepha mit der Unbekümmertheit des Fremden, den niemand kennt, um einen Ländler bat, erfuhr er eine Weigerung.

»Warum, Josepha?« fragte er.

»Ich habe Ihnen nicht erlaubt, mich Josepha zu nennen, ich sage auch nicht Neville zu Ihnen«, erwiderte sie sanft.

»Sie sollten es tun. In England redet man sich schon am zweiten Tag der Bekanntschaft mit dem Vornamen an.«

»Wir sind nicht in England, Herr Brighton«, erwiderte sie. Dann kam ihr die Antwort zu töricht vor. »Wir wollen tanzen, Neville, wenn auch Père es schwerlich erlauben würde«, sagte sie nun, schlüpfte aus dem Pelz und bat Erwin, ihn zu halten.

Erwin nahm den weichen, warmen Mantel scheu entgegen und vermied es, ihn an sich zu pressen, als trete er ihr selbst zu nah. Er fühlte sich unglücklich, weil er spürte, daß sie zu ihm nicht mehr wie in Neuenburg war. Er verwünschte die Wandlung, die aus dem lieben, einfachen Bürgermädchen ein vornehmes Fräulein mit Pelz und Parfüm, mit Kunstfrisur und Pariser Stiefelchen gemacht hatte.

Er schaute ihr zu, wie sie sich beim Tanzen unter diesen Derben drehte. Das schlanke Parallelogramm der Hüften, die süße Brust, auf der die rote Rose wie auf dem Hügel der Eroberung blühte – alle Menschenschönheit empfand ein Mensch sinnlich, selbst die der griechischen Kunst, obwohl die Professoren es leugneten. Wer Schönheit sah, den hob ein Begehren ihr entgegen, aber es entschleierte nicht, es achtete und verehrte. Was galt das in den Salons, in denen sie nun nach dem Willen des Barons leben sollte? Es galt nichts, man hätte darüber gelächelt.

Das kleine Feld der Hüpfenden, von Tusch umblasen, von Baßsaiten umbrummt, stand auf einer Ebene, die bis zu den fernen Schneebergen ging, und hob sich scharf vom kaltblauen Himmel ab. Was mochte ihr, die sich darin bewegte, vorbehalten sein, war er daran beteiligt? Sechs Jahre, oder auch nur die vier der Ausbildung, standen zwischen ihr und ihm. Und wenn er ausgebildet war, wo fand er dann Josepha, wie fand er sie dann? Er hatte ihr sagen wollen, sie solle auf ihn warten – doch wie ein Jüngling stammeln, das wollte er nicht mehr.

»Man schaut uns an, als ob wir vom Himmel gefallen wären«, stellte unterdessen Josepha fest.

»Ich kann es nachfühlen, Sie wenigstens sehen himmlisch aus«, erwiderte Neville.

»Sie haben bis jetzt die Komplimente unterlassen, und ich war froh darüber. Fangen Sie nun an?«

»Nicht, wenn Sie mir Ihre Rose schenken.«

»Ein Kavalier stellt keine Bedingungen.«

»Sie haben recht. Er bittet darum.«

»Es wäre eine Unhöflichkeit gegen Père, der sie mir angesteckt hat.«

»Ich warte, bis Sie sie heute abend ablegen.«

»Dann wird sie verwelkt sein.«

»Das macht nichts. Ich möchte nur ein Andenken haben.«

»Woran?«

»An diesen ersten Tag in München, an den Tanz mit Ihnen, an Sie.«

»Sie sammeln Andenken?«

»Ich muß es gestehn.«

»Der Rose gefällt es nicht, in einer Sammlung zu sein.«

»Tusch, den ersten Gang haben Sie gewonnen«, erklärte Neville.

Auch die Musik blies Tusch; wer weitertanzen wollte, mußte den Obolus neu zahlen. Neville warf ihn dem Einsammler hin.

»Josepha, noch ein zweites Gängchen?« fragte er.

»Bin ich denn ein Student, daß Sie die Waffen mit mir kreuzen wollen?«

»Um Gottes willen, nein, so müssen Sie es nicht auffassen; es ist doch nur gute Laune, weiter nichts als Spiel für den Geist.«

»Was Sie Geist nennen, liebe ich nicht.«

»Zum zweitenmal abgeblitzt.«

Er legte, da die Musik zu einem Walzer einsetzte, die Rechte auf ihren Rücken und nahm mit der Linken ihre Finger, die in weichem, kühlem Leder steckten. Sie gab sich der Führung hin, und er sagte nun, sie habe als Ersatz für den fehlenden Geist das echte Frauengefühl.

»Wie rasch Sie das Urteil wechseln.«

»Sie tanzen mit Leidenschaft...«

»Man darf es nicht sehn«, erwiderte sie sofort und machte sich schwer, damit er das Tempo mäßige.

»Wer darf es nicht sehn?« fragte er.

»Père.«

»Und warum?«

»Als ich ihm neulich erzählte, mir hätte geträumt, ich sei eine Tänzerin auf der Tournee, war er entsetzt.«

»Das läßt sich begreifen. Als Ballettmädchen könnte ich Sie mir nicht vorstellen, nie.«

»Es gibt noch andere Tänze, nicht nur die des Balletts.«

»Wirklich? An welche dachten Sie?«

»An die schöne, ernsthafte Musik, die man auf Geige und Cello macht – sie ließe sich auch tanzen, meinen Sie nicht?« fragte sie so vertrauend, wie sie sich in seine Arme gab, und er mußte denken, sie sei sehr deutsch.

»Ich halte es für möglich, daß man so tanzt, beurteilen kann ich es nicht«, erwiderte er. Sie seufzte:

»Ich muß froh sein, wenn ich mich als Geigerin weiterbilden kann.«

»Der Baron ist auch damit nicht einverstanden?«

»Er hat nichts gegen die Ausbildung, aber einen Beruf darf ich daraus nicht machen.«

»Ja, möchten Sie das denn gern?«

»Wenn das Talent reicht, ja.«

»Das hier ist doch eine Musikstadt – gehn Sie zu jemand, der sich auf Begabung versteht, und spielen Sie ihm vor.«

»Das ist ausgeschlossen, sprechen wir nicht mehr davon«, sagte sie, und es war Zeit, zu Père zu gehn.

Frau von Sirk, die Schwester des Barons, wohnte an der Promenade. Das Haus lag unweit der Frauenkirche und lehnte sich an die Maxburg an. Josephas Zimmer ging nach hinten, auf ein Gärtchen, worin Büsche von hellila Astern blühten; die Köpfchen waren nicht größer als Margeriten.

Neville und Erwin hatte sich vorerst in der Kaufingergasse eingemietet, eine Treppe über Scheidels Kaffeehaus. Hier konnten sie essen und anschließend Schach spielen. Studenten, Musikschüler, Maler und junge Kaufleute, die einen Partner suchten, waren immer da.

Zum Sonntag hatte Frau von Sirk die zwei Freunde eingeladen, aber Neville sagte ab. Erwin gab ihm vergebens zu bedenken, daß hierzuland eine Hausfrau in diesen Dingen empfindlich sei, man erwarte ihn zum Braten und er müsse hingehn. Neville schickte leichtherzig eine Entschuldigung, aß in seinem Kaffeehaus und entführte daraus einen Schwarm von jungen Leuten auf einen Tanzboden in der Au.

Frau von Sirk, geborene de Buisson, erklärte in beiden Sprachen, die sie nebeneinander gebrauchte, der manierenlose Engländer werde nie an ihrem Tisch sitzen. Indessen, er saß schon am Abend daran. Auf dem Spaziergang, den die Familie mit den barock frisierten Pudeln bis zum Chinesischen Turm im Englischen Garten machte, genauer bei der Rückkehr, hatte er ihren Weg gekreuzt und sie nach wenigen Minuten durch das entwaffnet, was sie seine façon de parler nannte, die Mischung von ausgezeichneter Erziehung und einem Freimut, der gelegentlich der Unverschämtheit nahe kam.

Der Baron fürchtete ihn ein wenig. Er selber umging das Ungeklärte oder Unangenehme gern, während Neville ihm unbekümmert auf den Leib rückte. Neville war nicht bequem. Er begann nach Tisch von den Londoner Konzerten zu reden und fragte, ob es in München auch eine Akademie gebe. Josepha verneinte es. Diese Antwort hatte er nicht erwartet und erkundigte sich nun, wohin in Deutschland die jungen Musiker gingen, die ein richtiges Konservatorium durchlaufen wollten.

»Nach Wien, nach Prag, nach Paris, nach Brüssel, das sind auf dem Kontinent die einzigen Akademien, die italienischen ausgenommen«, erwiderte Josepha.

»Damit ist nicht gesagt, daß es nicht in jeder größeren Stadt die Möglichkeit gibt, einen guten Lehrer zum Unterricht zu finden«, erklärte der Baron.

Neville erkundigte sich, bei wem sie in München Stunden nehmen werde.

»Bei Staudacher«, antwortete sie.

»Ist er bedeutend?«

»Er ist tüchtig«, sagte Frau von Sirk, die etwas von Musik verstand; »für das, was Josepha sucht, genügt es. Wir werden viel in die Opern und Konzerte gehn und gleich morgen mit dem Odeon anfangen. Der junge Mendelssohn-Bartholdy, das Phänomen aus Berlin, dirigiert in Anwesenheit des Hofes ein Konzert zugunsten der Armen, und nachher schickt ihm der König Zettelchen, worauf die Anfangsworte von Arien stehn – der Komponist sitzt am Klavier und phantasiert darüber.«

Sie war eine freundliche, alte Dame, und ihre Worte hatten keine Spitze.

Auf dem nächtlichen Heimweg dachte Neville über die geheimen Wünsche Josephas nach und sagte plötzlich zu Erwin:

»Man muß etwas tun. Wie alt ist der Mann aus Berlin?«

»In der einen Zeitung stand, die Ouvertüre zum Sommernachtstraum habe er mit siebzehn geschrieben, und in der andern, sie sei fünf Jahre alt.«

»Also zweiundzwanzig. Das ist ausgezeichnet. Junge Leute sind noch empfänglich, sie verständigen sich rasch. Sie wissen, wo er wohnt?«

»Nein.«

»Ganz in unserer Nähe, man hat es mir heute mittag gesagt, und ich erinnerte mich sofort, weil ich gestern nacht an dieser Behausung vorübergegangen bin. Es ist ein ausgeräumter Laden zu ebener Erde, in den man von der Gasse tritt. Es sitzen immer vier, fünf Musiker bei ihm, die Läden werden zugemacht, die Instrumente gestimmt, die halbe Münchner Gesellschaft drängt sich dazu, es scheint ein gastlicher Bursche zu sein.«

Von der Frauenkirche schlug es elf, aber das hielt Neville so wenig wie der Umstand ab, daß er Mendelssohn nicht kannte. Er fand auch glücklich den Laden. Es standen Wagen davor, ein anderer rollte heran und entließ eine Respektsperson, die mit aller irdischen Würde zu den hohen Giebeln, dem jagenden Gewölk und dem silbrigen Mond schaute. Neville klopfte an die Holzfenster, die den Laden verschlossen. Die Respektsperson sprach ihn an, ob er den Hausherrn kenne.

»Wer kennt ihn nicht?« erwiderte er diplomatisch.

»Gewiß, gewiß, indessen, kurzum, ich hatte noch nicht das Vergnügen und trete nicht gern als Bittsteller auf – Geheimer Hofrat Wilhelmi ist mein Name.«

»Allright, ich bin Neville Brighton, wir werden uns drin gegenseitig vorstellen, der Gentleman dürfte es gewohnt sein.«

Die Holzläden gingen auf, die Glastür dahinter war schon geöffnet, und die Augen von dreißig Personen schauten her. Sitzend, stehend, aufgestützt, nahmen sie alle Posen des Lauschens ein, die Herren schwarz, die Damen bunt mit hohen Frisuren und gebauschten Röcken – ein kleines Amphitheater um den Kern, das Klavier, die Klarinette, die Violine und den Sänger, der stand.

Neville sah sich vor die strategische Aufgabe gestellt, auf irgendeine Weise die Reihen zu durchschreiten. Da er schlank war, gelang es ihm besser als dem Geheimrat, der sich an seinen Rock hängte. Der junge Mann am Klavier ließ die Hände von den Tasten sinken und stand auf. Er war dunkel, klein, großäugig, lebhaft und wunderte sich über den Besuch nicht weiter.

Neville sagte, er sei Engländer, Herr Zumkreuz Deutscher, und sie wagten nur einzudringen, weil Herr Wilhelmi sie ermutigt habe. »Geheimer Hofrat Doktor Wilhelmi« wurde hinter ihm ergänzt, und Neville trat zurück, gab den Blick auf die Respektsperson frei. Sie seufzte befriedigt auf, als sie Ihresgleichen erkannte, sank in einen Stuhl, den ein Jüngerer hinschob, und bat, sich nicht stören zu lassen.

Mendelssohn erwiderte, die Herren kämen zurecht, um Breiting noch die Arie aus Adelaide singen zu hören, danach freilich werde man, da es spät sei, wohl auseinandergehn. Der dicke Mann, der neben dem Klavier stand, hob das Notenblatt und hatte so großen Erfolg mit der Arie, daß er sie wiederholen mußte. Die Künstler schoben die Notenständer zusammen, die Respektspersonen nahmen Abschied und alle sagten: »Es war himmlisch, teurer Maestro, auf morgen abend.«

»Fatal«, meinte Neville zu Erwin; »wenn wir gehn, ist es genau, als würden wir vor die Tür gesetzt. Wir gehn also nicht . . .«

»Ganz recht«, bestätigte der Sänger, der den Saal durchschlenderte, »die Klarinette braut noch einen Punsch, und bis er fertig ist, machen wir ein paar Schritte in der frischen Luft.«

»Sie werden sich erkälten, Herr Breiting, und morgen abend nicht singen können«, gab Neville zu bedenken. Breiting erklärte, er habe Mantel und Schal, zog beides an und ging hinaus. Neville zitierte die Stelle von den wohlbeleibten Männern, wohlweislich im Original, und folgte dem Sänger, entschlossen, in ihm einen Fürsprecher zu gewinnen.

Er fragte, ob der Maestro zugänglich sei . . .

»Wie ein Bub, mit dem Sie Äpfel stehlen gehn, immerzeit bereit. Das Orchester hat einen Narren an ihm gefressen, wenn Sie soviel Deutsch verstehn, Herr Engländer . . .«

»Und Sie selbst sind auch kein Spielverderber?«

»Wo werd' ich denn. Sie wollen etwas von dem Felix, heraus damit.«

»Nicht nur von ihm, sondern von Ihnen allen. Der Klarinettenbläser kennt sich doch auch in Berufsfragen aus?«

»Bärmann? Das kann man wohl sagen. Er ist zwar ein Preuße, aber er kennt sich aus. Ich weiß nicht, in was für einer Welt Sie leben – wenn man darin Klarinette lernt, dürfen Sie Gift darauf nehmen, daß die Übungen von Heinrich Joseph Bärmann sind.«

»Und der Geiger?«

»Sie verstehen Fragen zu stellen. Ein Paganini ist er nicht. Aber der Karl Maria Weber hat einmal von ihm gesagt, brauchbar sei jeder, der den guten Willen hat.«

»Weber habe ich in London gesehn«, sagte Neville, und Breiting fragte:

»Wann?«

»Bei der Uraufführung des Oberon.«

»Nach der er ins Gras hat beißen müssen.«

»Ist das ein deutscher Ausdruck für Sterben?«

»Was denn sonst. Sehr anschaulich, finden Sie nicht?«

»Unbedingt.«

»Aber als man ihn begrub, da waren Sie nicht dabei?«

»Doch. Meine Mutter auch, sie weinte, weil sie aus Hannover stammt.«

»Sie fangen an, mir sympathisch zu werden. Aber eins muß ich doch sagen – ich hab' eine Mordswut, wenn mir einer vom Freiherrn Weber daherredet. Ein guter Musiker ist sich selbst Adels genug.«

»Er kann doch nichts für seinen Titel ...«

»Was Titel, ich hab' seinen Vater gekannt, der war ein toller Bursche, selbstgeadelt, fragen Sie nur in Stuttgart an.«

»Wenn ich durchfahre«, meinte Neville. »Hier ist München, kommen wir auf das Quartett zurück.«

»Daß ich nicht lache. Der vierte Mann ein Sänger, und das Violoncello fehlt – wollen Sie das ein Quartett nennen?«

»Macht nichts, die Hauptsache ist, daß vier Musiker beisammen sind.«

Breiting mußte es zugeben, und Neville setzte ihm nun auseinander, was er wünschte. Sie sollten Josepha einladen, den Laden zumachen, damit niemand hinzukam, und sie ein paar Viertelstunden lang mitmusizieren lassen ...

»Ein schönes Quintett, das Sie da vorschlagen. Was ist der Zweck? Will die junge Dame nachher sagen, sie habe mit vier Berühmtheiten gespielt?«

Aber zuletzt verstand er doch, was Neville wollte. Es kam darauf an, ein Bild von den Fähigkeiten Josephas zu gewinnen. Fiel es günstig aus, so konnte man das Urteil als Gutachten benutzen und dem Baron erklären, sie gehöre nach Paris oder Wien.

Breiting knurrte. Die Kleine müsse verdammt viel können, und wenn sie nicht den Satan im Leibe habe, dann bleibe sie besser die Baroneß. Vor einem halben Jahr oder mehr sei ein junger Mann namens Liszt auf der Reise nach Paris durchgekommen – unglaublich, was der aus dem Klavier herauszuholen verstand. Inzwischen aber erzähle man, daß besagter Liszt, nachdem er in Paris Paganini gehört habe, wie vom Blitz getroffen von vorn beginne und die Teufeleien des Italieners für den Klavierstil einfange. Was er damit sagen wolle? Daß Klavier und Geige sich anschickten, zu zeigen, was sie seien, dämonische Instrumente, man wisse es nur noch nicht. Dies vorausgeschickt, habe er nichts dagegen, ein Wort für das Fräulein einzulegen – das könne gleich geschehn.

Damit schritt er voran in den Laden, den der Geruch des Punschs durchzog.

Die vier Musiker kamen, weil der Maestro zum Aufbruch nach Paris rüstete, schon am Tag nach dem Wohltätigkeitskonzert zusammen, schlossen die Läden und steckten die Kerzen an. Da sie alle möglichen Opern durchzugehn pflegten, lagen Stapel von Partituren da. Sie gehörten dem Theater, das sie dem Gaste lieh. Der Haufen von Noten für Kammermusik war nicht viel kleiner. Josepha wiederum brachte ihre eigenen mit.

Sie hatte Neville eigenmächtig genannt und sich geweigert, auf dieses Heimliche einzugehn, aber auch seine Uneigennützigkeit bedacht und wie einmalig die Gelegenheit war. Er begleitete sie als Beschützer. Erwin sah sich ausgeschlossen; sanft hatte sie ihn gebeten, es zu verstehn. Er zürnte und ging doch, ohne daß sie es wußte, draußen auf und ab wie vor einer Klinik. Bisweilen legte er das Ohr ans Fenster und suchte zu bestimmen, was sie spielten.

Intime Musik sagte ihm weniger als die aufrauschende, die sich mit dem Chor, dem bekennenden Menschen, verband. Goethe war ihm verdächtig, für Schiller ließ er sein Leben. Wenn er Schiller aufsagte, war ihm, als könne er zur Bühne gehn.

Sobald die Fenster geöffnet wurden, eilte er davon, und da man ihn nicht aufgefordert hatte, sich am Abend bei Sirks einzustellen, blieb er fort, in seinem Zimmer auf eine Botschaft wartend, die nicht erfolgte. Er wünschte, Neville wäre nie nach Lörrach gekommen und hätte ihn lieber nach Freiburg gehn lassen, wo er Anspruch auf einen Freitisch besaß, wie jeder, der aus dem Oberrheinkreis oder dem Seekreis stammte.

Er würde bei Rotteck, Schneller, Meldegg gehört haben, sicher auch bei Zell oder Duttlinger, und sei es nur deshalb, weil sie wie Rotteck zu Karlsruhe im Landtag saßen. Die Zeitungen, die der Vater schickte, berichteten, daß die Fahrten dieser Professoren in die Kammer oder zurück Triumphzügen glichen, in jeder Stadt gab es Begrüßungen. Sein Blut wallte rascher, es war wohl politisches Blut. Und wollten die Frauen von einem Jüngling nichts wissen, so tat es die Freiheit – auch sie eine Schöne, die ihre Arme weit öffnet.

Spät am Abend hörte er Neville heimkommen. Es klopfte, der Freund trat ein, warf den Hut auf einen der beiden Sessel und sich in den andern.

»Nun«, fragte Erwin, »hat die Prüfung von vier bis jetzt gedauert?«

»Mir wäre wohler, wenn ich die Finger davongelassen hätte.«

»Das Gutachten fiel ungünstig aus?«

»By Jove, sie ist ein seltsamer Mensch«, erwiderte Neville, stand auf, nahm seinen Hut und ging hinaus.

Erwin sprang aus dem Bett und eilte im Nachthemd hinter ihm her.

»Entweder setzen Sie sich zu mir oder ich setze mich zu Ihnen, aber berichten müssen Sie«, erklärte er, worauf Neville zurückkehrte und mit dem Satz begann:

»Ich habe Josepha einen Antrag gemacht, sie hat ihn abgewiesen.«

Erwin sah ihn mißtrauisch an und hielt ihn für betrunken. Er fragte, was der Antrag mit der Prüfung vom Nachmittag zu tun habe.

»Ich wollte ihr helfen, da sie so unglücklich war.«

»Und warum war sie unglücklich?«

»Weil vier Musiker ihr sagten, sie habe ein schönes Talent.«

»Reden Sie doch vernünftig.«

»Sie hätte lieber gehört, daß sie ein starkes besitze.«

»Ach so. Nun verstehe ich schon eher. Was meint der Maestro?«

»Er sagte das von dem schönen Talent, sie habe Innigkeit und Wärme. Ihr Gesicht verklärte sich, als sie es vernahm. Mit geöffneten Lippen und einem Glanz in den Augen stand sie vor diesen Richtern.«

»Und dann?«

»Dann kam der kleine kalte Guß – es hapere am Dramatischen. Sofort fiel der dicke Sänger ein und ersetzte es durch Dämonisch. Er hatte da so eine Theorie, daß es nicht mehr genüge, mit Haydn fertig zu werden, den Teufel müsse man im Leib haben. Der einzige, der nichts auszusetzen hatte, war der Geiger, bei dem sie Unterricht nehmen soll – fatal, daß man den Eindruck hat, er sei am wenigsten auf der Höhe.«

»Was sagte Bärmann?«

»Wer? Ach so, die Klarinette. Die versetzte ihr, grauhaarig und trocken, den Todesstoß. Der Maestro schlug vor, sie solle nach Kassel zu Louis Spohr gehn, dort werde sie eine ausgezeichnete Unterweisung in der Violine bekommen und nach einem Jahr dann wissen, ob es sich lohne, als Virtuosin aufzutreten. Der Spohr sei mit einer Harfenistin verheiratet, sagte da die Klarinette, und dazu müsse man ihr raten, zur Harfe, dem gefühlvollsten und weiblichsten Instrument.«

»Du lieber Gott. Die arme Josepha. Wie nahm sie es auf? Brach sie in Tränen aus?«

»Sie müßten die Kore vom Erechtheion kennen, die der Earl of Elgin nach London gebracht hat. So stand sie noch immer da, nur war es jetzt, als ob die vier Knaben, die wenig griechisch aussahn, um ihre verborgenen Reize stritten. Nein, sie weinte nicht. Sie zog ihr Kleidchen nur ein wenig fester um sich und hörte dem Durcheinander, das nun anhob, zu; es entzückte mich, in ihrem Gesicht einen leisen Hochmut zu finden. Die Herren Künstler vergaßen sie und sich. Sie beleuchteten eine Frage nach allen Seiten, nämlich ob man das Talent von der Natur mitbekomme oder es durch Erlebnis, Einsatz, das Unbedingte, frei machen müsse. Ich habe eine Menge neuer Begriffe gelernt und wartete im übrigen darauf, daß sie mir das Zeichen zum Aufbruch gebe, aber sie lauschte aufmerksam. Der Gastgeber war der erste, der sich besann. Er sprang auf und wollte sie zu einem Sessel führen. Sie dankte, übereilte nichts, gab jedem mit vollkommener Höflichkeit die Hand und nahm Abschied. In diesem Augenblick war es, daß ich dachte: Verheiratet, wird sie sich zu einer wunderbaren Lady entwickeln.«

»Und im nächsten hatten Sie ihr schon einen Antrag gemacht?«

»Im nächsten waren wir in der Gasse, und ich fragte sie, ob bei den Deutschen das Wort Erlebnis so heilig wie bei den Ägyptern das Krokodil oder bei den Indern die Kuh sei. Sie lächelte, und das war alles, was ich wollte.«

»Der ehrenwerte Neville Brighton fahre fort.«

»Er verweilte noch ein wenig bei jenem Fetischwort. Er sagte, wenn auch sie diese Meinung vom Wert des Erlebens habe und darunter zu verstehn sei, daß eine junge Dame sich auf soviel Abenteuer wie Jane Ellenborough einlassen müsse, dann halte er sich zur Verfügung und schlage eine Entführung vor.«

»Wie konnten Sie nur, Sie sind unglaublich.«

»Das sagte Josepha auch, worauf ich erklärte, ich könne durchaus ernsthaft sein – in diesem Fall hätte auf die Entführung die Heirat zu folgen.«

»Ich bitte Sie, nie dürfen Sie heiraten, Sie blieben keine vier Wochen treu.«

»Als nähme man deswegen eine Frau.«

»Josepha lehnte auch diesen ehrenvollen Antrag ab?«

»Selbstverständlich. Ich zweifelte keinen Augenblick daran.«

»Warum machten Sie ihn dann?«

»Um sie auf den zweiten vorzubereiten.«

»Bei dem Sie von der perfekten Lady sprechen werden?«

»Gar nicht. Sie dürfen einer Frau nie sagen, daß Sie aus ihr ein vollkommenes Wesen machen wollen, sondern daß sie es schon ist.«

»Wie interessant«, meinte Erwin spöttisch. »Sie wollen also Josepha nach Ihren Ideen formen?«

»Das ist ein Gedanke, auf den nur ein Deutscher verfallen kann.

Ich habe nichts zu tun, als gewisse Voraussetzungen zu liefern – Rang, Vermögen und die freie englische Luft. Was Josepha als ihr deutsches Erbe an Gefühl und Wärme mitbringt, wird sich von selber entwickeln und alles hervorbringen, Haltung, Charakter, Selbständigkeit, kurzum die Dame von Welt.«

»Neville als Schwärmer, der Dandy als Enthusiast – was würde Byron sagen?«

»Er würde Terzinen auf sie schreiben.«

»Und Sie selber einen halben Deutschen nennen.«

»Warum nicht? Es steht noch nicht fest, ob es besser ist, aus zwei Hälften zu bestehn oder aus einem Guß zu sein«, erklärte Neville.

»Wer aber ist jene Jane Ellen – wie sagten Sie doch?«

»Ellenborough. Ich kannte sie in London, wie jedermann, der im Gesellschaftsklatsch zu Hause ist, und traute meinen Ohren nicht, als Lady Sirk heute abend erwähnte, daß Jane hier gelandet sei. Es scheint, daß sie weiß: An diesen Gestaden wohnt ein Fürst, der Circe nicht ausweist.«

»Was wollen Sie damit sagen?«

»Daß in diesem Königreich niemand so rasch von der Ankunft einer schönen Frau unterrichtet wird wie sein Herr. Sie wissen nichts von ihm?«

»Nur daß er gräßliche Verse macht und bis zur Julirevolution ein liberaler Monarch war, jetzt aber ein Despot geworden ist«, erklärte Erwin.

»Sie übertreiben. Er verträgt nur keinen Widerspruch. Diese Eigenschaft haben die Könige mit den Hausvätern gemeinsam. Der Landtag ist das undankbare Kind und er der aufgebrachte Familienvorstand.«

»Wer hat Ihnen das gesagt? Sie wissen mehr als ich.«

»Ich habe vom Baron und seiner Schwester viel Amüsantes über ihn gehört.«

»Schade, daß ich darum gekommen bin, es hätte auch mich interessiert.«

»Man muß sich nicht freiwillig in den Winkel stellen.«

»Tat ich das?«

»Old boy, Sie taten es. Und nun gute Nacht.«

»Schlafen Sie wohl, Selbstüberzeugung ist ein gutes Ruhekissen.«

»Selbstüberzeugung?« wiederholte Neville. »Was für ein Wort. Geben Sie zu, daß Deutsch eine schwierige Sprache ist. Hat sie für Diskretion ein eigenes Wort?«

»Verschwiegenheit.«

»Dann bitte ich darum.«

»Sie beleidigen mich.«

»I beg your pardon.«

Am Tag nach der Szene im Musikeratelier machte der Geiger dem Baron seine Aufwartung, sah sich von ihm allein empfangen und vernahm, man habe alle Pläne geändert. Der Aufenthalt Josephas schrumpfe auf die paar Wochen zusammen, die er selber bleibe, erklärte Buisson, und in dieser kurzen Zeit drängten sich so viele Dinge zusammen, daß Josepha nicht zur Ruhe komme.

Als der Geiger enttäuscht gegangen war, dankte Josepha ihrem Père und schlug ihm vor, die Umbauten zu besichtigen. Er umarmte sie und war beglückt, mit dem lieben, schönen Mädchen auszugehn. Sie hatte ihm alles gestanden.

Wer noch das alte ummauerte München gekannt hatte, fand sich schwer zurecht. Mittelpunkt des neuen war der Platz am Odeon, von dem die große Prachtstraße ausgehn sollte. Vorerst standen von ihr nur die Eckhäuser. Der Grund für die Staatsbibliothek wurde gerade ausgehoben, in der Ferne zeigten Gerüste die künftige Ludwigskirche an. Die Münchner schimpften, diese Straße werde viel zu breit, und die florentinischen Fronten blieben dem nordischen Himmel ewig fremd. Aber der König, der sich den teutschesten nannte, sah keinen Widerspruch, und Deutschland sollte von diesem warmen, heiteren Gelb des Südens nicht ausgeschlossen sein.

Gerüste sah man auch in den Arkaden, die Kaulbach schon mit Allegorien bemalt hatte; jetzt fügte Rottmann die Landschaften hinzu. Als sie die Schritte nach dieser Richtung wandten, hörten sie einen Studenten sagen, dort gehe der König mit Klenze. Klenze war der Mann, der das alles baute. Die eine der beiden Gestalten, im fliegenden Mantel, sprach überlaut, die andere hielt die Hand ans Ohr – der König war schwerhörig, auch schleppte er das Bein etwas nach.

Der Baron grüßte, der König zog den Hut. Josepha sah, daß er sie mit hellen, unsteten Augen scharf musterte und über dem gekniffenen Mund ein gesträubtes Bärtchen trug.

Neville fand in diesen Tagen eine neue Wohnung. Er erfuhr unter der Hand davon – einer der Herren der britischen Gesandtschaft, der München verließ, trat sie ihm ab. Sie lag am geschlossensten aller Plätzchen, Ecke der Perusagasse, und war teuer. Der Blick ging auf die bemalte Anmut des Residenztheaters, das jedermann das Schatzkästchen nannte, und auf den Königsbau, der noch in den Gerüsten stand.

Neville hatte drei Zimmer und bot eines Erwin an, der ablehnte. Entweder verzichte er auf München und gehe doch noch nach Freiburg, erklärte er, oder er bezahle seine Bude selber. Er fühlte sich in der Stadt, für die alle schwärmten, unbehaglich, die Bayern sagten dem Badener nicht zu. Dann lernte er einen Studenten aus der Rheinpfalz kennen und durch ihn noch andere.

Die Pfalz gehörte zu Bayern, und Ludwig war ihr König, aber die Treueempfindungen der Altbayern blieben ihr fremd. Das gemischte pfälzische Blut fühlte republikanisch. Von Frankreich hatte das Land viel Leid erfahren, aber ihm zuletzt auch lange angehört und sich die Freiheitsgedanken angeeignet. So lag es unter dem Gesichtspunkt der Ideen und des Temperaments im Schatten von Paris, während Bayern ein Polizeistaat war, der mit Briefüberwachung und Geheimberichten arbeitete.

Diese Studenten wohnten im sogenannten Tal, unweit des Viktualienmarktes und des Isartors, durch das von alters her die Bauern ihre Erzeugnisse brachten, sie spannten aus im Tal. Herberge reihte sich an Herberge, dazwischen hausten die Trödler und hielten die Läden alles feil, was der Mann vom Land und seine Frau nötig hatten. Die Glocken der Heiliggeistkirche überschwangen den Lärm, den an den Markttagen die Wagen, die Pferde, die Knechte machten. Hier waren das Herz und der Pulsschlag der Stadt; Erwin konnte es nicht alt und nicht echt genug hergehn.

Von Baronen und dem Salonverkehr, in den Josepha nun geriet, wollte er nichts mehr wissen. Josepha war für ihn verloren. Er verzieh ihr nicht, daß sie auf ein bloßes Gutachten hin die Waffen so rasch gestreckt hatte. Als ihn ein Briefchen fragte, weshalb er ausbleibe und ob beabsichtigt sei, es dabei zu lassen, schrieb er zurück, er wolle ihr seine Gedanken sagen, aber nicht bei ihr daheim – wenn sie den Mut habe, ihn zu einem Spaziergang durch den Englischen Garten zu treffen, möge sie zu der und der Zeit beim Monopteros sein.

39

Am Monopteros merkten die Münchner, daß sie Griechen waren. Das schwere Wort ging dem Mietskutscher leichter über die Lippen als Josepha. Er wettete mit sich selber um ein Maß, am Platzl zu nehmen, daß sein Fahrgast Gesellschaft bekommen werde, und gewann. Aber mit diesen Liebesleuten schien nicht alles in Ordnung zu sein. Sie zankten sich sofort, als der junge Herr, der am Fuß des Monopteros wartete, ihn entlohnen wollte und die junge Dame widersprach. Der junge Herr gehorchte, der Wagen wurde bis zum Kleinhesseloher See beibehalten.

Josepha lächelte, als sie die finstre Wolke auf dem schönen Jünglingsgesicht und die drei Rosen, die er ihr in den Schoß legte, sah. Er kam, um abzurechnen, brachte aber etwas mit; wie knabenhaft er war. Sie wartete, daß er beginne, und hob unterdessen eine der Blumen zum Pelz, um festzustellen, ob sie hinpasse – die Rose war zu üppig.

»Du siehst, daß ich mutig genug bin, um dich zu treffen«, sagte sie nun ihrerseits, »aber warum hast du angenommen, es gehöre Mut dazu?«

»Ich dachte, dein Père würde es dir nicht erlauben ...«

»Im Gegenteil, er fand es vernünftig, an die frische Luft zu gehn. Überhaupt, er schätzt dich sehr, und du magst ihn ja auch leiden, oder nicht?«

»Nicht mehr so gut wie früher.«

»Und warum?«

»Weil er schuld daran ist, daß du dich hoffnungslos für die feinen Leute entschlossen hast«, entgegnete Erwin, stand nun an seinem Fahrwasser und stürzte sich hinein.

Neville, sagte er, Neville habe ihm erzählt, daß man sie für ihre Haltung bei den Musikern bewundern müsse – aber was hatte sie denn getan? Beim ersten Hindernis einen Lebensplan aufgegeben, von einem Augenblick zum andern daran gedacht, daß ein Mädchen in geschützten Verhältnissen es nicht nötig habe, sich dem Kampf zu stellen – ob das, Josepha, so rühmlich war?

Er warf ihr Feigheit vor, sie zuckte doch zusammen. Was gab ihm das Recht, sie zur Rechenschaft zu ziehn? Sie fragte es ihn.

»Das Bewußtsein, daß auch ich bereit bin, mich von jedem andern für meine Entschlüsse zur Rechenschaft ziehn zu lassen«, erwiderte er.

»Von jedem andern? Ich bitte dich.«

»Nun ja«, sagte er hitzig, »von den Mitmenschen, unter denen ich leben muß. Wenn ich nicht zu fürchten hätte, daß man über mich urteilt, ich sei mutlos gewesen, würde ich nie mutig, tapfer, entschlossen sein.«

»Oh, schon wieder der Mut. Unter dem Vorwand, daß die ganze Welt an Mutlosigkeit leidet, mischt sich jedermann in jedermanns Angelegenheiten – sag, willst du denn ein Jakobiner sein?«

»Man wird es leicht, wenn man darüber nachdenkt, wie matt und bequem die Menschen sind.«

»Ja, und aus lauter Sorge um ihr Seelenheil wird man der unduldsamste Tyrann.«

»Nichts ist gefährlicher als diese ewige, die gepriesene Duldsamkeit«, erklärte er mit heißen Augen. Sie nahm seine Hand und sagte:

»Genug, Erwin. So kannst du mit deinen Kameraden streiten; ich weiß, ihr lebt davon. Ich bin nur ein Mädchen oder, wenn du willst, eine Frau. Frauen hassen die Theorien, und alles, was du bis jetzt gesagt hast, ist viel zu allgemein.«

»Schön. Sprechen wir nur von dir und diesem einen, ganz bestimmten Fall. Nach meiner Auffassung hast du die Flinte zu rasch ins Korn geworfen – sag mir, warum.«

»Siehst du, jetzt klingt es schon vernünftiger. Schon hast du ›nach meiner Auffassung‹ gesagt. Auffassungen sind etwas Subjektives, so nennt ihr es doch? Nein wirklich, was ist eine Auffassung? Ein Urteil, das man fällt, ohne genau zu wissen, was in einem andern vor sich geht.«

»Du schlägst eine ganz gute Klinge. Und du wehrst dich wenigstens, Gott sei Dank. Versteh doch, daß es mir weh tat, zu denken, du seist auch nur so ein Familienmädchen, das, wenn es sich für die seidenen oder die wollenen Strümpfe entscheiden muß, die seidenen wählt.«

»Komm, setz dich neben mich«, bat sie.

Erwin wechselte den Platz, und Josepha sagte:

»Nimm an, mit vierzehn, zur Zeit der Einsegnung, sei ein junger Mensch so religiös, daß er beschließt, Theologe zu werden, aber mit siebzehn, wenn er die Universität bezieht, schreibe er sich bei den Juristen ein – ist er verpflichtet, jedem und allen auseinanderzusetzen, daß ihm Zweifel gekommen sind? Ist er feig, weil er nicht versucht, doch noch mit diesen Zweifeln fertig zu werden – zu kämpfen, wie du es ausdrückst? Oder hat er das Recht, zu denken, es sei besser, sich nicht abzuquälen?«

»Willst du damit sagen, daß dir Zweifel an deiner Kunst gekommen sind? War alles nur ein Traum?«

»Und du selbst, hast du nie geträumt?« fragte sie rasch. »Ich erinnere mich an einen Sommertag in Lörrach, als ich auf einem Stein mit bloßen Füßen in der Wiese saß und am Tang fühlte, wie stark die Strömung war. Da kamst du mit heißem Kopf gelaufen und sagtest, über Danton und Desmoulins hättest du gelesen und wolltest ein Volkstribun wie sie werden, von sechsunddreißig deutschen Fürsten seien sechsunddreißig zuviel. Du siehst, ich habe sogar die Namen behalten, so sehr bewunderte ich dich – du aber, bist du Tribun geworden, sind die Fürsten gestürzt?«

»Falsch, Josepha, falsch«, erklärte er triumphierend. »Du wirst es erleben, wir werden sie stürzen; warte, bis ich fünfundzwanzig bin.«

»Oh, ich dachte schon, die Antwort würdest du mir schuldig bleiben«, sagte sie, und wenn es Spott war, was um ihre Lippen flog, so tat es nicht weh. Als habe er ihn noch nie gesehn, hing sein Blick an ihrem Mund, dem ausdrucksvollen. Alles an einem Menschen war geheimes Leben, zart und warm umspielte es die Zähne noch. Und wer Schönheit sah, den hob ein Begehren ihr entgegen. Die Professoren leugneten es, und doch war es so.

»Ich verstehe nicht viel von Musik, Josepha«, sagte er, »aber was du gespielt hast, war immer vollkommen. Ich begreife gar nicht, daß es nicht reichen sollte.«

Sie dachte nach, es ließ sich so schwer erklären. Dann sagte sie:

»Von einem, der Musik wiedergibt, wird eine weite Natur verlangt. Eine Virtuosin kann nicht immer nur Haydn und Mozart spielen, inzwischen hat man das Leidenschaftliche, das Stürmische, das Zerrissene entdeckt. Wer spielt, der muß vielseitig sein, und darum traf es mich so, als der dicke Sänger, der doch manches kann, das Wort von der Dämonie gebrauchte. Ich wußte sofort: Es ist das Urteil, das du gefürchtet hast, und wenn du die Kraft der Demut findest, kämpfst du nicht dagegen an.«

»Kein Mann könnte so demütig sein.«

»Dafür ist er ein Mann. Mich tröstete es, zu denken, daß ich noch eine Frau bleiben kann.«

Auch Erwin dachte nun lange nach. »Alles, was ich vorhin sagte, hat dir wohl sehr weh getan?« fragte er dann.

»Es war auch darin ein wahrer Kern. Du mußt nicht glauben, ich verstände dich nicht. Es sind mir viele Fragen durch den Kopf gegangen, als ich die vier so eifrig über das Bedingungslose streiten hörte. Wenn es dich nicht langweilt, kann ich es dir genau berichten.«

Nichts, was Josepha betreffe, langweile ihn je, versicherte er enthusiastisch, und auch sie war achtzehn – daß man glauben könne, ruhmlos habe sie die Waffen gestreckt, mochte einer jungen Dame so unerträglich wie einem jungen Mann sein.

Der Kutscher hielt am Kleinhesseloher See. Erwin schätzte am einen Fenster den Stand der Sonnenscheibe, die nach dem Tagwerk sichtbar entatmend in die Wipfel sank, und Josepha am andern die Weite des Seeumschwungs. Der Kutscher riet ab, auszusteigen, es sei zu spät, zu einsam, zu unsicher; so zogen die Köpfe sich zurück und die Pferde wieder an.

»Siehst du, wenn ich die große, berufene Künstlerin wäre, hätte ich nicht gezögert, alles auf mich zu nehmen«, sagte Josepha. »Der Sänger ist ein Bayer, der kein Blatt vor den Mund nimmt. Er meinte, Temperament erkaufe man sich durch den Verzicht auf die geebneten Wege, vielleicht gehe es mir zu gut. Ich malte mir ganz ruhig aus, worin der Preis bestände, den ich zu zahlen hätte. Nicht unter den Fittichen einer adligen und hoffähigen Tante wohnen, bei der man nur Gesellschaftsleute trifft – mit Père, der mich nie allein in eine fremde Stadt schicken würde, brechen und kein Geld mehr von ihm nehmen: also Flucht und Vertrauensbruch. Ich fühlte, wie alles in mir sich schloß. Ich hatte ihnen erlaubt, mit Fernrohren in mein Innerstes zu schauen, und erschrak darüber – was kein echter Künstler täte. Ich haßte sie in diesem Augenblick, sie und ihre Kunst, die ein so eifersüchtiger Gott ist, daß er die Auslieferung des ganzen Menschen verlangt. Begreifst du mich nun?«

»Ja. Es ist immer alles anders, als man sich vorstellte. Aber ich wünsche innig, daß du nicht bereust, verzichtet zu haben. Dein eifersüchtiger Gott würde dir die schwersten Bedingungen auferlegen, wenn du zurückkehrst.«

»Wenn ich je bereue, würde ich es mir nicht gestehn. Das darf man nicht, wenn der Stolz auf dem Spiel steht.«

Erwin schwieg. Er war gekommen, um mit ihr zu rechten, und nun bewunderte er mehr als je ihre frauenhafte Sicherheit. Die ersten Laternen brannten, der Wagen tauchte in die Gassen ein, die im Schatten der barbarisch schönen Frauentürme lagen.

»Josepha«, kam es durch das Dunkel her, »erinnerst du dich an die roten Rosen, die du mir in Neuenburg mitgegeben hast? Damals hoffte ich – darf ich es auch heute? Sag, daß du bereit bist, auf mich zu warten.«

Sie war ihm gut, hinhalten wollte sie ihn nicht – so vernahm er nach einer langen Weile das leise »Nein«, das so fest und endgültig war. Der Wagen hielt, sie forderte ihn auf, hinaufzukommen. Er drückte ihr die Hand und entfernte sich rasch.

40

Neville wurde vom britischen Gesandten in den diplomatischen Kreisen eingeführt, von Frau von Sirk bei den Münchner Familien, die Zahl war nicht groß. Im Hause Sirk verkehrte er mit einer nur ihm gestatteten Zwanglosigkeit. Oft legte man noch in letzter Minute ein Gedeck für ihn auf.

Er erzählte, daß er Jane Ellenborough getroffen habe; sie sei so verführerisch wie in ihrer Londoner Zeit. Zum Hubertustag geleitete er sie auf einen Landsitz und teilte die Kutsche mit niemand als mit ihr – ein Umstand, der alsbald in den Salons besprochen wurde. Einige Familien weigerten sich, sie zu empfangen, andere zögerten. Sie war geschieden, und der eine sagte, sie habe drei Liebhaber gehabt, der zweite machte dreißig daraus. Die am besten Unterrichteten beeilten sich, sie einzuladen, denn es hieß, der König schreibe bereits Verse auf sie.

Wohin Neville kam, sah er sich nach ihrer Herkunft, ihrem Alter, ihrer Ehe und ihren Abenteuern gefragt. Sie sei die Tochter eines Admirals, sagte er, mit siebzehn habe sie den Lord Ellenborough geheiratet, mit einundzwanzig verlassen. Im Derby habe ein Pferd namens Cadland den Favoriten namens Colonel geschlagen und in der Gunst der Lady der junge Felix Schwarzenberg von der österreichischen Gesandtschaft einen Obersten ausgestochen, daher er, Schwarzenberg, Cadland genannt worden sei. Sie habe ihn mit Leidenschaft geliebt und ihn nach Paris begleitet, er aber sich von seiner Familie sagen lassen, sie sei zu schön, um treu zu sein, und gut bürgerlich den Rückzug angetreten.

Diese Bemerkung trug Neville um ein Haar eine Forderung ein. Er wurde von einem Freund, den Schwarzenberg bei der Münchner Gesandtschaft hatte, gefragt, ob seine Äußerung abfällig gemeint sei.

Neville erwiderte ironisch, er wolle die These vom bürgerlichen Charakter der Ehe jederzeit in einer Disputation verfechten, und erkundigte sich, ob es in München eine Sorbonne gebe. Jener Freund erklärte, Neville werde von ihm hören, doch griff der Gesandte ein und schickte auch einen Bericht an Metternich, der abwinkte.

Frau von Sirk diktierte Josepha die Namen der Gäste, die sie zu einem Tanzabend einladen wollte. Neville schlug vor, Lady Jane auf die Liste zu setzen. Frau von Sirk wußte nicht, was sie erwidern sollte. Josepha sagte, ohne vom Papier aufzuschauen:

»Tante, Sie sollten nicht strenger als andere sein.«

»Ich bin nicht streng, mein Kind, ich bin nur ein wenig altmodisch. Zu meiner Zeit traf man wohl auch Damen von extravaganter Aufführung, aber man lud sie nicht in seine eigenen vier Wände ein.«

»Welche Zeit meinen Sie?« fragte Neville.

»Nun, ich kam 1806 nach München ins Pensionat, die Herolde riefen gerade die Erhebung Bayerns zum Königreich aus – Nepoleon war mit Josephine da und Eugène Beauharnais heiratete die Prinzessin Augusta.«

»Sehn Sie, Baronin«, meinte Neville, »extravaganter als diese Namen können keine sein. Die gute alte Zeit war nicht moralischer. Sie war, wie alle Zeiten sind.«

»Es liegt Neville viel daran, etwas für seine Freundin zu tun, wir setzen Lady Jane auf die Liste«, entschied Josepha, und ihre Tante gab nach.

Annette Sirk mit ihren ein- oder zweiundvierzig sah jünger als der Bruder aus, und wenn sie nicht auch in der Kleidung jene altmodischen Grundsätze befolgt hätte, wäre sie eine noch heiratsfähige Frau gewesen. Den Baron verdroß sie durch die Versicherung, daß Josepha dem jungen Engländer nicht gleichgültig sei. Er hatte keine Lust, das Mädchen so früh abzugeben, und behauptete seinerseits, auf die Nachrichten aus der Stadt gestützt, Lady Jane, die so exzentrisch wie er selber denke, beherrsche Neville.

Josepha hatte genug über Jane Ellenborough gehört, um es für möglich zu halten, daß Neville ihr Geliebter war. Es ist möglich, dachte sie, es ist sogar wahrscheinlich, und was wahrscheinlich ist, dem gibt man am besten den Rang einer Tatsache, um den überflüssigen Empfindungen zu entgehn. Sie wurde rot, wenn sie sich daran erinnerte, daß sie im Traum, von seinen Augen gebannt, immer wieder wie an einer gespannten Schnur auf ihn zuging und in der Sekunde des Zusammenstoßes aus den Kissen auffuhr. Aber sie hatte dabei auch gelernt, daß man einen Traum abbrechen kann, indem man sich befiehlt, sobald er einsetzt, aufzuwachen.

Sie sah Lady Jane schon vor dem Sirkschen Abend, bei einer Soirée, die Fürst Öttingen, der neue Innenminister, gab. Mit großer Neugierde, der Fürst hatte eine Gärtnerstochter geheiratet, ging sie hin und hielt zuerst die Engländerin, die von einem Hofstaat von Männern umgeben war, für die Fürstin. Nie hätte sie zugegeben, daß sie eifersüchtig sei, aber wenn dieses Gefühl sich regen wollte, wurde es von dem des Entzückens verdrängt, als der Kreis sich öffnete und die große, schlanke Jane übers Parkett schritt – eine blonde Königin.

Sie hatte eine Haut wie Milch und Rosen und eine Büste, einen Hals, wie wenn sie Prinzessin Schwanenweiß hieße. Das Gesicht besaß die edelste längliche Form, vom Kinn bis zur Agraffe in der Mitte der Stirn. Die Augen waren etwas zu hell, die Lippen rein, gleich denen eines Engels.

»Nun, wie gefällt sie Ihnen?« fragte Neville, der plötzlich neben ihr stand.

Sie sehe zum erstenmal eine Frau mit den Augen von Männern und begreife nun, daß sie bereit seien, das Unerwartetste zu tun, erwiderte Josepha.

»Sie sind schön«, erklärte er, sich zu ihr beugend, leise.

Sie war noch nie mit entblößten Schultern und mit Ausschnitt unter Menschen gegangen. Ihre Hände suchten nach einem Schal, den sie nicht fanden. So öffnete sie den Fächer und sagte, um sie zu trösten, übertreibe er ein Kompliment.

»Ich übertreibe nicht, die Schönste im Saal sind Sie, Josepha.«

»Sie behaupten mehr, als Sie vertreten können«, erwiderte sie unwillig; er machte ihr das Herz nur schwer.

»Ich vertrete es, ich schreibe es auf Ihre Tanzkarte, um die ich Sie bitten darf.«

Er bat noch einmal darum, sie mußte sie ihm geben und sah, daß er vor jeden Tanz, statt ihn anzustreichen, einen Buchstaben setzte. Als sie einen Blick darauf warf, stutzte sie und sagte tonlos:

»Besorgen Sie mir eine neue.«

Er gab ihr seine eigene und steckte ihre ein.

»Warum tun Sie das?« wünschte sie zu wissen.

»Ich sammle Erinnerungen, Sie wissen es schon. Kommen Sie, Josepha, der erste Tanz beginnt.«

Sie folgte ihm, sie fragte:

»Und auf wie viele Tanzkarten haben Sie dieses I love you geschrieben, das man von oben nach unten lesen muß?«

»Es ist ein Einfall, den ich heute abend zum erstenmal hatte.«

»Neville, ich mag das elegante Geplauder nicht.«

»Ich plaudere nicht um der Eleganz willen, sie versteht sich von selbst.«

»Sie dürfen nicht mit mir spielen.«

»Ich sagte schon, es ist mir völliger Ernst.«

»Sie werden mir die Karte zurückgeben.«

»Was haben wir heute? Den fünfzehnten November? Am gleichen Tag im fernen Jahr achtzehnhundertsechsundfünfzig wird Lady Brighton sie auf ihrem Frühstückstisch finden.«

»Das ist nicht elegant, es ist unverständlich«, sagte Josepha.

»Es ist elegant, ernst und verständlich, wenn Sie bedenken, daß man nach fünfundzwanzig Jahren den Tag der Heirat oder auch den der Verlobung zu feiern pflegt.«

»Ist das eine Werbung, Neville?«

»In aller Form, Josepha.«

»In aller Form? Ich fürchte, daß es eine zu eigenmächtige Form ist.«

»Ich bin sicher, daß es auch Anno sechsundfünfzig Rosen gibt, und sehe Sie sich darüber beugen.«

»Wie alt wäre ich dann? Dreiundvierzig – was für eine schlimme Zahl. Mit dreiundvierzig habe ich vielleicht schon graues Haar.«

»Sie werden mir mit grauem Haar so teuer sein wie jetzt mit Ihrem blonden, das wie aus dem Märchen ist. Für unseren ersten Kostümball schlage ich deutsche Märchen, englische Sagen, schottische Balladen und irische Legenden vor – Sie müssen Zöpfe tragen, ich möchte Sie in schweren, langen Zöpfen sehn.«

Josepha blieb stehn und zwang ihn, zur Seite zu treten. Sie atmete tief und sagte:

»Zu eigenmächtig, Neville. Sie haben die ganze Zeit gesagt, was wir in Zukunft tun werden, aber nicht ein einziges Mal gefragt, ob ich Ihnen folgen will. Ich glaube nicht, daß Sie mich auf

Ihrem Märchenball sehn werden. Die Tanzkarte geben Sie mir bitte zurück.«

Er gehorchte, und sich von ihm abwendend, versteckte sie das Blatt im Ausschnitt. Frau von Sirk, die das Mädchen im Auge behielt, entging es nicht. Sie unterhielt sich in ihrer Ecke mit dem Hofmaler Stieler und mit dem Professor Ringseis. Ihr Deutsch hatte den bayerischen Tonfall, doch mischte sie unbekümmert französische Sätze hinein. Die Vermischung der Sprachen wurde in der Gesellschaft allgemein geübt. Neuerdings klang auch das schärfere Norddeutsch hinein, da der König viele Gelehrte und Künstler berief.

Stieler hatte als Mainzer nichts gegen den Gebrauch des Französischen einzuwenden. Ringseis war zwar auch am Main geboren, aber dort, wo er entsprang, und haßte den welschen Laut. Wenn es nach ihm gegangen wäre, hätte man sich sogar im Salon der Sprache Ciceros bedient. Es falle immer schwerer, in den Kliniken auf lateinisch vorzutragen, sagte er, die Studenten vermöchten nicht mehr zu folgen, und selbst diejenigen, die es könnten, weigerten sich.

Frau von Sirk fragte, ob das so verwunderlich sei. Als Deutsche hätten sie doch einen Anspruch darauf, deutsch unterwiesen zu werden, und wenn der Professor in der Museumsgesellschaft einen Vortrag halte, rede er ja auch deutsch.

Gewiß, jedoch über Kunst, erklärte er; die Sprache der Wissenschaft hingegen sei, ganz wie die der Kirche, das Latein.

»Im Namen des Heiligen Geistes, Amen«, sagte jemand, der hinter ihm vorbeiging, spöttisch. Der Professor drehte sich empört um, die Zuhörer lächelten, denn die Ansichten dieses Mediziners, der nicht viel von den Naturwissenschaften hielt, waren bekannt – die Krankheiten entsprangen nach ihm der Sünde, und als beste Heilmittel nannte er Beichte, Versenkung und Gebet.

Neville brachte Josepha zurück, die Baronin stellte sie den Herren vor. Als der Name Stieler fiel, vergewisserte sich Josepha durch eine Frage, daß er der berühmte Maler war. Sie hatte mit Père das Porträt Goethes und das Krönungsbild des Königs gesehn. Stieler bestätigte es und erzählte gutgelaunt, daß ein Abgeordneter aus dem Oberland sich bei ihm erkundigt habe, ob er der Hersteller von Stielers Handatlas sei.

Der Künstler sprach mit der Ruhe eines Mannes, der die Gunst des Königs schon in der Kronprinzenzeit genossen hatte. Er war ein aufmerksamer Beobachter, sein Auge folgte immer wieder Jane Ellenborough. Mitunter zog er ein Skizzenbuch hervor und trug die Rückenlinie oder die des Halses mit einem oder zwei Strichen ein. Bevor jemand darauf achtete, hatte er es schon wieder fortgetan.

»Herr Stieler hat Auftrag, die englische Lady für die Schönheitsgalerie zu malen«, sagte die Tante, und Josepha erkundigte sich, ob das eine Abteilung der künftigen Pinakothek sei. Stieler erwiderte, die Schönheitsgalerie lege der König in der Residenz für sich selber an.

»Sie wissen, daß es eine Ehre ist, in sie zu kommen?« fragte er.

Frau von Sirk widersprach – niemand wußte besser als Herr Stieler, wie unglücklich Oberst Schintling war, weil seine Tochter ihm auf Befehl des Königs hatte sitzen müssen.

Der Oberst-Vater und der Leutnant-Bräutigam widerstrebten, gab Stieler zu, aber Seine Majestät bestehe nun einmal darauf, daß Schönheit verpflichte, und so müsse sich auch Fräulein von Schintling damit abfinden, daß sie zwischen Gräfinnen und Schauspielerinnen, Italienerinnen und den Töchtern eines Wildbrethändlers oder Leihhauskassierers hänge.

»Apropos Italienerin, man hat mir gesagt, daß Sie im Sommer die Marchesa Florenzi von neuem gemalt haben?«

»Ganz recht, und dieses Mal unter dem bleichen nordischen Himmel, wie sie sich zu beklagen pflegte – mit einem gewissen Recht, er war heuer nicht schön.«

»Wozu mußte sie erst herkommen?«

»Um den König zu sehn.«

»Es gibt auch eine Königin.«

»Ohne Zweifel, Baronin.«

»Er duzt sich mit ihr?«

»Sie ist seine Frau.«

»Sie verstehn mich sehr gut, ich meine die Marchesa.«

»Der König duzt sich mit vielen Damen.«

»Auch mit Lady Ellenborough?«

»Wenn Sie es nicht weitererzählen wollen, auch mit ihr.«

»Die arme Königin. Was sagt sie?«

»Nichts. Sie verreist, wie immer, wenn Seine Majestät einen neuen Schwarm hat.«

»Was bedeutet im Deutschen ein Schwarm?« erkundigte sich Neville, der mit dem Baron bei Mortier, dem französischen Gesandten, stand.

»Ungefähr das, was Sie in England einen Flirt nennen«, sagte der Baron, »doch ist es ein sentimentaler Begriff. Es gehören Gedichte, Briefe und das Requisit hinzu.«

»Wie alt ist der König?«

»Fünfundvierzig«, sagte der Maler.

»Und er hat Kinder?«

Stieler lachte und erwiderte, er habe ihrer neun.

»Gute Jane«, meinte Neville und ging quer durch den Saal auf sie zu. Man sah – es begann gerade ein Walzer –, daß er sie gleichzeitig mit einem andern Herrn um den Tanz bat und dem Nebenbuhler aus dem Arm nahm.

»Das ist Venningen«, sagte Frau von Sirk, »an seiner Stelle würde ich nachher ein Wörtchen mit Neville sprechen, er ist doch zu unverschämt.«

Wenn Venningen diese Absicht hatte, kam es nicht dazu. Der Walzer brach ab, die Tanzenden erstarrten einen Augenblick in der großen Reverenz. Der König war eingetreten; der Hausherr und die Fürstin beeilten sich, ihm entgegenzugehn.

Lady Jane wartete, bis der Blick Ludwigs sie suchte. Er war ihretwegen gekommen, und sie hatte damit gerechnet. Ihre Hand lag auf dem Arm Nevilles, sie wollte sich lösen, doch Neville ging neben ihr noch einige Schritte bis in die Nähe des Königs, dann gab er sie frei und verbeugte sich ebenso ungezwungen wie gemessen. Sie stellte ihn als den Landsmann vor, ihre Lippen waren engelrein, auf denen des Königs sträubte sich das Bärtchen.

Vielleicht hatte er in der Jugend rötliche oder gar rote Haare gehabt, und zerzaust waren sie noch immer. Aber die Augen blickten kühn, rasch und frei – alles in allem war er doch ein König, was auch Neville empfand, als er sich ohne ein Wort stehngelassen sah.

41

Von den Museen, die der König plante, war die Glyptothek fertig. Angesichts des wüsten Geländes, auf dem sie stand, konnte man glauben, die Barbaren hätten eine Stadt in Hellas dem Erdboden gleichgemacht und nur diesen Tempel verschont.

Père ging mit Josepha jeden zweiten oder dritten Tag hin. Der ägyptischen und griechischen Werke waren so viele, daß man Wochen brauchte, um alle anzusehn. Der König hatte sie in seinen Kronprinzenjahren gesammelt, unmittelbar nach dem Kriegslärm und den marschierenden Heeren der napoleonischen Zeit. Père bewunderte ihn und sagte, er schaffe ein Gegenberlin – nicht nur das Soldatentum verlange Tatkraft, auch der Wille zur Schönheit bezeuge sie.

Im Äginetensaal kreuzten eines Morgens Lady Ellenborough und jener Freiherr von Venningen den Weg Josephas und des Barons. Der Freiherr machte den Eindruck eines ehrlichen Mannes, der seinem Schicksal begegnet und ihm verfallen ist. Das Schicksal schwebte, weißhäutig und lockenschüttelnd ihm voran, er ließ keinen Blick von dem halb zugekehrten Profil. Mit schöner Anmut neigte sie das Köpfchen, als Buisson grüßte. Nach einem Augenblick des Zögerns streifte sie bezaubernd den Handschuh ab und legte kühle, schlanke Finger in Josephas Hand. Den Freiherrn, der den Hut gezogen hatte, stellte sie nicht vor, er tat es nun selber; aber sie ging weiter, und er folgte ihr nach.

Im Niobidensaal traf man sich wieder, vor dem Knaben mit der Gans. Jetzt hatte Lady Jane einen zweiten Begleiter, Neville, der ihr Vorwürfe machte, weil sie, der Verabredung ungeachtet, in ihrer Wohnung nicht auf ihn gewartet habe. Venningen sei gekommen, erwiderte sie mit dem Lächeln, das ihre leise geöffneten Lippen nie verließ, und die Verspätung des einen bedeute den Vorsprung des andern.

Den Ringkämpfer, der sich salbt, und den Sandalenlöser betrachteten sie gemeinsam, aber in den römischen Sälen übernahm die Führung der, dem das alles verdankt wurde, der König. Wie den Harun al Raschid sah man ihn in seiner Stadt überall. Er sagte, er sei gekommen, um mit dem Kustos zu sprechen. Es schloß nicht aus, daß sie ihm einen Wink gegeben hatte. Wie dem auch sein mochte, drei Männer waren um sie bemüht.

Neville blieb nichts übrig, als sich wie die andern im Hintergrund zu halten. Venningen ging es ebenso. Er mußte mit dem Baron zufrieden sein. Neville schritt neben Josepha.

»Vor einem König muß sogar ein Neville zurückstehn«, sagte sie, ein wenig Spott verdiente er wohl.

»Revanche ist immer möglich«, erklärte er.

»Entführung Lady Janes?« fragte sie nur.

»Da ich ein Urenkel Sir Archibalds bin, könnte es mich verlokken . . .«

»Und was hält Sie noch ab?«

»Die Hoffnung, daß wir beide uns nicht ewig necken.«

»Ich, Neville, bin aus dem Spiel.«

»Sie irren, Sie sind der Einsatz darin. Wissen Sie, daß Stieler bereit ist, Sie zu malen?«

»Wer könnte es ihm vorgeschlagen haben?«

»Ich.«

»Wollen Sie das Bild der Schönheitsgalerie schenken?«

»Ich möchte es in Brighton House aufhängen und bitte hiermit um Ihre Hand. Zwar ist das hier nicht der rechte Saal, er enthält lauter Satyrfiguren . . .«

»Ich würde auch in einem andern dieselbe Antwort geben«, sagte sie.

»Welche, Josepha?«

»Daß ich Père verpflichtet bin und ihn nicht so rasch verlasse.«

»Bleiben Sie noch ein Jahr bei ihm.«

»Auch bin ich ein Mädchen, das keine fünf Dukaten eigenes Vermögen besitzt.«

»Da ich nicht mit der Mitgift rechne, darf ich sagen, Père wird schon für sie sorgen.«

»Vielleicht. Der dritte Grund wiegt am schwersten – ich mag Sie leiden, Neville, aber heiraten will ich Sie nicht.«

»Zu eigenmächtig, sagten Sie neulich, ist es das?«

»Zu eigenmächtig und zu selbstsicher.«

»Ich werde versuchen, einen Fehler abzulegen, der mich, Sie könnten es zugeben, nicht schon zu einem schlechten Menschen macht.«

»Sie wären ohne ihn nicht mehr Sie. Ich will nicht, daß Sie oder Ihre Freunde mir die Schuld geben, wenn der Honourable Neville Brighton seine eigenste Note verliert.«

»Von der Sie nicht viel halten? Eine Note, mit der man keine Frau gewinnt, ist nichts wert.«

»Sie gefällt sicher vielen Frauen der großen Gesellschaft – warum heiraten Sie nicht Lady Jane?«

»Meine Familie würde ebenso rebellisch werden wie die Schwarzenbergs, und ich müßte ihr recht geben.«

Sie spielten vor den andern ein wenig Theater. Wenn jemand in der Nähe war, schauten sie etwas aus Bronze oder Marmor an, und wenn sie sich wieder unbemerkt sahen, kehrten sie zu ihrem Wortgefecht zurück. Der König und die Lady, der Baron aus Neuenburg und der aus Bayern hatten kehrt gemacht. Neville und Josepha waren im Saal der Leda allein.

»Ich habe eine Schwester, die ich sehr liebe«, sagte er, »sie ist in Ihrem Alter und genauso streng zu mir wie Sie.«

»Schade, daß sie nicht hier ist. Es scheint, daß wir uns gut vertrügen.«

»Ich zweifle nicht daran.«

»Wie ist sie?«

»Sie hat einen ebenso festen Charakter wie eine gewisse Josepha, nur daß diese als Deutsche sanfter ist, was mich bezaubert.«

»Ach, Neville, daß Sie so zäh sind.«

»Sie sollten es mir nicht vorwerfen, sondern mich dafür loben.«

»Sagen Sie mir lieber, wie sie heißt.«

»Grace oder Gracie. Alle, die sie so nennen, denken, daß es ein passender Name ist.«

»Und was hat sie an Ihnen auszusetzen?«

»Daß ich schon vierundzwanzig bin und noch nichts Ernsthaftes begonnen habe.«

»Sehn Sie, das ist auch meine Meinung.«

»Was könnte ich anfangen? Soll ich Kaufmann in Indien, Boxlehrer, Schiffsleutnant werden?«

»Warum nicht Indien, warum nicht die See? Warum nicht – gibt es bei Ihnen etwas, das man die Reformbill nennt?«

»Gewiß. Man will das Wahlrecht auf Klassen ausdehnen, die noch davon ausgeschlossen sind.«

»Père hat gesagt, wenn er ein junger Engländer wäre, ginge er jetzt in die Politik.«

Am Ausgang stand Lady Jane und schaute dem Wagen des Königs nach, der über Wiesen, Äcker und Baustellen zur Pinakothek fuhr. Die hohen Gerüste dort stachen in den Himmel, der grau war und zu rieseln begann. Sie dachte vermutlich, daß der König sie hätte mitnehmen können, und Neville dachte es auch. Als sie sich an ihn mit der Frage wandte, ob eine Kutsche aufzutreiben sei, zuckte er die Achseln. Obwohl jünger als Venningen, ließ er diesen zur Stadt gehn.

Jane gab ihm zu verstehn, daß sie ihn unhöflich finde. Er wiederum strich den Revancheplan, irgendeine noch unbestimmte Idee, sie zu einem Ausflug an die Seen zu überreden und den König dadurch zu ärgern, daß er ein paar Tage mit ihr fortblieb.

Venningen kehrte mit zwei Kutschen zurück, erhielt ein Lächeln und durfte zu ihr in die eine steigen. Neville reichte Josepha den Arm und geleitete sie zur andern.

Lady Jane, die die Einladung zum Sirkschen Abend angenommen hatte, sagte ab, und Frau von Sirk war darüber nicht unglücklich. Sie kam um die Ehre, den König auftauchen zu sehn, aber auch um die Unruhe, die damit verbunden war. Sie hatte, worüber Neville sich amüsierte, schon erwogen, ob man die Schoner auf dem Treppenläufer erneuern und vor dem Haus einen Beobachtungsposten aufstellen müsse.

Es gab eine Überraschung anderer Art. Mit einem schottischen Ehepaar, das nach Italien reiste, traf Grace Brighton ein. Der Brief, der Neville von diesem Besuch unterrichten sollte, war verlorengegangen. In London verbreitete sich die Cholera, Nevilles Vater schickte die Tochter nach München zum Sohn.

Am Tage des Balls fuhr das Ehepaar weiter und Grace siedelte zu Frau von Sirk über; in Josephas Zimmer wurde ein Bett gestellt. Grace verstand etwas Deutsch und Französisch, benutzte aber weder das eine noch das andere – es mache ungeduldig, die fremden Worte zu suchen, sagte sie. Die Bewegungen waren lebhaft, funkelnd, ungemein sicher und leicht. Sie entsprachen nicht den Vorstellungen, die man von einer Engländerin haben mochte. Es seien die der irischen Großmutter, von der auch das rotblonde Haar komme, erklärte Neville, und die weiche, dunkle Stimme habe sie von der deutschen Mutter. Sie hatte große graue Augen und schöne Zähne, die der eine oder andere vielleicht kleiner gewünscht hätte.

Zuerst war Josepha betäubt gewesen, so viel forderndes Leben überwältigte sie. Aber im gemeinsamen Zimmer hatte Grace, die noch eben die Ballkleider wie eine Amazone um sich streute, sie mit einer kindlichen Anmut umarmt. Nach dem ersten Schlummer, am Morgen, war sie zu ihr geschlüpft, die unschuldigste Schläferin. So fand sie Frau von Sirk, die gegen Mittag ins Zimmer trat, und konnte wohl die blonden Wellen von den herbstroten unterscheiden, obwohl sie ineinanderflossen, nicht aber die Arme, die gleich schlank und gleich weiß waren.

Bei Tisch sagte Frau von Sirk, da Advent angefangen habe, müsse man auf dem Marienplatz den Weihnachtsmarkt ansehn. Neville wurde gefragt, ob es draußen arg schmutzig sei. In London würde man nicht wagen, zu Fuß auszugehn, für München seien die Straßen normal, erwiderte er. Aber in München wußte man sich auch besser zu helfen, man zog derbe Stiefel an. Niemand nahm daran Anstoß, und er selber trug, als er am Nachmittag die Frauen abholte, Haferlschuhe, dicke weiße Strumpfstutzen und eine Hirschlederhose. Seine Schwester schrie vor Vergnügen auf und drückte sich den grünen Hut mit dem Gamsbart ins Haar.

Inzwischen war es kühl geworden – es war so kalt, daß das Geriesel aus Wasser sich in eines aus Schnee verwandelte. Bis zum richtigen Flockenfall fehlte freilich noch viel. Die Höhe der Mariensäule entsprach dem Dachansatz der mehrstöckigen Häuser, die den Platz auf den vier Seiten umgaben: es war ein echter, geschlossener Platz.

Die Genien am Sockel schienen im Licht der Pechfackeln zu leben. Sie erstachen den Krieg und die Hungersnot, die Pest und den Ketzerglauben, kurzum mit seinen Heimsuchungen den ganzen Dreißigjährigen Krieg. Neville hätte es nie erraten, aber die Frau mit den Lebkuchen erklärte es ihm; dies war ihr Platz seit fünfzig Jahren. Die Frau fragte ihn auch, ob die jungen Damen seine Schwestern seien, und da er nickte, wie sie hießen. Josepha und Grazerl, sagte er, sprach aber Kratzerl aus, worauf sie schallend lachte, ohne daß er den Grund verstand.

Man konnte heiße Waffeln kaufen, frisch aus dem Eisen. Nußknacker und Pfeffernüsse gab es, dunkle Kerzen aus wohlriechendem Wachs. So viel Krippen standen in der weiten Christenheit auf keinem Markt. Der Nikolaus hieß auch Krampus; blau leuchtete das Gewand der Mutter Gottes. Mit rührend reiner Gebärde hielt sie das heilige Kind den Tieren des Feldes und den Königen aus Mohrenland hin. Zinnsoldaten erregten das Entzücken Graces, als wäre sie ein Bub.

Sie erstand eine Schachtel voll, dann ein Körbchen, um sie hineinzutun, dann noch eine Schachtel, und als sie gar englische Rotröcke und wild bemalte Indianer entdeckte, war kein Halten mehr. Auch Neville kaufte ein. Auf die Engländer legte er Bayern, die dank den Raupenhelmen besonders malerisch waren, einen grünen Napoleon mit Artillerie und zuletzt die tapferen Polen.

»Für unsre Kinder«, sagte er, und Josepha sah ihn empört an, aber er setzte hinzu, an Grace und sich habe er gedacht, ganz allgemein.

Kleine Lampen, die hinter Blechschirmchen brannten, warfen ihr Licht senkrecht auf die Auslagen des Kalenderstandes und beleuchteten ihn scharf. Josepha fand hier den Hinkenden Boten auf das Jahr des Heils 1832, der aus ihrer badischen Heimat kam, und die Tante Adventskalender. Neville schaute unterdessen dem Taschenspieler zu, der sich unbekümmert für den berühmten Bosco ausgab.

Den echten hatte er in London gesehn, vor einem Lichterhain von fünfzig langen Kerzen. Der hier im Zaubermeistermantel begnügte sich mit zweien, die ihren Geruch mit dem der Tannenbäumchen mischten. Ein verstörtes Taubenpaar, von untenher bestrahlt, überflog die Stände. In den Schenken wurde gefiedelt und gesungen.

Ein Weib plärrte die Moritat vom armen Kaspar Hauser, ihr Mann bot den Drucktext an, und Neville spitzte die Ohren. Der edle Lord, der sich Kaspars zu Nürnberg wie ein Vater annahm, war Stanhope, von dem man oft in den Times las.

In einer Ecke sangen zwei, die sich zusammengetan hatten, den Dombrowskimarsch; der eine auf polnisch, der andere danach auf deutsch: Noch ist Polen nicht verloren. Zwei weitere, die ihnen zuhörten, umarmten sich weinend, und bei ihnen stand Erwin Zumkreuz. Er hatte sie mitgebracht und sagte, es seien Flüchtlinge, Freunde für ihn, Hetzwild für die Polizisten.

»Laß sie laufen und iß mit uns zu Nacht«, riet Neville.

»Geben Sie ihnen etwas, damit auch sie ihren Hunger stillen«, erwiderte Erwin schroff, und Neville griff in die Tasche.

»Erwin«, rief Josepha, sie hatte ihn seit Monaten nicht gesehn. Er schaute verwildert aus und trug das Haar noch länger.

»Zur Verlobung deiner Schwester darf ich gratulieren«, sagte er. Sie wußte von nichts. Doch, man habe es ihm aus Lörrach geschrieben, erklärte Erwin, und wandte keinen Blick von Grace, die ihm zulächelte.

»Sicher ist ein Brief unterwegs«, meinte er, »und damit du nicht erschrickst, sage ich dir lieber, daß deine Stiefmutter krank ist.«

»Du verschweigst mir etwas, ist sie schwer krank?« fragte Josepha.

»Ich fürchte, ja.«

»Der arme Vater, was macht er, wenn Luise fortgeht und die Mutter sterben sollte?«

»Unke nicht, Erwin«, befahl Neville, »zur Strafe wirst du mit mir die Haare schneiden lassen, nötig haben wir es beide.«

Sie brachten die Damen vors Haus und kehrten zurück. In der Perusagasse gab es einen französischen Coiffeur, einen Radebrecher, der Erwin am Schluß der Behandlung fragte:

»Uinschen Sie Öl aufs 'aar?«

Erwin entdeckte, während der Haarkünstler ihn zurechtstutzte, daß er ein charakterloser Bursche sei, und entdeckte es gleich zweimal. Nicht nur war er dem Entschluß, den Verkehr mit den feinen Leuten aufzugeben, untreu geworden, er hatte auch Josepha so gut wie verraten, und beides aus demselben Grund, nach einem Blick in die grauen Augen dieses englischen Mädchens mit dem Bacchantenhaar. Der französische Gehilfe sah verwundert, daß den jungen Mann eine Blutwelle übergoß.

Es dauerte entsetzlich lange, Neville kam erst nach Erwin dran. Er begann mit dem Gehilfen eine Unterhaltung. Der war ein weitgereister Mann und, wie sich alsbald zeigte, ein aufgeweckter Pariser. Als Neville ihn »Mein lieber Figaro« anredete, erklärte er standesbewußt, es sei ein Ehrenname, sein Vater habe noch Beaumarchais in seinen letzten Jahren frisiert. Ihm selber sei nie figarohafter als in Berlin zumut gewesen – welche Anmaßung in den oberen Ständen, welcher Zorn in den bürgerlichen, denen man vor Leipzig alles versprochen und nach Waterloo nichts gehalten habe. In Hannover sei er dem achtzehnten Jahrhundert begegnet, die adligen Förster trügen noch heute goldne Achselstücke, die bürgerlichen silberne – »Ich bitte Sie, mein 'err!« In Bayern seien die Gegensätze nicht so schroff, der König liebe die Kunst und nicht das Militär. Indessen mit den Volksrechten stehe es auch hier schlecht. Weil der Professor Behr in Würzburg im Landtag immer wieder die Freiheit der Presse verlange, drohe man der Stadt, ihr die Universität und das Appellationsgericht zu nehmen. Figaro hatte das geflüstert, jetzt brach er ab, weil ein Kunde eintrat.

»Man sollte sich die Haare öfter schneiden lassen, um etwas über die öffentliche Meinung zu erfahren«, sagte Neville, als sie nach Hause gingen.

»Da Sie im Lande leben, brauchen Sie keinen französischen Mittelsmann«, erwiderte Erwin böse. »Wenn Sie sich ein einziges Mal an einem Markttag in der Wirtschaft zu den einfachen Leuten setzten, würden Sie nicht nur von Behr, sondern auch von Schüler und Eisenmann hören. Es könnte auch geschehn, daß einer Sie heimlich fragt, ob Sie die neueste Tribüne lesen wollen – wenn Sie Pech haben, ist es ein Spion.«

»Fangen wir mit der Tribüne an. Was ist das, eine Zeitung?«

»Eine Zeitschrift, die ein tapferer Mann namens Wirth hier herausgab. Die Zensur machte ihm die Hölle heiß, er wohnt jetzt in der Pfalz.«

»Kann ich sie lesen? Sie sind doch kein Spion?«

»Daß Sie immer Scherze machen müssen. Ich bin nicht der Spion der Tribüne, sondern ihr Mitarbeiter. Aber das dürfen Sie niemand sagen, auch nicht im Hause Sirk.«

»Was würde geschehn?«

»Man würde mich von der Universität jagen und unter Polizeiaufsicht stellen.«

»Ich hätte große Lust, auch einen Artikel für Ihre Tribüne zu schreiben - Gruß eines reisenden Engländers an die deutschen Patrioten oder so – Patrioten nennt ihr euch doch wohl?«

»Wir nennen uns nicht nur Patrioten, wir sind es.«

»Gut gegeben. Was aber würde mir geschehn?«

»Man bäte Sie, das Land innerhalb vierundzwanzig Stunden zu verlassen«, erwiderte Erwin.

»Ausgezeichnet. Ich nagle an meine Tür die englische Fahne und machte nicht auf. Grace kocht mir Kartoffelsuppen, und Sie schmuggeln einen neuen Brief an die Times durch – ich nehme an, daß Sie das können?«

»Es ginge schon, aber was versprechen Sie sich davon?«

»Am dritten Tag schicken Sie einen Reisewagen mit unsern Koffern vors Haus«, fuhr Neville fort, »wir steigen ein und nehmen den Weg nach Old England. Wenn wir ankommen, haben die Times gerade meinen Brief gebracht. Er macht mich populär, ich halte eine Wahlrede und springe mitten in die Politik.«

»Sie scheinen die Politik für eine recht komische Beschäftigung zu halten.«

»Für eine drastische«, sagte Neville; »vielleicht ist es noch wirksamer, wenn sich der Gesandte einmischt. Der Belagerte gibt Ihnen auch für ihn einen Brief.«

Die Lampen, die über den Gassen hingen, und die, die in den Schaufenstern standen, brannten mit der Klarheit, die dem Schneefall vorangeht. Das Gestöber hatte zugenommen, schon glätteten Buben mit ihren Holzschuhen die erste Schlitterbahn. Die Wasserkugel des Apothekers schimmerte blau, die in der Werkstatt eines Schuhflickers gelb. Die Türen der Kirchen standen offen, die Glokken läuteten den Sonntag im voraus ein.

Die beiden hatten kalt auf dem geschorenen Kopf. Als Grace daheim Erwin sah, erklärte sie, er habe ihr mit seinem Schopf besser gefallen als ohne ihn. Er verstand die englischen Worte nicht, sie suchte ihr Deutsch zusammen und fragte:

»Wo ist dein schönes Haar?«

Neville verbesserte sie, du dürfe man nicht sagen, aber sie lachte sorglos. Bei Tisch hielt sie Erwin zweimal ihr Glas hin und verlangte:

»Tu noch mehr Wasser hinein.«

Josepha meinte, er habe eine Eroberung gemacht. Er schaute die beiden Mädchen, die er gleich lieblich fand, hilflos an. Am Ende der Mahlzeit richtete der Baron die Frage an ihn, die er am meisten fürchtete, ob er Vorlesungen belegt habe, und bei wem. Er zog sich heraus, so gut es ging. Im ersten Semester höre man gern Philosophie und auch in den übrigen Fakultäten, um einen Überblick zu gewinnen, das eine oder andere Kolleg.

In Wahrheit war er ein einziges Mal bei Görres, Döllinger und Schelling gewesen, um mit der Überzeugung fortzugehen, daß Metaphysik eine ferne Mondwissenschaft sei. Er dachte es mit einem gewissen Bedauern; Pfaffenknechte sagten seine Freunde von den Professoren und halfen sich selbst, indem sie auf den Buden ihr eigenes Seminar abhielten. Sie lasen Saint-Simon, alles über die französische Revolution und die vom Bundestag verbotenen Flugschriften.

42

Der Baron setzte die Unterhaltung mit Erwin, den er nach Schweizer Art einen Jüngling nannte, im Wohnzimmer fort. Es war ein schön gegliederter und behaglich eingerichteter Raum.

In der Mitte der einen Längsseite ragte der vom Gang geheizte Kachelofen aus der Wand. Mit seinen weißen Flächen und seinen Schmiedegittern glich er einem Mausoleum, doch umschlang ihn ein Fries von lachenden Putten. Sein Gegenüber, an der andern Wand, waren das Klavier und daneben der nach allen Seiten durchsichtige Glasschrank, gefüllt mit Porzellanfigurinen, Stammbüchern, Perlenstickereien, Tassen in Blau und Gold.

Vor der einen Schmalseite stand der Bücherschrank, vor der andern das schwere alte Sofa mit dem runden Tisch und einer Vielzahl von Sesseln. Die Mitte des Raumes war frei, von einem Teppich bedeckt, die Spitze des Kronleuchters zielte auf die innerste

Blume des Musters. An den Wänden hingen unter andern Kupfern des achtzehnten Jahrhunderts das Pantheon in Rom, Münchner Landschaften von Kobell und gedunkelte Vorfahren der Familien Buisson oder Sirk.

Auf der Kirschholzplatte des Tisches lag nur ein schmales Deckchen für den vierarmigen Leuchter; sie war belastet mit Zeitschriften, mit jenem Stielerschen Atlas, der den Hofmaler nichts anging, und mit Neuerscheinungen, doch durften es nie Bücher aus der Leihbibliothek sein.

Hier also saß man jeden Abend zusammen, es sei denn, daß Ausgang war. Wer in seiner Lektüre etwas Interessantes fand, las es den andern vor. Heute hatte der Buchhändler Almanache aufs neue Jahr geschickt und sagen lassen, mehr seien nicht gekommen, Schuld habe die Cholera.

Erwin fand in der Augsburger Abendzeitung einen Nachruf auf Hegel, der an ihr oder am Entsetzen über die Julirevolution gestorben war. Der Baron sagte, er habe viele Dozenten sprechen hören, doch keinen so abgehackt und stockend wie den berühmten Philosophen. Erwin verwarf den Mißbrauch des Begriffes Absolut, man dürfe ihn nicht mit einer zufälligen und hassenswerten Staatsform verknüpfen.

Der Baron war ein einsichtiger Mann. Frankreich hatte die Einheit errungen, in Deutschland ächtete sie der Bundestag.

»Herr Hegel hat«, so meinte er, »viel Tiefsinniges über das Wirken des Weltgeistes in Indien und China gesagt. Zu erfahren, weshalb Deutschland rückständig und Frankreich im Vorsprung ist, wäre der Jugend dienlicher gewesen.«

Erwin hätte ihn am liebsten umarmt. –

»Das ist es«, sagte er, »wir reiben uns auf, wir haben keine freie Bahn vor uns. Im kleinen Baden fällt die Zensur, im großen Preußen und im grundbösen Österreich bleibt sie bestehn. Man zwingt uns, radikaler zu sein, als wir sein möchten. Die drei Dutzend Tyrannen sind im Weg, nur die eine deutsche Republik kann uns erlösen.«

Der Baron schaute sich unwillkürlich um, wie man das hierzuland immer tat.

»Es wird noch viel Wasser die Isar, den Rhein und die Spree hinunterlaufen«, sagte er. »Viel eher als an den politischen Radikalismus glaube ich an die Macht der wirtschaftlichen Tatsachen. Sie wächst langsamer, aber sie wächst.«

»Ach ja, der preußische Zollverein«, erwiderte Erwin matt. Was sollten ihm Handel und Maschinen und Fabriken – das waren Dinge, aber keine Ideen.

»Falsch«, entgegnete der Baron. »Wenn Sie in einem Zeitalter wirken wollen, müssen Sie es zuerst verstehn. Und um zu verstehn, was da an die Tür pocht, müßten Sie nach England gehn.«

Neville, der in Cottas Kunstblatt las, und Grace, die im Handatlas das Königreich Bayern durch die Lupe betrachtete, schauten auf.

»Ja, kommen Sie nur«, sagte Grace zu Erwin, »es geht bei uns hoch her, und nicht nur um der Cholera willen. Reformbill, Reformbill heißt es überall, bei Tag und bei Nacht. Ich hörte sagen, wir hätten einen Seegang wie seit 1688 nicht mehr, aber auch zum Glück einen Matrosenkönig – Sie müssen wissen, so nennt man Wilhelm den Vierten.«

Erwin sah nur, wie naiv und süß sie das sagte, die Worte konnte er nicht verstehn. Neville übersetzte sie, eines um das andere. Ein echter Dandy hat Sinn für jede Form, so auch für den wirksamen Ausdruck.

»Es ist nicht nur die Reformbill«, erklärte Buisson. »In England hat die Industrie einen Umfang angenommen, von dem man auf dem Kontinent noch nichts weiß. Studieren Sie die Lage des Arbeiters, der in die Fabriken oder Bergwerke geht, und Sie begegnen dem sozialen Problem. In wenigen Jahren wird es wichtiger als alles andere sein.«

»Die Kinderarbeit ist etwas Entsetzliches«, sagte Grace. »Vater, der sich wählen lassen will, hat mir eine Denkschrift darüber diktiert, und ich sagte ihm, wenn auch die Frauen gewählt werden könnten, wäre sie bald abgeschafft.«

»Vater will sich wählen lassen?« fragte Neville und fuhr vom Sessel auf.

»Daß die Lords und die Bischöfe die Bill verwerfen, hat ihn zum Kochen gebracht. Und ich an deiner Stelle wüßte, was ich täte.«

»Was denn, du achtzehnjähriger Naseweis?«

»Ich führe zurück, hielte eine Rede gegen diese lächerlichen Rotten boroughs und ließe mich ebenfalls wählen. Mich kannst du dann zu deiner Sekretärin machen und würdest staunen, wie gut ich dir helfen kann. Wenn dir eine Idee fehlt – wende dich an mich.«

Es war wie vorhin, Erwin verstand nichts.

»Übersetze es ihm«, verlangte Grace.

Den Baron amüsierte es, zu sehn, wie willig dieser sonst so unlenksame Brite gehorchte. Es fiel dort niemand ein, eine Frau von oben herab zu behandeln, und nicht einmal ein junges Mädchen. Neville erklärte Erwin, was Rotten boroughs seien: Hunderte von Ortschaften, die seit alters ins Parlament wählten, aber inzwischen verfallen waren und oft gar nicht mehr bestanden – ein Geldsack, der einem andern das Stück Land abkaufte, kam so in die Kammer, ein Volksvertreter ohne Volk und Auftrag.

»Übersetze auch, was ich von mir selbst gesagt habe«, befahl Grace.

»Warum? Willst du Eindruck machen?«

»Ja. Frage ihn auch, ob ich ihm englische Stunden geben soll.«

»Das hast du doch nicht nötig.«

»Aber er.«

»Ich werde ihn fragen, ob ihr euch gegenseitig unterrichten wollt.«

»Auch recht. Ich habe unsrer Mutter immer gesagt, eine Engländerin lerne keine fremden Sprachen, und werde sie in ihrer überraschen. Du aber, was für eine Überraschung hast du für sie?«

»Wie meinst du das?« fragte Neville.

»So«, sagte Grace nur und blinzelte zu Josepha hin, die an ihrer Stickerei arbeitete.

Frau von Sirk ließ den Almanach sinken. Die Liebesgeschichte, die Herr Clauren darin veröffentlichte, war doppelt töricht, wenn man nur die Augen zu heben brauchte, um natürliche Geschöpfe zu sehn.

»Kinder«, sagte sie, »mein Englisch ist nicht viel besser als das von Erwin; in diesem Haus versteht einer nicht den andern. Grace, Sie werden sich nur noch auf deutsch unterhalten, und Erwin wird sich Mühe geben, rasch Englisch zu lernen. Wir fangen gleich morgen an, denn ich möchte die Dritte im Bunde sein, nicht nur aus Schicklichkeit.«

Das erste Wort, woran Grace sich die Zunge zerbrach, war Adventskalender. Frau von Sirk hatte den Einkauf vergessen, nun fiel er ihr plötzlich ein. Zwar war sie Kalvinistin, hatte aber einen Katholiken geheiratet und diese hübsche Sitte liebengelernt. Sie rollte den Bogen auseinander – so viele Tage die Adventszeit umfaßte, so viele Fensterchen waren aufgedruckt, man mußte sie mit einem Federmesser erst öffnen und vorher den zweiten Bogen mit den Engeln dahinter kleben. Das Ganze wurde an die Wand gehängt und jeden Morgen ein Fenster aufgeklappt. Wenn alle offenstanden, war Weihnachten da.

Der Brief, den Josepha aus Lörrach erhielt, bestätigte, was Erwin gesagt hatte. Die Stiefmutter war so krank, daß sie dauernd lag, und Luise heiratete schon im Februar einen jungen Elsässer namens Schorn. Schorn senior war Weinhändler in Straßburg, Schorn junior hatte in Basel studiert, und die Chirurgentochter brachte dem Weinhändlersohn eine viel zu geringe Mitgift ins Haus.

Josepha verschwieg diese Nachrichten, um Père nicht aufzuregen. Wenn die Stiefmutter starb und der Vater allein dastand, würde sie zu ihm zurückkehren. Es war ihre Pflicht, mochte sie auch strenggenommen nicht mehr seine Tochter sein – vor Gott und ihrem Gewissen blieb sie es doch.

Da sie das Zimmer mit Grace teilte, flogen ihr englische Wendungen im Schlaf zu. Man konnte es wörtlich nehmen, Grace behielt die Gewohnheit bei, nach dem ersten Schlummer zu ihr zu schlüpfen und den zweiten in ihren Armen zu beenden. Der warme, zärtliche Körper verwirrte sie bisweilen, dann schloß sie die Augen, gab sich der süßen Empfindung hin und schlief wieder ein. Beim Aufwachen wollte Grace sie mit sehnsüchtiger Gebärde festhalten, aber sie entwand sich, sei es sanft, sei es entschlossen, und rettete in den Tag eine leise Spannung, die ihr half, den Bemühungen Nevilles und Erwins mit freundlichem Gleichmut zu begegnen.

Man war mehr als je zusammen. Die englischen Stunden, die Frau von Sirk und Erwin bei Grace nahmen, bewirkten es. Nach wenigen Tagen wurden sie, wann immer es ging, auf die Abende an den runden Tisch verlegt. Neville ließ sich den Morning Chronicle schicken, der Baron las die Times. Die Zeitungen ersetzten Grammatik und Lesebuch. Grace lachte entzückt, wenn der Reporter beschrieb, wie dem Bobby, der ein Schwesterchen und ein Brüderchen durch die Cabs an der Hand geleitete, der hohe Zylinder in den Schmutz fiel. Gemeint war die neue Sicherheitspolizei, die Robert Peel gegründet hatte, daher der Schutzmann beim Volk nach seinem Vornamen Bobby oder auch nach seinem Nachnamen der Peeler hieß.

Eine Nummer hätte für eine Woche oder länger genügt, aber da lag auch noch Washington Irvings Sketch-book auf dem Tisch, durchaus nicht mehr neu, doch fein und lustig, England von einem Amerikaner gesehn. Er hatte es geschrieben, bevor er an die Gesandtschaft nach London kam, und verkehrte jetzt bei den Brightons, sowohl Neville wie Grace kannten ihn. Grace sagte, daß er ein Gent trotz Kentucky sei.

Die Männer hatten mehr von den Artikeln, mit denen die Times die Geschehnisse begleiteten – erregende Geschehnisse in einem aufgewühlten Land, das entschlossen war, sich die Gestalt zu geben, die einer neuen Zeit entsprach. Das klang so einfach und so selbstverständlich – man gehorchte einer neuen Zeit und gab der Gesellschaft die dazu passende Gestalt. Wie schwer es aber war und was es heißen wollte, das wußte keiner besser als der Baron.

Zwischen dem Wiener Kongreß und der Julirevolution war er jedes Jahr in England gewesen und hatte alles beobachtet, den Aufschwung der Handelsflotte, den Siegeszug der britischen Kohle, die Abschaffung der Todesstrafe für mehr als hundert Vergehn, den

Fall der alten Testakte, die den Katholiken die Teilnahme am Staat verweigerte, und die Heraufkunft der Gewerkschaften, der Arbeiterpartei. Er erzählte von Canning – wenn je die Demokratie in England sich durchsetzte, dann ging sie auf Canning zurück.

Der größte Praktiker aber war Owen. Was bei Saint-Simon auf dem Papier stand und höchstens von einem bedeutungslosen Grüppchen gepredigt wurde, bei Owen hatte es zu Versuchen großen Stils geführt. In seinen Fabriken gab es seit zwanzig Jahren den Arbeitstag mit Höchststunden, Kleinkinderschulen, Krisenunterstützung, Genossenschaftsläden, Kranken- und Alterskassen – Dinge, von denen auf dem Kontinent kaum die Utopisten zu träumen wagten. Noch radikaler war das Programm, das Owen für die kommende Gesellschaft aufstellte – Fabrikinspektion, Fabrikhygiene, produktive Beschäftigung der Arbeitslosen, Verbot der Kinderarbeit und neuerdings sogar Überführung des Arbeitskapitals in den Besitz der Genossenschaften: in ihnen sah er die Urzellen des Staates.

Erwin schien es, als werde ein Vorhang vor ihm hinweggezogen und jeder Tag erweitere den Ausschnitt. In Bayern, wo es noch gemäßigt zuging, verhängte man über einen Beamten oder Professor, der der liberalen Gesinnung verdächtig geworden war, ein Disziplinarverfahren, und wenn er, einem armen Sünder gleich, vor dem Bild des Königs Abbitte geleistet hatte, sah er sich abgesetzt oder auf Jahre in Haft geschickt – England ging daran, in seinem ganzen Weltreich den Sklavenhandel abzuschaffen.

Und Erwin warf die Frage auf, ob die deutsche Entwicklung in den richtigen Händen sei. Das Bürgertum vertraute sich seinen Professoren an. Acht unter zehn Abgeordneten, die es wählte, kamen gewiß aus dem gelehrten Stand. Noch eben hatte er selber erklärt, Maschinen, Handel und Fabriken ließen ihn kalt – nun wollte ihn bedünken, als seien sie die Wirklichkeit, zum mindesten ihr Unterbau. In England und Frankreich stand schon der vierte Stand in der Tür, in Deutschland noch der dritte hinter ihr.

Sagte er es seinen Freunden, den Pfälzer Studenten, die wiederum mit den Pfälzer Abgeordneten zusammensteckten, so erwiderten sie, er verliere seine Zeit, was kümmere einen Deutschen England. Sie priesen Eisenmann, der sich geweigert hatte, mit den andern Abgeordneten den Empfang beim König mitzumachen. Als Erwin das dem Baron und Neville erzählte, erklärten sie, auf Gesten komme es nicht an, und wie die Dinge lägen, schadeten sie nur, da sie den König, den man nicht umgehn könne, verärgerten.

Konflikte überall, Probleme überall: das, Jüngling, ist das Leben – entziehst du dich, so bist du blind, bist feig; stürzest du dich hinein, so gehst du vielleicht darin unter. Ganz wirr und heiß ward

Erwin zumut, und wenn er Josepha ansah oder Grace, die jungen schönen Mädchen mit Büsten, Augen, Hüften, schien es ihm, es sei nicht so wichtig, sich eine Frau zu sichern, da sie von Arbeit und Kampf, den wahrhaft männlichen Zielen, abhielten, und wiederum im gleichen Augenblick, es gebe nichts Wärmeres, nichts Wirklicheres. Einem der Pfälzer Freunde schrieb er ins Stammbuch:

Und irr' ich nicht, so ist
Der Funke großer Taten, der im Busen
Der Jugend schlummert, eh' er noch zur Flamm'
Geworden, eine fürchterliche Qual.

Der Pfälzer rümpfte die Nase, weil die Verse von Platen stammten, und den bejahte kein Demokrat. Da Grace sich auch ein Stammbuch wünschte, schenkte Erwin ihr eines zu Weihnachten und trug die gleichen Verse ein. Sie las, die Nüsterchen zitterten ein wenig, sie umarmte ihn und bot ihm sogar die Lippen, was in der Ordnung war, da sie unter dem Mispelzweig stand, den Frau von Sirk nach englischer Sitte am Kronleuchter befestigt hatte. Er schwor sich, noch als wildester Volkstribun nie zu vergessen, daß es Frauen gebe – Geschöpfe, die schlechthin sind, nicht wie der Mann erst werden.

Mit Neville ging in diesen Lesewochen, die der Baron leitete, eine Änderung vor. Es beschämte ihn, daß ein Fremder ihm zeigte, was an England war, und ihm auseinandersetzte, worin die Leistung von Castlerough, Canning, Peel und Lord Charles Grey bestand. Er wußte es ja schon, hatte in der Union, dem Debattierklub der Studenten, so reden gelernt, wie es im Parlament üblich war.

Der Baron lenkte ihn, ohne zu belehren. Er ließ ihn selber den Schluß ziehn, daß in der ganzen weiten Welt niemand einen leichteren Weg habe als der junge Brite von Stand. Er brauchte nur zu wollen, es öffnete sich ihm jede Tür, es wartete alles auf ihn, Noblesse oblige, Familie verpflichtet. Noch hatte er keinen Titel, aber wenn er ihn beim Tod des Vaters erhielt, war sein Bett gemacht, vorausgesetzt, daß er die Zwischenzeit genutzt und begriffen hatte.

Ein Brief ging von München nach London, eine Erwiderung kam. Aus Fragen und Antworten entstand ein Plan. Das Oberhaus habe die Reformbill verworfen, der König klammere sich an Grey, und Grey wolle den Kampf zu Ende führen. Es komme vermutlich nicht zu Neuwahlen, wohl aber würde Grey Sir Edgar Brighton in sein Kabinett nehmen. Und wenn der Sohn den Müßiggang aufgebe, könne er der Sekretär des Vaters oder sonst eines Ministers werden; nur müsse er bald kommen, der Cholera ungeachtet, Grace aber noch in München lassen – wer sei der Baron, wer seine Schwester, könne man ihnen zumuten, die Last der Gastfreundschaft auf sich zu nehmen?

Als nach den Feiertagen der Dezember zu Ende ging, als an Silvester nicht wie sonst mit Horn und Spieß der Nachtwächter durch den kaum aufgehellten Nebel schwankte, vielmehr aus jedem Stockwerk Licht, Gläserklang und Zuruf drangen, sagte Frau von Sirk, daß schöner und gefüllter als der letzte Monat dieses Jahres seit langem keiner gewesen sei, und alle bestätigten es ihr. Man hatte die Zeit in das stille Wohnzimmer geladen, und sie war gekommen, mit dem, was sie geben konnte, Nachrichten, Gespräche, Lerneifer und Ideen – sie hatte vier junge Leute und zwei ältere einander näher gebracht.

Grace fand sich in den Ausdrücken schon so gut zurecht, daß sie fragte, ob dem so deutschen Wort Untertan die Obertanen entsprächen. Erwin entgegnete lachend, die Frage sei nicht ohne Tiefsinn und der Sache nach bestehe an Obertanen kein Mangel.

Selbst Nußknacker konnte sie sagen, was daher kam, daß Frau von Sirk eine Sammlung von diesen geschnitzten Burschen besaß und sie an Weihnachten über der Krippe aufgebaut hatte, auf dem Klavier, wo sie, von winzigen Lampions unterbrochen, in eigens gezimmerten Gestellen hingen. Wer nicht darauf gefaßt war und unversehens hereinkam, fuhr wohl zurück, weil die polierte Fläche einer Richtstätte glich – dies um so mehr, nachdem Grace und Josepha im Übermut fingergroße Püppchen angefertigt hatten, die nun dem einen oder andern dieser Oger, den Kopf voran, in den Zähnen hingen.

Am Weihnachtsabend wurde Erwin mit seinem Zimmernachbarn Kurt Eitel bekannt. Erwin kehrte, die Geschenke der Freunde im Arm, spät zurück und ging den vorgeschriebenen Weg durch die Wirtschaft im Erdgeschoß. Die Wirtin sparte auf diese Weise die Hausschlüssel für die drei, vier Studenten, die bei ihr wohnten. Sie schimpfte hinter Eitel her, der eben in der Tür zum Stiegenhaus verschwand – morgen gebe es Feiertagsbraten, aber nicht für Leute, die Essen und Miete einen ganzen Monat lang schuldig blieben.

Eitel schwankte beim Schein des Talgkerzchens, das er in der Linken trug, die Stiege hinauf, und Erwin hörte das Geräusch, mit dem die Rechte, müde und schwer, am Geländer entlangstrich.

Im dritten Stock angelangt, tastete Eitel am Schloß herum, übereins gab es einen Fall und das Licht erlosch. Erwin stellte die Sachen in seinem Zimmer ab, dann eilte er hinaus und hob den jungen Mann auf, der aus Schwäche und nach einem Marsch durch die Schneenacht ohnmächtig geworden war. An die Lebkuchen, die Erwin von Frau von Sirk bekommen hatte, wagte Eitel sich nicht, sie waren für den erschöpften Magen gefährlich; über die Äpfel und Nüsse und das Buttergebäck fiel er her. Er war der Sohn eines Häuslers an der böhmischen Grenze, dort wo es am ärmsten zuging, und studierte Dinge, an die Erwin auch einmal gedacht hatte, Germanistik und Sprachwissenschaft.

Erwin erzählte am nächsten Tag von seinen kümmerlichen Umständen und seinem sanften, dankbaren Mädchengesicht. Grace und Josepha gaben Erwin ein Paket für ihn mit, der Baron drückte ihm Geld in die Hand und sagte, er möge die Rechnung bezahlen.

Eitel fragte, wann er dem Baron seine Aufwartung machen könne. Da Erwin entgegnete, es sei nicht nötig, wies er die Karolinen und Reichstaler zurück. Erwin fühlte sich beschämt und brachte die Sache in Ordnung, er nahm Eitel kurzerhand mit. Der junge Mensch gefiel und wurde zu Tisch geladen. Grace lachte hellauf, als sich herausstellte, daß er im Beowulflied und Altenglischen zu Hause war, von der lebenden Sprache aber keinen Satz verstand.

Sie schlug ihm vor, sich an den Abenden zu beteiligen und etwas Schönes mitzubringen. Er brachte ein Buch mit, das auf der einen Seite Schriftzüge enthielt, die wie aneinandergereihte Spazierstockgriffchen aussahn, während auf der andern Seite die Übersetzung dieses Sanskrittextes in Englisch stand.

Es war Bopps Londoner Ausgabe von Nala und Damajanti, dem indischen Fideliolied.

Das könne er lesen? fragte Grace ungläubig. Er könne es, erwiderte Eitel mit einem guten Lächeln. An diesem Abend kamen die Times zu kurz, er schlug ein zweites Buch auf, die Rückertsche Nachdichtung, und trug in dieser Fassung die Geschichte vom verwirrten König Nala, von der treuen Damajanti vor.

43

In der Folge, im neuen Jahr 1832, saß auch Eitel oft an den Tischen des Hauses Sirk – am viereckigen wurde gespeist, am runden gelesen. Die Mädchen hatten Samt und Seide in vielen Farben auf dem Schoß, sie schnitten Larven und nähten Mieder für den Ball. Eitel verabscheute das Tanzen, er sehnte unverhohlen die Fastenwochen herbei.

Hätte er nicht die Gabe besessen, Gedichte auf eine so eindringliche Art aufzusagen, so wäre er den jungen Damen als gar zu verträumt erschienen. Er trug lieber leise und ruhig als dramatisch vor – ein Gedicht sei so undramatisch wie eine Blume, sagte er, es spiegle das Schuldloseste der Welt, die reine Empfindung, den Gehorsam der Kreatur.

Gedichte hatte auch Erwin gemacht, und gelegentlich machte er sie noch. Aber sie wollten ihm nicht mehr gefallen, seitdem er nun fast Abend um Abend sah, wie Eitel das ihm Teuere verwarf und dem, wovon er nicht viel gehalten hatte, den Rang des Erlesenen gab. Den Namen Hölderlin hatte er nie gehört, von des Knaben Wunderhorn nicht mehr als den Titel. Im höchsten Kurs waren auf dem Pädagogium die Griechenlieder Müllers gestanden; doch Eitel erklärte, Lieder dichte das Volk und wenige Große, die seine Einfachheit erreichten.

Erwin vernahm zuerst ungläubig, dann bestürzt, daß ein Zeitalter, das in seinen Augen so verwerflich war, weil es den ganzen Jammer der deutschen Unfreiheit umschloß, durch Werte des Geistes unsterblich sei. Die Romantik, die für ihn die Flucht vor den Aufgaben der Stunde war, befruchtete die Studien gleich einem Bach, der den Weg durchs Ödland zieht. Da war seine, Eitels Wissenschaft, die schöne, dem Vaterland dienende Germanistik – wem, wenn nicht der Romantik, wurde sie verdankt? Und wiederum, wer übersetzte die Spanier, die Italiener, die Indier, die Lieder Englands und des Balkans, waren es nicht die romantischen Dichter?

Die zwei Studenten gerieten sich in die Haare. Der Baron entschied, daß sie beide recht hätten, insofern jeder sähe, was dem andern fehle. Nur politisch zu sein mache so einseitig wie es gar nicht zu sein, und ohne Zweifel werde einem Zeitalter nicht gerecht, wer es nur von eigenem Standpunkt ins Auge fasse. Die so reaktionären Fürsten täten doch allerlei für Kunst und Geist, in Bayern, in Preußen und anderswo.

Keiner verstand, wie tief das Erwin traf. Man sollte gerecht sein, dazu war man da – man sollte handeln, wollen, Hand anfassen, auch dazu lebte man. Wo lag die Wahrheit, in der Einseitigkeit, in der Gerechtigkeit? Tat ist so ungerecht, wie Nichttat falsch.

Und plötzlich blieb Erwin den Abenden, dem Haus, den Dezemberfreunden fern. Der feinfühlige Eitel, der sich fast als Eindringling empfand, wußte nur zu berichten, daß Erwin wieder bei den Pfälzern verkehrte und daß sie mit ihren langen Pfeifen zwei Stockwerke verpesteten. Dem Lärm nach, dem Pathos nach, meinte er, könne man glauben, es sei eine Rhetorschule, wo man Schnellkurse für Revolutionäre abhalte.

Hamlet habe sich entschlossen, Volkstribun zu werden, sagte Josepha. Der Baron glich wiederum aus, indem er erklärte, mit achtzehn sei Zerrissenheit erlaubt. Grace hätte nichts dagegen gehabt, aber eines verlangte sie auch von Hamlet – er durfte nicht treulos sein. Sie zürnte ihm, und wenn es nach ihr gegangen wäre, hätte sie nicht einmal Abschied von ihm genommen, als eines Tages im Februar der Augenblick der Trennung kam.

Zuerst setzte Neville die Abreise fest. Der Vater schrieb, Lord Grey habe nicht umsonst gleich Cincinnatus zwar nicht den Pflug, wohl aber sein Bibliothekzimmer in Northumberland und seine fünfzehn Kinder verlassen, und von den drei Jahren, die er sich gegeben, breche das dritte nun an. Der ganze Mittelstand und selbst die Arbeiter ständen hinter ihm, und um die Arbeiter nicht dem Demagogen in die Arme zu treiben, greife er im Frühjahr zu. Was aber die störrischen Tories betreffe, so wolle der König, wie einst Königin Anna, einen Pairschub vornehmen. Kurzum, Eile tue not und im Verzug sei Gefahr. Der Brief war, wie bei einem Oxfordmann herkömmlich, mit Zitaten und Beispielen aus der Antike durchsetzt, für den Cambridgemann Neville das Zeichen, daß jetzt zu handeln sei. Er las, ging hin und bestellte Postpferde.

Als er das Haus Sirk betrat, saß Josepha schluchzend vor zwei Briefen. Der eine teilte ihr den Tod der Stiefmutter mit. Im zweiten sagte die Schwester ihr Lebewohl: Luise ging nach Lunéville für ein halbes Jahr in ein Pensionat, um sich vor der Heirat den französischen Schliff zu holen.

Der Baron stand am Fenster und zeigte, als er sich nach Neville umdrehte, ein mühsam beherrschtes Gesicht. Josepha hatte ihm mitgeteilt, daß sie ihren Vater in dem einsamen Haus nicht allein lassen könne. Der Vater war erst fünfundfünfzig und bis auf die Gicht ein kräftiger Mann – wenn Josepha bis zu seinem Tod bei ihm bleiben wollte, war sie für den Adoptivvater verloren, verloren für ihn.

Sich widersetzen, überreden, verbieten, das alles kam nicht in Betracht. Er mußte ihr Gefühl, die Botschaft ihres Herzens achten. Er hatte ihr im Sommer Italien zeigen wollen, nun ging sie nach Lörrach nicht anders als in die Verbannung. Was wurde aus ihr, hatten Männer im Alter des Doktors und seinem eigenen das Recht, das Opfer der Jugend anzunehmen?

»Père«, sagte sie.

»Ja, mein Kind?«

»Wirst du in München bleiben?«

»Was soll ich hier?«

»Neville?« wandte sie sich nun an den.

»Ja?«

»Grace bleibt hier?«

»Es ist so vorgesehn.«

»Père und Neville, ich mache euch einen Vorschlag. Père kehrt nach Neuenburg zurück und nimmt Grace mit. Sie bleibt dort, bis die Cholera in England vorüber ist. Das Haus wird ihr gefallen, noch mehr hat von ihr Père, bei dem sie mich als Tochter vertritt. Du magst sie doch gut leiden, Père?«

Père nickte ihr zu. Er rief Grace herein und erkundigte sich, was sie zu diesem Plan sage. Sie fand ihn wunderbar. Es wurde verabredet, daß sie alle zusammen reisten.

Da alle einig seien, müsse einer wohl die Kosten tragen, meinte Frau von Sirk. Sie kam zu kurz, konnte aber nicht leugnen, Josepha habe einen guten Gedanken gehabt. Neville bestellte die Postpferde um, sie wurden nun vor den Wagen des Barons gespannt. Die beste Route, erfuhr er, sei die von Ulm über Donaueschingen nach Freiburg, noch aus den Zeiten, als zwischen Wien und dem österreichischen Breisgau ein lebhafter Verkehr bestand.

Wenn man Erwin Lebewohl sagen wollte, mußte etwas geschehn. Neville erklärte, er rühre keinen Finger um eines Burschen willen, der drei ihm freundlich gesinnte Damen so sträflich vernachlässige. Eitel, der merkte, woran Grace gelegen war, schob einen Zettel unter Erwins Tür.

Als Erwin kam, machten Josepha und Père in der Stadt Abschiedsbesuche, Grace empfing ihn allein.

»Grace, ich schäme mich«, sagte er.

»Man hat Sie vier Wochen nicht gesehn.«

»Ich habe Sie vier Wochen nicht gesehn, das war meine größte Strafe.«

»Wenn das wahr ist, wartet noch eine größere, Sie werden mich überhaupt nicht mehr sehn.«

»Sie luden mich einmal nach England ein, haben Sie es vergessen?«

»Was könnte Sie in England locken? Ihren Republikanern begegnen Sie nicht dort.«

Er starrte aus dem Fenster. Die Locken waren ihm wieder gewachsen, sie umkosten sein Jünglingsgesicht.

»Werden Sie auch im Sommer in München sein?« fragte Grace.

»Nein. Ich hoffe, daß ich nach Heidelberg gehn kann.«

»Warum hoffen Sie nur? Was könnte Sie daran hindern?«

»Dinge, die sich noch nicht abschätzen lassen«, erwiderte Erwin.

»Was für Dinge, die Politik?«

Erwin zögerte, dann sagte er: »Ja, politische Dinge.«

»Sie sind nicht offen, Erwin. Es wäre viel schöner gewesen, wenn Sie mir wenigstens Vertrauen geschenkt hätten.«

»Ich habe geschworen ...«

»Keine Frau ins Geheimnis zu ziehn«, ergänzte sie und sprach das Wort Frau mit aller Würde aus, ihre achtzehn Jahre hinderten sie nicht daran. Dann stand sie auf, streckte ihm die Hand hin und sagte:

»Ich habe zu tun und wünsche Ihnen alles Gute, Herr Zumkreuz.«

»Danke, Grace«, sagte er und ging, des Gefühls voll, anders als der Bursch im Märchen schlecht bestanden und Prinzessin Ahornlaub nicht gewonnen zu haben. Oder hieß sie besser Kupferhaar? In der Tür, schon von ihr verdeckt, suchte er noch einmal einen Blick von ihr zu erhaschen.

Eine Falte zwischen den Brauen stand Grace beim Spiegel. Mit einer abschließenden Geste warf sie das Geflecht der Locken zurück, wie wenn es das der jungen Medusa sei. Dann unterrichtete sie der Spiegel, daß Erwin wieder im Zimmer war. Er drückte die Tür leise hinter sich ins Schloß und kam auf sie zu. Sie erschrak. Jeder Mensch kann unheimlich sein, wenn man nur seine Bewegungen, nicht seine Augen sieht.

»Ich bin zurückgekommen«, sagte er, »so unfroh, so lieblos dürfen Freunde nicht auseinandergehn.«

»Warum nur«, fragte sie, »warum nur haben Sie sich so lange von uns ferngehalten?«

Er konnte es nicht sagen, und er sagte es doch. Niemand war da, er mit ihr allein im Haus. Ob sie ihn unterbrach, ob sie ihn anhörte, nur sie beide ging es an, und wie es auch endete, verstehn sollte sie ihn. Er hatte Josepha ohne Hoffnung angebetet, denn er war zu jung. Er hatte Josepha verraten, von einem noch stärkeren Gefühl für Grace erfaßt, und war wiederum zu jung. Er hatte den Verkehr in diesem Haus der Bürger abgebrochen, denn sein Platz war sicher anderswo. Und beides, das Persönlichste und das Grundsätzlichste, hatte sich unlösbar verfilzt. Was war er – nichts. Wohin trieb ihn sein Geist, von dem er nicht wußte, ob es ein guter oder ein böser Dämon sei – er fand keine Antwort. Wenn man nichts ist und nichts über sich selber weiß, zieht man sich von denen zurück, die sicher und gefestigt sind.

Sie schaute nicht ihn selber, sie schaute sein Bild im Spiegel an. Er wurde dadurch unwirklicher, doch fühlte sie auch besser, ob Pose oder Wahrheit aus seinen Bewegungen und Mienen sprach. Wie jung er war, und er empfand es als Fehler, der ihn von den Frauen trennte. Sie schüttelte ein wenig das mänadische Kupferahornhaar und sagte:

»Schade, daß ich ein Mädchen bin.«

Er widersprach stürmisch. Sie lächelte und fuhr fort:

»Nun wohl, so ist es schade, daß ein Mädchen nicht studieren darf. Ich würde mit Ihnen auf die Universität ziehn und sehn, was das denn ist, was Sie so bewegt. Wenn es mir richtig erschiene, würde ich mit Ihnen durch dick und dünn gehn – so sagt man doch, wie finden Sie mein Deutsch? Und wenn ich es für falsch hielte, würde ich Sie am Ärmel zupfen und sagen: ›Erwin, wenn Sie das tun, zerstören Sie sich‹.«

»Wie schön, wie herrlich, Grace, wenn solche Kameradschaft möglich wäre – sie ist es nicht, nie werden Sie in Heidelberg mein Mentor sein.«

»Es ist eine Stadt, nicht wahr, es liegt dort irgendwo am Rhein, man kann es von Frankfurt erreichen, und von London nach Frankfurt ist auch ein Weg – ich werde meinen Vater bitten, mich nach Heidelberg in ein Pensionat zu geben.«

»Das ist Wahnsinn«, erklärte er.

»Wahnsinn? Was tue ich in London? Ich tanze und gehe in Theater oder auf Landsitze – das kann ich in Heidelberg auch. Man versteht es daheim, meine Mutter ist Deutsche und hat eine Rheinreise bis Heidelberg gemacht. Ich sage nicht, daß ich auf Sie aufpassen muß, ich bitte einfach um die Erlaubnis, und man erteilt sie mir.«

»Aufpassen –«, sagte Erwin. »Und dann, Grace, wenn Sie aufgepaßt haben, wenn Sie mich durch alle Gefahren hindurchgesteuert haben, was ist dann? Dann könnte ich nicht mehr ohne Sie leben, Sie aber kehrten nach London zurück und heirateten einen Lord.«

»Es muß nicht gleich ein Lord sein, man muß nicht zuviel überlegen und nicht zu weit vorausdenken«, erwiderte sie sanft.

Der Baron und Josepha kehrten von ihrem Ausgang zurück.

»Oh«, sagte Josepha, »ein seltener Gast. Seid ihr aneinandergeraten? Ihr habt beide einen roten Kopf.«

Da der Baron nicht wie vorhin Grace fragte, ob Erwin auch den Sommer in München verbringe, sondern ob er die Stadt beim Schluß des Wintersemesters verlasse, stellte sich sofort heraus, daß Erwin gleichfalls in wenigen Tagen heimfahren wollte.

»Aber dann haben wir doch einen Weg, und er kann uns begleiten«, sagte Grace.

Die Post war teuer, und der Baron hätte Erwin gern die Ausgabe erspart, wo wollte man jedoch die fünfte Person unterbringen? Als Neville kam, wußte er Rat. Er erklärte, Erwin könne seinen Platz haben, er selber fahre statt über Ulm und Basel über Würzburg und Frankfurt, vermutlich sei es sogar der kürzere Weg. Aber im nächsten Augenblick nahm er den Vorschlag zurück, weil Josepha ihn mit einem Ausdruck angesehn hatte, der sich nur als Bedauern deuten ließ. Er werde auf die Gefahr hin, für einen verrückten Engländer zu gelten, zum drittenmal bestellen und noch einen Wagen nach Freiburg nehmen, sagte er. Josepha und Grace versprachen, ihm abwechselnd Gesellschaft zu leisten.

So reiste man wieder einmal. Ein paar Tage später, es war Mitte Februar, fuhren die beiden Wagen schon gen Augsburg zu. Bei Neville saß Josepha, in Decken gehüllt. Er hatte den Kutscher gefragt, ob es eine Stelle gebe, wo die in umgekehrter Richtung Reisenden München zuerst erblickten. Als der Wagen auf der Bodenwelle hielt, stieg Neville aus. Josepha folgte ihm seufzend, sie fühlte sich so gut verpackt.

Nach Westen rollte die Kutsche mit den andern zwischen Wäldern, die gleich Armeen aufmarschierten, ins Moos hinab. Im Osten schwebten die Hauben der Frauenkirche, als finde dort ein Aufstieg von Ballons statt. Es war ein Tag mit blaßblauem Himmel, ganz schön und ohne zuviel Dunst.

»Das also ist München gewesen«, sagte Neville und half Josepha, sich wieder einzuhüllen. Aus keinem andern Grund hatte er die Unterbrechung herbeigeführt. Er schob ihr die Wärmflasche unter die Füße und stopfte die Ecke der Decke hinter dem Rücken fest. Sein Gesicht war ihr ein wenig zu nah, aber sie wandte sich nicht ab.

»Haben Sie eigentlich Lady Jane Adieu gesagt?« fragte sie.

»Nicht nur das, ich habe ihr zugleich gratuliert.«

»Gratuliert? Wozu?«

»Sie erinnern sich an den Freiherrn, der mit uns und ihr und dem König in der Glyptothek war?«

»Venningen, ja«, sagte Josepha.

»Sie hat sich mit ihm verlobt.«

»Und der König?«

»Ist auf seinen Untertanen zornig, weil er dem Obertanen, wie Grace so hübsch sagte, ins Gehege kommt. Es heißt, daß Seine Majestät Lust habe, zum Frühjahr nach Italien zu gehn.«

»Zur Marchesa, die Stieler gemalt hat – ich möchte nicht die Königin sein.«

»Niemand verlangt es, Josepha«, erklärte Neville leichthin und war klug genug, nicht für sich selbst zu sprechen. Sie dankte es ihm. Er gefiel ihr soviel besser, seitdem feststand, daß er noch etwas anderes als ein Dandy sein wollte.

Sie fuhren am ersten Tag bis Augsburg, stiegen in den Drei Mohren ab und besichtigten am nächsten Tag die Stadt. Daß sie mächtig, voller Leben gewesen war, sah man bei jedem Schritt; jetzt wuchs Gras am Rand der Gassen, und die Kinder spielten ungestört.

Den Ostabhang des Schwarzwaldes bedeckte Schnee, daher von Donaueschingen bis Neustadt die Damen im Schlitten befördert wurden. Die Wagen fuhren leer, und die Herren folgten hinterdrein. Neville sagte, vor fünf Monaten habe er sich nicht träumen lassen, daß er noch einmal in diese Gegend kommen werde. Die großen Gasthäuser von Neustadt schienen ihm noch verwinkelter und düsterer als damals zu sein.

Von Neustadt bis zum Titisee und zum oberen Eingang des Höllentals breitete sich, zwischen Wald gespannt, ein großes Schneetuch aus. Darum standen einzelne Tannen, die ungeheuren Leuchtern glichen, vollkommen rund, nach allen Seiten frei. Es war das letzte Stück, es war der letzte Tag: bei Neville saß wieder Josepha.

Draußen hätte sie nicht gefroren, draußen war tiefblauer Höhenglanz – im Wagen erschauerte sie trotz Pelz und Plüsch und Decken. Neville wechselte den Platz, er setzte sich neben sie, damit sie wärmer habe. Sie duldete es, am letzten Tag. Sie wußte, daß er nun vom Abschied sprach.

Was also sollte werden, fragte er. Die Baroneß Josepha zog wieder die Kleider des Landmädchens Josepha an, die Stadtkleider kamen in den Schrank – sie hatte doch einen in ihrem Zimmer, oder tat sie am Ende das gute Zeug fein säuberlich in die Truhe, wie es ja hierzuland bei den einfachen Bürgern Sitte war?

Sie lächelte, er fand den richtigen Ton, nicht schwer, nicht leichtfertig, ein guter Freund, der sich vorzustellen suchte, wie sie vor seinem Auge stand, wenn er im fernen England an sie dachte.

»Sie kommen in den Schrank, und der Schrank heißt bei Bürgern und bei Bauern Kasten«, sagte sie.

»Man darf sie nicht zu lange darin hängen lassen, sie werden sonst altmodisch«, fuhr er fort.

»Was Sie für Sorgen haben, die Kleider eines Mädchens im Markgräfler Land.«

»Es sind nicht die Kleider, es ist das Mädchen selbst, Sie wissen es, Josepha.« Sie entgegnete nichts, und er erklärte, da sie nicht widerspreche, gebe sie es zu ...

»Ich gebe es zu«, sagte sie und schaute hinaus, von seiner Schulter erwärmt. Der Wind fuhr einer der Tannen, die allein standen, ins schwanenweiße Gefieder, ein Rabenpaar flog auf und rettete sich vor dem Lawinenstaub – das Bild prägte sich Josepha für immer ein. Sie trug ein Pelzmützchen, das schief auf dem schweren Haar saß und ihr ein verwegenes Aussehn gab. Um so schöner fand er den reinen Glanz der Augen; es waren die einer Frau, die nie ein unechtes Gefühl vortäuschen wird.

»In München«, sagte er, »auf dem Ball bei Aretins, stand ich neben dem österreichischen Gesandtschaftssekretär und hörte, wie er dem sächsischen, der sich nach Ihnen erkundigte, zur Antwort gab,

Sie seien Pepi Bachaud. Ich begriff nicht, was eine Josepha mit Pepi zu tun habe, und er erklärte, so sage man in Wien, das einmal halb spanisch gewesen sei, in Spanien bedeute Pepita soviel wie Josepha. Seither nannte ich Sie in Gedanken Pepi und« – er öffnete die Hand, es lag ein Ring darauf – »gestern in Donaueschingen sah ich den in einem Laden, erstand ihn und dachte mir zum Eingravieren das Wort Pepi aus, das alles in der Hoffnung, daß Sie ihn zur Erinnerung behalten werden.«

44

Er ergriff ihre Hand und streifte den Handschuh ab, das Schmuckstück auf:

»Wenn Sie ihn als Andenken betrachten, ist er nur das – und wenn Sie wollen, ist er mehr. Ich hoffe, daß ich Ihnen schreiben und in einem Jahr fragen darf, ob Sie den Ring noch tragen?«

Sie sagte, er überrumple sie. Er gab zur Antwort, ihr lege es so wenig wie ihm eine Verpflichtung auf, und fragte, ob man im Deutschen das Wort Vorverlobung bilden könne – wenn ja, so hätten sie dem Wort und der Sache nach eine Erfindung gemacht. Er habe sie gemacht, bestätigte Josepha lächelnd, und sie erinnere an das Vorkaufsrecht.

»Ich, Josepha, wäre bereit, auf der Stelle den Kauf abzuschließen«, erwiderte er so unbekümmert wie in seiner besten Dandyzeit.«

»Man kauft keine Braut ...«

»Man entführt sie auch nicht – alles ist mir verlegt, und darum bin ich so vorsichtig geworden. Sie wissen nicht, wie groß meine Furcht ist, Vorschläge zu machen, die Ihr Mißfallen erregen. Ich glaube ganz einfach, daß man Sie nicht überrumpeln kann – man muß warten, bis Sie selbst das Zeichen geben.«

»Ich möchte nicht, daß Sie mich Pepi oder Pepita nennen. Was sollte an mir spanisch sein?«

»Nichts«, sagte er. »Belieben Sie in den Ring hineinzusehn.«

Sie verstand nicht, schaute nach und las »Josepha von Neville, den 20. Februar 32«.

»Aber Sie haben doch gesagt, daß Sie dem Goldschmied das Wort Pepi angeben wollten?«

»Ganz recht, ich wollte nur – dann dachte ich selber, es passe nicht, und wählte endgültig Josepha. Im übrigen scheint mir das ein katholischer Vorname zu sein?«

»Mein Taufpate war Katholik. Aber darum handelt es sich jetzt nicht. Mit dieser Inschrift ist der Ring trotz des Steines ein richtiger Verlobungsring und Ihr Versuch eine regelrechte Überrumpelung – ich darf ihn nicht nehmen, Neville«, erklärte sie und gab ihm den Ring zurück.

Er spielte damit, dann sah er sie nachdenklich an und sagte:

»Sie haben an mir einmal ausgesetzt, daß ich zu selbstsicher sei. Und Sie, Josepha, sind Sie es am Ende auch? War es ein so großes Vergehn, diesen kleinen Streich auszusinnen? Ich nahm an, Sie würden die Inschrift erst entdecken, wenn ich schon in der Straßburger Diligence säße, und dann verzeihend denken: Er schwindelte ein wenig, weil ich ihm teuer bin. Sie kamen vorher dahinter und fühlten nur, Ihre Würde sei beleidigt – wir alle sind leicht selbstgerecht.«

Sie griff nach seiner Hand und sagte bittend:

»Nicht doch, Sie haben mir Unrecht getan. Ich nehme ihn nicht an, weil ich fürchte, daß ich die Antwort, die Sie erwarten, in einem Jahr so wenig wie heute geben kann. Vater wird alt, er kränkelt und er ist einsam, ich bleibe bei ihm.«

»Sie wollen doch nicht sagen, daß Sie fünf, zehn Jahre, Ihre ganze Jugend opfern werden? Es wäre unmenschlich, er selber nimmt es nicht an.«

»Es war ein Unrecht, als ich einwilligte, aus seiner Tochter die Pères zu werden, die Ausbildung verlockte mich. Ich habe auf die Kunst verzichtet – es wäre niedrig, es wäre berechnend, wenn ich nun nichts sein wollte als das vornehme Fräulein, das sein sicheres Plätzchen gefunden hat. Ich kehre an den Platz zurück, den ich nie hätte verlassen dürfen.«

»Denken Sie nicht zu romantisch, Josepha?«

»Dann denken alle, die ihrem Gefühl folgen, romantisch«, entgegnete sie.

Er zögerte ein wenig, dann legte er entschlossen den Arm um ihre Schulter und küßte sie.

»Ich muß es«, sagte er, »nur darum, weil Sie so tapfer und großmütig sind. Auch spüre ich den Stolz darin. Ich weiß jetzt, daß ich nur hoffen darf. Ich möchte, daß Sie den Ring annehmen, in einem Jahr kann viel geschehn. Wenn Sie wollen, lassen wir es bei diesem hilfreichen Wort Vorverlobung – es bedeutet nichts, als daß ich das Recht habe, noch einmal anzufragen – ja?«

Fasziniert sah er den Ernst, der aus den gesenkten Augen wie ein inneres Licht das Gesicht durchdrang und zur Weichheit wurde. Sie hob die Lider und steckte den Ring an.

Bald danach hielt der Wagen vor der Post von Hinterzarten, die auch das Wirtshaus war. An einem lang ausgestreckten und üppig verzierten Eisenträger hing das Wahrzeichen, der Reichsadler mit dem Doppelkopf. In der niederen Stube mußte Neville sich bücken und stieß doch an den gebräunten Balken an.

Grace erklärte, Josepha und Neville hätten lange genug allein gesessen, es sei unziemlich, es gehöre sich nicht, und wenn sie noch nicht einig geworden wären, würden sie es nie. Für die Fahrt durch das Höllental sagte sie sich als die dritte an.

In Freiburg trennte sich Neville von den Freunden. Er fuhr über Colmar, Straßburg und Zabern nach Paris, von da nach London. Auf der vor Lörrach gelegenen Station stiegen Josepha und Erwin aus. Der Baron und Grace reisten nach Neuenburg weiter.

In der Folge schrieben sich Grace, Josepha und Neville regelmäßig. Auch Erwin, der im März nach Heidelberg ging, war in die Verabredung einbegriffen; aber da er bald verstummte, wurde aus dem Viereck ein Dreieck der Benachrichtigung.

Zu Neuenburg las man die schlimmen Botschaften aus Paris, wo seit Mittfasten die Cholera wütete. Der Frühling vertrieb sie, und sie wich auch von der englischen Insel. Neville dankte im Namen seines Vaters dem Baron für die der Schwester erwiesene Gastfreundschaft und bat, Grace bei der ersten Gelegenheit nach Paris zu schicken, man hole sie dort ab.

Dem Baron hatte Grace Josepha ersetzt, der Baronin war sie nicht weniger lieb geworden. Nichts schien so schwer zu sein, wie junge Mädchen zu behalten, die beiden Alten in Neuenburg seufzten. Es bestand keine Hoffnung, daß Josepha so bald zurückkehrte. Bei ihrem Vater machten sich die Anzeichen der Wassersucht bemerkbar, die er den Leuten verschwieg, ein kranker Arzt verliert seine Praxis.

Grace lernte so fließend Französisch, wie sie Deutsch gelernt hatte, und sie wäre gern noch über Sommer geblieben, auch hätte der Baron sie nach Italien entführen mögen. Aber ihre Eltern wünschten sie zu sehn – Eltern haben nicht viel von diesem schönsten Alter der Töchter; wie lange noch, und irgendein junger Mann nimmt sie ihnen für immer.

Der Baron, der das Schicksal der englischen Reformbill verfolgte, wurde von Neville auf dem laufenden gehalten. Der Widerspruch der Tories ließ nicht nach, die Erregung im Lande wuchs, Grey drohte mit dem Rücktritt, und dann würde der Herzog kommen, Wellington nämlich – was es bedeutete, wußte nun jedermann, den Aufstand der Arbeiter und die Revolution.

Nevilles Vater setzte auf Grey und hielt sich für den Tag bereit, an dem er ins Kabinett eintreten würde. Er arbeitete mit seinen Freunden aus der Industrie und mit fortgeschrittenen Adligen das erste Fabrikgesetz aus, das Inspektoren vorsah und die Beschäftigung der Kinder einschränkte. Neville war jetzt sein Sekretär. Wenn er nicht bei den Sitzungen das Protokoll führte, reiste er nach Manchester oder Liverpool. Er lernte sogar nach dem Taylorschen System die Kunst der Stenographie.

Durch Erwin kannte der Baron Namen wie Wirth, Schüler, Siebenpfeiffer. Es waren die der radikalen Pfälzer, die statt der Monarchie die Republik verlangten. Jenen Schüler, der nicht zum König gegangen war, hatten die Zweibrücker mit hundertzwei Böllerschüssen begrüßt, einem mehr, als dem König zukam, und der König stammte doch aus Zweibrücken.

Der Baron hielt Wirths Deutsche Tribüne, die verfolgt und zuletzt verboten wurde. Grace las jeden Artikel darauf hin, ob Erwin ihn geschrieben habe. Er schwieg andauernd, es war nicht leicht, zu Erwin zu halten. Aus Straßburg bezog der Baron alles, was über die Freiheitsbewegung in der Pfalz erschien – nicht wenig, Straßburg war mit Flüchtlingen aus Deutschland gefüllt, wozu noch die polnischen kamen. Eines Tages las man, daß die Pfälzer um Wirth zum Jahrestag der bayrischen Verfassung, am 26. Mai, in Neustadt an der Haardt ein großes Volkstreffen veranstalten wollten. Bald hieß es bestimmter, es finde auf dem Hambacher Schloß, einer Ruine, statt.

Die Straßburger Zeitungen berichteten auch von der Aufregung der Behörden in Wien, in Berlin und in Frankfurt, dem Sitz des Bundesrates. Metternich, der schon eine deutsche Nationalversammlung entstehn sehe, tue sein mögliches, um zu erreichen, daß der König in München das Fest verbiete – aber der König konnte nicht gut verbieten, was seit Jahren in seinen Landen üblich war, beteiligte er sich doch selber an den Feiern. Aus Süddeutschland, aus der Rheinprovinz, aus Thüringen noch meldeten sich Teilnehmer – die neuartige Gründung Wirths, der Presseverein, bewies ihre Zugkraft.

In jedem Ort gab es einen Verein zugunsten der Polen – auf dieselbe Weise konnte man etwas tun, um die freie, unabhängige, liberale Presse zu verbreiten. Diese Idee, die Wirth hatte, schlug ein. Bezieher und Aktionäre wurden mit bestehenden und neuen Druck-Erzeugnissen versorgt. Die Zeitschriften und Broschüren sollten Deutschlands Erneuerung im Geiste vorbereiten, die Einnahmen daraus die Familien der Flüchtlinge unterstützen. Wirth kam vor Gericht, aber der Appellationshof in Zweibrücken sprach ihn vom Aufruhr frei. Er richtete nun einen Werbe- und Verteilungsdienst ein, da die Post die Schriften nicht verschicken durfte. Der Baron sagte, Wirth habe das Geheimnis des Zeitalters begriffen, die Selbsthilfe durch Organisation.

Ein Brief, den Grace an Erwin geschrieben hatte, kam als unbestellbar nach Neuenburg zurück. Josepha in Lörrach berichtete, sie habe von der einen Seite gehört, eine Reihe von Studenten, und darunter Erwin, sei wegen Propaganda für den Presseverein verhaftet worden, von der andern, er befinde sich linksrheinisch in Sicherheit. Dann traf eine Mitteilung Erwins selber aus Straßburg ein: er sei dem elsässischen Komitee beigeordnet, Hunderte würden nach Hambach kommen, aus Metz, aus Nancy, aus Paris sogar. Er fragte, ob nicht auch der Baron und Grace sich das Fest ansehn wollten, man könne sich in Straßburg treffen und gemeinsam fahren.

Der Baron schrieb gerade nach London, daß er Grace in Brüssel abliefern werde. Die Pariser Bankgruppe, der seine Firma angeschlossen war, hatte dort mit dem neuen belgischen Staat und seinem ersten König wegen einer Anleihe zu verhandeln. Ebensogut wie über Metz konnte er über Mainz reisen, er sagte Erwin zu.

Sie setzten sich am zwanzigsten in die Kutsche. Im Posthof zu Straßburg stand nicht nur Erwin, sondern auch der junge Herr Schorn, den Josephas Schwester Luise heiraten sollte.

Der Schopf Erwins war blonder und wilder als je, er hatte ihn Grace zuliebe nicht schneiden lassen. Sie verschwieg ihm, daß ihr Geschmack sich geändert haben mochte, Erwin in seiner Aufmachung sah gar zu demokratisch aus. Nach ein paar Tagen hatte sie sich wieder daran gewöhnt. Sein Feuer, seine Entschlossenheit, seine junge Begeisterung rissen sie hin. Er erwartete von den Hambacher Tagen den Anbruch einer neuen Zeit, er erwartete das Signal.

Ein Fähnlein von badischen und hessischen Studenten sah seinen Führer in ihm. Während diese jungen Leute Grace die Staden an der Ill, die Waschpritschen in der Strömung, die Plattform auf dem Münster, die Zitadelle, die Wasserwege und die Stege dieser venedighaften Stadt zeigten, redeten sie, als wäre noch die Zeit der Schillerschen Räuber und die böhmischen Wälder lägen ringsum. Sie redeten grundsätzlich und in Gleichnissen – vom Pulverfaß, von der Lunte und vom Funken, der zündet, wenn er aus jungen Herzen überspringt.

Den Baron kostete die hungrige Schar ein ansehnliches Stück Geld, zum Entsetzen Schorns, der ein genauer Rechner war. Das Geld tat dem Baron nicht weiter leid, wohl aber fragte er sich, was aus diesen sechs frischen Menschen werde, wenn der derbe Stiefel der Soldaten sie zertrat. Sie verschwanden in der Fremdenlegion, in Amerika, in der Unterwelt der Städte – Deutschland ging mit seiner Jugend ohne Gewissen um.

Als er sich erkundigte, ob sie ihrer Sache so sicher seien, wurde ihm erwidert, in den pfälzischen Dörfern bänden schon die Kinder dem Hund eine Krone aus Stroh auf den Kopf und verprügelten ihn, so groß sei der Haß auf die Fürsten.

Das Fest war unter dem Vorwand, der 26. Mai sei ein Samstag, auf den nächsten Tag verlegt worden. Wer aber an die Unterkunft dachte, brach schon an diesem Samstag auf. Der Baron und seine Gesellschaft hatten zu Weißenburg übernachtet. In zwei Stockwerken umliefen geschnitzte Holzgalerien den Hof, und die lila Dolden der Glyzinien reichten noch höher, sie hingen gleich fetten Biberschwänzen an der Traufe des Dachs.

Gegen neun Uhr setzte man sich in Bewegung und kam langsam voran. Die Straße zur Grenze war mit Leiterwagen bedeckt; die Menschen saßen auf Brettern oder sie standen, aneinandergelehnt. Die einen hatten Pferde, die andern Ochsen vorgespannt, so zogen zu den Königstagen vor tausend Jahren die Merowinger und die Franken. Alles, die Tiere, die Leute, die Wagen waren mit Grün, mit Fähnchen, mit Bändern geschmückt. Die Elsässer und die Franzosen zeigten die Trikolore, die Deutschen die Farben der ersehnten Einheit und der Freiheit: Schwarz, Rot und Gold.

Auf der pfälzischen Seite der Grenze suchten sechs Infanteristen und drei Zolloffizianten nach Vorschrift und Gesetz zu verfahren. Der Baron und Grace, deren Pässe in Ordnung waren, durften herein. Erwin, der einen Paß ohne Visa hatte, und andere, die überhaupt keinen besaßen, wurden zurückgeschickt. Erwin sagte zum Baron, er solle drüben halten, in einer halben Stunde sei er bei ihm.

Er wartete, bis die Abgelehnten und die Nachdrängenden einen wahren Heerhaufen bildeten, verteilte sich mit seinen Studenten auf die Leiterwagen in der Mitte und gab durch Zuruf das Zeichen, vorzurücken. Die Grenzer sahn sich vor die Wahl gestellt, zu schießen oder überrannt zu werden. Warum schießen, an einem so schönen Maientag, auf friedliche Nachbarn, auf Pferde im Fliederschmuck und Mädchen mit Buchenkränzen? »Seid ihr lustige Pfälzer oder Tyrannenknechte?« fragte der wortgewandte Holzhändler, der jeden Tag zwischen Weißenburg und Bergzabern fuhr. Tabakspäckchen und Geldstücke flogen den Soldaten vor die Füße, zwischen den Leitersprossen wurden Flaschen und selbst Holzguttern hinabgereicht.

Mit Geschrei, Gelächter und Gesängen drang der Zug in die Pfalz hinein. Die Deutschen sangen Lieder von Arndt und Körner, die man schon beim Wartburgfest vernommen hatte, die Franzosen die Marseillaise und die Parisienne. In jedem Dorf vermehrte sich die Zahl der Leiterwagen, manche waren nur mit Frauen gefüllt. Die Männer wieder trugen den Hambacher Hut, den Reformer, mit einem Band in den deutschen Farben und mit einem Efeublatt. In Landau fuhren sie durch ein Spalier von Chören; herzlich schlechte Verse waren es, aber was man wollte und empfand, das sagten sie.

Nach der Mittagsrast ging es nordwärts weiter. Nichts konnte fruchtbarer als die Ebene sein; sie schwang sich über den Rhein hinaus, Schwarzwald und Odenwald standen dort als Mauer. Es blitzte silbern darin auf; man wußte nicht, ob es ein Fluß, ein Dom, ein Zug von Pappeln oder Weiden war.

Die Fruchtbarkeit machte nicht vor den Hängen im Westen halt, verdichtete sich auf ihnen und wandelte sich ab, in Rebäckern, in Kestenhainen und weiter oben im Ölglanz der Wälder noch. Eine halbe Wegstunde von Neustadt war dem Gebirge ein Kegel vorgelagert, der eine regelmäßige Mauer trug, dem Zahn im Kiefer gleich, das Hambacher Schloß. Der Kegel war steil und doch nicht sehr hoch, wie man es eben nahm.

45

Mit Mühe und Not fand Grace in Neustadt ein Bett beim Bürgermeister. Für Männer gab es nur noch das Stroh im Schulhaus. Der Baron zog vor, in der Kutsche zu übernachten. Noch war es nicht soweit, das Städtchen feierte den Vorabend. In das Dröhnen der Stiftskirche fiel das Geläut von allen Kirchen ein, soviel ihrer in den Dörfern sein mochten.

An den Höhen brannten Feuer, durch die Gassen wand sich ein Fackelzug. Den brachte man der Pariser Abordnung dar, und die Polen steckten mitten darin. Sie standen, rot überschimmert, auf dem Wagen, den ein Menschenmeer einschloß, und wenn das Jauchzen nur ein wenig schriller gewesen wäre, hätte man glauben können, zur Guillotine bewege sich ein Schub. Die Böller donnerten dazwischen, die Kinder sprangen in den Seitengassen und schrien, die Fähnchen schwingend, »Pressefreiheit hoch«, denn die Jungen zwitschern, was die Alten singen.

Im Schießhaus kamen danach die Gäste aus den fernen Gauen, die Führer und die Journalisten zusammen. Die steifen norddeutschen Professoren tauten auf, geschmolzen vom pfälzischen und hessischen, vom Frankfurter und rheinländischen Temperament. Sie hatten voneinander gehört und gelesen, nun umarmten sie sich, und da man nicht zu einem bloßen Schützentag, vielmehr im Namen einer Idee gekommen war, so stießen auch bald die Ideen zusammen.

»Was Konstitution«, rief Erwin, der inmitten einer Schar von Studenten steckte, ein Glas Deidesheimer in der Hand, »was bayrische Konstitution, man hat sie verliehn und hält sie uns nicht. Das hier ist keine bayrische Angelegenheit, es ist eine großdeutsche. Wir wollen nicht dreißig Fürsten, wir wollen das eine Vaterland, die eine deutsche Republik – sie lebe hoch, stoßt alle an!«

Die Studenten fielen ein; in den Gruppen der Plaudernden schaute man sich um, die einen stimmten stürmisch zu, bei andern sah der Baron betretene Gesichter. Er ging zu Erwin und zupfte ihn am Ärmel. Erwin sagte »Ja?« Als er sich umdrehte und den Baron erblickte, folgte er ihm.

Der Baron erklärte leise, daß Erwin unvorsichtig sei. Mit Studenten werde man nachher am rücksichtslosesten umspringen; Erwin könne sicher sein, daß es von Spionen wimmle. Erwin schaute empört umher; er sehe niemand, sagte er. Der Baron erwiderte, er könne ihm sofort einen preußischen Regierungsrat zeigen, den er von Berlin her kenne und von dem er wisse, daß er dem Bundestagsgesandten in Frankfurt zugeteilt sei. Erwin verlangte, daß der Baron ihm diesen Mann zeige. Der Baron hob abwehrend die Hand, Erwin zuckte die Achseln und kehrte zu seinen Freunden zurück.

Der Sonntag begann, als sei Pfingsten, mit Vogellied und Sonnengold und Läuten. Um acht Uhr sammelte sich der Zug auf dem Marktplatz, um neun Uhr war er geordnet. Die Böller schossen. Der blutjunge Tambour vom Musikverein, der an der Spitze ging, wirbelte den Stock, die Füße setzten sich in Bewegung, und Tausende von Kehlen stimmten das Nationallied an: »Was ist des Deutschen Vaterland?« Die weiblichen fielen hell mit ein; die Frauen waren eigens geladen worden; auch sie sollten Menschen, Bürger, Wähler sein.

Voraus schritt, in weißen Hosen, grünen Röcken und mit dem Tschako, die Bürgergarde: den Tschako zierte die bayrische Kokarde, weiß und blau. Die schwarzrotgoldene, die seit dem Wartburgfest heilig war, trugen die andern, die ohne Uniform. Ihre Farben wiederholten sich auf der Fahne, die den Landrat des Kreises überwehte, er marschierte vollzählig mit. Die Frauen und Jungfrauen, nach altdeutscher Weise gekleidet, hatten weiße Blusen und schwarze Röcke an.

Gegen halb elf erreichte der Zug den Fuß des Kegels; der Kegel war ein Ameisenhügel, Kopf drängte sich an Kopf. Im Marschtritt, im Sturmschritt fast ging es hinauf, nach der Melodie von Schillers Reiterlied, mit Siebenpfeiffers Versen: »Hinauf, Patrioten, zum Schloß, zum Schloß.« Der Zug, eine halbe Stunde lang, glich einem Python, der in drei, vier Windungen den Kegel umschlang.

Ein Wind hatte sich erhoben. Er trieb Wolken vom Gebirge her, straffte die Fahnen und richtete die Röcke der Frauen. Grace, die mit Erwin und den Studenten hinter der imaginären Fahne des freien Reiches ging, war es, als dürfe sie nun fliegen. Mit jedem Schritt sank die Ebene tiefer zurück und enthüllte, was in ihren Falten verborgen war, die Einheit von Natur und Menschenwerk, den weiten Gottesgarten, worin von Bauern- und Städterhand geerntet, gepflückt, gekeltert ward.

Die Ruine erwies sich in der Nähe als weitläufige Anlage. Zwei Steinwälle, die Reste des Burghofs, umzogen sie. Im ersten dieser Zwischenräume standen die Tribünen und die Tische für die, die nachher um einen Gulden speisen wollten; im zweiten hielt man in Zelten Eßwaren feil.

Eine Trompete gab das Zeichen, der erste Redner bestieg die Tribüne und hieß die Versammlung willkommen. Die zweite Rede, die Siebenpfeiffer hielt, klang bereits gefährlicher. Die dritte sprach Wirth.

Ein Regenschauer ging nieder, man achtete nicht darauf. Wirth redete frei. Sein Geist umfaßte Europa, das noch den Fürsten ausgeliefert war. Er nannte sie meineidige Buben, Hochverräter, vom Himmel verflucht. Er begrüßte die Franzosen, warnte aber davor, sie zur Hilfe zu rufen, das linke Rheinufer sei dem Deutschen nicht mehr feil. Aus eigener Kraft müsse man die Reichsreform beginnen und zur Wahl von Beauftragten schreiten, morgen im Schützenhaus werde es geschehn. Er schloß mit einem Pereat auf den Bluthund aller Reußen und den schmählichen Bundesrat in Frankfurt, mit einem Vivat auf den republikanisch geeinten Erdteil.

Frankfurter Bürger überreichten ihm in rotsamtner Scheide ein Ehrenschwert am Bandelier. Er hängte es sich um, dient doch das Schwert dem Wort. Dann setzte man sich an die Schüsseln, die vorerst mit Himmelswasser gefüllt waren, doch stand neben jedem Gedeck, im Preis einbegriffen, eine Flasche Wein. Das Volk hielt sich an das Mitgebrachte und die Waren in den Zelten; der Baron lud Erwin und seine nächsten Freunde wiederum ein.

Er war neugierig gewesen, was Wirth vorschlagen werde. Wenn dieser Tag nicht nur ein Maifest sein sollte, war es mit Ansprachen nicht getan. Morgen, sagte Erwin, morgen im Schützenhaus von Neustadt, beginne die deutsche Revolution, wie die französische im Ballhaus zu Versailles ihren Ausgang genommen habe, morgen am achtundzwanzigsten Mai.

Der Baron fragte, wer die Teilnehmer hergeschickt habe – ob sie Stände verträten, gewählte Abgeordnete seien. Noch nicht, erwiderte Erwin, Abgeordnete wollten sie erst werden, und morgen würden sie es sein.

»Langsam, junger Mann«, riefen vom Nebentisch fast gleichzeitig zwei Männer mit Bärten und Kokarden, biedere Männer in Handwerkers Sonntagsgewand.

Sie seien Konstanzer, sagten sie, und als Mitglieder des Pressevereins gekommen, als Zeitungsleser und Privatpersonen, weiter nichts. Angenommen, sie kehrten als Abgeordnete zurück, an wen sollten sie sich wohl wenden, an den Stadtrat, die Bürgerschaft, den höchsten Beamten des Großherzogs, den Obersten des Regiments, den Vertreter in der Kammer? Mit welchem Recht, mit welcher Begründung? Man würde kurzen Prozeß mit ihnen machen, wenn sie auf dem Marktplatz eine Rede halten wollten – so einfach, junger Herr, sind die Revolutionen nicht.

Auf den Marktplatz brauchten sie sich nicht zu stellen, noch nicht, gab Erwin zur Antwort. Die Revolution vorbereiten, Vertrauensmänner in jeder Ortschaft einsetzen, das schlage Wirth vor, und die Reden müsse man an den Stammtischen, in den Vereinen halten – Zellen müsse man einrichten, und er, Erwin, werde mit einem Dutzend junger Leute nach Konstanz kommen, wenn Konstanz morgen versage.

Der Baron schaute ihn mitleidig an. Wie man mit Aufwieglern umsprang, hatte er im letzten September zu Neuchâtel erlebt, wo ein Handstreich gegen den preußischen Statthalter versucht worden war. Selbst Grace, die von Konstanz nur wußte, daß es ein weiter Weg bis dorthin sei, hielt nicht viel von Erwins hitzigem Angebot.

Der Baron fragte sie, ob man nach Neustadt zurückkehren und gen Mainz weiterfahren wolle. Sie merkte, daß er sich langweilte, und auch ihre Lust, zu bleiben, war nicht groß. Sie zögerte, ihr Blick suchte Erwin. Wohl glänzten seine Augen, wenn er sie anschaute, aber der Glanz galt nicht eigentlich ihr, bezog sie nur ein. Der Morgen, der Aufbruch, der Zug durch die grüne Landschaft waren so schön gewesen – sie scheute sich einzugestehn, daß Freude und Spannung so rasch verwelken konnten, und gab dem Baron zu bedenken, daß er dem Kutscher einen freien Tag bewilligt habe – wo sollte man ihn auftreiben, der Kutscher kostete vielleicht in einem der Rebdörfer den Wein.

So blieben sie noch und verbrachten die Nachmittagsstunden wie die andern. Das Reden nahm seinen Fortgang, auch ohne Programm. Wen der Geist oder die Getränke antrieben, sprang auf, und wer gerade in der Nähe stand, der hörte ihm zu. Wen immer etwas bedrückte – die hohen Steuern, die um die Pfalz gezogene Maut, die Not der Winzer, die vielen Gelder, die aus dem Rheinkreis nach München gingen und dort verbaut wurden, die volksfremde Art der bayrischen Beamten, die Sehnsucht nach den Schwurgerichten oder das lächerliche, um Sankt Wendel gelegene Fürstentum Baumholder, das ausgerechnet Sachsen-Koburg gehörte – der meldete sich zum Wort.

Die Menschen wurden wohl von den großen Ideen fortgerissen, wenn einer gerade eine große Idee vortrug, aber sie machten auch alsbald ihre kleinen persönlichen Anliegen daraus. Wirth hatte die Deklamation vermieden, die Nachmittagsredner überließen sich ihr. Die Franzosen verwahrten sich gegen den Verdacht, daß sie aufs linke Rheinufer absehn könnten, und beschworen in einem Atem das Andenken an die Revolutionsheere, die es in Besitz genommen hatten. Ein Bürstenmacher versprach den Soldaten höheren Sold und Aufstieg in die Offiziersstellen. Pistor aus Bergzabern malte das Elend der Enterbten aus: »Wenn der verhungernde Landmann mit seinem verkrüppelten Sohn heimkömmt, um auf dem Strohlager das verlechzende Kind an der vertrockneten Brust der sterbenden Mutter zu finden . . .«, und den schwärmenden König Ludwig fragte er, ob die deutschen Quellen nicht mehr heiß genug seien, um den entnervten Körper der Wollüstlinge reinzuwaschen. Der König war nach Italien zur Marchesa Florenzi gereist, die bei Pistor nun die südliche Dirne hieß.

46

Der Baron und Grace fanden ein Wägelchen, um nach Neustadt zurückzukehren. Es bewegte sich im Schritt, um niemand zu gefährden. Die Wege waren mit Singenden bedeckt, die Arm in Arm immer geradeaus gingen. In diesem Land fing alles mit dem Wein an, und alles endete mit ihm.

Tüchtig geladen hatte der Knecht, der beim Ausspannen wissen wollte, was man auf dem Berg beschlossen habe: ob noch Ordnung oder schon Freiheit sei. Andere wußten bereits zu melden, der König wäre abgesetzt. Das Volk hatte von den Reden verstanden, was seinem Verstand zugänglich war, und unter den Rufen, die aus den nächtlichen Gassen, aus den hellen Schenken drangen, hörte man gelegentlich: »Auf, zu den Waffen!« Erwin, den sie beim Abendessen im Gasthaus trafen, wiederholte es französisch, und »Aux Armes, Citoyens!« klang echter, weil es erinnerungsschwerer klang.

Wirths Idee, die Bewegung in Zellen vorzubereiten, sei nicht schlecht, er habe ein reifes Urteil und einen bedächtigen Verstand, erklärte ein Hamburger. Grace traute ihren Ohren nicht, als Erwin nun denselben Wirth, den er vor ein paar Stunden gelobt hatte, verwarf. »Ward mit Reife je eine Revolution gewonnen?« erkundigte er sich. Man fragte ihn, weshalb sein berühmter, vielgeliebter

Landsmann Rotteck nicht aus Freiburg gekommen sei. Rotteck hasse die Großstaaten so sehr, daß er von der republikanischen Lösung der deutschen Frage nicht mehr als von der österreichischen oder preußischen halte, er wolle nichts als ein Badener sein, erwiderte Erwin mit der gleichen Bitterkeit.

Grace, die mit Erwin eine kleine Liebelei gehabt haben mochte, tat dem Baron leid. Er sah, daß es auch ihr nicht entging, wie zerstörerisch das junge Blut mit seinen schönsten Jahren umsprang. Vielleicht war es gut so, aus den Liebeleien können in diesem Alter Leidenschaften entstehn.

Am nächsten Tag bestellte der Baron die Pferde auf zwölf Uhr. Da er nun einmal da war, ging er in den Morgenstunden ins Schützenhaus, um sich den Abschluß der aussichtslosen Verhandlungen anzusehn. Das Hambacher Fest, sagte der magere und fanatische Siebenpfeiffer, gleiche einem Bäumchen. Man habe es gepflanzt und müsse es nun schützen. Er schlage vor, für jeden deutschen Gau Vertreter zu ernennen, die über die nächsten Schritte zu beraten hätten – was auch geschah. Die Gewählten stimmten nun darüber ab, ob sie Privatpersonen oder Beauftragte der Nation seien. Die meisten verwarfen die Beauftragung, die Aktivisten hatten vertan. Einer wankte weinend hinaus: »Im Gefängnis sehn wir uns wieder«, prophezeite er.

Erwin fühlte sich vernichtet. Ein Blick auf die Gesichter der Freunde, und er meldete sich mit neuem Mut zum Wort. Aber er mußte vor Wirth zurückstehn, der jetzt das Fazit zog. Losschlagen sei Wahnsinn, die geistige Vorbereitung müsse vorangehn. Hambach habe seinen Zweck erfüllt, die erste Schau über die Freunde der Freiheit zu sein. Man werde nun den Presseverein in einen Deutschen Reformverein umändern, die Zeitschriften der verschiedenen Richtungen zusammenlegen und das Land mit den liberalen Ideen wie mit einem Kanalnetz überziehn.

Erwin fragte tobend, wie viele Jahrgänge einer Zeitschrift man binden müsse, bis aus Spießbürgern Revolutionäre geworden seien. Daraus entstand eine Wortschlacht zwischen Alten und Jungen. Der Baron schlug Erwin vor, zum Abschied mit ihm und Grace zu Mittag zu essen. Erwin erwiderte, er werde herüberkommen, aber er ließ sich nicht mehr sehn.

Die Besprechungen der Bankiers in Brüssel zogen sich hin, es mußte auch mit den englischen Banken verhandelt werden. Der Baron begleitete Grace nach London, und man schrieb schon Juli, als er heimfuhr und von Basel nach Lörrach abzweigte, um Josepha zu besuchen. Sie erzählte ihm, was mit Erwin geschehn war. Er habe sich von Neustadt zunächst nach Straßburg begeben. Von da wagte er sich nach Freiburg, und, als Rotteck seine Wähler nach Badenweiler berief, mit einer Handvoll Studenten dahin, um die Versammlung zu sprengen. Einige der Studenten, die sich nicht mehr sicher fühlten, gingen nach Lörrach, das der Grenze näher lag; bei ihnen war wiederum Erwin. Sie fielen in eine Sommerwirtschaft ein. An der Wand hing das Bild des Großherzogs Leopold. Der Wirt, ein einfältiger Mann, hörte den Reden bekümmert zu. Als er einmal hinausging und zurückkehrte, war das Bild umgekehrt, und er konnte, wie er später aussagte, gerade noch sehn, daß Erwin sich daran zu schaffen machte. Er lief zum Bezirksamtmann, der mit der Wache erschien.

Die Stadtsoldaten hatten Flinten, die fünf Studenten Stöcke; die Stöcke waren flinker als die Gewehre, drei von den Studenten gelang es, die Gasse zu erreichen. Dem vierten verhalf Erwin zur Freiheit, indem er wie eine Bombe zwischen die ältlichen Häscher fuhr. Er selbst wurde überwältigt und ins Gefängnis gesteckt. Nun war Feuer im Dach, wie man zu sagen pflegte. Die Buben und die Burschen belagerten den Amtmann in seinem Haus. Ein Sturzregen vertrieb sie. Noch in der Nacht wurde Erwin nach Freiburg gebracht.

Der Baron sprach mit dem Amtmann. Den Vorfall mit dem Bild hätte ein Gnadenakt des Großherzogs aus der Welt schaffen können, nicht aber den Widerstand gegen die Staatsgewalt. Und nun kam die Disziplinaruntersuchung durch den Heidelberger Rektor, es kam die Verfolgung der Teilnehmer am Hambacher Fest hinzu. Monate vergingen, in Preußen verdammte man einen Studenten zum Tod durchs Rad. Zwar löste dieses Urteil ein so großes Entsetzen aus, daß es in lebenslängliches Zuchthaus verwandelt wurde, aber die Justizmaschine arbeitete nun.

In Paris hatte der Verein deutscher Handwerksburschen am gleichen siebenundzwanzigsten Mai eine Feier im Wäldchen von Vincennes veranstaltet, und die Rede der alte Lafayette gehalten. Zum Unglück waren die Beziehungen zwischen der französischen Regierung und dem Deutschen Bund gespannt, wegen eines Brükkenkopfes bei Germersheim, den die Franzosen als Bedrohung ansahn. Bundestruppen sammelten sich in Baden, Bayern schickte den französischen Gesandten heim, und Metternich gab die Parole aus, die französische Anmaßung, Lafayette, Hambach seien alles ein und derselbe Anschlag – die Gerichte ließen es sich gesagt sein.

Die Bundestagbeschlüsse setzten fest, daß politische Vereine und Volksfeste zu verbieten, die Universitäten zu überwachen, die Burschenschaften zu unterdrücken seien. Schwarz-Rot-Gold durfte nicht mehr getragen, der Freiheitsbaum nicht mehr gepflanzt werden. Das Volk errichtete Galgen und hängte das Bild des Großherzogs von Baden daran. In Hessen kam es zu Steuerverweigerungen. In Württemberg machte ein einfacher Leutnant eine Militärverschwörung. In Würzburg verfaßte der Professor Behr eine Eingabe gegen die Bundesbeschlüsse und verschwand auf Jahre im Gefängnis. Im April 33 bemächtigten sich Mitglieder des Wirthschen Reformvereins in Frankfurt der Konstablerwache, doch ließ man sie im Stich.

Acht Tage darauf wurde das Urteil über Erwin gefällt. Das preußische Kammergericht hatte neununddreißig Studenten zum Tod verurteilt. Erwin kam mit Zuchthaus für sechs Jahre davon. Josepha weinte, Grace war entsetzt; was half es, es half dem Neunzehnjährigen nichts. Die Bauern rauchten Hambacher Pfeifen mit dem Bild des Festzuges, man schlug sie ihnen aus dem Mund. Die Mädchen trugen Hambacher Schürzen und die Handwerker schneuzten sich in Hambacher Schnupftücher, man riß sie ihnen vom Leib – Erwin in Freiburg erfuhr nichts davon.

Wirth und die Pfälzer Führer standen im Juli 33 vor Gericht. Man hatte es statt nach Zweibrücken in die Festung Landau verlegt, aber die Geschworenen sprachen die Angeklagten des Hochverrats frei. Der Staat strengte sofort ein neues Verfahren wegen Beleidigung der auswärtigen Fürsten an. Wirth und Siebenpfeiffer bekamen zwei Jahre Gefängnis. Siebenpfeiffer konnte flüchten, und die Berner, die jetzt eine Universität hatten, gaben ihm eine Professur. Wirth wurde auf einem Transport befreit, weigerte sich aber zu fliehn.

Fünftes Kapitel

PARISER ABSCHLUSS

47

Der Herzog von Braunschweig siedelte im Mai 1832 von Nizza nach Frankreich über.

Der Deutsche Bund hatte ihn abgesetzt. Er wollte ein Korps an der Wesermündung landen und sein Herzogtum wiedererobern, war also eine politische Persönlichkeit und konnte leicht in den Augen der französischen eine lästige werden. Auf keinen Fall durfte er Truppen werben und Waffen ankaufen, ohne die Erlaubnis des Kriegsministers zu haben, des Marschalls Soult.

Die Verhandlungen führte Andlau, der nach wie vor im Hotel de Castille saß. Der Herzog selber wartete den Verlauf der Dinge zu Fontainebleau ab. Vicomte Maslin, dem nun die Besorgung der Waffen, Uniformen, Vorräte, Schiffe und Freiwilligen übertragen wurde, verbrachte den größten Teil der Woche bei ihm. Er hielt den Herzog für einen Phantasten, den man über kurz oder lang ausweisen werde, und überlegte, ob er diesen Augenblick abwarten oder ihm zuvorkommen solle.

Der Kriegsminister erklärte Andlau, die Regierung könne nicht zulassen, daß der Herzog offenkundig auf ihrem Gebiet zum Einfall in das eines befreundeten Staates werbe. Andlau behauptete, das sei die offizielle Antwort auf eine offizielle Frage, und bei einigem Geschick erreiche man das Ziel sehr wohl. Er schlug dem Herzog vor, für gute Verbindungen zu sorgen, als großer Herr aufzutreten, seine Absichten zu verschleiern und vor allem den geeigneten General zu suchen. Es dürfe kein Franzose sein, andrerseits müsse ihn die Gloriole des Freiheitskämpfers umschweben – er nannte Romarino, einen der Polen. Romarino hatte eine Schlacht gegen die russische Übermacht verloren und den Weg nach Sibirien angetreten, unterwegs war er geflohn. In Paris sah man ihn überall, er wurde gefeiert und kannte jedermann.

Eines Tages bestieg der Herzog in Fontainebleau seine berühmte Diligence, für die bei ebenem Gelände sechs Pferde genügten: bei unebenem wurden zehn oder gar zwölf vorgespannt. Sie enthielt einen Schlafraum mit üppigem Bett und dem bequemsten Sofa, einen Wohnraum mit Schreibtisch, Bibliothek und einer Boudoirecke, einen Eßraum mit Büfett und Tisch. An Spiegeln, Vorhängen, verstellbaren Jalousien war kein Mangel, es war Überfluß daran. Die Lakaien, der Coiffeur, der Sekretär, der Arzt folgten in zwei Kutschen hinterdrein. Beim Herzog saß Maslin.

Das Hotel de Castille lag im Westen der Stadt, der Herzog kam von Süden her. Er ließ den Wagen nach dem Bastilleplatz im Osten fahren und hatte so die Möglichkeit, quer durch die Boulevards, bis zur Madeleine, seinen Einzug zu halten. Aber von der Madeleine näherte sich ein Leichenbegängnis. Das Volk gab einem General, der in der Kammer der Opposition angehört hatte, das letzte Geleit. In den Seitengassen stand Nationalgarde, an den Knotenpunkten berittenes Militär bereit.

Man bedeutete dem Herzog, daß er nicht weiterfahren könne. Er hielt am Rand und stellte die Jalousienstreifen vor dem Fenster schräg. Zu seiner Verwunderung sah er, daß sich unter den Fahnen, die dem Zug vorangetragen wurden, auch eine schwarz-rot-goldene befand, und vernahm heimatliche Laute. Es waren die Handwerksburschen, die mit den vielen Angestellten des Spediteurgewerbes die deutschen Vereine füllten.

Zu Hause war diese Fahne verpönt, er selber war dort verpönt – er zog die Jalousien auf und bot sich in seiner Pracht den Blicken. Er nahm auch den Hut von den drei tiefschwarzen Polstern, die Meisterwerke des Coiffeurs waren. Je eines lag über den Ohren, das dritte trug den seitlichen Scheitel.

Wie es kam, konnte niemand recht angeben. Bei den Variétés griff ein Polizeisergeant ein, als »Vive la République« gerufen wurde – im Handumdrehn war er verprügelt, sein Degen zerbrochen, seine Kameradschaft zurückgedrängt und das Sechsergespann am Wagen des Herzogs in die Zugrichtung herumgerissen. »Hoch Braunschweig«, riefen die Handwerksburschen und zwangen den silberstrotzenden Kutscher, dem Leichenzug voranzufahren.

Das dauerte bis zur nächsten oder übernächsten Straßenecke. Hier waren schon mit zauberhafter Schnelligkeit Bäumchen umgelegt, Karren und Haustüren darüber gehäuft. Ein wilder Bursche schoß die zwei ersten Pferde des Herzogs tot, ein anderer durchhieb die Stränge, die Kadaver verstärkten die Barrikaden. Eine Schwadron preschte mit blanker Waffe vor, der Herzog kam mit dem Schrecken davon, Maslin sprang heraus, man zerrte den Wagen in eine Nebengasse.

Das letzte, was sie vom Aufruhr sahn, war der Halbwüchsige, der auf einem Eckdach die rote Fahne entfaltete und, von einer Kugel getroffen, mit ihr hinunterstürzte. Die Truppen mußten gewisse Häuser, Stockwerk um Stockwerk, Treppe um Treppe nehmen, und die Verteidiger fielen in den Zimmern bis auf den letzten Mann. Im Hotel setzte Maslin sofort einen Bericht für den Polizeikommissar auf und ließ das Gefolge unterschreiben – man sei durch Zufall in den Tumult verstrickt worden, dem Herzog liege jede Sympathie mit den Aufrührern fern.

Der Herzog war alles in allem mit seiner Rolle sehr zufrieden. Beim Volk hatte er gut abgeschnitten, es nützte den Anwerbungen. Wenn die Minister, wie Andlau behauptete, abtraten, konnte es ihm nur recht sein, und wenn sie blieben, mochte er als ein Mann gelten, dem übel mitgespielt worden war.

Am Tag nach dem Putsch kehrte Marja mit dem Kind, das sie, auf der Flucht vor der Cholera, in Rouen geboren hatte, und mit einer normannischen Amme zurück. Auf dem letzten Stück, im Gesandtenviertel, fuhr sie durch ein Kriegslager; die Truppen kochten bei Fackellicht in der Rue de Grenelle ab. Die Pferde zogen im Schritt, und sie hörte einen Leutnant sagen, unter der Morgue färbe sich die Seine vom abtropfenden Blut der Toten rot. Ob man fortging, ob man zurückkehrte, für Erregung sorgte Paris.

Maslin war entsetzt, daß sie trotz des Boten nicht in Meudon geblieben war. Sie erwiderte, sie habe keinen Boten gesehn. Neben Maslin stand ein Unbekannter. Sie stutzte, er erinnerte sie an jemand – nein, er war ihr fremd, aber auf den ersten Blick sympathisch. Maslin stellte ihn als Nikolaus von Stoffel, den Vetter Lydias, vor.

Stoffel sagte, er sei am Morgen aus London eingetroffen und der Vicomte habe ihn, in der Meinung, seine Frau komme erst am nächsten Tag, zum Abend eingeladen. Er wollte sich verabschieden; Marja bat ihn zu bleiben. Während sie sich umkleidete und der Amme die ersten Anweisungen gab, hörte sie im Salon Chopin spielen; es konnte nur Stoffel sein. Sein Anschlag war weich. Der Taktwechsel, spielerisch und kühn, entzückte sie; wie lange hatte sie die Tasten nicht berührt.

Sie war müde und hätte sich am liebsten gelegt; niemand würde es ihr verübelt haben, weder Maslin noch Stoffel, noch Jacques, dessen Stimme sie nun auch vernahm. Maslin kam, um seine Tochter zum erstenmal in ihrer Wiege zu sehn. Er stand vor dem Kind, das nicht sein eigenes war, und überflog mit einem Blick, der nichts zu sehn schien und alles sah, die Gestalt der Frau, die schwesterlich neben ihm lebte.

»Ich bin froh, daß du wieder bei mir bist, und glücklich, daß du die Kleine hast, sie ist dir ähnlich«, sagte er.

Sie verstand nicht, daß er das finden konnte. Sie selber ahnte die Züge Vignols in denen Paulettes. Versonnen hängte sie über die

Wiege das Kruzifix aus Buchsbaumholz, das ein Benediktinerabt in Rouen gesegnet hatte. Gott gebe, daß die Wege meines Kindes leichter als meine eigenen sind, dachte sie und schlug ein Kreuz.

Sie gingen hinunter, die Männer sprangen auf; Marja sah die unverhohlene Bewunderung in den Augen Jacques' und die ruhige in denen Stoffels. Ihre erste Frage galt Lydia. Nikolaus hatte keine Nachricht. Er war seit Monaten unterwegs und in Schweden, England, Frankreich dreimal durch die Choleraquarantäne gegangen. Die Seuche hatte Lydia den jüngsten Sohn, ihm alles, die junge Frau und das ungeborene Kind, geraubt.

Er kehrte nicht nach Rußland zurück? Er sei aus dem Bankhaus ausgetreten, erwiderte er, und wolle sich in Europa niederlassen, entweder in Paris oder in der ihm noch unbekannten Heimat seines Vaters, Württemberg. Er sei kein Geldmann, meinte er, verdanke den Bankhausjahren aber die Reisen durchs große Zarenreich, den Aufenthalt in Nischni Nowgorod, im Kaukasus, in Moskau. Ein Gefühl sage ihm, daß er darüber schreiben könne, sei es in Form eines unterrichtenden Werkes, sei es in der schöneren des Erzählers.

Er mochte drei- oder vierunddreißig sein. Den Charakter des Kopfes bestimmte der Mund. Die Lippen bildeten einen schmalen Strich, und die Ecken vertieften sich gern zu Grübchen. Die obere Hälfte des Gesichtes wies dieselbe Mischung des Männlichen und Weiblichen auf – tiefliegende und unerschrockene Augen, eine zart modellierte Stirn.

Am Abend suchte Marja unter Lydias Briefen den hervor, der über Stoffels romantische Liebesgeschichte berichtete. Ein georgischer Vasall des Zaren, der in keinem Gotha stand, im Kaukasus aber eine Art Fürst war, hatte seine Tochter nach Sankt Petersburg ins Pensionat gegeben und das Mädchen, als es sich in Nikolaus verliebte, unter fürchterlichen Drohungen zurückgeholt. Nikolaus war geradenwegs in die Höhle des Löwen gegangen und eben noch zurecht gekommen, um die Geliebte vor einem kurdischen Emir, der das Land überfiel, in Sicherheit zu bringen, mit dem Segen des verblutenden Vaters versehen.

Byron hätte einen Gesang und Mérimée eine Novelle daraus machen können, aber kein Auber oder Weber eine Oper, weil sie die asiatische Klangfärbung nicht kannten, meinte Marja.

48

Eines Nachmittags traf es sich, daß Nikolaus und Jacques zusammen über die Boulevards gingen. Jacques zeigte auf einen kleinen, eisernen Balkon im vierten Stock: da oben wohne Chopin, sagte er, und gegenüber, in der Cité Bergère, habe Romarino sein Quartier. Nikolaus schaute neugierig hin. Die Cité Bergère war ein großer Häuserblock im neuen Passagenstil. Auf dem Platz davor riefen eine Schar junger Leute, die blaue Westen trugen, und eine andere in grünen sich Herausforderungen zu. Die Blauen waren republikanische Studenten, die Grünen karlistische – jene kamen, um Romarino mit Vivats aufzuwarten, und diese, um ihn auszuzischen. Schon trieben Gendarmen ihre Pferde zwischen sie.

»Und Sie selbst ergreifen keine Partei?« fragte Nikolaus, indem er die sorgfältige Kleidung seines Begleiters musterte.

»Ich bitte Sie. Das sind Kindereien, mit denen man ein halbes oder ganzes Jahr verliert.«

»Sie nehmen Ihr Studium ernst?«

»Ich glaube, daß gut marschiert, wer rasch marschiert. Je weniger man sich ablenken läßt, desto kürzer ist der Weg – und desto geringer sind die Gefahren«, erwiderte Jacques.

Nikolaus wurde aus seinem Begleiter nicht klug. Einerseits sah er aus wie ein junger Herzog, der das Leben meistern wird, andererseits sprach er wie ein Schreiber, der in seiner sichern Ecke bleibt.

»Sie meinen, es könne einem nichts mehr zustoßen, wenn die Prüfungen abgelegt sind und das Patent in der Tasche steckt?«

Jacques schoß das Blut ins Gesicht: »Ich könnte eher eine Beleidigung vergeben, als daß man mich für einen Streber hält«, sagte er, und seine Augen blitzten; in diesen Tagen wurde er achtzehn alt.

Sie blieben an einem Buchladen stehn und blätterten in den ausgelegten Neuerscheinungen wie alle Welt.

»Oh, das ist eine Ausgabe, von der ich nichts wußte«, hörte Nikolaus Jacques sagen und sah, daß er sich sechs Bändchen einpakken ließ. Auf der Caféterrasse, wo sie rasteten, entfernte er das Papier und zeigte Nikolaus, was er erstanden hatte. Es war ein Roman, der Titel lautete Le Rouge et le Noir, der Verfasser nannte sich Stendhal. Dantons Worte Die Wahrheit, die bittere Wahrheit, standen als Motto voran.

Nikolaus fragte, ob dieser Stendhal ein bekannter Schriftsteller sei, und Jacques mußte es verneinen. Mit Mühe hatte er festgestellt, daß der Autor in Wirklichkeit Beyle hieß und als Konsul des Königs in Italien lebte. Der Roman hatte ihn gefesselt, weil sein Held ein junger Mensch seines Alters war, der allein gegen die halbe oder auch ganze Welt stand.

»Also ein Bruder von Childe Harold, Manfred, dem Korsar?«

Jacques stutzte, daran hatte er noch nicht gedacht. Zögernd sagte er:

»Vielleicht. Aber Julien Sorel wohnt in der Provinz und ist seinen bürgerlichen Verhältnissen nach ein kleiner Mann – weit, kühn und stark ist nur sein Geist. Er muß sich vor jedem beugen und die Augen niederschlagen, damit man seine Gedanken nicht errät.«

»Er heuchelt demnach und tut es aus Not?«

»Ja, und das ist das Ungewöhnliche – ich weiß nicht, ob Sie mich verstehn. Sehn Sie, überall sonst in den Romanen ist die Liebe das Thema, um das sich das Ganze dreht – bei Julien aber die Frage, ob man heucheln, eine Maske tragen, eine Haltung durchführen muß, um das Ziel zu erreichen, nach dem der Ehrgeiz strebt.«

»Und welche Antwort gibt der Autor?«

»Julien zerbricht, er endet auf dem Schafott, die Gesellschaft und das Mittelmäßige sind stärker als er.«

»Was zu beweisen war . . .«

»Nicht doch – was zu erkennen ist«, entgegnete Jacques. »Wissen Sie, es ist ein brüderliches Buch – es wirkt, als beginge ein anderer junger Mensch die gefährliche Torheit für uns und man selbst werde dadurch von ihr frei.«

Jacques schlug die Bändchen wieder ein, sie gingen weiter und kamen zum Castille. Jacques berichtete, was zu berichten war. Es ging wie in einem Taubenschlag hier zu. Emigranten aus Deutschland, Polen, Italien, Spanien, wo immer Revolutionen gemacht wurden, gaben den Agenten, Waffenverkäufern und Lieferanten die Tür in die Hand. Romarino arbeitete den Feldzugplan aus, er verlangte sechstausend Mann.

Jeder Gemeine, der angenommen werde, erhalte dreißig Francs Handgeld, erzählte Jacques. Die armen Teufel meldeten sich zu Hunderten. Sie sollten in Le Havre eingeschifft und in Vegesack an Land gesetzt werden. Die roten Hosen, die Schärpen, die Stiefel und Sättel füllten ganze Lager. Die Artillerie benötigte dreihundert Pferde; wie sie an die Wesermündung gelangten, war Sache der Unternehmer.

Nikolaus hörte den ironischen Ton, mit dem der junge Mensch berichtete; aber der Funke in seinem Auge verriet, daß ihn dies Abenteuerliche doch erregte – vielleicht wußte er es selber nicht. Es mochte nicht so leicht fallen, einerseits ein Dandy, andererseits ein beflissener Student zu sein.

Im Juli suchte Gaston Vignol den Vicomte auf und erklärte ihm, der Herzog überspanne das Seil, er zwinge die Regierung, die bis jetzt ein Auge zugedrückt habe, einzuschreiten. Vignol bezog sich auf die Tatsache, daß der Herzog Vertreter der deutschen Handwerker empfangen und ihnen versprochen hatte, Hannover von seinem englischen Fürsten zu befreien, dem Volk das Wahlrecht zu geben und an die Spitze der Einheitsbewegung zu treten.

Maslin sprach mit Marja. Sie bat ihn, die Verbindung mit dem Herzog zu lösen. Sie haßte den eitlen, weibischen, tänzelnden und parfümierten Mann. Maslin legte seinen Auftrag nieder. Der Herzog gab sich keine große Mühe, ihn zu halten, da Romarino erklärte, er komme mit Sekretären aus. Jacques meldete sich für die Ferien zu einem dieser Posten. Er wurde angenommen und zog Anfang August ganz ins Castille. Fast auf den Tag war ein Jahr vergangen, seitdem er es zum erstenmal betreten hatte. Wohnung und Unterhalt kosteten ihn nichts, er konnte das Gehalt an seinen Schneider wenden.

Chopin in Marjas Haus zu ziehen fiel schwer. Er war tagsüber mit seinem eleganten Kabriolet fleißig unterwegs, um die Stunden zu geben, die man hoch bezahlte. Am Abend durchstreifte er die Salons. Paris mußte ihm wie eine einzige Feengrotte der Spiegel, der Lüstres und der roten Tapeten erscheinen, ein Kabinett folgte dem andern darin. Hier verweilte er zehn Minuten, dort eine Viertelstunde, und überall bemühte man sich, ihn festzuhalten, damit er am Flügel spiele. Bei der Gräfin Plater beobachtete ihn Nikolaus.

Je mehr er sich zurückhielt, desto süßer umgirrten ihn die Sirenen, schöne Frauen, deren jede ihm zu verstehn gab, daß, wenn nicht die andern, so doch sie der wunderbaren Leidenschaft fähig sei. Er konnte nicht ohne diese Frauenluft leben, wie er nicht ohne Luxus, Teppiche, die teueren Möbel und die Konsolen mit den Andenken darauf leben mochte. Für Handschuhe gab er ein Vermögen aus. Die Blumen aber, die er anbetete, schickten ihm die Frauen.

Wenn sie ihn gut kannten, waren es Rosen, die er allen andern vorzog, es seien denn jene Magnolien, die aus einem überirdischen Wachs geformt und vom Engel des Todes angehaucht zu sein schienen, daher, wer sie sah, auch Katafalk und Kerzen sah. Man verwöhnte ihn, wie selten ein Mensch verwöhnt worden war. Er behielt seinen Stolz und seine Würde. Bei Marja, die darauf achtete, daß sich in ihrem Salon nicht zuviel Welt drängte, spielte er einmal. Er beugte sich nicht über die Tasten, er legte lauschend und sich selbst prüfend, den edlen, langen Kopf zurück. Am edelsten waren seine Hände. Sie hatten dieselbe durchsichtige Farbe wie das bebende Gesicht.

Seither setzte er sich öfter an Marjas Flügel, was zur Folge hatte, daß ihr Freundeskreis merklich zunahm. Er versprach auch, Liszt mitzubringen, doch kam es nur selten dazu. Liszt hatte noch weniger Zeit als er. Mit seinen ein- oder zweiundzwanzig Jahren, seinem blonden Gelock, seinen meergrünen Augen und dem reinen, schwärmerischen Blick eines christlichen Märtyrers war er ein junger Gott, der die von Chopin erregte Gesellschaft vollends in Atem hielt. Er kannte keinen Neid. Die einen bewunderten seine großzügige Natur; die andern sagten, er gebe jedem recht und sei charakterlos.

49

Jacques, der sich gut kleidete, fiel dem Herzog von Braunschweig auf. Er wurde aus dem Vorzimmer Romarinos in das des Fürsten versetzt, als dessen Sekretär erkrankte. Ende August kam ein Schreiben des Innenministers, Jacques trug es zum Herzog hinein. Romarino und Andlau waren in der Stadt, der Herzog reichte ihm den Brief des Herrn von Montalivet und fragte, was da zu tun sei.

Es war eine persönliche und sehr höfliche Mitteilung. Der Bundestag in Frankfurt habe diplomatische Vorstellungen erhoben, der Ministerrat sie zur Kenntnis genommen; die Regierung erwarte, daß der Herzog seinen Aufenthalt auf französischem Boden nicht verlängere; zehn, zwölf Tage zur Regelung der Geschäfte würden bewilligt, in keinem Falle mehr.

Jacques erwiderte, man könne am zehnten Tag erklären, die Frist reiche nicht, oder durch einen Protest Zeit zu gewinnen suchen – das Beste aber sei, die Expedition zu beschleunigen und im Augenblick der Abreise loszuschlagen. Er hatte den Eindruck, daß Seiner Durchlaucht oder, wie man hier sagte, Hoheit, die Vorbereitungen, dieses verschwörerische Treiben in Paris, größeres Vergnügen machten als die Sache selbst. Wenn der Herzog, schwarzbärtig wie ein Sultan, in Schlafröcken, die jeden Tag die Farbe wechselten, eintrat, verschwand, nach einer Stunde wieder hereinkam und nun eine Phantasieuniform trug, schaute man unwillkürlich hinter ihn und wäre nicht verwundert gewesen, ein Ballett aus weiblichen Janitscharen zu sehn.

Die Abende verbrachte er im Schauspiel und in der Oper, wie Romarino auch. Aber während Romarino mit einem Schweif von vornehmen Damen auftrat, genügte dem Herzog eine Sängerin oder Abenteurerin. Der Pole verlor sein Herz immerwährend, der Welfe nie. Er hielt es mit den Frauen wie mit seinen berühmten Diamanten, sie waren ein Agraffenschmuck.

Die zwölf vom Minister bewilligten Tage vergingen, und es vergingen dank dem Protest, den Jacques geschrieben hatte, noch vier. Dann kam die Antwort, diesmal vom Polizeipräfekten: der Ausweisungsbefehl. Romarino fuhr einen ganzen Tag lang von einem Minister zum andern und suchte ein halbes Dutzend der einflußreichsten Leute auf, erreichte aber nicht das geringste. Nur Lafayette, den man wie eine nun doch schon recht alte Berufspalme bei jedem Straßenauflauf auslieh, hatte ihm versichert, die Tage des Ministeriums Montalivet seien gezählt. Der Kriegsrat, den der Herzog abhielt, erörterte diesen Wink. Gegen Ende wurde auch Jacques hereingerufen und in die ihm zugedachte Rolle eingeweiht.

Als eines Morgens im September Punkt sechs Uhr früh ein Zug Infanterie die beiden Ausgänge des Hotels umstellte und der Oberst der Gendarmerie mit den Polizeioffizieren ins Vorzimmer des Herzogs eindrang, weigerte sich der Lakai, seinen Herrn dem Schlaf zu entreißen. Der Oberst verlangte den Sekretär zu sprechen; der Lakai erklärte, der Sekretär sei krank, er könne nur den Stellvertreter holen, und holte Jacques.

Jacques ließ sich die Ausweisung vorlesen, dann zuckte er die Achseln und sagte, seine Befugnisse erlaubten ihm nicht, den Herzog zu stören. Es war alles darauf angelegt, den Anschein zu erwecken, der Herzog ruhe ahnungslos hinter der Tür. Die Reihe, mit der Achsel zu zucken, war nun am Oberst, der der Vorschrift, schonend zu verfahren, genügt hatte. Er gab dem Schlosser einen Befehl, die Schlafzimmer wurden aufgebrochen, der Schläfer am Ärmel gezupft, die Ausweisung verlesen. Jacques verlas seinerseits einen Protest und erklärte, Hoheit wünsche den Kammerdiener, Hoheit werde aufstehn.

Das Aufgebot zog sich zurück, die Lakaien schafften das Gepäck in die beiden Diligencen, die der Staat stellte: sie warteten vor der Tür. Nach einer Weile erschien, in einen schottischen Mantel gehüllt, die Reisemütze auf dem Kopf, der Ausgewiesene, den man für den Herzog hielt, der aber ein hergerichteter Südfranzose war. Mit Geld und Paß versehn, fuhr er nach Genf. Die Schweizer Behörden erwiesen dem Flüchtling alle Ehren; er nahm Aufenthalt in Orbe und geriet in nicht geringe Schwierigkeiten, als ihn Engländer und Deutsche überliefen, ihre Sprache war ihm unbekannt. Eines Tages verschwand er und kehrte nach Paris zurück.

Andlau begleitete den falschen Herzog; der echte hatte sich auf Jacques' Rat in einen Studenten verwandelt und hauste auf der andern Seite des Boulevards, dem Hotel gegenüber, in einem Zimmer, das von Jacques für einen angeblichen Freund gemietet worden war. Sie zogen zusammen aus, um zu speisen, zu tanzen und sich die Zeit zu vertreiben. In den Ballokalen kam es immer wieder vor, daß die Mädchen den Herzog für ein verkleidetes junges Ding hielten. Der ganze Mann war klein, am kleinsten der Fuß in den Lackstiefeletten. Um größer zu scheinen, trug er erhöhte Absätze.

Die Anwälte des Herzogs betrieben, als Montalivet tatsächlich zurücktrat und der erst fünfunddreißigjährige Thiers Minister des Innern wurde, die Zurücknahme der Ausweisung. Jacques zog bei Fort, dem wiederhergestellten Sekretär, täglich Erkundigungen ein. Der Deutsche Bund beabsichtigte, den Herzog für wahnsinnig erklären zu lassen, und ordnete die Überwachung der Wesermündung an. Der König von England erklärte nicht weniger geringschätzig, er habe nichts dagegen, wenn der Chef des Hauses Braunschweig in Frankreich ein Asyl besitze. Die französische Regierung nahm die Ausweisung zurück, und der Herzog verzichtete auf seine Pläne. Der Student im Hause gegenüber streute die Fetzen des Abschubbefehls aus dem Fenster und zog wieder ins Hotel.

Jacques erhielt eine goldene Uhr und fünfhundert Francs. Der Herzog, der mit Männern so wenig wie mit Frauen Freundschaft schloß, behandelte ihn immerhin als Vertrauten und empfing ihn, als er an den Champs-Elysées ein großes Privathotel phantastisch auszubauen begann.

Nikolaus wollte im Juli, im August, im September nach Stuttgart reisen; dann wurde es früh kalt und er blieb. Die Pariser Bibliotheken fesselten ihn, erklärte er, und Marja dachte manchmal, er verweile auch ihretwegen. Ohne daß je ein Wort, das Maslin nicht hören durfte, ausgesprochen worden wäre, wob sich eine Freundschaft mit zarten Fäden zwischen ihm und ihr.

Maslin hatte Nikolaus gern. Er saß, nachdem er den Herzog von Braunschweig verlassen hatte, nun oft an seinen Papieren, alten Aufzeichnungen aus der Zeit der weißen Armee Condés, der russischen Garnisonen des Feldzuges von 1812, der Belagerung von Hüningen und der Erstürmung des Trocaderos während der spanischen Expedition von 1823. Es ließ sich daraus nicht nur ein Buch der Erinnerungen, sondern auch eine kriegsgeschichtliche Arbeit machen; nichts konnte einem Mann ohne Beschäftigung willkommener sein. Für die russischen Kapitel hatte auch Nikolaus Sinn, und in der Bibliothek, die ihm nachfolgte, befand sich manches sonst unzugängliche Werk.

Nikolaus wiederum begann, auf Grund von Familienpapieren die Geschichte seines Vaters und seines Onkels aufzuzeichnen. Beide waren in den Tagen Katharinas nach Sankt Petersburg gekommen, und der Vater war geadelt worden. Die Brüder verheirateten ihre

Schwester mit dem Bankier von Bosenstein, und die Tochter aus dieser Ehe, Lydia, wurde die Frau des Sohnes des bürgerlichen Stoffel. So erklärte sich die Firmierung Stoffel und von Stoffel und die Ähnlichkeit Lydias mit ihrem Vetter Nikolaus.

Nikolaus liebte die Musik Chopins mit dem Herzen und die Verse Mussets mit dem Ohr. Eines Tages lernte er den Dichter persönlich kennen. Buloz, der Gründer der Revue des deux mondes, bestellte einen Aufsatz über Puschkin bei ihm, Nikolaus, und lud ihn zu dem Jahresmahl ein, das er seinen Mitarbeitern im Rocher de Cancale gab. Musset war anwesend, der Zufall wehte Chopin hinzu.

Nikolaus wohnte beim Observatoire, Gärten und Äckern gegenüber, fast wie auf dem Land. Als er seine erste Erzählung, eine kaukasische, begann, probte er die verschiedensten Arbeitsmethoden aus. Zuerst stand er um sechs Uhr auf und saß, nach einem Spaziergang durch das stille Viertel, gegen acht am Schreibtisch. Dem Nachmittag gewann er nochmals zwei, drei Stunden ab. Es hatte zur Folge, daß er sich früh legen mußte und am Tage nichts von der Stadt, am Abend nichts von den Theatern sah.

Die seltsamste Arbeitszeit schien ein unbekannter Nachbar zu haben. Sein Zimmer erhellte sich um Mitternacht, und das Licht erlosch mit dem Morgen. Das verlangte, daß man um sechs Uhr abends sich legte und schon am Nachmittag jeder Ablenkung aus dem Wege ging. Zuletzt schloß Nikolaus einen Vertrag mit seiner Wirtin. Sie bereitete ihm ein zweites Frühstück, so daß er über Mittag keine Pause zu machen brauchte und von zehn bis vier schreiben konnte. Dann ging er aus, und es genügte, wenn er zwischen Mitternacht und ein Uhr nach Hause kam.

Bei jenem Mahl, das Buloz stiftete, erfuhr er, wer der Nachbar, der seine Lampe um zwölf nachts entzündete, sei. Es war Balzac, der eben die Geschichte von dem Stückchen Chagrinleder veröffentlicht hatte, das nach jedem Wunsch zusammenschrumpft, auf den letzten folgt der Tod.

Sie gingen gemeinsam nach Hause und unterhielten sich über die Selbstzucht und Entsagung, die der Künstler zu üben hat. Balzac bezweifelte, daß die Besessenheit, mit der er selber arbeitete, Zucht im bürgerlichen Sinne war. Schließlich komme es nur darauf an, dem Organismus auf irgendeine Weise die Leistung abzuringen, meinte er. Musset werfe einen Einakter, ein paar Gedichte hin, wenn er, angeregt und todmüde in einem, verzweifelt und von sich selbst angeekelt, nach einer Ausschweifung sein Zimmer betrete. Sie seien alle – Mérimée, Gautier, Hugo, Dumas, Delacroix, Sainte-Beuve, die Sand und Sandeau – eine Art unruhiger und umhergetriebener Tiere, die das Leben, die Gesellschaft, die Liebe und so auch die

Kunst als den Dämon empfänden. Selbst noch auf Beyle oder Stendhal, der sich so karg gebe, treffe es zu. Die einen verbluteten wehrlos und gehorsam, die andern melancholisch und zynisch, die dritten in der getarnten Haltung von Bürgern, Kavalieren und Exzellenzen – tiefer gesehn sei der Unterschied zwischen Ironikern und Optimisten unwesentlich. Jene hätten wie ein gewisser Balzac das derbe Äußere von Plebejern, diese wie Musset und Chopin das zarte der Aristokraten – im Innersten seien sie gleich verwundbar und von gleicher Empfindlichkeit.

Nikolaus erwiderte, was Balzac da sage, passe auch auf den wilden, selbstzerstörerischen Puschkin, und er werde es in seinem Aufsatz verwenden. Er fragte Balzac, ob ihm je aufgefallen sei, daß dieses Dutzend Schriftsteller, Maler und Musiker in demselben Alter stehe. Errechnete man den Durchschnitt, so kamen acht- oder neunundzwanzig Jahre heraus. Wer hatte diese Phalanx des Geistes um 1802 gesät? Sicher nicht Bonaparte, der nur die eisernen Männer gelten ließ, sondern der Genius des Landes, nach der großen Zäsur der Revolution – jetzt, dreißig Jahre später, machte sie sich sichtbar in Paris.

Er hatte, in russischen Vorurteilen erzogen, den Ruf dieser Stadt für übertrieben gehalten, und es ging ihm nun wie jedem, der in sie kam – aus ihren Händen nahm er die zweite Jugend in Empfang. Sie bestand aus zwei Städten, die der Fluß durch seinen Graben trennte und durch seine Brücken verband. Diese Möglichkeit, zu wählen und zu wechseln, berührte ihn wie ein Gleichnis für die Freiheit, die man zu Paris genoß. Wer sich nicht in den Tuilerien zeigen wollte, der suchte den Jardin des Plantes auf, wo er unter den umschlungenen Bäumen Saint-Pierres von Paul und Virginie träumen konnte. Wer der Kaffeehäuser mit den Studenten und Grisetten müde war, zog sich für die Salons um, verleugnete die große Welt nicht vor der ungezwungenen, und umgekehrt.

Marja sah mit einer gewissen Rührung, wie naiv, wie ernst er einer ihm neuen Wahrheit die Ehre gab. Sie glaubte, wenn er mit ihr sprach, in eine kristallene Kugel zu sehn: jeder Hauch schlägt sich auf ihr nieder, und doch ist sie undurchdringlich, bei aller Durchsichtigkeit.

Er hatte ein Temperament, das rasch reagierte; man fühlte gleichwohl, daß er zuverlässig war. Auf die Begeisterung über Paris folgten wiederum die Bedenken und die Ablehnungen. Er liebte die Männer nicht, die sich zu sehr dem, was sie das Geistreiche nannten, überließen, und die großen Damen schwebten wohl schön wie Traumgestalten daher, aber den wenigsten traute man zu, daß sie ihr Ich vergaßen. Er erlebte die Gegensätze in seinem Empfinden wie ein Kind, das erst lernt, daß es zwar nach der schönen Blume greifen, die schöne Schlange aber nicht anfassen darf.

Musset hatte ihm besser gefallen, als er ihn noch nicht persönlich kannte; jetzt nannte er ihn einen Hermaphrodit. Charmant, ein mädchenhafter Elegant – aber warum hat er den männlichen Bart, warum ist er nicht ganz Mädchen? fragte er. Fast alle waren sie ihm zu weich und sprachen vom Schmerzlichen zu beredt. Das Schmerzliche sei für einen Künstler da, um es in sein Werk einzuschließen, nicht um es auszubreiten. Man breitete auch nicht die Tücher der Brautnacht aus – vielleicht gab es Völker, wo das Sitte war, aber nicht in unsern Breiten.

50

Dank den Weisungen des Lehrers am Lycée Saint-Louis drang Jacques tiefer in die Sprache und Geschichte Frankreichs ein. In dem Maße, wie seine Kenntnisse zunahmen, wuchs der Wunsch, die alten historischen Landschaften kennenzulernen; Namen aus der Valoiszeit bezauberten ihn. Die fünfhundert Francs, das Geschenk des Herzogs von Braunschweig, hatte er zur Seite gelegt und für Ferienreisen bestimmt.

Die erste machte er Ostern 1833, Raymond Boulanger begleitete ihn. Sie besuchten die Schlösser der Touraine, gelangten bis Nantes und wanderten über Chartres zurück. Was sie am Tag sahn, kehrte in ihren Träumen wieder – Portale, Kathedralen, Brücken, Wasserspeier, Festungen. In jedem Städtchen fand sich ein Weißbart, der den Altertümern vorstand; die wenigsten waren Voltairianer, die meisten in die katholische und monarchische Vergangenheit verliebt.

Jacques hatte nichts von Kunstgeschichte, nichts von Waffen, Bildern, Kupfern, Wiegedrucken gewußt, nichts von Stilen oder Moden, und es beschämte ihn. Als er davon sprach, daß man in den schönen Dingen Kennerschaft erwerben müsse, erklärte Raymond, er lade sich zu viele Lasten auf. Daß man einem Bild ansehn könne, ob es zur Zeit Franz I. oder Ludwigs XV. gemalt sei, erschien ihm unwichtig, und in Nantes achtete er mehr auf den Sardinenmarkt als auf die hugenottische Vergangenheit. In Chartres holte Jacques auf der Post die nachgesandten Briefe und fand darunter einen, der aus Lörrach vom Chirurgus kam. Seine Mutter war vor einem Jahr an einer Operation gestorben; jetzt stellte man ihm aus ihren Papieren einen Schein zu, aus dem hervorging, daß er die katholische Taufe empfangen hatte.

Es gab ihm einen Schock – wie war man mit ihm umgegangen,

dem illegitimen Kind. Er konnte um die Mutter nicht trauern, aber er begriff, daß es die ungeordneten Verhältnisse sind, die Schatten werfen, in Düsteres ziehn. Im Portal der Kathedrale, in ihren Schiffen erlebte er den tiefsten Augenblick seines jungen Lebens, und wenn er einen Vorsatz faßte, war es der, den Schatten zu entgehn.

Raymond verließ die Kirche, es war Gottesdienst. Jacques blieb und folgte aufmerksam den Vorgängen am Altar, die er nicht von innen, nicht nach ihrem Sinn verstand. Als alle knieten, kniete auch er. Etwas in seinem Blut zwang ihn dazu, und er dachte, es sei ein erlaubter Trieb.

Er schrieb dem Chirurgus, dankte ihm für das Gute, das er einem Kind erwiesen habe, und nahm Abschied von ihm. Sein Gefühl flog dem wahren Vater zu; er empfand abermals den Wunsch, sich legitimiert zu sehn. Gebräunt und mit dem Gefühl, im Jahrhundert Villons gewesen zu sein, kehrte er nach Paris zurück, just an dem Tag, an dem im Hause Maslin eine musikalische Soirée stattfand.

Die schöne, bleiche Prinzessin Christina Belgiojoso hätte von niemand Geld angenommen. Aber als sie ihre Mansarde an der Sorbonne mit einer Dachwohnung bei der Madeleine vertauschte, taten sich Chopin und Liszt zu einem Konzert zusammen. Man sagte nur, daß es sich um einen Flüchtling aus den besten Kreisen handle; der Name wurde nicht genannt.

Marja hatte von der Prinzessin gehört, als es ihr selbst noch schlecht erging. Die Italienerin, die von ihrem Mann getrennt lebte, konnte nicht nach Mailand zurückkehren, sie hatte gegen die Österreicher gewühlt. In Paris brachte sie sich mit Abendkursen für Mädchen aus dem Viertel durch; man lernte Zeichnen, Musik und Handarbeiten bei ihr. Jetzt also sollte sie umziehn; Lafayette, der Freiheitssenior, bestand darauf. Mit Lafayette wiederum war Maslin bekannt geworden, da er Fühlung mit den Deputiertenkreisen suchte; vielleicht ging er doch noch in die Politik. Lafayette hörte, daß Chopin bei Maslin verkehrte, und schlug ihm vor, den Abend in seinem Salon zu geben – er lag gesellschaftlich auf der Grenze zwischen dem royalistischen Faubourg hier, den Orleanisten und Bonapartisten dort.

Nachdem Chopin gespielt hatte, las Nikolaus aus seinem Kaukasusroman ein Kapitel vor. Alsbald erklärte Liszt, er werde die in den Himmel stoßenden Schneeberge, die Lagerfeuer der Kurden, die Tänze der Georgierinnen schildern, und tat es in blendenden Passagen, mit einer Technik, die unerhört neu war. Die Wirkung kam Nikolaus zugute, Buloz bewarb sich sofort um den Abdruck.

Man hatte hohe Preise für die Karten genommen. Die Prinzessin, nicht älter als fünfundzwanzig, saß zwischen Lafayette und Thiers, ohne zu ahnen, daß die Veranstaltung ihr persönlich galt. Unter den schwarzen Spitzen schlug ein zartes Herz, das sich ehrlich bemühte, für die Armen Apotheken einzurichten. Ein wenig pretiös mochte sie wohl sein. An der Tür ihrer neuen Wohnung hing an Namens Statt dasselbe Kärtchen wie an der Mansarde: Prinzessin Nichtimglück.

Maslin, den Nikolaus und Jacques begleiteten, sah es, als er am nächsten Tag die Summe überbrachte. Wohlweislich waren Lafayette und Thiers zugegen, die so ungleichmäßigen Schutzpatrone der jungen Frau. Der General und Marquis von dazumal mischte auf einem Nebentischchen den Salat – der ehrgeizige Plebejer aus dem dritten Stand, der gewiß war, daß er eines Tages den Staat ganz in die Hand bekommen werde, schwenkte im Küchenverschlag eine Omelette. Die Prinzessin bemalte einen Fächer; auf dem Gestell daneben trockneten Gläser, es trockneten die Farben darauf. Davon lebte sie, in Mailand hätte sie zu den reichsten Frauen gehört. Die fünf Männer vertraten alle Generationen, vom achtzehnjährigen Jacques bis zum sechsundsiebzigjährigen Lafayette – es blieb ihr nichts übrig, als gerührt zu sein.

Maslin mit seinen Begleitern wollte sich zurückziehn, die Prinzessin duldete es nicht. Omelette und Salat waren bald verzehrt; Thiers kochte inzwischen Wasser für den Kaffee, und Jacques mahlte ihn. Die Aussicht aus dem sechsten Stockwerk, am Rand der Stadt, war ungewöhnlich. Der Nachteil dieser Lage bestand darin, daß kaum ein Mann es wagte, am Abend allein über die Place de la Concorde zu gehn – eine Dame konnte es noch weniger. Sobald die Nacht sank, sammelte sich dort das Gesindel und zog auf den Raub von Brieftaschen aus.

Die Prinzessin erwartete auch Liszt. Nur ihr war gestern aufgefallen, daß er noch einen Satz aus seiner Klavierübertragung der Phantastischen Symphonie des jungen Berlioz zugegeben hatte; aber um das Vergnügen, es zu erwähnen, kam sie, da Liszt nicht erschien.

Sie liebte ihn und erzählte nicht nur vom ersten großen Schmerz, den er erfuhr, als irgendein französischer Marquis ihm die Tochter abschlug, sondern auch von seinem schönen Enthusiasmus für die Julisache. Unter allen Beweggründen, die einen jungen Menschen mit Aufständischen verbänden, habe er den edelsten gewählt, das Mitleid mit den Armen, sagte sie und schickte einen tiefen Blick zur Wand, zur Totenmaske dessen, der mit seinem großen Herzen die Millionen umschlang.

Lafayette, dem vor Altersschwäche die Hände zitterten, nickte, vermochte aber den Kopf dann nicht mehr anzuhalten, und die Bestätigung dauerte zu lang. Thiers, der eine Stahlbrille trug, als sei er ein Kanzleivorstand, hörte mit dem gleichgültigen Wohlwollen eines, der nur die Politik kennt, zu. Jacques beobachtete sie beide, und die Ironie, die er sich gestattete, war gemessen. Das Spöttische hatte ihm als elegant gefallen; doch neuerdings schien es ihm das Naheliegende, das Billige zu sein.

Eben machte man den letzten Saint-Simonianern den Prozeß. Warum? wandte sich die Prinzessin an Thiers. Weil sie zu blauen Blusen weiße Hosen trugen, dem schwarzen Gürtel das rote Barett entsprach? Oder weil sie in Menilmontant ohne Dienstboten lebten, ein Baron die Stiefel putzte, ein Arzt kochte, ein Bankier die Böden aufwusch, ein Staatsanwalt das Geschirr spülte und der Maurer ihnen als Bruder, der Straßenfeger als Ihresgleichen galt?

Thiers lächelte – er habe das Innenministerium abgegeben und verwalte jetzt den Handel. Dann möge er, bevor auf die Seidenweber in Lyon geschossen werde, überlegen, ob einer dieser armen Leute, der früher fünf Francs verdient habe, von zwei und oft nur einem im Tag leben könne, erwiderte sie. Arbeitskrise, meinte Thiers und fragte, um abzulenken, ob die Prinzessin schon das Neuste von ihrer neapolitanischen Landsmännin, der Herzogin von Berry, wisse.

Die Herzogin, deren Sohn ohne die Julirevolution einmal König von Frankreich geworden wäre, hatte die noch immer königstreue Vendée aufzuwiegeln versucht und saß jetzt in Haft. Das Neuste war, daß sie, seit Jahren Witwe, sich in andern Umständen befand. Der Vater? Nach den einen ihr Vertreter, der Judas Deutz, der sie gegen eine Geldsumme verraten hatte, nach den andern der Baron Mesnard; sie selber erklärte stolz, dies sei ein Kind der Vendée.

Man sah Thiers die Genugtuung an. Dem Hause Orléans konnte nichts willkommener sein, die Herzogin war erledigt, die Sache der Royalisten hatte einen Schlag erlitten, in Frankreich tötete die Lächerlichkeit. Die Nachricht stand noch nicht in den Zeitungen, Jacques setzte sie im Nachmittagskolleg in Umlauf, und sie befestigte sein Ansehn unter den Studenten. Der Chirurg gab einen Halboperierten dem Assistenten ab, als gutem Legitimisten zitterte ihm die Hand.

Dann griffen die Blätter das Ereignis auf, und ihren Leitartikeln folgten die Broschüren, die Vaudevilles, die Duelle zwischen Spöttern und Empörten. Die Royalisten bestanden darauf, daß alles eine Verleumdung sei. Ein Dutzend von ihnen erklärte sich bereit, mit ebensovielen Republikanern den Degen zu kreuzen, damit ein Gottesgericht spreche. Das Gottesgericht erübrigte sich, die Herzogin kam eines Tages im Mai mit einem Mädchen nieder und war so ungefährlich geworden, daß man sie aus dem Gefängnis entließ.

Es hatte zur Folge, daß die dreiprozentige Staatsrente von 62 auf 65 stieg. Nikolaus wollte es nicht glauben. Jacques glaubte es und lächelte. Maslin wiederum fühlte sich erschüttert durch einen Zusammenhang, den er als widerwärtig empfand.

Herrn Thiers, der als Innenminister die Ausweisung des Herzogs von Braunschweig aufgehoben hatte, waren die Beziehungen Maslins zu dem abenteuerlichen Fürsten aus den Akten bekannt. Er sagte, der Vicomte habe wohlgetan, sie rechtzeitig zu lösen. Maslin und Marja erhielten eine Einladung zum nächsten Empfang, den Thiers veranstaltete. Sie nahmen auch den Verkehr mit Lafayette auf; auch er wohnte in der Cité Bergère. Es war ein ernstes, massiges Hotel mit breiter Einfahrt und flachen, mächtigen Treppen.

Sein Leben lang hatte er in der Opposition gestanden und von ihr gelebt. Aber er hatte auch nie geschwankt und sein Profil gewahrt, daher er ein Inbegriff und eine Idee geworden war. Seine Macht beruhte darauf, daß er seit 1830 wieder an der Spitze derselben Nationalgarde stand, die er 1789 gegründet hatte. Das Ansehn des Greises war so groß, daß die Studenten ihm die Pferde ausspannten, sooft er sich an den Tagen des Geschehens zeigte, und sein Ruhm so unbestritten, daß man in Amerika von jemand, der Erfolg über Erfolg hatte, zu sagen pflegte, er sei lafayetted, ein gesättigter Mann.

51

Maslin machte ihm nach der ersten Einladung eine private Aufwartung. Der Diener trug die Karte hinein; dann galt es, sich zu gedulden. Zwei Vorzimmer waren mit Besuchern gefüllt. Lafayette schickte seine Tochter heraus, eine ältere Dame. Sie plauderten ein wenig, und Maslin fühlte, der Vater bedeutete hier alles, man befand sich in einem Haus der Pietät. Endlich wurde er ins Studio geführt. Auf dem Tischchen vor dem Spiegel stand die Büste Washingtons, von David modelliert.

Lafayette erhob sich. Er hatte eine Gestalt über dem Durchschnitt, blaue Augen, ein starkes Kinn und eine braunrote Perücke. Er beherrschte die Kunst, sich höflich und lebhaft zu unterhalten. Vielleicht war es eine billige und unverbindliche Kunst. Aber Maslin war gekommen, um sich bei dem erfahrenen Mann Rat zu holen, und so fragte er schließlich, ob es für jemand seines Alters – er war nun über zweiundfünfzig – nicht zu spät sei, in die Politik zu gehn.

»Als ich zweiundfünfzig war, schrieb man 1809«, sagte Lafayette,

»und damals saß ich, da mir nichts so fern lag, wie Napoleon zu dienen, auf meinem Gut. Erst in den hundert Tagen wählte man mich in die Kammer, ich war also achtundfünfzig. Nein, um dem Land zu dienen, ist es nie zu spät.«

Maslin erwiderte, Herr von Lafayette habe sich seinen Namen schon in den frühsten Mannesjahren gemacht, und der Marquis nahm diese Anerkennung um so freundlicher auf, als sie der Wahrheit entsprach – als die amerikanischen Unabhängigkeitskämpfer ihn zum General ernannten, war er zwanzig Jahre alt. Er ließ Maslin sein Leben erzählen und sagte, Thiers oder Armand Carrel wüßten am besten, was in diesem Fall zu tun sei. Carrel war ein Journalist, der im alten Regime den National, das Kampfblatt der Julileute, gegründet hatte, einer aus jenem glücklichen Wurf um 1800, der Nikolaus so gut gefiel, begabt, feurig und jung.

Beim nächsten Besuch Maslins hatte Lafayette schon einen Plan. Es komme darauf an, sich bekannt zu machen, sei es als Redner, sei es als Zeitungsmann, sei es als treibende Kraft einer Kommission. Im nächsten Jahr 34 wolle man eine Industrieausstellung in Paris veranstalten, sagte er nun, und bereite eben die Gründung eines Komitees vor – es falle nicht schwer, Maslin hineinzubringen, die Fabrikanten und Geldleute sähen gern einen betitelten Mann.

Maslin berichtete daheim die Neuigkeit. Marja würde ein größeres Haus als bisher machen müssen, es bedeutete eine größere Last. Jacques erklärte, das Geringste, was der Vicomte als Gegenleistung verlangen könne, sei die Ehrenlegion. Erstens schulde man sie ihm sowieso für seine Dienste als Soldat, und zweitens stärke es seine Stellung bei den Fabrikanten, sie begehrten das rote Bändchen so heiß wie ein Mädchen den Ehering.

Marja nickte Maslin ermutigend zu. Ob eine Frau ihren Mann liebte oder ihm nur gut war, es gehörte zu ihren Pflichten, für ihn ehrgeizig zu sein. Sie sagte, die Anforderungen schreckten sie nicht, und die Teilnahme an den öffentlichen Angelegenheiten werde dem Erfolg seines Buches zugute kommen. Er schrieb noch immer daran.

Sie war glücklich, ihm einen Dienst erweisen zu können, aus mehr als einem Grund. Den geheimsten gestand sie sich nicht selber; es genügte der eine, daß sie ein Dankesgefühl empfand. Er liebte die kleine Paulette, als sei sie sein eigenes Kind, und las ihr, Marja, jeden Wunsch an den Augen ab.

Er küßte ihr an diesem Abend beim Schlafengehn die Hand, wie er immer tat. Sie konnte die Ruhe nicht finden und las in Bérangers neuem Liederband, den Maslin aus der Stadt mitgebracht hatte, aber sie mochte nicht diese Art von Versen, nicht die Politik im Gedicht. Als von Saint-Sulpice Mitternacht schlug, hörte sie, daß Maslin in sein Studio ging. Auch er konnte nicht schlafen und kehrte an den Schreibtisch zurück – wie nachteilig für seine Gesundheit, und es geschah erschreckend oft.

Sie kämpfte mit sich, stand auf und legte etwas um. Der nächste Weg zum Studio ging durch den Garten. Sie brauchte die Tür nicht zu öffnen, die Tür war angelehnt. Die Mainacht duftete, die Mondsichel, fein ausgezogen und kokett, lag auf dem Rücken, umspielt von den Spitzen der Tanne – sie schien eine Hängematte zu sein, ein Elfchen hatte sie gespannt.

Dann sah sie Maslin. Er war nicht im Studio, er saß auf der Bank bei der Weide. Wovon mochte er träumen – er träumte nicht, sie wußte es. Ein Mann in seinem Alter schaut nicht mehr nach den Gespielinnen Oberons. Seine Gedanken sind bestimmter, seine Wünsche brennender, am bittersten ist die Entsagung. Im Anfang hatte sie geglaubt, das Schicksal sei ihm gnädig gewesen, mit dem Liebesvermögen schwinde zugleich das Begehren. Aber wenn sie es auch nicht verstand, so wußte sie doch nun, daß die Sinne ihm so wenig wie ihr den Frieden bewilligten.

Sie hätte zu ihm hinausgehen mögen und tat es doch nicht. Einmal war sie ihm in so tiefer Nacht ins Studio gefolgt, und es war schrecklich gewesen, einen Mann zittern zu sehn, ihn sagen zu hören, ihm helfe weder ihr Mitleid noch sein Selbsthaß – nur ihre Güte und ihr Schweigen gebe ihm die Kraft. Er bestätigte mit diesen Worten, was sie im stillen längst wußte – zu einer Ehe, die keine sein kann, soll man sich nicht vereinigen. Doch sie, die ihm die Sicherheit und die Stellung schuldete, durfte auch nicht die Trennung verlangen.

Hinter der angelehnten Tür stand sie noch lange. Vom armen Mann im Garten wanderten ihre Gedanken zu Nikolaus. Er schien instinktiv zu spüren, daß etwas zwischen ihr und Maslin nicht stimmte, und anzunehmen, was am nächsten lag, daß Maslin unter vier Augen nicht so freundlich zu ihr wie vor Menschen sei. In den ersten Monaten hatte sie mit Nikolaus vierhändig gespielt, dann nie mehr, seit dem Tag, an dem die Berührung seiner Finger, seiner Schulter sie wie ein galvanischer Schlag durchfuhr. Unter Männern, die nach Tabak, Wein und, wie oft, nach Knoblauch rochen, hatte er den reinen Atem eines Kindes, und wenn der Hauch aus seinem Mund, was gelegentlich geschah, sie am Tag streifte, träumte sie in der Nacht von diesen Lippen. Dem Traum war eigentümlich, daß man keine Gewalt über ihn besaß, im Traum verzehrte sie sich nach dem Erfüllten.

Als Maslin endlich aufstand, huschte auch sie aus dem Zimmer. Am nächsten Tag zeigte er ihr wieder sein gefaßtes Gesicht. Die kleine Paulette spielte auf dem Teppich; sie schauten ihr zu, und Maslin legte den Arm um die Schulter Marjas. Die Kraft, mit der er sich beherrschte, war so groß, daß sie den Schwur erneuerte, nicht weniger stark zu sein.

Ein paar Tage danach erwähnte er, daß Lafayette nach Jacques gefragt habe. Lafayette glaubte, daß Jacques Franzose sei, und nahm an, daß er wie andere auch in der Nationalgarde diene. Marja wartete, bis sie allein waren, dann sagte sie:

»Edmond, ich möchte mit dir über Jacques sprechen.«

»Du bist unzufrieden mit ihm – was hat er angestellt?«

»Nichts dergleichen. Erinnerst du dich an eine Unterhaltung, die wir hatten, als das Kind noch nicht geboren war? Wir gingen davon aus, daß es ein Sohn werde, ein Maslin dem Gesetze nach ...«

»Und nun ist es ein Mädchen.«

»Ja. Der Name erlischt, es tut dir leid – was kann man tun?«

»Nichts, Marja.«

»Es ist unmöglich, daß du Jacques adoptierst?«

»Da ich, wiederum dem Gesetz nach, der Vater deines Kindes bin, ist es ausgeschlossen.«

»Aber dein Bruder in Tours könnte als kinderloser Mann Jacques adoptieren?«

Maslin stand auf, ging hin und her und sagte:

»An Philippe habe ich selbst schon einmal gedacht ...«

»Und warum hast du es mir verschwiegen?«

»Weil ich fürchtete, es sei dir unangenehm, und auch weil Paulettes Erbteil, wenn Philippe stirbt, ihr entgehn würde. Es ist zwar nicht viel, aber immerhin eine halbe Mitgift.«

»Du hast mir gesagt, daß in deinem Testament Jacques mit einem Betrag bedacht wird. Wenn er statt dessen Philippe beerbt, kannst du diese Summe Paulette zuwenden – versteh mich recht, ich nehme an, daß er sich bei dieser Regelung besser steht?«

»Ohne Zweifel.«

»Dann setze dich mit Philippe in Verbindung. Auch er wird wünschen, daß der Name nicht erlischt. Wie alt ist er?«

»Schon über sechzig.«

»Dann ist es wohl Zeit, verliere keinen Tag.«

Maslin fuhr nach Tours, und als er zurückkehrte, war alles schon eingeleitet. Die letzte Schwierigkeit bestand darin, daß Jacques noch nicht Franzose war. Das erledigten Lafayette und Thiers. Der eine unterstützte das Gesuch, der andere beschleunigte es als Minister, Jacques trat alsbald in die Nationalgarde seines Arrondissements ein und kam den sonntäglichen Übungen nach.

Maslin sagte ihm, daß alles auf Marja zurückgehe. An dem Tag, an dem er aus Jakob Kestenholz der Vicomte Maslin wurde, war Jacques in Tours bei dem alten Herrn, der als ehemaliger Kapitän – gleichfalls von der Artillerie – eine bescheidene Pension verzehrte. Der neue Vater, der dritte nun, erklärte ihm, daß er fortan auch hoffähig sei, und empfahl, diese Möglichkeit zu benutzen.

Jacques schrieb einen Brief an seinen Stiefvater, den Chirurgen, diese Genugtuung versagte er sich nicht. Der Wandel, der in seinem Leben eingetreten war, erregte ihn – Fortunat kam zu einem Namen, und es verpflichtete, ein Glückskind zu sein. Einen Tag lang überlegte er, ob es für einen Maslin richtig sei, Arzt zu werden. Er sah keinen andern Beruf und keine zusagende Beschäftigung. Zwar konnte man in den ersten Jahren des Studiums noch umschwenken, der Mediziner konnte Jurist und am Ende gar Diplomat werden – jedoch, wozu?

Auf der Heimfahrt begegnete er sich selbst – es war etwas in ihm, das erklärte: man führt durch, was man begonnen hat, und Wege sind da, damit man sie zu Ende geht. An diesem Abend sagte Marja, in seinem Kinn scheine sich ein Grübchen zu bilden, und deutete es als Zeichen der ausgeglichenen Energie. D'Haligan gratulierte ihm. Jacques dankte kühl; den Marronnier, den Kastanienbaum, vergaß er nicht so leicht.

52

Jacques kannte das Geheimnis der Ehe seines Vaters nicht. Er sah, wie höflich der Vicomte seine Frau behandelte, und verließ im übrigen des Abends das Haus zu früh, um zu merken, daß jeder der beiden sich in sein Zimmer zurückzog. Wohl aber sah er, daß Nikolaus Marja verehrte. Das wuchs im Lauf der Monate langsam heran. Nikolaus trauerte seiner eigenen Frau nach, und dieses Gefühl war ohne Zweifel tief. Als sich der Todestag jährte, blieb Nikolaus eine Woche fort. Alle wußten, was ihn fernhielt, und Maslin ermutigte Marja, sich des Einsamen anzunehmen.

Als Nikolaus bald danach seine Koffer packte, um nach Stuttgart zu fahren, verstand es der Vicomte nicht: alles ließ sich für den Russen aufs beste an, er verkehrte in dieser jungen Phalanx des Geistes, Buloz druckte ihn, und er hatte eben noch selbst gesagt, daß er versuchen wolle, wenigstens seine Aufsätze auf französisch abzufassen, im Vertrauen auf den Sinn für Sprachen, den jeder Slave besaß.

Maslin kam nicht auf den Gedanken, daß diese Abreise eine Flucht sein könne. Jacques vermutete es, eine andere Erklärung war nicht möglich. Er beobachtete die Scheu, mit der Marja dem Freund in den letzten Augenblicken begegnete, fand es ehrenwert, von ihrer Seite wie von seiner, und hätte das Gegenteil begreiflich gefunden: dem Alter nach paßte Nikolaus zu ihr.

Nach zwei Wochen schickte Nikolaus den ersten Brief. Maslin hatte ihm Empfehlungen für Colmar mitgegeben, und Jacques für Straßburg an den Weinhändler Schorn, der nun der Schwiegervater seiner Stiefschwester Louise war. Nikolaus berichtete, er habe die Schorns aufgesucht und sie hätten ihn nach einem Örtchen im badischen Land mitgenommen, das Straßburg gegenüber liege. In diesem Sasbach gehöre ihnen ein Weingut, inmitten der fruchtbarsten Hügel, und sie seien im Begriff, das Haus des Verwalters zu einem für ihren eigenen Sommeraufenthalt umzubauen. Nie habe er eine reizendere Landschaft gesehn, und wenn ihm die von Stuttgart weniger gefalle, habe er Lust, sich dort in Sasbach niederzulassen, Blumen zu züchten, Obst zu ernten und zu schreiben, ganz antik und vergilisch sei ihm zumut.

Jacques empfand eine Regung von Heimweh, als er von diesem badischen Winkel vernahm. Die badische Landschaft vergaß keiner, der in ihr geboren war. Die Menschen sorgten dafür, daß die Regung nicht zu tief ging. In Baden arbeiteten die Gerichte wie in den andern Staaten des Deutschen Bundes und verfolgten die Abgeordneten, die Handwerker, die Studenten und wer immer verdächtig war, ein Patriot zu sein, bald Professoren, bald Offiziere, und so auch den armen Erwin.

Sooft er die französischen Studenten gegen den Bürgerkönig toben sah, dachte er, sie wüßten nicht, wie frei sie in ihrem Lande lebten, und trieben Mißbrauch mit ihren ungemessenen Rechten. Selbst Francines Bruder, der nur die Arbeit kannte, gönnte sich den Luxus, statt der Dynastie Orléans die der Bonaparte zu verlangen – wozu, nur weil der Herzog von Reichstadt nun gestorben war und jener Prinz Louis Napoleon zu Arenenberg sich in einer Broschüre über das soziale Kaiserreich als Prätendent empfahl?

Jacques war für seine Person entschlossen, der Politik aus dem Wege zu gehn. Wenn er eine freie Stunde hatte, verbrachte er sie im Louvre oder bei den Antiquitätenhändlern. Er wollte nicht nur von Bildern, sondern auch von Stoffen, Stühlen, Uhren, Spitzen, Schränken etwas verstehn.

Der unstete Herzog von Braunschweig saß nun in seinem prachtvollen Hotel an den Champs-Elysées, das fertig eingerichtet war. Die Ausstattung, die Umbauten, die Ställe, die Dienerschaft – er hatte an nichts gespart, die seltsamsten Geschichten wurden erzählt. Die Unternehmer hatten Ausländer gemietet und jeden Trupp nur stückweise eingestellt, zum Beispiel für eine Geheimtreppe, die im Schlafzimmer enden sollte – aber wo sie anfing, wußte niemand. Die dicken Kellerwände hatten einen Eisenbeschlag erhalten: es hieß, der gemünzte Schatz, lauter Goldstücke, sei darin untergebracht.

Am meisten redete man darüber, daß ein alter Brunnen, der sich auf dem Grundstück und inmitten der Keller befand, ein paar Stockwerke hoch aufgemauert worden war. Dieses Rätsel löste sich erst später, als das Hotel an einen andern Käufer überging. Der Schacht reichte bis zum Schlafzimmer, und in ihm war an Ketten ein eiserner Schrank aufgehängt. Er enthielt die wertvollsten Schätze und ließ sich im Notfall durch einen Griff bis auf den Boden, bis ins Wasser senken.

Paris redete über den Herzog, wie man von einem Nabob aus Indien sprach. Jeder Theaterbesucher kannte seine Equipage, von der die Lakaien sprangen, um ihrem Herrn eine Gasse durch die Gaffer zu bahnen. Lud er einen der Schauspieler oder Sänger zu sich ein, so überraschte er ihn durch sein Gedächtnis, sagte ihm ganze Partien der Rolle ohne Fehler auf. Einen besseren Beweis, daß er selber ein geborener Schauspieler sei, gab es kaum. In den Palast war ein kleiner Theatersaal gebaut; der Gast wurde auf die Bühne geführt, der Herzog setzte sich davor und hörte eine Monologszene an, als einziger Zuschauer, mit vollem fürstlichem Pomp angetan.

An einem der freien Tage um Pfingsten holte Jacques die Prinzessin Belgiojoso zu einem Spaziergang ins Freie ab. Das Freie begann schon bei der Madeleine, die fast so einsam wie ein Tempel der Akropolis dastand, und der Spaziergang war der zweite, den die junge, zarte Frau ihm erlaubte.

Das Ziel des ersten war der Père Lachaise gewesen und darin wieder das Grab von Heloise und Abälard, erst in diesem Jahrhundert hatte man sie hierher gebracht. An ihm entschied sich ohne ausgesprochene Worte, daß, wenn die Prinzessin Heloise sein konnte, Jacques nicht ihr Abälard war. Aber sie mochte den jungen, klugen Dandy gut leiden. Er verstand sich nicht nur auf die Kleidung von Frauen, sondern sogar auf ihr Herz, auf ihre Regungen, auf ihre weibliche Art, die Welt zu sehn. Man hatte Lust, ihm mehr als andern Männern anzuvertrauen, und fühlte, daß er ein verführerischer Liebhaber sein konnte; ein Liebender war er kaum. Das hatte sie ihm mit ihrer leisen und doch sehr endgültigen Bestimmtheit selber gesagt.

Sie ging also an diesem schönen Morgen mit ihm aus. Es hatte in der Nacht geregnet, der Boden war staublos und trocken; man durfte wagen, ihm Stiefelchen und Rocksaum anzuvertrauen. Sie kamen am Portal des Hotels Braunschweig vorüber und mußten stehnbleiben: der Herzog, der von einem Morgenritt zurückkehrte, lenkte ein. Er war für Zuschauer empfänglich, so sah er zu den beiden hin, erkannte Jacques, der nun grüßte, und kam auf ihn zu. Als er den Namen der Prinzessin erfuhr, wußte er, daß sie eine geborene Trivulzio sei. Zwar fühlte sie sich als Sozialistin, doch für Prätendenten hatte sie eine Schwäche. Die Prätendenten stellten die erste Klasse der Emigranten dar, zu denen sie selbst gehörte. Sie nahm die Einladung, ihr das Hotel zu zeigen, an.

Der Herzog zeigte zuerst den Marstall. Er besaß Pferde, die man sonst nicht sah – pantherhaft gefleckte, die so ungebärdig waren, daß die Stallknechte bis auf die Straße standen, um die Fußgänger zu warnen, wenn der Herzog auf einem dieser Tiere hinaussprengte. Es standen auch die letzten sagenhaften, silberfelligen Braunschweiger da. Sie hatten rosa Augen und rosa Hufe; sie waren von spanischer, also wohl arabischer Herkunft und seit alters an den europäischen Höfen berühmt. Eines von ihnen, erzählte er, sei so wild, daß man ihm die Augen verbinde und es unter ein Fenster führe – aus diesem, ein paar Meter über dem Sattel, schwinge sich er, der Herzog, und lande mit gespreizten Beinen auf dem erschreckten Tier.

Im Haus führte er die Prinzessin zu seinem Töchterchen, das aus London mit einer Erzieherin zu Besuch gekommen war. Er hatte die Mutter nur morganatisch geheiratet und dem Kind den Phantasienamen einer Comtesse Colmar gegeben, immerhin liebte er die Kleine. Das Mädchen wurde in kurzem sieben Jahre alt und konnte den Tag nicht erwarten, an dem es sich zum erstenmal neben dem Vater auf dem Pferderücken zeigte.

Der Herzog war klein für einen Mann. Seine Augen hatten einen so starken Glanz, daß die Prinzessin sich fragte, ob er natürlich sei. Sie bezweifelte nicht, daß er seine Nase, die ungewöhnlich groß war, matt puderte. Er musterte den Anzug, den Jacques anhatte, und ließ ihn einen Blick in seine Schränke tun. Was darin hing, hätte für ein Leben gereicht und wurde bei den teuersten Schneidern von London bestellt.

Er erwartete zum Frühstück Auber, Rossini, die George, die Taglioni, den Operndirektor Vernon, zwei Damen aus Brasilien und den Sohn des letzten Königs aus der vertriebenen schwedischen Dynastie, den Prinzen Wasa, der zur Zeit sein Hausgenosse war. Er bat auch die Prinzessin und Jacques, seine Gäste zu sein. Sie beendeten den Spaziergang, gingen in ihre Wohnung und zogen sich um. Beim Herzog trafen sie sich wieder.

Jacques saß zwischen Madame Taglioni und Madame Berlenga, einer Portugiesin, die in Brasilien Diamantenminen betrieb und ihren Mann durch den Biß einer Schlange verloren hatte. Die älteste Dame am Tisch, schon an die fünfzig, war Fräulein George, die nun die tragischen Rollen in den Stücken der Romantiker spielte. Über die Jahrzehnte hinweg hatte sie das Feld behauptet, seit den Tagen, als Napoleon zu bemerken geruhte, was für eine schöne, große Person sie sei. Ihre Stimme überraschte, sie war jung geblieben.

Der Herzog neben ihr schien ein zu frisch coiffierter und etwas zu klein geratener Liebhaber im Salonstück zu sein. Die beiden müßten heiraten, flüsterte Jacques seiner brasilianischen Nachbarin zu und malte aus, was für eine Bretterdynastie entstände. Die Prinzessin würde diese Bemerkung abgelehnt haben. Amalia Berlenga ließ den Blick über die pompös verwelkte Tragödin gleiten und lächelte ein wenig. Sie selber war eine schöne, aber indolente Frau.

Den Herzog kannte sie durch ihre Freundin, die in Rio zum kaiserlichen Hofstaat gehörte. Sie ihrerseits hatte eine Wohnung in der Nähe des Konservatoriums gemietet, obwohl das Viertel nicht ihrem Reichtum entsprach. Sie hatte sie auf dem Schiff gemietet, von einem Pflanzer, der infolge eines anonymen Briefes wutschnaubend nach Paris eilte, um eine ungetreue Schauspielerin zur Rechenschaft zu ziehn. Gleichmütig war sie mit ihm in die Rue-du-Plat-d'Etain, die Gasse zum Zinngeschirr, gefahren und hatte gewartet, bis alles, die Vorwürfe, die Antworten, die Vertreibung aus dem Paradies der Stehspiegel, des Luxusbettes, der Konsolen und der Marmorvasen vorüber war. Die Zofe durfte bleiben, am Abend schlief Madame schon im lila Daunenbett der Schauspielerin.

Lila waren auch die Vorhänge und die Blumenmuster der hellen Teppiche. Das Veilchenblau, der Phantasie einer Blondine entsprungen, vertrug sich gleichwohl mit den Farben Amalias. Ihr Haar war schwarz wie Chinatusche, ihre Haut schimmerte wie die Seerose im Licht des Mondes.

Jacques fiel ohne große Anstrengung die Rolle des täglichen Begleiters zu. Sie war die erste Dame, die ihm Gunst gewährte, bisher hatte er das Flüchtige erlebt. Sobald er bei Amalia eintrat, rief der rosagraue Papagei ihn freudig beim Namen und schlug mit den Flügeln, bis er zu ihm kam. Der Vogel war dem jungen Mann zugetan, und das genügte Amalia, um Jacques nicht für einen bösen Menschen anzusehn.

Ihr Mann hatte sie genommen, wie man dort die Negerinnen in der Ecke nahm. In ihrem weichen, reifen Körper, sie war siebenundzwanzig, wohnte, verwundbar und scheu, die Seele eines kleinen Mädchens. Nur in den Mondnächten, wenn das Gestirn voll am Himmel stand und magisch durch die violetten Vorhänge schien, wurde sie zur Frau. Die Mondnächte bewirkten seltsame Erregungen, einen heißen und wilden Umschlag. Jacques mußte denken, das Tierhafte der Negerinnen sei auch in ihr.

Anders als die Pariserinnen legte sie keinen Wert darauf, überall und jeden Tag gesehn zu werden. Sie fuhr mit Jacques zum Korso, weil er erklärte, daß es so nötig sei, nahm aus demselben Grund auch Plätze in der Komédie oder Oper, tat aber nichts, um sich einen Bekanntenkreis zu sichern. Am liebsten blieb sie zu Haus, und Jacques war es zufrieden, weil er so Zeit gewann. Die, die er ihr widmete, kam einen Studenten, der jeden Morgen mit eiserner Energie um sechs Uhr aufstand, schwer genug an. Er fiel in diesen drei Monaten vom Fleisch, zumal da er fast täglich in der Seine schwamm.

Ihre Großzügigkeit, bis zur Verachtung der Vernunft gesteigert, war grenzenlos. Als Jacques ihr von den sechs Jahren Zuchthaus erzählte, die Erwin in Freiburg absaß, bot sie ihm auf ihre Kosten ein Dutzend Briganten an. In den Ländern, die sie kannte, hielt man es so. Den gleichen Vorschlag machte übrigens auch jener Neville Brighton, der vor zwei Jahren zu Erwin gereist war. Er schrieb aus London, daß er zu einer Beratung kommen werde, man müsse etwas für Erwin tun.

Das einzige, woran Amalia inbrünstig glaubte, waren die Hölle und die Heiligen. Die Ansichten der Gesellschaft ließen sie kalt. Sie verstand nicht, daß Jacques sich weigerte, Geschenke von ihr anzunehmen; er sei doch nur ein junger Mensch, acht Jahre jünger als sie.

Wenn er gewollt hätte, würde sie ihn auf der Stelle geheiratet und zum Besitzer der Diamantengruben gemacht haben, dafür brauchte sie einen entschlossenen Mann. Der Pflanzer, den sie auf dem Schiff kennengelernt hatte, bewarb sich um sie. Als Jacques sein Studium vorschützte, schlug sie ihm vor, nach dem Examen nach Rio zu fahren, sie mache ihn zu ihrem Hausarzt und dem der weißen Kolonie.

Sie zwang ihm die Perlen für den Frack und einen Ring mit gelbem Diamant für die schmucklose Hand auf. Sie selber überhäufte sich mit Steinen, die sie sogar im Haare trug. Er hätte sie bis aufs Hemd ausbeuten können, gleich einem Rastaquouère. Sie träumte der Vorstellung nach und erwiderte, so geplündert zu werden, könne sie erregen – eine Frau wolle immer das Gefühl erleben, sie gebe alles hin. Es widersprach ihrer Furcht vor dem Gewalttätigen, und wiederum doch nicht. Mit einer leisen Melancholie stellte sie fest, er wolle nicht ihr Rasta sein.

Marja entging nicht, daß Jacques mit der Brasilianerin eine Liaison hatte. Man saß sich oft in den Theatern gegenüber, und anders als bisher blieb er an den Abenden fort. Sie unterließ es, ihm Vorhaltungen zu machen; er gab sich so viel Mühe, drohend und männlich auszusehn. Nur daß er abmagerte, sagte sie ihm. Sie war nicht seine Mutter, bloß seines Vaters Frau, und hatte genug, was sie selber quälte – die Sehnsucht nach Nikolaus, der ihr regelmäßig schrieb und regelmäßig Antwort empfing, so daß Maslin aufmerksam wurde, und nicht nur das. Um diese Zeit tauchte Dutort abermals in ihrem Gesichtskreis auf.

Als die Ferien kamen, begleitete Jacques Mme. Berlenga in die Normandie und erblickte zum erstenmal die nordische See. Nach der Rückkehr brachte der Pflanzer die Nachricht, daß auf ihrem Besitz neue Diamantengruben gefunden seien, und erneuerte seinen Antrag. Nochmals hatte Jacques die Möglichkeit, zuzugreifen, und diesmal ging er mit sich zu Rat. Eine Frau, die so viel älter war, um ihres Geldes willen zu heiraten, war nicht rühmlich, es war nur bequem – es sei zu realistisch, dachte er und entdeckte eine Neigung, nicht nur Realist zu sein.

Amalia packte, gab die Wohnung auf und entschwand. Als Andenken ließ sie ihm den Papagei, der ein Ara war und Ara hieß. Er war genauso alt wie sein neuer Herr, der sein zwanzigstes Jahr begann. Jacques bat Marja, das Tier bei sich aufzunehmen, was auch zum Ergötzen der kleinen Paulette geschah. Wann immer sie in den Garten gestellt wurde, hing der Käfig vor ihr, und der Rosagraue lernte bald »Paulette« zu sagen, es entzückte sie. Wenn aber Dutort eintrat, erhob der Papagei ein so zorniges Geschrei, daß auch Paulette Angst vor dem Mann im schwarzen Kleid bekam. Es war nicht mehr das des Priesters, seit der Rückkehr seines Lehrers Lamennais nicht mehr.

Er hatte gehofft, die französischen Katholiken würden sich den Abbé nicht nehmen lassen; aber die Katholiken hatten der Enzyklika, die seine Lehre verwarf, gehorcht. Dutort war jetzt Redakteur eines kleinen Blattes, das romfeindlich und sozialistisch schrieb, hielt Fühlung mit dem Fourierkreis und trug in den Arbeitervierteln die Theorie der Konsumgesellschaften vor, die zugleich Familien- und Lebensgemeinschaften sein sollten – Fourier ging noch weiter als Owen in England.

Dutort lebte bescheiden, vielleicht kümmerlich, aber er gab sich nun freier, seitdem der Zwang des Amtes von ihm gefallen war. Sein markanter Kopf, die tiefliegenden Augen, der düstere, kämpferische Zug fielen Maslin auf. Nachdem Carrel ihm geklagt hatte, daß die Arbeiter sich mehr und mehr der Führung durch die Liberalen entzögen und so grell, so drohend wie die Jakobiner in den blutigen Jahren sprächen, interessierte es ihn, sich mit diesem Expriester zu unterhalten und die Gründe zu erfahren.

Die Gründe seien einfach, erklärte Dutort, die arbeitende Klasse marschiere auf und besetze den historischen Raum. Noch sehe sie sich vom Wahlrecht ausgeschlossen, da kein Arbeiter zweihundert Francs Steuern zahlen könne, aber der Tag werde kommen, an dem auch sie zur Urne gehe, um ihresgleichen in der Kammer zu sehn. Maslin besuchte eine seiner Versammlungen. Sie wurde in einem Saal abgehalten, der zu klein war. In ganz Paris gab es nicht einen einzigen, der den wachsenden Anforderungen entsprochen hätte, und die Miete kostete zuviel. Dutort hatte es auf sich genommen, bei den Reichen herumzugehn und Geld zu sammeln. Maslin lud Dutort nach dieser Versammlung zum Abendessen ein, und Marja erschrak.

Sie erinnerte sich an Wochen, in denen sie fast jeden Tag zu Dutort gegangen war und alle Bereitschaft mitgebracht hatte, die eine Frau einem Priester anbieten darf. Die große, heilige Schranke war zwischen ihnen gestanden, wie einen Bruder hatte sie ihn geliebt. Jetzt glaubte sie in seinen Augen anderes zu lesen. Beim Kaffee sprach er es aus, daß jemand, der gleich ihm Konsequenzen gezogen habe, bereit sei, auch die letzte zu ziehn: als Bürger ins bürgerliche Leben zurückzukehren, als Kinderfreund, als Gründer einer Familie, sei es in Frankreich, sei es in Kanada. Und dabei schaute er sie fordernd an.

Sie hatte ihm einmal sündige Dinge gebeichtet – hielt er es deswegen für möglich, daß sie sich scheiden lasse, um mit ihm nach Amerika zu gehn? Er mußte besser als sie wissen, daß ein Priester, auch wenn er nicht mehr amten darf, seine durch die Weihen erlangte Eigenschaft nie verliert. Eben hatte man in Paris die Vinzenziusvereine gegründet, die nicht nur der Armenpflege dienen, sondern auch die Mitglieder heiligen sollten. Sie betonte vor ihm die Heiligung und bat Maslin, Dutort nicht ins Haus zu ziehn.

Maslin hatte keinen Anlaß, ihr zu widersprechen. Auch Jacques warnte ihn vor dem Umgang mit einem Mann, der ihm in den Augen seiner politischen Freunde schaden konnte. Dutort erfuhr zweimal an der Tür, der Vicomte sei zu beschäftigt, dann kam er nicht mehr.

54

Anfang September 1833 begannen Maslin und Marja das dritte Jahr ihrer Ehe. In der Woche, die vorausging, war das Wetter schön, und Maslin fragte Marja, ob sie beide am Hochzeitstag jenen Ausflug nach Enghien, auf dem sie sich geeinigt hätten, wiederholen wollten. Sie schien ihm ohne Freude zuzustimmen; er kam nicht darauf zurück und merkte wohl, daß auch sie es unterließ.

Als sie am Gedenktag beim Frühstück saßen, brachte Jean die Post. Unter den Briefen, die Maslin Marja gab, war einer, der von Nikolaus kam. Maslin sah in ihren Augen das Aufleuchten, das sein Vorschlag nicht hatte hervorrufen können. Er erkannte die Wahrheit und ging aus.

Es war kühl geworden, als läge die Stadt in den Bergen. Eine Schleppe grauen Nebels hing tief in die Gassen, die Dächer zerfetzten sie. Alte Frauen und verlumpte Kinder und magere Hunde wühlten wieder in den Eimern. Er begegnete dem Hirten mit der Schalmei und der Schafherde, die nach einem ewigen Gesetz, seitdem die Siedlung bestand, von einem Tor im Norden quer durch Paris zu einem andern Tor im Süden zog.

Um das Pantheon, um die alte Sorbonne hatten bis zur Revolution viele Klöster gestanden. An einem Tag wie diesem konnte man das lateinische Viertel noch immer für das der Kleriker halten. Wer um sich sah und in den Höfen suchte, fand noch mehr Fachwerkscheunen, gotische Erker, Türchen mit Wetterdächern, Ziehbrunnen und Wendeltreppen, Traufen und Speier, als ihm möglich schien.

Maslins hatte es zu Paris schon in den Tempelritterzeiten gegeben. Ihm selber waren nie Gedanken darüber gekommen, daß er sich gegen den Glauben gleichgültig verhielt. Mit dreizehn hatte er im Emigrantenheer die Trommel gerührt, mit fünfzehn schon gefochten, ein Flüchtling und ein Soldatenkind, im Grund aber ein Edelmann, dem seit dem napoleonischen Abenteuer der ungebrochene Charakter abging. Der König fehlte ihm, es fehlte ihm Gott, kaum daß er ein Vaterland besaß.

Wenn man seine Erinnerungen schreibt, kann es nicht ausbleiben, daß man nachdenklich wird. Wohl suchte er die Verschmelzung mit den Ehrgeizigen, mit denen, die wählten und sich wählen ließen. Aber je tiefer er in das Treiben sah, desto schroffere Gedanken kamen ihm. In dieser Stunde gestand er sich: die Ehrenlegion, die Thiers ihm verschafft hatte, der Posten im Komitee der Industrieausstellung, die Aussicht, eines Tages in die Kammer zu gelangen – sein Herz hing nicht daran.

Er sah die Kammer vor sich, die er oft genug aufgesucht hatte. Ein Halbkreis von Bänken, und davor, einem Orgelgehäuse recht ähnlich, die Empore der Regierung. Ob einer hier stand oder dort, ob er in diese Richtung schaute oder in die entgegengesetzte, sie redeten alle gleich, weil sie Doktrinäre waren. Dem Doktrinär ist das Leben nicht mehr als ein Exempel, das mit der Forderung übereinstimmen muß. Sie trafen in der Kammer zusammen, um sich gegenseitig an ihrer Logik zu berauschen. Sie dienten einem Gott, der Pathos hieß: ein tönendes Nichts, das wie eine Wolke aufstieg, dann in Gestalt von Buchstaben niederfiel – die Buchstaben standen für einen Tag in der Zeitung und fortan im Mond.

Maslin kam an einer Kirche vorbei. Es fand keine heilige Handlung statt, aber jemand spielte die Orgel. Sie brauste nicht, sie tönte langsam und zart. Das gewaltige Instrument sprach mit so süßer Stimme, als gehe durch den blühenden Frühling ein unbeschwertes Kind. Maslin trat ein, doch war er zum Ausklang gekommen. Der Mann, der gespielt hatte, stieg die Treppe herunter und ging an ihm vorbei. Einen Augenblick lang glaubte er, es sei Robert Vieuville.

Vieuville war in der letzten Garnison sein Freund gewesen und hatte von einem Tag zum andern den Abschied genommen, um in ein Benediktinerkloster zu gehn – ein wilder Reiter, ein Frauenheld, ein Duellant und, was zu alledem in vollkommenem Widerspruch stand, ein Musikant, der drei Instrumente beherrschte, das dritte war die Orgel.

Niemand hatte seinen Entschluß verstanden, er nur Maslin von einer Vorfahrin erzählt, die zum Hof des Sonnenkönigs fuhr, einem Krüppel begegnete, der mit eiternden Wunden bedeckt war, umkehrte und den Schleier nahm. Maslin verließ die Kirche und mußte denken, daß Vieuville und diese blitzhafte Mahnung ihm heute verständlicher seien. Vieuville war fünfzig gewesen gleich ihm und hatte den Becher hingestellt, bevor der Tag kam, an dem eine junge Frau ihm sagte, der Wein aus seiner Hand schmecke schal.

Als Maslin nach Hause kam, suchte er Marja und fand sie an ihrem kleinen Schreibtisch hinter dem Wandschirm aus lebenden Blumen. Sie schrieb einen Brief, verbarg ihn nicht und sagte, daß sie den von Nikolaus erhaltenen beantworte.

»Wo ist er?« fragte Edmond.

»Zwischen Stuttgart und Straßburg, an dem Ort im Badischen, wo Jacques' Straßburger Bekannte das Weingut haben.«

»Sasbach, ich weiß, denn ich war mit der Condé-Armee dort, und wir lagerten um Turennes Grab.«

»Ja, Sasbach«, bestätigte Marja, »er will sich ankaufen und ein Haus bauen.«

»Nach Paris kehrt er nicht zurück?«

»Er schreibt, daß er in Baden-Baden wohnen wird, bis das Haus fertig ist.«

»Man hat mir gesagt, daß Baden-Baden ein sanftes Klima hat ...«

»Wie meinst du das?« erkundigte sie sich ein wenig verwundert.

»Du bist dieses Jahr noch nicht aus Paris herausgekommen, und das Kind auch nicht«, erwiderte Maslin.

»Willst du uns nach Baden-Baden schicken?«

»Ich dachte in der Tat daran.«

»Du würdest uns begleiten?«

»Ja. Ich habe unter Umständen in Colmar zu tun.«

Am Morgen hatte er einen Brief von seiner Kusine Obermann erhalten und zog ihn nun hervor. Ihr Mann, Richter am Appellationshof zu Colmar, war vor einiger Zeit gestorben; sie fragte an, ob Maslin in Paris niemand kenne, der ihr Landgut in der Nähe der Stadt kaufe – sie wolle zu ihrem Schwiegersohn nach Bordeaux ziehn und den Grundbesitz gegen Staatsrente eintauschen.

Maslin sagte, ihm gehe es umgekehrt. Er haßte die schwankenden Staatspapiere – sie fielen bei jedem Husten, den der König bekam. Wenn der Obermannsche Besitz billig zu haben war, konnte man ihn für Paulette eintragen lassen und wußte überdies, wohin man im Sommer gehn wolle, man ging auf sein eigenes Gut.

Marja leuchtete der Gedanke ein. Aber sie schlug Maslin vor, allein nach Colmar oder auch Baden-Baden zu fahren; die Reise sei für das Kind zu anstrengend, die Jahreszeit zu weit vorgeschritten und nicht ohne Gefahr. Er fragte, ob man Paulette nicht für ein paar Wochen dem Mädchen anvertrauen könne; er werde den Arzt bitten, jeden zweiten Tag nachzuschauen, und Jacques, im Hause zu wohnen.

Sie erwiderte, daß sie sich von der Kleinen nicht trennen wolle, aber er ahnte den wahren Grund. Hier hatte sie den Haushalt, ihr eigenes Zimmer, die Stadt, den Gang zur Messe und zum Kanzelredner, der eben in Mode war, sie hatte die hundert Pflichten und Ablenkungen, die ein Tag bringt. Draußen, in der Kutsche oder im Gasthauszimmer, in den Gassen und im Freien, hatte sie nur ihn und fürchtete sich vor einer Vertrautheit, die keine war – sie fürchtete sich ganz einfach vor ihren Gedanken.

Im ersten Jahr hatten Schwangerschaft und Geburt sie beschäftigt, im zweiten das zu betreuende Kind. Aber jedes Jahr, das nun kam, führte sie mehr und mehr auf sich selbst zurück, ließ sie fühlen, daß sie entbehrte. Es konnte nicht anders sein. Er bereute, sie an sich gebunden zu haben, und mußte die Rechtfertigung erst zusammensuchen – wo wären sie und das Kind jetzt ohne ihn?

Wo wären das Kind und ich jetzt ohne ihn? fragte sich auch Marja, und dieser Gedanke verlieh ihr noch immer neue Energie. Einst, als sie sich Dutort anvertraute, hatte sie bezweifelt, daß Gott in die Schicksale eingreift. Und dann war, märchenhaft, Maslin gekommen, hatte sie zur ehrlichen Frau, zur Vicomtesse, zur Dame ohne Sorgen gemacht. Sie wenigstens hatte keinen Grund, zu behaupten, Gott überlasse das Geschöpf sich selber.

Am Tag seiner Abreise nach Colmar erhielt Marja einen neuen Brief von Nikolaus. Er schrieb, im Herbst werde man die Fundamente des Hauses in Sasbach ausheben, er selber erst im Frühjahr bauen. Er könne nicht den ganzen Winter in Baden-Baden zubringen, so kündige er doch noch seine Ankunft an und folge diesem Schreiben bald nach.

Sie reichte den Brief Maslin, der die Zeitung las, und sagte erregt:

»Ich werde mit dir fahren.«

»Warum? Er würde glauben, daß du ihn fliehst, und das tust du doch nicht?«

»Nein. Aber es sieht wie eine Verabredung aus: du gehst, er kommt . . .«

»Wenn es eine Verabredung wäre, hättest du sie verschwiegen«, erwiderte er – »Komm, es ist der Augenblick, um uns als gute Freunde auszusprechen.« Er erhob sich federnd und stand vor ihr wie damals, als er sie am Tag der Barrikaden aufgefangen hatte, feingliedrig, die Augen königsblau – nichts fehlte als die Perücke mit den kühnen Locken.

»Edmond«, sagte sie weich, als er ihr den Arm gab und sie in den Garten führte. Im Nachbarhaus stand Gaston Vignol am Fenster, nun auch er mit dem roten Bändchen geschmückt, der Mann, der Paulettes Vater und Marjas erster Geliebter war – was täte er, wenn ich heute stürbe, fände sie als Vicomtesse vor seinen Augen Gnade? dachte Maslin und grüßte hochmütig hinauf; Marja würde ihn nicht nehmen, es war immerhin ein Trost.

55

Vignol zog sich zurück, und Marja begann von Nikolaus zu sprechen. Sie fühlte sich zu ihm hingezogen, und er liebte sie – gleichwohl, ihr Platz war bei dem Gatten. Nie werde sie vergessen, was sie ihm schuldig sei. Nie werde Nikolaus ihr zureden, daß Leidenschaft sich ihre eigenen Gesetze gebe. Sie gehe Nikolaus nicht aus dem Weg, sie suche ihn nicht, für ihn und sie sei es kein Unterschied, ob sie sich nie wiedersähn oder jeden Tag – so oder so werde das gleiche von ihnen verlangt, gute Haltung und Verzicht. Das hätten sie in der einzigen geheimen Unterredung beschworen, am letzten Tag – errötend wie ein Mädchen und Edmond vertrauend, fügte sie hinzu, wo es geschehen war, an einem Grab des Père Lachaise, dem von Heloise und Abälard.

Er erkundigte sich leichthin, ob sie wohl wisse, daß niemand in dieser Stadt Abälard mehr gleiche als er. Sie verstand nicht, und er stellte fest, daß sie nie vernommen hatte, was Abälard zugestoßen war. Sie nahm an, er sei nur deshalb von Heloise getrennt worden, weil man ihn gezwungen habe, die Mönchsgelübde abzulegen. Als er ihr das Eigentliche erzählte, weinte sie fassungslos.

Dann sagte sie und scherzte unter Tränen, sie wähle, da sie nun einmal Heloise sei, unter zwei Abälards den wahren und den echten. Vom Tiefsten der Frau, vom Mitleid bewegt, gelobte sie ihm Geduld und Mutigsein bis an ihr Ende. Er schloß sie in die Arme; doch, daß er sie bat, ihn allein reisen zu lassen, begriff sie nicht. Sie schwieg und nahm seinen Entschluß wie eine Demütige aus jenen fernen Zeiten hin.

Das Mädchen kam in den Garten und sagte, eine Dame und ein Herr aus London seien da.

Es waren Neville und Grace. Jacques hatte Neville schon angekündigt. Grace begleitete den Bruder, um bei der Beratung zugegen zu sein. Zu Hause hatte sie gesagt, es sei eine Gelegenheit, Paris anzusehn.

Niemand, der sie in den Münchner Tagen gekannt hatte, war da. So sprach auch niemand aus, daß sie viel an Reiz, und an Sanftmut ein wenig gewonnen habe. Es lagen anderthalb Jahre Londoner Gesellschaft hinter ihr, die nun eine junge Dame von bald einundzwanzig war.

Jacques, der keinen Blick von ihrem Herbstlaubhaar wandte, vernahm ungläubig, daß sie um Erwins willen gekommen sei. Sie entwickelte dieselben Pläne wie Frau Berlenga und fragte, ob es im Schwarzwald nicht Räuber gebe, die man mieten könne.

Maslin sagte, was Neville schon unterwegs gesagt hatte – man müsse Geduld haben, an Ort und Stelle die Verhältnisse ergründen und zusehn, was sich durch Bestechung von Wärtern erreichen lasse. Neville erklärte, aus diesem Grund werde er sich nach Freiburg setzen. Maslin, der Extrapost bestellt hatte, bot ihm einen Platz an, und da alle Papiere besorgt waren, reisten sie am nächsten Tag.

Umsonst verlangte Grace, mitgenommen zu werden. Man verwarf

ihren zweiten Plan, mit Erwin in der Zelle die Kleider zu tauschen und es darauf ankommen zu lassen, ob die badischen Behörden den Mut hätten, die Tochter des britischen Ministers gefangenzuhalten, die unmündige Tochter sogar. Neville sagte nur, an sich sei es die beste Idee, aber weder wolle er sie einem Abenteuer aussetzen noch den Vater und sich in eine schiefe Lage bringen. Es gab nun Rücksichten politischer Art mit aller Klugheit in Betracht zu ziehn. Auch er war älter geworden.

Maslin und Neville fuhren über Nancy und Zabern nach Straßburg. Sie blieben noch bis Colmar zusammen, Neville reiste weiter, Maslin stieg bei Mme. Obermann ab; sie wohnte in einer Gasse, die unweit des Collège lag. Das Haus lehnte die Rückseite an einen Rest des Reichsstadtwalles, den vor hundertfünfzig Jahren der Sonnenkönig geschleift hatte. Dieses Mauerstück trug jetzt ein Gärtchen, in das Maslin von seinem Zimmer trat. Es wuchsen gefüllter Rittersporn und purpurroter Fingerhut darin, vom Rand hing Mauerpfeffer zum Wallgraben hinunter, der nun eine Promenade war.

Die Kusine besaß die schönsten Möbel, noch aus der Königszeit. Seit hundert Jahren gehörten die Obermann zur hohen Robe, und ihre Anschaffungen hatten die Revolution überlebt. Sie selber sammelte Elsässer Bauernschränke dazu, die in ihren Kreisen als zu bunt und barbarisch galten, es focht sie wenig an. Das alles würde sie nun verlassen – man hat vierzig Jahre an einem Erdenort Wurzel geschlagen, dann wird man herausgerissen, in ihrem Fall nicht gleich durch den Tod, sondern durch eigenen Entschluß. Maslin fühlte sich von dieser Mischung aus Demut und Fassung berührt. Man gründete eine Familie, ein Heim, wie man einen Knoten schürzt – es kommt der Tag, an dem der Knoten sich lösen wird, mit einem einzigen Zug.

In jeder Gasse schien ein altes Kloster zu stehn. Die Dominikaner, Franziskaner, Augustiner, Ursulinerinnen, Johanniter waren dahingegangen – den Jesuiten, den Jugendlehrern begegnete man noch. Das Volk trug die Urvätertrachten, der Brunnen waren viele. Die Reben rückten vom Gebirge bis an die Vorstädte heran, und im Viertel, das sich am weitesten in die Ebene vorschob, wohnten Gärtner, die in schweren Kähnen das Gemüseland durchstakten. Sie fuhren mit den Mistbottichen aus und kehrten mit Bergen von Salat und Blumen zurück.

Wenn ein Pariser hierher versetzt wurde, stöhnte er über die deutschen Laute, die ihm die Zunge brachen, und erschrak vor dem Geist der Salons, der den Ideen des Herrn von Chateaubriand entsprach. Maslin fand nichts, was ihn abstieß, daran.

Er schrieb Marja, als Pariser habe er sich nie empfunden, und wenn die Entscheidung nur für seine Person zu fällen wäre, würde er auch das Haus der Kusine mit ihren roten, gelben, blauen Louis-Seize-Möbeln kaufen. Sie erwiderte ihm, er sei das Oberhaupt der Familie, er habe zu bestimmen, die Übersiedlung in die Provinz schrecke sie nicht. Eine Nachschrift teilte ihm mit, Nikolaus reise im Elsaß, ohne Zweifel, weil sie ihm mitgeteilt habe, daß er, Maslin, von Paris abwesend sei.

Das Landgut lag nicht wörtlich vor den Toren der Stadt, es lag eine Wagenstunde weiter am Rand des Gebirges, zwischen dem Kaysersberger und dem Münstertal. Die Fecht umfloß in breitem Bett den Hügel, der mit Gloriette und Mäandermauer zum Besitz gehörte. Im Augenblick hatte der Fluß Sandbänke; man sagte Maslin, daß er oft reißend sei. Am Ufer standen Pappeln, die er ungemein liebte.

Der Blick ging über die Fabriken von Logelbach und die Fabrikantenhäuser, über die Türme von Colmar und das Rheinried zum Schwarzwald, der eher ein Blauwald war. Der Boden bestand aus Muschelkalk, gut für die Reben. Die Sonne brannte, an Obstbäumen war kein Mangel; vor dem Haus des Pächters blühten noch die Oleander.

Der Preis schien Maslin billig zu sein, aber wenn er dem Pächter nicht kündigen wollte, mußte er bauen. Der Notar schlug ihm vor, zunächst alles zu lassen, wie es war, und auch das Stadthaus seiner Kusine zu kaufen, worin außer ihr nur noch ein Mieter wohnte. Der Gesamtpreis war so niedrig, daß Maslin einwilligte. Als Eigentümerin trug er nicht Paulette, sondern Marja ein. Es entsprach alles einem festen, geheimen Plan.

Als Maslin vom Notar zurückkehrte, erblickte er Nikolaus Stoffel. Gut, daß er von Stoffel hieß – Maslin kannte die Sprache genug, um zu empfinden, daß die Adelspartikel das Komische und Direkte des Namens milderte. So rief er »Herr von Stoffel«, und Nikolaus drehte sich freudig um. Er habe von Marja die Colmarer Adresse erfahren und es für richtig gehalten, ihn aufzusuchen, erklärte er.

Maslin hatte keinen Grund, Nikolaus zu zürnen, und führte ihn bei der Kusine ein. Die Stilmöbel gefielen Nikolaus so gut, daß er vom neuen Besitzer Maslin einen Teil für sein Sasbacher Haus erstand. Maslin sah mit ihm die Stadt an und zeigte ihm auch das Landgut.

Unterdessen packte Frau Obermann. Und Ende des Monats war es so weit, daß sie reisen konnte, und Maslin schloß die Wohnung ab. Nikolaus nahm an, daß er mit ihm nach Paris zurückkehren werde, um die Übersiedlung zu betreiben. Aber Maslin erklärte, er begleite die Kusine bis Belfort; es sei eine Gelegenheit, Hüningen noch einmal zu sehn.

In Hüningen kannte er sich kaum mehr aus. Man hatte die mächtigen Bastionen geschleift, es war auch das vorüber. Er fuhr nach Lörrach. Durch Jacques wußte er, daß seine Mutter gestorben sei. Er stand an ihrem Grab, für einen Augenblick, und als er über den Marktplatz ging, sah er das Schild des Chirurgen Kestenholz, am Fenster aber Neville. Sie schauten einander verwundert an.

Neville hatte in Freiburg seine Aufgabe durch Bestechung gelöst. Auf Einzelheiten ging er nicht ein, Erwin war schon in Straßburg. Neville sagte nur, es sei höchste Zeit gewesen, denn Erwin habe die Drohung, fünfundzwanzig Stockhiebe über ihn zu verhängen, mit der Gegendrohung erwidert, wer sich an ihm vergreife, den werde er töten, und sei es vier Jahre später.

Maslin sah auch den Chirurgen und Josepha. Dem Chirurgen war hier dieselbe Rolle zugefallen wie ihm in Paris, er deckte ein fremdes Kind mit seinem Namen. Wie unwichtig wurde das alles, wenn man den Abstand nahm. Der Chirurgus überließ ihm jenes Bild, das ihn darstellte, und Maslin schickte es Jacques.

Josepha schloß er rasch in sein nun so mildes Herz. Sie war sehr ernst, ein junger Mensch, der seine Gedanken hatte. Es fiel ihm auf, daß sie im ländlich einfachen Arbeitskleid so gute Haltung zeigte wie am Nachmittag im städtischen oder gar im Hut. Neville, vor dem er eine Bemerkung darüber machte, begann zu strahlen und sagte, daß sie die geborene Lady sei.

Als Maslin erwähnte, daß er nach Lyon weiterfahren werde, trug Neville ihm eine Bitte vor. Es handle sich darum, Fräulein Josepha nach Neuenburg zu bringen, und das wolle er selber tun, doch habe der Chirurg der Leute wegen Bedenken, sie ihm allein anzuvertrauen. Maslin war sofort bereit, als Dritter mitzufahren, und vernahm nun auch die näheren Umstände. Der Baron, der Josepha als Tochter angenommen hatte, lag kränker als ihr Vater, und wie sie zu diesem zurückgekehrt war, um ihm den Haushalt zu führen, so ging sie nun zu jenem – die ewige, die ambulante Pflegerin, wie Neville nicht ohne Bitterkeit erklärte.

Eines Morgens im Oktober reisten die drei nach Neuenburg. Auch hier blieb Maslin einige Tage – ein Mann in reifen Jahren könne nichts Besseres tun, als noch einmal nach dem Wanderstab zu greifen und die Menschen aufzusuchen, ohne Wünsche, ohne Leidenschaften, nur um ihnen bei ihrem Treiben zuzusehn. Er sprach öfter von den Benediktinerklöstern und einem Freund namens Vieuville, der aus dem schneidigen Reiteroffizier von einem Augenblick zum andern ein Mönch geworden war.

Als er packte, faßte sich die hübsche Zimmerzofe, die ihm dabei half, ein Herz und fragte nach Herrn Jacques, dem Bruder der ihr teuern Baroneß. Ein Wort gab das andere, Jacques schien nicht gut an ihr gehandelt zu haben und war trotzdem ihr Traum. Josepha sagte Maslin, was damals geschehn war, und er zahlte bei der Sparkasse einen Betrag für die Kleine ein.

Der Baron, der Gallensteine hatte, reiste in Begleitung Josephas und Nevilles nach Paris, eine Operation schien nötig zu sein. Maslin trennte sich in Genf und folgte der Rhône nach Lyon.

56

Ob Gandin, Elegant oder Dandy, verpflichtend war, einen Coiffeur zu haben, der als fashionable galt. Einer der anerkanntesten, der Italiener Decandia, hatte seinen Laden an der Börse, nahe dem Tempel, worin die Makler das Goldene Kalb umtanzten, den Hut im Nacken, die Arme in der Luft.

Die Entfernung vom Quartier latin war zu groß für einen gewissenhaften Studenten, und Jacques rasierte sich am Morgen selber, er duldete keinen Bart. Aber zu der Zeit, als er Amalia Berlenga besuchte und nicht weit vom Börsenviertel war, gewöhnte er sich daran, einmal in der Woche zu jenem Coiffeur zu gehn und ihm sein Haar anzuvertraun. Da er immer dieselbe Stunde wählte, konnte er sicher sein, unter den Wartenden einen auffälligen Mann von etwa Dreißig zu sehen. Der rötliche Schopf schwebte über einer Sperbernase gleich dem Gefieder eines Papageis.

Wie es bei einem Coiffeur zu gehn pflegt, der Meister unterhält die Kunden, und unter Franzosen kann es dann geschehn, daß die Zuhörer ein Wort des Dialogs aufgreifen – schon sprüht der Geist, ein Zufall wird belacht. Auf diese Weise machte Jacques die Bekanntschaft des Mannes mit dem Schopf: es war Hector Berlioz, in dem das junge Frankreich seinen Tondichter sah.

Auf dem Heimweg lief Jacques Ernest Legouvé in die Arme, der ihn ausschalt, weil er sich nicht mehr bei ihm blicken ließ. Jacques nahm eine Einladung zum Abend an und erzählte, als sie bei Tisch saßen, er habe Berlioz kennengelernt. Legouvé fuhr förmlich auf. Selbst Musiker, im Sinn des Enthusiasten, wünschte er schon lange, Berlioz zu sehn, und hatte vor einiger Zeit in Rom, wo Vernet der Villa Medici vorstand, sich von diesem einen Empfehlungsbrief für Berlioz geben lassen, der eben nach Hause gereist war, bis dahin als Rompreisträger der Gast des vom französischen Staat unterhaltenen Instituts. Der Brief lag unbenutzt im Schreibtisch, Legouvé hatte die Adresse nicht. Jacques nahm ihn mit und übergab ihn Berlioz bei jenem Coiffeur.

Berlioz lud den Boten zu einer Aufführung des Freischütz ein und sandte eine andere Karte gleich an Legouvé. Jacques und Legouvé saßen nebeneinander; nach Berlioz schauten sie vergeblich aus. Aber mitten im Akt, während der Kaspar seine Arie sang, fuhr über die Brüstung ein roter Schopf, und eine Donnerstimme rief den Leuten im Orchester zu:

»Barbaren, die Ihr seid! Zwei kleine Flöten sind vorgeschrieben, nicht zwei große! Im heiligen Namen der Musik!«

»Herr Berlioz«, meinte Jacques trocken. Das Publikum zischte, ein Diener brachte den Störer hinaus. Jacques und Legouvé folgten, der Komponist zitterte noch vor Zorn: »Zwei kleine Flöten«, wiederholte er. Man zog vor, in ein Kaffeehaus zu gehn. Legouvé und Berlioz fanden sich sofort. Die Liebe zu Shakespeare und Mozart einte sie, und Legouvé hatte noch vor der Julirevolution Miß Smithson als Julia gesehn ...

»Nicht nur ich verdanke ihr die Begegnung mit Shakespeare«, sagte er. »Sie kam zur rechten Zeit, im Namen Shakespeares wurde das klassische Drama gestürzt.«

Berlioz sprang auf und umarmte ihn: »Harriett Smithson ist wieder hier, und ich, ich liebe sie. Bei den Manen des großen Gluck, sie muß mich erhören, sie oder keine andere wird meine Frau.«

Diese beiden also schlossen Freundschaft. Sie waren verschieden genug – Legouvé bei aller Aufgeschlossenheit und Wärme ein bürgerlicher Mensch, ein Verehrer der Ordnung, während Berlioz sich nicht zurechtfand, weder in der eigenen Natur noch in den andern. Zum erstenmal ahnte Jacques, daß jeder sein Schicksal selbst formt – nicht in dem Sinn, daß es ihm freistünde, sondern umgekehrt: alles ist Fluch oder Gnade. So mußte es wohl Gnade sein, daß er selber befähigt war, ein anstrengendes Studium durchzuführen, den Versuchungen der großen Stadt zu widerstehn und nebenher Examina nachzuholen.

Manchmal, wenn er überlegte, durch welche Fügungen er nach Paris gekommen war, erfaßte ihn ein Staunen. Und mit der Fahrt hierher allein war es nicht getan. Der Herzog von Braunschweig gehörte nicht weniger als die Anwesenheit Marjas zu den Voraussetzungen: ohne den Herzog nicht Herr Müller zu Bern, ohne Marja nicht die Heirat des Vaters und nicht die Adoption.

Als Jacques wieder einmal bei Decandia saß, trat Liszt ein, schlank wie ein Götterjüngling, sanft wie eine Hebe. Sie warteten gegenseitig, bis ihre Haare in Ordnung waren, dann gingen sie ins Café Feydeau, wo Alexandre Dumas das hatte, was man in

Deutschland einen Stammtisch nannte. Der rundliche Jules Janin, der witzige Kritiken schrieb, leistete ihm Gesellschaft. Andere kamen, darunter zwei Rheinländer, der Pianist Hiller aus Köln und – Jacques horchte auf – Heinrich Heine aus Düsseldorf.

Jacques entfernte sich für einen Augenblick, erstand in einem Papierladen ein Taschenbuch in Leder, kehrte zurück, nahm seinen Mut zusammen und bat mit rotem Kopf den Dichter der Wallfahrt nach Kevelaer und der Loreley, der fünfzehn Jahre älter sein mochte, seinen Namen mit Datum einzutragen. Dann wandte er sich an Dumas, Janin, Liszt.

»Das fängt man an, man führt es nicht durch«, sagte Dumas.

»Ich werde es durchführen, Meister«, erwiderte Jacques; »die nächste Aufgabe wird sein, Lafayette, den Herzog von Braunschweig, Thiers, Berlioz und Mme. Malibran zu sichern.«

»Ich bat die Malibran einmal um ihr Autogramm«, erklärte Janin; »sie weigerte sich, ich konnte es nicht erlangen.«

»Herr Legouvé wird es ihr abringen.«

»Auch Berlioz ist widerspenstig.«

»Nicht, wenn Miß Smithson bereit ist.«

Man lachte und begann, den Fall zu erörtern. Schon vor sechs Jahren, damals, als sie die Pariser mit den Mädchen Shakespeares bekannt machte, hatte Berlioz sie geliebt, eine Abweisung erfahren und sich mit der kleinen Moke verlobt. Doch heiratete Fräulein Moke nicht den Musiker, sondern den Pianofabrikanten, und war nun die hübsche Frau Pleyel. Was Harriett Smithson betraf, so weilte sie wieder in Paris, mit einer Truppe dritten Ranges, eine schon dreiunddreißigjährige Frau, zu schwer, um als Desdemona noch zu überzeugen. Sie konnte ihre Leute nicht bezahlen, nahm die Werbung des verschmähten Berlioz an und dann – dann brach sie den Fuß. Sein Vater, ein Arzt in der Dauphiné, verweigerte die Einwilligung; aber der Sohn, der mündig war, ließ ihm dreimal durch den Notar eine Aufforderung zugehn. Die letzte war eben unterwegs und Harriett nicht einmal gewiß, ob sie sich darüber freuen sollte. Ihre Mutter und ihre Schwester bearbeiteten sie, auf einen jungen Mann zu verzichten, der außer der letzten Rate des Rompreises nichts als die schwachen Einkünfte aus der Mitarbeit an Zeitungen besaß.

Das alles war den Herren im Kaffeehaus geläufig wie Berlioz selbst, und Jacques begriff nicht, daß jemand seine persönlichsten Angelegenheiten so indiskret behandelte. Doch paßte es vielleicht zu einem, der für Orchester von zweihundert Mann und für Chöre von tausend Kehlen schrieb. Das Zeitalter Mozarts, der im Don Juan vier Instrumente auf der Empore fiedeln ließ, war fern.

In der Folge besuchte Jacques bei jedem Aufenthalt rechts der Seine dieses Kaffeehaus. Es gab ein eigentümliches, ein wärmendes Gefühl, sich im innersten Kreis der Stadt zu wissen; es war auch der verdichtetste. Für jeden Franzosen und nicht nur für ihn galt Paris als das Zentrum der Welt – nun wohl, so hatte das wieder seinen heißesten und wahrhaft fiebernden Mittelpunkt, umschlungen von den tosenden Boulevards, worauf die Zeitungen standen, die Banken, die Theater, die Hotels.

Die großen Scheiben, durchsichtig und trennend, waren eine Zauberwand, auf die das Leben, der Verkehr oder wie immer man das Nierastende nennen wollte, Gesichter, Gestalten, Schicksale warf. Denn wer da draußen vorüberging, Schicksal erlitt und bereitete er gewiß. Wenn einer eintrat, wußte man nichts von ihm und dachte nur, auch er finde nun hierher. Rot, Gold und Braun, die satten und heiteren Farben des Cafés, waren Jacques ein Gleichnis für die ganze genießerische, in den warmen Menschendunst gehüllte Stadt.

Berlioz redete ihm zu, in dieses Viertel zu ziehn, und zeigte ihm sein Hotel, das in der Rue Richelieu gelegen war. Jacques schwankte, dann lehnte er ab. Vom ersten Tag an hatte er nicht eine Vorlesung, sei es im Hörsaal, sei es im anatomischen Theater, versäumt. Brachte er zwischen diese Räume und sein Zimmer die Seine, so nahm die Regelmäßigkeit ein Ende – zuviel der Ausgehabende, der Cafés und der Loretten, die teurer und gefährlicher als die Grisetten des Studentenviertels waren.

Jacques staunte über das Ansehn, das Berlioz bei seinen Freunden genoß. Es wurde ihm zugebilligt, weil er es bei jeder Zusammenkunft neu zu erobern verstand. Der kleine, hagere Mensch wirkte nicht nur dank dem Haarschopf größer, als er war. Er loderte, gab sich dem Augenblick ganz hin, ohne lange zu fragen, ob es lohnend sei, die Kraft im Kaffeehaus zu erschöpfen, und lebte nur dem Affekt oder, wenn man es edler ausdrücken wollte, dem Gefühl.

Zwar klagte er, daß ihm die Konzerte, die er besprechen mußte, keine Zeit zum Komponieren ließen; aber vom Vorschlag, den ihm nun Jacques seinerseits machte, sich in ein ruhigeres Viertel zurückzuziehn, wollte er nichts wissen. Harriett Smithson wurde ihm entfremdet, wenn er sie nicht zweimal am Tage sah. Sie lag mit ihrem gebrochenen Fuß zu Bett und war den Einflüsterungen ausgeliefert. Und, führte er als das zwingendste aller Argumente an, er bewohnte das Zimmer, das sie bei ihrem ersten Aufenthalt gehabt hatte – er schlief in Harrietts Bett, das wollte man ihm doch nicht rauben?

Jacques mit seinen beginnenden Zwanzig, die er im übrigen verschwieg, sah den älteren aus einem Augenwinkel an. Wohl traf man jeden Tag einen blutjungen Franzosen, der die letzte Illusion verloren hatte, aber selten einen, der so schwärmend dachte, wie Berlioz mit seinen Dreißig noch.

Eines Tages erkundigte sich Jacques, sei es aus Höflichkeit, sei es aus medizinischem Interesse, nach dem Verfahren, das der Arzt beim Schienen anwandte, und der Musiker forderte ihn auf, der Kranken einen Besuch zu machen. Es geschah, aber die Mutter betrachtete ihn mißtrauisch und die Schwester mit Geringschätzung, das sei noch kein Arzt.

Fräulein Smithson, die auf dem erhöhten Lager wie auf einem Paradebett ruhte, schien ihm mit ihren vollen Formen eine umgelegte Statue zu sein. Sie war üppig, sie stand in voller Reife, und Jacques mußte denken, daß es schon die späte sei – seltsame Ophelia. Berlioz heiratete eine Frau, die zu seinem Alter so wenig paßte wie zu seiner bürgerlichen Lage. Nach allem, was Jacques wußte, besaß sie nichts als Schulden, und Berlioz nicht mehr.

Als Berlioz in der Kapelle der englischen Botschaft getraut wurde, war niemand von seiner Familie zugegen, und Liszt sprang als Trauzeuge ein. Das Paar zog sich nach Vincennes in ein Häuschen zurück, wo Jacques und Liszt es einmal besuchten. Berlioz war bis über die Ohren verliebt, und auch Harriett nun zufrieden. Ein paar Zeitungen hatten eine Notiz gebracht.

»Unsere Heirat macht ein Höllenaufsehn, man spricht von nichts anderem, es gibt wenige Beispiele einer so originellen Verbindung«, erklärte Berlioz.

Ophelia verstand nichts von der neuen Musik. Sie fand Auber reizend, während Berlioz ihn wütend auf den Pont-Neuf, will sagen zu den Drehorgeln verwies. In der Phantastischen Symphonie, die er selbst geschrieben hatte, gab es einen Walzer, der ihr gefiel, und so hatte er wenigstens etwas, das er ihr anbieten konnte – vorerst noch blind, wo seine Freunde schon alles, was kommen würde, sahn. Seine Illusionskraft war ungeheuer, sie fand sich auch mit den vierzehntausend Francs ab, die Harriett ihrer Truppe schuldete und er nun übernahm. Man mußte ihm gut sein, er hatte ein charaktervolles Gesicht, glich dem Adler, der den großen Flug wagen wird.

57

Als Jacques das Bild des Vaters aus Lörrach erhielt, kam auch schon die Nachricht, daß der Vicomte in Algier eingetroffen sei. Jacques stutzte, dann fand er es verständlich, daß der alte Soldat ein erobertes Land besuchte. Marja schien beunruhigt zu sein. In den

Zeitungen stand überdies, in Algier wüte die Cholera. Sie weinte, als Maslin an Weihnachten schrieb, man bereite einen Schlag gegen Abd el Kader vor und er nehme am Feldzug teil.

Jacques fragte sich, was das bedeuten konnte. Wenn ein Mann von dreiundfünfzig seine Familie verließ und Freiwilliger in einem Kolonialheer wurde, war er entschlossen, nicht zurückzukehren: er fühlte sich überflüssig, er verzichtete, er sah ein, daß sein Leben oder das, was er zuletzt erwartet hatte, mißlungen sei. So handelte nur ein großes Herz – er war, um Marja freizugeben, still fortgegangen. In Jacques blühte eine zu späte Liebe auf.

Im Februar des neuen Jahres 1834 wurde Jacques zur Hochzeit Legouvés geladen. Die Heirat war der Abschluß einer großen Zuneigung. Das junge Paar hielt offenes Haus, auch spielte einer so gut Schubert wie der andere. Jacques, der zu spät bereute, in Lörrach die musikalische Ausbildung in den Wind geschlagen zu haben, sagte sich, daß man viel hören müsse, um nicht nur Kenntnisse, sondern auch Maßstäbe zu gewinnen. Dank Mme. Legouvé und ihrem Flügel wurden ihm Mozartsonaten, Beethovenstücke und Schubertlieder mit Inhalt gefüllte Begriffe.

Legouvé war der Sohn aus der zweiten Ehe der Mme. Sue. Auch M. Sue, ein in Paris bekannter Doktor, hatte wieder geheiratet. Den Sohn aus dieser Ehe brachte er dank seiner guten Verbindungen als Schiffsarzt unter, ohne daß der junge Mann, der Eugène hieß, ein Examen gemacht hätte. So etwas war vor der Julirevolution noch erlaubt. Eugène Sue sah viel von der Welt und wohnte der Seeschlacht von Navarino bei. Nach der Heimkehr begründete er eine neue literarische Gattung, die Erzählung aus dem Seemannsleben. Mit Ernest Legouvé war er nicht verwandt, und doch besaßen sie, aus jener ersten Ehe des Vaters her, der Mutter dort, eine leibliche Schwester. Warf man, wie Legouvé gelegentlich tat, die Frage auf, ob das möglich sei, so leugneten es alle.

Eugène Sue hatte eine witzige, ja drastische Ader und eine andere, die ihn zum Verschwender machte. Er äußerte Ansichten, die eine bestimmte Art von Frauen bestachen – die unzufriedenen Engel, die zum Fall bereiten. Der Friede des Hauses Legouvé zog ihn gleichwohl an, und er besuchte oft den Bruder, der keiner war. Im Stammbuch Jacques' stand er zwischen Balzac und dem Geiger Bériot, der als der künftige Gatte der Malibran galt.

Die Kämpfe in Algerien endeten damit, daß Abd el Kader unter günstigen Bedingungen Frieden schloß. Aber mit dieser Botschaft kam die andere, daß Maslin den Soldatentod gefunden hatte. Man bestattete ihn an Ort und Stelle, wie von ihm selber angeordnet worden war.

Jacques empfand zuerst Abneigung, wenn er die vergrämte Marja und Nikolaus, den vermutlichen Nachfolger des Vaters, sah. An der Haltung der beiden war nichts auszusetzen. Der Ausweg, den ein ritterlicher Mann gefunden hatte, überwältigte auch sie. Den Hamletgefühlen, die ihn versuchten, gab er nicht lange nach. Es war nicht an ihm, zu richten, und auch nicht, ein Opfer um seinen Sinn zu bringen. Sooft er das Bild des Vicomte anschaute, straffte sich etwas in ihm; das Blut des Vaters verpflichtet auch den Sohn.

Die Nachricht vom Tode Maslins traf im Mai ein, am gleichen Tag, an dem Lafayette starb. Die Trauerbriefe der beiden Familien kreuzten sich. Schon zwei Tage später trug man den Freiheitshelden zu Grabe – der König könne nicht eher ruhig schlafen, hieß es in der Stadt. Jeder fragte sich, was das Volk tun werde. Die Studenten um Jacques waren überzeugt, daß es mitmarschierte, und wenn das Volk erst auf die Straße ging, dann wußte niemand, was daraus entstand.

Der König bot nicht nur die Pariser Garnison, sondern auch die des ganzen Seinebeckens auf. Die Linientruppen hatten scharf geladen; die Nationalgarde, darin auch Jacques, rückte unbewaffnet aus. Den Sarg trugen Polen auf der Schulter, Marschälle hielten die Quasten des Tuches. Kaum ein Pariser kannte den Friedhof, auf dem Lafayette sich beisetzen ließ. Es war ein Grundstück in der Rue Picpus, wo man in den Schreckenstagen der Großen Revolution viele Leichen von Guillotinierten abgeladen hatte, ein unheimliches Massengrab. Da auch Verwandte Lafayettes darunter gewesen waren, hatte er das Grundstück gekauft, mit einer Mauer umgeben und Grabsteine errichtet.

Marja erschauerte, als Jacques davon sprach. Man hatte ihr geschrieben, daß Maslin im Freien begraben lag. Es schien ihr so viel tröstlicher als die Kalkgrube der Enthaupteten zu sein. Ganz nebensächlich wurde, daß der Altersunterschied und sein körperliches, sein unverschuldetes, sinnlos zufälliges Gebrechen zwischen ihnen gestanden hatten. Was gingen diese Mängel, die man unter Menschen übertrieb, das Menschliche an? Gut sein war soviel wert wie jung sein.

Dann ordneten sich auch diese widerstreitenden Gedanken. Eines Tages griff sie zu einem der Romane Aurores, die nun als George Sand Ruhm erlangte – die Liebesreise, die sie mit Musset nach Venedig machte, kam ihm zugut. Solange Maslin lebte, war Marja diesen Büchern aus dem Weg gegangen: nur Leidenschaft, nur Auflehnung, nur Durst nach dem bißchen Freude darin. Jetzt, wo sie frei war, vermochte sie ruhiger zu urteilen. Romane erzählten immer vom Recht auf Leben und auf Glück.

Erwin hatte nach der Befreiung aus dem badischen Gefängnis in Straßburg lange krank gelegen. Als er an einem Frühlingstag in Paris eintraf, erschraken seine Freunde, die fünfzehn Monate Zuchthaus hatten ihn verbittert. Jacques schlug ihm vor, Medizin zu studieren. Erwin hatte keine Lust dazu. Das Politische zog ihn an, der Aufbau der Gesellschaft, der Kampf des Tages, der um so Großes wie die Vertretung der rechtlosen Klassen ging. Doch Baden war ihm verschlossen, und in französische Zustände konnte er sich nicht einmischen.

Er aß bei Marja, im übrigen half ihm Neville durch Geldsendungen aus. Die aber, die ihn wieder aufrichtete, war Grace, die mit Neville aus London herüberkam. Gut, er hatte einige Jahre verloren, in München und im Gefängnis, erklärte sie, und er besaß keine Heimat, keinen Wirkungskreis. Doch war er jung, und alles ließ sich nachholen. Nur ein Sinn, ein Ziel mußte in seine Pläne kommen, dann wurden echte Pläne daraus.

Klug und energisch besprach Grace mit Jacques und Neville, was Erwin unternehmen könne. Die Ideen, die ihn beschäftigten, gab es überall. Wenn er auf das Politische verzichtete, blieb immer noch das Soziale. Es schadete nichts, wenn er dem vorerst in Paris nachging. Inzwischen sollte er die englische Sprache noch gründlicher lernen. Denn nach England mußte man ihn bringen. Nur dort konnte Neville ihm weiterhelfen, sobald er einmal etwas zu sagen hatte. Und wenn er etwas zu sagen hatte, was kam dann in Betracht? Das war hier die Frage.

Die Antwort fand Jacques. Am Ende des dritten Studienjahres erwarb er mühelos das Baccalaureat und war so sehr an volle Belastung gewöhnt, daß ihm etwas zu fehlen schien: nun endlich wandte er sich der englischen Sprache zu. Es war ihm aufgefallen, wie viele britische Familien es hier gab, im neuen Viertel wohnten sie straßenweis. Ein Arzt, der in Paris Fuß fassen wollte, konnte nichts Besseres tun, als sich auf sie zu stützen.

Gleich Erwin lernte er bei Grace. Dann fand er einen englischen Berichterstatter und ging mit ihm aus. Ein Berichterstatter dieser Nation war ein Mann, der die Welt bereiste und wie ein Diplomat in fremden Städten saß. Erwin müsse den Journalismus erlernen und Neville dafür sorgen, daß ein Blatt der Fleetstreet ihn als Volontär aufnehme. Neville sagte, er werde zusehn, was sich machen lasse, und kehrte nach London zurück.

Grace blieb bei Marja, die nun der Mittelpunkt eines Kreises war, der Nikolaus, Jacques, Erwin, den Baron und Josepha ineinander schlang. Der Baron hatte für sich und Josepha die Zimmer gemietet, die einst Marjas Zuflucht gewesen waren, in Vignols Haus.

Es wurde operiert und blieb unter Beobachtung. Eine zweite Operation wurde notwendig, er überstand sie nicht.

Die Baronin war an sein Sterbebett geeilt, die zähe kleine Dame, und eine Zeitlang sah es aus, als werde nun sie von Josepha das Opfer ihrer Jugend verlangen. Doch Neville wurde wild, kam an Weihnachten herüber und hatte eine Unterredung mit der Baronin. Zum Glück war sie eine bewegliche Frau. Sie reiste nach Neuenburg, löste den Haushalt auf und traf rechtzeitig in London ein, um dabei zu sein, als Josepha mit Neville im neuen Jahr 35 die Ehe schloß.

Erwin und Jacques fuhren zur Hochzeit nach London. Zum erstenmal erblickten sie die weißen Doverfelsen, das grüne Kent, die Brücken, die Parkflächen, die Klubhäuser der intensiven, mit Geschichte durchtränkten Stadt. Sir Robert Peel, der Führer der Tories oder Konservativen, wie man nun sagte, trat zurück, Lord Melbourne wurde Premier, und der junge Ehemann Neville, den eine Fabrikstadt wählte, nahm einen Posten im Innenministerium an.

Er hatte nun Einfluß und ebnete Erwin den Weg. Erwin siedelte nach London über, auch Grace lebte wieder im elterlichen Haus. Zu London aber war sie die Tochter des Baronets und Erwin ein Anfänger, der nichts verdiente, von Neville diskret unterstützt. Zwar sah er Grace bei ihrem Bruder und bei Josepha, aber sie war ihm unerreichbar geworden, in einer Welt, der er nicht angehörte, die er auch nicht erobern wollte. Die Chartisten, junge Sozialisten, taten es ihm an.

Einen Augenblick lang verloren beide den Kopf, als er nach Amerika auswandern wollte und Grace ihm vorschlug, sie zu entführen. Das war am Anfang, wo die plötzliche Freiheit ihn wie ein Rausch überfiel. Aber so durfte er weder Neville danken noch Graces Jugend ausnutzen. Er richtete die Schranke auf, die in den Himmel wuchs, als er sich in Fleetstreet einnistete. Es würde zehn Jahre dauern, bis er etwas wurde: der Traum war aus, er zog sich zurück.

Als Grace einen Schotten, der der Gesandtschaft in Sankt Petersburg zugeteilt war, heiratete, tat er stoisch seine Reporterpflicht. Mit dem Humor, den er in diesen Tagen nötig hatte, mochte es auch der bittere sein, legte er die kleine Summe, die der Bericht abwarf, als Glückspfennig an und beschloß, sie dadurch zu vermehren, daß er von jeder Einnahme den zehnten Teil hinzufügte.

Um zu Jacques zurückzukehren, so stand zwischen Francine und ihm nun die Tatsache, daß er durch Adoption Vicomte geworden war. Sie hatte ausgelernt und verdiente schon recht gut. Ein Vicomte und eine Modistin, das vertrug sich schlecht. Ihr Bruder machte Jacques eine Andeutung, daß sie bereit sei, auf den Beruf zu verzichten. Jacques äußerte sich nicht dazu. In Sens, wo Francine nach einem geeigneten Geschäft Ausschau halten ließ, wurde etwas frei. Das entschlossene Mädchen gab die Stellung in Paris auf. Unausgesprochenes belastete den Abschied.

Das war, bevor Jacques nach London zur Hochzeit Josephas fuhr. Als er nach Paris zurückkehrte, bemerkte er auf dem Schiff – es war ein Dampfer – einen ungewöhnlichen Mann. Die Unrast und das Selbstbewußtsein erinnerten ihn an den Herzog von Braunschweig. Ein Engländer erklärte, es sei Fürst Pückler-Muskau, der vor ein paar Jahren ein für die Briten nicht sehr schmeichelhaftes Buch über sie und ihr Land geschrieben habe.

Jacques erinnerte sich. In Neuenburg hatte der Baron ihn darauf aufmerksam gemacht, und in Paris hatte er das Buch überall gefunden, es war ein großer Erfolg. Er kannte auch die Tuttifrutti, die der Fürst danach veröffentlicht hatte, er gab sich darin etwas geschwätzig und erstaunlich liberal.

Jacques beobachtete ihn eine Weile. Er mochte ein ebenso großer Schauspieler wie der Herzog sein, aber wärmer und heiterer war er doch. Er schaute aus hellen, beweglichen Augen, denen nichts entging, scharf und wohlwollend in die Welt.

Als der Fürst zu ihm an die Brüstung trat, faßte Jacques sich ein Herz und sagte, nach einer ersten Bemerkung über das Wetter, wenn er, wie es den Anschein habe, neben Fürst Pückler stehe, dürfe er die Gelegenheit ergreifen, um zu bemerken, daß er, der Fürst, in Paris so viel wie in der Heimat gelesen werde. Der Fürst bot ihm eine Zigarre an, und so entspann sich eine Unterhaltung.

Der Fürst kannte Nevilles Vater, Jacques zwei Freundinnen des Fürsten in Paris, Mme. Sophie Gay und ihre Tochter, Mme. de Girardin. Schließlich fiel auch der Name Heine und der des Herzogs, der ein so sehenswertes Hotel und die berühmten Diamanten besaß. Der Fürst schwärmte für König Louis Philippe und erzählte von der guten Aufnahme, die er in den Tuilerien gefunden hatte. Und dann erwähnte er die nächste große Reise, die er machen wollte – nach den Ländern des vorderen Orients. Sie werde ein bis zwei Jahre dauern und ihm nicht nur für Cottas Blätter, sondern auch für neue Bücher Stoff zutragen. Jacques bewunderte die Unbekümmertheit, mit der ein Grandseigneur sich des modernsten Mittels bediente, indem er unter die Zeitungsschreiber ging.

Der Fürst nahm es nicht übel, offenbar hatte er das Jahrhundert besser als seine Standesgenossen begriffen. Er wollte dem Neusten nachforschen, dem frisch eroberten Algerien, dem jungen Königreich Griechenland, dem unter Mehemed Ali wiedererstandenen Ägypten. Einem gewöhnlichen Sterblichen würde die französische

Regierung den Aufenthalt in Algerien verweigert haben, ihm bewilligte sie der König. Die Kabylen wiederum brauchten nichts davon zu wissen, für sie war er der deutsche Fürst. Er hoffte sogar bis in den Atlas vorzudringen.

Jacques erinnerte an die Cholera. Der Fürst erwiderte, daß er sich nach einem Arzt umsehn müsse, nach einem Begleiter auf der Expedition. Jacques fühlte, wie sein Herz einen Satz tat – für diesen Posten hätte er sich anbieten mögen. Aber es war zu früh, erst im Sommer würde das Staatsexamen beendet sein, und dann kam ein praktisches Jahr. Der Fürst meinte, den Arzt benötige er vor allem für den zweiten, den ägyptischen Teil. Sie verabredeten eine Begegnung in Paris, um diese Frage zu besprechen. Pückler gab ihm seine Adresse, das Hotel du Danube in der Rue de Richepanse.

58

Eines Abends ging Jacques mit Nikolaus in die Oper, um Fanny Elßler aus Wien tanzen zu sehn. Die eine Hälfte von Paris hing ihr an, die andere konnte Marie Taglioni nicht vergessen, die nun Gräfin Voisins war. In einer der Logen saß der Fürst, bei den Damen Gay, Girardin und Delmar. Die Baronin Delmar galt als entsetzlich adelsstolz. Ihr Mann war alles in allem nur der preußische Heereslieferant Levy, in Berlin zum Freiherrn mit einem Phantasienamen gemacht.

In der Loge nebenan bemerkte Jacques den Herzog von Braunschweig mit seiner achtjährigen Tochter, dem Comteßchen Colmar. Die Kleine, die Jacques kannte, nahm seinen Gruß an. Da der Herzog keine Dame bei sich hatte, ging Jacques im Zwischenakt hinauf, um guten Tag zu sagen. Über die Brüstung hinweg begrüßte er sich mit Mme. Gay und Mme. de Girardin, die ihre Tochter war. Sogar die Baronin Delmar geruhte, sich an ihn zu erinnern, Neville hatte ihn ihr einmal vorgestellt.

Um Mitternacht trafen die vier Herren sich in einem Restaurant wieder. Der Herzog und der Fürst erzählten einander von ihren Reisen, Nikolaus und Jacques gingen zufällig vorüber. Die einen rückten zusammen, die andern setzten sich dazu, und da auch Nikolaus im Zarenreich weit herumgekommen war, so blieb man beim Thema der fernen Länder, der fremden Völker im Orient und in Afrika.

Fürst Pückler rechnete aus, daß er für Algerien und Tunis je ein halbes Jahr, in Griechenland noch länger brauchen werde. So ergab sich als Termin der ägyptischen Reise ungefähr der Herbst 36, und

Jacques hatte, wenn er sich an ihr beteiligen wollte, noch reichlich anderthalb Jahre Zeit. Um so besser, sagte er, es erlaube ihm, ein wenig Arabisch zu lernen, und der Fürst riet es dringend an. Er meinte, man könne nicht wissen, wozu es gut sei. Vielleicht finde Jacques Gefallen an Kairo, vielleicht Mehemed Ali an Jacques – nicht undenkbar, daß ein in Paris ausgebildeter Frauenarzt dort seine Praxis über den ganzen nahen Orient ausdehne und Pascha werde, im eigentlichen und übertragenen Sinn.

Was den übertragenen betreffe, erwiderte Jacques, so brauche man nicht über die Boulevards hinauszugehn. Doktor Koreff, ein aus Deutschland stammender, getaufter Arzt, hatte eine phantastische Kundschaft, alle Diplomatenfrauen, die ganze hohe Gesellschaft. Aber die Bemerkung des Fürsten beschäftigte ihn doch. In Kairo anfangen und, wenn man es zu etwas gebracht hatte, nach Paris zurückzukehren – etwa mit Dreißig, nichts war dazu nötig, als daß das Glück ihm treu blieb. Das Glück verlangte nicht nur Mut, sondern auch Behutsamkeit.

Auf dem Heimweg war er wieder mit Nikolaus allein. Die Hauswände strahlten die Wärme des Tages aus, aber von der Seine stieg eine kühlere Zone auf und umschleierte die Gaslaternen; die Nacht gebar schon den Herbst. Der Wechsel war so fühlbar, daß sie beide niesten, am Zugang des Pont des Arts. So spät es bereits sein mußte, auf dem Boden der Brücke brannten noch Kerzenstummel. Die verschämten Armen sammelten Almosen ein.

Jacques legte in die Hand, die zu einer undeutlichen Gestalt gehörte, ein paar Sous, dann hörte er den leisen Ausruf einer Stimme: »Monsieur Jacques.« Wenn er sich auch nicht mit Straßenmädchen einließ, so kannte er doch manche, und mehr noch, viele, die in die Hospitäler kamen, kannten ihn. Aber daß man ihn hier mit dem Vornamen anredete, war verwunderlich. Er ging weiter, die Gestalt folgte ihm und wiederholte am andern Ufer den Zuruf. Eine Laterne brannte, er wandte sich um, sah in das zugleich süße und klägliche Gesicht der Kleinen, an der er in Neuenburg nicht gut gehandelt hatte, suchte ihren Namen und fand ihn, sie hieß Manon. Einen Augenblick lang schwankte er, dann sagte er zu Nikolaus, es sei die Konsultation einer Armen, er werde noch in ein Café mit ihr gehn. Nikolaus gab ihm ein Goldstück, und sie trennten sich.

Die Erzählung Manons war einfach. Durch die Auflösung des Haushalts in Neuenburg hatte sie die Stelle verloren und war nach Paris gefahren, wohin alle gehn. Die Ersparnisse und das Geschenk des Vicomte Maslin waren aufgebraucht worden, mehr noch durch die hübschen Sachen als durch das Zimmer und das Essen. Dann war sie auf die Straße gegangen und schwor, es sei erst zweimal geschehn, sie bringe es nie wieder über sich und werde eher in die Seine springen.

Jacques fragte, ob sie krank sei, sie nahm es nicht an. Er bestellte sie auf den nächsten Tag und ließ sie durch einen andern untersuchen. Es schien alles in Ordnung zu sein. Er überlegte, wie man ihr helfen könne. Doch wollte sie wohl nicht nur das. Sie klammerte sich an ihn und versicherte, vergessen habe sie ihn nie. Sie hatte ihm den Vorfall in Neuenburg nicht lange übelgenommen, er aber dachte, daß er ohne dieses Mädchen heute weder Vicomte noch Pariser sei.

Er konnte sich, um sie unterzubringen, an Marja oder Francine wenden. Er zog Francine vor und schrieb nach Sens. Francine ließ Manon kommen und wurde weich. Man müsse Manon aus Paris entfernen, erklärte sie, vergewisserte sich, daß jene bereit war, dem Moloch entrissen zu werden, und brachte sie bei ihrer Mutter unter. Der Erfolg gab ihr ausnahmsweise recht. Zuerst leistete Manon Hausmädchendienste, dann half sie im Geschäft, und nach einem Jahr wurde eine geschickte Putzmacherin aus ihr.

Es dauerte noch einige Zeit, bis Pückler nach Marseille fuhr. Vorerst begab er sich nach Belgien, um einen Zweikampf auszutragen. Ein deutscher Oberst hatte ihn gefordert, er fühlte die Ehre seiner Familie durch eine Figur im letzten Buch des Fürsten verletzt, und so unbekümmert sich dieser auch über das Unangenehme hinwegsetzte, so begriff er doch, daß er nicht ausweichen durfte.

Die Pariser Zeitungen berichteten über das Duell. Der Fürst rückte nach französischer Art in schräger Haltung vor, der Oberst nach deutscher mit voller Brust. Die Kugel des Fürsten traf den Oberst am Hals bei der Schlagader, das Schlimmste wurde vermieden, und der Fürst kehrte nach Paris zurück. Die preußische Botschaft ärgerte sich über das Aufsehn, Pückler aber über Lamennais' Worte eines Gläubigen, die eben erschienen und die er Jacques mit der Bemerkung, sie seien unlesbar, zu lesen empfahl. Er besaß Heines Witz. Heine selbst glühte für ein junges französisches Ding, das er aus einem Schuhladen geholt hatte. Er war nicht zu sprechen, Pückler stellte es fest.

Sechs Monate nach dem Tod Maslins wurde Marja von Vignol ein Antrag gemacht. Wenige Jahre zuvor wäre es ein Ereignis gewesen. Jetzt dachte sie in der nächsten Stunde nicht mehr daran. Sie löste die Wohnung auf, in Colmar wartete eine andere auf sie. Maslin hatte Vorsehung gespielt, als er das Gut und das Haus in der Provinz erwarb. Aber Nikolaus scheute nicht vor diesem Wort – dort in der Provinz war Weite, freie Landschaft und so viel Gewordenes, so viel Charaktervolles wie in Paris.

Marja übersiedelte mit Paulette, und als das Trauerjahr vorüber war, heiratete sie Nikolaus, im Sommer 1835. Die ersten Wochen verbrachten sie auf seinem Gütchen in Sasbach. Später schafften sie einen Reisewagen an und fuhren jeweils im Juni über Straßburg oder Breisach ins Badische hinüber.

Sie lebten von den Zinsen aus dem Vermögen Nikolaus' und von dem Betrag, den der Pächter für das Landgut an der Fecht zahlte. Verkehr fanden sie in den Kreisen der Richter und des einheimischen Bürgertums. Colmar sagte Nikolaus zu. Da er die Bereitschaft mitbrachte, schlug er Wurzeln und senkte sie in die Vergangenheit der Stadt. Ihre Archive waren so reich, daß sich Schätze heben ließen. Nach ein paar Jahren genoß er schon Autorität. Er ging Einzelfragen nach und veröffentlichte ein Buch.

Fürst Pückler war nach dem Duell mit der Krokodil nach Algier gefahren. Was er als Gast der Franzosen, der Kabylen, des Beys von Tunis, in preußischer Generalsuniform, im mohammedanischen Burnus erlebte, fand Jacques in den Zeitungen Cottas.

Als Marja Paris verließ, überkam ihn das Gefühl der Vereinsamung. Das Studentenzimmer, worin er vier Jahre ausgehalten hatte, mißfiel ihm, und er mietete in einem Haus, das auf den Luxembourggarten ging, zwei helle Räume. Marja hatte ihm einen Teppich, Vorhänge, ein paar Decken geschenkt, auch einen Bücherschrank seines Vaters. In ihm vereinigte er die Werke über den Orient.

Francine schrieb von Zeit zu Zeit. Ihr Bruder, der das Examen vor Jacques gemacht hatte, war nun auch in Sens und verlobte sich mit der Tochter eines Bauunternehmers. Francine sagte, sie wisse, die feinen Leute hätten es Jacques angetan. In einem bestimmten Sinn gab er es vor sich selber zu. Ein junger Herzog konnte eine Modistin heiraten, sogar eine Tänzerin oder, wenn es sein mußte, selbst eine Zigeunerin, sein Rang, sein Selbstbewußtsein deckten alles. Ein junger Mann, der weiter nichts war, ahmte ihn nicht nach. Wie dem auch sein mochte, Jacques teilte Francine mit, er werde auf ein paar Jahre nach Ägypten gehn.

Zu Beginn des Jahres 1835 war Dupuytren gestorben. Er hatte der Fakultät zweihunderttausend Francs zur Errichtung eines Lehrstuhls für pathologische Anatomie und seine Sammlung von Präparaten vermacht. Erweiterungen und Neuerungen waren die Folge, die Gebäude erwiesen sich seit langem als zu klein. Pavillons für anatomische Zwecke erstanden, und auf der andern Seite der Straße erhielt die Medizinschule ihr eigenes Hospital: auf dem Grundstück der ehemaligen Cordeliers. Die Sammlung Dupuytren kam ins Refektorium, das seit der großen Revolution in aller Welt bekannt war.

Inmitten dieser Umwälzungen, im Lauf des Sommers, machte

Jacques sein Examen. Er hatte bei den Zwischenprüfungen Preise gewonnen, durch die die Kosten verringert wurden. In den Examensmonaten lebte er wie ein Einsiedler – kein Ausgang, keine Verabredung, keine Frau und höchstens zwei Zigarren am Tag. Er erhielt die beste Note, die von den strengen Professoren zu vergeben war, und besaß nun bei Beginn seines zweiundzwanzigsten Jahres das Recht, im ganzen Königreich und in den Schutzgebieten sich als Arzt niederzulassen.

Er schrieb dem Fürsten, daß er sein Ziel erreicht habe, und erkundigte sich, ob die Verabredung für das Jahr 36 noch gelte. Er erhielt eine zustimmende Antwort. Hinzugefügt war der Wink, sich über die Krankheiten der heißen Länder so gut zu unterrichten, wie das in Paris möglich sei. Er ließ es sich gesagt sein und arbeitete zum Teil in einer öffentlichen Geburtsklinik, zum Teil in der privaten eines Chefarztes. Er sah arme und reiche Frauen niederkommen. Unter den Schmerzen und der Zange waren alle gleich.

Die Freunde im Café fragten ihn oft aus. Die einen waren lüstern und beneideten ihn um die Möglichkeit, sich so vielen Frauen unter den intimsten Umständen zu nähern. Die andern vermuteten, daß seine Beschäftigung jede Illusion töte, und wunderten sich, wenn sie gelegentlich im Theater eine Frau bei ihm sahn.

Er erwiderte mit der Verschwiegenheit, die sein Beruf von ihm verlangte, und sagte nur, jede Erfahrung entwickle sich nach zwei Seiten – man nehme an realistischen Einsichten in das Menschentreiben zu und gleiche es durch die ewige Illusionskraft aus. Die Beschäftigung mit dieser Menge von Frauen mache wählerischer, das sei alles – begegne er der Schönheit, Zartheit, Eleganz des Körperlichen, so bewundere er es nur um so mehr, ganz abgesehn davon, daß eine Frau noch anderes gebe, die Bezauberung durch Reize, die nach wie vor auf der seelischen Seite zu buchen seien.

Er las um diese Zeit das Leben des heiligen Vinzenz von Paul. Mit Vinzenz hatte die moderne Krankenpflege begonnen, und sein Interesse war zuerst das des Arztes. Dann stieß er auf die Namen Gabrielle und Anne de Maslin, die ihn erregten. Gabrielle war eine Schönheit am Hof Heinrichs des Vierten gewesen und hatte, als Vinzenz die vornehmen Damen von Paris an die Krankenbetten der Elendsviertel schickte, ihre Verlobung gelöst, um in seinen neuen Orden der Barmherzigen Schwestern einzutreten. Anne tat wie sie und wurde in Port-Royal Zisterzienserin.

Er spürte den religiösen Strom, der durchs Jahrhundert Pascals ging, und eine Sehnsucht erfaßte ihn nach einer Zeit, die adlig und katholisch gewesen war. Er verschwieg es seinen Freunden; sie hätten gesagt, er sei ein verspäteter Legitimist.

Die Fürstin Belgiojoso war wieder in den Besitz ihres Vermögens gelangt und bewohnte ein Schloß bei Saint-Germain. Jacques erhielt eine Einladung, fuhr am Samstag hinaus, blieb über Sonntag und fand dort Heinrich Heine. Die Fürstin, die seine Verse liebte, hatte einen Versuch gemacht, ihn aus den Banden jener jungen Verkäuferin zu befreien – weniger, weil sie hochmütig dachte, als weil die Freunde des Dichters sahn, daß diese Leidenschaft mit einer Ehe enden würde und die hübsche Person, hoffnungslos ungebildet, eine Verschwenderin war.

Jacques machte mit ihm einen Sonntagvormittagsgang durch dieses reizende Jonchères. Sie unterhielten sich deutsch nach dem Willen Heines, der jede Gelegenheit ergriff, um wieder die Laute der Heimat zu hören.

Er erzählte von den vielen Besuchern, die aus Deutschland kamen, und dem Strom der Flüchtlinge, die das Land der Polizei, der Staatsanwälte, der Zensur verließen. Er klagte über Börne, der ihm mißtraute, über die Republikaner, denen er nicht radikal genug war, über diesen ganzen Schwarm, der nur deshalb in Paris zu weilen schien, weil er sich hier offener als daheim befehden durfte.

Er brach mit einem Scherzwort ab und wechselte mit dem Ton die Sprache. Jacques stellte fest, daß er selbst Mühe hatte, sofort die deutschen Wendungen zu finden. In den nächsten Wochen las er zur Übung Schiller, danach Walter Scott, um auch im Englischen auf dem laufenden zu bleiben. Exilempfindungen, wie sie Heine anwandeln mochten, wandelten ihn nicht an; durch Blut, Schicksal und Entschluß war er Franzose.

Berlioz hatte eine Wohnung in der Rue de Londres bezogen, dicht bei den Boulevards. Die Boulevards, die Zeitungen, die Unternehmer, die Konzertsäle und die Oper gaben ihn nicht mehr frei. Wann immer Jacques den Komponisten sah, traf er einen gehetzten Mann, der zehn Gänge am Vormittag machte und erst lange nach Mitternacht sein Bett erreichte. Der Vater, der ein vermögender Mann war, hatte die Sendungen eingestellt, er war mit dieser Ehe unzufrieden.

Die Versuche Harrietts, doch auf der Bühne Fuß zu fassen, scheiterten. Es war ein Kind da, die Schwiegermutter saß in der Wohnung und ließ sich die Möbel abzahlen. Die mächtige Familie der Bertin, der das Journal des Débats gehörte, gab Berlioz hundert Francs für das Feuilleton: verfassen durfte er zwanzig im Jahr. Davon und von den Besprechungen, die er für ein anderes Blatt schrieb, lebte er nur kärglich.

Er haßte die unernste Musik, die man in den Theatern machte, und bezahlte, wenn er seine eigene vorführen wollte, die Saalmiete und das Orchester. Jedesmal war der Erfolg ungeheuer, wenn man der Presse Glauben schenkte; sie sah in ihm den Kollegen und Freund. Aber jedesmal machte er die gleiche Erfahrung: das Publikum war nicht für das Symphonische, es war für das Gangbare.

Harriett, die Jacques nicht liebte, weil sie seine Mißbilligung fühlte, war eifersüchtig auf alles, was Berlioz in Anspruch nahm – die ewigen Ausgänge, die Gesuche und die Sängerinnen, die er besprach.

Kam er müde nach Hause, so verschlang sie ihn mit dem Heißhunger der reifen Frau. Er hätte es nicht anzudeuten brauchen, dachte Jacques; als Arzt bekam man den Blick.

Als Camille Moke, jetzt Frau Pleyel, in einem Prozeß von ungeschminkter Deutlichkeit ihre Eheirrungen dargelegt sah, beglückwünschte sich Berlioz, daß er nicht sie geheiratet hatte. Jacques schaute ihn, der nie mehr frei atmen würde, mitleidig an, nicht ohne ein Gefühl der Beschämung darüber, daß er sich für klüger hielt. Es war leicht, in den eigenen Augen der besser Beratene zu sein.

Während er schon seine Orientreise vorbereitete, sah Berlioz, enthusiastisch wie je, den Himmel voller Geigen. Freund Legouvé schenkte oder lieh ihm zweitausend Francs, damit er in Ruhe den Benvenuto Cellini komponiere, und der Bildhauer Dantan machte eine Büste von ihm, die er im Museum der zeitgenössischen Berühmtheiten ausstellte. Da stand er neben Balzac, Paganini, Dumas, Halévy und Hugo, durch seinen Haarschopf geradezu volkstümlich – es mußte nun aufwärts gehn.

Mme. Malibran, von ihrem Gatten längst geschieden, kam aus England, um sich mit Bériot zu verbinden. Die Trauung fand beim Maire des Bezirks statt, am Abend vereinigten sich die Freunde beim Verleger Troupenas. Legouvé nahm Jacques mit. Troupenas stellte Thalberg vor, den berühmten Pianisten. Weder hatte Thalberg die Malibran je singen, noch sie ihn je spielen gehört. So kam es, daß sie ihn um eine kleine, eine einzige Probe bat. Obwohl man nicht dafür zusammengekommen war, öffnete er den Flügel, spielte und erregte sie so sehr, daß sie ohne Aufforderung eine Arie vortrug.

Einer entzündete den andern; der strenge Künstler geriet außer sich, und die Stimme der Frau fand nie vernommene Laute. Als sie erschöpft aufhörten, war auch der Abend vorüber.

»Es war unglaublich«, sagte auf dem Heimweg Legouvé zu Jacques, »das um so mehr, als sie behauptet, ihre Stimme schwinde, und von Angst besessen ist.«

»Seit heute abend weiß ich, was Ekstase ist, nicht aber, ob man diese Menschen beneiden soll«, erwiderte Jacques.

Im Juni des Jahres 36 übermittelte der griechische Gesandte in Paris Jacques einen Brief des Fürsten. Pückler schrieb, er verlasse Athen und werde Aufenthalt auf den Ionischen Inseln nehmen. Sie seien südlich von Korfu gelegen, zwischen Italien und Griechenland, für Jacques leicht zu erreichen; er möge um den fünfzehnten Juli auf Zanthe, griechisch Zakynthos, sein.

An der Place de la Concorde traf man Vorbereitungen, um den Obelisk aus Luxor zu errichten, den der Vizekönig von Ägypten Louis-Philippe geschenkt hatte und der in fünf Jahren vom Nil an die Seine geschafft worden war. Als Jacques die Baustelle ansah, traf er in der Rue de la Paix d'Haligan, den jungen Stutzer, der ihn nun weit höflicher behandelte, und sie gingen, um eine Partie Schach zu spielen, in die nächste Pâtisserie.

Nach einer Weile trat ein Herr ein, der ein zehnjähriges Mädchen an der Hand führte, ein hochbeiniges, mageres, rothaariges Kind. Die beiden ließen sich am Nebentischchen nieder, d'Haligan begrüßte sich mit dem Herrn. Es sei Prosper Mérimée, flüsterte er Jacques zu.

Die Kleine, die ebenso exotisch wie aristokratisch aussah, durfte soviel Süßigkeit bestellen, wie sie mochte, und man konnte nicht sagen, sie lasse die Gelegenheit vorübergehn. D'Haligan sagte von Tisch zu Tisch, wenn er nicht wüßte, daß Mérimée unverheiratet sei, würde er Mademoiselle für seine Tochter halten. Er begnüge sich mit der Rolle des Onkels, der zum Kuchenessen ausführe, erwiderte der Schriftsteller. Das Kind betrachtete aus großen mandelförmigen Augen, die etwas zu eng standen, und unter langen Wimpern aufmerksam die Gesichter. Es redete Mérimée als Don Prospero an, und er stellte es mit trockenem Humor unter seinem vollen Namen vor: Eugenia, Comtesse von Montijo und Teba, ein Herzogstitel folgte nach.

Auch die Comtesse Colmar, das Töchterchen des Herzogs von Braunschweig, war zehn Jahre alt, als Jacques sie noch einmal sah. Es war kurz vor seiner Abreise nach Marseille, in der Oper, wo man die Jüdin gab. Sie saß neben dem Vater, schaute diesmal nicht Tänzerinnen, sondern handelnden Menschen zu und hielt alles für Wirklichkeit.

Plötzlich sahn die Logenbesucher ein Kind das Ärmchen gegen den barbarischen Ölkessel auf der Bühne ausstrecken und hörten es mit größtem Entsetzen ausrufen:

»Ich will nicht, daß sie darin gesotten wird.«

Die einen lachten, die andern waren gerührt, und die Kleine mußte nachher durch eine Gasse von Gaffern zum Wagen gehn.

Die letzte Post, die Jacques in Paris erhielt, brachte die Nachricht, daß Francine in die Branche heirate, der Bräutigam war Reisender für Modeputz.

Vom Adoptivvater in Tours hatte Jacques an Ostern Abschied genommen. Die Bücher und der Rest der Habe wurden am letzten Tag ins Lagerhaus geschafft. Nichts war mehr zu tun, als den Papagei unterzubringen; er trug ihn zu Berlioz, der sich bereit erklärte, ihn zu übernehmen. Legouvé weilte auf dem Land, um sein erstes Stück zu schreiben. Den letzten Abend verbrachte Jacques bei Doktor Vérac, der ihm auch ein Bett anbot.

Sechstes Kapitel

IM ORIENT

59

Von Marseille bis Malta benutzte Jacques einen französischen Segler, von Malta bis Zakynthos einen englischen, der Güter für die Garnison führte. Die Fahrt entbehrte jeder Bequemlichkeit, aber die See war ruhig.

Auch Byron hatte diese Reise gemacht, als er Albanien besuchte, auf seiner oder Childe Harolds erster Pilgerfahrt. Nevilles Geschenk, die Werke, lagen neben dem Stuhl auf dem Verdeck, und Jacques las sich hinein. Manchmal sprach er die Verse halblaut mit; dann öffnete der schottische Missionar, der den wilden Gordonsprößling verabscheute, sein Altes Testament und murmelte, auch er.

Der Eilande waren sieben, ehemals in venezianischem Besitz. Die Zusammenfassung zur Republik verdankten sie dem Zaren Paul, seit 1815 standen sie unter englischem Schutz und hießen Vereinigter Staat der Sieben Ionischen Inseln. Die Lordoberkommissare in Korfu hatten eine nahezu orientalische Gewalt, aber – so versicherte das Handbuch – sie wandten sie nicht an, um die Bewohner auszupressen, sondern um großartige Straßen zu bauen und die Erträgnisse der berühmten Korinthenzucht zu steigern. Kurzum, es waren glückliche Inseln, verschont von den Greueln, die der Freiheitskrieg über die Festlandsgriechen gebracht hatte.

Jacques erreichte Zakynthos an dem Tag, mit dem sein dreiundzwanzigstes Jahr begann. Malerischer als die geraden Festungswälle auf der Höhe von Zakynthos und die kahlen Berge dahinter war auf der Reede die Flotte, die aus Malta kam. Schon im Sanitätshaus erfuhr Jacques, daß er den Abend allein verbringen müsse – der Fürst speise als Gast auf dem Flaggschiff, einem Dreidecker von hundertundzwanzig Kanonen, der Caledonia. Der deutsche Diener des Fürsten teilte es ihm mit, seit einer Woche schaute er nach den einlaufenden Fahrzeugen aus. Er hatte zuerst im bayrischen und dann im griechischen Heer gedient, denn der erste König von Griechenland war ein Wittelsbacher, des baulustigen Ludwigs Sohn.

Emil bemühte sich, Hochdeutsch zu sprechen. Die bayrische Substanz in ihm war zu kräftig und bestand auf ihrem Recht. Jacques hatte in Paris so wenig wie in Baden je Bayrisch gehört. So verwirrte ihn diese Sprache, doch verstand er sie mit dem inneren Ohr eines jungen Mannes, der in seinen ersten siebzehn Jahren Deutscher gewesen war. Der Wirt wiederum, der das Albergo führte, redete ihn auf italienisch an. Dimitri, Pücklers Page, ein Siebzehnjähriger, dem das Nationalkostüm gut stand, konnte nur Griechisch, und in der Gaststube sangen Matrosen englische Lieder – der Orient war wohl ein Babylon. Fremd wehte die Inselwelt die Seele an, vertraulich und tröstend nur das eine Wort Ithaka darin – Ithaka mußte in der Nähe liegen, Heimat dem Odysseus und jedem, der mit Homer groß geworden war.

Der Wirt erwies sich als ein verständiger Mann, dem man nur zu sagen brauchte, daß ein Magen, der Schiffskost müde, auf Gemüse und Früchte begierig sei. Jacques aß ein Hammelrippchen, mit Öl angemachte Bohnen, Kefir mit Orangen vermischt, Pfirsiche und Trauben. Vom hyazinthenfarbenen Wein, der nach Harz schmeckte, nahm er mit dem Maß, das die Franzosen ihn gelehrt hatten. Der Italiener, selbst ein Lateiner, lobte ihn.

Er empfahl ihm auch, um der Bekömmlichkeit willen einen Spaziergang zu machen, am Strande hin. Jacques, der den Rat befolgte, erkannte die Szenerie vom Vorabend nicht mehr. Die Bergspitzen, vulkanisch gereiht, hatten das Kahle verloren, waren im Glanz des hohen, voll ausgegossenen Mondes Kraterwände von tiefstem Schwarz geworden, die daran gelehnten Gebäude schimmerten in einem unirdischen, gralhaften Weiß. Die Lichter der ansteigenden Stadt schwebten ihnen entgegen, flirrten wie Sterne im Raum.

Wenn er sich umdrehte, tanzten und wiegten auf der Meeresebene die Positionslampen der Flotte, grüner und roter als Sirius und Mars. Von den dunklen Kolossen löste sich etwas, das Füße hatte und mit ihnen ausgriff. Als es näher kam, verlor es das Heuschrekkenhafte und wurde zum Boot. Ein Midshipman mit acht Matrosen ruderte den Fürsten ans Land zurück.

»Hallo, das ist unser junger Doktor«, rief der Fürst herüber, winkte mit der Hand und richtete sich, als das Boot anlegte, geschmeidig auf, mit seinen Einundfünfzig so lebhaft wie ein Zwanziger.

Höflich, wenn auch nicht allzu angelegentlich, erkundigte er sich nach der Reise, die für Jacques die erste große war. Wie viele er selbst gemacht hatte, wußte er schon nicht mehr.

»Ausgezeichnete Leute«, sagte er von den Offizieren der Caledonia. »Wenn ich Engländer in ihrer Heimat sehe, reizen sie mich vom ersten Tag bis zum letzten – Insulaner, dem Veraltetsten treu und lächerlich konservativ. Wenn ich ihnen draußen begegne, bewundere ich sie als gebildete, unsentimentale Gentlemen, die in der ganzen Welt zu Hause sind.«

Er verbreitete sich noch im Albergo bei einem Whisky, den Dimitri gemischt hatte, über die Eindrücke vom Abend. Auf Eindrücke war seine Natur gestellt, immer bereit, sie aufzunehmen und Rechenschaft darüber abzulegen, sei es redend, sei es schriftlich, ein fürstlicher Journalist. Dem Reden merkte man ein wenig an, daß ihm das Schreiben, der Gedanke an ein Publikum, geläufig war.

Am nächsten Morgen, in aller Frühe, stand Pückler schon im Zimmer Jacques' und fragte, ob er sich getraue, auf einem Pferd zu reiten. Jacques erwiderte, er habe nie einen anderen Rücken als den eines Bauerngauls unter sich gehabt, nur Zügel und kein Sattel. Die nächste Frage, ob er den Rat, aus Paris eine Reithose mitzubringen, befolgt habe, konnte er bejahen.

»Dann ziehen Sie sich an, wir warten«, sagte der Fürst und ging hinaus.

Als Jacques den Hof betrat, wurde er zwei Brüdern vorgestellt, die gekommen waren, um Pückler abzuholen, Gutsbesitzer aus der Umgegend, Italiener der Herkunft nach, die Grafen Nania. Sie hatten ein drittes Pferd mitgebracht, ein schönes Tier mit weißer Mähne.

Pückler wußte die Aufmerksamkeit zu schätzen, er war ein Pferdenthusiast. Er selber hatte ein Mietpferd im Stall stehn, das nun Jacques bekam.

Die Hitze war schon beträchtlich, doch durchwehte sie ein Wind vom Festland im Osten und verwandelte Jacques' Seidenhemd in einen Fächer, der Schulter und Rücken erfrischte. Man sagte ihm bald, daß er ganz leidliche Figur abgebe. Das Kompliment erhöhte seinen Eifer.

Aus Rücksicht auf ihn unterließen die Herren den Galopp, zu dem die Kunststraße verlockte. Doch gewann man die Höhe rasch auch so. Das Halbrund der Bucht lag nun unter ihnen, Rand einer Schale aus Lapislazuli. Die Linienschiffe, Fregatten und Briggs Seiner fernen britischen Majestät ruhten regungslos. Auf der Landseite bot sich, ebenso tief, dem Blick ein Tal, gefüllt mit dem goldgrünen Laubwerk der Korinthenfelder. Aloehecken teilten und säumten sie, stießen baumhohe Blüten empor: man ritt wie zwischen Lanzenschäften.

Nach einem Imbiß im Landhaus der Grafen ging es weiter, durch dunkle Olivenwälder, vorbei an Schlössern, Bauernhöfen und Dörfern auf Terrassen. Das Ziel waren die Pechquellen, die gebrauchfertiges Naphtha lieferten. Das Wasser, aus dem es aufstieg, war mit einer fetten Haut in allen Farben bedeckt, aber wenn man sie entfernte, ließ es sich trinken und hatte einen ebenso frischen Geschmack wie vorher im Landhaus der in einer unterirdischen Brunnenstube gekühlte Zanthewein. Bei den Eingeborenen stand es in hohem Ansehn; es stärke die Manneskraft, erklärten sie.

Um elf Uhr waren die Reiter wieder in der Stadt. Zum Glück gab es im Albergo einen Raum, wo man sich mit Wasser übergießen konnte, eine Wohltat für die schmerzenden Muskeln Jacques'. Er legte sich, und der Fürst schickte ihm eine alte Frau, die seine Glieder knetete. Nachher erfuhr er, daß sie mit ihren harten Händen auch Leichen wusch, doch einem Mediziner machte das nichts.

Während sie ihn behandelte, schaute Dimitri zu, mit einem merkwürdigen Ausdruck in den Augen. Er hatte ein volles Gesicht, das bartlos war; man hätte ihn für eine Gehilfin der Alten halten können, als er ihr das Öl zum Salben gab. Sie nahm es das erstemal, dann schickte sie ihn mit unfreundlichen Worten fort, die Jacques nicht verstand. An der Tür drehte Dimitri sich um, bedrückt gleich einem Mädchen.

Nach ein paar Stunden kam er wieder herein und öffnete das verdunkelte Fenster. Er sprach nur griechisch und half sich damit, daß er die Anzüge Jacques' der Reihe nach in die Höhe hielt, bis der gefunden war, der getragen werden sollte. Jacques wunderte sich, der junge Mensch war ihm nicht zugeteilt. Der Fürst trat ein, lachte und war ärgerlich in einem. Es könnte sein, erklärte er, daß man sich mit Dimitri vorsehn müsse, auch er fühle sich verfolgt von Aufmerksamkeiten. Dann sagte er, es tue ihm leid, aber da er beim englischen Residenten eingeladen sei, überlasse er Jacques an diesem Abend sich selbst.

Jacques benutzte die Zeit, um in sein Reisetagebuch die Fahrt von Malta bis Zakynthos und den ersten Ausritt einzutragen. Er saß in der Gartenlaube und konnte in die Küche sehn, wo der Wirt einen Pilaw für ihn bereitete. Er konnte auch den Zugang zur Straße überblicken: ein englischer Soldat nahte und hielt einen Brief in der Hand. Der Brief war für ihn. Mrs. Love, die Frau des Residenten, lud auch Mr. Maslin zum Abendessen ein.

Oberst Love war ein straffer, sehr gesunder Herr mit weißem Haar und brauner Gesichtsfarbe, Mrs. Love weniger steif, als nach Jacques' kurzen Erfahrungen ältere englische Damen zu sein pflegten. Als er seinen Besuch in London und den Anlaß, die Verheiratung seiner Schwester Josepha mit Neville Brighton, erwähnte, hatte er gewonnenes Spiel – dann sei er der Schwager des Sohnes eines Baronets und Ministers, stellte man mit Befriedigung fest.

Und nicht nur das. Eine der beiden Damen, die zugegen waren, Mrs. Dand, kannte Nevilles Schwester Grace, die sich mit ihrem Gatten in Sankt Petersburg befand, und wechselte Briefe mit ihr. Engländer zumindesten konnten finden, die Welt sei doch recht klein.

Mrs. Dand war eine dunkle Frau. Das schwarze Haar und die blasse Haut bildeten einen Gegensatz, der dem offenbar romantischen Schönheitsideal Pücklers zusagte. Da sie ein weißes Kleid trug, nannte er sie das treuste Original von Walter Scotts Dame blanche und machte ihr den Hof. Alle Facetten seines weltläufigen Geistes begannen zu blitzen.

Die sechs Personen saßen an einem runden Tisch. Jacques' Nachbarin war ein junges Mädchen, die Tochter des Gouvernementsarztes auf Korfu, ein natürliches und zierliches Geschöpf, das wie ein Tautropfen in der Morgensonne sprühte. Sie wurde von allen Daisy genannt, und so erfuhr er nur ihren Vornamen. Sie erzählte vom Cottage, das sie an einem der Seen von Westmoreland besaß, so originell und anschaulich, daß Mrs. Love sie gerührt ansah und sagte, man könnte der Heiterkeit der glückseligen Inseln untreu werden, um sich nach der Heimat mit ihrem Silbernebel und Wiesengrün zu sehnen.

Nach Tisch spielte die Hausherrin Beethoven. Der Fürst war überrascht, noch eben hatte er die Engländer das unmusikalischste Volk der Welt genannt. Inzwischen blätterte Jacques im Album, das die Zeichnungen der hübschen Miß Daisy enthielt und das sie ihm mit einer ungewöhnlichen Zutraulichkeit überließ. Es waren Landschaften, in der von Lawrence aufgebrachten Mode, kühn mit wenigen Strichen skizziert.

Der Fürst machte darüber eine seiner scharfsinnigen und nie banalen Bemerkungen: diese Art, ohne Detail zu zeichnen, bilde einen auffälligen Kontrast zu der weitschweifigen Manier, in der die englischen Romanschreiberinnen zu erzählen pflegten – endloses Gewäsch über bürgerliche Liebessituationen, vermischt mit behaglichen Schilderungen von Frühstücken oder Ausfahrten und mit echt britischer Patentunterhaltung, kurzum, das Greuel des Jahrhunderts.

Mrs. Love sagte, er beleidige ihr Nationalgefühl. Er lachte, fügte noch die eine oder andere Bosheit hinzu, änderte das Thema und gab auf das weltmännischste zu bedenken, daß sogar Briten der Kritik ausgesetzt seien. Jacques bewunderte die Spannkraft und die Frische einer nicht mehr jungen Natur. Es hatte allen Anschein, daß sie sich gut verstanden.

Auf dem Heimweg neckte ihn Pückler mit dem Eindruck, den er, Jacques, auf Miß Daisy gemacht habe, und Jacques suchte nicht zu leugnen, daß der Eindruck gegenseitig gewesen war.

»Was kann ein junger Mann mehr verlangen als eine reizende Person und ein Cottage in Old England, zu dem ohne Zweifel alles gehört, was ein Landsitz bieten kann, Bibliothek, Pferde im Stall, Boot und korrekte Nachbarschaft?« fragte der Verführer neben ihm. »Fassen Sie Ihr Glück am Schopf, fahren Sie nach Korfu statt nach Ägypten, heiraten Sie das süße Ding und setzen Sie sich in die Praxis des Vaters – bei der Klugheit, die ich an Ihnen spüre, werden Sie in zwanzig Jahren Hofarzt im Buckingham sein.«

Es hätte nicht dieser Ermutigung bedurft, um Jacques unruhig schlafen zu lassen. Sein Auge hatte das Bild des jungen Mädchens mitgenommen, ihre Bewegungen und ihr Lächeln, sein Ohr ihren silbernen Tonfall und den dunkleren Akkord darin. Er wehrte sich. Ein junger Mann fuhr nicht nach dem Orient, um schon am Tor kehrtzumachen und in einem Cottage die Verse der Seeschule zu lesen.

Drei Tage reichten aus, um die Insel zu durchstreifen. Dann setzte Pückler fest, daß es Zeit sei, Zakynthos mit Kephallenia zu vertauschen. Beim Abschiedsbesuch, den sie dem Obersten machten, las Jacques einen Brief, den Mrs. Dand am Morgen von Grace in Sankt Petersburg erhalten hatte. Grace schien nicht sonderlich zufrieden mit ihrer Ehe zu sein, erwähnte auch ohne nähere Angaben den Verlust einer Freundin, die Gornyka hieß.

Jacques kam nicht auf den Gedanken, daß diese Gornyka etwas mit Marja Gornyka, der Witwe seines Vaters, zu tun haben könne, und ahnte noch weniger, daß es Alexandra Gornyka bestimmt sei, seinen Weg zu kreuzen. Er sagte Miß Daisy mit einem letzten Blick in ihre verdunkelten Augen nicht ohne Verlegenheit Adieu.

60

Tags darauf fuhr er mit Pückler, Emil, Dimitri und dem Gepäck nach Kephallenia hinüber, das im Norden lag. Die Belastung der kleinen Barke war so stark, daß sie tief im Wasser lag und der Fischer Blicke auf die Wolken warf, die, gegen alle Regeln der Jahreszeit, den Himmel im Westen überzogen.

Auch Donner klang hinein, doch das waren die Schüsse aus den Achtzehn- und Zweiunddreißig-Pfündern der Edinburgh. Der Fürst wußte zu sagen, daß die Achtzehn-Pfünder in vierundfünfzig Sekunden dreimal feuern konnten und die Tonne selbst bei Seegang auf fünfhundert Yard trafen. Dann schlief er ein, auf dem Verdeck ausgestreckt, der Page kauerte zu seinen Füßen.

Endlich stiegen die kahlen Felsen auf, die die Reede von Argostolion umschlossen, und hoch darüber der vom Schnee gestreifte Aenos. Einen Gasthof hatte diese Hauptstadt nicht; die einzige Unterkunft konnte der Engländer gewähren, der ehemals Schiffsingenieur gewesen war und jetzt das Gefängnis verwaltete. Mit der Pension gab er sich nicht zufrieden, er handelte so gut wie ein Italiener oder Grieche mit allem, was auf einer durch den Korinthenbau wohlhabenden Insel verkauft werden konnte: Gingerbier, Makossaröl, Eau de Cologne, Salami, Handschuhe und Türschlösser. Jacques trug es in sein Tagebuch ein, nach dem Vorbild des Fürsten, der ihm diese Gewohnheit empfahl und erklärte, ein Kopf von Vernunft und Blick beachte alles Wissenswerte.

Der Mann verstand Rechnungen zu schreiben. Aus der ersten ergab sich, daß die Kühlung von zwei Flaschen Wein und Wasser jeden Tag zweiundzwanzig Pfund Eis koste. Der Fürst wollte das ungastliche Eiland alsbald verlassen. Zum Unglück war über Nacht ein Ballen Wolle angespült worden, und da er levantinischer Herkunft zu sein schien, verhängte der Resident, diesmal ein Major, aus Furcht vor der Cholera die Quarantäne.

So hieß es sich gedulden und die Tage ausfüllen. Die Aufwartung beim Residenten war schon gemacht. Er gab die Erlaubnis zum Besuch des Landhauses, worin Byron vor der Reise nach Missolunghi und in den Tod ein paar Monate lang gewohnt hatte. Es war ein armseliges Gebäude, das in einer bezaubernden Gegend über dem Meer stand. Der Blick ging auf Zakynthos und die mit Landhäusern besäten Hügel.

Der Lieblingsplatz Lord Byrons vor dreizehn Jahren war eine Windmühle gewesen, die eine halbe Stunde tiefer, schon nahe am Strande lag – inmitten von Weinäckern, durch die eine Allee von uralten und mächtigen Oliven schnitt. Der Fürst und Jacques hielten bei diesem Plätzchen Rast. Der Gedanke an den feurigen und ruhelosen Geist eines großen Dichters bewegte sie. Der Fürst schrieb keine Verse, aber immerhin, er schrieb. Für ihn war Byron noch überdies der Standesgenosse, und was die Ruhelosigkeit betraf, so teilte er zum mindesten sie mit ihm, doch nicht die Dämonie.

Die Besitzerin des Häuschens berichtete von der Freundlichkeit des Lords, und auf die Frage, was er bei ihr geschrieben haben mochte, verwies sie den Fürsten an Doktor Muir, dem Byron bei der Abreise Papiere übergeben hatte. Pückler horchte auf, und noch am gleichen Abend traf er beim Residenten diesen Arzt, der inzwischen Chef des Gesundheitswesens geworden war. Muir besaß nur einen einzigen an ihn selbst gerichteten Brief, den er den Fremden zeigte. Die andern Papiere habe Lord Osborne an sich genommen, erklärte er, und Pückler schrieb es auf, er schickte die Nachricht an Cottas Zeitung.

Stoff für seine Artikel fand er immer, wie er überall dank seinem Stand zu den Leuten fand. Jacques las den Aufsatz, den er hier verfaßte. Der Aufsatz handelte von den Waldbränden, der vom Gewitter vernichteten Korinthenernte, der gedankenlosen Verwendung des Gefängnisses und der Ziegenzucht.

Die Waldbrände entstanden dadurch, daß die Hirten, um die Weide des nächsten Jahres vorzubereiten, einen Platz in Asche verwandelten und das Feuer mehr zerstörte, als beabsichtigt war. Was übrig blieb, vernichteten die gefräßigen Ziegen, die nicht nur die Felsen, sondern auch die Bäume erkletterten. Pückler, der daheim in der Lausitz ein großes Gut besaß, betrachtete die Dinge mit den Augen des Volkswirts und schlug vor, die Ziegen durch Schafe zu ersetzen, nichts sei so wichtig wie der Wald.

Im Gefängnis von Argostolion, einem modernen Bau, waren die Zellen nur nachts besetzt. Tagsüber vereinigte man die Gefangenen in einem großen Saal, ohne ihnen Beschäftigung zu geben. Dafür wurden die Irren, nur weil niemand etwas mit ihnen anzufangen wußte, mit eingesperrt und, da es in einem ging, auch die leichtfertigen Frauen als Geistesgestörte angesehn. Hier sei noch nicht neunzehntes, sondern siebzehntes Jahrhundert, schrieb Pückler, ein aufgeklärter und vorwärtsdrängender Mann – das Romantische und das Praktische vertrugen sich recht gut in seinem Kopf.

Es hatte sogar das Gespenstige im Stil des zu Paris wohlbekannten E. T. A. Hoffmann Platz darin. An einem dieser Abende wartete Jacques und machte sich schon Sorgen, weil der Fürst allein ausgeritten war. Plötzlich trat Pückler stürmisch ein und erklärte, daß ihm Dimitri nun vollends unheimlich sei. In einem weit entfernten Olivenwäldchen am Meer, erzählte er, zur Zeit der Dämmerung, von einem Felsen verdeckt, habe er den Pagen, der sich sonst einer so hingebenden und mädchenhaften Haltung befleißige, in der befehlendsten und stolzesten mit einem uralten Mönch, der grau wie Charon selbst gewesen sei, aus einem Nachen steigen und auf die oben rosigen, unten aber schon schwarzen Stämme zugehn sehn. Von einem ihm selber unerklärlichen Gefühl getrieben, habe er seinem Pferd die Sporen gegeben und den Heimweg im Galopp zurückgelegt; an der Tür sei ihm Dimitri entgegengetreten, demütig wie die Magd Griseldis um sein Wohlergehn besorgt.

Jacques wußte nicht, was er antworten sollte. Einer dieser großäugigen jungen Griechen sehe wie der andere aus, meinte er. Dimitri kam herein, mit Claret und Biscuits, die er auf den Tisch stellte. Der Fürst schaute ihm nach und sagte, nein, er habe sich nicht geirrt, er wisse nun, daß ihm Dimitri schon dreimal in seinem Leben begegnet sei, das erste Mal vor fünfundzwanzig Jahren in dem von Sonne überschütteten römischen Theater von Nîmes am hohen Mittag, zur Stunde Pans, und immer habe er dasselbe Alter gehabt.

Er zitierte nicht nur Shakespeare und die vielen Dinge, die es zwischen Himmel und Erde gibt, sondern führte auch die Musik des Don Juan an, die vom bloß zu Ahnenden künde. Jacques, der schon geglaubt hatte, die Natur des Fürsten sei ihm klar, vernahm, der Süden habe seine Gespenster so gut wie der Norden, nur daß sie hier durch einen Olivenhain gingen, in Gestalt des Chronos und des jugendschönen Jünglings Apoll.

Die Bemerkung schien ihm an sich trefflich zu sein, erfüllte ihn aber mit Ungeduld; sie stand dem hellsichtigen Fürsten nicht an. Er beschloß, das Abenteuer für den Einfall eines betäubend parfümierten Abends zu nehmen, und dachte auch an die Fiebergefahr, die hier der Fremde lief und der Byron erlegen war.

Am nächsten Morgen sagte der Fürst, er sei munter wie ein Fisch, und nahm Jacques zum Baden mit, wozu man nichts brauchte, nicht einmal einen Schurz. In einem der vielen kleinen Einschnitte dieser Insel zogen sie sich aus. Weinfarben war das Wasser, die Luft so sieghaft blau, daß Jacques auf dem Vorfelsen der Bucht den Tempel des Zeus zu sehn glaubte, der in antiken Tagen dort stand. Wenn aus dem weißen Schaum, der in gleichmäßiger Breite das Land anrollte, die Nereiden oder Anadyomene selbst aufgetaucht wären, hätte es ihn nicht erstaunt.

Der Fürst hatte recht, auch der Süden erregte die Phantasie, nur daß seine Gespensterstunde nicht die dunkle Mitternacht, sondern der helle Mittag war.

Übereins schwamm Dimitri trotz der Anweisung des Fürsten, daheim zu bleiben, zwischen ihnen, mit weißen Gliedern, in der Brust voller, als einem Jüngling anstand. Der Fürst zog die Brauen zusammen, Dimitri lachte so ausgelassen, wie es keinem Diener zukam. Als sie im Sand ruhten, legte er sich vor seinem Herrn auf den Rücken, das eine Bein aufgestellt; antiker und lasziver konnte keine Haltung sein.

Ob ewig oder zeitlich, ob spukhaft oder menschlich, erklärte der Fürst nachher Jacques, er wolle sich Dimitris entledigen, um nicht das Gefühl zu haben, einer der Lemuren umgirre ihn. Er verschwieg Dimitri die Stunde der Abfahrt nach Ithaka, schickte ihn mit einem Auftrag ins Innere der Insel und hinterließ ihm einen Betrag, der zur Heimreise nach Athen reichte. Dann schiffte er sich mit Jacques und Emil zum Eiland des Odysseus ein.

Auch auf Ithaka waren die Straßen dank dem englischen Protektor vorzüglich. Die Garnison des Hauptstädtchens, das Wathi hieß, hatte eine halbe Compagnie Garnison, und ein Hauptmann versah das Amt des Residenten. Er verbrachte seinen Honigmond in einem einsam gelegenen Haus, doch begegnete der Fürst der jungen Frau auf einem Spaziergang, und da sie blaß, vornehm, melancholisch aussah, entzündete sich seine Phantasie.

Gasthöfe gab es nicht, die Gastfreundschaft ersetzte sie. Schon am ersten Abend schickte Herr Fiori, den der Fürst nach der Landung angesprochen hatte, den Fremdlingen einige Flaschen alten Weins und einen Korb Früchte als Aufmerksamkeit. Sie gingen ihn nichts an, aber er stellte sich zur Verfügung, obwohl die Korinthenernte in vollem Gange war – das Inselchen hallte von Liedern, und an manchen Stellen hörte man, wie jenseits des Meeresarmes die Hirten schwermütig sangen.

Herr Fiori lud die Herren schon am ersten Morgen zu einem Picknick ein. Auch anderswo gibt es Quellen, an denen man sich lagern kann; aber die hier war keine geringere als die Arethusa selbst. Fiori behauptete es zum mindesten. Er hatte auch Byron zu ihr geführt und an der gleichen Stelle mit ihm ein Glas dunkelroten Ithakerweins geleert, zuerst auf Homer, dann auf den Sänger von Childe Harold. Das Wort Harold zauberte vor Jacques' Auge das markante Gesicht Berlioz', in dem sich soviel Weiches und Gutes versteckte. Berlioz hatte eine Symphonie auf Harold geschrieben.

Fiori wandte sich entrüstet gegen gewisse Gelehrte, die daran zweifelten, daß Ithaka die Heimat des Odysseus gewesen sei. So wahr man am Südkap des benachbarten Leukas den Fels sehn könne, von dem sich in Liebesnot Sappho stürzte, so wahr habe den Palast des Odysseus der ithakische Berg getragen.

Dieser Palast war in Wahrheit eine Burg mit zyklopischen Mauern, und ein Teil davon hatte sich erhalten. Kein Pfad führte auf die mit Trümmern bedeckte Höhe. Pückler erklärte sofort, so hoch und unbequem könne der Palast nicht gestanden haben, nahm Homer zur Hand, bestimmte die Bucht von Aphalis als die Stelle, an der die Phäaken den Odysseus abgesetzt hatten, und verlegte den Palast auf den Berg bei Polis.

Jacques wurde seltsam zumut bei dem Gedanken, daß er die liebe alte Odyssee an Ort und Stelle lese, nachdem zweitausendfünfhundert Jahre vergangen seien. Der schönste und der erste Roman des Abendlandes war sie, keine Düsterkeit darin, übergossen von derselben Heiterkeit, die auch dem Auge die Landschaft bot.

Sie wohnten nun abseits in einem Bauernhaus. Auf zwei Seiten umschlossen es Weinlauben. Darunter zogen sich, zum Meere hinab, Terrassen, auf denen Feigen, Johannisbrot und Olivenbäume wuchsen, von Früchten schwer. Durch die Weinlauben vor der Sonne geschützt, versenkten sich der Fürst und Jacques in den Text Homers. Wenn eine Stelle unverständlich blieb, lasen sie im braven Voss nach und mußten oft lächeln, so sehr schmeckten seine Verse nach der Biederkeit eines norddeutschen Schulmeisterhauses. Wenn Jacques sich an den Hexametern Homers müde gelesen hatte, ging er zu den Ottave rime Byrons über, und der Wechsel des Versmaßes hatte einen eigentümlichen Reiz. Idyllische Fresken, zogen die Bilder des alten Griechen gleich einem Wandelpanorama vorbei; in den Stanzen des Briten klafften die Abgründe der nordischen Seele und Heftiges, Zerrissenes flackerte aus ihren Tiefen.

Der Fürst glaubte nicht, daß Byron die Halbschwester, die er erst als Erwachsener traf, zu einem inzestischen Verhältnis habe bewegen können.

Warum schied sich seine Frau von ihm, warum mied er England, warum ließen Hobhouse und Moore zu, daß man seine Memoiren verbrannte, wandte Jacques ein. Von dieser Vernichtung wußte der Fürst nichts – stimmte sie, so hatte Schuld daran der cant.

Jacques hing einem seltsamen Gedanken nach. Ihm war, als nehme Byron den jungen Menschen seiner Zeit die Pflicht zur Auflehnung ab, in einem bestimmten Sinn opfere er sich für sie. Eine geheimnisvolle Arbeitsteilung bestand unter Menschen. Dem einen wies sie den Weg zu Schafott und Galgen, zu Armut und Leid, dem andern den zum Kontor und zum Talar des Richters. Er selber empfand die Lockung, Korsar, Eremit, Verbannter, Luzifer der Gesellschaft zu sein, doch nicht den Zwang – die Willigkeit eines Bruders befreite ihn davon. In diesen Wochen ging Byron bei jedem Schritt neben ihm.

61

Der August wich, der September kam, und Pückler beschloß, nach Athen zurückzukehren. Man befand sich am Eingang des Golfes von Patras, der den Peloponnes von Ätolien trennt. Bei seiner ersten Reise nach Athen hatte der Fürst den Weg über den Peloponnes genommen; jetzt schlug er den nördlichen über Missolunghi ein.

Mit dem Augenblick, wo sie die glückseligen Inseln hinter sich ließen, war alles verändert. Auf dem Festland nistete das Fieber, die vielen blassen Gesichter bewiesen es. Das halbe Missolunghi oder griechisch Mesolongion lag noch in Trümmern. Vor zehn Jahren hatten es die Hellenen in die Luft gesprengt und später zurückerobert. Auch das Haus, in dem Byron gewohnt hatte, war zerstört. Sein Herz ruhte im Heroon, inmitten der Kämpfer für die Freiheit, der Leib nicht im verweigerten Westminster, sondern in der Kirche eines englischen Dorfes.

Geschichten von der Grausamkeit der Türken konnte Jacques so viele hören, wie er begehrte. Die schrecklichste erzählte der Oberst, bei dem Pückler wohnte. Von Delhi Pascha gefangen, wurde er einst mit einigen hundert anderen in Reih und Glied aufgestellt, er selbst kam nicht ohne Absicht ans Ende. Alsbald begann die Hinrichtung. Es ging einer die Reihen entlang und schwang das Schwert, und jeder Streich trennte einen Kopf vom Körper, mit grauenhafter Schnelligkeit. Im letzten Augenblick fragte der Pascha den Oberst, ob er viertausend Colonnaten Lösegeld zahlen könne. Während der Bote unterwegs war, verrichtete der Oberst Gefangenenarbeit, er mußte Köpfe der Enthaupteten skalpieren. Man machte hinten am Schädel einen Einschnitt, löste die Knochen heraus, salzte die Haut ein, gab dem Ganzen die Gestalt eines Fes und hängte die Trophäe zum Trocknen auf Leinen, immer ein Dutzend.

Wen nach mehr gelüstete, vernahm Geschichten von Räubern, die auch heute noch das Land unsicher machten – trotz der bayrischen Soldaten und Assessoren, die nur in den Städten etwas zu sagen hatten.

So mieteten der Fürst und Jacques, als sie von Salona aus ins Gebirge eindrangen, um Delphi zu besuchen, eine Eskorte zum Schutz. Das Reiten lernte Jacques nun gründlich, auch im Pistolenschießen übte er sich.

Delphi war ein elendes Dorf, die Stelle des Apollotempels hatte man noch nicht gefunden. Der Nebel war so dicht, daß die Besteigung des Parnassos unterblieb. Der Ötapaß führte nach Lokris. Der Blick ging bis zur Spitze von Euböa, die sich in den Golf von Malia hineinschob, weiterhin zum Pelion, Ossa und Olymp.

Auch der Parnaß war nicht besteigbar, sie ritten nach Chäronäa, sahn die beiden Quellen, aus denen man einst Lethe und Mnemosyne, Vergessen und Gedenken, trank – jetzt reinigten Wäscherinnen ihre Sachen und sich selbst darin.

Und dann, an einem der ersten Oktobertage, erblickten sie von der Höhe Eleusis, Salamis, den Hymetros, das Meer und die Akropolis. Die Größe der Namen, die Macht der Vergangenheit überwältigten Jacques. Zwanzigmal hatte er den Fürsten mit der Frage bedrängt, ob dieses Volk das Recht habe, sich von Hellas abzuleiten. Alle Zweifel verstummten, als dort die Burg aufschwebte.

»Das ist Hellas«, sagte der Fürst und seine Augen wurden naß. Wozu sich schämen? Auch die antiken Helden hatten geweint.

Der Fürst konnte in Athen sein altes Quartier mieten, das aus zwei leidlich möblierten Stuben und ein paar winzigen Gelassen für die Leute bestand. Er schlug, da Dimitri fortfiel, Jacques vor, sein

Zimmerchen zu nehmen. Lange sollte der Aufenthalt sowieso nicht dauern. Im Januar wollte Pückler in Ägypten sein, vorher noch die Zykladen und Kreta sehn.

Die Zeit der Feldbetten, der Luftkissen, der Musselinvorhänge war zu Ende, und Jacques ließ durch Emil nun seine Anzüge bügeln. Whiskypunsch und Havannazigarren hatte es auch auf der Reise gegeben; aber nun fanden diese Dinge ihren festen Platz auf Tischchen, die nicht zugeklappt waren, wenn man sie brauchte.

Der erste Gang des Fürsten galt der Post. Der zweite, zur preußischen Gesandtschaft, diente demselben Zweck. Er erhielt durch den Kurier die Briefe aus Muskau, wo es eine Fürstin gab. Der Gesandte war gerade anwesend. Pückler stellte ihm Jacques vor und erkundigte sich nach Neuigkeiten.

Es gebe nicht viele, sagte Graf Lusi. König Otto könne sich noch immer nicht entschließen, seinen neuen Untertanen zuliebe ihr Nationalkostüm zu tragen. Armansperg, der Kanzler, reite nach wie vor mit seiner ganzen Familie aus. Die bayrische Bürokratie habe nichts von ihrer Umständlichkeit verloren, und der Kriegsminister Schmalz erzähle den Damen, daß General Grivas aus Rumelien, um seinen Eifer zu beweisen, gelegentlich einen Sack mit den Köpfen von Aufständischen schicke.

Die Armansperg lernte Jacques zuerst kennen, der Fürst nahm ihn zu einem Ausflug der Familie mit. Der Kanzler ritt eine Stute, Pückler einen Hengst, der keinen andern Fehler hatte, als zu sinnlicher Natur zu sein. Plötzlich begann er einen Kampf mit den Tieren der Damen, die sich nur durch die Flucht retten konnten. Dann ging er die Stute an, die groß wie das trojanische Pferd und schuld an allem war. Pückler hatte er schon abgeworfen. Jetzt stieß er den Kanzler herunter und feierte seine Hochzeit mit der erbeuteten Helena in heroischer Unbefangenheit. Jacques, der etwas wie die Feuertaufe erhielt, war bemüht, zwei Komtessen in eine harmlose Unterhaltung zu ziehn.

Der Fürst, der alle Diplomaten kannte, wurde viel eingeladen. Jacques, den er nicht überall mitnehmen konnte, aß oft allein daheim. Er bezahlte seinen Anteil, ein Drittel von den Kosten des Küchenbudgets, und warf auch die Frage auf, wie es in dieser Beziehung während der Monate in Ägypten gehalten werden solle. Sie einigten sich dahin, daß er ein Reisegefährte auf eigene Rechnung sei, dem aber der sowieso bestehende Apparat zugute komme. Die Transportmittel würden ihn wenig kosten, meinte Pückler, dem der Beherrscher Ägyptens zur Fahrt von Kreta nach Alexandria eine Brigg der Kriegsmarine anbot.

Als sie auf der Bank ihre Kreditbriefe vorlegten, konnte man ihnen nur einen Teil des Betrages auszahlen und mußte den Rest erst aus Smyrna beschaffen. Nichts sei im Königreich so selten wie Geld, erfuhr Jacques; die fremden Kapitalisten hielten sich zurück in einem Land, das noch nicht einmal Grundbücher für die Eintragung von Hypotheken besitze. Vollständig zur Stelle seien nur die Beamten und die von Bayern gelieferte Verwaltung – statt dem Kind ein seiner Taille angemessenes Kleid anzupassen, habe man ihm das Gewand eines Großen umgehängt, damit es um so schneller hineinwachse.

Am besten standen sich die bayrischen Offiziere, die freie Reise hatten, auf zwei Jahre kamen und im griechischen Heer einen höheren Rang als daheim besaßen – ein Hauptmann in München wurde gleich Major in Athen. Es waren umgängliche Leute, bei denen man immer ein Pferd haben konnte. Nicht nur unter ihnen, auch in den diplomatischen Salons schien das Rauchen gesellschaftsfähig geworden zu sein. Während der Whistpartie ließen sich die Herren türkische Pfeifen reichen, sie waren sechs Fuß lang. Man mußte das Mundstück gut abreiben, denn die Diener, die sie anrauchten und aus ihren Zähnen nahmen, unterließen es.

Der Fürst verkehrte am liebsten mit Prokesch, dem österreichischen Gesandten, der aus Liebe zum Orient sich Prokesch von Osten nannte. Er war ein Mann von großen Kenntnissen und begleitete die Herren zum Parthenon, der schon bis zur Basis freilag. Die Arbeit ging unter der Leitung des Professors Roß vor sich, kam aber bei dem ewigen Mangel an Mitteln nur langsam voran.

Wohin man immer auf einem Gang oder Ritt gelangte, die Akropolis bestimmte das Landschaftsbild. Immer schaute man nach ihr zuerst aus, erkannte sie mit Freuden, den Gral des Altertums, das Heiligtum. Es konnte auch geschehn, daß man im nächsten Augenblick eine griechische Familie ihren Toten bestatten sah, im Freien, an einem selbstgewählten Platz.

Der Sarg, der senkrecht und ohne Deckel vorangetragen worden war, so daß die Leiche sichtbar in ihm stand, glitt in die Grube, der Priester verrichtete seine Zeremonien, die Verwandten streuten Späne und Asche. Dann fuhr man wohl aus einem Traum empor, besann sich darauf, daß Hellas inzwischen christlich geworden war und weder Athene noch Zeus noch die Koren mehr galten. Erhalten hatte sich nur der Glaube, daß eine Leiche zu sehn ein gutes Omen sei.

Und darüber, als einen Rest des Heidentums, konnte sich Mr. Hill aus Amerika ereifern, obwohl er sonst jede religiöse Parteinahme verwarf und seine Missionsschule ganz auf praktische Menschenliebe stellte, er und seine Frau. Sie unterhielten eine Kleinkinderanstalt und bildeten zwanzig junge Griechinnen zu Lehrerinnen aus. Die Kleinsten kamen verwahrlost und verhungert an, sie wurden gepflegt und gesättigt. Frau Hill ging auf die Straße und las Elternlose, die in den Abfalleimern wühlten, auf. Der Fürst, der Salbung und Muckertum haßte, bekannte sich enthusiastisch zu diesem tätigen Christentum. Er war Protestant, gelegentlich brachen katholische Anwandlungen durch, er billigte den Marienkult.

Als Mrs. Hill erfuhr, daß Jacques Arzt sei, zog sie ihn alsbald zu Rat. Unter hundert Kindern waren immer einige anfällig. An Ärzten, sagte sie, sei große Not; meist wandte sie sich an die englischen Schiffschirurgen; von Kindern verstanden sie freilich nicht viel. Jacques ging fortan jeden Morgen für eine Stunde in die Anstalt, oft wurden zwei daraus. Erstaunlich war, daß die Mehrzahl der Kinder ein vorzügliches Gebiß besaß.

Er wohnte der Operation bei, die der Arzt einer englischen Fregatte an Land vornahm. Einem Knaben mußte der Schädel aufgemeißelt werden, er hatte eine Geschwulst im Hirn. Der Arzt half sich damit, daß er das Kind statt durch einen Hieb an die Schläfe durch eine Abkochung von Pflanzen betäubte, eine alte hexenhafte Frau beschaffte sie. Es war eine Pferdekur, und der Schmerzen blieben genug, doch die Operation gelang. Der ältere Kollege erklärte dem jüngeren, der größte Wohltäter der Menschheit werde der sein, der ein Mittel erfinde, das den Kranken in volle Bewußtlosigkeit versetze, ohne ihm Schaden anzutun.

Der Schiffsdoktor erwähnte die Beobachtung, die er im Krieg gemacht hatte. Auf beiden Seiten, der griechischen und der türkischen, hätten sich Verletzte in die Wunden weichen Käse und Salz gestopft. Er habe gesehn, daß man bei Bauchschüssen mit dem Brotmesser operierte und nichts als Eigelb, in Öl geschlagen, auflegte, oft mit Erfolg. Bei Fieber empfehle die Volksmedizin, dem Kranken dreimal im Tag eine halbe Flasche Branntwein zu geben. Einen Verletzten in die Verschläge des Schiffslazaretts zu schaffen, bedeute den sicheren Tod, die Betten und die Wände seien vom Wundfieber verseucht.

Jacques unterhielt sich mit dem alten Messerhelden nicht ohne Nutzen. Seine Rezepte freilich waren an der Sorbonne unbekannt, und bei Pariser Damen ließen sie sich schwerlich anwenden. Pah, Paris und London, erhielt er zur Antwort, hier sei der weite Osten, Gottes Land, Naturgebiet, hier wüchsen noch rechtschaffene Schmerzen und kräftige Mittel.

Pückler wurde auch dieses Mal von König Otto empfangen. Der König war erst einundzwanzig alt und sollte im nächsten Monat heiraten. Die Braut, eine oldenburgische Prinzessin, rüstete sich eben zur Fahrt nach Griechenland.

Pückler hätte ohne Zweifel eine Einladung zu den Festlichkeiten erhalten, entschuldigte sich aber damit, daß sein Aufenthalt beim Statthalter Mehemed Ali auf Kreta festgelegt sei und daß er vorher noch die Zykladen besuchen wolle. Der König bot ihm für diese Fahrt eine seiner Goeletten, die Nauplia, an.

Einen König, der eine Gnade erwies, konnte man nicht gut bitten, sie auf den Reisegefährten auszudehnen. So vernahm Jacques, daß er entweder nach Kreta vorausreisen oder nachfolgen müsse. Jacques zog vor, die paar Wochen in Athen zu verbringen, in der alten Wohnung, die bis zum Monatsende gemietet war. Damit ihm die Zeit nicht lange werde, führte ihn der Fürst noch bei einer der Damen der französischen Gesandtschaft ein.

Mme. de Lagrenée nahm ihn aufs beste auf, er mußte von Paris erzählen. Er bemerkte den neuen Pleyel und berichtete vom Scheidungsprozeß der Gattin des Pianofabrikanten. Lagrenée stellte ihm seine Bibliothek zur Verfügung. Es waren prachtvoll gebundene Sachen darunter, aus dem Besitz des Herzogs von Larochefoucauld. Der Herzog, ein Nachkomme des Schriftstellers, hatte sie eines Tages, nachdem er fromm geworden war, Lagrenée, Victor Hugo und Alexandre Dumas, seinen Gästen, zum Autodafé übergeben, worauf die Herren die Bände unter sich verteilten.

Durch die Gesandtschaft erhielt Jacques einen Brief Legouvés. Er fand darin die Nachricht vom Tod Mme. Bériots, der Malibran. Nach der Heirat wieder in London singend, war sie beim Ausritt vom Pferd gestürzt. Man durfte Bériot nicht unterrichten, trotz der Schmerzen gab sie ihre Rollen weiter. Bei einem Konzert in Southampton wurde sie am Ende des ersten Teiles ohnmächtig, bestritt auch den zweiten und brach dann zusammen. Der Arzt wollte sie zur Ader lassen, ihr Partner Lablache bestand darauf, daß Bériot zu entscheiden habe. Aber Bériot stand auf dem Podium und geigte. Als Lablache ihn endlich zu ihr führte, lag sie mit hängenden Armen im Sessel, die Füße in einer Lache. Sie habe sich die Adern geöffnet – aus Überreizung, wie man den Zeitungen erklärte; aus Verzweiflung über das Versagen der Stimme, die nur noch dem Willen gehorchte, wie Legouvé sagte.

Als Jacques an diesem Abend Mme. de Lagrenée besuchte, waren auch die französischen Blätter angekommen. Sie teilten nur den

Tod, nicht den Selbstmord mit. Jacques las jenen Brief vor, auf diese Weise erwies man sich erkenntlich im Salon. Der Salon war mit echten Pariser Pendülen und Bronzen gefüllt. Es gab sogar, was in den griechischen Häusern fehlte, einen Kamin, daher beim Dominospiel die Finger nicht klamm wurden.

Am Vormittag ritt er aus, nach dem Besuch in der Missionsschule aß er daheim. Am Nachmittag durchstreifte er die Stadt, ging den Sehenswürdigkeiten nach, verplauderte eine Stunde im Café und eine andere bei den Tees der englischen oder deutschen Kolonie. In den ersten Tagen speiste er draußen zu Abend, aber bald setzte er sich lieber an den Tisch, den Anastasia deckte und mit Gerichten von ihrer Hand versah.

Da niemand seine Wohnung aufräumte, hatte er sich an den Wirt gewandt und der ihm eine seiner Nichten vorgeschlagen – er besaß ihrer viele, sie lebten in einem Bauernhaus, eine Stunde vor der Stadt. Jacques ritt selber hin, mit einem Briefchen an den Popen versehn, der dort allein sich auf Geschriebenes verstand. Der Pope richtete die Botschaft beim Bauern aus, und Jacques durfte wählen.

Es waren drei junge Dinger, alle braun und glatt von Haut, und alle trugen die Tracht – kurzer Rock, viel Farbe und viel Stickerei. Zur Tracht gehörte, daß jede Hälfte der Brust in ein besonderes Beutelchen gehüllt war – bei den älteren Frauen wirkte es sackartig und unschön, den ganz jungen, noch schlanken, stand es gut. Er wählte die, die mit den erwartungsvollsten Augen und schweren, langen Zöpfen zu ihm herübersah, vom Ziehbrunnen im Hof: der Krug von antiker Form stand auf der Einfassung. Wenn sie nicht Nausikaa war, so sicher Ruth, ein warmherziges, kräftigzartes Geschöpf aus dem Morgenland, noch adliger durch irgendeinen Hellashauch.

Anastasia begann in der Wohnung zu schalten. Sie trug keine Strümpfe, und die Füße steckten in Sandalen. Zwischen dem großen Zeh und dem nächsten war der Abstand, der den Barfüßigen eigentümlich und den Städtern verloren gegangen ist.

Da keiner die Sprache des andern verstand, verfiel er auf den Ausweg, eine Tafel anzufertigen, auf die er die notwendigsten Ausdrücke schrieb. Ein Bekannter trug neben die französischen Bezeichnungen die griechischen ein. Befriedigt hängte Jacques diese Tafel an die Wand und zeigte sie der Kleinen. Aber er hatte nicht bedacht, daß sie des Lesens unkundig war. Ihr machte es nichts aus, sie lächelte. Der Blick, mit dem sie zu ihm aufschaute, war innig, er war tief, und das Vertrauen darin entwaffnete ihn.

Statt auf die Worte zu zeigen, las er sie nun, sooft er etwas haben wollte, selber vor. Aber da er anders aussprach, als geschrieben wurde, gab es noch immer Unverständnis, und Anastasia verbesserte ihn. Wenn er sich an die Tafel stellte, stand sie alsbald neben ihm, mit diesen schweren Zöpfen, die so viel dunkler als die Haut von der Farbe des reifen Pfirsichs waren. Es schien ihm, daß sie sich ein wenig an ihn schmiegte, aber wiederum, das Kindliche in ihrer Weiblichkeit entwaffnete ihn.

Sie konnte kaum mehr als fünfzehn sein, und das war das Alter Julias, Julia aber nun schon der dritte Name, den er ihr gab. Was er als das irgendwie Antike an ihr empfand, bewirkte, daß ihm nie der Gedanke kam, sie sei nichts weiter als eine Hauswirtsnichte, die für ihn Staub fegte und Oliven in Öl anmachte.

Sein eigenes Alter erwähnte er nicht bei den Leuten, mit denen er zusammenkam. Wenn sie ihn danach fragten, nannte er die Mitte der Zwanzig, drei Jahre zuviel, und man zweifelte nie daran. Bei Anastasia dachte er mit einer seltsamen Befriedigung, gegen die er sich wehrte, weil sie gegen die Gesetze der Männlichkeit verstieß, daß er erst zweiundzwanzig und ein paar Monate sei, noch jung genug für Jugend und die erste, drängende Zuneigung, die in ihren Augen so offen wie in einem Buche stand. Wenn sie ihm aufgetragen hatte, lehnte sie sich mit dem Rücken an die Tür und schaute unverwandt.

An einem dieser Tage, als sie wieder neben ihm vor der Tafel mit den Wörtern stand, gab er der Versuchung nach, unter die Zöpfe die Hand zu legen und dieses Lastende zu wägen. Sie fuhr, wie von einer Natter gebissen, so heftig herum, daß er schon glaubte, einen Verstoß begangen zu haben, der unter Eingeborenen unverzeihlich sei. Aber es war nur die Überraschung, und hinter dem Rot der kräftigen Lippen schimmerte das zärtliche Elfenbein. Die Erinnerung an das Lächeln Manons, über die er in Neuenburg so unbeherrscht hergefallen war, machte, daß er sich zusammennahm. Er verlas drei Wörter von der Tafel – Abend, Essen, Nicht – die den Sinn ergaben, daß Anastasia heute den Tisch nicht zu decken brauche, und verließ das Haus.

Der Herbstwind wirbelte den Staub in Wolken auf und hüllte alle Viertel ein. Im türkischen klebten die Häuser aneinander, wie Schwalbennester auf Backöfen gereiht. Die reicheren mit den Holzgittern an den Haremsfenstern und den Erkern waren hübsch anzusehn, bei den ärmeren bestand das Dach aus dem Blech von Kannen, die man aufschnitt. Im griechischen Viertel wirkte der Gegensatz zwischen Villen im altgriechischen Stil und dem Elend der einfachen Behausungen noch greller. Wäscheleinen mit flatternden Lappen waren überall. Die Deutschen bauten ein bayrisches Viertel und strichen die Häuser nürnbergisch in Grün und Altgold an.

Ehemalsgassen waren abgebrochen, zukünftige abgesteckt und mit Planken bezeichnet; der Unrat des Grabens in der Mitte roch. Die Menge, in der man mehr Zerlumpte als Gutgekleidete sah, redete in allen Sprachen des Balkans oder vorderen Orients. Seltsam zu denken, daß man ihr dieselbe Pressefreiheit bewilligt hatte, die es in Deutschland noch nicht gab. Schon verkündeten die wenigen Intellektuellen, die in den Kaffeehäusern westlicher Aufmachung Zeitung lesen konnten, die freie Presse sei das höchste Gut der Nation. Ein Land wollte werden, ein Volk suchte seine Form; viel Wille war nötig, viel Geduld und Zeit.

Jacques speiste bei einem Sekretär der österreichischen Gesandtschaft, der, wie alle Europäer, eifrig Smyrnateppiche sammelte. Da auch einer der türkischen Diplomaten zugegen war, ein jüngerer Armenier, der sich in sechs Sprachen geläufig ausdrücken konnte und die türkischen Dinge mit Überlegenheit ansah, fesselte ihn die Unterhaltung so, daß es Mitternacht wurde, bevor er aufbrach.

Der Armenier hatte ihm Näheres über Mehemed Ali erzählt, den mazedonischen Bauernjungen, der im gleichen Jahr wie Napoleon geboren war und erst mit fünfunddreißig lesen lernte, wo er schon als Statthalter in Ägypten saß. Zu Ägypten kamen durch Eroberung Mekka, Hedschas, Nubien, Kreta, Syrien, ein gewaltiges Reich, das er als fast unabhängiger Vizekönig regierte. In Europa stand er im Ruf eines grausamen Orientalen, aber Tatkraft und modernen Blick konnte man ihm nicht absprechen. Als Bonaparte Ägypten verließ, lag es noch im mohammedanischen Mittelalter, eine Beute der Mamelucken. Mehemed Ali, der die Mamelucken einlud und samt und sonders niedermetzeln ließ, rückte das Land mit einem Griff an die Schwelle einer neuen Zeit. Er baute nicht nur eine Kriegsflotte, sondern auch Institute, Schulen und Fabriken.

Die Gassen, durch die Jacques nach Hause ging, lagen still. Dann hörte er einen hohlen Ton, gleichmäßig dumpf, als werde ein schwerer Stock aufgestoßen, der eines Privatmannes konnte es kaum sein. Ein Hund heulte, und aller Aufklärung zum Trotz hatte Jacques in den Haaren ein Gefühl, als sträubten sie sich im nächsten Augenblick. Das Hallende kam näher, war eine hagere, überhohe, von einem Mantel umflatterte Gestalt. Das kümmerliche Licht einer Straßenlampe, im Winde sterbend, verzerrte die Schatten, und Jacques, machte sich bereit, dem Mitternachtsgespenst, dem Geist der Türkenzeit, zu begegnen. Es streifte ihn und murmelte dunkle Worte, doch trug es zum Stock die Laterne und war ein Stadtgassenhirt, ein Nachtwächter nur.

An Anastasia dachte Jacques nicht, als er sich dem Hause näherte. Es hätte auch keinen Sinn gehabt, da sie nebenan beim Oheim schlief. Er steckte die Kerze an, die am Eingang stand, und dann sah er das Mädchen auf der Matte vor seinem Zimmer. Gleich einem Pagen lag sie da und hielt zwei Briefe, die für ihn gekommen waren, in der Hand.

Er stellte die Kerze auf ein Schränkchen und bückte sich, um nach den Briefen zu greifen. Die Berührung weckte sie aus dem Schlaf, der ihr junges Gesicht gerötet hatte. Die Briefe aber hielt sie fest, und Jacques begriff, daß sie in diesem Augenblick einen Wert für sie besaßen – sie waren der einzige Vorwand, der ihre Anwesenheit erklärte. So zeigte er zuerst auf sich, dann auf die Briefe, übertrieb die Geste und den Ton, ward ganz zur Frage, worauf sie ihm erlöst die Briefe hinstreckte – so impulsiv in aller Scheu, daß er verstand, nach ihrem Willen sei nicht er der Verführer – die Führende, die Konsequente sei sie.

In jeder der zehn Nächte, die er noch in diesem Hause schlief, fand er sie, heimkommend, im gleichen Vorzimmer wieder – nicht auf der Matte, aber in einem Sessel davor. Sie bestand darauf, und er dachte, daß sie es für schamlos hielt, ihn in seinem Bett zu erwarten. Er lernte ein paar Sätzchen mit Koseworten von ihr, sie ein paar von ihm, der Sinn war wohl derselbe. Miteinander sprechen konnten sie nicht – ihm erschien es als das Schönste unter allem Süßen und Zarten, das er von ihr erfuhr. Das Geheimnis blieb vor dem Alltag bewahrt, und mit der Liebe verhält es sich wie mit der Musik, sie kann das Romantische nicht entbehren, lebt ganz von ihm.

Der Abschied kam, die letzte Leidenschaft, und dann das Ende. Da der Oheim ihn zum Schiff brachte, begleitete ihn auch Anastasia, die in elf Nächten das drängende Kind Julia gewesen war, er Romeo, Paris zum Trotz und dem Bewußtsein, im bürgerlichen Leben schon ein graduierter Arzt zu sein.

63

Die Barke segelte vom Piräus nach der Sudabai und blieb einen Tag in Melos, um Blei zu laden.

Außer Blei barg diese westlichste der Zykladen in ihren Bergwerken Schwefel und Mangan. Der Boden war wenig fruchtbar, Gas und heiße Quellen entströmten ihm. Anders hatte Jacques, wenn er im Louvre die Venus von Milo betrachtete, sich die Stätte vorgestellt, an der anno 1820 ein Bauer die berühmte Statue ausgrub. Damals hatte sie noch beide Arme gehabt, wurde auf ein französisches Kriegsschiff gebracht und ging als Torso an Land.

Der Segler setzte den südlichen Kurs fort. Ein Ostwind trieb ihn ab, und es bestand Hoffnung, so nach dem berühmten Santorin zu gelangen. Der Wind schlief ein, immerhin wurde Jacques ein Blick auf die Insel zuteil, die ein ins Meer gesunkener Krater war. Die Schichten auf den Steilwänden zeigten alle Farben, rot und schwarz, gelb und grün. Grün war die Farbe der Fruchtbarkeit, auf Santorin wuchs ein vorzüglicher Wein.

Über den Festungswerken von Chania oder Kandia flatterte die türkische Fahne, aber der Gouverneur unterstand Mehemed Ali von Ägypten. Der Halbmond flatterte, hier also begann endgültig der Orient.

Das Sanitätswesen unterstand Oberst Caporal; Mehemed Ali bevorzugte die Franzosen. Von den Engländern wollte er nichts wissen, wie sie nichts von ihm. Seine größten Feinde waren England und Österreich. Fürst Pückler, der Jacques abholte und Oberst Caporal vorstellte, verbreitete sich alsbald darüber. Das Herz war ihm voll, er bewunderte den ägyptischen Diktator und pries, was der auf Kreta tat.

Nichts von der Advokatenpest, die sich schon über Griechenland ausbreitete, und keine Bürokraten. Sicherheit und Ordnung; Steuerzahler, die zufrieden waren; Duldsamkeit in religiösen Dingen, niemand krümmte den Christen ein Haar – der große Friedrich hätte an den Grundsätzen und Leistungen dieses aufgeklärten Despoten seine Freude gehabt. Der Liberalismus in Ehren, vorerst gedieh ein Volk unter dem strafferen Regiment.

Der Gouverneur Mustapha Pascha, der Seraskier, erwies Jacques dieselbe Gastfreundschaft wie dem Fürsten. Mehemed Ali hatte keinen moderneren Anhänger als ihn. Er war so auf Fortschritt bedacht, daß seine Ohren sich dem Vorschlag Pücklers, in Knossos Ausgrabungen zu machen, verschlossen – was konnten die alten Dinge nützen? Auch Mehemed Ali gab nichts auf Archäologie. Der Fürst war überzeugt, daß die Insel des Labyrinths ungeahnte Schätze barg.

Sie blieben bis zum Jahresende auf Kreta. Jacques lernte die mohammedanische Welt kennen und sah, daß es eine männliche war. Wenn man von der Idee ausging, ließ sich ihr viel abgewinnen – alles wurde einfach, wo die Frauen hinter dem Schleier, der Muscharabie, an den Fenstern und dem Vorhang des Harems verschwanden.

Männer unter sich sind großzügig und gelassen. Dazu die dem Islam eigentümliche Demokratie – keine Stände, keine Kasten, Gleichheit aller, die dem Glauben des Propheten anhangen.

Die Idee war so stark, daß beide in diesen Wochen dem Westen fremd wurden und scherzend schon vom Augenblick sprachen, wo sie den Turban annehmen würden. Er sehe Jacques nach fünf Jahren als Bey, meinte der Fürst, und was den Tarbusch betreffe, so sei er gleich kleidsam zum ägyptischen Hofkostüm und zum abendländischen Frack.

Wie viele Frauen Mustapha Pascha hatte, ließ sich nicht feststellen. Man fragte nicht danach, das war die erste Gentlemanregel des Ostens. Einen Einblick erlangte Jacques leichter als der Fürst, er war Arzt. Es dauerte nicht lange, bis der Pascha seinen Beistand wünschte. Als aufgeklärter Mann sah er ein, daß man eine Kranke nicht behandeln könne, ohne sie untersucht zu haben, vor allem, wenn es ums Leben ging. Aber nicht einmal er wagte, wider die Anschauungen zu handeln. Jacques durfte den Schönen durch einen Vorhang den Puls fühlen; anfangen konnte er damit nichts. Der Fürst schlug ihm vor, Eunuch zu werden – im ganzen vorderen Orient sei er einer einzigartigen Laufbahn gewiß. Zu den nicht immer angenehmen Eigenschaften des Fürsten gehörte, daß er keinen Witz ausließ.

Eines Tages wurde Jacques zum Seraskier gerufen. Er fand eine alte Türkin bei ihm vor, die die Haremshebamme war. Der Pascha erklärte Jacques, daß eine seiner Frauen, eine Georgierin, seit vierundzwanzig Stunden in Geburtsnöten liege. Die Hebamme habe festgestellt, daß das Kind sich in der Steißlage befinde, und fürchte für sein Leben – was davon zu halten sei. Jacques erwiderte, wenn die Lage stimme, bestehe in der Tat Gefahr, durch vorzeitige Auspressung des Fruchtwassers, durch Nabelkomplikation.

Auf die nächste Frage, ob die Gefahr so groß sei, daß man entweder die Mutter oder das Kind retten müsse, erwiderte er, die Mutter habe im allgemeinen weniger zu fürchten als das Kind. Die Antwort schien dem Pascha nicht recht zu sein. Die Alte erhielt einen Befehl, den Jacques nicht verstand. Er selbst wurde entlassen, ohne daß man seine Dienste weiterhin in Anspruch nahm. Am Abend erfuhr er, daß man das Kind einfach aus der Mutter herausgeschnitten hatte. Er machte seiner Empörung Luft und sagte, die Bewunderung für den Orient sei abgekühlt. Der Fürst legte den Finger an die Lippen und war selber froh, daß der Aufenthalt zu Ende ging. Jannis, ein junger Grieche, trat als Page in seinen Dienst.

Am ersten Januar des neuen Jahres 1837 bestiegen sie eine Ruderfeluke. Die von Mehemed Ali gestellte Kriegsbrigg wartete beim Inselchen Dia, das weiter östlich lag. Am Himmel kamen schwarze Wolken auf und überzogen von Zeit zu Zeit die Sonne. Doch immer wieder strahlte ihr feuriges Gold auf das wiegende Meer, auf den Götterberg im Innern. Dieser Ida war so hoch, daß er in den

Alpen hätte ragen können, und trug ewigen Schnee, emporgestoßen ins Seidenblau und umlagert von einem Kranz dienender Berge, denen der Hermelinmantel nicht zustand.

Die Brigg empfing den Fürsten mit dem Donner der Geschütze. In den Segeln arbeiteten Araber und Neger, Kandioten und Türken; die dunklen Gesichter stachen fremdartig von den hellen Flächen ab. Der Fürst erhielt die Kapitänskabinen, Jacques einen Raum daneben, und auch Emil war zufrieden. Das Ostkap Kretas wurde umsegelt, das freie Meer dünte bewegter: der Fürst schaute mißtrauisch nach Sturmzeichen aus. Er gab sich mitteilsam auf dem Verdeck und gestand, was sein Wunsch gewesen war – vom König von Preußen bei Mehemed Ali beglaubigt zu werden. Zwar zahlte Mehemed Ali einen Tribut an die Pforte, aber der Sache nach konnte man nicht unabhängiger sein. Ein bloßer Statthalter hätte nicht wagen dürfen, sich eine eigene Kriegsflotte zu bauen.

Zwei furchtbare Nächte folgten, das Schiff stand Kopf im Sturm. Jacques, aus seinem Bett geschleudert, blieb in der Ecke liegen, belagert von Stuhl, Tisch und allem, was nicht Nietfestigkeit besaß. Wenn der Neger ihm eine Tasse Fleischbrühe brachte, die sich zur Hälfte in die Luft ergoß, war wieder eine Ewigkeit vorüber. Er fragte nicht einmal, wo der Fürst oder Emil oder Jannis seien, und erlebte zum erstenmal selber, was ein Mensch im Elend seiner Gedärme ist.

Als das Schiff am dritten Morgen wieder Segel setzte, tanzte auf den aschgrauen Wellen schon ein Horizont, die Bai von Abukir und das Arsenal von Alexandria. War der Sandstreif dort die Küste? Es mußte wohl so sein; das Weiße waren Paläste, das Grüne war ein Palmenhain. Doch alles schwankte, gleich einem Trugbild, in der Luft: die gezackten Wälle, die Säule des Pompejus und der Mastenwald.

Je näher sie kamen, desto großartiger bot sich die Flotte dar – zehn Linienschiffe, die insgesamt tausend Feuerschlünde bargen, sechs Fregatten und über zwanzig Korvetten oder Briggs. Sie waren in langen Linien aufgereiht und mit Flaggen in allen Farben behangen, von der Mastspitze bis zum Verdeck – dem Bairamfest zu Ehren, das eben anhob. Und dann verschwanden die Fahrzeuge, Paläste und das Meer im Pulverdampf, als alle Forts und Kriegsschiffe zu feuern begannen. So mußte eine Seeschlacht aussehn.

Kaum hatten sie geankert, so meldete sich der Vizeadmiral der Flotte, Bresson Bey, und ließ den Fürsten wissen, daß seine Equipage am Ufer warte, wohnen werde er bei ihm am Ibrahimsplatz. Bresson war der französische Leutnant gewesen, der zu Rochefort Napoleon anbot, ihn nach Amerika zu entführen. Der Kaiser hatte es ein aussichtsloses Unternehmen genannt; Bresson aber traf auf der Fahrt über den Ozean kein einziges Britenschiff an.

Es dauerte eine halbe Stunde, bis die vom Sturm herumgestreuten Sachen zusammengelesen waren. Bresson kehrte inzwischen an Land zurück, nachdem er auch dem jungen Arzt und Landsmann Gastfreundschaft angeboten hatte. So setzte sich Jacques neben den Fürsten in die Equipage, für das Gepäck standen Kamele bereit. Der Wagen durchfuhr im Trab die Türkenstadt, die für das Auge farbig, für die Nase quälend war, und erreichte das Frankenviertel, das mit neuen Palästen auf neugewonnenem Meerboden lag.

Hier wohnten die Konsuln des Abendlandes und hatten dem Bairam zu Ehren ihre Fahnen aufgezogen – Pückler suchte die schwarzweiße des preußischen Vizekonsuls, die die ernsteste war. Zu seiner Überraschung wehte sie vor dem Haus, an dem der Wagen hielt. Der Vizekonsul wohnte über Bresson, jetzt stand er an der Pforte neben ihm. Die Begrüßung erfolgte auf französisch, da er Syrer war.

Schon am nächsten Tag machte Bogos Bey seinen Besuch im Auftrag Mehemed Alis, der im Winter zu Kairo residierte. In seinen Anfängen ein armenischer Dragoman, hatte er sich zum Vertrauten und ersten Minister Seiner Hoheit des Vizekönigs aufgeschwungen. Er stellte dem Fürsten die Equipagen und Reitpferde des Hofes zur Verfügung; die zugedachte Ehrenwache lehnte Pückler ab.

Pückler schloß Freundschaft mit dem französischen Generalkonsul Lesseps, einem eleganten Mann von zweiunddreißig Jahren, orientalischen Augen und lockigem Haar. Viele gebrauchten mit einem zärtlichen Unterton seinen Vornamen Ferdinand. Als Jacques ihn um ein Buch bat, gab er ihm einen Band Merimée. Jacques erzählte von der Begegnung, die er mit Merimée und einer spanischen Komteß in einer Pâtisserie gehabt hatte. Lesseps sagte, daß die Gräfin von Montijo, die Mutter der Kleinen, seine Kusine ist.

Pückler wäre gern noch länger geblieben, aber Mehemed Ali erwartete ihn, und so fuhr er mit Jacques zu Wasser nach Kairo, hatte eine Audienz und erhielt freien Zutritt für jede Zeit.

64

Der Vizekönig plante eine Fahrt nach Oberägypten und lud den Fürsten zu ihr ein. Sie sei nicht ungefährlich, sagte er, deshalb nehme der Generalarzt der Flotte daran teil.

Der Generalarzt war Doktor Koch, ein Bayer. Pückler benutzte die Gelegenheit, um Jacques zu erwähnen, der nun Gefahr lief, überflüssig zu sein. Der großzügige Greis erwiderte, er wolle Herrn de Maslin nicht daran hindern, etwas zu sehn, zwei Ärzte seien besser als einer, und die Staatsbarke habe genügend Platz.

Jacques erblickte den Vizekönig ein einziges Mal, gelegentlich einer Vorführung der Kavallerieschule zu Giseh, eines sogenannten Karussells. Die Eingeladenen fuhren in Gondeln und versammelten sich im Haus des Obersten Warin, um die Ankunft des Vizekönigs abzuwarten. Von Jubel und Militärmusik empfangen, schwang er sich auf sein Pferd und ritt zum Exerzierplatz hinaus. Die Gäste folgten, sie setzten sich auf die Tribüne, die der des Vizekönigs gegenüberlag. Auf dieser gab es nur drei Sitze. Den mittleren nahm Mehemed Ali ein, den Fauteuil zur Rechten Pückler, den Rohrstuhl zur Linken Lesseps, der aus Alexandria herübergekommen war. Dahinter stand das Gefolge. Jacques saß neben Mademoiselle Fatinitza, der Schwägerin eines französischen Kaufmanns, sie stammte aus der Mischehe eines Italieners mit einer Araberin. Die Gestalt neigte bei allem Ebenmaß zum Üppigen, und auch die Augen strahlten orientalisch. Der Mund hingegen besaß den schmalen Schwung der europäischen Willenskraft, der Blick verriet Intelligenz.

Das militärische Schauspiel, von vier Schwadronen ausgeführt, entrollte sich. Die Reiter trugen grüne Dolmans mit gelben Schnüren und weiten, scharlachroten Pantalons. Sie ritten Tiere, die man in keinem westlichen Eliteregiment gefunden hätte, waren blitzhaft in den Bewegungen und erstarrten im nächsten Augenblick.

Pückler war noch nicht reisefertig, als der Vizekönig aufbrach. Er versprach, in vierzehn Tagen zu folgen. Auch Doktor Koch wartete bis dahin. Er war ein ernster Mann, das Leichte und Lebhafte Lesseps' fehlte ihm. Jeder trat nach seiner Art auf, jeder verkörperte die Grundeigenschaften seiner Nation. Koch gab sich als Beamter, Lesseps suchte das Leben in seinen tausend Abwandlungen und lachte, wenn ihn Kinder, die einen Aufzug begleiteten, mit einem leichten Stockschlag gegen die Beine aufforderten, nicht im Wege zu sein.

Der Aufzug, worin mit Goldpiastern behangene Kamele schritten, gehörte zu einer Beschneidungsfeier; man trug einen Phallus voran und bewegte ihn drastisch. Die Gasse war eng, es roch nach den Käsen und getrockneten Früchten der griechischen Händler. Ein anderes Mal begegneten sie einer Hochzeit. Die Braut trug einen roten Schleier, rot war auch der Baldachin, unter dem sie zwischen zwei Frauen ging. Der Kawasse am Anfang hieb rücksichtslos mit dem Knauf seines Stockes auf die arabischen Zuschauer ein.

Außer einer Anzahl schon bestehender Fabriken, Kanäle, Hospitäler, Schulen waren in Kairo fünfundneunzig öffentliche Gebäude im Werden begriffen; Pückler merkte es für Cotta an. Elftausend Kinder oder junge Leute wurden auf Kosten des Vizekönigs in den verschiedensten Anstalten unterrichtet, genährt, gekleidet und sogar besoldet. In Alt-Kairo aber gab es noch einen Markt für Sklavinnen.

Über die offenen Zimmer und den Hof eines großen Gebäudes verteilt, hockten die jungen Dinger in Gruppen herum. Die einen lachten und schwatzten, die andern waren gleichgültig wie Tiere oder wie Menschen, die ihrer Würde beraubt worden sind. Frisch eingetroffene Mädchen sah man meist noch im Kostüm ihres Landes, oft nur mit einer Lendenschnur. Die übrigen, die schon von Händler zu Händler verkauft worden waren, trugen ein orientalisches Überkleid, doch so, daß man es leicht abheben und den Körper betrachten konnte.

Pückler, Lesseps, Jacques und Koch ließen sich von einem Levantiner führen, der die Ware geläufig begutachtete. Ohne alle Umstände nahm er eine Vierzehnjährige beim Arm und befühlte, ihren Burnus abstreifend, die Brüste nicht anders als eine Frucht. »Fort bien«, wandte er sich an den Fürsten, »c'est frais, cela a poussé comme une orange«. Dann zog er eine andere, die schon gehandelt worden war, näher, hob den langen Überwurf auf und ließ ihn geringschätzig wieder fallen: Ce n'est rien ça, elle est faite« – womit er sagen wollte, es schwelle nichts mehr heran, man komme um die Erwartung der Reife.

Die dritte aber war das Mädchen Ajiameh, eine ganz junge Abessinierin, die außer dem Gürtelchen um die Lenden nichts trug. Der Levantiner nannte sie eine schwarze Venus, doch war ihre Farbe dunkelkupferrot. Er faßte ihr in den Mund, um die herrlichen Zähne zu zeigen – der Fürst winkte unwillig ab. Auf den ersten Blick empfand er Mitleid, gemischt mit Bewunderung und den romantischen Gefühlen, für die seine fünfzig Jahre kein Hindernis waren.

Das Mädchen hatte tatsächlich den Körper einer Venus, wenn es auch nicht die von Milo, sondern eher die des Tizian war. Straffere Brüste konnte es nicht geben, die Haut war fehlerlos. Das Gesicht mochte im Kinn zu spitz zulaufen – der Fürst sagte, wenn er schon antik denke, liege ihm weniger am Antlitz im europäischen Sinn als am Körper, am Ebenmaß, am edlen Gang, an der Feinheit der Arme, der Schlankheit der Beine. Er ließ sie ein paar Schritte machen; sie sah ihn hoffnungsvoll und flehend, als den Erlöser, an. Er kaufte sie, ohne um den Preis zu feilschen, was Lesseps wahrhaft spanisch fand. Aber Pückler meinte, der Erniedrigung sei es genug, er wolle nicht auch noch wie ein Metzger um das Kälbchen handeln, griff in den Lederbeutel und zählte die Goldstücke auf.

Die Sklavin wurde ihm in sein Haus geschickt. Er selbst und die andern Herren folgten einer Einladung Clot Beys, der alle ärztlichen Anstalten des Reiches unter sich hatte. Die hervorragendste war die zu Abu Zabel. Pückler und Jacques fuhren in einer vierspännigen Kutsche hinaus; Koch ritt; Clot lenkte seine kleine Gig, die ihm ein deutscher Sattler gebaut hatte.

Hinter der schwarzen Erde, auf der Büffel weideten, begann bald die Wüste, ohne Weg und Steg. Der Sand war fest; der Wind, der ihn sonst zu weißen Hügeln zusammenwehte, schwieg. Der Himmel zeigte ein schlechthin vollkommenes Blau. Nach einer Stunde wurde ein Kaffeehaus erreicht. Der Wirt hatte in jungen Jahren das Handwerk eines Räubers ausgeübt und in dieser Eigenschaft an der Schlacht von Heliopolis teilgenommen – nicht auf der Seite Klébers und nicht auf der der Türken, sondern neutral zwischen ihnen, den Augenblick abwartend, wo er hier oder dort plündern würde.

Er hatte Kléber, Murat, Desaix kämpfen gesehn, alles Helden. Aber der Held der Helden war Abu Napartu – Bonaparte – gewesen, dessen Seele im Augenblick des Todes sicher gleich einem Feuerfunken auf der Schneide des Säbels davongefahren sei. Die Plastik der Sprache dieses Arabers war prächtig. Von einem Scheich und seinem Hengst aus der Nadschdirasse sagte er: »Wenn Hassan Abassah losritt, sah man kein Pferd, nur einen Streifen Sand – einen Augenblick später sah man nichts mehr.«

Der Kaffee des alten Räubers war schlecht. An Gästen fehlte es gleichwohl nicht, weil unweit ein Zitronenwäldchen lag, das eine Quelle und die Reste einer uralten Sykomore umschloß. Quelle und Baum galten der Legende als heilig, auf ihrer Flucht mit dem Kind rastete die Jungfrau hier.

Die Herren schnitten sich aus jungen Zitronenstämmchen elegante Spazierstöcke und fuchtelten damit auf dem Weg nach Heliopolis, einer Öde, in der einst ein berühmter Sonnentempel gestanden hatte, jetzt nur noch der Obelisk des Sesostris ragte. Während sie auf die Wagen warteten, zog eine Karawane vorüber, Tunesier, die nach Mekka wallten. »Berge und Täler bleiben stehn, Menschen begegnen sich«, sagte der Fürst, als ihn einer der Pilger ansprach. In Tunis hatte er mit ihm zu tun gehabt.

Die Wagen trafen so spät ein, daß die kleine Gesellschaft Abu Zabel erst bei Sonnenuntergang erreichte. M. Clot, der Generalsrang besaß, verschob die Besichtigung auf den nächsten Morgen. Die

Anstalt enthielt die Medizinische Akademie, ein Spital und auch eine Hebammenschule. Pückler fragte sofort, weshalb man einen so wichtigen Betrieb so weit hinaus verlegt habe.

Aus Rücksicht auf die Anschauungen des Volkes, erwiderte Clot. Operationen an Frauen, Studium an zerschnittenen Leichen und die Unterweisung junger Mädchen im Intimsten seien drei Dinge, die böses Blut machen und den Fanatismus wecken könnten. In ein paar Jahren sei man vielleicht so weit, um nach der Stadt zu übersiedeln, fügte er hinzu.

Der Fürst griff den Gedanken mit seiner gewohnten Lebhaftigkeit auf, für Jacques sollte er Folgen haben.

Die Anstalt umschloß eine Reihe von schattigen Höfen. Die eigentlichen Universitätsgebäude wiederum bildeten ein Viereck um den botanischen Garten, worin das köstliche, im Orient so begehrte Wasser sprudelte. Die Dächer waren flach, zum Spazierengehn und selbst für Vorlesungen eingerichtet; ausnahmsweise pickten keine Hühner darauf. Der Blick ging nach der einen Seite auf die Bäume der Innenhöfe, nach der anderen auf die Hügel der Wüste.

Clot zeigte den Gästen, da zwei Ärzte unter ihnen waren, alles aufs genaueste: die musterhafte Apotheke, das große Laboratorium, die anatomischen Präparate, den Sektionsraum, das Amphitheater für die Vorlesungen und die Schlafsäle. Die Decken im ersten Saal waren aus grauer Wolle, die im zweiten aus weißer, im dritten kamen wieder graue, und so ging es fort. Jacques erkundigte sich, ob diesem Wechsel ein Sinn unterliege. Kein anderer als der Ordnungssinn, erwiderte Clot; man habe ihm Decken in zwei Farben geliefert und er angeordnet, daß sie in jedem Saal einheitlich sein müßten – eine Pedanterie, die den arabischen Aufseher noch heute zur Verzweiflung bringe, weil er sie nicht einsehe und Wolle Wolle sei.

Clot kam ins Erzählen, und Lesseps fragte ihn, ob er noch immer Hassan, dem Bettler, ein Schmerzensgeld zahle. Clot lachte und nickte bestätigend. Er hatte einen Araber, der vor den Kaffeehäusern und, zum Entsetzen europäischer Damen, auch vor den Hotels eine Hodengeschwulst gigantischen Umfangs zeigte, von dieser Ungeheuerlichkeit befreit, aber nichts als Vorwürfe geerntet, denn mit dem Almosen war es vorbei – was Clot einsah; der Mann bezog eine kleine Pension von ihm.

Abu Zabel enthielt auch eine Veterinäranstalt, und ihr wiederum war die Hebammenschule zugeteilt. Die Pariserin, die sie leitete, führte die Kenntnisse ihrer Zöglinge vor. Ein arabisches Mädchen, kaum vierzehn alt, zählte vor einem Gerippe zuerst die Knochen, dann die Eingeweide, zuletzt alle Schicksale auf, die der männliche Same im weiblichen Körper erfährt. Die alten arabischen Ärzte, einst in der Welt berühmt, hätten ihre Freude am Eifer der hübschen Kleinen gehabt.

Clot lohnte ihr theoretisches Wissen mit einem Goldstück. Was aber das Praktische betraf, so war ein lederner Unterleib da, in dem eine scheußliche Puppe aus demselben Stoff steckte. Sie wurde in alle Lagen gebracht, die ein Embryo im Mutterleib einnehmen kann, eine Viertelstunde lang geballt und gestreckt, herausgenommen und hineingetan. Der Fürst hielt ein Taschentuch vors Gesicht und führte, als Lesseps dasselbe tat, Voltaire an: »Il n'y a que des mauvais sujets comme nous qui rient de tout«.

65

Mehemed Ali weilte schon in Siut, dem Hauptort der oberen Provinz, und Pückler durfte ihn nicht länger warten lassen. So brach er in der zweiten Hälfte des Februar auf, mit Koch, Jacques und dem Gefolge, zu dem ein Dragoman, ein Kawaß, der Page Jannis und die Sklavin Ajiameh gehörten.

Zwei Staatsbarken standen zur Verfügung, gleichwohl fehlte eine Kammer für Ajiameh. Sie war die einzige Frau an Bord, und um ihrer Sicherheit willen ließ Pückler sie in der Nähe schlafen, hinter dem Vorhang, der eine Nische seiner Kabine abschloß. Der Page verzichtete nur widerwillig auf diesen Platz.

Das Mädchen trug jetzt gelbe Pantoffeln, Strümpfe und ein Gewand, das von ihrer bronzenen Schönheit bloß noch gelegentlich den Unterarm freigab. Durch einen Matrosen, der Abessinisch verstand, teilte der Fürst ihr mit, daß sie nun keine Sklavin mehr sei. Sie ergriff seine Hand, drückte ihre Stirn dagegen und erwiderte, er sei der Gebieter, über sie zu verfügen habe er.

Der Kapitän erhielt Befehl, vorauszufahren und die Herren am Abend des folgenden Tages an einer bestimmten Stelle aufzunehmen. Sie wollten die Pyramiden besuchen und ritten noch auf Pferden hin. In Kairo hatte man geglaubt, die Pyramiden seien mit den Händen zu greifen, aber selbst von Giseh aus dauerte es noch ein paar Stunden. Wo das Wintergrün in die jahreszeitenlose Wüste überging, drängten sich sechs Beduinen auf und waren nicht abzuschütteln, trotz des Kawassen, der mit Stockhieben auf die Sohlen arbeitete.

Den Sphinx hatte man vor ein paar Jahren freigelegt, aber er war schon wieder bis zum Hals zugeweht. Dank der zerstörten Nase sah er noch nubischer aus. Der Fürst fand sich von ihm und den Pyramiden enttäuscht. Am Fuß des Straßburger Münsters stehn und zur Spitze hinaufschaun habe ihm einen stärkeren Eindruck gegeben, erklärte er und vermutete, in den Pyramiden dürfte man nur schwere, noch barbarische Grabhügel über einem Pharaonengrab sehn – entstanden in einer druidischen Zeit, die nicht mit der eleganteren und genußfroheren der Schriftgelehrten, Tänzerinnen und Fresken zu vergleichen sei. Auch bei den griechischen Altertümern müsse man ja nach Perioden trennen und die Kunst des Unterscheidens sich erst aneignen.

Sie waren nicht die einzigen Besucher eines Schauplatzes, auf den vierzig Jahrhunderte herabblickten. Zuerst beobachteten sie einen einzelnen Fremden, der ein unansehnliches, aber geduldiges Pferd ritt. Er nahm die Zudringlichkeit der Beduinen mit völliger Gelassenheit hin. Sie redeten auf ihn ein, er zeichnete den verwitterten Sphinxkopf ab, steckte das Heft ein, ritt weiter, holte es abermals hervor und schrieb irgend etwas hinein. Dem Tier genügte die Bewegung zur Tasche hin, um stehenzubleiben.

Der Fürst meinte, es sei ein ebenso großer Philosoph wie offenbar sein Herr, und da er als erfahrener Reisender grundsätzlich mit jedermann eine Unterhaltung einging, denn jeder Mensch war ein lohnendes Objekt, so suchte er auch diesen in ein Gespräch zu ziehn, indem er ihm sein Fernglas anbot – man könne damit die Spuren roter Bemalung in den Zügen des Sphinx besser sehn.

Er sagte es auf französisch, der Fremde dankte ihm in der gleichen Sprache; aber man hörte, daß sie ihm nicht sehr geläufig war. Der Fürst schätzte nun auf einen Deutschen; der Fremde bestätigte es höflich, ohne Einzelheiten.

Die Beduinen sahn unterdessen eine neue Gesellschaft nahn und stürzten ihr entgegen. Es waren zwei Damen in grauen Kostümen und grünen Schleiern, begleitet von einem sehr großen, vollbackigen Mann, der gebieterisch auftrat. Die Sprache, in der er sich mit seinen Begleiterinnen unterhielt, war Russisch, dem Ohr Jacques' durch Marja und Nikolaus bekannt.

Die eine der Damen mochte dreißig sein, die andere war bedeutend jünger, und Jacques dachte im ersten Augenblick, daß er sie kenne; er suchte nach irgendeiner Erinnerung.

In diesem Land der dunklen Augen, des nachtschwarzen Haares und der untersetzten Gestalten wirkte sie, weißhäutig, wie die Offenbarung des Nordens. Er hatte nie einen reineren Teint gesehn. Ihre Haltung, das Freie, das Schlanke, das zum Licht Aufstrebende, entzückten ihn. Die Flechten, schwer und üppig, durchwunden wie ein Nest von Nattern, hatten einen Kupferton, die Augen waren grau.

Man wurde auf die einfachste Weise bekannt. Der Fürst setzte seinen Freunden auseinander, daß die Pyramiden mit großen Steinplatten bedeckt und diese mit blendend weißer Farbe bemalt gewesen seien – so müsse man sie sich vorstellen, als ein kreidiges Phantom, am Tage flimmernd, in der Mondnacht magisch. Alsbald sprach ihn der Russe in der gleichen französischen Sprache an und erkundigte sich, ob er Archäologe sei.

Der Fürst erwiderte, nicht ohne einen Blick auf die Damen, das Interesse für das gelebte Leben habe ihn abgehalten, den Weg rückwärts in die Zeiten zu gehn.

Der Russe fiel zustimmend ein, ohne zu merken, daß er unter dem gelebten Leben etwas anderes verstand. Er verstand darunter, in Moskau den Karawanenhandel mit Asien zu steigern und in Odessa Fabriken zu bauen. Großhändler nannte er sich und gab auch den Zweck seiner Reise nach Ägypten an – er wolle Mehemed Ali kennenlernen, der einer der größten Fabrikherren der Erde sei. Vielleicht ließen sich Abschlüsse für Baumwolle und Indigo machen. Was den Zucker betreffe, so sehe er nicht klar; man habe ihm gesagt, daß der vom Vizekönig erzeugte viel mehr als der auf dem Weltmarkt angebotene koste.

Als er hörte, wer Pückler war und daß er zum Vizekönig fuhr, fing sein unternehmendes Gemüt vollends Feuer und gestand, er reise Mehemed Ali nach. Die Barke habe er nur verlassen, um mit den Damen einen Blick auf die Pyramiden zu werfen. Er stellte sie vor, die eine sei Mme. Samorin, seine Frau, die andere ihre Freundin Alexandra Gornycka, von Geburt Polin, doch in Rußland erzogen und sein Mündel.

Bei diesem Namen horchte Jacques auf. Er erinnerte sich an den Brief, den auf Zakynthos Mrs. Dand von Grace in Sankt Petersburg erhalten hatte. So erkundigte er sich bei der jungen Dame, ob sie Grace Macpherson kenne. Sie sah ihn aus ihren schönen grauen Augen verwundert an. Als er erklärte, daß Grace seine Schwägerin sei, war sie bestürzt und bat ihn, ihr nochmals seinen Namen zu nennen, auf den sie bei der Vorstellung nicht geachtet hatte. Er nannte ihn. –

»Ich bin Marjas Kusine«, sagte sie und blickte ungläubig zu den Pyramiden hin. Der Fürst erriet, was sie dachte.

»Berge und Täler bleiben stehn, Menschen kommen zusammen«, sagte er, worauf ihn der unbekannte Deutsche aufmerksam ansah und das Wort auf arabisch wiederholte, mit einem fragenden Unterton, als wolle er feststellen, ob der Fürst diese Sprache kenne. Der Fürst zog den Schluß, daß er es mit einem Gelehrten zu tun habe. Insgeheim hatte er den Mann mit dem aristokratischen Kopf für einen deutschen Standesherrn gehalten, den ein romantisches Erlebnis oder eine byroneske Veranlagung bewogen habe, aus Europa fortzugehn.

Samorin machte ein langes Gesicht, als er erfuhr, daß es zu spät sei, um noch am gleichen Tag zum Schiff zurückzureiten. Außer zwei Wolldecken habe er nichts bei sich, meinte er. Sie genügten für die Damen, im übrigen könne er aushelfen, entgegnete der Fürst.

Als Nachtlager sollte eine Höhle dienen, die im Fundament einer längst zerstörten Pyramide lag. Die Beduinen wurden aufgefordert, nach Schlangen zu suchen, sagten aber, es seien keine in einem Raum, worin jede Nacht Menschen schliefen. Zum Überfluß witterte einer von ihnen mit der Nase hinein – ein Vorgang, den Pückler mit Interesse beobachtete. Er hatte schon von Eingeborenen gehört, die mit den Schlangen auf seltsam vertrautem Fuß lebten. Sie rochen die Tiere, und die Tiere sie, die eigens in dieser Absicht Schlangenfleisch aßen oder sich mit Schlangenfett einrieben.

Noch vor Sonnenuntergang wurde die größte Pyramide erklettert, von den Herren allein. Sie war fünfhundert Fuß hoch, es dauerte eine Viertelstunde, bis man oben war. Mehr als ein Dutzend ihresgleichen wuchs nun an der Grenze zwischen Grünland und Sandmeer auf, Phantome aus der Riesenechsenzeit. Man hatte ausgerechnet, daß die drei von Giseh allein an die fünf Millionen Kubikmeter Steine enthielten, genügend für eine Mauer quer durch Afrika. Von ihnen abgesehn, erblickte man nicht viel mehr als einen wogenden violetten Dunst.

Unten hatte inzwischen Frau Samorin ihren Picknickkorb geöffnet und auf Kamelmist, den die Beduinen zusammentrugen, Kaffee zu kochen versucht: es mißlang. Nach dem Abstieg öffnete der Fürst seine eigenen Vorräte, es befanden sich Holzbündelchen darunter. Der eßbaren Dinge waren so viele, daß auch die Beduinen mitschmausen konnten, sie lagerten sich abseits. Pückler schaute nach dem Fremden aus, den er nun für einen Arabisten hielt, stand wieder auf, ging zu ihm hin und bat ihn, am Mahl teilzunehmen.

»Ich habe Ihren Namen gehört«, sagte jener; »er ist mir nicht unbekannt, wenn Sie der Verfasser der Briefe eines Verstorbenen sind.«

»Ja, ich bin der Verstorbene«, erwiderte der Fürst.

»Sie haben Verständnis für das Incognito. Genügt der Name, den ich in Kairo führe – ich bin dort Monsieur Philo, ein Gelehrter aus Frankistan.«

»Ich sagte mir von Anfang an, daß Sie ein Mann von Bildung sind, schon das genügt«, erklärte der Fürst, der bei alltäglichen Menschen höflich, bei ungewöhnlichen ritterlich war, und stellte seinen Gast den Damen unter dem gewünschten Namen vor.

Die Sonne ging unter, die Sterne kamen heraus. Die Herren rauchten Zigarren, die Samorin anbot. Der Fürst zog den Tschibuk vor und kauerte dabei nach orientalischer Weise auf den gekreuzten Beinen. Der Mond stieg höher, die Pyramiden warfen kurze Schatten von heftigem Schwarz. Der Fürst verwies auf die tausend Schritte, die man nach dem Essen gehn soll, und Philo schloß sich an.

Pückler fragte ihn, ob er Mehemed Ali kenne. Philo erwiderte, er habe ihn nie gesehn, wohl aber dieser Tage die Aufforderung erhalten, dem Polizeichef einen Lebenslauf und einen Bericht über den Grund seines Aufenthaltes zu liefern.

»Ich führe den Entwurf meiner Antwort bei mir«, sagte er, »und ich bin Ihr Gast gewesen, Fürst. Ich werde Ihnen die zwei Seiten zum Lesen geben und darf darum bitten, sie vertraulich zu behandeln. Nicht, daß ich daheim etwas zu verbergen hätte – ich wünsche nur nicht, daß man dort erfährt, in welchem Teil der Welt ich mich aufhalte. Stände es in Cottas Allgemeiner, so wäre es mit dem Geheimnis aus.«

Der Fürst entgegnete, er sei allerdings Cottas Mitarbeiter, aber auch, immerhin, Gentleman. Darauf unterhielten sie sich über die Geschichte dieses Landes, dessen Anfänge so wuchtig vor ihnen standen. Geschichte löst die Gedanken und die Zunge, und dann fiel das Wort Tausendundeine Nacht. Es habe sein Leben bestimmt, gestand Philo, seit dem fernen Tag, an dem er zum erstenmal die für Kinder hergerichtete Auswahl las.

»Von vornherein«, sagte er, »waren es weniger die märchenhaften Geschehnisse, die mich hinrissen. Die Schilderung der Gärten bezauberte mich. Das mag Ihnen seltsam vorkommen, aber manchmal erfassen Kinder das Wesen einer Sache im Augenblick. Auch bei uns gibt es Gärten, aber nie wurden sie, wie bei den arabischen Völkern, der Brennpunkt, worin sich alle Traumkräfte der Seele vereinen. Ich meine die Träume vom Schönen, dem man in der Wirklichkeit nur für Minuten begegnet.«

»Ausgezeichnet«, erwiderte der Fürst. »Auch Hellas war nicht von Athleten und wandelnden Bronzen bevölkert. Die organisierte Gesundheit ist nützlich, aber restlos banal. Man hatte eine Idee vom vollkommenen Menschen, und sie schwebte in einer Gegenwelt. Platon war nicht zufällig Grieche . . .«

»Gewiß nicht«, bestätigte Philo. »Lassen Sie mich auf die Araber zurückkommen. Auch die schufen eine poetische Gegenwelt: zu der der Wüste, der Dürre, des leeren Raums – die Gärten, in denen das Wasser, die Blumen und die Vögel gleich köstlich sind. Setzen Sie nun in diese Gärten ebenso vollkommene, nämlich ganz junge, nach der süßen Umarmung lechzende Frauen und lassen Sie sie sich mit dem Liebhaber an Versen entzücken, die immer wieder die Prosaunterhaltung durchbrechen, so haben Sie alles zusammen, was die arabische Phantasie entflammt. Ist das klargestellt, so mögen Sie anmerken, daß die Gegenwelt nicht wie bei den christlichen Völkern der Metaphysik angehört, sondern als Idealfall der irdischen Möglichkeit gedacht ist. Blumen, Vögel, Frauen, Reime sind real.«

»Ausgezeichnet«, wiederholte der Fürst. »Immerhin, es gibt auch eine arabische Mystik.«

»Gewiß, aber nur in einem beschränkten Sinn. Sie löst niemals wie bei den Indern die Wirklichkeit auf. Unter Islamiten wird die Ekstase stets nur den Tatwillen und die sinnliche Glut verstärken. Hat sie den Höhepunkt erreicht, so greifen sie nach dem Schwert und nach den Genüssen, vor allem nach den Frauen. Ihrer Mystik fehlt das bräutliche Element, der Islam ist ja eine Männerreligion. Das Weibliche im Menschen kommt auf die Idee, sich mit der Gottheit vereinigen zu wollen.«

»Ist es Zufall, daß Sie sich Philo genannt haben?« fragte der Fürst. »Sie sind ein Philosoph.«

»Es ist kein Zufall, und doch liebe ich das Wort Philosoph nicht sehr, weil es mit dem Nebensinn der Weltfremdheit belastet ist.«

»Sie haben recht. Auch ich halte mich, wenn ich mit mir allein bin, für einen Philosophen, unter Leuten gäbe ich es nicht zu. Im übrigen, auch für mich bedeuten Gärten viel.«

»Wie meinen Sie das?«

Pückler überlegte, was er antworten sollte. Weit über Deutschland hinaus hatte er einen Ruf als Gartenschöpfer. Ohne Übertreibung durfte er behaupten, daß man ihn als den ersten Fachmann der Christenheit ansah. Philo wußte offenbar nichts davon, konnte er es ihm sagen? Man pries sich nicht selber an. So erzählte er nur, was er zu Muskau dem Sand der Lausitz schon abgerungen hatte und was er nach der Heimkehr noch tun wolle. Sie gingen lange am Rande zweier Pyramiden auf und ab.

66

Die Beduinen mochten sich über die Gesprächigkeit der Franken wundern. Auch zwischen Alexandra und Jacques flogen die Worte hin und her. Sie fragte nach Marja, nach Maslin, nach Nikolaus, und er erzählte.

Sie lagen ein wenig abseits vom Eingang der Schlafhöhle; jeder war in eine Decke gehüllt und hatte ein Luftkissen unter dem Kopf. An zwei Stangen hingen Laternen aus Leinenstoff. Jacques hörte die Stimme, die für eine blonde Frau überraschend dunkel war. Den Mund sah er nicht mehr – es sei denn, daß er sich zur Seite drehte und auch im Mondlicht feststellte, daß er ein aus Kraft und Zartheit gebauter Liebesbogen war.

Hunderttausend schöne Tänzerinnen, eine Million bezaubernder Sklavinnen, Hekatomben von Mädchen mit Wasserkrügen auf der Schulter, von Priesterinnen mit wallenden Gewändern und von gebärenden Frauen waren durch dieses Land gegangen – ein Zug, der aus der rückwärtigen Ferne in die vorwärts gerichtete schritt, Körper an Körper, einer jünger und berückender als der andere. Aber wenn ein Mann aus dem Abendland eine unter ihnen aussuchte, um sie mit seinen Gedanken zu umspielen, verlieh er ihr seelische Eigenschaften, nur so verlieh er ihr einen Wert.

Der Pariser in ihm und der Mediziner widerstrebten; die junge Weisheit, der Zynismus der dreiundzwanzig Jahre am Ende auch. Getauft hatte man ihn katholisch, unterrichtet protestantisch, und zu Paris war er, mit dem Titel, zum Bekenntnis der Legitimisten zurückgekehrt, ohne freilich glauben zu können. Die Seele für selbständig zu halten fällt einem Arzt schwer, denn er weiß nicht, wo er sie in den sezierten Leibern zu suchen hat. Oft wollte es ihm allerdings scheinen, es sei plump, nur das für möglich zu halten, was sich dem Messer offenbart, und die derbe Selbstgewißheit mancher Lehrer nötigte ihm ein spöttisches Lächeln ab.

Er dachte an die kleine Anastasia, die kindlich glühend von der Unverlierbarkeit ihrer jungen Seele überzeugt gewesen war und ohne dieses Letzte, das auch der heißeste Sündenfall ihr nicht nehmen konnte, ihm nicht soviel Süßes gegeben hätte. Er richtete sich auf dem Ellenbogen auf und fragte Alexandra, ob sie orthodox sei.

Nein, sie sei als Polin katholisch getauft und auch später in Sankt Petersburg dem Glauben treu geblieben, erwiderte sie. Er dachte nach – dann war sie in ihrem Herzen auch nie Russin geworden, im Osten trennte die Religion wohl noch? Leidenschaftlich bestätigte sie die Vermutung, und er billigte es. Irgendeine Einsicht, die er im Faubourg Saint-Germain gewonnen hatte, sagte ihm, daß es Frauen gut anstehe, ihren Gott zu haben. Ärmer machte es sie nicht, es machte sie reicher und vermehrte ihre Gefühlsstärke um den dunklen, den schwingenden Akkord.

Er erinnerte sich, daß Marja nach der Verheiratung mit Maslin vom Zaren auf dem Gnadenweg einen Teil ihres Geldes zurückerhalten hatte, und fragte, ob Alexandra, da sie in Rußland geblieben war, für die Verschwörung ihrer Vettern büßen mußte.

Nichts dergleichen war geschehn, das Vermögen der Verwandten war verfallen, ihr Anteil aber nicht angetastet worden. Er zog den

Schluß daraus, daß sie bei den Samorins keine abhängige Stellung einnahm. Gewiß nicht, erwiderte Alexandra, Samorin sei ihr Vormund und habe sie als Begleiterin seiner Frau auf die Reise mitgenommen, doch fühle sie sich nicht befriedigt und werde in Kairo versuchen, im französischen oder englischen Krankenhaus anzukommen.

»Als was?« erkundigte er sich.

»Als Gehilfin, ich habe die Krankenpflege gelernt, nicht ohne Widerstand.«

»Ich könnte Ihnen vielleicht behilflich sein.«

»Wirklich?« fragte sie.

»Nun ja, ich meine auch nicht mich, sondern den Fürsten, Doktor Koch, Clot Pascha und die zwanzig anderen Franzosen, die alles zu sagen haben. Der Fürst kann Ihnen jede Beziehung herstellen, sogar die zum Vizekönig, den wir dieser Tage sehn.«

»Und Sie selber, sind Sie nur Tourist oder suchen Sie auch eine Anstellung in Ägypten?«

»Ich weiß es noch nicht.«

»Was sind Sie?«

»Frauenarzt.«

»Oh.«

»Das ist ein vieldeutiger Ausruf. Was dachten Sie dabei?«

»Daß Sie nicht so ernst aussehn, wie man sich einen Frauenarzt denkt. Ein wenig sehn Sie wie ein Londoner Dandy aus.«

Es traf ihn aus irgendeinem Grund, doch sagte er tapfer:

»Ein wenig, das ist erlaubt. Erst das Zuviel würde unstatthaft sein.«

»Es klingt, als wäre der Dandysmus eine Lehre. Ist er das?«

»Ohne Zweifel, eine Lehre, wie sich ein Mann von Geist zu verhalten hat.«

»Ein Mann von Geist? Ich dachte, es sei eine Anweisung, wie man sich kleiden soll.«

»Eine Verwechslung. Was Sie meinen, ist ein Geck.«

»Sagen Sie mir um Himmels willen, was man unter einem Dandy verstehn muß«, bat sie, und wenn er das Lächeln nicht sah, so hörte er es doch aus ihrer Stimme.

»Die Pyramiden und die Wüste sind nicht der richtige Ort. Lassen Sie uns eine günstigere Gelegenheit abwarten.«

»Sie glauben, daß wir uns noch öfter sehn?«

»Ich hoffe es.«

»Und ich zweifle daran«, erwiderte sie. »Wie ich gehört habe, werden Sie bis zum Sudan fahren – wir kehren schon in Siut um.«

»Vielleicht finden Sie wirklich etwas in Kairo, und wenn ich dahin zurückkehre, treffe ich Sie an. Sollte ich mich entschließen, dort zu bleiben, so ist es denkbar, daß wir im gleichen Spital zusammenarbeiten. Unter Umständen kann es auch meine eigene Praxis sein. Sie wissen, ein Frauenarzt ist mehr als jeder andere auf eine Assistentin angewiesen?«

»Weshalb mehr?«

»Es liegt in der Natur der Sache. Er bleibt mit einer Besucherin nie allein.«

Sie stand auf. Was er sagte, war ihr zu intim. Er dachte, an diesem Abend habe er wenig Glück bei ihr gehabt, und es ärgerte ihn. Während der Nacht ruhte sie zwischen dem Vormund und Frau Samorin.

Die Araber hatten sich Schlafstätten in Sand gehöhlt. Im Westen bellte der Schakal, der Wüstenhund. Jacques stand als erster auf und wusch sich im Eimer, der gleich den Laternen aus Leinen war. Nach einer Weile tat Fräulein Alexandra das gleiche. Er hielt sich zurück und sprach sie nicht an. Unbefangen kam sie auf ihn zu und erkundigte sich, wie er geschlafen habe.

»Gut, bis auf den Zank, den ich im Traum mit Ihnen hatte«, entgegnete er.

»Auch ich stritt mich im Traum.«

»Mit einem Dandy?«

»O nein, mit meiner Freundin Macpherson.«

»Wie haben Sie Grace kennengelernt?«

»Marja schrieb mir, ich solle sie grüßen.«

»Und was haben Sie geträumt?«

»Das hieße, eine Indiskretion begehn.«

»Betrifft sie jemand, der Erwin heißt?«

»Sie wissen?«

»Ein wenig. Was für ein Mann ist dieser Macpherson?«

»Ein Spieler und Trinker«, sagte sie.

»Grace wird eines Tages Erwin heiraten.«

»Vielleicht. Wenn Macpherson sich zu Tode trinkt.«

»Weshalb erst dann? Es gibt auch die Scheidung.«

»Die Ehe ist ein Sakrament.«

Im Osten lichtete die erste Helle die schwarze Wand. Jacques sagte, er wolle den Sonnenaufgang auf der Pyramide ansehn. Alexandra erklärte, sie werde nicht verzichten, nur weil sie eine Frau sei, und vertraute auf das Reitkostüm. Er kletterte voran, reichte ihr von jedem Absatz die Hand. Als sie höher kamen, wurde ihm Angst für sie und er fragte, ob ihr nicht schwindlig sei. In der Tat, sie kamen nicht weit, die Steine waren hoch. Die Sonne hob sich über das Tal des Nils, über ein weißes, regungsloses Nebelmeer. Die Wüste dahinter war violett, die Sandhügel in ihr schienen erstarrte Wogen zu sein. Der Nebel geriet in Bewegung, das Grün um den Nilstreifen schimmerte hindurch. Die Gegend, wo Kairo lag, deuteten zuerst Palmengruppen, dann die Minaretts selber an. Der Abstieg war beschwerlich genug. Jacques ging wieder voran. Sie stützte sich auf seine Schultern und sank ihm jedesmal an die Brust, es konnte nicht anders sein.

Inzwischen gab Philo dem Fürsten die zwei Seiten zu lesen, die seine Lebensumstände enthielten. Er entstammte der fränkischen Reichsritterschaft, hatte in Wien Arabistik studiert, in Würzburg Vorlesungen gehalten, seine Frau und die einzige Tochter verloren, zuletzt eine Äußerung über die politische Wandlung König Ludwigs gemacht und, als davon die Rede war, daß er vor seinem Bild Abbitte tun müsse, kurzerhand den Abschied genommen. In Kairo wünschte er nicht die geringste Rolle zu spielen, nur seiner Muße zu leben, unter einem gleichgültigen Namen. Nicht einmal die letzten Mitglieder seiner aussterbenden Familie wußten, wo er sich befand.

Pückler war der Meinung, die Geschichte mit dem Bild werde besser fortgelassen. Ein orientalischer Despot habe noch weniger als ein deutscher König Verständnis für die Abneigungen eines freien Mannes.

»Es war ein rein inneres Motiv«, sagte er, »zu einem ausgesprochenen Zusammenstoß ist es nicht gekommen, Sie haben aus eigenem Entschluß den Abschied genommen, das genügt.«

»Sie haben recht, aber der Lebenslauf würde noch kürzer werden, und allzu große Knappheit streift, einem Herrscher gegenüber, die Unhöflichkeit«, erwiderte Philo.

»Mein Gott, sagen Sie doch, Sie hätten sich danach gesehnt, Ihr Arbeitsgebiet, die arabische Welt, durch den Augenschein kennenzulernen. Sie wollten zum Beispiel Handschriften an Ort und Stelle studieren und Umgang mit den geistlichen Gelehrten der Kairoter Universität pflegen, was jedenfalls der Wahrheit entspricht?«

»Nicht ganz, zum mindesten nicht im Augenblick. Die gelehrten Fragen sind mir entrückt. Andere, zu denen man keine Handschriften braucht, allgemeine Lebensfragen, ziehn mich mehr an, und ich schreibe nur für mich. Wenn Sie wollen, bin ich ein Mann, der die wunderbare Gelegenheit, an Ort und Stelle seine Studien zu vertiefen, nicht benutzt.«

»Weil ihm Zweifel am Wert der gelehrten Existenz kamen?«

»Es läßt sich so ausdrücken. Eines Tages entdeckte man, daß die Gelehrsamkeit einseitig macht ...«

»Das ist das alte Ritterblut«, erklärte Pückler überzeugt. Er setzte auseinander, daß auch ein Mensch aus ihren Kreisen ins Geistige gedrängt werden könne, aber in einen Bücherwurm verwandle er sich nicht, und wie seine Vorfahren der Trieb nach der Freiheit zu Männern der Tat gemacht habe, so suche er mit Hilfe des Geistes die gleiche Unabhängigkeit. Und da ihm, Pückler, daran lag, sich zu rechtfertigen, sagte er unter Aristokraten, sie hätten beide von der Enge der Heimat an die Welt appelliert – wer Abstand nehme, sei Aristokrat.

Die Zahl der Beduinen hatte sich um einen vermehrt. Es war ein idealer Herkules, der nichts dagegen hatte, die Prächte seiner Glieder dem Fürsten zu enthüllen, was er aus Rücksicht auf die Damen im Innern einer Pyramide, beim Schwirren der Fledermäuse und bei Fackelschein tat. Der Fürst schlug diesem Adonis der Muskelmänner vor, bei ihm Dienst zu nehmen. Da es sich um einen wohlhabenden Mann handelte, und einen verheirateten dazu, mußte ihm ein hoher Lohn bewilligt werden. Den für den ersten Monat verlangte er sofort.

Philo kehrte nach Kairo zurück, die beiden Gesellschaften brachen auf, sahn andere Pyramiden, auch die Reste von Memphis an, und erreichten am Abend, als die Wüste weit hinaus rosig erglühte, die Dämme, die über das überschwemmte Uferland zum Nil führten. Hier warteten die drei Barken, deren eine den Samorins gehörte. Am Fallreep der vordersten stand Ajiameh. Sie empfing den Herrn mit einem Handkuß, und er sah danach, wie sehr seine Räume an Sauberkeit gewonnen hatten.

Die Schiffe setzten die Fahrt alsbald fort. Nach einer von Wind durchwehten Nacht erblickten die Reisenden im Glanz der Morgensonne die südlichste der Pyramiden, die von Meidun. Der Wind hielt während der nächsten Tage an, es waren die letzten des Februar. Wenn Jacques rückwärts schaute, erblickte er auf dem Verdeck Alexandra, die unter dem Schutzdach las. Seine Stimme war stark genug, um ihr die Frage nach dem Autor zuzutragen. Die Antwort zerflatterte, und er mußte bis zum nächsten Aufenthalt warten, um zu erfahren, daß die Promessi Sposi Manzonis sie gefangen nahmen, eine Liebesgeschichte mit der Pest als Hintergrund.

Wenn er sein eigenes Verdeck überblickte, bot sich gelegentlich und nun verschleiert Ajiameh, die junge Venus aus Abessinien, dem Auge dar. Bald schälte sie dem Fürsten eine Orange, bald rührte sie für Jacques einen Obstsaft mit Zucker an, bald nahm sie selber eine ihrer ätherischen Mahlzeiten. Eine Frucht zum Morgen, ein wenig Milchreis und Brot am Mittag und das gleiche am Abend, das genügte ihr.

Fleisch kam nie über ihre Lippen, und so wenig sie auch aß, so führte sie doch jedesmal die religiösen Waschungen aufs sorgsamste aus. Natürlich tat sie es in der Kabine, wo ihre Nische war. Doch der Fürst berichtete darüber, und er wußte auch zu melden, daß sie die wahrhaft blendenden Zähne mit einer Wurzel abrieb.

Seltsam genug, auf dem Sklavenmarkt hatte sie sich nackt jedem Blick preisgeben müssen, jetzt achtete sie züchtiger als eine spanische Nonne auf die Wohlanständigkeit. Der Fürst vermutete, für jede Frau, von welcher Rasse immer, habe alles, Tracht, Kostüm, Frisur und Gehaben im Grunde denselben Wert wie die Requisiten für die Schauspielerin – sie seien Anweisungen, wie man sich auf der Bühne des Tages jeweils zu benehmen hat.

»Denn mitspielen muß man«, sagte er, »eine Rolle wird verlangt. Jede Frau brennt danach, aufzutreten und dabeizusein. Ihre erste Frage wird lauten: Wo, wer und wann? Weiß sie das, so weiß sie nicht nur, was sie anziehn soll, sondern auch, welche Miene oder Unterhaltung nötig ist, kurzum, wie sie jede Einzelheit ordnen wird. Gibt es in der Geschichte der Musik weibliche Komponisten? Ich wüßte nicht. Aber jede Frau, der man die nötige Muße und das nötige Geld gewährt, wird ihren Tag bis ins Letzte orchestrieren – es klingt ihr immer ein Andante oder ein Tanzmotiv, ein Lyrismus aus der Pastorale oder ein Tubastoß aus der Eroica ins Gemüt. Ich bin überzeugt: ein Hütchen mit künstlichen Schlüsselblumen garnieren gibt ihr dasselbe Entzücken, das ein Mann empfindet, wenn er weiß, Beethoven male an dieser oder jener Stelle Wald oder Bach.«

Jacques lachte amüsiert. Wie der Schüler im Faust konnte man immer etwas beim Alten lernen, und manchmal schaute auch der Pferdefuß heraus.

»Wir haben nichts zu tun«, sagte er bei einem Besuch auf der Barke zu Alexandra, »wir belauschen Ajiameh, indem wir festsetzen, sie sei die Frau an sich, und nun beobachten, was für eine Entwicklung ihr Charakter nimmt.«

»Gewiß ist sie sehr naiv«, meinte Alexandra, »Sie aber machen witzige, wenn nicht gar spöttische Bemerkungen darüber – nobel scheint mir das nicht zu sein.«

»Wir sind etwas besser, als Sie annehmen«, verteidigte sich Jacques. »Wir lächeln wohl, aber wir spotten nicht – daran hindert uns das Bewußtsein, daß wir der Natur selbst beiwohnen.«

»Und was haben Sie festgestellt?«

»Daß Ajiameh unzufrieden zu werden beginnt. Sie ist launisch, sie schmollt, sie fegt plötzlich übers Deck, zieht sich sofort zurück, um im nächsten Augenblick unter einem Vorwand abermals zu erscheinen.«

»Beachtet sie der Fürst nicht genug?«

»Sehn Sie«, sagte Jacques, »Sie haben den springenden Punkt sogleich erfaßt, sind selber eine Frau. Ajiameh denkt ganz einfach, daß sie vernachlässigt wird.«

»Spricht er nicht mit ihr?«

»Er kennt ihre Sprache nicht, sie nicht die hier üblichen. Aber wir bemühn uns beide, ihr einige französische Brocken beizubringen. Das also ist es nicht.«

»Sondern?«

»Wie mache ich es einer europäischen Dame klar? Lassen Sie es mich aufs einfachste sagen: Ajiameh fühlt sich verschmäht. Sie müssen bedenken, was sie ist, ein Naturkind, das daheim schon einem Mann übergeben worden wäre, und eine Sklavin, die von der weiblichen Bestimmung die deutlichste Vorstellung hat. Kurzum, der Fürst schont sie mit der Galanterie eines Troubadours, und sie begreift nicht, weshalb er das tut. Sie findet, vermutlich, keine andere Erklärung, als daß sie häßlich und überflüssig sei.«

»Und wie benimmt er sich nun, nachdem sie schmollt?«

»Wie ein Mann, der in so primitiven Dingen Bescheid weiß. Gestern schleuderte sie ein Armband, das er ihr reichte, über Bord, worauf er sie nicht mehr beachtete. Das beleidigte sie so tief, daß sie heute morgen in der Badekabine blieb, hoffend, er werde sie vermissen. Er drehte einfach den Schlüssel um und zog ihn ab. Die Fortsetzung werde ich Ihnen morgen erzählen – darf ich hoffen, daß Sie Ihren Abendspaziergang am Ufer wieder mit mir machen?«

Am nächsten Tag hatte er weniger über Ajiameh als über den Herkules zu berichten. Herkules war träge, er war faul, und wenn er sich einen Vormittag lang geweigert hatte, das Geringste zu tun, aß er so viel wie die übrige Mannschaft zusammen.

»Heute hat ihm der Fürst gekündigt und ihn aufgefordert, sofort von Bord zu gehn«, sagte Jacques. »Drohend ließ er seine Muskelbündel spielen, aber der schmächtige Kawasse machte ihn im Handumdrehn zahm – er gab einfach zu bedenken, daß der Vizekönig ihm zwanzig Hiebe auf die Fußsohlen verschreiben werde. Herkules schnürte sein Bündel, er zahlte sogar aus eigenen Stücken den größeren Teil des Monatslohnes zurück, und dieser Stolz gefiel dem Fürsten so gut, daß er ihn beinahe doch behalten hätte.«

»Und Ajiameh?« fragte Alexandra.

»Ist immer noch in der Badekabine eingesperrt. Man stellt ihr die Nahrung ins Fensterchen, sie rührt nichts an und spricht kein Wort, obwohl sie das reizende Silberstimmchen hat. Der Fürst wartet nur darauf, daß sie damit nach ihm ruft. Morgen Fortsetzung und vermutlich Schluß.«

Alexandra erklärte, sie wisse nicht, was sie dazu sagen solle. Es war nicht schwer, ihre Gedanken zu erraten. Als Frau nahm sie Partei für ein Mitglied ihres Geschlechtes und fand es empörend, daß man den Willen der Kleinen brach. Andererseits ahnte sie vom Orient genug, um die schonende Haltung des Fürsten geduldig zu nennen. Sie erkundigte sich, welche Rechte eine Sklavin besaß.

Rechte? Sie besaß keine. Sie war den Launen ihres Herrn völlig ausgeliefert. Statt Launen hätte er ebensogut Begierden sagen können, denn daran dachte Alexandra wohl. Wenn ihr Herr sie an einen anderen verkaufte, mußte sie dem zu Willen sein. Meist war die Sklavin ein halbes Kind, meist der Gebieter ein alter Mann – besser, man überlegte gar nicht, was alles in diesen verschlossenen Häusern vor sich ging.

67

In der nächsten Nacht begann Ajiameh um Erlösung zu bitten. Der Fürst ließ sie noch ein paar Stunden warten, dann schloß er die Kabine auf. Verweint und lieblich, verführerisch drapiert, setzte sie die nackten Zehen auf den Teppich, folgte langsam mit dem andern Bein nach und drückte, indem sie sich niederwarf, ihre Stirn auf die Füße des Herrn.

Der Fürst erzählte es Jacques und Jacques getreulich Alexandra, die er jeden Nachmittag besuchte, während die Samorins Pückler auf seiner Barke Gesellschaft leisteten. Das braune Sonnensegel, unter dem Alexandra saß, gab ihrem jungen Gesicht den Ton von Pfirsichen, die im Schutz der Blätter gelassen reifen. Da sie nun nachzudunkeln begann, hätte man sie für eines der Mädchen aus der Campagna halten können, die zu Paris in keiner Ausstellung fehlten.

»Die arme Ajiameh«, sagte Alexandra. »Es ist nicht recht, daß wir die intimsten Regungen ihres Herzens unter die Lupe nehmen.«

Jacques widersprach:

»Wenn Europäer in fremde Länder kommen, laufen sie immer Gefahr, zu empfindsam zu urteilen«, meinte er. »Daß Ajiameh von einem Sklavenhändler geraubt worden ist, mag traurig sein, aber am Ende haben ihre eigenen Leute sie für ein paar Mariatheresientaler verkauft. So oder so, uns geht das nichts an – Sie, Alexandra, geht es nichts an. Man soll nie vergessen, daß das Leben keine sanfte Angelegenheit ist. Die Ajiameh, mit der wir zu tun haben, traf es nicht schlecht – darüber hinaus zu denken, ist sentimental.«

Es tat ihm wohl, ihrer Meinung seine eigene entgegenzusetzen.

Ein junger Mann von Dreiundzwanzig behauptet sich schwer vor einem Mädchen, das nur ein Jahr jünger ist, und seitdem sie gesagt hatte, er sähe nicht wie jemand aus, der sich schon Frauenarzt nenne, war ihm, als habe er Gelände verloren – so eroberte er es nun Schritt um Schritt zurück.

»Nach den religiösen Waschungen zu schließen, ist sie Mohammedanerin?« fragte Alexandra.

»Wir wissen es nicht. Möglich wäre auch, daß sie die Waschungen beim Sklavenhändler gelernt hat. Soviel mir bekannt ist, sind die Abessinier Kopten, eine Art Christen – sogar Christen waschen sich, vielleicht, in heißen Ländern.«

»Sie sind ein Spötter. Die Russen bekreuzigen sich, wenn sie an die Pariser denken.«

»Ich fürchte, daß es nicht nur die Russen so halten«, erwiderte er lachend. Doch Alexandra ging auf diesen Ton nicht ein.

»Glauben Sie, daß der Fürst mir erlauben würde, mich ein wenig mit ihr abzugeben?« erkundigte sie sich.

»Ohne Zweifel. Aber wenn Sie die Absicht haben, sie zu bekehren, würde ich es ihm verschweigen.«

»Weshalb?«

»Weil es ihm viel besser gefällt, eine mohammedanische Sklavin zu haben. Er ist natürlich, und es wäre ihm nicht recht, wenn man ein so natürliches Geschöpf sich selbst entfremdete.«

Das Nilbett lag tief, vom Verdeck sah man nicht mehr als einen Schimmer des Grüns, das den fruchtbaren Boden überzog. Und als der März begann, versengte die glühende Sonne schon den Smaragd. Man kam langsam voran, zu Lande wäre es viel schneller als stromaufwärts gegangen.

Der erste Kamsin, der Wüstenföhn, der alles in Staub einhüllte, zwang die Barken, neben einem Zuckerrohrfeld liegen zu bleiben. Die Fabrik, die die Pflanzen verarbeitete, stand unfern. Fingerdick häufte sich der Sand; auf dem Verdeck der Kajüte bildete er einen Überzug, trotzdem die Fenster geschlossen waren. In alle Töpfe drang er ein.

Den ganzen Tag lag Jacques apathisch hingestreckt. Die unerträglichste Begleiterscheinung des Föhns war die Gier. Die Willensfreiheit schien aufgehoben zu sein, der Körper vergewaltigte die Gedanken und machte, daß sie um eine einzige Vorstellung kreisten, die Vereinigung mit dem erstbesten Weib, das keine anderen Eigenschaften zu besitzen brauchte, als die, ein Weib zu sein.

Er wollte in diesem Zustand nicht zu Alexandra gehn. Es hätte ihn eine ungeheure Anstrengung gekostet, in ihr die Europäerin zu achten und nicht zu denken, daß auch ihre seelenhaftere Sinnlichkeit zuletzt nur etwas Überdecktes sei – unter der Glut der Wüste schmelze es dahin.

Erst gegen Abend verließ er die Barke des Fürsten, um sich zu der Samorinschen durchzukämpfen. Auch in der Kabine Alexandras war alles hermetisch abgedichtet. Er prallte zurück, es schien ihm, aus einem Backofen komme er in die Hölle selbst. Alexandra betupfte ihre entzündeten Augen mit Wasser, und da seine eigenen noch schlimmer daran waren, so nahm sie sich auch ihrer an. Er mußte sich setzen, sie stand in dieser aufstrebenden Schlankheit vor ihm. Ihre Brust atmete leise in Höhe seiner Augen. Zart in den Umrissen, gab sie zärtliche Vorstellungen ein. Er dachte, daß das Zärtliche und das Schlanke ein und dasselbe seien.

Die Hände, die seine Lider kühlten, linderten die Spannung, die noch immer an ihm zerrte. In diesem Augenblick stürzte Frau Samorin herein, ließ sich auf einen Stuhl sinken und stammelte, der Page des Fürsten sei im Nil ertrunken, sie habe es selbst gesehn.

Jacques eilte aufs Verdeck, und Alexandra folgte ihm. Sie sahn einen Tarbusch abwärts treiben und drei Araber, denen der Fürst eine Belohnung verhieß, nachsetzen. Aber der Nil gab Jannis nicht mehr heraus. Frau Samorin allein konnte sagen, was geschehen war. Jannis hatte beim Sprung von der Barke Kochs zu der des Fürsten zu kurz gezielt, den Kopf an der Kette verletzt und sich nach dem Sturz ins Wasser nicht mehr gezeigt.

Mit Jannis waren auch die Pfeifen des Fürsten und die Bernsteinspitze, die der Page in einer Kapsel bei sich trug, untergegangen. Die Matrosen nahmen den Unglücksfall gleichmütig hin. Der Kapitän erklärte dem Dragoman mit geheimnisvoller Miene, jetzt dürfe man einer guten Reise sicher sein, nachdem der Nil sich sein Opfer geholt habe. Das Suchen mit Stangen wurde aufgegeben. Das Schiff lag noch immer still. Die Matrosen hatten nichts zu tun. Sie sangen, auf ihren Beinen kauernd, dieselbe Folge von Tönen stundenlang. Aber in der Nacht entwickelte sich eine gespenstige Szene, als der Geist der heulenden Derwische über die Mannschaft kam.

Der Wind, der in glühenden Stößen aus der Wüste vorbrach, trieb Staubwolken über den Fluß, die Nebeln glichen und wie sie die Sterne bald freigaben, bald verhüllten. In diesem ungewissen Licht erblickte Jacques, der aufs Verdeck kroch, sechs dunkle Gestalten, die sich von der Uferlinie nur dadurch abhoben, daß sie in einem wilden, indianerhaften Tanz hochschnellten. Sie umhüpften einen Siebten, den Heiligen, der nackt war und die Litanei anstimmte. Sie aber stießen so unbeschreiblich tierhafte Laute aus, daß auch die Samorindamen entsetzt aus der Kajüte eilten. Jacques hörte sie sprechen, er rief ihnen zu. Alexandra gab Antwort:

»Jacques, sagen Sie um Himmel's willen, ob wir etwas zu fürchten haben.«

Es war das erste Mal, daß sie ihn bei seinem Namen nannte. Er erwiderte, gleich werde er bei ihnen sein. Er fand zu der Planke, die bereit lag und die zu benutzen Jannis unterlassen hatte, schob sie vor und setzte sein Leben aufs Spiel, indem er in der Finsternis hinüberrutschte.

Alexandra stand zitternd am andern Ende, als sei sie das Mädchen, das den Geliebten erwartet, der für sie das Gefährlichste wagt. Sie tastete nach ihm, er richtete sich auf, und dann, ohne zu wissen, wie es kam, lag sie in seinen Armen. Liebe muß, wie die Musik, romantisch sein, und diese afrikanische Nacht mit Urweltlauten hätte Shakespeare gefallen. Selbst noch ihr Atem, der glühende, sann Mord.

In der Angst hatte Alexandra nicht bedacht, wie dünn sie angezogen war. Er fühlte den Körper, der alles besaß, was Jugend geben kann, das Warme, das Schlanke, das Schwellende, den Duft. Die Bootspitze, auf der sie standen, schwankte, aber ihm war es die Entrückung in die Leidenschaft, die er noch nie für eine Frau empfunden hatte. Es gab sie; sie brannte Mund an Mund und war ein glühender Vorsatz zu allem, was wahr und großmütig ist.

Frau Samorin rief nach Alexandra, die sich von Jacques jäh losriß. Die Tanzenden, die Taumelnden riefen immer dasselbe Wort, das wie Ajuhm klang, bis einer nach dem anderen erschöpft niedersank. In diesem Zustand hinweggerafft zu werden galt als Verdienst und Glück. Die Damen gingen unter Deck, und Jacques kroch auf der Planke zu seiner Barke.

Als er am nächsten Tag Alexandra wiedersah, hüllte sie sich in den Mantel der Zurückhaltung. Er zweifelte nicht einen Augenblick daß es nur der der Verschwiegenheit sei, für die andern, nicht für ihn bestimmt. Wie er sie in der Nacht gekannt hatte, so mußte er sie fortan sehn, ein von den starken Empfindungen erregtes Geschöpf, ob es nun die heißen oder die frommen waren – die frommen störten nicht. Wenn er sie anblickte, war ihm, als höre er Musik, die leisen Geigen, die süßen Flöten, den harfenden Akkord. Um ihre Flechten zu lösen, das Kupfernatternnest, hätte er alles gewagt.

Auch an diesem Tag lag man noch fest. Dann, gegen Morgen in der darauffolgenden Nacht, kamen die Dinge in Bewegung. Der Kamsin schlug um, ward zum Sturm aus Norden, der die Segel füllte und in der Fahrtrichtung blies. Auf Fittichen flogen sie dahin, vorbei am Vogelgebirge, das auf seiner letzten Klippe ein koptisches Kloster trug. Ungläubig sahn sie, wie ein Trupp von Mönchen, zehn an der Zahl, daraus hervorbrach, die Abhänge mehr abstürzte als überkletterte, dann in den aufgepeitschten Strom sprang, um gleich Fischen den Barken nachzuschwimmen und Almosen einzusammeln. Der Fürst befahl zu halten und beschenkte sie.

Auf die Feuerglut des Kamsin folgte eine Kühle, die nach Tuchkleidern greifen ließ. Jacques sah, daß zwischen dem Fürsten und Ajiameh sich etwas geändert hatte. Das Naturkind konnte es nicht verbergen, doch galt das nach seinen Beobachtungen auch von den zivilisierten Frauen. Wenn sie befriedigt wurden, blühten sie auf; die seelische Beglückung verwandelte sich in einen körperlichen Stoff, der alle Zellen durchdrang – oder umgekehrt. Er nahm an, daß der Kamsin auch diese beiden zueinander getrieben hatte, in einer ursprünglicheren und einfacheren Form, als Alexandra und ihm gestattet war.

Diesen Abschluß der Geschichte enthielt er ihr vor. Es war Frau Samorin, die nicht für sich bewahrte, was sie gelegentlich einer Teestunde beim Fürsten mit ihren erfahrenen Augen sah. Sie war töricht genug, sich zu entrüsten, und erklärte Alexandra, sie dürfe keinen Fuß mehr auf die andere Barke setzen. Jacques entgegnete spöttisch, er rate Alexandra, sich an die Vorschrift zu halten, die auch am Nil die beste sei – was nicht ausgesprochen werde, das existiere nicht, und als die schützende Gottheit der Zivilisierten walte der Schein.

Endlich gingen die Barken vor Siut vor Anker. Der Ort selbst lag eine halbe Stunde landeinwärts im reichsten Grün. Er war die Hauptstadt der fruchtbaren oberägyptischen Provinzen. Pückler ließ dem Vizekönig seine und Doktor Kochs Ankunft melden. Auch Samorin zu erwähnen, lehnte er ab. Er riet ihm, die Bitte um eine Audienz schriftlich einzureichen. Nach einer Weile traf ein Bey mit Pferden und Dienern ein. Der Vizekönig sei im Begriff gewesen, Siut zu verlassen, werde aber um des Fürsten willen zwei Tage hinzugeben, erklärte er. Pückler folgte ihm, das Gesuch des Russen ging mit. Jacques mußte an Bord bleiben und war nicht dabei, als eine Compagnie Soldaten dem Fürsten bei klingendem Spiel die Ehren erwies. Der Fürst kehrte entzückt zurück; ein kluger Mann aus der Gattung der aufgeklärten Tyrannen hatte es ihm von neuem angetan. Jacques erfuhr, daß er Mehemed Ali am nächsten Tag vorgestellt werde, Samorin müsse sich gedulden.

Mehemed Ali wohnte in einem Gebäude am Rand der Stadt. Jacques erblickte einen kleinen Greis, der lebhaft und rüstig aussah. Er durfte an einem Rundgang durch die Gärten teilnehmen. Der Dragoman hatte eine Reihe von Fragen des Vizekönigs zu übersetzen. Sie betrafen das medizinische Studium in Paris.

Das Frühstück nahm Jacques mit Doktor Koch. Der Fürst speiste bei Mehemed Ali, nicht wie in Kairo nach orientalischer Art, sondern nach französischer, mit der Gabel. Den getrüffelten Truthahn mußte der Fürst selbst zerlegen. Der Vizekönig gestand lachend, daß er zu lernen wünsche. Man reichte Château-Margaux dazu.

Zum Kaffee waren Koch und Jacques befohlen. Ein Regent wird mit Fremden immer von seinen Plänen zur Hebung des Wohlstandes und des Fortschritts reden. Der Enthusiasmus Pücklers für die antiken Denkmäler sagte ihm nichts. Pyramiden, Tempel, Inschriften, Fresken – welchen Nutzen haben sie? Der Fürst wagte von dem Bedauern zu sprechen, das er jüngst empfand, als er feststellen mußte, daß man die Zuckerfabrik mitten in die Ruinen zweier griechischer Städte gelegt und die Steine durch die Sprengung von völlig erhaltenen Portiken gewonnen hatte.

Der Vizekönig zog die Brauen zusammen. Der Fürst lobte ihn, weil er die Dämme und Straßen mit Bäumen bepflanzen ließ. Jetzt nickte er befriedigt – die Bäume gaben den Reisenden Schatten, also hatten sie ein Lebensrecht. Er verstand, daß man ausstieg, um eine Moschee und das Bad anzusehn, das ihr die Einkünfte brachte; nicht aber, um ausgegrabene Sarkophage zu besichtigen. Giseh interessierte ihn gar nicht, wohl aber Abu Zabel. Die Herren waren in Abu Zabel gewesen, welchen Eindruck hatten sie von der Medizinischen Anstalt?

Jacques sagte, die arabischen Hebammenschülerinnen schienen ihm wißbegieriger als die Pariser zu sein, und eine besser eingerichtete Apotheke habe er auch in Europa nicht getroffen. Diese Antwort befriedigte Mehemed Ali ungemein. Daß ihm die paar Leichen der Anatomie mißfallen hatten, weil sie schon zu sehr zersetzt waren, durfte Jacques nicht erwähnen. Er sagte, eine inmitten der Stadt gelegene Schule verfüge wohl über ein reicheres Anschauungsmaterial als eine weit draußen.

Der Fürst fiel ein und meinte, auch Clot Bey habe keinen sehnlicheren Wunsch als die Verlegung der Lehranstalt nach Kairo. Es handle sich nicht nur um bequemeres Sektionsmaterial, sondern zugleich um die Fülle von Krankheitsbildern, zu der in der Stadt das Leben selbst verhelfe. Zuerst war der Vizekönig ärgerlich. Dann forderte er auch Koch auf, sich zu äußern. Koch erwiderte, ohne Zweifel gehörten Anstalt und Bevölkerung zusammen.

Überraschend befahl Mehemed Ali dem Dragoman, zu notieren, daß ein Brief an Clot Bey geschrieben werde. Noch überraschender war die Frage, ob Jacques in Ägypten Dienst suche und, falls ja, ob er, wenn die Schule nach Kairo komme, einen Posten übernehmen wolle, sei es an der Hebammenschule, sei es an der Frauenabteilung, sei es an beiden Anstalten.

Jacques erwiderte, daß Seine Hoheit sehr großmütig, er aber bereit sei. Er faßte seinen Mut zusammen und erkundigte sich, ob es ihm erlaubt werde, auch eine Privatpraxis in der europäischen oder levantinischen Kolonie anzustreben. Der Vizekönig nickte, in Kairo fehle ein junger moderner Arzt, und befahl dem Dragoman wiederum, seinen Namen für den Sekretär festzuhalten.

Jacques Fortuné, dachte er vor sich her, als sie zur Barke zurückritten. Was würde Alexandra sagen? Es war keine Alexandra da, es war keine Barke mehr da. Samorin hatte die Rückfahrt angetreten, nachdem er die Antwort des Vizekönigs erhalten hatte: Seine Hoheit stehe im Begriff, abzureisen; wenn Herr Samorin in drei Wochen noch in Kairo sei, könne er ihn sprechen. Die Russen hatten beim Vizekönig keinen Stein im Brett. Politisch waren sie seine und des Sultans Gegner, sie waren die Feinde des Islam.

68

Allem Anschein nach war Samorin im Mißmut aufgebrochen. Jacques eilte in seine Kabine und hoffte, ein paar Zeilen von der Hand Alexandras zu finden. Aber sie hatte nichts zurückgelassen. Am nächsten Tag trat Mehemed Ali seine Reise durch Oberägypten an. Pückler, Koch und Jacques waren eingeladen, ihn bis Keneh zu begleiten. Er schickte drei Maultiere, die sie zur Frühstücksstation brachten.

Der Klee stand hoch, der Flachs wurde schon geerntet, die Gerste brauchte noch vierzehn Tage zum Reifen. Der Fürst kostete Erbsen und Bohnen, sie waren so süß wie die besten am Main in Franken. Eine Menge Dörfer blieb im Gesichtskreis und bildete mit den säumenden Palmen dunkle Bosketts im lichten Grün der Ebene. Büffel, Pferde, Kamele, Schafe und Ziegen weideten; sie waren wohlgenährt und zeugten vom Reichtum des oberen Ägypten.

Vor einem der Dörfer reihten sich die Zelte des Vizekönigs, der mit dreihundert Menschen und fast doppelt so vielen Tieren reiste. Zwei Garnituren, jede von fünfzig Zelten, mit den nötigen Möbeln und Kücheneinrichtungen versehn, wechselten auf der Reise miteinander ab. Wenn die eine abgebrochen wurde, schlug man die andere schon bei der nächsten Haltestelle auf.

Eine halbe Stunde vor Sonnenaufgang stiegen sie zu Pferd. Nur der Mudir der Provinz war verpflichtet, sich neben dem Vizekönig zu halten; alle andern kamen nach, wie es sich traf. Wenn der Vizekönig seine Siesta beendigt hatte, hielt der Generaladjutant Vortrag. Die Depeschen des Kuriers wurden geöffnet und die Antworten diktiert. Dann ließ der Vizekönig den Fürsten ins Zelt rufen. Ein roter, mit Gold bestickter Diwan stand im Hintergrund. Der Fürst hatte das Recht, in Anwesenheit Seiner Hoheit zu sitzen.

Mehemed Ali unterhielt sich gern. Nichts fehlte seinem weltoffenen Sinn als das Verständnis für die Wissenschaft – wenn auch nicht die praktische, so doch die historische. Er selbst hatte sich jahrelang mit den Mamelucken herumgeschlagen, wünschte aber nicht, daß man den Einzelheiten nachging – der Überlieferung wert war erst, was er nachher, in den Jahren des Aufbaus, leistete.

Wie alle Herrscher wandelte ihn, wenn er nicht einschlafen konnte, das Bedürfnis an, jemand, den er leiden konnte, zu sehn. Der Fürst fuhr mehr als einmal seufzend wieder in seine Kleider. Bisweilen wurde auch Jacques hinzugezogen, um über irgendeine Einrichtung an der Sorbonne Auskunft zu geben. Der Vizekönig erlaubte ihm, auf dem Diwan Platz zu nehmen, und Jacques ließ sich am Rande nieder, indem er das eine Bein unterschlug. Das Zeremoniell und die Ehrerbietung schrieben diese Haltung vor. Sie war für einen Europäer angenehmer als die vertraulichere, die darin bestand, daß man sich mit beiden Knien auf dem Möbel niederließ, ohne jedoch Anlehnung an der Wand zu suchen. Für den Fürsten kam der dritte Grad in Betracht, er machte sich's nach Belieben bequem.

Wer das Recht zu sitzen hatte, dem wurde auch Kaffee angeboten. Der Tschibuk wiederum stellte eine neue Aufmerksamkeit dar; sie stufte sich nach der Kostbarkeit des eingelegten Materials. Diese Stunden vor Mitternacht bezauberten Jacques. Er vernahm viel, und nichts war alltäglich. Der Vizekönig hatte die kleine, elegante Hand, die den Organisatoren eigentümlich ist. Er trug, was bei einem Orientalen auffällig war, keinen Schmuck daran. Die Finger spielten gern mit dem Rosenkranz. Sein Bart war weiß, wie am sehr einfachen, braunen Rock der Pelzbesatz.

Er sah nicht majestätisch wie ein Sultan in den Reisebeschreibungen und nicht märchenhaft wie ein Harun al Raschid aus, ein regsamer und unter vier Augen freundlicher Alter. Und doch verkörperte er im unmittelbarsten Sinn des Wortes die Macht eines großen Reiches. Kein Instanzenweg war nötig, wenn man darin etwas erreichen wollte – nur bis zu ihm, dem Mittelpunkt aller Dinge, mußte man vorzudringen wissen, und nichts konnte für einen jungen Pariser phantastischer sein. Um diese Stunde saßen Liszt und Berlioz und Dumas und Janin im Café Cardinal und stritten vielleicht gerade, als Freund oder Feind, über den Wert von Meyerbeers Hugenotten, die nun endlich herausgekommen waren. Er aber, Jacques, hörte Mehemed Ali sagen, Abessinien zu erobern falle nicht schwer, und wenn er sich dazu entschlösse, würde auch die dem Fürsten so wichtige Frage geklärt, ob der Weiße oder Blaue Nil der eigentliche Quellfluß sei.

Keiner im Gefolge des Vizekönigs hätte gewagt, ohne Aufforderung ein Thema anzuschneiden. Dem europäischen Gast stand es frei. Der Dragoman erklärte, niemals habe er den Vizekönig sich so offen geben sehn. Pückler übersetzte diese Bemerkung ins Praktische: die türkische, armenische und arabische Umgebung wartete in ihrer Eifersucht nur darauf, die Fremden zu verleumden, und der kluge Mann baut vor, indem er die Gastfreundschaft nicht zu lange ausdehnt.

Die Freundschaft, die der Vizekönig Pückler erwies, war nicht völlig uneigennützig. Die Aufsätze Pücklers erschienen zuerst in Cottas Allgemeiner, dann als Buch zu Stuttgart, London und Paris. Sie konnten also die absprechenden Urteile englischer Reisender, die fast nie zu Mehemed Ali vordrangen, sehr wohl berichtigen. Die Freundschaftsbezeigungen verloren trotzdem nichts von ihrem Wert. Wenn der Fürst auch ein Enthusiast war, so doch kein Schmeichler, und der Vizekönig ohne Zweifel ein bedeutender Mann. Jacques fühlte deutlich, daß er hier lernte, wie man Urteile zu bilden habe – man durfte nicht mit der Ironie beginnen, vorangehn mußte die Anerkennung.

Die Fellachen in den Dörfern begrüßten ihren Herrscher mit den üblichen schrillen Schreien – ob die Polizei dahinterstand, wußte niemand. Zum mindesten nahten sie sich nicht demütig, und in einem Dorf, das die Notwendigkeit der Dammbauten nicht einsah, machten sie dem Vizekönig Vorwürfe, sie verlören ihre Arbeitszeit. Er fragte sie ärgerlich, ob ihnen diese Stunden nicht bezahlt würden, die Dämme nicht ihnen zugute kämen, und setzte, zum Fürsten gewandt, auseinander, daß es immer Zeiten gebe, in denen der Staat die Untertanen zu ihrem Glück zwingen müsse – zwei Generationen später werde schon, dank Bildung und Fortschritt, alles anders sein.

Er verteidigte sein Handelssystem – am Anfang stehe wie unter Ludwig dem Vierzehnten, Peter dem Großen und Friedrich von Preußen das Staatsmonopol; später könne man den Händler, den Spekulanten, den Privatkapitalisten zulassen. Er wußte, wie verhaßt Napoleon die Geldleute gewesen waren; der Analphabet aus Mazedonien besaß Kenntnisse.

Der Fürst mußte ihm die Methode erklären, die Preußen anwandte, um einen Beamtenstand heranzuziehen. Jacques blieb auf die Frage, wie es die Franzosen in dieser Beziehung hielten, die Antwort schuldig und wurde rot. Er dachte zum erstenmal über die Aufgaben nach, die sich einem Staatengründer stellten – er hatte eine Gesellschaft zu organisieren, bestehend aus Bauern, Soldaten, Beamten, Handwerkern, Arbeitern und freien Berufen. Das alles war für ihn, Jacques, eine abstrakte und langweilige Vorstellung gewesen – hier wurde es konkret.

Den Staatengründer trieb der Wille zur Macht; trat noch der zur Gestaltung hinzu, dann durfte er sich einen Staatsmann nennen. »In Paris hätte ich sechzig Jahre alt werden können, ohne zu begreifen, wie männlich der Trieb zur Gestaltung ist«, trug er in sein Tagebuch ein. Macht im Staat anzustreben lag seinem Ehrgeiz fern; aber es war gut, begriffen zu haben, wie Fürsten und Politiker entstanden und worum es beim Kampf der Klassen ging.

Er legte Pückler sein Autogrammbuch mit der Bitte vor, sich einzutragen, und fragte, ob es angehe, auch den Vizekönig zu belästigen. Man könne ihm davon als einer der seltsamen Sitten des Westens sprechen, meinte der Fürst, vielleicht lasse er das Heft sich zeigen. So geschah es in einem geeigneten Augenblick; Mehemed Ali kannte von allen Namen nur die von Thiers und Lesseps; er war gnädig und trug sich ein.

Was Jacques lange vernachlässigt hatte, seine kleine Zeichengabe, regte sich, seitdem er mit dem Vizekönig reiste. Er gestand dem Fürsten, daß es ihm mit dem Eindruck zusammenzuhängen scheine, den der staatsmännische Mehemed Ali auf ihn mache. Wer ein Ding zeichnete, sah es positiv – das Ding war ein Ort des Lebens, besaß ein Daseinsrecht, und dadurch, daß man es, wie beim Zeichnen, aufmerksam ins Auge faßte, erkannte man es an. Der Fürst erwiderte, Jacques denke so sachlich wie ein Künstler, also stecke ein Stück Künstler in ihm.

Mehemed Ali, der ihn beobachtete und sah, daß der junge Mann mit dem etwas hochmütigen Gesicht bereit war, nachzudenken, nickte ihm wohlwollend zu. Er forderte ihn auf, sich nach der Rückkehr in Kairo zu melden. Jacques erfuhr bei dieser Gelegenheit, wie lange der Fürst fortbleiben wollte, wie weit er in Nubien und sogar im Sudan vorzudringen gedachte: noch bis über den sechsten Katarakt hinaus.

Darüber mochte ein halbes Jahr vergehn, und Alexandra entschwand ihm. Wenn er ihr schreiben wollte, wußte er nicht einmal, wie der Brief sie erreichen konnte. Er schrieb ihn und deutete an, daß seine unbestimmten Pläne, die eigene Praxis betreffend, überraschend schnell Gestalt angenommen hätten. Er erwähnte, daß der Kurier des Vizekönigs seinen Brief mitnehme und hoffentlich intelligent oder eifrig genug sei, um sie ausfindig zu machen – derselbe Bote sei bereit, ihre Antwort zu übermitteln, wenn sie sich dazu verstehe, sie abzufassen.

Man näherte sich nun Keneh. Mehemed Ali trug nie etwas bei sich. Saß er auf dem Diwan, so lagen Tabakdose und Schnupftuch neben ihm. Verlangte er im Sattel nach dem einen oder andern, so gab er dem Kammerdiener, der einen Schimmel ritt, ein Zeichen. Der Diener reichte den verlangten Gegenstand einem der Sais, die neben dem Vizekönig herliefen, sich an den Schabracken festhielten und bei schwierigen Stellen von hinten nachhalfen. Der Sais gab das Schnupftuch seinem Herrn, nahm es wieder in Empfang und stattete es dem Kammerdiener zurück. Es war lächerlich, aber beim englischen König in Windsor hatte der Fürst ähnliches beobachtet.

In einem Dorf, wo man Mittagsruhe hielt, war die Nilflotte des Vizekönigs angekommen. Er erlaubte den Herren, die für ihn bestimmte Barke anzusehn. Sie war ein entzückendes Fahrzeug, der Hauptraum mit meergrün lackierten Hölzern bekleidet. Die Vorhänge bestanden aus violetter Seide, rundum die Diwans aus dem gleichen Stoff, verziert mit goldenen Tressen und Quasten. Die Scheiben waren aus Kristallglas, grüne Jalousien schützten vor der Sonne. Als Vorzimmer diente ein prächtiges persisches Zelt, in Gelb gehalten, hier fanden die Mahlzeiten statt. Vierundzwanzig Schwarze in Uniform saßen an den Rudern. Fünfzig Fellachen, die jede halbe Stunde wechselten, zogen das Schiff gegen den Strom.

An Schlaf- und Toilettekabinetten war kein Mangel, alle aufs eleganteste eingerichtet, als sei man auf der berühmten Barke der Kleopatra. Doch Mehemed Ali reiste ohne Harem. Er hielt es nicht mit dem Gründer des Islams, der bis ins Alter Nacht für Nacht mit einer seiner Frauen schlief.

Die Antwort Alexandras kam. Es war ein kurzes Briefchen. Sie habe bedauert, ohne Abschied fortgefahren zu sein. Samorin warte die Rückkehr des Vizekönigs ab, dann werde er einen Abstecher nach Jerusalem machen, und dieses Ziel verlocke auch sie. Doch könne es sein, daß sie bis zur Rückkehr der Samorins in Kairo bleibe, so schlecht sie auch die Hitze vertrage. Die Entscheidung hänge davon ab, ob sie bei einer Mission katholischer Schwestern eine Beschäftigung finde. Sie wünsche ihm gute Reise und nur wenige Kamsintage.

Der Föhn war die einzige Anspielung darauf, daß sie ein Augenblick der Erregung verband. Er hätte gern gewußt, ob er ihr weiter schreiben dürfe. Fragen mochte er nicht. Es war ihm unklar, wie sie miteinander standen – am unklarsten, ob es zu seiner Natur paßte, um ein junges Mädchen zu werben, und ob ihn nicht die selbständige, verheiratete Frau mehr anzog. Warb er um Alexandras Freundschaft, so konnte sie nur mit der Heirat enden; es fiel ihm schwer, sich, den Dreiunddreißigjährigen, als Ehemann zu denken.

Er nahm es noch immer ernst mit dem, was er die Philosophie des Dandysmus nannte. Ein junger Mann, der dieser Haltung folgte, mied die Anweisungen für die Masse und setzte ihnen die elegantere Tugend der Selbständigkeit entgegen. Abstand war nötig von den Sentimentalitäten und Illusionen, die alles, was Liebe, Frau, Ehe hieß, umrankten.

Er nahm einige der Zeichnungen, die in diesen Tagen entstanden waren, schickte sie Alexandra und schrieb dazu, auf der Reise in die südlichen Provinzen werde er für sie ein Heft mit neuen Zeichnungen füllen – sie möge ihm nach Assuan, zu Händen des Wali, mitteilen, ob ihr diese Bildchen willkommen seien und was sie über ihren Aufenthalt bei den katholischen Schwestern beschlossen habe.

69

In Keneh blieb Mehemed Ali zurück. Doktor Koch erhielt Urlaub, auch er wollte den sechsten Katarakt sehen. So fuhren Pückler, Jacques und Koch zusammen nach dem ungeheueren Trümmerfeld von Karnak und Luxor, das im Altertum Theben geheißen hatte.

An diesem Ort mußte man den großen Champollion lesen, dem vor fünfzehn Jahren die Entzifferung der Hieroglyphenschrift gelungen war. Angesichts der Memnonsäule und ihres Zwillings lasen sie auch den Herodot, der berichtete, daß Kambyses von Persien die Gesichter dieser Kolosse verstümmelt habe. Welch ein Boden, der Obelisk auf der Place de la Concorde in Paris entstammte ihm.

Sein noch nicht entführter Gefährte richtete sich so schwarz und steil zum Himmel, als sei er ein Pfeil, der ins Herz der Mondscheibe ziele – sie schwamm über ihnen, beim zweiten Rundgang, den sie in Begleitung einer schwarzen Almeh machten, einer Tänzerin aus dem Dorf in den Ruinen. Sie wiegte sich, schlug das Tamburin und war eines von den Liebesmädchen, die Mehemed Ali aus Kairo in die fernen Provinzen verbannt hatte, weil sie in die neue Zeit nicht mehr paßten.

Der große Saal in Karnak war ein Wald, ein Meer, eine Welt von Stein, so ungeheuer, daß man sich an das Nebensächliche klammerte oder an das Komische, nur um nicht des armen Ichs verlustig zu gehn. Als sie vor einem der Tore frühstückten, das unter seinen Skulpturen einen mächtigen Priapus aufwies, erschien, von zwei beflissenen Arabern begleitet, ein englisches Kammermädchen, dessen Herrschaft irgendwo in der Nähe saß.

Sie war niedlich von Gestalt und mit vollendeter Geschmacklosigkeit angezogen – weißes Röckchen, rosa Spenzer, schwarze Schürze, grüner Hut. Ohne sich von den fremden Herren stören zu lassen, schaute sie die für ein puritanisches Gemüt unmögliche Figur sorgfältig an. Dann winkte sie den Arabern zu, sie wolle weitergehn, und rief, in unwillkürlicher Bewunderung das Stupfnäschen nochmals dem Symbol zuwendend: »Now I declare this is very curious, indeed.«

Pückler, der für alles Verblüffende empfänglich war und überdies mit einem Fuß noch im achtzehnten Jahrhundert stand, fragte Jacques, ob er sich getraue, die muntere Kleine zum Frühstück einzuladen. Jacques schaute Doktor Koch an, der Doktor lachte. Er war kein Spielverderber und konnte gelegentlich sarkastisch sein. Doch das Mädchen entschwand schon zwischen den Trümmern, und unterdessen kamen zwei Herren der Reisegesellschaft herbei. Der eine, ganz in Schwarz, schien ein Reverend zu sein. Kaum hatte er den Priap erblickt, so hieb er mit dem Stock auf ihn ein, und als das nichts nützte, mit einem Stein.

Der Fürst rief ihm zu, daß er sich an fremdem Gut vergehe – der Reverend blickte verständnislos herüber und erklärte, er könne nur ein heidnisches Greuel sehen. Pückler gab ihm zu bedenken, was man in England sagen würde, wenn ein Türke sich hinreißen ließe, gotische Zierate, die ihm mißfielen, einfach abzuschlagen. Es entstand ein nahezu hitziger Disput, bei dem der christliche Gottesmann so wenig Sinn für die alten Werte wie der mohammedanische Vizekönig bewies. Um den Beduinen nicht ein Schauspiel zu geben, räumte der Fürst das Feld.

In Esneh erblickten die Reisenden zum erstenmal schwarze Einwohner. Die Männer trugen silberne Ringe in der Nase, die Frauen nur einen schmalen Lendengurt. Der Ort war voller Almehs aus Kairo, die hier auf Kosten der Regierung ein halbes Jahr lang unterhalten wurden und dann zurückkehren durften, vorausgesetzt, daß sie auf ihr Gewerbe verzichteten, seltsame Idee. Die Mannschaft vergnügte sich mit ihnen, tanzte und jagte im Übermut Büffelherden in den Nil – alles warf sich hinterdrein und veranstaltete ein Wettschwimmen, dessen Preis wiederum die Almehs waren.

Pückler und Jacques luden sich bei diesen Damen in einem Hause ein. Zwei Spielleute kamen und kratzten auf den beiden Roßhaarsaiten einer runden, langhalsigen Geige, die in einen eisernen Fuß auslief.

Der Raum war getüncht; mit Öl gefüllte Gläser, worin der Docht schwamm, erhellten ihn. Die Frauen trugen rosa Hosen und Schleier von tiefem Violett. Hosen wie Schleier flogen in eine Ecke beim Kaffeetanz. Eine Tasse Kaffee stand am Boden, die Tänzerin fiel auf die Knie, der Oberkörper bewegte sich gleich dem einer

Kobra weiter. Zuletzt erfaßten die Zähne die Tasse, die Frau sprang mit einem Ruck empor.

Die Zivilisation hörte langsam auf, die Hitze nahm zu, die Ratten im Schiff wuchsen zur Größe junger Katzen heran, die Fliegenplage wurde fürchterlich. Der Fürst setzte fest, daß die Anstrengungen zu groß für Ajiameh seien und daß sie in Assuan zurückbleiben müsse. Der Wadi gewährte ihr Gastfreundschaft in seinem Harem, der Obereunuch nahm sie unter seine Obhut. Gefaßt und melancholisch stand sie da, als der Augenblick des Abschieds kam.

Man betrat nun Nubien, und am Anfang bot sich noch einmal ein grünendes Wunder, die Insel Philä inmitten einer erstarrten Brandung von schwarzem Granit. Die Schiffe begegneten einer Barke, worin drei Franzosen saßen. Sie waren zur gleichen Zeit wie Pückler von Kairo aufgebrochen und kehrten zurück, weil sie die Hitze nicht mehr ertrugen. Der eine von ihnen war wahnsinnig geworden.

Wein und Zucker gingen aus, Brot wurde in diesen Gegenden nicht mehr gebacken, nur noch steinharte Fladen aus Durra. Fische gab es wohl in Hülle und Fülle, aber nicht einer der vierundzwanzig Matrosen ließ sich bewegen, je ein Netz auszuwerfen, Fisch sei so ungenießbar wie Schlangenfleisch, erklärten sie.

In Korusko boten die Männer den Fremden ihre Weiber und Töchter an, deren Schönheit sie rühmten. Aber die Mode verlangte hierzulande, daß die Frauen sich Haar und Gesicht mit einer fingerdicken Schicht von Hammelfett überzogen. Die Sklavenhändler wiederum, die mit Karawanen aus dem Innern eintrafen, weigerten sich, etwas von ihrer Ware zu verkaufen. Es war alles Eigentum der Unternehmer in Kairo oder Alexandria, die hohe Preise zahlten und noch höhere erhielten. Nicht nur Araber wurden auf diese Weise reich, auch viele Europäer. In den britischen Kolonien gab es erst seit vier Jahren keine Sklaven mehr.

In Assuan hatte Jacques vergeblich nach einem Brief Alexandras gefragt. Das wiederholte sich auf jeder Station. Der Brief war verlorengegangen oder nicht geschickt worden. Jacques wußte nicht, ob er sich gegen das Verblassen der Erinnerung wehren solle. In Derr kehrte das Bild Alexandras noch einmal aufs intensivste zurück, weil er hier für ihr Skizzenbuch ein hübsches Motiv fand.

Vor dem Konak des Wali, einem Bau aus Lehm und bunten Ziegeln, standen mit gewaltiger Verzweigung zwei apfelgrüne Sykomoren. Sie spendeten, so weit ausgreifend wie in der Heimat die Eichen, dem ganzen Platz die köstlichste Kühle. In der Kühle breiteten die Frauen das Werk ihrer Hände vor den Fremden aus: Teppiche aus Palmblättern, die zwei Monate Arbeit kosteten und für den Wert von fünf Francs zu haben waren. Die Frauen, die auch hier vor Fett glänzten, trugen die Haare in hundert winzigen Flechten, mit Goldfäden und Glasperlen durchsetzt. Während Jacques sich bückte, um die Matten näher zu betrachten, umschlangen ihn von hinten zwei Arme, er aber dachte an die Beine der Unholde, die im Märchen von Sindbad die Schiffbrüchigen zu ihren Reittieren machten. Doch war es nur ein Bettler, der an sein Almosen mahnte.

Jacques brachte ihn in die Zeichnung, und er gelang ihm so gut wie die hundert Fuß langen Äste, die nackten Schwarzen und die unnachahmlich weiblichen Bewegungen, mit denen sie die Matten entrollten. Das Seltsamste freilich konnte er nicht auf das Blatt bannen: weder die smaragdgrüne Farbe der am Rand schwebenden Mondsichel, noch die rosa Tinten, in denen der Wüstensand erglühte.

Die Abendszenerie war so zauberhaft, daß man das Mahl auf dem Verdeck nahm. Es glitt im frischen Wind ohne Schwere dahin. Mond und Sterne strahlten in unerhörtem Glanz, der Fluß schien strömendes Gold zu sein. Am rechten Ufer wechselten üppige Baumgruppen mit zartestem Gesträuch – am linken fehlte die Vegetation so sehr, daß alles wie entfleischt aussah.

Hinter Abu Simbel und vor dem zweiten Katarakt wurden die Barken entladen. Die Reisegemeinschaft verwandelte sich in eine Karawane. Die Matrosen fuhren zurück; an ihre Stelle traten die Beduinen, die zehn Kamele für das Gepäck und sieben Dromedare für Pückler, Koch, Jacques, den Kawassen, zwei Diener und den Führer stellten. Dromedar war eine bloße Bezeichnung für die Reittiere, die wie die Kamele nur einen Buckel hatten. Der Zaum wurde ihnen nicht durchs Maul, sondern durch ein Nasenloch gezogen.

Der Sitz mit gekreuzten Beinen, die schwankende Gangart waren gleich unangenehm. Man reiste nun während der Nacht. Das Frühstück fand um neun Uhr abends statt, das Mittagessen gegen Sonnenaufgang, bevor man sich zur Ruhe legte. Die Nächte waren so kühl, daß die Überröcke hervorgeholt wurden, und die Tage jetzt im April so heiß, daß eine Flasche Eau de Cologne, die in der Sonne lag, siedete. Die Europäer begannen ihren Willen einzusetzen, um die Reise nicht aufgeben zu müssen.

Vor dem abendlichen Frühstück badeten sie im Nil, der trotz der Bestrahlung sich nicht erwärmte. Einmal folgte ihnen vom Fluß zum Zelt ein weißer Geier, den der Essensgeruch lockte. Es war ein gewaltiges Tier, das ohne Furcht auf den Fängen dahertappte. Sein Vertrauen wurde schlecht belohnt. Auf eine Entfernung von zehn Schritten erhielt es einen Kernschuß von grobem Posten in den Leib, rauschte trotzdem auf und mußte lange verfolgt werden, bevor es endlich, von einem Stein erledigt, herabfiel. Die Flügel lieferten jedem der drei Herren einen Vorrat von Schreibfedern, die beträchtlich größer als die von Gänsen waren.

Die Neger wußten von Kakerlaken, Menschenfressern und Sirenen zu berichten. Für zwei Francs bekam man ein fettes Schaf, vier Kannen Ziegenmilch, eine Ente und zwei Paar Sandalen aus Palmblättern. In einer Nacht, als der Aufbruch sich verzögerte, erwachte Jacques von Trommellärm und Schießen, stürzte aus dem Zelt und stand statt im Mondlicht im tiefsten Dunkel. Eine totale Mondfinsternis war eingetreten und erregte die Leute, die dem Gestirn durch ihren Lärm zur Hilfe kommen wollten. Nachher begegneten sie einer Karawane mit ausgelassenen Mädchen, erkundigten sich, ob die eine oder andere zu kaufen sei, und erfuhren als Weiße die schnödeste Ablehnung.

Die Tempelruine von Phtur im Rücken, den Fluß vor sich und unter einem Baum, dem am andern Ufer ein Dattelhain entsprach, zum abendlichen Frühstück vereint, erblickten sie das erste Nilpferd. Bevor es sich regte, hielten sie es für eines der schwarzen Riffe, die quer durch das Bett die Barre eines Miniaturkataraktes zogen. Jacques betrachtete die vermeintliche Klippe schon mit den Augen des Zeichners, als plötzlich Leben in sie kam. Sie schwamm, erreichte eine Sandbank und erwies sich als Ungetüm. Der Rachen war so rosig wie in der scheidenden Sonne der Wüstensand.

Was die ersten Krokodile betraf, so trug man sie unter dem dritten Mai ein. Sie waren graugelb, ganz verschieden von den ausgestopften; die schwarze Farbe nahmen sie erst im Tode an. Sie lagen regungslos am Ufer und hielten das Maul weit aufgesperrt, damit die Strandläufer ihnen den Schlund von den Blutegeln säuberten. Das berichtete schon Herodot, es war keine Fabel.

Zu Dongola bot der türkische Mudir ein so verwahrlostes Haus an, daß Pückler sein Zelt vorzog und den Gouverneur aufs kälteste empfing. Weder stand er auf, noch ließ er ihm Kaffee und Pfeife reichen. Seiner Hoheit dem Vizekönig werde Mitteilung gemacht werden, erklärte er. Der Mudir änderte sein Verhalten, die Artigkeiten hörten nicht mehr auf. Zum Champagner, den er schickte, lud Pückler den Militärarzt und den Apotheker ein. Jener stellte sich als Hannoveraner vor, dieser als ehemaligen französischen Dragonerkapitän, der Kommandant von Pirna in Sachsen gewesen war. In der Welt fanden fortwährend Schicksalsexplosionen statt, die Splitter gingen am Äquator oder in Amerika nieder.

Der Mudir hatte auch Gazellen, Schafe, Ziegen, Kühe, Hunde gesandt. Das alles weidete in der grünen Gerste, die um das Zelt wuchs. Die Eidechsen mit stahlblauen Schwänzen, die Spinnen mit zollangen Beinen und die vierzig Grad im Schatten lieferte die Natur. Außer dem Lehmpalast, worin der Mudir mit einem Harem nicht nur von Weibern, sondern auch von jungen Knaben wohnte, gab es Indigofabriken und Kasernen. Die Oka Indigo herzustellen kostete Mehemed Ali 24 Piaster, für 80 verkaufte er sie weiter. Die Kasernen waren in einem schauerlichen Zustand. Die Soldaten, die weiße Leinenhosen trugen, wurden durch Raubzüge beschafft und starben, so kräftig sie aussahen, noch mehr an Heimweh als an Krankheiten.

Das Land war eine Savanne, Akazien und Mimosen bedeckten sie unabsehbar. Herden von Straußen und Giraffen weideten darin, der Löwe durchstreifte sie. Die Pelikane und die großen Frösche schrien die ganze Nacht. Eine österreichische Expedition, die von Khartum kam, riet von der Weiterreise ab, das Thermometer stieg in der Sonne auf fünfundfünfzig Grad. Die Tagebücher füllten sich mit den seltsamsten Notizen, hier fand man noch uralte Sitten, Reste des Matriarchats.

In einem Bezirk machten die Weiber bei der Heirat aus, daß der vierte Tag ihnen gehöre, und wählten sich während dieser vierundzwanzig Stunden ihren Gefährten selbst. Anderswo durchzogen sie die Karawanenwege und hielten den vereinzelten Wanderer an, der sich durch ein Bakschisch loskaufte und dafür mit einer von ihnen in die Büsche ging. Ließ er sich nicht darauf ein, verprügelte der Schwarm ihn.

Die abessinische Grenze war nicht weit. Ein aus Abessinien geflohener Prinz lebte von einer Pension des Vizekönigs und half seinem Einkommen durch die berufsmäßige Herstellung von Eunuchen nach. Er kaufte Kinder und ließ sie kastrieren, was in der Weise geschah, daß man die armen Opfer in Sand eingrub, nur den Kopf und den zu operierenden Teil freiließ, diesen mit einem Schnitt abtrennte und kochendes Blei darübergoß. Nach vierzig Tagen war die Wunde verheilt, vom Dutzend starben nur zwei.

Auch verkommene Europäer betrieben dieses Geschäft, und von koptischen Klöstern hieß es, sie lebten davon. Das Leben war grausam, am grausamsten war der Mensch. Wer reiste und beobachtete, merkte bald, daß er nicht nur Kuriositäten begegnete, er begegnete der Wirklichkeit eines Erdteils, der durch die Jahrhunderte, ja Jahrtausende keine Stimme hatte, die aussprach, was die Kreatur erlitt.

Sie kamen durch Dörfer, die vor wenigen Monaten massakriert worden waren. Ein paar junge Weiber mit dem eingebrannten Stempel konnten allein von dem Schauerlichen erzählen und nahmen es als selbstverständlich hin.

70

Khartum lag an der Gabel, die durch den Zusammenfluß des blauen und des weißen Nils entsteht. Die Moschee, die Festungswerke, die Hütten waren erst zehn Jahre alt, auf einen Befehl des Vizekönigs gebaut.

Vor der Stadt wartete ein Beamter des Gouverneurs mit einer eleganten Barke und geleitete den Fürsten in das für ihn bestimmte Haus. Auf der rohen Erde standen rohe Lehmwände, darüber waren rohe Balken gelegt. Den Boden begoß alle zwei Stunden ein Sklave aus Ochsenhautschläuchen, um den Staub zu löschen. Auch der erhöhte Diwan, der drei Seiten umfaßte, war nichts als eine Erdtenne, aber mit den schönsten Teppichen und den weichsten Kissen bedeckt.

Das übrige Mobiliar bestand aus zwei großen Fässern von gebranntem Ton. Sie filterten Nilwasser, kristallklar tropfte es in die Becken ab. Ein Dutzend reichgekleideter Diener, die barfuß gingen, reichten Pfeifen, Kaffee und Scherbet. Die Schlafräume waren fürchterliche Löcher, schmutzig und dumpf. An Baden war nicht mehr zu denken, die Krokodile wimmelten nun im Fluß.

Zuerst machte der General seine Aufwartung, dann der Pascha selbst. Der Pascha war gefürchtet, gleich für seine Härte, gleich für seine Habsucht. Außer ihm saß nur noch der General neben Pückler. Alle übrigen mußten mit ausgezogenen Schuhen um sie stehn, die Vornehmsten oben auf dem Diwan, die Geringeren auf einer Matte, die Untersten auf dem nassen Boden.

Der Besuch verlief kurz, der Fürst erwiderte ihn gegen Abend und brachte die nachgesandten Postsachen mit, darunter einen Brief für Jacques, den Alexandra geschickt hatte. Sie schrieb, daß die Samorins von Jerusalem nicht nach Kairo zurückkehren würden, weil sie sich entschlossen habe, ganz bei den katholischen Schwestern zu bleiben und sich der Krankenpflege zu widmen. Sie verkehre mit Philo und sei durch ihn auf eine Frage aufmerksam geworden, die sie im Innersten bewege, die Sklaverei. Nichts könne das Herz einer Europäerin, Christin und Frau tiefer erregen – sie wünsche alles zu erfahren, was dieser Unmenschlichkeit vorangehe, alle Umstände des Raubes, des Mordens und der Gewalt. So also bitte sie Jacques, für sie aufzuzeichnen, was immer er höre oder sehe, und da es ihm vielleicht an Heften fehle, lege sie einige bei, teils für die Zeichnungen, auf die sie sich freue, teils für den Text.

Es war ein Brief, den auch eine andere Europäerin hätte schreiben können, dem Inhalt nach. Er wußte, daß die weißen Damen sich, kaum in Alexandria gelandet, auf die Sklavenfrage warfen.

Meist waren sie die Frauen von Kaufleuten oder Geistlichen, in bürgerlichen Wohnungen grau geworden und dank Broschüren, Vorträgen oder Artikeln der Missionare grundsätzliche Verfechterinnen der Humanität.

Wenn er an Alexandras edles, ein wenig schmales Gesicht dachte, gestand er ihr zu, daß sie von den unmittelbaren Empfindungen der Weiblichkeit bestimmt worden sei – Barmherzigkeit und dem Wunsch, selbstlos dienend Gutes zu tun. Unwillkürlich sah er sie, so unfroh ihn diese Vorstellung auch machte, in der Ordenstracht, die gewiß nichts Kokettes hatte und doch weder die Schlankheit des Rückens noch die süßen Umrisse der Brust verbarg. Das schönste aber war ihr Gang, der lautlos und gleitend aus der Tiefe der Hüften kam – mit Marja teilte sie ihn.

Er übertrug in eines der Hefte die zerstreuten Notizen, die sie von ihm verlangte, und spürte ein Zögern, als er auf die stieß, die von den Einzelheiten des Eunuchenmachens handelten. Indessen auch das gehörte zum Kapitel des Kinderraubes und war das barbarischste von allen.

Am nächsten Tag besichtigte er mit Pückler und Koch den Bazar, wo auch Sklaven zum Verkauf standen. Die Preise waren so hoch wie in Kairo, die Auswahl war größer, die Ware jünger. Zum Mißvergnügen des Fürsten trieben sich auf dem Mädchenmarkt auch seine Leute herum. Der deutsche Kammerdiener, der Dragoman und der Koch, sie alle kamen zu ihm und erklärten, es sei nach so langer Entbehrung und in diesem Klima nicht mehr zu ertragen, sie bäten um die Erlaubnis, eine Frau zu erstehn.

Anfangs weigerte er sich, worauf der Dragoman und der Koch durchblicken ließen, daß sie einen andern Dienst suchen müßten. Nun gab er nach. Es handelte sich nicht um die Moral, das wäre nur lächerlich gewesen, wohl aber um die Last, mit einem Harem zu reisen, und um die Aussicht, die Disziplin sich lockern, die Leistungen abnehmen zu sehn. Der Fürst fragte Jacques, ob er nicht auch eine Genossin brauchte, machte ihn auf eine hübsche Abessinierin aufmerksam und redete ihm zu. Für einen jungen Mann, der in Paris gelernt habe, Natürliches natürlich zu behandeln, bestehe kein Grund, es im Sudan anders zu halten, meinte er.

Das sagte sich Jacques selbst, der Konflikt machte ihm zu schaffen. Ohne Alexandra hätte er nicht einen Augenblick gezögert, es war in der Tat fast unerträglich, in diesem Land enthaltsam zu sein. Andrerseits band ihn an Alexandra nicht die geringste Verabredung. Er fand, daß er Gefahr laufe, sich sentimentaler aufzuführen, als seinen Meinungen entspreche, und das bewog ihn, nochmals in den Bazar zu gehn.

Die Kleine von gestern war noch zu haben, und aus ihren zwölfjährigen Augen sah sie ihn sehnsüchtig als den Befreier an. Doch was sollte er mit ihr anfangen, wenn er sich Kairo wieder näherte – sie aussetzen oder an irgendeinen Burschen verkaufen? In diesem Punkt dachte er zu europäisch und verließ den Bazar unbeweibt. Er träumte heiß und wüst; das Girren auf der Barke, mit der sie die Reise fortsetzten, verbesserte seine Laune nicht. Unter diesem Himmelsstrich kamen die Weiber noch vor dem Brot, das im Notfall immer zu beschaffen war, eine Handvoll Datteln genügte schon.

Die Barke hatte der Pascha gestellt. Pückler drang auf dem blauen Nil vor, obwohl die Regenzeit täglich eintreten konnte. Ungeachtet seiner mehr als fünfzig Jahre entwickelte er die Energie, die den Europäer zum Mann der Tat, des Willens und der Wißbegier macht. Der Wind war günstig, doch die Krümmung des Flusses so stark, daß man sich von Eingeborenen ziehn lassen mußte. Nachts lag das Fahrzeug still.

Es gab Gewitter, es gab Kälte, der Nil begann zu steigen und nahm eine dunkelockergelbe Farbe an. In die gräßliche Hammelfleischkost brachten wilde Tauben Abwechslung. Sie zu schießen war die einzige Beschäftigung neben den Eintragungen, die bald den Urwald, die Ibisse und Tamarinden, bald Sitten und Gebräuche betrafen. Der Fürst bediente sich, wie daheim die Gymnasiasten, nun oft der griechischen Buchstaben. Man war dem dreizehnten Breitengrad und dem Monströsen nah.

Bei Uuad Medina wurden Elefanten auf die seltsamste Weise gejagt. War es auf einen besonders großen Burschen abgesehn, so lockte man ihn in ein Durrafeld. Hier fraß er sich an seiner Lieblingsfrucht satt, dann trabte er zum Fluß und führte den acht Scheffeln, die im Magen lagen, so viel Wasser zu, daß die Durra anschwoll und den Magen zerriß. Der Mensch war ein bösartiges Tier.

In Uuad Medina erkrankte Doktor Koch und bestand darauf, nach Khartum zurückgeschafft zu werden; er gab sich selber auf. Jacques wäre am liebsten bei ihm geblieben. Er träumte von Bergluft, Schnee und Norden, verflucht war diese Landschaft. Nur die Erwägung, daß der Fürst dreißig Jahre älter sei und der jüngere ihm nicht nachstehn dürfe, hielt ihn aufrecht. Der Dragoman wurde krank und heilte sich vom Fieber durch eine Fakirkur.

Der Fakir ließ einen von ihm beschriebenen Zettel über dem Kohlenbecken verbrennen, und der Dragoman, von kräftigen Fäusten unter dem Tuch festgehalten, atmete den Rauch ein. Danach wurde er aufs Schiff gebettet, gründlich zugedeckt und zum Schwitzen gebracht; die Diät bestand eine Woche lang nur aus Brot und Wasser. Die Eingeborenen schrieben die Heilung dem Zauberspruch des

Zettels zu, die Europäer der Wirkung des roten Pfeffers, der in dieses Papier gewickelt und mit ihm verbrannt worden war.

In Abu Harass wurde auch der Fürst bettlägerig und schalt sich zu spät einen Narren, der im Sommer in die Tropen drang. Alle Nahrung war ihm zuwider, und sein Allheilmittel, guter Wein, fehlte vollständig, es blieb eine einzige Flasche Jamaika. Aus Rum und grünen Zitronen mußte Jacques ihm einen Punsch bereiten, der das Fieber milderte. Der Regen fiel nun gründlich und verwandelte das Delta zwischen den beiden Nilarmen in einen Brei.

Schweren Herzens gab Pückler am ersten Juli den Befehl zur Umkehr, nachdem er noch für Mehemed Ali ein Gutachten ausgearbeitet hatte, wie jenes Delta durch Kanäle zu entwässern und zum fruchtbarsten Gebiet des Reiches zu machen sei.

Die Fahrt den Fluß hinunter dauerte, mit allen Ausflügen, neuen Erkrankungen und Genesungen, so lange wie die hinauf. Koch, der sich in Khartum anschloß, bekam einen Rückfall, und Pückler auch, doch hatte man nun wenigstens wieder Bordeaux, aus dem Nachlaß eines Franzosen, der an der Ruhr gestorben war. Ajiameh in Assuan genas gerade, und gerührt stellte der Fürst fest, daß sie noch versonnener, noch zärtlicher geworden sei.

In den langen Krankheitswochen hatte sie über ihr Schicksal nachgedacht und es Leid zu nennen gelernt. Da sie nun auch Arabisch konnte, vermochte sie zu berichten, was ihr einst geschehen war – den Brand der Heimatstadt, die Abschlachtung des Vaters und der Brüder, die Verteilung der Schwestern an die Sklavenhändler. Sie hatte eine Seele bekommen und liebte es, mit dem Fürsten über religiöse Dinge zu sprechen – es mußte einen allmächtigen Gott und ein Leben im Jenseits geben, die meisten Frauen im Harem zu Assuan glaubten es.

Im europäischen Kalender stand Herbst, als sie wieder nach Kairo kamen. Jacques fand einen Stoß Briefe vor. Sein Adoptivvater war gestorben und hatte ihm seine bescheidenen Ersparnisse, zwanzigtausend Francs, vermacht. Für Einrichtung, Wohnungsmiete und ersten Unterhalt war nun dank dem alten Mann in Tours gesorgt.

Siebentes Kapitel

FRAUENARZT IN KAIRO

73

Bis zum Ende des Jahres wohnte Jacques noch beim Fürsten, der seinerseits oft abwesend war: er besuchte Alexandria, Sais und das Mündungsdelta, wo die französischen Ingenieure großartige Regulierungen vornahmen.

Der Konak, den Pückler innehatte, lag, nur durch einen Blumenstreif vom Nil getrennt, an dem Uferstück, das die Inseln Dschesireh und Roda schied, nördlich von Alt-Kairo auf dem Areal, das sich bis zur Hafenvorstadt Bulak hinzog und bereits der Bebauung erschlossen war.

Die schönsten Anlagen entstanden; und da sie täglich gewässert wurden, schossen die Sykomoren, Akazien, Ölbäume, Zypressen, Pappeln, Mimosen üppig empor. Rasen wollten in diesem Klima nicht gedeihn; man ersetzte sie durch hellgrüne Futterpflanzen, blühendes Gesträuch oder Obstgärtchen, die den Feldern des Schachbretts glichen. Dazwischen schimmerten die beiden Pavillons, die ein Gehilfe des Vizekönigs als letzte Ruhestätte für sich und seinen Freund, den Derwisch, gebaut hatte. Mit eisernen Gittern versehn, störten die freistehenden Steinsärge den Charakter der Promenaden nicht.

Wenn Jacques aus seinem Zimmer schaute, hatte er zur Rechten die südliche Spitze der Insel Dschesireh, zur Linken die nördliche von Roda und weiter hinaus die Pyramiden. Auf Dschesireh begleitete eine Allee von Hängeweiden die Uferlinie, das Hauptstück eines Parks. Irgendwo, in einem verwilderten Garten der Insel, wohnte Philo, erfuhr er von Alexandra.

Als der Vizekönig ihm in Siut Hoffnung machte, hatte er bei Pariser Firmen Instrumente und Bücher bestellt – sie schwammen bereits auf dem Meer. Jetzt wußte er nicht, ob es voreilig oder richtig gewesen war. Das Glück blieb ihm treu, der Fürst brachte schon vom ersten Besuch, den er dem Vizekönig abstattete, günstige Nachrichten mit. Die Verlegung der medizinischen Anstalten von Abu Zabel war freilich erst im Gang; für Ostern jedoch konnte Jacques mit der Anstellung an der Hebammenschule rechnen, und mit der am französischen Spital vertretungsweise sofort.

Zu seiner Überraschung sah er, daß das Haus der Schwestern, bei denen Alexandra arbeitete, dem Spital angegliedert war. Die Anfänge beider verloren sich in grauen Zeiten, sie gingen bis ins Mittelalter zurück. Die Neugründung war unter Bonaparte, Kléber und Mehemed Ali erfolgt. Die Schwestern pflegten in der Stadt und im Spital. Sie unterhielten auch eine Augenklinik; Ägypten war das klassische Land für Krankheiten dieses Organs.

Die Schwestern wohnten zusammen und verwalteten sich selbst. In der Verwaltung hatte Alexandra eine Tätigkeit gefunden. Sie herrschte über die Wäsche, die gereinigt, gebügelt und erneuert werden mußte, führte die Korrespondenz mit Europa, übernahm den Verkehr mit den Gönnern oder Stiftern in der Kolonie und sozusagen alle auswärtigen Obliegenheiten der Oberin, die überlastet war. Sie lernte Arabisch; auch die Anschaffung der Vorräte ging durch ihre Hand. Der Verwalter stand im Verdacht, in seine eigene Tasche zu wirtschaften.

Alexandra trug nicht die Tracht, wohl aber ein Schürzenkleid, das ihr ähnlich sah und das junge Gesicht mit einem Hauch von Ernst, ja Strenge umzog. Jacques hatte gehofft, daß sie ihm bei der Wohnungssuche helfen werde – sie gab ihm zu bedenken, wie gering ihre Freizeit sei. Die Wohnung wurde ohne sie gefunden, im Neubau des britischen Konsulats.

Nun war die Einrichtung an der Reihe. Matten und kleine Gegenstände hatte er gleich dem Fürsten reichlich aus Kordofan, aus Nubien und aus dem Sudan mitgebracht. Die Möbel für das Sprechzimmer und das Studio fertigte ein deutscher Schreiner, der sich als sehr geschickt erwies: ein Handwerksbursche, der in Kairo hängengeblieben war. Der Fürst gab Jacques den Rat, von europäischen Möbeln nur das Notwendigste anzuschaffen und den orientalischen Stil vorzuziehn, der die Räume nicht überfüllte. Was brauchte man? Der Hauptsache nach Teppiche, Diwans und ein paar eingelegte Sachen. Was die Teppiche betraf, so wartete ein vernünftiger Mann Gelegenheiten ab, sah sich von Zeit zu Zeit in den Bazaren um und wählte mit Bedacht.

Der Einkauf in den Bazaren war umständlich, aber nicht ohne Reiz. Man ging herum, trat bald hier, bald dort in ein Gewölbe, nahm ein Schälchen Kaffee und eine Pfeife in Empfang, sah an, feilschte, kam drei-, vier-, fünfmal wieder, und wenn der Dalmatiner endlich bei der Ehre seines Weibes oder seiner Töchter schwor, daß er an dem zuletzt bewilligten Preis nichts verliere und nichts gewinne, dann war es Zeit, ihm das abschließende Gebot zu machen. Man nahm nun nur die fünf Goldstücke mit, die angewandt werden sollten, legte sie vor sich hin und erklärte, für diesen Betrag werde man kaufen oder nicht mehr kommen. Der Dalmatiner seufzte und gab nach. Zu seinem Glück handelten nicht alle Europäer so zäh; bisweilen zahlte ein Engländer mit rotem Backenbart schon beim erstenmal den fünffachen Wert.

Wenn Jacques Alexandra besuchte, mußte er die Mittagspause wählen. Er saß in ihrem Arbeitszimmer, das eine Glastür hatte und sehr abendländisch die Aufschrift Comptoir trug. Wie eine richtige Geschäftsfrau hauste sie darin – es war nichts einzuwenden, und doch fiel es ihm schwer, sich mit dieser Sachlichkeit abzufinden. Wollte sie einen Beruf fürs Leben daraus machen? Er denke zu französisch, um einverstanden zu sein, daß sie sich dem entziehe, was ihres Alters sei, sagte er.

»Und was ist meines Alters?« fragte sie.

»Das, Alexandra, weiß jede Frau«, erwiderte er, schlug die Beine übereinander und stützte die Hände auf den Knauf des Malakkastockes, nicht anders als ein Hausarzt von vielen Jahren – es sei denn, daß es ganz einfach die Haltung des Parisers auf einem Stuhl im Bois de Boulogne war.

Sie beugte sich tiefer über das Ausgabenbuch und rechnete die Posten zusammen. Wenn bei dieser Beschäftigung die Augen zum Seitenrand hinwanderten, trat Jacques mit seinem Sessel ins Blickfeld ein. Sie tat, als seien ihre Gedanken weit von ihm fort, der viel zu verwegen mit ihr sprach; aber es entging ihr keine seiner Mienen. Etwas Neues, ein Entschluß, hartnäckig zu sein und Schritt um Schritt Boden zu gewinnen, stand darin. Es war, als habe ein Kampf begonnen, bei dem es um die Stärkung seiner Stellung und die Schwächung ihrer ging.

Als sie aufsah, begegnete sie seinem Blick und las die Bewunderung darin. »Woran nur denken Sie?« fragte sie verwirrt.

»An alles, wovon Ihr Haar träumen läßt – vom Meer, das bei Homer das weinfarbene heißt, vom Laub der Ahornbäumchen in den Frühlingsgärten, von den Bacchantinnen im Herbst, kurzum von jedem Ding, das diesen Kupferglanz besitzt.«

»Und wenn es nun schwarze Haare wären, blieben dann die Träume aus?« erkundigte sie sich mit weiblich sanfter Ironie.

»Dann ständen auf andere Art die schönsten Gleichnisse zur Verfügung.«

»Gebrauchsfertig für den Bedarf an Komplimenten?«

»Auch das. Doch sollten Sie nicht übersehn, daß nichts so verzeihlich wie die Anbetung der Farbe ist. Man könnte behaupten, die Farbe sei die unmittelbarste Eigenschaft der erschaffenen Dinge. Was lebt, unterliegt dem Farbenzwang.«

»Das hätte Philo sagen können«, erwiderte Alexandra und sah

ihn beifällig an. Dann beugte sie sich wieder über ihre Seiten, so daß er eine neue Schönheit und eine neue Farbe erblickte, das Weiß des Nackens, auf dem die Last der Flechten lag.

Er dachte an jene Nacht des heißen Windes, als er von seiner Barke zu ihrer hinüberglitt. Nie würde er vergessen, wie warm unter dem dünnen Batist ihr Körper gewesen war, der einer jungen, durch Küsse willenlos gemachten Frau. Er nahm nicht einmal an, daß seine persönlichen Eigenschaften sie bezwungen hatten – viel eher der Augenblick, das Heulen der Matrosen, die Wüstenglut, die Überraschung und all das Ursprüngliche, zu dem der Europäer nicht ohne weiteres findet. So hast du noch eine Aufgabe vor dir, durchfuhr es ihn. Du selbst mußt sie gewinnen, als Person. Entzünde sie, und bevor es nicht gelingt, wirst du auch nicht gewiß sein, daß dir die Macht der Verführer gegeben ist.

Als es soweit war, daß im Bazar sein erster Teppichkauf abgeschlossen werden sollte, verlangte er, daß sie ihn begleite. Wieder schützte sie den Zeitmangel vor, und da er nicht nachgab, setzte sie ihm das Nein entgegen, das zu erwarten war. So lange wolle er darum bitten, bis ein Ja daraus geworden sei, erklärte er. Sie lächelte ungläubig, und der feste Zug um Lippen, die doch zarte Liebesbogen waren, verstärkte sich. Mit einem Blick auf die Glastür, an der eben eine Schwester vorüberging, nahm er sie in die Arme und küßte sie.

Alexandra stieß ihn zurück. Er gab sie nicht frei und sagte, es bleibe ihr nichts übrig, als sich damit abzufinden, daß er um sie werbe – er liebe sie und sei entschlossen, alle Mittel einzusetzen, die sanfteren und die kräftigeren, ja geradezu die Belagerung, es sei denn, daß sie ihm hier und jetzt, am Anfang, den Laufpaß gebe.

Sie erklärte, so gewinne man keine Frau. Doch, erwiderte er mit blitzenden Augen, als sei er Byrons Korsar. Und wenn sie auch Paris nicht kannte, so ahnte sie doch in diesem Augenblick, was dort die jungen Leute bewegte, der Willensvorsatz, nicht hinter den Helden der Dichter zurückzustehn – man freite nicht wie der Bürger, kam von den hohen Träumen her. Halb war er Glut und überschwenglich, halb fester Stahl und kühl. Sie erblaßte, doch sah er sich nicht fortgeschickt.

Ein paar Tage später erklärte Jacques, der Dalmatiner warte, der Besuch sei angemeldet. Alexandra überhörte es. Er sagte nichts, aber wiederum nach einem Tag erkundigte er sich, wann sie bereit sei, Teppiche zu kaufen. Unwillig verlangte sie zu wissen, was ihm das Recht gebe, so zäh zu sein.

»Das Gesetz, dem wir als junge Menschen unterstehn«, entgegnete er leichthin.

»Oh«, sagte Alexandra und schaute, indem sie den Blick von seiner eleganten Binde hob, nun fragend in Augen, die, wie ihr nicht entging und vermutlich auch nicht entgehn sollte, unverwandt auf sie gerichtet waren, lächelnde und kluge Augen, ein wenig Ironie darin, die nicht beleidigte, doch ihr fremd.

»Gewiß«, bestätigte er, »und das Gesetz ist zugleich ein Menschenrecht. In unserm Alter begegnet man sich nie gleichgültig, man fühlt Abneigung oder Sympathie. Jeder darf dem andern zu verstehn geben, daß er sich nähern möchte – so muß es ihm auch erlaubt sein, festzustellen, ob er willkommen ist. Er darf fragen, sich vorwagen und sogar ein Angebot machen, ist es nicht so?«

»Händler machen ein Angebot«, ließ sie ihn wissen, »und Frauen lieben nicht so große Deutlichkeit.«

»Mißfalle ich Ihnen sehr?«

»Sie gewähren mir so wenig Zeit.«

»Nichts eilt«, versicherte er und kam in den nächsten Tagen nicht mehr auf den Bazar zurück, so daß sein Schweigen sie beschäftigte. Und plötzlich war er nicht mehr da. Statt seiner kam ein Rosenstrauß mit einem Briefchen, das ihr mitteilte, er begleite den Fürsten auf einem Ausflug nach Abukir und Rosette.

74

Es war Sonntag, der hier freilich nur unter Christen galt, und sie wußte nicht, was mit dem langen Nachmittag anfangen. Die Augen Jacques' folgten ihr bei allem, was sie unternahm – königsblaue Augen, die Farbe tat es ihr an.

Sie begann einen Brief an ihre Kusine Marja im fernen Elsaß und mußte wohl berichten, daß Jacques sich in Kairo niederlasse. Als sie seinen Namen hinschrieb, glaubte sie ihn körperlich auf dem Stuhl neben dem Schreibtisch sitzen zu sehn. Dann fiel ihr ein, daß Marja in ihrem letzten Brief etwas über Jacques gesagt hatte, das wie eine Warnung klang. Sie suchte den Brief heraus – Jacques könne man nicht Leichtsinn vorwerfen, und doch wirke er so, als sei das seine stärkste Eigenschaft, er sei ein Verführer, stand da und bewirkte, daß sie auch seinen geschürzten Mund und seine Hände sah, die so viel Leben, Eleganz und Beschwingung hatten.

Sie flüchtete in die Nachmittagsandacht der Schwestern und versenkte sich, gewöhnt an die Anleitung, alles zur Welt Gehörende in kürzester Zeit auszuschalten. Sie stand erleichtert auf, und als nachher Philo kam, um sie zu einem Spaziergang abzuholen, ruhte sie so sicher in sich selber wie lange nicht.

Sie hatte Philo gern. Da er erst achtundvierzig Jahre zählte, war es nicht sein Alter, das ihr Vertrauen einflößte, es war seine Art. Alle Zurückhaltung fiel, wenn man mit ihm sprach, weil man sich verstanden und gebilligt sah. Er behandelte sie mit einer Zartheit, als ob sie die Blüte des süßen, aber auch so kurzen Frühlings sei, und dieser leise Nebenton, den sie wohl spürte, beschäftigte sie. Großmütiger und duldsamer konnte niemand von den Menschen denken; das Seltsame war, daß er sie einen Mißgriff Gottes und die armen Schächer der Schöpfung nannte.

Sie war eine Frau und begriff ihn nicht mit dem Verstand, wohl aber fühlte sie, daß man zu ihm flüchten dürfe, wenn man unglücklich sei. Von seiner Vergangenheit wußte sie nichts, er sprach nie davon. Gleichwohl wäre ihr nicht einen Augenblick der Gedanke gekommen, daß er zu den gescheiterten Europäern gehöre, deren es hier so viele gab. Sie ahnte, daß er aus einem reineren Beweggrund, der mit seinen Ideen zusammenhing, die Heimat verlassen habe. Die Leute sahn ihn als ihren Vater an, fast tat sie es selbst. Er sprach mit ihr wie mit einer Tochter, die eigene Interessen und eigenen Willen besitzt, beraten darf man sie nur unmerklich. Er war nicht damit einverstanden, daß sie in Ägypten blieb, und hätte es für richtiger gehalten, daß sie zu ihrer Kusine ins Elsaß ging. Nicht daß er ihre Tätigkeit mißbilligte – sein Bruder war Johanniterritter und seine Schwester Oberin –, wohl aber fürchtete er, daß sie unter Krankenschwestern und Spitalinsassen nicht den Menschen fand, mit dem ein junges Mädchen sich verbinden kann.

Es hatte geregnet. Der entsetzliche Staub war für ein paar Stunden aufgesaugt. Alexandra berichtete wie immer über die Woche und erwähnte Jacques. Philo sagte, er erinnere sich an den jungen Mann und sehe ihn noch neben Alexandra lagern, in jener Nacht bei den Pyramiden. Wenn sein Eindruck ihn nicht täusche, sei Jacques in allem der völlige Gegensatz zu ihr, womit er kein abfälliges Urteil aussprechen wolle, die Gegensätze zögen sich an.

Sie errötete ein wenig; er neckte sie damit und empfahl, nicht ohne Überlegung zu handeln; eine Frau habe ein einziges Mal die Bestimmung über sich selber in der Hand. Er erkundigte sich nach der Herkunft Jacques', sie sah, daß es auch in den Augen eines Mannes ohne Vorurteile nicht gleichgültig ist, woher man stammt.

Es gab in Kairo mehr Moscheen als Kirchen in irgendeiner christlichen Stadt. Die berühmteste war die Azharmoschee, die die erste Universität des Islam barg. Sie lag im Osten, den Hügel säumten; die Friedhöfe reihten sich hier, grünende und heitere Promenaden auch sie, die nichts Düsteres hatten. Wohl sprachen sie vom Tod, aber nicht mahnend, nicht gegensätzlich.

Die Säulen und die Steinbretter, die größeren der Erwachsenen, die kleineren der Kinder, standen aufrecht, wenn sie neu waren, dann neigten sie sich in allen Graden der Hinfälligkeit, und man tat nichts, um sie daran zu hindern, so wenig wie man den Bäumen verbot, zu wachsen und ihre Äste immer großmütiger über all dies Natürliche auszubreiten. Die Grabplatten hatten am Fuß eine kleine Vertiefung, um das Regenwasser für die Vögelchen zu sammeln. Entzückt sah Alexandra Stare nippen, die vielleicht aus ihrer Heimat kamen.

Über die Zitadelle des Sultans Saladin kehrten sie zurück, und Philo erwirkte bei der Oberin, daß Alexandra auch für den Abend Urlaub erhielt. Er wohnte auf der Insel Dschesireh bei einem italienischen Kaufmann, der einen wilden Garten hatte, ein Holzhäuschen stand darin. Die Ampel am Eingang brannte, in der Bibliothek war der Tisch gedeckt.

Es gab gebratene Wasserhühner, viele Früchte, Käse und Bordeaux. Auf dem Stehpult, an dem Philo arbeitete, lag der erste Band einer neuen Ausgabe der Tausendundeinen Nacht; sie wurde im Stadtteil Bulak gedruckt. Die Regale enthielten europäische Schriftsteller, darunter waren arabische Handschriften aufeinander gelegt. Die Wände hatten den warmen Holzton, und auch die Bücherrücken waren braun. Zur Beleuchtung dienten Kerzen, zum Ausruhn ein Diwan und ein fränkischer Lehnstuhl mit einem eisernen Scharnier zum Verstellen – der deutsche Schreiner hatte ihn verfertigt und ein Wappen angebracht, drei Tauben, schräg übereinander gereiht, die einzige Erinnerung an Philos Stand daheim.

Er zog eine schwarze Kutte über, die ihm das Aussehn eines Klosterderwischs gab. Die Nase mit dem starken Knorpel, von dem der Rücken kühn abwärts sank, konnte nordisch oder sarazenisch sein, in jedem Fall war sie ritterlich, das Erbe eines Geschlechts.

Er legte Alexandra vor, und wenn diese Betreuung altmodisch war, so war sie doch bester Stil. Sie schaute sich um in einem Raum, der Frieden atmete, und fand, es sei ihr, als würden die acht Jahre ausgelöscht, in denen sie, der Verwandten beraubt, unter Fremden gelebt hatte. Um ihre Dankbarkeit zu bezeigen, sagte sie es.

»Wenn Sie bei mir bleiben wollen, gäbe es eine Möglichkeit«, erwiderte er, und sie erschrak für einen Augenblick. Bot er ihr die Heirat an? Was sie empfand, war weniger Abneigung als Enttäuschung; ihn wenigstens hatte sie immer von Hintergedanken frei geglaubt. Er sagte:

»Meine eigene Tochter, die auch mein einziges Kind war, starb mit fünfzehn und hieß Alexandra wie Sie. Noch mehr, mir scheint manchmal, als sähen Sie mich aus ihren Augen an. Als sie sich legte, hatte gerade ein Maler ihr Porträt angefangen, er vollendete es dann aus der Erinnerung, aber ich habe es nie aufgehängt und auch nicht hierher mitgenommen – ich könnte Augen, die sich geschlossen haben, nicht unaufhörlich auf mich gerichtet sehn. Etwas anderes ist es mit denen eines lebenden Menschen, sie stören nicht, obwohl man auch durch sie erinnert wird. Seltsam verschieben sich die Vorstellungen – ich weiß, daß Sie nicht meine Alexandra sind, aber wenn ich Sie, die keinen Vater hat, an Kindes Statt annähme, dann wären Sie es doch.«

Er ergriff ihre Finger, betrachtete sie und schloß:

»Dieselben Monde, dieselben Spitzen, Sie haben sogar ihre Hand.«

Vor Erregung bebten ihr die Lippen. Sie nestelte an ihrem Gürtel und suchte nach dem Taschentuch. Bevor es gefunden war, wurde ihr sein eigenes in die Hand gedrückt. Sie lächelte unter Tränen, er erklärte:

»Es kam wohl allzu unerwartet, Sie dürfen mir nicht böse sein. Auch ist es ein Vorschlag, der Überlegung zwar nicht von mir, wohl aber von Ihnen verlangt. Wir wollen bis zum nächsten Sonntag nicht mehr davon sprechen, und wenn Sie dann eine rote Rose an Ihrem Ausschnitt tragen, soll es ein Zeichen sein, daß Sie sich für die Selbständigkeit entschlossen haben – eine weiße bedeutet das Gegenteil. Womit ich nicht sagen will, daß Sie als Alexandra von Schachen Ihr Leben nach meinem Kopf einrichten müßten. Ich bin ebenso bereit, in Kairo zu bleiben und nur zwei-, dreimal in der Woche Sie zum Abendessen bei mir zu sehn, wie mit Ihnen auf Reisen zu gehn und zuletzt im alten Europa zu landen, sei es am Rhein, sei es in Paris oder anderswo.«

Sie fragte, wie sich die Belastung mit einer Tochter und die Rückkehr unter die Menschen mit seiner Einsamkeit vereine. Er erwiderte, wenn man einmal völlig Ernst mit der Einsamkeit gemacht und einmal ohne Kompromiß das Band gelöst habe, falle eben der Kompromiß nicht schwer. Denn man wisse nun, daß zwischen der Flucht aus dem Leben und dem Sprung in seine tiefste Mitte kein absoluter Unterschied bestehe.

Sie suchte zu begreifen, was er damit meinte. Wann war ein Unterschied absolut?

»Ach, Liebste, Ihre grauen Augen sind nicht für so grüblerische Dinge geschaffen«, meinte er. Doch aus denselben Augen traf ihn ein so fragender Blick, daß er nachgab und, gewisse Worte stark betonend, sagte:

»Wenn *entweder* die Verneinung des Tuns *oder* seine Bejahung das richtige Verhalten wäre, dann würden sie sich absolut unterscheiden. Denn etwas, das absolut wahr ist, schließt das Gegenteil aus. Dann gäbe es auch eine echte Erlösung vom Zweifeln und vom Schwanken – *entweder* den Gehorsam gegen das Leben, in das man sich zu stürzen hätte, *oder* die Flucht daraus. Auf dieser Erde aber erlöst nicht die Askese und nicht die Tat. Immer bleibt ein unlösbarer Rest, und Sie erkennen es an Ihrer Unzufriedenheit. Man geht in die Askese, *nachdem* die Grobheit des Tuns offenbar geworden ist, und man schwört auf die Tat, *nachdem* sich die Unfruchtbarkeit der Askese erwiesen hat.«

»Auch die Religion lehrt, daß man sich den Extremen nicht ausliefern, nicht zu lebenssicher und nicht zu lebensfremd sein soll«, entgegnete Alexandra. »Wie aber ist es möglich, daß Sie den Menschen für einen Mißgriff Gottes halten können? Denn das haben Sie einmal gesagt.«

»Sie haben recht, das war ein bitterer Ausdruck«, gab er zu. »Der Gedanke, daß der Mensch ziemlich unglücklich zwischen dem schönen geschlossenen Tier und den höheren Geistern leben müsse, kommt einem freilich bisweilen, wenn man beobachtet, was er in seiner Verblendung aus sich macht. Heute bauen sie die ersten Maschinen, aber nach einem Jahrhundert wird ihnen diese Fähigkeit so zu Kopf gestiegen sein, daß sie das Abhängigkeitsgefühl zum Kinderglauben oder zum alten Eisen verweisen. Dann könnte es geschehn, daß die wenigen, die noch denken können, sich nicht mehr anders zu helfen wissen, als daß sie den Fall Mensch als hoffnungslos ansehn.«

»Nun klingt es doch wieder, als könne Gott in die Lage kommen, die Erschaffung des Menschen zu bereuen«, sagte sie, und er:

»Vielleicht, da es soweit ist, daß man ihm mit der Beweisbarkeit auch die Existenz abspricht.«

Sie zog daraus den Schluß, daß Philo sich den Glaubenssätzen der Kirche unterstelle, und war enttäuscht, als er erklärte, daß auch er das Dasein Gottes für unbeweisbar halte – über die Natur, die Eigenschaften und die Absichten des Absoluten lasse sich in der Tat nichts sagen. Er tröstete sie durch den Zusatz, daß diese Unbeweisbarkeit in seinen Augen die Heiligkeit der Vorstellung Gott erhöhe. Heilig nenne er, was positiv, aber den menschlichen Erklärungen nicht zugänglich sei.

Sie hatte einen ganz heißen Kopf bekommen, war aber auch stolz, daß er so ernste Dinge mit ihr besprach. Er sagte, es sei Zeit, sie heimzubringen, und unterwegs schmiegte sie sich an seinen Arm. Da sie eine Frau war, betete sie am Abend für ihn, nicht zum Absoluten, sondern zu ihrem Gott, der jede Eigenschaft der Allmacht, so auch die der Absolutheit besaß.

75

Am nächsten Mittag stand wieder Jacques im Comptoir. Sie begrüßte ihn unbefangen. Er spürte sofort, daß sie sich ihm während seiner Reise eher entzogen als genähert habe und daß viel aufzuholen sei.

Er brachte eine Zeichnung mit, die unterwegs entstanden war, die Kopie eines Frauenkopfes aus der Zeit des alten Alexandria, um Christi Geburt, mit Wachsfarben auf Holz gemalt. Alles Leben war überdeutlich in die nachtschwarzen Augen gebannt.

»Für mich? Ist das tatsächlich für mich?« fragte sie und wußte nicht, wie lebhaft und bezaubernd ihr Mienenspiel war.

»Für Sie, es sei denn, daß Ihnen diese Variation besser gefiele«, erwiderte er und reichte ihr ein zweites Blatt.

Sie konnte einen Ausruf nicht unterdrücken. Es war derselbe Kopf und doch zugleich ihr eigener – das Haar lockerer und moderner auffrisiert, der Mund durch ein tiefes, fast schwarzes Rot verdeutlicht oder gehoben, so daß nun er an Stelle der Augen alles von einer Frau aussprach – ein süßer Liebesmund, dessen Oberlippe die Herzform hatte. Benommen legte sie das Blatt zurück, sah er sie denn so? »In gewissem Sinne ja«, sagte er, »insofern man sichtbar macht, was ein Gesicht als äußerste Möglichkeit in sich trägt. Selbstverständlich ist dieses Blatt eine Übertreibung, nie dürfen Sie sich für die Straße so herrichten. Doch vor dem Spiegel, in einem ausgelassenen Augenblick oder für den, den Sie lieben...«

Er zog aus der Tasche ein Päckchen, das er in Alexandria für sie gekauft hatte und das Pariser Lippenstifte vom tiefsten Rot enthielt. Fassungslos hörte Alexandra ihn bitten, einmal möge sie auf ihren Lippen die schmal ausgezogenen Winkel und den hohen Bogen in Herzform ziehn. Sie erklärte, er vergesse sich, das Maß vergesse er. Jacques lächelte und erwiderte, jener antike Kopf sei schuld, auf der ganzen Reise habe er in jeder Frau die Dienerin der mänadischen Gottheit gesehn.

Sie sann dem Worte nach, und er sah in diesem Blick, der über ihn hinwegging zu noch nicht gekannten Bildern hin, die Ahnung angedeutet, daß etwas so Fremdes, etwas so Heidnisches sich nicht erfüllen könne.

Doch, erwiderte er in Gedanken, erfüllen wird es sich in der legitimen Stunde, für die ich alles gebe, was ein junger Mensch einer Frau opfern kann, die wunderbare Freiheit selbst. Damit du nicht scheu bist, damit du dich dem Schönen, Starken unbefangen überlassen kannst, tue ich, was fern lag, als ich dieses Land betrat. Sag, ist es so wenig?

Sie wurden unterbrochen. Eine Frau aus dem Volk kam mit ihrem Buben, der blau im Gesicht war, Blutschaum spuckte und zu ersticken drohte. Sie hatte sich in der Tür geirrt, statt am Spital am Schwesternhaus geläutet. Man holte Alexandra, Jacques folgte ihr und stellte Fragen an die Frau. Der Junge hatte Wasser aus einem Trog getrunken, mehr wußte sie nicht. Alexandra riet auf alle möglichen schrecklichen Sachen, Blutsturz und Epilepsie. Doch Jacques schüttelte den Kopf, obwohl er selbst nicht wußte, worum es sich handeln mochte. Zunächst einmal drückte er die geschwollene Zunge mit einem Löffel nieder und ließ Alexandra eine Kerze hochhalten.

Er sah am Eingang des Schlundes ein schwärzliches Etwas und hielt es für ein Blutgerinnsel, doch ließ es sich nicht lösen, und der Knabe schrie auf. Dann kam ihm der Gedanke, so unwahrscheinlich er auch war, es könne ein vollgesaugter Blutegel sein. Eine Prise Salz genügte, die Pinzette half nach. Dann noch ein paar Ausspülungen, und der kleine Bursche wurde mit der Warnung, nicht aus stehendem Wasser zu trinken, fortgeschickt.

Alexandra bewunderte seinen raschen Blick. Er fragte, ob sie ihm eine Belohnung bewillige. Die Lippenbemalung ausgenommen, ja, erwiderte sie. Dann möge sie ihn zum Bazar begleiten, sagte er, die Teppiche seien noch immer nicht gekauft, die Gewölbe morgen am Freitag geschlossen, man müsse heute gehn.

Nun endlich gab sie nach und war in einer Viertelstunde fertig. Jacques hatte sie noch nie im städtischen Kostüm gesehn. Er ließ das Auge über sie gleiten und machte ihr ein Kompliment, indem er sagte, so zeige er sich gern im Bois de Boulogne mit ihr. Der Bazar war nicht allzuweit, sie legten den Weg zu Fuß zurück. Neben ihr im Wagen zu sitzen hätte ihm gut gefallen – neben ihr zu schreiten und auf ihren lautlosen Hüftgang zu achten bezauberte ihn.

In Europa war heute Allerseelentag, der grau verhängte, und auf den Friedhöfen verzehrten sich mit einem gelben Flämmchen die kleinen Kerzen, als seien sie die letzten Atemzüge derer, die die Welt verlassen. Hier war strahlend blauer Himmel, vollkommen bis auf das Stigma des Irdischen, den Staub.

Sie tauchten in die Gassen ein, die zum Bazar führten und noch nach Berufen geordnet waren. Es gab die Gassen der Buchhändler, der Kupferschmiede und der Schreiber, der Rosenkränze und der Wasserpfeifen. Alexandra sah sie zum zweitenmal, beim ersten hatte Philo sie begleitet. Jacques erinnerte sich kaum mehr an ihn. Er fragte, was für ein Mensch er sei. Ein bedeutender, ein ungewöhnlicher und völlig von ihm verschieden, sagte sie.

Er nannte es eine zweifelhafte Antwort und zog sie rasch in den

Eingang eines Ladens, um dem Zug von Lastträgern Platz zu machen, die tief gebückt ungeheure Ballen zum Bazar schleppten – schon hatten sie Alexandras Hut gestreift. Sie sah sich nach einem Spiegel um, doch hier war nicht Paris, und sie mußte seine Hilfe dulden. Er rückte das Strohhütchen zurecht und steckte auch die hervorquellende Locke zurück. Ein Muselman, der vorüberging, schaute unwillig her. –

»Daheim stopft er seiner Lieblingsfrau die Leckerbissen mit eigener Hand in den Mund und hält das für den besseren Stil«, meinte Jacques trocken. Der Grieche, dem der Laden gehörte, verstand die Worte und meckerte dazu. Er bat Madame und Monsieur, eine Kleinigkeit bei ihm zu kaufen. Er schüttelte ein paar Säckchen Edelsteine vor ihnen aus, aber Jacques nahm nur einen arabisch geschriebenen Wandsegen, der die tröstlichen Worte »Auch das geht vorüber« trug.

Sie gingen zum Bazar. Langbärtig saßen die Moslim, auf Würde bedacht. Genauso stellte man sich die reichen Kaufleute der Märchen vor. Die jüdischen stachen durch Unruhe und Eifer von ihnen ab. Als der Dalmatiner Jacques erblickte, führte er die Hand zu Stirn und Boden – gelobt sei die Einsicht des jungen Herrn, schon waren die für ihn bestimmten Teppiche fortgepackt. Nichts leichter, als sie wieder herzuschaffen – ah, Madame, sind sie nicht herrlich, unvergleichbar und, worüber man wohl seufzen darf, spottbillig, beim Bart des arabischen Propheten sei es gesagt.

Die Goldstücke wechselten den Besitzer, der Klang verbreitete sich lieblich wie ein Geruch. Doch wie, so kurz besuchte man nicht einen Mann, der außer Teppichen auch alles führte, was das Gemach einer Frau schmückt. Geradezu flehend verlegte er ihnen den Weg. Der Gehilfe, den er mit einem Zucken des Augenlids und zwei Fingerspitzen zu lenken verstand, breitete Brokat und Musselin und Gesticktes aus, was immer zwischen Samarkand und Belgrad von demütigen Fingern verfertigt worden war. Ein guter Geschäftsmann wittert, wie es sich mit einem jungen Paar verhält. Jacques ließ ihn gutgelaunt gewähren, der Mann arbeitete ihm in die Hand.

Alexandra schien empört zu sein, daß Jacques bei jedem Preis ein Drittel bot. Er versicherte, noch das sei um die Hälfte zuviel. Als sie wieder draußen waren, lenkte er sie auf einen Platz, an dem Mietskutschen hielten. Im Hof eines Palastes schritten zwei Strauße auf und ab – was unternahm man nun, da von der Mittagspause noch eine ganze Stunde zur Verfügung stand, fragte Jacques. Alexandra sah unentschlossen drein, er winkte um so entschlossener einen Wagen herbei. »Wohin?« fragte sie, der Wagen rollte vorwärts, dem neuen Viertel zu.

»Ich möchte Ihnen meine Wohnung zeigen. Es ist heller Mittag, sagen Sie nicht nein. Wozu auch, achtbarer kann in ganz Kairo kein Gebäude sein. Im Erdgeschoß wird sich eine französische Bank einrichten, im ersten Stock zur einen Hälfte das britische Konsulat, zur andern ich.«

»Wenn mich die Schwestern mit Ihnen im Wagen sehn, ist es mit meinem Ruf vorbei«, erwiderte Alexandra.

»Was würden die Folgen sein?«

»Daß man mich vor die Tür setzt.«

»Lassen Sie es darauf ankommen und denken Sie: Im Notfall kann ich zu Jacques gehn und sicher sein, daß er alle seine Teppiche ausbreiten wird ...«

»Im Notfall ginge ich zu Philo«, unterbrach sie ihn.

»Und täten was bei ihm?«

»Ich übertrüge seine Manuskripte und erführe, was das Absolute ist«, erklärte sie, auf seinen Spott gefaßt. Aber er fragte nur:

»Beschäftigt er sich damit?«

»Ja, und deshalb sagte ich, daß er völlig verschieden von Ihnen ist.«

»Nur deshalb? Ich glaubte, Sie meinten auch den Charakter.«

»Gewiß, ich meinte auch den. Es gefällt mir, Jacques, daß Sie sich über Philo nicht lustig machen.«

»Sie unterschätzen mich. Zwar bin ich anders, ich bin von dieser Welt. Aber daß ein Mann sich mit den grundsätzlichen Fragen beschäftigt, weshalb sollte ich das nicht verstehn? Schließlich, auch ich denke über etwas so Farbiges wie das Leben nach – nicht grüblerisch, das liegt mir wenig, aber was es an Meldungen aussendet, das nehme ich in Empfang.«

Sie kamen vor dem Neubau an. Er stand an einem noch leeren Platz, den ohne Zweifel Sykomoren oder Palmen, auch Rasen und ein Kandelaber schmücken würden. Die Treppe war aus Stein, die Wände gekalkt und mit Ölfarbe überzogen, hygienisch soll ein Arzthaus sein. In Paris gab es nichts Moderneres – es fragte sich, ob man dort überhaupt ein Sprechzimmer mit solchem Ausblick und so viel Lichtfülle fand.

Sie hatte doch Angst gehabt, mit Jacques allein zu bleiben, in Räumen, die ihm die Frage auf die Zunge legten, ob sie sich denken könne, daß einer davon ihr eigener sei. Er besaß genug Geschmack, um den Augenblick nicht auszunutzen, und gab sich korrekter als auf der Straße draußen. Ein ganz klein wenig hatte sie es anders erwartet, sie lachte leise über die weiblichen Umwege auf.

Im Traum der Nacht sah sie ihn noch einmal mit dem Knaben beschäftigt, der nicht, wie sie zuerst geglaubt hatte, das Opfer der Pest, sondern so viel einfacher das eines dummen kleinen Blutegels gewesen war. Aufwachend gestand sie sich, wie geschickt diese nervigen Hände seien und wie schön in ihrer Schlankheit, Künstlerhände, als wäre er ein Pianist – Verführer sie, Verführer die Augen, die sie ständig auf sich gerichtet sah. Sie folgten ihr, verließen sie keinen Augenblick, lächelnde und kühne Augen, die zugaben, was ihre Absicht war, vom Mut und vom Beschwingten sprachen, und von der Steigerung, die einer den andern lehren wird.

Von Jacques dachte sie zu Philo hinüber, der das Ruhige, das Reinere anbot, der mit ihr reisen wollte, Vater und Tochter sind vertraut. »Aber das ist nicht deines Alters«, hörte sie Jacques sagen, »deines Alters bin ich und ist die Unruhe, das Neue, all das vorher nicht Berechenbare, das eine junge Ehe birgt. Nicht wenn du mit einem abgeklärten Mann vor Sankt Peter stehst und aus seinem Mund einen Vortrag über Bramante anhörst, erfüllt sich der Sinn deiner zweiundzwanzig Jahre – erfülle ihn mit Deinesgleichen, und Deinesgleichen, das bin ich.«

Sie sank in den Halbschlaf zurück und fand sich im Traum, Jacques suchend, auf der Samorinschen Barke wieder. Doch war es ihre eigene, die mit schwellenden Segeln nilaufwärts glitt, ungeduldig, den Wüstenföhn zu erreichen, der dem Blut Gewalt antut. Wie durch eine glühende Wand fuhr sie in ihn hinein, und dahinter stand auf der Bugspitze eines Schiffes Jacques. Sie rammte es, er lachte, sprang herüber und riß sie in seinen Arm.

Gleich jedem Mädchen hatte sie sich ausgemalt, wie es sein werde, wenn man den Gefährten wählt, und immer einen jungen Philo gesehn. Vertrauend bringt sie ihm ihr Herz entgegen, er wird sie schonen und führt die Ehe als ein Christ. Sie stöhnte und begriff nicht, was ihr von den schlanken, heidnischen Händen Jacques' geschah.

76

»Zehn Schleier sind um Sie heute«, sagte er am Mittag im Comptoir. War es eine schlechte Stunde, um seine Sache zu führen, oder eine gute? Er vertraute auf die gute und warb. Er tat es sanft, nicht ohne Schwermut, wie ein junger Hirt, dem vor Sehnsucht nach der fliehenden Nymphe die Flöte verstummt. Es erregte sie, ihn so verändert zu sehn, und er sagte, wenn sie ihn zurückweise, werde er der Unordnung verfallen, der Zuchtlosigkeit des Orients. Kaum hatte er es ausgesprochen, so verbesserte er sich – es solle nicht gelten, sei nur ein falsches, sentimentales Argument.

Benommen sah sie, wie er Schritt um Schritt sein Selbst zurückgewann. Man dürfe sich nicht in das Herz einer Frau schleichen, indem man ihr versichere, sie sei die Erlöserin. Erlösen könne den Menschen nur, wer über seinen Nöten stehe.

»Die Not der Frau ist die gleiche wie die des Mannes, daher sie nur Partner sein können, wenn sie ehrlich sind«, erklärte er.

Er schien ihr Luzifer zu gleichen, der Gott vorwirft, er habe seine Geschöpfe zum Erdenlos verdammt und erwarte trotzdem, daß sie ihn für seine Güte preisen. Sie wußte nicht, ob er ihr fremd war oder der, dem sie ins Dunkle folgen wolle. Sie suchte in seinen Zügen nach dem geheimen Makel, der sie erschrecken könne, und fand den Zauber, den der Geist verleiht.

Er spürte, daß sie sich gewinnen lasse, und das Triumphgefühl war nicht die stärkste unter den Regungen dieses Augenblicks. Er hielt sie für eine der schönsten Frauen, denen man begegnen konnte, und es rührte ihn, daß sie selbst es nicht zu wissen schien. Von ihrer Empfindungskraft hatte er eine ebenso hohe Meinung wie von ihrem noch nicht geweckten Temperament.

Sie saß auf einem Boudoirmöbel aus den Tagen Bonapartes, er stand davor, und Schweigen war, als stellten sie ein Bild, wie man es in den Panoramen sah. Das Erstarrte wurde ihnen zur selben Zeit bewußt, sie schaute auf, er lächelte, der Bann zerbrach. Jacques sank aufs Knie und umfing sie, bis alles, was sich noch fremd war, den neuen Rhythmus fand, die Lippen und das wild pochende Herz.

Nur ihre Flechten sanken noch tiefer in den Nacken, er ordnete sie wie in der Gasse des Bazars, und da seine Hand beim Liebkosen war, umglitt sie mit leisen Strichen den spitzen Kelch der Brust, der sich mit Feuertropfen füllte, das Niegefühlte kam über sie.

Alexandra wußte nicht, wie sie am Nachmittag die Arbeit erledigte, und ging durch die Stunden gleich einer Nachtwandlerin. Sie sprach der Oberin, da Jacques es verlangt hatte, die Kündigung zum Dezember aus. Weshalb, wurde sie unwillig gefragt und schaute verwundert auf – sie heiratete Jacques, und weil Jacques am ersten Januar seine Praxis begann, so brauchten sie den Dezember für sich.

Die Oberin erklärte, sie müsse mit Jacques persönlich reden, und bestellte ihn zum Abend. War es unumgänglich, daß er dem Haus eine so angenehme Gehilfin entzog? Er sei tagsüber beschäftigt, der Haushalt fülle die Stunden einer Frau nicht aus, wenigstens nicht so lange, als noch die Kinder fehlten, sagte sie und war bereit, auf die neuen Umstände Rücksicht zu nehmen, durch Herabsetzung von Alexandras Arbeitszeit.

Jacques erwiderte, als Frauenarzt brauche er selbst eine Gehilfin und habe daran gedacht, Alexandra dazu zu machen. Die Oberin riet es ihm ab. Die Assistentin sei am besten eine Angestellte, weiter nichts, auch in den Augen der Patientinnen, die sich und ihre Geheimnisse schwerlich der Gefährtin des Arztes anvertrauen würden. Des ferneren sei es der Ehe nicht förderlich, wenn die junge Frau immer nur mit den intimsten weiblichen Dingen beschäftigt werde und in kürzester Zeit jede Illusion verliere. Entweder entsage man der Ehe, um sich der Not der andern zu widmen, oder man erhalte sich für den eigenen Wirkungskreis und dürfe dann nicht zu tief in eben diese Not blicken.

Jacques bewunderte ihre Klugheit und erkannte die Gründe an. Er werde sich nach einer arabischen Assistentin umsehn, erklärte er, und wenn Alexandra einwillige, weiterhin im Schwesternhaus zu arbeiten, sei auch er einverstanden, vorausgesetzt, daß sie nicht mehr als drei Stunden am Vormittag und zwei am Nachmittag beschäftigt werde. Die Tischpause könne man kürzen, so daß sie um drei Uhr frei sei. Seufzend willigte die Oberin ein, es gab keinen Überfluß an Kräften. Auch die Beurlaubung für den Dezember wurde zugesagt.

Am nächsten Tag machte der erste Gratulant Besuch, es war der Fürst. Er lud die jungen Leute auf den Sonntag zum Tee in seiner Wohnung ein. Alexandra sagte, daß es der Nachmittag Philos sei, worauf Pückler sie lebhaft aufforderte, ihn mitzubringen. Es war zugleich der Sonntag, an dem sie für Philo eine weiße oder rote Rose tragen sollte.

Sie hatte nichts anstecken wollen, aber Jacques schickte einen Strauß, der Knospen in beiden Farben enthielt, und so befestigte sie eine weiße am Gürtel.

»Also Selbständigkeit«, sagte Philo, als er eintrat, und sie erwiderte rasch: »Nicht ganz, ich verlobe mich mit Jacques.«

»Ich wußte es – zwei junge Europäer in Kairo, das nur die Schiffbrüchigen sieht, das ist fast dasselbe wie zwei junge Menschen auf einer Insel allein«, meinte er.

Es verletzte sie ein wenig, daß Philo ihre Wahl als etwas Berechenbares ansah, doch wünschte er ihr so herzlich Glück, daß sie die Verstimmung sofort vergaß und dachte, er habe den stärkeren Grund, enttäuscht zu sein, und zeige es gleichwohl mit keinem Wort. Nach einer Weile läutete das Glöckchen wieder.

»Jacques?« fragte er, sie nickte.

Philo wollte die jungen Leute anfangs nicht begleiten. Alexandra blickte ihn bittend an, und Jacques, der es sah, ließ ihn wissen, wie dankbar er für die Freundschaft sei, die Philo ihr in langen Monaten bezeigt habe. Das kleine Geheimnis, das die Rosen betraf, hatte sie Jacques nicht anvertraut, weil sie annahm, daß Philo es so wünsche.

Beim Fürsten öffnete ein neuer Page und war wieder einer dieser Griechenknaben, die durch Gemetzel oder Krieg ihre Familie verloren hatten. Pückler kam ihnen entgegen und führte sie in sein Studio, wo an der Bücherwand so still und bildhaft, als ob sie verschleiert wäre, Ajiameh stand. Sie gab nach europäischer Weise den Gästen die Hand, die schmalste und zarteste, die Alexandra begegnet war.

Während man Platz nahm, zog sie sich zurück, Alexandra hätte gern mit ihr gesprochen. Der Fürst erzählte, noch immer nähre sie sich vegetarisch und sei nicht zu bewegen, auch nur das Fleisch eines Hühnchens zu versuchen. Er nahm an, daß sie diese Enthaltsamkeit weniger aus Gründen übte, die man in Indien religiös, in Europa philosophisch genannt hätte, als aus hygienischen, um sich die samtweiche Haut und die blendenden Zähne zu erhalten – vielleicht auch um ihres ungemein empfindlichen Näschens willen, das ohne Zweifel wisse, daß Fleischgenuß und Ausdünstung im heißen Klima sich bedingten.

Da er im Gesicht Alexandras einen Zug des Unmuts sah, beeilte er sich hinzuzufügen:

»Pardon, das Thema ist nicht eben salonfähig, wechseln wir es.«

Aber Alexandra erwiderte, im Krankenhaus lerne man, nicht empfindlich zu sein, und wenn sie ein gewisses Unbehagen zugeben wolle, dann nur darüber, daß sie wie im Sommer schon gedacht habe, dieses liebliche Sklavenmädchen sei gegen die Zergliederung seiner kleinen Geheimnisse noch wehrloser als eine Europäerin.

»Das ist ein Feingefühl, meine Verehrteste, das Ihrem Herzen alle Ehre macht«, sagte der Fürst. »Indessen, mir scheint, daß sie nicht wehrloser als bei uns eine Dame, sondern nur ebenso wehrlos ist. Wie halten wir es denn in unsern Salons? Kaum hat eine Schöne ihn verlassen, so sprechen wir über alles, was sie angeht, so ungeniert wie ihre Dienstboten, mit denen wir die Untugenden der Neugier, der Bosheit und der Lieblosigkeit teilen. Im übrigen, Ajiameh lebt nicht mehr im Zustand der Sklaverei. Sie hat jedes Recht der Selbstbestimmung – nur fällt es schwer, ihr das klarzumachen.«

»Was soll sie auch mit der Selbstbestimmung anfangen?« fragte Philo. »Sie können ihr nur negativ zum Bewußtsein bringen, was Freiheit ist, indem Sie sie vor Ihre Tür setzen – wohin wendet sie sich dann? Nicht einmal der Beutel mit Goldstücken, den Sie neben sie legen, würde ihr weiterhelfen.«

»Sie haben ganz recht, Meister Philo, und ich denke auch nicht ohne Besorgnis an den Augenblick, wo ich Ägypten verlasse.«

»Sie brechen Ihren Aufenthalt ab, Fürst?«

»In einigen Wochen, vermutlich im Januar.«

»Und wohin werden Sie sich wenden?«

»Zuerst nach Syrien, wo der Sohn Mehemed Alis Statthalter ist.«

»Dorthin können Sie Ajiameh mitnehmen«, meinte Jacques.

»Gewiß. Auch nach Zypern und Smyrna und Konstantinopel. Was dann zu tun ist, weiß ich noch nicht.«

»Sie wird sich an Sie klammern und Ihnen nach Deutschland folgen wollen – es sei denn, daß Sie sie schon hier zurücklassen. Alexandra hätte vielleicht in unserm Haushalt für sie Platz.«

»Das ist mehr als liebenswürdig von Ihnen, es ist menschlich gedacht. Immerhin muß ich gestehn, daß ich vermutlich zur Gattung der Snobs gehöre, denen es Spaß macht, die Mitbürger in Wallung zu bringen. Ich sehe schon die Gesichter meiner Beamten, wenn sie mich unter Girlanden begrüßen und hinter mir die Kupferhaut Ajiamehs erblicken. Sehn wir zu, wie sich alles entwickelt; ich hoffe noch bei Ihrer Hochzeit zugegen zu sein, doch hängt es nicht von mir allein, sondern auch von Mehemed Ali ab.«

Ein unangenehmer Umstand war vorgefallen, und Pückler berichtete selbst darüber – aus dem Mund anderer vernähmen sie ihn nur entstellt. Im Frühjahr hatte er bei Mehemed Ali dessen Söhne getroffen und in einem der Aufsätze, die er an Cotta schickte, die Fettsucht des jüngsten mit aller Vorsicht angedeutet – der Redakteur in Augsburg aber nach einer unleidlich neuen Manier den Beitrag mit einer ins Auge springenden Überschrift versehn und keine intelligentere gefunden als: »Der dicke Prinz«.

Damit war aus einem harmlosen Hinweis ein geschmackloser und beleidigender geworden, der auf allerlei Umwegen, aber nicht ohne Nachhilfe, Mehemed Ali zu Ohren kam. Es gab genug Höflinge, die Pückler haßten, weil er beim Vizekönig etwas galt und, nach seinen Eindrücken in den entfernten Provinzen gefragt, die Übergriffe gewisser Paschas nicht verschwiegen hatte. Kurzum, dem Fürsten Pückler war der Journalist Pückler in die Quere gekommen. Zwar lud man ihn noch immer ein, doch setzte er die Abreise nun früher an.

77

Er bestand darauf, daß die Gäste zum Abendessen blieben, und unterhielt sie bei Tisch als Mann von Weltverstand, beim Kaffee als Liebhaber eines Gesprächs von Substanz. Die Kunst, sich über die Schwächen einer Natur zu verbreiten, war ihm geläufig, aber er übte auch die größere, die Ideen zu erraten, die ein Mensch als wesentlich empfand – man mußte sie dem andern nahelegen, dann wurde er produktiv. Was Alexandra mit dem Gefühl ahnte, daß

Philo ein selbständiger Denker sei, hatte Pückler bei der kurzen Begegnung an den Pyramiden sofort erkannt. Um ihn zu ehren, blendete er die Leuchte seines eigenen Geistes ab, Philo beherrschte den Abend.

Der Fürst hatte in Alexandria von einem Skandal am offenen Grab gehört: Der Priester tröstete eine Mutter, deren einziges Kind nach schwerer Krankheit gestorben war, durch das Argument, Gott habe sie prüfen wollen und sehe ihr Opfer mit wohlwollenden Augen an – sie aber fuhr auf und schrie hinaus, Gott sei grausamer als die Menschen, wenn er ein schuldloses Kind leiden lasse, um einen andern zu strafen. Der Fürst fand, diese Frau fühle richtiger als der Priester, den der Zwang, einen faßbaren Trost zu spenden, dazu verleitete, den unzulänglichsten, ja den empörendsten von allen zu geben.

»Aber sie braucht doch einen Trost, was soll er ihr denn sagen?« wandte Alexandra ein.

»Alles, nur eben nicht, daß Leid eine Strafe und Gott ein verrechnendes Wesen ist – Verrechnung steht ihm nicht an«, erwiderte Philo.

Jacques sagte, die Zahl der tröstlichen Argumente sei ohnehin nicht groß, und alle bestätigten im Grunde nur die Unvermeidlichkeit des Todes. Als Arzt aber benutze er sie ohne Bedenken – die Frage, ob sie standhielten, scheine ihm nebensächlich zu sein.

»Unter diesem Gesichtspunkt bin ich immer froh, wenn mir ein Priester im Sterbezimmer zur Hilfe kommt«, meinte er. »Ob die Glaubenswahrheiten sich mit den philosophischen vereinbaren lassen, ist in meinen Augen nicht so wichtig wie die Tatsache, daß sie einen praktischen Wert besitzen.«

Sowohl der Fürst wie Philo stimmten ihm zu, aber Alexandra widersprach: Nützlichkeit sei nicht der Gesichtspunkt, unter dem man das Erhabene betrachten dürfe. Philo hob die Hand, und der Fürst lobte den Mut, mit dem die Angelsachsen sich zum Vernünftigen bekannten.

Alexandra war enttäuscht, sie suchte Gott mit dem Herzen. Um ihr beizustehn, sagte Jacques, daß der Glaube nicht im flachen, sondern im tiefen Sinn nützlich sei, der Nutzen liege in der Hilfe, in der Sicherheit. Alexandra wandte sich ihm so beglückt, mit einem Glanz im Auge zu, daß sie selbst erröten mußte.

Der Fürst klatschte in die Hände, Ajiameh schob den Vorhang zur Seite und trat mit einem Stoß Tellerchen ein. Der Page folgte ihr, er trug die Kristallschüssel, die den Fruchtsalat enthielt. Ajiameh teilte die Erfrischung aus, Alexandra auf dem Diwan zog das Mädchen neben sich. Es nahm auf dem äußersten Rande Platz, wie eine in die Enge getriebene Gazelle zum Aufspringen bereit. Philo, der am besten Arabisch sprach, unterhielt sich mit ihr. Die Antworten, die sie gab, waren scheu und kurz. Alexandra reichte ihr ein Tellerchen, sie legte die Hände über die Brust und lehnte eine so große Vertraulichkeit ab. Alexandra fragte sich, was für ein Los dem armen Kind beschieden sei. Der Fürst verurteilte sie zur Unfruchtbarkeit, um keinen Bastard zu zeugen oder aus einem andern Grund, der weniger eine Rücksicht gegen sie als gegen sich selber war. Wenn er sie nach Europa verpflanzte, lebte sie ihre Spanne gleich einem der Tiere des Äquators ab, die man auf ein Schiff lud und hinter den Eisenstangen der Gärten ausstellte. Was immer auf sie wartete, es war nicht das Glück. Alexandra wandte sich Jacques zu, der nun für sie das Los bedeutete, und suchte seinen Blick. Die Herren unterhielten sich darüber, welche Eigenschaft den Deutschen von den andern Nationen unterscheide, und Pückler fand, daß sie das Parieren sei.

»Seltsam ist, daß wir für eine so wesenhafte Eigenschaft ein Fremdwort haben«, sagte er.

»Vielleicht, weil Gehorchen für den im Parieren erreichten Grad nicht reicht«, entgegnete Philo und dachte an die Abbitte vor dem Bild des Königs, die ihm zugemutet worden war.

»Das französische *parer* hat nicht den Sinn von Gehorchen – sprachlich und sachlich handelt es sich um eine Mißbildung«, meinte Jacques.

Der Fürst fragte Alexandra, was sie von den Deutschen denke. Sie kannte keine andern als die Verwalter, die man in Rußland sah, für tüchtige Beamte und im übrigen für Pedanten hielt. Dann fiel ihr ein, daß auch Philo, den sie liebte, Deutscher sei. Sie sagte es, der Fürst erwiderte, sie beschäme ihn und habe recht, man zwänge ein Volk nicht in einen einzigen Begriff.

Am Abend schrieb sie an Marja und an Grace, um ihnen Mitteilung von der Verlobung zu machen. Was Marja sagen würde, ließ sich vermuten, vielleicht war sie entsetzt. Und Grace hatte die Ehe den Tod der Illusion, den Mann den Träger aller Erdenschwere genannt. Ohne an den Erfolg zu glauben, schlug Alexandra ihr vor, zu reisen – sie schlug ihr einen Besuch in Ägypten vor.

Am nächsten Tag erhielt Jacques die Mitteilung, daß er am Spital endgültig angestellt worden war. Er fragte Alexandra, ob man nun den Hochzeitstag festsetzen könne und wer alles in Bewegung zu setzen sei.

Die Schneider, die Konsuln, der Priester und der Vormund, erwiderte Alexandra, nachdem sie überlegt hatte. Ihn aber beunruhigte das Wort Vormund: hier war wieder einmal eine Erlaubnis einzuholen. Mit einem Schlag begann die nüchternste aller Angelegenheiten, die Jagd nach Stempeln und Papieren. Entweder mußte man noch Monate warten ...

»Oder wir begnügen uns vorerst mit der kirchlichen Trauung«, sagte er und sprach mit Alexandras Beichtvater, dem er darlegte, daß Rußland weit und nahe nur seine französische Kapelle sei. Der Beichtvater hatte ein Einsehn, die von Napoleon vorgeschriebene Zivilehe war ihm ein Dorn. Daß er den zweiten Dezember festsetzte, hatte nichts damit zu tun, daß Napoleon an diesem Tag sich in Notre-Dame einst krönte und später wiederum Austerlitz gewann.

Alexandra wußte nicht, daß die Ehe in Frankreich ohne die bürgerliche Trauung ungültig war, und Jacques unterließ es, sie aufzuklären. Ein wenig Vabanque zu spielen reizte ihn. Im Notfall wandte man sich an Clot Bey oder gar den Vizekönig, und überhaupt, hier war man fern von der Norm. Alexandra machte ihn darauf aufmerksam, daß er ein mittelloses Mädchen heiratete, wenn die Vormundschaftsbehörde in Rußland ihr Geld nicht freigab. Sie besaß dann nichts als die fünfzehnhundert Francs, die Samorin ihr dagelassen hatte und mit denen sie sich das Nötigste anschaffen wollte; geringfügig genug war es.

Jacques tat den Einwand mit einer Handbewegung ab, und wenn er auch selbst überzeugt war, daß nichts so sicher wie dieses Guthaben sei, so gefiel doch Alexandra, daß er nicht berechnend war. Seine Heiterkeit, der ironische Schwung, mit dem er sich über Hindernisse hinwegsetzte, und sein Selbstvertrauen rissen sie mit: es mochten doch nicht alle Männer Träger der Erdenschwere sein.

Seine Augen folgten ihr unablässig. Er sagte selbst, daß er sich als Augenmensch fühle, der in jeder einzelnen Minute aufnehme, was sichtbar und ein Versprechen auf Schönheit, Erfüllung, Begegnung sei. Sie wußte, daß er sie begehrte, und mochte sie auch insgeheim vor diesem Unbekannten scheuen, so machte es sie doch froh, in seinen Augen, vor denen sie oft die eigenen senkte, nicht die entsetzliche Schwüle zu sehn, die ihr aus andern, afrikanisch dunkeln, entgegenschlug.

78

Am zweiten Dezember wurden sie in der Kapelle getraut. Sie hatte Angst gehabt, daß es ihr vor Erregung nicht möglich sei, sich in die Handlung zu versenken, in die heiligen Gefühle einzugehn. Aber sie stand, als die Orgel erbrauste, in solcher Entrückung auf, daß alle, die ihr ins Gesicht schauten, betroffen waren. Ajiameh im

Hintergrund löste sich aus der Erstarrung, sank mit einem seltsamen Laut vor ihr ins Knie und küßte mit der Demut einer Verlorenen ihre Hand.

Der Fürst, der sich den Vertrauensvater Jacques' nannte, und Philo als der Alexandras gaben das Mahl für neun Personen, unter denen sich vier Frauen befanden: Alexandra, die Oberin, die Gattin Clot Beys und jene Fatinitza, an der die Augen orientalisch, die intelligenten Lippen europäisch waren.

Auf die Frage, wo das Mahl stattfinden werde, hatte der Fürst geheimnisvoll getan. Eine Anzahl Wagen stand bereit. Die Fahrt ging zum Nil, zur Barke, mit der Jacques und der Fürst nach dem Sudan gereist waren. Man hatte sie überholt und festlich geschmückt, der Vizekönig den hübschen Einfall gebilligt. Die Tafel war gedeckt, die Köche befanden sich an Bord. Alsbald löste das Fahrzeug den Anker, und Alexandra fand in einer reizenden Kabine als Jacques' Geschenk eine kostbare Toilettengarnitur.

Nach dem ursprünglichen Plan des Fürsten wären die Gäste nach dem Mahl ausgestiegen und zurückgekehrt, das junge Paar aber hätte seine Hochzeitsnacht auf dem Schiff verbracht. Doch das ließ sich vielleicht in fünfzig Jahren einmal verwirklichen. Die Besatzung bestand aus Elementen, die niemand kannte – es war besser, man forderte die Geister der Wüste und des Wassers, die Dämonen der Landschaft nicht heraus. So drehte die Barke gegen Abend um. Alexandra betrat das Verdeck, als die Lampions, die es umkränzten, schon angezündet waren. Am Bug saßen drei italienische Musikanten, die Liebeslieder aus Neapel sangen und zur Mandoline begleiteten. Der Rhythmus beflügelte die menschlichen Schlepper, die Seile spannten sich, man schoß dahin.

Am Landeplatz standen Wagen bereit. In einem fuhren Alexandra und Jacques allein in ihre Wohnung, die von Zauberhänden beleuchtet und mit Blumen geschmückt worden war. Der Fürst, ein Romantiker des Organisierens, hatte für alles gesorgt. Im Schlafzimmer wartete als Zofe die neue Dienerin, die sich, nachdem sie Alexandra geholfen hatte, zurückzog in eine Kammer, die außerhalb der Wohnung an der Treppe lag.

Sie gingen durch die Räume, die nun ihre waren, und sahn sich zum erstenmal in der lässigen Kleidung, die man daheim anlegt. Alexandra trug den von Philo stammenden Morgenrock in Pfauenblau und Gelb, Jacques einen Hausanzug von Seide.

Der Teppich im Salon war so weich und zugleich so fest, daß Jacques seine Pantoffeln abschleuderte, sie landeten nicht eben kunstgerecht, und dann wünschte er die Alexandras zu bewundern, die rotjuchtenen. Er sagte, sie habe den kleinen Fuß der Polinnen, und ließ sich davor mit gekreuzten Beinen nieder, das hatte er gelernt. Der Weg zum Balkon, auf den sie flüchten wollte, war ihr versperrt. Er gab ihn sofort frei, als er sah, daß sie auf seinen Übermut nicht einging. Doch nach zwei Schritten wandte sie sich zurück. Jetzt war nicht der Augenblick, die Aussicht auf ein unbebautes Gelände zu betrachten, sie sagte:

»Jacques, ich bin so abgespannt, es war ein anstrengender Tag.«

Er machte die für ihn charakteristische Gebärde, die ebenso besagte, daß alles zu begreifen sei, wie daß es nicht der vielen Worte bedürfe, und führte sie, indem er den Arm um ihre Schulter legte, unter die Tür des Schlafzimmers, worin die Betten nebeneinander standen. Sie hatte schon gefürchtet, ihn verletzt zu haben. Er sagte ohne Empfindlichkeit, als Arzt verschreibe er ihr, eine Stunde zu ruhn, und wenn sie einschlafen sollte, achte er die Verschreibung der Natur.

Er blies die Kerzen aus, nur noch das blaue Nachtlämpchen brannte neben einer Fayenceschüssel, die mit Obst gefüllt war. Sie fragte ihn, was er tun werde – die erste Ordnung in den Schreibtisch bringen, erwiderte er. Als sie allein war, legte sie ein feuchtes Taschentuch auf das pochende Herz. Die Kühle tat ihr gut und wirkte auf die Gedanken ein. Sie ließ den Blick durch das Zimmer gleiten, das nun für immer mit ihm zu teilen war, und fand, daß zurückzubeben nicht mutig gewesen sei. Sie versenkte sich, da der Augenblick des Gebetes kam, in die Gelübde am Altar, bedachte, daß sie nun Frau und Geliebte war, stand auf und fühlte die Müdigkeit verflogen. Unter der Tür rief sie ihn.

Die von der Oberin besorgte Dienerin, Zimmermädchen und Köchin in einem, war Griechin, stand in mittleren Jahren und trug ohne Verpflichtung den Namen Helena. Als Alexandra sie am Morgen in der Wohnung wirtschaften hörte, wollte sie aufstehn. Der Gedanke an diese erste Zeugin war ihr unangenehm. Jacques sagte, da man vor den Angestellten keine Geheimnisse haben könne, sei es am besten, sie als lebende Automaten zu betrachten, ungeachtet ihrer Menschenrechte, die ständen auf einem andern Blatt.

Schon wollte er bei ihr das Frühstück bestellen und es im Bett einnehmen. Alexandra widersetzte sich, worauf er nach der Fayenceschüssel mit den Früchten griff. Messerchen, Servietten, Schalen mit Wasser, alles war da, um Lippen und Hände zu reinigen, die Früchte selber beseitigten den Nachtgeschmack im Mund. Dann zog er sie an sich, und halb ausgeruht, halb von einer süßen Müdigkeit erfüllt, lernte sie, nun junge Frau, zum erstenmal die wissendere Entrückung kennen, die auf sich selber aufmerksam ist und bald Lust heißen wird.

Der Muezzin auf dem Minarett drüben rief den Mittag aus, und die Zitadelle bestätigte ihn europäisch mit einem Kanonenschuß, als sie sich zum ersten Mahl niedersetzten. Die Griechin hatte an der Tür des Balkons gedeckt. Ein Eßzimmer fehlte, für gewöhnlich würden sie im Warteraum speisen müssen, zur Abwechslung auch auf dem Vorplatz.

Vier Wochen gehörten ihnen. Wenn es nicht regnete, machten sie kleine Ausflüge, den ersten nach den Pyramiden von Giseh, wo sie sich kennengelernt hatten, den zweiten nach Schubra, wo in den Gärten ein Sommerpalast des Vizekönigs stand. Eine Woche wurde in Alexandria verbracht, das den Kairoten als Sommeraufenthalt diente und unter diesem Gesichtspunkt auch für die Praxis Jacques' in Betracht kam.

An schönen Tagen gingen sie in die Bazare, deren es viele in Kairo gab. Gewöhnlich wurden sie von einem Dach aus bunten Hölzern oder einem Segeltuch überschattet, das am Turm einer Moschee oder an den Zinnen eines Konaks befestigt war. Die Handwerker arbeiteten vor den Kaufbuden, und wenn sie in einer Gasse wohnten, in ihr – Gestalten des Gleichmuts, vom fürchterlichsten Gedränge unberührt. Berittene oder Fußgänger, das alles schrie, kämpfte, wogte auseinander, floß wieder zusammen, ein von Molen beengtes Menschenmeer.

Mit Zurufen und mit Schlägen schafften Diener den Raum, den eine Frauenschar auf flinken Eseln brauchte – ein Harem, der in die Bäder eilte. Die Damen waren schwarz verhüllt und trugen weiße Leinenmasken, die Augen blitzten nur um so dunkler daraus hervor. Bald war es ein Zug von beladenen Kamelen, der jeden an die Wände preßte, bald eine europäische Kutsche mit sechs Pferden, worin die Tochter des Vizekönigs saß, die Witwe des Defterdars, des Schatzmeisters, der so grausam gewesen war, daß man sich noch heute die entsetzlichen Einzelheiten zuflüsterte.

Das Auge sah alle Trachten, das Ohr hörte alle Sprachen des Balls. Der Neger vom Äquator, der außer seinem Wollhaar nichts trug, schritt neben dem Parsen, der das Feuer anbetete und aus Iran kam; der Lord mit dem Backenbart neben dem katholischen Mönch und dem Nachkommen des Propheten, der am grünen Turban kenntlich war. Die Bettler streckten den Stumpf der Rechten hin, die der Henker abgeschlagen hatte, als sie noch vom Diebstahl lebten. Die Augenkranken verscheuchten mit einem schmierigen Lappen die Mücken, die in den entzündeten Löchern saßen.

Bei keinem der Possenreißer auf den Plätzen blieb man mit einer Frau stehn. Daß die kleinen Mädchen, die seine Gehilfinnen waren, mit den Händen Fürzchen nachahmten, war das Geringste. Der noch nicht zehnjährige Junge wünschte für fünf Para alle angenehmen Dinge, so auch einen großen Phallus an. Es gehörte zum Humor – der Humor steigerte sich zum Grotesken in der Taubheitsszene: da auf keine Weise mit dem Alten eine Verständigung möglich war, bückte sich zuletzt der Junge und schrie jenem in den After hinein.

Farbe, Lärm und Enge, so stellte man sich das Mittelalter vor, und wenn man aufschaute, die Überhänge, die Erker, die schmalen Stockwerke sah, dann war es noch tatsächlich da. Die Schabracken der Reiter leuchteten in Purpur und Gold, die Spitzen der Minaretts, die ausgespannten Teppiche waren wie die Gotik selbst. Der Geruch von Hammelfett mochte bodenständig sein, aber den Wechsel von wohlduftenden Essenzen und höllischem Gestank, von Weihrauch, Ambra, Moschus und faulenden Substanzen hatte es vor Jahrhunderten so und nicht anders in Genua und Antwerpen gegeben, in Straßburg und Paris. Nicht einmal die Burgen des alten Florenz zur Dantezeit fehlten. Sie standen im Herzen der Stadt, herrenlos, seitdem die Mamelucken vernichtet waren: Engländer mieteten sie, mit Höfen, Galerien und Gärten, für eine Handvoll Piaster, wie sie in Mantua und Venedig taten.

79

Was aber die Mamelucken, die Fürsten der erst gestern beendeten Feudalzeit betraf, so erzählte sich ihr Untergang am besten, wenn man zur Zitadelle ging.

Auf ihr stand der Palast des Vizekönigs, im Schutz der Kanonenschlünde, sie richteten sich zur Stadt. Der Schauplatz des Mordens war die Felsengasse gewesen, ein hoch oben mit Häusern besetzter Schlund, der vom Rumelischen Platz, der öffentlichen Hinrichtungsstätte, zur Zitadelle zog.

Es mochte in einer Art Notwehr geschehn sein. Man hatte Mehemed zugetragen, daß sie, über vierhundert an der Zahl, ihrerseits ihn in wenigen Tagen abschlachten wollten, und er kam ihnen zuvor, indem er sie einlud. Als sie in der Felsengasse waren, schloß sich hinter und vor ihnen das Tor. Selber in allem Waffenschmuck prangend, erblickten sie auf den Terrassen, den Vorsprüngen, den Galerien der Häuser über sich Soldaten und hielten es für einen ehrenvollen Empfang, bis plötzlich die Gewehre feuerten – es gab keine Gegenwehr und keine Rache, nur ein Knäuel von Pferden, die stürzten, und ruhmlosen Tod. Das war Anno 1811, jetzt stieg dicht daneben aus den Kaminen der Kanonengießerei und der Gewehrfabrik der Rauch, zerteilt von den Armen des optischen Telegrafen auf dem uralten Palast des Sultans Saladin.

Auch das Gotteshaus, das Saladin gebaut hatte, stand noch, aber die Kuppel war eingestürzt und das Innere enthielt ein Magazin. Türken besserten nicht aus, Mehemed errichtete lieber eine neue Moschee. Am Südfuß der Zitadelle wuchs sie im Gerüst heran. Ihre Säulen waren aus massivem Alabaster, und da auch außen wie innen die Wände mit Alabasterplatten belegt werden sollten, galt sie als das kostbarste Gebäude sowohl des Islams als der Christenheit.

Es wurde ihnen erlaubt, die noch unvollendeten Mauern zu besteigen. Sie überblickten die Stadt und verstanden, weshalb sie das Meer der Welt hieß. Die Türme, die Kuppeln, die Paläste, von Sperbern umflogen, waren ohne Zahl. Drei Reihen von Pyramiden gürteten den Wüstenrand. Durch die Mitte dieses Panoramas floß, von Grün eingefaßt, der Nil, der sich im Norden teilte. Die Apotheose des Deltas begann dort.

Alexandra sah auf die schneeweißen Säulen hinab, aber es fröstelte sie, wenn sie an das Blut dachte, das den Händen Mehemeds anhaftete. Jacques erwiderte, die Welt sei so eingerichtet, daß der Erfolg die Rechtfertigung überflüssig mache. Er sagte, einmal habe er gelesen, was mit den Männern, den Frauen, den Kindern von Konstantinopel geschah, als die Türken es eroberten – man überlege besser nicht, was menschliche Geschichte sei, ein Ozean, Blutströme ergossen sich in ihn.

An manchen Tagen fiel stundenweise Regen. Dann schöpften sie Luft unter den Bäumen des Damms, der den Esbekiehplatz umschloß. In der Überschwemmungszeit war diese gegen Bulak vorgeschobene Stelle ein See, den Schleusen regelten, zu den andern Jahreszeiten eine Flur von grün wogendem Klee.

Um den Damm lief ein Kanal, um den Kanal eine Straße. Auf drei Seiten reihten sich Konaks im orientalischen Stil, auf der vierten die Holzhäuser von Kopten, hoch, finster und malerisch jenseits der Worte. In einem der Paläste hatte Bonaparte gewohnt, in einem zweiten war Kléber ermordet worden. Jetzt enthielt er das Ministerium des Unterrichts, der Garten aber gehörte zu den Gärten jener Witwe des Defterdars.

An den Regentagen ordnete Jacques auch die Dinge, die er im Sudan gesammelt hatte, und packte die Kisten aus, die von Paris gekommen waren. Sie enthielten Lehrbücher, Instrumente, die neusten Romane, so auch Mussets Beichte. Alexandra saß im Sessel neben dem Schreibtisch und beschäftigte sich mit Handarbeit.

Als eines Tages, vom Pagen begleitet, die verschleierte Ajiameh einen Blumenstrauß des Fürsten brachte, zeigte Alexandra ihr den Wäscheschrank. Es entspann sich eine Unterhaltung über Stickereien, auf die Ajiameh sich verstand. Alexandra bat den Pagen, das Mädchen am Abend abzuholen, und ein paar Stunden lang saßen die beiden Frauen am Nähtischchen: darauf breiteten sich in den buntesten Farben Wollstränge aus. Selbst Jacques sah den braunen Fingern, die ein abessinisches Muster anfertigten, bezaubert zu. Ihre Feinfühligkeit äußerte sich schon in der Art, wie sie nach den Gegenständen griffen. Sie waren so schlank, daß sie hager wirkten.

Nach den Vorschriften hätte Ajiameh sich ihm nicht unverschleiert zeigen dürfen, aber auch beim Fürsten galt, wie es selbstverständlich war, nicht die strenge Observanz. Gefragt, welchem Glauben sie als Kind angehört habe, konnte sie nur unklare Auskunft geben – sei es, weil ihr die Begriffe fehlten, sei es, weil dort ein Zwischenreich, halb koptisch, halb mohammedanisch gewesen war.

Alexandra gab ihr ein Briefchen mit, worin sie den Fürsten bat, ihr das Mädchen öfter zu schicken. Zwei Tage später begleitete er es selbst. Er war der erste Besucher, den Alexandra als verheiratete Frau empfing. Er küßte ihr zur Verwunderung Ajiamehs die Hand, übergab die Rosen und sagte, sie sei gleich diesen Knospen erblüht. Sie errötete, weil sie fühlte, er sagte es als Realist, der bei den Rosen zugleich an den Gärtner denkt.

So gab er sich auch, als sie ihm die Wohnung zeigte – sie sei reizend und zu zweit ein Liebesnest. Darin verbarg sich die Frage: Wie aber, wenn die Gemeinschaft größer wird? Obwohl der Untersuchungsstuhl, der für einen Frauenarzt unentbehrlich war, im Studio stand, hatte Alexandra auf ein Boudoir verzichten müssen und sich dadurch geholfen, daß sie im Schlafzimmer, im Salon und bei Jacques ein Fraueneckchen einrichtete. Auf diese Weise war sie zu zwei Nähtischchen und zwei Sekretären gekommen. Der deutsche Schreiner brachte gerade eine spanische Wand, die das Gittermotiv der arabischen Haremsfenster wiederholte. Über die Rückseite war grüne Seide gespannt, und wenn dahinter die Kerzen brannten, würden schimmernde Effekte entstehn.

Der Fürst überraschte Alexandra durch die Mitteilung, Ajiameh habe ihn gefragt, ob sie im Glauben der jungen Frau unterrichtet werden könne. Er vermutete, daß zur einen Hälfte die Zeremonie bei der Trauung Eindruck auf sie gemacht hatte, zur andern der Umstand, daß Alexandra zu diesem Gott betete.

»Und Ihre Antwort?« erkundigte sie sich.

»Ich habe die Gelegenheit benutzt, um ihr wiederum zu erklären, daß sie ein freier Mensch sei, aber sie kann nur in der Kategorie der Unterordnung denken . . .«

»Es ist die der Demut und nimmt ihr nichts von dem Adel, den man so stark an ihr verspürt«, erwiderte Alexandra.

»Schade, daß sie den Wunsch nicht sechs Wochen früher geäußert hat – man hätte sie hier unterweisen lassen können. Für einen Orientalen, der Christ wird, kommt nur die katholische oder die orthodoxe Kirche in Betracht. Die Vorstellung, Ajiameh in einer lutherischen Gemeinde der Provinz Sachsen sitzen zu sehn, das Gesangbuch in der Hand, macht mich schaudern. Ein Geschöpf wie Ajiameh muß knien, den Weihrauch wittern und zu den Heiligen aufsehn.«

»Warum sollte es zu spät sein?«

»Ich reise in zwei, höchstens drei Wochen«, sagte der Fürst.

»Und Sie kehren nicht zurück?«

»Vielleicht, aber erst nach Jahren, vorausgesetzt, daß die Altersträgheit dann noch nicht über mich gekommen ist.«

»Wir haben einmal davon gesprochen, daß sie bei uns bleiben könnte . . .«

»Wo wollen Sie sie unterbringen? Sie haben keinen Platz. Ich glaube auch nicht, daß Ajiameh sich von mir trennen würde, so sehr sie an Ihnen hängt. Nach Weihnachten werde ich sie fragen und abermals ihre Freiheit betonen.«

Der kleinen Ajiameh war nicht zu helfen. Der Fürst bestimmte ihr Schicksal, seine Unrast bestimmte es. Als Weihnachten kam, stellte Alexandra im Salon eine Krippe auf. Der Himmel, der sich über Ochs und Eselin blau wölbte, war legitim, der Himmel des Morgenlandes. Mit dem Geschenk Alexandras, einem goldenen Armreif, geschmückt, kniete Ajiameh davor, sei es auch nur, um besser zu sehn, und wandte keinen Blick vom farbigen König aus dem Mohrenreich, der Stern mit dem Schweif stand über ihm.

In der letzten Pariser Kiste, die Jacques auspackte, lag gerollt das Porträt, das Maslin dem Sohn aus Lörrach geschickt hatte. Der Rahmen war auseinandergenommen, der Schreiner fügte ihn zusammen und brachte das Bild über dem Schreibtisch des Studios an. Da es ein wenig schief hing, richtete Jacques es gerade. Der gelbe Diamant an seiner Hand sprühte starkes Feuer, und Alexandra fragte ihn, ob auch der Ring von seinem Vater stamme.

Es kam ihm unerwartet. Er mochte keine Unwahrheit sagen, und wenn er die Wahrheit zugab, war das Abenteuer mit Amalia Berlenga zu gestehn.

Alexandra sah, daß er zögerte, und berichtete ablenkend, der Fürst habe zu Silvester eine Einladung geschickt.

»Es ist ein südamerikanischer Diamant, und die Frau, die ihn mir schenkte, war Brasilianerin, beim Herzog von Braunschweig habe ich sie kennengelernt«, sagte Jacques.

Er kam ins Erzählen. Es war eine spannende Geschichte, die mit dem Werber in Bern begann und mit dem Papagei schloß, der nun bei Berlioz und der geborenen Miß Smithson im Käfig saß – »Jacques« hatte er seinem Herrn nachgerufen, als der Abschied von ihm nahm.

»Es ist eine Pariser Geschichte«, sagte Alexandra, »und ich wußte, daß du nicht wie ein Mönch gelebt hast.«

»Warum auch, da ich keiner war?« fragte er. »Ich habe weniger Affären als viele Studenten gehabt, nicht aus Tugend, sondern weil ich fertig werden wollte. Wünschst du, daß ich den Ring ablege?«

»Gewiß nicht«, erwiderte sie, doch überzeugend klang es kaum. Er streifte den Reif vom Finger und tat ihn in ein Kästchen.

»Bist du nun zufrieden?« erkundigte er sich.

»Ach, man ist so dumm und kann nicht gegen die Gefühle an.«

Er setzte sich zu ihr auf die Lehne des Sessels und sagte:

»Neville hat mir einmal von einer Engländerin erzählt, die einen Tugendbund junger Männer gründen wollte. Sie sollten sich verpflichten, so unberührt wie die jungen Mädchen in die Ehe zu gehn. Ich weiß nicht, ob sie Erfolg gehabt hat. Außerhalb Englands hätte sie ihn sicher nicht.«

»Du findest den Gedanken lächerlich?«

»Ich finde ihn abgeschmackt. Man soll nicht fordern, was unerfüllbar ist. Nimmst du an, eine junge Frau werde glücklicher mit einem Gefährten, der ebenso unerfahren wie sie ist?«

»Sie würden gemeinsam erleben – ach, darüber kann man doch nicht sprechen, Jacques.«

»Du meinst, sie würden den Weg der Erfahrung gemeinsam suchen und dank der Natur schon finden? Wieviel Törichtes und, was gefährlicher ist, wieviel Brutales, das sich nicht mehr gutmachen läßt, liefe unter.«

»Ich glaube eher, daß es eine Menge von Männern gibt, die in dem Maße brutaler werden, wie die Zahl ihrer Frauen wächst.«

»Ohne Zweifel, aber dann sind sie brutal von Natur, ich sprach von der Brutalität aus Unerfahrenheit. Es ist besser, wenn einer in der jungen Ehe vorsichtig und schonend führen kann.«

Alexandra sah ihn mit einem seltsamen Ausdruck an. –

»Vorsichtig und schonend?« fragte sie.

»Was hast du?«

»Nichts . . .«

»Das sagt man immer, wenn man etwas auf dem Herzen hat. Du findest nicht, daß ich schonend zu dir bin?«

»Jacques, ob du nicht ein wenig selbstzufrieden bist?«

Er konnte nicht mehr zweifeln, daß sie ihn für zu stürmisch hielt, und fühlte die Enttäuschung dessen, dem man die Beschwingtheit raubt. Dann sagte er sich, daß es natürlich sei, wenn sie Tage der Zurückhaltung verlange.

Als Philo zwei Wochen nach der Hochzeit Alexandra wiedersah, unterdrückte er seine Bewegung; ihr Gesicht war verändert.

Doch selbst wenn er ihr leiblicher Vater gewesen wäre, hätte er nicht das Recht gehabt, ein Bedauern zu empfinden, weil an Stelle des süßen Schmelzes der Mädchenhaftigkeit der blühendere und deutlichere, der weniger zarte der sinnlichen Empfänglichkeit getreten war. Die Natur hielt für ihre Geschöpfe ein Massenschicksal bereit und wachte darüber, daß keines sich entzog.

Vor einigen Wochen, als er Alexandra vorgeschlagen hatte, gemeinsam zu reisen, war ihm die Vorstellung, ihr die Welt zu zeigen, teuer gewesen, ein paar Tage lang, obwohl er sich sagte, daß vielleicht vor Sankt Peter schon der junge Mann stehn werde, der sie betörte und mit sich nahm. Ob er Jacques oder anders hieß, bedeutete keinen Unterschied.

Er mußte sich zwingen, nicht unfreundlich zum Ehemann zu sein. Zwar konnte man nicht sagen, daß Jacques die Selbstgefälligkeit zur Schau trage, mit der der Hahn sich vor dem Weibchen spreizt, und doch war sie da, als die unbewußte Sicherheit des Mannes, der sich als geschickter Führer zum Reich des Eros fühlt. Er sah, wie sie, ohne ihre Abhängigkeit zu ahnen, nach ihrem Jacques hinschaute, an seinen Mienen, Worten und Ideen hing.

Wenn ein Mann die Verantwortung begriff, die ihm durch solche Herrschaft über eine Seele auferlegt war, dann konnte er die Züge einer Menschenfrau aufs zarteste modellieren, als sei er der Bildner, sie der Ton. Und wenn er es nicht begriff, würde sich zeigen, ob sie Selbständigkeit besaß. Ihr Gehorsam gegen ein Gesetz, das sie zunächst willenlos machte, rührte ihn. Jacques spürte, daß Philo auf ihrer Seite stand, und sagte, daß er doch noch zu einem Schwiegervater gekommen sei.

In der Silvesternacht waren sie alle beim Fürsten vereinigt. Auch Gäste aus den levantinischen Kreisen und der europäischen Kolonie kamen. Man goß Blei, trank Punsch, und da der Fürst ein Klavier gemietet hatte, tanzte man sogar.

Ajiameh lernte in den Sitten der Abendländer nicht aus. Wie konnte eine verheiratete Frau tanzen, wie sich von einem Mann, der nicht ihr eigener war, in den Arm nehmen lassen? Die Benommenheit stand ihr im Gesicht geschrieben, vielleicht fand sie die Freiheit schamlos. Sie mußte an diesem Abend Gläser und Konfektschalen reichen. In der Zwischenzeit hielt sie sich im Hintergrund und schaute zu, ihre Augen hingen an Fatinitza, der Löwin des Abends.

Ihr Schwager, der Kaufmann aus Marseille, hatte seine Frau mitgebracht, die ein maltesisch-arabischer Mischling aus Tunis war. Fatinitza selber trug zuerst Lieder, dann einen Monolog aus Phädra vor. Die Stimme, tief und von großem Umfang, überraschte durch den aufwühlenden Klang, der die Tragödin ausmacht. Als Jacques mit ihr tanzte, erkundigte er sich, ob man ihr nie nahegelegt habe, zur Bühne zu gehn.

»Jeder Franzose und selbst die Engländer sagen es mir. Es ist die Frage, die jeder neue Fremde stellt. Aber keiner weiß anzugeben, wie man von Kairo nach Paris gelangt, es sei denn – nun wohl, Sie dürfen einmal raten.«

»Daß Sie sich von ihm entführen ließen«, versuchte er sein Glück.

Sie nickte und sah ihn voll an. Der Schnitt der Augen war morgenländisch und auch der starke Glanz, westlich die Dimension der Tiefe, der denkenden Intelligenz. Die Mischung gab ihnen etwas eigentümlich Starkes, das um Verstehen warb. Ganz europäisch waren die Lippen, so scharf abgesetzt, daß man die schmerzhafte Empfindlichkeit erriet. Sie war keine alltägliche Frau und mochte gefährlich sein für jemand, der sie nicht einfach um der Mitgift willen heiratete, sondern zu ergründen begann.

»Wie schlank Ihre Frau ist, sind alle Nordländerinnen so?« fragte sie.

»Gewiß nicht«, erwiderte Jacques.

»Ich beneide sie darum, noch mehr als um ihr Haar. Aber finden Sie nicht, daß unsere Stimmen ähnlich sind?«

Er gab es zu und hätte ihr sagen können, was für ihn das Erregendste der Liebesstunde mit Alexandra war – die Süße einer Stimme, die aus dem erdhaften Dunkel zur Engelssphäre ansteigt. Fatinitza wäre ohne Zweifel auf diese Indiskretion auch eingegangen – er fand, sie sei neugierig bis zur Lüsternheit und teilte diese Eigenschaft mit den meisten Levantinerinnen.

Er drehte sie rascher, sie war ein wenig schwer. Die Üppigkeit bedrohte sie und würde wohl das Schicksal ihrer späteren Jahre sein.

»Wäre es sehr anmaßend, nach Ihrem Alter zu fragen?« sagte er.

»Wozu wollen Sie das wissen?«

»Nur im Gedanken an die Bühnenlaufbahn. Darf ich wieder raten, wie vorhin ein einziges Mal?«

»Sie dürfen.«

»Einundzwanzig?«

»Fast auf den Monat genau. Ist man mit einundzwanzig schon zu alt zu diesem Beruf?«

»Es kommt auf die Ausbildung an. Wenn Sie noch vor Ihnen

liegt, wäre es schon ein wenig, ich will nicht sagen spät, doch knapp.«

»Es ist bereits zu spät, ich habe mich verlobt und heirate in zwei Wochen.«

»Auch das ist eine Lösung«, erwiderte er.

»Ich weiß es nicht«, gab sie leise zurück.

»Ihr Verlobter ist nicht anwesend?«

»Er holt eine Karawane in Assuan ab.«

Die Antwort berührte ihn unangenehm. Die Kaufleute, die Karawanen aus dem Süden empfingen, handelten meist mit lebender Ware ...

»Sklaven?« erkundigte er sich obenhin.

Sie sah ihn nachdenklich an, und ihre nächsten Worte machten ihn betroffen. Sie bedeutete ihm, ein junger Arzt, der in dieser Gesellschaft Fuß fassen wolle, dürfe nicht zu deutlich zeigen, was er über gewisse Einrichtungen denke. Er begriff sofort, daß sie etwas Vernünftiges gesagt hatte, und gestand es ein. Sie erwähnte die Anzeige, die er auf französisch und englisch in die Zeitung gesetzt hatte – morgen begann seine Praxis?

»Übermorgen«, berichtigte er.

»Übermorgen«, wiederholte sie; »meine Schwägerin weiß nicht, ob sie den Mut findet, Sie zu konsultieren – Sie scheinen ihr zu jung zu sein. Ich werde sagen, daß man sich sehr ernst mit Ihnen unterhalten kann ...«

Er lachte und dankte ihr. Sie bestand darauf, daß er im Interesse seiner Sprechstunde mit jeder der anwesenden Damen tanze. Und dann fragte sie, ob er schon Schritte unternommen habe, um sich mit den Freimaurern gut zu stellen. An nichts hatte er so wenig gedacht. Sie führte ihn alsbald den Herren Lambert und Cavallia zu. Der erste sei Saint-Simonist mit Leib und Seele, der zweite Illuminat, der an die schwarze Magie noch mehr als an die weiße glaube.

Cavallia war ein alter Mann, aber schon in der Jugend hatte er seinem Spiritus familiaris vertraut und den schönsten Lohn empfangen, als besagter Geist ihm den Ausbruch der Großen Revolution sechs Monate vorher mitteilte. Von der Revolution sprang er zur Kuhpockenimpfung über und fühlte Jacques auf den Zahn. Der neue Doktor hatte Glück, er gehörte nicht zu ihren Gegnern. Der Enthusiast mit dem weißen Haar schwärmte ihm von Mehemed Ali vor, der jedem Untertan für jedes Kind, das er impfen ließ, einen Piaster zahlte. Jacques lernte an diesem Abend, daß ein Arzt nicht mit dem Wissen oder Können auskommt. Noch wichtiger ist, daß er keinen Anstoß erregen wird unter Leuten, von denen er leben will.

Sein letzter Tanz gehörte wie der erste Alexandra. Das Schwarz der Spitzen stand ihr, die so hellhäutig war. Die Schleppe hob die Schlankheit der Gestalt, der Ausschnitt den mattfarbenen Glanz der jungen Büste. Er hatte geglaubt, ihre Schönheit sei ihm vertraut – im Lüsterlicht, im Abendkleid, im Walzerklang, in der Bewunderung der andern war sie eine neue Frau, und in ihren Augen stand, daß sie ihn nicht abweisen werde.

Sie neckte ihn mit der Eroberung des schönen Mädchens Fatinitza – er erwiderte, es gebe besseres Blut und tieferen Reiz, und wen er begehre, sei sie, Alexandra, ganz. Eine Blutwelle überschüttete sie, und schwer ließ sie sich in seinen Arm sinken. Die ganze Alexandra war in ihren heißesten Stunden ein Losungswort, an das sie in den ruhigen nicht zu denken wagte, weil dann die Frage quälte, ob solche Schrankenlosigkeit, der keine Scham mehr galt, nicht Sünde gegen den Sinn der christlichen Ehe sei.

Er tanzte sie aus dem Salon hinaus, als sei hier ein Maskenfest, von dem sich Kavalier und Dame in eine Gondel fortstehlen. Es war keine Gondel, zu der seine Hand sie leitete, es war ein Wagen, aber die Paläste am Nil schimmerten so bleich wie die der Adria.

Sie empfing in dieser Nacht und wußte es, wie die Frauen in den arabischen Märchen, im gleichen Augenblick. Bei Philo hatte sie eine ungekürzte Übersetzung gefunden, und er sie ihr nach einem Zögern überlassen, das ihm nicht berechtigt erschien – sie sei kein Kind mehr und mit einem Alkibiades verheiratet, der zu den Gottheiten von Hellas bete, ein französischer Athener, nicht der Winckelmanns.

Die bürgerliche Trauung beim Konsul wurde ohne Schwierigkeit nachgeholt, aber mit der neuen Praxis wollte es gar nicht vorwärtsgehn – noch schlimmer, es fehlte ihr der allererste Anfang. Die Gehilfin, ein christlich-arabisches Wesen aus Aleppo, das in der Hebammenschule von Abu Zabel ausgebildet worden war, saß jeden Nachmittag drei Stunden müßig im Wartezimmer. Dieser Raum hatte zum Glück einen eigenen Zugang von der Treppe – man kam nicht in Versuchung, sich jedesmal, wenn ein Ausläufer an der Wohnungstür schellte, bereit zu halten, weil sicher nun der Strom der Patientinnen kam.

Ohne die Vormittagstätigkeit im Hospital wäre es nicht auszuhalten gewesen. Die Oberin Alexandras gab Jacques den Rat, sich nicht als Spezialisten, sondern als Arzt für alles und Geburtshelfer zu bezeichnen. Er war schon im Begriff, ein neues Schild zu bestellen und eine neue Anzeige einzurücken, als der Schwager Fatinitzas ihn holen ließ.

Jacques stellte bei Mme. Mascot Blutungen fest. Man mußte ausspülen, tamponieren, überhaupt eine genaue Untersuchung vornehmen, da Verdacht auf eine bedrohte Schwangerschaft bestand. Für das alles war ein Schlafzimmer nicht der geeignete Ort, doch auf den Vorschlag, zu ihm zu kommen, sah sie ihn an, als habe er einen unmoralischen Antrag gemacht. Er hielt sie nicht für übertrieben tugendhaft, sie unterstand nur den levantinischen Vorurteilen, die den orientalischen nahekamen.

Jacques verlangte den Gatten zu sprechen, der als Franzose vernünftiger dachte und sich nur erkundigte, ob Jacques mit einer Assistentin arbeite. Am nächsten Tag kam Madame angefahren und machte in der Folge den Weg noch öfter. Sie wünschte, von der Frucht befreit zu werden, und er sah sich gleich bei Beginn des Berufes vor den Konflikt gestellt, der das Unangenehmste daran war. Da sie an einem Herzfehler litt, zur Fettsucht neigte und die letzte Niederkunft mit Not überstanden hatte, konnte er ihr zu Willen sein.

Die Wirkung zeigte sich sofort. Kein Gesetz verbot in diesem Land die Unterbrechung der Schwangerschaft, nur die in Europa geltende Anschauung. Mme. Mascot weihte ihre Freundinnen ein, und bevor zwei Wochen vergangen waren, meldeten sich mit demselben Begehren zwei Kaufmannsfrauen.

Es lagen keine zwingenden Gründe vor, und er gab nur in einem Falle nach. Der Ehemann weilte als Einkäufer in Indien und würde bei der Heimkehr die junge Frau in Umständen antreffen, an denen er nicht beteiligt war. Jacques erwiderte, ein gewissenhafter Arzt sehe darin kein Argument. Sie ging mit einem vorwurfsvollen Blick und kehrte nach ein paar Tagen mit der Erklärung zurück, es seien dieselben Blutungen wie bei Mme. Mascot eingetreten. Er verstand, sie besorgte ihm eine moralische Deckung. So diktierte er der Gehilfin den Befund und sorgte dafür, daß die Gehilfin dieses zwingendste aller Symptome zur Kenntnis nahm.

Das Eis war gebrochen, und als Mitte Januar Pückler nach Alexandria fuhr, um auf einer Regierungskorvette nach Syrien zu segeln, hielt er für gewiß, daß die Praxis des jungen Arztes gesichert sei.

81

Ajiameh begleitete den Fürsten. Sie weinte beim Abschied von Alexandra. Es war unwahrscheinlich, daß sie Afrika je wiedersah. Pückler empfand menschlich genug, um ihr zu versichern, die Abwesenheit werde nur ein, zwei Jahre dauern. Das arme Mädchen ahnte nicht, wie man im Norden frieren konnte. Jacques bezweifelte, daß ihr ein langes Leben beschieden sei. Die Menschen und die Tiere aus dem Süden gingen dort an Schwindsucht oder Lungenentzündung ein.

Er erzählte Alexandra nichts aus der Praxis, sie selber fragte nie. Was sie im Schwesternhaus von menschlichen Geheimnissen erfuhr, obwohl sie mit den Kranken nicht in Berührung kam, war genug. Daß Frauen sich bei grellstem Licht in den Untersuchungsstuhl mit den unerbittlichen Hebeln legten, war ihrem weiblichen Empfinden so unfaßbar wie die Sektion eines Menschen, der eben noch gelebt hatte, oder wie die grausamen Experimente am Tier. Sie verstand, daß man Leidende aus Barmherzigkeit und religiösen Gründen pflegte, nicht aber, daß man darin ein Handwerk wie ein anderes sah.

Sie fragte Jacques, ob er aus Leidenschaft Arzt geworden sei.

»Ich hätte vieles andere werden können«, entgegnete er. »Arzt wurde ich, weil mein Stiefvater es war und mich, seit ich denken kann, als seinen Nachfolger ansah. Auch heute bin ich schwerlich ein Wissenschaftler mit Haut und Haar, sonst wäre ich im Bereich der Pariser Laboratorien geblieben und setzte alles daran, dem Geheimnis eines Fiebers auf die Spur zu kommen. Hättest du mich geheiratet, wenn ich einen wilden Bart und durchgedrückte Hosen trüge?«

»Wer kann das sagen? Es kommt nicht immer auf das Äußere an«, erwiderte sie versonnen.

»Du antwortest auf eine bestimmte Frage mit einer unbestimmten Sentenz«, meinte er ein wenig hochmütig. »Man sollte nicht fragen, ob einer aus Leidenschaft etwas geworden ist, sondern ob er es mit Überzeugung sein kann. Fanatismus sagt mir gar nichts. Nie wird ein Revolutionär aus mir.«

Er kleidete sich aufs sorgfältigste, und auch ohne die Überlegung, daß die Patientinnen ihre Augen zu benutzen verstanden, hätte er es getan. Er achtete darauf, daß Alexandra ihrerseits sich pflegte, und nicht nur deshalb, weil unter allen Gottheiten Eros den gewissen christlichen Geruch haßt. Wer wie sie beide, sagte er, den Menschen in seiner ganzen Gebrechlichkeit kennenlerne, laufe Gefahr, jede Illusion zu verlieren, und davor bewahre nur, neue, selbstgefundene und selbstgewollte Illusionen entgegenzusetzen – so auch die der Eleganz, die nichts anderes als den Entschluß darstelle, dem Alltag Widerstand zu leisten.

Er deutete an, daß einen Mann seines Berufes, der täglich weibliche Körper sah, Reize nicht mehr erregten, wenn es ihm nicht gelang, in der Geliebten so naiv wie ein anderer Mann die Hüterin der Mysterien zu sehn. Illusionslos aufgefaßt, seien Entrückung und Steigerung nur überhöhte, künstliche, ungerechtfertigte Werte, aber eben deshalb komme alles auf die Fähigkeit an, sich in die Illusionssphäre hinüberzuschwingen und nicht wie die Nüchternen, die Uneleganten, die Phantasielosen am diesseitigen Ufer zu stehn.

Sie dachte voll Angst, daß er zuviel von ihr verlange, zuviel auch vom armen Frauenleib, und daß es die schönere, die tiefere Sicherheit des Vertrauens gebe, das den Körper aus Innigkeit verschenkt.

Gegen Ostern gestand sie ihm die Mutterschaft, und er sagte, er habe es geahnt, sie blühe so königlich auf wie dort die Calla. Das ergriff sie tief, und sie betrachtete die weißen, hochstengeligen Kelche, die auf der Konsole standen, und darüber im Spiegel sich. Er hatte recht, das Schwellende, das Üppige, das Wachsende war in ihr, und wie eine Göttin, die unerschöpflich ist, hätte sie alles umarmen mögen, die reiche, die strahlende, die glühende Welt, mit aphroditischem Gefühl. In diesen Wochen fühlte sie sich mit Jacques verbunden und verstand, was er die Steigerung nannte.

Die Entstellungen, die sie bei den Frauen in Umständen sah, und selbst noch im Gesicht die Flecken, blieben ihr fern. Die Haut, die sich lustvoll spannte, war so rein wie die des jungen Mädchens. Der Kupferglanz des Haares verstärkte sich, als glühe er von innen, und wenn sie die Flechten löste, schienen sie ihr noch schwerer geworden zu sein. Er aber sah darin noch mehr als in dem abfallenden Gewand die eigentliche Entschleierung und sagte, die weißhäutige Anadyomene selbst sei in sein Haus gekommen.

Im Juni, als die Hitze zunahm, bestand er darauf, daß sie die Tätigkeit im Schwesternhaus aufgab, und übersiedelte mit ihr nach Alexandria, wie alle wohlhabenden Familien taten. Im Unterschied zu Kairo, wo die europäischen Hotels dürftig waren, gab es annehmbar geleitete Häuser. Er mietete drei Zimmer, in einem empfing er die Patientinnen und konnte feststellen, daß er im Begriff sei, Mode zu werden. Alexandria war Sommerfrische nicht nur für Ägypter, sondern auch für die Hafenstädte von Syrien, für Palästina und Zypern.

Er forderte erhöhte Preise, man fand es in der Ordnung, nahm auch keinen Anstoß mehr an seinem Alter. Im Gegenteil, die schöne Frau, die ihren Zustand so unbeschwert trug, machte ihn den jungen Damen interessant. Für sie und ihre Mütter besaß er überdies die Gloriole des echten Parisers, der sich mit ihnen in der geliebten Sprache über alle Nichtigkeiten unterhielt.

Es war Alexandra, die diesen Ausdruck gebrauchte. Er selber fand, daß Unterhaltung ihr eigenes Gesetz habe und man ihr das Leichte nicht vorwerfen dürfe. In dieser Beziehung hatte er von den Parisern gelernt, eine Unterhaltung mußte lebhaft sein und elastisch schwingen.

Alexandra hatte auf die Hochzeitsanzeige keine Antwort von Grace erhalten. Jetzt, in Alexandria, kam endlich aus Sankt Petersburg ein Brief. Es sei möglich, schrieb Grace, daß sie der Einladung nach Kairo folge, sie trenne sich von ihrem Mann. Sie ließ Jacques grüßen und ihm ausrichten, Erwin Zumkreuz, der sich einen Namen als Berichterstatter mache, habe sie besucht.

Der Fall, der Jacques im Juli nach Kairo rief, war der erste, der in einen Harem führte und mit aller Vorsicht behandelt werden mußte. Philo fuhr nach Alexandria, um Alexandra Gesellschaft zu leisten. Als Jacques wieder hinkam, versagte sie sich ihm, und er argwöhnte, Gespräche mit Philo hätten sie beeinflußt. Sie versenkte sich nur in die neue Gemeinschaft mit dem reifenden Kind; er mußte zugeben, daß es begreiflich sei. Die Zeit der ausschließlichen Gemeinschaft mit ihm, die er nie vergessen konnte, war vorbei.

Anfang September kehrten sie zurück, Ende des Monats kam Alexandra nieder und gebar zwei gesunde Knaben. Der eine erhielt in der Taufe den Namen Rodolphe, der andere wurde Raoul genannt.

Pückler schickte seine Glückwünsche aus Zypern. Er erwähnte die Lage, in Syrien hatte er beunruhigende Eindrücke gehabt. Es schien ganz, als wolle dem Konflikt zwischen Ibrahim Pascha, der vor ein paar Jahren den Türken Syrien abgenommen hatte, und dem Sultan, der es zurückgewinnen wollte, ein Zank unter den europäischen Großmächten entspringen. Der Fürst erinnerte daran, daß er Mehemed Ali gesagt hatte, er solle Abessinien erobern und Syrien fahrenlassen, dann werde der Sultan ihn als unabhängig anerkennen, ja sogar seinen natürlichen Bundesgenossen in ihm sehn.

Die Sache wurde dadurch noch verwickelter, daß die Drusen des Libanons, obwohl sie die christlichen Untertanen Ibrahim Paschas niedermetzelten, sich der Sympathien Englands, Rußlands, Österreichs und Preußens erfreuten, während Frankreich von allen fünf Großmächten allein den Sohn Mehemed Alis begünstigte. Das wurde auch in Kairo erregt besprochen. Die Türken ließen ihr Heer von preußischen Instruktoren ausbilden, an deren Spitze ein Herr von Moltke stand. Der Vizekönig wiederum beschleunigte die Aushebung, den Kanonenguß und den Bau von Schiffen.

Die Zeitungen, die aus Europa kamen, waren mit Artikeln über die orientalische Frage gefüllt, und eines Tages, gegen Ostern des Jahres 1839, erhielt Jacques einen Brief, auf dem Journal des Débats stand. Der Eigentümer, Herr Bertin, den er durch Berlioz kennengelernt hatte, schlug ihm vor, eine Reihe von Aufsätzen über die Anpassung Ägyptens an die westlichen Ideen zu schreiben – man ziehe die Mitteilungen eines Augenzeugen, der an Ort und

Stelle lebe, denen vor, die ein eigens gesandter Mitarbeiter machen könne.

Jacques nahm den Vorschlag an und verfaßte einige Artikel, die Alexandra sauber abschrieb. Er lenkte das Honorar auf seine Bank in Paris. Das gleiche Konto benutzte er, als sich am Ende des ersten Jahres der Praxis ein Reingewinn ergab. Es war nicht viel; der Grundsatz schien ihm richtig zu sein, Geld stand für Ordnung und Unabhängigkeit. Auch Alexandras Mitgift war von Samorin längst nach Paris überwiesen worden; sie bildete nun den Grundstock für ein Konto der Mutter und der Söhne.

Das zweite Jahr ließ sich gut an. Nicht nur hielt er jetzt Vorlesungen an der Medizinschule, man hatte ihm auch zwei glückliche Operationen an Paschafrauen hoch bezahlt. Seine Zeit begann knapp zu werden. Des Abends war er oft so müde, daß er im gleichen Augenblick einschlief, in dem sein Kopf an die Brust Alexandras sank.

Nach sieben Stunden, die ihm genügten, erwachte er, und mit ihm auch Alexandra, aber nur, um nach den Zwillingen zu sehn. Sie lagen in dem Zimmer, das zuerst der Warteraum gewesen war. Jacques hatte hinzugemietet, die Praxis ins Erdgeschoß verlegt. Alexandra nährte nicht mehr selbst. Damit die kleinen Räuber die Brust der Mutter nicht hoffnungslos entstellten, kam eine Amme ins Haus, auf Jacques' eigenes Verlangen.

Wenn Alexandra so in aller Frühe zu ihm zurückkehrte, nahm er sie in die Arme, und sie widerstrebte nicht. Aber er konnte nicht übersehn, daß sie schon wieder in halbem Schlaf lag und, wenn er sie nicht beanspruchte, sofort in den ganzen sank. Es hatte eine lähmende Wirkung auf ihn. Eine Frau zu besitzen, nur weil nichts nötig war, als sich ihr zuzudrehn, widerstrebte allen seinen Vorstellungen vom hochgespannten Augenblick.

Er wollte die Geliebte des ersten Jahres und mußte erkennen, daß sie nicht mehr für ihn allein da war. Sie hatte einen voll ausgefüllten Tag und durfte erwarten, daß er sie zwei Stunden länger schlafen ließ. Jacques trat in diesem Sommer 1839 in sein sechsundzwanzigstes Jahr.

Pückler schrieb selten, zu Anfang des Jahres aus Smyrna, in der Mitte aus Konstantinopel: Ajiameh trage nun Männerkleidung; eines Tages habe sie den Einflüsterungen eines Verführers nachgegeben, die Drohung, sie fortzuschicken, ernst genommen und sich aus dem Fenster gestürzt. Doch sei sie an einem Haken hängengeblieben, vom Fürsten gerettet worden und nach der Verzeihung wie ein Kind in seinem Arm eingeschlafen.

Er war jetzt beim Feinde Mehemed Alis und Ibrahim Paschas,

im Mittelpunkt des Geschehens. Trotz der preußischen Instruktoren hatten die Türken eine Schlacht gegen Ibrahim verloren, aber die Greuel, die der Pascha an den Drusen beging, erregten die vier Großmächte so sehr, daß sie das mehemedfreundliche Frankreich einem immer stärkeren diplomatischen Druck aussetzten – der Bürgerkönig war verloren, wenn er zurückwich, die Ehre der Nation stand auf dem Spiel, der Haß von 1815 erwachte, über die Länder am Rhein fegte das Gespenst des Krieges. In Lörrach kannte man nun ohne Zweifel Mehemed Ali ebensogut wie in Kairo, und wie seltsam das Jacques berührte, der Jugendfreund aus Lörrach war unterwegs, um für zwei Londoner Zeitungen die orientalische Frage zu studieren.

Jacques las es im englischen Klub, dem er angehörte. Dieser Irving Croß, der von seinen Blättern eine der frischsten Begabungen genannt wurde, war Erwin Zumkreuz. Jacques wußte, daß er mit diesem Namen zeichnete, und hatte ihn schon unter den Berichten aus Sankt Petersburg gesehn.

Ein Brief aus Malta bestätigte alles und kündigte die Ankunft auf Ende September an. So könne Erwin den Geburtstag der Zwillinge mitfeiern, erklärte Jacques. Alexandra lächelte und reichte ihm einen Brief, den sie selbst erhalten hatte. Er kam aus Konstantinopel, von Grace, die schrieb, daß sie auf dem Weg zu Alexandra sei, ohne Macpherson, den Gatten.

»Es ist eine Liebesgeschichte, Jacques«, sagte sie.

»Das war es immer«, erwiderte er, »wo aber bringen wir Grace unter?«

»In meinem Boudoir vorerst, es ist dir doch recht?« Das Boudoir war sein erstes Studio, das neue lag in der Praxis unten.

Grace und Erwin kamen zusammen an, sie hatten sich in Alexandria getroffen. Sie gingen Arm in Arm vom Schiff, und jeder hätte sie für ein Paar auf der Hochzeitsreise gehalten. Beide waren sechsundzwanzig alt. Grace sah weit jünger aus, sie hatte die biegsame Gestalt und das lebhafte Temperament behalten. Erwin hatte sich verändert, er war Engländer geworden, im Aussehn und in den Ansichten. Grace nannte ihn Irving, und so gingen auch die andern zu diesem Namen über.

Wenn die Rede auf Deutschland kam, schob er das Kinn vor, und die Lippen wurden schmaler. Im Leben beruhe alles auf Gegenseitigkeit, sagte er; die Heimat habe ihn hinausgedrängt und er sei noch eben jung genug gewesen, um umzulernen und in fremdem Boden Fuß zu fassen. Was immer man gegen England vorbringen könne, gewiß sei, daß man als Brite die Welt so sehe, wie sie gesehn werden müsse, ein Ding mit weitem Horizont – da liege hinter Karlsruhe nicht Rastatt, noch hinter Weimar Jena, sondern hinter jedem Meer ein Kontinent, Erfüllung für den Willen, Sehnsucht für die Phantasie von Männern. Zuerst habe er mit seinem Schicksal gehadert, dann es lieben gelernt. Was wäre er in Deutschland geworden – im besten Fall Beamter eines Großherzogs und Mitglied eines Stammtischs, an Stelle des freizügigen Mannes, der sicher war, noch vor hundert interessante Aufgaben gestellt zu werden. Wenn man den Unterschied in einem einzigen Satz zusammenfassen wolle, meinte er, so werde in Deutschland ein Geist durch die Übermacht von Staat und Polizei zurechtgepreßt, draußen durch den Kampf der Gegensätze und Ideen geformt.

Jacques hatte keine Zeit, um ihm die Stadt oder gar das Land zu zeigen. Irving erwiderte, er kenne die für Bertin geschriebenen Artikel und habe sie während der Seereise studiert, im übrigen helfe er sich selbst. Ein Londoner Journalist bringe außer einem Bündel von Empfehlungsschreiben seine eigenen Methoden mit, um Minen in das zu erforschende Gelände zu treiben. Vor allem war er mit hinreichenden Mitteln ausgestattet und brauchte im fremden Land nicht wie ein Hauslehrer zu rechnen. Er reiste, verschaffte sich Anschauungen und hatte beim Konto Spesen freie Hand.

Jeden Morgen holte Irving Grace ab, dann zogen sie auf Entdeckungen aus. Jacques war überzeugt, daß ihr Verhältnis korrekt im Sinn der bürgerlichen Anschauung war, doch fügte er als guter Beobachter ein »noch« hinzu.

82

Wenn Jacques nach Hause kam, sah er zuerst entweder Alexandra mit dem kupfernen oder Grace mit dem ahornroten Haar, und wenn sie nebeneinander saßen, konnte er Vergleiche ziehn. Die eine Farbe war gehaltvoller, die andere flammte mehr. Beide hatten graue Augen, gesunde Zähne und dieselbe lichte Haut.

Irving erschien, wenn er in Kairo war, regelmäßig am Abend und speiste bei den Freunden. Eines Tages kündigte er an, daß die Barke, die ihn und hoffentlich auch Grace nach Süden bringen werde, gemietet sei. Er fragte Alexandra, ob er sie zu dieser Fahrt einladen dürfe. Grace zeigte ein noch enttäuschteres Gesicht als er, als Alexandra erwiderte, sie wage nicht, den kleinen Raoul allein zu lassen. Der Sommer war heiß gewesen, trotz des Seewindes von Alexandria, und seither litt das Kind an Magenstörungen, sie verlangten die strengste Überwachung und Diät.

»Sie müssen allein fahren«, sagte Grace zu Irving.

»Ich werde einige Wochen abwesend sein«, gab er zu bedenken.

»Wen könnte man sonst auffordern?« erkundigte sie sich.

»Philo«, schlug Alexandra vor.

Jacques erwiderte, Philo sei so sehr Altruist oder auch nur Edelmann, daß er sich überwinden werde, doch wisse er, Jacques, daß Philo das Glück gehabt habe, einen Deutschen mit guter Handschrift zu finden, dem er diktiere – ohne Zweifel lasse er die Arbeit ungern im Stich.

»Das ist ein Opfer, das ich nicht annehmen möchte«, sagte Irving.

»Wozu braucht ihr überhaupt Anstandsdame oder Anstandsmann?« fragte Jacques nun.

»Ich brauche sie nicht, Grace braucht sie.«

»Wenn ich richtig verstanden habe, kehrt Grace nicht zu Macpherson zurück?«

»Nie«, bestätigte Grace. – »Ihr wollt heiraten?«

»Macpherson gibt mich nicht frei. In normalem Zustand läßt er mit sich reden. Wenn er getrunken hat, nimmt er, jähzornig und rachsüchtig, alles zurück.«

»Und wenn Ihr es auf einen Skandal nicht nur ankommen laßt, sondern ihm nachhelft, was dann? Würde es die Scheidung nicht erleichtern?«

»Im Gegenteil«, erwiderte Grace. »Er würde die Absicht durchschauen und erst recht nein sagen. Aber selbst angenommen, er willigte ein – mit einer schuldig geschiedenen Frau könnte Irving sich nicht verheiraten, es wäre das Ende seiner Laufbahn. Das ist der Punkt, wo Englands vielgerühmte Freiheit aufhört. Einer verheirateten Frau sieht man eher einen Skandal als die Scheidung nach.«

»Dann – dann empfehle ich den Skandal.«

»Jacques«, bat Alexandra.

»Ich würde den Vorschlag nicht machen, wenn Grace die Tochter eines Kaufmanns aus der City wäre«, verteidigte er sich. »Da sie die Tochter des Ministers ist, wird man ihr die Nachsicht nicht verweigern, und wenn sie klug denkt, unterläßt sie es, die Entfernung zwischen hier und London zu verringern.«

»Das ist bloße Unmoral und keine Lösung – soll sie nie zurückkehren dürfen, nie sich zu Irving bekennen?«

»Ich würde Byron lesen und dann, mit freiem Kopf, das tun, was Gefühl und Umstände nahelegen. Es ist nicht einzusehn, weshalb im neunzehnten Jahrhundert ein Engländer dem Diktat der Gesellschaft mehr Macht über sich einräumen soll, als er im achtzehnten tat.«

»Das achtzehnte ist seit zwei Jahren vorbei«, sagte Grace. »Wir haben eine Königin bekommen, und so blutjung sie ist, so bürgerlich denkt sie schon.«

»Ich weiß, die jungfräuliche Viktoria. Das hat ihr der Onkel Koburg in Brüssel eingeredet, das hat sie vom Bürgerkönig in Paris gelernt«, meinte Jacques und stand auf, um in die Küche zu rufen, ein Punsch für vier Personen sei erwünscht.

Als Irving aufbrach, um in seinen Gasthof zurückzukehren, den er abscheulich fand, brachte Jacques ihn zur Haustür, und Grace begleitete sie. Dann, auf der Treppe, hörte Jacques sie fragen, ob in seiner Bibliothek Byron greifbar sei. Er lachte, ging die paar Stufen zurück und schloß das Wartezimmer auf, dahinter lag das Studio. Beim Anblick des Untersuchungsstuhles zog sie sich zusammen ...

»Das mußte ich in Sankt Petersburg über mich ergehen lassen«, sagte sie. »Macpherson bestand darauf, er behauptete, die Schuld an der Kinderlosigkeit sei bei mir, und es war der letzte Versuch, uns näherzukommen – ich berichte es dir als Arzt.«

»Jeder Beruf hat seinen Vorteil«, erwiderte er, und Grace lächelte ihm zu. Er suchte zwei Bände heraus und sagte, indem er sie ihr gab:

»Ihr hättet nie heiraten dürfen.«

»Irving war so jung, was hätten wir tun können? Nur eines, nach Amerika fliehn. Es verlockte mich entsetzlich, aber ich sagte mir: Da ist er glücklich dem deutschen Zuchthaus entronnen und ein paar Leute sind bereit, ihm den Weg zu ebnen – hast du den Mut, darüber zu springen, du bringst ihn endgültig zu Fall.«

»Du hast dich geopfert?«

»Ich wollte etwas tun, das ihn zwang, nie mehr an mich zu denken, nur noch an sich.«

»Was dir aufs beste gelang. Heute kannst du dir sagen, daß Irving gesichert ist.«

»Ich weiß es nicht und wäre – verstehst du, Jacques, auch heute wäre ich bereit, aus seinem Leben zu verschwinden, wenn es für seine Zukunft nötig ist.«

»Ich fürchte, du würdest das Gegenteil erreichen und ihn zum Ahasver, zum Globetrotter, zu einem einsamen Mann machen.«

»Du gibst mir Mut ...«

»Den hast du selber, ich brauche nur deinen Mund anzusehn ...«

»Ach, Jacques, mit dir kann man reden, ich bin dir gut.«

»Ich dir nicht weniger«, sagte er, nahm ihren Kopf zwischen die Hände und küßte die Lippen so unerwartet, daß sie still hielt.

»Das hättest du nicht zu tun brauchen ...«

»Ich tat es gern.«

»Ich werde es Alexandra sagen«, drohte sie.

»Dann tue es sofort.«

»Weshalb?«

»Um der Erregung willen. Erregung steckt an.«

»Du bist unmöglich.«

»Lies Byron und du wirst merken, wieviel möglich ist. Darf ich mich morgen erkundigen, wie er auf dich gewirkt hat?«

»Ich kann es schon jetzt sagen«, erklärte sie.

»Dann nimm ihn auf eure Nilfahrt zu zweien mit«, umschrieb er den Beschluß, der sich erraten ließ. Es war ihm inzwischen noch jemand eingefallen, den sie hätten einladen können, Fatinitza. Er sagte es.

»Ich kenne sie nicht, aber ich mißbillige den Namen«, erwiderte Grace. »Ist sie eine Zigeunerin?«

Sie wartete seine Antwort nicht ab und wandte sich zum Gehn. In ihrem Ohr vernahm sie den Silberton von Glöckchen, die auf einem Paß des Schwarzwaldes am Hals der Pferde läuteten. Sie sah sich mit Irving vor sieben Jahren in der Kutsche sitzen, die zum Höllental fuhr, gen Freiburg zu. Fast kam sie sich alt vor, so lange war es her.

Grace und Irving traten die Nilfahrt an, Alexandra nahm wieder von ihrem Boudoir Besitz. Die Verbindungen Jacques' breiteten sich mit jedem Monat aus. Zuerst waren die Levantiner gekommen, die Europäer folgten nach. Es war erstaunlich, wieviel Franzosen es gab. Jacques fragte sich, ob Mehemed Ali nicht das Schicksal des Dey von Alger befürchte, aber das Vertrauen zu Frankreich war unerschütterlich und der Angelpunkt seiner Politik.

Clot Bey begünstigte Jacques. Er war überlastet, und in allen geeigneten Fällen empfahl er den jungen Mann. Auch der Leibarzt Mehemed Alis, ein Spanier, erinnerte sich seiner. Als Jacques zum österreichischen Generalkonsul gerufen wurde, faßte er in den diplomatischen Kreisen Fuß. Die kleineren Leute waren fast alle verheiratet, die Gärtner, Gestütsverwalter, Köche. Ihre Frauen und Töchter litten unter den fremden Lebensbedingungen, am meisten im Klimakterium, und so verhielt es sich auch mit Mme. Ruel.

Ihr Mann, Ibrahim Paschas langjähriger Koch für die europäischen Soupers, bei denen man nicht à la turque mit den Fingern aß, hatte sich ein schönes Stück Geld erspart. Jetzt schwankte er zwischen der Rückkehr nach Paris und der Versuchung, Kairo zu einem Restaurant für Kenner zu verhelfen. Die Frage war nur, ob es hierzulande genug Leute gab, die ein so beschaffenes Lokal erhielten.

Da er der Nation Voltaires angehörte, fehlte es ihm nicht an Geist. Die Frau als solche, vernahm Jacques, sei keine Feinschmekkerin – weder besitze sie die Phantasie des Genusses noch seine

Philosophie. Im normalen Zustand verlange sie nicht mehr als ein gebratenes Hähnchen oder ein Muschelragout – in dem der Verliebtheit erwidere sie auf die Frage, was man bestellen solle: »Es ist mir gleich, wählen Sie, Monsieur«, oder mit einem bezaubernden Lächeln: »Ich nehme, mein Freund, das gleiche wie du.«

Jacques hörte ihm amüsiert zu und bat ihn weiterzusprechen. Ruel sagte voll Schwung:

»Den Frauen ist auf diesem Gebiet eine andere Rolle zugedacht, die des Impulses. Sie sind es, die den Mann anregen, auszugehn, etwas zu unternehmen, das aus dem Alltag führt, verschwenderisch, großzügig und gesteigert zu fühlen. Von ihrer Gegenwart beflügelt, entdeckt er unter den Gottheiten der Sinne auch die der Zunge. So ist zuletzt doch alles aufs beste eingerichtet, und wie der Juwelier verehrt auch der Traiteur in der Frau die Schutzpatronin des ach so notwendigen Umsatzes.«

»Das haben Sie klassisch gesagt, und wenn ich Richelieu wäre, würde ich überlegen, ob nicht auch eine Akademie der Gourmets zu gründen sei, worin die Köche auf Fauteuils säßen«, erklärte Jacques. Ruel wehrte mit einer bescheidenen Handbewegung ab:

»Doktor, Sie sehn nun das Problem, wie es sich in einem orientalischen Land stellt. Die Türken, die Araber fallen fort, denn ihre Damen gehn nicht in die Stadt. Was aber die Abendländer betrifft, so darf man zweifeln, ob die Zahl ihrer Frauen und Freundinnen genügt. Wüßte ich es, dann hätte ich auch den Mut. Als Namen würde ich wählen Ruel au Nil oder Lucullus en Egypte.«

»Eines nähme sich so gut wie das andere in den Zeitungen aus – Sie müssen für Engländer Anzeigen in den Times, für Franzosen in La Presse aufgeben.«

»Es verkehren jetzt Dampfschiffe zwischen Marseille und Alexandria, man gewinnt wenigstens eine Woche, die Entfernung schrumpft ein«, entgegnete Ruel nachdenklich.

»Ägypten könnte Mode bei den Liebespaaren werden«, half Jacques ihm nach, und beide suchten nach dem besten Text.

»Warum immer nur Italien – Ägypten gibt Ihnen mehr«, schlug Ruel vor, fand aber selber, daß es unhöflich gegen die Italiener sei.

»Italien, das ist die halbe Hochzeitsreise, die ganze endet in Ägypten«, formte Jacques.

Beim nächsten Besuch, den er Mme. Ruel machte, erzählte ihm der Koch, die Angelegenheit habe Aussicht, voranzukommen. Nahe der Stelle, wo die Schiffe von Alexandria anlegten, besitze ein kränklicher Pfälzer ein Gasthaus, das, ohne Geschick geführt, doch seinen Mann ernähre. Wenn man es umbaue, anstreiche und erneuere, werde vielleicht eine gute Einnahmequelle und, in Verbindung mit der geplanten Lukullusstätte, gar ein Goldgrübchen daraus.

Jacques kannte den Gasthof, da Irving darin wohnte. Er enthielt ein Dutzend Zimmer und hatte ein flaches Dach – wenn Ruel darauf einen Garten einrichtete, könnte man zum mindesten an den Abenden im Freien sitzen, beim Sternenschein, meinte er. Ruel war von seiner Mitarbeit entzückt und wünschte zu erfahren, was für Neuerungen es in den Pariser Restaurants gab. Jacques schlug vor, auf die Table d'hôte zu verzichten. Ruel widersprach: Franzosen seien so gesellig, daß sie nicht an einzelnen Tischchen sitzen würden.

»Man kann immer ein paar Tische zusammenrücken«, erwiderte Jacques. »Den wahren Chic würde ich mir nicht entgehn lassen: Ruel kocht für Kenner, und der Kenner speist nur nach der Karte – auf der kein Preis verzeichnet steht.«

Ruel kaufte kurz entschlossen das kleine Hotel und begann mit einem völlig unorientalischen Eifer die Erneuerung. Jacques machte es Spaß, ihn zu beraten. In jedes Stockwerk wurden zwei Bäder eingebaut, dem Franzosen erschienen sie als das Bedenklichste an seinem Unternehmen. Er wollte auch Plüsch, Vorhänge, Lambrequins aufs reichlichste verwenden. Jacques sagte, im Orient müsse man der Luft Zutritt lassen und die Anbringung von Staubfängern mit der Prügelstrafe bedrohn. Die Waschschüsselchen, kaum groß genug, um den Salat für zwei Personen darin anzurichten, ersetzte er durch die geräumigsten englischen, die zu haben waren.

Als Irving aus Oberägypten zurückkehrte, konnten schon drei Zimmer bezogen werden, genau so viel, wie Grace und er benötigten. Die beiden waren nicht nur die ersten Wohngäste, sondern auch die ersten, die eine von Ruel selbst bereitete Mahlzeit einnahmen. Sie gefiel Irving so gut, daß er ein Souper bestellte, zu dem er Alexandra, Jacques und Philo einlud.

Der Pfälzer hatte ganz trinkbare Rotweine hinterlassen, sie waren von mittlerer Qualität. Ruel, wie ein Maître d'hôtel aus dem Opéraviertel gekleidet, entschuldigte sich. Jacques fragte ihn, ob er gute Adressen für Cognac, Champagner, Rheinwein und Bordeaux besitze.

»Die besten, Monsieur«, erwiderte Ruel und zog sein Notizbuch. Das besaß auch Jacques. Es standen die Firmen darin, die der Fürst mit seiner Kundschaft beehrte, und Jacques hatte eine Abschrift genommen. Es zeigte sich, daß einige der Namen in beiden Listen vorkamen. Was in der des Kochs fehlte, war der Ungarwein, auf den sich der Fürst so gut wie ein Engländer auf Sherry verstand.

Während die Herren eine Zigarre rauchten, führte Grace Alexandra auf ihr Zimmer, das durch einen gemeinsamen Salon mit dem des Freundes verbunden war. Wer ein Auge zudrückte, konnte tun, als sei der Schein gewahrt, und wer streng dachte, zweifelte keinen Augenblick daran, daß diese beiden ihr Leben nun verbunden hatten.

Alexandra vermochte es nicht zu billigen und sagte auf dem Heimweg zu Jacques, nie könnte sie sich zu solcher Lösung eines Zwiespalts entschließen, die Ehe sei ein Sakrament.

»Die Unlösbarkeit ist eine katholische Auffassung, die man weder von ihm noch von ihr verlangen darf«, erwiderte er. »Im übrigen handeln sie genau wie Katholiken, die sich zwar nicht scheiden lassen können, aber auch nicht aufeinander verzichten wollen – sie treten in den Zustand der Sünde und überlassen es dem Gott Dantes, sie zur Rechenschaft zu ziehn.«

Es klang, als denke sogar er an jenes selig-unselige Liebespaar, das auf dem Bild Delacroix' an der Barke Dantes und Vergils vorüberschwebt. Sie spähte benommen in den Monddunst des Nils, der Fluß schien ihr der Acheron, die Rahe eines Segels die Vereinigung der zwei tragischen Schatten zu sein. Eine von Grace gemachte Andeutung hatte sie entsetzt. Sich selbst durfte man der Sünde ausliefern, nicht aber ein armes, in Ehebruch und Schuld gezeugtes Kind.

Sie verschwieg Jacques das Geständnis der Freundin, aber es ging ihr so nah, daß sie sich in dieser Nacht seinem Wunsch versagte, als seien sie geheimnisvoll in das Erleben anderer verstrickt, er durch seine Billigung, sie durch das Gegenteil. Ihr Schlaf war unruhig. Grace mit dem flammenden Haar und den zarten Gliedern schwebte vor ihr, im leeren Raum den Geliebten umschlingend, die Verdammten darunter klammerten sich mit Zähnen und Nägeln an den Rand der Barke, die durchs Inferno fuhr.

Irving wußte noch nichts von dieser Mutterschaft. Grace erzählte Alexandra von den Plänen, die sie erwog. Sie würde Irving auf seiner Orientreise begleiten, dann ein Häuschen in Brüssel mieten, nicht allzuweit von London, und mit den Besuchen, die er machen könne, zufrieden sein. Alexandra bewunderte sie wider Willen für ihren Mut. Grace sagte, die schönsten Jahre habe sie an einen Trinker verschwendet, mit sechsundzwanzig finde man zur Leidenschaft oder nie.

Wenn Alexandra es auch nicht billigen konnte, so stand ihr doch die Neigung frei. Sie liebte Grace, und daß Frauen sich nicht gut sein können, traf auf sie beide wenigstens nicht mehr zu. Es liege nur viel Kleinliches und Tägliches vor den tieferen Schichten, in denen sie gemeinsam wurzeln und Schwestern sind, erkannte sie. Als Grace und Irving zu Beginn des neuen Jahres 1840 nach Syrien reisten, fühlte Alexandra sich seltsam beraubt.

Es hatte allen Anschein, als werde 1840 ein schweres Jahr. Ruel rückte weder in London noch in Paris Anzeigen ein. Denn dort war Palmerston entschlossen, selbst auf die Gefahr eines Krieges hin, Mehemed Ali aus Syrien zu vertreiben, und hier nahm Thiers die Herausforderung an.

Aus jeder Zeitung, die der Dampfer brachte, loderte die Leidenschaft; in Kairo verkehrten die Franzosen mit niemand mehr, der britisch war. Ungläubig sah Jacques, daß auch die Deutschen um ihn her in Wallung gerieten, ja angesichts der Pariser Drohungen ein gemeinsames Nationalgefühl entwickelten, und wollten doch sonst nur Hessen, Sachsen oder Hamburger sein.

Man mußte zugeben, daß Palmerston die Dinge auf die Spitze trieb. Ohne Frankreich auch nur zu benachrichtigen, schloß er im Sommer mit den übrigen drei Großmächten einen Vertrag, der Mehemed Ali und Ibrahim Pascha vor ein Ultimatum stellte. Für den Fall, daß sie Syrien nicht in kürzester Zeit an die Türken zurückgaben, sollte eine Blockade durch die vereinigten Flotten die Kriegshandlungen zu Land unterstützen.

In Alexandria wurde Tag und Nacht an den Küstenbefestigungen gearbeitet, die Sommergäste zerstreuten sich. In Paris beschloß man, einen Gürtel von Forts um die Stadt zu legen und die Zollbarrieren in Wälle zu verwandeln. Thiers sprach von einem diplomatischen Waterloo und begann im großen Stil zu rüsten. Die Überreste Napoleons waren unterwegs, um Sankt Helena mit dem Invalidendom zu vertauschen. Der alte Ruf nach der Rheingrenze erscholl neuerdings und abermals.

Ob in Europa, ob im Orient, jeder Franzose glaubte unerschütterlich an die Überlegenheit des ägyptischen Heeres, das ein französischer Pascha ausgebildet hatte. Aber die Flotte der vereinigten Gegner schnitt Ibrahim nicht nur die Zufuhr ab, sie landete auch Truppen und nahm im Herbst zuerst Beirut, dann das für unbezwinglich gehaltene Akkon. Die Türken stießen vor, und in voller Auflösung wich die ägyptische Armee auf Suez zurück.

Thiers wurde gestürzt, Palmerston aber baute, von der friedliebenden Königin gedrängt, dem Bürgerkönig goldene Brücken. Frankreich trat bei der nächsten Gelegenheit, einem Vertrag über die Schließung der Dardanellen, wieder ins Konzert der Großmächte ein. Die Erregung ging noch lange in hohen Wogen. Als Jacques eines Abends von einer Frau, die am Kindbettfieber krank lag, heimkehrte und an einer Schenke vorüberkam, vernahm er aus dem Mund von Handwerkern in deutscher Sprache ein Lied. Es war ihm unbekannt, besaß einen mitreißenden Schwung und fing mit den Worten an: »Sie sollen ihn nicht haben, den freien deutschen Rhein.«

Nicht lange, und er erfuhr aus den französischen Zeitungen, welche Bewandtnis es damit hatte. Ganz Deutschland sang das Lied, das von einem Mann namens Becker stammte, über den Rhein hinüber, und das Echo wurde zur Entgegnung, als Alfred de Musset ironisch dichtete: »Nous l'avons eu, votre Rhin allemand« – »Den deutschen Rhein, den hatten wir.«

Philo sagte, der Zollverein, die Eisenbahnen, der Handel, das preußische Wachstum inmitten der Vielstaaterei würden eines Tages den Deutschen die Einheit bringen, und wenn auch ein Süddeutscher wie er seine eigenen Gedanken darüber haben möge, so sei es doch sinnlos, sich dem entgegenzusetzen, was da komme.

Es gab viel Elend in einem Land, über das die geschlagene Armee hinflutete, und die Stimmung blieb trüb. Der Traum von einer ägyptischen Großmacht war ebenso ausgeträumt wie der von der Unabhängigkeit. Immerhin änderte sich nichts an der Erblichkeit der Vizekönigswürde, und alles in allem hätte es schlimmer kommen können, wollte doch im ersten Augenblick Palmerston auch Ägypten der Pforte zurückgeben.

Im Grund hatte nur das Ansehn der Franzosen einen Stoß erlitten, und das nun wirkte weiter nach. Viele von ihnen nahmen den Abschied, es steckte einer den andern mit seiner Unlust an. Das Heimweh ging wie eine Grippe um, Paris wurde ihnen allen teuer wie noch nie. Ruel, bei dem Jacques öfter speiste, stellte melancholisch fest, Lucullus in Ägypten verhelfe ihm nicht zu der Unsterblichkeit in der Lebewelt, der sein Ehrgeiz galt.

Er brachte sich mit den gut besetzten Zimmern durch und beköstigte im übrigen nicht nach der Karte, sondern zu festem und wohlfeilem Preis. Es ließ ihm keine Ruhe. Fünfzig war er alt, und wenn er noch länger wartete, dann wurde kein Traiteur mehr aus ihm, er endete als levantinischer Speisewirt. Die Gedanken arbeiteten, und eines Tages zu Beginn des Jahres 1841 erklärte er Jacques, er werde das Hotelchen verkaufen und nach Paris zurückkehren – gleich Bonaparte dem Anschein nach bei Abukir geschlagen, in Wahrheit zum achtzehnten Brumaire und dem Aufstieg bereit.

Verwandte in Paris sahn sich in seinem Auftrag um, und an Ostern erhielt er den ersehnten Wink: in einer Seitengasse bei der Oper suchte ein Koch für sein kleines, aber sehr geschätztes Lokal einen Käufer. So tat Ruel das gleiche mit dem Hotel am Nil und fand ihn fast sofort in einem Engländer, was nahezu ein Gleichnis war – die Franzosen wichen, die Engländer drangen vor.

»Und Sie, Doktor, werden Sie immer in Kairo bleiben?« erkundigte sich Ruel.

»Finden Sie, daß ich hier schlechte Figur mache?« fragte Jacques zurück.

»Gewiß nicht. Aber ich würde sagen, daß Sie in Paris noch bessere machen. Alles an Ihnen ist pariserisch, Ihre Art zu denken und sich zu kleiden und Ihr Geschmack.«

»Ich habe hier immerhin eine ganz hübsche Zahl von Patientinnen und nehme an, daß sie mit mir zufrieden sind.«

»Ohne Zweifel. Aber man kann nicht behaupten, daß diese Damen der großen Gesellschaft angehören, die in Paris auf Sie wartet.«

»Tut sie das?« fragte Jacques obenhin.

»Ich bin ganz sicher, daß Sie dort Fuß fassen würden. Ich sehe Ihr Schild an einem Eckhaus der Boulevards und davor die Equipagen, aus denen Gesandtenfrauen, Schauspielerinnen und Herzoginnen steigen.«

»Kommt es so sehr darauf an, daß ein Arzt Herzoginnen in seiner Kundschaft hat?«

»Man soll in jedem Beruf die höchste Stufe zu erreichen suchen. Es ist eine Frage des Ehrgeizes und des Selbstbewußtseins, wenn ich das sagen darf.«

»An Ihnen ist ein Mephisto verlorengegangen.«

»Ich bitte Sie, Doktor, bei dieser Gestalt. Wenn Sie noch Falstaff gesagt hätten.«

»Sie sind ein Mann von Kenntnissen.«

»Ich wäre glücklich, wenn die Herren Hugo, Dumas und Musset bei mir speisten.«

»Sie werden es. Wie wollen Sie Ihr Restaurant nennen?«

»Lucullus hinter der Oper. Haben Sie schon von der Erfindung gehört, die dieser Daguerre gemacht hat?«

»Gewiß«, erwiderte Jacques.

»Man fertigt das Bild meines neuen Hauses an. Wenn es kommt, zeige ich es Ihnen. Vorläufig weiß ich nur, daß das Restaurant nach der Straße zwei Fenster mit großen Spiegelscheiben hat. Ich werde in dreiviertel Höhe an Messingstangen Vorhänge aus Brüsseler Spitzen anbringen und davor ein Kelchglas stellen, das entweder eine weiße Calla und eine blaue Schwertlilie oder eine schwarze Tulpe und eine gelbe Rose enthält. Was sagen Sie dazu?«

»Sehr geschmackvoll, sehr verführerisch, vorausgesetzt, daß es keine künstlichen Blumen sind, die man am Samstag abstaubt.«

»Es werden natürliche sein, die man jeden Morgen erneuert. Wo gäbe es so viele Blumen wie um die Madeleine?«

»Die Unterhaltungen mit Ihnen sind für die Gemütsruhe nicht

gut, sie erzeugen Heimweh nach Paris«, meinte Jacques und verabschiedete sich.

Wie nahe der Koch seinen eigenen Gedanken kam, das sagte er nicht. Mit dem Erfolg von mehr als vier Jahren konnte er zufrieden sein. Noch einige, und er durfte sich Maslin Bey nennen, welche Würde mit einem kleidsamen Tarbusch verbunden war. Immerhin, auch ein Frackmantel im Opernfoyer stand gut.

Mit siebenundzwanzig war man noch ein junger Mann, für den Ehrgeiz empfänglich. Er dachte zu wirklich, um einer Versuchung, die mit Herrenschneider, Damen der großen Welt und Trüffeln aus Périgord lockte, das Erreichte zu opfern; aber der Umstand, daß er eine seltsame Abwesenheit von Impulsen bei sich feststellte, beunruhigte ihn.

Unterwegs, in den Anlagen am Nil, sah er den Chefarzt des Krankenhauses auf sich zukommen. Doktor Lavisse las im Gehn in einer Zeitschrift und stieß, da er nicht aufschaute, fast mit ihm zusammen.

»Zu interessant, diese Sache mit der Narkose«, sagte er, »und nicht nur interessant, sondern von äußerster Wichtigkeit.«

»Ja, es wäre ein ungeheurer Fortschritt, wenn wir schmerzlos operieren könnten«, bestätigte Jacques und fächelte sich mit dem üblichen Palmenblatt.

»Vor allem ohne schlimme Nachwirkungen, wir sind noch nicht soweit, es steckt noch alles in den Kinderschuhen. Aber ein paar Auffrischungskurse in Paris könnten nichts schaden, man ist hier doch recht fern vom Schuß.«

Sie trennten sich, das Gespräch wirkte in Jacques nach. Es wäre gut gewesen, sich in der Wissenschaft auf dem laufenden zu halten und kurz entschlossen auf drei, vier Monate nach Paris zu gehn. Vielleicht bezahlte man ihm sogar die Reise, was immerhin ins Gewicht fiel. Er wandte sich zum Hafen und bestieg das Schiff, das nilabwärts fuhr.

Alexandra und die Kleinen verbrachten wieder den Sommer in Alexandria. Er fand die Zwillinge wohlauf, und doch gefielen sie ihm nicht. Eine im hohen Norden aufgewachsene Mutter, ein westeuropäischer Vater, das bestimmte die Anpassungsfähigkeit an ein so anders geartetes Klima, das heiß und trocken war. Raoul hatte eine anfällige Galle und Rodolphe einen ebenso beschaffenen Magen – er dachte oft, daß ein Jahr Europa sie stärken würde.

Es überraschte ihn nicht, daß Alexandra am Abend das gleiche sagte; es berührte ihn nur merkwürdig nach den beiden Unterhaltungen mit Ruel und Lavisse.

Nach langer Pause kam ein Brief von Pückler, der nun wieder daheim in Muskau war. Fast ein Jahr hatte er in Wien zugebracht, den Übertritt zur katholischen Kirche vollzogen, Metternich Anekdoten erzählt und sich an der Sensation geweidet, die Ajiameh unter den Komtessen hervorrief. Er gab sie als ein geraubtes abessinisches Fürstenkind und seine Pflegetochter aus, doch niemand ließ sich täuschen, nahm aber keinen Anstoß, die Hofgesellschaft in der Stadt der Phäaken war vorurteilslos. Minister luden Ajiameh an ihren Tisch, große Damen und Liszt besuchten sie, und als sie erkrankte, wurde sie von einer Gräfin gepflegt. Indessen, selbst Marienbad, wohin der Fürst sie brachte, half nicht mehr. Von zwei Wärterinnen begleitet, traf sie in Muskau ein. Die Knappen des Alraunbergwerks trugen sie zu Grabe, die Beamten, die Honoratioren des Städtchens und die Prediger im Ornat folgten, ein Schülerchor sang den Choral – alles Dinge, die man ihr an der Wiege in Abessinien nicht verkündet hatte.

Jacques war vollauf beschäftigt. Er brauchte nicht mehr im Gasthof zu wohnen. Vor einem Jahr hatte ihm der Chevalier Anastasi das Gartenhaus seiner Villa, die ein Palast war, vermietet und, um einen unmittelbaren Zugang zu schaffen, in die Mauer ein Pförtchen gebrochen. Die Patienten, die zur Sprechstunde kamen, näherten sich durch eine Palmenallee.

Anastasi war Generalkonsul von Schweden; Herr Dumreiker wiederum, ein Bayer, der von Dänemark. Ihn überliefen die vielen Deutschen, die aufs Geratewohl ihr Glück im Orient versuchten, und er half ihnen allen, ein reicher Mann. Es gab genug Staaten, die Vertreter bestellten und Titel an Herren verliehn, die durch den Handel mit der Levante ein Vermögen gemacht hatten. Ob die Geschäfte immer einwandfrei seien, danach erkundigte man sich nicht zu genau.

Bisweilen kam es zu einem Skandal wie dem des ehemaligen Kammerherrn aus Lucca und seiner Frau, einer adelsstolzen Hannoveranerin. Ihre Soupers, ihre Liebhaberbühne, ihr Stall und ihre Spieltische waren gesucht, bis eines Tages die Herrlichkeit zusammenbrach und das Paar nach Konstantinopel entschwand. Die Kaufleute hatten das Nachsehn; auch Jacques schrieb seine Forderung in den Kamin, dafür war man im Orient.

Es fehlte in Alexandria nicht an Vergnügungen und nicht an den Gelegenheiten zum Leichtsinn, die jede Gesellschaft sich selber schafft. Jacques stand, seitdem Alexandra im eigenen Zimmer schlief, früh auf und ritt von acht bis zehn Uhr aus, in einer Landschaft, die im Altertum eine der üppigsten, eine berühmte Weingegend gewesen war und erst jetzt dank zähem Menschenfleiß den Kampf gegen Treibsand oder Düne wiederaufnahm.

Dem Sport zuliebe war eine ganze Menge von Kavalieren und Frauen schon unterwegs. Man sah wunderbare Tiere. Der eine oder andere Türke sprengte auf einem Wallach heran, der aus rosigem Alabaster geformt zu sein schien, aber bebend lebte und mit dem Schweif den Klee des Dammes fegte.

Zu Pferd und auf Eseln wurden Ausflüge nach Abukir gemacht. Auch die Herren hielten gern einen Schirm über sich. Die Hufe zerstampften die Muscheln am Strand, umschritten ein Ochsengerippe oder den angeschwemmten Hai. Müßiggänger schossen Vögel, die Austernfischer hießen, sie fielen ins Strandgut hinein. Die Schiffstrümmer stammten noch aus der von Napoleon verlorenen Schlacht.

Bei der Rückkehr hielt man sich weiter landeinwärts. Auf dem flachen Dach eines Hauses pickten Hühner, an einem Brunnen füllten Kameltreiber die Schläuche mit Wasser, und beides schienen verlorene Bewegungen in einer unerbittlichen Melancholie zu sein. An ein paar Dattelbäumen ballten sich die Früchte zu Klumpen, wie üppiges Geschmeide von Traubenform am Ohr.

84

Als Arzt stand Jacques mit den verheirateten Damen auf gutem Fuß, und die jungen rechneten ihn, dem an den Dreißig noch einige Jahre fehlten, zu ihrem Kreis.

Zehnmal in jedem Sommer machte man ihm Anknüpfungen leicht. Er ging auf keine ein. Seine Miene, seine Unterhaltung, seine ganze Art gaben zu verstehn, daß er zwar einen Grundsatz befolgte, daß es aber nicht der des bürgerlichen Ehemannes war. Man konnte sauber sein, doch tat man es aus Eleganz. Er deutete obenhin an, es gefalle ihm, der Frau, mit der er verheiratet sei, die spöttischen oder mitleidigen Bemerkungen zu ersparen, und solange ihn nicht eine Leidenschaft, eine Verzauberung aus dieser Haltung reiße, ziehe er es vor, sie durchzuführen, kein Spielverderber, aber auch kein Enthusiast des Flirts.

Manche fürchteten seine Anmerkungen, viele setzten ihr Vertrauen in seinen Blick und Rat, einige legten es darauf an, ihn sich zu unterwerfen. Gewisse Frauen, vielleicht sogar die meisten, fanden es offenbar unerträglich, einen Mann um sich zu wissen, der seine Sicherheit behielt. Er entzog sich nicht ihren Versuchen und liebte es, die Waffen zu kreuzen. Wenn sie schmollend oder bis zur Gehässigkeit erklärten, er sei der anmaßendste Mann, dem sie begegnet seien, konnte er erwidern, genauso wünsche er gesehn zu werden. Er leugnete weder noch gab er zu, wenn man ihn für einen Don Juan hielt, der es mit unbegreiflicher Kunst verstehe, einen Schleier um sich zu ziehn.

In Wahrheit lebte der Don Juan seit längerem nicht viel anders als ein Asket, obwohl er eine junge, und wie man so sagte, blühende Frau besaß. Es hatte ein paar Monate nach der Geburt der Zwillinge begonnen, als sich in der Praxis der ehelichen Gemeinschaft die Frage ergab, wie sie es mit dem Kindersegen halten wollten, und er dafür war, ihn zu regulieren, sie aber aus religiösen Gründen widersprach.

Sie machten sich einer Sünde schuldig, hatte Alexandra gesagt, und es falle ihr immer schwerer, den Verstoß gegen den klar vorgeschriebenen Sinn der christlichen Ehe zu beichten – kein Grund, den sie anführe, genüge dem Priester zur Absolution. Er dulde diese Einschaltung eines Dritten in seine persönlichsten Angelegenheiten nicht, war Jacques' Antwort gewesen, und wenn er daran dachte, stiegen die alten bösen Argumente gegen die Kirche auf, die seit dem Zeitalter Voltaires unter Leuten von Bildung umgingen.

Weil sie so allgemein waren, lehnte er sie ab, und er hatte Alexandra gebeten, ihm diese historischen Banalitäten zu ersparen, indem sie einen weniger rigorosen, weniger weltfremden Priester wähle. Er war auf den festesten Widerstand gestoßen; es gebe auch eine Treue gegen den Gewissensberater, sagte sie. Er nahm es mit einer Mischung von Geduld und Ärger hin, bis eines Tages, vor nun einem Jahr, Alexandra ihn vor eine neue Tatsache stellte – sie schlug ihr Lager in einem andern Zimmer auf.

Er war zu intelligent, um sich nicht zu sagen, dieser Entschluß verrate noch mehr als nur den Gehorsam gegen ein Gebot, das in hunderttausend Familien übertreten wurde und jeden Priester zwang, ein Auge zuzudrücken. Sie war eine Frau wie andere und unterstand wie andere dem Gesetz, das will, daß sie sich dem, der sie zufrieden macht, von der sanftmütigen Seite zeigt. Wenn sie Unabhängigkeit anstrebte, lagen Störungen in der seelischen Beziehung vor.

Sie waren junge Leute; nach Tagen oder gar Wochen der Enthaltung trieb es sie zueinander, was immer zwischen ihnen stand. Bei diesen Begegnungen fand er sie so hingerissen, wie es ihn verlangte; sie lag, vom eigenen Übermaß gebrochen, in seinem Arm. Aber wenn sie wieder zu sich kam, stellte er benommen fest, daß ihr Blick, statt ihn zu suchen, abirrte – er sah das Gequälte darin.

Nun habe sie wieder etwas, das sie ihrem Priester beichten werde, dachte er böse und fühlte den noch böseren Wunsch, sie dem Eros, dem sie sich weigerte, noch untertäniger zu machen, durch eine Bewußtheit der Verführung, der man eine Ehefrau nicht unterwirft. Eine Zeitlang erfüllte es ihn mit einer Befriedigung, worin der Wille, zu vergelten, mitschwang. Als er es erkannte und die Furcht, sie zu zerbrechen, nicht mehr überdecken konnte, brach er von einem Augenblick zum andern ab, enthielt sich jeder Beeinflussung, gab Alexandra frei.

Wie von einem schlimmen Traum erlöst, ging sie still von Jacques. In der Folge gab es Tage, an denen sie sich zu ihm zurücktastete, doch blieb alles lahm, und die Askese zog in die Ehe. Philo, dem ihre Entfremdung nicht entging, bestand auf einer Unterredung mit Jacques. Durch seine Ruhe erzwang er sie. Die Ruhe bewirkte auch, daß Jacques nach der ersten schroffen Weigerung offen mit ihm sprach.

Nach seiner Meinung sah Alexandra in ihren Empfindungen nicht klar. Daß sie das Gebot der christlichen Ehe, die unbeschränkte Kinderzahl, in den Mittelpunkt rückte, schien ihm in Wahrheit ein Vorwand zu sein. Es war ihr nicht um neue Mutterschaft zu tun, sondern darum, sich zu entziehn. Er hatte sie für leidenschaftlich gehalten, sie war es nicht. Ihr einen Vorwurf daraus zu machen, ging nicht an. Vom Sinnlichen kritisch zu denken, sich seiner zu erwehren, gehörte zu den Rechten der Person – ihm selber waren die skeptischen Regungen nicht unbekannt. Der Ausweg aber, in den dogmatischen Begriff der Sünde zu flüchten, erschien ihm abgeschmackt. Das Sinnliche war nicht Sünde, es war unter Umständen eine Last, ein Anlaß zu Krisen und ein Problem.

»So jung ich auch bin, so schwer es mir auch fiele, zur unpersönlichen und resignierenden Ehe überzugehn, könnten wir uns doch verständigen«, sagte er. »Zwei Söhne, die zu erziehn sind, verbieten, daß man sich trennt. Tausend Ehen werden auf dieser Basis geführt und können die Rechtfertigung darin finden, daß sie der Erhaltung der Familie, der Gesellschaft, des Staates dienen. Aber weiterhin Kinder zeugen, nur weil der Beichtvater zu indiskrete Fragen stellt – das ist so lähmend wie die andere Vorstellung, es könnten abermals Zwillinge sein.«

Philo erwiderte, auf alles das habe er nichts anderes zu sagen, als daß der Konflikt noch nicht spruchreif sei. Der Vorschlag, die Klärung der Zeit zu überlassen und durch eine Trennung oder Reise nachzuhelfen, liege nah. Wie immer aber Alexandra entscheiden werde, könne sie damit rechnen, daß er, Philo, ihre Partei ergreife. Um Alexandra als Schützer und Berater zu dienen, dazu sei er da.

Bald nach dieser Unterredung hatte der kleine Rodolphe wiederum Darmkoliken. Jacques bat den Kollegen, der das Kind zu überwachen pflegte, um seinen Rat.

»Was würden Sie sagen, wenn ich den Buben nach Europa schickte?« erkundigte er sich.

»Es ist das einzige, was durchgreifende Besserung verspricht – und, geben Sie auch Raoul mit.«

Die beiden Ärzte schlugen Alexandra einen Aufenthalt zunächst an der italienischen oder französischen Küste, dann im Gebirge vor. Alexandra fragte, ob das Elsaß oder der Schwarzwald geeignet sei. Da man zustimmte, entschied sie sich für einen Besuch Marjas, sei es in Colmar, sei es in ihrem badischen Sommerhaus.

Es war Mai, Briefe gingen ab, die Vorbereitungen folgten.

Als Philo von diesem Plan erfuhr, erklärte er sofort, Alexandra brauche nicht allein zu fahren, er begleite sie. Alexandra fiel ihm um den Hals – nun reisten sie doch noch zusammen, sagte sie, und es war eine Bemerkung, die Jacques nicht ganz verstand. Sie berichtete ihm, was Philo ihr einst vorgeschlagen hatte, und er mußte sich einer Regung der Eifersucht erwehren – nun war er ganz verdrängt, und das Ressort der Herzensbedürfnisse vertraute sie einem andern, Philo dem Seelendirektor, an.

Er fragte Philo, ob er die Fahrt auch ohne Alexandra unternommen hätte ...

»Schwerlich. Ich wäre in Kairo geblieben, wie man bei seiner Tochter bleibt. Es liegt kein Grund vor, mir deshalb zu zürnen, mein lieber Jacques – Sie wissen längst, daß sie mir erlaubt hat, mich als ihren Vater zu betrachten.«

Gewiß, er wußte es. Was aber war davon zu halten, daß Philo die Wohnung kündigte, die Bücher in Kisten packte und alles so vorbereitete, daß er seine Habseligkeiten nachkommen lassen konnte, wenn er in Europa blieb? Nahm er an, daß Alexandra sich von ihm, Jacques, trennen wollte? Zum mindesten rechnete er damit als Möglichkeit.

Jacques sagte nichts, und Philo schwieg. Als Jacques zuschaute, wie Alexandra in das Boot einstieg, und dann, wie sie vom Schiff winkte, hatte er die leerste Empfindung, die es wohl gab. Der Abschied von der kleinen Anastasia im Piräus fiel ihm ein. Jetzt stand er selbst am Ufer und ein Schiff entschwand. Die Situationen gingen in der Welt herum und warteten auf jeden. Wären nicht die Kinder gewesen, die an ihm hingen, so hätte er an die Wirklichkeit von Alexandria, aber nicht an die von Alexandra geglaubt.

Mit demselben Dampfschiff reiste die Familie Ruel ab. Alle waren gegangen, der Fürst, Alexandra, Philo, Irving, Grace und Ajiameh.

Eines Tages saß in seinem Sprechzimmer eine englische Dame, und er erkannte das junge Mädchen, dem er beim Residenten von Zakynthos begegnet war – an der Schwelle des Orients, der Abenteuer, des neuen Lebens. Man heiratet nicht, man kriecht nicht unter in einem so wunderbaren Augenblick, hatte er damals gesagt, um anderthalb Jahre später doch soweit zu sein.

Miß Daisy von 1836 sah nun mit ihrem Gatten Ägypten an – reizend, lebhaft, warm wie ehedem. Er konnte nicht vermeiden, sich zu fragen, wie alles gekommen wäre, hätte er sich mit ihr statt mit Alexandra verbunden. Der Realismus verlangte, nicht zu träumen, und am wenigsten, zu bereuen. In diesen Tagen, beim Verkehr mit der jungen Frau und ihrem Mann, streifte er die Reste des Dandysmus ab. Die Schlange häutet sich, der Mensch tauscht die Ideen.

In Paris schien es nicht anders zu sein. Vérac schrieb, die Stadt nehme so große Änderungen des äußeren Bildes vor, daß Jacques sie nicht wiederkennen werde, wenn er zurückkehre – das tue er doch? Und Legouvé behauptete, mit der schönsten Pariser Bühne, dem italienischen Theater, gehe es abwärts, trotz der Schwester der Malibran, der Pauline Garcia, und ihrem Gatten Viardot. Man singe anders, sozusagen nicht mehr mit dem Kehlkopf, sondern brutaler, realistischer aus der Brust. Nourrit von der Oper, der große Nourrit – Jacques erinnere sich an seinen Tell, seinen Juden, seinen Robert? –, habe versucht, den neuen Stil in Italien zu erlernen, die Stimme dabei verloren und sich in Neapel vom Dach in die Gasse gestürzt, Wiederholung des Falles Malibran.

Legouvé hielt ihn auf dem laufenden. Er hatte nun doch den ersten Erfolg gehabt, einen durchgreifenden sogar, mit Louise de Lignerolles, die Mars spielte die Titelrolle darin. Ein neuer Stern ging auf, die Rachel; Scribe beherrschte das dramatische Feld, und Sue eroberte das literarische – alles lese seine Mathilde, die Geschichte einer Unschuld aus der Unterwelt.

Auch Legouvé fragte, ob Jacques im Orient liegenbleiben wollte, und warnte davor. Jacques empfand Heimweh nach Paris, nach seinen wechselnden Kulissen, nach seiner Lebenskraft. Zwar bei Balzac und Musset, die er nun im Bette las, stand des Warnenden genug. Für jenen war die Stadt das Pandämonium, und diesen hatte sie die Enttäuschung, die Leere, die Verzweiflung gelehrt. Aber, daß Musset, nur weil er zu jung, einen Verrat erlebt hatte, in der Selbstzerfleischung sich gefiel, ja sie suchte und dann tiefsten Genuß daraus gewann, bewies doch nur, daß ihm Zucht und Männerhärte nicht gegeben war.

Achtes Kapitel

RÜCKKEHR NACH EUROPA

85

Nach einem Mädchen, das unterwegs Kinder betreuen könne, hatte Alexandra sich zwar umgesehn, doch auch nicht das erste beste nehmen wollen – so mußte es ohne Hilfe gehn.

Die See war ruhig, der Wind so sanft, daß er das Sonnensegel, unter dem sie lag, nicht mißhandelte, es knatterte nur. Sie konnte sich der stillen Verzweiflung, die in ihr war, hingeben und dankbar fühlen, daß sie wie ein Fieber ausglühte, mit jedem Tag ein wenig schwächer ward.

Die Zwillinge, lebhaft und mutwillig, kamen angesprungen, für einen Augenblick. Im nächsten rollten sie sich, wie kleine Igel, wieder fort. Die Matrosen brummten gutmütig, die Gäste lachten, und soweit sie aus Frauen bestanden, waren sie entzückt. Alle übten die freiwillige Aufsicht aus, und wenn Befehle nötig wurden, gab Philo sie.

Die beiden riefen ihn bei diesem Namen, und er merkte, daß man es für einen Kosenamen, ihn aber für den Vater hielt. Alexandra war sechsundzwanzig, er zweiundfünfzig ohne graues Haar, und sie wären nicht das erste Paar gewesen, das sich mit solchem Unterschied zusammentat. Es war nicht seine Art, Irrtümer durch Vertraulichkeit zu berichtigen, und einige Dutzend Augen sahn, wie oft die junge Frau, wenn er sich zu ihr setzte, seine Hände in ihre nahm.

Sie glaubte, noch nie so dankbar gewesen zu sein, und wenn es ein melancholischer Gedanke war, so glich doch Dankbarkeit dem Regen, der dürres Feld betaut. Sie lächelte bei dem Gleichnis, das zur Not bei Shakespeare stehn konnte. Sie las im Augenblick den Hamlet und machte es sich nicht leicht dabei. Auf ihrem Schoß lag der englische Text, und, damit sie im Zweifelsfall vergleichen konnte, der deutsche Schlegels daneben auf dem Stuhl. Sie hatte schon vor Monaten auf Philos Rat Deutsch begonnen, das ihr im übrigen dank den Kinderjahren und einer Bonne nicht völlig fremd erschien.

Überwölbt von diesem Himmel, der blauer als eine Türkisschale war, gewiegt vom weinfarbenen Meer, worin Delphine sprangen, einen Dichter zu lesen, der seine ruhelose Seele von Hexen, Sturm und Geistern, von Mord und Wahnsinn nährte, hatte ihr nur am ersten Tag widerstrebt. Es lag auch Racine auf dem Stuhl – Homer und Calderon und Goethes Lebensgeschichte, fast die ganze Reisebibliothek, die Philo mitgenommen hatte, lag da.

Er empfahl die großen Werke wie eine Gesellschaft, in der nicht anders als in der guten alles verwandt ist und die nur dem Zutritt gewährt, der ihre Denkart teilt. Das Nächtliche bei Shakespeare, die Klarheit Racines, zuletzt war eines so barock wie das andere – dort Fackellicht auf einer Heide beim Hahnenschrei, hier Stelzen, Kothurn und eine unwahrscheinlich durchdachte Deklamation.

Das Schönste an Philo war, daß er Leid durch das Unpersönliche heilte, und gerade darum wirkte er so stark als Persönlichkeit. Ihr Vertrauen in ihn war grenzenlos. Sie liebte ihn, und da nie der Augenblick kommen würde, wo sie sich über solche Neigung Rechenschaft zu geben hatte, ängstigte sie auch nicht die Frage, ob unter Umständen ein anderes als das töchterliche Gefühl nahen könne.

Es ging ihr wie Penelope, die nachts auftrennt, was sie tagsüber webt. Am Abend zerriß sie den Brief, der unter dem Sonnensegel an Jacques geschrieben worden war, und streute die Stückchen ins Kielwasser aus. Nicht die Worte oder Sätze fielen schwer. Auch lähmte nicht die Scheu, dem Mann, mit dem sie an die vier Jahre gelebt hatte, zu sagen, wie sie über den Eros dachte. Sie sah sein kluges, feinhäutiges, ein wenig hochmütiges Gesicht, das höflich blieb, wenn man sich über ihn beklagte. Sie kannte ihn besser, als er vermutlich annahm, und eben das war der Grund, weshalb sie die Briefe nicht absandte.

Erörterung änderte nichts an seiner Art, und nichts an ihrer. Er würde lesen, daß er ein Heide sei, ein Mensch des Lichts und der hellenischen Eleganz, die keine Schleier duldet – sie aber sich nach allem sehnte, was seither in die Welt gekommen war, die Zärtlichkeit, die Schonung, die Behutsamkeit und ach, abermals die Zärtlichkeit, das schönste und tiefste Wort, das eine Frau bewegt, wenn sie in der Verehrung der mit Kerzen umstandenen Madonna aufgewachsen ist. Das alles wußte er, war kein Barbar, der heftig oder spottend antwortete. Doch erregen und aufwühlen würde es ihn nicht. Einmal hatte er ihr gesagt, daß er in der Glückshaube geboren und darum Fortunat genannt worden sei, nie aber darüber spreche, weil seine Sicherheit verliert, wer über sich selbst nachdenkt.

Sie wurde ruhig und fühlte, sich selber rätselhaft, daß mit jedem Tag, der die Entfernung vergrößerte, die Achtung vor ihm zunahm, jedoch nicht das Verlangen, das die Nähe begehrt. Die Vorstellung, daß sie ein halbes Jahr später auf dem gewendeten Schiff zu ihm zurückfahren werde, trieb sie aus dem Liegestuhl auf und Philo entgegen, der sein Buch sinken ließ, mit einem forschenden Blick in ihr Gesicht.

»Komm, wir wollen uns ein wenig Bewegung machen«, sagte er.

Sie umschritten das Deck. Backbord, das hatte sie nun gelernt, war links, vom Hinterschiff gesehn, und Steuerbord rechts. Zur Linken lagen die Liparischen Inseln, man fuhr eben auf der Höhe von Stromboli. Zur Rechten zogen sich die kalabrischen Berge aus, den höchsten im Norden wollte Alexandra schon für den Vesuv halten, und Philo lachte. Der Vesuv liege am Golf, und was sie da im Innern sehe, sei La Sila, erklärte er. Weich und golden überschmiegte der Vorabend die zackige Küste, das harte Land.

Alles war Philo anheimgestellt. Sie wußte nur, daß sie in Neapel aussteigen sollten. Vier Aufenthalte, vier Ausflugskreise hatte er festgesetzt. Der erste war die Gegend um den Vesuv, Rom der zweite, Florenz der dritte, der letzte noch unbestimmt, je nachdem man den Weg über den Brenner oder über den Sankt Gotthard nahm.

Um der Kinder willen blieben sie nicht in Neapel, das sich in Glut, Stadtdunst und Gerüche hüllte. Sie konnten sofort die Eisenbahn nach Portici besteigen, die erste, die Alexandra sah. Für die Zwillinge war es ein Tag des Märchens: die Lokomotive spie Funken, der Berg spie Rauch. Die Lokomotive begann zu laufen, dicht am grünen Schaum, am Donner des Meeres hin. Alexandra war benommen, was sann der Menschengeist in seiner Kühnheit aus.

Philo verstand Italienisch, es war ein Glück. Er wehrte die Gepäckträger und die Bettler ab, er fand die kühlsten Zimmer und schon am zweiten Tag eine reizende Villa, die abseits in Gärten lag. Alexandra brauchte sich nicht um den Haushalt zu kümmern, man nahm die Mahlzeit im Albergo ein. Aber ein Kindermädchen war nötig, dem sie vertrauen konnte; auch diese Aufgabe löste er. Die junge Margherita trug ein blutrotes Röckchen, es reichte bis zum Knie, die Schürze bis zum Busen, den ein buntes Mieder umschloß. Sie hatte schwere Zöpfe, schwere Brauen; die schwarzen Augen muteten Alexandra arabisch an.

Es traf sich gut, die Besitzerin wohnte im Haus, und ihre Küche, worin sie wie in den Urzeiten die Holzkohlen mit dem Blasebalg anfachte, ging auf den Garten, so daß sie immer das Mädchen und die Kinder im Auge behielt. Diese drei verließen nie den schattenspendenden Bereich des Buchses und der Zitronen. Alexandra konnte mit Philo ruhig Ausflüge machen, die Landschaft durchziehn. Zwei Eselchen brachten sie zum Averner See, zur Solfatara, zur Höhle der Sibylle und dem unerträglich heißen Grab der Agrippina, das der jungen Frau als eine der Urstätten der Menschheit erschien: es drängten sich zusammen die üppigste Vegetation im Licht, die gigantischen Kunstbauten, mit denen schon die Römer in die Natur eingriffen, und die nach Schwefel riechenden, die düsteren Eingänge in den Hades der Alten.

Unter Portici und dem benachbarten Resina lag Herculaneum, gegraben wurde nicht viel. Alexandra las Bulwers Roman über die Letzten Tage von Pompeji, und es war ein erregendes Gefühl, als in einer dieser Nächte der Vesuv auswarf; am Tag noch zitterte der Boden nach. Der Wind führte Aschenstaub heran, und die Lava überkrustete weiter oben bebautes Land. Der Feuergletscher brachte dort ein Geräusch hervor, als würden Tongefäße in Scherben zerschlagen. Unheimlich über alle Maßen war, daß man einen Begriff vom Hitzegrad bekam, als die Lavazunge einen hohen Baum beleckte: der Fuß brannte alsbald durch, der Stamm neigte sich und noch im Sturz ging er in Flammen auf, einer schrägen Fackel gleich. Zwei Sekunden lang zischten die Säfte, dann war nichts mehr da.

Mit unfehlbarer Klugheit setzten die Eselchen die zarten Beine auf das Geröll. Beim Abstieg mochte es noch schwieriger als beim Aufstieg sein. Ringsum in den Gärten wuchsen Feigen und Wein, getrennt durch Dornhecken, Kaktus und Aloe. Der Führer, der sie von Anfang an verfolgte, wich nicht von der Seite – lehnten sie ihn auch ab, so bestand er doch auf Lohn. Dann plötzlich, als ihnen eine Gesellschaft von Engländern entgegenkam, warf er sich auf sie.

Die Eselchen trabten nach Neapel, Philo zeigte Alexandra das Volkstreiben in den unglaublich lärmenden Gassen und die vornehmere Welt in der Villa Reale, wo unter dürftigen Steineichen und kleinen Akazien eine Kapelle des königlichen Militärs Musik machte. Sie spielte Webers Aufforderung zum Tanz, die sich mit Blechinstrumenten seltsam ausnahm, Walzer von Strauß, die man nun allenthalben hörte, Weisen von Donizetti, Rossini, Bellini und einem neuen Italiener, der Verdi hieß.

Im Museum, wo sie das Mosaikbild aus Pompeji, die Alexanderschlacht, ansahn, spürte Philo eine Hand in seiner Tasche, griff zu und hielt sie fest, rettete noch eben sein seidenes Taschentuch. Da der Bursche zu schreien begann, winkte er einen der Carabinieri herbei, der nur die Achsel zuckte, was lag schon an einem so kleinen Gegenstand. In dieser Stadt stahl der dritte Mann und bettelte der zweite. Es gab Städtchen, wo es jeder vom dritten Jahr bis zum siebzigsten tat.

Die Virtuosität der Bettler war unvergleichbar. Ein Vater mit zwei Knaben lag inmitten einer Straße auf dem Lavastein, und alle drei stellten wie die Laokoongruppe den äußersten Schmerz des Leidens dar; nichts fehlte als die Schlange, der sinnfällige Grund.

Sie winselten und stöhnten und hatten es auf eine Engländerin abgesehn, die auf dem Balkon des British reading room ihre riesengroße Zeitung las. Die Engländerin war zäher als die drei, die endlich mit Verwünschungen aufstanden und in eine andere Gasse gingen, wo sie vor einem Restaurant das Schauspiel erneuerten.

»Was hätte ich ohne dich in diesem Land gemacht«, wandte Alexandra sich an Philo, »ich hätte mir nicht helfen können, hätte nichts gesehn.« Fast fügte sie »Oh, du mein Vater« hinzu, da sie in Wilhelm Meister die Mignonepisode las. Der Rest sei langatmig geschrieben, sagte Philo, der Goethes Prosa zu bedächtig, zu lehrhaft fand – die Gedichte legte er ihr ans Herz.

Die Gestalt Mignons war ergreifend, doch als sie die Friederikes von Sesenheim kennenlernte, fühlte sie sich noch tiefer berührt. Das Schönste, was die deutschen Dichter gäben, sei die süße Mädchenhaftigkeit, bei der Darstellung der verheirateten Frau blieben sie hinter den Franzosen zurück, erklärte wiederum Philo. Sie fragte, ob sie, die schon zwei Kinder habe, nicht zu alt für so junge Menschen sei. Er legte den Arm um sie, erwiderte »Nein« und schlug ihr vor, wenn sie im Elsaß wären, von Straßburg nach Sesenheim zu fahren: sie würden zum Gebirge schauen, ob schon der Abend die Erde wiege ...

Und aus dem Gesträuch mit hundert Augen die Finsternis sehe, fiel sie ein. So stand es im wunderbarsten der Sesenheimer Gedichte. Sie schlug es auf und las es entzückt zum fünftenmal.

Capri und Ischia überwältigten; gleichwohl hätte man nicht dauernd in diesem lauten Land und unter Menschen wohnen mögen, die keine Stunde ohne Zeugen leben konnten – zur Geste wurde hier alles, jeder führte sie jedem vor. Sie machte sich ein Gegenbild, worin die zärtlicheren Friederiken sich bewegten, wie Gärtnerinnen geschürzt, sah Sonnenblumen, Malwen, Apfelbäume, Weiden und beinahe der Hesperiden Reich.

Sie fragte Philo, ihrer Unkenntnis bewußt, wo es für die Phantasie des Südens liege, dieses Hesperidenland. Im äußersten Westen, in Atlantis, für jeden aber dort, wo seine Seele die Heimat suche, erwiderte er und lenkte sie nun offen dem ihr gemäßen Norden zu. Er sprach von Schubert, sprach von Liedern, den Kündern eines verklärten Sesenheim, das irgendwo und überall in der deutschen Seele war. Und, damit sie sich nicht sich selbst entfremde, bestellte er, als sie in Rom waren, bei einem Buchhändler die neueste polnische Literatur. Ein Zufall wollte, daß man ihn sofort bedienen konnte; drei Bände von Slowacki lagen unaufgeschnitten da.

Die Wirkung auf Alexandra war so stark, daß es ihn beunruhigte. Sie schluchzte, die Sprache riß sie wie eine Sturmflut fort, und die Themen, unglückliche Schicksale, weil es polnische waren, wühlten sie auf. Fast wäre sie für Rom verloren gewesen, doch Rom war zu gewaltig, zum mindesten das heilige, und sie sah nur das.

86

Der Ausweg, die Kinder in einem Garten unterzubringen, fand sich auch in Rom. Es standen Magnolien, Pinien, Steineichen und Kirschlorbeer mit dem Ölglanz des Südens auf den harten Blättern in den Gärten.

Margherita war mitgegangen. Als Alexandra sich in Portici erkundigte, bei wem sie die Erlaubnis einholen könne, kam heraus, daß das fünfzehnjährige Mädchen Waise war, der Vormund aber das Schusterhandwerk mit dem der Räuber im Gebirge vertauscht hatte. Niemand kümmerte sich darum, ob Margherita den Fremden folgte oder blieb, und der Paß kostete ein paar Piaster, die zu verdienen zehn Beamte in einem einzigen Zimmer sich beeilten. So leicht wie am Nil schien Menschenkauf zu sein, und das junge Ding mit den Mandelaugen erinnerte Alexandra an Ajiameh; doch war es drall und fest, an Schwindsucht würde es kaum sterben.

Philo mietete einen Vetturino, der sie vom Monte Pincio zur Engelsburg, zum Kolosseum, zum Vatikan und Pantheon fuhr. Nun stand sie also mit dem, der ihr zweiter Vater war, wie er einst gewünscht hatte, vor Sankt Peter, von den menschlichsten und nachdenklichsten Gefühlen bewegt, in die sich die heiligsten und überpersönlichsten schlangen, als sie das Innere betrat.

Er suchte sie zu überzeugen, daß die geschichtlichen Dinge nicht minder wirklich seien. Im Mondlicht und beim Schein von Fackeln erzählte er die Schicksale des Kolosseums – es blieb ihr nur die einleitende Bemerkung haften, daß kolossal das Lieblingswort der amusischen Völker und so auch der alten Römer sei. Diesseitsmenschen waren sie gewesen, Soldaten, Gesetzemacher, Staatengründer. Sie vernahm, daß dieser Bau, nachdem die Gladiatoren in ihm Opfer und die Christen Märtyrer geworden waren, im Mittelalter den Familien, die sich bekämpften, als Trutzburg gedient hatte, und vergaß es sofort.

Sie haßte es, von der ewigen Wildheit zu hören, von der ewigen Zerstörungslust. Die Büsten der römischen Kaiser, die dreieckigen, die stumpfen, die sinnlichen Gesichter machten sie erschauern. In einem der neuen Kaffeehäuser, desgleichen sie nie gesehn hatte – alles war Spiegel, Gold und Säulen – sagte am Nebentisch ein Kirchenhasser, die größten Verwüster der herrlichen Stadt seien nicht die Goten und Vandalen gewesen, sondern die Päpste und Kardinäle, die skrupellos, selbst noch in neuer Zeit, die Quadern antiker Bauwerke für ihre eigenen benutzt hätten. Sie wollte es nicht wissen, es berührte sie nicht, in der Stadt des Geistes, vom geoffenbarten Gott zum Fels seiner Kirche gemacht – ewig ist der Geist, dem Unzulänglichen entzogen, entzogen auch der Kritik.

Philo, der der protestantischen Reichsritterschaft entstammte, beeinflußte sie mit keinem Wort. Wenn man glaubte, mußte es mit Festigkeit geschehn, und Festigkeit ist das Höchste, was ein Mensch dem, den er liebt, wünschen kann. Er wartete geduldig, sooft sie niedersank und betete. Sie sagte, sie bete auch für ihn, und er lächelte nicht. Warum er es so hielt, erfuhr sie auf dem gewaltigen Platz vor Sankt Peter. Ganz verloren saßen sie da, auf den Feldstühlchen, die der Vetturino in seinem Wagen mitnahm. Philo sagte:

»In einer Welt, die so eingerichtet ist, daß immer wieder das Lieblose und Grausame den Vorrang haben wird, in einer Welt also, in der es genügend Gründe gibt, um von der Wirksamkeit der Güte, vom Walten eines gerechten Sinnes nicht überzeugt zu sein, darf man den Glauben an die Vorsehung nicht zerstören, auch wenn man ihn nicht selber teilt. Denn daß man ihn nicht teilt, kann unter ehrlichen Leuten nur bedeuten, daß man für seine Person nicht glaubt, nie aber, daß der Glaube unmöglich ist, und nicht einmal, daß er sich auf schlechte Argumente stützt. Die Tatsache, daß etwas da ist, das lebt, wächst, fühlt und tausend Gestalten eingeht, erscheint dem aufmerksamen Geist so unfaßbar, daß er erklären muß, es sei alles denkbar, auch die absolute Wahrheit der Kirchenlehre vom waltenden und sich offenbarenden Gott.«

Alexandra hörte ihm beglückt zu und griff nach seiner Hand. Warum aber, wenn er so dachte, bekannte er sich nicht?

»Weil es neben denen, die Gott besitzen, auch die andern, die ihn suchen, geben muß.«

»Muß?« fragte sie.

»Weshalb nicht? Du weißt, wenn es das Dunkle nicht gäbe, wüßten wir nichts vom Licht. Verbiete das Suchen und du unterbindest die Wißbegier, den Erkenntnisdrang, die ganze Wissenschaft, die ganze Kunst, das geistige Leben überhaupt.«

»Du willst sagen, Gott selbst habe es so bestimmt?«

»Ohne Zweifel. Nur der plumpe Alleswisser ist ihm verhaßt.«

»Und wenn der Suchende in die Irre geht?«

»Sieht Gott auch darüber hinweg.«

»Du rechnest auf die Gnade?«

»Darauf, daß die Gottheit mir die vorsichtige Haltung verzeiht.«

Wo war es natürlich, sich so ernst zu unterhalten, wenn nicht im

Angesicht von Sankt Peter, die Kuppel Bramantes vor sich. Und doch, sie seufzte, warum war alles so verwickelt? Aus dem, was Philo sagte, mußte man geradezu den Schluß ziehn, daß Gott in eigener Person den Zweifler, den Leugner, ja den Hasser der offenbarten Wahrheit duldete und eine Art Arbeitsteilung gebot.

»Um der Freiheit willen verwirft er nicht den Irrtum«, entgegnete Philo.

Sie fragte zögernd, ob er eine Viertelstunde auf sie warten wolle, war seiner Zustimmung schon gewiß und eilte über die weite Fläche zum Portal. Wer es durchschritt, ließ alle Zweifel hinter sich. Er schaute ihr nach: wie schwebend und lautlos sie durch den linden Vorabend ging. Dann zog er aus der Tasche das erste der beiden Bändchen, die er beim deutschen Buchhändler gekauft hatte. Es war das Leben Jesu, von David Friedrich Strauß, den die Züricher an ihre neue Universität berufen und die Bauern des Kantons nicht geduldet hatten. Als Alexandra von ihrer Andacht zurückkehrte, glättete sie die kritische Falte, die auf der Stirn des Lesers stand.

Den Feiertag überwölbte das schönste Himmelsblau. Durch die Porta del Popolo fuhren sie zum Ponte Molle hinaus. Unter den Bäumen des Wirtshauses schmausten die Römer, vor dem Hintergrund der Ewigen Stadt, der wie eine Kulisse mit klaren und zarten Strichen über den Horizont gespannt war.

Längs des gelben Tibers reihten sich die Weinschenken. Lange Tische waren mit Fritto, Crostata und strohumwundenen Flaschen bedeckt. Zwischen ihnen wurden Saltarello und Forestiere getanzt, zum Klang der Gitarre und der Laute, die aus sechzehn Saiten bestand.

Auf dem Heimweg trugen die Burschen brennende Lorbeerreiser als Fackeln, und singend zogen sie mit den Mädchen zum Tor, wo die päpstliche Wache ihnen gebot, das Reisig fortzuwerfen, und ein Getümmel mit Handgreiflichkeiten anhob. Die Fackeln mußten drangegeben werden, der Tanz dauerte bis in die Straßen von Trastevere fort, farbigster Gegensatz zur klassischen Würde der Paläste, deren Front angelichtet war, während darüber das Meer der blauen Schwärze schwamm, hoch oben erst durch die Straße der himmlischen Laternen aufgehellt.

Die dritte Station war auch die dritte Hauptstadt, die sie auf dieser staatenreichen Halbinsel besuchten. Am letzten Juni erreichten sie Florenz, und schon bei der Einfahrt sagte Alexandra, es sei ihr froh zumut. Auf den ersten Blick liebte sie die Landschaft, die freimütig vom Appenin herunterstieg, und die Stadt, die sich trotz der engen Gassen so natürlich in sie schmiegte, ein hellgrauer Akkord in einer Sinfonie von Grün und allen Blumenfarben.

Am Vormittag spielten die Kinder unter der Aufsicht Margheritas in den Boboligärten, und am Nachmittag, bevor Alexandra und Philo in die Kirchen oder Galerien gingen, nahmen alle Gefrorenes in einer der vielen Patisserien. Es gab zahllose Sorten, die Zwillinge kosteten jede, und da sie in ihrem Geschmack so einig wie in den Bewegungen waren, schworen sie Treue dem Pfirsicheis. Die Mädchen, die bedienten, wußten es schon, und die Engländerinnen stießen Laute der Rührung aus, wenn die begehrlichen kleinen Hände die rosa Paste mit den spitzen Waffeln spickten, mochten es noch so viele sein.

Sie trugen das gleiche ägyptische fremde Kostüm, sahn gleich aus, und ohne das Haar hätte man sie nicht unterscheiden können. Das Raouls war so blond und weich wie das des Vaters, bei dem Rodolphes spielte die kupferne, die dunklere Tönung der Mutter hinein, und es kräuselte sich ein wenig.

Wenn sie fertig waren, verlangten sie Wasser und riefen erwartungsvoll »Acqua fresca« zum Fenster hinaus, nur um die Burschen oder auch Mädchen springen zu sehn, die mit Tongefäßen die Stadt durchzogen. Trinken durften sie freilich nichts, auf Eis nahm man kein Wasser, der Typhus lauerte überall.

Philo beruhigte Alexandra; der beste Gesundheitswächter zum mindesten im mittleren und nördlichen Italien sei der Italiener selbst, auf Frische und vorzügliche Beschaffenheit der Nahrungsmittel schaue auch noch der kleine Mann. Sie konnte es in den einfachsten Restaurants beobachten – bevor einer bestellte, ließ er sich den Fisch, das Fleisch, die Salate in rohem Zustand zeigen. Es erinnerte sie an Jacques. So hatte er es ebenfalls gehalten, mit diesem sinnlichen und wissenden Männersinn für den Gaumendienst. Das Heidnische, das Hellenische wehten sie wieder an. Sie brauchte nur die Gruppe des Pan und des Apollo anzusehn: Apollo mit der Syrinx lernt vom zottigen Gott der Hirten das Flötenspiel. Wohl stand das Bildwerk im Museum, doch darum nicht außerhalb der Wirklichkeit. Man trat nicht wie im Norden aus einem gänzlich anders gearteten Leben in eine Welt des Künstlichen und Versunkenen, Galerie genannt.

Versunken war nichts. Daß sich das Antike im Christlichen fortsetzte, hier endlich begriff sie es, vor Giotto und Donatello, beim Ausflug nach Assisi vor Franziskus und im Pittipalast mit den mörtellosen Quadern vor Raffael. Vier-, fünfhundert Jahre waren seit dem wunderbaren Geistesfrühling hingegangen, und er umblühte die empfängliche Seele immer noch. Vor einem Monat hätte es sie fassungslos gemacht, zu erfahren, daß Raffael sein junges Leben in Frauenarmen verströmt hatte, hingegeben an den Genuß, von dem die reine und keusche Welt seiner Madonnen schwieg. Nun half sie sich, indem sie dachte, er lebte als Hellene und malte als Christ. Die Gegensätze sehn und als notwendig gelten lassen – ein wenig hatte sie von Philo gelernt.

Am Abend gingen sie fast immer nochmals aus. Die ganze Stadt tat es in diesen heißen Tagen. Sie lebte nächtens auf und schmückte sich. Die Magazine strahlten, die weißgekleideten Damen schwebten am Arm der Herren zu den Kaffeehäusern, zum Licht und zum Konzert.

Beim Heimweg, wenn vom Dom die Glockenschläge schwangen und die engen Gassen wie eine körperliche Woge mit Erschütterungen durchfegten, konnte es geschehn, daß ihnen ein Gespensterzug begegnete. Der Mann, der mit der Fackel voranging, stürmisch wie das böse Gewissen, war vom Kopf bis zu den Füßen in ein schwarzes Gewand gehüllt, nur seine Augen glühten aus zwei Schlitzen der Kapuze, glühten hinter ihr. Ihm folgten zwanzig andere, und sechs trugen einen hohen, von Tüchern umwallten Sarg. Sie begruben ihre Toten noch wie in den nicht allzu fernen Tagen der Pest.

Und wenn man weiterging, stieß man inmitten des harten Gassenbodens mit den gemauerten Rändern auf das Idyll – eine Herde Schafe, die sich um den Hirten lagerte und der Dämmerung entgegenschlief.

87

So wurde Alexandra doch noch der Liebe zu Italien teilhaftig, auf ihrem Weg zum Norden, dem erträumten Schubertland. Noch lag zwischen ihm und ihrer Ungeduld der Wall der Alpen. Den sah sie visionär als eine so gewaltige Bastion, daß die Torfahrt des Himmels darauf ruhte, die Gletscher entrannen ihr.

Drei Wochen später, nach einem letzten Aufenthalt, den sie in Lugano nahmen, begann der Aufstieg. Die Maultiere, deren eines die Zwillinge wie in einer Waage trug, führten sie Schritt um Schritt und Tag um Tag empor, bis auf dem Paß des Sankt Gotthard das Ungeheure aus baumlosem Granit sich unter ihnen, neben ihnen weithin zu Tälern, Wegschleifen, Flüssen ordnete. Ihr war, als stehe sie auf dem Scheitel der Erde und schaue in das gefaltete Gehirn hinein.

In Flüelen kaufte Philo den Text des Wilhelm Tell, den Alexandra nur durch die Oper Rossinis kannte. Sie las ihn auf dem Dampfer, der die Windungen des Sees durchschaufelte, und wenn man aufblickte, stand die Bühnenkulisse als Wirklichkeit dort. Der Schwung des deutschen Dichters riß sie hin, und nachträglich wurde ihr bewußt, was an Italien so unfroh gewesen war, das Mißtrauen, die Überwachung der Polizei. Voll Entzücken atmete sie die Luft der Schweizer Berge und fand nicht nur die Kraft der Natur, auch die einer Idee darin. Sie bedauerte, daß die Kinder noch zu jung waren, um schon zu verstehn, was ein Geßler und was die Freiheit sei.

Am liebsten hätte sie die Gemeinschaft der Kantone nicht mehr verlassen. Wenn man nicht hier wohnen konnte, dann sollte es wenigstens in Frankreich sein. Als sie in Zürich den sehnsüchtig erwarteten Brief Marjas vorfand, die ihr mitteilte, daß man bereits das Gütchen im Badischen bezogen habe und in aller Eile das Gartenhaus für die fünf Gäste einrichte, mußte Philo sie durch die Versicherung trösten, landschaftlich stehe die Gegend rechts des Rheines nicht hinter der elsässischen zurück, und was die politischen Verhältnisse angehe, so werde erstens sie als Fremde nicht davon berührt, und zweitens gelte das Volk Badens als das freiheitlichste im Deutschen Bund.

So fuhren sie auf der vom Schwarzwald begleiteten Seite nordwärts, und Alexandra war rasch versöhnt. Die sanften Rebhügel, die gewellten Matten, die tragenden Bäume, die Storchennester am Wegrand in den Pappeln, die Trachten des Landvolkes zu Freiburg und das zarte Filigran des Münsters ebenda an einem unendlich milden Abend gewannen sie. Vorher, bald hinter Basel, hatte ihr Auge die Heimat Jacques' gesucht, und wenn der Doktor in Lörrach sein richtiger Vater gewesen wäre, hätte sie ihm die Kinder zugeführt.

Sonnenblumen, Malwen, Weiden, es war kein Mangel daran; Levkojen, Rosen, Nüsse überall. Die Pflaumen, unscheinbar auf den ersten Blick, schimmerten auf den zweiten mandarinenblau, der zarteste Reif überhauchte sie. Und eines Morgens endlich bog man beim Städtchen Achern im rechten Winkel von der Landstraße ab, erreichte auf Feldwegen die ersten Hügel und sah, nur noch durch einen Wiesengrund mit Erlen, Bach und Sägewerk getrennt, die zweite Erhebung, auf der, inmitten von Reben, Gärten und einem Hain von zahmen Kastanien, eine Dreiheit von Häusern stand.

Eines war wie die entfernteren der Bauern im Fachwerkstil gebaut, das zweite gelb getüncht, das dritte trug auf dem untern Stockwerk aus Sandstein ein hölzernes mit Überhang und Balkonumgang. Aus den Kaminen stieg der Morgenrauch. Im Wiesengrund dengelte ein Knecht die Sense. Vor dem Sägewerk lud ein von Pferd und Kuh gezogener Wagen Stämme ab. Die Grillen zirpten, und zwei junge Tauben flogen, in so raschem Flug, daß man sie für junge Sperber halten konnte, Seite an Seite über all dies sinnvoll Alltägliche hin: dem Hintergrund, dem Talkessel, dem Aufbau der großen Wälder, dem Gebirgskamm zu.

Als der Reisewagen in den Hof des Sandsteinhauses fuhr, schritt, lässig und kein Beller, ein russischer Barsoi die Stufen der vorher verborgenen Veranda herab. Dann, mit einem Ausruf, folgte Marja. Die andern Personen, die am Frühstückstisch saßen, erhoben sich.

Es waren sechs, die Alexandra nicht kannte – Nikolaus von Stoffel; seine Stieftochter Paulette, neun Jahre alt; zwei jüngere Kinder, die Marja ihm geboren hatte; Lydia Stoffel und ein Mann in den Dreißig, der als Leutnant Hellwin vorgestellt wurde. Er gehörte zum preußischen Kontingent der Bundesfestung Mainz.

Die Kinder Marjas und Nikolaus' hießen Jeanne und Marcelle. Die eine war fünf, die andere drei Jahre alt. Die Zwillinge kamen zu Gespielinnen und wurden ihrerseits als männliche Ergänzung begrüßt.

Es gab viel zu erzählen. Marja und Alexandra hatten sich seit 1829 nicht gesehn, in zwölf Jahren war manches geschehn. Sie gedachten der unglücklichen Brüder Marjas und des armen Vaters, der so einsam wie ein Eremit gestorben war. Dann mußte Alexandra von Jacques berichten, und Marja stellte bald fest, daß die Kusine nicht nur um der Kinder willen fortgefahren sei. Sie nahm an, Jacques habe es mit der Treue nicht genau genommen, doch Alexandra widersprach. War sie schlecht behandelt worden? Sie leugnete auch das. Es war schwer, die Beweggründe einer Frau zu verstehn, die ihren Gatten einen charmanten Menschen nannte und gleichwohl sich ihm verschloß.

Bald trafen die Briefe ein, die Jacques nach Colmar geschickt hatte. Als Marja die Antwort darauf zur Beförderung übernahm, sagte Alexandra, sie habe ihn gebeten, mit einer längeren Trennung einverstanden zu sein. Die Zwillinge sollten die ersten Jahre, die für die Gesundheit die wichtigsten wären, im Norden verbringen, erklärte sie.

In dem verputzten Häuschen wohnte Lydia. Sie besaß es seit zwei Jahren. Nach dem Tod ihres Mannes und nachdem die Töchter verheiratet, die Söhne selbständig geworden waren, hatte sie gefunden, es binde sie nichts mehr an Sankt Petersburg. Damals machte sie zuerst einen Versuch mit Stuttgart, wo sie geboren war, dann mit Baden-Baden; zuletzt baute sie neben ihrem Vetter Nikolaus in Sasbach.

Sie reiste gern, wenn auch nicht auf lange, so doch auf kürzere Zeit. Basel, Freiburg, Mannheim, Karlsruhe waren nicht allzuweit, Straßburg und Baden-Baden ganz nah. Sie hatte überall Beziehungen, in Mannheim zur Hofhaltung der Großherzoginwitwe Stephanie, die einst die Adoptivtochter Napoleons gewesen war. Im Winter verbrachte sie ein paar Wochen in Colmar, um Marja zu sehn. Im Sommer kam Marja hierher nach Sasbach, im dritten Häuschen wohnte in den gleichen Ferienwochen die Familie Schorn aus Straßburg – so fehlte es nicht an Verkehr.

Im Augenblick also weilte Leutnant Hellwin als Gast bei Lydia. Niemand in der kleinen Kolonie nahm daran Anstoß, da er erst fünfunddreißig, sie schon achtundvierzig alt war. Immerhin mißtraute ihm Marja und deutete an, er setze sich bei Lydia fest, er spinne sie in seine Pläne ein.

Er war ein hübscher Mensch mit rötlichem Haar und einem schmalen, ehrgeizigen Gesicht. Viel wußte Marja nicht von ihm zu berichten. Bei einem Ausflug mit österreichischen Kameraden habe er in Mannheim Lydia kennengelernt und ein paar Wochen danach, als sie ihn in Mainz besuchte, den Abschied genommen. Er wolle Schriftsteller werden, in Frankfurt warte ein Verleger auf sein erstes Buch, man sehe ihn fleißig schreiben, und an einem dieser Tage lese er vor.

Das geschah auch, am Ende der Woche, an einem Vollmondabend auf der Veranda, um die sich Klematis spann, im Hause Lydias. Er bezeichnete die Arbeit als Erzählung oder auch als kleinen Roman. Sie schilderte offenbar sein eigenes Leben, zuerst die Kindheit in Ostpreußen, darauf die Kadettenzeit in Potsdam, zuletzt die Leutnantsjahre in der Garnison Mainz, und brach dann ab.

Die zweite Hälfte sei schon entworfen und werde in acht Tagen reif sein, sagte er. Die erste war sehr anschaulich, nicht breit, nicht kurz, nicht überladen mit Gestalten und Begebenheiten. Man konnte sich wohl fragen, was aus dem jungen Helden wurde, der hell in die Welt schaute, aber seinen Charakter noch kaum durchblicken ließ. Da es nicht feststand, ersetzte Alexandra ihn durch Hellwin selbst. Der schmale Kopf, die gleitenden Bewegungen, der rötliche Flaum auf den Händen erinnerte an den Barsoi, den sie nicht mochte und dem man doch nicht absprechen konnte, daß er ein Tier von Rasse war. Vielleicht hätte er einen guten Diplomaten abgegeben, dachte sie.

Die Familie Schorn bestand aus drei Mitgliedern, dem alten Herrn, seinem Sohn Camille und dessen Frau Luise, die sich als Halbschwester Jacques' bezeichnete, aber nur die Tochter des Chirurgus aus erster Ehe war. Camille, ein Mann mit schmalen Schultern, besaß weder das Embonpoint noch das Selbstbewußtsein des alten Schorn. Er sah nicht aus, als sei es ihm bisher gelungen, im Leben fest zu wurzeln. Vom Weinhandel des Vaters wollte er nichts und von den Franzosen wenig wissen – so fühlte er sich auch im Schuldienst, als Lehrer am protestantischen Gymnasium zu Straßburg, nicht wohl. Mit Luise Schorn konnte Alexandra nichts anfangen, es war eine hausbackene, nüchterne Frau.

Man trank zuerst einen Elsässer, dann einen Badener Landwein, bescheidene Sorten beide und aus dem Faß in Karaffen gefüllt, die Aufbewahrung in Flaschen vertrugen sie nicht. Schorn Vater rauchte eine Meerschaumpfeife und den neuen Tabak, den die Franzosen nun in Algerien zogen. Er trug eine Jacke aus schwarzem Lüstre, das rote Streifchen darauf war die Ehrenlegion. Er hatte sie sich als Adjoint des Bürgermeisters von Straßburg verdient.

Als die Gäste gegangen waren, trug Lydia die Kerzen ins Zimmer, und Hellwin ordnete sein Manuskript. Dann kehrte Lydia zurück. Die Nacht war schön, der Mond stand nun schon hoch, fast senkrecht fiel der Schatten der Rebblätter auf den kreidigen Grund. Am höchsten Punkt des Hügels stand eine Laube. Ein Weg, den Rosenspaliere säumten, führte von der Veranda hinauf.

Lydia wünschte Hellwin gute Nacht und reichte ihm die Hand, die er behielt. Er beugte sich darüber und sagte, ihrem Auge, das sie niederschlug, ganz nah:

»Ich bin noch gar nicht müde und hätte Lust, gleich weiterzuschreiben oder auch noch ein paar Schritte durch den Garten zu machen – mit Ihnen, Frau Lydia.«

Sie zögerte, schaute starr an ihm vorbei in eine Landschaft, die im Mondlicht selbst mondhaft war – das Häufchen um jeden Rebstock schien eine schlagschattenschwarze Kraterwand zu sein.

Achtundvierzig Jahre war sie alt und hatte geglaubt, den Frieden zu besitzen, der einer Frau nach Erfüllung ihrer Mutterpflichten zusteht. Sie hat fünf Kinder geboren und die vier, die am Leben blieben, versorgt – nun zieht sie sich zurück, um in Ruhe zu altern. Wie oft hatte sie das in diesen Wochen gedacht, mit aller Nüchternheit, die schon im ersten Ehejahr erworben worden war, und gleichwohl nun von einer späten Sturmflut, gegen die sie sich verzweifelt wehrte, unterwühlt.

Sie ging wie eine Schlafwandlerin neben ihm, der dreizehn Jahre jünger war, und sann darüber nach, wie es in Mainz begonnen hatte, als ihr wohlgefiel, daß er, der bei Frauen die Erfahrung liebte, sie zur Vertrauten seiner Pläne machte: halb schmiegte er sich wie ein Page an, halb steuerte er sie mit der geschickten Hand des Kavaliers der Auffassung zu, die reifen Menschen zusagt – daß Männer oder Frauen, die über dreißig sind, vernünftigerweise dem Wort Leidenschaft aus dem Wege gehn.

Erst glaubte sie, es gebe diese Frau, die älter als er sei, in seinem Dasein schon, in Frankfurt warte sie auf ihn und auf die Übersiedlung nach dem lebensfrohen Dresden – in Dresden sah er die Stadt, die für seine Pläne geeignet war. Dann merkte sie, daß er an sie, Lydia, selber dachte. Doch taten sie noch geraume Zeit, als sei die andere Frau Wirklichkeit und es könne die Gefahr bestehn, daß er ihr bei Lydia Stoffel untreu werde. Es war ein Spiel, das alles leichter machte.

Zuletzt sprachen sie von ihr wie von einem Ideal und nannten sie »die Frau von Welt«. Nicht Jugend und nicht Schönheit verlangte er von der Gefährtin, mit der er sich verband, nur die Eigenschaften der Frau von Welt.

Das Wort, das zehnmal in Mainz am sonnengelben Tag gefallen war, nun fiel es auch in Baden, in einer silberweißen Nacht:

»Einen Mann, der in einer Stadt wie Dresden neu auftritt, beurteilt man nach seiner Frau«, hörte sie ihn sagen. »Ob man im ersten Augenblick den Eindruck hat, daß sie zur Welt gehört oder nicht, das entscheidet über alles, was sie als Paar erreichen werden. Die Stadt muß spüren, daß ihr Salon legitim ist und daß sie sich nicht in ihr niederläßt, um Fuß zu fassen, sondern weil es für sie keine andere Bestimmung gibt, als Mittelpunkt einer Elite zu sein.«

In einem Dorf, das näher am Gebirgsstock im Kessel lag, schlug die Kirchenuhr. Der Mond rückte gegen Westen vor, die Schatten fielen länger. Lydia ließ sich auf der Bank nieder, die an der Außenseite um die Laube lief, im Innern standen Tisch und Stühle. Hellwin nahm neben ihr Platz und ergriff die Hand, die auf dem gebauschten Stoff ruhte. Es hätte seiner eigenen, die schmal war, gut gestanden, von Spitzenmanschetten umsäumt zu sein – der Degen der Kavalierszeit hätte zu ihm gepaßt, als noch Abbé und Chevalier ein Trianon umwandelten, dachte sie.

Er malte mit seiner geschmeidigen Stimme aus, wie sie es in Dresden halten würden. Statt beim Hof anzuklopfen und bei der Beamtenschaft, schloß man sich der Kolonie der Ausländer an, unter denen es viele Russen und Engländer von Herkunft gab: sie bildeten eine vom Nimbus der Unabhängigkeit umwobene Gesellschaftsschicht der wahren Europäer – Grundstock und Sprungbrett für die Zeitschrift, die er dort gründete.

Zugestanden, daß es zu viele Zeitschriften gab, so blieb doch wahr, daß sich kein wirksameres Mittel finden ließ, wenn man bekannt werden wollte. Überall in Deutschland schauten die Gebildeten nach den Zeichen einer Zeit aus, die an der Enge der Kleinstaaterei, an der Bevormundung durch die Obrigkeit zu rütteln begann. Was Tieck gelungen war, in Dresden eine Macht zu sein, warum nicht auch ihm, der Besseres als die blaue Blume anbot, den

Fortschritt und die Freiheit des Geistes, daher die Zeitschrift »Der Weltoffene« heißen sollte.

Er legte den Arm um Lydia und spielte mit einer der kaum angegrauten Locken, die fast alle noch das natürliche Blond besaßen. Sie werde sich jung erhalten und ein hohes Alter erreichen, hatten ihr an den verschiedensten Orten die Kartenlegerinnen gesagt und darin wenigstens übereingestimmt. Doch als die Frische seines Atems sie streifte, fuhr sie auf.

Er küßte ihr die Hand, sie ging zum Haus, er blieb zurück und folgte nicht sofort, ganz wie sie es erwartete. Auf der Veranda drehte sie sich um und sah, wie er sich mit erhobenen Armen in der Nachtluft streckte.

88

In den nächsten Tagen sah sie ihn wenig, er schrieb die zweite Hälfte seines Romans. Sie ging verträumt herum – wo, Lydia, ist deine Nüchternheit geblieben?

Sie sah sich mit ihm in Dresden, sie führten ein großes Haus. Die vornehmen Russen, von denen er gesprochen hatte, fehlten nicht; die Engländer kamen und, nachdem die Zeitschrift gegründet war, auch die durchreisenden Fremden – hier war ein Salon, die Kunde drang bis Wien und Berlin. Man hatte eine Loge im Theater und gab Abende, an denen zwischen zwei Köpfen von Ruf Hellwin selber las. Sie fuhren mindestens einmal im Jahr nach Paris – er, um Mitarbeiter zu gewinnen, und sie zu den Schneidern. Auch konnte man Sasbach behalten, denn Baden-Baden war nah. Warum nicht einen Wagen anschaffen und einen Stall für ein paar Pferde bauen?

Was würden die Kinder sagen? Der älteste Sohn war Gesandtschaftssekretär in Stuttgart, der zweite diente in der russischen Armee, weit hinten im Kaukasus. Die älteste Tochter war mit einem Bankier in Brüssel verheiratet, die jüngste mit einem Adligen im Gouvernement Charkow, der dreitausend Seelen besaß. Ihnen allen hatte sie ihr Erbe schon ausgezahlt. Es blieb genug, um als eine begüterte Frau zu gelten; und wenn es ihr gefiel, sich mit einem Mann zu verbinden, der außer seinem Ehrgeiz nichts mitbrachte, wer wollte es ihr verwehren? Nichts, es sei denn diese Angst, ihn locke nur ihr Geld.

»Nur«, hatte er gesagt, »nur ist falsch, so dürfen Sie es nicht sehn. Garant aller Unabhängigkeit, gehört Geld zu den Eigenschaften jenes Ideals, das wir in unsern Gesprächen als Frau von Welt bezeichnet haben. Geld halte ich für ein Mittel, durch das man eine Möglichkeit verwirklichen kann. Die Möglichkeit besteht darin, daß Sie, Frau Lydia, statt vorzeitig in die Einsamkeit einzugehn, noch einmal sich dem Leben stellen und, indem Sie geben, auch selber nehmen, was Menschennähe zu bieten hat.«

Nicht einen Augenblick bezweifelte sie, daß er Erfolg haben würde, als guter Rechner, der er war. Er trank nicht, und in Baden-Baden hatte sie ihn beim Spiel beobachtet: er stand nicht nur auf, wenn er verlor, sondern auch, wenn er gewann, ein Mann, dem die Selbstbeherrschung nicht abhanden kam, und alles andere als eine dieser russischen Naturen, die sie so gut kannte – sie lebten dem Augenblick und haßten den, der ihn zu meistern suchte. Es entging ihr nicht, daß Hellwin die Schnürchen, mit denen man die Pakete umband, aufwickelte, sogar das Papier noch glättete er. Es bestand eher die Gefahr, daß er zu sparsam, als daß er ein Verschwender und Durchgänger war.

Zuerst hatte sie die junge, schöne Frau aus Kairo gefürchtet, als sie sah, wie sicher er sofort erfaßte, daß etwas an ihrer Ehe nicht richtig sei. Aber er benahm sich korrekt, und aller Eifer galt weiter ihr, Lydia, die soviel älter als Alexandra war.

Am Ende der Woche versammelte man sich wieder, um den Schluß der Erzählung zu vernehmen. Hellwin las diesmal bei den Schorns vor. Der Held lebt nun in Mainz, wie ein junger Leutnant lebt. Er drillt die Soldaten, reitet nach Wiesbaden oder Homburg zum Spiel in den Kursälen, tändelt mit den sehr entgegenkommenden Mainzer Mädchen, ist dem Wein nicht abhold, geht lieber ins Kasino der ungezwungenen Österreicher als in das der strengen Preußen und kümmert sich weder um die Politik noch um die Erregung des Zivils.

Es gibt allerlei kleine Unruhen, bei denen die Garnison den Befehl zur Bereitschaft erhält: das Hambacher Fest, die Steuerverweigerungen, den Sturm auf die Frankfurter Hauptwache, die Prozessierung der Advokaten und Studenten, die Kriegsgefahr anno 40, als die Franzosen Paris befestigen und die Rheingrenze verlangen, während die Deutschen mit aufwallendem Gefühl das neue Rheinlied singen. Langsam, im Verlauf von zehn Jahren, wird dem jungen Mann bewußt, daß seine Welt zwar immer auf derselben Stelle tritt, die Gesellschaft draußen aber in Bewegung gerät. Langsam entdeckt er, daß es das Volk und die Ideen und die Forderungen gibt.

Wenn er Wache am Tor hat und den Reisenden die Druckschriften abnimmt, die als aufrührerisch gelten, liest er, was da in der Ecke liegt. Wenn seine Soldaten dem Bürger die verbotene Zigarre aus dem Munde schlagen oder den Bauernmädchen die Hambacher Schürzen abreißen, empört es ihn, daß man Menschen so behandelt, daß dem Militär und der Polizei solch rohe Erlaubnis bewilligt ist.

Jede Woche erscheint ein Blatt, das nur Steckbriefe enthält. Gebildete Leute werden wie Raubmörder verfolgt, weil sie von den unveräußerlichen Menschenrechten sprechen – was ist es mit diesen Rechten? Er kümmert sich nun darum, verschafft sich Bücher, liest und merkt, daß mancher Leutnant ungebildeter als einer dieser Handwerksburschen ist, denen die Wanderjahre in Frankreich die Augen öffneten.

Eines Tages verliebt er sich in die Tochter eines Weinhändlers, der in einem Jahr so viel verdient, wie das Offizierskorps zusammen, aber heiraten darf er sie nicht, sie ist unstandesgemäß, obwohl sie eine vorzügliche Erziehung erhalten hat und drei Sprachen spricht. Der Weinhändler ist stolz und will nichts von ihm wissen – er flieht mit dem Mädchen in die Reichsstadt Frankfurt, und wenn er nun an der Wache vorbeikommt, erweist man ihm nicht mehr die Ehrenbezeigungen, weil er den bunten Rock ausgezogen hat. Er ernährt sich und seine Liebste von einer Zeitschrift für Jäger, die er, selbst ein erfahrener Waidmann, leitet, und die recht gut geht. Lieber würde er eine für Literatur und Politik gründen, es fehlt ihm nur das Geld, und danach schaut er am Schluß aus, ein Ziel steckt man nicht hoch genug.

Nachdem Hellwin gelesen hatte, ergriff er die Lichtschere und schnippte den Docht der beiden Kerzen, zwischen denen das Manuskript lag. Man saß um einen Tisch, der dicht beim Haus unter einer Linde stand. Die Nacht war schön, im Westen zuckte ein Wetterleuchten über die Vogesen hin.

Schorn als Hausherr hob die Glocke von der Pfirsichbowle und schenkte die Gläser ein. Das erste reichte er Hellwin – vom Vortrag müsse ihm die Kehle ausgetrocknet sein, auch habe er gut gelesen und überhaupt, die Erzählung könne gefallen, weil man spüre, es sei alles wahr darin.

»Bis auf die Heirat, die erfunden ist«, betonte der ehemalige Leutnant.

»Wie sind Sie gerade auf einen Weinhändler verfallen?« erkundigte sich der alte Herr.

»Das liegt in Mainz doch nah, es hat einen gesegneten Weinhändlerstand.«

»Ganz recht. Aber sagen Sie, würde es dort tatsächlich für einen wohlhabenden Kaufmann eine zu große Ehre sein, wenn er den Schwiegersohn unter den Herren Offizieren fände?«

»Nach preußischen Anschauungen schon, die Österreicher denken nicht so starr.«

»Das will ich hoffen. Wissen Sie, daß ich selber Weinhändler bin?«

»Ich hörte es, eine Absicht fehlt, verzeihen Sie.«

»Was ist da zu verzeihen?« sagte Schorn und lachte. »Aber da wir bei diesen Dingen sind, darf ich erwähnen, daß meine Tochter in Frankreich mit einem Husarenkapitän von Adel verheiratet ist. Wenn das Elsaß 1815 preußisch geworden wäre, wie auf dem Wiener Kongreß ein paar Hitzköpfe verlangten, dann hätte ich sie einem Feldwebel geben müssen. Und die vielen Kleineleutekinder, die es bei uns unter dem Kaiser zu Generälen gebracht haben, hätte man denen auch den Rang abgesprochen? Auf welcher Seite, glauben Sie, sind unsere Sympathien?«

»Auch in Deutschland bleibt die Zeit nicht stehn«, versicherte Hellwin.

»Mag sein – ich halte mich an die Gegenwart, das ist gut elsässischer Verstand«, sagte Schorn. Er trug auch heute auf dem Umschlag seines Tuchrockes das Bändchen der Ehrenlegion.

Nikolaus von Stoffel, der selber schrieb, lobte die Geschichte Hellwins ebenfalls. Sie zeichne sich dadurch aus, daß sie von Anfang an einen Zielpunkt habe und die sehr ansprechende Entwicklung auf ihn zueile. »Sie ist gänzlich unromantisch«, erwiderte Louis Hellwin bescheiden. Philo fragte, ob Romantik nicht mehr die Parole in Deutschland sei – vor sieben Jahren, als er nach Ägypten fuhr, war sie es noch.

»Bei den Jungen nicht mehr. Bedenken Sie, wie rasch wir heute leben. Seit dem Tod Goethes verändert sich die Welt mit jedem Jahre mehr. Sie hallt von den Sprengungen wider, die für die Tunnels der Eisenbahnen nötig sind, und von den Schwungrädern, die sich in den Maschinenhäusern drehn. Ich möchte keine andere wählen und bin froh, daß ich mich eben noch für jung genug halten darf, um mitzustreben.«

»In Paris haben sie gleich zwei Eisenbahnen nach Versailles, auf jedem Ufer eine«, sagte Schorn und schaute nachdenklich gen Westen. »Die Linie, die man von Straßburg nach Basel baut, ist schon länger, und eines Tages wird man sich an eine große Linie wagen, es könnte die von Paris nach Straßburg sein, und dabei wäre Geld zu verdienen.«

»In Frankfurt, in Mainz, in Heidelberg, überall kaufen Spekulanten den Boden auf, der für eine deutsche Bahn in Betracht kommt«, meinte Hellwin. »Man müßte eine Zeitschrift gründen, für Verkehr und Politik ...«

»In Ihrer Erzählung heißt sie noch für Literatur und Politik«, gab Alexandra nicht ohne Ironie zu bedenken.

»Es läßt sich mit einem Federstrich ändern«, entgegnete Hellwin, hatte schon das Bleistiftendchen zur Hand, tilgte das veraltete Wort und ersetzte es durch das modernere. Bei der Bewegung streifte sein Ärmel den Barsoi, der nicht von ihm wich.

»Der Hund liebt Sie, mich lehnt er ab«, sagte Alexandra.

»Es beruht vielleicht auf Gegenseitigkeit, gnädige Frau«, sagte er und suchte aufschauend ihren Blick festzuhalten, kurz, aber auch so intensiv und beredt, daß Alexandra erschrak, als sie, sich abwendend, einem andern Blick begegnete, dem nichts entgangen war. Qual und Auflehnung standen in den Augen Lydias.

89

Um zehn Uhr zogen alle sich zurück. Lydia hörte Mitternacht und die erste Stunde schlagen, sie lag ohne Schlaf.

Durch die Läden, die nachlässig geschlossen waren, sah sie die abnehmende Sichel und dachte bitter, daß seit der gerundeten Scheibe erst acht Tage vergangen seien. Wie war es möglich, daß etwas so Flüchtiges wie ein aufgefangener Blick so tief erschrecken konnte. Es nähert sich der Frau ein Mann, und während er alles vorbereitet, um sie willfährig zu machen, faßt er eine andere, die auftritt, ins Auge und wägt in Gedanken ab, ob nicht gegebenenfalls auch diese zweite brauchbar ist.

Alles in ihr weigerte sich, ihn für so verschlagen zu halten, und alles, was sie von Menschen wußte, sagte ihr, daß es so sei. Ob Witwe mit versorgten Kindern, ob geschiedene Frau mit jungen Zwillingen, was machte es aus, wenn man auf Geld und allenfalls noch Zugehörigkeit zur guten Gesellschaft sah? Und wenn er auch die Witwe Lydia nicht aufgeben sollte, so hatte sie doch die Warnung empfangen: am Schachbrett sitzt er, sinnt auf Züge, und jede, die er für reich hält, ist ihm Turm oder Königin.

Daß eine Bürgersfrau gleich Lady Macbeth Mordgedanken hegen kann, sie hatte es nicht gewußt. Wenn die weiblichsten Empfindungen einer Frau beleidigt werden, antwortet sie mit Haß. Zwei Stunden später hatte er sich noch nicht gelegt, trotz eines Ganges voll Sturm und Aufruhr. Dieses Heftige tobte nicht in der Landschaft, obwohl sie sich danach gesehnt hätte – es tobte in ihr, die aufwärts zu den Wäldern, quer über Rebbuckel und blindlings durch Hohlwege lief.

Auf halber Höhe fand sie sich wieder, am Rand eines Kestenwäldchens, neben einem alten Kruzifix, das noch verwitterter als die Bank daneben war. Über die Landstraße in der Ebene weit draußen schwankte eine Laterne, die einem Zeltwagen gehören mochte: hier oben hellte es sich schon ein wenig auf. Wenn sie den Kopf zurückwandte, spürte sie den ersten Frühwind, der von den starrenden Wäldern strich.

Sie ordnete die Schläfenhaare und wußte noch nicht, daß sie in dieser Nacht ergrauten. Nach einer Weile klangen Schritte hinter ihr; sie erblickte diesen Freiherrn, den alle Philo nannten. Mit Hellwin beschäftigt, hatte sie ihn weniger beachtet, als sie wohl wünschen mochte. Er sah wie jemand aus, der ein guter Freund sein kann.

Am liebsten wäre sie davongelaufen, ganz verwildert fühlte sie sich. Er war in Gedanken versunken zur Bank gestiegen, schaute erst im letzten Augenblick auf und fuhr zurück.

»Oh«, sagte er rasch gefaßt, »ich bin nicht der einzige, der vor den Hähnen aufsteht – aus keinem andern Grund übrigens, verehrte Frau Stoffel, als um beim ersten Strahl der Sonne das Straßburger Münster aufglühn zu sehn – mit so bescheidenen Freuden begnügen sich Menschen, die einsam sind.«

Lydia erwiderte, sie habe nicht einmal gewußt, daß man das Münster von hier aus sehn könne, auch sei sie nicht schon aufgestanden, sondern dem Bett entflohn, um unruhige Gedanken zu ordnen.

»Es gibt wohl keinen Menschen, der in dieser Lage nicht das Freie aufsucht«, sagte er, »und ich sah es immer als einen Beweis dafür an, daß wir instinktiv wissen, wie wenig an unsern Erregungen gelegen ist, sobald wir an das Größere denken, eben die Natur. Wir nähern uns ihr wie das Kind der Mutter, um zu klagen, aber wenn wir bei ihr sind, tragen wir ihr die Sorgen nicht erst vor – sie erledigen sich von selbst oder sie sind unlösbar, was ich von Ihren eigenen nicht hoffe, gnädige Frau.«

»Nichts als ein wenig Energie ist nötig – und viel Selbstbeschämung«, gestand sie leise. Er setzte sich neben sie, und wenn es mit einem Lächeln geschah, dann mit einem, das sie nicht beleidigen konnte, weil es unmerklich war.

»Wie lange sind Sie schon hier?« fragte Lydia. »Bisweilen verliert man den Sinn für die Zeit.«

»Zwei Wochen«, erwiderte Philo.

»Und ich habe mich weder mit Alexandra noch mit Ihnen ein einziges Mal richtig unterhalten.«

»Das ist ein Versäumnis, das sich leicht nachholen läßt. Sind Sie in Sankt Petersburg nie mit Alexandra zusammengetroffen?«

»Nie. Der Name ihres Vormunds Samorin ist mir allerdings bekannt.«

»Ich sah ihn bei den Pyramiden von Giseh und nachher in Kairo öfter. Er trennte sich ungern von Alexandra und würde es schwerlich getan haben, wenn ich ihm nicht versprochen hätte, ihr zur Seite zu stehn.«

»Und dann heiratete sie Jacques Maslin? Als in Paris sein Vater bei mir verkehrte, war nie die Rede davon, daß es diesen Jacques gebe. Was für ein Mensch ist er?«

»Manchmal erinnert mich Ihr Hausgenosse Hellwin an ihn, aber doch auf die allgemeinste Art. Die Unterschiede sind größer als die Ähnlichkeit.«

»Wem geben Sie den Vorzug?« erkundigte sich Lydia.

»Ohne Zweifel Jacques.«

»Würden Sie mir sagen, weshalb? Ich habe ein gewisses Interesse an Hellwin.«

»Das ist ein Grund . . .«

»Sie dürfen offen sprechen. Ich bitte Sie sogar darum.«

»Ich fürchte, daß es Ihnen mißfällt, wenn ich sage, Jacques scheine mir nicht berechnend und genau aus diesem Grund von größerer Eleganz des Geistes zu sein.«

Es war inzwischen Tag geworden, ein neuer Tag so jung und schuldlos, als sei eben die Schöpfung aus Gottes Hand entlassen. Es dauerte freilich nicht lang, bis er sich auf das mitgegebene Gebot besann, das die Geschöpfe anweist, sich mitleidlos voneinander zu nähren. Auf der Wiese, die am Abend zuvor gemäht worden war, zerrte ein Amselweibchen zwei Regenwürmer aus den Stoppeln und führte, von Gier berauscht, einen Tanz der Bosheit um sie auf. Es hackte mit dem gelben Schnabel bald aus dem ersten, bald aus dem zweiten ein Stück, und die Würmer in ihrem Schmerz machten fingerlange Sätze, wie winzige Schlangen krümmten sie sich.

Sandte man den Blick über die Wälder und Gehege der Rheinebene hin, so stand nun erglühend das Münster dort, rosiger Sandstein, vom Rosenfinger der jungen Göttin berührt, ein überhöhtes Rechteck mit dem einen nochmals überhöhten Turm.

Die Sonne, der Strom, die Kathedrale, der Wind, das Gartenland der Bauern und die weißen Flecken der Dörfer darin, ein Kruzifix und eine Bank zum Schauen, die Glocke, die zur Frühmesse des Sonntags rief, alles, was Raum und Zeit entspringen konnte, war da. Auf der Bank saßen zwei Menschen, nicht mehr jung, und fanden zu dem Thema, das der Frau am Herzen lag, dem Mann vertrauter als jedes andere war.

Sie unterhielten sich von der höchsten und schmerzhaftesten Menschenkunst – wie man in Ehren altern könne, zur rechten Zeit. Sie stellten fest, daß der Freiherr 1789 und Lydia 1793 geboren waren.

Die rechte Zeit ist die, in der man, noch ungebrochen wie ein Junger, der letzten Lockung der Tatkraft und des Ehrgeizes zu erliegen droht.

Sie kehrten gemeinsam heim. Als Lydia auf der Treppe Hellwin begegnete, starrte er sie an, und als sie wenig später einen Blick in den Spiegel warf, fuhr sie zurück, die Schläfenhaare waren grau geworden. Sie zog die Läden wieder zu und legte sich ins Bett. Wohl schien ihr, als laufe man treppauf treppab im Haus, doch achtete sie nicht darauf und schlief, bis das Mädchen sie weckte – Gäste aus Stuttgart seien da.

»Wer?« fragte sie.

Die Antwort kam aus dem Garten, sie erkannte die Stimme des ältesten Sohnes Franz. Er hatte Urlaub genommen und mit einem Freund den Weg über den Schwarzwald zu Fuß gemacht. Sobald sie sich einigermaßen zeigen konnte, ging sie zum Fenster und schlug die Läden auf. An den langen Schatten merkte sie, daß es schon Vorabend war.

»Grüß Gott, Mutter. Du hast wie ein Murmeltier geschlafen«, rief der braungebrannte junge Mann herauf und stellte ihr den Kameraden vor.

»Du hättest mich wecken sollen, Rosa hat euch sicher nicht richtig untergebracht.«

»Ist alles schon erledigt, der Leutnant läßt auch grüßen«, erwiderte er.

»Was heißt das?« fragte sie.

»Daß er Kopf über Hals abgereist ist, ich wurde nicht klug daraus. Während wir noch mit deiner Rosa beraten, wie die Zimmer zu verteilen sind, kommt er mit einem Brief und sagt, er müsse sofort nach Frankfurt fahren, ein Verleger erwarte ihn. Ich fand ihn nicht sehr angenehm, aber vertrieben habe ich ihn nicht.«

»Ich fürchte doch . . .«

»Wieso? Hat er ein schlechtes Gewissen?«

Vielleicht mußte man es so auffassen, dachte sie, vielleicht hatte ihn ihr weißes Haar erschreckt. Wie dem auch sein mochte, es war die einfachste Lösung und eine unverdient bequeme; sie atmete auf.

Franz Stoffel und sein schwäbischer Freund blieben acht Tage, dann setzten sie ihre Wanderung fort.

Den Plan dazu hatte der Freund gemacht, der zwischen Rastatt, das nun wieder Festung werden sollte, und Basel allerlei Verwandtschaft auf den kleinen Adelsgütern besaß. Es waren keine mächtigen Geschlechter darunter, weder in der protestantischen Ritterschaft der Ortenau noch in der katholischen des Breisgaus. Sie hatten auch keinen von alters her überlieferten Mitelpunkt, in einem Großherzogtum, das vor ein paar Jahrzehnten künstlich geschaffen worden war.

Ohne Breite, nur übermäßig lang, zog es sich vom Bodensee bis über Mannheim hin und war eher eine Verwaltungseinheit als ein natürliches Wachstum. Der neue Mittelpunkt, der Karlsruher Hof, tat alles, um den Adel an sich zu binden, durch Sitze in der ersten Kammer oder in den Ministerien und durch Stellen in der Armee. Die zweite Kammer aber, die unruhige Volksvertretung, stand in der Opposition. Eben war zweien ihrer Mitglieder, nur weil sie zugleich Beamte seien, die Ausübung des Mandats verboten worden – die Leidenschaften und die Reden schäumten hoch.

Das alles beschäftigte die angehenden Diplomaten. Sie versprachen sich von ihrer Reise Vermehrung der Kenntnisse und Einblick in die Ideen. Schorn sagte, das sei gut und schön, doch wenn sie junge Franzosen wären, dann suchten sie nicht nur den Kampf der Geister zu begreifen, sie führten ihn. Er war der einzige, der bedauerte, daß Hellwin fehlte und die beiden seine Erzählung nicht kannten – aus diesem Leutnant werde noch ein Revolutionär, prophezeite er.

Eine Woche lang drehten sich alle Gespräche um die Politik. Schorn ging zwar nicht soweit, den Sturz des Bürgerkönigs zu wünschen, aber wenn dieser Fall eintreten sollte, verlangte er die Republik. Marja wiederum neigte den Bonapartisten zu, und das hieß Prinz Louis Napoleon, dem Neffen des Korsen – die Pairskammer hatte ihn jüngst nach dem Putsch von Boulogne zu ewiger Festungshaft verurteilt. In der Politik gab es kein Ewig, und der junge Mann in Ham war dreiunddreißig alt.

Franz fragte seine Mutter, ob sie entschlossen sei, Sasbach zu ihrem Wohnsitz zu machen. Was sie noch vor wenigen Tagen nicht vermocht hätte, sie bestätigte es. Dann müsse sie soviel Umgang suchen, wie die Gegend bieten könne, erklärte er, verstand darunter die zunächst wohnenden Familien und nahm sich vor, zum mindesten in der Ortenau zu vermitteln. Er sagte, was sie schon selbst gedacht hatte, zur Ansässigkeit gehörten Kutscher, Wagen und Pferd.

Er fand Alexandra jeder Verehrung würdig. Sein Freund, wie er sechsundzwanzig, wetteiferte mit ihm. Gleich Hellwin wollten sie alles wissen, was ihre Lebensumstände betraf, und schienen, da sie keinen Mann sahn, anzunehmen, daß er nebensächlich sei. Sie forderten Alexandra zu den Spaziergängen auf und führten sie, weil ihre Stiefelchen in dem steinigen Gelände versagten, gemeinsam zum Schuhmacher im Dorf.

Lydia hatte Angst, daß Franz sich in die junge Frau verlieben könne. Er erklärte mit einer Offenheit, gegen die sie wehrlos war, in einem Jahr komme er wieder, um festzustellen, ob Alexandra inzwischen frei geworden sei. Dann schnürte er sein Ränzel und häufte beim Abschied sich und dem Kameraden die Mütze mit Mirabellen, deren Reife nun gekommen war. Wenn man sie auseinanderbrach, fielen die Steine willig aus dem goldgelben Fleisch.

90

Bis nach Baden-Baden gingen die Mirabellenfuhren und brachten Geld. In Jahren, da die Bäume leer standen, spürte es an den Steuern der Staat. In allen Häusern, bei Bauern und Knechten, füllte man die mächtigen Bleche mit Teig und bettete die saftige Frucht hinein. Wer nicht selbst backen konnte, trug die Kuchen zum Bäcker, der die Holzstöße im Hof oder an der Hauswand abnehmen sah.

Lydia und Marja machten Konfitüre ein. Die großen Messingbecken, schwer, als stammten sie aus einem Tempelschatz, kamen zu Ehren, es siedete den ganzen Tag darin. Die Zwillinge und die beiden Jüngsten Marjas durften nicht in die Küche, Margherita betreute sie alle vier. Paulette aber, die Neunjährige und für Marja eine Erinnerung an ihre verworrenste Zeit, band sich ein Schürzchen um, das ihr reizend stand. Seit sechs Jahren war sie nicht mehr Pariserin, doch noch immer ein Pariser Kind, leichtfüßig, schlagfertig, vom Morgen bis zum Abend lebhaft und klug, schon sehr weiblich auf die bestimmte französische Art.

Nach den Mirabellen kamen Pfirsiche, Äpfel und Birnen. Nüsse und Trauben reiften heran. Es wäre sündhaft gewesen, den Segen nicht zu verwerten. Lydia bot ihn dem Hotelmann in Baden-Baden an, bei dem sie zu wohnen pflegte. Sie tat es als Hausfrau, die rechnen und zuteilen kann. Hätte Hellwin sie an Regentagen in Stiefeln und Lodenrock gesehn, so wären ihm Zweifel gekommen an der Frau von Welt – vielleicht. Ihr war es gleich, die Irrung lag hinter ihr. Sie faßte kräftig an, sie leitete und verwaltete und sah den Mägden auf die Hand.

Um vier Uhr aufzustehn kann ebensogut eine Leidenschaft werden, wie erst um Mitternacht zu Bett zu gehn, aber man ist dann am Abend so müde, daß die Geselligkeit zu kurz kommt. Nach einer Weile fand sie es selbst und setzte eine Tageseinteilung fest, die auch den andern zusagte. Zwischen morgens sieben Uhr und nachmittags fünf führte jede Familie den Haushalt, wie es ihr beliebte, aber um fünf war das Diner beendet, und die Zeit bis zehn Uhr abends wurde gemeinsam verbracht, bei schönem Wetter im Freien, bei kühlem im Salon Lydias, einem großen Raum, den ihre Petersburger Teppiche bedeckten.

Schorn liebte es, die eine oder andere Partie Bézique mit ihr zu machen. Marja und Alexandra stickten, manchmal setzte Marja sich ans Klavier und spielte Chopin oder Schubert. Nikolaus und Philo lasen; wenn eine Stelle gefiel oder auch zum Widerspruch reizte, trugen sie sie laut vor. Vor Paulette war kein Roman sicher, am wenigsten die Bücher der Sand, weil sie wußte, ihre Mutter kenne diese schreibende Frau.

Schorn aber wiederum kannte den Generalinspektor der Pariser Universität, Georges Ozaneaux, und schenkte Paulette seine Geschichte Frankreichs, die für Kinder geschrieben war. Paulette fand sie hübsch, gab es aber nicht zu – Herr Ozaneaux hätte besser verschwiegen, daß er sich an Kinder wandte; sicher unterschlug er manches, was sie gern gewußt hätte.

Eines Tages erhielt Schorn einen Brief von Ozaneaux: er sei im Begriff, nach Colmar zu fahren, um seiner Tochter die Stadt zu zeigen, in der er zur Zeit der Restauration so glückliche Jahre verbracht habe, als Lehrer der Rhetorik am Collège, und hoffe, Vater Schorn in Straßburg anzutreffen. Der Brief war halb französisch geschrieben, halb deutsch, weil Ozaneaux zeigen wollte, auf wie gutem Fuß er mit der ach so schweren Sprache stand. »Ich lieben der schöne Elsaßland und ganze meine alte Freund, wir sind alle Brüder«, hieß es da. Paulette, die in beiden Sprachen zu Hause war, lachte amüsiert.

Da Ozaneaux den Tag angegeben hatte, an dem er in Straßburg sein wollte, fuhr Schorn hinüber. Er bekam den Auftrag mit, für Lydia ein Wägelchen, ein Cabriolet, zu besorgen. Und da das dann leer über die Landstraße rollen würde, hatten Philo und Alexandra den Einfall, ihn zu begleiten. Sie wohnten bei Schorn, sein Haus lag am Thomasstaden. Die Mauern waren viel älter als die im Zopfstil eingebaute Treppe, die sich wie eine Schneckenmuschel durch die Stockwerke drehte, bis zum runden Glasabschluß – man hätte hinaufreiten können, so breit war sie.

Herr Ozaneaux mochte ein Mann in den Vierzig sein und trug eine Brille, die altmodisch an schwarzen Gummibändchen befestigt war. Die Augen dahinter schauten hell und sprühten vor Lebendigkeit, der Witz saß in den Winkelchen der aufgeschürzten Lippen. Auch ihm waren nicht alle Blütenträume gereift – nicht der, als Dichter schöner Verse unsterblich zu werden. Er erzählte, wie er Anno 16 ins Elsaß kam, unglücklich darüber, die Salons von Paris zu verlassen und unter Barbaren zu gehn, deren Sprache ihn entsetzte.

»Im Anfang, wenn sie mit mir sprachen«, sagte er zu Alexandra, »klang es mir nur wie Strif und Strof, wie Schnif und Schnof ins Ohr, und verzweifelt erwiderte ich nichts als »Ja«. Dann lernte ich verstehn, und mit dem Verständnis stellte sich die Liebe ein, sogar für den Wasserstriebl der Köchin. Wir Franzosen sind oft einseitig und ungerecht, weil wir nicht gern zugeben, daß hinter dem Berg auch Leute wohnen.«

Dieses Verständnis für die Elsässer, die er nur in den ersten Wochen dick genannt hatte, hinderte ihn nicht, der Meinung zu sein, daß die Regierung in Paris zu wenig tue, um sie zu Franzosen zu machen. Er besichtigte die Straßburger Schulen und stellte fest, daß selbst die meisten Lehrer der französischen Sprache nicht mächtig seien, von den Schülern zu schweigen, sie redeten daheim ihren deutschen Dialekt.

Er kündigte an, daß man in Paris strengere Verordnungen ausarbeite und die Eltern auffordern werde, mit den Kindern im Familienkreis französisch zu sprechen. Das gefiel Schorn Vater nur halb und seiner Frau gar nicht. Sie entstammte einem Strumpfgeschäft unter den Gewerbslauben und wußte von den Franzosen nicht viel mehr, als daß sie die Macht in Straßburg ausübten. Ihre Enkel gingen zum Vater ins protestantische Gymnasium und sprachen das Lateinische auf deutsche Weise aus. Diesen Umstand trug Ozaneaux in sein Notizbuch ein, indem er sagte, das gehöre sich nicht in einer französischen Garnison.

Alexandra wußte nicht, was von diesen Widersprüchen zu halten sei; sie wußte nicht, ob sie in einem deutschen oder französischen Ort war. Als sie Schorn danach fragte, erwiderte er, es verhalte sich wie mit den Bauten der alten Stadt. Wenn sie die Bürgerhäuser ansehe, seien die einen mit schmalen Fronten und hohen Dächern deutsch, die andern mit Türen und Treppen und Kaminen des achtzehnten Jahrhunderts welsch, neben dem gotischen Frauenhaus stehe reinstes Louis Quinze, das Rohanpalais. Was also sei da lange zu überlegen – deutsche Vergangenheit und französische Gegenwart.

Wie Philo es ihr in Italien versprochen hatte, sie fuhr mit ihm an einem schönen Septembermorgen nach Sesenheim. Wohl war die Landschaft, in der die Grillen zirpten und die Gräser wehten, zärtlich, doch in Alexandra wirkte nach, was sie vom Gegensatz zwischen Altem und Neuem gehört hatte, es störte sie. Die Jasminlaube Friederikes war verschwunden. Der Hügel, auf dem sie mit Goethe gesessen hatte, schrumpfte zu einer kaum merklichen Erhöhung in einem schlecht riechenden Krautacker ein.

Erst auf dem Heimweg kam die gelöste Stimmung über sie, und wenn auch nicht der Dichtermond über die Hügel schaute, so spann doch die Abendsonne die weißen Giebel in ein Goldnetz ein. Was man empfinde und in den Dingen finde, sei Menschensache, sei schöpferische Illusion, sagte Philo und legte den Schal um ihre Schulter.

Am nächsten Tag zeigte ihnen Schorn, was in Straßburg neuerdings als sehenswürdig galt. Er war stolz auf den Blitzableiter des Münsters und den Bahnhof, der eine Linie nach Basel aussandte. Den Gerbergraben hatte man überwölbt: nur Maler bedauerten, daß die Stadt ihres venezianischen Charakters verlustig ging. Dafür hatte sie zwei Denkmäler bekommen, das Gutenbergs und das jenes Kléber, der in Kairo ermordet worden war. Die Buden des Münsters erlebten ihr letztes Jahr, im nächsten riß man sie ab. Die berühmte astronomische Uhr konnte nicht besichtigt werden, seit Jahren saß Herr Schwilgué daran, um sie zu erneuern und ein noch vollkommeneres Wunderwerk daraus zu machen.

Danach kehrte man nach Sasbach zurück. Schorn hatte einen leichten Wagen für Lydia besorgt und nicht ohne Absicht Ozaneaux mit seiner Tochter hineingesetzt. Die Zöllner in Kehl hielten ihn für das Eigentum des Pariser Inspektors und machten keine Schwierigkeiten.

Ozaneaux blieb in der Au, wie man die Kolonie kurzweg nannte, eine Woche zu Gast. In seiner doppelten Eigenschaft als Lateiner und Latinist fand er, daß diese Gartenlandschaft wahrhaft vergilisch sei. Daß sie sich an den Schwarzwald lehnte, gab ihr den Vorsprung vor der schwesterlichen im Elsaß. Obwohl die Vogesen den Parisern näher lagen, waren nicht sie ihnen Inbegriff des Romantischen, der Schwarzwald war es. Selbst die viel großartigere Schweiz, die man mehr und mehr entdeckte, schadete dieser Liebe nicht.

Das hatten mit ihren Prospekten und Lithographien die französischen Pächter der Spielbank zu Baden-Baden getan. Sie versprachen darin Wasserfälle im tiefsten Tannenforst und alles, was im Freischütz nur Theater war, als echte, originale Wirklichkeit – die Flößerburschen, die Jäger auf Auerhahn und Bock, die Glasbläser und die malerische Landvolktracht, kurzum das treuherzig fromme Deutschland aus der Pastorale Beethovens und das phantastisch gotische aus Goethes Faust, das bei Berlioz Chöre sang.

Der berühmteste Wasserfall rauschte unterhalb der Klosterruine von Allerheiligen, aber der über Sasbachwalden lag so nahe, daß Ozaneaux ihn schon am ersten Morgen ansah. Es war eine Schlucht, nur klein, doch steil und schroff; in der Nachbarschaft von Rebäckern hätte man sie nie gesucht. Urblöcke aus der Moränenzeit waren vom untersten Wald aufgehalten worden, der Gischtbach hatte sie durchsägt. Er stürzte in die Folge der selbstgeschliffenen Becken und klärte seinen Schaum darin. Die Stege, die den Sprossen einer

Leiter glichen, denn sie gingen quer, ruhten im Porphyr der Ränder, der unterwaschen war. Den Ausflug zum Mummelsee schlug Ozaneaux aus keinem andern Grunde vor, als weil er erfahren hatte, daß Mummeln Seerosen bedeuten, und das Wort ihm so geheimnisvoll wie einem deutschen Ohre klang. Man brach in aller Frühe auf, um mit einem Tag auszureichen, und führte zwei Eselchen mit.

Der See lag unterhalb des höchsten Kammes und wurde von ihm durch einen Absturz getrennt, auf dem Wälder starrten, die nie ein Fuß betrat. Auch um seinen zugänglichen Rand standen Tannen und waren, da sie sich senkrecht spiegelten, Gebilde mit zwei Spitzen: die eine stieß ins Himmelsblau, die andere ins Reich der Nixen. Ein Raubvogel kreiste darüber. Als er mit einem Schrei abflog, verschwand auch der Schatten, den er auf die stille Fläche warf.

Am jenseitigen Ufer kräuselte sich ein Rauch empor, sie gingen hin. Es waren Holzhauer, die ihre Stämme an Ort und Stelle zersägten, um sie auf Schlitten zu verstaun. Beim Abstieg sah man sie wieder, an einer Kurve im Wald schoß das Phantom vorbei. Zum Bremsen besaßen diese Männer nichts als die Holzschuhe an den Füßen und die Kraft der Rückenmuskeln, die sich der tödlichen Last entgegenstemmten. Ozaneaux hatte in den Vogesen dieselben »Schlitteurs« gesehn und in sein Skizzenbuch gezeichnet. Er zeichnete sie auch jetzt aus dem Gedächtnis, durch das Nachbild im Auge unterstützt. Grüner Farn und weißer Digitalis umwuchsen den Stamm, auf dem er saß.

Paulette schaute ihm hingerissen zu. Er schenkte ihr das Blatt, auf das er das Datum, den 23. September 1841, schrieb. Sie errötete vor Freude und drückte die Skizze an ihr Herz. Er wußte, sie habe selbst Talent – ob sie sich getraue, die beiden Eselchen dort, die am Sauerklee der Wegbiegung naschten, mit ihrer gebrechlichen Anmut abzuzeichnen, fragte er. Sie nickte, nahm das Heft, das er ihr reichte, netzte die Lippen mit der Zungenspitze und zog rasche, leichte Striche, ohne aufzuschaun.

Er war entzückt beim Anblick des Produkts. Das Gazellenhafte des Eselkörpers und das Eigenwillig-Gedrungene zugleich kam, wie in Stein geritzt, aufs zarteste heraus. Sie sei eine kleine Künstlerin, sagte er – das sei sie auch und wolle Malerin werden, versicherte Paulette so bestimmt, daß ihre Mutter unmutig widersprach. Ozaneaux meinte, das Elsaß sei ein Malerland, und verbreitete sich über das Altertümliche der Gassen, das Buschige der mit Flüssen durchsetzten Landschaft und den unerschöpflichen Reichtum an Genrebildchen, die der aufs Klare gerichtete Sinn der Bewohner mit bedächtiger Genauigkeit erfasse. Marja zürnte, weil er das Kind in Neigungen bestärkte, die für ein Mädchen nicht paßten.

Ozaneaux und seine Tochter besuchten für ein paar Tage Baden-Baden; nach der Rückkehr wollten sie mit den Schorns die Heimreise antreten. Der Sommer war zu Ende, der Herbst hatte eingesetzt. Marja und Nikolaus rüsteten gleichfalls zum Aufbruch. Sie nahmen als selbstverständlich an, daß Alexandra sie begleitete und den Winter über in Colmar blieb. Auch Philo sei ihnen willkommen, sagten sie.

Andererseits schlug Lydia vor, Alexandra solle die Au zu ihrer Heimat machen, und Nikolaus wiederum bot für diesen Fall sein Haus als Wohnsitz an. Er hatte es just im Frühjahr mit drei Öfen versehn, und an Holz war so wenig Mangel wie an Mädchen aus dem Dörferkranz. Alexandra beriet sich mit Philo, der erklärte, er richte sich nach ihr.

Ausschlag gab die Erwägung, daß den Zwillingen das Land besser bekomme als die Stadt. So reisten alle, die im Elsaß wohnten, heim, und Alexandra richtete sich mit Philo in Marjas Haus zum Überwintern ein. In der Bibliothek von Nikolaus fand sie russische Literatur. Franz Stoffel in Stuttgart übernahm die Versorgung mit deutscher, und ein Buchhändler in Colmar, den Nikolaus beriet, besorgte die neuste französische.

Philo las Fechners Büchlein vom Leben nach dem Tode und Feuerbachs Wesen des Christentums. Franz Stoffel schrieb aus Stuttgart, er sei überzeugt, daß Alexandra Gedichte liebe, und trug in die von Mörike und der Droste persönliche Widmungen ein. Sie dankte ihm, er antwortete. Ein Briefwechsel entspann sich, es war immer ein neuer Vorwand da, und den schönsten gaben Stifters Feldblumen, die Alexandra entzückten. Danach trafen Moltkes Briefe über die Türkei ein – sie gingen doch jemand, der in Ägypten gelebt hatte, an? Sie bestätigte es, im dritten Brief, den sie ihm nun schon schrieb. Sie wußte nicht recht, ob es schicklich war.

Eines Tages im Oktober kam ein Brief von Grace aus Brüssel. Sie hatte schon im Jahr zuvor ein Kind zur Welt gebracht, dessen Vater amtlich Macpherson, in Wirklichkeit Irving war. Sie fragte, ob Alexandra sie für ein paar Monate aufnehmen wolle – die Schilderung der drei Häuschen im badischen Gartenland wecke die Sehnsucht nach der Freundin wie nach der Natur. Und Irving weile in der Ferne, in Amerika; aufgeregt durch die Fortschritte, die man drüben im Eisenbahnbau mache, warte England auf seinen Bericht.

Alexandra bat Philo um Rat. Mußte sie Lydia in das Geheimnis Graces einweihn, oder verschwieg sie es besser? Es war unangenehm, wenn Lydia auf dem Umweg über Sankt Petersburg die

Wahrheit erfuhr und ihr dann vorwarf, man habe sie zu einem Verkehr gezwungen, den sie mißbilligen müsse. Die Einladung ging ab, nachdem Lydia erklärt hatte, solange der Ehemann sich still verhalte, hätten die Bekannten keinen Grund, Kenntnis von Dingen zu nehmen, die man ihnen nicht anvertraut habe.

Im November traf Grace mit einer flämischen Nurse und dem Baby ein, das den ungewöhnlichen Namen Loreley trug, denn es war das Baby mit dem goldblonden Haar. Weil man wiederum erst Marja oder Nikolaus um Erlaubnis hätte fragen müssen, nahm Lydia diese Gäste auf. Grace brachte Bücher von Dickens, Carlyle und Poe mit. Den Poe hatte Irving aus Amerika geschickt, zusammen mit Lithos aus einem Museum am Broadway. Man sah darauf das tote Meerweibchen und die lebenden Riesen des Mr. Phineas T. Barnum, der das Schauhaus in Aufnahme brachte. Die Amerikaner bezeichneten seine Reklame als Humbug, und das Wort gefiel den dreijährigen Zwillingen ungemein. Kaum stellte der eine eine Behauptung auf, so warf ihm der andere den Humbug an den Kopf.

Alexandra wandte ihn selbst auf das Buch Feuerbachs an, der mit so viel Genugtuung und Stolz die Religion zu entlarven unternahm. Gott sei ein Idealbild, das sich der Mensch nach seinem eignen mache, sagte er. Philo hätte ihr zum Ausgleich nicht einmal Pascal zu geben brauchen. Sie wußte auch so, wie ohnmächtig der Hochmut des Menschen ist, und erlag nicht einen Augenblick dem Einfluß dieses Deutschen mit dem Vollbart. Dem Vollbart mißtraute sie fortan grundsätzlich wie die Polizei – für die war er der Schmuck von Demagogen, die auch die Gedanken wild wachsen ließen.

Grace erzählte Alexandra, wie sie in Brüssel lebte – nicht in den Tag hinein. Sie ging einer Beschäftigung nach, es war sogar eine Tätigkeit. Der englische Hilfsverein hatte eine Sekretärin gesucht, und sie diesen Ehrenposten angenommen. Der Hilfsverein betreute nicht nur die britische Kolonie. Er kümmerte sich auch um die Armut in den Elendsvierteln der Großstadt. Wer nicht täglich mit den kleinen Leuten zusammenkam, ahnte nicht, wieviel Not es gab – Krankheit, Trunksucht, Krüppeltum, Unehelichkeit, verbrecherische Neigung, Arbeitslosigkeit. Und die Gesellschaft wußte für alles das keinen andern Ausweg als das Armenhaus. Wie es aber im Armenhaus zuging, beschrieb Dickens im Oliver Twist.

Das war ein Buch, das jeder Engländer kannte, es wirkte in die weite Welt hinein. Irving hatte es ihr gegeben und gesagt, der Haß, der unter den Ausgestoßenen reife, sei Sprengstoff, der die Gesellschaft über den Haufen werfen werde. Irving kam viel herum,

Irving sah viel und wußte, daß man in ein Jahrhundert trat, dem die soziale Frage das Schicksal wob.

Es war schön, mit einem Mann nicht nur durch das bißchen Eros, sondern auch durch Ideen verbunden zu sein. Denn man war nun, dank ihm, auch mit dem Allgemeinen verbunden und überwand das Gefühl, nichts anderes zu tun, als die Gesellschaft durch eine häßliche Ehegeschichte herauszufordern. Nichts fehlte diesem Glück als die Möglichkeit, sich offen zu bekennen. Wenn sie frei wäre, würde sie Irving heiraten, mit ihm in London leben und ihn durch ihre Beziehungen in die Politik bringen, erklärte sie. Der Schwiegersohn des Ministers wird Abgeordneter, geht in die Opposition und verlangt das Wahlrecht der Arbeiter. Den Engländern mußte man zugestehn: Sie hatten Sinn für eine Verknüpfung dieser Art, sie achteten Überzeugungen und begriffen gut, daß Mitglieder einer Familie sich in die Arbeit teilten, der eine war konservativ, der andere Chartist. Nach England konnte man sich wohl sehnen – sie aber zitterte vor dem Tag, an dem ihr Mann sie in einen Skandal verwickelte und, noch schlimmer, Irving einbezog.

Sie gestand Alexandra, daß sie sich wieder in mütterlichen Umständen befand. Dieses Kind durfte nicht in Brüssel zur Welt kommen, weil man dort ausgerechnet hätte, daß keine Begegnung mit dem angeblichen Vater stattgefunden habe. Sie mußte so lange fortbleiben, bis es geboren war, und noch ein halbes Jahr länger, um dann sagen zu können, sie habe die Zeit bei ihrem Mann in Wien verlebt, wohin Macpherson nun in der Tat versetzt wurde.

Das also war der wahre Grund für ihre Reise nach der Au. Auch hatte man die kleine Loreley noch nicht getauft, und Brüssel kam nicht in Betracht, die Leute hätten die Familienmitglieder und den Vater vermißt. So verwickelt wurde alles, wenn man seine eigenen Wege ging.

Alexandra bewunderte die Energie der zarten Grace, die sich aus freiem Willen in ein Netz geheimer Spannungen verstrickte. Sie selbst war dieser Gefahr nicht fern. Franz Stoffel schrieb Briefe, die sie nur zögernd erwiderte. Nicht daß er zu deutlich wurde – doch nichts kann deutlicher als das Unausgesprochene sein. Sie hatte ihn gern, zeigen durfte sie es nie, am wenigsten es sich eingestehn. Gut, daß es noch keine Eisenbahn von Stuttgart her gab, dachte sie.

In dem Maße, wie die zeitliche Entfernung von Jacques zunahm und sich mit der räumlichen verband, sah sie das Verführerische an ihm und scheute doch, wenn sie an die Umarmung dachte, vor der Heimreise zurück. Manchmal überraschte er sie im Traum, und dann haßte sie weniger ihn als sich. Sie vertraute es dem Beichtvater an – er hörte darüber als das Natürliche hinweg, es gab schwerere Gedankensünden als die, die man mit dem eigenen Mann beging.

Er war ein dörflicher Priester, besaß aber auch den klaren Verstand der einfachen Naturen. Ein paar Fragen genügten ihm, um ihr sagen zu können, was sie nicht tun durfte. Da Jacques keinen Ehebruch begangen habe, besitze sie nicht das Recht, auch nur die äußerliche Trennung zu verlangen, und müsse nach einer angemessenen Frist zu ihm zurückkehren, meinte er. Sie nahm diesen Entscheid schweigend hin und fühlte, was von ihr verlangt wurde – daß sie sich demütig unterwarf.

Es fiel ihr schwer. Sie hatte dem Priester nicht alles gesagt, aus Angst, daß die intimsten Frauengefühle ihm unverständlich seien. Wenn sie an Grace dachte, die keine andere Autorität als den eigenen Willen anerkannte, stieg eine Regung des Neides in ihr auf. Beunruhigt fragte sie sich, ob ihr die Trennung von Jacques im Sinne lag.

Zuerst kam Pfarrer Daul gelegentlich zu einer Plauderstunde, dann, nachdem er sich eine Meinung über Lydia und Philo gebildet hatte, wöchentlich, obwohl er einen weiten Bezirk zu betreuen hatte. Er erstreckte sich von Sasbach am Rand der Ebene über den Talkessel von Sasbachwalden bis zum Mummelsee hinauf. Er las wenig und erkundigte sich, wenn er auf den Tischen die Bücher aus vier, fünf Sprachen sah, mit freundlichem Spott, ob die Welt noch immer nicht über die paar Wahrheiten des Lebens einig sei.

Er war duldsam gegen Andersgläubige, vorausgesetzt, daß sie das Wesen Gottes nicht umdeuteten. Weder Lydia noch Philo hingen der Freigeisterei an. Grace mußte ihm von den englischen Staatsmännern erzählen. Er wußte, sie zogen aus der religiösen Überzeugung ihren Ernst und ihre Kraft. Sie machte ihn auf den jungen Gladstone aufmerksam, der vom Staat verlangte, er solle der Schutzherr des christlichen Gedankens sein.

Der grauhaarige Priester gefiel ihr so gut, daß sie bereit war, ihr Töchterchen von ihm taufen zu lassen. Sie sagte es Alexandra, die ihr riet, mit Lydia zu sprechen. In dieser Kolonie geschah nichts mehr ohne Lydia. Und Lydia verweigerte die Zustimmung. Weder Irving noch sie seien katholisch, warum sollten sie das Kind in einer andern Religion erziehn? Grace erwiderte, in Brüssel lebe es unter Katholiken, und Lydia, es lebe da auch schon unter Briten.

Der nächste protestantische Pfarrer amtete in der Irrenanstalt bei Achern, der Illenau. Er kam herüber, und an einem Novembertag wurde Loreley auf den christlichen Namen Dorothy und im Glauben ihrer Eltern getauft. Alexandra fand die Veranstaltung nüchtern. Weshalb nur erkannten die Protestanten den heiligen Handlungen nicht den Charakter der Sakramente zu? Nie hatte es sie stärker nach dem ergreifenden Sanctus der Messe verlangt.

Es kam ein Brief von Jacques. Er schrieb, da Alexandra seine Zustimmung zu einem langen Aufenthalt in Europa verlange, gebe er sie, ziehe aber die vermutlich richtige Folgerung, daß sie überhaupt nicht mehr nach Ägypten zurückkehren wolle. Er seinerseits habe sich gesagt, daß es der Augenblick sei, um zu überlegen, ob er für immer in Kairo bleiben werde, und den Entschluß gefaßt, der Sehnsucht nach Paris nachzugeben. Im nächsten Frühjahr fahre er, und Alexandra möge ihn wissen lassen, ob sie sich treffen wollten, sei es in Paris, wo sie schon vorher nach einer Wohnung suchen könne, sei es dort, wo sie gerade weile.

Acht Tage vergingen, bis sie die Antwort fand. An jedem wurden zwei, drei Entwürfe im Küchenherd verbrannt. Zuletzt bat sie Jacques, ihr nicht zu zürnen, wenn sie davor scheue, im Winter die weite Reise nach Paris mit den Kindern zu machen – sie erwarte ihn zur Aussprache an Ostern in Sasbach.

Es war eine Verschleppung, ganz einfach eine Ausflucht war es. Was nur widerstrebte dem Zusammenleben mit Jacques? Sie fühlte, daß man am ehesten über sich selbst klar wurde, wenn man andere ins Vertrauen zog. Doch nicht einmal Philo schien ihr der richtige Berater zu sein. Er würde Jacques unrecht geben; sie aber begann zu ahnen, daß das letzte Hindernis in ihr selber lag.

Eines Nachmittags im Dezember, als über die Fenster die graue Dämmerung gleich einem Vorhang fiel, ließ Grace, mit der Alexandra allein im wohlig durchwärmten Zimmer saß, die Weihnachtsarbeit sinken und sagte, sie fühle das Kind im Schoß.

»Wie froh du sein mußt, Grace.«

»Es ist nicht die rechte Freude. Weißt du, wie böse meine Gedanken sind? Ich hasse Macpherson, ich wünsche ihm den Tod. Wenn er betrunken ist, gerät er in Händel, und wenn man ihn fordert, lehnt er nicht, wie sonst die Engländer, ab, sondern sagt zu. Glaubst du, daß das die richtigen Empfindungen sind, wenn man ein Kind und sein Leben in sich trägt?«

»Du mußt sie fortjagen, wenn sie kommen wollen. Sie sind wie die Träume, die man auch abbrechen kann.«

»Sie kehren wieder, sie folgen dir wie Hunde, und wenn die Nacht da ist, verstärken sie die Stimme«, sagte Grace.

»Du mußt dir Bewegung machen – komm, wir wollen ins Freie gehn. Ich sah vorhin schwere Wolken, und es riecht nach Schnee.«

»Ach laß. Ich bin zu müde. Hast du mein Gesicht gesehn? Es ist so verändert, ich glaube, daß es ein Knabe wird.«

»Hast du einen ebenso poetischen Namen wie Loreley bereit?«

»Spotte nur. Ich würde ihn Irving nennen, aber ich darf es nicht. Ich darf ihm nicht sagen: das da ist dein Vater, und in Wirklichkeit heißt du so wenig wie deine Schwester Macpherson.«

»Kommt es so sehr darauf an?« entgegnete Alexandra. »Ich glaube, Tausende von Kindern finden Schutz bei einem Namen, der nicht der wahre ist. Daß sie geschützt werden und daß sie da sind, scheint mir wichtiger als eine Form zu sein.«

»Das sagst du mir zum Trost, glaubst selber nicht daran. Wie einfach war im Anfang alles, als ich Irving folgte – wie schwer ist es jetzt.«

»Wir sind arme Frauen. Was sollen wir tun?«

»Das sagst auch du? Du hast doch deinen Jacques und deine Kinder, nichts fehlt dir, nichts.«

»Nichts? Ist Liebe nichts?«

»Wie? Du liebst ihn nicht?« fragte Grace und schaute die Freundin erschrocken an.

Alexandra antwortete nur mit einer hilflosen Gebärde. Grace konnte es nicht fassen. Sie erinnerte sich an den letzten Tag, als Irving beim Abschied am Schiff gesagt hatte, Jacques sei so beschwingt, diese beiden schienen gut zueinander zu passen.

Jacques ist immer beschwingt, dachte Alexandra, sie aber liebte ihn nicht. Wie einfach das war, wie gut es tat, ein Wort zu haben, das alles zusammenfaßte – sie liebte ihn nicht. Was sich darin verbarg, man brauchte nicht darauf einzugehn, wenn man nur sagte, die Liebe fehlt. Wenn sie ihn geliebt hätte, wäre sie damit fertig geworden, daß er das religiöse Gebot übertrat und sie nicht nur um der Mutterschaft willen, sondern aus bloßem Verlangen umarmte. Wenn sie ihn geliebt hätte, wäre sie ihm im Notfall unbekümmert gefolgt, wie Grace im Stuhl da Irving folgte. Liebe nimmt alles, sogar die Sünde in Kauf.

Gedanken bewegten sie, ein Aufruhr durchtobte sie, und mitten hinein kam die Nachricht, daß Franz Stoffel Weihnachten bei seiner Mutter verbringen werde. Es schneite am Westhang des Schwarzwaldes nur schwach, und der Schnee des Kammes lag nicht so hoch, daß es unmöglich gewesen wäre, ihn mit dem Schlitten zu bezwingen. Auf dem geradesten Wege wollte er, wiederum von seinem Freund begleitet, von Stuttgart her über Freudenstadt und den Mummelsee vordringen.

Lydia schrieb ihm, er solle den bequemeren Weg nach Baden-Baden nehmen, sie kaufe dort ein und man könne sich treffen. Grace durfte sie nicht begleiten, ihr Zustand verbot es, sich dem Gerüttel auszusetzen. Lydia nahm nur Alexandra mit, zur Enttäuschung der Zwillinge, die das Wort Christkindelmarkt aufgefangen hatten –

Grace dachte an den zu München, über den sie vor zehn Jahren gegangen war, und trug Alexandra auf, nach Zinnfiguren auszuschaun. Rauhreif überspann die kleine Badestadt. Der Dampf der heißen Brunnen, an denen Mägde das Wasser für den Haushalt holten, durchrauchte ihn. Die Eisblumen an den Läden der Langestraße schmolzen nur halb im Licht der Kerzen und der Lampen.

Die Frauen kamen gerade von einem Spaziergang zurück, als die jungen Männer eintrafen. Man begegnete sich am Stadtbeginn, die Statue des heiligen Nepomuk stand auf dem Brückchen. Sie gingen noch am gleichen Nachmittag zum Weihnachtsmarkt, der in der Vorstadt lag. Kleine, traute Häuschen schoben sich an der einen Seite vor und zeigten die Richtung an, in der die Gasse weiterwachsen wollte. Jenseits war freier Platz bis zu den Mühlen und den langgestreckten Seilerwerkstätten an der Oos.

Die Zinnfiguren waren eine Rückschau auf das, was im Lauf des Jahres die Gemüter bewegte. Preußen, Österreicher, Bundesmilitär sah man, Franzosen und Mehemed Alis grünrotgoldene Ägypter, die die Unruhe angerichtet hatten – das war etwas für Knaben, die aus Kairo stammten. Auch Eisenbahnen gab es schon, die Kinder spielten damit, bevor die Erwachsenen darin fuhren. Die Schwarzwälder mit Hauben, großen Hüten, Pfeifen und Wams waren aus Holz geschnitzt, und daran würde Loreley sich entzücken. Für den Haushalt kauften die Frauen Steingut, Lichter und Seifen, alle drei Produkte aus örtlichen Werkstätten.

Ein Gassenbub, der in Holzschuhen schlurfte, trug die Pakete ins Hotel. Sein Schwesterchen mit den roten Backen und dem blonden Haar wollte auch nicht müßig sein und nahm die Schachteln mit den Kerzenhaltern, Glaskugeln, Flittergoldengeln.

Am nächsten Tag fuhr man heim. Zwar war es eng, doch hatten alle Platz. Die Frauen saßen nebeneinander, die Herren gegenüber. Lydia wollte es vermeiden; aber wenn Franz neben ihr saß, lief es auf das gleiche hinaus – er hatte Alexandra vor sich und nichts konnte verhindern, daß er sie unverwandt ansah. Lydia verließ sich auf den Verstand der jungen Frau. Was nicht sein durfte, würde nicht sein, weil es unmöglich war. Die unerhörte Liebe zu einer Verheirateten konnte sogar für Gefühl und Entwicklung nützlich sein.

Sie erkundigte sich vor der Bescherung nur, ob er Alexandra nicht etwas Unpassendes schenkte, und war zufrieden, als sie erfuhr, daß er Bücher gewählt hatte. In die Christmesse um Mitternacht ließ sie ihn mit Alexandra und Grace fahren, vertrauend auf den Schutz, den die fromme Stimmung gewährte. Und wenn die jungen Leute in den nächsten Tagen ausgingen, sorgte sie dafür, daß der Freund oder Grace oder auch die Kinder nicht fehlten.

Sie bedachte nicht, daß es im Freien immer Trennungen gibt. An einem Morgen, als frischer Schnee gefallen war, begannen die Zwillinge eine Schlacht und verwickelten den Freund Stoffels so eifrig, daß Alexandra und Franz, nur um nicht anzufrieren, auf der Waldstraße höher stiegen.

Nicht länger als zehn Minuten blieben sie allein. In dieser kurzen Zeit hörte Alexandra ihn ruhig an, weil sie ihm gut war, und vernahm er die Antwort, die ihm die Hoffnung nahm. Er sagte es mit Bitterkeit. Sie fragte sanft, ob er nicht wisse, daß für eine Frau ihres Glaubens die Ehe unauflöslich sei. Und, mit der ersten mütterlichen Regung, die sie für einen Fremden empfand, setzte sie hinzu, ein junger Mann dürfe auch seine Laufbahn nicht opfern, denn unter Diplomaten konnte sich selbst ein Protestant schwerlich mit einer geschiedenen Frau verbinden.

»Ich hätte die Laufbahn aufgegeben und Ihnen vorgeschlagen, nach Afrika zu gehn.«

»Nach Afrika?« fragte sie.

»Nach Abessinien. Ich habe Nachricht von einem Russen, der dort Ratgeber des Königs oder gar des Kaisers ist.«

»Und meine Kinder? Kein Richter spräche sie mir zu.«

»Wir würden sie mitnehmen, Alexandra, wir würden vorher fliehn.«

Wie jung er war, und sie, sie neigte sich zu ihm. Doch als er nach Stuttgart zurückkehrte, untersagte sie ihm, ihr zu schreiben. Er nahm Abschied zu Beginn des neuen Jahres 1842, und sie mußte schmerzhaft denken, daß es für immer sei.

Ganz befolgte er ihr Gebot nicht. Von Zeit zu Zeit kam ein Buch und eines Tages auch ein Brief. Wohl gebe es äußere Hindernisse unter Menschen, schrieb er, und anerkennen müsse man sie ohne Zweifel. Doch deshalb tun, als frage man sich nie, wie es dem Freund, der Freundin gehe? Sie möge ihm erlauben, zweimal im Jahr zu schreiben und auf eine noch so kurze Antwort von ihr zu hoffen. Im Frühjahr werde er versetzt, vermutlich nach Madrid, und um ihr nicht beschwerlich zu fallen, wolle er mit seiner Mutter eine Begegnung in Baden-Baden verabreden.

Sie antwortete ihm, er könne ruhig nach Sasbach kommen, vermutlich werde sie zur gleichen Zeit ihren Mann in der Schweiz treffen. Jacques hatte angefragt, ob sie ihm bis Genf oder Bern entgegenkommen könne auf seinem Weg von Marseille nach Paris. Wenn aber die Fortsetzung der Ehe nicht in Frage stehe, so erwarte er sie mit den Kindern für den ersten Mai direkt in Paris.

Mitte Februar ging Jacques in Neapel an Land. Er wollte Italien kennenlernen und hielt sich an den gleichen Orten wie im Jahr zuvor Alexandra auf. Am gründlichsten besichtigte er Pompeji – schon auf dem Schiff war ihm zumut, als sei Kaiserzeit und er fahre, ein Römer in Alexandria, zum Sommeraufenthalt in die Villenstadt am Fuße des Vesuvs.

Die Vergänglichkeit des Menschlichen wehte auf dem zerstörten Forum an; doch fehlte der Empfindung das Düstere, er hatte sie im blauen Licht. Die erste Frage, die sich regte, als er zwischen zwei letzten Säulen und dem Querbalken darüber zum Meer hinschaute, begleitete ihn weiterhin: ob der Mensch sich in den mehr als siebzehnhundert Jahren seit dem Untergang so sehr verändert habe, wie man gemeinhin für sicher hielt.

Gewiß, das Christentum war hinzugekommen, und doch, schon damals hatte man vom Unbekannten und Göttlichen viel oder alles geahnt. Seelisch mochte es sich um eine Erweiterung handeln, aber wie das Leben anzufassen sei, darüber wußte man nicht mehr als jene. Genieße den Tag, verhülle dein Haupt in der Schicksalsstunde, bis dahin rege dich, hatten die Alten gesagt, und weiter brachten es auch nicht die Späteren.

Er ging zwischen den Stadttoren und Gassen des ersten Jahrhunderts umher, sah an den Hauswänden Inschriften, die dem Wähler den Lollius Fuscus als Ädil empfahlen, und straffte sich. Es war, als werde er, dem erschlaffenden Orient entflohen, der Quellen eines Badeortes teilhaftig – sie machen die Sehnen und den Geist wieder jung. Wohl hatte er in Ägypten aufgegeben, was erreicht worden war, doch nicht weil er gescheitert wäre.

Wenn er die Bilanz der kairotischen Tage zog, ergab sich als positiv die ärztliche Erfahrung. Er hatte Syrierinnen, Georgierinnen, Nubierinnen, weiße und schwarze Frauen behandelt, bei den Pariserinnen konnte er sich auf Jahre der Arbeit berufen. Auf der negativen Seite stand die Ehe – jedoch und immerhin noch nicht ganz. Sie neigte ihr nur zu, haftete auf der positiven nicht mehr fest. Es war an Alexandra, sich zu entscheiden. Im Schatten des Christlichen gaben die Frauen den Empfindlichkeiten zu sehr nach. Ein wenig antike Haltung tat not, dachte er mit einem Blick auf all dies Alte. Das Gemeinsame war wichtiger als das Persönliche, und schließlich lehrte das die Kirche selbst.

Die Fahrt ging weiter, dem Norden zu. Grenzen gab es in diesem italienischen Land so viele wie im Deutschen Bund, und die Schikanen waren ärger. Sein Paß schwoll zu einem Großoktavband auf und legte Rechenschaft über jeden seiner Schritte in jedem Städtchen ab. Um in Lucca Maccaroni zu essen oder Fenchel in Livorno, mußte man einer Kreatur in Uniform diktieren, wo geboren, woher, wohin, weshalb. In diesem zerrissenen und geknechteten Gebilde besaß der Untertan kein Recht und keine Ehre. Er reiste nicht als Maler, dem ein Sonnenuntergang in der Campagna genügt, und wenn er auch die Sansculotten nicht liebte, so hatten sie doch mit Dingen aufgeräumt, die unerträglich waren.

Er atmete auf, als hinter Genua nicht mehr an jeder zweiten Haustür ein Weib neben dem faul ausgestreckten Manne saß und ihm die Läuse suchte. Die Szenerie von Genua freilich war wunderbar. Er schied mit dem Wunsch, daß es dem schönen Land bestimmt sei, in fünfzig Jahren der Lazzaroni, der roten Mützen und des Ungeziefers Herr zu werden.

Im Fürstentum Monaco, das von einer Handvoll komischer Soldaten bewacht wurde, entrichtete er zum letztenmal Paßgeld, dann rollte die Diligence auf einem hölzernen Brückchen in die ersehnte Heimat. Wiesen begannen, Ulmen und Pappeln standen, und jedes Städtchen hatte seinen Platz, den Laubengänge beschatteten. Die Bettler hörten auf, die Menschen waren sorgfältiger gekleidet. An Stelle der stolzen Nachlässigkeit von Nichtstuern trat die französische Haltung, die er, um ein Wort zu haben, die Grazie des Sozialen nannte. »Monsieur, n'oubliez pas le petit postillon«, rief der kleine Vorreiter, indem er den Hut hinhielt, und war fortgesprungen, bevor er noch sah, was man hineinwarf.

Beim Abendessen auf der Poststation las Jacques den Siècle. Die Zeitungen hatten sich verändert. Wohlfeil und größer waren sie geworden, auch der kleine Mann hielt sie nun überall. In einer der Nummern stieß er auf die Notiz, daß dieser Tage in Paris Stendhal gestorben war. Die Nachtfahrt brachte Jacques nach Toulon, der hellen, schönen Stadt, die um die weite Bucht wie um einen Landsee lag. Er ließ sich zur Belle Poule hinausrudern, um wenigstens eine Fregatte der Kriegsmarine zu sehn. Sie trug innen denselben schwarzen Anstrich wie außen und war mit sechzig Kanonen bestückt. Auf ihr hatte der Prinz von Joinville die Gebeine Napoleons von Sankt Helena geholt. Auf der Muiron aber, an der man vorbeiruderte, war Napoleon einst aus Ägypten zurückgekehrt – jetzt, in ihren alten Tagen, diente sie als Bagno.

Die Sträflinge, rotgelb gekleidet und angekettet, arbeiteten am Tag in den Schmieden und Werkstätten des Arsenals. Nachts bewohnten sie eines der Inselchen, auf das die Kanonen gerichtet waren. Während der freien Stunden verfertigten sie Tabakdosen, Sächelchen aus Stroh oder Holz und verkauften sie an die Besucher. Bei dieser Gelegenheit bekamen sie Frauen zu sehn – gut, daß die Engländerinnen die Worte nicht verstanden.

Vor Marseille geriet die Diligence in die unabsehbare Reihe von Frachtwagen, die der Handelsstadt zuschwankten. Vier, fünf Pferde oder noch mehr zogen sie auf ungeheuern Rädern über das kreischende Pflaster. Die Landhäuser und die Gärten wurden dichter, die zusammenhängende Siedlung begann, der reichsten eine, mit kleinen Kirchen und Kaufherrenhäusern groß wie Paläste.

Die Straßen waren breit, mit Platten belegt, und längs der erhöhten Trottoirs rauschten die Wasser aller Brunnen zum Meer – so sauber, daß die Mägde die Gefäße darin spülten. Anders wieder der Korso, der in der Mitte einen ungepflasterten Spaziergang trug. Diesen Streifen säumten Wanderbuden oder die Tische, worauf unter Narzissen und Veilchen die Blumenwinderinnen saßen. Im rechten Winkel bog die Cannebière zum Hafen ab, besetzt mit Läden und mit Kaffeehäusern. Hunderte von Gasflammen beleuchteten sie nachts märchenhaft.

Auf dem breiten Molo, der den Hafen umzog, umschritt man ein Panorama. Was in den Schiffsbäuchen lag, wurde aufgestapelt; was vom Lande kam und nach Übersee wollte, in die Luken geschafft. Neben dem Rechner saß der Schreiber; neben dem Zöllner, der die Kapselzange handhabte, stand der Kaufmann und war sein Argus. Auf Öltonnen folgten Schwefelsäcke, auf Champagnerkisten Fässer mit Steinkohle, auf Körbe voll holländischem Käse sardinische Schinken, die nur die Schwarte vor dem Staub des Bodens schützte. Und immer noch ging das Schauspiel weiter, entrollte Zuckerhüte, Baumwollballen, gesalzene Fische, Schiffbauholz und Apfelsinen.

Jacques zeichnete vieles; am malerischsten war der Dampfbagger mit den Schlammeimern, das Ungetüm mit dem schwarzen Atem. Er nahm es aufs Korn, von einer dieser hübschen Seekutschen aus, die den italienischen Gondeln glichen, aber eine viereckige Bedachung in farbiger Seide hatten. Der Bootsmann begriff rasch, daß es beim Zeichnen auf den richtigen Abstand ankam, und machte die Sache des Gastes zur eigenen. In Italien hätte er ihm etwas vorgesungen, hier begann er eine Unterhaltung, und wenn man wollte, drückte sich in diesem Unterschied der zweier Menschenarten aus – Gespräch war individueller und bewußter als Gesang, entsprang dem Bedürfnis nach dem Intelligenten.

In einer andern Gondel saß ein anderer junger Mann. Ein paar freundliche Bemerkungen fielen, dann fragte der Fremde, den Jacques für einen Deutschen hielt, ob ein Maler modernen Maschinen einen romantischen Reiz abgewinnen könne.

»Das ist nur der Widerspruch gegen die fünfhundert Madonnen, die ich in den italienischen Galerien gesehn habe«, sagte Jacques.

»Sie sind billig hinweggekommen, ich sah dreitausend an«, erwiderte jener unter dem grünen Dach, Jacques saß unter einem roten.

Sie lachten, fuhren gemeinsam ans Land und einigten sich darauf, daß der Augenblick gekommen sei, im besten Restaurant die besten Platten zu bestellen. Sie schauten in drei, vier Lokale hinein, und Jacques schätzte die Maîtres d'hôtel ab. Als er einen fand, der wie ein Marquis der alten Schule aussah, erklärte er, hier könne man mit Spargeln beginnen.

Sie unterhielten sich über die französische Küche, die französische Höflichkeit und die französische Genauigkeit, die niemand erlaubt, sich gehn zu lassen. Der junge Mann, der Jacques für einen Maler gehalten hatte, gestand, wenn er Preußen betrete, wehe ihn derselbe Geist der Ordnung an, und warf die Frage auf, wo der nun eigentlich zu Hause sei. Die Idee vom Primat des Staates, vom stehenden Heer, vom Paßwesen und von der Polizei, zuletzt vom Volk unter Waffen und von der allgemeinen Wehrpflicht war doch aus Frankreich, aus dem Land der Vernunft, gekommen?

Auch die Organisation, so Wort wie Sache, sei in der Großen Revolution erfunden worden, sagte Jacques, den Franzosen könne man das Genie der Initiative nicht absprechen. Nur in der Praxis beuteten sie einen Gedanken nie völlig aus, das überließen sie andern, die weniger stürmisch, aber zäher, vielleicht auch pedantischer seien, und so gerieten sie immer in die Gefahr, sich großzügig zu verschwenden.

Der Fremde kam aus Livland, hieß sogar Livonius und war, nachdem er in Berlin gehört hatte, auf Reisen gegangen. Jetzt kehrte er zurück und sollte in Riga am Gymnasium Deutsch und Geschichte lehren. Sie hatten bis Genf dieselbe Fahrt, daher sie zusammenblieben. Es war nicht schwer, herauszufinden, worin die Stärke des Balten bestand – er wandte die in Berlin gelernte Methode der Dialektik auf die Völker an und entwickelte eine ungemeine Fähigkeit des Vergleichens. Italiener, Franzosen, Deutsche, Russen, jedes Volk besetzte einen andern Ort im Geschichtsraum und stellte sich auf einen andern Gesichtspunkt am Himmel der Ideen ein. Endgültig war keine Zivilisation, jede nur eine Abwandlung des Grundthemas vom Leben.

So machten ihn Scharfsinn und Nachdenklichkeit zu einem anregenden Begleiter. Als Persönlichkeit war er noch reichlich jung, erregte sich beim Anblick von Jesuiten oder Pfaffen, sie konnten alle nur Betrüger sein. Wenn er, im Restaurant oder in der Diligence, auf den Promenaden oder bei sonst einer Gelegenheit in die Nähe von Frauen kam, überfiel ihn die Schwermut der Einsamen, die sich ausgeschlossen fühlen. Ein Ausdruck, den er gern gebrauchte, war: »Jenes junge Weib«, und immer gehörte es schon einem andern.

Jacques sagte, sie seien in Frankreich, das sich der Not der Männer erbarme, und insbesondere in Marseille, das seit den Tagen, als es noch Marsilia hieß und von phönizischen Mädchen besiedelt wurde, Astarte oder Venus Tempel baue. Aber Livonius nahm seine Verschwiegenheit nicht in Anspruch und mied die bereitwilligen Frauen: nicht nur aus Furcht vor Ansteckung, sondern auch, um sich die idealere Auffassung zu bewahren. Eines Tages wird er heiraten und seine Wahl den Freunden unverständlich sein, dachte Jacques.

Schon am zweiten Tag begegnete er auf der Place Royale Fatinitza. Ihr Schwager war nach Marseille zurückgekehrt, und sie wohnte bei ihm. Mehr als vier Jahre waren seit der Silvesternacht vergangen, in der sie Jacques so gute Ratschläge gab, und er erfuhr, ihr Verlobter rüste Sklavenkarawanen aus. Die Ehe war kinderlos geblieben und schien brüchig zu sein. Sie vertraute Jacques an, daß sie nun endlich dramatischen Unterricht nehme und doch noch zur Bühne zu gelangen hoffe.

Sie mußte sechsundzwanzig sein und war stärker geworden. Er lehnte die Einladung, sie zu besuchen, höflich ab und entschuldigte sich mit der kurzen Zeit. Nun fragte sie nach seinen Plänen: ob Alexandra schon in Paris sei, in welchem Viertel er die Praxis eröffnen werde und dergleichen mehr. Mit keiner Miene verriet er, daß sie ihm auf die Nerven ging. Ein Arzt lernte so gut wie ein Buchhändler oder Bankangestellter, seine Ungeduld nicht zu zeigen.

93

Mitte April bestieg Jacques mit Livonius die Diligence nach Aix und fuhr in den weißen Blust, die meeresweite Unendlichkeit des Frühlings.

Der reinste Himmel verklärte die bräutlichen Tage, und wenn am Abend eine Schar von Wölkchen dem Horizont entschwebte, war auch sie nur aus Blüten und Licht geballt. Die neuen Freunde saßen in der Impériale über dem Coupé. Am Coupé hing das Intérieur, an dem die Rotonde, auf der das Gepäck lag. Es war eine rollende Burg, worin sie fuhren, und man hatte sie just in dem Augenblick vervollkommnet, wo die Eisenbahn den Landstraßenomnibus überholte.

Den Sonntag verbrachten sie in Lyon. Sie stiegen auf den Mont

Fourvière, den Gärten, Mauern, Landhäuser und Aussichtspunkte bedeckten. Die Zweiflüssestadt mit weiten Brücken glich, da die Essen schwiegen, einer schwarzen Perle im Myrtenkranz aus Weiß und Grün. Livonius schwärmte elegisch wie ein Jüngling der Wertherzeit und geriet auch in eine Hamletlage, als er auf dem Kirchhof an der Grube stand, die von zwei Totengräbern aufgeworfen wurde. Der Kontrast des Frühlings mit dem Tod erschütterte ihn, und an die Unsterblichkeit, die aus dem Geläut der Glocken sprach, vermochte er nicht zu glauben. Die Schwermut trieb ihn durch die Gräberreihen zu einer Weide hin. Hier zog er den Faust, den er immer bei sich trug, aus der Tasche.

Jacques fand auf der Post einen Brief Alexandras vor, die ihm schrieb, sie werde am Montag in Genf sein, wie abgemacht in der Balance. Dank der Nachtfahrt trafen er und Livonius gegen Abend schon am Tore ein. Jacques fand eine scheue Frau, die ihn nicht küßte, ihm nur die Wange bot. Die Luft des Nordens hatte sie verjüngt. Sie blühte, die Taille war schlank und schmal wie in den Tagen, als er ihr auf die Frage, was in den Augen eines Mannes das Verführerischste am weiblichen Körper sei, antwortete, die Biegsamkeit der Hüften, Gewähr für alle Jugendreize. Das Kupfer der Hängelocken schimmerte, sie war eine schöne Frau, die vor der Neugier in Paris bestehen würde.

Um zu hören, was sie plante, sagte er es ihr: das erste, wonach man den Zurückkehrenden beurteilen werde, sei seine Frau. Sie senkte den Kopf, um den sich eine weiche Haube schmiegte, dann hob sie ihn entschlossen und öffnete die Tür ihrer Stube. Er sah, daß eben das eine Bett darin Platz hatte, und verstand – sie verlangte, daß er sein eigenes Zimmer nehme. Auf eine Nacht mehr oder weniger kam es nach so langer Trennung gewiß nicht an; doch war er willens, ihr nicht nachzugeben, und suchte die Entscheidung. Sie sah es an der schmalen Linie seines Mundes.

Während Jacques noch überlegte, was er sagen solle, erschien der Verwalter dieses Postgasthauses und erklärte, Madame habe zwar für Monsieur ein Zimmer bestellt, aber die Nachfrage sei zu groß, er könne sie nur noch in einem Raum für zwei Personen unterbringen. Jacques erwiderte, daß er ihn nehme, und Alexandra zog um. Den ersten Zug hatte sie verloren und dachte, während sie ihre paar Sachen auspackte, darüber nach, ob ihre Haltung richtig sei – ob Jacques nicht in der Tat erwarten dürfe, daß sie ihm die Freude der Gattin bezeige. Beim Abschied hatte der Pfarrer sie ermahnt, ihrer Aufgabe bewußt zu sein und eine Pflicht zu bejahn. Wohl besaß sie die Einsicht, doch nicht die Kraft. Diese schreckliche Überzeugung, daß sie nicht liebe, stand zwischen ihm und ihr.

»Jacques ...« bat sie leise. Er wandte sich zu ihr um.

»Du mußt mit mir Geduld haben«, sagte sie und erschrak im gleichen Augenblick. Denn wer Geduld verlangt, gibt eine Zusage ab, bestimmt schon eine nicht allzuferne Stunde.

Jacques schaute in den Posthof hinunter, wo Reisende, Ausflügler, Kutschen und Pferde sich wie an einem Feiertag drängten. Er hatte keine Ruhe mehr, die Rückkehr nach Paris eilte ...

»Ich möchte morgen fahren«, erklärte er. »Lydia und dieses italienische Kindermädchen, kann man ihnen die Zwillinge nicht für einen Monat anvertraun? Wenn wir in Paris eine Wohnung gefunden haben, holst du sie in Nancy oder meinetwegen sogar in Sasbach ab. Das beste also wäre, ich bestellte Extrapost für morgen und täte es sofort. Dein Paß ist doch in Ordnung?«

Er war in Ordnung. Jacques nahm ihn und ging hinaus. Sie aber dachte, daß auch der zweite Zug für sie verloren, von ihm gewonnen sei. Aller Vorteil war auf seiner Seite, der die Autorität des Ehemannes besaß.

»Du wirst zeitig aufstehn müssen, um acht Uhr wird angespannt«, vernahm sie, als Jacques zurückkehrte.

»Ich habe keine Kleider, keine Koffer, nichts habe ich mit ...«

»In Paris erhältst du das alles, kannst auch sofort nach Sasbach schreiben, damit man dir etwas schickt.«

»Jacques«, stieß sie hervor, »du mußt es wissen – ich fürchte, es ist vieles in mir tot. Jacques, in langen Nächten habe ich mich gefragt, ob ich dich noch liebe, und auf die Frage blieb die Antwort aus.«

Der Unmut stieg in ihm auf. Er unterdrückte ihn und erkundigte sich fest, ob er allein zu fahren habe.

»Laß mich in Sasbach«, bat sie, »die Kinder sind noch klein ...«

Er unterbrach sie und erklärte, wenn sie ihn nicht begleite, fasse er die Weigerung als eine Kündigung auf, daher er alles, die Wohnung, die Praxis, die ganze Zukunft auf einen Haushalt ohne Frau einrichte. Die Kinder werde er ihr nicht nehmen, aber jede Einzelheit nach dem Gesetz regeln, endgültig und für alle Zeit.

»Nun mach dich fertig, wir holen Livonius ab und wollen eine Stunde den Spuren des Herrn Calvin nachgehn«, sagte er.

»Er interessiert mich nicht ...«

»Ich wüßte nichts, was mir mehr zuwider wäre als ein religiöser Tyrann; aber da wir da sind, schauen wir uns sein Jerusalem auch an«, entgegnete Jacques. Im übrigen werde es sie ablenken und sei eine letzte Frist, ruhig zu überlegen, fügte er hinzu.

Livonius wohnte in der Pension Mirabaud, und darin hatte vor acht Jahren Balzac mit seiner Geliebten, der Gräfin Hanska, gelebt. Livonius war im Schlafzimmer dieser Polin untergebracht, und die Besitzerin sparte nicht mit Einzelheiten; die Balzacgemeinde machte ihr Haus zu einem Wallfahrtsort.

Während sie zur Altstadt hinaufstiegen, die die Hochburg des Pastorenstaats gewesen war, berichtete Livonius, der seine Zeit genutzt hatte, von einem noch berühmteren Paar. Nach Genf war, auch erst vor wenigen Jahren, dem blutjungen Liszt die Frau des Grafen d'Agoult nachgereist, und irgendwo hier oben bei der Kathedrale stand das Haus, worin sie ihm zwei Töchter geboren hatte – was für ein Skandal, und doch war die ehemals so puritanische Stadt recht stolz auf ihn. In der Pension wohnte ein Rudel von Konservatoriumsmädchen, die alle bedauerten, daß Liszt den Ort verlassen hatte, und bereit gewesen wären, es der Gräfin gleichzutun.

Ob kalvinistisch oder katholisch, das Zeitalter setze über die Dogmen die Leidenschaft, sagte Livonius. Alexandra empörte es, doch er versicherte, die Menschen seien frei geworden und eine neue Renaissance, die bürgerliche des neunzehnten Jahrhunderts, hebe an. Was, fragte er, kümmere eine Frau wie die d'Agoult das Anathema der Priester, da man schon dabei sei, das der Gesellschaft zu überwinden? Er hatte von diesen amoralischen Verbindungen vor ein paar Stunden nichts gewußt, und nun, rasch unterrichtet, glühte er dafür.

In der Kathedrale des Protestantismus, die wie die der alten Kirche nach St. Petrus hieß, machte der Sakristan sie auf das Glockenspiel aufmerksam, das eben vom Turm erklang, und sagte, es sei eine Pastoralmelodie aus Rousseaus Devin de village. Jean Jacques, rief Livonius – er hatte ihn vergessen, in die Affären der Moderneren verstrickt. Aber das Bekenntnis zur Freiheit und Natur und Leidenschaft, ging es nicht auf Rousseau zurück, der dank einem ausgleichenden Schicksal in der Stadt des starrsten Dogmatikers geboren worden war?

Jacques gab es zu, obwohl er Rousseau, dem jede Haltung fehlte, als Plebejer empfand und ihn nie las. Alexandra aber war es, als verschwöre sich hier alles, um zu beweisen, daß die Welt dem Gebot der Glaubenssätze entwachsen sei.

Sie aßen im Hôtel des Bergues, inmitten von Engländern, zu Nacht, und Alexandra war froh, daß man danach noch ins Café de Paris ging. Ihr graute vor dem hilflosen Augenblick, wo sie mit Jacques allein sein würde.

Die Anwesenheit des Balten zwang sie, auf ihr Gesicht zu achten. Am Nebentisch fielen ihr zwei französische Paare auf, und sie suchte zu erraten, wie die weiblichen Partner zu den männlichen standen. Sie sahen sehr frei, sehr sicher aus, wie alle Frauen, die durch einen

Vertrag geregelt haben, was ihnen an Rechten zusteht und was an Pflichten. Ohne Pflicht gab es kein Recht, und die erste Pflicht einer Frau war, sich ihrem Mann nicht zu versagen. Jede Selbständigkeit konnte sie erreichen, doch diesen Preis hatte sie zu zahlen, und daran vermochte nicht einmal George Sand etwas zu ändern. Warum nur mußte ihr auch noch die Sand einfallen, die von der Unmoralität der Ehe ohne Liebe sprach? Verweigere dich, wenn du nicht liebst, und dann geh fort, das war die Lehre dieser Romane.

Livonius, der insgeheim keinen Blick von der jungen Frau wandte, sah benommen die Wandlung, die sich in ihren Zügen ereignete. Alles Bewußte und Gespannte entwich plötzlich daraus oder sank in eine tiefere Schicht hinab; die Lippen öffneten sich gelöst und die Augen, halb von den Lidern verdeckt, hatten einen fieberhaften Glanz, von dem er nichts begreifen konnte.

Als er am nächsten Morgen zum Abschiednehmen kam, erklärte ihm der Doktor mit verschlossener Miene, er fahre allein nach Paris, seine Frau bleibe bei den Kindern. Der Wagen hielt schon vor der Tür, Jacques stieg ein, Alexandra am Fenster des ersten Stocks trat zurück, und Livonius wußte nicht, ob es richtig sei, ihr seine Dienste anzubieten.

Der Eilwagen nach Bern ging erst um zwölf. Eine Stunde vorher meldete er sich und erfuhr, sie habe schon um acht das Dampfboot nach Ouchy genommen.

94

Livonius blieb noch zwei Tage in Genf, fuhr dann gemächlich über Bern nach Basel und nahm ein Zimmer.

Während er sich eintrug, fiel sein Blick auf den Namen Alexandra Maslin, und als er die Treppe hinaufging, schritt sie am Arm eines jungen Mannes herab. Das Füßchen, das die Stufe suchte, kam zart unter dem Saum hervor, und diese Weichheit schien ihm in allen ihren Bewegungen zu sein. Er hatte den Eindruck einer Frau, die sich der Liebe überläßt, und empfand einen Schock. Da er nicht wußte, was zu tun sei, wich er höflich aus und stellte sich, als achte er nicht auf sie. Doch war ihm nicht entgangen, daß sie zuerst erschrak, dann entschlossen den Kopf zurückwarf.

Er merkte bald, daß sein Zimmer ihrem eigenen gegenüberlag und dieses wiederum an das des jungen Mannes stieß. Mehr noch als die Neugier trieb ihn der Wunsch, zu verstehn, und er stellte unschwer fest, daß ihr Begleiter als Legationssekretär Franz Stoffel aus Stuttgart eingetragen war.

Nie hätte er für möglich gehalten, daß diese Frau, an der er noch mehr als die Schönheit der Züge die Reinheit der Empfindungen bewundert hatte, ihren Mann betrügen könne, und zweifelte doch nicht mehr daran, als er beobachtete, wie innig sie sich an jenen schmiegte, und mit welch leidenschaftlicher Behutsamkeit sie von ihm behandelt wurde. Es erschütterte seinen Glauben an die Frauen, dessen er nie gewiß gewesen war, und machte ihn unglücklicher, als er zugeben wollte.

Am dritten Tag begegnete er ihnen am Portal des Münsters, und diesmal, ehe er es sich versah, hatte sie ihm zugenickt. Er starrte ihr, die um den altersgrauen Kreuzgang entschwebte, nach. Statt, wie geplant war, abzureisen, blieb er nach dieser neuen Wendung noch, unsicher, wohin sie führen werde. Am Nachmittag wurde das Zimmer dessen, den er den Begleiter nannte, geräumt, und am Abend saß die Frau an der Table d'hôte allein. Als ihm wieder ihr Blick begegnete, überlegte er, ob sie erwarte, daß er sich ihr nähern solle.

Er ging hinaus, bis ans Portal, und spähte unschlüssig durch die Gasse, die zur hölzernen Brücke leitete. Wenn hier nicht der Rhein, wenn es die Seine gewesen wäre, hätte er den Mut gehabt, zu denken, am Ende werde ihm noch ein Abenteuer zuteil. Gott war sein Zeuge, daß ihm das Leichtfertige nicht lag, doch benahm man sich auch nicht wie ein Tor. Während er noch Ungewisses träumte, redete ihn im Rücken eine Frauenstimme an: »Guten Abend, Herr Livonius«, und er fuhr herum.

»Ich möchte mit Ihnen sprechen, doch dürfen Sie nichts Falsches denken«, sagte Alexandra, er aber fühlte sich erleichtert, als er so nah in das ernste Frauenauge sah.

Sie holten beide ihre Sachen, und nach ein paar Minuten trafen sie sich wieder. Alexandra führte ihn auf die Brücke, doch wenn es etwas Bestimmtes war, das sie ihm sagen wollte, dann hielt sie noch damit zurück. Sie erkundigte sich vorerst nach allem, wovon in Genf nicht die Rede gewesen war: woher er stamme und wie er mit Jacques bekannt geworden sei.

Als er Italien erwähnte und, vom Gegensatz zum stillen Basel betroffen, auf das Leben zu sprechen kam, das dort um diese Abendstunde in den Kaffeehäusern anhob, fiel sie entzückt ein: Die Sängerinnen zogen von einem Lichterglanz zum andern und besaßen, die mäßigsten noch, bessere Stimmittel, als man in den Opern des Nordens traf.

Es gebe im Süden auch viel auszusetzen, meinte er; am wenigsten begreife ein Fremder die seltsame Gleichgültigkeit, mit der die Italiener die Gaben der Natur hinnahmen und alles, ohne es zu pflegen oder zu erneuern, bis zum letzten Fetzen, bis zum letzten

Hauch verbrauchten, die Tiere und die toten Gegenstände, die Kleider und die Häuser.

Er war bei seinem Lieblingsthema, und ihre Einwendungen verstärkten nur den Eifer. Wo gab es in Italien gepflegte Blumenbeete wie in Basel, oder Dächer, auf denen kein Ziegel fehlte, oder Plätze, die gefegt wurden, wenn der Markt zu Ende war? Man überließ alles sich selber, und der Willenseinsatz des Menschen begann erst mit den wunderbaren Pappelalleen Südfrankreichs, wenn man vom Süden kam. Das Bagno in Toulon war gewiß, menschlich gesehn, keine schöne Einrichtung, aber auch diese Verbrecher hatten ihre Rechte, in den Verließen von Neapel hingegen verfaulte die Blüte des Geistes.

Er geriet ins Erzählen und berichtete alles, was ihm und Jacques begegnet war. So fiel der Name Fatinitza und erinnerte ihn daran, daß auch Alexandra aus Kairo kam. Er fragte, sie gab Antwort und entwarf ein Bild vom Leben am Nil. Längst hatten sie die dreimal überschrittene Rheinbrücke verlassen, waren in die Gassen am Rathaus eingetaucht, bis zum mittelalterlich befestigten Spahlentor gegangen und vor das Hotel zurückgekehrt.

Das Hotel hatte ein Café und das einen Raum, worin man rauchen durfte, er war um diese Stunde leer. Livonius genoß die männliche Zigarre und empfand die Weiblichkeit der jungen Frau. Sein Gefühl sagte ihm, daß er etwas erfahren werde, was Jacques und sie betraf; jedoch er erfuhr es nicht an diesem ersten Abend, auch nicht am nächsten Tag, den sie noch in Basel verbrachten, und ebensowenig am darauffolgenden, als sie schon durchs badische Freiburg gingen.

Frau Alexandra wohnte in einem Gasthof, er in einem andern, gemeinsam war nur die Stadt. Ein wenig wollte es ihn betrüben, daß sie ihn als jemand behandelte, der ungefährlich war. Doch für die Erinnerung dereinst in Riga konnte es nichts Schöneres geben als die Stunden, in denen er mit ihr das Münster, die Brunnen, die Trachten des Landvolks sah.

Die Münsterglocke hieß Hosanna und schaute auf sechshundert Jahre zurück. Mitten durch die Gassen rannen kristallklare Bäche, fast suchte man Schwarzwaldforellen darin. Im Botanischen Garten stand ein ungeheurer virginischer Tulpenbaum, der sich eben erst zu schmücken begann. Was aber dem lieben Ort das Heitere und Menschliche gab, war die sichtliche, die fühlbare Freude, mit der die Bauern der Umgegend in ihm weilten – hier bestand nicht wie anderswo ein Gegensatz zwischen denen vom Land und denen in der Stadt. Die einen und die andern schienen durch tausend Bande verknüpft zu sein, so demokratisch wie zu Bern oder Basel, und wenn der Breisgau auch kein Kanton war, so glich er doch einer Republik.

Livonius nahm die holden Stunden, wie sie sich boten, und dachte kaum mehr daran, daß Alexandra von ihm verdächtigt worden war. Als sie ihn am zweiten Tag des Aufenthaltes allein ließ, um im Münster zur Beichte zu gehn, erinnerte er sich daran. Nun hätte er doch gern gewußt, wie sich in ihrer Seele das alles ordnete, wie es sich vertrug. War es so, wie er einmal gehört hatte – erst sündigte man unbedenklich, dann legte man einem unbekannten Priester, am besten in fremder Stadt, ein Geständnis ab, und danach fühlte man sich der Verantwortlichkeit ledig? So bequem, so einfach konnte es doch nicht sein.

Sie unterdessen erlebte, im Dämmer auf den Beichtvater wartend, noch einmal alles, was in Genf sie überfallen hatte – die Auflehnung einer Frau, die sich herrenhaft genommen sah, und die Abreise, die selbst dann noch Bruch und Flucht und Weigerung war, wenn dieser Umarmung ohne Liebe eine neue Mutterschaft entsprang. Jacques hatte ihr ein Ultimatum gestellt – innerhalb einer Woche habe sie mit den Kindern in Paris zu sein oder er setze eine endgültige Trennung fest. In Basel aber, als sie in einer Buchhandlung nach Romanen der George Sand fragte, trat jemand ein, der einen Führer durch Spanien verlangte. Beim Klang der Stimme durchfuhr sie ein Schlag, und wie sie sich umwandte, stand vor ihr Franz Stoffel, der auf dem Weg nach Madrid begriffen war.

Nie würde sie vergessen können, was sie dachte, als er ihr Buch zu seinem nahm – den Roman brauchst du nicht zu lesen, den Helden dir nicht vorzustellen, sie sind beide da. Und nicht das Buch war der Verführer, und nicht einmal der Zufall, der kupplerisch bestimmt hatte, daß sein Zimmer neben ihrem lag. Verführer war ihr eigener Wille, und das hatte sie zu beichten, nicht die Einzelheiten, die berührten den Priester kaum.

Wohl hätte sie ihm sagen können, die Treue zum Glauben habe sie den Vorschlag Franzens, die Scheidung zu betreiben und mit ihm fortzugehn, ablehnen lassen, aber die Sünde verringerte sich darum nicht. Die Überlegung, daß sie, entschlossen, nie mehr mit Jacques zu leben und den Rest ihrer Tage in Entsagung zu verbringen, einmal wenigstens, vom Flügelschlag des mutigen, des rückhaltlosen Glücks umweht, drei Tage schwerelos durchschweben wolle, das war ihre Eigenmächtigkeit gewesen. Von ihr gab sie dem Priester Rechenschaft. Er billigte das Gelübde, Franz nie mehr zu begegnen, und mißbilligte das andere, auch Jacques zu meiden. Doch blieb sie in dieser Beziehung fest.

Trotzdem die Frau, die er nun in seinen Gedanken schon Alexandra nannte, den Vorschlag, sie vor dem Münster zu erwarten, abgelehnt hatte, ging Livonius an den trauten Häuschen, die um die Kirche standen, auf und ab. Indessen, als er Alexandra erblickte und ihr schon nacheilen wollte, hemmte er den Schritt. Das Verdichtete in ihrer Haltung hielt ihn zurück, und er fühlte, daß man den Nachhall einer heiligen Handlung nicht stören darf.

Wie sie es verabredet hatten, zur Zeit des Abendessens suchte er Alexandra auf. Sie gingen in eine der Weinstuben, wo die Bürger laut, doch harmlos, den Abendschoppen tranken; sie aßen Nierchen oder Rippchen dazu. Die Röcke des bedienenden Mädchens, das ein zutrauliches Gesicht hatte, wehten in der Eile hin und her. Sie redeten sich an den Tischen und über sie hinweg mit den Titeln an, die unter Deutschen üblich waren; daß aber jeder den andern gelten ließ, das spürte man. In Landschaften, wo der Wein wächst, sind die Menschen nicht steif, trug er in seine Gedanken und später in sein Tagebuch ein.

Alexandra aber dachte noch einmal an das Entsetzen zurück, mit dem sie in Basel den jungen Mann aus Genf erblickt hatte – erst schob sie ihn aus ihrem Blickfeld, dann, als er nicht weichen wollte, wechselte sie den Plan.

Der Postwagen sollte in zwei Stunden gehn. Alexandra überraschte Livonius durch den Vorschlag, sie nach Sasbach zu begleiten, das Haus und die Kinder zu sehn. Er sagte, nur Freunde machten sich dies Angebot, und sie fragte, ob sie das nicht geworden seien. Er kaufte einem Kind ein paar Veilchensträuße ab, sie steckte sie an ein Hügelchen der Brust.

Die Stube leerte sich, nur wenige blieben; über die Tulpen im Fenster strich ein warmer Abendwind herein. Nachdem sie gebeichtet habe, könne sie auch mit dem Freund über etwas sprechen, das ihm ohne Zweifel nicht entgangen sei, sagte Alexandra nun. Es gab nichts zu beschönigen, und nur an einem lag ihr viel – er sollte nicht annehmen, daß sie mit Stoffel auf Grund einer Verabredung zusammengetroffen sei. Und auch das wünschte sie nicht, daß Jacques von alledem durch einen andern erfuhr. Wenn es nötig war, daß er die Wahrheit vernahm, dann durch sie selber, sie scheute nicht davor. Doch schwankte sie, ob Jacques, von dem sie sich trennte, überhaupt eingeweiht werden müsse – was hielt Livonius davon?

Was sie ihm nicht gestand, war, daß ihr, wie einst in Kairo, eine Ahnung sagte, es erwarte sie die Mutterschaft. Livonius dachte nicht so weit. Er meinte, ein Geständnis nütze Jacques nichts, ihr schade es. Sie brachen auf, und in der Diligence hatten sie einen erträglichen Platz. Alexandra sann noch eine Weile über alles nach.

Wenn ihre Befürchtung stimmte, wer war dann der Vater dieses Kindes, Franz oder Jacques? Scham überflutete sie beim Gedanken, daß man so fragen müsse, und Angst, daß das Ungeborene unter dem Verdacht, einem Ehebruch zu entstammen, leiden könne. Sie beschloß zu warten und, wenn sie gebar, um des Kindes willen zu schweigen, Gott mochte es ihr verzeihen.

Sie kehrte anders zurück, als sie gegangen war. Nicht die Geburt der Zwillinge hatte sie reifer gemacht. Das Unerwartete, ob sie es Abenteuer oder Fehltritt nannte, und alles Verschwiegene und Heimliche, das damit verbunden war, gab ihr das Gefühl, älter geworden zu sein.

Livonius blieb acht Tage in Sasbach. Er lernte Lydia kennen, mit Philo führte er Gespräche, die in die Tiefe gingen. Grace sah er nicht selbst, nur ihr Kind, das inzwischen zur Welt gekommen war. Alexandra zeigte ihm den Platz, an dem sie ihr Häuschen bauen wollte – nunmehr schon das vierte einer zunehmenden Kolonie. Der Zimmermann machte einen Plan, der sorgfältig mit Philo erörtert wurde, denn Philo beteiligte sich zur Hälfte: wo Alexandra sich einrichtete, da blieb auch er.

Den Abschied von Alexandra durchtränkte Bedauern und leise Melancholie. Wohl lud sie ihn ein, seine nächsten Ferien bei ihr zu verbringen; doch wenn man erst in Riga saß, bestand wenig Aussicht auf eine neue Europafahrt.

Ihr Bild begleitete ihn in der Diligence, und er mußte denken, das Leben rechtfertige die Erfindungen der Romandichter. Er war einer jungen Frau in dem kurzen Augenblick begegnet, in dem sich ihr Schicksal dramatisch schürzte; die Folgen mochten länger sein. Wie er sie nun kannte, würde sie diesen Fehltritt, der dem Entschluß, sich vom Gatten zu trennen, nachgeholfen hatte, innerlich aufarbeiten, bis alles, Schuld und Reue und Rechtfertigung, ausgeglichen war.

95

An der französischen Grenze fand Jacques die nächsten beiden Diligencen schon besetzt. Auch Privatpferde konnte man nicht haben, sie waren alle unterwegs. Das verursachte einen Aufenthalt von einem oder gar zwei Tagen, seine Gedanken wurden nicht froher dadurch.

Er machte einen Gang, um sie zu ordnen, man gab den Launen nicht nach. Man rechnete auch, von einer Frau im Stich gelassen, zum mindesten nicht pathetisch ab. Bei der Vorstellung, er könne gleich dem empörten Ehemann im Sittenstück Alexandra den Vorwurf entgegenschleudern, sie vergesse ihre Pflichten in einem Moment, wo sie ihm unentbehrlich sei, zog er die Achseln. Wenn sie nicht einsah, daß sie im Unrecht war, hatte er sich damit abzufinden. Er verstand nicht recht, was gestern nacht geschehen war.

Zuerst hatte sie Sanftmut und dann jäh heftige Ablehnung gezeigt – physisch um eine Viertelminute zu spät. Denn nie hätte er eine Widerstrebende genommen, der Siebzehnjährige von 1831 und von Neuchâtel war er nun wirklich nicht mehr. Eine Ehefrau, die ihren Mann fortstößt und, nachdem sie ihm zwei Kinder geboren hat, entdeckt, daß die Hingabe abscheulich sei, schien ihm eine verspätete Angelegenheit zu sein. Die Gedanken von Pompeji waren über ihn gekommen – kühle Gedanken vom unerlaubten Wert, den der Mensch und insbesondere die Frau dem Seelischen verleiht. So hatte er auf dem bestanden, woran ihm nichts gelegen war, dem Eherecht des Mannes, nur damit nun endlich Klarheit sei. Aber als im Stall die Pferde wieherten und die Zeit des Aufbruchs kam, ließ Alexandra ihn wissen, daß sie ihn nicht begleiten werde, sie trenne sich von ihm.

»Was soll daraus werden«, hatte er gefragt, »überflüssige Briefe und ein Hinundher, das nach langer Zeit mit der Versöhnung endet? Vernünftige Leute nehmen sie vorweg – mach dich fertig und folge mir.«

»Das kann ich nicht, es ist etwas in mir zerbrochen«, sagte sie.

Das Gesetz erlaubte die Scheidung, ihr Glaube nicht – so würden sie sich trennen, und ihm, der gewiß nicht wieder heiraten wollte, genügte es. Mit dreiundzwanzig hatte er eine Frau genommen – allen Überlegungen, daß er zu jung sei, zum Trotz, und durfte nachträglich sagen, er habe es aus Achtung, aus guten Gefühlen getan. Jetzt war er bald achtundzwanzig und kehrte, ohne ihn gesucht zu haben, im Zustand der Freiheit zurück.

Elf Jahre war es her, seitdem er diesen Grenzort durchfahren hatte, damals als man ihn zum Depeschenboten des Herzogs von Braunschweig machte. Zum zweitenmal war Paris sein Ziel, zum zweitenmal war er nicht sicher, ob ihm dort Erfolg beschieden sei. In Kairo hatte er viele Engländerinnen behandelt und beim Abschied immer gehört, wenn ein so guter Arzt je nach Paris übersiedle, fasse er in der englischen Kolonie rasch Fuß. Daran also dachte er und auch daran, daß die wenigsten französischen Ärzte englisch sprachen.

Als Jacques zum Posthaus zurückkehrte, um nach Pferden zu fragen, waren sie mit einem Male da. Während er noch verhandelte, fuhr ein Reisewagen ein, der altmodisch und nach ferner Herkunft aussah. Ein Kutscher, dem ein viel zu dicker Mantel einen ausgestopften Buckel machte und der das strähnige Haar über dem Kragen jäh abgeschnitten trug, kletterte vom Bock, öffnete den Schlag und half seinem Herrn beim Aussteigen, ein demütiger Leibeigener offenbar. Der Fremde war ein untersetzter und sorgfältig gekleideter Mann gegen Vierzig, die vielen Brillantringe störten an ihm. Sein Französisch klang geläufig, aber hart; Geduld schien nicht seine starke Seite zu sein. Als er hörte, daß Jacques ein Vorrecht auf die beiden einzigen Pferde habe, bot er ihm eine Entschädigung an, mit der Miene eines Mannes, für den Geld keinen Wert besitzt.

Jacques lehnte ab. Der Russe faßte ihn ins Auge, fragte, mit wem er die Ehre habe, und stellte sich als Graf Limanow aus Moskau vor. Die Verhandlungen endeten damit, daß er Jacques einen Platz in seinem Wagen anbot und dafür die Pferde bekam.

Eine neue Schwierigkeit entstand, als Jacques seinen Anteil an den Tieren bezahlen wollte. Limanow tat das mit einem Wink an den Leibeigenen ab, der aus seinem gefütterten Kaftan einen Beutel mit Goldstücken zog und den Posthalter befriedigte. Jacques stieg unwillig ein, nahm eine Biographie Voltaires zur Hand und begann das Kapitel über die Entführung der Marquise du Châtelet zu lesen. Beim ersten Aufenthalt fragte Limanow, ob alle Franzosen so zurückhaltend wie Engländer seien.

Franzosen liebten gute Formen und nähmen keine Geschenke an, die sie nicht erwidern könnten, entgegnete Jacques so kühl, daß Limanow ihn nachträglich bat, sich als seinen Gast zu betrachten, und merklich an Höflichkeit zunahm.

Es fiel nicht schwer, sich ein Bild von seinen widersprechenden Trieben zu machen. Jähzorn und Phlegma, Mißtrauen und Großzügigkeit, Ansprüche und Unsicherheit vereinigten sich in ihm. Er schien selbst für russische Vorstellungen reich zu sein, aber er war auch Untertan in der tatarischen Bedeutung des Worts. Zehn Jahre lang hatte er dem Zaren in den Ohren gelegen, um die Erlaubnis zu einer Reise nach Frankreich zu bekommen, und sie nicht erhalten, weil der Zar den Bürgerkönig als illegitim ansah und seinen Adel vor den Ideen des gefährlichen Paris bewahren wollte. Erst als er, auf den Rat einer Tänzerin vom Ballett, die Gattin des Ministers mit Huldigungen bedachte, verhalf ihm der Minister in seiner Eifersucht zu einem Paß.

Jacques begriff, weshalb die Russen bei den Parisern so beliebt waren – die kleinen und mittleren durften überhaupt nicht reisen, und die, die man sah, traten mit großen Namen und noch größeren Mitteln auf. Limanow nickte und erklärte naiv, es sei höchste Zeit, daß auch er endlich diese Stadt kenne – nicht eher gelte man daheim für voll.

Jacques erwähnte als Russen, die er kannte, Lydia Stoffel und Alexandras Vormund Samorin. Limanow gab zu, daß es wohlhabende Leute seien, aber zur großen Gesellschaft gehörten sie nicht. Unter den Russen, die er in Paris zu treffen hoffte, nannte er den Botschaftsstellvertreter Kisseleff, die Fürstin Lieven, die, gelinde gesagt, die Freundin des bürgerlichen Herrn Guizot, des Ministers, war, und Prinzessin Mathilde, die Tochter des Exkönigs von Westfalen, die wider den Willen des Zaren den reichen, in Toskana gefürsteten Demidow geheiratet hatte – der Zar konnte Demidow nicht leiden, mit der Prinzessin war er durch ihre Mutter, ein Mitglied des württembergischen Hauses, verwandt.

Dann fragte er nach den Restaurants vom allerersten Rang und nach dem Hôtel des Princes, wo er absteigen wollte. Jacques empfahl die Frères Provençaux, Véfour, Véyr, das Café Corazza, sie alle im Palais-Royal, und an den Boulevards La Maison d'Or, das Café Riche, das Café Anglais und das Café de Foy. Die beiden Doyens der kulinarischen Kunst waren das Café de Paris und der Rocher de Cancale. Was aber das Hôtel des Princes betraf, so war es ein amüsanter Aufenthalt, wo man Nabobs und Abenteurerinnen jeder Zunge traf. Immerhin konnte man an seiner Table d'hôte für den erschwinglichen Preis von sechs Francs speisen und wurde so gut bedient wie für dreißig im Café Riche.

Das leuchtete dem Grafen nicht ein. Doch, sagte Jacques, es erkläre sich dadurch, daß der Wirt, der für die Table d'hôte einkaufe, die Zahl der Gäste ziemlich genau kenne und sich danach richte, während die Restaurants allerersten Ranges von jedem Nahrungsmittel – Fleisch, Fisch, Geflügel, Gemüse – Mengen halten müßten, die oft nur zur Hälfte am gleichen Tag verwandt würden: am nächsten seien sie zwar noch immer ausgezeichnet, daher man sie an die Restaurateure der nächsten Stufe abgebe, aber doch nicht mehr absolut frisch. Kurzum, wenn jemand in einem dieser Elitelokale ein Huhn speise, bezahle er für drei, vier Verlusthühner mit, und das sei das Geheimnis der Restaurants, die wohl eine Karte, aber keine Preise führten.

Limanow war über solche Kenntnisse entzückt, und Jacques stieg sichtlich in seiner Achtung. Er notierte die Namen der schönen Speisestätten, und bei dieser Gelegenheit fiel Jacques jener Ruel ein, der Kairo verlassen hatte, um der Lucullus hinter der Oper zu werden. Limanow sagte, sie würden gemeinsam nach ihm sehn, und schlug Jacques vor, sein Gast im Hôtel des Princes zu sein, bis er eine Wohnung gefunden habe. Jacques lehnte höflich ab, er würde wieder im Castille wohnen. Der Russe nahm es mit dem Gleichmut auf, der seine Grundhaltung war. Er meinte, ein Mann wie Jacques werde sein Glück bei den russischen Damen machen, und versprach, ihn in diesen innersten Ring einzuführen.

Sie übernachteten nur einmal und näherten sich am Abend Paris, als die Kutsche nur noch eines unter Hunderten von Fahrzeugen war. Zum erstenmal sah Jacques das Phänomen der Helle, die aus dem Häusermeer aufstieg und sich an den Wolken brach. Ein paar Stunden später, während er mit dem Reisegefährten den ersten Gang über die Boulevards machte, überwältigte ihn die Veränderung, die über diese Menschenstätte gekommen war.

Sie standen auf der Höhe des Boulevard du Temple und sahn nun in den Straßenzug hinein, hinab. Die Laternen reihten sich zu Schnüren. Ein Feuerbrand aus atmenden und sprühenden und webenden Sternen, zu Kandelabern gebündelt, waren sie. Ihr Licht und das von Schaufenstern ohne Zahl bestrahlte die abwärtsstürzenden Kaskaden des Château d'eau, das seine Wasser durch die Münder von acht Löwen in ein Rund ergoß.

Die Wohnungsfrage löste sich mühelos am ersten Morgen schon. Der Boulevard des Italiens war aufgerissen, man entfernte die für Barrikaden so günstigen Pflastersteine und ersetzte sie durch Holz. So auch vor dem Hotel Wagram, dem Ministerium der auswärtigen Angelegenheiten. Die Besucher, die im Wagen kamen, mußten an der Ecke aussteigen und ein Stück zu Fuß gehn. Unter ihnen bemerkte Jacques einen Bekannten aus der Studentenzeit, Vignol, der offenbar noch immer im Ministerium beschäftigt war.

Er redete Vignol an, begleitete ihn bis zur Tür und erfuhr, daß er jetzt Abteilungsleiter sei, nach wie vor das Haus im Faubourg Saint-Germain besitze und einen Mieter für die hübsche kleine Wohnung suche, die einst die Zuflucht Marjas gewesen war. Jacques verabredete eine Zusammenkunft mit ihm. Dann nahm er einen Wagen und suchte zwei seiner alten Professoren in den Spitälern auf. Es lohnte sich, daß er ihnen regelmäßig zu Neujahr geschrieben hatte; auch sie trafen Verabredungen mit ihm. Da Vérac in der Nähe wohnte, stieg er aus. Aber nicht Vérac empfing ihn, sondern ein junger Mann, sein Schwiegersohn, der ihm mitteilte, daß der Doktor vor wenigen Tagen begraben worden war.

Jacques winkte einem neuen Wagen und fuhr zu Legouvé, dem er aus Genf geschrieben hatte, sein erstes Dejeuner nehme er bei ihm. Jacques klingelte, die Tür wurde aufgerissen; am enttäuschten Gesicht Mme. Legouvés merkte er, daß sie jemand erwartete, und an ihren verweinten Augen, daß etwas geschehen war. Sie nötigte ihn, einzutreten, und er erfuhr im Salon: das Töchterchen lag im Sterben, aufgegeben von dem ihm bekannten Doktor Roux, Arzt am Hôtel-Dieu; um die Züge der lieben Kleinen zu bewahren, hatte

Legouvé nach einem befreundeten Zeichner geschickt, der Zeichner mitten in der Arbeit gesagt, eine Möglichkeit gebe es noch, Hahnemann; Legouvé war nach der Rue de Milan geeilt, und ihn erwartete man, ihn und den deutschen Arzt.

Jacques erinnerte sich; kurz vor seiner Reise in den Orient war dieser Mann in Paris aufgetaucht. Die kleinen Leute strömten ihm zu: Kranke, die bei den andern Ärzten keine Hilfe fanden, verbreiteten seinen Ruf. In Ägypten dann las Jacques den Aufsatz, den eine englische Fachzeitung der Lehre Hahnemanns widmete, der Homöopathie, und damals dachte er, es sei zum mindesten nicht unangebracht, gegen die übliche Methode, die Überfütterung des Erkrankten mit Medikamenten, vom Leder zu ziehn.

Mme. Legouvé führte ihn an die Tür des Zimmers, worin Fillette lag. Goldene Locken umflossen ein sterbensweißes, fieberloses Gesicht; der Zeichner hielt es auf seinem Bogen fest. Die Mutter konnte nicht sagen, woran die Kleine leiden sollte; das Leben entwich, der Körper erkaltete von unten her. Jacques fragte, ob er die Zettel an den Flaschen lesen dürfe, doch es schellte, und Legouvé trat mit einem seltsamen Menschen ein: weiße Locken um einen mächtigen Kopf, die Unterlippe kämpferisch vorgeschoben, die Nase adlerhaft. Der Mann mußte in den Achtzig stehn. Er nahm drei, vier der Flaschen auf, dann sagte er:

»Werfen Sie das aus dem Fenster, stellen Sie das Bettchen in einen andern Raum. Wechseln Sie die Kissen und die Tücher, reichen Sie Wasser, wenn sie zu trinken verlangt, nichts als Wasser, wohlgemerkt.«

Die Mutter gab furchtsam zu bedenken, das Wasser könne schaden. Hahnemann erwiderte, mit den Drogen und Phiolen habe man einen Brand in einem schwachen Leib entfacht – ihn zu löschen, sei die erste Pflicht. Das Kind wurde umgebettet, der Homöopath fühlte ihm den Puls unterdessen. Legouvé zog Jacques zur Seite und wünschte seine Meinung zu hören. Jacques empfahl ihm, Hahnemann zu fragen, woran das Mädchen leide. Legouvé fragte, die Antwort lautete: »Vergiftung einer Blutarmen durch Medizin.« Jacques hatte keinen Anlaß, sich einzumischen, und ging mit dem Versprechen, bald wiederzukommen.

Vorerst hatte er alle Hände voll zu tun. Die beiden Lehrer billigten seinen Entschluß, die Praxis auf den Boulevard zu verlegen. Es war eine Frage des Geldes, nichts konnte teurer als diese Mieten sein. Sie rieten ihm, sich mit einem andern Arzt zusammenzutun. Jacques fand einen Kinderarzt, der bereit war, die Hälfte seiner bei der Börse gelegenen Räume abzutreten, und ihm auch eine Gehilfin verschaffte. Die Einrichtung in Kairo hatte Jacques zu

Geld gemacht. Teppiche, Instrumente, Bücher waren schon im Pariser Lagerhaus. Acht Tage später konnte er eine Anzeige in die Blätter setzen: Doktor de Maslin, Frauenarzt, eröffnet nach fünfjähriger Praxis in Ägypten seine Sprechstunden am zehnten Mai.

Zwei Tage nach seinem Besuch traf er Legouvé auf der Straße. Der Puls der Kleinen war nach wie vor beängstigend schwach, aber sie lebte noch. Legouvé hatte eine heftige Auseinandersetzung mit dem bisherigen Arzt gehabt. Durfte man ihm einen Vorwurf machen, weil er zu einem angeblichen Kurpfuscher ging – sollte er sein Kind sterben lassen, damit die Wissenschaft, die es aufgab, recht behielt? Sie traten in ein Kaffeehaus, und die Zeitungsleute, unter denen Legouvé beliebt war, hatten, abgesehen vom menschlichen Interesse, auch ein berufliches an diesem Fall. Jacques sah kommen, was kommen mußte, wenn das Mädchen genas; die Presse bemächtigte sich der Angelegenheit, die Allopathie verlor, Hahnemann gewann eine Schlacht.

Mit Vignol war Jacques rasch einig geworden. Er mietete die Wohnung unter der Bedingung, daß sie neue Tapeten erhielt. Die Möbel suchte er in einem halben Dutzend Läden aus: zunächst nur die notwendigsten, der Rest war Sache der Gelegenheit; im Bazar von Kairo hatte er warten gelernt. Der erste, dem er die Zimmer zeigte, war Legouvé, ein beglückter Mann dank Hahnemanns geheimnisvoller Medizin, die er ein einziges Mal am kritischen Tag eingab: eine Stunde später nahm der Pulsschlag zu, die Beine wurden warm. Die Zeitungen brachten Berichte; die Größen der Sorbonne blieben dabei, es sei alles Unfug, die Natur habe eingegriffen und Doktor Roux zu früh die Waffen gestreckt.

Jacques nahm die Mahlzeiten nicht ohne Absicht noch mehr als in den teuern Restaurants, von denen er Limanow gesprochen hatte, an der Table d'hôte der großen Hotels. Die Portiers und Oberkellner kannten ihn bald und deuteten an, daß Fremde oft nach Ärzten fragten. So war es üblich, und er nickte ihnen zu.

Ruel empfing ihn mit einer Begeisterung, als werde nun doch noch alles gut. Er führte ein kleines, reizendes Restaurant, in dessen Fenster unter dem Fries aus Brüsseler Spitzen eine Schale mit Iris stand, und vermochte sich zu behaupten. Aber, daß es mit großen Schritten vorwärtsgehe, davon konnte keine Rede sein. Weder Victor Hugo noch Alexandre Dumas hatten bisher den Weg zu ihm gefunden. Er erwartete nun von Jacques, daß er ihm Bekannte zuführe, und hatte eine überspannte Vorstellung von ihrer Zahl. Jacques amüsierte sich darüber; auf diesen falschen Rechnungen baute die Hälfte der Geschäftsleute ihre Pläne auf.

Der innere Kreis von Paris war eng; wer in ihm wohnte, begegnete einander oft. Es dauerte nicht lang, bis Jacques Heinrich Heine in die Arme lief. Heine behandelte ihn herzlich und sagte bei der zweiten Begegnung, seine französische Frau sei neugierig auf den weitgereisten Arzt. Ein immer besetzter, meinte Jacques, und unterließ den Besuch.

Schuld an dieser Zurückhaltung war der üble Eindruck, den er in Kairo empfangen hatte, als er unter den aus Paris zugeschickten Neuerscheinungen den Angriff Heines auf Börne fand. Börne, der nicht mehr lebte, war ihm unbekannt, und daß Literaten sich bekämpften, mochte eine gegebene Einrichtung sein. Heine hatte aber, rachsüchtig wie er wohl war, den Gegner dadurch herabsetzen wollen, daß er sexuelle Dinge nicht nur andeutete, er trat sie unsauber breit. Die Frau lebte noch, und die Folge war ein Duell mit dem Ehemann gewesen – das hatte Jacques von Dumas gehört.

Von London kam Neville herüber; seit sieben Jahren hatten sie sich nicht gesehn. Als Premier waltete wieder Sir Robert Peel. Beim Wechsel war wohl Nevilles Vater zurückgetreten, Neville aber nicht – Sir Robert schätze Kenntnisse auf sozialem Gebiet und stehe bei seiner konservativen Gefolgschaft im Verdacht, ein halber Whig zu sein, erklärte Neville Jacques.

Er führte den Schwager bei Mme. Baudrand ein, der Frau des Generals, die eine gebürtige Britin war, reizvoll und jung. Dergleichen Ehepaare gab es mehrere; aus England stammten die Damen Lamartine und Toqueville. Für Jacques waren diese Bekanntschaften wichtig und, menschlich gesehn, angenehm. Neville begrüßte sich im Salon der Generalin mit einem konservativen Mitglied des Unterhauses, das Disraeli hieß und zum Vater einen Historiker hatte, den Jacques durch seine Bücher kannte.

Dieser jüngere Disraeli, der lange Locken, Samtfrack, bestickte Weste und darauf Goldketten trug, war ein orientalischer Prinz mit matter Haut und westlicher Dandy mit schwarzen Augen voll Geist. Seine Frau, von insularer Rasse, mußte mindestens zehn Jahre älter und schon in den Fünfzig sein. Er behandelte sie, die eine unbefangen hausbackene Natur hatte, so charmant, daß er alle Frauen für sich gewann. Neville sagte nachher zu Jacques, gleich dem alten Disraeli schreibe der Sohn – daß es Romane seien, mache die Landjunker seiner Partei mißtrauisch, und schwerlich erreiche er das ehrgeizige Ziel, sich eines Tages als Ministerpräsident zu sehn.

Dumas tat Jacques den Gefallen, in seiner Gesellschaft bei Ruel eine Sole Marie-Antoinette zu essen, deren Füllung so vorzüglich war, daß Ruel gebeten wurde, die Zusammensetzung zu verraten. Sie bestand aus Hummer, Trüffeln und Champignons, das Aroma verdankte sie der fine Champagne. Bei sanftem Feuer zum richtigen

Goldton gebracht, ruhten die Schnitten auf einer Sauce Bercy, die mit Rheinwein bereitet war.

Es gab nur eine Sprache, die das alles aufs knappste ausdrücken konnte. Jacques merkte es, als Dumas das Rezept aufschrieb: »Sole Marie-Antoinette farcie d'un salpicon de homard, de truffes, de champignons, aromatisée à la fine champagne. Dorée doucement à feu doux et servie sur un lit de sauce Bercy au vin du Rhin.«

Ruel strahlte, als Dumas sich für einen zweiten Besuch ansagte, Jacques dazu einlud und Madame Dorval, die Schauspielerin, mitzubringen versprach. Dumas war gutmütig und hilfsbereit, er stammte von einer westindischen Mulattin ab. Mit nunmehr vierzig stand er in der höchsten Schaffenskraft und arbeitete eben an einem Roman, dem Grafen von Monte Christo, von dem er sich Wirkung versprach.

Marie Dorval war keine Schönheit, auch nicht mehr jung, aber sie besaß Natur und Ursprünglichkeit – Eigenschaften, die in Paris sich selten fanden. Gegen die Rachel, den neuen Stern, behauptete sie sich schwer und spielte nur noch gelegentlich, da sie leidend war. Als sie erfuhr, daß Jacques Frauenarzt sei, meldete sie ihren Besuch an; der Abend brachte ihn auch noch in anderer Beziehung weiter. Dumas sagte, Jacques müsse, um sich einzuführen, die Bekanntschaft des Thronfolgers machen. Er ging beim Herzog von Orléans ein und aus und liebte, obwohl er republikanisch dachte, den begabten Mann, die Hoffnung des königlichen Hauses und auch eines Teiles der Nation.

Jacques erhielt die Einladung zu einer Soiree im Palais-Royal und unterhielt sich mit der Herzogin, einer mecklenburgischen Prinzessin, auf deutsch. Bei dieser Gelegenheit wurde er Mme. Demidow vorgestellt, doch fuhr sie schon in den nächsten Tagen mit ihrem Gatten nach Sankt Petersburg. Da sie nicht mehr als zwanzig, einundzwanzig Jahre zählen konnte, mußte sie lange nach der westfälischen Zeit ihres Vaters zur Welt gekommen sein.

96

An diesem Abend dachte Jacques, daß ihm das Glück noch immer günstig sei. Am nächsten Tag, als er unter hundertsiebzig Menschen einer der wenigen war, die dem Tod oder der Verstümmelung entgingen, sagte er es sich abermals.

Es war am achten Mai 1842, und in Versailles sollten für das sonntägliche Publikum die großen Wasser springen. Limanow hatte noch nie die Eisenbahn benutzt, und ebensowenig Mme. Tatjana, eine junge Frau vom unberechenbarsten russischen Temperament, die mit irgend jemand in irgendeinem Gouvernement verheiratet und mit Limanow entfernt verwandt war. So hatten diese drei abgemacht, daß sie am Vormittag nach Versailles fahren und am Nachmittag zurückkehren würden.

Die Zeitungen brachten die ersten Nachrichten über einen ungeheuren Brand, der Hamburg verwüstete; man sprach unterwegs davon. Im übrigen war es ein schöner Tag in süßer Maienblüte, schon gab es Flieder und Jasmin. In der Menschenwelt aber, von der Grisette bis zur Dame, war die Modefarbe Schwarz. Die Männer wiederum trugen meistens Bärte nach van Dyk und Rubens, die Kutscher, die Studenten, die Flaneurs und Ouvriers.

Was Mme. Tatjana betraf, so bezweifelte Jacques, daß die Verwandtschaft mit Limanow ernsthaft bestand. Er erinnerte sich, daß die junge Frau am dritten oder vierten Tag, als Limanow, wie alle reichen Ausländer, von Bittstellern überlaufen wurde, plötzlich aufgetaucht war. In Paris mußte man sich auf den Instinkt verlassen, und auch der versagte oft.

Er beobachtete, während sie die Sprudel des Drachenbassins ansahn, eine aschblonde Dame in grauem Kostüm, und wenn er also dem Instinkt vertraute, konnte sie eine Dänin oder Schwedin sein, die, nur von einer älteren Vertrauten begleitet, mit mädchenhaften Gefühlen in den Frühling hineingefahren war. Nicht sie, sondern die Begleiterin verlor das winzige Taschentuch, das Jacques aufhob und absichtlich jener überreichte, um die Farbe der weichen, schönen Augen festzustellen; die Augen waren veilchenblau.

Mme. Tatjana und Limanow fuhren in einem Landauer zurück, Jacques entschloß sich zum Zug und wählte das Abteil der beiden ihm nicht bekannten Frauen. Es befand sich im letzten Wagen. Der Andrang war ungeheuer, die Pariser wollten zum Diner zu Hause sein. Viele mußten zurückbleiben und zankten sich mit dem Schaffner, der von einer Tür zur andern ging und sie mit einer Kurbel schloß.

Zwei Maschinen waren vorgespannt. Sie steigerten die Geschwindigkeit so sehr, daß die Frauen im letzten Wagen sich angstvoll anschauten. Jacques wußte nicht, was er sagen sollte, vielleicht gehörte dieses Rasen dazu. Er verwünschte das plebejische Beförderungsmittel, und die Fremde mit den violetten Augen sagte, sie habe gehört, daß die Männer auf der Lokomotive Prämien für schnelles Fahren bekämen – ob es nicht gefährlich sei?

Jacques hörte, daß sie bei den S-Lauten ein wenig anstieß, und lächelte über sich selbst, weil er es reizend und das Myosotis an ihrer Brust entzückend fand. Er suchte sie zu beruhigen und meinte, sie seien schon vor Meudon – in diesem Augenblick wurde sie auf ihn geschleudert, während sein Ohr einen unheimlichen Knall vernahm.

Die erste Maschine war durch einen Achsenbruch die Böschung hinabgeschleudert worden. Die zweite legte sich quer auf die Geleise, die Wagen türmten sich auf ihr zu einem Haufen, der bald durch die glühende Kohle in Brand geriet. Der Schaffner mit dem Schlüssel lag bewußtlos bei einem Kilometerstein. Als endlich Leute von der Station herbeiliefen, brannte alles lichterloh. Wohl schrie man nach dem Schlüsssel, aber wo er zu finden sei, wußte keiner. Auch Äxte fehlten, Leitern und Wasser waren nicht da. Die Schmerzensschreie, die Laute der Qual und Verzweiflung klangen fürchterlich.

Nur der letzte Wagen hing aufgerichtet vom Glutherd herunter. Jacques, der die Hand mit dem Frühjahrsmantel umwickelte, schlug die schmale Scheibe ein und säuberte sie kaltblütig mit dem Messer von den Scherben, dann zwängte er sich hindurch. Zum Glück war es der hintere Teil des Wagens, man konnte noch einigermaßen gerade auf dem Trittbrett stehn. Er wies die Damen an, sich mit den Beinen zuerst herauszulassen, und nahm sie in Empfang. Andere, die zu stark waren, mußten warten, bis ein Arbeiter die Tür einschlug, und glaubten schon in der Flamme zu rösten, die an der vorderen Wand des Wagens fraß.

Als man endlich Werkzeuge herbeigeschafft hatte, richtete Jacques, dem die Hände bluteten, auf dem Feld zur Seite einen ersten Verbandsplatz ein. Das Taschenmesser war sein Instrument. Im Verlauf der Stunden kamen Ärzte, Angestellte, Schwestern – Jacques arbeitete bis zur Erschöpfung und merkte erst, als er mit der Fremden um Mitternacht in einem Wagen nach Hause fuhr, daß sie der barmherzige Engel an seiner Seite gewesen war.

Ihre Kleider waren so zerrissen wie seine eigenen. Fünfzig oder mehr Tote hatte sie gesehn und doppelt so viele verstümmelte Verbrannte; sie weinte leise vor sich hin. Jacques setzte sie vor ihrem Hotel ab und brachte sie hinein. Die Leute prallten beim Anblick der beiden zurück. Im Handumdrehn war eine Menge und waren auch Journalisten da, die sich die Augenzeugen der ersten großen Eisenbahnkatastrophe nicht entgehn ließen. So kam es, daß Jacques am nächsten Morgen sein Name groß aufgemacht aus der Zeitung entgegensprang.

Er machte auf dem Weg zur Praxis der Fremden seine Aufwartung und erfuhr von der Anstandsdame, Frau Dagmar Nilsen schlafe noch. Er fand keine Zeit mehr, den Besuch zu wiederholen, die Zeitungsberichte hatten eine unerwartete Wirkung gehabt. Die ältesten Bekannten, die seinem Gedächtnis entschwunden waren, besuchten ihn. Auch Berlioz befand sich darunter und stellte ihm seine Begleiterin vor. Es war nicht die ihm angetraute Dame Smithson, sondern eine weit jüngere Spanierin, die scharlachrote Lippen, blauschwarzes Haar und halb schmachtende, halb harte Augen hatte.

Noch immer stöhnte der Komponist, daß im Fleischtopf der Konzerte tagaus tagein dieselbe Suppe brodelte, die er kosten und für das Journal des Débats zu begutachten hatte. Noch immer dachten die Pariser von der hohen Kunst so geringschätzig wie ein Gendarm von der Freiheit, und er, er empfand nun den großen Überdruß. Aus Deutschland kamen Stimmen, die ihn riefen, dort war die Gralsburg und die Tafelrunde mit den Paladinen der Musik. So würde er zu den Deutschen reisen, und wenn er Marie Recio mitnahm, fragten sie dort gewiß nicht, ob sie die Frau oder die Geliebte sei.

Ein Blinder sah, daß das sinnlich schöne und im übrigen belanglose Weibchen noch eine Kette mehr um einen talentvollen Menschen schlang. Die andern hießen Brot und Miete; nichts hatte sich geändert, sechs, sieben Jahre lang. Als deutscher Musiker hätte er eine Zuflucht in zehn, in zwanzig freundlichen Residenzen finden können; als französischer quälte er sich im Rachen des Molochs Paris.

Während die Handwerker jeden Augenblick eine Anweisung verlangten, erkundigte sich Jacques bei Berlioz nach Chopin und Liszt. Liszt war als Meteor mit einem Schweif von Frauen aufgegangen, er gab in jeder Stadt Konzerte, befand sich immer unterwegs. Chopin hatte sich mit Mme. George Sand verbunden. Nach der Rückkehr von den spanischen Inseln lebte er im Sommer bei ihr in Nohant, im Winter in Paris, und die ganze Stadt unterhielt sich davon. Bis zur bitteren Hefe leerten sie den Kelch eines Ruhmes, der zu drei Vierteln aus der Neugier bestand.

Das Eisenbahnunglück erregte die Pariser. Da sie die Opfer selbst nicht sehn konnten, wollten sie den sehn, der dem Tod entgangen war und den die Zeitungen den Helden von Meudon nannten. Die Journalisten hatten sich auch des romantischen Umstandes bemächtigt, daß Jacques aus Kairo kam und soeben seine Praxis eröffnete. Zwar war es um einen Tag zu früh, doch gegen Mittag setzte der Andrang ein. Die einfacheren Frauen kamen in Person, die vornehmeren schickten den Kutscher und meldeten sich an. Jacques konnte nichts anderes tun, als Kärtchen auszuteilen, in die er die passende Stunde eintrug.

Die Hälfte der bestellten Patientinnen blieb aus. Die übrigen genügten, um die erste Woche auszufüllen, und Jacques hatte so wenig Zeit, daß er der Dänin erst am Sonntag einen Besuch im Hotel machte. Sie lud ihn zu Tisch ein, den Kaffee nahm er im Salon dieser Damen. Zum zweitenmal traf er die aschblonde Frau mit den Veilchenaugen im Theater. Das Weiche und das Mädchenhafte verbanden sich mit einer Selbständigkeit, die nicht in die Augen fiel.

Es war Mai, und sie bedauerte, die Abende statt in der grünenden Landschaft im Hotel zu verbringen. Er bot ihr an, sie ins Freie zu führen; Frau Dagmar willigte mit einer englischen oder nordischen Unbefangenheit ein. Sie nachtmahlten nun öfter in den Vororten und unter Bäumen; die Anstandsdame störte kaum. Er nahm auch nicht an, daß Dagmar ein Abenteuer wünsche, und merkte, daß er durch seine ruhige Haltung eine Freundin gewann.

Über ihre Verhältnisse erzählte sie nicht viel. Sie wünschte die Scheidung, der Gatte hatte sie auf Reisen geschickt, damit sie den Entschluß überlege. Es war ein Kind da, auf das sie nicht verzichten wollte, im Juli schon würde sie es wiedersehn. Das alles war das Bürgerliche, das Selbstverständliche und Alltägliche. Wozu ihm seinen letzten Schleier nehmen, am besten ließ man es auf sich beruhn. Er erzählte ihr seinerseits nicht, daß es irgendwo eine Familie Maslin gab, um nicht berichten zu müssen, warum und wie diese Trennung zustande gekommen war. Gleich Byron haßte er den Erklärungszwang.

Ingres hatte den Thronfolger, den Herzog von Orléans, gemalt. Jacques besichtigte das Bild, das ausgestellt wurde, an dem Tag, an dem er abermals zum Empfang des Herzogs geladen war. Dagmar hatte mit keinem Wort verraten, daß auch sie dank ihrem Gesandten eine Karte besaß. Überrascht erblickte er sie auf der Treppe des Vestibüls; sie selbst errötete, und es schien ihm spontane, warmherzige Freude zu sein. Der Herzog erwähnte das Unglück von Meudon. Alsbald sprach auch hier eine Menge Damen den jungen Doktor an.

Alexandra in Sasbach hatte in einer Zeitung, die Marja ihr schickte, von der Katastrophe gelesen und schrieb ihm, wenn er verletzt worden wäre, hätte sie ihn besucht. Gleichzeitig kam ein Brief von Marja: Alexandra sei unruhig, das Gewissen quäle sie, und wenn man auf sie einwirken könne, dann jetzt oder nie. Sie erbot sich zur Vermittlung und schlug ihm vor, während der Ferien ihr Gast in Sasbach zu sein.

Seine erste Regung war, ihr kühl zu antworten, sie vergesse, daß er nun endgültig als Junggeselle eingerichtet sei, oder auch, wenn Alexandra einlenken wolle, müsse sie es schon selber tun. Er fand nicht die richtigen Worte und brach auf, um die Damen abzuholen.

Er kannte in Meudon einen Wirtsgarten, wo man unter Flieder saß, und hatte Dagmar davon erzählt. Beim ersten Blick sah er, daß sie ihr Kleid auf diesen Hintergrund abgestimmt hatte – mattlila so Kostüm wie Schirm. Aber die Begleiterin trat mit einer dicken Backe auf, sie hatte Zahnweh, Angst vor der Abendluft und keine Neigung mitzugehn. Es blieb wohl nichts übrig, als im Hotel zu speisen, es sei denn daß – Frau Dagmar schaute sehnsüchtig nach dem so linden Himmel aus und willigte ein, sich ins Weite entführen zu lassen.

Über die Avenuen rollte der Wagen so leicht dahin, als sei er ein Boot, das einen Kanal durchglitt. Abendgold verklärte das Grün und bespielte das Blondhaar der jungen Frau, das Lila stand ihr bezaubernd. Im Meudongarten blühte nicht nur der Flieder, es blühten auch die lachsfarbenen Azaleen. Die Düfte mischten sich, als ob hier die Gewürzinseln seien. Dagmar unterschied drei Nuancen des Flieders: die matte, die genau der Farbe ihres Kleides entsprach; die rote, die fiebrig war; die bräunliche, die auf den ersten Blick zu welken schien. Die weiße Spielart stand in der Vase auf dem Tisch.

Ein Pfosten ragte hinauf in die Dolden und trug die sechsflächige Laterne. Sie erhellte die Laubmassen von unten, eine Lichtboje im Meer des Grünen. Die Amsel auf der Krone sang eher in Moll als in Dur, und Dagmar fragte, ob es eine Nachtigall sei. Jacques erwiderte, er fühle sich zu jedem Zugeständnis bereit, am liebsten trage er es in Form einer Arie vor. Sie lächelte, auch ihr war mozartisch zumut . . .

»Apropos Papageno«, sagte Jacques, »Berlioz hat mir heute den Papagei gebracht, den er sechs Jahre für mich betreute.«

»Und, hat das Tier Sie wiedererkannt?«

»Es verhielt sich ganz still. Nur den Kopf wandte es bald nach links, bald nach rechts, offenbar lauschte es. Dann, als ich aus dem Nebenzimmer kam, stieß die Kehle plötzlich wie früher meinen Namen hervor. Es war der alte, schrille Ton, doch glaubte ich eine Zärtlichkeit daraus zu hören.«

»Wie reizend. Zärtlichkeit . . .« sie wog das Wort. »Die Männer wissen nicht, daß uns an ihr mehr gelegen ist als an der Schmeichelei, der Belagerung mit den durchsichtigen Mitteln, und mehr als an dem, was so oft zerstörend ist, der Leidenschaft.«

Er sah sie aufmerksam an und dachte, daß er gelegentlich in der Sprechstunde Ähnliches vernehme. Das Direkte, das Hahnenmäßige am Mann erschreckte die feiner organisierten, sie schrieben einen Umweg vor, den zum Herzen, einer ebenso unbestimmbaren wie tatsächlichen Station. An Dagmars Hand blitzte etwas Mattes, der schwere silberne Ring, den sie an Stelle des ehelichen Goldes trug, und Silber war jungfräuliches Symbol. Ihre Finger, schlank und spitz, erinnerten ihn an die Schachtelhalme im Wald von Fontainebleau.

Es dunkelte. Die Nacht wurde süß, schwer und weit; ihm war, als sei er auf Zanthe oder Kephalenia. Davon erzählte er und ohne eigentliche Absicht auch von Athen, von einem Griechenmädchen, das er eines Abends auf der Matte vor seiner Tür schlafend fand: so knabenhaft wie Romeo hatte er empfunden und war doch schon promovierter Arzt. Von Zärtlichkeit träumten die Frauen – von der Begegnung ohne Verbindlichkeit, ohne Haß, Tränen, Reue vermutlich die Männer, sagte er. So oder so, in beiden Fällen mochte es die Sehnsucht nach dem Vollkommeneren sein, und es erfüllte sich nicht da, wo man wohnte, Steuern zahlte und Bürger war.

Um elf war er daheim und trug, um die Erinnerung an diesen schwerelosen Abend festzuhalten, in sein Tagebuch drei Worte ein: Flieder, Azaleen, Zärtlichkeit. Dann schrieb er die Antwort an Marja. Alles hatte seine Zeit, auch das Einlenken und Sichversöhnen. Eine Frau durfte es nicht so weit kommen lassen, daß der Mann den Schlußstrich zog und den Entschluß faßte, eine neue Seite zu beginnen.

»Als ich in Ägypten um Alexandra warb, hatte ich mich selbst zu überwinden, und es fiel nicht leicht«, ließ er Marja wissen. »Wie, du willst Ehemann werden, fragte es in mir, bist du darum so weit vorgedrungen bis zum Orient? Ehrgeiz, Jugend, Lebenslust und die Ironie der Verse Byrons überdies mahnten ab vom Bürgerlichen, und ich wählte es doch. Mehr noch, nie habe ich, dank meinem Willen, Alexandra hintergangen, nicht einmal in dem langen Jahr, als sie in Europa war. Der gleiche Wille half mir, mich auf neue Rechnung zu übertragen. Alexandra aber, warum kam sie nicht, als sie von Meudon las? Weil ich nicht verletzt wurde? Es war die späteste Gelegenheit, schwerlich hätte ich sie abgelehnt.«

Als Marjas Erwiderung kam und ihm vorwarf, er schütze Grundsätze vor, ein Mann müsse nicht grundsätzlich, sondern großmütig und initiativ sein, trug er auch sie ins Tagebuch ein, doch folgten ein Gedankenstrich und danach drei Worte: Dagmar, Junirosen, Rubin. Sie besagten, daß nicht mehr die Zeit des Flieders und des matten Silberringes sei. Symbol waren in dieser Woche, der letzten Dagmars, der Rubin an ihrer Hand und die Rosen für die Vasen seines Studios, die dunkelsten, die sie fand. Nicht er durfte sie besorgen, Dagmar bestand darauf, sie mitzubringen, und das war ein Gleichnis – *sie* suchte Zärtlichkeit, sie kam, sie schenkte sich und ihm die eine kurze Woche der Vollkommenheit; keine Reue und keine Tränen darin.

Der Tag des Abschieds war da. Jacques brachte Dagmar zum Posthof, und auf dem Heimweg dachte er darüber nach, wie mühsam die Konstruktionen waren, womit der Mensch sich half. Mit achtzehn, neunzehn mochte er sich frei fühlen, noch hatte er keine Bindungen gewählt – später bestimmten *sie* den Weg, auch wenn er sich von ihnen zu befreien schien. Vielleicht hatte Dagmar insgeheim doch erwartet, daß er ihr vorschlug, ihre Ehe zu lösen und eine zweite mit ihm einzugehn. Er hätte seinerseits von Alexandra die Scheidung verlangen müssen und widersprach. Die Ehe war mißlungen, das Kapitel Ehe schloß damit ab – ein Mann von Vernunft ging weiter und nicht zurück. Der Glaube, man könne beim Zurückgehn noch einmal den Punkt erreichen, wo man einst in Freiheit die folgenreiche Entscheidung getroffen hatte, war eine Illusion: in diesem Sinn also wollte er nicht über die Schulter schauen.

An einem Juliabend durchlief die Stadt das Gerücht, daß der Herzog von Orléans verunglückt sei. Das Gerücht wurde bestätigt. An den neuen Festungswällen waren die Pferde des Thronfolgers durchgegangen und hatten ihn aus dem Wagen geschleudert, er starb daran. Er war das einzige Mitglied der Dynastie gewesen, das eine gewisse Volkstümlichkeit besaß. In den Bürgerkreisen, die voll Sorge die Fortschritte der Arbeiterbewegung im eigenen Land und auf den britischen Inseln verfolgten, hielt man die Tage des Königs für gezählt.

Jacques ging in den Ferien an einen Ort, den seit ein paar Jahren die Maler und Dumas in Aufnahme brachten, er hieß Trouville. Hier erhielt er einen zweiten Brief Alexandras, worin sie ihm mitteilte, daß die Reise nach Genf nicht ohne Folgen geblieben war. Er fuhr auf, diese neue Vaterschaft war sinnlos – ein törichter Augenblick, von häßlichen und gewalttätigen Empfindungen bewegt, setzte sich in unerwarteten Wirkungen fort.

Aber Alexandra verlangte nicht, daß er die Ehe wiederaufnahm: die Beiträge zur Erziehung der Zwillinge werde sie nicht ablehnen, doch dieses dritte Kind wünsche sie allein zu betreuen. Einen Augenblick lang wurde er mißtrauisch und mußte denken, daß nach Genf ihre Lage, wenn man es seelisch sah, die gleiche wie die Dagmars gewesen sei. Doch erwähnte sie, die Niederkunft werde im Januar stattfinden, und die Arithmetik sagte, Januar minus neun Monate ergebe den Tag von Genf.

Als Nikolaus, der mit Marja in Sasbach war, ihm schrieb, Alexandra sei schwer zu verstehn, denn statt daß das dritte Kind sie dem

Gatten näherbringe, verstärke es die Abneigung, war er versucht, die Zwillinge zu verlangen und selbst zu erziehn. Dann ließ er in Sasbach wissen, es widerstrebe ihm, der Mutter die Kinder zu nehmen: er behalte sich seine Vaterrechte vor, eines Tages müßten zum mindesten die Zwillinge die ihnen zukommende französische Bildung genießen, darauf werde er bestehn.

Die Wohnung im Hause Vignols war reizend, doch entbehrte sie des Bades – ein Fehler, der in Paris durchgängig war. Während seiner Abwesenheit in Kairo hatte der Fortschritt ein neues Schlagwort aufgebracht: Nimm dein Bad daheim. In jedem besseren Viertel gab es nun Unternehmer, die zur verabredeten Stunde alles schickten: die Wanne, die Eimer mit heißem Wasser, die Träger, fünf oder sechs an der Zahl. Hauswirte und Pförtner stöhnten – die schweren Stiefel, die nassen Flecken, der Lärm, die doppelte Invasion beim Kommen und beim Gehen.

Neuntes Kapitel

INSEL WIGHT

97

Die britischen Inseln waren im Jahre 1842 dem Festland weit voraus, schon überspannte sie ein Netz von Bahnen. Die Klage, daß mit den Posthäusern in den Städtchen und dem Viererzug der gut genährten Postillione die Poesie Altenglands schwinde, hielt den Lauf der Zeit nicht an.

Ein neues England warf sich dem Maschinenwesen in die Arme. Es sandte aus seinen Häfen die Kohle und die gewebten Stoffe, die Lokomotiven und die Schienen, die Ingenieure und die Werkmeister in alle Welt. Die Rauchfahnen, die nun über der grünen Landschaft quollen, flatterten so fröhlich wie die alten Banner; sie verkündeten, daß der Geschäftsgang kräftig, die Wohlhabenheit zunehmend sei. Die düstern sozialen Schatten sah man nicht gleich vom Bahndamm aus.

Auf dem Festland verband die Eisenbahn nur Nachbarstädte. Kaum war man von München nach Augsburg oder von Dresden nach Leipzig gelangt, so hieß es wieder in die Kutsche steigen, ganz abgesehn davon, daß hier die Strecken eingleisig und die Bahnhöfe winzig waren. Es stand alles noch im Anfang, die Menschen schritten zaghaft in ein neues Zeitalter hinein.

So auch in Frankreich. Das Land hatte nur zwei größere Linien im Bau, und von keiner ließ sich sagen, daß sie dem Weitblick der Kammern entsprungen sei. Die eine, die Straßburg mit Basel verknüpfen sollte, ging auf den Wagemut der elsässischen Fabrikanten, und die von Paris nach Rouen auf die Angebote einer englischen Gesellschaft zurück.

Die Pariser kannten vorerst nur die beiden kurzen Strecken nach Versailles und die noch bescheidenere nach Saint-Germain. Versuche waren es, Unternehmungen des kurzen Atems, Spielzeuge fast. Ein Amerikaner französischer Abstammung, der mit einem Kopf voller Hoffnungen und einem vollständigen Plan herüberkam, machte bittere Erfahrungen mit den Hemmungen des alten Europas und nannte sie Rückständigkeit.

Wenn er einer Stadt den Aufriß einer Linie vorlegte und stolz darauf war, daß die kostspieligen Tunnels vermieden seien, begegnete er unwilligen Gesichtern: die Herren verlangten Tunnels. Ohne Umwege durch malerische Gegenden, ohne Überführungen, Viadukte und Brücken reizten die Vorschläge sie nicht. Man vertraute sich dem Dampfroß, wie sie als Romantiker sagten, doch nicht nur um des Nutzens willen, sondern auch für das Vergnügen, die Eindrücke, die schönen Empfindungen und sogar für die Bildung an. Der Amerikaner erlebte ein Schicksal, das in gewissem Sinn tragisch war. Statt rechtzeitig nach den Staaten, die im Eisenbahnbau führten, zurückzukehren, blieb er in Paris hängen, zehrte seine Barschaft auf und mußte froh sein, daß man ihm eine Stelle als Maschinist auf der Versailler Linie gab.

Jacques verfolgte die Phasen dieses Abstiegs, da die Frau des Amerikaners in seine Sprechstunde kam. Zum andern wiederum verkehrte er, der die englische Sprache beherrschte, in der britischen Kolonie, die dem neuen Viertel bei den Champs-Elysées den Vorzug gab. Es waren nicht nur Generale darunter, die ihre Pension verzehrten, oder ältere Damen, die das billigere Paris lockte, sondern auch Geschäftsleute, Männer der Technik und des Kapitals, die sich bestens auf Finanzierungen verstanden.

So lernte er die Herren Brassey und Mackenzie kennen, denen die Linie nach Rouen anvertraut war, tüchtige Leute, die für die hundertsechsunddreißig Kilometer nur zwei Jahre brauchten. Der Verkehr mit ihnen und ihren Geldgebern hatte auch den Vorteil, daß er Aktien zeichnen konnte – er hob fast sein ganzes persönliches Vermögen, dreißigtausend Francs, ab. Als im Mai 1843 die Eröffnungsfahrt stattfand, lud man ihn dazu ein.

Vor einem Jahr zwar, als er, einer unter wenigen, der Katastrophe von Meudon entgangen war, hatte er geschworen, nie wieder eine Bahn zu benutzen; aber angesichts dieser Erfindungen gab es vernünftigerweise keine andere Haltung als die fatalistische – die alten Leute mochten sich zurückziehn, die jungen machten mit. Genauso dachten offenbar die Prinzen des königlichen Hauses. Der Umstand, daß ihr ältester Bruder beim Sturz aus der Kutsche verunglückt war, hinderte sie nicht, an dieser ersten Fahrt teilzunehmen; der Salonwagen wurde angehängt.

Jacques teilte einen andern mit verschiedenen Damen, und die Journalisten im dritten bemerkten es wohl. Er konnte sicher sein, daß sein Name am nächsten Tag in den Blättern stand, und war Pariser genug, um zu wissen, daß man Reklame nicht ablehnen soll. Im übrigen hatte er sich nicht um sie bemüht. Daß sie wirksam gewesen war, merkte er nach der Rückkehr. Die orléanistischen Kreise, die die Hofkreise waren, beachteten ihn noch mehr als bisher.

Er selber empfand eine gewisse Hinneigung zu den bonapartistischen; nicht nur, weil er gelegentlich den Doktor Conneau sah, der den in Ham gefangenen Prinzen Louis betreute, sondern auch, weil er sich so wenig wie die Literaten und Künstler unter seinen Freunden des Zaubers erwehren konnte, den der Name Napoleon ausstrahlte, seitdem der Sarkophag im Invalidendom stand.

Die Linie nach Rouen war die erste, die Paris mit der Küste verband. Man konnte nun bereits in vierundzwanzig Stunden von der Seine nach der Themse gelangen. Jacques benutzte sie in diesem Jahr zum zweitenmal, als er im Juli in die Sommerfrische fuhr, nach der Insel Wight, die Southampton vorgelagert ist. Er folgte einer Einladung seiner Schwester Josepha. Seit acht Jahren, seit ihrer Verheiratung mit Neville Brighton, hatte er sie nicht mehr gesehn. Genau genommen war sie nur die Tochter seines Stiefvaters aus dessen erster Ehe und nicht blutsverwandt mit ihm; aber wenn es eine Zeit gegeben hatte, in der er diese Tatsache stärker betonte, als Josepha ihm erlauben wollte, so war es schon lange her. Sie begrüßte ihn als Bruder, Neville als Schwager, und nur die Neffen oder Nichten fehlten, weil die Ehe kinderlos geblieben war. Dieser Mangel schien der einzige Schatten auf einer glücklichen Verbindung zu sein.

Die Villa lag auf dem grünenden Hügel des Ortes Ryde und war nur eine von vielen. Sorgfältig in Zeilen übereinander gereiht, schauten sie alle aus den Bäumen aufs Meer. Man mußte an Sonnenblumen denken, die sich nach der Sonne drehn, es hatte etwas Besessenes und Starres, in einem angenehmen Sinn. Die Landungsstege waren aus Holz, und unter den Laufplanken kreuzten sich die Sparren. Die Segelboote daneben und weiter hinaus standen auf dem Wasser so regungslos, wie Schmetterlinge, die ihre Flügel aneinandergeschmiegt haben, auf den Blumen der Wiese stehn. Zum mindesten war das der erste Eindruck. Sah man genauer hin, so schaukelte die Brise oder die Dünung sie sanft, und man hörte den leisen Anschlag der Wellen.

Die Franzosen wußten im allgemeinen nicht viel mit den Engländern anzufangen. Die Spannung zwar, die vor ein paar Jahren aufgekommen war, als Palmerston sich weigerte, die orientalische Frage durch die Aufteilung der Türkei zu lösen, hatte sich gelegt, und die junge Königin Viktoria drängte auf die einer Frau wohlanstehende Politik der friedlichen Beziehungen. Aber die Temperamente der beiden Nationen vertrugen sich schwer.

Die Pariser Karikaturisten verspotteten die Steifheit der Briten und lebten davon. Vermutlich hatten sie nie mit Engländern aus den guten Kreisen persönlich verkehrt. Man fand keine besseren Freunde, vorausgesetzt, daß man Haltung bewahrte und genau wie sie das blieb, was man war.

Neville, den Jacques vor nun zwölf Jahren als Dandy von hohen Graden kennengelernt hatte, war jetzt sechsunddreißig und einer von diesen Cambridger Hellenen, die sich auf nichts als das Debattieren im Klub zu verstehen scheinen, bis sie, durch den Rang der Familie ins Parlament gebracht, plötzlich alle Eigenschaften des gesunden Verstandes entfalten; sie zeigen Menschenkenntnis und Urteil.

Man konnte sich darüber wundern und fragen, woher hatten sie das? Aber woher hatten ihre Hunde die Vorzüge der Zähigkeit und des Mutes? Die Antwort war leicht: durch Zucht. Und so verhielt es sich offenbar auch mit diesen jungen Leuten der Oberschicht, sie gehörten einer Zuchtrasse an. Und das war, wenn man es überlegte, merkwürdig in einer Welt, in der alles wie Kraut und Rüben wuchs – man begegnete einer Idee, nie ausgesprochen und doch so tatsächlich wie der berühmte rote Faden, den die britische Marine durch ihre Taue flechten ließ.

Jacques genoß das Gefühl, noch nicht dreißig zu sein. Ein Jahr fehlte dieser Zahl, die zwar für Männer nicht so ominös wie für Frauen war, aber auch bei ihnen einem Einschnitt gleichkam. Er hatte so viel zu tun, daß er daran dachte, die Verbindung mit dem Kinderarzt zu lösen und eine Wohnung am Boulevard selbst zu beziehn.

Er ließ sich nicht mehr wie in Kairo zu Entbindungen holen, und die leidige Nachtschelle war abgeschafft. Aber wenn man sechs Stunden operierte, dann noch zwei an die in der Klinik liegenden Patientinnen wandte, durfte man sich für ein tätiges Mitglied der Gesellschaft ansehn, und diese Empfindung hatte ihren Wert. Ein Arzt vertat seine Zeit nicht auf den Boulevards, nicht in den Logen, nicht in den Salons, und so gut er sich auch anzog, auf den Dandysmus der Studentenjahre schaute er nun mit einem Lächeln zurück.

Das Ufer senkte sich zum Meer und ging in den Pier über. Der Pier war ein Damm, der weit ins Wasser reichte. An seinem Ende standen die Badekarren, auf ihm die Bänke, Rollsessel, Körbe. Die Kinder spielten, die Erwachsenen saßen oder gingen auf und ab, Salzluft und See genießend.

»Zu dumm«, sagte Josepha und ließ Blackwoods Magazine sinken.

»Was denn?« fragte Neville und griff nach dem Heft, da sie zur Pierspitze ging.

Jacques schaute ihr nach. Sie hatte nie geboren, man sah ihr die dreißig Jahre nicht an.

»Sie geht baden«, sagte er; »wie wäre es, wenn wir das auch täten?«

Neville blickte von seiner Lektüre auf:

»Meine Lust ist nicht groß. In Hastings planschen Damen und Herren vergnügt zusammen, aber hier ...«

Er steckte seine Zigarre an einem vervollkommneten chemischen Zündholz an. Das Etui, das die Havannas enthielt, stammte von einem Sudankrokodil, das Jacques selbst durch einen Schuß ins Auge getötet hatte. In lebendem Zustand war die Haut fast grün gewesen; jetzt glänzte sie in braunen Tönen.

Dem Pierende nahe, konnten sie sehn, wie Josepha vom Bademeister sich ins Wasser tragen ließ. Er watete mit ihr zehn Meter hinaus, hielt sie waagerecht und schwenkte den Körper eine Weile auf den Armen. Nach ein paar Minuten wurde sie zum Karren zurückgebracht.

»Und was die Frauen alles anhaben, wenn sie ins Wasser gehn«, sagte Jacques; »es ist schon lächerlich.«

»Gründe ein Reformkomitee«, schlug der Staatssekretär Neville vor, »wundere dich aber nicht, wenn man dir nächstes Jahr den Aufenthalt auf Wight verwehrt.«

»Mit welcher Begründung, ich bitte dich.«

»Erregung öffentlichen Ärgernisses, alter Junge, das ist doch klar.«

»Und wenn du selbst dich entschlössest, dieses Komitee zu gründen?«

»Käme ich in die Times, gewiß. Aber erstens ist das eine Frauenangelegenheit, die nicht in die Hände von Männern gehört, und zweitens könnte nur eine Herzogin es wagen – suche sie.«

»Ich habe andere Sorgen, bin auch nicht Engländer«, erwiderte Jacques.

»Ganz meine Meinung – Blackwoods Magazine bringt einen Artikel, der geht geradezu auf dich.«

Jacques nahm das Heft zur Hand, betrachtete zuerst die Zeichnungen, dann las er den Text. Der Artikel war ein Angriff auf die leichtfertigen Ausländer, die Regent's Street und Waterloo Place zahlreicher bevölkerten, als einem Engländer mit dem Sinn für das Ehrenwerte lieb sein könne – auffällig durch ihre geschniegelte Taille, die Koketterie der spiegelblanken Schuhe, die dicken Schnurrbärte, das laute Sprechen und die wirbelnden Bewegungen sowohl der Arme wie der Spazierstöcke. Nicht lange, und es erwies sich, daß der Verfasser unter den Ausländern die Nachbarn über dem Kanal, die so wenig soliden Franzosen, begriff.

»Zeitungskrieg, Spekulation auf die Gefühle der Massen, ganz wie bei uns«, sagte Jacques.

»Bei euch ist es ein Nachhall der politischen Eifersucht«, erklärte

Neville. »Die Franzosen neiden England den Vorsprung, den es gewonnen hat. In den Zeiten Napoleons waren sie die größte Tatsache, die es in Europa gab. Daß sie nun England heißt, vertragen sie schlecht.«

»Und was ist es bei euch? Die übliche Überheblichkeit. Gib zu, daß es nichts Hochmütigeres und Unwissenderes als einen Engländer gibt.«

»Die Unwissenheit ist überall gleich.«

»Bleibt noch immer der Hochmut, die Steifheit bleibt.«

»Ich hoffe, daß du dich trotzdem in Ryde ankaufst?«

»Ich müßte meine Eisenbahnaktien zu Geld machen. Wenn ein Verlust damit verbunden ist, unterlasse ich es.«

»Wir wollen nachsehn, wie sie stehn«, sagte Neville und öffnete ein Paket, das die letzten Nummern der Times enthielt. Die Aktien der Linie Paris-Rouen notierten ein paar Punkte unter pari.

»Der Verlust ist nicht groß«, erklärte Neville. »Aber du hast recht, wenn du nichts verlieren willst. Die Sache ist einfach, ich nehme sie dir zum vollen Kurs ab.«

Das Grundstück, das Jacques im Auge hatte, kostete vierhundert Pfund, und Neville war überzeugt, daß es eine gute Anlage sei. Wight hatte eine Zukunft, die außer Frage stand, und Jacques die beste Aussicht, in den nächsten Jahren so viel zurückzulegen, daß er eines Tages ein Häuschen darauf setzen konnte, das Sommerchalet der künftigen Ferien.

»Ich bin imstande und lege auch das englische Examen ab, damit ich während des Sommers hier praktizieren kann«, meinte er.

»Kein schlechter Gedanke. Es ist immer gut, zwei Eisen im Feuer zu haben.«

»Vorausgesetzt, daß es keinen Krieg zwischen Frankreich und England gibt.«

»Die Zeiten der Jeanne d'Arc sind vorüber«, erwiderte Neville.

»Und die der Königin Pomare gegenwärtig – sie weigert sich, die Trikolore auf Tahiti aufzuziehn.«

»Unsinn. Weshalb sollten wir euch die Blume der Südsee nicht gönnen? Wir haben solch braune Blüten in unserm Strauß genug.«

»Ist das einer eurer Staatsmänner?« fragte Jacques und sah zu einem noch jungen Herrn hin, der sich mit freundlichen Worten einen Weg durch die spielenden Kinder bahnte.

»In der Tat, es ist Gladstone. Woran hast du es erraten, wenn du ihn nicht kennst?«

»An seinem Schirm. Man muß schon ein britischer Politiker sein, um an einem so schönen Tag an den Regen zu denken.«

»Eine respektlose Bemerkung für einen Franzosen, dessen König dieses Möbel regierungsfähig gemacht hat«, sagte Neville, dann richtete er sich auf. Gladstone hatte ihn erblickt und kam näher. Er war etwas jünger als Neville, aber bereits Präsident des Handelsamtes.

»Das ist M. de Maslin, Frauenarzt in Paris und mein Schwager«, erklärte Neville.

Gladstone nickte und setzte sich zu ihnen. Bald wurde es ihm so heiß, daß er den Regenschirm aufspannte. Er hatte eine starke Nase, den Kopf umrahmte viel Haar, die Augen glänzten klug; ein innerlicher Mensch schaute wißbegierig in die Außenwelt.

98

Josepha kehrte wieder, geschützt von einem Sonnenschirmchen. Gladstone sprang auf und nahm den Hut in die Hand. Sie setzte sich und ordnete die Kleider. Der Schirm warf über ihr blondes Haar einen roten Schimmer.

Gladstone sagte, am nächsten Tag werde er nach Hause reisen, die Familie erwarte ihn, doch am Abend wohne er noch dem Missionsvortrag bei. Josepha sah das Lächeln im Gesicht Jacques' und raunte ihm zu: »Man darf ihn nicht unterschätzen.«

In seinen Anfängen war Gladstone ein Schüler Puseys gewesen, der auf den Ritus und die Sakramente ein so großes Gewicht legte, daß die meisten seiner Anhänger sich inzwischen zum Katholizismus bekannt hatten. Mit Josepha, die nach dem Ritus der Hochkirche getraut worden war, sprach er gern über diese Dinge, und sie wußte, wie sehr er sich den Kopf darüber zerbrach, ob es richtig sei, wenn man dem Papst erlaubte, in England eine Hierarchie mit Erzbischöfen und Kardinälen einzurichten; die Entwicklung drängte dazu.

Sie lud ihn zum Dinner ein und meinte, von da könnten sie gemeinsam in die Predigt gehn. Er erwiderte, wenn Mary, seine Schwägerin, ihn freigebe, komme er gern, und stand auf, um sie sofort zu fragen. Sie saß nicht allzuweit bei ihren Kindern. Auch Josepha erhob sich, sie begleitete ihn. Jacques, der ihnen nachsah, meinte:

»Ein etwas pedantischer Mann.«

»Und trotzdem ein bedeutender Kopf«, erwiderte Neville. Er erzählte, wie erstaunt man vor einem Jahr gewesen war, als Sir Robert Peel kurz entschlossen den jungen Abgeordneten beauftragt hatte, einen neuen Tarif für Ausfuhr und Einfuhr aufzustellen – »Gladstone fehlten alle Kenntnisse, wenn er auch der Sohn eines Liverpooler Kaufmanns war. ›Versuchen Sie es‹, sagte Sir Robert, und Gladstone fing an. Nun, es gab etwa zwölfhundert Tarife, ein wahres Labyrinth, und Gladstone brachte, indem er wie ein Büffel arbeitete, Ordnung hinein. Er vertrat dann den neuen Tarif noch vor dem Parlament und ist seit ein paar Monaten Chef. Jetzt schlägt er sich mit den Eisenbahngesellschaften herum und wird sie zu etwas zwingen, was sie gar nicht gern tun. Du weißt, wie schauerlich man in der dritten Klasse reist – kein Dach, keine Sitzplätze und keine direkten Wagen, die Bahnen sind nur für die wohlhabenden Klassen da. Dank Gladstone wird das bald anders sein.«

Jacques erinnerte sich an den Eindruck, den er in Ägypten gehabt hatte, als er zum erstenmal mit einem Staatsmann zusammengekommen war. Zwar konnte man einen Diktator wie Mehemed Ali und einen englischen Minister nicht unter einen Hut bringen; doch die Aufgaben und der Geist, mit dem sie angefaßt werden mußten, glichen sich überall. Ohne Zweifel war es ein sehr männlicher Geist.

Jacques verbreitete sich darüber, und Neville sah ihn verwundert an. Er hielt ihn nicht für flach und nicht für dumm, aber doch auch wiederum nicht für jemand, den der Ernst anderer hinreißt. Sie schauten aufs Meer hinaus, in den Himmel hinein. Der war eine ungeheure Aushöhlung, mit Bläue gefüllt, doch über die englische Küste, die scharfe Linie, schoben sich weiße Wolkenpakete, sie mußten einige tausend Meter hoch sein.

Ein paar Boote, mit Insassen reichlich besetzt, durchglitten die gewellte Fläche, und die Ruder glichen einem mit zehn Beinen ausgreifenden Wassertier. Es gab auch Segelboote, die Segel lagen schief. Man konnte an den Druck der Rotation denken, die für alles im Raume gilt, oder nur an die Brise, die von der Nordsee herüberkam.

»Auch ich habe erst lernen müssen, daß es in einem Staat viel Arbeit gibt«, sagte Neville, »du aber hast doch immer deine eigene gehabt. Findest du an deinem Beruf etwas auszusetzen, gefällt er dir nicht?«

»Er gefällt mir recht gut«, erwiderte Jacques, »aber man braucht trotzdem nicht zu leugnen, daß die Einblicke, die einem Frauenarzt sich bieten, geeignet sind, auf die Nerven zu gehn. Zuviel Einblicke, verstehst du, und immer derselben Art – weibliche Affären, weibliche Verschlagenheiten, weibliche Unaufrichtigkeiten, gegen sich selber, den Gatten, den Liebhaber und, nun also, auch den Arzt sogar.«

»Du willst sagen, man bekommt ein zu einseitiges Bild?«

»Man glaubt, es gebe überhaupt nur das, den Unterleib.«

»Kein Ausdruck, den du in England gebrauchen darfst. Du weißt, in England hat eine Lady nicht einmal ein Knie.«

»Ich weiß, weder im Leben noch auch nur in einem Roman«, erwiderte Jacques. »Das hindert nicht, daß ich dir Sachen erzählen könnte, von denen du nichts auch nur ahnst. Immerhin kannst du dir vorstellen, was ein Pariser Arzt zu hören bekommt, wenn das Kanalschiff neue Patientinnen aus London bringt.«

»Wir haben das immer so gemacht. Wenn uns der Boden daheim zu heiß wird, gehn wir ins Ausland. Du beklagst dich doch nicht am Ende darüber, daß die Welt nicht so moralisch ist, wie sie sich gibt?«

Jacques lachte . . .

»Sie verlöre ihren größten Reiz«, erwiderte er.

»Einverstanden. Gladstone freilich würde leugnen, daß das Unmoralische denselben Rang im Getriebe wie der gute Wille hat. Für diese theologischen Naturen ist das Häßliche nur eine Unvollkommenheit, mit der man zuletzt doch noch fertig werden wird.«

»Eben das ist englisch«, meinte Jacques.

»Gewiß, es ist puritanisch. Aber nur solang wir puritanisch bleiben, sind wir stark.«

»Ich verstehe, das sagst du als Politiker . . .«

»Ganz recht.«

»Und ziehst einen Schleier über deine private Auffassung, die, wenn ich dich recht kenne, liberaler ist?«

»Es geht nicht anders, mein guter Jacques. In einem gewissen Sinn müssen wir alle heucheln, und sei es auch nur, damit der Glaube an den Fortschritt nicht erlahmt. Ich sage es ganz unter uns.«

»Unnötig, das zu betonen. Die Auguren verständigen sich.«

»Ja, aber die Auguren tun das, weil sie eine Verantwortung haben. Der öffentliche Mensch stellt sich in den Dienst der Entwicklung zum Besseren, der private bringt die ewige Korrektur daran an – als Privatmann darfst du Skeptiker sein, als Staatsmann nie.«

»So ist es, und gilt auch für einen Arzt.«

»Auch für einen Priester, einen Schriftsteller, überhaupt für alle, die handelnd eingreifen«, erweiterte Neville. »Denn insofern wir eingreifen und sobald wir es tun, erklären wir, daß das Leben eine positive Sache ist, die man mit Überzeugung anpacken muß. Das liegt in der Natur des Handelns, es kann gar nicht anders sein.«

»Wir sind einer Meinung, mein teurer Machiavell. Wir haben festgestellt, daß das Verschweigen der kritischen Gedanken zu den schöpferischen Dingen gehört oder, wenn du willst, daß es ohne eine Dosis eures cant nicht geht.«

»Der ein größerer Philosoph als jener andere Kant ist.«

»Es gibt keinen besseren Abschluß als ein Bonmot«, sagte Jacques und stand auf. »Die Unterhaltung mit dir hat mich erfrischt.

Ich bin bereit, den Damen wieder mit zustimmenden Gefühlen zu nahn.«

Sie schlenderten den Pier entlang. Der jungen Frauen und der Kinder waren mehr als der alten. Die blühende Generation eines Landes sonnte und lüftete sich; sie lachte, scherzte, spielte im blauen Licht. In Paris dachte Jacques oft, kein Volk bringe so viele reizlose, dürre, hagere Frauen wie England hervor – hier konnte er, wenn es ihm nicht schon bekannt gewesen wäre, die Korrektur vollziehn, inmitten eines schlanken Engelballetts. Augen und Haar waren golden oder braun, die Zähne nicht selten ein wenig stark. Es gab nichts Törichteres als die Verallgemeinerung.

Die gleichen Kinder und jungen Mütter flößten Josepha ganz andere Gedanken ein. Sie hielt sich nicht für neidisch, doch hier empfand sie Neid. Bei mehr als einem Arzt war sie gewesen, um sich Rat zu holen, und als die Kapazitäten von Mayfair versagten, auch bei den weisen Frauen, die näher zu den London Docks hin wohnten. Unmögliche Fragen hatte sie beantworten müssen und seltsame Ratschläge angehört; aus vergangenen Jahrhunderten geisterte sogar noch die schwarze Magie.

Sie verstand nicht, woran es lag. Neville war gesund und sie selber auch. Neville konnte jeden Tag den Titel erben, und dann zog ein kinderloses Paar ins Brighton House. Es gab ihr jedesmal einen Stich, wenn in den Hofkreisen verlautete und bald auch in den Zeitungen stand, daß die junge Königin wieder in interessanten Umständen sei.

In Umständen befand sich auch Mary Littleton, die Schwägerin Gladstones, mit der sie an diesem Morgen plauderte, und es war nun schon das vierte Mal, obwohl Mary ein paar Jahre später als sie geheiratet hatte, zusammen mit Catherine Gladstone, die jetzt daheim ebenfalls das dritte Kind erwartete. Die Schwestern wetteiferten, wie Oxford und Cambridge, und hatten im Übermut ausgemacht, wer zuerst das sechste bekomme, dürfe auf Kosten der Verlierenden die ersehnte Reise nach Spanien antreten.

Josepha schaute bezaubert der Ältesten Marys zu, den weichen, dicken Händchen, die Sandkuchen buken und Grübchen hatten. Gladstone erkundigte sich nach Grace Macpherson, der Schwester Nevilles, die in Brüssel lebte, von ihrem Mann getrennt. Josepha gab unachtsame Antworten – ja, Grace ging es gut bis auf diese leidige Entfremdung vom Gatten, doch langweilte sie sich immerhin nicht, zwei Kinder und die Tätigkeit als Sekretärin des britischen Hilfsvereins sorgten dafür.

Hoffentlich könne Grace recht lange diesen Posten versehn, meinte Gladstone leise, und etwas in seinem Ton bewirkte, daß Josepha aufsah. Schon mehr als einmal hatte sie zu Neville gesagt, es scheine ihr nicht alles mit dem zweiten Kind Graces in Ordnung zu sein, das, seltsam genug, in Deutschland geboren worden war, lange nach der Trennung von Macpherson. Daran dachte sie nun sofort und fürchtete, Gladstone wisse etwas über Grace. Er erwiderte, ausweichend, wie es schien, am Abend könnten sie darüber sprechen, ihr französischer Bruder störe doch wohl nicht. Josepha sagte, Jacques gehöre zur Familie, und wurde nun gefragt, ob auch er verheiratet sei.

Sie mußte zugeben, daß Jacques in Trennung lebte, und es war ihr unangenehm, das einem Mann zu gestehn, der so bestimmte Ansichten über die Ehe besaß. Sie sagte mildernd, Alexandra Maslin ziehe es vor, ihre Kinder nicht in dem großen Paris aufwachsen zu lassen, und wohne mit Jacques' Einverständnis in einem badischen Ort, demselben übrigens, wo Grace niedergekommen sei.

Gladstone meinte tröstend, zur gefestigten Ehe gelange man oft auf weiten Umwegen, und darüber unterhielten sie sich, nachdem sie aufgebrochen waren; der Schuß eines Kriegsschiffes zeigte den Mittag an. Er erzählte, was für eine gute Ergänzung in seiner eigenen Ehe Catherine sei – er ordnungsliebend bis zur Pedanterie, sie großzügig, unbekümmert und eine echte Frau mit andrer Logik als der des Mannes.

Des Zuwinkens in den Straßen war kein Ende. In diesem Jahr hatte, da der Hof Trauer um den Herzog von Sussex trug, die Saison früh geschlossen, und wer immer zum Jachtklub gehörte, begann die Ferien mit dem Besuch der Insel, auf der sein Gebäude lag.

Die Damenmode gab eine Parole aus, die jungen Gesichtern reizend stand. Nicht nur die Garnituren und Fichus waren à la vieille abgestimmt, die Zwanzigjährigen trugen Großmütterhauben, sie schlossen das Köpfchen gleich einem Torbogen ein. Von manchen dieser Strohgebilde hingen Reiherfedern in zwei Farben herab. Den halbwüchsigen Mädchen schauten unter den Camails von schottischem Taffet die Batisthöschen lang hervor.

Gladstone wurde von seinem lautlosen Lachen erschüttert, als er nebeneinander drei männliche Dandys mit einer Ausgeburt von Seidenhut daherkommen sah: die Ränder waren so übergroß und aufgebogen, daß sie die Haut vor Sonne schützten und bei Regen als Schirm dienen konnten.

99

Am Nachmittag versteifte sich die Brise. Neville und Jacques gingen mit Herren vom Jachtklub zu den Klippen, um Proben beizuwohnen, die man auf der See draußen mit einem neuen Rettungsapparat unternahm.

Zwar wurde er Fallschirm genannt, beruhte aber auf dem entgegengesetzten Gedanken, einen Schiffbrüchigen über die See hinaufzuwehn. Denn wenn ein Fahrzeug strandete, blies der Wind gegen Land. So klammerte sich die Versuchsperson an den Stock eines großen Schirmes, der mit Segeltuch bespannt war, und ließ sich, auf einem Querholz sitzend, über die gefährlichen Riffe tragen.

Einer der Versuche gelang, drei nicht, und der schwächste Punkt war vermutlich die Unmöglichkeit, bei starkem Sturm und nun gar bei Nacht die schweren Tuchmassen zu entfalten. Der Erfinder sah sich höflich bedeutet, zur erträumten Massenherstellung komme es kaum. Zum Glück war er ein wohlhabender Gentleman.

Der Heimweg führte Jacques an dem Grundstück vorbei, das er kaufen konnte, und Neville redete ihm nochmals zu. Die Königin habe als Prinzessin auf der Insel, in Norris Castle, frohe Jugendjahre verbracht und spreche mit dem Prinzgemahl bisweilen davon, wie hübsch es wäre, hier einen Sommersitz zu bauen. Sobald diese Absicht bekannt werde, stiegen die Preise sofort.

Als Jacques sich zum Abend umgekleidet hatte und in die Halle kam, stand die Tür zur Bibliothek offen, Neville rief ihn an. Auf dem Tisch in der Mitte lagen die neuesten Werke, die der Buchhändler aus London geschickt hatte, englische, französische und auch deutsche, diese für Josepha. Am Schreibtisch beim Fenster, das fast die ganze Wand einnahm und eine einzige große Scheibe ohne Holzkreuz war, stand Neville und zeigte, bevor er sie einschloß, dem Schwager zwei Bände im Aktenformat.

Sie enthielten eine ebenso interessante wie unerfreuliche Lektüre, sagte er, das Ergebnis der Untersuchungen einer Kommission, der er selbst angehöre – Berichte über die Kinderarbeit in den Bergwerken, Spinnereien, Schreibfederfabriken und sogar den Putzmachereien.

»Josepha interessiert sich dafür, und wenn es auch dir recht ist, kann ich später den einen oder andern Abschnitt daraus vorlesen«, erklärte er.

Aber an diesem Abend kam es nicht mehr dazu. Die Mitteilungen, die Gladstone über Macpherson machte, bedrohten Grace in Brüssel so sehr, daß man bei Tisch von nichts anderem sprach. Gladstone hatte aus Wien von einem Mitglied der Botschaft, der auch

Macpherson angehörte, einen Brief erhalten, den nicht zu verschweigen er für richtig hielt.

Macpherson war schon auf seinem früheren Posten, in Sankt Petersburg, ein Trinker gewesen. In Wien artete seine Haltlosigkeit so sehr aus, daß es im Hotel zu einem Auftritt mit andern Engländern kam. Um den unangenehmen Folgen zu entgehn, suchte er um die Versetzung nach. Der Botschafter ließ ihn fallen und schickte nach London einen Bericht. Im Verlauf der Angelegenheit reichte Macpherson seinen Abschied ein, die Verschickung auf einen kleinen Posten im Freistaat Krakau paßte ihm nicht. Er verließ Wien mit der Drohung, in London einen Prozeß gegen die Frau, die sich von ihm getrennt hatte, anzustrengen, und erklärte bereits, weder das erste noch das zweite Kind Graces stamme von ihm. Er vermute, daß der Zeitungsmann Irving Croß, eigentlich Erwin Zumkreuz, ein Deutscher und Jugendfreund seiner Frau, der Vater sei.

»Kennen Sie diesen Croß?« wandte sich Gladstone an Josepha, die blaß geworden war.

»Erwin ist weniger ihr Jugendfreund als mein eigener«, erwiderte sie. »Vor zwölf Jahren lernten sie sich in München kennen, wohin Grace mit Neville kam. Oh, Neville, auch wir haben uns dort kennengelernt – wer hätte damals gedacht, daß Grace so ins Unglück geraten würde. Lebhafter und frischer konnte niemand sein, sie war einfach entzückend, und Irving liebte sie schon damals, er war zu jung und war nichts, daher sie diesen Macpherson nahm.«

»Und Sie glauben auch, daß ihre Kinder nicht vom Gatten sind?«

»Beim zweiten vermute ich es, vom ersten weiß ich es nicht. Die arme Grace – Neville, du solltest nach Brüssel fahren, oder du, Jacques.«

»Neville darf das auf keinen Fall tun«, erklärte Gladstone.

»Weshalb nicht?« fragte sie fassungslos.

»Überlegen wir. Er ist der Bruder von Grace, und er bekleidet ein Regierungsamt, ganz abgesehen davon, daß alles, was ihn betrifft, auch seine Wählerschaft beschäftigen wird.«

»Sie wollen sagen, daß ein Skandal seiner Laufbahn schaden kann?«

»Ich fürchte, daß ›kann‹ ein zu schwacher Ausdruck ist. Keine Regierung wird dulden, daß man eines ihrer Mitglieder durch die Zeitungen zieht. Verzeihen Sie, daß ich das sage, aber man muß den Dingen ins Auge sehn – ich meine einfach, man muß überlegen, was im schlimmsten Fall eintreten wird.«

Und das war nicht erfreulich. Verhängnisvoll wie für die Laufbahn des Bruders würde eine Scheidungsklage mit so schlimmen Einzelheiten für den Vater, den ehemaligen und künftigen Minister, sein. Grace selbst mußte Brüssel verlassen und sich irgendwo in der Fremde verstecken – auch dann aber hatten ihre Kinder keine Zukunft, sie waren Bastarde.

»Das brauchen sie doch nicht zu bleiben«, empörte sich Josepha und berichtete, was Irving ihr anvertraut hatte – er habe keinen sehnlicheren Wunsch als die Vereinigung, die Heirat mit Grace.

Man konnte staunen, welche Fülle von Vorschlägen zur Lösung sich solch einer Lage abgewinnen ließ, und alle waren so phantastisch wie ein Roman von Balzac. Den kühnsten machte zuletzt Jacques. Er fragte, wie dieses Gebiet an der pazifischen Küste von Nordamerika heiße, von dem er erst dieser Tage in den Zeitungen gelesen habe – Mexiko, die Vereinigten Staaten, Kanada und sogar Rußland, dem Alaska gehörte, erhoben Anspruch darauf.

»Du meinst Oregon«, sagte Neville.

»Ganz recht. Nun, wenn ich Irving wäre, nähme ich Grace mit den Kindern und siedelte mich dort unter einem fremden Namen an. Kein Mensch fragt in einer so unerschlossenen Gegend nach Herkunft und Vergangenheit.«

»Vielleicht nicht, aber Bigamie kommt schließlich doch heraus und ist das letzte, was man Menschen, die sich gegen die Gesellschaft vergangen haben, anraten sollte«, warf Gladstone ein.

»Wenn ich mich recht erinnere«, wandte Jacques sich an Josepha, »so hast du einmal gesagt, daß Macpherson nicht nur trinkt, sondern auch, was für einen Engländer ungewöhnlich ist, dem Duell nicht aus dem Wege geht?«

Josepha nickte und fragte: »Wo willst du hinaus?«

»Man müßte ihm nachreisen, Streit mit ihm anfangen, ihn vor den Degen bringen und über eine sichere Hand verfügen.«

»Fehlt nur noch, daß du dich selbst anbietest, das zu tun.«

»Weshalb nicht?« meinte obenhin Jacques, den die Mißbilligung, die er Gladstone vom Gesicht ablas, reizte, sich herausfordernder zu geben, als seinen Meinungen über Eingriffe in die Angelegenheiten anderer entsprach.

»Reden wir ernst«, sagte Gladstone. »Es gibt einen einzigen Weg, den Sie gehn können . . .«

»Verhandlungen mit Macpherson«, fiel Josepha ein.

»Ganz recht. Man muß ihm zuvorkommen, bevor er Unheil angerichtet hat, an den Briten appellieren und ihm zugleich etwas anbieten, was ihn beschwichtigt.«

»Geld? Er hat genug Geld«, bemerkte Neville.

»Ich denke nicht an Geld, sondern eine Versetzung, die ihm zusagt. Man muß mit dem Außenminister sprechen, damit er einwilligt, ihn ehrenvoll nach Rio oder Washington abzuschieben, und das soll meine Aufgabe sein. Unterdessen muß einer von Ihnen diesen unerfreulichen Verwandten mit den Argumenten der Menschlichkeit bearbeiten – die des Nutzens nicht zu vergessen, denn schließlich dürfte auch er der Überlegung zugänglich sein, daß seine Laufbahn zu Ende ist, wenn ein Skandal entfesselt wird.«

Gladstone sprach noch weiter. Er entwickelte den Fall, als trage er ihn im Unterhaus vor. Es steckte ein Anwalt und ein Geschäftsmann in ihm, ungeachtet der Tatsache, daß er durch und durch dem Ethos unterstand. Neville sagte, auch für diesen zweiten Teil der Aktion sei niemand geeigneter als er.

»Schaffen Sie ihn nach London, bringen Sie ihn zu mir, ich will mein Glück versuchen«, willigte Gladstone ein. Er zog die Uhr mit der Berloque und sagte zu Josepha, daß es wohl Zeit sei, in den Missionsvortrag zu gehn.

Sie erklärte, daß sie fürchte, dort recht unaufmerksam zu sein. Er erwiderte, nichts komme dem Geist so sehr zustatten wie die Ablenkung. Aber da er sah, daß sie lieber blieb, erhob er sich.

Auch Josepha, Neville und Jacques standen auf, sie gingen in die Bibliothek. Das Mädchen mit dem Spitzenhäubchen, das in diesem Sommerhaus den Butler ersetzte, öffnete ihnen die Tür, wartete, bis sie Platz genommen hatten, und erkundigte sich dann, ob Josepha Tee wünsche, der Whisky für die Herren stehe bereit. Das Englisch der hübschen, dunkeln Kleinen klang mühsam, und Josepha gab ihr in dem keltischen Dialekt, der in Wales gesprochen wurde, Bescheid.

»Um mich zu üben«, sagte sie, als sie das verwunderte Gesicht Jacques' sah.

»Aber das hast du doch nicht nötig«, meinte er und dachte, wenn sie Kinder hätte, bliebe ihr zu etwas so Überflüssigem keine Zeit.

»Brighton House liegt in den Bergen von Wales, und die eine Hälfte der Dienstboten versteht Englisch nur schwer, die andere gar nicht«, erwiderte Josepha.

»Laß sie, es gehört zu einer Schloßherrin in verzaubertem Land«, sagte Neville und nickte ihr zu. Sie war die vollkommene Lady geworden, auf den ersten Blick hatte er es einst in München gewußt. Auch eine vollkommene Mutter wäre sie gewesen; nichts fehlte ihr zur schönen, reifen Weiblichkeit als die Kinderschar. Mit einem Seufzer wandte er seine Gedanken der dringenderen Angelegenheit zu und sagte:

»Angenommen, Macpherson macht seine Drohung wahr und strengt den Prozeß an, so glaube ich gar nicht, daß es Vater und mir den Kopf kostet, politisch gedacht. Gladstone ist ein Puritaner und sieht zu schwarz.«

»Und du zu rosig«, erklärte Josepha. »Bedenke, was Peel dazu sagt, wenn er eines Tages in der Morning Post die Anschuldigungen gegen die Schwester eines Mitgliedes seines Kabinetts liest.«

»Der Vorgänger Sir Roberts war Lord Melbourne, und jedermann in England weiß, daß seine Frau ihn ins Gerede mit Lord Byron gebracht hat. Es war mehr als ein Gerede, es war ein Skandal.«

»Pardon«, sagte Jacques, »ich dachte, Byrons Leben gut zu kennen, eine Lady Melbourne ist mir entgangen ...«

»Du kennst sie als Lady Caroline Lamb«, entgegnete Neville. »Melbourne hieß William Lamb, bevor er Peer wurde – der Skandal hinderte ihn nicht daran. Er war durch die Jahre Premierminister, und als die gewiß sehr prüde Königin den Thron bestieg, behielt sie ihn.«

»Da war Lady Lamb längst tot«, gab Josepha zu bedenken. »Alle die wilden Dinge, die unter den letzten Hannoveranern geschehn sind, wären heute nicht mehr möglich, das hast du mir selbst gesagt.«

»Gewiß, die letzten Hannoveraner waren Überreste aus dem achtzehnten Jahrhundert, eine Art Schreckenskabinett. Aber achtzehntes Jahrhundert findet sich überall, wo immer eine Oberklasse herrscht, und es wäre abgeschmackt, zu glauben, der englische Adel werde fortan so vorbildlich leben wie Viktoria und der Prinzgemahl.«

»Vergiß nicht, was wir heute morgen gesprochen haben – du weißt, die öffentliche Meinung und der cant«, mahnte jetzt auch Jacques.

»Nun gut, was also soll geschehn?«

»Zunächst müßte man feststellen, ob Grace sich wirklich mit Irving eingelassen hat«, sagte Josepha.

»Daran besteht kein Zweifel«, erwiderte Jacques. Er erinnerte sich an den Besuch, den beide ihm in Kairo gemacht hatten, und erzählte von der Fahrt auf dem Nil, die sozusagen ihre Hochzeitsreise gewesen war. Josepha wandte sich an den Gatten:

»Neville, glaubst du, daß man sie hierher kommen lassen könnte? Eine Besprechung wird nötig sein.«

Das dunkle Mädchen aus Wales trat wieder ein und überreichte Neville die Abendpost. Er ordnete sie auseinander und sagte:

»Ein Brief von Grace.«

Man brauchte Grace nicht einzuladen, sie meldete sich bereits selber mit ihren Kindern an. Es kam einer Flucht aus Brüssel gleich, war eingestandene nackte Flucht, und der Anlaß lag sozusagen dem Briefe bei: ein Brüsseler Blatt oder besser Blättchen, von dem Grace schrieb, daß es der Erpressung diene und aus trüben Quellen beliefert sei.

Der Artikel brachte alle Einzelheiten ihres Ehekonflikts. Er deutete nicht an, er sprach aus, was wahr war – daß sie sich nach der Trennung von Macpherson nach Brüssel zurückgezogen hatte, um die Besuche ihres Geliebten zu empfangen und seine Kinder zu gebären, im Vertrauen darauf, daß der Gatte schwieg. Dergleichen komme öfter vor, fügte die Zeitung hinzu, ein allgemeines Interesse entstehe erst dann, wenn die Gesellschaft durch falsche Angaben irregeführt werde – in diesem Fall die britische Kolonie, die der jungen Dame die Führung ihrer Bücher und ihre Unterstützungskasse anvertraue.

»Ich habe meinen Posten niedergelegt, um den eisigen Gesichtern der Landsleute zuvorzukommen, ich packe meine Sachen, denn ich bin hier unmöglich geworden«, schrieb Grace. »Für mich fürchte ich nichts, alles für die Kinder und für Irving, der vor dem zweiten Abschnitt seiner Laufbahn steht, im Herbst sollte er in die Times eintreten. Ich kann ihn nicht erreichen, er begleitet den Herzog von Aumale und das französische Hilfskorps nach Algerien, weilt in Constantine. Ich bin auf das Schlimmste gefaßt, Macpherson verfolgt ihn mit seinem Haß, die Angaben des Artikels können nur von Macpherson stammen.«

Grace hatte einen der neumodischen Umschläge benutzt, Neville ihn sorgsam aufgeschnitten. Jetzt öffnete er eine Schublade und legte ihn hinein. Zwar war er noch nicht mit den Marken freigemacht, die es seit einiger Zeit in England gab und die Neville sammelte. Aber er zeigte Stempel, an denen man das Datum und den Postkurs ablesen konnte.

»Schade, ich hatte schon gedacht, daß ich mich eines Tages zum Generalpostmeister machen lassen könnte«, sagte er. »Wenn Gladstone recht behält, ist es damit aus, und ich hätte große Lust, Macpherson zu fordern.«

»Nicht einmal im Scherz solltest du das sagen«, erklärte Josepha und sah besorgt, daß sich der eigensinnige Zug in seinem Gesicht verstärkte.

»Wenn Macpherson die Scheidung betriebe, könnte ich es ihm nicht übelnehmen«, erwiderte Neville. »Daß er sich hinter Schurken steckt und eine Frau aus dem Hinterhalt angreift, erscheint mir als genügender Grund, um zu überlegen, ob Selbsthilfe nicht doch erlaubt, ja eine Gewissensfrage ist.«

Er ging im Zimmer hin und her. –

»Selbsthilfe«, wog er ab, »man will ja nicht die Feme wieder einführen, aber immerhin nachhelfen möchte man. Was ist ein Duell? Der Versuch, das natürliche Empfinden zu seinem Recht kommen zu lassen, unter Einsatz der eigenen Existenz. Das ist doch ein recht guter Gedanke, nein?«

»Er wäre es, wenn der schlechtere Teil auf dem Platze bliebe. Oft oder gar gewöhnlich ist es umgekehrt«, erklärte Jacques mit einem Achselzucken.

»Er ist es trotzdem. Verliert man und gewinnt der schlechtere Teil, so kann man, jetzt endlich, sich fügen.«

»Du würdest nicht so sprechen, wenn wir Kinder hätten«, sagte Josepha sanft und ging auf ihn zu. Er legte den Arm um ihre Schulter und entgegnete:

»Ich habe ja nur laut gedacht, Darling. Was man so denkt und was man tut, gehört in unsrer glorreichen Zivilisation verschiedenen Bereichen an.«

»Wenn Vater seinen Abschied nimmt, tue ich es sogar, hast du gesagt.«

»Nun also, deinetwegen unterlasse ich es.«

Sie lächelte ihm zu. Ein heißer Wunsch, etwas zu tun, das ihm ihre Neigung beweisen könnte, überkam sie, und Neville vernahm:

»Heute morgen am Strand, wo so viele hübsche kleine Kinder waren, habe ich einen Einfall gehabt, weiß aber nicht, wie du darüber denkst.«

»Sprich ihn nur aus«, ermutigte Neville.

»Ob ich dir vorschlagen soll, ein Kind zu adoptieren, das habe ich mich gefragt.«

Neville schien weniger überrascht zu sein, als sie erwartet hatte. Sie stand noch bei ihm, er nahm seine Wanderung wieder auf und sagte:

»Was für ein Kind? Aus dem Findelhaus? Wenn du ein Kind haben willst, das ganz dir gehört und nicht schon durch seine Umgebung geformt ist, muß es ein Findling in den Windeln sein, und der gleicht einem Los – zehntausend Nieten auf einen Treffer.«

»Auch ich wurde adoptiert, Neville.«

Er stutzte, daran hatte er nicht gedacht. –

»Unter ganz andern Umständen«, meinte er, »bleiben wir beim Wahrscheinlichsten, dem Findelhauskind. Du kannst dir denken, woher es stammt: der Vater unbekannt, ein trinkender Matrose vielleicht, ein zweifelhafter Kavalier oder gar ein Verbrecher, und die Mutter kein besseres Material, eine Magd, ein Straßenmädchen, die Frau eines Indienfahrers, die sich von den Folgen eines Fehltritts befreit. Ich finde, das Risiko ist zu groß . . .«

»Es brauchte kein so kleines Kind zu sein, ich habe an ein größeres aus dem Waisenhaus gedacht.«

»Auch dazu ist viel zu sagen«, erwiderte Neville und blieb vor ihr stehn:

»Erstens, daß mir dieser Gedanke schon selbst gekommen ist. Sodann, daß ich tatsächlich in ein Waisenhaus gegangen bin und die Meinung des Mannes, der es leitete, hören wollte. Zum dritten, daß er mir abgeraten hat.«

»O Neville, das hast du getan? Warum aber hat er abgeraten? Man sollte glauben, daß er froh sein muß, wenn er wenigstens einem dieser armen Kinder zu etwas Liebe verhelfen kann?«

»Er war ein Mann der Erfahrung und sagte, die Idee sei wundervoll, in der Praxis habe er nur Enttäuschungen erlebt. ›Nur?‹ fragte ich. ›Nur, wenn die Adoptiveltern den gehobenen Ständen angehörten‹, meinte er nun. Ich weiß noch genau, wie er sich ausgedrückt hat, er sagte: ›Die kleinen Leute erwarten nicht zuviel vom Menschen und sind darum auch weniger enttäuscht. Wenn aber jemand aus den wohlhabenden Kreisen adoptiert, verlangt er alle guten Eigenschaften, Fleiß, Zuverlässigkeit, einen aufrichtigen Charakter, Intelligenz, vor allem auch Dankbarkeit, und die meisten Kinder, die aus den Armenvierteln kommen, entsprechen nicht diesem Ideal. Denn eines, Sir, ist klar, wer adoptiert, überläßt sich dem reinen Idealismus, der die romantischste aller Vorstellungen ist.‹«

»Vielleicht in der Großstadt, Neville. Man müßte auf dem Land suchen. Ich habe so viele süße, treuherzige Kindergesichter gesehn und bin sicher, daß es einige gibt, bei denen man auf den ersten Blick weiß: dieser Mund, diese Augen trügen nicht.«

»Ach, Pepita«, meinte er, und Jacques hörte zum erstenmal den Kosenamen, »der Vorstand im Waisenhaus hat noch etwas gesagt, und ich fürchte, daß es dich schrecklich enttäuschen wird: das Gesetz verbietet einem Mann in meinen Jahren die Adoption. Du verstehst, man muß warten, bis man in einem Alter ist, das es wahrscheinlich macht, daß keine eigenen Kinder mehr kommen. Ist es sehr schlimm?«

Die Tränen traten ihr in die Augen, und sie sank im Sessel zurück. Als sie sich gesammelt hatte, wünschte sie bald gute Nacht und ließ die Männer allein.

»Was sagst du als Arzt?« wandte sich Neville an den Schwager.

»Wozu? Zur Adoption?«

»Zu unserer Kinderlosigkeit. Ich nehme an, daß dir der Fall in deiner Praxis schon unterlaufen ist?«

»Er ist recht häufig.«

»Und was empfehlt Ihr?«

»Dies und das, allerlei kitzlige Sachen, die ich beiseite lassen kann, da mir Josepha nicht zu den frigiden Frauen zu gehören scheint. In den andern Fällen wissen die ernsteren Ärzte herzlich wenig. Die meisten verordnen gern den Besuch eines Bades, das als wirksam gilt – ich halte wenig davon.«

»Und die unernsten?«

»Helfen sich mit mehr oder weniger diskreten, um nicht zu sagen zynischen Ratschlägen an den weiblichen Teil, die du mir erlassen wirst.«

»Ich verstehe.«

»Du zweifelst nicht an deiner Zeugungsfähigkeit?« fragte Jacques.

»Wie sollte ich, da der Gegenbeweis vorliegt? Als ich einundzwanzig war, in der Maienblüte der Unbekümmertheit, begegnete mir in Ostende eine junge Frau, die weiter nichts von sich erzählte, als daß sie irgendwo in Belgien wohne, und als ich ein Jahr später längst wieder in London war, erreichte mich ein Brief, der die Mitteilung enthielt, daß ich Vater geworden sei. Sie hatte nur mit ihrem Vornamen unterschrieben, ich den andern vergessen. Es fehlte jeder Hinweis auf die Adresse, offenbar war sie zufrieden, ein Kind zu haben, und nicht gewillt, mich im geringsten zu bemühn.«

»Ein ungewöhnlicher Fall.«

»Ohne Zweifel, und so bequem, wie man nur wünschen kann. Wüßte ich Näheres, so könnte man diesem Kind nachgehn, vielleicht daß Josepha zu einem käme, das wenigstens zur Hälfte paßt.«

»Das würde ich nicht tun«, riet Jacques ab, »man soll nicht Schicksal spielen und nicht aufrühren, was geordnet ist.«

Neville steckte sich eine Zigarre an und wandte sich seiner Sammlung von Umschlägen zu. –

»Übrigens, du hast da einen Brief aus Dänemark bekommen, der über Paris gegangen ist, ich habe fünf Stempel gesehn.«

»Was deine Leidenschaft erweckt«, sagte Jacques, fuhr mit dem Messer in den Umschlag und reichte ihn Neville. Er selber überflog die Zeilen. –

»Das nenne ich eine Überraschung«, äußerte er sich unwillkürlich.

»Hoffentlich keine unangenehme?« meinte Neville.

»Eine Scheidung, von der vor einem Jahr noch nicht die Rede war.«

Dagmar schrieb ihm, sie werde mit dem Kind nach Paris übersiedeln, vorerst suche sie Brighton oder ein anderes Seebad auf. Als nächste Adresse war London angegeben. Er schaute nach dem Kalender an der Wand, ab morgen also würde sie in London sein. Er erklärte den Zusammenhang …

»Dame?« erkundigte sich Neville.

»Durchaus.«

»Dann schlage ihr Ryde als Aufenthalt vor.«

»Ich weiß nicht, ob es Josepha recht wäre. Ich werde dir sagen, wer Frau Nilsen ist. Voriges Jahr bei dem Eisenbahnunglück auf der Versailler Linie saß in meinem Coupé eine Dänin, die mit mir gerettet wurde und mich dann bei der schrecklichen ersten Betreuung der Verletzten unterstützte. Am nächsten Tag machte ich ihr einen Besuch, und in der Folge freundeten wir uns an, bis sie abreiste. Heute schreibt sie, daß sie sich hat scheiden lassen …«

»Deinetwegen? Ich hoffe nicht.«

»Ich auch nicht. Das könnte, vielleicht, der einzige unklare Punkt sein. Sie ist eine reizende Frau, aber ich möchte nicht, daß Josepha in Verlegenheit kommt.«

»Weswegen? Ihr werdet nicht gleich zusammenziehn.«

»Sei nicht so schwer von Begriffen. Mit Dagmar Nilsen zieht man nicht zusammen. Ich spreche von der Scheidung, die englischen Anschauungen sind mir bekannt.«

»Sie sind in jeder Gesellschaft dieselben, auch auf dem Festland. Es scheint mir sehr einfach zu sein: Man erzählt den Leuten nicht, daß sie geschieden ist, und wartet, was Josepha betrifft, bis sie die Dänin sich angesehn hat.«

»Nun gut, auf deine Verantwortung. Wir werden Josepha sagen, daß ich sie als Patientin kenne, und darf Frau Nilsen schreiben, daß meine Freunde auch ihre sind.«

101

Drei Tage später, man war nun schon im August, fuhren Neville und Josepha nach Portsmouth hinüber, um Grace abzuholen, die von Dover kam, und Jacques begleitete sie, denn Dagmar, die Mutter, und Dagmar, das Töchterchen, trafen aus London ein.

Die Damen schienen sogar im gleichen Coupé gefahren zu sein, soviel Jacques im Gedränge sah. Bald zeigte sich, daß er richtig vermutet hatte. Die Bekanntschaft war schon gemacht, die Vorstellung folgte. Als das Dampfboot über die Reede von Spithead glitt, hätte man die Gruppe auf dem Verdeck für eine einige Familie halten können: zwei Schwestern darin, deren eine zwei Kinder mitbrachte, die andere eines, das neben einer blonden dänischen Bonne saß. Grace hingegen hatte die belgische Amme zurückgelassen, ihr zweites Kind war nun über ein Jahr alt. Niemand in Ryde brauchte zu wissen, woher sie kam und wie es sich mit ihr verhielt. So war ihr die Hilfe Dagmars im Zug willkommen gewesen, und jetzt schaute sie erlöst über die Wasserfläche hin, auf der sich wie auf einer Ebene vor der Stadt eine Fülle von Fahrzeugen bewegte: Segeljachten und Ruderboote; Fischkutter und Personendampfer, denen in der Mitte zwei Kamine nebeneinander standen und Wolken nach entgegengesetzten Richtungen ausstießen; Schleppzüge und Kriegsschiffe, die noch die alte Galeonenform mit mächtigem Takelwerk besaßen, aber dazwischen schaute bei einzelnen schon der Rauchfang einer neuen Zeit hervor.

Josepha hielt die dreijährige Tochter der Schwägerin an der Hand. Loreley-Dorothy trug die unverkennbaren Züge Irvings. Jahrelang war es Josepha ein Trost gewesen, daß Grace, so alt wie sie, das Los der Kinderlosigkeit mit ihr trug. Daß Grace den Trinker verlassen hatte, konnte sie nicht verurteilen, und insgeheim schien ihr, jede Frau, die mutig denke, habe Verständnis für Mut. Viel Leben war in der zarten Grace; die raschen Bewegungen verrieten es, der Blick, die Sicherheit, mit der sie der Kleinen Anweisungen gab. Aus einzelnen Beobachtungen macht man sich ein Bild – es bestand keine Gefahr, daß irgend jemand, sei es ein vaterloses Kind oder ein hämischer Advokat, Grace über den Kopf wuchs.

Dagmar war mit vierundzwanzig jünger als Grace, aber nicht so schmal und zart. Die Seefahrt hatte die Haut gebräunt; das helle Haar, die veilchenfarbenen Augen stachen davon ab. Sie trug ein grünes Kleid mit drei Volants, ein schwarzes Mantelet darüber, und hielt den dünnen, langen Stockparasol, statt ihn aufzuspannen, in der Hand. Alles schaute zu ihr her, und das machte der italienische Strohhut, der durch seine naive Form auffiel. Er umwölbte nicht den Kopf, er überschwebte, nur eben auf dem Scheitel befestigt, ihn mit Rändern, die wie die Schwingen einer Möwe geöffnet waren. Darunter steckte ein natürliches Stiefmütterchen, dunkel wie Samt, im Haar.

Auch Jacques entging nicht die Ähnlichkeit der Hutform mit den Flügeln, die weiß um das Dampfboot blitzten. Er sagte es, Dagmar lächelte ihm zu. Wie mochten diese beiden miteinander stehn? fragte sich Josepha. Wie Patientin und Arzt, hatte Neville ihr mitgeteilt, und darunter stellt man sich wenig vor. Sie sah, wie zufrieden Jacques die Kleidung der Freundin musterte, und hätte gewünscht, daß es eine unverfängliche Freundschaft sei, damit sie selbst Freundschaft mit Dagmar Nilsen schließen könne. Die Dänin, die offenbar von guter Herkunft war, zog sie an.

»Ich kam, um mit dir zu besprechen, wie man auf Macpherson einwirken kann, doch das ist jetzt überholt«, sagte Grace am andern Morgen zu Neville und ließ den Brief sinken, den Gladstone dem Bruder aus London geschickt hatte.

Sie saßen im ersten Stock auf der Veranda, die mit leichten Eisenstangen und der gestreiften Markise einem Baldachin ähnlich war und an der Südseite in den Garten vorsprang. Die Vorderfront des Hauses schaute wie meisthin in Ryde zur englischen Küste, und wenn das nach Ansicht Nevilles auch patriotisch war, so hatte es doch den Nachteil, daß sie im ewigen Schatten lag. Um so sonniger war der Garten, und um so stiller auch. Der Blick ging auf die Wälder Wights, die dicht und üppig den Kreidegrund bedeckten, aus weißem Boden zogen sie die Kraft zu sattem Grün.

Gladstone also teilte mit, das Verhalten Macphersons räume mit allen Plänen auf. Nicht nur hatte er endgültig den Abschied genommen, daher man ihm keine Beförderung anbieten konnte; er ließ sich auch nicht im Lande sehn und spielte dem Vernehmen nach in Homburg oder Wiesbaden hoch. Noch schlimmer war, daß er, oder irgend jemand in seinem Auftrag, der halben englischen Gesellschaft, die sich jetzt auf den Landsitzen befand, das Brüsseler Blatt mit jenem Artikel zuschickte. Auch in der Stadt fehlte es nicht an Empfängern. In diesem Augenblick lese man die Angriffe wohl überall, und er fühle sich eher in einer Brigantenrepublik als auf den britischen Inseln, schloß Gladstone den Brief.

»Gewiß, die Lage ist anders geworden, aber besprechen muß man sie mehr als je«, erwiderte Neville auf die Bemerkung der Schwester.

»Was ist da noch zu besprechen. Er will mich unmöglich machen, er hat mich unmöglich gemacht. Besprechen? Ja, wenn Irving hier wäre. Es ist zum Verzweifeln – da heißt es immer, man lebe im Zeitalter des Verkehrs, aber verständige du dich einmal mit jemand, der in Algerien ist und noch in einer Woche nicht wissen wird, daß ich gar nicht mehr in Brüssel bin.«

»Du hättest noch zehn Jahre warten sollen«, meinte Neville. »Ich bin überzeugt, daß dann auch Privatpersonen in alle Welt telegrafieren können.«

Sie hatte Sinn für Humor, jetzt fragte sie nur:

»Ich weiß es nicht und fürchte, daß er mich nach Brighton House bestellt – von hier nach Wales, was für eine umständliche Reise.«

»Was wird unser Vater sagen?«

»Und ich werde zu Macpherson fahren müssen.«

»Aufs Geratewohl? Wenn du nach Homburg kommst, ist er vielleicht schon in Baden-Baden.«

»Dann reise ich ihm nach«, erklärte Grace.

»Und stellst ihn an der Bank? Das ist sinnlos, weil man die Versendung der Briefe nicht mehr ungeschehn machen kann. Verhalte dich ruhig, warte ab, der Kampf hat kaum begonnen.«

»Das ist auch meine Meinung«, sagte Jacques, der vom Hause herkam. Grace nickte ihm zu. –

»Ich fahre doch«, erklärte sie. Wenn ich Macpherson nicht in Baden-Baden finde, bitte ich nebenan Alexandra in Sasbach um Gastfreundschaft. Es wird nötig sein, daß ich mich eine Zeitlang verberge. Hier falle ich euch zur Last.«

»Es ist Platz genug im Hause«, erwiderte Neville und öffnete die Zeitung. »Sieh da, Ende Monats schifft sich die Königin mit dem Prinzgemahl in Southampton ein, sie macht Louis-Philippe in Eu einen Besuch und wird auch Wight berühren. Ich sehe nicht ein, weshalb du dir das entgehn läßt.«

»Wann, sagst du?« fragte sie und war offenbar Engländerin genug, um sich für diese Aussicht zu erwärmen.

»Ende Monats«, wiederholte Neville; »abgemacht, du bleibst.«

»Und wie wollt Ihr es halten, wenn die Leute euch nachschauen, weil euer Gast in den Zeitungen steht?«

»Wir sagen, daß du Besuch vom Kontinent bist, und machen uns kein Gewissen daraus, dir einen andern Namen zu geben, Frau Grace Nilsen zum Beispiel, die rotblonde Schwägerin der goldblonden Dagmar«, schlug Jacques vor, »es ist doch klar, daß du nichts unternehmen kannst, bis Irving kommt.«

»Irving kommt?« rief sie aus.

»Er wird schon kommen, wenn er erst weiß, daß du hier bist«, versicherte Neville.

Das erste Stück des Gartens war eine Rasenfläche, ein paar Korbsessel standen darauf. Nun wurde ein Laufstühlchen auf Rollen hinausgeschoben; es wurden Decken, eine Kiste mit Bällen und Schlägern, ein großer Schirm zum Einpflanzen gebracht. Das besorgte das Mädchen aus Wales, das dänische folgte. An der einen Hand führte es die Tochter Graces, an der andern die Dagmars. Die Kinder waren gleichaltrig, drei Jahre zählten sie.

Als der Schirm im Boden steckte, kam auch Josepha. Sie hielt Graces Jüngsten im Arm und, nachdem sie sich gesetzt hatte, auf dem Schoß, den die leichte, weite Flut des Negligés lichtgrün und weiß umschloß. Der Kindergarten für den Vormittag war eingerichtet, nur Dagmar fehlte. Jacques stand auf und erklärte, er werde sie abholen. Wo man sich treffen könne, fragte er.

»Irgendwo am Pier, wo sonst?« erwiderte Neville.

»Ich habe Robinsongefühle auf dieser Insel«, sagte Jacques mit einem Blick zu den Wäldern. »Es lockt mich, einen Vorstoß auf die Höhen zu machen, und eine muß die höchste sein. Was sieht man von ihr, ein unbekanntes Festland oder eine Südsee? Gibt es nur Strand oder Orte, in denen die Hütten der Freitags stehn?«

»Man könnte einen Wagen nehmen, zu Saint Boniface Down fahren und dort ein Picknick veranstalten, es ist der höchste Punkt im Süden. Am Strand von Ventnor wachsen Palmen, und du siehst den Golfstrom leibhaftig vorüberziehn.«

»Ja, und die Nereiden der Antike umspielen die Riffe, weil sie gehört haben, daß die Stoa von Athen in Oxford wiedererstanden ist.«

»Ich bin Cambridgianer, sage lieber Cambridge.«

»Ich werde mir eine Binde in deinen Farben kaufen.«

»Trotzdem würde es dir niemand glauben, dein Akzent ist nicht gewählt genug.«

»Das ist bitter«, sagte Jacques lachend und wandte sich zur Tür.

Er stieg zum Städtchen hinab und fand den Eingang des Hotels, worin Dagmar wohnte, von Kutschen versperrt. Eine Hochzeit fand statt; er sah die Braut, die in den langen Schleier gehüllt war. Den kurzen trug um den hohen Hut eine Amazone, der ihr Kavalier die Hand hinhielt, als sie sich in den Sattel schwang. Dagmar ließ ihn eine Weile warten. Ihr Kleid war heute glatt, nur zwei Bänder flatterten vom Gürtel. Den Hals umschloß ein umgeschlagener Schalkragen, vom Crêpehut hing die den Nacken schützende Feder. Weit konnte sie mit den zarten Stiefelchen nicht gehn.

Immerhin erwies sich der Weg hinauf als gangbar, und am Waldrand lief eine Promenade, die gepflegt war, es standen auch Bänke an ihr. Er reichte Dagmar den Arm und fühlte, daß sie ihn vertrauend nahm.

»Wir haben uns ein Jahr lang nicht gesehn, Jacques«, sagte sie.

»Ein Jahr und drei Wochen. Es war der dreizehnte Juli, als ich Sie in Paris zum Posthof brachte.«

»So genau wissen Sie das?«

»Ich irre mich kaum. Es war einen Tag vor meinem Geburtstag, und ich wünschte mir, daß Sie noch eine Woche blieben.«

»Oh, und ich ahnte nichts davon. Wie alt waren Sie damals, oder wie alt sind Sie heute? Ich wüßte es gern.«

»Das neunundzwanzigste Jahr ist vollendet, das dreißigste begonnen. Und Sie, Dagmar?«

»Wenn ich es auch nicht zu verbergen brauche, so fragt man doch danach keine Frau.«

»Ich möchte nur den Tag kennen.«

»Es ist der dreiundzwanzigste August.«

»Sternbild des Löwen: selbstbewußte Menschen, stolz und mutig bis zur Herrschsucht.«

»Nicht mehr der Löwe, schon der erste Tag der Jungfrau: praktische und nüchterne Naturen, melancholisches Temperament.«

»Woran man sieht, daß auf diese Prognosen nicht viel zu geben ist. Manchmal stimmen sie, manchmal nicht, ich ziehe das persönliche Urteil, die Erfahrung vor«, erwiderte Jacques und nahm sein Notizbuch heraus, um das Datum zu verzeichnen.

»Lassen Sie es mich hineinschreiben«, bat sie.

Er schaute ihr zu, wie sie mit großzügigen Buchstaben das Wort Dagmar eintrug. Aber als sie zu blättern begann, war es ihm nicht recht. Sie fand andere Namen, und wenn sie auch abgekürzt waren, ließ sich doch vermuten, daß es die von Frauen seien. Sie strich ihren eigenen wieder aus und sagte:

»Ich bin indiskret gewesen, Sie dürfen mir nicht böse sein.«

102

Das also war Dagmar Nilsen. Auch dies andere paßte zu ihr, daß sie sich mit einer unschroffen, gleichwohl bestimmten Bewegung frei machte, als er den Arm um ihre Schulter legte.

So leicht man in Paris dazu gelangte, die Damen, die verheiratet waren, nicht für streng zu halten, an Dagmar war eine unzynische Erinnerung geblieben. Sie hatte ihm ein Geschenk gemacht und er es vielleicht nicht genug geschätzt?

»Es gibt Augenblicke, in denen eine Frau wider ihre innersten Anschauungen handelt«, sagte sie. »Nehmen Sie an, sie sei von ihrem Mann fortgegangen und schon entschlossen, sich nicht mehr mit ihm auszusöhnen – aber noch überlegt sie, schwankt und sucht die eigene Rechtfertigung. Ich weiß nicht, ob ein Mann sich diesen Zustand genau vorstellen kann?«

»Weshalb nicht?« erwiderte er. »Es ist das Zwischenstadium und jedem, der nicht die allerbilligsten Abenteuer sucht, als reizvolles Gelände wohlbekannt.«

»Als Jagdgelände, Jacques?«

»Sie sind eine Frau von Welt und sehn diese Dinge gewiß nicht mit den Augen einer Gouvernante an.«

»Wir sind alle naiver, als die Männer glauben. Es tut mir weh, zu denken, daß auch Sie mich damals nur unter dem Gesichtspunkt der Jagdbarkeit betrachtet haben.«

»Sie wissen, daß das nicht der Fall gewesen ist, ich wehre mich.« Dagmar legte beschwichtigend die Hand auf seinen Arm. Er sagte:

»Bleiben wir bei jener Frau, die sich im Zwischenstadium befindet. Sie begegnet einem andern, der ihr nicht unsympathisch ist . . .«

»Der ihr als Mensch gefällt. Und sie, die niemals, solange sie sich noch als gebunden betrachtete, der Versuchung nachgegeben hätte und es auch nachher nicht täte, obwohl sie dann eine Frau ohne Verpflichtung sein wird – in diesem Zwischenstadium, wie Sie sagten, gibt sie nach.«

»Um eine Tatsache zu schaffen, die sie vom Vergangenen trennt, oder um sich die Freiheit, an die sie noch nicht recht glaubt, zu bestätigen«, ergänzte Jacques; das alles war nicht schwer zu erraten.

»Ich bin nicht stolz darauf«, gestand Dagmar. »Es ist nicht erhebend, wenn man nach dem Fall den Kopf hochträgt und nachträglich zu den moralischen Grundsätzen zurückkehrt.«

»Der Pfarrer würde sagen, besser nachträglich als nie.«

»Sie aber, Jacques, spotten über mich?«

»Gar nicht. So wenig man mit Dagmar Nilsen zusammenzieht, so wenig spottet man über die Auseinandersetzungen, die sie ein Jahr lang mit sich selber gehabt hat.«

»Zusammenziehn? Wie meinen Sie das?«

»Ein Einfall, weiter nichts. Wann haben Sie sich zur Scheidung entschlossen?«

»Als ich mich Kopenhagen näherte. Ich fühlte, daß die Ehe nicht mehr aufgenommen werden konnte, nach dem, was in Paris geschehen war.«

»Und Ihr Mann machte keine Schwierigkeiten?«

»Mein Vorschlag kam seinen Wünschen entgegen. Er hatte sich getröstet, während ich abwesend war, und wird wieder heiraten, wir einigten uns. Dafür, daß er mir das Kind ließ, verzichtete ich auf seine Zahlungen.«

»Was ist Herr Nilsen?«

»Ein mächtiger Mann in seiner Branche. Er rüstet Walfischfänger aus und schickt sie in den Ozean.«

»Dann wäre es ihm doch nicht schwergefallen, auch Sie sicherzustellen.«

»Ich wollte nicht. Er gab mir nur meine Mitgift und die Ausstattung zurück, die schon auf dem Weg nach Paris ist. Werden Sie mir behilflich sein, wenn ich mir eine Wohnung suche?«

»Mit Vergnügen. Vielleicht kommt meine eigene, die Sie ja kennen, in Betracht.«

»Wieso? Ziehn Sie denn um?«

»Ins Zentrum, unweit der Madeleine und Ecke der Rue du Helder. Man hat mir in einem Neubau ein Stockwerk angeboten, das sowohl für die Praxis wie für die Wohnung reicht.«

»Und wann ziehn Sie ein?«

»Bald nach der Rückkehr, spätestens zum Oktober.«

»Darf ich an Ihren alten Hauswirt schreiben? Bei dem Gedanken, daß ich schon eine Unterkunft habe, fällt mir eine Last vom Herzen.« .

»Lassen Sie es mich für Sie tun. Wie hübsch, Dagmar, daß wir nun in derselben Stadt wohnen werden.«

»Ja. Wir wollen gute Kameraden bleiben«, sagte sie.

Er warf einen Blick auf ihr weiblich gerundetes und doch festes Kinn und zweifelte nicht, daß sie die Kameradschaft durchführen werde – es sei denn, daß sie mit dem Gedanken, ihn zu heiraten, gekommen war. Sie wußte nicht, daß auch er Familie besaß. Im vorigen Jahr, als sie noch selber gebunden war, hatte kein Grund bestanden, es ihr zu sagen, und der Augenblick jetzt schien ihm noch ungeeigneter zu sein, um ein Geständnis abzulegen.

»Ich glaube, wir könnten nach den andern schauen«, erklärte er.

»Und ich nach meiner Tochter.«

»Hübsch, daß auch sie Dagmar heißt.«

»Jacques, es ist sehr gut, ein Kind zu haben, wenn man seine Freiheit zurückerlangt.«

»Ich habe immer gefunden, daß man sich im Zustand der Freiheit fragt, was man mit ihr beginnen werde.«

»Und die Antwort?« wünschte sie zu wissen.

»Daß man sie weder unvorsichtig aufs Spiel setzen noch wie die Fünflivresstücke im Strumpf gefangenhalten soll. Was sich empfiehlt, ist, eine gewisse Überlegenheit anzustreben.«

»Die Sie dem Mann, der Familie hat, absprechen?«

Er ging nicht weiter auf dieses Thema ein. Ein sehr bestimmtes Gefühl sagte ihm, daß er die beste Freundin seines Lebens gefunden habe, doch ihr Entschluß, das zu sein, was man eine anständige Frau nannte, zwinge ihm eine wohlerzogene Haltung auf. Wenn es ihn lockte, sie wankend zu machen, war es noch zu früh dazu.

Sie gingen zum Strand, und Dagmar fand ihre Tochter in der Obhut der reizenden Josepha, der in Ermanglung eigener Kinder die anderer wie ein Festtag waren. Die kleine Dorothy Macpherson spielte mit der kleinen Dagmar Nilsen und dem ältesten der Lady Littleton. Mit grauen Augen und goldenem Haar entsprach sie dem Ideal, das man sich von einem Mädchen dieses Alters machte. Wenn je Grace genötigt sei, das Kind für kurze oder lange Zeit aus der Hand zu geben, würde sie es zu sich nehmen, setzte Josepha bei sich selber fest.

Neville hatte nicht einen Augenblick geschwankt, ob er Grace als seine Schwester oder als Fremde vom Kontinent vorstellen solle. Die Irreführung verbot sich angesichts der Tatsache, daß inzwischen auch Lady Littleton das Brüsseler Blatt erhalten hatte, und da man ihn angriff, besann er sich darauf, daß Zugehörigkeit zum Adel nach wie vor verpflichtend sei.

Grace dachte wie er, leugnete nichts mehr ab und erklärte, sie bedauere, in der ersten Panik das Brüsseler Kindermädchen entlassen zu haben. Mary Littleton konnte ihr von Nutzen sein, ihr Schwager Gladstone gab viel auf sie. So berichtete Grace für dieses eine Mal von den Ehejahren an der Seite eines Trinkers. Die beiden Kinder, die sie mit ihm nicht bekommen hätte, mußten sie rechtfertigen.

Lady Littleton sagte sich zum Abend an, auch Dagmar war eingeladen, vier Damen kamen auf zwei Herren. Neville wählte den süßesten und leichtesten Wein. Die Unterhaltung stockte keinen Augenblick, weder an der Tafel noch nachher am Kamin, den anzuzünden der feuchte Abend lockte.

Jacques vernahm so viele Namen von Landsitzen und Familien, die seltsamsten und mittelalterlichsten aus Wales oder Irland darunter, daß ihm war, als würden die Jahrhunderte Englands durchsichtig, von den Tagen des Eroberers oder gar der Tafelrunde an. Lady Littleton erzählte eine Geschichte aus der Zeit der Königin Anna, als die Stuarts nochmals die Schotten zu gewinnen suchten und das Erhaben-Nutzlose in den düstern Balladen des Hochlands ausklang. Neville wußte eine andere aus der Zeit des letzten Prinzregenten, und alle bewiesen, wie farbig das Leben, wie fortreißend das Blut, wie kühn der Mut zum eigenen Schicksal ist, in Männern und in Frauen.

Seltsames Land, seltsame Seelenlage – immer wieder drängte sich dem, der sie beobachtete, der eine Eindruck des Balladesken auf. Wie konnte es auch anders sein unter Menschen, in denen sich das Keltische, das Normannische, das Anglische und Sächsische mischten. Neville und Grace hatten eine hannoverische Mutter, die Großmutter von Vaters Seite her war Irländerin. Wer in einen Menschen hineinschauen könnte, sähe Spannungsbogen von Ufer zu Ufer, von Landschaft zu Landschaft und Meer zu Meer.

Kaum war das Wort Irland gefallen, so griffen alle es voll Leidenschaft auf. Irland machte ihnen zu schaffen. Daniel O'Connell sorgte dafür. Repeal, den Widerruf der Vereinigung mit England, verlangte er. Die Gleichberechtigung der Katholiken hatte er erreichen können, aber gegen Repeal sprach sich soeben, da das Parlament in Ferien ging, die Königin aus.

Die grüne Insel machte ihnen zu schaffen, auch Neville. Zwar hatte seine Familie nicht wie so viele andere irischen Großgrundbesitz. Aber im vorigen Jahr war dort wieder einmal eine schlechte Kartoffelernte gewesen, und Gladstone hatte ihn nach Skibbereen geschickt. Die Wahrheit sah noch viel schrecklicher als die Nachrichten aus.

»Das erste, was wir bei der Einfahrt ins Dorf bemerkten, waren neun Tannensärge am Rand der Straße«, sagte er. »Dann gingen wir zum Vikar und fanden seine Frau im Wohnzimmer damit beschäftigt, Totentücher zu nähn. Aber das merkten wir erst nachher. Es gab etwas, das unsere Blicke stärker bannte, die Leichen der Kinder, die herumlagen und, wenn ich das vor den Damen sagen darf, verwesten, gestorben am Typhus, der sich an den Hunger heftete. Das Werk der Ratten, die im Zimmer waren, soll nur angedeutet werden. Weshalb die Überlebenden sie nicht verscheuchten? Sie waren zu kraftlos dazu. Wir gingen zum Wagen zurück und warfen den Elendsgestalten, die ihn umringten, die mitgebrachten Brotlaibe hinunter.«

Schweigen folgte. Sie wußten alle, daß die, mit denen sie verwandt waren, Gladstone noch mehr als John Mill haßten. Nicht, daß die Grundlords nichts getan hätten, um die Not zu lindern. Manche erließen den Pächtern Tausende von Pfunden oder steckten ein Vielfaches davon in Verbesserungen, die den Arbeitslosen Beschäftigung gaben. Aber ihr Herrenrecht sollte unangetastet bleiben und die Landfrage ungelöst, so hinreißende Reden O'Connell auch hielt. Die Iren wanderten weiter aus, in Scharen. Hekatomben waren es und alles andere als ein Ver sacrum.

103

Jacques erinnerte Neville an die zwei Bände des Memorandums über die Kinderarbeit, aus dem er hatte vorlesen wollen.

Neville erwiderte, es sei für heute genug mit dem einen Schatten auf Englands Glanz, und erwähnte, um das Thema zu wechseln, daß er auf jener Fahrt nach Irland auch Clandeboye besucht habe, das Schloß des fünften Lord Dufferin. Er hatte niemand angetroffen, der junge Lord, erst sechzehn alt, befand sich in Eton.

»Inzwischen ist er ein Jahr älter geworden, so daß er demnächst Oxford beziehn dürfte und alle Vorzugsbehandlung genießt, die einem ›Peer im eigenen Recht‹ zusteht«, wandte er sich an Jacques, und Jacques wünschte darüber etwas zu hören.

»Er wird einen seidenen Überwurf tragen«, erzählte Neville, »von seiner Studentenmütze baumelt eine goldene Quaste herab.

Er speist nicht mit den andern, sondern an seinem privaten Tisch, und wenn er nicht aufstehn will, deckt man ihm in seinem Studio, das so groß wie ein gewöhnlicher Bibliothekssaal ist. Die Gebühren, die er bezahlt, sind nicht dieselben wie die der übrigen Sterblichen, auch nicht die Vorlesungen, die er hört. Beide werden eigens für ihn aufgestellt. Er hat sein eigenes Dogcart, es kann auch ein Phaeton oder gar eine Barouche mit gestickten Wappendecken sein, die ohne Zweifel bei Thrupp und Maberly gebaut worden ist. Wenn es ihm gefällt, einen blauen Rock oder langes Haar oder statt der Binde einen Kaschmir zu tragen, nimmt es jedermann mit Ehrerbietung zur Kenntnis, denn er ist ein Peer von Irland. Macht er sich nichts aus Sport und liest lieber Horaz oder Äschylos, während die andern auf die Fuchsjagd reiten, verzeiht man ihm das sogar.«

Er trug mit Genuß und Laune vor, am Einglas spielend, das von einem Bande hing, wenn es nicht im linken Auge steckte – das rechte galt als weniger elegant. Mit Genuß auch hörte Jacques ihm zu. So verquollen Englisch für einen Pariser im Mund der über den Kanal Reisenden klang, in der Aussprache dieses Cambridgemanns, der keine Silbe verschluckte, jeder ihr Recht gab, klang es klar und schön.

»Und wenn dein Peer fertig studiert hat, was tut er dann?« erkundigte sich Jacques.

»Der Wagen, der ihn in die ihm vorbehaltenen Stellungen führt, steht sozusagen schon am Tor von Christ Church in Oxford, er braucht nur einzusteigen«, erwiderte Neville. »Vielleicht wird er Kammerherr der Königin oder Mitglied einer Kommission; es läßt ihm genug Zeit, zur Jeunesse dorée zu gehören. Er wartet, bis der Ministerpräsident nach einem Mann ausschaut, den er irgendwo einsetzen kann. Wenn er von seinen Vorfahren die Fähigkeit, Menschen zu behandeln, geerbt hat, tritt er selbst ins Kabinett ein oder wird, im neutraleren Fall, Botschafter und Generalgouverneur.«

»Er ist das Glückskind, und alle Wege sind ihm geebnet?«

»Für junge Lords sind alle Sättel geschnallt.«

»Und wird es so bleiben?«

»Das, mein Junge, ist eine Frage, die ich dir beantworten kann, wenn du dreißig Jahre lang dein noch nicht gebautes Haus auf Wight bewohnt hast. Es sei denn, daß man dir das Grundstück abgenommen hat, weil auch auf dieser Insel Bahnen fahren werden.«

Ein einziger und unwilliger Ausruf der Damen unterbrach ihn.

»Das liebe, stille Eiland – das mußt du verhindern«, sagte Josepha.

»Mister Brassey mit seinen Bahngesellschaften dürfte stärker sein. Auch sind es vielleicht die Brasseys, die mit dem Vorrecht der alten

Familien aufräumen. Ich fürchte, daß es eine noch größere Macht als den Adel geben wird, das Geld, Liebling – das, wenn es Krieg führt, Kapital heißt.«

Auch in Kopenhagen sei Kapital das Wort, das man mehr als jedes andere höre, sagte Dagmar, und Jacques berichtete dasselbe von Paris. Das Fieber der Eisenbahngründungen und der Bodenspekulation wütete dort gleich einer Epidemie.

Ein Mädchen meldete, der Hoteldiener sei da. Es war der von Dagmar bestellte Mann, der sie mit seiner Laterne nach Hause bringen sollte. Jacques erbot sich, Lady Littleton zu begleiten. Aber es handelte sich nur um ein paar Schritte, und sie ging mit Dagmar fort.

Am nächsten Morgen regnete es, und Sonntag war in England ein Tag, den ein Kontinentaler nur überstand, wenn er zugab, daß es dem Menschen gut tue, einmal in der Woche der Langeweile ausgeliefert zu sein – die Langeweile entsprach dem Fasten der Katholiken am Freitag. Jacques blieb daheim. Auch Neville erklärte, er verzichte bei diesem Wetter auf den Kirchgang. Weder Josepha noch Grace waren damit einverstanden, sie gingen zum Gottesdienst und holten auch Dagmar ab.

Die Herren zündeten sich Zigarren an und versanken in den Sesseln der Bibliothek. Jacques las die Blätter; eine Neuerung waren die mit Holzschnitten geschmückten Zeitschriften. Begonnen hatten im vorigen Jahr die Illustrated London News, gefolgt waren in diesem L'Illustration in Paris und in Leipzig die Illustrirte Zeitung, die Josepha hielt.

Neville hatte zwei Bücher aus dem Regal genommen, und das größere sah wie ein Wörterbuch aus. Als Jacques bemerkte, daß er von Zeit zu Zeit darin nachschlug, fragte er, was Neville lese.

»Den Xenophon, die Anabasis«, erwiderte Neville.

»Nachwirkung von Cambridge?«

»Ganz recht. Die Unterhaltung gestern abend hat mir Lust dazu gemacht. Byron trieb Armenisch, um sich zu einer Arbeit zu zwingen – ich nehme mir das Recht, die Liebe zu den Klassikern zu bekennen, du verwehrst es mir wohl nicht?«

»Ich bewundere dich«, sagte Jacques. »Ich bewundere ein Land, in dem die Peers Äschylos lesen. Bereitest du dich auf die Laufbahn des Gentleman vor, von der wir gestern sprachen?«

»Wozu es leugnen?«

»Du hast Ehrgeiz?«

»Wer hat ihn nicht?«

»Wenn du den Titel erbst, bist du Baronet?«

»Der achte des Namens.«

»Wer war der erste?«

»Sir Archibald«, gab Neville Bescheid.

»Wann?«

»Anno 1620, unter Jakob dem Ersten, Maria Stuarts Sohn.«

»Was für ein Mann?«

Das war eine lange Geschichte, Neville berichtete sie nicht zum erstenmal. Sir Archibald also hatte gefunden, daß es mit der Nation abwärts gehe, wenn man ihr nicht zu frischeren und schöneren Kindern verhelfe, daher er dem Adel Liebesheiraten empfahl und selbst eine Nixe mit goldenem Haar und grünen Augen entführte, die die Tochter eines Schankwirts war. Die Nachkommen taten wie er; einer entführte eine griechische Nausikaa vom Strande hinweg, ein anderer eine verheiratete Frau zur Zeit von Malplaquet, ein dritter eine angebliche Französin, Emigrantin von Stand, die in Wirklichkeit die Tochter eines spanischen Stierfechters war und noch heute lebte.

»Du bekommst sie zu sehn, wir haben sie eingeladen, in acht Tagen trifft sie ein«, sagte er.

»Wenn ich eure Sitten richtig kenne, bist du als achter Baronet reif, eine Stufe höher zu steigen. Ich sehe dich als Lord und Josepha mit kerzengerader Büste einen tiefen Hofknicks machen.«

»Du nimmst hoffentlich nicht an, daß es ihr erster wäre?«

Sie plauderten weiter, bis Josepha im schwarzen Kirchenkleid eintrat. Sie schalt Neville aus, die Predigt sei gut, der Text geradezu auf seine Säumigkeit zugeschnitten gewesen: Adel verpflichte – unter anderm auch zum Gottesdienst.

»Das hat auch Archibald gemeint, wir haben uns von ihm unterhalten«, erwiderte Neville.

»Oh, Jungarchibald. Weißt du noch, wie du zum erstenmal von ihm erzählt hast?« sagte Josepha und nahm im Sessel den Platz des Gatten ein.

»Als ob es gestern gewesen wäre, und es sind doch zwölf Jahre her.«

»Es war damals«, wandte sie sich an Jacques, »als ich mit Père nach München fuhr und Neville im Schwarzwald herumstreifte. Wir hatten gerade, am Bodensee, Besuch in Arenenberg gemacht, wo man uns zuerst nicht einlassen wollte, bis Prinz Louis Bonaparte ans Tor kam.«

»Du kennst ihn? Das ist mir neu.«

»Interessiert er dich?«

»Gar nicht so wenig. Wenn ich wüßte, daß man ihn auf dieser Festung in Ham besuchen darf, würde ich es auf der Heimreise tun.«

»Wir sind ihm ein zweites Mal begegnet, als er nach dem tollen Streich, du weißt, in Straßburg, auf dem Umweg über Newyork, nach London kam. Die meisten lehnten ihn ab, es ging ihm nicht gut. Nevilles Vater und andere Leute von Namen nahmen sich seiner an, er wohnte auch in Brighton House, und da habe ich ihn gesehn. Wie Neville fand ich, er besitze Charme.«

»Den besitzen Prätendenten immer – Prinzen sind nie sympathischer, als wenn sie die Macht entweder verloren haben oder erst anstreben«, erklärte Jacques. Josepha stand auf und sagte, es sei Zeit, sich umzuziehn.

Jede Post brachte Neville Briefe, die sich mit dem Brüsseler Artikel beschäftigten. Sein Vater hatte versucht, den Mann, der das Blatt schickte, ausfindig zu machen. Es wurde in London aufgegeben, der Drucker in Brüssel wiederum erklärte, ein Unbekannter habe fünfhundert Abzüge bestellt und abgeholt.

Nicht alle Mitglieder des Jachtklubs, die auf Wight weilten, waren vorurteilslos. Es kam vor, daß Neville und Josepha sich gemieden sahn. In andern Jahren forderte man sie zu jeder Regatta auf, in diesem nur zu wenigen. Sie nahmen auch an ihnen nicht teil, luden niemand mehr ein und hielten sich zurück, es mußte überstanden werden.

Grace blieb dem Strand fern und den Hotels, verlegte die Spaziergänge mit Dagmar und Jacques auf die weiten Flächen oberhalb des Städtchens, wo man viele Gatter öffnen und schließen mußte. Nichts konnte so englisch wie die Gatter sein.

Zum Hause Nevilles gehörten ein kleiner Park und ein großer Garten. Englisch war auch die Blumenliebe, das milde Klima begünstigte sie. Der Mann im Pförtnerhäuschen, der die Villa das Jahr über betreute, kannte alle Namen von Pflanzen, züchtete Variationen und pflegte als Besonderheit die Anpassung exotischer Ziersträucher. Vor einer Wand von prunkvollen Hortensien, kupferroten, eisenblauen und ganz weißen, stand sein Stolz, ein graugrünes Gewächs, das stark und ungewöhnlich roch. Er versicherte, Ophelia habe diese Blätter, mit Hahnenfuß und Maßliebchen vermischt, in ihren Totenkranz geflochten.

Bei ihm hielt sich Grace am meisten auf. Ihr schnell erfassender und zugreifender Geist, der das irische Blut verriet, nahm Unterricht in der Blumenkunde. Sie ließ sich zeigen, wie man die Wurzeln des Phlox durch Zerreißen teilt und sweet peas von holden Farben mit Klematis von derselben Tönung durch ein Geländer von Kletterrosen schlingt. Die Geheimnisse des Begießens, Bindens und Schneidens, der hohen Gläser und der breiten Schalen waren einfach, aber auch sie wollten gelernt sein.

Wenn die andern Grace mit diesem Eifer neckten, erklärte sie, eines Tages sei sie darüber vielleicht froh, und ließ sich nicht ausreden, daß sie gezwungen werden könne, in fernem Land mit Irving ihr Brot zu verdienen – wo mochte Irving weilen, in Afrika noch, in Frankreich schon?

104

Überzeugt, daß die Times das an Irving ergangene Angebot, bei ihnen einzutreten, zurücknehmen würden, machte Grace noch andere Pläne.

Der radikalste war schon alt. Irving hatte als Berichterstatter viel von den menschenunwürdigen Notständen der arbeitenden und bäuerlichen Bevölkerung gesehn, der Chefredakteur aus seinen Aufsätzen jedesmal die stärksten Stellen gestrichen – man konnte nicht alles drucken, selbst wenn es sich als wahr erwies. Um alles zu sagen, müsse man sein eigenes Blatt haben, man müsse unabhängig sein, war Irvings Antwort gewesen, wenn sie sich über diese Abschwächungen erregte. Jetzt also sah sie eine neue Möglichkeit für ihn und entflammte, als sie das Memorandum über die Kinderarbeit las.

Es enthielt Einzelheiten, die einfach grauenhaft waren. Wenn Irving ihnen mit seinen Augen nachgehe und mit seinen Worten Kraft verleihe, sei es auch nur in einer Broschüre oder einem Buch, werde er mit einem Schlag zu den Schriftstellern gehören, die England anhöre, setzte sie Neville auseinander, der sofort heftig widersprach und erwiderte, daß er bedauere, ihr Schriftstücke überlassen zu haben, die vertraulich waren.

Es sei etwas anderes, wenn eine Kommission der Regierung diese Dinge in die Hand nehme, als wenn ein Privatmann sich die Rolle des Angreifers aneigne, erklärte er, im zweiten Fall schwäche die Regierung sofort ihre Zugeständnisse ab. Grace mußte ihm versprechen, Irving nichts von diesem Memorandum zu erzählen, damit er, Neville, nicht in den Verdacht des Vertrauensbruchs geriet, Gladstone hätte es nie verziehn.

Sie sah ein, daß er nicht anders handeln konnte, aber von der Laufbahn Irvings als eines neuen O'Connel träumte sie doch. Irving hatte ihr oft gesagt, wer ein Gewissen habe, müsse jede andere Beschäftigung, jeden Gedanken an den eigenen Ehrgeiz zurückstellen, um sich völlig der Sache der unteren Stände zu weihen. Und dieses Gewissen besaß Irving. Sie bewunderte ihn und war sicher, daß er noch Großes vollbringen werde, wenn sie, die Ministertochter, ihn nicht lähmte, wenn sie ihn ermutigte, am wirksamsten als seine Frau.

Auch Josepha hatte, da Grace das Herz davon voll war, das Memorandum gelesen, in den Augen Nevilles mochte es hingehn – Josepha konnte schweigen, wenn man sie darum bat. Aber dann kam Jacques und verlangte die beiden Bände ebenfalls. Er wollte nicht einsehn, weshalb Neville ihm verweigerte, was er den Frauen erlaubt hatte, und schwor, nicht einmal in den häuslichen Unterhaltungen die Lektüre zu erwähnen. Er schloß an einem Morgen sein Zimmer ab und vertiefte sich in sie.

Der Bericht behandelte nicht nur die Kinderarbeit in den Bergwerken, sondern auch in den Metallfabriken und den Werkstätten der Putzmacherinnen oder Schneider, das wußte er schon. Die Einzelheiten waren grauenhaft, Grace hatte nicht zuviel gesagt. Die Kattun- und Spitzenmanufakturen fehlten noch.

Manche Kinder verlebten ihre Jugend schon vom vierten Jahr an unter der Erde, gewöhnlich traten sie mit sechs, sieben und acht ein. Viele blieben die Woche über, wo sie waren, und erblickten das Licht nur am Sonntag. Während der ganzen Arbeitsschicht hockte das Kind, das als Türsteher tätig war, in gekrümmter Stellung hinter der Lufttür und öffnete sie für jeden Wagen, der aus dem Nebenstollen kam. Es hockte in völliger Einsamkeit, im Dunkel, in einer Temperatur von durchschnittlich dreißig Grad.

Andere, denen es oblag, die mit Kohle gefüllten Körbe innerhalb der Stollen zu befördern, spannten sich mit Riemen vor und zogen, da die Höhe nur gegen zwanzig Zoll betrug, eine Last von einigen Zentnern durch alle Krümmungen, durch allen Schlamm. In den schottischen Bergwerken, die starke Steigungen hatten, schleppten zwölfjährige Mädchen mindestens einen Zentner mit dem Rücken und einem Riemen, der um die Stirn lief, wobei sie bis zum Knöchel, wenn nicht gar bis zum Knie, durch Wasser wateten.

Die Kommission, die gründliche Angaben lieferte, hatte ausgerechnet, daß solch ein Kind während der Schicht, die zwölf, vierzehn und noch mehr Stunden dauerte, an die dreißigmal den Weg von drei- bis vierhundert Schritt zurücklegte. Die Frauen und Mädchen trugen weiter nichts als einen Rock oder nur ein Hemd, die Männer gingen gern völlig nackt.

Jacques interessierten die Mitteilungen der Ärzte über die gesundheitlichen Folgen. Die wenigsten Arbeiter wurden über vierzig Jahre alt, und alle sahen zehn älter aus, als sie waren. Sie erwarben sich Rückgratverkrümmungen, die Skrofulose hatten sie schon mitgebracht. Sie litten an Herzbeschwerden, Asthma, Rheumatismus und Schrumpfungen, die jedes Organ befielen.

Von zweihundertneunzehn Kindern, die man in den Bergwerken von Halifax befragt hatte, konnten dreißig ein leichtes Buch lesen, fünfzehn ihren Namen schreiben. Die Unwissenheit überstieg alle Begriffe, viele hatten nie etwas vom Erlöser, überhaupt nichts von Gott gehört, auch nie eine Kirche betreten. Ein schottisches Mädchen, nach Schottland gefragt, konnte sich nicht vorstellen, wo es lag.

Auch die moralischen Zustände wurden behandelt, und darüber hatte Josepha geweint. Scham unter den Geschlechtern war nicht bekannt; sie mischten sich, wie es gerade kam. Die Mädchen rauchten, fluchten und tranken wie die Knaben, meist bevorzugten sie den Fusel. Es gab Bierhäuser für Kinder, wo sie die paar Pennies, die ihnen blieben, zu verspielen pflegten. Wenn sie sich zum Schlafen nicht in irgendeinen Winkel im Stollen warfen, hatten sie oft einen stundenlangen Weg nach Hause zu gehn.

Jacques schloß das Buch. Es gehörte keine große Phantasie dazu, um durch eine Landschaft von Rauch und Schwefeldämpfen die kleinen Gestalten gleich scheuen Hyänen zwischen Schlackenhalden wanken zu sehn. In Ägypten hatte er viel Elend kennengelernt, in den Hütten der Fellachen, in den Gassen der Städte, in den Baracken der Hospitale, nie aber für möglich gehalten, daß es noch Schlimmeres im reichen England gab.

Neville versicherte, England werde auch damit fertig. Die ganze Intelligenz stehe hinter diesen Forderungen und wisse, daß freiwilliger Entschluß besser als das Warten auf die revolutionäre Bewegung sei.

»Welche Forderungen?« fragte Jacques.

»Die technischen Einrichtungen in den Bergwerken zu verbessern, die Hygiene zu erhöhen, die Kinderarbeit einzuschränken.«

»Warum nur einschränken? Weshalb verbietet man sie nicht ganz?«

»Weil die Kosten sofort hinaufschnellen würden«, sagte Neville.

»Selbstverständlich. Man müßte Erwachsene einstellen und sie entsprechend bezahlen. Es hätte zur Folge, daß die Besitzer weniger verdienten.«

»Oder daß die Preise für Kohle stiegen. Der Export litte darunter, die Steuerbeträge fielen . . .«

»Also nähren sich von der Kinderarbeit sowohl Unternehmer wie Staat«, überlegte Jacques.

»Auch ihre eigenen Familien. Sie wären die heftigsten Gegner des Verbots, sie sind es sogar.«

»Aber doch nur, weil sie ohne diese Zuschüsse nicht auskämen, es sei denn, daß man auch den Erwachsenen bessere Löhne zahlt.«

Darauf hatte Neville nichts zu erwidern. Alles lief darauf hinaus, daß einer die Lasten zu tragen hatte – die Bergwerksherren wollten es nicht sein, und so mußten wohl die Kinder sich dazu verstehn. Es war eine abscheuliche Rechnung, grausam wie die Wirklichkeit der Armen.

Auch einem Arzt, der sich davon ernährte, daß er die Wohlhabenden betreute, tat es gut, darüber nachzudenken, welche Voraussetzungen nötig waren, damit sein an sich rechtschaffenes Geschäft gedieh. Nichts ließ sich dagegen einwenden, daß er nach elf Monaten angestrengter Arbeit im zwölften Ferien nahm. Nur wenn die Bergwerksarbeiter gleichfalls Ferien forderten, stand es um die Unternehmer und den Gewinn noch schlechter.

Der Pier, den man gegen einen Obolus betreten durfte, hatte den Vorteil, daß er die Stiefelchen der Damen nicht zerriß. Auch wehte auf ihm die Seeluft von allen Seiten, und es standen Bänke bereit. Leute, die auf ihre Gesundheit hielten, liefen hier stundenlang auf und ab und erweckten den Anschein, als erwarteten sie verzweifelt ein Schiff, das ihrer spotte.

Gleichwohl fand Jacques, daß man zu wenig von der Insel sehe, und empfand wiederum die Neugier Robinsons. Als eine Tafel an der Promenade ankündigte, am Donnerstag finde eine Rundfahrt um das Eiland statt, schlug er vor, an ihr teilzunehmen. Neville erwiderte, sie würden ohne Zweifel auf dem Dampfer dieselben Bekannten treffen, die im Augenblick lästig seien. Jacques fragte nun Dagmar, ob ihre neuen Grundsätze ihr verböten, ohne Anstandsdame, nur mit ihm allein, zu fahren. Auch sie gab zur Antwort, die Tatsache, daß man von allen Seiten beobachtet werde, rate ab.

Indessen, es erfüllte sich doch noch der Wunsch Robinsons. Am Mittwoch traf aus Brighton, dem beliebtesten Seebad Englands, Nevilles Tante, Lady Felicia, ein und erklärte ungeachtet ihrer siebenundsechzig Jahre, sie werde nicht in die Grube fahren, ohne einmal wenigstens sich der ihr noch neuen Erfindung anvertraut zu haben, dem Dampfkessel und der Schraube. Den Leuten stehe es frei, hinter ihr herzutuscheln, sagte sie. Ihr Mut steckte Grace und Josepha an. Sie setzten fest, daß sie dichte Schleier tragen würden, um den erwähnten Blicken zu entgehn. Nur Neville ließ sich nicht umstimmen und vertraute die vier Damen Jacques als dem einen Manne an.

Lady Felicia sah nicht aus, als ob sie männlichen Schutzes bedürfe. Sie war so gut wie souverän, eine Frau mit majestätischen Zügen und einer Königskrone aus weißem Haar. Jacques wußte nicht mehr von ihr, als was man ihm gesagt hatte – um die Zeit, da der Konvent Robespierre köpfte, war sie einem Onkel Nevilles als angebliche Emigrantin von Stand begegnet und in Wirklichkeit, was sich nach der Entführung herausstellte, die Tochter eines spanischen Stierkämpfers gewesen.

Dem Onkel konnte man zugute halten, daß er sich verpflichtet fühlte, die Überlieferung Jungarchibalds zu befolgen, wonach die Zufuhr frischen Blutes die wichtigste Aufgabe eines Briten von Einsicht sei. So hatte er offenbar diese abenteuerliche Heirat nicht bereut, auch keinen Grund dazu gefunden; mehr Lady als Felicia konnte jemand schwerlich sein. Was für eine Figur mußte sie gehabt haben, man ahnte es noch; was für eine chevalereske Nase, was für ein feiner Mund waren ihr geblieben.

Jacques begrüßte sie mit dem Vergnügen, das ihm der Gedanke eingab, der balladeske Schatz werde durch sie vermehrt, und sie spürte es, wohlwollend traf ihn ein Blick. Schon am ersten Abend lud sie ihn nach Brighton ein. Was mehr war, sie bot auch Grace eine Zuflucht an, nachdem sie vernommen hatte, wie unsicher sie dastehe. Neville suchte zu dämpfen. Es sei nicht nötig, daß Grace sich einbilde, sie habe richtig gehandelt und die Gesellschaft müsse sich nach ihr richten, sagte er; sie habe sich und ihre Angehörigen in eine fatale Lage gebracht und tue gut, sich klarzumachen, daß heute nicht mehr achtzehntes Jahrhundert, ja nicht einmal noch Romantik sei.

Felicia erwiderte, sie habe Macpherson nie leiden können und verzeihe einem Mann alles, was dem Rausch des Blutes entspringe, nicht aber dem des Trinkers. Neville wiederholte zäh, grundsätzlich dürfe man Herausforderungen wie die von Grace begangene nicht billigen, in der Praxis mildernde Gründe gelten lassen, vorausgesetzt, daß man sich auf den einen gegebenen Fall beschränke: es ist jemand durch seine Torheit in Not geraten, also wird man ihm helfen.

Schon schien es, als würden Felicia und er sich in die Haare geraten. Dann gab sie, während ihre cholerischen Augen aufblitzten und nicht ohne Humor Jacques anschauten, mit Gleichmut nach: statt über Grundsätze zu streiten, erkenne sie alle an.

Daß sie von Edelsteinen viel verstand, zeigte ihr Schmuck. Wenn er auch altmodisch durch die Fassung sein mochte, bestand er doch aus erlesenen Stücken. Beim ersten Blick hatte sie erkannt, daß Jacques an seiner Hand einen gelben Diamanten trug. –

»Woher haben Sie den, waren Sie in Brasilien?« erkundigte sie sich, und das war die erste einer Reihe von Fragen, durch die sie auf das direkteste Einblick in seine Lebensumstände gewann. Er hatte Verständnis dafür, es gehörte zu ihrer Art, für die die treffende Bezeichnung, daß sie souverän sei, schon zur Verfügung stand. Aber er wartete, da Dagmar zugegen war, mit Unbehagen auf die eine Frage, die er gern vermieden hätte – ob er verheiratet sei. Doch offenbar kam diese Möglichkeit Lady Felicia so wenig wie Dagmar in den Sinn.

105

»Dagmar«, sagte Jacques am nächsten Morgen, als der Dampfer die Rundfahrt antrat und sie neben ihm, getrennt von den andern, an der Reling stand, »Dagmar, ich muß Ihnen mitteilen, wovon zu sprechen ich voriges Jahr keinen Anlaß hatte ...«

Sie sah ihn aus ihren blauen Augen, die dunkel waren, da sie im Schatten des Hutrands lagen, ruhig an, die Farbe war wohl mit seiner eigenen verwandt:

»Sie wissen, daß ich in Kairo eine Praxis gründete, nicht aber, daß ich mich dort – daß ich dort eine Verbindung einging, die ...« er verfing sich in seinen Worten, was ihm nicht oft geschah.

»Warum umschreiben, was sich mit dem einfachen Satz, daß Sie heirateten, ausdrücken läßt?« sagte Dagmar sanft.

»Es ist Ihnen bekannt?«

»Seit gestern, wo ich zugegen war, als Josepha und Grace sich von diesem Ort im Schwarzwald unterhielten. Sie erwähnten eine dort wohnende Dame namens Alexandra, und ich glaubte, daß es eine Freundin sei, bis sich aus dem Zusammenhang ergab, daß Jacques Maslin eine Frau und drei Kinder besitzt.«

»Besaß – es liegt mir daran, genau zu sein. Alexandra hatte sich von mir getrennt, als ich Sie, Dagmar, kennenlernte.«

»Weshalb betonen Sie das?« fragte sie nun, und vor Abweisung wurden ihre Lippen schmal.

»Weil mir damals immerhin erlaubt war, aus einer Trennung, die tatsächlich bestand, den Schluß zu ziehn, ich sei so gut wie geschieden. Und ein geschiedener Mann ist frei.«

»Aber die Scheidung ist nicht ausgesprochen worden?«

»Die Katholikin Alexandra würde sich nie dazu verstehn. Ich könnte sie zwingen, da der Mann den Wohnsitz der Frau bestimmt. Weshalb? Um es schwarz auf weiß zu besitzen, daß ich das Recht habe, für mich zu leben? Der Zustand der Freiheit besteht effektiv. Ich fürchte, daß mir der juristische Sinn der Franzosen abgeht – vielleicht weil ich nicht rechthaberisch bin, vielleicht auch, weil es meinen Auffassungen vom vernünftigen Verhalten im Leben widerspricht, zu bereuen, was man je tat.«

Es liege kein Grund vor, für ihn nicht, die Ehe und die Vaterschaft zu bereuen, sagte er. Sie hätten sich nicht durchführen lassen, aber sie mit Hilfe einer künstlichen Verfügung aufheben – nein. Wenn er eine Lockung spüre, sei es die, immer voranzuschreiten, nie zurückzuschauen. Wohl ergebe sich bei diesem Verhalten eine Reihe von Kapiteln, die einander widersprächen, und doch stellten sie einen Zusammenhang und eine Einheit dar.

»Ich wollte Ihnen heute mitteilen, daß ich Wight in diesen Tagen verlasse«, sagte Dagmar.

»Weil Sie keinen Wert mehr auf unsere Freundschaft legen?«

»Weil ich nicht mehr glaube, daß sie möglich ist.«

»Aber es wäre nicht ausgeschlossen, daß Sie Ihre Meinung ändern?« wandte er sich, beschwingten Tones, ihr zu.

»Nicht ganz«, erwiderte sie mit einem Lächeln, das ihn bewegte. »Ich finde glaubhaft, was Sie über das Nichtbereuen und die Einheit sagen – fast finde ich es schön. Auch muß ich wohl bedenken, daß im vorigen Jahr meine eigene Scheidung noch nicht ausgesprochen war. Wenn man selber eine Heimlichkeit begeht, hat man kein Recht, auf der letzten Offenheit zu bestehn.«

»Und wohin wollten Sie sich von hier wenden? Nicht mehr nach Paris?«

»Nach London.«

»Inzwischen schrieb ich an meinen Hauswirt«, sagte Jacques.

»Wir werden sehn, wenn seine Antwort kommt.«

Die Schiffsglocke läutete. Sie hatten die ganze Zeit zur Insel hingeschaut und doch nur, mit sich selber beschäftigt, Kreideweiß und Waldgrün erblickt. Ein ungeheures Dock schien sich losgerissen zu haben und segelte auf eigene Faust durchs Meer, ein schwimmendes Plateau mit Kühen, die grasten und nun verschwanden, als der Dampfer, die Richtung wechselnd, der Steilwand, einer Augenblende, direkt entgegeneilte. Man sah nur noch die Serpentine, auf der eine Postkutsche mit vier Pferden abwärts fuhr – die Reisenden auf ihrem Verdeck glitten quer durchs Reich des Efeus, der mit jahrhundertstarken Armen die Felsblöcke, die Cottagewände und eine kleine Kirche aus uralter Zeit umrankte.

Ganz tief darunter die geschlängelte Linie war der Strand, und hier, bei Shanklin, schien es ein echter Strand mit weichem Sand zu sein. Der Pfad, der zu ihm führte, ging zuerst durch Hecken und Gartenmauern, zuletzt brach er sich nur noch am Kreidefelsen eine schmale Bahn. Auf halbem Weg stand ein liebliches Häuschen; die Netze verrieten, daß es das eines Fischers war. Es schmiegte sich in eine Höhlung des Felsens, und an seiner Linken empfing es Schatten durch eine Baumgruppe, den hesperidischen Hain.

Das Schiff nahm wieder Südkurs und umfuhr den Eckpfeiler, der die höchste Erhebung, das Hochländchen des sanften Eilands, trug. Dann bog die Küste scharf nach Westen, und an dieser wärmsten Stelle, bis zum Leuchthaus von St. Catharine's Point hin, lag Siedlung an Siedlung, war wie ein glückliches und unerreichbares Phäakenland. Man hätte aussteigen mögen, in Bonchurch, Ventnor, Nitor, man sah das Rot der Rosen und den italienischen Ölglanz der Rhododendronbüsche.

Lady Felicia unter dem Sonnensegel, im Kreis der jungen Frauen, beobachtete alles, den Aufbau der Insel, das Treiben auf dem Schiff, die allzulangen Gespräche des ihr sympathischen Jacques mit der Kopenhagenerin.

»Ich dachte schon, Sie vernachlässigen eine alte Frau«, sagte sie zu ihm, als er sich neben ihr niederließ.

»Wie kann ich es gutmachen?«

»Indem Sie mich unterhalten.«

»Ohne Zweifel kennen Sie Paris?« begann er sofort.

»Was würden Sie mir zuerst zeigen?« ging sie ebenso rasch auf das Thema ein.

»Die Rachel im Cid, die Déjazet in einem Vaudeville, den Sarkophag Napoleons, ein Volksfest in den Champs-Elysées oder den Zauberer Philippe im Cirque Olympique.«

»Entspricht das nun Ihrem Geschmack, oder halten Sie es für meinen? Ich war auf Louvre, Madeleine und Pantheon gefaßt.«

»Für Ihren, Mylady, den einer lebhaften Frau, der man etwas Bewegtes bieten muß.«

Die Einschätzung gefiel ihr, und sie erkundigte sich, ob es in Paris nichts Spanisches gebe ...

»Nichts als die Bäder des Herrn Deligny in der Seine«, erwiderte Jacques.

»Es klingt nicht sehr spanisch. Was finden Sie bemerkenswert daran?«

»Den schönen Schwindel, die üppige Verlogenheit. Man geht auf Teppichen, raucht Havannazigarren oder süße Latakiezigarillos, schlürft Eis und Sorbet. Die Mauern sind maurisch; unter eingelegten Rundbögen und dünnen Säulchen glaubt man in Granada zu sein.«

»Kennen Sie Granada, haben Sie Spanien besucht?«

»Noch nicht.«

»Aber Sie haben es vor?«

»Spanische Reisen sind in Paris Mode. Ja, ich habe es vor.«

»Prosper Mérimée ist Ihnen bekannt?« wollte sie wissen.

»Der Schriftsteller? Ich habe ihn einmal gesehn und neuerdings Colomba gelesen. Warum fragen Sie?«

»Weil Sie ihn um Empfehlungen bitten müssen, wenn Sie nach

Spanien gehn, ich habe seinen Namen erst heute wieder in der Zeitung gefunden«, erklärte Felicia und zeigte auf das Madrider Blatt, das neben ihr am Boden lag.

Da sie aus ihrer spanischen Herkunft kein Geheimnis machte, durfte er darauf eingehn. Sie sagte, alles was in der Madrider Gesellschaft geschehe, sei ihr bekannt, und nannte als die besten Freunde Mérimées die Gräfin Montijo, eine geborene Schottin, mit ihren jungen Töchtern. Nun sagte Jacques, er habe eine dieser Töchter einmal getroffen, und erzählte die Geschichte von Mérimée und dem Kuchen essenden Kind, das laut Lady Felicia Eugenia hieß.

Die Südküste schien kein Ende zu nehmen. Erst bei den drei Needles der Alum Bay lief sie aus. Jacques erfuhr, Alum bedeute Alaun, und man finde ihn dort. Der Fels aber bestand nicht wie sonst aus weißem Kalk, sondern aus vielfarbigen Schichten, rot, grau, grün und gelb. –

»A very curious effect, how nice, how pleasing«, sagte alles, was auf dem Schiff englisch war.

Sowenig anderswo eine Menschenmenge gut wirkte, so wenig hier. Die Pariser Karikaturisten hätten fette Weide gehabt. Die roten, behäbigen Männer ließen denken, sie kämen geradeswegs von der Versammlung der Landwirte in Derby. Die Frauen zeichneten sich nicht durch den Geschmack der Toilette aus, und ihre Figuren erinnerten weder an Diana noch an Juno – trotz Oxford und Cambridge war Hellas fern.

Der Mensch ist nicht liebenswert, wenn man ihn auf einem Haufen sieht, dachte Jacques und spürte die Enge, die Vorurteile, die Trägheit des Blutes in diesen hundert Gesichtern, die er als bösartig empfand. Er rückte sein Stühlchen, so daß er sie im Rücken und vor sich nur die Frauen hatte, die drei jungen und die eine alte mit dem cholerischen, dem starken Blick. Das Cholerische machte den Charakter, das Besondere und Persönliche aus. Es bildete einen Kontrast mit den schönen, weiblich sanften Gesichtern Josephas, Dagmars, Graces und vertrug sich doch damit, weil auch aus dem Keimblatt des Schönen, Sanften die Blüte des Individuellen wächst.

In seiner Tasche steckte der Skizzenblock. Er überlegte, was die Frauen sagen würden, wenn er ihn hervorzog und sie zu zeichnen begann. Er tat es, und sie achteten im Anfang nicht einmal darauf, da sie einem Mann zuschauten, der Reklamen unter den Fahrgästen verteilte. Er war Daguerreotypist und warb für seine Ateliers, die in Dover, Brighton, Ramsgate und Margate sich dem Badepublikum empfahlen. Eben drückte er Felicia das Blatt in die Hand.

Jacques kam durch ihn, der stehend eine Bewegung in die

Gruppe der Sitzenden brachte, zu einer natürlichen Ordnung, zur darstellbaren Pointe, die der Zeichner so gut wie der Novellist braucht. Rasch übertrug er Strich um Strich. Als die Frauen es merkten, ließen sie ihn lachend gewähren, bis auf Felicia kannten sie seine kleine Gabe schon.

Beim Zeichnen fühlte er, wie sich die Temperamente stuften. Am sanftesten und mütterlichsten, der Kinderlosigkeit ungeachtet, war Josepha. Grace, die schlankste, der alles Entbehrliche fehlte, besaß die Energie, die sich vielleicht noch nicht selber kennt. Es fiel ihm auf, daß beide in den Mundwinkeln denselben Zug aufwiesen, Feinheit verband sich mit Festigkeit.

Ihn hatte auch Dagmar, der er unter diesen drei den Preis zuerkannte; in einem Pariser Atelier hätte man sie eine heimliche Vollschlanke genannt. Unmöglich war es, mit dem Stift die Reinheit ihrer Haut wiederzugeben, und schwer, die Ausdrucksfähigkeit der Augen, die eine so ungewöhnliche Farbe besaßen. Jede Regung, das innere Atmen gleichsam, spiegelten sie, indem sie sich verdunkelten und erhellten. Daß sie nicht mehr für ihn den tiefen Glanz der Erwartung annehmen sollten – gleichgültig war es ihm nicht.

Er schlug eine neue Seite auf und zeichnete nun Dagmar allein. Ihr Haar hatte eher einen silbernen als goldenen Ton – Sundschimmer nannte er ihn und malte in irgendeiner Gedankenverbindung eine silbergraue Weide daneben hin. Sie merkte, womit er beschäftigt war, und wünschte es zu sehn. Als sie hinter ihn trat und über seine Schulter schaute, schrieb er ihren Namen unter die Weide – »reizende Dagmar« stand da. Als auch Grace hinzukam, verwandelte er im Nu das Wort »reizend« in Arabesken, die sich ins Gehänge des Baumes hinaufschlangen.

Der Vorabend war vollkommen klar. Das Boot lenkte nun in den Meeresarm zwischen Festland und Insel ein, wie in die heimatliche Straße, die vom vertrauten Verkehr belebt ist – die flinken Verbindungsdampfer, Segeljachten, Jollen, Schlepper und die schwarze Masse eines Kriegsschiffes belebten sie. Yarmouth und Cowes flogen vorüber; nach fünf Stunden Fahrt legte man am Pier von Ryde wieder an.

106

Der August blieb schön, doch rückte er auch vor, auf der Nachmittagspromenade sah man keine Dame ohne den mehr oder weniger kostbaren Schal. Zum mindesten mit dem kleinen war jede versehn.

Als Tag, an dem sich in Southampton die Königin zum Besuch des Königs von Frankreich einschiffen sollte, wurde der achtundzwanzigste bekannt. Jacques, der im gleichen Hafen den Dampfer nehmen mußte, wäre dem Trubel gern zuvorgekommen und eher abgereist.

Er sprach mit Dagmar, die er nach Paris bringen sollte, und sah, sie war von der Erregung angesteckt. Wenn es ihm eile, möge er sich durch sie nicht abhalten lassen, nach der langen Reise über Hamburg sei dieses letzte Stück über Rouen eine Kleinigkeit und sie habe ja das Kindermädchen zur Hand, meinte sie.

Beleidigt vom Eindruck, daß sie sich nicht gern in seiner Begleitung zeige, widersprach er nicht. Am Abend sagte Neville, man könne nicht früh genug Zimmer in Southampton bestellen, und rechnete die Zahl der benötigten aus. Jacques erklärte, da er am siebenundzwanzigsten zum Festlandsdampfer hinüberfahre, komme seine Person nicht in Betracht.

Neville sah erstaunt zu Dagmar hin. Erst am Morgen, als Jacques aus Paris die Nachricht erhalten hatte, daß sein Hauswirt dem Tausch der Wohnung zustimme, hatte es geheißen, diese beiden reisten zusammen. Jetzt sagte Dagmar lächelnd, Maslin sei so rücksichtsvoll, daß er vorher fahre, und Jacques schwieg abermals.

»In der Tat, so ist es besser«, bestätigte Neville, und es entsprach seiner Auffassung. Dagmar schien ihm für ein Verhältnis mit einem Mann, der sie nicht heiraten konnte, zu gut zu sein. Er deutete es auch unter vier Augen an, als die Damen sich zurückgezogen hatten und Jacques ihm in der Bibliothek allein gegenüber saß.

»Wink gegen Wink: mit Ophelia selber mußt du sprechen«, erwiderte Jacques halb lässig, halb gereizt.

»Und das ist?«

»Dagmar.«

»Was für ein Vergleich.«

»Ein gegebener – sie haben Dänemark gemein.«

»Und was könnte ich ihr sagen?« fragte Neville.

»Sag ihr, die Welt sei groß – noch größer als das Tischtuch bei einem Lordmayoressen, und rate ihr ab, sich just auf dem Fleckchen Paris niederzulassen. . .«

»Fast Hamlet. Ist dir so zumut?«

»Wer sonst verfiele darauf, eine Dame, die sich pflegt, mit einer Fliege zu vergleichen?«

»In der Tat. Deine Laune scheint gallig zu sein.«

»Du hast erwartet, daß ich etwas für die Tugend tue, und ich gab einen Rat.«

»Ich kann ihr doch nicht vorschlagen, in jede andere Stadt, nur nicht nach Paris zu ziehn. Weshalb bestehst du darauf?«

»Weil ich logisch denke«, erklärte Jacques aus seinem Sessel.

»Wenn eine Frau fürchtet, daß ein Mann ihr gefährlich wird, sucht sie nicht seine Stadt aus, sie geht in eine fremde.«

»Ist das nicht etwas viel verlangt?«

»Du weißt nicht, wie die Dinge liegen. Als Dagmar sich für Paris entschloß, ahnte sie noch nichts von Alexandra und den Kindern.«

»Ich verstehe. Und jetzt weiß sie ...«

»Daß ich mich nicht scheiden lasse.«

»Warum eigentlich nicht?«

»Weil ich nicht für Rasuren bin.«

»Wie meinst du das?«

»Meine Gleichnisse heute abend taugen nichts. Ich dachte an die Schulkinder, die in ihrem Heft radieren, wenn sie sich verrechnet haben, sie liefern eine unsaubere Arbeit ab. Ich streiche lieber durch und fange eine neue Seite an. Du siehst, ich bemühe nicht einmal die Tatsache, daß Alexandra als Katholikin die Scheidung verwirft.«

»Du glaubst nicht, daß ihr euch eines Tages aussöhnen könntet, du mit ihr, oder sie mit dir?«

»Ich bin auch nicht für Aussöhnung«, sagte Jacques. »Versteh mich recht. Ich sagte mir, daß ich dazu bereit sein müsse, als Alexandra mich wissen ließ, daß sie unser drittes Kind erwarte. Statt sich auszusöhnen, schickte sie eine Abmachung, wonach ich für die beiden ersten Kinder zu sorgen habe, sie aber allein für das dritte, mit dem ich mich offenbar nicht einmal in Gedanken befassen soll. Das also war endgültig. Denk von mir, was du willst, ich bejahe Endgültigkeiten, und wenn es soweit ist, fällt in meinem Hirn wie auf der Eisenbahn ein Hebel: Geleise ist gesperrt.«

»Das dritte Gleichnis, und höchst modern, mein lieber Jacques.«

»Ja, ich kehre nie zu dem zurück, was sich erledigt hat.«

»Wenn du es durchführen kannst ...«

»Man muß wissen, wie man leben will, sonst findet man sich nicht zurecht.«

»Man wird mit Maximen leicht rechthaberisch und selbstgerecht«, gab Neville zu bedenken.

»Die oberste lautet: sieh zu, daß du elastisch bleibst.«

»Sei ehrlich. Du hältst dich im Grunde für einen Mann, der nicht zur Ehe geeignet ist, und bist, wiederum im Grunde, zufrieden, daß du auf deine alte Linie zurückgefunden hast.«

»Mein Übertritt ins Bürgerliche hat sich als Ausflug herausgestellt – aber als ich ihn unternahm, wußte ich das nicht.«

»Ich erinnere mich, wie erstaunt ich war, als aus Kairo die Nachricht von deiner Verheiratung kam.«

»Mein lieber Neville, ein paar Jahre zuvor war ich ebenso verwundert, als ich nach London zu deiner Trauung fuhr. Ich hätte geschworen, daß du der geborene Gentleman-Junggeselle seist.«

»Das war ich auch wohl, und doch bin ich mit Josepha glücklich geworden.«

»Es gibt Frauen, mit denen man es wagen kann. Josepha gehört dazu.«

»Auch Dagmar, das leugnest du doch nicht«, erklärte Neville mit Entschiedenheit.

»Ich leugne es nicht. Was hilft es mir?«

»Du würdest sie heiraten, wenn du frei wärst?«

»Soll ich wünschen, daß Alexandra stirbt?«

»Arme Dagmar. Es könnte eine Tragödie daraus werden. Haben wir nicht an dem einen Fall Grace genug?«

»Ohne Zweifel. Nun ganz ernst gesagt: Sprich mit Dagmar und rate ihr zu London, sie dachte schon daran. Noch besser, Josepha übernimmt es«, erklärte Jacques, stand auf und ging auf die Terrasse hinaus.

Die Sterne flimmerten, kein Dunst verschleierte sie, die Milchstraße spaltete sich über dem Haus. Noch weiter oben, auf dem höchsten Punkt der Insel, mußte man das ganze Rund des Himmels als vollkommene Kugel über den Gewässern sehn.

Neville schien noch in der Nacht mit Josepha geredet zu haben, da auch Josepha schon vor dem Frühstück mit Dagmar sprach. Die beiden Frauen suchten einander; was viel war, sie hatten sich gern. Josepha konnte nicht gut sagen, daß der Rat, Paris zu meiden, von Jacques selber kam. So trug sie ihn als ihren eigenen vor.

»Die Wohnung ist bereits gemietet, die Möbel sind auf einem französischen Schiff unterwegs«, gab Dagmar zu bedenken.

»Es läßt sich noch rückgängig machen, und selbst wenn es Sie ein paar Pfund mehr kostet, erkaufen Sie sich damit den Frieden«, entgegnete Josepha.

»Es würde mir feige erscheinen.«

Josepha hielt sich zurück und schwieg.

»London könnte mich verlocken, weil Sie dort sind«, meinte Dagmar versonnen.

»Sie wären nicht allein. Sie nähmen eine hübsche Wohnung, und Kleindagmar würde eine junge Engländerin.«

»Lassen Sie mich darüber nachdenken«, bat Dagmar nun.

Sie gingen während dieser Unterhaltung durch den Garten. Jetzt kam Grace vom Hause her und winkte erregt mit einem Blatt Papier. In London gab es den Privattelegrafen des Herrn Watson, der in den Badeorten der Südküste Signalstationen besaß und Nachrichten weitergab. Ihn hatte Irving zu der Mitteilung benutzt, daß er seit zwei Tagen in London sei und am Abend in Ryde eintreffen werde.

Am Nachmittag bat Jacques Neville, ihn zu begleiten. Er wollte noch einmal das Grundstück besichtigen, das er kaufen und mit einem Cottage nach seinem Sinn bebauen konnte.

Seitdem er Ventnor und die Dörfchen am Undercliff gesehn hatte, gefiel ihm Ryde nicht mehr so gut wie vorher. Wenn man jeden Sommer nach Wight gehn mußte, wurde leicht ein Zwang daraus, und wenn Neville, der sein Haus nur gemietet hatte, fortblieb, saß er auf der Insel allein. Immerhin, das Grundstück lag oberhalb des Ortes, es stand noch Eichenwald darauf. Wurde er gerodet, so konnte man einen Garten anlegen, am Tag zur Sonne beten und nachts das Firmament sich drehen sehn.

Neville erklärte, der Gedanke, an derselben Stelle ein Stück Boden für sich selbst zu kaufen und seinerseits zu bauen, verlocke ihn. Ventnor hielt er für zu abgelegen; von Ryde zum Festland und also auch nach London hingegen war es nur ein Sprung. Jedoch, meinte er, Jacques habe recht, man müsse in Betracht ziehn, daß ein Tag komme, an dem der Familienbesitz ihm, Neville, gehöre und der Sommeraufenthalt in Brighton House gegeben sei. Die Beratung endete damit, daß sie beschlossen, noch ein Jahr zu warten.

Ein Dampfer tutete. Es konnte das Fünfuhrschiff sein, das Irving brachte. Sie begaben sich zum Pier, wo Grace schon stand und dem Boot entgegensah.

»Er ist es«, sagte sie. Der große, gebräunte Mann mit der Charakternase und den unbekümmerten Locken war unverkennbar.

Jacques hatte seinen letzten Bericht aus Algier gelesen, er mochte den Franzosen nicht willkommen sein. Siebzehntausend Mann hatten sie in einem Jahr durch Krankheit verloren, und der Oberbefehlshaber verlangte ein Besatzungsheer von hunderttausend, um gegen diesen fanatischen Abd el Kader zu bestehn. Die Pariser Presse hatte die Ziffern Irvings bestritten, die Londoner sie aufgegriffen und ihn einen Mann von unbestechlicher Offenheit genannt. Es ließ sich schwer begreifen, daß die Times auf ihn verzichten sollten, nur weil sein Privatleben verwundbar war.

Aber sie verzichteten, sie konnten die Wirkung des Artikels, den Macpherson verbreitete, nicht übersehn, in einem Augenblick, wo die irische Frage, die soziale, die religiöse, die der Zölle und des Brotes die Gemüter so stark erregte, daß die Opposition skrupellos zu jedem Mittel griff. Nicht nur der Herausgeber, sondern auch ein Anwalt, den Nevilles Vater schickte, hatten Irving das auseinandergesetzt. Irving war ein Mann, der gut tat, vorerst zu schweigen und, noch besser, eine Zeitlang aus dem Blickfeld zu gehn.

»Vorerst, eine Zeitlang, als ob das genügte«, sagte Grace bedrückt. »Macpherson wird auf der Lauer liegen und eine neue Mine springen lassen, wenn du dich wieder regst.«

Man saß in der Bibliothek, und wenn es eine Familienzusammenkunft war, so war es ein Kriegsrat zugleich. Lady Felicia hörte aufmerksam zu und sah aus, als werde sie bald die Führung übernehmen. Wie ein alter Häuptling der Indianer sah sie aus, cholerisch die Augen, die Nase nicht weniger kühn als die Irvings, die der jenes Kaisers auf der tirolischen Steilwand glich.

»Die Frage ist erstens, womit ich mich beschäftigen soll, und zweitens wo«, sagte Irving. Felicia hob den Finger mit dem altmodischen Brillanten:

»Die Frage ist vor allem, was ihr zu tun habt, damit das Gerede verstummt. Ihr müßt euch trennen, Mr. Croß geht am besten aus dem Land.«

»Womit?« unterbrach sie Grace. »Wovon soll er leben, von den ersparten paar hundert Pfund?«

»Darüber werde ich mich mit ihm verständigen«, erklärte Felicia, »er geht außer Landes, und du erziehst die Kinder an einem Ort, wo man möglichst wenig von diesen Geschichten weiß.«

»Ich trenne mich nicht von ihm.«

»Lady Felicia hat recht«, sagte Irving. »Ich habe daran gedacht, nach Amerika zu fahren. Einmal war ich schon für die Zeitung dort, und man suchte mich zu halten. In den Vereinigten Staaten schießt die Presse so üppig wie die Eisenbahn ins Kraut.«

»Und ich?« fragte Grace.

»Wenn ich mir eine Stellung geschaffen habe, kommst du nach. Dann sind wir wenigstens zusammen – in welcher Form, das wird sich zeigen.«

»Es ist nicht einzusehn, weshalb ich dich nicht gleich begleiten sollte«, widersprach Grace.

»Doch«, sagte er. »Es geht deshalb nicht, weil der Skandal vergrößert würde und weil die Kinder da sind. Du kannst sie nicht drüben der Unsicherheit aussetzen.«

»Du würdest ihn belasten«, fügte Felicia hinzu. Grace schaute sie an und erwiderte:

»Ich hatte mir einen andern Plan für ihn ausgedacht.«

»Daß er hier bleibt?«

»Ja. Keiner unter den Zeitungsleuten weiß besser in den Zuständen Bescheid, mit denen sich die Kommission Nevilles und ihr Memorandum beschäftigt. Nimm an, Irving würde seine ganze Kraft und seine freie Zeit an die Studien wenden, die Bergwerke in Schottland, die Fabrikstädte im Westen, die Landgüter in Irland bereisen und darüber ein Buch schreiben – ich bin gewiß, daß es Aufsehn macht und ihn bei der nächsten Wahl ins Unterhaus bringt.«

»Sag gleich, daß du ihn dabei begleiten und Mitverfasserin sein willst – ein Mann und eine Frau tun sich zu einer flammenden Anklage zusammen«, erklärte Jacques.

»So ist es«, sagte sie. »Ich habe viel Not gesehn, ich kann mich auch ausdrücken, und gerade daß eine Frau bei diesen Dingen ihre Stimme erhebt, wird zum Erfolg führen, das Buch über den Pauperismus schlägt ein ...«

»Und fegt deinen Vater hinweg«, schloß Jacques.

»Was denkst du von meinem Plan?« wandte sie sich an Irving.

»Es wäre ein guter Gedanke, ein großartiger sogar, wenn nicht das eine Hindernis bestände, daß man unweigerlich sagt: als er sich in den bürgerlichen Reihen nicht halten konnte, ging er zur radikalsten Opposition und griff die an, die ihn ablehnten. Es läßt sich nicht machen, Grace, man muß reine Hände haben, wenn man unter die Ankläger geht. Ich fahre nach Amerika.«

»Nun gut, dann steht auch mein Entschluß fest. Ich begleite dich nicht auf deinem Schiff, aber ich folge dir auf dem nächsten, und alles wird in der größten Verschwiegenheit geschehn.«

»Unmöglich. Die Kinder ...«

»Die Kinder lasse ich zurück«, sagte die neue Medea zu dem Jason, dem sie folgen wollte. »Tante Felicia, du hast mir eine Zuflucht bei dir angeboten; gewähre sie den Kleinen, bis ich sie wieder brauchen kann.«

»Vertraue sie mir an«, rief Josepha, »Neville, du mußt einwilligen, ich beschwöre dich.«

Ehe Neville sich äußern konnte, setzte Felicia fest, daß sie das Mädchen, Josepha den Jungen nehmen werde.

»Gerechter Gott, das ist das Atridenhaus«, stöhnte Jacques, der bei den klassischen Erinnerungen war, »es ist schlechthin die Familie – von außen so wohlgeordnet wie Bürgerwehr bei der Parade, von innen zerrt jeder an einem andern Strang. Warum das alles? Weil sie ihren Liebsten nicht heiraten kann.«

107

Da Dagmar neben ihm saß, war sie es, die seinen Ausruf hörte. –

»Pardon, ich hätte das nicht sagen sollen«, erklärte er.

Sie lächelte ein wenig schwermütig und stand auf. Er folgte ihr auf die Stufen, die in den Garten führten. Niemand von denen drinnen beachtete es, sie redeten noch immer aufeinander ein. Viele Sternbilder standen über den beiden, rot glühte im Südosten der ansteigende Mars.

»Soll ich Ihnen einen Schal holen?« fragte Jacques.

»Nein, danke. Sie ist tapfer, sie ist mutig, und sicher wird sie ihm folgen, ich beneide Irving, beneide Grace.«

»Dagmar«, bat er.

»Ja?«

»Auch ich bin nicht unempfindlich für so starke Liebe, auch mir gefällt Grace mit ihrem Mut.«

»Aber es ist eine platonische Empfindung, in der Praxis entschlössen Sie sich nie dazu.«

»Neville hat sich heute erkundigt, ob ich heiraten würde, wenn ich meine Freiheit besäße.«

»Und was haben Sie geantwortet?«

»›Soll ich wünschen, daß Alexandra stirbt?‹ fragte ich zurück.«

»Gewiß sollen Sie es nicht wünschen. Weshalb auch? Sie gäben eine ausgezeichnete Rückendeckung auf.«

»Es ist Ihrer nicht würdig, so boshaft zu sein.«

»Was wäre würdig?« erkundigte sie sich.

»Daß Sie mir glauben, was ich nun sage: eine einzige Frau könnte mich den Entschluß, der Ehe aus dem Wege zu gehn, vergessen machen, und die, Dagmar, sind Sie.«

»Das ist für Jacques Maslin viel«, erwiderte sie, in ihrer Stimme war ein dunkler Ton. »Um der Freundschaft willen will ich es sogar glauben«, fügte sie hinzu, und diesem Nachsatz einen letzten: »Platonisch bleibt es ja doch.«

Nicht nur der Mars glühte wie das blutunterlaufene Auge eines Stiers, es sprühte auch aus dem Sternbild des Perseus der Laurentiusschwarm. Irgendwo vor oder hinter ihnen huschte das Blinklicht eines Leuchtfeuers, man konnte seinen Standort nicht unterscheiden, es geisterte durch die warme und samtschwarze Nacht.

»Josepha gab mir den Rat, Paris zu meiden – Jacques, ich möchte wissen, ob sie ihn allein fand, oder ob Sie dahinterstehn.«

»Ich könnte sagen, daß ich nicht ein Wort mit Josepha gesprochen habe. Aber Neville sprach mit ihr, und das ging auf mich zurück. Ich hoffe, daß Sie mir nicht zürnen?«

»Weshalb? Es war ein guter Rat, und ich hätte ihn angenommen, wenn es mir nicht feig erschienen wäre. Paris ist groß, nicht wahr?«

»Ohne Zweifel. Sie wollen sagen, daß man dort leben kann, ohne sich zu begegnen ...«

»Und auch, daß eine der möglichen Formen der Beziehung die wohlabgegrenzte Freundschaft ist.«

»Gewiß. Aber das Mögliche ist nicht immer das Wahrscheinliche«, erwiderte er. Sie gingen jetzt auf dem Kiesweg auf und ab, und Dagmar wies den Arm, den er ihr gab, nicht zurück.

»*Ich* kann die Freundschaft durchführen«, erklärte sie.

»Ich will nicht behaupten, daß ich es nicht auch könnte. Aber Sie müssen damit rechnen, daß ich die Notwendigkeit nicht einsehe, Dagmar. Wir sind mehr gewesen, als abgegrenzte Freunde – ist es nicht natürlich, daß ich es nicht vergesse? Ohne Wünsche, ohne Hoffnung, ohne Begehren, wie Sie es nennen wollen, mag ich nicht neben Ihnen gehn. Ich tue es nicht einmal in diesem Augenblick, wo ich Sie nicht sehe – wieviel mehr, wenn mir Ihr Auge begegnet, Ihr Mund mir zulächelt, und Sie wissen es.«

Die Tür der Bibliothek wurde geöffnet, die andern drängten sich auf den Stufen, dann schritten die Paare hinab, Grace mit Irving, Josepha mit Neville. Lady Felicia, die allein blieb, stand unter der Tür, hielt eine der Lampen mit der runden, grünen Glocke empor und glich der Statue, die über den Eingang eines Hafens die Fackel streckt. Die Lampe war zu schwer, sie schwankte in der Hand, Jacques nahm sie ihr ab.

»Zu meiner Zeit war es ein Windlicht, und es roch nicht nach diesem Petroleum«, sagte sie und säuberte die Finger wie Lady Macbeth am Taschentuch. Dann nahm sie einen Handleuchter, der Kerzen trug, und wünschte gute Nacht. Jacques, der ihr nachschaute, fand, es hätte ihr gut gestanden, durch eine Tapetentür zu entschwinden. Immerhin sah er, daß sie die Klinke mit dem Taschentuch umhüllte. Doch Dagmar versicherte ihm, das tue Felicia immer, er hatte es nur noch nicht bemerkt.

Er brachte Dagmar in ihr Hotel. Als er zurückkehrte, waren die Frauen schlafen gegangen. Neville betrachtete durch eine Lupe die Stempel und zum Teil auch schon Marken der Briefe, die man ihm für seine Sammlung aus den Kolonien besorgt hatte. Irving las den Abschnitt des Memorandums, der von der Arbeitszeit in den Modeateliers handelte.

»Sind ärztliche Gutachten dabei?« fragte Jacques.

»Von Sir James Clark, dem Leibarzt der Königin«, erwiderte Irving.

»Was schreibt er?«

»Daß die Ausnutzung noch schlimmer als in den Bergwerken und Fabriken sei. Es ist rasch vorgelesen, interessiert es dich?«

»Ja. Wie viele Mädchen?«

»In London etwa fünfzehntausend, in fünfzehnhundert Werkstätten, alle noch nicht erwachsen. Man hat nur die gezählt, die in den Sälen der Unternehmer schlafen und nicht nach Hause gehn.«

»Und die Erholungszeit?«

Irving las vor, was Clark sagte:

»Ich habe die Lebensweise dieser jungen Mädchen so gefunden, daß auch die gesundeste Konstitution sie nicht lange aushalten kann. Sie arbeiten von sechs Uhr morgens bis zwölf in der Nacht, und die einzige Rast, die ihnen bleibt, sind die kurzen Mahlzeiten im geschlossenen Zimmer und die wenigen Schlafstunden in überfüllten Sälen. Während der Hochsaison wird oft um vier Uhr geweckt.«

»Was empfiehlt man zur Abhilfe?«

»Man empfiehlt genug, aber ob diesen Mädchen damit gedient ist, steht auf einem andern Blatt«, sagte Neville und schaute über die Lupe.

»Wie meinst du das?« fragte Jacques.

»Setze für fünfzehntausend Mädchen von zwölf Jahren fest, daß sie erst mit fünfzehn arbeiten dürfen – was glaubst du, geschieht mit ihnen?«

»Ein Drittel geht sofort auf die Straße, das zweite ins Armenhaus, und der Rest verkommt auch so an der Tuberkulose und durch den Hunger«, gab Jacques zur Antwort. Neville ergänzte:

»Nicht zu vergessen die Auswirkung bei den Familien, die von ihrem Verdienst mitleben.«

»Ja, das hast du schon einmal gesagt. Aber irgendwo muß doch dieses ganze System einen Punkt haben, an dem man es aus den Angeln heben kann.«

»Du sprichst ein großes Wort gelassen aus«, meinte Irving. »Es ist mir schon lange klar, daß man nicht auf Symptome kurieren kann. Der ganze Organismus der Gesellschaft steht zur Frage, was nichts anderes heißt, als daß man ihn eines Tages von Grund aus umgestalten muß.«

»Ich verstehe, so wird man logisch Revolutionär.«

»Ich freue mich, daß du es begreifst, alter Jacques.«

»Bist du Kommunist?«

»Das würde für England nicht passen, wir kommen mit der Selbsthilfe der Gesellschaft aus«, warf Neville ein, worauf ihm Irving erwiderte:

»Fragt sich, was sie unter Selbsthilfe versteht. Will sie nur die Not lindern? Es würde zu wenig sein. Oder ist sie bereit, zuzustimmen, wenn die arbeitenden Klassen sich organisieren, als wichtigster Stand der Nation? Sie sind das Fundament, nicht wahr? Also muß die Pyramide auf ihnen ruhn.«

Es entspann sich eine Diskussion, die an die heißen Tage der Parlamentsdebatten erinnerte. Wenn man die Unternehmer zur

Zahlung höherer Löhne zwang, mußte ein Weg gefunden werden, um den Absatz zu steigern. »Fort mit dem Kornzoll, der das Brot verteuert, her mit dem Freihandel«, verlangte Irving, aber auch Neville erwies sich als ein Anhänger von Ideen, die Sir Robert Peels Partei nicht geduldet hätte. Neville und Irving dachten in vielem einig, auch darin, daß man den Arbeitern so wenig wie den Iren die Auswanderung als letztes Mittel empfehlen könne. Denn damit gestand man die Ohnmacht ein.

»Jeder Gedanke hat seine klassische Zeit, bis er veraltet«, sagte Irving. »Auswanderung war Selbsthilfe des einzelnen, der entschlossen daran ging, sich aus eigener Kraft ein neues Leben zu schaffen – heute oder morgen, wo die Massen in die Arena einströmen, liegt die Führung nicht mehr beim Individuum.«

Auf Jacques machte es großen Eindruck. Nichts kann deutlicher sein als Gegensätze, die herausgearbeitet werden. Es falle ihm auf, sagte er, daß just Irving, der die Flucht über See als überholt ansehe, zu diesem Mittel greifen müsse.

»In der Tat, ich bliebe lieber hier«, entgegnete Irving. »Länger, als nötig ist, werde ich nicht draußen sein. Im übrigen schadet es mir nicht, die Yankees bei der Arbeit zu beobachten. Örtliche Anschauung ist gut – wenn man darüber nicht die größeren Probleme daheim vergißt.«

108

Am siebenundzwanzigsten fuhren alle gemeinsam nach Southampton und fanden eine Stadt, die überfüllt war. Sie zitterte wie ein aufgescheuchter Bienenschwarm.

Am nächsten Tag legte die neue Dampfjacht der Königin und des Prinzgemahls, die Victoria and Albert, an. Der Oberbefehlshaber des Heeres, der Herzog von Wellington, begleitete die Herrscherin bis zum Ufer. Auf dem Schiff empfingen sie der Lord der Admiralität, der Außenminister und der Oberhofmarschall. Es waren die Lords Haddington, Aberdeen und Liverpool. Hinter ihnen stand der Kommandant der Jacht, Lord Fitzclarence, ein natürlicher Abkömmling des Königshauses.

Neville und Josepha hatten Zutritt zum Pier erhalten. Die andern mußten die Hälse strecken und sahn nicht viel mehr als das blitzende Rettungsboot der Jacht, das nicht sinken und nicht umschlagen konnte, seine kupfernen Röhren waren mit Luft gefüllt.

Die Admiralsflaggen senkten sich vor der Königsstandarte, und die Kriegsschiffe schossen Salut, als die Jacht in See ging. Alsbald folgten ihr die Fahrzeuge des Jachtklubs, soweit sie schon den Dampfer benutzten: kostbare Privatboote, mit allem Luxus ausgestattet. Sie gaben der Victoria and Albert das Geleit auf der Rundfahrt um die Insel Wight und weiterhin beim Besuch der Häfen an der Südküste Englands. Die Königin zeigte sich in ihren Seestädten, bevor sie zum erstenmal das Reich verließ.

Unter gewöhnlichen Umständen wären Neville und Josepha auf eine der Klubjachten eingeladen worden. Die Affäre Grace hatte bewirkt, daß sie sich fernhielten.

»Wir haben unsere Königin gesehn und können gefaßt nach Boston reisen«, scherzte Irving. Es war ein Versuch, Grace, die sich am Verzicht des Bruders schuldig fühlte, zu trösten. Er bestieg noch am Abend den Zug nach London, um die Pässe zu besorgen. Felicia fuhr nach Brighton, Grace kehrte nach Ryde zurück.

Dagmar und Jacques nahmen am nächsten Morgen den Dampfer nach Rouen, und Jacques wurde Reisemarschall einer Dame, die mit Kindermädchen und Töchterchen fuhr. Der Dampfer war halb leer, alles saß auf den Extraschiffen, die nach Trépot gingen. Bei Trépot lag Schloß Eu, wo Louis Philippe die Königin von England erwartete.

Das Boot hatte Ladung für Guernsey und legte auch in Jersey an, so daß sich ein Besuch der Kanalinseln ergab. Die nördlichste lag auf der Höhe von Kap de la Hague, dem äußersten Vorsprung der Normandie, und die meisten hatten schroffe Küsten. Sie gehörten von alters her zu England und waren der letzte Rest der Festlandsbesitzungen des Königsreichs, ein Zustand, den nicht einmal Napoleon hatte ändern können.

Zuerst kam Guernsey, die Hauptstadt hieß St. Peter Port und baute sich, ein kleines Genua, amphitheaterhaft an der Ostseite auf, gegenüber dem trotzig steilen Eiland Sark. Das Klima schien so mild wie das von Wight zu sein. Die Cottages über der Altstadt schauten aus Gärten, Blumenschmuck und Üppigkeit. Zur Linken stand, bedeckt mit grünen Rasenstücken, die Zitadelle und war höher als die höchsten Gassen. Der Union Jack wehte darauf, die Langrohre der Geschütze starrten.

Die See hatte kräftigen Wellenschlag, die Ausbootung vollzog sich nicht leicht. Die Bonne und das Kind blieben an Bord, Dagmar und Jacques gingen allein an Land. Die alten Häuser, die derben Fischer, die Oleander in den Höfen gefielen ihnen. Sie stiegen im Viertel Hauteville zur Oberstadt und gingen durch gepflegtes Land. Dagmar hatte noch nie Spargelpflanzen gesehn, Jacques machte aufmerksam darauf. An den Pfirsichbäumen hing schwere Frucht.

Der Blick ging weit hinaus aufs blaue Meer. Man sah das große Jersey, die Bootsflotille mit den Netzen und die bräunlich roten

Klippen des Archipels, der die Brücke zum Festland schlug, aus Granittrümmern bestand und von immergrünem Gebüsch umschlungen war. Die wilden Strömungen des Kanals hatten ihn von der normannischen Küste getrennt.

Sie standen vor dem mit Geisblatt überrankten Pförtchen eines Landhauses, eine Veranda war zum Tee gedeckt. Die Rosen auf dem Tisch glühten so dunkel wie die am Stock, der sich bis ans Dach verzweigte und dort den Namen der Villa frei ließ: GLEAM. Gegenüber, an der hellen Holzwand des Stalles, trocknete ein Bursche eine Stute ab, die offenbar von einem scharfen Ritt heimgekommen war, und Tauben pickten den Hafer, der aus dem Futtersack abfiel.

»Auch hier wäre gut wohnen«, sagte Jacques und schaute sich unwillkürlich nach Bauland um. Er hätte gern gewußt, wie teuer es wohl sei. Dagmar schlug ihm, über seinen Eifer lächelnd, vor, hineinzugehn und um eine Tasse Tee zu bitten. Jacques, der den Namen vom Messingschild ablas, meinte, vor zweihundert Jahren, vor hundert noch wären sie Mr. John Williams willkommen gewesen ...

»Sie sind es heute noch«, sagte eine helle Stimme über ihm.

Er fuhr zurück und blickte aufwärts. Am Fenster stand ein ganz junges Mädchen, fast noch ein Kind, mit wilden Locken, schalkhaften Lippen und, bezaubernder Gegensatz, schwermütigen Augen. Dagmar sagte leise:

»Mein Gott, wie zart und schmal sie ist.«

»Sie sind eingeladen, der Tisch ist schon gedeckt, genau für drei Personen«, erklärte der schlankste aller Pagen und warf die unbändigen braunen Haare zurück.

»Gewiß, ich sehe drei Tassen, aber zwei davon sind doch nicht nur so für Fremde hingestellt?« erwiderte Jacques verwundert.

»Doch, Sie haben es erraten«, war die Antwort. »Sie müssen wissen, die Großeltern sind zu Besuch auf Jersey, und die Tassen vertreten sie, weil es so langweilig ist, an einem leeren Tisch zu sitzen. Ach, bitte, kommen Sie, man muß nicht so ängstlich sein.«

Jacques sah Dagmar an, und Dagmar erklärte:

»Unmöglich, wir können es nicht annehmen, Jacques.«

Jacques, dem das Abenteuer Spaß machte, zog bedauernd die Reisemütze und sagte ein paar Worte des Danks – das Mädchen stieg auf das Fensterbrett, das niedrig war, und sprang, die Röcke festhaltend, auf den Kies, mit zwei Schritten stand sie vor Dagmar.

»Madame, das ist eine Insel, die nach den alten Sitten lebt, und nichts ist uns so selbstverständlich wie Gastfreundschaft.«

»Ein Argument, das überzeugt«, erklärte Jacques.

Dagmar gab widerstrebend nach. Sie gingen zur Veranda, das

Mädchen rief etwas ins Haus, und eine alte Magd erschien. Mit vorwurfsvollem Blick nahm sie den Befehl entgegen.

»Ich bin Ethel Williams«, sagte das Mädchen, »kommen Sie von England?« Jacques gab die Antwort:

»Von Wight. Mrs. Nilsen ist Dänin, und ich bin Franzose, Doktor in Paris.«

Fräulein Ethel wechselte alsbald die Sprache und erwiderte auf französisch:

»Oh, ich dachte, Sie wären ein Ehepaar.«

»Ein naheliegender Irrtum, aber ich bringe nur Madame mit ihrem Töchterchen nach Paris. Wir müssen achtgeben, sonst fährt Kleindagmar mit dem Schiff allein weiter, und das wäre schlimm, auch für den Kapitän.«

Ethel lachte, er hatte den richtigen Ton getroffen. Freimütig erklärte sie, sein Name sei ihr noch unbekannt und sie erführe ihn gern.

»Jacques de Maslin«, sagte er, buchstabierte das Wort überdies und vernahm die unerwartete Frage, ob er ein Wappen habe. Er beschrieb es, die Figur im Wappen war ein Sarazene, von einer Faust mit Schwert in zwei Hälften geteilt.

»Kommen Sie, ich will Ihnen etwas zeigen«, sagte Ethel und führte die Gäste in ein Zimmer.

Es hingen viele Ahnenbilder, Jacques sah sofort das über dem Kamin und empfand einen Schock, nicht nur, weil das Wappen in der Ecke, worauf Ethel zeigte, den Sarazenen aufwies, sondern noch mehr, weil er das Gesicht des Dargestellten kannte. Daheim in seiner Wohnung schaute es ihm aus dem Portrait seines natürlichen Vaters entgegen, aber die Tracht war die aus den letzten Zeiten Ludwigs des Sechzehnten, mit Manschetten, Zopf und Degen, während hier der gleiche Mann die große Perücke und den Harnisch des siebzehnten Jahrhunderts trug.

Es war so verwirrend, daß Jacques sich setzte, um nachzudenken.

»Wer ist das, was wissen Sie von ihm?« fragte er.

»Nur, daß er ein Hugenotte war und nach dem Fall von La Rochelle hierher floh. Die Inseln sind noch heute kalvinistisch, auf Jersey darf kein Katholik ein Stück Land erstehn. Er heiratete eine Einheimische, und seine Tochter einen Williams, von dem ich in direkter Linie abstamme. Die Williams wohnten damals noch unten in der Stadt, als Bailiffs, Jurats, Notare«, berichtete sie mit reizendem Eifer, stolz auf ihre Wissenschaft.

»Was sind Bailiffs und Jurats?«

»Es gibt immer nur einen Bailiff, das ist der Berufsrichter, der die Jurats, die Geschworenen belehrt, wenn sie Recht sprechen – wir haben noch die uralten Einrichtungen der Normannenzeit.«

»Schön. Dann sind Sie und ich irgendwie verwandt. Der Maslin dort sieht wie mein Vater aus.«

»Hat denn Ihr Vater nie meinen Großvater Williams erwähnt? Großvater ist allen Maslins nachgegangen und könnte Ihnen jede Auskunft geben – Sie sollten hier bleiben, um ihn zu sehn.«

»Das ist unmöglich. Bedenken Sie das Baby, das Kindermädchen, den Kapitän, das Schiff.«

Die Veranda, zu der sie zurückkehrten, öffnete sich nach Süden und nach Osten, mit einem Wort aufs weite Meer. Hier oben hatte man das in Ryde unbekannte Gefühl, vom Ozean umflossen, auf ein Thule entrückt zu sein, und hätte fast vergessen, daß es auch die Großeltern gab. Jungethel war einsam wie in der Ballade, ritt eine Stute in Schweiß, und wenn Menschen aus dem Tiefland kamen, bot sie, wie eben jetzt Dagmar erfuhr, die dunkelste Rose mit aller Wärme des Herzens und aller Biegsamkeit der jungen Büste an.

Nichts konnte adlig-zarter als ihre Bewegungen sein. Was aber hatte, bei so viel Temperament und Schalk, der umdüsterte Ausdruck der Augen zu bedeuten? Manchmal steigerte er sich zur Scheu, als sei ihr die Lebensfurcht bekannt.

»Vorhin haben Sie etwas Merkwürdiges gesagt«, wandte sich Dagmar an sie. »Es ist doch nicht denkbar, daß man auf diesen Inseln Katholiken verbietet, Boden zu erwerben . . .«

»Doch«, erwiderte Ethel, »zwar nicht hier auf Guernsey, wir bilden eine eigene Bailwick, wohl aber auf Jersey, das sich seine Gesetze selber gibt.«

Auch Jacques konnte es nicht glauben; seit dem Eingreifen O'Connells waren in ganz England die Katholiken gleichgestellt. Er wurde belehrt, daß die Inseln nicht zum Reich gehörten, sondern zwei Republiken bildeten, die auch keine Zölle und fast keine Abgaben zahlten, freiere Menschen gab es nicht. Die Krone ernannte den Governor und den Bailiff, das war alles – »die Kanonen, die aufs Festland gerichtet sind, gehören ihr«, fügte sie aufblitzend hinzu.

»Als was fühlen Sie sich, Kusinchen?« fragte Jacques. »Sie sprechen Französisch so gut wie Englisch . . .«

»Und auch den normannischen Dialekt«, erklärte sie. »Ich fühle mich als alles drei.«

»Wenn Sie Zollfreiheit haben, ist auch das Leben billig?«

»Billiger als weit und breit. Die Austern kosten nichts, die Langusten wenig. Obst und Gemüse und Brot brauchen wir nicht einzuführen; nur der Tabak ist zu teuer, wenn man Großvater glauben soll.«

»Fehlt bloß, daß ein Arzt mit französischem Examen hier praktizieren darf. Wissen Sie etwas darüber?«

»Nein. Warum fragen Sie? Wollen Sie sich hier niederlassen?« erkundigte sie sich, und da sie die Hand aufs Herz legte, sah man, daß ihr der Atem vor Erwartung stockte.

»Das nicht, aber ich will mir irgendwo auf einer Insel ein Sommercottage bauen, und während dieser Monate würde ich ganz gern meinen Beruf ausüben.«

»Wunderbar. Auch der Boden ist hier nicht teuer, kaufen Sie sich an. Wir können reiten, segeln, nachts bei Fackelschein mit den Fischern ausfahren – malen Sie?«

»Ich zeichne, und Sie?«

»Ich möchte Malerin werden, darf es aber nicht. Nie würde Großvater mich fortlassen, und ich möchte doch so gern in Paris studieren. Kennen Sie die Maler dort?«

»Ary Scheffer ein bißchen, aber auch die andern fielen nicht weiter schwer.«

»Ach, Monsieur Jacques«, sagte sie innig.

»Ich fürchte, selbst Ary Scheffer wird dem Großvater keinen Eindruck machen.«

»Ich will ihm von Ihnen erzählen, und wenn Sie mich einlüden, gäbe er mir vielleicht die Erlaubnis für ein paar Wochen, da wir ja doch Verwandte sind«, rief sie und war noch ein rechtes Kind.

Sie versprach ihm, über die Niederlassung zu berichten, und er gab ihr seine Karte, auf der die Adresse stand. Sie ging mit ihnen zum Hafen und auch aufs Boot, um die kleine Dagmar zu sehn. Dann stand sie am Ufer, schaute dem Schiff sehnsüchtig nach.

»Was sagen Sie zu dieser Überraschung?« wandte sich Jacques an Dagmar Nilsen.

»Daß Sie unter einem romantischen Stern stehn. Wer mit Ihnen reist, erlebt Unerwartetes . . .«

»Dagmar, ich nehme Sie beim Wort.«

Zehntes Kapitel

ETHEL UND ARABELLA

109

Es sollte 1849 werden, bis Jacques zu einem Cottage kam. Aber er wußte es nicht und hoffte jedes Jahr, im folgenden soweit zu sein. Als er im Sommer 1844 mit Dagmar die Frage der Ferien besprach, wären sie beide gern wieder nach Wight gegangen, es lag auch eine Einladung Josephas vor.

Josepha, die mit Dagmar Briefe wechselte und wußte, wie sie nun mit Jacques stand, mochte noch so nachsichtig sein – es sei schlechter Stil, bei den Verwandten Jacques' als seine Geliebte zu verkehren oder gar bei ihnen zu wohnen, erklärte Dagmar nun. Sie hatte sich damit abgefunden, daß sie Jacques nicht heiraten konnte oder Jacques nicht sie, und Paris erlaubte ihr wie hundert, wie tausend andern Frauen, den Schein zu wahren.

Sie besaß ihre Wohnung in Vignols Haus, empfing mit Vorsicht den Besuch von Freunden, und wenn die Stunde der Begegnung kam, verließ sie ihr Viertel, ging in diesen Neubau an der Ecke des Boulevard des Italiens und der Rue du Helder: keine Dame, die hier eintrat, fiel auf. Außer dem Gesandten eines deutschen Kleinstaates wohnten zwei Ärzte darin, und einer war Frauendoktor, eben Jacques.

In Ryde also hätte der Schein sich nicht wahren lassen oder wäre so durchsichtig gewesen, daß er besser stündliche Duldung hieß. Daher gingen sie lieber nach Trouville, empfanden aber gerade hier zum erstenmal den Zwang, der den freien Verbindungen gleich einem Schatten folgt. Da Jacques als Junggeselle galt und nun schon ein bekannter Doktor war, gab es genug Familien, die ihn einluden. Sie boten ihm ihre Vergnügungen und Unterhaltungen an, beobachteten, daß er Dagmar am Strand aufsuchte, erkundigten sich bei ihm nach ihr und lächelten, wenn er entgegnete, sie sei ihm ärztlich bekannt.

Eine Ausländerin ohne Gatten bewog die an Ausländer gewöhnten Franzosen nicht, über die allgemeine Höflichkeit hinauszugehn, es sei denn, daß sie durch Rang oder Auftreten aus der Reihe fiel. Und Dagmar führte schließlich nur den Namen Nilsen, der recht bürgerlich war. Diese Trouviller Wochen hinterließen eine so unfrohe Erinnerung, daß Jacques nicht allzu eifrig widersprach, als Dagmar im Sommer 1845 erklärte, sie habe Heimweh nach der Ostsee, und schon Mitte Juni die weite Reise nach Doberan antrat, das zwar nicht in Dänemark, aber immerhin an seinem Rande lag. Doberan war ein mecklenburgisches Bad, sein Ruf kam dem von Travemünde und Kuxhaven zum mindesten gleich.

Die Frage, ob Dagmar nach dem Aufenthalt in Doberan Jacques in Travemünde treffen werde, tauchte auf. Vorerst blieb er allein in Paris zurück. Neville schrieb, nachdem er im Mai die Jungfernfahrt der berühmten Great Britain wenigstens bis Irland mitgemacht und danach mit Josepha auf dem Kostümball im Buckinghampalast echte Kleider aus dem Besitz der Großeltern getragen habe, sei er im Augenblick zu Derby auf der Jahresversammlung der Landwirte, um den Essexeber des Herrn Hopp oder den Schurwidder des Herrn Pawlett mit Preisen von zehn bis zwanzig Pfund Sterling zu krönen, im August aber auf Wight, wo die Königin jetzt das Land um Norris Castle besitze und Osborne House baue.

Zwischen Travemünde und Wight schwankend, erhielt Jacques den Besuch des Eigentümers von Gleam, dem Landhaus auf Guernsey, und seiner Enkelin Ethel Williams.

Einmal hatte Ethel ihm geschrieben, er für die Mitteilung gedankt. Wenn sie zutraf, machte die Zulassung auf der Insel keine große Schwierigkeit, und sein französisches Examen genügte, sobald die sich selbst regierenden Herren dahin entschieden, und dazu war die Empfehlung so gewichtiger Männer wie des Großvaters Williams gut.

Als Jacques jetzt das Mädchen sah, erschrak er und war zugleich entzückt. Zwei Jahre hatten genügt, um das Kind von sechzehn in eine junge Dame zu verwandeln. Die Grazie der Bewegungen, die Süße der zarten Brust schienen vollkommen zu sein. Aber auch gebrechlicher war sie geworden, und der Schalk hatte die Augen verlassen, um sich in die innersten Mundwinkel zurückzuziehn – auch da noch bedrohte ihn ein herber Zug. In den Augen brannte etwas, das wie eine heiße Verzweiflung war. Er blickte unmittelbar hinein; sie schlug die Lider in einer sanften, vielleicht auch müden Bitte nieder.

Als Arzt riet er auf Schwindsucht, erfuhr aber in der gleichen Eigenschaft, daß es sich vermutlich um eine Krankheit handle, die noch bedrohlicher war, weil man wenig von ihrer Natur und nichts von ihrer Bekämpfung wußte – das Blut erneuerte sich nicht in der richtigen Weise, die roten Blutkörperchen räumten vor den weißen das Feld. Mit der gewöhnlichen Anämie hatte Jacques viel zu tun, in der Stadt litt jedes zweite Mädchen an ihr; daß aber diese bösartige Form in so frühem Alter auftrat, war ihm neu.

Die Diagnosen wurden nicht vor Ethel erörtert. Während sie in einem Sessel am offenen Fenster saß und versunken das Leben auf dem Boulevard betrachtete, sprach Williams mit Jacques im Nebenzimmer. Williams, ein sanguinischer Mann mit einer Schlagflußnatur, erklärte, sie seien schon acht Tage in Paris, und entschuldigte sich, weil er den Weg zu Jacques so spät erst fand. Ob Jacques Doktor Teissier kenne, den Chefarzt des Hospitals von Sainte-Marguerite, fragte er.

Jacques nickte, Teissier machte Versuche mit der Homöopathie des nun toten Hahnemann. Williams wurde lebhaft: eben darum habe er Ethel zu Teissier gebracht, auf Empfehlung des Doktors in Guernsey. Teissier also vermute diese Bluterkrankung und wolle Ethel weiterhin beobachten; er aber, Williams, habe aus Guernsey Nachrichten empfangen, die seine Rückkehr verlangten – ein Brand von Lagern, woran er beteiligt sei. Ethel müsse bleiben, im Hotel könne er sie nicht allein lassen, Teissier habe ihm geraten, sie in eine Maison de santé als Pensionärin zu geben, und schlage die Bains Tivoli in der Rue Saint-Lazare vor – was hielt davon Jacques?

Jacques fand, es sei ein seltsamer Rat für einen Homöopathen. Zwar fehlte es in den Bains Tivoli nicht an ärztlicher Aufsicht und nicht an Bequemlichkeiten, doch waren sie vor allem eine dieser Pariser Unternehmungen, die es darauf absahn, hohe Rechnungen zu schreiben, für Salons mit großen Gemälden, für Treppenläufer, Billardzimmer und Garten.

Aber die medizinischen Bäder, Ethel solle Bäder aller Art nehmen, wandte Williams ein. Gewiß, gab Jacques zu, gleichwohl gefalle ihm eine so weltliche Anstalt nicht für das junge Mädchen – zuviel reiche Amerikanerinnen, zuviel lebenslustige Herren. Und da Williams gekommen war, um ihm nahezulegen, er möge sich während seiner Abwesenheit Ethels annehmen, so machte er einen andern Vorschlag. In der Nähe lag eine stille, sehr gewählte Pension, die von einer gewissenhaften Dame, der Witwe eines napoleonischen Marschalls, geführt wurde, und hierher, zu Mme. Camorin, schickte er ernsthafte Patientinnen von auswärts, die weniger an die Vergnügungen der Stadt als an ihre Krankheit dachten.

Williams erklärte sich bereit, Jacques machte ihn darauf aufmerksam, daß er nur noch ein paar Wochen in Paris bleibe. Williams erwiderte, in zehn, zwölf Tagen sei er zurück. Jacques erkundigte sich nach seiner Frau und vernahm, daß sie vor einem Jahr gestorben war. Sie sprachen noch ein wenig über den Grad ihrer Verwandtschaft, und Williams übergab ihm einen Auszug des Stammbaums, der die gemeinsame Herkunft von einem Maslin um 1625 bewies. Dann gingen sie zu Ethel hinüber und teilten ihr mit, was über sie beschlossen war.

»Es ist nicht weit zu dieser Marschallin?« fragte sie.

»Nur ein paar Schritte in die Rue du Helder hinein«, versicherte Jacques, und sie lächelte zufrieden:

»Sie müssen wissen, das Laufen ermüdet mich.«

Auf der Treppe, die Wohnung lag im zweiten Stock, gab Jacques ihr den Arm, aber auf der Straße hängte sie sich an den des Großvaters.

»Weil es das letzte Mal ist«, sagte sie und ahnte nicht, wie genau diese Bemerkung zutraf.

Mme. Camorin hatte ein Zimmer frei, Ethel siedelte über, Williams reiste beruhigt ab, Jacques kehrte zu seiner Arbeit zurück. Jeden zweiten Vormittag operierte er, die Patientinnen lagen in den benachbarten Hospitälern oder Kliniken. Die Sprechstunde des Morgens fiel an diesen Tagen aus. Die des Nachmittags dauerte bis fünf: die Gehilfin räumte noch auf, er selbst ging ins Badezimmer, das man bei wenigen Ärzten fand, und wusch die Hände: zum wievielten Male an einem Tag. Dann steckte er die wohlverdiente Havanna an und setzte sich an den Schreibtisch im Studio, um aus dem Tagebuch, das die Gehilfin führte, die Posten auszuziehn. Patientinnen, die nicht nur einmal kamen, wurden in ein besonderes, nach dem Alphabet geordnetes Buch eingetragen, es hatte jede ihr Konto darin.

Die Schelle im Gang unterbrach ihn heute. Es mochte einer der Bekannten sein, mit denen er zu einer Caféterrasse, zum Flanieren und danach zum Speisen ging. Da alle Pariser um diese Zeit die Boulevards aufsuchten, schellte es öfter, als ihm lieb war – diese so leicht zugängliche Wohnung hatte auch ihren Nachteil. Aber als er öffnete, stand Ethel vor der Tür. Er machte sein strengstes Gesicht und sagte: »Das ist gegen die Verabredung, sind sie ungehorsam? Meine Tagesarbeit ist noch nicht zu Ende ...«

»Aber Sie rauchen doch«, unterbrach sie ihn naiv.

»Ich mache eine halbe Stunde Pause, dann muß ich in die Klinik gehn, wo meine Patientinnen liegen, und das dauert bis sieben – um sieben bin ich erst frei – für gewöhnlich«, fügte er hinzu, an diesem Tag hatte er ausnahmsweise in der Klinik nichts zu tun.

»Nicht schelten, Jacques«, bat sie und folgte ihm ins Studio. »So darf ich Sie doch nennen? In den zwei Jahren habe ich in Gedanken immer Monsieur Jacques gesagt. Sie müssen wissen, daß ich nicht schlafen konnte, und darum kam ich selber her.«

»Sie müssen wissen«, wiederholte er die Redensart, die offenbar ihre Lieblingsphrase war, »Sie müssen wissen, daß Mme. Camorin nach dem Willen Ihres Großvaters ein Aufsichtsrecht besitzt. Ein junges Mädchen kann in diesem Viertel noch weniger als in einem andern auch nur das Näschen aus dem Hause stecken. Hat man Sie angesprochen?«

»Zweimal, und es war doch nur ein Katzensprung. Der eine fragte, weshalb ich so blaß sei, dann sagte er was Abscheuliches.«

»Wir wollen es noch einmal festsetzen«, erklärte Jacques. »Wenn Sie ausgehn, dann nur mit mir; einmal am Tag, am besten vormittags, fahren Sie ins Bois, entweder mit Mme. Camorin oder mit ihrer Schwester, so hat es der Großvater abgemacht.«

»Ach, die Marschallin ist eine alte Dame ...«

»Erst fünfundfünfzig, was wollen Sie?«

»Ich wundere mich, daß sie nicht schon achtzig ist. Marschallin, ich bitte Sie.«

»Ein Oberst wurde damals früh Marschall und dann heiratete er aus dem Kloster heraus ein Mädchen von siebzehn. Mme. Camorin könnte noch jünger sein.«

So ging es hin und her. Jacques saß dabei am Tisch und vollzog die letzten Eintragungen ins Journal. Natürlich hatte er um Erlaubnis gebeten, da er aus Grundsatz nicht weniger als von Natur höflich war. Ethel aber fand, bevor dieser erste Abend zu Ende ging, eine andere Erklärung, die ihn überraschte. Nachdem sie im Restaurant beobachtet hatte, wie er einen Bekannten, der sich offenbar gern zu ihnen gesetzt hätte, fortschickte, sagte sie:

»Sie sind sehr höflich, Jacques – ich glaube, Sie sind es aus Hochmut. Man spürt einen Willen, aber es gefällt mir gut.«

110

Diese Unterhaltung fand bei Ruel statt. Der Besitzer des Lucullus, der selbst kochte, daher er die weiße Mütze trug, kam an den Tisch und fragte, ob Mademoiselle mit dem Täubchen, Monsieur mit dem Rebhuhn zufrieden sei. Jacques erkundigte sich nach dem Geschäftsgang und erfuhr, er sei schlecht; es liege eine Unruhe in der Luft, die Börsenkurse wichen, die Kommunisten griffen den Bürger, die Republikaner den König an.

Jacques hörte Ruel geduldig zu, zwischen dem Arzt und dem Koch bestand eine gewisse Vertraulichkeit, und Ethel erteilte eine neue Note – diese Art höflich zu sein, gefalle ihr doch am besten, sagte sie.

Auf dem Heimweg folgten sie den Boulevards. Die Theater hatten Pause, und Herren, die eine Zigarre rauchten, gingen im Freien auf und ab. Ethel nahm seinen Arm:

»Wofür hat Ihr Lucullus uns gehalten, wofür halten uns die Leute?« fragte sie.

»Für Onkel und Nichte«, schlug er vor, »über Vetter und Kusine würde man nur lächeln.«

»Aber das sind wir doch – Sie der letzte Maslin, der den Namen trägt, und ich die Enkelin des Perückenmannes im letzten Glied.«

»Im sechsten, siebten, achten – kann man da noch von Verwandtschaft sprechen?« fragte Jacques.

»Schön, sagen wir also Onkel und Nichte. Aber wenn man schon beim Schwindeln ist, kommt es nicht mehr darauf an. Weshalb geben wir uns nicht als Bruder und Schwester aus? Wie alt sind Sie?«

»Einunddreißig.«

»Und ich bin achtzehn. Es geht zur Not. Geschwister sind oft dreizehn Jahre auseinander, nicht wahr, Jacques?«

»Ich lasse es gelten, weil ein Bruder kein Blatt vor den Mund nimmt. Schwesterchen, es ist Zeit, daß Sie ins Bett kommen.«

»Niemand glaubt, daß Sie mein Bruder sind, wenn Sie nicht Du sagen.« Fortan duzte sie ihn, und es war nichts dagegen einzuwenden. Sie kamen am Jockey-Club vorbei. Es folgten die Oper, das Café de Mulhouse, der Passage de l'Opéra, das Hôtel Paturle, jenseits der Rue Lepelletier das Café Riche und, nachdem die Rue Lafitte überschritten war, die Maison Dorée, Tortoni an der Ecke, das Café de Paris, und nun wurde es vollends elegant. Die Privathäuser nahmen zu, vornehmer als das Hôtel d'Osmond mit seinem Vorgarten und den sechs Säulen der Front konnte nichts sein.

Die Ulmen, seit zehn Jahren oder mehr nicht für Barrikaden benutzt, hatten ansehnliche Kronen angesetzt. Die Gaslaternen erhellten sie nun bereits von unten her. Hübsch waren die breiten Röcke der Frauen, sie füllten die weite, vom dunkelsten Abendblau überwölbte Arena des Straßenzugs. Die langen Schals schimmerten, die einen weiß, die andern grau, und sahen wie Sommermäntel mit Fransen aus.

Sie waren über die Rue du Helder hinausgegangen und machten nun kehrt. Alsbald bettelte Ethel um ein Viertelstündchen bei Tortoni, obwohl die öffentliche Uhr am Bürgersteig, die in einem so milden Gelb leuchtete, auf zehn schon stand. Jacques erklärte, er setze das Vertrauen Mme. Camorins aufs Spiel; aber Ethel ließ sich auf einen Stuhl der Terrasse von Tortoni nieder und sah ihn flehend an.

Es sei der Augenblick, das alles, die Ausgänge und den Verkehr mit ihm zu besprechen, sagte sie und gestand, woran ihr lag. Daß sie viel ruhen müßte, sah sie ein, bestimmte aber seine Arbeitszeit dafür. Wenn seine freien Stunden kamen, wollte sie auch ihre haben – »Nur eine einzige Woche lang, Jacques, acht einzelne Tage, die für mich kostbar sind. Wenn du bedenkst, daß ich wieder nach dem einsamen Guernsey zurückkehren muß, wirst du sie mir schenken; du sollst gut zu deiner armen Schwester sein.«

Am Vormittag das Bad und die Ausfahrt, am Nachmittag Bettruhe und Schlaf, dann Ausgang mit ihm und eine Abmachung mit Mme. Camorin, daß die Mahlzeit am Abend ausfalle, das war ihr Programm. Gelegentlich wollte sie auch ein Konzert, eine Oper, eine dramatische Aufführung sehn. Das Glas Wasser von Scribe zum Beispiel – oh.

Jacques pflegte um sechs aufzustehn. Eine halbe Stunde später verließ er das Haus, um an dem einen Tag in die Manege von Latry zum Reiten, am andern in eine der Salles d'armes zum Fechten zu gehn. Manegen gab es in den Seitenstraßen der Boulevards. Bei schlechtem Wetter ritt er in der gedeckten Halle, bei gutem lenkte er sein Pferd in die Champs-Elysées. Da Latry Engländerinnen Unterricht gab, geschah es öfter, daß Jacques eine von ihnen beim Spazierritt begleitete. Um halb neun Uhr war er daheim, zog sich um und frühstückte. Punkt neun bestieg er an den Operationstagen den Wagen, der ihn zur Klinik brachte.

Ethel sollte sich bei Teissier melden und tat es nicht. Dann werde er sie hinbegleiten und selbst mit Teissier sprechen, erklärte Jacques. Doch kam er nicht gleich dazu, und es schadete auch nichts, vorerst mußte sie zweimal am Tag die Temperatur und einmal das Gewicht messen. Es ergab sich, daß jene, wenn sie auch über der Norm lag, nicht stieg und dieses zunahm. Er war nicht so sicher, daß die Diagnose des Homöopathen richtig sei, eine Wendung zum Guten ließ sich nicht leugnen. Allerdings, es konnte auch nur eine vorübergehende Wirkung der neuen Lebensweise, der geliebten Stadt, der Freiheit sein.

Wenn man sie ansah, fiel es schwer, nicht an ihre Gesundheit zu glauben. Aber kaum hatte er die frische Farbe gelobt, so kam ihm der Gedanke, sie könne nachgeholfen haben. Er fragte eindringlich, und zerknirscht gestand Ethel, sie benutze Lippenstift und Rot. Blieb das heiße, tanzende Pünktchen in den Augen, und von ihm ließ sich nicht so bestimmt sagen, ob es dem natürlichen Temperament oder einer zu hoch gespannten Erregung entsprang. Er neigte zur zweiten Auffassung. Manchmal schaute sie ihn mit einem seltsam vertieften Ausdruck an, und er hätte gern gewußt, was sie in diesem Augenblick dachte. Einmal erkundigte er sich. –

»Jacques«, sagte sie, »fast könnte man dich auch für eine schöne

Frau halten. Der Gesichtsschnitt, der Mund, die Augen, die Nase, alles ist harmonisch, nicht so kantig und grob wie sonst bei Männern – kantig ist nur das Kinn, aber nicht grob, nein gar nicht, das Kinn ist männlich, und es gefällt mir sehr.«

Es klang beinahe wie eine Erklärung, und er sah sie, ein bezauberndes Persönchen, forschend an. Sie hatte ihn außer Fassung gebracht und weidete sich daran. Ein kleiner Dämon war in ihr, noch unbefangen, noch schuldlos und naiv. Er sagte, sie lasse sich zu sehr gehn, man kleide nicht jeden Einfall in Worte. Er sah, es gab ihr einen Schock. Er selbst betonte das Schwesterlein und den Bruder. Zwei Tage ging sie versonnen herum, bis der Abend des dritten kam, an dem sie ihm um den Hals fiel und ihn küßte, aus Dankbarkeit für die herrlichen Stunden im Theater.

Sie hatten bei den Italienern die schönste Oper Bellinis gehört, die Somnambula, und die Arien der Heldin waren berückend gewesen. Ihre Stimme, voll sinnlichen Klangs, der erregen konnte, und zugleich aufs strengste geschult, besaß Eigenschaften, die den französischen Sängerinnen fast immer fehlten. Jacques brachte Ethel darauf nach Hause, und da Mme. Camorin noch nicht zu Bett gegangen war, setzte er sich für einen Augenblick in ihren Salon. Hier also umarmte sie ihn, und diesem Ausbruch des Enthusiasmus folgte der zweite, als die Marschallin eintrat, der sie über die Aufführung berichtete.

Sie hatte nicht Theater mit staubigen Kulissen und einer ehrgeizigen Künstlerin gesehn, sondern Wirklichkeit, ein echtes Abbild des Lebens – unbarmherziges Schicksal, ergreifende Not und den Schmerz, diesen Zwilling der Liebe. Ihn erinnerte es an einen Vorfall, dessen Zeuge er vor Jahren bei einer Aufführung der Jüdin gewesen war: auf der Bühne schürte man das Feuer unter dem Kessel, in den Recha gestürzt werden soll, und in einer Loge rief ein kleines Mädchen, indem es aufsprang, mit einer Stimme, in der das Entsetzen schwang, es wolle nicht, daß man die Arme töte.

Er erzählte diese Geschichte und neckte Ethel damit. Sie sah ihn nur verwundert an, weil er Konversation machte, wo sie doch glühte.

Mme. Camorin sagte, als Ethel gegangen war, es sei nicht gut, sie in so erregende Stücke zu führen, sicher liege sie die halbe Nacht ohne Schlaf. Er mußte ihr zustimmen. Mozart hätte es auch getan, und am besten war, am Abend überhaupt nicht auszugehn. Wer aber setzte das durch? Das liebe und so kranke Mädchen tat ihm leid. Am nächsten Tag, einem Samstag, an dem er die Sprechstunde schon um vier Uhr schloß, nahm er eine Kutsche und fuhr mit Ethel zu Teissier in den Faubourg Saint-Antoine.

Er hatte Glück, der Chefarzt war noch da, aber seinen Ärger zeigte er. Seit drei Tagen suche man Ethel – ob sie oder Jacques ahnten, was sie mit diesem Schweigen angerichtet hatten, fragte er und warf die Arme in die Luft, verstummte plötzlich, drückte das Mädchen in einen Sessel und zog Jacques hinaus.

»Sie müssen wissen«, begann er, und Jacques lächelte angesichts dieser Redensart, aber bestürzt vernahm er die nächsten Worte. Kaum auf Guernsey angekommen, beim Anblick der Verheerungen des Brandes, hatte Williams einen Schlaganfall erlitten und war ihm schon am Abend erlegen. Sein Anwalt wußte von der Behandlung bei Teissier und hatte sofort geschrieben, auch die Stunde der Beisetzung angegeben – die nun vorüber war.

Sollte man Ethel das Geschehnis mitteilen? Durfte man es ihr verheimlichen? Das war hier die Frage. Jacques sah noch ganz andere Probleme auftauchen. Ethel hatte keine näheren Verwandten, was wurde aus ihr? Konnte sie allein in diesem Inselhaus wohnen – es war unmöglich, das ertrug sie nicht.

Tessier zuckte die Achseln, die Krankheit und die Behandlung waren gleich rätselhaft. Man wußte, daß sie wohl immer zur tödlichen Erschöpfung führte, aber auch ihm waren nur Fälle in reiferen Jahren bekannt. Er ließ Ethel hereinkommen und untersuchte ihren Puls. Da er auch ihr Aussehn gebessert fand, sagte er, mit einem neuen Achselzucken:

»Mein Lieber, es ist das beste, der jungen Dame nicht vorzuenthalten, was sie erfahren muß.«

Sie nahm die Mitteilung gefaßt auf und schaute Jacques an. Daß er zugegen war, daß sie ihn hatte, tröstete das junge Herz. Sobald Teissier hörte, daß zwischen den beiden ein Verwandtschaftsverhältnis bestand, trat er den Fall an den ärztlichen Vetter ab. Diät, Ruhe, Bäder, Ablenkung, vielleicht eine Reise, jedoch nicht nach diesem Guernsey, empfahl er ihr.

III

Die Kutsche wartete noch. Jacques ließ sie quer durch die Stadt zum Bois fahren. Seine Hand ruhte auf dem Polster, die Ethels legte sich so leicht wie ein Vögelchen darauf.

»Du wirst mich nicht fortschicken?« fragte sie.

Er erkundigte sich nach den entfernten Verwandten, die Williams gehabt hatte. Sie waren sehr entfernt, auch räumlich, da sie in Amerika wohnten. Nur weil sie den Namen Williams führten, hatte der Großvater eine gewisse Verbindung mit ihnen aufrechterhalten, sie auch in seinem Testament bedacht.

Sie wußte genau, was er ihr selbst hinterließ: das Haus auf Guernsey und bis zur Mündigkeit oder Ehe den Zinsgenuß aus dem Vermögen, von da an das Kapital selbst. Es war nicht groß, der Brand des Lagerhauses verminderte es vielleicht. Großvater hatte immer gesagt, von den Zinsen könne sie schwerlich leben, verheiratet besitze sie ein ausreichendes Taschengeld.

»Schön, du bist gesichert, das ist bereits etwas. Was aber fangen wir mit dir an?« fragte Jacques.

»Wer ist ›wir‹?« fragte sie.

»Nun, dieser Anwalt namens Quickly, der jedenfalls auch der Testamentsverwalter ist, und als ärztlicher Ratgeber und letzter Vetter ein wenig ich.«

»Jacques, ich wollte, ich hätte nur mit dir zu tun.«

»Was würdest du dann vorschlagen?«

»Der Doktor sprach von Reisen – das gefiele mir am besten, aber kann ich es allein?«

Sie kamen an dem Palais vorüber, das der von seinen Untertanen vertriebene Herzog von Braunschweig zuerst aufs prächtigste eingerichtet und vor ein paar Jahren wieder verkauft hatte. Jacques zeigte es Ethel und fügte nun hinzu, jenes Mädchen am Abend der Jüdin sei die Tochter gewesen. Ethel wollte wissen, was aus der kleinen Comtesse Colmar geworden sei.

Jacques wußte nur, daß sie zur katholischen Kirche übergetreten und neuerdings verheiratet war. Was den Herzog betraf, so wohnte er in London, gewann Prozesse und hatte sich zu einem geizigen, mißtrauischen Mann entwickelt, der zuviel Geld und zu wenig Natur besaß, alles in allem ein unerfreulicher Müßiggänger, es reichte nicht einmal zu einem großen Herrn vom echten alten oder auch neuen Stil.

Um sie zu unterhalten, um sie abzulenken, erzählte er das Abenteuer, das vor dreizehn Jahren dem Herzog und ihm zugestoßen war, die phantastische Geschichte von der vereitelten Ausweisung.

»Phantastisch?« fragte sie. »Nun ja, aber man sieht doch daran, daß das Phantastische jeden Tag noch vorkommt.«

Dieser Auffassung ließ sich nicht viel entgegensetzen. In ihrem Alter sah man im Leben wohl den Rohstoff für Balzac-Romane oder Bellini-Opern und war bereit, jederzeit selbst die Heldin, reich an Arien, zu sein.

Zunächst änderte sich nichts. Ethel wollte zwar nach Guernsey reisen, um am Grab des Großvaters Blumen niederzulegen, aber Jacques erklärte, erstens habe sie niemand, der sie begleiten könne, und zweitens komme sie zu spät. Er gab ihr denselben Rat wie Teissier, sich diese Anstrengungen zu ersparen. Sie schrieb an den Anwalt und wartete seine Antwort ab.

Die Antwort kam und betonte eine der letzwilligen Verfügungen des Großvaters, die den Aufenthaltsort betraf. Bis zur Heirat oder Mündigkeit hatte Quickly ein Mitbestimmungsrecht, er mußte mit dem gewählten Ort einverstanden sein. So bot er Ethel sein Haus als erste Zuflucht an; bei seinen zwei Töchtern sei sie gut aufgehoben, versicherte er.

Ethel wurde unheimlich blaß, nicht nur für den Augenblick. Die Pulskurve stieg und erreichte den Fieberpunkt. Ethel erklärte, sie wolle nicht nach Guernsey, in Paris sei sie glücklich und bei Jacques – ob ihr denn kein eigener Wille zustehe, fragte sie und wollte wissen, wie lange es noch dauere, bis sie mündig sei. Jacques konnte es nicht sagen, nahm aber an, auch auf den Inseln gelte wie anderswo das vollendete vierundzwanzigste Jahr. Die Antwort bewirkte, daß sie zusammensank.

Jacques verfaßte ein Gutachten, beschrieb das Krankheitsbild und schlug vor, Ethel in Paris zu lassen, damit sie weiterhin beobachtet werde. Auch ein Badeaufenthalt empfehle sich, am besten im Gebirge, das ihr unbekannt sei – er habe eine Dame an der Hand, die das Mädchen nach Vichy mitnehmen könne.

Die Dame war die Schwester der Marschallin. Im Notfall konnte er selbst einspringen. Es war ein Brief von Neville gekommen, der bewirkte, daß er Wight aufgab, wie Neville und Josepha es aufgaben – sie weilten bei Nevilles Vater, um den es schlecht stand.

Das Gutachten ging ab. Um das umdüsterte Mädchen abzulenken, führte Jacques es in ein Diorama. Man konnte den Rhein, auf Leinwand gemalt und von Feuermaschinen erhellt, bei Sonnenschein und Mondlicht dahinfließen sehn. Die Illusion erreichte einen außerordentlichen Grad. Noch eben war Dämmerung um Loreley und Burg, um den Pappelpfad und die Insel mit dem Mäuseturm – nun rötete sich der Himmel, die Sonne ging auf, die Pappeln wiegten sich im Morgenwind. Die Umrisse der Häuschen traten hervor, die Scheiben glänzten, die Winzer gingen zum Rebschnitt, der Dampfer glitt über die glashafte Flut, und eine Rauchwolke überschwebte die Touristen, die auf Stühlen saßen, an der Brüstung standen – der unaufhörliche Wechsel der Belichtung brachte die Bewegung, den täuschenden Anschein des Lebens hervor. Um die Sinne vollends zu bezaubern, hatte der Besitzer den Einfall gehabt, einen künftigen Liszt oder Chopin vom Konservatorium zu holen, der melancholische und heitere, bewegte und getragene Weisen vortrug – er phantasierte vor einem Publikum, das ihn allerdings nicht sah, nach Herzenslust.

»Jacques«, sagte Ethel, »weshalb darf ich das nicht in Wirklichkeit sehn? Ich möchte eine Rheinreise machen, selbst auf dem Schiff sitzen, wenn die großen Flöße vorbeifahren. Hast du gemerkt, wie lang sie sind?«

»Ja. Es sind Schwarzwaldtannen, die waagerecht nach Holland schwimmen und dann senkrecht als Mastbäume nach Amerika reisen. Und wenn beim Fällen die Holzhauer mehr als zwölfmal lästern, fährt beim dreizehnten Mal ein Fluch in den Baum, und der Segler, auf dem er steht, geht im Atlantik unter.«

»Oh. Glaubst du, daß Quickly die Rheinreise erlauben würde?«

»Wer sollte dich begleiten? Ein junges Mädchen kann nicht allein reisen.«

»Du mußt nicht wie eine Gouvernante sprechen, es steht dir nicht.«

»Und doch wird dir nichts übrig bleiben, als zu warten, bis du heiraten und die Hochzeitsreise auf dem Rhein machen kannst.«

»Heiraten? Ich kenne niemand, und bald wird es auch zu spät sein, Jacques.«

»Wie meinst du das?«

»Ich werde nicht alt. Ich weiß es, mit dieser Krankheit wird man nicht alt.«

Er widersprach. Es stand noch nicht fest, daß sie diese Krankheit hatte.

»Ich weiß es«, wiederholte sie, »und wenn mich jemand heiratete, brauchte er nicht zu fürchten, daß die Zeit kommt, in der man sich nichts mehr zu sagen hat. Du aber, wirst auch du deine Hochzeitsreise auf dem Rhein machen?« fragte sie.

Die Unterhaltung fand wieder in einer Kutsche statt. Er hatte versprochen, ihr Notre-Dame zu zeigen, danach den Blumenmarkt und das Gewirr der alten Gassen – das sich nicht zu vermindern schien, so viel auch die Spitzhacke niederriß – und auf den Quais der Insel Saint-Louis die hohen Bäume, die jeder, der in der Fremde an Paris dachte, vor sich sah. Die Frage aber, der Zusammenhang, in dem sie gestellt war, bestürzte ihn. Wollte sie ihm nahelegen, sie zu heiraten, damit sie der Abhängigkeit von Quickly entging?

Er ließ den Kutscher halten und führte, nachdem sie ausgestiegen waren, Ethel zum Portal der Kathedrale.

»Du antwortest nicht«, bestand sie.

»Ich werde nicht heiraten«, sagte er und wich aus, nicht nur weil es ihn mit Widerwillen erfüllte, wieder einmal zu gestehn, was längst nicht mehr Wirklichkeit war. Ein unbestimmtes Gefühl sagte ihm, daß die Mitteilung, es gebe eine Alexandra und es gebe die Kinder, wie ein Schock auf Ethel wirken könne.

»Ich passe nicht zur Ehe«, sagte er, »und man soll sich nicht zu etwas zwingen, das den innersten Überzeugungen widerspricht.«

»Es würde nicht lange dauern«, flüsterte sie und ging durch die Tür, die Jacques für sie offen hielt. Er hörte es gleichwohl.

Von diesem Tag an ließ sich nicht verhindern, daß er Ethel mit andern Augen ansah. Zwar zeigte er es nicht im geringsten, aber der bewußte Wille bedeutete nicht viel – auch nicht bei ihr, die um die Warnung, daß er kein Gefährte für die Ehe sei, wie um einen Stein auf dem Wege bog – mit einer kleinen, leichten Wendung, die den Schritt nicht hemmt.

Das verbrauchteste aller Gleichnisse traf am besten zu; ihm war, als sehe er eine Knospe sich entfalten. Und sie entfaltet sich, weil ihre Zeit gekommen ist – die Bedingungen mögen noch so ungünstig sein, sie erachtet sie für nichts. Ein Glück, daß das süße Wunder der Erschließung sich so zart, so willenlos und leise vollzieht: wer es anfassen würde, dem bliebe es zerstört in der Hand.

Sie liebte, was ihr am verwandtesten war, junge Rosen, und er sorgte dafür, daß sie in ihrem Zimmer und in seiner Wohnung immer einen Strauß vorfand. Er vertrug keinen Blumengeruch in Wohnräumen, nahm nur Rosen, Veilchen und Levkojen aus. Jetzt war die Zeit der Rosen; die Blumenfrauen am Gehsteig des Boulevards wußten, was der Doktor jeden Morgen, wenn er vom Reiten oder Fechten zurückkam, brauchte, taufrische, halberschlossene Knospen, am liebsten gelb und rot.

Die für Ethel bestimmten schickten sie zu Mme. Camorin, die andern nahm er selbst mit, und es durfte auch eine weiße dabei sein, wenn sie den hauchhaften und wächsernen Ton der Magnolien hatte, die so rasch verblühn. Die Damen, die als Patientinnen kamen, witterten mit dem mehr oder weniger feinen Näschen und schlugen den Schleier zurück, dann lobten sie den aufmerksamen Doktor, bei dem es nicht nur nach Doktor roch. Ethel aber wußte, daß die Neuerung ihr galt, und ging von Zimmer zu Zimmer, um sich über die Gläser zu beugen. Auch trug sie die zarteste der übersandten Blumen an der Brust.

Er wiederum wußte, was sie erwartete, wenn sie dann zu ihm trat – daß er ein Wort über Kleid, Stoff, Schnitt, Frisur sage. Fiel der Beifall, den er einem Hütchen spendete, nicht überzeugend aus, so konnte er sicher sein, daß sie es kein zweites Mal aufsetzte. Sie hatte es gern, daß er sie zu den Putzmacherinnen begleitete, und ihm machte es von jeher Spaß. Er habe Geschmack und Urteil, sagte sie zur Modistin, und ihre Augen begegneten den seinen auf dem Umweg über den großen Spiegel mit einem tiefen Blick.

Sie benutzte jetzt ganz offen Rot und Schminke, um die Farbe zu heben, die ihr fehlte, und gestand wie andere Frauen, es gebe ihr mehr Selbstvertrauen. Alle schienen sich sicherer zu fühlen, wenn sie ein Lärvchen trugen.

Einmal hatte er in der Montmartregegend zu tun, und Ethel, die ihn begleitete, wartete, während er ins Haus ging, draußen auf einer Bank. Als er herauskam, war sie nicht zu sehn. Er mußte suchen und fand sie vor einer der Buden, worin ein Garkoch für die Arbeiter zum Mitnehmen Pommes frites oder Fischchen briet. Sie hatte die Handschuhe abgestreift und aß goldene Kartoffelschnitten aus der Tüte, schlechten Gewissens und lachenden Gesichts.

Er sagte nichts, statt dessen fragte er den Garkoch, ob er einen gewissen Krautheimer kenne – der Name des jungen Pfälzers, der mit ihm und so mittellos wie er nach Paris gefahren war, fiel ihm ein. Es sei der Patron, erwiderte der Mann lakonisch und wies mit dem Daumen auf einen Eckbau, ein stattliches Vorstadtrestaurant. Jacques entdeckte nun auch den Namen, dem marmiton von ehemals ging es offenbar gut, da er nun schon nicht mehr selbst an der Straßenecke stand.

112

An einem Nachmittag, als die letzte Besucherin gegangen war, teilte die Gehilfin Jacques mit, im Wartezimmer sitze Frau Camorin. Jacques ließ sie hereinführen und fragte, ob sie als Patientin komme.

Sie komme, um über Ethel zu sprechen, erwiderte sie und erkundigte sich zugleich, ob der Engländer aus der Kapkolonie, der bei ihr wohne, von Ethel erwähnt worden sei. Jacques erinnerte sich, daß einmal von ihm die Rede gewesen war und daß Ethel unbefangen gesagt hatte, der junge Mann verehre sie.

Das sei es ja, man dürfe diesen jungen Mann aus Südafrika nicht unterschätzen, erklärte die Marschallin und beschrieb ihn als den gutmütigsten, aber auch verwegensten und unbekümmertsten Menschen, den sie kenne, nach Europa passe er schlecht.

»Sie meinen, daß er Ethel gefährlich werden könne?« fragte Jacques.

»Ich meine es nicht nur, ich weiß es«, sagte sie und berichtete, sie habe eine Unterhaltung der beiden beim Frühstück belauscht.

»Ich gestehe es offen ein, denn ich tat es nicht aus Neugier, man fühlt auch eine Verantwortung für ein so armes, alleinstehendes Ding. Doktor, er schlug ihr nicht weniger als eine Entführung vor – er wolle sie nach Afrika mitnehmen, dort heiraten, dann mit ihr nach dem Innern ziehn und Land roden, ein Blockhaus bauen.«

»Und was sagte Ethel?«

»Nichts. Sie stützte den Kopf in beide Hände und hörte ihm mit einem brennenden Ausdruck zu. Ich kann nicht sagen, wie seltsam er mich berührt hat, es war so viel Kampf und Leid darin. Ja, und dann endlich sagte sie etwas, wohl eine Bemerkung darüber, daß sie krank sei, denn seine Antwort, die ich verstanden habe, war, im Buschland, in der trocknen Luft des Südens werde sie gesund.«

Jacques war nun doch beunruhigt. Er mußte noch vieles anhören, was die alte Dame vorbrachte – daß es nicht gut sei, Ethel in Paris zu lassen; in die Obhut des Vormunds oder eines braven Mannes gehöre sie.

Die Marschallin ging, Ethel aber ließ auf sich warten, zum erstenmal. Jacques befestigte ein Zettelchen an der Tür und gab an, daß er nebenan bei Tortoni sei. Hier sah er, auf der andern Seite, Ethel mit einem Fremden, einem großen, gutgewachsenen Burschen, der unter den zarteren Parisern durch seine schlenkernden Bewegungen auffiel.

Eine Viertelstunde später war sie bei ihm selber. Er fragte, wie sie den Nachmittag verbracht habe. Wie gewöhnlich mit Schlaf, entgegnete sie und verschwieg den Kap-der-Guten-Hoffnung-Mann – was für Jacques eine neue Erfahrung war. Nicht ohne Ironie dachte er, eine Frau verliere in den Augen des Mannes sofort die Einmaligkeit, wenn er entdecke, daß ihr die Vielheit der Männer kein Geheimnis mehr sei. Den Schmetterling selbst jagen, beraubte ihn nicht des Schmelzes – wohl aber, wenn ein anderer ihn im Netz fing.

Sie aßen bei Ruel, Ethel merkte die Veränderung an Jacques. Der Pilaf nach türkischer Art, den der Luculluskoch ihr vorsetzte, mochte noch so delikat mit Hühnerleberchen bereitet sein, sie aß ohne Lust und zerstörte den hübschen Turm achtlos mit der Gabel.

»Dein Herz ist nicht hier, sein Hochland ist weit«, sagte Jacques. Sie wurde ein wenig rot; eine Weile verging.

»Was denkst du?« fragte er.

»Viel. Aber es ist nicht gut, wenn man zu denken anfängt. Doch, es ist schön, solange die Gedanken wie Wölkchen durch einen ziehn. Fängt man aber an, wie in einem Bergwerk zu graben, so kommen lauter grobe Stücke, und das ist nicht schön, mit schwarzen Händen sitzt man da ...«

»Reizend gesagt«, meinte er besänftigt, »ich möchte wohl so einen schwarzen Gedanken sehn.«

»Ja? Da ist zum Beispiel der, daß eine Frau nicht älter als dreißig werden sollte – nein, das ist zuviel, mit fünfundzwanzig sollte sie sich davonstehlen, für immer, Jacques.«

»Du meinst, wenn die erste Jugend vorüber ist?«

»Es gibt keine zweite; die ist nur ein Mantel, den man gewendet hat.«

»Du sprichst von etwas, das du nicht kennst.«

»Ich kann mir gut vorstellen, wie das ist, wenn die Liebe und all dies Törichte hinter einem liegt und nur noch der äußere Ersatz übrigbleibt, die Fetzen, verstehst du, das Flickwerk, womit man sich in seiner Feigheit tröstet – das Silber in den Vitrinen, der Rang in der Gesellschaft, der Schmuck im Haar, die Loge im Theater, ich weiß nicht was. Hätte man den Mut, der Wahrheit ins Auge zu sehn, dann würde man lieber abtreten, als aus den Trümmern der Vergangenheit eine Bretterhütte zu baun, wie die Schiffbrüchigen tun.«

»Du nimmst es zu ernst. Man ist nicht da, um ehrlich zu sein und Konsequenzen zu ziehn, sondern um zu leben und jeden Tag mit einer neuen Illusion aufzustehen, mein Kleines.«

»Du mußt nicht Kleines sagen, Jacques. Ich bin kein Kind mehr, ich bin überzeugt, daß die Jugend viel stärker als das Alter die bittere Wahrheit spürt.«

»Ebensogut kann man das Gegenteil behaupten. Keine Aussage hat mehr als fünfzig Prozent Wahrheitsgehalt. Du aber bist achtzehn, es ist noch lange, bis du fünfundzwanzig sein wirst.«

»Oh, ich, ich werde nicht einmal so alt. Jacques, was würdest du an meiner Stelle tun, wenn du das wüßtest?«

»Du legst mir eine schwere Frage vor.«

»Ich will sie dir beantworten. Du würdest, wenn du Geld hast, es ausgeben, und wenn du keines hast, es dir mit jedem Mittel zu verschaffen suchen. Ich habe Geld, aber ich kann nicht darüber verfügen. Doch das ist vielleicht nicht so wichtig in meinem Fall, ein wenig gehört mir ja immer. Bleiben wir bei dir – mit oder ohne Geld würdest du alles mitnehmen, was du erreichen kannst. Ist es nicht gleich, was man tut, wenn man weiß, daß es keine Zukunft und keine Dauer gibt? Für wen, für was soll man sich aufsparen?«

»Kurzum, du segelst ohne jeden Ballast, die Grundsätze sind über Bord geflogen. Ich will ihnen nicht das Wort reden, weil sie den Ballast, das Unentbehrliche bedeuten.«

»Muß ich dir, dem Arzt, sagen, daß draußen auf der Straße Tausende, Zehntausende, noch viel mehr ohne deinen Ballast leben?«

»Gewiß. Dafür sind sie auch nur Strandgut, Wracks, Müll für den Gesellschaftsbesen.«

»Ach, die Gleichnisse. Ich will kein Gleichnis sein.«

»Was also willst du?«

»Deine Ferien stehn vor der Tür, du verschwindest für ein paar

Wochen aus der Stadt, und niemand weiß, wohin du gehst, wenn du es nicht sagst.«

»Und?« fragte er.

Sie zeichnete mit dem spitzen Fingernagel das Muster, das ins Tischtuch gewebt war, nach, und unter den gesenkten Lidern schimmerten die Augensternchen so rein und klar wie die eines Kindes, das seinerseits die eines blonden, weißhäutigen Engels hat. Nun hob sie die Wimpern, die, groß und seidig, eine süße kleine Markise über dem Seelentor des Auges waren. –

»Nimm mich auf diese Reise mit, ich möchte dich begleiten«, sagte sie.

»Berlioz nimmt seine Freundin mit, wenn er nach Deutschland reist, und wenn die Komitees dort sie für seine Frau halten, berichtigt er den Irrtum nicht.«

»Er tut, was er für richtig hält . . .«

»Ein Maler geht mit seinem Modell auf Reisen . . .«

»Weil er unabhängig ist . . .«

»Ich aber bin es nicht«, schloß Jacques. »Ein Frauenarzt, der eine Praxis in allen Kreisen hat, würde sein Ansehn aufs Spiel setzen.«

»Sein Ansehn«, wiederholte sie und wog den Ausdruck ab.

»Du verstehst es besser, wenn du dafür das Vertrauen sagst. Die Ehemänner und Väter, die mich bezahlen, erwarten von einem Arzt, daß nicht über ihn geredet wird. Der Skandal wäre fertig, wenn man erführe, daß ich mit einem unmündigen und unverheirateten Mädchen, das zudem eine Waise ist, auf eine Rheinreise gegangen bin.«

»Es war nur ein Einfall«, sagte sie tonlos, »vergiß ihn, ich sehe ein, daß ich nicht genug nachgedacht habe.« Im gleichen Augenblick verlangte sie die Rechnung für ihn und bestand darauf, daß sie nach Hause gingen. Er brachte sie an ihre Tür. –

»Gute Nacht, du unbeugsamer Jacques, du harter Jacques.«

»Du übertreibst.«

»Ich habe, als du das vom Skandal gesagt hast, dein Kinn gesehn. Ganz kantig und breit war es. Du mußt wissen, ich bin nur eine Frau, und Frauen stoßen sich an den Kanten.«

Mit diesen Worten huschte sie hinein und überließ ihn den unmutigen Gefühlen. Man verlor den Waffengang mit Frauen, wenn man Grundsätze hatte, und man verlor ihn, wenn sie fehlten.

Die halb spöttische, halb zärtliche Überlegenheit, die er in den nächsten Tagen an Ethel feststellte, gab ihm nicht weniger als der Umstand, daß sie so ausgesprochene Ideen über den Wert oder Unwert des Lebens haben konnte, zu denken. Woher nahm ein junger Mensch, der in der Einsamkeit einer Insel aufgewachsen war, das alles? Wer lieferte es ihm, da er der Erfahrung ermangelte? Die Hellsicht der Jugend – so hatte sie schon selber geantwortet, allen Pädagogen zum Trotz.

Die Tage gingen dahin. Jacques wußte nicht, was er mit Ethel anfangen, wohin er sie geben sollte. Quickly hatte keine Antwort auf sein Gutachten geschickt. Jacques schrieb ihm nochmals. Er konnte Paris nicht verlassen, bevor diese Frage geregelt war. Endlich, als schon Ende Juli näher kam, traf ein Brief aus Guernsey ein und brachte Ethel zur Verzweiflung.

Quickly schrieb zunächst, daß er laut Testament ihr Vormund geworden sei. Dann folgte die Mitteilung, daß er in wenigen Tagen mit seinen Töchtern in Paris eintreffen werde. Eine Woche wollte er an die Besichtigung der Stadt wenden, danach Ethel auf eine gemeinsame Reise mitnehmen, sie gehe an den Rhein.

Gleich tausend andern Engländern hatte er beschlossen, den Spuren der Königin Viktoria zu folgen, der ihr geliebter Prinzgemahl seine Heimat Koburg zu zeigen wünschte. Bei dieser Gelegenheit wollte sie dem Musikfest in Bonn und der Enthüllung des Beethovendenkmals beiwohnen und befuhr ebenfalls den Rhein.

113

Mme. Camorin stieß einen langen Seufzer der Erleichterung aus, sie liebte Ethel aufrichtig. Jacques sagte zwar nicht wie sie »Gott sei Dank«, aber die Erleichterung fühlte auch er. Als Quickly, der ebenso wohlgenährt und vollblütig wie ehemals Williams aussah, mit zwei recht hübschen Töchtern eingetroffen war, entschwand Ethel ihm fast aus den Augen.

Wohl lud man ihn ein, sich wenigstens an den Abendausgängen zu beteiligen. Es lockte ihn nicht, er zog sich zurück und arbeitete einige Berichte über kühne Uteruseingriffe aus, die er mit einem andern Chirurgen gemacht hatte, sie sollten in einer englischen Fachzeitschrift erscheinen. Daneben las er einiges über Belgien und Holland – die Ferienreise sollte ihn über Ostende nach Travemünde zu Dagmar führen.

Der letzte Abend Ethels kam. Jacques stellte seine Abneigung gegen den Vormund zurück und beteiligte sich um Ethels willen an der Tafelei. Er sah, daß sie mager geworden war, sagte aber nichts; Bemerkungen am falschen Ort hatten keinen Sinn. Sie saß im Restaurant neben ihm, still und sanft, oft in so tiefe Gedanken versponnen, daß sie auffuhr, wenn er sie ansprach. Dann hörte sie mit besonderer Aufmerksamkeit zu, und ihre Hand kam das eine oder andere Mal, um seine zu streicheln.

Am nächsten Morgen regnete es heftig. Statt zum Fechten zu gehn, machte er es sich im Schlafrock bequem und rauchte eine Zigarre. Die Gehilfin blieb aus, die Sprechstunde war geschlossen. Als es läutete, rührte er sich nicht; an der Tür draußen hing das Schild mit dem Wort »Verreist«. An diesem ersten Ferientag wollte er packen, am folgenden die Stadt verlassen.

Aber zum Lärm der Schelle gesellte sich das Hämmern einer Faust. Er öffnete; es war Quickly, der sich erregt nach Ethel erkundigte. Jacques erwiderte, er verstehe nicht. Quickly spähte über ihn hinweg in die Wohnung, als sei sie da zu finden. Jacques führte ihn hinein und erfuhr, daß Ethel in aller Frühe mit ihren Koffern die Pension verlassen und Frau Camorin sofort erklärt hatte, sie sei nicht zum Doktor gegangen, sondern mit dem Afrikaner, der sein Zimmer am Abend zuvor aufgegeben habe, geflohen.

Quickly wollte die Polizei in Bewegung setzen. Jacques überlegte, dann riet er ab. Das Mädchen hatte sein Schicksal gewählt und begleitete den jungen Mann offenbar nach Kapstadt. Da auch anzunehmen war, daß sie ihn heiratete, sah er keinen Grund, ihr Schwierigkeiten zu machen. Als er später ausging, gab ihm die Blumenfrau, die den täglichen Strauß lieferte, ein Briefchen. Ethel bat ihn, nachsichtig zu sein und zu verhindern, daß der Vormund etwas unternehme. Sie habe gesehn, daß sie jedermann im Weg stehe, und folge dem einzigen, der ihr das Gegenteil versichere. Jedoch sie gingen nicht nach Kapstadt, sondern nach Amerika, weil dort der Bruder des Afrikaners sei.

Quickly fluchte, er verlor einen Tag und das Postgeld. Jacques sah ihn nicht mehr. Zwei Tage später verließ er selbst Paris und reiste nach Brüssel. Die Gasthöfe waren überfüllt mit Briten, die abwarteten, ob ihre Königin am festgesetzten Tag, dem zehnten August, in Antwerpen landete und nach Köln weiterfuhr. Im letzten Augenblick hatte das Oberhaus Bedenken gehabt und verlangt, daß zuerst eine Regentschaft eingesetzt werde, die Königin dürfe das Land nicht verlassen.

Jacques suchte lange nach einem Zimmer. Das Hotel, worin er es fand, wurde von einer Menge Gaffer belagert. Als er die Treppe hinaufstieg, kam eine seltsame Gesellschaft herunter. In der Mitte schritt Däumling aus dem Märchen mit dem Dreispitz und den Epauletten eines Generals, ein achtjähriger Zwerg, die Backen rot, die Haare blond, die Augen hell und klug. Ein Gefolge von fünf Männern begleitete ihn.

Das war General Thumb aus New York, der kleinste Zwerg

der Welt, von jenem Unternehmer namens Barnum entdeckt und seit einem Jahr die Sensation der Lords von Picadilly, der Königin im Buckinghampalast, des ganzen Hofs. Er war auch schon in Paris gewesen, doch Jacques hatte sich nicht um ihn gekümmert. Er holte das Versäumte nach, ging in die Abendvorstellung und saß neben einem Riesen von sieben Fuß – auch über ihn berichteten die Zeitungen. Er hieß Bihin, stammte aus Spa und hatte sich lange für Geld sehn lassen. Jetzt reiste er mit seiner zierlichen Frau zum Vergnügen in der Heimat herum und ärgerte Mr. Barnum dadurch, daß er seinen Platz selbst bezahlte und alle Angebote ausschlug.

Dem Zwerg und dem Riesen begegnete Jacques am nächsten Tag wieder, auf dem Schlachtfeld von Waterloo. Die fünf Männer um den Kleinen herum waren sein Vater, sein Lehrer, sein Arzt, der Dolmetsch und Barnum. Der Kleine grüßte Jacques als Hotelgenossen, und Jacques redete ihn auf englisch an. Die größte Sehenswürdigkeit war das Haus, worin ein Chirurg dem Marquis von Anglesey das Bein während der Schlacht abgenommen hatte. Eine Frau verkaufte ein Stück vom Stiefel des Lords. Barnum erstand es für sein Museum. Der Lord hatte sich ein künstliches Bein machen lassen, und in der ganzen Welt hießen diese Ersatzstücke Angleseybein. Die Althändler allein mochten wissen, wie oft sie im Lauf der Jahrzehnte den Stiefel umsetzten.

Das Schlachtfeld hatte seine Hyänen, sie waren wohlorganisiert. In Scharen stürmten sie auf die Besucher ein. Die einen führten herum, die andern boten aus Säcken und Körben Andenken an: Pistolen, Blechadler, Uniformknöpfe, alles gestern ausgegraben und authentisch. Barnum als Fachmann wußte Bescheid. Eine Fabrik in Birmingham stellte diese Reliquien im großen her, und sie wurden an Ort und Stelle eine Zeitlang vergraben, um die richtige Farbe zu erhalten.

Er lud Jacques ein, in seinem Wagen zurückzufahren. Jacques dankte, er hatte einen Pariser erblickt, den er kannte und nun ansprach. Es war Hector Berlioz.

»Holla, was führt Sie hierher? Wollen Sie eine Symphonie über die Hundert Tage schreiben?« fragte Jacques.

»Kein schlechter Gedanke, aber ich bin nur auf der Durchreise zum Musikfest nach Bonn, die Débats wollen Berichte«, erwiderte der Komponist.

Daß Marie Recio nicht mitgekommen war, stellte Jacques unschwer fest. Er hoffte, sie auch nicht in Brüssel anzutreffen. Berlioz hatte in der Tat den guten Gedanken gehabt, sowohl die illegitime wie die legitime Begleiterin daheim zu lassen. Er schien wieder einmal mit den Nerven zu Ende zu sein und ging auch den vielen Musikern aus dem Weg, die aus London oder Paris gekommen waren. Das Festkomitee in Bonn hatte sie eingeladen; Jacques erkannte am Abend in den Mille Colonnes Mme. Viardot-Garcia und Pleyel, Moscheles und Fétis.

»Was macht der Papagei?« fragte Berlioz nachher, als sie in einem Café saßen, er hatte selber einen Kakaduschopf.

»Es geht ihm ausgezeichnet, gelegentlich ruft er noch ›Hector‹ statt ›Hallo Jacques‹, wenn ich ins Zimmer trete«, erwiderte Jacques. Berlioz hatte das Tier betreut, während er selber in Ägypten gewesen war.

»Begleiten Sie mich nach Bonn«, schlug Berlioz vor, »was wollen Sie in Ostende?«

»Seeluft atmen, schwimmen, nach einem Jahr Arbeit ausruhn.«

»Wenn ich das auch könnte.«

»Was hindert Sie, Ostende zu besuchen, wenn Sie in Bonn fertig sind?«

»Was mich hindert? Paris hindert mich.«

»Unsinn, auch die Oper, die Konzerte, das Konservatorium machen Ferien.«

»Dann also Marie«, erklärte Berlioz. »Ich müßte sie nachkommen lassen. Sie würde mir die Augen auskratzen, wenn sie erführe, daß ich ohne sie an der See gewesen bin. Sie wissen doch, wie magisch gewisse Namen für Frauen klingen – Spa, Baden-Baden, Homburg, und so auch Ostende.«

»Was könnte einfacher sein, als es auf ein paar nachträgliche Vorwürfe ankommen zu lassen?«

»Nichts ist einfach, wenn man in der Tretmühle steht. Die Oper ist idiotisch bis zu den Ohren ...«

»Ich spreche nicht von der Oper ...«

»Aber ich«, erwiderte der Musiker böse. »Sie ist idiotisch bis zu den Spitzen ihrer langen Ohren. Meinen Sie, ich hörte sie in Ostende nicht wackeln, mit allen Narrenschellen daran?«

»Bücken Sie sich nach einer Muschel am Strand und lauschen Sie auf ihr Rauschen.«

»Nun gut, ich will Sie nach Ostende begleiten, wenn Sie jetzt mit mir zum Musikfest fahren.«

»Was wird man hören?« fragte Jacques.

»Drei Tage lang Beethoven, mehr als Sie aufnehmen können. Spohr wird die großen Sachen dirigieren. Liszt steht, ich weiß nicht wie oft, auf dem Programm – wie könnte es anders im Zeitalter des Virtuosen sein?«

Auch das klang bitter. Liszt durchquerte Europa von einem Ende zum andern, von Sankt Petersburg bis Madrid, von Kiew bis London, und war höchstens fünfunddreißig, während Berlioz schon in den Vierzig stand.

Von Brüssel bis Köln konnten Jacques und Berlioz die Eisenbahn benutzen. In Aachen stiegen sie aus, besuchten den Dom und wurden im Hotel, da sie aus Frankreich kamen, auf Victor Hugo angesprochen. Im ganzen Rheinland waren die Gastwirte gegen ihn aufgebracht. Er hatte drucken lassen, die deutsche Küche sei so ungenießbar wie die deutsche Politik.

Der Wirt in Aachen erklärte, der Herr Vicomte Hugo verdiene keinen Glauben, und führte zum Beweis an, daß er ihm Bœuf à la mode vorgesetzt habe, nicht Hammelfleisch, wie Hugo behaupte. Er schlug das Fremdenbuch von 1836 nach, um den Tag festzustellen, dann suchte er aus einem Paket von Menüs das vom gleichen Datum heraus: in der Tat, es hatte damals Bœuf à la mode gegeben. Angesichts dieser deutschen Gründlichkeit konnte man nicht mehr zweifeln.

114

Am achten August kamen sie in Köln an, am neunten in Bonn. Berlioz strahlte. Ein Professor, der im Dienst des Ausschusses stand, führte ihn zum Quartier und sagte, man habe es eigens für den berühmten Tonsetzer bestimmt – die Deutschen besaßen ihre Tugenden.

Das Quartier befand sich im Haus des Münsterorganisten, und ein Kämmerchen erhielt auch noch Jacques. Eine treuherzige blonde Frau öffnete es und war beglückt: der Pariser Doktor sprach das beste Deutsch, sie brauchte nicht Französisch zu radebrechen. Der Blick ging auf die Breitseite des Münsters, das fünf Türme hatte. Dazwischen ragte, als sei es der sechste, das noch umhüllte Denkmal.

Berlioz begab sich sofort zur Hauptprobe, die in der Beethovenhalle stattfand, einer Holzbasilika, die in letzter Stunde errichtet worden war, als Liszt erklärte, der Schuppen der Reithalle sei eine Schmach. Der Mann, der für die Opfer des Hamburger Brandes fünfundfünfzigtausend Francs, für das Beethovendenkmal zehntausend und auch für den Kölner Dom eine schöne Summe zusammengespielt hatte, setzte seinen Willen durch.

Jacques sah sich unterdessen in der Stadt um, sie war hell und heiß. Außer dem Schloß gab es nicht viel zu besichtigen. Ein Kutscher schlug vor, das Haus des Herrn Arndt anzusehn. Jacques wußte nicht, wer das sei, und gab das Beethovens an. Das Zimmer, worin der Musiker geboren war, lag im Hinterhaus, eine armselige Kammer. Der Kutscher nannte darauf Poppelsdorf. Jacques nickte. Die Fahrt durch die Allee war schön, das Siebengebirge blaute über dem Strom.

Das Poppelsdorfer Schloß, ein französischer Bau, der noch Wassergräben hatte, enthielt die naturwissenschaftlichen Sammlungen. Jacques sah sie an, danach auch die Gruft der Kirche auf dem Kreuzberg. In offenen Särgen lagen, vom Sandboden ausgetrocknet, die Mumien von zwei Dutzend Franziskanermönchen, manche der Kutten waren vierhundert Jahre alt.

Auf der Rückfahrt begegnete Jacques einem Wagen, worin Quickly und seine Töchter saßen. Er grüßte kühl. Wo mochte in diesem Augenblick Jungethel sein? Wäre es nach ihr gegangen, so säße sie hier neben ihm. Er sah den levitierten Fußspitzengang der Achtzehnjährigen, diese Bereitschaft, die dem Leben entgegenschwebt – die Sehnsucht, die sich ihm entgegenhebt. Die Heirat hatte sie ihm angeboten, nur um für die paar Jahre in der Hut des Beschützers zu sein. Unmöglicher Gedanke eines romantischen Kindes – und doch blieb wahr, daß er ihr nicht geholfen hatte.

Unlust beschlich ihn, und dann wurde es die Langeweile, die der Pariser an einem fremden Ort empfindet, wenn man ihm Dinge zeigt, die ihn wenig angehn. Er war froh, als er, eben an der Halle angelangt, Berlioz herauskommen sah, in Begleitung einer Dame und eines Herrn, den er als Liszt erkannte.

Elf Jahre mochten es her sein, daß er ihm nicht mehr begegnet war. Zuerst glaubte Jacques, die Dame sei die Gräfin d'Agoult, von der man so viel geredet hatte, aber es war eine ganz junge Frau, ein oder zwei Jahre älter als zwanzig, und er wurde Mme. de Kalergis vorgestellt, die eine hochgewachsene Erscheinung war. Sie kam aus Köln herüber, vom König von Preußen als Gast geladen; auf Schloß Brühl fanden zu Ehren der Königin Viktoria Festlichkeiten statt.

Sie fragte Liszt, wo man essen könne, Liszt, der lange auf Nonnenwerth gewohnt hatte, nannte das Hotel Bellevue am Rhein. Die Tische auf der Terrasse waren besetzt. Alles schaute auf Liszt, den jeder an seinem wallenden Haar erkannte, und auf die aristokratische Nordländerin neben ihm. In einem Roman hätte man über die Schilderung ihrer Farben hinweggelesen. Die Haut war weiß, das Haar blond mit einem Tizianschimmer, das Auge wie bei Dagmar veilchenblau, schien aber, da sie es ein wenig zusammenzog, an Kurzsichtigkeit zu leiden.

Den Namen Kalergis hatte Jacques im Orient gehört, die Kalergis waren reiche Griechen. Er entnahm der Unterhaltung, daß der Gatte jetzt in London wohne. Es klang, als hätten sie sich getrennt. Sie lebte offenbar auf Reisen, alle Höfe waren ihr bekannt; und

Graf Nesselrode, der russische Reichskanzler, mußte, wenn Jacques richtig verstand, ihr Onkel sein. Andererseits, als Liszt irgend etwas Liebenswürdiges über Warschau und die polnische Gesellschaft sagte, ging ein Leuchten über ihr Gesicht.

Jacques wagte die Frage, ob sie Russin oder Polin sei. Beides, in Warschau von einer polnischen Mutter geboren, in Sankt Petersburg russisch erzogen, einem ewigen, unlösbaren Konflikt ausgesetzt, erwiderte sie und erkundigte sich, das schmerzhafte Thema wechselnd, ob Jacques Chopin kenne, er komme ja aus Paris. Als er erwiderte, er habe ihn in seinen, Chopins, ersten Pariser Jahren gekannt, wandte sie sich ihm so lebhaft, um nicht zu sagen so jäh, zu, daß er spürte, wieviel Feuer unter der gelassenen und verhaltenen Miene der Kosmopolitin glomm.

Er erzählte von einem Konzert, das Chopin im Hause Maslin gegeben hatte, zugunsten der mittellosen Prinzessin Belgiojoso, und zeichnete mit leichten Strichen einen jungen Menschen, der von einem Tag zum andern so viele Stunden erteilen konnte, daß er einen Wagen mietete und von Familie zu Familie fuhr. Alles Geld, das er verdiente, wandte er, damals wenigstens, an weiße Handschuhe, Teppiche und Blumen – vielleicht ein Kind, das sich die schönen Dinge, von denen es geträumt hat, anschafft, aber niemals ein Snob.

Seither hatte er ihn nicht gesehn? Mme. Kalergis erkundigte sich direkt. Jacques erwiderte, daß Chopin keine Konzerte mehr gab. Neuerdings hieß es, er sei leidend. Neuerdings hieß es auch, die Freundschaft mit Mme. Sand trübe sich. Mme. Kalergis sagte, sie werde nach den Bonner Tagen nach Paris fahren – Stunden bei Chopin nehmen sei ihr heißester Wunsch.

Liszt bemerkte für Jacques, ihre Interpretation, ihre sensible Auffassung verliehen ihr den höchsten Rang. Sie errötete bei diesem Lob. Er steigerte es, als er erklärte, sie besitze das melancholischheiße, das slavische Temperament.

Am zehnten war die Festaufführung. Spohr dirigierte die Missa solemnis und die Neunte Symphonie. Berlioz weigerte sich zu glauben, daß Spohr die Messe noch nicht gekannt und erst während der Fahrt von Kassel nach Bonn studiert habe. Ein Leipziger Berichterstatter hatte es ihm gesagt, einer dieser Kritiker, die ein Künstler hassen mußte, weil sie niemals Begeisterung teilten, sie vielmehr grundsätzlich dämpften, um unter Beweis zu stellen, auch sie seien da und verfügten über das gründlichere Urteil, sie, die Leute vom Fach.

Für Liszt hatte dieser Professor nur sarkastische Bemerkungen übrig. Er nannte ihn ein Feuerwerk über Europa, einen Rokokokavalier am Flügel, und mißbilligte den Großherzog von Weimar, der ihm vor einem Jahr seine Kapelle überlassen hatte, um ihn ganz nach Weimar zu ziehn. Da Liszt Wagners Rienzi bewunderte, ließ der Sachse auch seinen Landsmann nicht gelten. Das alles sprach sich rasch in der Stadt herum.

Die Wirkung der beiden Werke auf den Künstler Berlioz war ungeheuer, den Menschen vernichtete sie. Was sei er mit seinen zweiundvierzig Jahren, fragte er und fand die Antwort: »Nichts«. Was habe er in den sechs Jahren seit Roméo et Juliette geschaffen? Die Trauersymphonie für Militärmusik zur Einweihung der Julisäule – er starrte mit zusammengepreßten Lippen vor sich hin. Konzertberichte, Neuorchestrierungen, Bearbeitungen, Zeitungsartikel – durfte man sich damit noch einen Komponisten nennen? Nicht, wenn man den Maßstab Beethovens anlegte, ein gewisser Berlioz verkam in Paris.

Es war an diesem Tag nichts mit ihm anzufangen, auch nicht am nächsten, an dem das Programm den Teilnehmern den Naturgenuß vorschrieb. Man taufte ein Dampfboot auf den Namen Ludwig van Beethoven, und Berlioz zerrte an seiner Mähne vor Wut. Jacques, der sich von neuem langweilte und vergebens nach Mme. de Kalergis ausschaute, zwang ihn, das Schiff zu besteigen, es brachte die Gäste nach Nonnenwerth.

Liszt stand in einer Gruppe, Pauline Viardot mit dem überlangen und männlichen Gesicht einer antiken Tragödin neben ihm. Mme. Viardot sollte nach den Bonner Tagen in Brühl vor dem König von Preußen, der Königin von England und einem Saal von Fürstlichkeiten unter Meyerbeer singen, zusammen mit Jenny Lind. In allen Zeitungen wurde Jenny Lind unweigerlich entweder die schwedische Nachtigall oder die Malibran des Nordens genannt. Das zweite Gleichnis versöhnte Mme. Viardot, sie war die überlebende Schwester der Malibran. Die Kunde durchflog das Schiff.

Der überreizte Berlioz ertrug es nicht mehr. Er stürzte, als man am andern Ufer in Königswinter anlegte, von Bord. Jacques, der ihn nicht allein lassen wollte, folgte ihm. Eselchen standen bereit, Kinder oder Frauen um zehn Silbergroschen auf den Drachenfels, um fünfzehn zur Ruine Heisterbach zu tragen. Und das nun gefiel dem Musiker, weil es so sanft, so idyllisch, so bescheiden war. Nicht einmal über die blauen Schleier ärgerte er sich, die plötzlich von den Hüten der Reiterinnen wehten; niemand wußte woher und wie.

Die beiden Männer machten den Weg zu Fuß. Er dauerte kaum eine Stunde und führte durch alles Schöne, das eine Rheinlandschaft zu bieten hat: Reben, vulkanisches Gestein und kühlenden Wald.

Von der Abteikirche stand nur noch der Chorabschluß, aber er stand, ein hoher, sich zuspitzender Bogen, romanische Fensteröffnungen darin. Fast hätte man ihn für den Rest eines römischen Triumphbaus halten können, deutscher Efeu umkoste ihn.

»Hier lebte im dreizehnten Jahrhundert Cäsarius von Heisterbach«, trug der Wärter einer Gruppe von Besuchern vor. »Er war ein frommer Mönch, aber er konnte sich nicht vorstellen, daß vor dem Herrn tausend Jahre wie ein Tag seien, wie es im Psalm geschrieben steht. Eines Morgens ging er ein wenig in den Wald, hörte einem Vögelchen beim Singen zu und schätzte, als er sich zurückwandte, er sei eine Viertelstunde fort gewesen. Aber er fand die Mönche nicht mehr, sah das Kloster in dem Zustand, wie wir es hier erblicken, und die Menschen starrten ihn wie einen Geist an, da sie seine Sprache nicht verstanden – es waren dreihundert Jahre vergangen. Er weinte und lobte den Herrn.«

Berlioz fragte, was der Mann den Leuten erzähle, von allem hatte er nur das Wort Cäsarius verstanden. Jacques übersetzte es ihm, und Berlioz sagte, es sei schön. Sie saßen auf einem moosigen Felsen. Den Efeu, an den sie sich lehnten, umsummte ein Bienenschwarm. Berlioz verglich das fromme Fleckchen Erde mit dem lärmenden Paris – er wolle, wenn die Bonner Tage vorüber seien, hier bleiben, in Königswinter aus einem stillen Fenster auf den grünen Glasfluß des Stromes sehn.

Der Gedanke entzündete ihn. Er habe im Gepäck, um sie auf die Konzertfähigkeit zu prüfen, die Partitur von acht Szenen zum Faust, vor beinahe zwanzig Jahren seien sie hingeworfen worden und ruhten seither – Himmel, wenn er sie vollendete, entstand ein ganzer Faust. Was andern damals, als man noch romantisch dachte, Childe Harold bedeutet habe, sei ihm Faust gewesen, der Wanderer durch die Sphären Dantes, der Pilger in den Krypten des Seelenreichs. Er lehnte den Kopf schräg an den aufgestützten Arm und starrte wieder mit gepreßten Lippen vor sich hin. Zwei Leidensfalten verbanden den Mund mit der Nase, der Scheitel teilte den Adlerschopf. –

»Und Sie, was werden Sie tun?« fragte er.

Jacques verstand. Er verübelte ihm diese naive Verabschiedung nicht: es wünschte einer mit sich und seinem Geist allein zu sein.

»Sehr einfach, Sie setzen sich nach Königswinter, und ich fahre ohne Sie nach Ostende.«

Vorerst kehrten sie nach Bonn zurück. Der nächste Tag brachte die Enthüllung des Denkmals. Nach einem Hochamt im Münster ging man auf den Platz hinaus, mußte aber fast zwei Stunden warten. Die KK. MM., wie sie in den Zeitungen hießen, die königlichen Majestäten von England und Preußen geruhten mit Verspätung aus Brühl einzutreffen; der treue Untertan richtete sich gern danach.

Die Sonne brannte, ein starker Wind jagte die Wolken über den Himmel und den Menschen in die Augen Sand. Endlich erschienen die höchsten Herrschaften auf dem Balkon des Fürstenbergschen Hauses. Zwar konnten sie die Statue nur von hinten sehn, aber sie zogen offenbar ein gräfliches Palais der Holzestrade vor.

Zuerst mußte man noch einen Männerchor über sich ergehn lassen – für Jacques, der singende Männer lächerlich fand, eine Qual. Aber er nahm sich ein Beispiel an Liszt, der unfern von ihm stand und mit einem reinen, fast frommen Blick zu dem noch verhüllten Beethoven hinsah. Über der Krawatte trug er die Friedensklasse des Pour le mérite, die vor kurzem der König von Preußen gestiftet und neben anderen Berühmtheiten, so Humboldt und Meyerbeer, auch diesem jungen Menschen verliehn hatte.

Endlich fiel unter Glockenläuten die Hülle, und die Blechinstrumente der Musikanten bliesen unter hohen Hüten das Erzbild an. Darüber war es Mittag geworden, die Stunde des Festessens kam. Jacques nahm nicht daran teil. Die Aussicht auf endlose Trinksprüche hatte nichts Verlockendes für ihn. Am Abend sollte das erste der von Liszt dirigierten Konzerte stattfinden. Jacques überlegte, womit er den Nachmittag verbringen könne, und verfiel auf Köln. Er beschloß, auf dem Boot zu essen.

An der Schiffslände hing ein Plakat, und er las, in Köln illuminiere man am Abend den Torso des Doms. Wenn er sich das ansah, mußte er auf das Konzert verzichten, in diesem Fall hatte die Rückkehr wenig Sinn. Er gab sein Zimmer auf und holte von der Post die nachgesandten Briefe. Zwei Stunden später stand er an Deck. Berlioz würde ihn nicht vermissen, Liszt mochte die Flucht verzeihn.

Der Rhein unterhalb Bonn konnte sich nicht mit dem Stück oberhalb vergleichen; die Landschaft war nicht reizlos, aber eintönig flach. Jacques wandte sich seinen Briefen zu. Einer kam aus Doberan – der erste, den Dagmar schrieb. Als er ihn gelesen hatte, wußte er, daß die Krise nahe war. Nur einmal paßt alles, wenn Mann und Frau sich begegnen, nur einmal sind keine Bedingungen zu berücksichtigen, gestalten zwei ihr Schicksal selbst. In dieser Lage befanden sich weder Dagmar noch er.

Dagmar ließ ihn wissen, sie könne verstehn, daß Alexandra aus religiösen Gründen die Scheidung verwerfe, nicht aber, daß er sich damit zufrieden gebe. Nie habe er auch nur den Versuch gemacht, Alexandra umzustimmen – Dagmar gehörte ihm auch so. Zwei Jahre hatte sie ihm gegeben, zwei der schönsten aus der kurzen Jugend einer Frau: »Jacques, kannst du begreifen, wie es ihr zumute ist, wenn sie daran denkt, daß sie älter und das Kind größer wird?«

Gewiß konnte er es begreifen – alles das hatte er schon selbst gedacht, allerdings nicht von Anfang an. Anfangs galt nur, daß ein Mann, der sich in der Hand hat, nicht die zweite Ehe eingeht, wenn die erste gescheitert ist. Alle, die es taten, kamen ihm wie Leute vor, die in Trümmern wühlen, um das Haus noch einmal aufzurichten – lieber baut man fern von diesem Ort und neu. Als er dann spürte, was in Dagmar vor sich ging, hielten ihn weniger als die Anschauungen Alexandras die Söhne ab. Wenn Alexandra etwas zustieß, kehrten sie zu ihm zurück, und es war nicht nötig, daß zwischen ihm und ihnen die Scheidung der Eltern stand.

Schwere Tage würden kommen, er fürchtete sich davor. Betonte er die Rücksicht auf die Zwillinge, so verstärkte sich Dagmars Überzeugung, ein Opfer zu sein. Ostende oder Doberan, Zeitgewinn oder Klärung, das sei hier die Frage, dachte er.

Köln war zwar eine alte, aber eingeengte Stadt, die im Augenblick in England zu liegen schien. Kein Geld und keine guten Worte verschafften ihm eine Unterkunft. Schon darauf gefaßt, sie durch eine Bank im Freien zu ersetzen, fand er sie doch. Am Dom, der wie ein ungeheurer erratischer Block in einem Wald von Gerüsten lag, hörte er sich bei seinem Namen gerufen und erblickte Livonius.

Seit jener gemeinsamen Zufallsreise von Toulon nach Genf Anno 42 hatten sie zu jedem Neujahr Grüße gewechselt, und so wußte Jacques, daß der Balte Riga mit Berlin, den Schuldienst mit der Zeitung vertauscht hatte, er war jetzt Redakteur am meistgelesenen Blatt. Die Ferien hatten ihn an den Rhein geführt, er übte sich in landschaftlichen Schilderungen, der Verleger belobte ihn dafür. Den Rückweg werde er über Hamburg nehmen, um den Lesern zu sagen, wie eine Stadt nach dem großen Brand erstehe, vernahm Jacques und wurde gefragt, ob er ihn begleiten wolle, morgen schon.

Längs des Flusses lief ein Wall noch aus den Festungszeiten. Der Raum dazwischen war ein Quai oder eine Werft; an diesem Abend hielt ihn Infanterie besetzt. Die Zuschauer mußten sich damit begnügen, hinter dem Spalier zu stehn, so auch Livonius und Jacques. Im Rücken hatten sie den Wall, die Giebel der nächsten Hotels, die Türme der kirchenreichen Stadt und den stumpfen, den mehr erdenschweren als himmelragenden Block des Doms.

»Wozu eigentlich vollendet man ihn?« fragte Jacques. »Ein Fragment von diesen Ausmaßen scheint mir den Bauwillen einer frommen Zeit zu verkünden: sie sind zwar nicht fertig geworden, aber es hat seinen natürlichen Sinn. Die Frömmigkeit des neunzehnten Jahrhunderts ist sicher nicht mehr dieselbe, ich glaube nicht daran. Warum also noch einmal Hand anlegen?«

»Zum kleineren Teil ist es Romantik, zum größeren nationale Begeisterung«, erwiderte Livonius. »Sie wissen, daß wir politisch kein geeintes Volk sind – so tun wir uns zu einem Gleichnis zusammen, indem wir gemeinsam bauen. Architektur ist immer ein Willenssymbol.«

Nun gut, darüber brauchte man nicht zu streiten. Köln war preußisch geworden, und ohne diese Voraussetzung ständen die Gerüste nicht um den Dom. Eines Tages würde Preußen die Deutschen zusammenfassen, kluge Leute in Paris ahnten es schon, vielleicht empfanden sie bereits eine Beklemmung, den Preußen traute man vieles zu. Wieso aber kam Livonius dazu, von »wir« zu sprechen? Als Livländer war er Russe. –

»Nicht innerlich – wir sind dort Deutsche, zum mindesten in der Bürgerschicht, und so bin ich auch ganz bewußt nach Berlin gegangen, ich suche die Gegenwart meines Volkes – die seine Zukunft ist.«

Die Mitte der Schiffsbrücke stand offen. Über den beiden Rumpfstücken flimmerten die Lampen, der Strom lag in Finsternis. Zwei Dampfer glitten, um die königlichen Gäste abzuholen, mit gedämpfter Musik vorbei. Alles versank wieder in Erwartung und Schweigen, nur hier und da stieg eine Rakete hoch. Die erleuchteten Rechtecke in den Häusern am Wall und die Quailaternen überschimmerten die Waffen der Soldaten, das Volk dahinter blieb eine schwarze Wand. Der Zeichner Jacques blickte mit gebannten Augen, das Malerische mußte wie Musik und Liebe romantisch sein.

Doch dauerte es gar lange. Man sah den Dampfer, der die Königin und den König trug, vorüberschaufeln, aber er entschwand, und wer zuschaute, mußte abermals warten, bis das Boot von der Lustfahrt rheinaufwärts zurückkehrte, ein Kanonenschuß verkündete es. Nun endlich, als das Schiff der Stadtmitte gegenüber lag, begann der Höllenlärm: das Vivatrufen, die Gewehrgriffe der Soldaten, die Salve, die sie abgaben, die dunklere der Geschütze, das Prasseln der Raketen. Zahllose Lichter, die auf dem Fluß aus den Kähnen flammten, verwandelten die Schiffsbrücke in eine taghelle Bengalei. Sie schien über den Raum hinweg sich fortzuzeugen, entzündete die des Doms.

Das Fialenwerk einer magisch umzuckten Kathedrale enthüllte

eine nie gesehene Steinwelt von Pfeilern, Zinnen und Grotesken, so dschungelhaft wie die eines indischen Großtempels mit den zehntausend Brüsten, und es war, als habe auch der Norden seine Tropen, in dieser Geisterstunde um Mitternacht.

Jacques fand eine Schlafstätte auf dem Sofa seines Freundes. Er warf sich luftbedürftig in dem dumpfen Raum herum, durch das dünne Leinen stach der Plüsch. Das eine Fenster ging auf die Straße, die die Breite hieß und doch nur eine schmale, hohe Gasse war. In der Frühe schrieb er an Dagmar und erwähnte Livonius: Er werde ihn bis Hamburg begleiten und dort Dagmars Antwort abwarten. Cuxhaven war bequem für ihn, Travemünde näher für sie – auch sein Besuch in Doberan selbst kam in Betracht.

Am Vormittag verschaffte er sich die leidigen Visa, das hannoversche, das kurhessische, das bückeburg-lippische und das den Hansastädten gemeinsame; das preußische besaß er schon. Am Nachmittag saßen sie im Postwagen und fuhren über Mühlheim nach Westfalen. Livonius war froh über die Begleitung, und Jacques über den improvisierten Entschluß. Zwar hatte er Ägypten gesehn, aber von Europa kannte er nicht viel. In seiner Tasche steckte das Wintermärchen Heines, von dem es neuerdings in Paris geheißen hatte, er sei schwer erkrankt.

Er las diese Verse zum erstenmal und lachte amüsiert. Dem preußischen Drill, den westfälischen Eichen, den Heiligen drei Königen ging es nicht eben gut darin. Livonius kannte das Bändchen schon und lehnte es grundsätzlich ab. Es komme nicht darauf an, daß eine Satire im einzelnen von vortrefflichem Witz sei, sondern ob man sie als Ganzes billigen oder verwerfen müsse, und hier beschmutze einer sein heimatliches Nest.

Jacques, der ihn für einen Liberalen gehalten hatte, weil er aus Rußland fortgegangen war, fragte ihn nach seiner politischen Gesinnung. Er sei konservativ bis in die Knochen, erwiderte Livonius, und das widerspreche dem Glauben an den Fortschritt nicht. Er setzte Jacques auseinander, im Deutschen Bund sei die Führung nicht bei den demokratischen Kräften, und bevor er sich in eine Einheitsrepublik verwandle, müßte eine Einheitsrevolution von Bremen bis Wien, von Tilsit bis Karlsruhe entbrennen – eine utopische Vorstellung.

Hagen, Schwelm, Lennep, Soest, wie viele Namen; Jacques hatte sie nie gehört. Bald blinkte es auf den Wiesen weiß von heimgewebtem Leinen, bald schwarz vom neuen Diamanten Kohle – die Zukunft Preußens, sagte Livonius, und Jacques lernte um. Ihm wenigstens war noch nicht ins Bewußtsein gedrungen, daß Preußen nicht mehr da hinten im Osten lag; große katholische Provinzen gehörten jetzt dazu, und Livonius erzählte von schweren Konflikten – der gemischten Ehe wegen stritten sich der Erzbischof von Köln und die Staatsgewalt.

Das französische Militär trug neuerdings das Käppi; die langen Bauernjungen, die in Minden die Wacht an der Weser hielten, zeigten den spitzen Pickel auf dem Helm. In Bückeburg wiederum konnte ein Franzose sich in die Zeit Ludwigs des Vierzehnten versetzt fühlen, es residierte ein kleiner Fürst darin, für einen Europäer eine Vaudevillefigur. Jacques fragte Livonius, ob seine konservative Gesinnung ihn verpflichte, auch diesen Durchlauchten in der Enklave samt ihren Geheimräten den Fortbestand zu gewährleisten – selbst Livonius gab zu, es sei ein Problem.

Jacques meinte, ein Engländer, ein Franzose, ein Holländer, Däne, Schwede stelle sich dem dankbaren Beobachter als eine einfache Rechengröße vor – ein Deutscher aber als die verwickeltste, es sehe sie niemand klar. Wenn er auf deutsche Einrichtungen stoße, sei ihm zumut, als erblicke er überall Chausseen, die man durch Wälder lege, aber plötzlich brächen sie unvermittelt ab – kein Wunder, wenn dem französischen Verstand der Mut ausgehe, sich von den deutschen Zuständen ein Bild zu machen.

Solch eine Chaussee, sozusagen, war auch der berühmte Zollverein. Die einen gingen in ihn hinein, die andern blieben draußen, am stärksten wehrte Hamburg sich. Jacques war neugierig, seine republikanische Luft zu atmen; Dagmar hatte ihm vom Selbstbewußtsein der Hamburger City erzählt.

Ins Gespräch über den Zollverein griff ein Fahrgast ein. Es war ein französischer Weinreisender, der sich in diesem Teil des deutschen Labyrinths auskannte und nach seiner Versicherung auf die Kosten kam. Er verdiente an den Höfen, bei den Stammtischwirten der Städtchen und in den vielen kleinen Bädern gut. Der Zollverein legte zwar auf Bordeaux und Burgunder hohe Steuern, aber die Beamten, Offiziere, Handwerker noch liebten den roten französischen Wein.

Der Mann aus Nancy übernachtete mit ihnen in einem dieser Bädchen, die in einem Wiesental lagen, sie bestanden nur aus den Logierstätten und dem Kurhaus. Es war Nenndorf, ein Schwefelbad, das seine Bedeutung verloren hatte, und daran allerdings hatte der Zollverein Schuld. Die Familien waren früher gewohnt gewesen, ihren über alles geliebten Kaffee und auch den Zucker mitzubringen. Jetzt mußten sie ihn als Luxusware versteuern, und mit den gesprächigen Nachmittagsstunden, der einzigen Abwechslung in der stillen Landschaft, war es aus – was zur Folge hatte, daß der Besuch auf einen Bruchteil sank, vorbei die gute, alte Zeit.

In Hannover trugen die Soldaten die englischen roten Röcke, die Offiziere bezogen ihre Mienen aus Potsdam – sie waren reichlich junkerhaft. Es folgte, auf schlechten Wegen, die Fahrt durch die Lüneburger Heide. Wacholdersträucher in der Größe von Bäumen standen gespenstisch Wache. Jeder, wie in einen Mantel gehüllt, war ein Individuum für sich.

116

Auf dem Jungfernstieg zu Hamburg hatten die Freunde die Wahl unter vier Hotels. Beim Brand von 1842 war das eine zur Hälfte, ein anderes ganz hinweggesprengt worden. Jetzt stellten sie, Phönixkinder aus der Asche, das Neueste auf diesem Gebiete dar. Livonius notierte für seinen Bericht Streits Hotel, Victoria, Russie und das große Sankt Petersburg, das auf der Terrasse eine Orangerie trug.

Sie wohnten im Hôtel de Russie; es überwölbte Sillems Bazar. Das war nach Pariser Vorbild eine Passage, die in der Mitte ein dreistöckiges Achteck mit Glasdach trug und den Jungfernstieg mit der Königstraße verband. Im Französischen war passage männlich, das deutsche Sprachgefühl machte ein weibliches Wort daraus.

Das rückwärtige Fenster im Zimmer der beiden Freunde ging auf dieses Oktogon. Am Abend fingen das Glasdach und die Spiegelscheiben der Geschäfte, die Marmorwände und die Vergoldungen das Gaslicht in tausend Abwandlungen ein, so daß man sich durch Vorhänge schützen mußte: nun drang nur noch das Plätschern des Springbrunnens unter der Rotunde herauf. Man mußte das Fenster schließen; die Luft, die aus diesem Schacht emporstieg, war schlecht.

Herr Sillem freilich erklärte die Einzelheiten, um die Livonius ihn bat, mit so viel Stolz, daß Jacques nichts sagte. Als er sich nachher erkundigte, ob ein Zeitungsmann nicht die Pflicht habe, das Publikum auch auf die Nachteile hinzuweisen, gab ihm Livonius dieselbe Antwort, die ein Pariser Journalist gegeben hätte: der Bauherr erwarte sein Lob, und wenn es ausbleibe, ziehe er die Inserate ein. Die Berliner erfuhren nur, daß die Glaskuppel mit den sechzehn Rippen sechzigtausend Pfund wiege und das Baugelände allein dreihundertfünfzigtausend Mark banko gekostet habe.

Am nächsten Morgen erhielt Jacques die Antwort Dagmars auf seinen in Köln geschriebenen Brief. Sie schlug ihm vor, zunächst allein nach Cuxhaven oder Travemünde zu gehn, in Doberan hielten neue Freunde sie noch fest. Es war ein kurzer und, wie ihn dünkte, ausweichender Brief.

Livonius, der alles besichtigte, den Hafen, die Kirchen, die Fleete, schaute auch den Bahnhof von Altona an. Hier mündete die nach dem König von Dänemark genannte Christiansbahn, die bis Kiel führte; der König war zugleich Herzog von Holstein. Livonius schlug ihm diesen Reiseweg vor, von Kiel gingen Schiffe nach Rostock, und das liege nahe bei Doberan.

Einen Augenblick lang war Jacques versucht, zuzustimmen. Der Weg über Lübeck mochte näher sein, wurde aber nur von der Postkutsche befahren. Er las den Brief Dagmars noch einmal, und die Wendung von den neuen Freunden fiel ihm auf – denen sie offenbar den Vorzug gab. Vielleicht war es ein Wink, daß etwas sich geändert hatte, oder gar, daß sie durch seine Ankunft in Verlegenheit geriet. Er schaute in die vielen Kontore hinein, die an die von London erinnerten: derselbe Fleiß, dieselbe altmodische und solide Düsterkeit, dieselben jungen, etwas stutzerhaften Leute, die sich unter dem Gaslicht über die Pulte beugten. Licht brannte auch in den Gewölben, die Gewölbe rochen nach den Spezereien der ganzen Welt. Die Connossements in der Hand, standen die Clerks auf den Höfen.

»Nun, junger Herr, wie wäre es mit einem Andenken an Übersee?« redete ihn unter der Tür eines Ladens der Inhaber an, der an den Ohren Matrosenringe und auf dem Handgelenk Tätowierungen trug.

Er hielt alle möglichen Dinge feil, lebende Papageien und getrocknete Krokodile, malaiische Masken und Negergötter, die man keiner Dame zeigen konnte. Das Modell eines Kriegsseglers, vom Alter geschwärzt, mit einem Seeweibchen am Bug und einer grünen Handlaterne am Heck, verführte Jacques am meisten, aber er hätte es nicht unbeschädigt nach Paris gebracht. Er erstand ein anderes, das unbegreiflich genug durch den engen Hals einer Flasche in ihren Bauch gezaubert worden war, und eine Halskette aus Korallen – das eine mochte einem Kind Vergnügen machen, die andere einer Frau, die er so wenig wie das Kind vorerst kannte.

»Machen Sie einen neuen Vorschlag, ich gebe Doberan auf«, sagte er draußen zu Livonius, der nicht verstand, was diese Einkäufe mit dem Verzicht zu tun haben konnten.

Und Livonius hatte einen Vorschlag. Er hieß Helgoland. Das war die Insel in der Nordsee, die England während der Kontinentalsperre den Dänen abgenommen hatte, um die Schmuggelwaren zu stapeln; sie gehörte ihm heute noch. Die Leserschaft in Berlin würde dankbar sein, von diesem einsamen Eiland etwas zu vernehmen. Sie gingen in ein Auskunftskontor, und Jacques vernahm, daß es Fahrgelegenheit von Helgoland nach Harwich oder London gab.

Wenn Dagmar nicht kam, stand ihm immer noch der Seeweg nach Ostende frei.

Er schrieb seinen Entschluß nach Doberan und bat um Nachricht nach Helgoland. Schon am nächsten Tag bestieg er mit Livonius den Dampfer. Sie hatten eine ruhige Überfahrt und eine blaue See, Delphine spielten darin. Die Insel zeigte eine kantige Kontur und schien so glatt wie eine Tafel zu sein. Der Leuchtturm blinkte in der Abenddämmerung, die Mondsichel daneben lag lässig schief. Die Lichter am Fuß des Felsens verbanden sich nicht mit denen der Hochfläche; es lebten getrennt Unterland und Oberland.

Die Engländer besoldeten ihren Gouverneur aus eigener Tasche, die Insulaner zahlten weder Abgaben noch Zölle. Die Läden boten alles reichlich und zu wohlfeilen Preisen an. Der Frühstückskaffee erwies sich als gut, die Milch aber lieferten die Schafe, da es auf dem Eiland nur vier Kühe gab. Pferde waren unbekannt, und die Musiker kamen, wenn man der Direktion glauben wollte, weither aus Prag. Der Gast zahlte eine Mark in der Woche für sie.

Livonius ging mit dem Notizbuch umher. Jacques machte dem Badearzt, der von Aschen hieß, seine Aufwartung und sagte, es interessiere ihn, etwas über die Anwendung der ohne Zweifel sehr kräftigen Bäder zu erfahren. Während er noch mit dem Doktor plauderte, wurde ein anderer Besuch gemeldet, der das gleiche Anliegen vortrug.

Es war ein Leutnant Hellwin, er gab in Frankfurt eine Zeitschrift für Jäger und Freunde der Jagd heraus. Die Bäder hatten mit der Jagd, der man hier in mancherlei Gestalt obliegen konnte, zwar nichts zu tun, aber es gehe in einem hin und diene der Insel immerhin, meinte Hellwin. Seitdem er Leutnant gewesen war, mußte eine beträchtliche Zeit verflossen sein. Er mochte schon an die Vierzig zählen. Aus seiner Kleidung ließ sich kein Schluß ziehn, die meisten Badegäste trugen derbe Sachen. Aber es lag ein unbestimmter Hauch von Einschränkung um ihn, als werfe die Zeitschrift nicht allzuviel ab.

Er erkundigte sich, ob Jacques mit einem Gewehr umgehn könne. Man schieße Lummen, Seehunde, Delphine und im Herbst die durchreisenden Schnepfen, erwähnte er. Jacques erwiderte, er habe in Ägypten mit schweren und leichten Büchsen jagen gelernt. Hellwin sah ihn scharf an, als wollte er etwas sagen, lud ihn aber nur ein, sofort mit ihm hinauszufahren. Der Jagdschein sei schnell gelöst, und eine Schrotflinte könne er von ihm haben.

Sie verließen den Doktor und gingen zur Badedirektion. Jacques löste eine Karte, der Schreiber wiederholte Buchstaben um Buchstaben das Wort Maslin.

»Also doch«, sagte Hellwin, sobald sie weitergingen, »vorhin bei Aschen verstand ich Ihren Namen nur ungenau. Dann, als Sie Ägypten erwähnten, horchte ich auf, und jetzt bin ich sicher, Ihre Gemahlin zu kennen – Frau Alexandra de Maslin, die vor vier Jahren in einem badischen Ort namens Sasbach wohnte, stimmt es?«

»Es stimmt«, entgegnete Jacques. »Sie wohnt noch heute dort, wir leben getrennt. Wie kamen Sie nach diesem Sasbach?«

»Durch Frau Lydia Stoffel, bei der ich zu Gast war, als Ihre Frau ankam. Die Welt ist klein, sogar auf Helgoland trifft man Pariser an.«

»Ja, die Welt ist klein.«

Das Segelboot war ansehnlich, die Leinwand hinderte manchmal beim Schuß. Hellwin hielt sich an die großen Objekte, die an der Oberfläche schwammen; Jacques fand seine Beute in der Luft. Der Hund des Schiffers sprang brav über Bord und brachte vier Waldschnepfen an, die Jacques am Abend von seiner Wirtin braten ließ – es kam aber nur die Hälfte auf den Tisch, die andern waren alt.

Sie umsegelten bei dieser Fahrt die Insel, das Kirchlein des Oberlandes blieb immer in Sicht. Zuletzt landeten sie auf der Düne im Osten und schossen auch hier. Es war die Badedüne, daher sie sich dem Platz der Frauen nicht nähern durften. Die Geschlechter waren streng getrennt – Orient im Norden, sagte Jacques ironisch, der Segelmeister machte ein mißbilligendes Gesicht.

Man konnte Flinten mieten, auch Livonius schaffte eine an, die nächsten Vormittage wurden im Segelboot verbracht. Jacques überkam die Jagdleidenschaft. Er erzählte von Jagdpartien in der französischen Landschaft, zu denen Alexandre Dumas ihn mitgenommen hatte. Auf der ganzen Reise waren ihm überall, in den Buchhandlungen und im Schloß der Damen, die Romane von den drei Musketieren und vom Grafen von Monte-Christo begegnet, französisch oder übersetzt. Auch Sues Geheimnisse von Paris wurden in Deutschland verschlungen. Jacques kannte Sue, er war Schiffsarzt gewesen, bevor er in die Mysterien der Pariser Unterwelt eindrang.

Livonius lehnte ihn so heftig wie Heine ab. Wie könne man ein Straßenmädchen zur Heldin machen, mochte es noch so unverschuldet ein Opfer sein? Der Sumpf bleibe Sumpf, selbst wenn eine zarte Blüte in ihm wachse, versicherte er. Jacques erwiderte, der Erfolg dieser Bücher erkläre sich nicht nur aus der Lust am Grellen, sie erschlössen eine unbekannte Welt, die zwar längst und immer dagewesen, aber von der Literatur nicht beachtet worden sei, weil man ihr idealistische Fesseln angelegt habe – sie erkämpfe sich nun das Recht auf Wirklichkeit.

Livonius begann, Theorien vom Schönen zu entwickeln. Die Literatur habe nicht die Aufgabe, dem Leser zu bestätigen, daß die Gesellschaft jenen Bauten gleiche, die auf Pfählen und im Sumpf errichtet würden, sie habe den edleren Empfindungen zu dienen, nicht anders als die Musik.

Jacques erwiderte, das lasse er für die Dichtung in Versen gelten. Was aber die Schriftsteller betreffe, so liebe er es nicht, bei irgendeiner Lektüre auf einen Standpunkt zurückgeschraubt zu werden, der den Sentimentalitäten schreibender Damen, nicht seiner eigenen Einsicht in das Leben entspreche. Der Schriftsteller, sagte er, dürfe den Leser nicht als dümmer und unerfahrener behandeln, als er wirklich sei. Er seinerseits verlange von einem Buch, daß es ihm das Gefühl übermittle, der Autor wisse von der Wirklichkeit zum mindesten soviel wie er. Die Unmündigkeit, die von den Literaten und Dichtern über das Publikum verhängt wurde, schien ihm über die Maßen abgeschmackt zu sein.

Jacques erhielt einen Brief aus Doberan. Während er das Schreiben öffnete, sagte ihm ein Gefühl, daß es die Entscheidung bringe. Der Seiten waren viele. Dagmar begann mit dem Hinweis, daß sie seit acht Wochen in Doberan weile: wenn man erlebt, sind zwei Monate eine lange Zeit. Sie hatte den gefunden, der ihr das Ersehnte bot. Das von einer Frau Ersehnte ist Ordnung, ist Sicherheit, ist mehr als alles andere die Sauberkeit. »Alles Gute, Starke, Frohe, das in ihr sein mag, geht zugrunde, wenn es sich vor den Menschen nicht bekennen darf – das ist der Sinn der Ehe, du hast es selbst gesagt. Was war ich in Paris? Die Geschiedene, die ein heimliches Verhältnis hat, die déclassée – zürne mir nicht, Jacques, und denke auch an meine Angst um das Kind, das dort verdorben wäre.«

Ihre Heimat werde fortan ein Rittergut mit Weizenfeldern und einem halben Dutzend kleiner Seen sein, nahe der Residenz mit Großherzog und Hof, schrieb sie weiterhin. Karl Friedrich von Mulsin wisse von ihrer Beziehung zu Jacques und neige der Auffassung zu, unter Leuten von Haltung empfehle es sich, ein paar Jahre lang Abstand zu wahren und dann den Freund der Gattin als Gast zu begrüßen. Er verwerfe die Scheuklappen beim Pferde noch, ein weitgereister und ein überlegener Mann.

Das also war der Abschied. Jacques empfand ihn wie einen scharfen Hieb, er brennt. Zürnen durfte er nicht ihr, Alexandra zürnte er, und auch das war abgeschmackt. Die Trennung von Alexandra hatte ihn einem Gesetz unterstellt, und das Gesetz war ein Verbot: es schloß die Frauen aus, die man nicht nebenher, nur durch das volle Angebot gewinnt.

117

Hellwin wünschte noch mehr über die französischen Jagden zu hören. Jacques nannte Schloß Monte-Christo, das Dumas in Saint-Germain gebaut hatte, ganz fertig war es noch nicht. Als Mann, der zweihunderttausend Francs im Jahr verdiente, konnte Dumas sich eine Ausstattung leisten, die seiner schweifenden Phantasie gefiel. Arabische Architekten aus Tunis hatten in einer Flucht von Zimmern die Böden mit Mosaik und die Wände mit Koransprüchen geschmückt. Im Garten wiederum gab es gotische Pavillons und eine Menagerie für Affen, Vögel, wilde Tiere – der Geier war so teuer gewesen wie der Bau eines gewöhnlichen Bürgerhauses.

Er hatte etwas vom Marcus Antonius, dieser Dumas mit dem Negerblut: die gleiche mehr naive als geistige Lebenskraft, die gleiche Muskelstärke, die gleiche Verschwendungslust. In den Fußboden des Arbeitskiosks waren die Titel seiner Werke geschrieben, und hier warf er Tag um Tag drei Feuilletons aufs Papier, empfing dazwischen Verleger, Drucker, Schauspieler, Kollegen, und arbeitete, gleichgültig gegen Störungen, an der Fortsetzung eines Romans, wobei es keine Änderungen und keine Streichungen gab; währenddessen tafelten die Gäste, die in den zwölf Fremdenzimmern wohnten, oder sie gingen auf die Jagd.

Hellwin gestand, er möchte wohl einer von diesen Gästen sein. Er fragte nach den Pariser Preisen und nach den Umständen, in denen die deutschen Flüchtlinge lebten. Jacques erwähnte die vielen Handwerker und Wandergesellen, die es gab. Der Umgang mit ihnen schien den Exleutnant nicht zu erschrecken, da er fest glaubte, daß bei der nächsten Revolution der Franzosen auch die Deutschen eine machten. Im Gegensatz zu Livonius sagte er sie für die nächsten Jahre voraus und deutete an, der Boden in Frankfurt werde ihm zu heiß. Bemerkungen in seiner Zeitschrift hätten eine Warnung des Bundesrats und einen starken Ausfall unter den Beziehern zur Folge gehabt. Wenn man ihm glauben wollte, liefen an seinem Schreibtisch viele Fäden aus Ost und West zusammen. Jacques fand ihn nicht sehr sympathisch, war aber bereit, zuzugeben, daß er Überzeugungen besaß.

Die einzige Zerstreuung am Abend bot das Konversationshaus, bescheidene Räume, in denen man auch tanzte. Deichhauptleute aus Dithmarschen, Gutsbesitzer aus den dänisch-deutschen Provinzen und Kaufherren aus Hamburg, fast jeder brachte eine Frau oder Tochter mit. Es war eine blonde Versammlung, und wenn die älteren Damen auch eine größere Schwere aufwiesen, als ein Franzose erträglich fand, so sah man unter den jungen doch Idealgestalten, vollkommen durch schlanken Wuchs und reine Haut, Urbild der besten Britinnen, deren Vorfahren zweifach aus diesen Gegenden stammten, als Angelsachsen und als Eroberer der Normandie.

Dank dem Badearzt wurde Jacques einer Reihe von Familien vorgestellt. Gefaßt, auf die in Frankreich schon legendäre Schroffheit der Preußen zu stoßen, begegnete er aufgeschlossenen, ja herzlichen Menschen, die Hamburger allerdings mochten steifer sein. Aber aus Hamburg kam immerhin Herr Krüger, und wenn man ihm auch die selbstbewußte Zurückhaltung des Senators ansah, so fiel doch seine Tochter aus dem Schema – eine junge Dame mit dunklen Augen und dichtem Haar. Die Augen verrieten ein Temperament, das überall aufgefallen wäre, und nun gar hier.

»Wie kommen diese romanischen Augen an die Nordsee?« fragte Jacques, als Arabella Krüger ihm zum ersten Tanz folgte.

»Sehr einfach, von der romanischen Mutter, sie war aus Bordeaux«, erwiderte sie und bezauberte ihn, da sie französisch antwortete, nicht nur durch die Aussprache, sondern auch durch ihre Bestimmtheit.

»Sie dürfen mich nicht so rasch nacheinander auffordern«, sagte sie später beim zweiten Tanz. »Als Mann, Kurgast und Fremder haben Sie Pflichten, es gibt noch andere Damen, die mit Ihnen über Paris plaudern wollen, vergessen Sie es nicht.«

»Aber in einer halben Stunde werden Sie mir noch einen dritten Tanz bewilligen?«

»Auf die Gefahr hin, meinen Ruf zu verderben; in Hamburg traut man mir sowieso schon alles zu.«

»Alles? Was verstehn Sie darunter?«

»Das Äußerste – zum Beispiel, daß ich den Vater dazu brächte, vier Wochen mit mir nach dem sündigen Paris zu gehn.«

»Ich würde Vater und Tochter zur Verfügung stehn.«

»Haben Sie keine Familie?«

Ausweichend gab er zur Antwort, er lebe allein, und fragte, um abzulenken, ob sie reite.

»Jeden Morgen.«

»Wie ich. Genauer gesagt, ich reite einen Tag über den andern, dazwischen fechte ich«.

»Reiten ist in Hamburg einer Dame erlaubt, Fechten nicht – ginge es in Paris?«

»In Paris geht alles, in Paris ist jede Extravaganz erlaubt.«

»Sie empfinden es als extravagant, wenn eine Frau den Degen zu führen weiß?«

»Nun, es ist etwas ungewöhnlich, geben Sie es zu. Besteht Aussicht, daß Sie je nach Paris übersiedeln?«

»Nicht die geringste, ich heirate einen Hamburger.«

»Meinen Sie einen bestimmten?«

»Einen bestimmten, ich bin verlobt«, antwortete Fräulein Krüger. Die Mitteilung, die unerwartet kam, erfolgte in einem merkwürdig gleichgültigen Ton.

Das Bild der jungen Dame verfolgte ihn, und es war ein Vorgang, den er kannte. Man brauchte nicht verliebt zu sein – es genügte, ein schönes Gesicht, einen ausdrucksvollen Mund, den Glanz eines Auges gesehn zu haben, und das Gedächtnis arbeitete wie die Platte Daguerres: es hatte im wörtlichen, im körperlichen oder chemischen Sinn eine Reizung empfangen, daher es auch Zeit benötigte, um sich davon zu befreien.

Als er am Morgen, die Flinte unter dem Arm, mit Hellwin und Livonius das Segelboot bestieg, näherte sich Arabella Krüger dem andern und nur geruderten, das eine Schar von Gästen zur Überfahrt nach der Badedüne aufnahm. Sie winkte ihm zu, er grüßte zurück. Die morgenfrische Haut, die südlichen Augen und nicht zuletzt die Locken hoben sie aus allen. Im Deutschen bestand zwischen Locken und Lockung ein Gleichklang und mochte ein hübscher Zufall sein; aber er dachte immerhin, was da walle und geschüttelt werde, das mänadische Haar, sei ein Attribut der Jugend oder sie schlechthin selbst. Auch Livonius schaute dem Boot, das sich entfernte, nach: dort stand sie wie die neue Helena unter ihren Mägden.

Am Mittag, nachdem sie mit den Krügers im Kurhaus gegessen hatten, sagte Livonius zu Jacques: »Sie haben Glück bei Frauen.«

»Wie meinen Sie das?«

»Sie scheinen Fräulein Krüger nicht gleichgültig zu sein.«

»Ist das Ihr Eindruck?«

»Es besteht kein Zweifel.«

»Sehr einfach. Heute abend, beim Tanz, geben Sie ihr einen Wink, daß ich ein Mann bin, der in Trennung lebt. Vergessen Sie auch die drei Kinder nicht, wenig wirkt so ernüchternd.«

»Haben Sie noch nicht bemerkt, daß ich nicht tanze?«

»Es sieht nicht aus, als ob sie sich aus dem Bräutigam viel macht; wer mag es sein?«

»Darüber kann Hellwin Auskunft geben, er ist wie eine Kartothek, verständlich bei einem Zeitschriftenmann.«

Sie trafen Hellwin beim Tee, und er wußte in der Tat einiges über den Verlobten zu sagen. Es war ein gewisser Hostrup, dessen Vater mit China handelte. Arabellas Vater schickte Schiffe nach Rio und Santiago. Die Heirat legte zwei Linien zusammen.

Am Abend, als man im Kurhaus war, hielt Livonius sich zurück.

Das beklemmende Fräulein Krüger, das unmöglich Gretchen oder Liese heißen konnte, war nichts für ihn. Er liebte an den Frauen den sanften Ernst, den Schleier, der die Seele schützt. Doch zog Arabella ihn in eine Unterhaltung. Als Jacques vorüberging, wollte sie wissen, ob der Doktor eine alte oder neue Freundschaft des Balten sei. Livonius berichtete vom Bagno in Toulon, und da es sich so ergab, fügte er hinzu, er habe Jacques von Toulon nach Genf begleitet und bei dieser Gelegenheit auch seine Frau kennengelernt.

Die Wirkung war nicht zu übersehn. Der Glanz der Arabellaaugen erlosch, der Vorhang der seidenen Wimpern fiel. Als er den Rest erzählte – Jacques sei von Genf allein nach Paris gefahren und lebe seither getrennt, schaute sie mit einem sinnenden Blick zu jenem hin. An Jacques hing tanzend eine üppige Konsulin. Es war ein Bild, worüber man lächeln konnte, und Arabella Krüger lächelte, wie Livonius nicht ohne Verwunderung sah.

Am nächsten Morgen, als die Freunde das Segelboot bestiegen, erschien sie mit einer Flinte und in einem amazonischen, fußfreien Kostüm. Sie sagte, die Erlaubnis des Vaters, mit auf die Jagd zu fahren, habe sie, es stehe nur die der Herren aus. Draußen hob sie die Flinte, die junge Büste hob sich mit. Sie zielte, die Männer sahn den Glanz der dunklen Iris und das starre Pünktchen, den Sitz der unbewußten Lust am Töten. Sie schoß und traf, ein Vogelkörper stürzte ab. Sie öffnete die Lippen, die Spitze der Zunge glitt darüber hin.

Am Abend kam beim Badearzt eine kleine Gesellschaft zusammen. Die meisten Gäste waren Kollegen aus dem norddeutschen Kreis, beamtete und betitelte Leute. Die Anrede »Verehrter Herr Medizinalrat« fiel jeden Augenblick. Auch Krüger trat mit seiner Tochter ein. Die alten Semester schwankten zwischen der Galanterie und dem Wunsch nach einer Havannaimporte, die man auf Helgoland ohne Besteuerung erhielt. Sie opferten vorerst der Galanterie, und gewiß nicht die reife Konsulin, sondern Arabella mit den schwingenden Brauen verführte sie.

118

Dann verzog sich einer nach dem andern, nebenan ins Rauchkabinett. Es blieben Aschen mit seiner Frau, Arabella, Jacques, Livonius, zwei weitere Damen und die Konsulin.

Jacques hatte Erfolg in dieser kleinen Runde, er kam aus der großen Welt. Er kannte Mehemed Ali, Pückler-Muskau und in Paris die Schriftsteller, die auch in Deutschland alles las. Zum

Überfluß war er jüngst in Bonn gewesen und hatte diesen Liszt gesprochen, der sogar die Hamburger zu Enthusiasten machte.

»Erzählen Sie«, hieß es, und er erzählte vom Parthenon, von den Pyramiden, dem Invalidendom und dem zu Köln.

»Das alles haben Sie mit Ihren dreißig Jahren gesehn«, sagte schwärmerisch die Konsulin, eine Dame mit Busen und Gefühl.

»Einunddreißig«, berichtigte er so ernsthaft, daß Arabella leise auflachte, und es klang so erregt, es verriet so viel Unbewußtes, daß Livonius sie benommen anschaute. Sie merkte es nicht, ihr Auge hing unverwandt an Jacques. Da hatte sie nun erfahren, daß Jacques verheiratet war und ging darüber wie über eine Nebensächlichkeit hinweg, Frauen begriff man nie, dachte Livonius, der in seinen vier Wänden Dramen schrieb.

Die Unterhaltung brach jäh ab, als die Tür sich öffnete und ein neuer Gast eintrat.

»Hostrup, du – wo kommst du her?« rief Arabella und stand langsam auf. Den Schatten auf ihrem Gesicht beobachtete nur Livonius, Arabella glättete es rasch.

»Von Hamburg«, beantwortete der junge Mann die Frage, »der Dampfer hatte Verspätung, ich zog mich auch um, und dann mußte ich euch suchen, zuerst ging ich ins Konversationshaus. Endlich lief mir euer Mädchen in den Weg und schickte mich hierher.«

Er sprach schleppend, mit dem Tonfall der Küste, und schleppend war auch seine Haltung, sein Handdruck schlaff. Er hatte keine Energie, eher einen unfrohen Zug um den karpfenhaften Mund. Der Hausherr fragte ihn, ob er gegessen habe. –

»Das schon, aber ich könnte noch was vertragen«, erwiderte er. Seine Sprache war nicht eben gewählt. Er stellte sich an das kalte Büfett und redete kauend weiter, von der unruhigen Überfahrt und den Hamburger Kursen, unbekümmert und salopp.

Es kam kein rechter Ton mehr auf. Auch drängte Hostrup früh zum Aufbruch. Er sei müde, erklärte er gewichtig.

Livonius und Jacques begleiteten die Krügersche Familie durch die kurzen Gassen an das Treppensystem, das zum Oberland führte. Dann sagten sie gute Nacht. Beim Abschied, als Arabella ihm die Hand gab, fühlte Jacques einen langen, irgendwie bittenden Druck, den er nicht erwidern mochte.

»Was sagen Sie zu diesem Bräutigam?« fragte Livonius und gab, da Jacques umdüstert schwieg, die Antwort selbst: »Unfaßbar. Wie kann sie nur?«

»Geld verbindet sich mit Geld, die Schiffahrt nach Südamerika mit der nach Hongkong – es ist mir gleichgültig, ich reise sowieso morgen ab«, entgegnete nun Jacques.

»Wenn Sie ein Boot nach England finden. Sie haben mir heute gesagt, daß das nächste erst am Sonnabend geht.«

»Das ist kein Hindernis. Ich kehre über Hamburg zurück.« Livonius sagte, auch dahin gehe nicht täglich ein Schiff.

Jacques hatte weniger das Bedürfnis zu schlafen als das nach einem langen Lauf, die Luft in seiner Kammer war dumpf, und er fürchtete, wie in der letzten Nacht quäle die Enthaltsamkeit. So verließ er das Haus wieder und schlug den Weg zur Landungsbrücke ein, um eine halbe Stunde auf und ab zu schreiten; jedoch die Brücke war durch eine Kette abgesperrt. Die See ging ziemlich hoch und jagte Spritzer über das Geländer. Jacques machte kehrt, bald war er an der Treppe und stieg zum Oberland hinauf.

Wenn Livonius ihn gesehn hätte, wäre ihm vermutlich der Gedanke gekommen, er suche Arabellas Haus. Aber er wußte nicht, wo sie wohnte, und auf der Hochebene über ihm schlug die Kirche eben elf Uhr nachts.

Den Abschluß der Treppe bildete ein Pförtchen. Es bestand aus zwei Steinpfosten und dem Querbalken, auf dem in Herzform ein Ölbehälterchen stand. Die Flamme war kraftlos und wohlgemeint. Er durchschritt dieses schmuckhafte Gebilde, wandte sich zur Seite und betrat das Pflaster einer Gasse, die auf der einen Seite Häuser hatte, die andere war offen nach dem Meer. Die Häuser lagen in kleinen Gärten, ein Holzzaun trennte sie vom Weg.

Dem Weg folgend kam Jacques bald an einen Vorsprung im Felsen und blieb stehn. Das Licht des Leuchtturms vermochte er nur indirekt zu sehn, nur als hellen Schimmer, der in regelmäßigen Zwischenräumen die Finsternis durchschnitt, gleich einem Wetterleuchten, das, wenn es aufzuckt, auch schon erlischt. Hinter ihm glühte noch hier und da eine der kleinen Fensterscheiben, gelb und traulich wie im Märchenhaus.

Er setzte sich auf die Brüstung und stemmte die Rechte in die Hüfte. Das eine Bein erreichte den Boden, das andere hing in der Luft. Die Häuser schienen ihm ein wenig heller als vorhin zu sein. Entweder hatte er sich an die Dunkelheit gewöhnt, oder im Osten, den Gewölk verbarg, war der Mond aufgegangen, und ein erster Strahl umtastete die Dächer. Er erkannte nun den Schindelbelag.

Das nächste Licht, in einem Erdgeschoß, erlosch. Wo gelb gewesen war, war schwarz. Doch aus dem Schatten der Hauswand, der bis auf den Zaun fiel, löste sich eine Gestalt und überschritt den Weg. Er merkte, daß es eine Frau sein müsse, auch einen dieser Wettermäntel vermutete er. Sie setzte sich unweit von ihm auf die Brüstung, nicht nah, nicht fern. Da er sie bemerkte, konnte auch ihr seine Anwesenheit nicht entgehn. Um keinen Zweifel zu lassen, und auch, damit sie nicht erschrecke, steckte er eine Zigarre an. Es hatte nicht die geringste Wirkung, die Gestalt blieb unbewegt.

Nach einer Weile schlug die Turmuhr die halbe Stunde, die Brandung in der Tiefe rauschte stärker, und am Mond ließ sich nicht mehr zweifeln – ein Silbergeriesel durchbrach die Wolkenbank. Jacques konnte sich eines unheimlichen Gefühles nicht erwehren, kam ihm zuvor, stand auf, ging dicht an der Unbekannten vorüber, sah nun, daß sie eine Kapuze über den Kopf gezogen hatte, und sagte: »Nachtfalter, was machst du da?«

»Ich warte«, klang die Antwort, leise und ein wenig heiser. –

»Auf wen?«

»Auf den, der fragt.«

»Sein Name?«

»Jacques Maslin.«

»Dann sind Sie . . .« er unterdrückte den Namen und fand einen andern Ausweg, um sich zu vergewissern, daß sie tatsächlich Arabella sei. Am Morgen hatte er ihr das Bändchen Musset aus seiner Reisebibliothek gegeben, sie aufs Geratewohl hineingeschaut und zwei Verse, die ihr bekannt waren, herausgegriffen. So sagte er jetzt den ersten: »Doutez, si vous voulez, de l'être qui vous aime.« Sie antwortete mit dem zweiten: »D'une femme ou d'un chien, mais non de l'amour même« – »am Liebenden darfst du zweifeln, nie an der Liebe selbst.«

Er war nun sicher und setzte sich neben sie.

»Wie konnten Sie wissen, daß ich es bin?« fragte er.

»Ich sah Sie, als Sie dicht an unserm Zaun vorübergingen. Sie wissen, daß man Hunde zur Nacht noch einmal ins Freie läßt – ich habe ein Hündchen, führte es in den Garten und stand am Zaun.«

»Trotzdem, Sie müssen gute Augen haben.«

»So gute, daß ich im Großen Wagen das sogenannte Reiterlein erkenne.«

Er suchte im Sternbild, aber es war vergebens. Er wandte sich wieder der jungen Dame zu und gab zu bedenken:

»Am Zaun oder über ihn hinweg hätten sich ein paar Worte rechtfertigen lassen – hier setzen Sie Ihren Ruf aufs Spiel.«

»Die Nacht ist dunkel, die Gefahr nicht groß.«

»Ich weiß nicht – still, da ist sie schon.«

Schwere Schritte nahten. Arabella flüsterte: »Unser Nachbar, der Kapitän«, und drängte sich näher an Jacques, der den Arm um sie legte, um die Breite des Umrisses zu vermindern. Er beugte sich auch vor, nur der Loden der Kapuze trennte ihn von ihrer Wange. Der Kapitän blieb stehn, seine Seemannsaugen hatten die Gruppe entdeckt. Er rief etwas hinüber und ging pfeifend weiter.

»Was hat er gesagt?« fragte Jacques.

»Ich habe es nicht verstanden, sie sprechen hier ein anderes Platt als in Hamburg«, erwiderte Arabella und rückte wieder ein wenig von ihm fort.

»Ein abenteuerlicher Abend, Fräulein Krüger.«

Sie gab keine Antwort.

»Und nicht der richtige Ort für eine Unterhaltung.«

»Wo fänden wir einen andern?« fragte sie nun.

»Das Feld dort, wo keine Häuser stehn?«

»Nein bitte, lassen Sie uns hier bleiben.«

»Nun gut. Warum sind Sie mir nachgegangen, Arabella? Darf ich Sie so nennen?«

»Ja. Aber ›nachgegangen‹ ist ein häßliches Wort.«

»Sagen wir, daß Sie mir gefolgt sind, als Sie mich unerwartet sahn. Im gleichen Augenblick dachten Sie, es sei eine Gelegenheit, mir etwas zu sagen, und da Sie impulsiv sind . . .«

»Ging ich Ihnen nach. Denn als ich Sie sah, hatte ich mich gerade gefragt, weshalb Sie bei Doktor Aschen ein so finsteres Gesicht machten – ein verächtliches fast.«

»Gewiß nicht am Anfang.«

»Am Anfang waren Sie gutgelaunt und erzählten reizend.«

»Arabella, Sie wissen, was nachher kam.« – »Hostrup kam.«

»So ist es. Sollen wir wirklich weiterreden?«

»Ja.«

»Hostrup ist Ihr Verlobter. Wer bin ich? Ein Fremder, der nach ein paar Tagen aus Ihrem Leben entschwindet. Was gäbe mir das Recht, auszusprechen, daß mir dieser Bräutigam vielleicht mißfällt?«

»Er mißfällt allen, niemand billigt diese Wahl. Es ist keine – Vater hat sie getroffen und ich mich nur nicht geweigert«, sagte sie.

»Ja. Und genau das begreife ich nicht. Hat man Sie in Willenlosigkeit erzogen? Sie machen nicht den Eindruck, unterdrückt zu sein. Sie machen den Eindruck einer jungen Dame, die in der Amazonenrepublik Amerika hätte aufwachsen können. Ihre Augen schauen frei in die Welt.«

»Hier ist nur Europa, man verlobt die jungen Mädchen, ohne viel nach ihren eigenen Wünschen zu fragen. Erst wenn sie verheiratet sind, gibt man ihren Willen frei.«

»Sie lesen französische Bücher?« vermutete er.

»Alles, was erscheint«, sagte sie.

»Und haben sich Ihre Zukunft nach diesem Bild zurechtgelegt? Obwohl Sie in Deutschland leben werden? In Deutschland sind die verheirateten Frauen nicht so frei wie in Frankreich – besser gesagt in Paris. Denn was Sie von der Freiheit in der Ehe sagten, gilt nur von einem doch sehr kleinen Gesellschaftskreis.«

»Was hätte ich tun sollen?« erkundigte sie sich leise.

»Hostrup ablehnen. Abwarten, bis ein Mann, der nicht wie ein Schreiber aussieht, um Sie wirbt, oder bis Sie sich verlieben«, erklärte Jacques rücksichtslos.

»Das ist ein Rezept, Doktor, das nicht immer paßt.«

»Wie meinen Sie das?«

»Gibt es nicht auch die unerwiderte Liebe?«

»Ohne Zweifel. Aber sind Sie in dieser Lage?«

»Vielleicht – nein – doch – vielleicht.«

»Das klingt noch unentschieden«, setzte Jacques die seltsame mitternächtliche Unterhaltung fort. »Läßt sich das Hindernis nicht überwinden? Wenn man so schön wie Sie ist, fällt es schwer, zu glauben, daß ein Mann, dem Sie Ihr Gefühl zeigen, gleichgültig bleibt.«

»Sie brauchen nur anzunehmen, daß er nicht mehr frei ist.«

»Sprechen Sie theoretisch?« – »Nein«, stieß sie hervor.

Er wagte nicht, weiterzuforschen, sagte nur aufs Geratewohl, Verliebheit müsse nicht Leidenschaft, die unheilbare sein. Sie richtete sich auf. –

»Wer weiß in sich Bescheid? Ich weiß nicht, ob mir Leidenschaft gegeben ist. Und wenn es so wäre, darf man, vor einem andern, gestehn: Ich, ich verlange nach Leidenschaft? Was würde er sagen? Er dächte vielleicht: Wie ungewöhnlich sie sich vorkommt, wie töricht sie ist.« – »Man darf sich immer bekennen, wenn auch der Partner mutig denkt«, versicherte er allzu rasch.

»Darf man?« fragte sie, und in ihrer Stimme zitterte die Erregung. »Nun denn, ich werde Hostrup den Ring zurückgeben, und wenn . . .«

Ein gespenstiges Ächzen bewirkte, daß sie abbrach. Es schien vom freien Feld zu kommen oder aus den Lüften, und Arabella klammerte sich entsetzt an Jacques. Aber es war nur das Glockenwerk im Kirchturm, das in der Tiefe Atem holte, bevor es Mitternacht zu künden begann. Jedoch, er hatte unwillkürlich, als sie Schutz bei ihm suchte, den Arm um ihre Schulter gelegt, und wenn er auch nicht wußte, wie es kam, ihr Mund begegnete ihm beim ersten Schlag, der anhob.

Sie umschlang ihn, ihre Lippen blieben zwölf Schläge lang vereint. Ihm schienen es Zeitalter zu sein: Pyramiden, Moscheen, Dome wurden darin gebaut und stürzten vor Alter ein. Nach dem letzten Schlag war noch ein Widerhall, dann Leere und die stille Nacht. Er nahm ihre Hand und sagte:

»Arabella, liebes, schönes Mädchen, wir haben uns einen Augenblick vergessen. Vergessen Sie auch ihn. Es wäre unverantwortlich, es wäre verbrecherisch, wenn ich nicht sofort erklärte: nichts von dem, was ich Ihnen sein könnte, kann ich sein.«

»Jacques, lieber Jacques, mein Freund«, sagte sie, und benommen hörte er den drängenden, den ekstatischen Ton.

»Nicht einmal Freund«, fuhr er fort, »oder doch nur in Gedanken, nicht in der Tat. Es ist unmöglich, Arabella ...«

»Weil ich verlobt bin?«

»Weil ich nicht frei bin. Eine Verlobung kann man leicht lösen, eine katholische Ehe schwer. Es ließe sich erreichen, wenn ich bereit wäre, brutal gegen die Mutter meiner Söhne zu sein. Können Sie begreifen, daß ich mich über diese letzte Rücksicht nicht hinwegsetzen will?«

Sie stand auf. Er wollte sie begleiten, sie huschte schon über die Straße zurück.

119

Er konnte nicht einschlafen, die Luft war so dumpf wie vorher. Das Abenteuerliche der Begegnung wurde ihm nachträglich bewußt. Wie kam es, daß sie vom Ächzen des Schlagwerks so erschreckt worden war, da es ihr vertraut sein mußte, das Haus lag nahe beim Turm. Vermutlich hatte sie ein wenig nachgeholfen, und überhaupt – eine junge Dame eilte um Mitternacht nicht auf die Straße, nur weil ein Mann, den sie kaum kannte, am Zaun vorüberging.

Er kam zum Schluß, das beste sei, die Insel zu verlassen. Inzwischen hatte er erfahren, daß das nächste Schiff erst übermorgen fuhr. Solange also mußte er darauf achten, mit Arabella Krüger nicht allein zu sein. Er schlummerte ein wenig, dann schreckte er auf. Ihre Lippen hatten ihn berührt, er saß wieder auf der Bank – wie weich, wie warm war ein junger Mund.

Es ging nicht an, sie herabzusetzen, noch eben hatte er das getan. Sie war unerfahren und temperamentvoll, offenbar trieb sie ein Gefühl zu ihm. Das Veilchenblau der Dagmaraugen schimmerte im Dunkel auf, als mahnten sie. Indessen, es gab keine Dagmar mehr, für ihn. Die Arabellaaugen hatten den strahlenden Planetenglanz. Im Halbschlaf dachte er, ein Planet sei niemals schwarz – gleichwohl, er sah den Abendstern. Er schlief wieder ein, und als er abermals erwachte, war ihm willenlos geschehn, was nicht geschehn durfte. Gleich einem Fieberkeim hatte sie sich tiefer in ihm eingenistet, in seinem Blut nun schon.

Da feststand, daß er der Versuchung nicht nachgeben werde, beobachtete er ihr Vordringen an sich selbst. Einem Mann von Willenskraft mußte das möglich sein. Zwar war es nicht der Skorbut, den er wie jener Arzt am eignen Leib studierte, doch immerhin die Gewalt, die man durch ein Menschenbild erlitt. So wechselte er zwischen Traum und Wachzustand bis in den Morgen. Der schöne Schemen Arabella füllte sich mit Leben: er sah das Mänadische des Haars, ihr Atem streifte ihn, sie wiegte in den Hüften und sie schritt.

Am Vormittag traf er sie selbst, mit den andern am Segelboot. Hostrup begleitete sie, schlenderte aber zur Jolle, die dem Verkehr mit dem Herrenbad diente – das Schießen locke ihn nicht, erklärte er. So fuhren Arabella, Jacques, Livonius und andere wieder zur Jagd hinaus. Livonius ließ den Blick von Jacques zu Arabella wandern, und Jacques wußte, daß dem Balten nicht entging, was er selber sah: Arabella bewegte sich, als habe sie ihren Willen verloren und folge den Befehlen eines fremden, sie schaute nur nach Jacques. Er fürchtete, die andern könnten es merken, und setzte die Maske der Unbewegtheit auf. So ahmte sie ihn auch darin nach.

Benommen dachte er, sie sei kein Schemen, den man einem Experiment unterwirft, sie sei eine Frau aus Fleisch und Blut. Mit einem Schlag war alles verändert, alles drängender und tödlicher Ernst. Gefährlicher als das Liebesfeuer konnte nichts sein, ihr war es nicht ein Spiel gewesen, in langer und vermutlich schwerer Nacht.

Der Bootsjunge reichte ihr die Flinte und zeigte auf einen Vogelflug. Sie zielte, doch dann ließ sie das Gewehr sinken und schenkte der Schnepfe das Leben mit einem Lächeln, das Jacques rührte. Auch Livonius hatte es gesehn, und nach Tisch, als die Freunde zum Landungssteg gingen, sprach er davon. Er habe sich zurechtgefunden, Arabella sehe nur Jacques, ihn überhaupt nicht, Jacques aber trage eine Verantwortung, sagte er. Jacques fragte:

»Was würden Sie an meiner Stelle tun?«

»Mich prüfen, ob mein Gefühl für Arabella tief geht und die Dramatik, die Sie entfesseln müßten, sich lohnt.«

»Erste Schwierigkeit: der alte Krüger, von dem Sie sagen, daß er mit dem Verlobten Geschäfte macht.«

»Ja, doch das dürfte das geringste sein.«

»Ganz recht. Ich müßte Alexandra bitten, in die Scheidung zu willigen. Angenommen, sie sei bereit dazu, so müßte ich einen Ehebruch besorgen, auf den sie sich beziehen kann.«

Livonius dachte, daß es in seiner Hand liege, Jacques einen Wink zu geben. Er brauchte ihm nur zu berichten, daß Alexandra in Basel mit Franz Stoffel zusammengetroffen war. Das kam nicht in Betracht, er sagte:

»Ich könnte Ihnen einen Vorschlag machen. Wenn Sie nicht selbst mit Frau Alexandra verhandeln wollen, beauftragen Sie mich damit.«

»Trauen Sie sich so viel Einfluß zu?« fragte Jacques verwundert.

»Ich glaube ja. Sie wissen, daß ich sie in Basel traf und nach Sasbach begleitete. Seither schreibe ich ihr zweimal im Jahr.«

»Diese Sache läßt sich nicht brieflich erledigen.«

»Das meine ich auch nicht. Ich würde hinfahren, als neutraler Vermittler, der beide Teile kennt.«

»Sie hätten Zeit?«

»Noch zwei Wochen; sie reichen, wenn ich gleich morgen aufbreche.«

»Warum sollte ich das alles nicht selber tun?«

»Nun – ich denke, erst müßten Sie mit Arabella einig sein. Oder sind Sie das schon?«

»Ich bitte Sie. Vergessen Sie, was wir eben sprachen, es war nur Theorie. Was halten Sie von den Wolken? Heute abend findet doch ein Nachtfest statt?«

»Die Wolken sehn mächtig, aber nicht gefährlich aus. Womit also kann ich Ihnen dienen?«

»Mit Ihrer guten Laune, die Sie zu verlieren scheinen.«

»Wenn mir das Glück so hold wie Ihnen wäre, würde ich Himmel und Hölle in Bewegung setzen, um Fräulein Arabella zu gewinnen.«

Sie gingen noch immer auf dem Laufsteg hin und her. Die Bänke waren leer. Jacques setzte sich und sagte:

»Schnell fertig sind Sie mit dem Wort. Ich bin mir nicht klar, wie sie auf mich wirkt.«

»Zur echten Leidenschaft gehört der Blitzschlag beim ersten Blick.«

»So sagen die Romane. Ich habe festgestellt, daß Leidenschaft auch langsam reifen kann, durch Steigerung von Tag zu Tag. Noch eine Woche des Zusammenseins, und ich würde in hellen Flammen stehn.«

»Und da Sie das scheuen ...«

»Benutze ich das Schiff, das morgen früh nach Hamburg geht.«

»Sie haben sich in der Gewalt, eine seltene Eigenschaft.«

»Um die Sie mich nicht beneiden?«

»Nur dann nicht, wenn ich wüßte, daß Sie ihr nie begegnen.«

Jacques brauchte einen Augenblick, um den Sinn dieser Antwort zu erfassen. Dann sagte er:

»Das wird sich zeigen, Leidenschaft hängt nicht vom Willen ab. Es gab eine Zeit, wo ich sie für etwas hielt, das Daseinsrecht mehr auf der Bühne als im Leben hat. Die Leidenschaften, die Sie in Paris zu sehn bekommen, betreffen entweder eine Lorette, für die man sich ruiniert, oder eine verheiratete Frau, die so gut wie nie die eigene ist.«

»Das junge Mädchen –?«

»Kommt, wenn es zur Gesellschaft gehört, für leidenschaftliches Werben überhaupt nicht in Betracht. Die Möglichkeit, über seine Person zu verfügen, ist an die Verheiratung geknüpft.«

»Ein einseitiges System.«

»Aber ein System. Einseitig sind alle Regelungen. Zuerst für das Notwendige zu sorgen, für die Familie, den Nachwuchs, die Einordnung, gibt auch einen Sinn.«

»Sie wollen sagen, daß Leidenschaft, staatspolitisch gesehen, nicht notwendig ist«, meinte Livonius nachdenklich.

»Sie ist nicht notwendig, aber sie sorgt für sich selber. Das gilt bei Ihnen in Preußen, es gilt bei uns in Frankreich, es gilt überall.«

»Nun gut, Sie fahren ja.«

»Und Sie, Livonius, wollen Sie noch bleiben?«

»Ich fahre mit, wenn auch nur bis Cuxhaven. Ich hofte dort zwei ruhige Wochen zu verbringen. Wäre das nicht auch etwas für Sie?«

»Ich weiß es noch nicht. Wenn Sie mir einen Gefallen tun wollen, so erwähnen Sie unseren Entschluß erst nach dem Nachtfest.«

»Und was ist der Sinn dieser Vorsicht?«

»Fräulein Arabella die Freude nicht zu verderben. Auch möchte ich es ihr selbst sagen.«

Die Wolken hatten keinen Regen gebracht. Das Fest wickelte sich ab, wie vom Badedirektor festgesetzt. Sein Hauptstück war die Nachtfahrt um die Insel. Die Schaluppe mit den Fackelträgern fuhr voraus, die mit den Musikanten folgte. Dreißig Boote, jedes von vier Mann gerudert, nahmen die Gäste auf. Hostrup half Arabella beim Einsteigen und setzte sich, in der Mitte der Breitseite, neben sie. Jacques und Livonius nahmen die Bank gegenüber. Das grüne Laternchen ihr zu Häupten überschimmerte Arabellas Gesicht. Wie jung, sieghaft es war und wie mänadisch, wenn sie das Haar zurückwarf – schön im hellenischen und verführerisch im romantischen Sinn.

Sooft Jacques hinsah, merkte er, daß ihr Auge nicht von ihm wich. Sie zeigte auf den Platz neben sich; er zögerte, bis ein Anlaß zum Wechseln kam. An der wirksamsten Stelle, beim Mönch der Südspitze, brannten Pechtonnen in den Schluchten der Steilwand, und Jacques hatte sie im Rücken. So glitt er zu Arabella hinüber, die Falten ihres Rockes bedeckten seine Hand. Ihre eigene kam herüber, er spürte die Wölbung der Nägel und glaubte die rosige Farbe zu sehn. Jacques, mein Freund, flüsterte es an sein Ohr, als alles beim Ausbruch des bengalischen Feuers auffuhr.

Raketen, Leuchtkugeln, Schwärmer stiegen senkrecht zu den Sternbildern und Milchstraßen, zum waagrechten Bogen, der Meer und Land überspannt. Die Flottille umruderte die östliche Küste und erreichte beim sogenannten Hengst die nördliche. Die Musikanten spielten aus dem Sommernachtstraum, und die Verzauberung war so vollkommen, daß Jacques glaubte, die Frau, die sich an ihn lehnte, sei Titania oder Puck.

Er hatte sie vor Livonius verleugnet, er hatte geschworen, fortzugehn. Wenn er bereute, war es noch nicht zu spät, und die heißeste Welle seines Lebens überflutete ihn. Von Leidenschaft hatten sie auf dem Steg geredet, aber Leidenschaft war Tat. Sie dem Verlobten wegzunehmen, Alexandra zu zwingen, den Kampf mit dem Vater zu bestehn und eine junge, beschwingte Frau zu gewinnen – dies Wollende und Herrische vergewaltigte ihn.

Die Fahrt ging zu Ende. Die Boote der Flottille hatten sich musikalisch selbständig gemacht. Auf den einen sang man Studentenlieder, auf den anderen die Loreley. Von der Kirche oben kam ein Dröhnen, sie schlug die zehnte Stunde aus. Der Atem Arabellas streifte ihn, und er vernahm die Stimme:

»In zwei Stunden ist wieder Mitternacht.«

»Doch die Insel nach dieser Fahrt noch nicht zur Ruhe gegangen.«

Er brachte es nicht über sich, ihr die Abreise mitzuteilen. Es hätte in der kürzesten Form geschehen müssen, ohne Darlegung, ohne ein vorbereitendes Wort. Schonender war, sie beim Glauben zu lassen, sie würden sich morgen sehn, und sanglos zu verschwinden – auf die Gefahr hin, daß sie ihn als feig empfand.

Arabella und die Konsulin stiegen gleich zum Oberland hinauf, Hostrup begleitete sie. Krüger lud die Herren zu einem Glas Wein ins Kurhaus ein. Die Herren waren Jacques, Livonius, der Badearzt. Der Bordeaux lenkte das Gespräch auf den Export, und der Export auf das unerschöpfliche Thema, den Zollverein.

Hostrup kehrte von seinem Kavaliersgang zurück, alsbald wurde die dritte Flasche bestellt. Hostrup wollte Jacques eingießen, Jacques ließ es nicht zu. Hostrup lachte und führte den Vers an, wonach der Deutsche den Wein des Franzmanns besser als ihn selbst leiden kann. Krüger verwies den Schwiegersohn ärgerlich und entschuldigte sich bei Jacques. Jacques erwiderte, er nehme ein Zitat nicht tragisch, und Hostrup trank ihm nicht eben geschmackvoll zu.

Das Zechen, das Festsitzen auf einem Fleck langweilte Jacques. Er gab Livonius ein Zeichen, und Livonius nickte, sie standen auf. Jacques verabschiedete sich von den Herren. Den Reeder bat er, ihn Fräulein Arabella zu empfehlen.

Sie hatten schlechte Fahrt, die Wellen gingen hoch, und viele wurden krank. Die Delphine waren verschwunden, es sei denn, daß man sie von den Wogen nicht mehr unterschied. Die Möwen hatten zugenommen, sie machten einander streitig, was der Mensch von sich gab.

Jacques lehnte am Heck und sah, wie die letzte Kante des Oberlandes versank. Es war, als sei eine Katastrophe über die Insel gekommen und das Meer überflute nun den Rest. Als er nach einem Rundgang an derselben Stelle stand, hatten die Wasser die flache Tafel verschlungen.

Die Stunden vergingen, der Sturm ließ nach. Livonius saß unter Deck in einer Ecke und las. Jacques stellte fest, daß es Terzinen waren – Byron dachte er, und in der gleichen Sekunde mit einem Ruck, der Abschied von Arabella sei der von den romantischen Gefühlen gewesen; mit einunddreißig trat man in ein neues Lustrum.

Cuxhaven kam, Livonius ging an Land. Jacques fuhr weiter, Ostende war sein Ziel, was half die Ungeduld. Wenn man sich ordnen muß, sind lange Fahrten gut. Dagmar hatte er verloren, Arabella geflohn und Ethel nicht halten wollen – dreifaches Fiasko eines gewissen Jacques. Ein Mann, der in der Gesellschaft lebt, darf sich nicht an ihren jungen Mädchen vergreifen. Die Gesellschaft ist logisch, sie gestattet die Hetäre und den Ehebruch.

Das also war die Alternative. Dank Dagmar hatte sie ihn bisher nicht bedrängt. Nun wurde sie auch ihm gestellt. Er dachte mit Schrecken an jenes Jahr in Kairo, als Alexandra in Europa weilte: tägliche Vergiftung durch das Begehren, das lästig wie eine Schmeißfliege war. Da er dem Ehebruch widerstrebte, aus Überzeugung, aus Sauberkeitsgefühl, ließ sich berechnen, was tatsächlich übrigblieb.

Die Winterpraxis, die wohltätige Arbeit begann. Im Sprechzimmer saßen mehr Patientinnen als zuvor im besten Jahr. Er liebte seine Wohnung im Eckhaus am Boulevard und dachte, wenn er sie betrat, noch wochenlang, diese kleine, geordnete Zuflucht sei der Lohn für bewiesene Entschlossenheit. Helgoland war fern; kaum daß er vom Oberland die Spitze des Kirchturms sah.

Dagmar schrieb; sie bat um ihre Briefe. Er schickte sie zurück. Noch vor einem halben Jahr hatte sie ein Kind von ihm verlangt und Pläne gemacht, wie es ohne Aufsehn zur Welt kommen könne. Die überwachte Hingabe war ihr unerträglich gewesen, wie jeder echten Frau. Sein Widerstand mochte der tiefere Grund für die Entfremdung geworden sein. Dagmar bat ihn in einem neuen

Brief, einen Packer zu bestellen; er sorgte dafür. Die Hochzeitsanzeige kam – am gleichen Tag, an dem Krüger die Arabellas und Hostrups schickte.

Engere Beziehungen verbanden ihn mit Legouvé. Er sah ihn im Café, er verkehrte auch bei ihm. Legouvé bewohnte das Haus seines Vaters, worin er vor vierzig Jahren geboren war. Dieser konservative Umstand gab ihm Hintergrund beim Verkehr mit den Literaten, Schauspielern, Musikern, seiner tagtäglichen Welt. In Seine-Port, zwischen Corbeil und Melun, besaß er seit der Verheiratung ein ländlich bescheidenes, doch reizend gelegenes Feriennest. Den kleinen Blumengarten betreute er mit eigener Hand und bezog nicht nur Rosen, Gladiolen, Flieder, er verdankte ihm auch das dem Städter so notwendige Gegengefühl.

Der Geruch der Wiesen und der des Theaterstaubes waren diesem Freund gleich köstlich; er liebte die laute Kapitale und die stillen Viertel, die es in ihr gab. Er hatte eine harmonische Natur, die an den Gegensätzen nicht leidet, ihre Fülle sucht. Sein Ehrgeiz war so gesund wie die Empfänglichkeit für die Impulse, die der Beobachter des Treibens aus den Leidenschaften, Irrungen, Wirren der Zeitgenossen zieht – der Zeitgenosse ist ihm der Mitmensch, der das Leben lebt, gehorsam dem Befehl, auch wenn er ihn nicht deutet.

Jacques sah, wie Legouvé sich mit andern zusammentat, um Szenen zu entwerfen, Akte zu bauen, und wie Scribe es ebenso hielt. Lange begriff er nicht, daß das möglich war, bis er eines Tages die Arbeit eines amerikanischen Forschers las. Sie handelte von den Bibern Kanadas. Ein intelligentes Tier, hieß es da, ein soziales, ein fleißiges, das dem Bautrieb folgt, wo Wasser, Bäume, Ufer sind. Im Scherz zuerst und dann im Ernst sagte Jacques, es sei, als setze man ihm die Naturgeschichte des Parisers vor.

Eine Bibersiedlung war auch diese Stadt. Zu bauen, zu erweitern, zu ändern gab es immerfort. Der Ort blieb derselbe, die Generationen sanken. Und nicht von Tyrannen, Königen, Herrschern, vom Gemeinschaftsgeist ging das Planen aus. Auf der geistigen Ebene wiederholte sich, was auf der materiellen geschah: eine Million Menschen fühlte, dachte, stritt – es wollte geordnet sein, gab Baustoff abermals, geliefert von Paris, daher er den Dichtern, Psychologen, Dramatikern gemeinsam war. Sie spähten alle nach demselben aus, dem Vorfall, den man festhalten, der Idee, die man herausarbeiten, dem Problem, das man bewußt machen kann. Sie fühlten der Stadt den Puls ab, Tag um Tag, aufmerksam wie ein Arzt, der den Patienten nicht aus dem Auge läßt. Wenn sie verreisen mußten, trieb die Unruhe sie zurück: nur nicht versäumen, was es anderswo gleich intensiv nicht gab. Anderswo mochte der

Theaterdirektor darauf warten, ob einem Einsamen in der Dachkammer der Wurf gelang – an diesem Ort der vielen Bühnen, die nicht leer laufen durften, wandte er sich an die Bewährten, die zuverlässig und gewissenhaft wie eine Architektenfirma waren. Scribe wurde oft auf drei, vier Theatern zugleich gespielt, und auf jeder Affiche stand ein anderer Mitarbeiter neben seinem Namen.

Die Wochen, die Monate gingen gleichmäßig dahin, aber das Boot hielt nicht von selbst den richtigen Kurs, es verlangte den Steuermann. Nichts fiel in einer Stadt wie Paris schwerer als der Grundsatz, die Abende so einzuteilen, daß man, wenn es elf schlug, schlafen ging. Die beiden Lager, um nicht zu sagen Welten, worin Jacques verkehrte, die der Boulevards und die der guten Gesellschaft, hatten ein Gemeinsames: sie blieben bis in den Morgen auf.

Die Damen der Salons und Theaterlogen holten den Verlust ein, indem sie nicht vor elf oder gar Mittag aufstanden; ein Arzt, der sich um sechs erhob, mußte bedachter sein. Die Künstler und Journalisten wiederum zündeten die Kerze an beiden Enden an, waren übermüdet, mager, gereizt, aber sie konnten ohne diese Intensität so wenig wie die Börsenleute leben. Am liebsten traf er sie in der Mittagspause, die Kaffeehäuser lagen einander nah.

Er erhielt mehr Einladungen zu Abendgesellschaften als bisher und nahm mehr an. Wenn sie erst nach dem Theater stattfanden, kam er frühestens um ein Uhr nach Haus und half sich dadurch, daß er am nächsten Abend grundsätzlich um neun Uhr zur Ruhe ging. Um fünf in der Frühe war er dann frisch und holte alle Arbeit, die sich auf dem Schreibtisch gehäuft hatte, nach.

Der Umgang mit Menschen kostete Zeit, und oft tat sie ihm leid. Er ging mit ihr so sorgsam um wie mit den Anzügen, die Lecroix schnitt oder mit den Hüten, bei Gibus bestellt. Am meisten Zeit kosteten die Frauen, auch wenn es zu keiner engeren Beziehung kam. Er unterhielt Freundschaften, die sich verschieden stuften. Mit den einen plauderte er gern, und wenn sie nicht zu weit wohnten, fuhr er nach der Praxis zur Tasse Tee. Andere liebten es, ihn bei den Einkäufen des Nachmittags zu sehn, und da sie ihn nicht allein treffen konnten, hatte er zwei Damen zu begleiten. Manche wünschten, daß er im Zirkus neben ihnen saß, manche in den ernsten Stücken. Man hielt ihn für einen Mann von Urteil oder Geist, bald auch von Diskretion; er zeigte nie, daß ihn mit einer Frau eine Beziehung verband. In der Zeit des Karnevals gab er, weil seine Fenster günstig lagen, Damentees, mit zwei oder drei zusätzlichen Herren.

Die Männer liebten ihn selten; sie fanden ihn verschlossener, als in Frankreich üblich war. Er habe etwas Englisches, sagten sie, wenn ihre Erfolge bei Frauen sie beredt machten und er sich abweisend verhielt. Einige der Bejahrten haßten ihn, weil er andeutete, daß es überalterte Gecken gab.

Im neuen Jahr 1846 schien in Europa die Hungersnot zu drohn. Sogar die Lieferungen aus den polnischen Getreideprovinzen fielen aus. In den Pariser Gassen sah man wieder jede Woche diese deutschen Auswanderer; sie strebten Cherbourg, und das hieß Amerika, zu. Aber die Walstatt der sozialen Schlacht war England. Jacques, der die Times hielt, hatte den Eindruck, die Revolution stehe dort vor der Tür. Er bewunderte Sir Robert Peel, der ihr zuvorzukommen suchte, indem er den Schutzzoll auf Korn fallenließ. Jedoch in diesem Zeichen hatten ihn die Konservativen einst gewählt, in ihm auch hatte er sie die Jahre hindurch geführt, und die Freihandelsidee war geistiges Eigentum der Gegenpartei. Gehörte man zu den Tories, so machte man nicht die Politik der Whigs – man überließ das Feld ihnen, nur das galt als fair.

Sir Roberts Vorlage ging durch, aber mit den Whigs verband sich sofort die Opposition in seinen eigenen Reihen. Disraeli führte den Angriff, Sir Robert stürzte und machte Russell Platz. Als Jacques, der die Ferien dieses Sommers an eine Reise durch die englischen Städte wenden wollte, die in Boulogne gekauften Zeitungen auf dem Schiff aufschlug, las er, daß Neville mit Ministerrang zur neuen Regierung gehöre. Dann griff er nach Sybil, Disraelis neuem Buch. Der Roman wandte sich an die reiche Jugend und forderte sie auf, die Führung der Besitzlosen nicht den Radikalen zu überlassen, Jugend verpflichte zu Ideen und zu Mut.

Jacques hielt sich nicht in London auf. Er fuhr mit dem Schiff nach Newcastle und arbeitete sich von Northumberland Tag um Tag nach Süden durch – mit der Postkutsche und mit der Bahn, auf Bauernwagen und oft auch zu Fuß. Kein Gepäck beschwerte ihn, kein Gefährte lenkte ab, es fehlten Flirt und Frau. Er gab sich dem Geist der Grafschaften, ihrer Sprache, ihrer Geschichte, ihren alten Gasthäusern und Kathedralen hin. Von Oxford wandte er sich nach Westen. Neville erwartete ihn in Wales auf dem väterlichen Besitz. Aber als er in Brighton House eintraf, hatte man den alten Baronet begraben und der neue war Neville selbst.

Der Todesfall bewirkte, daß die geladenen Gäste nicht kamen. Neville fuhr mit Jacques gelegentlich in die Nachbarschaft, es gab überall Gut oder Schloß. Auf einem der Schlösser begegneten sie Disraeli und der Frau, die nicht Mutter, nur mütterliche Kameradin war. Neville erzählte Jacques, was man von diesem ungleichen Paar erzählte. Sie schrieben sich Zettelchen oder Briefe von Zimmer zu Zimmer, schickten einander Blumen und Geschenke; die

Zettelchen zum mindesten hob Frau Mary-Ann mit derselben Sorgfalt auf wie die Locken, die abfielen, wenn sie ihm die Haare kürzte.

Disraeli hatte Peel gestürzt, und doch stand sein Name nicht in der Liste des neuen Kabinetts. »Er hat es schwerer als andere«, sagte Neville. »Es ginge rascher, wenn er Grundbesitzer wäre. Den Junkern ist Geist verdächtig.« – »Warum kauft er sich nicht an? Seine Frau ist doch reich?« – »Eine reiche Witwe, die nur über die Zinsen, nicht über das Kapital verfügt.«

Jacques kehrte nach Paris zurück. Jeder, der dreiprozentige Staatspapiere besaß, fragte ihn, ob die Arbeiter in England nicht doch noch Revolution machten, der Sturz Peels hatte sogar die französische Rente zum Fallen gebracht. Alte Leute sagten, die Stimmung sei dieselbe wie am Vorabend der großen Revolution. Seit Sues Geheimnissen von Paris war das Interesse an Mord und Unterwelt ungeheuer gewachsen. Man konnte nicht ausgehn, ohne die Ausrufer zu vernehmen, die für einen Sou den neuesten Totschlag, den letzten Skandal und in aller Breite die Gerichtsverhandlungen anboten; das Volk verschlang diese Berichte.

Lamartine hielt eine viel bewunderte Rede, als die diskreten Schiebeluken am Findelhaus abgeschafft werden sollten. Nicht die Moral, sondern die Beseitigung der geheimen Frucht werde zunehmen, sagte er. Man erfuhr, daß von hundert Findelkindern nur ein Viertel das zwanzigste Jahr erreichte. Sie starben an den vererbten Krankheiten oder an den Engelmacherinnen auf dem Land.

Jacques, der mit andern Ärzten das von Vincent de Paul gegründete Findelhaus in der Rue de la Bourbe besichtigte, übernahm einen fünfzehnjährigen Knaben, der darin erzogen worden war. Der junge Mensch fiel ihm durch seine Intelligenz auf; er bildete ihn für seine Bedürfnisse aus, als Boy, wie die Engländer sagten.

Mit der Gräfin Montessuy wurde Jacques zuerst in seiner Sprechstunde bekannt. Ihr Vater war Prinz Paul aus dem Hause Württemberg, ihre Mutter Lady Wittingham, und sie ein natürliches Kind, das der König in Stuttgart zur Gräfin Helffenstein gemacht hatte. Auch der Salon, den Prinz Paul hielt, öffnete sich Jacques, an der Place Vendôme. Hier lernte er den Schwager Montessuys, den Grafen Nieuwerkerke, kennen. Der Holländer bildhauerte. Als Jacques ihn besuchte, arbeitete er an einer Statue Wilhelms von Oranien, die im Haag aufgestellt werden sollte. Der weiße Kittel hinderte Nieuwerkerke nicht, ein Löwe zu sein. Zwar wohnten er und seine Frau unter einem Dach, doch hatten die Ehegatten sich getrennt. Gleich Jacques übte er beim Fechtmeister regelmäßig, zog aber die schweren Waffen vor. Die Natur hatte ihm eine breite Brust und die Gestalt eines Athleten gegeben. Er besaß die Kraft, die auch der Ausschweifung gewachsen ist. Ohne Zweifel war er mit dem braunen Vollbart und der mattgetönten Haut ein schöner Mann, Ideal oder Idol der Frauen.

Sowohl bei den Montessuys als beim Prinzen Paul unterhielt man sich über die Schicksale Mathilde Demidows, der Tochter Jérômes von Westfalen, die zugleich die Nichte des Prinzen war. Jacques hatte sie nach der Rückkehr aus Ägypten noch eben gesehn, bevor sie ihren Mann nach Sankt Petersburg begleitete. Inzwischen war sie nach Florenz zurückgekehrt, und alle Nachrichten besagten, daß die Ehe mit dem ungeheuer reichen, jähzornigen Russen brüchig sei. Es hieß, der Graf habe sie ins Gesicht geschlagen, vor Zeugen und in Gegenwart der Herzogin von Dino, ihrer Rivalin.

Eines Tages im Frühjahr 1846 siedelte das Ehepaar Demidow nach Paris über, um die Lösung der Ehe zu betreiben. Um diese Zeit gelang es Louis Napoleon, aus der Festung Ham zu entweichen. Die Gräfin, die auch einen prinzlichen Titel italienischer Herkunft führte, war eine Sechsundzwanzigjährige, von heiterem Temperament, nicht eben zierlich, aber gut gewachsen. Sie hatte frische Farben und eine schöne Haut. Das Lob, daß sie liebenswürdig und natürlich sei, kam bei einer Dame ihres Ranges einem tatsächlichen Vorzug gleich und besagte, sie gebe sich weder fad noch dumm.

Der Zar, der die Heirat seiner Kusine nie gebilligt hatte, griff in die Entwicklung ein, indem er jenem kurzerhand die Rückkehr nach Rußland befahl. Die Gräfin oder Prinzessin ging bis zur Klärung in ein Kloster, das in der Rue de la Santé lag. Der Zar sprach Ende des Jahres als Oberhaupt seiner Kirche die Scheidung aus. Er untersagte Demidow den Aufenthalt in Paris und setzte die Rente, die er seiner Frau zu zahlen hatte, auf jährlich zweihunderttausend Francs fest. Sie eröffnete in der Rue de Courcelles ihr Palais, und unter den ersten Gästen, die sie empfing, war Jacques. Als sie zum Freund Nieuwerkerke nahm, mißbilligte nicht nur er die Wahl; der schöne Mann setzte sich in ihrem Hause zu offenkundig fest. Sie führte durch, was sie beschlossen hatte. Eine junge Frau, die ohne ihre Schuld geschieden war, verband sich mit einem Gefährten, der sie nicht heiraten konnte. Das hatte hinzunehmen, wer bei ihr verkehren wollte. Man sah, daß sie die Dauer suchte und keinen Anlaß gab, ihr Leichtsinn nachzusagen.

Obwohl kein Mitglied des Hauses Bonaparte in Frankreich weilen durfte und Louis Napoleon, der nun in London als Prätendent auftrat, ihr Vetter war, verkehrte sie am Hof – sowohl bei König Louis Philippe als bei seinen wählerischen Söhnen. Sie unterstützte den Exkönig, ihren Vater, und eines Tages wurde ihm erlaubt, nach Paris zu kommen: zunächst probeweise und für ein Vierteljahr.

Elftes Kapitel

DIE AU

121

Die Ulmen am Turennedenkmal im badischen Sasbach wuchsen mit jedem Jahr. Der Tag, an dem sie den Obelisk überragen würden, war noch fern, aber ungeduldig sind nur die Menschen.

Raoul und Rodolphe de Maslin, die Zwillinge aus dem Jahrgang 1838, die mit ihrer Mutter in der nahen Au wohnten, liebten den hohen Stein, der sie an den Aufenthalt in Ägypten erinnerte, und den Hain, durch den es keltisch rauschte. Sie wußten, daß man hier auf französischem Boden stand, auch sie waren Franzosen.

Philo, der sie unterrichtete, seitdem sie das siebte Jahr erreicht hatten, sprach mit ihnen deutsch; das gelegentliche Latein galt nur als gelehrte Übung. Die Mutter redete an sechs Tagen französisch, am Sonntag polnisch mit ihnen, weil sie der Meinung war, es nütze, etwas zu kennen, was nicht aller Welt geläufig sei. Auch Lydia Stoffel im Nachbarhaus teilte diese Ansicht, sie wechselte zwischen Russisch und Englisch.

Unter diesen Umständen fiel es schwer, sich darauf zu besinnen, was man im Grunde war, und das also sagte das Denkmal. Als die Zwillinge von Philo erfuhren, Turenne habe dem Sonnenkönig gedient und hundertfünfzig Jahre später von einem Nachkommen des gleichen Hauses Bourbon den Obelisk erhalten, der Bürgerkönig aber pflege sein Andenken, obwohl die Bourbons von ihm vertrieben worden seien, verstanden sie sehr gut, daß Regierungen wechseln können, ein höherer Gedanke jedoch bleibt, sei es der der Nation, sei es der des Helden.

Ein heiliger Schauer stellte sich ein, sooft sie, vom Obelisken ausgehend, den Weg entlang schritten, der zur großen Landstraße führte: der Weg, die Anlagen links und rechts, das Häuschen des Wächters, eines Veteranen vom Trocadéro-Tag, waren französisches Eigentum, und man schaute nach Westen, nach Frankreich hinein.

Raoul wußte mit sieben schon, was er werden wollte, Soldat, Offizier, Marschall – vielleicht leistete Abd el Kader in Algerien so lange Widerstand, bis er in die Armee eintrat. Die Neigungen Rodolphes standen noch nicht fest. Zwar hatte er bei einem Besuch in der Juristenstadt Colmar erklärt, er wolle Richter werden. Aber es war klar, daß er sich unter einem Richter nicht etwas so Deutliches vorstellen konnte wie Raoul unter einem Soldaten. Immerhin, er besaß einen guten Verstand und vermochte einen Gedanken sehr wohl zu verteidigen.

Im übrigen sahn sich die Zwillinge so ähnlich, daß man sie schon sehr genau kennen mußte. Rodolphe hatte das rötlichere Haar, wenn es auch nicht so herbstrot wie das seiner Mutter Alexandra leuchtete; das Raouls war blonder. Sie kürzten ihre Namen ab, alle Welt nannte sie Ra und Ro. Diese Abkürzungen standen auch auf ihren Blusen, Kitteln, Röcken, sichtbar gestickt, damit jeder gleich wußte, mit wem er es zu tun hatte.

Sie machten sich freilich bisweilen einen Spaß daraus, die Kleidungsstücke zu vertauschen, und stifteten dann unter den Dienstboten und bei den Leuten im Dorf Verwirrung. Auch Mr. Semain fiel auf diesen Kunstgriff herein, weil er kurzsichtig war und die Haarfarbe schwer unterscheiden konnte. Mr. Semain, Straßburger Student, redete ein vorzügliches Französisch, und Alexandra lud ihn jedes Jahr während der Herbstferien ein, damit die Knaben bei ihm die Aussprache lernten. Die Kinder nannten ihn Herr Woch: das E, das ihm im Französischen abging, warf er auch im Deutschen ab.

Sein Deutsch klang sehr weich – so, als ob er behutsam über Eier tanze. Die Dorfkinder lachten darüber, die Zwillinge taten es daheim zwar auch, doch beileibe nicht in der Gasse. Semain konnte sicher sein, daß sie ihn mit den Fäusten verteidigten, ihn und seine Sprache. Die Fäuste wurden natürlich nur bei den Buben angewandt, den kleinen Mädchen haschte man nach den Zöpfen. Sie mochten beide die Mädchen leiden – französische Galanterie, sagte Lydia, die mit den Jahren zum Puritanismus neigte.

Lydia war nun, im Jahre 1846, dreiundfünfzig alt und froh, den weiblichen Wendekreis überschritten zu haben. Das Gebären und Erziehn, das Sorgen und Ängstigen lag hinter ihr, und auch die letzte Torheit, zu der sie dieser Leutnant Hellwin fast verleitet hatte. Sie brauchte nicht mit ihm nach Dresden zu ziehn, um Mittelpunkt zu sein. Mittelpunkt war sie sogar in Sasbach, ganz zu schweigen von Baden-Baden, wo sie regelmäßig den Mai und Juni, im Herbst nochmals den Oktober verbrachte.

Im Juli, August und September waren ihre Gastzimmer zu Sasbach gefüllt. Sie hatte Bekannte in aller Welt, zum mindesten in der, die Baden-Baden besuchte. Ihre in Brüssel verheiratete Tochter kam mit den Kindern, und auch die aus dem Gouvernement Kasan, die Dreitausendseelentochter, hatte schon die weite Reise gemacht, um der Mutter den Nachwuchs zu zeigen. Nur Franz in Madrid schützte die Entfernung vor. Lydia hatte ihn im Verdacht, daß er noch immer in Alexandra verliebt sei.

Alexandra war schwer zu verstehn. Wenn Lydia es unverantwortlich fand, daß Jacques Maslin sich um das Kind, das doch der Begegnung in Genf entsprungen war, nicht kümmerte und nicht ein einziges Mal es auch nur gesehn hatte, nahm Alexandra ihn in Schutz. Und durfte man einen Knaben, der sich durchs neunzehnte Jahrhundert schlagen mußte, Remigius nennen? Es belastete doch nur. Noch unverantwortlicher war es, ein Kind schon vor der Geburt zum Priester zu bestimmen. Alexandra sagte freilich, sie werde keinen Zwang ausüben – sie hoffe nur, daß ihr Herzenswunsch sich erfülle.

Vorerst war Remi, wie er genannt wurde, noch keine vier Jahre alt, und man konnte noch nichts über seinen Charakter sagen. Selbst ein künftiger Geistlicher durfte ja wohl in solchem Alter ein unbändiger und verwegener kleiner Bursche sein. Trotzdem Lydia diese Verabredung einer Mutter mit dem Himmel nicht billigte, fand sie doch in einem gewissen Sinn Gefallen daran. Es war besser, oft in die Kirche zu gehn, als es gar nicht zu tun.

Manchmal sagte sie sich, es bestehe kein so großer Unterschied zwischen ihren eigenen Anschauungen, die den Herrnhutern zuneigten, und denen einer Frau, die den heiligen Rock in Trier, von dem viel in den Zeitungen die Rede war, für den echten, von Christus getragenen, hielt und verwundert fragte, weshalb sie daran zweifeln solle – weil er neunzehnhundert Jahre alt sei? In den Pyramiden finde man Stoffe, die für zwei- oder dreimal so alt gälten, und die Gelehrten, die sie untersuchten, erwarteten, daß man ihrer Versicherung glaube.

Vor ein paar Jahren hatte das tiefer im Talkessel gelegene Sasbachwalden seine eigene Kirche bekommen, als man die nicht mehr benutzte Wallfahrtskirche von Sasbach abbrach und noch manches verwenden konnte. Der neue Pfarrer besuchte die Damen jede Woche, mit Lydia stand er gut, sie nahm sich seiner Armen an; auch der protestantische Geistliche, der in der Pflegeanstalt der Illenau amtete, fand den Weg zu ihr.

Philo wiederum war es gleichgültig, mit welchem Bekenntnis er es zu tun hatte. Er ging als Weiser davon aus, daß es Protestanten und Katholiken gebe und alle einen Seelsorger brauchten. Auch wußte er, daß der Pfarrer auf dem Land nicht nur der religiöse Ratgeber, sondern auch ein unermüdlicher sozialer Arbeiter war: Arzt und Lehrer wurden mit den Aufgaben nicht allein fertig.

Die Kolonie in der Au bestand nun aus vier Häusern. Das älteste war das der Schorns aus Straßburg; dann hatten Marja und Nikolaus von Stoffel aus Colmar, Lydia aus Sankt Petersburg, Philo und Alexandra aus Kairo gebaut – man war von recht weither zusammengekommen. Im Sommer 46 nun entschloß sich der belgische Schwiegersohn Lydias, das fünfte Haus in Auftrag zu geben, und kaufte von ihr, die das ganze Gelände in ihren Besitz gebracht hatte, um vor Spekulanten sicher zu sein, ein Stück Boden. Aber im Herbst, als die Fundamente ausgehoben werden sollten, brach er die Arbeit ab.

Die schlechte Geschäftslage, die sich über ganz Europa verbreitete, war schuld. Überall fielen die Renten und stockten die Aufträge. Auch im Badischen hörte man von Zahlungseinstellungen und den Versteigerungen, die beim Bauern so viel böses Blut machten – die Beamten, die ihr Gehalt weiterbezogen, fragten nicht nach seiner Not, sie bestanden auf den Steuern.

Die vier Häuschen, zusammengenommen, bedeckten ein ansehnliches Areal und waren mit Rebhügeln, Obst- und Gemüsegärten, mit Bach, Mühle und Gebüsch eine liebliche Au. Der Ausdruck gefiel, er war so kurz, wie man es nur wünschen konnte – die Kolonie hieß die Au, in Gesprächen und in Briefen.

Und da die Au eine Heimat war, vollzog sich in allen, die sie bewohnten, derselbe Vorgang: es entstand eine Auliebe und ein Augefühl, das vom Nächsten zum Nachbarlichen ausgriff. Die Au lag im Mittelpunkt eines Kreises, der nördlich bis Baden-Baden, westlich bis Straßburg und südlich bis ins Kinzigtal ging: eine kleine Provinz, worin Nüsse, Blumen, Wein, Krautköpfe, Tabak und zahme Kastanien unter einer meist milden Sonne gediehn. Neuestens zog man auch Zwetschgen: zum Zwetschgenparadies verwandelte sich das Bühler Land.

Die Stände lebten noch geruhsam, ohne die Hast der Fabrikzentren. Es gab Bauern, Ackerbürger in aufgelassenen Reichsstädtchen oder gar Reichsdörfern und ein paar Familien von Adel. Am Rand sodann ragte die große Welt hinein, dort war Baden-Baden. Neben der schweren Reisekutsche, in der Lydia von Rußland gekommen war, stand der leichtere und englisch federnde Landauer, den der alte Schorn für Lydia in Straßburg besorgt hatte. Die nächsten Adelssitze lagen im Kinzigtal, das breit und schön bei Offenburg mündete.

Die eine der befreundeten Familien war katholisch, die andere protestantisch. Die Jachbergs neigten mehr nach dem ehemals österreichischen Freiburg, die Berchtlings nach der Hauptstadt Karlsruhe. Als hier im Februar 1847 das Hoftheater während einer Vorstellung abbrannte und die Überreste von zweihundert Menschen in acht

Särgen Platz fanden, erlitt der Freiherr von Berchtling einen schrecklichen Verlust. Seine Frau war unter den Opfern und mit ihr fand das Kind, das sie trug, den Tod. Ein Diener, der mit dem fatalen Gas nicht umzugehn wußte, löste in der Loge des Markgrafen Wilhelm, da das Licht nicht brennen wollte, den Verschluß – das Gas zischte heraus und entzündete sich an der Kerze, die er in der Hand trug.

Berchtling schloß sein vereinsamtes Haus und verbrachte, wenn er nicht seinen Sitz in der zweiten Kammer einnahm, die nächsten Monate bei Lydia. So schlugen, sooft er kam, die Erregungen des Landes auch in die stille Au. Die Opposition war stärker und stärker geworden, lief Sturm gegen die Zensur, die Polizei und die Bürokratie, die nach dem Hambacher Fest wieder mächtig geworden waren.

Das neue Gebilde der Deutschkatholiken und auch die Juden verlangten die vollen Rechte. Die Liberalen übernahmen die Forderung, der katholische Klerus und die Konservativen lehnten sie ab. Die Regierung löste Anno 46 die Kammer auf und hoffte, die katholische Bevölkerung werde die Religionsfreiheit verwerfen. Aber die Neuwahlen vermehrten die Sitze der Liberalen. Freiheit, Freiheit, scholl es wieder einmal aus allen Winkeln und Blättern.

Der Frühling des Jahres 1847 zog mit so viel Süße, Duft und Lieblichkeit ein, wie es das frohe Wort Lenz besagt. Die Welt war schön. Sanfter als eine Landschaft, der grüne Hecken, schlanke Pappeln und das Weiß der Blüten eignen, konnte nichts sein. Warum nur verstanden sich die Menschen so schlecht – schätzten sie den Frieden, der nun dreißig Jahre alt war, nicht mehr? Alexandra fragte es, und Philo antwortete wie immer: »Tier und Pflanze sind gehorsame Geschöpfe, das unruhige ist der Mensch.«

Philo war er für die Augenossen; für die Behörden und die Umwelt nun wieder der Freiherr. In einem von Beamten verwalteten Gemeinwesen ist für einen Decknamen und den Abstand kein Platz. Er war Hausbesitzer, der eine Mieterin hatte, Alexandra. Sie wohnte unten, er darüber. Jelängerjelieber, Klematis, Waldrebe wuchsen so schnell, daß sie bereits im Studio das große Fenster mit dem Glas aus einem Stück umspannen – es ging nach Osten, auf den nahen Garten und die fernen Höhen. Die Hornisgrinde konnte er nicht sehn, der schön gewölbte Buckel des Brigittenschlosses verdeckte das Massiv.

Das andere Gut, ein Nebensitz der Jachbergs, die im Breisgau begütert waren und nur zu gelegentlichen Aufenthalten kamen, lag am Harmersbach, der ein Seitental und das ehemalige Reichsstädtchen Zell durchfloß, bevor er in die Kinzig mündete. Von der Au waren es immerhin einige Stunden, aber die Bahn nach Offenburg würde den Weg nun bald kürzen. Alexandra, die mit den Damen des Freiherrn Jachberg Freundschaft geschlossen hatte, machte die kleine Reise zweimal im Jahr und blieb jedesmal ein paar Tage in dem weiß schimmernden Herrenhaus, das noch die Reste einer alten Wasserburg aufwies. Einer ihrer Buben durfte sie begleiten, zu zweit waren sie zu wild, und gewöhnlich fuhr auch Philo mit, den der wohlunterrichtete Jachberg anzog.

Jachberg saß, vom Großherzog berufen, in der ersten Kammer. Im Augenblick hatte er dem Präsidenten seinen Austritt unterbreitet, weil eine von ihm eingebrachte Motion bei Stimmengleichheit durch eben diesen prinzlichen Präsidenten fiel. An einem Aprilabend berichtete er Philo, der am Nachmittag mit Alexandra und Raoul eingetroffen war, darüber.

Er mochte in der Mitte der Vierzig stehn, hatte in Landshut und Heidelberg studiert, ein paar Jahre ohne Begeisterung den Waffenrock getragen, geheiratet und seine erste Rede in der Kammer gegen Preußen gehalten, genauer gegen die Teilnahme Badens an einem Kongreß, zu dem Preußen die protestantischen Fürsten nach Berlin lud, um zu beraten, wie man sich vor den Ansprüchen der katholischen Kirche schützen könne. Baden war auch dem Kongreß selbst ferngeblieben, da es mehr katholische als protestantische Untertanen besaß, Jachberg aber mit einem Schlag einer der Vorkämpfer der katholischen Interessen geworden.

Mit der Motion hingegen hatte er weniger Glück gehabt. Er setzte sie Philo auseinander, während seine Frau, seine Tochter und Alexandra am mächtigen Kachelofen saßen und sich mit Handarbeiten beschäftigten. Sein Grundgedanke war, daß die Auslieferung des politischen Lebens an die Parteien die Leidenschaften errege, die Einigkeit zerstöre, dem unbedenklichsten Demagogen die größte Wirkung sichere; auch dem Klerus bekomme sie nicht.

Er hatte also einen Antrag auf Änderung der Verfassung gestellt und einen Ausschuß verlangt, der ein Wahlgesetz ganz neuer Art bearbeiten sollte. Ein Staat, meinte er, müsse vom Realen ausgehn. Real seien das Grundeigentum, das Handwerk, der Handel und die Fabriken. So hätten diese produktiven Stände, die Landeigentümer – voran die Bauern – die Gewerbetreibenden, die Kaufleute und die Fabrikanten an das gesetzgebende Werk zu gehn, im Ständehaus.

Philo unterdrückte die Bemerkung, daß die Gedanken Saint-Simons sich auszubreiten schienen, und auch die andere, daß Saint-Simon den Kreis der Berechtigten viel weiter gefaßt habe. Er begnügte sich mit der Frage, ob der Freiherr die Tätigkeit des Fabrikarbeiters, des Bergmanns, des Flößers und Holzfällers im Schwarzwald nicht zu den produktiven Leistungen rechne.

Es zeigte sich, daß Jachberg das Recht, im Staat mitzusprechen, an den Nachweis von steuerfähigem Besitz knüpfte. Mit aller Höflichkeit erwiderte Philo, in diesem Fall empfehle er, das Ständehaus gotisch, im besten mittelalterlichen Stil zu errichten. Der Freiherr, der sich bewußt war, den Bauern vor dem Grundherrn genannt zu haben, fuhr in die Höhe. Auch Philo erhob sich, holte das Schachbrett vom Bord, legte es auf den Tisch und ordnete die Figuren. Der Freiherr knurrte, aber er war ein guter Spieler und gewann.

»Woher kommt es«, fragte Philo wie nebenher, »daß die Forderung, jeder müsse eine Wahlstimme haben, ein ganzes Land entflammt?«

»Weil man den Leuten einredet, es werde ihnen ein Recht verwehrt«, erwiderte Jachberg.

»Und ist es nicht so?«

»Wo steht dieses Recht geschrieben?«

»In der Brust, mein lieber Jachberg, die etwas so Reales wie ein Morgen Ihres Bodens ist. Die Gesellschaft mag noch so sehr durch gewollte Unterschiede gestaffelt sein; es lebt doch in jedem die Überzeugung, daß er mitsprechen darf. Mit diesem Gefühl geht er in die Versammlungen und hört sich die Programme der Parteien an. Zugegeben, daß sein Urteil nicht viel taugt und daß er dem, der am pathetischsten vorträgt, unterliegt, so fühlt er doch, daß es, einmal wenigstens, auch auf ihn ankommt.«

»Bei einer so nüchternen Sache betonen Sie zu stark das Gefühl«, sagte Jachberg. Philo erwiderte:

»Wenn Sie Leidenschaften verstehn wollen, müssen Sie vom Gefühl ausgehn. Indem der Mann in der Versammlung die eine Partei wählt, die andere verwirft, übt er ein Menschenrecht aus, und das Menschenrecht wurzelt im Tiefsten der Seele.«

»Wenn sie gewählt haben, sind sie wieder die armen Teufel, die sie waren ...«

»Aber während sie wählen, sind sie es nicht. Es ist wie der Augenblick in der Kirche, wo sie vor Gott gleich sind – an der Urne sind sie gleich vor dem Gesetz.«

»Und welchen Schluß ziehn Sie daraus?«

»Daß es vergebliche Mühe ist, sich der Entwicklung entgegenzustellen. Die Demokratie des allgemeinen und geheimen Wahlrechts kommt.«

»Gott möge uns davor bewahren«, stieß Jachberg hervor.

»Sie kommt«, wiederholte Philo, »und sei es aus keinem andern Grund, als daß sie auch denen, die weder Boden noch Kapital besitzen, die Vorstellung, gänzlich wertlos zu sein, nimmt. Es mag einer gar nichts haben, womit man Ansehn erwirbt, so hat er doch noch das von der Natur Gegebene, die Stimme, und der verleiht die neue demagogische Erfindung nun einen Wert. Sie gehn herum und sammeln Stimmen ein – verwundert sieht der Arme, daß er doch noch über etwas verfügt, und es leuchtet ihm ein.«

Philo fing einen bittenden Blick Alexandras auf. Sie haßte es, wenn die Männer sich im Endlosen des Gedankens verloren. Und nun trat auch noch der geistliche Herr ein, der Stadtpfarrer von Zell, der zu den streitbaren Priestern gehörte, seine Predigten und Andachten mit Polemik durchsetzte. Aber da er leidenschaftlich rauchte, begaben sich die Herren durch den anstoßenden Raum in den nächsten, die Bibliothek im Turm, von alters her das Archiv genannt.

Die Kriegsstürme in den Tagen, als die Heere Ludwigs des Vierzehnten durchs Kinzigtal und die Pässe des Schwarzwalds nach Bayern marschierten, hatten ihn verschont; er enthielt nicht nur Frühdrucke von Bibeln, sondern auch Dokumente, auf die das Landesarchiv in Karlsruhe ein begehrliches Auge warf.

Die Damen atmeten auf, die Stimmen und der Rauch kamen von weitem her. Blandine Jachberg war ein junges Mädchen von neunzehn, das um die beim Theaterbrand in Karlsruhe verunglückte Tante Berchtling Trauer und statt der Kamee ein Kreuz trug. Vor sechs Jahren, mit dreizehn, hatte sie Franz Stoffel gesehn, mit siebzehn, achtzehn noch auf seinen Besuch gehofft. Sie erkundigte sich nicht mehr nach ihm; aber Alexandra wußte, ihr Herz warte darauf, daß sie ihn erwähne. Sie tat es nie ohne die Empfindung, an einer Enttäuschung schuldig zu sein.

Blandine beugte den blonden Kopf über ein Arbeitskörbchen im Entstehn. Die Zacken aus Seide und Gold gingen dreimal herum. Sie war beim zweiten Mal und murmelte, indem sie aus einer Zeitschrift die Angaben ablas: »Zwei Maschen glatt, drei à jour, fünf Maschen deutsch, drei à jour, zwei glatt.« Im ganzen waren es so fünfzehn.

Die Stimmen drüben erhoben sich. Der Pfarrer redete auf Jachberg ein; er dürfe den Sitz in der ersten Kammer nicht aufgeben, er müsse das Gesuch zurückziehn, auch werde Markgraf Wilhelm es nicht genehmigen, erklärte er. Die alte Dame griff das Stichwort auf; vom Markgrafen war es nicht weit zum Hof, und vom Hof wurde mehr geflüstert, als in diesen Zeiten gut sein mochte.

Daß der Bankier Haber sich in Schwierigkeiten befand, war nur die Vergeltung für den Skandal, in den er die Großherzogin verwickelt hatte. Aber auch das Gerede über Kaspar Hauser verstummte nie. War Stephanie, die geborene Beauharnais in Mannheim, seine Mutter? Man wußte es nicht. Schlief um seinetwillen der Großherzog so schlecht und trank er, weil ihn das Gewissen verfolgte? Man behauptete so viel, und die Leute freuten sich, daß es auch in den Fürstenhäusern nicht anders zuging als bei ihnen.

Alexandra seufzte. Es traf sie, daß jede Familie einen Makel verbarg. Sie legte die Stickerei nieder und ging zu den Herren. Philo kannte ihr Geheimnis, und es trieb sie, sein gutes Gesicht zu sehn. Unter der Tür des Turmzimmers erblickte sie es und hörte ihn gerade sagen:

»Freiherr, Sie verteidigen die Stellung, die Ihnen Besitz, Name, Herkunft und Überlieferung verleihn. Und da Sie ein Mann von Religion sind, leiten Sie die Ordnung, die Ihnen das alles garantiert, vom Willen Gottes ab. Um es drastisch zu sagen, Sie glauben, es sei im göttlichen Weltplan vorgesehn, daß es Könige, Stände und einfache Sterbliche gibt.«

»Daran kann kein Zweifel bestehn, das Königtum ist so alt wie die Welt«, erklärte der Pfarrer.

»Das ist kein Beweis dafür, daß Gott diese Einrichtung erdacht hat, zürnen Sie mir nicht. Ich bezweifle, daß Gott etwas mit Titeln, Macht und Besitz zu tun hat. Die Kämpfe und die Interessen, um die es dabei geht, gehören dem menschlichen Spielraum an. Die Geltung und das, was für sie steht, das Geld – Gott kümmert sich nicht darum.«

»Nun, ich will nicht gerade behaupten, daß Gott dem Menschen die Idee des Bankwesens eingegeben hat«, erwiderte der Pfarrer, »aber sicher die des Besitzes. Besitz verleiht dem Menschen Halt, und nur wenn er Halt hat, kann er auch glauben – warum? –«, schloß Hochwürden triumphierend, »weil Besitz die Grundlage der Ordnung und Religion wiederum die Ordnung schlechthin ist.«

»Nun muten Sie Gott doch noch das Bündnis mit dem Kapital zu. Nehmen Sie einmal an, es komme ein Tag, an dem in Ihrem Städtchen, im ganzen Land, in Europa, auf der weiten und doch nicht allzu großen Welt so viele Menschen leben, daß es fünfmal soviel wie heute sind. Was wird dann aus dem Geld? Es reicht nicht mehr aus, daher man zuerst die Besitzenden enteignet und dann, wenn auch das nicht genügt, eine neue Gesellschaftsform finden wird, in der es überhaupt kein Geld und keinen Besitz in unserem Sinn mehr gibt.«

»Wir sind noch nicht soweit«, sagte Jachberg ablehnend.

»Ohne Zweifel«, gab Philo zu. »Weder Sie noch Ihre Kinder werden den Zusammenbruch des Geldes erleben, im Gegenteil. Seine Herrschaft, die Ära Mammon, der Tanz um das Goldene Kalb kommen erst. Der Handel breitet sich aus, die Maschinen treten einen Siegeszug an, die Rauchfahnen der Fabriken umschlingen den Erdball in einer Brüderlichkeit, die durchaus nicht der Beethovens oder Schillers gleicht – es ist eine rußige und schmutzende Brüderlichkeit.«

»Sie sind gefährlicher als die Hecker, Struve, Fickler und wie sie alle heißen«, erklärte Jachberg. »Gut, daß Sie sich von der Arena fernhalten und nur Zuschauer sein wollen.«

»Alle drängen in die Arena – seien Sie froh, wenn der eine oder andere es nicht tut und durch sein Beispiel die stärkt, die sich der Gier und des Hasses enthalten wollen.«

»Sie sind ein Pessimist«, tadelte ihn der Pfarrer.

»Ich vollziehe nur am Arenaeifer eine sehr notwendige Korrektur«, verteidigte sich Philo und nickte Alexandra, die unter der Tür stand, zu.

Sie hatte in nun bald zehn Jahren gelernt, seine Grundidee zu begreifen. Es gab den Eifer, und es gab die Enthaltung. Man trieb entweder im Strudel des Geschehens, oder man wanderte an seinem Ufer, das Schauspiel vor Augen, aber auf dem inneren Blickfeld lag es nicht. Das innere Auge visierte einen Endpunkt, wo das alles zerrann, und wer so sah, der hatte Gott.

Alexandra trat näher, die Herren brachen die nie erfreuliche Unterhaltung über die Zeitläufe ab, und Jachberg vergrößerte den Spalt im Fenster, damit der Rauch schneller abzog. Alexandra setzte sich zu ihnen und fragte den Pfarrer nach seinen Erfahrungen mit Hans Jörger.

123

Beim letzten Aufenthalt bei den Jachbergs, als auch Lydia zugegen gewesen war, hatte die Freifrau von einem Knaben gesprochen, dem es nach dem Tod der Eltern schlecht ging. In der Freiheit eines Gebirgsdörfchens aufgewachsen, lebte der Achtjährige bei einem Schankwirt hier im Städtchen, sein Bett bestand aus einem Strohsack im Verschlag und seine Arbeit darin, die Gläser zu spülen oder den Fuhrleuten die Stiefel zu schmieren.

Lydia und Alexandra hatten damals die Schenke besucht und einen Buben gesehn, der in einer freien Viertelstunde mit glühenden Backen las – er stützte die Arme auf und hielt jedes Ohr mit einem Finger zu. Um ihn lagen die Schätze, die Bücher, aufgeschlagen, und wenn er auch sich mit einem nur abgeben konnte, so ließ er doch den Blick über die andern schweifen, sprang aus der Geschichte des Trojanischen Kriegs in die der Indianer von Kanada oder von den Heiligenlegenden in die Vier Haymonskinder, für eine Sekunde nur. Die Frau hinter dem Schanktisch keifte, was ging es ihn an. Da er wenig Schulunterricht genossen hatte, bereitete ihm das Lesen noch Schwierigkeiten, und er fuhr mit dem Finger den Worten nach.

Die gute Form dieser Finger war das erste, was Alexandra auffiel. Das Rot der Backen erwies sich als trügerisch, ihre Farbe als verblichen, und die ehemals runden Glieder schlotterten in dem lächerlichen, von fünf Vorsitzern abgelegten Männeranzug, der vor Schmutz starrte. Noch immer war er ein hübscher Bursche mit dem braunen Rundkopf der Schwarzwaldleute, und der Glanz in seinen treuherzigen Augen machte es den beiden Frauen nicht schwer, Gefallen an ihm zu finden.

Alexandra hätte sich gezwungen, auch für einen Grindkopf Mitleid zu fühlen, aber es war für die Armen einfacher, den Wohltätern auf den ersten Blick sympathisch zu sein. Lydia erklärte sich bereit, etwas für Hans Jörger zu tun, und Alexandra führte sie zum Pfarrer, der sich bereit erklärte, den Jungen im Latein zu unterrichten. Ließ sich der Versuch gut an, zumal was die Charaktereigenschaften betraf, so wollte Lydia den Hans zu sich nehmen und wie ihr Kind aufziehn.

Das also war vor einem Jahr gewesen und jetzt der Augenblick gekommen, den geistlichen Herrn um sein Gutachten zu bitten. Der Pfarrer äußerte, der Bub verdiene jede Förderung, sei lebhaft und zäh, fleißig und wißbegierig, sauber im Denken und klug.

Dann habe sie von Lydia den Auftrag, ihn nach der Au mitzunehmen, sagte Alexandra. Der Pfarrer erwiderte, das sei gut und schön, er wolle auch dem Glück eines Waisenkindes nicht im Wege stehn. Doch habe er ein Bedenken, es gehe den Glaubensunterschied an. Wenn man ihm die fernere Erziehung anvertraue, werde der Kirche ein guter Theologe zugeführt, und sie verliere ihn ohne Zweifel in einem protestantischen Haus.

So katholisch Alexandra empfand, so unangebracht erschien ihr dieser Gesichtspunkt. Sie sagte, man müsse sich nach dem richten, was erreichbar sei. Man könne von Lydia nicht verlangen, daß sie die Kosten für die Erziehung eines Priesters einer andern Religion übernehme. Wenn eines Tages der junge Jörger ihr erkläre, er wolle Priester werden, wende sie gewiß nicht ihre Hand von ihm; im übrigen müsse man abwarten, wie der Knabe sich entwickle.

Jachberg und Philo stimmten ihr zu, und Alexandra kündigte für den nächsten Morgen ihren Besuch im Pfarrhaus an. Raoul begleitete sie bei diesem Gang. Vor einem der Tore von Zell lag die Wallfahrtskirche. Sie hatte eine helle und heitere Front, und um den Chor wuchsen Holunder, Linden, Flieder, die schon zu knospen begannen.

Im Innern, am Gitter, das den Chor abschloß, brannten immer Kerzen, billige und teuere, von Auswärtigen und Ansässigen gestiftet – ihr Wachs vermischte sich beim Abtropfen und rann gemeinsam in ein Becken am Fuß des Halters, manchmal auch darüber.

Alexandra verrichtete ihre Andacht, und nach dem sanften Licht der stillen Flammen erwartete sie draußen das Weitgespannte, Strahlende des Frühlingstags. So sicher wie des Gesangs der Vögel konnte man der Blüte sein. Die Obstbäume zogen sich bis zum Gebirge und näher bis zu den Stadttoren hin, von denen das am besten erhaltene das war, worauf die schwedischen Kanonen aus dem Dreißigjährigen Kriege standen.

Das Schwedentor ging auf den Bach, und hier trafen sie den jungen Jörgerhans. Er schaute dem Wollstricker Schmiedel nicht nur beim Einstampfen, beim Walken der blauen Frauenstrümpfe und der ebenfalls blauen Männerjacken zu, er half auch dabei, mit andern Buben. Die Mechanik des Wasserrades hatte es ihnen angetan, und auch die hölzerne Form, auf die zum Trocknen die blaue Ware kam. Sie mußte in guter Ordnung hängen, Paar neben Paar, mit einem Zwischenraum.

Alexandra beobachtete von der Brücke, die den Wallgraben überquerte, den Knaben. Ob der Meister, der über die Brille hinaussah, schimpfte oder lobte, machte ihm offenbar nichts aus. Sein Eifer hatte etwas so Unverdorbenes, daß sie abermals eine Neigung für ihn empfand. Sie rief ihm zu, er blickte auf, säuberte die Finger in einem Bottich, kam durchs Haus gelaufen und reichte ihr die Hand, während er den städtisch angezogenen Raoul unsicher musterte.

»Du mußt deine Sachen packen«, sagte Alexandra. Der Atem stockte ihm sichtlich.

»Sie sind doch gestern erst angekommen, Frau Gräfin.« Auf dieser Anrede bestand er, obwohl Alexandra ihm gesagt hatte, Vicomte lasse sich nicht übersetzen, die Leute nannten sie Frau Doktor.

»Wir sind diesmal nur gekommen, um dich zu holen. Um zwei Uhr fahren wir nach Sasbach zu Frau Stoffel.«

»Ist es für immer?«

»Ja, für immer. Fällt es dir schwer?«

Er sah erschrocken zu den Kameraden am Bach hinunter, faßte sich und erklärte:

»Es ist gut, wann soll ich fertig sein?«

»Rechtzeitig. Wir gehn jetzt zum Pfarrer, am besten begleitest du uns gleich.«

Er setzte sich neben Raoul in Bewegung. Die Knaben waren beide neun Jahre alt, der französische etwas feingliedriger, der deutsche etwas derber – kein großer Unterschied, bei gleichem, jungem Mut.

Am Nachmittag rollte der Landauer des Freiherrn zuerst durchs Harmersbach-, dann durchs Kinzigtal der Rheinebene zu. Sie überholten den Thurn-und-Taxisschen Omnibus. Gelben Frack, helle Lederhosen, schwarze Stulpenstiefel und ein Horn trug auf dem Bock der Postillon. Der Holzkasten, der die Habseligkeiten des Buben enthielt, wollte zum feinen Bezug und zu den Nickelbeschlägen des Landauers nicht passen. Hans machte zu Raoul eine Bemerkung darüber, die wie eine Entschuldigung klang.

Raoul sah ihn verwundert an. Wenn es seiner Mutter oder auch ihm gefiel, einen Bauernkoffer aufzuschnallen, war es in Ordnung; die Leute mochten sich denken, was sie wollten. Auf Hans machte dieses Selbstbewußtsein Eindruck. Er war noch nie über das Kinzigtal hinausgekommen, und der Zug, den man in Offenburg bestieg, war der erste, den er erblickte. Mit großen Augen schaute er um sich her, und sicher war es ein Tag, an den er immer denken würde, Philo, der nun einen dritten Schüler zum Unterrichten bekam, rede ihn versuchshalber auf lateinisch an. Hans Jörger war weiter als Raoul de Maslin; den Zwillingen konnte ein so tüchtiger Gefährte nur nützlich sein.

In Achern wartete der Wagen Lydias. Hans, den die Ebene bedrückte, atmete auf, als er sah, daß man sich wieder dem Gebirgsstock zuwandte. Sie holten zwei Fußgänger ein, die nebeneinander gingen. Es war eine der Barmherzigen Schwestern, die im Tal eine Station unterhielten, und der arme Witwer Berchtling, der herumwanderte, weil er nicht wußte, wie er sich die Zeit vertreiben sollte.

Lesen und auf die Jagd gehn schien ihm unerlaubt zu sein. Die Politik verlangte einen kühlen Kopf, den er jetzt nicht hatte. Immer sah er seine junge Frau, wie sie sich in den Flammen des Karlsruher Theaters krümmte. Am gräßlichsten war, daß noch ein zweites unfertiges Leben in ihr die Schmerzen mitempfand – er glaubte daran, man redete es ihm nicht aus. Er war ein weicher und liebenswürdiger Mann, im kleinen süddeutschen Adel traf man wenig Schroffheit an.

Der Unterricht begann, er vereinte die drei Buben.

Ein Zimmer im Erdgeschoß von Lydias Haus war als Schulraum eingerichtet worden. Es stand nicht nur eine große Schreibtafel darin, es hingen nicht nur die Karten aller Erdteile an den Wänden – auch Sammelkästen gab es, und allmählich wurde ein Naturalienkabinett daraus.

Das meiste suchte man sich selbst zusammen: Steine, Schmetterlinge, die Nachtfalter, an denen das Gebirge reich war, und vielerlei Getier, das unter Glas und Spiritus kam. Sogar Neunaugen waren dabei, die Raoul in einem Bach am Waldrand entdeckte. Ein Kürschner in Achern lernte hinzu, erst das dritte Wiesel genügte den Ansprüchen der jungen Herren. Sie hatten Freunde unter den Förstern, die ihnen einen Auerhahn, einen Siebenschläfer, einen Uhu lieferten.

Zu dieser einheimischen Beute kam die von Philo aus Ägypten mitgebrachte – ein eingetrocknetes Jungkrokodil, ein paar Schlangen, ein Ibis, der bei den Pharaonen heilig gewesen war. Der Schreiner zimmerte für die arabischen Handschriften Schaukästen.

Unter den Handwerkern und Hofbewohnern gab es mehr als einen, der wißbegierig war. Als sie erfuhren, daß Philo auch alte Bauernstücke sammelte, brachten sie Dinge an, von denen man kaum noch etwas wußte, Ellenmaße zum Beispiel oder Kerbstöcke, in die der Wirt ein halbes Jahr lang bei iedem Schöppchen einen Schnitt machte – der Alois oder Kaspar zahlte, wenn die Ernte verkauft war, und trug das Kerbholz heim.

Hans hatte eine seltsame und ausgesprochene Neigung für diese Originale, um die sich niemand kümmerte und die doch, auch sie, bei der Arbeit auf dem Schemel oder unter dem Himmel über die Welt nachdachten. Sie zogen ihn an, er zog sie an; ganz instinktiv schien er zu fühlen, daß sie das waren, was die Gebildeten mehr oder weniger sentimental das Volk nannten. Er wußte nichts von den Schwarzwälder Dorfgeschichten Auerbachs, woran die Stadtdamen sich nun entzückten. Sein Blut trieb ihn zu den Gebirgsleuten, aus denen er hervorgegangen war – eigenwillige Seelen, oft krumm und schief gewachsen wie der Obstbaum auf der Flur; er trägt gleichwohl Früchte.

Hans stöberte sie auf, bei jedem Gang in eines der Dörfer. Er tollte eine Weile mit den Bauernjungen herum, dann stahl er sich zum Schmied, zum Schuhmacher, zum Bäcker oder zu den Knechten in der Scheuer, schaute zu, brachte ein Gespräch in Gang und lebte in zwei Welten. In der einen drückte man sich gelehrt oder gebildet aus, in der andern so, wie die einfachen Leute redeten. »Er sucht den Volksquell«, sagte der Pfarrer von Sasbachwalden, zu dem die Knaben aus der Au zweimal in der Woche zum Religionsunterricht marschierten. Selbst der Pfarrer griff, wenn es um das Volk ging, zu gefühlvollen Worten, auch ihn ergötzte Auerbach mit seinen Geschichten.

124

Raoul und Rodolphe machten sich zuerst lustig über die Neigung des neuen Freundes zu Dörflern, die so verschroben aussahn. Philo griff ein und sagte, weit eher müsse man Hans bewundern: statt seine Herkunft zu vergessen, bleibe er ihr treu. Achten solle jeder, was einem andern Bedürfnis sei, und schaden könne es auch ihnen nicht, wenn sie in einem so kleinen Daseinskreis, dem untersten im Sinn des Aufbaus, sich umschauten. Wurzeln müsse man irgendwo in einem Bezirk schlagen – sie im französischen, der früher oder später auf sie warte, aber bis dahin sei dieser deutsche und benachbarte der gegebene.

Wie stark die Nachbarschaft wirkte, sah man jeden Tag. Diesseits und jenseits des Rheins wurde derselbe Dialekt gesprochen, und selbst die welschen Einstreuungen wiederholten sich. Die Badener sagten zwar nicht »Bon jour«, wohl aber führten sie als zweites Wort das »Ah bah« im Mund und grüßten gern mit dem französischen »Salut«. Der Fuhrmann, der jede Woche nach Straßburg fuhr und Aufträge übernahm, war nicht der einzige, der von drüben den Kult des ersten Napoleon mitbrachte, daher er nichts Lächerliches an dem Streich fand, den vor einem Jahr der Neffe dem Bürgerkönig gespielt hatte, als er in der Verkleidung eines Maurers aus Ham entwich. Die Bürger spotteten darüber, doch lachten sie vielleicht zu früh. Im Volk glaubten viele, wenn es in Frankreich eine Revolution gebe, habe der Prinz den Gewinn davon.

Auch Hans erkundigte sich nach ihm. Er verstand nicht, was in seine Freunde, die Handwerker und kleinen Leute, gefahren war. Sie hielten die hitzigsten Reden über Freiheit der Presse und der Jagd, über Schwurgericht und Republik. Man konnte glauben, der Tag, an dem sie die Grundbücher verbrennen wollten, stehe vor der Tür. Es gab Leute, die auf offener Straße, wenn der Weibel vorüberging, versicherten, der Napoleon räume auch hierzulande mit den Beamten auf. Der Weibel tat, als höre er es nicht, da er ja keiner von den Gutbezahlten war. Vielleicht meinte er sogar, der Napoleon, von dem sie erzählten, und der, von dem die Alten berichteten, seien dieselbe Person. Was der Korse den Menschen an Leid zugefügt hatte, war vergessen, wie es in Frankreich vergessen war. Die Legende besiegte das Gedächtnis und verklärte die Vergangenheit.

Alexandra schränkte den Umgang des jungen Hans mit den Dorfleuten ein; mit ihren politischen Leidenschaften verdarben sie ihn am Ende doch. Noch mehr als ihm gab sie ihren eigenen Buben einen Ersatz in einer Idee, die sich so nahe an der Grenze von selbst anbot und für die Zwillinge wie geschaffen war. Was lag näher als der Gedanke, daß jemand, der beide Völker kannte, der geborene Vermittler sei?

Die Knaben stimmten zu, alle drei. Hans leuchtete er ein, weil das christliche Gebot das gleiche verlangte; Raoul und Rodolphe sahen in ihm die Rechtfertigung dafür, daß sie vorerst im Ausland lebten. Philo fand sich vor die schwere Aufgabe jedes Erziehers gestellt: sollte er dem Idealismus freien Lauf lassen, oder war es seine Pflicht, schon jetzt in den Becher der Begeisterung den bitteren Tropfen des Vorbehaltes zu mischen?

Er bemühte sich, ihnen auf eine vernünftige Weise zu zeigen, daß Vorstellungen wie die Brüderlichkeit, die Verständigung unter Menschen und der Völkerfriede den Charakter von überwirklichen Anweisungen besaßen, und ließ sie einen Blick in das tun, was ihn so stark beschäftigte, die Lehre von der idealen Natur der Ideen. Ideale verwirklichten sich auf dieser Erde so wenig wie die Leitsätze des Christentums und standen noch höher am gewölbten Himmel als der Stern, der den Königen aus dem Morgenland den Weg nach Bethlehem gewiesen hatte: die Könige waren angekommen, zu den Idealen aber schaute man nur auf.

Junge Menschen wie diese Knaben, die erst neun Jahre alt waren, das Volk und selbst denkende Männer sahn die Dinge zu einfach, wenn sie der Idee des ewigen Friedens verfielen, die wieder einmal die Fluren, die Länder, die Welt überwucherte und sich für die edelste Blüte hielt. Man konnte ideengläubig sein, wie manche kräutergläubig waren – für alle Not, für alle Konflikte sei ein Kraut gewachsen, glaubten sie, und versicherten, es zu besitzen.

So lehrte er die drei Intelligenzen, die ihn aus den jungen Augen anblickten, die große Vorsicht und betonte, daß ein Mensch von guter Haltung seine Gedanken immer und sofort nach zwei Dimensionen entwickeln müsse, nach der des hohen Sterns und der der Erde, der du verfallen bist. Wolle mehr, als sich erreichen läßt, und werde weder gleichgültig noch zynisch, wenn du erkennst, wie wenig sich erreichen läßt.

Er sah bald, daß unter den dreien Raoul der war, dem es am leichtesten fiel, seiner Auffassung zu folgen und Gedachtes in eine Haltung zu verwandeln. Die Miene des Knaben spiegelte die kühle Klugheit, die elegante Mäßigung des Vaters wider, dieses Jacques de Maslin in Paris. Er würde sich den Ansturm der Empfindungen nicht über den Kopf wachsen lassen, stellte Philo fest, weder den der Gedanken noch den der Leidenschaften. Rodolphe, der sich mit ungläubigen Augen dagegen wehrte, daß die Welt so verwickelt sei, gefiel Philo besser; aber er mußte eingestehn, Raoul ruhe in Bändern einer schwingenden Natur sicherer.

Da die Maslinschen Knaben Ausländer waren, hatte die Behörde nichts dagegen einzuwenden, daß sie keine öffentliche Schule besuchten. Als Hans hinzukam, waren Verhandlungen nötig, um die Erlaubnis zu erlangen. Zweimal wollten Familienväter aus der Umgebung ihre Söhne Philo übergeben. Es sprach sich herum, daß seine Zöglinge mit drei Vormittagsstunden, die er selbst erteilte, und mit ein paar Nachmittagslektionen, die der Lehrer von Sasbachwalden im Rechnen gab, auskamen. Man sah das Trio oft im Freien und wünschte den eigenen Kindern soviel Vertrautheit mit der Natur; in den Staatsschulen ging die Unruhe nun auch herum.

Philo mußte diese Vorschläge ablehnen; nur auf den kleinen und größeren Ausflügen nahm er fremde Buben mit. Wenn das Wetter gut war, schloß Alexandra sich ihnen an. Sie machte Versuche, Pflanzen, die im höheren Gebirge wuchsen, in ihrem Garten anzusiedeln; die Anpassung der Digitalisstauden gelang. Es wurde auch eifrig botanisiert, um die Hausapotheke mit Thymian, Lindenblüten, Salbei, Kamillen, Tausendgüldenkraut zu füllen. Das Kräuterweibchen im Dorf gab manchen Wink, und der Fuhrmann schimpfte: er hatte in den ersten Jahren diese Vorräte aus Straßburg mitgebracht. Man mußte ihn versöhnen und ließ ihn andere Dinge besorgen, die Haushalte brauchten viel. So schmutzig seine Hände waren, auf die Seifen und Parfüms von Paris verstand er sich doch.

Alexandra dachte, sooft sie Philo mit den Kindern ausziehn sah, daß nur ihm, nur seiner Anwesenheit und seinem Lehramt diese neue Heimat mit ihrer Ordnung und ihrer beglückenden Täglichkeit zu danken war. Sie fürchtete sich vor dem Augenblick, wo sie die Zwillinge fortgeben mußte, wenn ihr auch Remigius und Hans bleiben mochten.

Ende Juni kehrten Lydia und Berchtling aus Baden-Baden zurück. Berchtling war ruhiger geworden. Er hatte die Gräber in Karlsruhe besucht und zum erstenmal die Endgültigkeit des Verlustes empfunden, als er nicht wußte, auf welchen von acht Hügeln er die Blumen legen sollte. Es erging Hunderten von Angehörigen so.

Lydia vertraute Alexandra an, er habe sich bei ihr erkundigt, ob Alexandra tatsächlich nur in Trennung lebe, und naiv gefragt, ob sie nicht am Ende doch Witwe sei. Die Antwort hatte ihm die Hoffnung genommen, wenn es eine gewesen war. Alexandra ließ sich nichts merken; Berchtling, der so gläubig wie sie dachte, mochte nur die Basis gesucht haben, auf der er mit ihr verkehren konnte.

Der Juli kam und brachte die elsässischen Gäste. Zum erstenmal trafen sie nicht mit der Reisekutsche ein. Die Straßburger benutzten die neue Verbindung über Appenweier, und da auch die Bahn auf dem rechten Rheinufer schon fast bis Basel ging, fanden Marja und Nikolaus in Freiburg den Anschluß.

Den älteren Schorn begleitete wie alle Jahre der jüngere, sein Sohn. Der jüngere, der mit Luise Kestenholz verheiratet war, hatte zum Lehrergehalt einen Nebenverdienst gefunden, durch die Gründung eines Internats. Er nahm Knaben aus den elsässischen Departements auf, die das protestantische Gymnasium zu Straßburg besuchten. Er war es, der davon zu sprechen begann, daß die Zwillinge in ein französisches Milieu gehörten, und schlug Alexandra vor, sie ihm zu überlassen.

Alexandra lehnte seinen Vorschlag unschwer ab: die Zwillinge seien katholisch, und wenn sie sich von ihnen trenne, würden sie ohne Zweifel Interne im Collège. Aber die Tränen traten ihr ins Auge, als auch ihre Kusine Marja erklärte, es sei Zeit, die Knaben fortzugeben.

Alexandra erwiderte zuletzt, in zwei Jahren werde sie zustimmen. Sie klammerte sich an den Gedanken, daß in zwei Jahren Remigius sechs Jahre alt und reif für den Unterricht Philos sei. Marja widersprach. Sie sagte, die französische Erziehung unterscheide sich so sehr von der deutschen, daß Alexandra ein Unrecht begehe, wenn sie die Buben noch länger in einer Freiheit aufwachsen lasse, die Frankreich nicht kenne, das Land der strengsten Geisteszucht. Mit elf unterwerfe man sich schwerer als mit neun, und auf die Unterwerfung komme es an, erklärte sie.

Alexandra rief Philo zur Hilfe; aber Philo konnte sich den Gründen Marjas nicht entziehn. Marja trug einen fertigen Plan vor. In Colmar bestand ein wohlbekanntes Jesuitencollège, und wenige Schritte davon wohnte sie; man hatte die Wahl zwischen dem

Internat und dem Externat. Als ebenso günstig war auch der Umstand anzusehn, daß es am Rand der Vogesen das Landgut gab: die Zwillinge konnten hier die kürzeren Ferien verbringen, nur für die des Herbstes kam fortan die Au in Betracht.

Alexandra flehte Marja an, sie nicht zu bedrängen, hatte aber noch nicht einmal das am schwersten wiegende Argument gehört. Was war Jacques? fragte Marja. Er war kein geborener Franzose. Was Alexandra? Geboren als Polin, erzogen als Russin. Unter diesen Umständen mußte man doppelt darauf bedacht sein, die Knaben zu Franzosen zu machen – sie vor der Wurzellosigkeit zu schützen.

Sie, Marja und Nikolaus, befanden sich, was die Herkunft betraf, im gleichen Fall: Polin sie und Deutschrusse er. Daher wurde diese Abstammung nie vor ihren Kindern erwähnt. Man brachte ihnen nicht, wie hier in der Au, eine östliche Sprache bei. Deutsch lernten sie von selbst, im Elsaß war es die Volkssprache, aber sie lernten sie unter diesem Gesichtspunkt. Zu Hause ward ausschließlich französisch gesprochen, nur französisches Verhalten galt und regelte selbst noch die Kleidung der drei Mädchen. In ganz Paris zum Beispiel gab es keine Fünfzehnjährige, die so französisch wie Paulette war.

In der Tat, Paulette war fünfzehn alt. Ihre Mutter begriff es manchmal nicht und rechnete ihr eigenes Alter nach. Es stimmte immer, sie selbst stand nun schon im dreiundvierzigsten Jahr. Daß Gott die Herrschaft über die Zeit besaß, war für ihr Empfinden der zwingendste Beweis für seine Allmächtigkeit, und einmal hatte sie dem Beichtvater in gutem Glauben erzählt, daß sie im Traum den Schöpfer das Stundenglas habe halten sehn. Es sei ein heidnischer Traum und Gott sei nicht der Chronos der Alten, war die Antwort gewesen, die sie nicht gelten ließ. Gewaltiger als die Zeit konnte nichts sein; sie hatte es vor einem Jahr gemerkt, als die Österreicher sich Krakau einverleibten, die letzte freie polnische Stadt – es schmerzte sie nicht mehr.

Auch die Überlegung, daß Paulette den Namen Maslin genau genommen zu Unrecht führe und eine Paulette Vignol sei, erschien ihr belanglos angesichts der Tatsache, daß seit den Tagen, als es einen Edmond Vignol gab, sechzehn Jahre vergangen waren.

Paulette trieb einen Kult mit dem Andenken an den Vicomte, den sie für ihren Vater hielt: er war in Algerien für den Ruhm Frankreichs gefallen, und seine Familie führte den Stammbaum so weit zurück, daß in ihrem Wappen der gespaltene Sarazene stand – sie fühlte sich als eine Maslin mit jeder Faser und war auf den Titel Vicomtesse, das Krönchen im Taschentuch, die Anschrift auf den Briefen so stolz, daß sie ihrem Stiefvater Nikolaus den im Deutschen fast tölpelhaft klingenden Namen Stoffel nur verzieh, weil er durch das »Von« gemildert wurde.

Sie verstand nicht, daß Lydia auf das Partikelchen verzichten mußte, und bewilligte es ihr aus eigener Vollmacht, wenn sie an Neujahr und zum Geburtstag ihr schrieb. Lydia hatte sich die Standeserhöhung verbeten und grundsätzliche Ermahnungen angeknüpft – die Folge war, daß sie sich kritisch gegenüberstanden.

Lydia gab zu, daß Paulette alle Aussicht habe, eine bestrickende junge Dame der lebhaften französischen Spielart zu werden; aber das zu ausgeprägte Selbstbewußtsein mache sie egoistisch, erklärte sie. Paulette sei von der Unfehlbarkeit des eigenen Urteils so sehr durchdrungen, daß sie in schwierige Lagen geraten werde.

Nikolaus in seiner sanften, ein wenig weltfernen Art konnte es nicht leugnen, auch er machte sich über Paulette Sorgen. Sie schien das offenste, das liebenswürdigste Mädchen zu sein, doch ihre Ideen standen fest. Philo, der sie beobachtete, fiel es gleichfalls auf. Die Natur war keine Moralistin, sondern eine Großunternehmerin in Ausstattungen, die ein wohlversehenes Lager in tragenden Eigenschaften besaß und ihre Lieblinge mit allem versah, was ihnen erlaubte, sich zu behaupten – mit dem Geltungstrieb, der Sicherheit, der Lebhaftigkeit, den Reizen, die den Mitmenschen anlokken, und der Intelligenz, die dem Nahen, dem Alltäglichen gewachsen ist. Die Natur schuf vor allem das Ich, den geschlossenen, selbstsüchtigen Kern, das gesunde feste Fleisch, das der Beunruhigung durch die Seele, dem Gewissen und dem Zweifel so lange widersteht.

125

Die beiden andern Mädchen Marjas waren Jeanne und Marcelle, die eine elf, die andre neun Jahre alt.

Sie paßten zu den Zwillingen, aber Raoul zog Paulette vor. Er wich nicht von ihr und gab sich jede Mühe, seine neun Jahre vergessen zu machen. Statt der kurzen deutschen Hosen zog er nun die langen französischen an. Die Pläne, die ihre Mutter mit den Zwillingen hatte, waren Paulette bekannt, und sie half ihnen, ohne es zu wissen, insofern nach, als auch sie sagte, er gehöre in das Colmarer Collège. Die Aussicht, in ihrer Nähe zu sein, entzückte ihn.

Eines Tages vernahm sie empört, daß er sie Tante nennen könne. Sie sei seine Base, erwiderte sie, die Raouls Vater für einen Vetter ihres eigenen hielt.

»Nein, mein Vater ist dein Stiefbruder«, erklärte er.

Sie sah ihn sprachlos an und fand, es sei verrückt, was er da sage. Er brauste auf, lief zu seiner Mutter und verlangte, daß sie ihn bestätige. Alexandra wurde durch die unerwartete Frage so bestürzt, daß sie eine eilige Arbeit vorschützte und zu Marja ging. Die beiden Frauen stellten fest, daß sie nie etwas anderes gesagt hatten, als daß Jacques Maslin der Sohn des Vicomte in Tours, also der Neffe von Paulettes Vater sei. Zuletzt ergab sich, daß Lydia an dieser unangenehmen Aufklärung Raouls schuld war – sie hatte selbstverständlich von der Adoption gehört, aber auch, da sie nur den in Algerien gefallenen Maslin kannte, geglaubt, dieser habe seinen Sohn Jacques legitim gemacht.

Alexandra und Marja fühlten sich im gleichen Maß erregt. Diese Familiengeheimnisse waren schrecklich, sie bedrohten die unschuldige Nachkommenschaft. Dabei wußte Marja nicht, wie es sich mit Remigius verhielt, und Alexandra nichts von der Herkunft Paulettes.

Die elfjährige Jeanne ahnte nicht, wie verwickelt Familienbande sein können. Rodolphe gefiel ihr als Vetter und als Kavalier. Sie reichte ihm den Kranz, den sie in einer Wiese band. Es fiel ihm schwer, ihn aufzusetzen, und er tat es doch, sie schaute ihn so schalkhaft an.

Sie brachte es fertig, aus dem Gras aufzustehn, ohne daß das Kleid auch nur einen grünen Flecken zeigte. Sie bügelte mit einem Kindereisen ihre Schleifen selbst und legte sie sorgsam in eine Lade. Wenn sie ihr Zimmer verließ, merkte man nicht, daß sie sich umgezogen hatte. Die Stiefelchen standen in Reih und Glied, die Röckchen und die kleinen Blusen hingen auf den Bügeln, und ihre Liebe zur Ordnung entsprang so sehr der Zärtlichkeit, daß niemand auf den Gedanken kam, sie eine kleine Pedantin zu nennen. Sie war es auch, die, der Klavierstunde eingedenk, aus den Abkürzungen der drei Vornamen Raoul, Rodolphe, Remigius ein Tonleiterchen zusammenstellte und Ra-Ro-Re mit wohlklingender Stimme sang.

So blieb für Hans die neunjährige Marcelle, der Wuschelkopf, die großzügige Verschwenderin, die mit vollen Händchen um sich streute, was ihr oder andern gefiel. Als ein kleines Mädchen im Dorf, das an der Hauswand zwischen den Oleandern saß und ein Puppenkleid nähte, die Goldknöpfe am Jäckchen des Stadtkinds bewunderte, ergriff Marcelle die Schere und schnitt die Knöpfe ab, überzeugt, daß es daheim noch viele gebe. Insgeheim war sie der Liebling des Vaters, wie Jeanne der der Mutter war.

Auch der französische Student mit der vorzüglichen Aussprache, von der humorbegabten Jeanne ins Deutsche übertragen und

Herr Woch genannt, M. Semain also, stellte sich ein. In den vier Häusern lebten sechzehn Personen, worunter sieben Kinder und drei Frauen waren. Umgang und Gefährten beim Spaziergang oder im abendlichen Salon konnte jeder haben, soviel sein Herz begehrte; Einsamkeit fiel schwer. Philo, der sie am meisten liebte, machte gute Miene zu diesem geselligen Sommerspiel. Am nächsten stand ihm von den Herren Nikolaus, der sich sein Leben zu einem Dreiklang gestaltete – er war Landwirt, Schriftsteller und Archivar.

Mit der rauhen Schwarzwurz, die man in Sachsen als neues Futtermittel empfahl, hatte er sich abgegeben, sie stammte aus dem ihm so gut bekannten Kaukasus; aber seine eigenen Versuche waren mißlungen, das Vieh lehnte das Heu aus diesen Blättern ab. Stärker beschäftigten ihn die Theorien, die ein Professor namens Liebig in Gießen über die Ernährung der Pflanzen aufstellte. Sie bedeuteten in der Welt der Züchter dasselbe wie in der der Politiker die Revolution. Wenn sie richtig waren, mußte man dem Boden Mineralsalze zuführen; und sie waren richtig, die Erfolge auf dem Colmarer Gut erstaunlich. Seine Nachbarn freilich, die Bauern, schüttelten den Kopf, sie mißtrauten der künstlichen Nachhilfe, und vielleicht hatten sie auf die Dauer recht – man mußte Erfahrungen sammeln, das galt von den Kartoffelkrankheiten so gut wie von der Liebe oder von der Schriftstellerei, kurzum von jedem menschlichen Gebiet.

Philo waren die drei Bücher bekannt, die Nikolaus im Verlauf von zwei Jahren herausgebracht hatte – sowohl das erste, das die kaukasischen Novellen enthielt, als auch die beiden, die mit guter Laune und einem schönen Gefühl für den Wert der kleinen Züge aus dem Leben eines Landmanns erzählten. Der Titel lautete: »Am Rande der Stadt.«

»Ich hätte auch ›Im Winkel der Provinz‹ sagen können«, meinte mit einem Anfang von Bitterkeit Nikolaus. »Der Beschränkung auf ein entlegenes Departement entspricht die geringere Wirkung, und in den ersten Jahren fiel es mir nicht leicht. In Frankreich gilt nur, was in Paris spielt und sich pariserisch gibt. Die deutschen oder die russischen Verhältnisse, die so ganz anders liegen, erscheinen mir oft beneidenswert.«

»Ich verstehe sehr gut, was Sie meinen«, erwiderte Philo, »und doch darf ich Ihnen widersprechen. Denken Sie an den Beifall, der Töpffer für seine Genferischen Geschichten und Tillier für den Onkel Benjamin zuteil geworden ist. Schließlich weiß man auch in Frankreich, daß es die Provinz gibt und welche Fülle von Leben sie enthält.«

»Wer sich ihr als Schriftsteller zuwendet, kann ein einziges Verdienst in Anspruch nehmen, das der Bescheidenheit, und damit wählt er die Entsagung, was immer man einwenden mag. Sehn Sie, ich verkehre in Colmar mit den Fabrikanten, die vor den Toren und weiterhin in den Tälern der Vogesen ihre Webstühle laufen lassen – ihr Maßstab ist so sehr Paris, daß sie Töpffer und Tillier und auch mich den jungen Mädchen oder Kindern zu lesen geben, sie selbst schauen nicht hinein. Wenn ich nicht durch allerlei Besitz unabhängig wäre, sähen sie mich niemals als ihresgleichen an.«

»Schicksal, hinzunehmen; es gibt schwerere Konflikte zwischen Gesellschaft und Geist«, meinte Philo, und damit kamen sie zum Zeitgeschehen.

Nikolaus hielt eine Regierung, die seit siebzehn Jahren da war, für wünschenswerter als eine neue, die sich zu den Experimenten der Kommunisten bequemen mußte, und verstand Marja nicht, die dem Prätendenten Louis Napoleon am liebsten nach London geschrieben hätte, er könne bei ihr eine Zuflucht finden, bis seine Stunde gekommen sei.

In Colmar durfte sie das nicht sagen. Die Fabrikanten waren zum größten Teil louisphilippisch und die Richter konservativ, oft bourbonisch gesinnt. Nikolaus wußte nicht, was vom Neffen Napoleons zu halten war, der in Broschüren ein Idealbild vom sozialen Kaiserreich entwarf – er machte den Arbeitern den Hof, aber er galt auch als klerikal, wie ließ sich das vereinen?

»Sehr einfach«, erwiderte Philo, »zuerst braucht er ein Sprungbrett, das Volk, dann eine Stütze, den Bürger oder die Kirche oder das Geld.«

»Am besten, man kümmert sich nicht um die Politik.«

»Sie kümmert sich um uns, sie holt uns ein.«

Die Unterhaltung fand auf einem Gang statt, der zuerst durch die Reben, dann auf die Landstraße führte. Ein Ochsengespann kam ihnen entgegen, dahinter tauchte Alexandra auf. Der Hut hing ihr am Arm, und in der Hand hielt sie einen Strauß, der dank den Gladiolen die Herkunft aus dem Pfarrgarten verriet. Mit ihren einunddreißig Jahren war sie, Balzac zum Trotz, noch eine junge Frau, und die Haltung, in der sie der Abendsonne entgegenschritt, war so edel, daß Philo denken mußte, Jacques in Paris handle wie ein Tor. Was sie ihren Fehltritt nannte, war ihm bekannt.

Sie sei beim Pfarrer gewesen, um ihn einzuladen, sagte Alexandra und machte sich keiner Unwahrheit schuldig. Aber es gab noch einen andern Grund, weshalb sie zu ihm gegangen war.

Am Morgen hatte sie einen Brief aus Marseille bekommen, Franz Stoffel schickte ihn. Es hieß darin, er sei nicht mehr zweiter Sekretär in Madrid, sondern erster in Dresden geworden, reise also und wolle seine Mutter besuchen, in diesen fünf Jahren habe er sie nicht ein einziges Mal gesehn – schlage er ihr aber eine Zusammenkunft in Baden-Baden vor, so würde sie es nicht begreifen. Kurzum, er unterrichte Alexandra rechtzeitig, damit sie eine Möglichkeit finde, ihm während einer Woche aus dem Wege zu gehn.

Die Verständigung mit dem Pfarrer hatte sich schnell ergeben; er hatte wissen wollen, ob Franz ihr noch gefährlich werden könne, und sie erwidert, daß der innere Friede gefunden sei. Dann, war ihr bedeutet worden, möge sie die Probe auf ihre Seelenstärke nicht abweisen, vielmehr bewußt bestehn. Der Abglanz des Entschlusses war es, der Philo und Nikolaus auffiel.

Zwei Tage später kam Franz selber an. Er mußte nun dreißig sein, war verändert und doch derselbe. Die Veränderung betraf die Art zu sprechen, den Ton, den Blick, die Miene. Sie sah, daß er weltmännischer und sicherer geworden war; in seinem Auge las sie die alte Verehrung und Zuverlässigkeit. Während der ersten Jahre nach den Basler Tagen würde sie die Begegnung nicht ertragen haben, noch jetzt ging die Erregung tief.

Wohl hatte sie dem Pfarrer gesagt, sie verstehe nicht mehr, wie sie sich habe vergessen können, und hatte es selbst geglaubt. Jetzt wollte es ihr nicht mehr unbegreiflich erscheinen, und diese Einsicht erschreckte sie so sehr, daß sie den Nachmittag in ihrem Zimmer verbrachte, um Fassung rang. Später ging sie zu den Kindern, die abends allein aßen und sich dann noch eine Stunde beschäftigten, bevor die Schlafenszeit kam. Schon vor der Tür vernahm sie die Stimme des Mannes, der Remis Vater war. Die drei Buben saßen, er selber stand und erzählte, wie in Madrid ein Stierkampf verlief. Beim Eintritt Alexandras brach er ab. Raoul widersprach und Rodolphe stimmte ein – der Stier war schon verwundet, nun wollten sie auch das Ende hören und brannten auf die Entscheidung durch den Stoß. So hörte auch Alexandra zu und war ihm dankbar, daß er diese Schilderung nicht grell ausmalte. In einem fremden Land unterrichte man sich über die Eigentümlichkeiten, aber man billige sie nicht immer, sagte er.

Die Zwillinge, die ritterliche Empfindungen hatten, fanden von selbst das Hauptargument, das man gegen den Stierkampf vorbringen konnte – ein armes Tier, das nichts als sein Horn besaß, war schwächer als ein Dutzend Menschen mit Speer, Degen, Tuch. Remigius urteilte anders; er erklärte, der Stier sei stark, und wenn man ihn nicht töte, dann töte er.

Der kleine Mann, vier Jahre alt, hatte einen roten Kopf und Augen, in denen sich etwas wie Mordlust zu regen schien. Mit seinen Gefühlen war er offenbar nicht auf der Seite dessen, der unterliegt. Alexandra fragte sich erschrocken, ob das der erste Blick in die Seele eines zum Priester bestimmten Knaben sei. Franz fuhr ihm beschwichtigend über das blonde Haar, das seinem eigenen so ähnlich war.

126

Die Szene hatte ein Gutes; sie brauchten nicht mehr darüber nachzudenken, wie sie sich begegnen sollten. Am nächsten Morgen, beim Spaziergang mit den Kindern, ging zuerst Philo mit Franz, Alexandra mit Nikolaus.

Auf halber Höhe war, um Sandstein zu gewinnen, ein Stück des Hügels hinweggesprengt und vor der nackten Wand eine Mulde entstanden, eine Fläche, auf der es allerlei für die Jugend gab – Schutthaufen mit grünem Geschlinge, woraus Kürbisse schimmerten, und lehmgelbe Lachen, in die bei der Annäherung der Menschen kleine Kröten sprangen.

An den orangefarbenen Bäuchen sah man, daß es Unken waren. Auf dem Kopf saßen, als seien Wacholderbeeren hineingedrückt, so hübsche Augen, daß Marcelle das Gleichnis verwarf und sie zu schwarzen Perlen erhob. Jeannes Mädchenabscheu vor dem Hüpfenden war ihr unbekannt. Sie zog ihre Strümpfe aus, um die Unken im Wasser zu greifen, und ertrug dann tapfer die Strafe, die darin bestand, daß sie warten mußte, bis ein Blutegel sich am Knöchel vollgesogen hatte; abreißen durfte man ihn nicht. Die Wunde wurde mit Alkohol abgewaschen; das Fläschchen fehlte bei keinem Streifzug, auch nicht der Glasbehälter, in den zwei Unken kamen, der Äther erstickte sie sofort. Alexandra war es nicht recht; Raoul erwiderte, ein Sammler töte nie zum Vergnügen, nur für die Wissenschaft.

Auf dem Rückweg ergab es sich, daß nun Franz neben Alexandra schritt. Sie mieden das Vergangene, und ein Diplomat, der fünf Jahre in Spanien gelebt hatte, kam nicht in Verlegenheit. Alexandra waren aus der Zeitung die Namen Don Carlos, Maria Christina und Isabella bekannt; Franz erläuterte den Zusammenhang. Don Carlos war der Prätendent, der den schrecklichen Carlistenaufstand entfesselt hatte, und Christina die Königinmutter, eine derbe, beim Volk beliebte Frau, obwohl man ihr nachsagte, sie habe ihre Millionen nach Paris geschafft und leihe sie nun durch französische Bankiers an ihr eigenes Land zu hohen Zinsen.

Isabella wiederum war die blutjunge Königin, die sich mit einem Jammerlappen verheiratet hatte und schon ihre eigenen anstößigen Wege ging. Die Klerikalen kämpften mit den Republikanern, es gab großen Reichtum neben unvorstellbarem Elend, und der hohe Adel hielt es wie die Königinmutter, er wohnte lieber in Paris als in Madrid. So auch die Gräfin Montijo und ihre ungewöhnlich schöne Tochter Eugenia, die noch immer unverheiratet war, nachdem sie der Schwester zuliebe auf den Herzog von Alba verzichtet hatte. Die Namen dieser Damen sagten Alexandra wenig, und sie legte die Hand auf den Arm ihres Begleiters. –

»Franz, Sie berichten von andern, von sich selbst aber nichts.«

»Was gäbe es zu berichten?« sagte er. »Ich blieb gesund, lernte eine Sprache, die mich anzog, und sah auf Reisen nach dem Süden viel Schönes – oft bedauerte ich, daß Sie es nicht kennen, Alexandra.«

Sie überhörte es und fragte:

»Freuen Sie sich auf Dresden?«

»Sehr. Am meisten freue ich mich auf die Musik, und wenn ich nicht falsch unterrichtet bin, werde ich dort Robert Schumann antreffen. Haben die Zeitungen etwas darüber gebracht?«

»Nur, daß man ihn berufen hat. Seinetwegen könnte ich Sie beneiden. Nichts entbehre ich in der Au, nur die Musik – ich meine die Aufführungen, die man in den Städten hört.«

»Leben Sie nicht zu einsam?« forschte er.

»Ich tue es aus freier Wahl. Sie aber – gilt das nicht auch für Sie?«

»Ich komme mit so vielen Menschen zusammen ...«

»Das meinte ich nicht. Warum heiraten Sie nicht?« entschloß sie sich zu fragen.

»Sie wissen es.«

»So dürfen Sie nicht sprechen und nicht denken, Franz. Mit dreißig muß ein Mann heiraten, sonst wird es zu spät.«

»Wen sollte er nehmen?«

»Eben sagten Sie, daß Sie so viele Menschen sehn.«

»Es waren fast alles Südländer.«

»Ich bitte Sie. In den diplomatischen Kreisen hat es gewiß nicht an jungen Damen aus dem Norden gefehlt.«

»Sie vergessen, daß ich nicht von Adel bin. Angenommen, die Tochter eines englischen Lords hätte mir gefallen – glauben Sie, ich hätte um sie werben können?«

»Aber Sie wünschten es?«

»Nein. Nur eine Schwedin gefiel mir so gut, daß ich mir überlegte, was sie sagen würde ...«

»Und was hat sie gesagt?«

»Nichts, da ich es unterließ.«

Alexandra seufzte. –

»Erinnern Sie sich an Fräulein von Jachberg?« fragte sie.

»Ich erinnere mich an einen Besuch in Zell im Jahre 41 und an ein junges Mädchen, noch ein halbes Kind. Wie kommen Sie darauf?«

»Blandine war damals dreizehn. Sie wollte immer wissen, ob Sie ewig in Spanien blieben.«

»Und seither?«

»Ist sie eine junge Dame von neunzehn.«

»Wollen Sie mich mit ihr verheiraten, da Sie von ihr sprechen?«

»Ich wollte nichts als eine Andeutung machen, daß Sie die Gelegenheit hätten, den Besuch in Zell zu erneuern.«

»Ich kann mich nicht einmal an ihr Gesicht erinnern.«

»Es ist ein zartes und gutes Gesicht.«

Alexandra wußte nicht, ob es richtig gewesen war, Franz auf Blandine aufmerksam zu machen. Er ließ den Vorschlag, nach Zell zu fahren, auf sich beruhn. Auch sie begrub ihn, als in der Freiburger Zeitung, die im Haus gehalten wurde, die Nachricht stand, daß der Freiherr wieder auf seinen breisgauischen Gütern sei.

Die Woche ging zu Ende, Franz setzte den Montag für die Weiterreise fest. Am Samstagnachmittag saß Alexandra in der Laube und las die Pariser Blätter, die Schorn aus Straßburg erhalten hatte. Sie waren mit einem ungeheuern Skandal gefüllt, der Ermordung der Herzogin von Praslin, der Verhaftung des Herzogs und seinem Selbstmord in der Zelle. Der Verdacht der Mitwisserschaft oder der Anstiftung richtete sich gegen die Erzieherin der herzoglichen Kinder, ein Fräulein Deluzy, das von der Herzogin entlassen worden war – die Geliebte des Herzogs, wie es schien.

Die Zeitungen nahmen, je nach ihrer politischen Einstellung, gegen oder für die Deluzy Partei. Die der Opposition sagten, dieser Mord sei nur eines der vielen Symptome der Verderbnis der Gesellschaft des Königtums. Graf Montesquieu, Mitglied des Jockeyclubs, hatte, da er die Spielschulden nicht bezahlen konnte, Wechsel gefälscht und sich selbst gerichtet. General Cubières und Minister Teste waren der Bestechlichkeit schuldig befunden worden. Selbst Guizot hielt den Verdächtigungen kaum Stand.

Am Dornbusch könnten keine Feigen wachsen, schrieb ein Blatt, das System sei reif zum Untergang, nachdem seine Parole, das Enrichissez-vous, alle Kreise ergriffen habe, die Deputierten, die großen Damen und das kleine Volk. Und jetzt also kam der Fall

Praslin hinzu. Er beschäftigte die Gemüter so sehr, das sich sofort ein neuer Begriff gebildet hatte: aus dem Wege räumen umschrieb man mit prasliner.

Alexandra mußte, wenn sie das Wort Paris vernahm, an Jacques denken. Von Marja, die mit Josepha in London Briefe wechselte, hatte sie erfahren, daß er die Ferien wieder in England verbrachte, auf dem Besitz, der Neville nach dem Tode seines Vaters mit dem Titel zugefallen war. Sie selbst berichtete Jacques zweimal im Jahr über die Kinder. Er machte ihr nie Schwierigkeiten, wohl aber tat es Marja, die erst heute wieder mit dem Collège angefangen hatte – Jacques müsse ein Machtwort sprechen, erklärte Marja nun.

Die Pariser Blätter fielen zu Boden. Alexandra hob sie auf und schob sie von sich. Das Fräulein Deluzy schien ihr nicht weiter schuldig, der Herzog ein armer Mann zu sein. Sie griff nach dem Bändchen Andersen, das der Stuttgarter Buchhändler geschickt hatte, und durchblätterte das liebe Buch, das jüngste unter den sechzehn der Gesamtausgabe, die sie auf Subskription bezog. Es enthielt das Bilderbuch ohne Bilder, und sie freute sich darauf, es den Kindern vorzulesen. Auch Remi konnte schon zuhören, so einfach war das geschrieben von einem wahren Kindermann, was auch Philo sagen mochte, der behauptete, er habe gelesen, Andersen gehe im Privatleben Kindern aus dem Weg. Mußte denn alles immer so widerspruchsvoll sein?

Aus der Versenkung riß sie das Wiehern von Pferden, das von der Straße über den Bach herkam. Als sie aufschaute, bog ein Wagen ein, die Au erhielt Besuch. Nach einer Weile erkannte sie die Insassen. Es waren die Jachbergs, alle drei. Nun wurden auch die Hunde lebendig; die Köchin, der Stallknecht, das Stubenmädchen traten vor die Tür.

Alexandra eilte den Gästen entgegen.

»Wir sind auf der Durchreise nach Homburg«, sagte der Freiherr.

»Wir haben in Achern den Zug übersprungen«, fügte die Freifrau hinzu.

»Und wir wollen bis Montag bei Ihnen bleiben, wenn Sie Platz haben«, schloß Blandine lächelnd, »wie geht es Ihnen, Alexandra?«

Es fand sich Platz, Lydia nahm das Ehepaar auf, und Blandine konnte bei Alexandra auf dem Sofa schlafen. Franz erklärte, es sei an ihm, sein Zimmer abzutreten. Blandine widersprach, und er schaute sie nicht ohne Verwirrung an. Das Bild eines zarten Mädchens von dreizehn kehrte zurück: es hatte Zöpfe getragen, jetzt hingen sie nicht mehr den Rücken hinab.

Am Abend, als nach der Mahlzeit der Kinder die Stunde des Abklangs kam und Alexandra aus dem Bilderbuch ohne Bilder vorzulesen begann, hörte auch Blandine zu, und Franz saß neben ihr. Nach einer Weile sagte Alexandra, daß sie heiser sei. Um es glaubhafter zu machen, räusperte sie sich so lange, bis Blandine anbot, sie zu vertreten; damit hatte Alexandra ihre Absicht erreicht.

Lieblicher und ausdrucksvoller als Blandine konnte man nicht vortragen. Nichts fehlte als der gute Mond selber – Franz war es, der das sagte, und alle schauten nach dem Fenster, ob er nicht dort stehe, aber er stand nicht da. So las sie weiter, den Kopf ein wenig gebeugt, und er schimmerte, wie es sich dem Haar einer Neunzehnjährigen geziemt. Im Kreis der drei Buben und der zwei Mädchen erinnerte sie an Goethes Lotte, wenigstens Alexandra schien es so. Vielleicht, daß auch Franz ähnliches dachte – am Abend, im Salon der Erwachsenen, sprach er mit Blandine auf eine neue Art, als habe sie einen behutsamen Wert.

Auch mit dem Freiherrn verstand Franz sich gut. Sie hatten einen Gesprächsstoff gefunden, der unerschöpflich war. Jachberg reiste nicht nur aus Sommerfrischegründen in die Frankfurter Gegend. Er saß auch im Vorstand eines Mannheimer Vereins, der sich mit dem Adelsverein bemühte, die ungeheure Auswanderung aus Deutschland in vernünftige Bahnen zu lenken.

Das beste wäre gewesen, sie einzudämmen; es gingen dem Mutterland Millionen von Menschen verloren. Das freilich ließ sich nicht erreichen, die Not war zu groß, und die Gemeinden statteten oft, nur um sie loszuwerden, ihre Bettler, Trinker und Armenhäusler mit dem Reisegeld aus. Der Mannheimer Verein nun setzte sich die Aufgabe, ihnen ihre Habe zu angemessenen Preisen abzukaufen und zu verhindern, daß sie verschleudert wurde – kamen sie in der neuen Heimat an, so stand ihnen das Geld zur Verfügung.

Der Adelsverein unterhielt sogar eine eigene Kolonie in Texas, um das im Augenblick Mexiko und die Union einen Krieg führten, nachdem es ein paar Jahre lang ein unabhängiger Staat gewesen war. Von einem andern Gedanken gingen wieder die Auswandererzeitungen aus. Die Siedler sollten Länder wählen, die ihnen erlaubten, ihre Sprache, ihre Sitten, das Bewußtsein der deutschen Abstammung zu bewahren, was sich am leichtesten durch Häufung erreichen ließ.

Australien und die nordamerikanische Union kamen in Betracht, nicht aber Algerien: die französische Kultur saugte diese Siedler an sich. Sie hatten keinen andern Halt als ihre Masse, sie hatten auch keinen diplomatischen Schutz, das Elend des zerrissenen Deutschland war schuld daran. Sogar Jachberg gab es zu, obwohl er Preußen ablehnte und ein eifersüchtiger Badener war. Schon das Wort Badenser, das sie im Norden anwandten, erregte seinen Zorn.

127

Am Montag ging Franz mit den Jachbergs zur Bahn und begleitete sie nach Frankfurt; dann reiste er mit der Postkutsche weiter nach Dresden. Alexandra erfuhr es durch einen Brief Blandines – der Brief deutete noch mehr an.

Die beiden Schorns kehrten schon Anfang September nach Straßburg zurück. Der alte Herr war unruhig; der Weinhandel ging schlecht, die Kunden zahlten weder noch bestellten sie. Er mochte keine Zeitungen mehr lesen. Es gärte überall, in Paris, in Neapel, in München, wo diese lächerliche Geschichte mit der Lola Montez spielte, in Irland, in Polen und, wenn man genau hinsah, überall im alten Europa, das ganz einfach Mumien wie Metternich nicht mehr ertrug.

Er nahm feierlicher als sonst Abschied. Wer über siebzig war, wußte nicht, ob er übers Jahr wiederkehrte. Die Läden in seinem Haus schlossen sich, und bald danach auch die im Haus der Colmarer. Marja hatte verlangt, Alexandra solle ihr die Zwillinge mitgeben, Alexandra sich geweigert und Marja erklärt, sie werde an Jacques schreiben, um ihm ins Gewissen zu reden, vorausgesetzt, daß er eines besaß.

In der Tat, einige Wochen nach der Abreise Marjas kam ein Brief aus Paris. Jacques schrieb, Marja habe recht, es sei höchste Zeit, daß die Knaben eine französische Erziehung erhielten. Alexandra bat Philo, sich mit Jacques in Verbindung zu setzen, Philo gab ihr nach, obwohl er Marja und auch Jacques zustimmte.

Ein anderer Brief erreichte Alexandra. Die Jachbergs waren wieder daheim, in Freiburg, wo sie ein Winterhaus bewohnten. Blandine schrieb, Franz Stoffel habe bei ihren Eltern um ihre Hand geworben, aber es beständen zwei Hindernisse – daß er nicht von Adel und sie katholisch sei. Sie flehte Alexandra an, für ein paar Tage zu kommen und ihr zu helfen.

Auch Franz in Dresden wandte sich mit der gleichen Bitte an sie. Alexandra zog Lydia ins Vertrauen. Lydia wünschte nichts sehnlicher, als daß Franz heiratete. Sie hätte eine protestantische Schwiegertochter gewünscht, aber die Verbindung mit Blandine gefiel ihr unter jedem andern Gesichtspunkt. Was den fehlenden

Adel betraf – sie zuckte die Schultern, es ging auch ohne ihn. Im übrigen war er der einen Hälfte der Stoffels zuteil geworden, so konnte auch die andere hoffen.

Bei dieser Gelegenheit erfuhr Alexandra, wie vermögend Franz war, und nahm ein Argument mit, das sie in Freiburg unbedenklich ausnutzte. Ein anderes lieferte Franz, der geschrieben hatte, er sei bereit, die russische Staatsangehörigkeit aufzugeben und die badische zu erwerben.

Der Freiherr wußte es schon, aber Alexandra ging einen Schritt weiter. Blandine war das einzige Kind, und der Name Jachberg erlosch – es sei denn, daß Franz eines Tages die Erlaubnis erhielt, ihn mit seinem eigenen zu verbinden, nachdem er sich als Landwirt und vielleicht auch als Politiker bewährt hatte. Jachberg lächelte über ihre Diplomatie, und da auch seine Frau für die Heirat war, blieb nur noch der Glaubensunterschied übrig.

Franz werde den üblichen Vorbehalt unterschreiben und sich verpflichten, seine Kinder katholisch zu erziehn, sagte Alexandra. Jachberg erwiderte, man werde nicht verstehn, daß ein Vorkämpfer der katholischen Interessen sich einen nichtkatholischen Schwiegersohn nehme. Alexandra hielt die Antwort bereit: es könne sehr wohl möglich sein, daß die Enkel in die großväterlichen Fußstapfen träten, und in jedem Fall werde der Name Jachberg immer katholisch klingen.

Als alles geregelt war, schickte Franz einen Dankbrief an Alexandra; uneigennütziger als sie könne niemand sein. Sie verschwieg in der Entgegnung nicht, daß sie vor allem der Wunsch geleitet habe, die Zerstörung der christlichen Ordnung, die im Grund ein Kind wie Remigius bedeute, dadurch auszugleichen, daß man alle Beteiligten in eine neue, unverrückbare Ordnung stelle: nie dürfe Blandine ahnen, wer Remigius sei.

Sie bat Franz, diesen Brief zu zerreißen. Er schickte ihn zurück. Sie verbrannte ihn im Herd und rührte selbst noch die Asche auf. Ihr Hausmädchen flüsterte dem Lydias zu, die Herrin müsse ein Geheimnis haben, das hätte sie von ihr, die als halbe Heilige gelte, nicht geglaubt. Lydia, die zufällig die Unterhaltung anhörte, vernahm auch die Erwiderung – sicher sei es ein Brief gewesen, der andern nur geschadet hätte, und Alexandra erfuhr von Lydia, wie hoch man von ihr dachte. Es ergriff sie, man mußte um so demütiger sein. Sie schob für ihre Person einen zweiten Fasttag in die Woche ein, und die Arbeit ihrer Hände ging fortan zu den Armenschwestern.

Auf Philos Brief hatte Jacques geantwortet; es gehe nicht an, mit dem Collège noch zwei Jahre zu warten, und er wünsche, daß die Zwillinge zu Ostern des kommenden Jahres 1848 nach Colmar gebracht würden. Sie bat in ihrer Angst Philo, nach Paris zu fahren und Jacques umzustimmen. Zum erstenmal schlug Philo ihr einen Wunsch ab, Jacques sei im Recht, erklärte er.

Dann werde sie selbst Jacques aufsuchen, erwiderte sie und fragte Philo, ob er sie begleiten wolle. Er zögerte mit der Antwort; auch war es nicht der richtige Augenblick, zu reisen, da Weihnachten näher kam. Sie sah es ein und hätte selber diese Wochen nicht fern von den Kindern verbringen wollen – die schönen Tage der Vorbereitungen, der heimlichen Arbeiten und des Vorlesens, der Bratäpfel und der Buchenscheite.

Man aß früher zu Nacht, um länger zusammen zu sein, und auch die Hausmädchen saßen mit ihrer Handarbeit dabei, wenn ein freundlicher Mund Märchen von Andersen oder eine Erzählung von Christoph von Schmid oder gar, zum Vergnügen für die Knaben, den Sigismund Rüstig las. Lydia flocht Jeanne und Marcelle, die auf Schemelchen vor ihr hockten, die Papilloten. Strähnchen um Strähnchen wurde zuerst zu einem Ring gedreht, dann mit einem Stück Papier, das der Haarfarbe entsprach und auf französisch papier brouillard hieß, umwickelt. Das also trugen die jungen Dinger über Nacht, damit der Tag ihren Kopf voller Löckchen fand.

Nur auf dem Land gewann man dem Dezember alles Wunderbare ab, das er zu geben hatte, die Erregungen der Adventszeit, die ersten Schneefälle im Gebirge, die Besuche bei Dorfleuten, die Kinder besaßen, den Gang zur Mitternachtsmesse und das Silvestergeläut, in das die Dörfer der Ebene und die in den Tälern einfielen. So kam 1848, und niemand ahnte, was für ein Jahr es werden sollte.

Marja in Colmar und Jacques in Paris schienen sich verbündet zu haben. Anfangs Februar machte Marja Alexandra darauf aufmerksam, daß sie die Wäsche der Knaben richten müsse, und Jacques fragte, ob Alexandra oder er die Zwillinge anmelden solle. Die brieflichen Verhandlungen führten nicht weiter, und zwei Wochen später beschloß Alexandra, Jacques aufzusuchen.

Sie fuhr allein. Seit der Rückkehr von Kairo war es ihre erste größere Reise, aber sie verstand nicht, daß es zwischen Straßburg und Paris noch keine Bahnverbindung gab, da doch die von Straßburg nach Basel schon bestand. Der alte Schorn, bei dem sie übernachten sollte, hatte in Kehl zu tun und wartete am Zug. Sein Wägelchen tat das gleiche am elsässischen Ufer, jenseits der schwankenden Pontons.

Da sie so kurz hintereinander das Freiburger und das Straßburger Münster sah, fiel ihr auf, wie verschieden sie wirkten. Das zu

Straßburg, dem Blick im Umkreis von vielen Stunden zugänglich, ragte so hoch und so beherrschend, daß man es für ein mystisches Mahnmal ohne Stadt, einen einsamen Vorposten am Strom halten mochte. Das zu Freiburg stand traulich und nah in der betreuten Dächerschar, einer Menschensiedlung zärtlichster Schmuck, vollendet nach dem ersten Plan, gleichsam in einem Guß, an dem, im Gegensatz zu Straßburg, nie etwas geändert worden war.

Zum Abendessen im Hause Schorn kam ein jüngerer Mann anfangs der Dreißig und wurde Alexandra als Louis Kestenholz, als ihr Berliner Schwager, vorgestellt. Sein kaufmännisches Gesicht sagte ihr nichts. Jacques und er stammten von der gleichen Mutter. Jacques mochte ihn erwähnt haben, sie hatte es vergessen.

An seiner Tüchtigkeit ließ sich nicht zweifeln. Vor sechzehn Jahren war er als Banklehrling nach Berlin gekommen; jetzt spielte er bereits eine Rolle dort. Sein Chef hatte ihn nach dem preußischen Neuchâtel geschickt, um eine Anleihe zu verhandeln: mit guten Ergebnissen kehrte er nun zurück und erwartete, daß die Belohnung in der Hand seiner Tochter bestand.

Das war am zwanzigsten Februar. Ein paar Tage später erreichte Alexandra Reims, wo sie die Kathedrale ansehn wollte und eine Stadt in Erregung traf. Die Worte, die sie hörte, hießen Verbot und Aufruhr, Bankett und Wahlreform. Der Wirt des Gasthofs erklärte sie ihr.

Das Land war mit Vereinen überzogen, die der Regierung die Reform des Wahlrechts abzwingen wollten, und einer dieser Vereine hatte für den Einundzwanzigsten, also vorgestern, in Paris ein Bankett anberaumt, Guizot aber es in letzter Minute verboten, und wenn die kurzen Mitteilungen des Telegraphen richtig waren, kämpfte man seit gestern in den Straßen der Hauptstadt. Es mußte etwas wahr daran sein, auch in Reims war die Nationalgarde aufgeboten; der Kommandant der Garnison aber wagte nicht, mit den Truppen vorzugehn – er sei gegen das Haus Orléans wie alle, versicherte der Wirt.

Als Alexandra am Morgen des Fünfundzwanzigsten weiterfuhr, hieß es bereits, der König danke zugunsten seines Enkels, des Grafen von Paris, ab. Dann, auf den späteren Stationen, vernahm man, die Mutter des Grafen, die deutsche Prinzessin, habe sich tapfer gezeigt und das Volk in seinem Edelmut sie geschont, doch von ihrer Regentschaft wolle es nichts wissen – der König sei verkleidet entflohn, die andern Orléans mit ihm, und die provisorische Regierung, von den Blusenmännern eingesetzt, besitze die Gewalt.

Der Postwagen traf ohne Verspätung an der Pariser Barriere ein. Die Paßkontrolle war streng; alle wurden gefagt, ob sie für oder gegen das Volk seien, und alle versicherten, auch Alexandra, sie seien dafür. Der Kutscher fluchte, weil er in der Stadt fortwährend umlenken mußte; man räumte bei Fackelschein die Barrikaden fort. Alexandra fürchtete schon, Jacques habe nicht bis zum Posthof vordringen können. Aber er stand da, in der Nationalgardistenuniform, und empfing sie mit den Worten, sie komme in einem historischen Augenblick.

Weder Gepäckträger noch Kutschen waren zu haben. Doch Jacques hatte für Ersatz gesorgt. Aus den Schatten des Posthofs traten zwei Herren, die Alexandra kannte – Livonius und jener Mainzer Leutnant Hellwin, der einst bei Lydia zu Gast gewesen und so plötzlich verschwunden war.

Sie teilten sich in die Köfferchen Alexandras. Der Weg war nicht weit, da der Posthof unfern der Boulevards im Zentrum und das Hotel wiederum, wo sie abstieg, nahe bei Jacques' Wohnung lag. Die Arbeiterpatrouillen prüften die Ausweise der Männer. Die Frau behandelte man galant, die Kokarde mochte blauweißrot oder ganz rot wie im Augenblick sein.

Noch war die Republik nicht ausgerufen, aber ein Zweifel konnte nicht bestehn. Die Herren erörterten es im Studio Jacques': sie hatten die hinreißende Rede Lamartines gehört. Er, nicht Thiers, übernahm die auswärtigen Geschäfte. Das große Rätsel waren die Leute der Linken. Blanc hatte verlangt, daß das Recht der Arbeiter auf Beschäftigung anzuerkennen sei – eine neue Idee tauchte auf, die Nationalwerkstätten für Arbeitslose. Die Bürger bangten um ihren Besitz, die Freiheitsbäume kehrten wieder, viel Blut war geflossen; es konnte sein, daß mehr noch floß.

128

Daß Livonius in Paris sein werde, hatte Alexandra gewußt, da er mit ihr in Briefwechsel stand. Er sagte, seine Berliner Zeitung habe ihn im richtigen Augenblick geschickt. Hellwin befand sich schon seit einem Jahr in Paris, und Alexandra hatte den Eindruck, daß Jacques ihn lästig fand. Hellwin schien es zu wissen; er widersprach ihm jeden Augenblick und sagte, Jacques sei zum Bourgeois geworden, wie von einem Arzt der guten Gesellschaft nicht anders zu erwarten sei.

Jacques erkundigte sich kühl, wann die Legion der deutschen Arbeiter und Handwerker, die Hellwin in Paris bilden wolle, nach dem Rhein marschiere. –

»Sobald die Nachricht kommt, daß auch in Baden, in Hessen, in der Pfalz der Aufstand ausbricht«, erwiderte Hellwin, erhob sich und fragte Livonius, ob er ihn begleite. Jacques rief den Boy, den er vor einigen Jahren aus dem Findelhaus übernommen hatte, und befahl ihm, Monsieur zu leuchten.

»Er wird nicht wiederkommen«, sagte Alexandra.

»Er wird wiederkommen und am Bourgeois keinen Anstoß nehmen«, erwiderte Jacques, der nichts dagegen hatte, einem der Emigranten in diesen schlimmen Tagen unter die Arme zu greifen, aber ihre Schlagworte und Bosheiten haßte.

Man unterhielt sich noch eine Weile, dann erklärte Alexandra, daß sie müde sei. Jacques und Livonius brachten sie zum Hotel. Jacques verabredete mit ihr, daß er sie am nächsten Morgen abholen werde, die Sprechstunden fanden vorerst nur am Nachmittag statt.

Livonius, der für seine Berichte ein Stimmungsbild vom nächtlichen Paris brauchte, bestand darauf, noch in die Rue Saint-Martin zu gehn, wo die stärkste Barrikade errichtet war. Es mochte nicht ungefährlich sein, aber Jacques gab nach. Ein Wagen voll Waffen, zwei Blusenmänner mit Fackeln standen darin, bog in eine Seitenstraße, aus der die Marseillaise erscholl. Die Blusenmänner, und nicht nur sie, gaben sich mit einem Schwung, als hätten die unsterblichen Reliefs am Triumphbogen sie alle geformt, aber keiner hatte das Gefühl, ein Nachahmer zu sein, es sei denn der Väter in der Jakobinerzeit.

Die Barrikade, die Livonius meinte, war noch nicht hinweggeräumt, aber man hatte die Mitte freigelegt. Niemand begriff die Schnelligkeit, mit der dergleichen entstand. Alles mußte herhalten – umgestürzte Karren, Pferdeleichen, Möbel, die aus den Fenstern gestürzt wurden, die Erbsensäcke des Epiciers und die Holzscheite des Bäckers.

Drei nahe Schüsse durchschnitten die Nacht. »Plünderer, denen man das Handwerk legt«, sagte der Arbeiter mit der Polizistenbinde zu Jacques. Stolz fügte er hinzu, das Volk erkämpfe seine Rechte, am Eigentum vergehe es sich nicht. Jacques hatte gesehn, wie man aus dem Arbeitszimmer Guizots die Einrichtung warf, im Palais Royal wütete und in den Tuilerien den Thronsaal zerschlug; das Wort dieses Ordnungsmannes galt dem Privateigentum. Die Schätze in den Läden der Galerie-Orléans, der Boulevards, der tausend Straßen in zwölf Arrondissements waren dem Zugriff preisgegeben und gleichwohl unversehrt, die der Waffengeschäfte ausgenommen; in Revolutionstagen durfte man nicht zu genau sein.

Jacques fiel eine kleine Szene vom Vormittag ein. Er hatte einen

Fünfzehnjährigen, der mit heißem Kopf aus den Tuilerien stürzte, aufgehalten und gefragt, was er da mitnehme – einen Topf Konfitüren aus der Küche des Königs, den er der kranken Großmutter bringen wolle, war die Antwort gewesen. Jacques teilte Livonius den Vorfall als Beitrag für sein Feuilleton mit. Livonius erwiderte, er wolle ihn verwenden, sei aber gewiß, daß in Berlin nicht einmal ein Glas Marmelade verloren gehe, den undenkbaren Fall gesetzt, das Volk stürme dort das Schloß. Jacques erkundigte sich, ob er seiner Sache so gewiß sei. –

»Welcher, der Marmelade oder des Angriffs?« fragte Livonius.

»Des Angriffs, um einen Topf Eingemachtes streiten wir wohl nicht.«

»Der Deutsche macht keine Revolution.«

»Und doch hat er diese Februarära eröffnet, in München, Sie erinnern sich?«

»Die Studenten haben die Flucht der Lola Montez durchgesetzt, das ist alles andere als ein politischer Akt.«

»Es waren nicht nur die Studenten, auch die Bürger wurden wild, und schon heißt es, Ludwig der Erste danke am Ende ab.«

»Wir werden sehn.«

»Ohne Zweifel. Was denken Sie von Louis Napoleon?« fragte Jacques.

»Wie meinen Sie das?«

»Louis Philippe soll nach England unterwegs sein. Wie wäre es, wenn der Prinz das Gegenschiff bestiege, weil nun seine Zeit gekommen ist?«

»Sie halten es für möglich?«

»Rechnen Sie es sich selber aus. Alle seine Broschüren verkünden das Kaiserreich. Wie wird man Kaiser in Frankreich? Indem man eine Revolution benutzt.«

»Die Arbeiter werden es zu verhindern wissen, die Arbeiter sterben für die Republik.«

»Mourir pour la Patrie«, summte Jacques ironisch – »ich denke, Sie lieben weder die Arbeiter noch die Republik?«

»Ich wollte nur sagen, daß von Louis Blanc zu Louis Bonaparte ein weiter Weg ist.«

»Noch ein Louis. Es könnte sein, daß der prinzliche den sozialistischen zwingt, seinerseits die Reise nach London zu machen. Dahin flüchten nicht nur die Fürsten, sondern auch die Kommunisten – à propos Kommunisten, haben Sie von dem Manifest gelesen, das dieser Marx verfaßt hat?«

»›Wir haben nichts zu verlieren, alles zu gewinnen – Proletarier aller Länder, vereinigt euch‹ – ja, ich habe es gelesen«, entgegnete Livonius. »Aus Deutschland ist er ausgewiesen, das sollten auch die Engländer tun. Statt dessen haben sie erlaubt, daß man O'Connell wie einen indischen Fürsten zu Grabe trug.«

»Nicht ganz, die Witwen wurden nicht mitverbrannt.«

»Das ist neuestens sogar in Indien nicht mehr gestattet.«

»Wofür die Engländer zu loben sind«, schloß Jacques und drückte ihm vor seiner Haustür die Hand. Er war froh, die Uniform auszuziehn. Zwei Tage lang hatte er Ordnungsdienst getan, jetzt benötigte man ihn nicht länger.

Zur gewohnten frühen Stunde stand er auf. An die Manege war unter den augenblicklichen Verhältnissen noch weniger als an den Fechtkeller zu denken. Wo mochte Renée, der zärtliche Gamin, sein?

Jacques hatte sie auf einem Ball des Ministeriums des Auswärtigen kennengelernt – ihr Mann gehörte zu den Beamten Guizots – und dann regelmäßig in der Manege getroffen. Hier bot sich die einzige Gelegenheit, eine Dame vor aller Augen zu begleiten, als Kavalier, der mit ihr ausritt, der Groom folgte hinterdrein. So war es noch am Morgen des Einundzwanzigsten gewesen. Seither hatte er nichts mehr von ihr vernommen, zwei Tage später nur festgestellt, daß die Läden an ihrer Wohnung in der Rue de Lille geschlossen seien.

Vom Fenster seines Studios konnte er über den Boulevard hinweg auf der andern Seite die Bains chinois sehn. Sie schienen offenzuhalten. Er kleidete sich notdürftig an, eilte hinunter und mußte warten, bis ein Zug von Frauen vorüber war: sie trugen rote Fahnen, worauf Emanzipation des Weibes stand, und nannten sich die Vésuviennes. In der Anstalt nahm er zuerst ein heißes, dann ein kaltes Bad, ließ sich massieren und ruhte eine Stunde aus. Nur wenn eine Revolution stattfand, konnte ein Arzt am Wochentag müßiggehn.

Es war noch zu früh, um Alexandra aufzusuchen. Er begab sich in seine Wohnung zurück, vielleicht gab es auch schon wieder Post. Der Briefträger hatte in der Tat einen Stoß abgeliefert. Es war eine Einladung des Hofmarschalls darunter, für einen Maskenball – zu spät, er hob sie als Andenken auf. Der Brief, der darunter lag, trug die Handschrift Renées.

Sie war, wie er gehofft hatte, nach Jouy geflüchtet, wo sie an der Bièvre ein ländliches Schlößchen besaß.

Ein Stein fiel ihm vom Herzen, als er die Bestätigung las. Nach dem Erlebnis auf Helgoland hatte er sich für einen Mann gehalten, der nie erfahren wird, wie Liebe, die sich ganz einsetzt, ist, und doch war er Renée begegnet, die sie ihm gab.

Während er noch überlegte, ob es richtig war, ihr selbst zu schreiben, und wie er sich auszudrücken hatte, ging die Schelle; der Boy meldete, im Wartezimmer sitze Fräulein Dominique. Jacques konnte sie nicht brauchen, ging aber, da er eine Schwäche für sie hatte, hinüber und sah auf den ersten Blick, daß Isabelle nicht zum Plaudern gekommen war.

Sie war eine Kusine jener Francine in Orléans, die er während der Studentenzeit gekannt hatte, der tüchtigen Francine, die sich zu keiner Unbedachtheit verführen ließ. Vor ein paar Monaten war Isabelle in Paris und auch bei ihm aufgetaucht, voll Selbstvertrauen und dem heißen Wunsch nach Geld, der die Mädchen der Provinz in die Hauptstadt bringt.

Als Jacques eintrat, sprang sie aus dem Sessel, vorzüglich angezogen wie immer, zu heftig in den Bewegungen wie stets. Die Kleidung machte sie zur Dame, das Temperament hob den Eindruck auf. Beim Einzug Karls des Fünften in Gent oder vor einer Bacchantenschar hätte sie königlich den Thyrsos geschwungen, mit hoher Brust und bis auf ein Panterfell auch hüllenlos.

»Bonhomme ist tot«, überfiel sie ihn sofort.

»Ich habe ihm kein langes Leben gegeben, meine liebe Isabelle.«

»Darum handelt es sich nicht, er ist gefallen.«

»Wie das?« fragte Jacques. Er kannte dieses Mitglied der Kammer – ein geheimer Genießer, ein Familienvater aus dem Süden, in jeder Faser ein Biedermann, zu dem der Name paßte; kurzum alles, nur nicht ein Held.

»Sie haben ihn erschossen, er wollte reden. Man sagt, es sei nur eine verirrte Kugel gewesen, ich weiß es nicht.«

»Ich verstehe, Sie haben den Beschützer verloren . . .«

»Die Wohnung, die Möbel«, erwiderte sie tragisch und naiv.

Bonhomme hatte als vorsichtiger Mann ihr die Einrichtung nicht geschenkt, die Achtzehnjährige, die vorher Kassendame hinter dem Büfett eines Kaffeehauses gewesen war, nur hineingesetzt.

Es lag auch jetzt kein Grund vor, zu verzweifeln, mit dieser jungüppigen Figur, der verfeinerte Pariser begehrlich nachschauten.

»Doktor, ich bin ohne Geld, und . . .«

»Und?«

Sie scheute sich, es so offen auszusprechen. Dann sagte sie es doch. Gab es noch Deputierte, und wenn, kamen sie aus den ihr undurchsichtigen, aber vermögenden Gefilden der Bourgeoisie? Die Kommunisten und Sozialisten, diese Saint-Simonisten, donnerten in ihren Zukunftsprogrammen gegen die Töchter des Volks, die sich an die Reichen verkauften, und stellten ihnen ein würdigeres Leben in Aussicht – fortan würden sie in den Nationalwerkstätten kochen und mit dem Bewußtsein, daß sie ihr Brot ehrlich verdienten, schlafen gehn.

Er lächelte amüsiert; die Revolution bedrohte alle, auch diesen ehrenwerten Stand. Isabelle lächelte zurück, sie war Französin – willkommen jede Gelegenheit, um fröhlich zu sein. Im Anfang hatte sie ihn als den ausersehn, der ihr zu den erträumten Möbeln verhelfen würde, er seinerseits sich sofort auf eine Basis gestellt, die ungefährlich war. Statt Isabelle zu mißfallen, imponierte es dem bäurischen Blut in ihr, das jeden Städter für einen Verschwender und den für einen Narren hielt.

Es war nicht das erste Mal, daß sie Geld von ihm auslieh. Immer hatte sie die Noten in einem Brief stillschweigend zurückerstattet, sie besaß Ehrgefühl auf ihre Art. Ermahnungen, anständig zu leben oder es mit der Küche der Nationalwerkstätten doch noch zu versuchen, hatten keinen Zweck. Es gab hunderttausend Mädchen in ihrer Lage, und alle gingen denselben Weg. Er öffnete die Kassette der Wohltätigkeit und wies Isabelle darauf hin, daß die zweihundert Francs, die er ihr gebe, für andere und vielleicht dringendere Fälle fehlten, wenn sie die Rückgabe vergäße.

»Danke, Doktor«, sagte sie.

»Haben Sie Nachrichten von Francine?« fragte er.

»Es fehlt ihr nichts, es geht ihr gut, drei Kinder, ein netter Mann, ein eigenes Haus.«

Er nickte. Das Geschäft war der Modesalon, und im Büro schrieb der Reisende, den sie geheiratet hatte, die Bestellungen aus.

Isabelle verließ ihn. Später, als er mit Alexandra zur Seine ging, begegnete sie ihm und schaute fort.

129

Auf den Brücken standen Leute, sie sahn nach der Wasserseite der Tuilerien. Hier hatten vor zwei Tagen die Volksmänner, unterstützt von ihren Frauen, zwei Dutzend Wagen aus dem Marstall gezogen und in den Fluß gestürzt. Es blieben dem König oder denen, die nach ihm kämen, noch Kutschen genug, mehr als zweihundert, und an die vierhundert Pferde dazu, erklärte die Volksstimme aus dem Mund eines Lakaien, der sich über Nacht aus einem Fürstendiener in einen freien Bürger verwandelt hatte.

Er erzählte von den Prunkkarossen, die sorgsamer als frierende Kinder behandelt worden waren – im Winter trugen sie Flanellüberzüge und standen im geheizten Raum. Die kugelsichere Berline des Königs hatte La Saverne geheißen; Spiegelscheiben und Wappenschilder aus echtem Gold hatte sie gehabt.

»Hah«, sagte eine Handwerkersfrau, die den Dunst von Knoblauch und wohlwollender Behäbigkeit um sich verbreitete, »hah, die haben sie mit Stroh gefüllt, angesteckt und zum Karussellplatz gefahren, da liegt sie noch.«

»Siebenhunderttausend Flaschen mit den teuersten Weinen hat man in den Kellern gefunden.«

»Die würden auch dem Volk schmecken, wer trinkt sie jetzt?«

»Zweitausend Personen hat der Hof ernährt.«

»Und wir bezahlten.«

So ging es hin und her. Alexandra verstand nicht alles; aber kaum übertrug es Jacques in geläufiges Französisch, so beeilten sich die andern, ebenso höflich zu sein. Die Dame kam aus Deutschland? Dort wuchsen die Tyrannen wie Pilze nach dem Regen – es war einfacher, nur einen zu haben, ein Druck auf den Knopf an der Guillotine, und es gab ihn nicht mehr.

Alexandra wurde ängstlich und zog Jacques fort:

»Seit wann mischest du dich unter die Leute?«

»Haben wir das nicht auch in Kairo getan?«

»Es ist lange her, Jacques, zehn Jahre«, sagte sie.

Er überlegte, wann sie geheiratet hatten – Januar 37 landete er mit Pückler in Alexandria, der Abend von Giseh fiel in den März, die Heirat in den Dezember – ja, es waren gute zehn Jahre her. Wieviel Leidenschaft hatte er damals in Alexandra hineingeträumt. Was war geblieben? Die höfliche Nichtmehrerregung, die Rückkehr in die Urlage des Gemüts, in der man bereit ist, sich allem zu öffnen, nur nicht dem, was erledigt ist.

Er führte sie auf dem linken Ufer Notre-Dame entgegen, damit sie ein Bild erhielt. Zwischen zwei Buchhändlerkästen, die heute geschlossen waren, bot ein Waffelmädchen seine Ware an. Es trug ein rotes Röckchen, ein grünes Jäckchen und offenes Haar, Jacques fragte das Kind, woher es komme.

»Aus Pau in Béarn.«

»Dann bist du eine Landsmännin des guten Königs Henri Quat'.«

»Oui, Monsieur, mais malheureusement pas de sa parenté – leider nicht aus seiner Verwandtschaft.« Schlagfertig und intelligent gab eine Zehnjährige in Frankreich Bescheid.

»Warum nur in Frankreich?« wehrte sich Alexandra und dachte, auch der junge Hans daheim hätte gewandt antworten können. Sie sagte es und geriet in einen Bericht über das Leben in der Au.

Am Siebenundzwanzigsten erklärte die provisorische Regierung,

Frankreich sei Republik und eine Nationalversammlung werde es zu bestätigen haben. Die Massen verlangten die rote Fahne als Symbol, doch redete Lamartine es ihnen aus. Das Rot schrumpfte zu einer zusätzlichen Rosette am Schaft zusammen, das Bürgertum war noch nicht tot.

Außer Lamartine, dem Dichter, saß in der Regierung der Bruder des Physikers Arago. Schoelcher, ein Freund Legouvés, schaffte die Sklaverei in den französischen Kolonien ab. Jacques bezweifelte zwar, daß die Leute des Geistes dem trüben Geschäft der Politik gewachsen seien, gleichwohl befriedigte ihn die Berufung dieser drei. Livonius lächelte darüber. Jacques erinnerte sich aus seiner Jugend, daß um 1830 der liberale Gedanke mit den Professoren in die Parlamente gezogen war, nicht nur in Baden, sondern überall im Deutschen Bund. Das werde nicht mehr lange so bleiben, die Ideologen verständen nichts von den Machtverhältnissen im Staat, gab Livonius zurück.

Jacques zuckte die Schulter. Hier war Paris, und Preußen, dieses Land der Kasten, dem Livonius sich verschrieben hatte, war fern. Keinem Franzosen hätte man einreden können, Gehorsam heiße die erste Bürgerpflicht. Er würde geantwortet haben, das sei eine Polizeimaxime, in den Menschenrechten stehe sie nicht.

Alexandra sprach schon von der Abreise; aber Jacques gab in der Frage, die die Zwillinge betraf, nicht nach. Er sagte auch, man mache eine so weite Fahrt nicht, um sofort heimzukehren. Das Leben lenkte in die normale Bahn zurück, sogar der Louvre öffnete wieder seine Sammlungen; um ihretwillen willigte Alexandra in eine Verlängerung ein.

Sie konnte über Jacques nicht klagen. Er hatte seine Praxis wiederaufgenommen und stand ab fünf zur Verfügung. Sie speisten zusammen, machten eine Spazierfahrt, besuchten die Theater oder den Zirkus, den er liebte. Dann brachte er sie an ihr Hotel, getreu dieser Höflichkeit, die man einer Bekannten schuldig ist.

Vertraulich zu werden, er machte nie den Versuch. Manchmal stellte sie es mit einer Empfindlichkeit fest, die sie selbst beschämte. Jacques hatte recht, eine Brücke gab es nicht mehr zwischen ihnen. Livonius zwar, der sie gelegentlich begleitete, erkundigte sich, weshalb nicht eine Aussöhnung möglich sei und ob sie, die noch junge Frau, für immer allein bleiben wolle. Sie bat ihn, dieses Thema nicht zu berühren.

Gewiß, sie war noch nicht alt und sah, wie die Menschen lebten. Alles drehte sich um die Frau und die Erregung, die sie gab. Wie dem auch war, sie hatte gewählt und würde sich nie mehr verstricken. Livonius, der sie hochstellte, obwohl er von ihrem Fall wußte, begriff doch nicht, daß das religiöse Gebot ein Dasein zu bestimmen vermochte, und sah in jedem Gang zum Priester, zum Beichtstuhl gar eine Versklavung durch die Kirche.

In Salons, in Häuser, in Familien könne er sie nicht führen, sagte Jacques. Das gesellschaftliche Leben war aufgehoben, die geschlossenen Fensterläden verrieten es. Sie war ihm für diese Bemerkung dankbar, wenn sie auch glaubte, daß er zufrieden sei, sie nicht mitnehmen und eine Erklärung über ihr Verhältnis abgeben zu müssen. Denen, die in Paris ausharrten, den Künstlern und Journalisten, stellte er sie als Verwandte vor.

Nach dem Schicksal der Kunst erkundigte sich Berlioz, in einem Brief aus London. Vor ein paar Monaten hatte das Drury Lane ihn kommen lassen. Er sollte italienische Konzerte dirigieren und eine Oper schreiben. Ein andrer hätte den Auftrag ehrenvoll gefunden, er aber jammerte. Die Proben fräßen ihm den Tag hinweg, das Klima sei hassenswert, die Einnahmen blieben hinter den Erwartungen zurück, die Gagen würden nur stockend bezahlt, die Choristen liefen fort, und überhaupt: die Kunst habe in einer so materiellen Zeit nichts mehr zu erwarten.

Wohin Berlioz auch kam, die Dinge wandten sich zum Schlechten. Das war wie ein Gesetz, das ihn verfolgte. Er fragte Jacques, wo Bertin sei und was aus den Débats werde. Die Débats waren das Regierungsblatt gewesen, und Berlioz hatte von den Artikeln, die er stöhnend für sie schrieb, den Unterhalt bestritten. Jacques verfaßte eine Antwort, die Berlioz trösten sollte: die Freunde sprächen von ihm, das Leben gehe weiter, so auch die Kunst, Bertin verstecke sich noch vorerst, doch werde er wieder zum Vorschein kommen und sein Blatt umstellen – Umstellung sei das, worauf nun alle sännen.

Die Journalisten beneideten ihn. Als Arzt brauchte er sich um die Änderung im Staat nicht zu kümmern. Sie aber wußten nicht, ob der neue Kurs sich hielt, sie fürchteten und schwankten. Er selbst grenzte sich energisch ab. Das Wort Republik vermochte ihn nicht in einen Taumel zu versetzen. Artikel schreiben, Reden halten, Geheimgesellschaften gründen – diese ganze erregte Leidenschaftlichkeit verbrauchte das Beste, was ein Mensch besaß, die freie Zeit. Er enthielt sich der Politik aus dem gleichen Grund, der ihn verhinderte, sein Kapital durch Börsengeschäfte zu mehren: er wünschte ebensowenig Sklave des Ehrgeizes wie der Geldgier zu sein. Sich selber einen Aristokraten zu nennen ging nicht an, aber über dem Schreibtisch hing jenes Bild des Vaters. Sooft er das Studio betrat, fiel sein Blick darauf, und er fühlte sich bestätigt durch den Mann, der nach Algier gegangen war.

Jacques erhielt einen Brief aus Guillry: Mme. Solange Clésinger, die in Paris seine Patientin gewesen war, ließ ihn wissen, daß sie mit einem Mädchen niedergekommen sei. Er erzählte Alexandra die Geschichte.

Solange war die Tochter der Sand aus der Ehe mit dem Baron Dudevant, die nicht mehr bestand. Das leidenschaftliche Mädchen hatte sich in Clésinger, einen Bildhauer aus Besançon, verliebt, und ihre Mutter der Heirat widerstrebt. Als Solange mit Clésinger floh, hatte die Sand sie verstoßen, Chopin aber seine Bedenken zurückgestellt, weil es nun nur noch den Skandal zu meiden galt. Darüber war es zum Bruch zwischen Chopin und der Sand gekommen, und Chopin, der hinsiechte, verlor die treue Pflegerin. Die Ehe ließ sich nicht glücklich an, der Bildhauer lebte wie ein Bohemien. Das Geld fehlte, Mme. Sand wies alle Bitten der Tochter schroff zurück. Solange blieb nichts übrig, als Zuflucht bei ihrem Vater zu suchen, hier wartete sie die Niederkunft ab. Durch sie, die er schätzte, war Jacques bei Chopin eingeführt worden, und er hatte ihr versprochen, regelmäßig nach dem teuern Freund zu sehn.

»Du behandelst ihn?« fragte Alexandra.

»Ich bitte dich – als Frauenarzt. Molin, Louis, Roth, Simon zerbrechen sich den Kopf, wie man ihm helfen kann.«

»Woran leidet er?«

»Tuberkulose, zunehmender Verfall, es ist hoffnungslos.«

»Geht er noch aus, empfängt er?«

»Beides. Er fährt zu Schülerinnen, die Stunden bei ihm nehmen, und kurz vor deiner Ankunft gab er im Pleyelsaal ein Konzert. Es war herrlich – die wunderbaren Hände, der unvergleichliche Anschlag.«

»Jacques, wäre es möglich, daß du mich mitnimmst, wenn du zu ihm gehst?«

»Warum nicht?«

»Wie schön, daß du bereit bist, das zu tun. Früher habe ich mir gewünscht, einmal Mendelssohn zu sehn . . .«

»Er ist tot.«

»Seit ein paar Monaten, ich weiß. Aber Chopin gesehn zu haben muß etwas Unvergeßliches sein.«

Chopin wohnte an der Place d'Orléans. Sie wurden vom treuen Daniel vorgelassen und in ein schwach beleuchtetes Zimmer geführt, in einen warmen, zarten Duft von Rosen. Drei junge Leute waren auf einem Sofa gereiht. Der Hausherr saß in einem Sessel, aus dem er sich erhob. Er stellte die drei als Schotten vor. Im Verlauf der Unterhaltung ergab sich, daß sie Freunde seiner

Schülerin Jeanne Sterling waren – Jeanne lade ihn auf ihr Schloß im Hochland ein, fügte er hinzu.

»Sie werden kommen?« fragten die Schotten wie aus einem Mund.

»Ich hoffe es, im Frühjahr schon, und möchte auch noch einmal London sehn«, erwiderte er.

Die leise Stimme tat es Alexandra an, aber das »noch einmal« erschütterte sie. Er war keine vierzig alt und doch so gebrechlich, daß er ausruhn mußte, wenn er sich angekleidet hatte. Am Abend trug ihn Daniel die Treppe hinauf und zog ihn aus und legte ihn ins Bett. Er erzählte es, wie man vom Alltag erzählt, so nachsichtig gegen sein Geschick, wie gütig und verstehend gegen andere. Denn daß er gütig sei, spürte und wußte sie im ersten Augenblick.

Sein großes, längliches Gesicht, das durch die Form an den Kopf eines edlen Pferdes erinnerte, schimmerte weiß im Dämmerlicht der Lampe, die nicht in die Schatten des Vorhangs und der Ecken drang. Er sprach gleich einem alten Mann von dem, was vergangen war, von Freunden in Warschau oder Wien, von Liszt und auch der Sand, und doch nicht so, als wenn sie abwesend wären. Er sah sie und schilderte, was sie sagten und wie sie sich dabei bewegten. Er hatte Alexandra nichts gefragt und ihr nur zugenickt, als sie ihn wissen ließ, daß auch ihre Heimat Polen sei.

Zwei- oder dreimal verzehrte sich das Flämmchen seiner Energie; und Alexandra war, als sehe sie nur noch die reine, weiße Asche. Er schwieg, und vielleicht dachte er, wie gut es wäre, allein zu sein. Dann richtete er sich wieder auf und kehrte wie ein erlöschender Kirchenfürst zur Pflicht zurück – Audienz ist Pflicht, man muß sich besiegen, dann kann man freundlich sein. Alexandra hätte ihm beim Abschied am liebsten die Hände geküßt. Sie weinte auf der Treppe draußen.

»Wenn du einen andern Berühmten ebenso oder noch schlimmer krank sehn willst, brauchst du nur Heine einen Besuch zu machen«, sagte Jacques unterwegs.

»Auch Tuberkulose?«

»Doktor Sichel meint, es sei Rückenmarkerweichung. Die Schmerzen sind groß, er liegt gelähmt.«

»Hat er eine Frau, die ihn pflegt?« fragte Alexandra.

»Er hat eine Frau. Die Pflege besorgt eine Mulattin.«

»Du warst dort?«

»Jahrelang mied ich ihn, aber neulich bin ich zu ihm gegangen.«

Alexandra fühlte zu ernst, um Heinesche Verse zu lieben. Auch hatte sie in der Zeitung gelesen, daß er von König Louis-Philippe bestochen worden war, um sein eigenes Vaterland anzugreifen.

»So darf man es nicht darstellen«, erwiderte Jacques. »Thiers und Guizot zahlten ihm aus dem Pressefonds ein Jahresgehalt. Er hatte nicht viel zu verzehren. Es kam heraus, als die Republik die Macht übernahm.«

Ruel, der Besitzer des Lucullus, kannte Alexandra von Kairo her; aber diskret fragte er nie, ob sie in Paris bleiben werde. Wenn Jacques nicht bei ihm aß, führte er sie am liebsten ins Café d'Orsay.

Es lag dem Pont-Royal gegenüber an der Ecke der Rue du Bac und wurde von den Kavallerieoffizieren der nahen Kasernen so gern wie von den Deputierten der nicht fernen Kammer besucht. Die Deputierten fielen aus, das Volk sang ohne sie das Lied der Nationen mit dem Schluß vom letzten Schwerterklang und dem Phönix Liebe, der ihm entschwebt: »Le glaive brisera le glaive et du combat naîtra l'amour«.

Der Verfasser war Pierre Dupont, den man nun den Béranger der Revolution nannte. Er speiste am Nebentisch, und sein Begleiter war Louis Blanc. Alexandra wunderte sich, sie dachte an die Werkstätten und die Gemeinschaftsküche. Jacques zuckte die Achseln. Ein Programm aufstellen und danach leben war offenbar zweierlei.

Zur Rechten, wenn man das Café betrat, saßen die beiden Kassendamen, vor ihnen stand ein Blumenstrauß und lagen die Bogen, in die sie die Bestellungen eintrugen. Zur Linken ragte ein großer Kandelaber und in der Mitte eine Art Altar, ein Postament, worauf die Stöße der Teller ruhten. Es lehnte sich, mit schwarzem Frack und weißem Schurz, ein Kellner daran, der keinen andern Dienst zu haben schien, als da zu sein und malerisch zu wirken. Wenn er abtrat, beeilte sich ein anderer, seine Pose einzunehmen, es war die Ganymeds. Pilaster stützten die Decke, von ihren Kassetten hing ein Kronleuchter aus Muranoglas.

Der Hintergrund, der Ort der Tische, hatte eine gewisse Tiefe, doch ein Pariser Café war nie sehr groß. Kein Franzose hätte es geduldet, und nur wo der Maître d'Hôtel die Gäste persönlich kannte, war man gewiß, sorgfältig bedient zu werden.

Als Jacques eines Mittags Alexandra wieder in dieses Café führte, sah er, daß der Platz der ersten Kassiererin leer war. Beim Chef, der ihn begrüßte, erkundigte er sich nach ihr.

»Sie ist nach London abgereist – ein Verlust, Herr Vicomte, und das Ende einer geheimnisvollen Geschichte.«

»Geschichten, die zu Ende sind, kann man erzählen. Gestehn Sie, daß Sie gewußt haben, wer diese blasse Schöne war.«

»Tausendmal hat man mich gefragt – ich weiß es wirklich nicht.«

»Auch nicht den Namen des Lords, der sie zu Ihnen brachte?«

»Ich bin gebunden, er nahm mir mein Wort ab, Sie verstehn.«

»Sie haben noch keine Nachfolgerin?«

»Noch keine, die ihre Anziehungskraft besäße.«

»Es ist nicht ausgeschlossen, daß ich jemand weiß.«

»An wen denken Sie?«

Jacques dachte an Isabelle. Er beschrieb sie, so gut es ging, und fügte hinzu, er kenne sie nicht weiter, verantwortlich dürfe man ihn nicht machen. Der Chef bat Madame um Nachsicht für die lange Unterhaltung und zog sich zurück. Alexandra schaute zum leeren Platz:

»Eine Liebesgeschichte?« fragte sie.

»Vielleicht. Die Brillanten der Mme. Inconnue waren echt, nicht Straß wie bei der zweiten Dame dort.«

»Schade, ich hätte gern den Ausgang gehört.«

»Es ist unwahrscheinlich, daß man ihn je erfahren wird. Alexandre Dumas macht vielleicht ein Romankapitel daraus«, erwiderte Jacques, da er in dem Herrn, der eintrat und beim Chef stehn blieb, Dumas erkannte.

»Du verkehrst mit ihm?«

»Seit Jahren schon, obgleich ich jünger bin.«

»Wie sieht er aus, ist es wahr, daß er von einer Negerin abstammt?«

»Er ist der Enkel einer Mulattin, überzeuge dich selbst.«

Dumas winkte ihm zu und nahm den Hut ab, als er Alexandra erblickte.

»Wenn es dir recht ist, stelle ich ihn dir vor«, sagte Jacques.

Alexandra nickte. Jacques stand auf und bat Dumas, einer Leserin aus Deutschland guten Tag zu sagen. Alexandra hätte einwenden können, sie kenne ihn so wenig wie diesen grellen Sue. Es wäre mehr als schroff gewesen, und sie schwieg.

Dumas ergraute schon, seine Unterhaltung war voll Feuer. Mit

Ary Scheffer hatte er dem König und der Königin geholfen, nach England zu entweichen. So erkundigte sich Jacques, ob er Neues über Louis Philippe wisse.

»Nicht mehr, als in den Zeitungen steht, er bewohnt Schloß Claremont, das ihm sein Schwiegersohn überlassen hat – Sie wissen, der König von Belgien.«

»Es ist bitter, mit fünfundsiebzig in die Verbannung zu gehn«, sagte Alexandra.

»Und darin zu sterben. Er war unser letzter Monarch, Madame.«

»Sie glauben?«

»Für ein Volk, das die Gleichheit erfunden hat, ist die Republik die gegebene Regierungsform.«

»Ich weiß nicht recht«, meinte Jacques und erzählte lachend, was sein Coiffeur aus den Kreisen der vorläufigen Regierung berichtet hatte. Wenn Mme. Marrast oder Mme. Ledru-Rollin, nun Ministerfrauen, den Gemüsemarkt besuchen wollten, gingen sie nicht mehr zu Fuß, sie bestellten im Marstall ihre Equipage und setzten sich schon, während man noch anspannte, hinein, aus Angst, eine andere der provisorischen Gattinnen komme ihnen zuvor.

»Am Anfang begeht man immer Dummheiten, nachher wächst man in die Rolle hinein«, meinte Dumas.

»Was macht Ihr Théâtre Historique?« fragte Jacques.

»Schlechte Geschäfte.«

»Sie sollten den Chevalier de Maisonrouge wieder aufs Programm setzen.«

»Er ist abgespielt, mein Lieber.«

»Aber er enthält den Chor der Girondisten, und Mourir pour la patrie' ist die Hymne der Februarrevolution geworden. Sind Sie nicht stolz darauf?«

»Ich will es nicht leugnen. Im übrigen, Ihr Vorschlag ist nicht schlecht, er ist sogar gut, ich will ihn mir merken«, sagte der Schriftsteller und füllte Alexandras Glas aus der Flasche, die in einem Strohkörbchen lag.

Die Zeitungsjungen schrien draußen die Blätter aus, sie kamen auch herein, und Jacques kaufte eine Nummer, die er überflog. Die provisorische Regierung hatte die Wahlen zur Nationalversammlung beschlossen, und Prinz Louis Napoleon zeigte ihr, unter Beteuerung seiner guten Absichten, die Rückkehr nach Paris an. Jacques sagte lebhaft, wenn nicht erregt:

»Er wird sich bei den Wahlen aufstellen lassen. Das ist der Weg.«

»Welcher Weg?«

»Der in die Kammer.«

»Und dann?«

»Führt er die Opposition.«

Sein Name ist belastet«, wandte Dumas ein.

»Wodurch?«

»Durch die komische Figur, die er bei der Flucht aus Ham als Maurer mit der Mörtelmulde machte.«

»Sie glauben? Ich nehme das Gegenteil an, mir scheint es eine Geschichte nach dem Geschmack des Volkes zu sein.«

»Nun denn, so bricht ihm die anrüchige Geschichte mit Miß Howard den Hals – Pardon, Madame.«

Alexandra verstand nicht, weshalb er sich entschuldigte, und entnahm Andeutungen, vor Jahren habe er diese Howard der Gosse oder einem noch schlimmeren Ort entrissen, worauf sie eine der reichsten Loretten von London geworden sei. Wenn man heute frage, wer ihn über Wasser halte, werde sie genannt.

Jacques erwiderte, in London rede man soviel wie in Paris. Bei der Howard verkehrten d'Orsay, Beaufort, Chesterfield und andere Herren mit hohen Titeln – wozu gegen ihn strenger sein als gegen sie? Der Prinz habe gute Freunde in der britischen Gesellschaft. Sein, Jacques', Schwager zum Beispiel, ein Baronet, habe Louis Napoleon nach der Flucht aus Ham mehr als einmal als Gast auf seinem Besitz gesehn, und er selbst ihn dort im vorigen Sommer getroffen.

»Du kennst ihn und hast mir nichts erzählt?« sagte Alexandra. Dumas erklärte:

»Auch ich sah ihn einmal, noch bei seiner Mutter in Arenenberg, aber es ist schon lange her. Was für einen Eindruck hatten Sie, Doktor?«

»Sie stellen eine schwere Frage. Trotz allem, was sich gegen ihn sagen läßt, ist etwas an ihm, was ich als anziehend empfand. In diesen Fällen helfe ich mir dadurch, daß ich mir gestehe: du hast ein Faible für ihn oder sie. So ging es mir auch beim Prinzen – er war ein charmanter Unterhalter, ein denkender und gebildeter Mann. Er ist jemand, und was sein Abenteurertum betrifft, so schreckt es mich nicht.«

»Du hast mir selber gesagt, daß du Legitimist bist, das ist doch ein Widerspruch«, wandte Alexandra ein.

»Gewiß, ich verstehe nicht, weshalb man den König vertrieben hat, da er dem Bürgertum zum mindesten alle Rechte zugestand. Aber nachdem die Dummheit begangen ist und der Staat sowieso dem zufällt, der im Rennen am besten liegt, mag von mir aus sogar ein Bonaparte Favorit sein.«

Zwei Afrikaner in Burnus und Turban traten ein. Sie waren kein neuer Anblick mehr. Algerien schickte diese Gestalten, seitdem Abd el Kader sich ergeben hatte und in Frankreich gefangen saß. Und Mehemed Ali von Ägypten, der noch immer lebte, beorderte ganze Klassen von jungen Leuten in die Institute ab; der Bey von Tunis ebenso.

Jacques erwähnte, daß Dumas vor einem Jahr in Algerien gewesen war, und Alexandra, die Kairo vor sich sah, bat ihn, ein wenig zu berichten. Seine Augen glänzten – die Regierung des Königs hatte ihm einen Dampfer und zehntausend Francs zur Verfügung gestellt, damit der Verfasser so viel gelesener Romane sein Land würdig vertreten konnte, er aber den fünffachen Betrag aus eigener Tasche dazugelegt, daher er wie ein souveräner Fürst reiste. Seine Augen funkelten, die naive Lebenskraft der dunkeln Großmutter glühte darin.

»Wie hat er dir gefallen?« erkundigte sich Jacques nachher.

»Für dieses eine Mal ganz gut. Ob er mir beim nächsten zusagen würde, müßte ich erst feststellen. Es ist zu fürchten, daß die Pariser Männer mir so fremd bleiben werden, wie sie nach zehn Tagen Aufenthalt noch immer sind. Vielleicht lebt man nicht ungestraft so einsam, wie ich dort auf dem Land.«

»Was hält dich ab, gelegentlich in eine Stadt zu gehen?«

»Mein eigener Wille. Ich wäre wirklich nicht am Platz gewesen, hier in Paris – es will mir scheinen, als sei ich zu wählerisch, zu zurückhaltend, nicht lebhaft genug. Ich staune immer, wie leicht Franzosen sich dem Augenblick überlassen, wie beschwingt, wie unbeschwert. In deinen Augen muß es ein großer Vorzug sein.«

»Gemeinhin ja. Doch kann man, wie bei jeder Eigenschaft, zugleich den Nachteil sehn. Der Augenblick zerflattert, man gibt sich im Gespräch ganz aus.«

Die Sonne schien noch, die Stühle im Tuileriengarten waren besetzt, ringsum lachte und plauderte es; Alexandra, die vorzog, auf und ab zu gehn, sagte:

»Wie schrecklich ist die Stadt. Sie tötet alle Illusionen.«

»Was könnte man erwidern? Daß auch das einen Sinn ergibt. Es ist interessant, es spannt, es bereichert, der Umformung durch die Stadt beizuwohnen. Man wird nicht dümmer, man nimmt an Einsicht zu.«

»Und das befriedigt dich?« fragte sie.

»Vorerst, ohne Zweifel. Wir sind nicht da, um uns Illusionen zu machen, sondern um einen Geschmack vom Leben zu erhalten, um unsere Menschenkenntnis zu erweitern und zuletzt um zu zeigen, daß wir uns trotz allem zu bewahren wissen. Sooft einer aus

Deutschland kommt, wie jetzt Livonius wieder, und die Pariser an seinem Maßstab mißt, muß ich denken, daß sie dort drüben in fünfzig oder hundert Jahren ebenso große Städte haben werden, mit ganz denselben Folgen. Es ist nicht gut, sich für etwas Besseres zu halten, die Zeit holt alle ein. Man kann außen stehn, am Rand – aber, mutiger ist, sich drin aufzuhalten, im Strudel selbst. Es ist sogar natürlicher, weil es gehorsamer ist.«

Versonnen ging Alexandra neben ihm. Es gefiel ihr, daß er so offen von sich sprach, und auch was er sagte, berührte sie. Verabredet war, den Abend bei ihm zu verbringen. Aber während er die Sessel zurechtrückte, erklärte Alexandra plötzlich, sie habe Migräne und am besten lege sie sich.

Einen Augenblick lang glaubte er, sie habe sich einen Plan ausgedacht. Doch paßte es zu Alexandra wenig, auch lehnte sie alles ab, was er vorschlug: Sofa, Lockerung der Kleidung, Riechsalz und Kaffee extrastark.

Der Anfall war ohne Zweifel echt und mochte der Erinnerung entspringen, dem Vergleich zwischen jetzt und einem Gestern, das sich nicht mehr beschwören ließ.

Sie sagte, der Boy genüge, um sie ans Hotel zu bringen, Jacques tat es selbst. Dann kehrte er zurück.

Inzwischen hatte der Boy den Kaffee bereitet. Jacques vertauschte den Straßenfrack mit der Hausjacke, die rot wie ein englischer Jagdrock war. Er wählte eine Zigarre und setzte sich in die Leseecke, beim Tischchen, worauf der Zufall oder der Eifer des Buchhändlers drei Darstellungen der Großen Revolution vereinigt hatte. Thiers und Michelet erschienen in Lieferungen, Lamartine lag fertig vor. Macaulays Englische Geschichte gehörte derselben Gattung an. Eine Stunde verfloß.

Die Geräusche des Boulevards drangen gedämpft herauf. Die Hufe der Droschkenpferde klapperten auf dem Holzpflaster, die Rufe der Zeitungsverkäufer kamen näher, entfernten sich, und alles war vertraut. Der Boy wünschte gute Nacht, Jacques ging durch die Räume und vergewisserte sich, daß Gas, Wasser, Feuer gesichert seien. Es war sein kleines Reich, der Gedanke schon entspannte ihn.

Wie jeden Nachmittag oder Abend trug er danach die Sprechstundendaten in Listen ein, und einer der Namen veranlaßte ihn, eine Schreibtischlade mit abgesonderten Heften hervorzuziehn. Jedes trug eine Etikette, worauf ein Name stand, zum Beispiel Mlle. Ernestine G. oder M. Félix de P. Es handelte sich nicht um Krankheitsjournale, und den Arzt gingen die Notizen nichts an. Er hatte sie aus einem andern Anlaß begonnen: die Eigenart, der Charakter, das Naturell gewisser Patientinnen oder Bekannten interessierten ihn – das zutreffende Wort war: ihre Psychologie.

Dieser Begriff besagte, daß der Mensch, den der Katechismus ein Geschöpf mit freiem Willen nannte, in der Praxis sich weit eher wie eine Maschine studieren ließ: Herkunft, Erziehung, Umgebung, Vorurteile, Interessen setzten die Rädchen ein. Kaum einer wußte, wie abhängig er von seinen Trieben war und wie wenig Blick auf sich selber er besaß.

Die Philosophen versagten, und die meisten Schriftsteller idealisierten unerlaubt. Nur bei Balzac, Stendhal, Voltaire und auch Mérimée hatte man das Gefühl, in der gewählten Gesellschaft von Realisten zu sein. Was aber an ihren Gestalten dem Leben, was der Phantasie angehörte, das wußte man nicht. Alle Dokumente fehlten, und von systematischer Beobachtung konnte keine Rede sein. Eines Tages hatte er sich zur Selbsthilfe entschlossen und seine erste Seelenstudie angelegt: er nahm nur auf, was geäußert, was gebeichtet und was entrungen worden war. Im Lauf der Monate und Jahre entstand ein Archiv, von dem er noch nicht wußte, wie es sich verwenden ließ. Irgendwo im Hintergrund sah er eine noch ungeformte Wissenschaft vom Seelenapparat. Wenn es ein Irrtum war, der Einsicht in Menschliches kamen die Hefte zugut.

Er schlug das der Mme. Marmontel auf: am Morgen hatte sie ihn zum vierten Mal besucht, wie nun immer, wenn sie aus Tours nach Paris zu ihrer Tochter fuhr. Die Tochter war mit einem Ballettmeister verheiratet, einem Künstler, der die Welt durchaus anders als die Schwiegermutter sah. Die Schwiegermutter sah sie vom Geld, vom Zinsendienst, vom Sparen und Verwalten her.

Da ihr alles im Temperament des Tochtermanns unheimlich war, erkrankte sie an ihm. Er beschäftigte sie in jeder Stunde, die ein Tag brachte, dort in der Provinz, und wurde ihr zum Ungeheuer: wo trieb er sich in diesem Augenblick herum, mit wem betrog er seine Frau, der Pascha, von einem Harem blutjunger Elevinnen umtanzt? Die Tochter mußte jeden Freitag einen Brief an sie schreiben, der sie über alle Vorgänge in der Familie auf dem laufenden hielt. Am Sonntag beantwortete sie ihn, tadelte, beleuchtete, steckte Lichter auf, öffnete geheime Perspektiven und regierte mit Kommentaren den Pariser Haushalt von der Ferne her.

Die Notare in Tours fürchteten sie, die einem nach dem andern mit der Frage im Ohre lag: Wie konnte man über ihren Tod hinaus die Nachlassenschaft dem Zugriff oder auch nur der Nutznießung des Schwiegersohns entziehn? Ihr Testament, das sechste schon, glich einem System von Barrikaden, Fußangeln, spanischen Reitern, Wolfsgruben, und nach ein paar Wochen genügte es nicht mehr.

Jedes Vierteljahr tauchte sie in der Wohnung selber auf und trieb ihre Minen ins Gemüt der Armen, die kindlich an die Mutter, weiblich an den Gatten gebunden war, Patientin auch sie bei Jacques. Von ihr wiederum erfuhr er, daß die Mutter anonyme Briefe an den Direktor der Oper, an die Bekannten des Paares, an den Polizeikommissar des Viertels schrieb. Der Polizeikommissar war schon zweimal bei einer Lorette eingedrungen, hatte aber den Ballettmeister nicht in flagranti ertappt. Ein kassierter Staatsanwalt, der sich nun Bureau Argus nannte, und ihn beobachtete, setzte diese Amtshandlungen durch.

Beachtenswert im Falle Marmontel war der aktive Einsatz der Phantasie. Normalerweise fehlte sie der erwerbsgierigen Frau. Doch auf die Spur gesetzt, wucherte sie plötzlich wie ein Krebs und wob aus zehn Einzelheiten, die nicht zueinander gehörten, mit erstaunlicher Scheinlogik ein enges Netz. Haß, Rachsucht und eine Angst um die Tochter, die einmal rechtschaffene Liebe gewesen war, beflügelten so die Vorstellungskraft.

Auch alles, was ursprünglich an der kleinen, gedrungenen Frau mit dem eiligen und harten Schritt als positiv gelten mußte, wurde nun der fixen Idee zugeführt: die Energie, die Zähigkeit, das Rechtsgefühl. Sie ließ sich nicht darauf ein, daß anonyme Briefe Unrecht waren: jedes Mittel, um einen Seelenverderber zur Strecke zu bringen, sei erlaubt, erklärte sie Jacques und entwarf Pläne, wie der Justizminister in Person bewogen werden könne, den Schwiegersohn einer Irrenanstalt zur Begutachtung zuzuführen.

Mochte es auch verrückt sein, so war doch Methode darin, und damit begann das Problem. Jacques las die Notizen über Mme. Marmontel nochmals durch. In dieser Verdichtung ergaben ihre Äußerungen, Handlungen und Angriffe gegen den Schwiegersohn eine lückenlose Linie, ein geschlossenes Bild. Jeder Laie hätte erklärt, sie sei hysterisch, sei eine krankhafte, an Verfolgungswahn leidende Frau. In Wirklichkeit verteilten sich ihre Ausfälle über Monate, verschwanden unter tausend andern Beschäftigungen alltäglicher, vernünftiger, normaler Art, daher keine wesentliche Störung entstand. Und nun das Unheimliche: je mehr Menschen ihm einen Einblick in ihr Inneres erlaubten, desto gewisser wurde seine Überzeugung, daß ungefähr jeder solche Ansätze zum Verfolgungswahn in sich barg.

Die eine oder andere Beziehung zum Gatten, zu den Kindern, zu den Nächsten oder den Ferneren, und allgemein zum Leben war immer krank. Ein Arzt, der im Jahr, schwach gerechnet, dreitausend Patientinnen behandelte, konnte sich dieser Einsicht nicht entziehn. Er lernte in der Erregbarkeit das menschliche Grunderegnis und im Druck, den die Umwelt ausübte, den Gegenfaktor zu sehn – das Ergebnis aus Erregbarkeit und Druck war der Mensch.

Jede der Damen hatte sich, wenn sie zu ihm kam, schon mehr oder weniger verstrickt. Zwar fiel ihm das nur nebenher auf, denn sie konsultierten ihn aus andern Gründen, aber eben deshalb war der Eindruck so stark. Die Frauen fanden sich in der sozialen Ordnung nicht zurecht. Sie wurden in sie hineingepreßt, dann brachen sie aus ihr aus, seitlich, insgeheim, oder sie stießen sich an den Wänden wund. Erschreckende Mißbildungen hätte man erblickt, wenn es möglich gewesen wäre, von der Seele eine Daguerreplatte anzufertigen wie vom Gesicht.

Kaum eine aber gab je zu, daß sie ein hilfloses und verzerrtes Wesen war, eine kleine Hölle in sich trug. Sie betrogen andere und sich selbst, bis es ihnen wie Mme. Marmontel gelang, subjektiv im Recht zu sein. Ein Mensch konnte offenbar nur leben, wenn er sein Verhalten umdeutete; der Selbstbehauptungswille nötigte ihn dazu. Er als Arzt reagierte oft mit Abneigung, gelegentlich mit Verachtung oder Haß, im allgemeinen aber mit der Duldung, die dem zunehmenden Einblick von selbst entspringt. Zum mindesten zwang er sich dazu, und das schien ihm der Gewinn des Berufes zu sein.

131

Als Alexandra erwachte, überdachte sie den vergangenen Tag. Die zweite Freundschaft mit Jacques mache Fortschritte, stellte sie nun fest und fragte sich unwillkürlich, wie ihr Dasein verlaufen wäre an seiner Seite zu Paris. Eine Ehe, in der die Sinne schwiegen, erneuerte man nicht. Im Augenblick, wo sie in die Postkutsche stieg, würde auch der leise Schmerz erlöschen, den sie jetzt noch beim Gedanken empfand, daß Jacques so ungebunden lebte wie in dieser Stadt jeder Mann.

Sie hörte in Notre-Dame de Lorette die Messe, obwohl ihr die Verknüpfung der Kirche mit den Loretten widerstrebte, erstand die ersten Veilchen und schellte bereits um acht bei Jacques, entschlossen, alles zu besprechen, was noch zu besprechen blieb.

Der Diener hatte seinen freien Tag, Jacques bereitete den Kaffee, und sie ordnete unterdessen den Tisch. Die silbernen Kannen, die Leinendecke und die Mundtücher mit ihrem Monogramm, die von

Kairo nach Paris gegangen waren, weckten Erinnerungen – sie schaute sich gefaßt nach etwas um, das neu sei, fand eine kleine dänische Vase und tat die Veilchen hinein.

Jacques, der schon korrekt gekleidet war, trug den Kaffee auf, schob ihr ein Schemelchen unter die Füße und widmete sich dem Gast so angelegentlich, daß er nicht einmal in die Zeitung sah. Es gab Wiener Gebäck, das Paris erobert hatte, die herrlichste Sahne aus der Normandie, englische Marmelade, Rahmcrème in Töpfchen, Eier und völlig weißen Paprikaspeck, den ein Ungar herstellte. Auch Brüsseler Trauben und tunesische Feigen standen da.

Jacques erzählte von den schweren englischen Frühstücken. Alexandra lenkte das Gespräch auf Jacques' Verwandte, Jacques ging willig darauf ein. Vor kurzem hatte Neville geschrieben und den Kummer Josephas erwähnt, die sich vom Kind seiner Schwester Grace trennen sollte, denn Grace und Irving kehrten nach fünf Jahren aus Amerika heim. So war man in den Familienangelegenheiten, und Alexandra sagte, es gehe Josepha wie ihr, verwaist bleibe sie zurück.

Jacques erwiderte, sie, Alexandra, habe noch Remigius.

»Ihn darfst du mir nicht nehmen, Jacques.«

»Auch er ist Franzose, der in eine Schule seines Landes gehört.«

»Es ist nicht wahr, du irrst dich«, erwiderte sie mit einer Leidenschaft, in der noch etwas anderes, ihm Unverständliches, mitzuschwingen schien.

»Was ist nicht wahr? Daß er Franzose ist? Das Kind folgt dem Vater, was die Staatsangehörigkeit betrifft.«

»Laß ihn mir. Du hast ihn nie gesehn. Er spricht so gut Französisch wie seine Brüder; das muß dir genügen, laß mir dieses Kind.«

»Man hat eine Verantwortung.«

»Übertrage sie mir, ich flehe dich an.«

Er verstand ihre Hartnäckigkeit nicht, überlegte und fand als stärkstes Argument:

»Du mußt an Remigius selbst denken. Was gibst du ihm zur Antwort, wenn er dir mit zwanzig vorwirft, du hättest ihn um das gebracht, was die Brüder haben, eine Heimat, eine Zugehörigkeit?«

Sie konnte sich diesem Einwand nicht entziehn und zitterte –

»Für einen Priester ist es gleichgültig, ob er unter Deutschen oder Franzosen wirkt«, stieß sie hervor.

»Für einen Priester?« fragte Jacques und verlor die Fassung.

»Du willst ihn zum Priester machen, und er ist genau fünf Jahre alt? Unmöglich, Alexandra, so kann man über eine Seele nicht mehr verfügen – ich verlange, daß Remi schon mit sechs in eine französische Schule kommt.«

Sie fuhr auf, sank schluchzend in die Sofakissen zurück. Er setzte sich neben sie, sah sich umklammert und vernahm:

»Du zwingst mich zu einem Geständnis. Remi ist nicht dein Sohn. Verzeih mir, Jacques.«

Er hörte aufmerksam zu, ohne sie zu unterbrechen. Er staunte nur. Es verletzte nicht seine Eitelkeit, was sie berichtete; dieses Gefühl überwand er bald. Daß sie dazu fähig gewesen war, daß sie den Mut gefunden hatte, die religiöse, jeden Leichtsinn verwerfende Alexandra, das überraschte ihn.

Sie suchte ihm zu erklären, wie es gekommen war – die Demütigung in Genf, wo er ihren Willen gebrochen hatte, die so unerwartete Begegnung in Basel, von der er nicht annehmen durfte, daß sie eine Verabredung gewesen sei. Er ließ sie gewähren und fragte nur, ob sie Gewißheit habe, er meine die Vaterschaft. Sie sei gewiß, erwiderte sie und sah ungläubig, wie er sich nun benahm.

Er führte sie heiter in sein Schlafzimmer, damit sie die Tränenspuren verwischte. Wasser, Puder, Rot, Handspiegelchen, alles war da. Als sie zurückkehrte, legte er die Zigarre fort.

»Wir wollen uns einigen«, sagte er. »Remi ist dein Kind: du verfügst, wie er erzogen wird, und nur mit der Vorherbestimmung mußt du vorsichtiger sein. Warte, wie er sich entwickelt. Du darfst ihn nicht geistlich machen, wenn seine Gesinnung weltlich ist.«

»Ich verspreche es.«

»Schön. Was nun die Zwillinge betrifft, so steht die Hauptsache fest, du gibst sie nach Colmar ins Collège.«

»Sofort?«

»Wir wollen noch ein halbes Jahr warten. In Frankreich ist es unruhig; man weiß nicht, was noch kommt. Aus Baden liegen freilich auch keine guten Nachrichten vor, aber ich nehme doch an, daß ihr dort sicher seid. Behalte die Zwillinge noch über Sommer, ist es dir recht?«

Sie lächelte. Es war alles erreicht, was sie erwarten konnte, und durch das Geständnis fühlte sie sich befreit. Sie erklärte, am nächsten Tag wolle sie reisen. Er schlug ihr zum Abschied eine Morgenfahrt vor. Inzwischen hatte jemand unter die Tür einen Zettel geschoben. Alexandra hob ihn auf, er kam von Ruel und teilte mit, daß herrliche Spargel eingetroffen seien.

An der Haustür kaufte Jacques ihr neue Veilchen. Das Wetter

war schön, die Menschen waren fröhlich, was für eine heitere, leichtlebige Stadt. Ob einer die Bärenmützen der Nationalgarde oder die Blusen der Volksleute trug, darauf kam es nicht an. Nur die Offiziere der Armee grollten über ihre Niederlage, Jacques wenigstens behauptete es, just in dem Augenblick, als er ihr den Sonnenschirm aus der Hand nahm und geöffnet wieder übergab.

Es war, wie wenn eine Scheidewand gefallen sei. Er unterhielt sich mit ihr in der unbeschwerten Art, die sie so gut an ihm kannte. Als habe sie in seinen Augen gewonnen, als sei sie ihm nähergekommen, behandelte er sie, und auf eine Bemerkung, die sie darüber machte, erwiderte er so obenhin, daß man ihn für oberflächlich halten konnte, bei Frauen, die sich vom Ehegatten enttäuscht fühlten, müsse man immer auf Basler Situationen gefaßt sein. Gedankenlos sei er gewesen, auch er ein Ehemann – allerdings ohne Kenntnis des Mitspielers, der im Augenblick Mephistos aufzutauchen pflegt.

Er ließ sich erzählen, was aus Franz Stoffel geworden war, und erfuhr, daß Alexandra, um die Selbstüberwindung zu vollenden, Mitte April an seiner Hochzeit teilnehmen werde, sie finde in Baden-Baden statt. Das Lob, das er dem Balten für seine Diskretion spenden mußte, erfolgte rückhaltlos. Noch während er es aussprach, erblickte er ihn unter Fußgängern, forderte ihn auf, einzusteigen und sagte:

»Die Verschwiegenheit mir gegenüber ist nicht mehr nötig, mein lieber Livonius; die gegen andere werden Sie im Interesse Alexandras weiter ausüben wie bisher.«

Livonius machte ein Gesicht, das sein Unverständnis verriet, und erschrak, als die Aufklärung kam. Er wußte nicht, ob Jacques für seine Überlegenheit zu hassen oder zu bewundern sei. Es schien ihm, als stehe Alexandra im Begriff, ihren Willen an Jacques zu verlieren; nachdenklich und schon halbwegs zärtlich sah sie zu ihm hin. Er atmete auf, als er erfuhr, schon morgen reise sie heim.

Jacques, der ihn mit unmerklicher Ironie beobachtete, erkundigte sich, wo er abgesetzt zu werden wünsche. Erst als er schon draußen stand, erfolgte die Einladung zum Abend. Alexandra zuliebe nahm er an.

Um der Spargel willen führte Jacques Alexandra mittags zum Lucullus. Ruel entschuldigte sich für das Zettelchen – er sei am Haus vorbeigekommen und einem Impuls gefolgt. Nach Tisch kehrten sie in die Wohnung zurück. Alexandra zog einen ruhigen Nachmittag der Fahrt nach Versailles zu den springenden Wassern vor. Jacques war es zufrieden. Während Alexandra im

Schlafzimmer ruhte, machte er es sich bequem und arbeitete die medizinischen Zeitschriften durch. Auch der Sonntag eines Arztes war besetzt.

Die alte Frage, wie man ohne Schmerzen operieren könne, schien in Fluß zu kommen. In Boston wandten seit anderthalb Jahren zuerst ein Zahnarzt, dann ein Chirurg Schwefeläther an; in Edinburgh benutzte ihn Simpson bei Geburten. Während seines letzten Aufenthalts in England hatte Jacques im Kings College Spital Versuchen beigewohnt. Es war ein umständliches und nicht ungefährliches Verfahren.

Der Patient mußte den Äther durch einen Apparat einziehn, die Nase wurde durch eine Feder gesperrt – so mußte er auch Atem schöpfen, bei wieder abgestelltem Apparat. Der Apparat, die Hände der Gehilfen waren dem Chirurgen im Weg, und wenn die Gefäße oder das Herz nichts taugten, ging die Sache schief. Die Pariser Ärzte weigerten sich, die Methode anzuwenden; nur ein paar Zahnärzte gaben dem Verlangen der angelsächsischen Kundschaft nach.

Alexandra kam aus dem Schlafzimmer und fragte, ob es ihn störe, wenn sie sich auf sein Sofa lege, es sei nebenan so kalt. In Wahrheit war es der Wunsch, noch ein wenig mit ihm zusammen zu sein. Er nickte ihr zu, vertiefte sich in ein anderes Heft und fand den Bericht über ein neues Mittel, das der gleiche Simpson in Edinburgh seit einigen Monaten ausprobte, das Chloroform, das entdeckt worden war, als Jacques studierte.

Die Anwendung ließ sich viel einfacher an, man legte eine Maske oder auch bloß Wattebäusche auf, der Apparat fiel fort, der Patient schlief tief, und nur nach dem Erwachen litt er an Übelkeit. Ein Todesfall gab zu denken, man mußte vorsichtig sein. Amüsant war der Einspruch der schottischen Geistlichkeit. »Und ich will dir Schmerzen bereiten«, hieß es in der Bibel, die Pfarrer beriefen sich darauf – Simpson aber erwiderte, Gott habe Adam in Schlaf sinken lassen, als er ihm die Rippe entnahm, die Ärzte täten nichts anderes ihrerseits.

Jacques machte Auszüge für einen Vortrag, den er in einer ärztlichen Gesellschaft halten sollte. Alexandra bereitete den Tee. Es schellte. Als Jacques öffnete, standen Irving und Grace vor der Tür. Jacques hatte einen ersten seltsamen Eindruck. Nicht nur von der Kleidung, die einfach war, ging er aus, auch von den Gesichtern, ja dem Nebeneinander zweier Gestalten, die etwas Überpersönliches verband.

Sie waren nicht erstaunt, Alexandra zu sehn, wußten vielmehr durch Neville von ihrer Anwesenheit. Grace sagte sogar, sie habe den Besuch in Paris beschleunigt, um mit Alexandra einen Plan zu besprechen; Alexandra schaute sie verwundert an.

Zunächst wurde Tee getrunken, dann von alten und neuen Zeiten erzählt. Die alten, das waren die Tage von Kairo, als Irving und Grace sich gefunden hatten. Die neuen betrafen die gemeinsamen Jahre in Amerika. Auch Alexandra spürte, was sich dort vollzogen haben mußte, eine Verschmelzung der Naturen und eine so ideale Einheit der Ideen, daß sie, die doch Philo hatte, Neid empfand.

Aus der Unterhaltung ergab sich – unwahrscheinlich zuerst, dann immer deutlicher – welcher Art die Ideen oder Neigungen waren: diese beiden kehrten zurück als ausgesprochene, als bekennende Sozialisten.

Jacques erklärte, er verstehe es nicht. Wohl lese man in den europäischen Zeitungen jeden Augenblick von den Fortschritten, die die Staaten drüben im Eisenbahnbau, im Maschinenwesen und in der Technik machten, aber auch stets, der Amerikaner sei ein geborener Unternehmer, ein hemdärmeliger Geschäftsmann, der nichts anderes im Sinn habe, als Geld zu verdienen, sich selbst voranzubringen – kurzum, er sei tatkräftig, egoistisch und alles, nur nicht Sozialist.

Irving erwiderte, trotzdem, vielleicht auch gerade deswegen, habe Amerika Grace und ihn kämpferisch gestimmt. Jacques, den die geistige Neugier erfaßte, begann zu fragen, wie sie gelebt, wie sie vorangekommen waren, und merkte bald, daß er sich mehr an Grace als an Irving wandte. Die treibende Kraft, die stärkere Persönlichkeit war sie geworden.

Sie hatten, es waren ihre eigenen Worte, eine große Schule durchgemacht, vom ersten Augenblick an die mitgebrachte Reserve nicht angerührt und jeden Dollar zum Unterhalt des Lebens selbst verdient.

»Ich kam mit Quäkern zusammen«, erzählte sie, »und zog mit ihnen nach Westen, sie gründeten eine Kolonie. Im Urwald entstand eine Siedlung, sie wurde ein Dorf, drei Jahre später war sie schon eine kleine Stadt. Irving hatte sich von mir getrennt, war in New York geblieben und begann als Setzer eines kleinen Blattes, das er, unter den Iren, auch selbst verkaufte und vertrieb. Sprich das Wort Ire aus und du siehst Armut, Elend, Ungerechtigkeit und politische Leidenschaft. Da er das Handwerk kannte, verwandelte sich der Setzer bald in den Reporter, für die Gerichtsverhandlungen, für die Vorfälle in der Stadt und für, abermals, die Politik. Die Parteien wurden auf ihn aufmerksam, er auf die Ausnutzung, die man mit den eingewanderten Massen trieb. Die Zeitung erschien nun täglich, und er schrieb sie fast allein. Wir standen in Briefwechsel, tauschten unsere Gedanken, es war eine wunderbare Zeit. In der Kolonie der Quäker, die sich gegen die Spekulanten wehrte, ging nun alles, was praktische Philanthropie war, durch meine Hand. Ich war Schullehrerin, Wanderpredigerin, die Gehilfin unseres Alten, eines Patriarchen, wir nannten ihn old great man. Jeder mußte arbeiten. Arme gab es nicht, aber auch keine Reichen, und viele hundert Kinder habe ich gelehrt, daß so die christliche, die menschliche Gesellschaft sei. Ich las Irvings Briefe aus der Großstadt vor, er druckte mehr als einen aus meiner Waldstadt ab. Als wir auf der Washington zurückfuhren, beschlossen wir, den ganzen Briefwechsel zu veröffentlichen, und sahn ihn durch. Das Schiff, das erste, das ein Bremer in den Staaten bauen ließ, war so geräumig, daß unsre Kajüte einem Bibliothekszimmer glich. Beglückt empfand ich, wir seien wieder vereint.«

»Ich verstehe, die Einzelheit ist alles«, sagte Jacques. »Aber es fehlt ein Stück in deinem Bericht. Weshalb seid ihr nicht drüben geblieben, was treibt euch nach England zurück?«

»Wir standen am Ende des vorigen Jahres vor der Frage, die ich seit langem kommen sah. Der Patriarch starb, man baute eine Eisenbahn durch den Staat. Die einen wollten, daß man abseits liegen bleibe, die andern das Gegenteil. Alle Leidenschaften waren entfesselt, es siegte die Spekulation, Eisenbahn ist drüben ein fieberndes Wort.«

»Kein ermutigender Abschluß für einen christlichen Sozialisten«, meinte Jacques.

»Eine Lehre, daß man den Hebel nicht an einer abgelegenen Stelle, sondern im Zentrum der Gesellschaft ansetzen muß.«

»Du gewinnst dem Mißerfolg die beste Seite ab.«

»Es ist mein Recht, es ist der Ausweg – kuriere nicht auf Symptome, stelle den ganzen Organismus um, bist du ein Arzt.«

»Gut gesagt, nicht leicht getan, was werdet ihr nun unternehmen?«

»Gemeinsam das Buch veröffentlichen, das uns über Wasser halten soll, gemeinsam eine Zeitung für den englischen Arbeiter gründen, gemeinsam lehren, wandern, kämpfen und eine Bewegung schaffen.«

»Was sagt Neville dazu?«

»Er ist unzufrieden.«

»Was man einem Mitglied des Kabinetts nicht verübeln kann, zumal wenn ihr eure Tätigkeit in London selbst beginnt?«

»Ja, wir werden uns in London niederlassen.«

»Und Macpherson, der noch immer dein Mann ist?«

»Verkommt in chinesischen Häfen bei Whisky, Spiel und Opium.«

»Er läßt dich in Ruhe?«

»Durchaus.«

»Und die Kinder?«

»Deswegen wollte ich mit Alexandra sprechen.«

Für die Kinder, erklärte Grace, bleibe ihr zu wenig Zeit. Man könne sie Josepha geben, beide, da Tante Felicitas gestorben sei. Doch Josepha erziehe sie, wie es der Stellung und den Anschauungen Josephas entspreche, nicht aber ihren eigenen. –

»Ich möchte sie dir bringen, Alexandra, dir und Philo«, sagte sie.

»Philo ist kein Sozialist«, wandte Alexandra ein.

»Der Umgang mit Philo weckt die Urteilskraft.«

Jacques riet ab. Es war derselbe Fall wie bei den Zwillingen. Sie durfte man nicht Frankreich entfremden, die Kinder Irvings nicht England. Grace erklärte, jede gute Erziehung erfülle ihren Zweck, und Sozialisten schreckten nicht davor zurück, ihre Kinder vor der nationalen Einseitigkeit zu bewahren. Wenn William und Dorothy mit dem deutschen Geist ebenso vertraut würden wie mit dem englischen, erwarte sie sich viel davon.

Jacques warf die Frage auf, ob man das Recht habe, so stark in die Zukunft der Nachkommen einzugreifen. Grace erwiderte, das tue jede Familie, es wüchsen Tausende von britischen Kindern fern von England heran. Im übrigen werde sie oder werde Irving oder würden sie beide jedes Jahr für ein paar Wochen nach der Au kommen, vielleicht sogar sich dort ein Häuschen bauen, in den fünf Jahren habe sie die Zinsen aus ihrem Erbteil zurückgelegt.

Gegen Abend kam Livonius. Jacques lud die Gesellschaft in ein Restaurant des Palais-Royal ein. Als Grace diese Lichterstadt betrat und den Luxus der Geschäfte, die Fülle der Müßiggänger, den Liebesmarkt der Frauen sah, bat sie um einen stilleren Winkel, ihr Reisekostüm stach zu sehr vom Reichtum der Toiletten ab. Jacques dachte daran, wie elegant sie vor zehn Jahren gewesen war.

Livonius schien mit seinen Gedanken nicht anwesend zu sein. Zweimal ging er hinaus, um Zeitungen zu kaufen. Was er erhoffe oder fürchte, erkundigte sich Jacques. Livonius erwiderte, die Nachrichten aus Deutschland seien schlecht: überall gäre es, in Baden, in Frankfurt, in Wien und, was ihn am meisten beunruhige, in Berlin sogar. –

»Revolutionen sind wie der Schall, sie breiten sich aus, ein gewisser Livonius wollte es nicht wahrhaben«, meinte Jacques.

»Sie können gut reden. Paris hat es schon hinter sich. In Wien aber . . .«

»Ja? Was ist los?«

»Es hat einen Zusammenstoß gegeben, und man verlangt nicht mehr und nicht weniger, als daß Metternich zurücktritt.«

»Geht deshalb die Welt zugrunde? Er hat lange genug regiert.«

»Sie verstehn das nicht. Er ist ein Prinzip, und wenn es erschüttert wird, dann wanken bei uns alle Throne.«

»Was wäre daran nicht zu verstehn? Was wäre daran zu beklagen?«

»Ich begreife Sie nicht. Sie haben mir gesagt, daß Sie den Sturz Ihres Königs bedauern.«

»Weil sich mit ihm leben ließ.«

Irving hatte nach den Zeitungen gegriffen und fand darin die Nachricht, der deutsche Bundestag stimme dem Antrag zu, Schwarzrotgold zu Bundesfarben zu machen. Auch ihm war das einmal eine große Forderung gewesen. Vor seinem Auge tauchte der Festzug auf, der sich von Neustadt in der Pfalz zum Hambacher Schloß bewegte. Er schaute Jacques und Livonius nachdenklich an. Mit jedem von ihnen dreien hatte das Schicksal seltsam verfahren. Jacques war Franzose geworden, er selbst Engländer, und dieser Balte schwor eben auf Preußen, auf Schwarzweiß, auf Königstreue und Soldatengeist.

Am nächsten Tag reiste Alexandra heim. Sie versprach Grace, Philo zu fragen, ob er bereit sei, die Kinder zu unterrichten.

132

Sobald Jacques wieder allein war, erkundigte er sich nach den Bekannten, die er in der orleanistischen Gesellschaft besaß. Alle waren fort, geschlossen die Einfahrten, die Fensterläden, die Salons, er bekam nur die Hausmeister zu sehn. Zuletzt machte er auch einen Versuch bei Mme. Demidow, erwartete nichts von dem Gang in die Rue de Courcelles und vernahm, sie sei da, jedoch im Atelier beim Malen.

Er ließ sich melden; man führte ihn in den Salon, den bald danach die gute alte Frau von Reding betrat. Sie hatte die kleine Prinzessin erzogen, die heranwachsende betreut, die verheiratete nach Florenz begleitet und war die Anstandsdame der geschiedenen, eine Dame in den Sechzig. Jacques erkundigte sich, was ihre Herrin zum großen Wechsel aller Dinge sage. Die Fürstin sei unglücklich, erwiderte Frau von Reding, sie liebe den König und die Mitglieder seiner Familie – alles, was sie sich aufgebaut habe, sei nun zerstört.

»Sie hat sich in ihre Kunst geflüchtet, unter dem Dach ein Atelier eingerichtet, darin verbringt sie mit Giraud den lieben, langen Tag, statt an die Luft zu gehn«, sagte sie.

Jacques gestand, daß er sich aus Giraud nichts mache. Giraud war ein Maler, über vierzig schon, er hatte einen rötlichen Schnurrbart und einen Bohemeschopf. Der Schnurrbart verdeckte das Fehlen der Zähne, der ganze Mann war ihm zu salopp.

»Er ist ein treuer Freund«, verteidigte ihn Frau von Reding, »und treue Freunde sind selten, wenn ein Umsturz das Oberste zuunterst kehrt.«

»Was sagt Nieuwerkerke zu den neuen Machthabern?« fragte Jacques.

»Er haßt sie, und da die Fürstin ...«

Sie seufzte, und Jacques verstand. Die Fürstin richtete sich nach dem Bildhauer, womit Frau von Reding weniger aus politischen als aus moralischen Gründen unzufrieden war.

Nach einer Weile traten die Fürstin und Giraud ein. Man ging in ein anderes Zimmer und nahm den Tee. Zur zweiten Tasse kamen der Vater und der Bruder der Fürstin zurecht. Der Exkönig von Westfalen mochte Mitte der Sechzig, Prinz Napoleon Mitte der Zwanzig stehn, und beide waren, was man Lebemänner nannte, mit deutlichen Zügen der Unzufriedenheit.

Seit kurzem erst in Frankreich geduldet, ermangelten sie der Einkünfte. Jacques wußte, daß die Fürstin dem Vater eine Rente ausgesetzt hatte, ihm aber seine Haltung in ihrem Scheidungsprozeß nicht verzieh. Der alte Herr war gegen die Lösung der Ehe gewesen, der ungemessene Reichtum des russischen Schwiegersohns bestimmte ihn. Prinz Napoleon, in der Familie mit seinem einst selbstgefundenen Kindernamen Plonplon genannt, hatte in der württembergischen Armee gedient, jetzt schwebte er gesellschaftlich in der Luft, ehrgeizig, heißhungrig nach dem großen Leben, gut begabt und eine richtige Zwischenreichsfigur.

Die Fürstin allein war entschlossen, in Zurückgezogenheit abzuwarten, was weiterhin geschah. Vater und Bruder tasteten mit ihren Gedanken und Worten die neue, noch gestaltlose Front nach der Stelle ab, an der sie sich eindrängen konnten. Es würde Wahlen geben, und wählbar waren schließlich auch die Bonapartes. Der Exkönig hatte Nachrichten von den andern Mitgliedern der reichverzweigten Familie – die auf Korsika machten bereits Ernst, sie traten als Kandidaten auf. Am meisten aber beschäftigte sowohl Jérôme wie Plonplon die Frage, was der Neffe beziehungsweise

Vetter Louis Napoleon mit dem Brief an die provisorische Regierung plane – auch er hatte bereits seine Wählbarkeit entdeckt. Älter als Plonplon, stammte er auch von einem älteren Bruder des Kaisers ab, kurzum, er war der eigentliche Prätendent.

Jacques saß ein paar Wochen später vor einem Café des Boulevard und wußte nicht einmal genau, welches es war. Er wartete auf Irving und Grace, die in den Läden gegenüber Einkäufe machten. Zwei Herren ließen sich am Nebentischchen nieder, der eine bot dem andern eine Zigarre an, und an den suchenden Bewegungen bemerkte Jacques, daß sie kein Feuer hatten. So reichte er seine Streichhölzer hinüber und mußte zum Überfluß an den Hut greifen, weil der Nachbar es tat. Bei dieser Gelegenheit erst erkannte er ihn: Es war Louis Napoleon, der Mann mit dem verschleierten Blick. Der Begleiter sah wie ein stämmiger Sousoff in bürgerlicher Kleidung aus.

Der Prinz sagte, er besitze ein gutes Gedächtnis, zwar nicht für Namen, wohl aber für Gesicht und Ort – bei Sir Neville hätten sie sich voriges Jahr getroffen, im schönen Brighton House. Jacques nannte seinen Namen und erfuhr den des Begleiters, es war ein Vicomte de Persigny. Jacques bezweifelte insgeheim, daß es mit dem Vicomte weit her sei. Der Brief, den der Prinz an die provisorische Regierung geschrieben hatte, fiel ihm ein, und er wußte nicht, ob man nach der Aufnahme fragen dürfe. Zuletzt tat er es doch.

Er habe keine Antwort erhalten und halte sich aufs Geratewohl in Paris auf, erwiderte der Prinz mit einem Achselzucken; ein Name wie der seine bedeute eine Belastung, man mißtraue ihm. Persigny schüttelte abmahnend den Kopf, was Jacques amüsierte. Er schien der Mentor, der Energische zu sein; große Intelligenz oder diplomatische Eigenschaften hatte er kaum.

Wie immer um diese Stunde schrien die Zeitungsverkäufer die Nachrichten aus, wilde Nachrichten aus einem Europa, das wie ein Hexenkessel kochte: In Berlin Abzug der Truppen, Sieg der Revolution, in München Abdankung des Königs, Wien in den Händen der Bürgerwehr und Studenten, in London Ankunft des geflüchteten Metternich.

Persigny kaufte ein Blatt, den Prinzen regten diese fernen Dinge wenig auf, er machte einen unsicheren Eindruck, ein Vierziger schon. In England hatte er reifer und erfahrener gewirkt – hier war er wie jemand, der seine Basis verlassen hat und nicht weiß, was er zuerst beginnen soll.

Jacques dachte an die Unterhaltung mit Dumas im Café d'Orsay und an den Eifer, mit dem er selbst den Weg des Prätendenten schon vorgezeichnet sah – Wahl in die Nationalversammlung und Führung der Opposition. Es hatte wohl noch gute Weile bis dahin, und Ernüchterung nahm man sich zur Lehre. So erwähnte er die Wahlen im Gesprächston – an den Mauern klebten und in den Zeitungen ständen die ersten Proklamationen schon.

Das alles koste Geld, in Frankreich stehe es ihm nicht zur Verfügung, erwiderte der Prinz. Jacques sah Irving und Grace über den Fahrdamm kommen und entschuldigte sich. Aus Höflichkeit fügte er hinzu, falls der Prinz sich aufstelle, sei er seiner Stimme gewiß.

Irving und Grace begleiteten Jacques bis an seine Tür. Es war ihr letzter Tag. Die Zeit hatten sie auf ihre Weise ausgenutzt, die Nationalwerkstätten studiert, die neuen republikanischen Klubs besucht, mit Blanqui, Cabet und andern Kommunistenführern die Forderungen durchgesprochen – die Gleichberechtigung der Frauen war zum Bedauern Graces noch nicht dabei.

Die beiden hatten auch Vorstöße in die Verbrecherschlupfwinkel gemacht, sie sahn Brutstätten des unverschuldeten Elends darin. Es gab sie in den verschiedensten Gegenden, in der alten Cité, in den Untermauerungen des Trocadéro bis nach Passy hin, in den weiten Räumen des Parc-Monceau und der Buttes-Chaumont, beim Père-Lachaise, in Belleville. Kein Polizist wagte sich allein hinein, und M. Claude, ein Kommissar, den Jacques kannte, hatte zuerst aufs heftigste abgeraten, dann das Paar bei einigen Razzias mitgenommen, um Jacques, dem seine Frau das Leben verdankte, zu Gefallen zu sein.

Die Unterhaltungen mit Grace empfand Jacques als anstrengend, sie war eine fordernde Frau. Er leugnete nicht, daß die Gesellschaft die Pflicht habe, für Hygiene, Arbeitsbeschaffung, Schulen, gerechte Verwaltung der Güter zu sorgen. Den Utopismus, den Glauben, es lasse sich alles in einem einzigen großen Plan erreichen, lehnte er ab. Man erzwang nicht in einem Frühling, wozu ein Jahrhundert nötig war, und er haßte die Idee, man müsse ein Trümmerfeld schaffen, um danach aufzubauen.

Verteilung dieser Arbeit auf die Generationen verlangte er. Das Menschenleben war zu kurz, als daß man einer Generation zumuten konnte, sie solle sich opfern – worunter Grace verstand, daß zum Beispiel ein Arzt, nur um die soziale Revolution zu beschleunigen, darauf verzichten müsse, sich selbst eine gefestigte Existenz zu schaffen, seine Arbeit in Erfolg, Vermögen, Ansehn und vernünftigen Genuß zu verwandeln. Es war eine maßlose Forderung; als denkender Mensch, als Individuum, bestand er auf Maß. Zu den Menschenrechten gehöre auch das, sich abzugrenzen, sagte er zu Grace und begegnete in ihrem Gesicht, das er so gern gehabt hatte, dem fanatischen Zug. Der Ego-Gedanke verhärte ihn, erklärte sie, und er wiederholte, nunmehr gereizt, er grenze sich ab, um sich nicht aufzugeben.

Leute, die einander gut gewesen waren, gingen auseinander, wenn die Ideen über sie kamen. Da es so sein mußte, wählte er die, die seiner Einsicht entsprach. An nichts sah man so deutlich, daß man älter wurde, wie an dieser Scheidung. Das Leben wies jedem seinen Platz an, es verteilte die Menschen; alles war Stand und Unterschied.

Als Jacques an diesem Nachmittag den weißen Kittel auszog, wurde ihm ein letzter Besucher gemeldet, er komme in persönlicher Angelegenheit. Es war Persigny, der mit der Eröffnung begann, zwar führe ihn kein Auftrag, aber immerhin das Interesse des Prinzen zum Doktor.

Jacques bot ihm einen Drink und eine Zigarre an. Persigny sprach leise. Jacques habe den Prinzen in einem Augenblick des Unmuts gesehn, dürfe aber überzeugt sein, daß ein Mann, dessen ganzes Leben Vorbereitung gewesen sei, seine Kräfte immer wieder zu sammeln wisse. Er werde von diesem ersten Besuch in Paris nach London zurückkehren, nicht nur um den Anschein zu vermeiden, als wolle er der jungen Republik Schwierigkeiten machen, sondern auch um in England die Summen aufzubringen, die er zu Bearbeitung der Wähler brauche, ob es nun die in der Provinz oder die von Paris seien. Der Abreise stehe ein Hindernis entgegen, der Mangel an Geld, in Betracht kämen die Hotelrechnung und die Überfahrt. Er, Persigny, habe es für richtiger gehalten, sich nicht an die kleinen Anhänger in der Hauptstadt zu wenden, es entstehe nur schädliches Gerede.

Jacques verstand, was man von ihm erwartete. Seine erste Regung war die, die jeder Besitzer eines Bankkontos empfand: Geld ist nicht da, um aus dem Fenster geworfen zu werden – für eine so unsichere Sache ausgegeben, kehrt es nicht zurück.

Ein Gefühl, das er in der Eile nicht deuten konnte, widerriet ihm eine abweisende Antwort. Er fragte, wieviel benötigt werde – siebenhundert Francs, die sofort erstattet würden, genügten, war der Bescheid.

Jacques erwiderte, am nächsten Tag könne er sie dem Prinzen übergeben. Persigny begriff, daß der Doktor vorsichtig sein wollte, und verabredete eine Begegnung im gleichen Kaffeehaus.

Am folgenden Morgen fand Jacques in einem Brief die zweihundert Francs, die er Isabelle Dominique geliehen hatte; sie saß nun als Kassiererin im Café d'Orsay. Er nahm es für ein Omen und übergab dem Prinzen einen Tausendfrancschein als Beitrag für den Wahlfonds, nur das war gute Form.

Er sah ihn nochmals, als er Grace und Irving zum Zug brachte. Die nach London Reisenden fuhren nun bis Boulogne mit der Bahn. Grace hätte ihm die tausend Francs nicht verziehn und vermutlich gesagt, man könne damit viel Gutes tun. Das war ohne Zweifel richtig, bewies aber nicht, daß es falsch sei, einem Politiker beizustehn.

Auf dem Perron bemerkte er den Polizeikommissar Claude, der Zivilkleidung trug, und hatte den Eindruck, Louis Napoleon werde überwacht. Als der Zug ausgefahren war, wandte Claude sich zum Gehn. Jacques holte ihn ein und erwähnte in der Unterhaltung den Prinzen nebenher.

»Sie kennen ihn?« fragte Claude.

»Von London.«

»Es ist nicht gut, das zuzugeben.«

»Sie glauben?«

»Ich weiß es. Verleugnen Sie ihn. Er ist ein ausgemachter Verschwörer, noch aus den Zeiten, als er in Italien ein Carbonaro war.«

»Verschwörer waren mehr oder weniger alle, die jetzt an der Macht sind. Ich wüßte gern, weshalb er Paris verläßt.«

»Man hat ihm vielleicht einen Wink gegeben, daß er nicht willkommen ist.«

»Wer ist man, die provisorische Regierung?«

»Darüber kann ich nichts sagen«, erwiderte der Kommissar.

»Und wer ist dieser Vicomte Persigny?«

»Vicomte nur von eigenen Gnaden – ein gewisser Fialin, sein böser Geist.«

»Wie meinen Sie das?«

»Nun, er hat zu den Putschen gehetzt – der von Boulogne trug ihm zwanzig Jahre Ham ein.«

»Aber er floh mit dem Prinzen?«

»Das war nicht möglich, erst nach der Februarrevolution ließ man ihn frei.«

Jacques wußte nun besser Bescheid. Es schien ihm, als habe er die tausend Francs zu voreilig gegeben.

Zwölftes Kapitel

RENÉE

133

Der Zufall wollte, daß er am Abend in Café d'Orsay Jérôme von Westfalen und Prinz Napoleon wiedersah. Zum Überfluß machte ihn Isabella, die nun an der Kasse saß, auf König Lustik aufmerksam. Dem Sohn sah man nicht wie seiner Schwester Demidow die württembergische Mutter, sondern den Oheim, den großen Korsen, an.

Von Louis Napoleon konnte man das nicht behaupten. Es gab Leute, die versicherten, er sei nicht der Sohn des Königs von Holland, sondern der eines Untertans. Jacques nahm diese Lesart nicht ernst. In jedem Fall aber war der Prinz der Enkel Josephines und der Neffe des Kaisers selbst. Höfe, Fürsten, Dynastien und die willig dienenden Geschichtsschreiber, das alles war nicht so beschaffen, daß es den starren Legitimismus gebot.

Seit dem Besuch bei Mme. Demidow wußte er, daß es noch mehr Napoleoniden gab, und da er nun schon vier kannte, beschloß er, den Zusammenhängen im einzelnen nachzugehen. So gut Neville Briefe mit Stempeln und Marken sammelte, so gut konnte er Täfelchen an einen Stammbaum hängen und die Nummer, die jedes bekam, auf dem Umschlag eines Heftes wiederholen – im Heft selber fanden die Lebensumstände Platz.

Schon am nächsten Morgen kaufte er eine Geschichte der Bonapartes, dann ging er in einen Papierladen und erstand angesichts der Tatsache, daß der Kaiser sieben Geschwister gehabt hatte, ein Dutzend Hefte. Bald zeigte sich, daß sie nicht ausreichten. Vom Kaiser allein stammten zwei Stiefkinder, ein adoptiertes, ein eigenes und vermutlich eine Reihe natürlicher ab. Joseph, Lucien, Louis, Caroline, Jérôme, sie alle hatten Nachkommen. Von den amerikanischen Jérômes aus der ersten Ehe mit Elisabeth Patterson wußte er kaum.

Er machte Besuche in den Bibliotheken, schaffte sich Jahrgänge des Gotha an, und für den Notfall war Mme. de Demidow da. Allerdings, sie hatte vorerst Paris verlassen und malte mit Giraud dem Vernehmen nach in Fontenay-aux-Roses. Am fruchtbarsten, mit elf Kindern, war der zweitälteste Bruder des Kaisers, Lucien, der Fürst Canino, gewesen. Wenn der Kaiser seine Ehe von 1803 anerkannt hätte, wären die Ansprüche der Söhne denen Louis Napoleons vorangegangen. Der älteste dieser Söhne hatte selber wieder acht Kinder gezeugt.

Die Bärenmützen waren den Blusenmännern und Arbeiterklubs ein Dorn im Auge, die Nationalgardisten aus den bürgerlichen Vierteln ließen sich diesen Schmuck nicht rauben. Sie zogen durch die Straßen und brachten ihn vor dem Stadthaus in Erinnerung. Es half ihnen nichts, die Klubisten bildeten einen Gegenzug, und die Mützen wurden abgeschafft, man schrieb nun Mitte März.

Niemand wußte, was aus alledem noch werden sollte. Die Republik zerfiel in einen roten und einen blauen Flügel. Der rote verlangte die radikalsten Eingriffe in das private Eigentum, die Verwandlung der Fabriken in Allgemeinbesitz. Die Arbeitslosen strömten in die Nationalwerkstätten und kosteten viel Geld. Was sie herstellten, machte den Fabrikanten Konkurrenz. Die Steuern wurden erhöht, die Zahlungen stockten. Jacques schickte den Boy mit den Rechnungen für 1847 aus. Die Hälfte kam unerledigt zurück; es hieß, Monsieur oder Madame seien verreist.

Andererseits erwies sich, daß die Republik den Radikalen nicht nachgab. Weder Enteignungen noch Verfolgungen fanden statt. Ja, man schaffte die Todesstrafe bei politischen Vergehen ab. So kehrten, je näher der Termin der Wahlen kam, viele der Vorsichtigen nach Paris zurück. Renée aber schrieb nicht. Zwar war es so verabredet worden, gleichwohl beunruhigte es ihn mit jedem Tage mehr. Endlich, zu Anfang April, erreichte ihn ein Briefchen mit dem Stadtstempel und der ersten von Arago eingeführten Freimarke: »Morgen früh, Manege um acht.«

Seit einiger Zeit ritt er bereits wieder, doch nur in der Manege selbst, nicht außerhalb. Die höhnischen Zurufe, die Drohungen der Arbeiter waren nicht angenehm. Er konnte nicht jedem klarmachen, daß das Vergnügen eine Stunde dauerte und er dann wie sie arbeitete; Reiten galt als Herrensport. Schon der Gang bis zur Manege, im Reitkostüm, kam einer Herausforderung gleich.

Als er sich ihr zur angegebenen Stunde näherte, hielt Renée inmitten der Straße zu Pferd. Der Groom, der sie abgeholt hatte, folgte ihr. Kein Kostüm konnte einer Frau besser als das der Amazone stehn. Bezaubernd der Fall des Rocks über die aneinandergeschmiegten Knie, der hohe Hut mit dem Schleierchen, die feste Taille des Schneiderkostüms und dieser unpraktische, schwankende, aber den Zeichner verlockende Damensitz, der ihn an Ägypten erinnerte.

Die Reitpeitsche, mit der sie ihm zuwinkte, entfiel in der Erregung dem schmalen Gelenk. Er hob sie auf, überreichte sie und küßte die Hand der Frau, die er den zärtlichen Gamin nannte. Er tat es auch jetzt, indem er die Worte um des Grooms willen nur mit den Lippen formte, sie las sie davon ab. Der Druck der schlanken, fast gebrechlichen Finger verriet, wieviel Kraft sich in ihr spannte – in der ganzen Renée mit der knabenhaften Gestalt, von der der Geliebte wußte, wie schön sie gewachsen war, der Gatte nicht.

Der Gatte ging seine eigenen Wege, und Renée hatte er geheiratet, um es zu verschleiern. In der Hochzeitsnacht, über ihren instinktiven und nicht zu brechenden Widerstand erregt, deutete er es an. Als Jacques ihr begegnete, war sie, nach sechs Monaten Ehe, noch unberührt. Die Liebe, die sie mit ihm verband, nährte sich aus tieferen Wurzeln als denen, die im lockeren Erdreich der Gesellschaft haften.

Sie wollte nicht in der Manege reiten, es verlangte sie nach dem Bois. Er widerriet und willigte, als er ihre bittenden Augen sah, ein. Die Seitenstraßen benutzend, kamen sie glimpflich davon. Nur eine Hausmeisterin stemmte die Hände in die Hüften, schrie ihnen einen Unflat nach. Die Avenue, die sonst schon in dieser frühen Stunde einen kleinen Korso sah, war leer. Aber Renée erspähte in der Ferne zwei Reiter und richtete sich getröstet auf. Auch andere waren mutig, nicht sie allein.

Jacques drängte sein Tier neben ihres und sagte, wie sehr er sie vermißt habe, sechs Wochen lang. Sie senkte das Köpfchen, dann sah sie ihn mit einem strahlenden Lächeln rasch von der Seite an und stellte den Abstand wieder her.

Sie hatte wenig zu erzählen, in Jouy erlebte man nichts; viel berichtete er. Still hörte sie zu, wie er Alexandra schilderte, und lauschte auf den Tonfall der Stimme, ob er ein neues Gefühl für diese Frau verriet. Sie fragte, ob er mit Alexandra über sie gesprochen habe. -

»Gewiß nicht«, erwiderte er, und sie vertraute ihm, überzeugt, daß er sie niemals belog. Ihr Herz pochte, als er sagte, mehr als einmal habe er an den Abenden, der Besuche müde, sehnsüchtig nach der Verdichtung einer Stunde mit ihr, an sie geschrieben, obwohl er wußte, absenden dürfe er dies Heiße und Verräterische nicht. Beseligend war es für eine Frau, zu fühlen, daß sie in den Bann der Stimme, der Augen, der Nähe des Freundes zurückglitt; sie gehörte wieder Jacques:

»Auch ich habe jede Nacht an dich geschrieben. Es gab nicht eine, in der ich es vergaß. Und wenn ich dann aufstehn mußte, um alles im Kamin zu verbrennen, las ich es mir schnell noch einmal vor, ganz leise, verbesserte sogar die Fehler, als wäre es ein Aufsatz für die Schule – ja, lache nur.«

Es klang wie das Geplauder eines Pensionsmädchens, doch hörte sein Ohr den dunkleren, den leidenschaftlicheren Ton heraus. Vor dieser Heirat war sie zwei Jahre mit einem Leutnant der Kriegsmarine verlobt gewesen, bis die Nachricht kam, daß er auf Tahiti gestorben sei, und ein drittes Jahr hatte sie in tiefer Trauer zugebracht. So war sie heute vierundzwanzig; er aber, Jacques, vom Jahrgang 1814, schon bald vierunddreißig; was machte es denn aus. Bewegt umfaßte er sie mit einem langen Blick, demselben, mit dem er sie beim ersten Besuch betrachtet hatte, ungläubig und beglückt.

In Paris gab es alles, selbst eine unverdorbene junge Frau, die ihr Herz einem Geliebten darbrachte, weil der Gatte sie nicht nahm. Die Herren, die bei Renée verkehrten, wußten, wie es um den Ehemann stand, und sahn in ihr die leichte Beute, das begehrenswerte Wild. Sie konnte sich ihrer kaum erwehren – wenn der Freund ihre Treue enttäuschte, wurde auch Renée schlecht.

»Die armen Briefe, du hättest sie mir doch schicken sollen«, sagte er.

»Dem Postmeister in Jouy wären sie aufgefallen. Er hätte sich die Adresse gemerkt und vor Joseph bei der ersten Gelegenheit erwähnt.«

Joseph war der Gatte, das Mißtrauen und das schlechte Gewissen in Person.

»Hier in der Stadt ist es etwas anderes, Jacques, und jeden Morgen kannst du ein Briefchen haben, wenn du es verlangst. Ich brauche nur an dich zu denken, und die Worte, die Sätze überfluten mich.«

»Du sollst sie mir selber sagen. Wann kommst du, Renée – wann?«

Sie schaute sich nach dem Groom um und flüsterte:

»Ich komme gegen Abend, heute schon, wenn es möglich ist.«

Sie kam noch am gleichen Tag. Der Boy hatte seine Kammer im höher gelegenen Stock. Er bekam Renée nie zu sehn, war auch Jacques zu ergeben, um neugierig zu sein.

Der Mantel, der Hut, der Schirm, die Überschuhe, das Beutelchen Renées wurden in einen Schrank getan, der Schrank wurde abgeschlossen, jede Überraschung war bedacht. Vor dem Spiegel ordnete sie das Haar, das Gewuschel, wie sie es nannte, die Titusfrisur im Sinne des Coiffeurs – sie ließ den zarten Hals frei, überlagerte nicht den aparten Umriß des Köpfchens. Jacques zeichnete ihn oft.

Sie ging durch die Zimmer, die lange entbehrten, die geliebten, und wie sie es kannte, fand sie alles noch. Die Studioecke, der Diwan mit den orientalischen Kissen, die Blumen auf den arabischen Tischchen waren für sie. Und der kleine Schrein an der Wand stand offen. Der eine Flügel zeigte Renée in einer Daguerreotypie, der andere sie wiederum in zwei Zeichnungen Jacques'. Sooft sie kam, öffnete er ihn, und wenn sie ging oder es auch nur schellte, schloß er ihn zu. Das Möbelchen war sein Einfall und ihr Geschenk gewesen, Renée sollte immer bei ihm sein.

Sie kam manchmal an den Nachmittagen, manchmal auch am Abend, wenn sie sich aus dem ersten Akt einer Aufführung stahl. Zum letzten mußte sie zurück sein, die Freundin und Begleiterin erwartete sie. Es war zu wenig und doch war es wiederum viel. Solange Joseph sein Amt bekleidete, hatte es Tage gegeben, an denen er als Inspektor in die Provinz reiste. Nun fiel das fort, nun war es zu wenig, was ihnen blieb.

Sie halfen sich durch die Überlegung, daß sie wie in einer idealen Ehe lebten – kein Alltag, keine Reibungen, die aus dem immerwährenden Zusammensein entstehn. Das Gefühl, daß ihnen etwas vorenthalten werde, das Dauer verlangt, war gleichwohl schön, denn wenn sie sich trafen, empfanden sie, wie verdichtet eine kurze Stunde ist.

Seit dem Tag, an dem ihr Jacques in einer Theaterloge den vorderen Platz anbot und Amélie, die Freundin, als Bekannte ansprach, war ein Jahr vergangen. Zählte sie die Stunden der Vereinigung zusammen, so kam eine kurze Woche heraus. Nie würden sie einander müde werden, sie wenigstens hatte gewählt – »du aber, Jacques«?

Er sah ihre klugen, reinen Augen auf sich gerichtet, sie waren aller Zärtlichkeit und alles Vertrauens voll. Rein auch die Linie, die den süßen Halsansatz mit dem unbeschwerten Kinn und den von einem Silberstift gezogenen Mund verband. In den Bögen der Nasenflügel bebten die Abwandlungen der Erregbarkeit, das Lachen flog aus ihnen wie ein Vögelchen aus dem Nest ab, und wenn die Schatten dieser Winkel weißer, heller wurden, entließen sie den Ernst, die Schweigsamkeit der Leidenschaft, die dem Scherz abhold ist, da sie den Tiefgang und die erfüllte Schwere liebt.

Er mußte denken, sie gebe ihm, was er seit Alexandras fernen Tagen gesucht und nicht gefunden hatte, die Übereinstimmung, die der Gnade entspringt, weil sie keiner Nachhilfe und keiner Vorbereitung bedarf – sie gebe ihm die Lust, die zart wie die erste Jugend und stark wie die Reife des Erwachsenen ist. Als er die nur in der Liebesstunde geöffneten Flügel des kleinen Schreines schloß, lehnte sie sich an ihn und suchte in der Nachfeier der Empfindung seinen Mund.

Er ging mit ihr die Treppe hinunter und dann als erster auf die Straße, um einem Kutscher zu winken. Nachdem sie eingestiegen war, gab er die Adresse an, nie die genaue, nur eine Brücke in ihrer Nähe oder ein Geschäft. Der Abend gehörte ihm, es war ein leeres Gefühl. Sie unterdessen schrieb im Wagen auf einen Bogen, den sie aus dem Beutelchen nahm, die ausklingenden Liebesworte, die er am nächsten Morgen mit der Post bekam.

134

Im März, als in Berlin der König die gefallenen Straßenkämpfer grüßen mußte, war Livonius der mutloseste Mann gewesen. Die Berichte, die er nach Berlin schickte, mißfielen dem bürgerlichen Blatt. Während er noch die Antwort überlegte, bot ihm das Organ der Konservativen einen Posten an.

Er sagte zu und reiste ab. Hellwin wiederum war, da es am Rhein zu Aufständen kam, mit einer Schar deutscher Handwerker, die in Paris ihr Brot verdienten, nach Baden marschiert: ein Traum verflog, die Bundestruppen rückten ein.

Lamartine war Außenminister und Vizepräsident. Alexandre Dumas konnte nicht hoffen, ihn zu überflügeln; aber einholen konnte er ihn vielleicht. Die Zeitungen brachten die Proklamationen, die er als Kommandant der Nationalgarde und als Kandidat schlechthin schrieb. Er wußte auch das Théâtre Historique zu benutzen, er selber hatte es auf dem Boulevard du Temple gebaut. Eines Abends, nach der Vorstellung, ließ er vor der bestrahlten Fassade einen Freiheitsbaum aufrichten. Das Orchester spielte auf dem Balkon, die Marseillaise wechselte mit dem Gesang der Girondisten. Das Volk, dieser merkwürdige Begriff, der doch da war und jetzt Blusen trug, es tanzte, sang und jubelte dem Patrioten zu, der sich darunter mischte: in einer Uniform, der er ein wenig nachgeholfen hatte. Die Orden aller Länder auf der Brust mochten echt sein.

Das Volk war ausdauernd, der Lärm hielt bis zur Dämmerung an, wie Dumas am nächsten Morgen im Café erzählte. Er hoffte nicht nur auf die Wähler der Gironde und der Yonne, nicht nur auf die Arbeiter, die seine Bücher verschlangen, und auf die Geistlichkeit, die er nie durch eine unmoralische Schilderung beleidigt hatte – vor allem rechnete er mit den Parisern selbst.

Vergebens wartete Jacques darauf, Proklamationen auch Louis

Napoleons zu lesen. Er fand nur die zweier Söhne Lucien Bonapartes und Jérômes von Westfalen erwähnt. Die Stimmen, die Dumas am dreiundzwanzigsten April erhielt, reichten trotz Theater und Freiheitsbaum nicht aus. Die orleanistischen Familien kehrten langsam zurück.

Als am vierten Mai die Nationalversammlung in einer rasch errichteten Halle vor dem Kammerpalais eröffnet wurde, saß unter den Zuschauern Jacques. Zu sehn gab es nicht viel. Unter den vierunddreißig Abgeordneten des Seinedepartements waren Lamartine, Arago, Béranger und der Expriester oder Exmönch Lammenais.

Die Wahlen wurden von den Blauen als Sieg gefeiert, von den Roten unwillkürlich als Mißerfolg empfunden. Die Roten steckten sich hinter das Volk, die Erregung nahm wieder zu, in allen Vierteln. Die Damen, mit denen Renée verkehrte, schwärmten für Lamartine, und da sie ihn nun sogar lasen, wollten sie ihn auch sehn. Eines Tages sagte Renée, sie habe eine Karte für den Fünfzehnten, und ließ Jacques keine Ruhe, bis er versprach, hinzugehn. Er schloß die Sprechstunde schon vor zwölf, in diesen schlechten Wochen machte es wenig aus.

Bereits auf dem Weg merkte er, dies werde schwerlich ein gewöhnlicher Tag. Die souveräne Menge hatte die Faubourgs verlassen, die Place de la Concorde und die Brücke besetzt – ein ungeheures Aufgebot, das auf das Stichwort wartete. Es galt eine Demonstration vor der Kammer zugunsten der Polen, die wieder einmal gegen die Russen und ihre preußischen Beisteher kämpften. Törichter konnte kein Gedanke sein; sollte die französische Armee vielleicht durch Deutschland marschieren? Doch das überlegte niemand, den Klubisten ging es auch gar nicht darum.

Kaum hatte Jacques seinen Platz auf der Empore eingenommen, nicht allzuweit von Renée, als der Einbruch geschah. Eine Schar Blusenmänner drang in die Galerien. Im Handumdrehn wehten die Fahnen der Arbeiterklubs über den Abgeordneten, und in ihre Ohren dröhnten die Rufe: »Es lebe Polen!«, »Nieder mit den Aristokraten!«, »Hoch Louis Blanc!«. Die Abgeordneten wollten den Saal verlassen, um auszudrücken, daß ihre Würde beleidigt sei. Eine Welle tobenden Volkes warf sie zurück und flutete nun auch in den Sitzungsraum.

Vorposten, die oben gewartet hatten, ließen sich an den Pfeilern zu denen unten hinab: hier ging alsbald um den Besitz der Rednertribüne die Schlacht. Renée schrie auf und streckte die Arme aus nach Jacques. Er stieg über die Bänke und die Schranke, Beschützer nicht nur für Renée, sondern auch für eine Gruppe von

Frauen. Es war unmöglich, den Rückzug anzutreten; das Volk hielt die Treppe besetzt, Volk war ein kategorisches Wort.

Im Saal wurde Blanqui auf den Schultern der Klubisten zur Tribüne gehoben und redete; niemand verstand einen Satz. Sein Genosse Barbès, der Beau genannt, hatte das stärkere Organ. Er erntete wilden Beifall mit dem Antrag, die Versammlung wolle beschließen, das Volk habe sich um das Vaterland verdient gemacht, und den lautesten mit dem andern, daß den Reichen eine Steuer von einer Milliarde aufzuerlegen sei.

Man stieß den Präsidenten, der Glocke und Fahne schwenkte, von seinem Stuhl und die Abgeordneten aus dem Halbkreis der Bänke. Das Volk nahm die Plätze ein. Es war nun beschäftigt, verwarf und nahm Listen mit den Namen einer neuen Regierung an. Von der Empore sah es wie eine fanatische Turnübung aus, die Arme stießen in die Luft und senkten sich. Dann verflog der Spuk so plötzlich, wie er entstanden war. Das Volk begleitete die von ihm Gewählten zum Stadthaus, dem wahren Symbol der Macht.

Jacques brachte zuerst Renée nach Hause, dann Madame Pagelle, die Freundin, die von der Beziehung wußte. Er war froh, als die Damen in Sicherheit waren; jetzt marschierte das Militär, marschierte die Nationalgarde auf. In einer Stadt, wo die Nachrichten den Raum rasch überwanden, dauerte es doch Stunden, bis die Regierung sich untereinander und mit den Kasernen verständigt hatte.

Jacques glaubte schon, als er auch die Studenten und die Polytechniker sich sammeln sah, die Julitage, der Sturm auf die Brükken und das Hôtel de Ville wiederholten sich. Aber den Klubisten fehlte es offenbar an Verstand und Strategie. Sie hatten nicht verhindert, daß das Volk sich verlief, geschweige denn, daß sie es bewaffneten. Kaum hundert Mann verteidigten das Stadthaus und ergaben sich nach kurzer Zeit. Schon um sieben Uhr abends kehrten Lamartine und Ledru-Rollin unter Zurufen, Tränen und Umarmungen als Sieger nach der Kammer zurück. Nun rückten auch die Garnisonen der Bannmeile heran. Die Nacht verging mit Haussuchungen und Verhaftungen, Patrouillen und Biwakfeuer auf den Straßen stellten ein oft gesehenes Bild.

Das Wahlrecht war verzwickt. Plötzlich las man, im Juni fänden Ergänzungswahlen statt und diesmal befinde sich unter den Kandidaten Louis Napoleon. Vielleicht hatten ihm die Erfolge seiner Vettern Mut gemacht. Es konnte auch sein, daß ihm nicht Zeit genug geblieben war, Geld aufzutreiben und den Feldzug vorzubereiten. Wie es sich damit verhalten mochte, der Feldzug war da.

Bei jedem Ausgang begegnete Jacques nun dem Namen oder dem Bild des Prinzen: bei den kleinen Leuten, den Gemüsefrauen, den Blumenhändlerinnen, den Auvergnaten, die Holz und Kohlen in Verschlägen feilboten, den Kutschern, den Straßenfegern und vielen der Kellner. Das Bild hing an den Zeitungsständen und den Bäumen des Boulevard. Die Bänkelsänger, an denen Paris so reich war, teilten sich die Stadt und verherrlichten, da vom Neffen wenig zu singen war, den Onkel; die Napoleonslegende warb um Paris. Selbst die Brief- oder Rechnungsschreiber, die es in den ärmeren Vierteln noch immer gab, setzten unter die Zeilen, die sie für ein paar Sous abfaßten, das »Wählt Louis Napoleon«. Daran gedacht zu haben verriet einen Kopf, der von der Behandlung der Massen etwas verstand.

Die Veteranen aus den Kriegen des Kaisers zogen in den alten Uniformen und Mützen vors Stadthaus und riefen Vive l'Empereur. Es gab offenbar Zeiten, die nach einem Stichwort suchten, und wer es den Leuten bieten konnte, der gewann. Der Prinz in London rührte die Hände. Hatte man ihn einst mit Straßburg und Boulogne und der Fahrt nach Amerika und der Haft in Ham verspottet, so erinnerte er nun daran. Die Journalisten wußten sofort, Miß Howard drüben lasse es sich ein Vermögen kosten, sie stecke Hunderttausende in eine Sache, die zweifelhaft sei. Aber sie bewunderten die moderne Mache. Zu trommeln und zu blasen wußte der Mann.

Ließ sich auch nicht voraussagen, wie dieser Tag des fünfzehnten Mai die Wahlaussichten Louis Napoleons beeinflussen würde, so war doch sicher, daß es zwischen den Blauen und den Roten keine Verständigung mehr gab. Der Kurs ging nach rechts, das Bürgertum raffte sich auf. Die Truppen der Hauptstadt wurden verstärkt, aus Algerien traf General Cavaignac ein. Es war sein gutes Recht, da auch er der Nationalversammlung angehörte; selbst die Soldaten stimmten in dieser Republik. Vor allem jedoch war er General, der den Befehl übernahm. Den tödlichen Stoß empfingen die Klubisten, als man die Stillegung der Nationalwerkstätten beschloß und ihren Arbeitern nur die Wahl ließ, in die Armee übernommen zu werden oder wieder Arbeitslose zu sein.

Jacques war ebenso überrascht wie alle andern Zeitungsleser und die Politiker selbst, als Louis Napoleon in nicht weniger als vier Departements siegte: in Paris, in Korsika, in der Charente Inférieure und in der Yonne. In Paris erhielt er vierundachtzigtausend Stimmen, fast soviel wie Victor Hugo. Die Napoleonslegende war noch nicht tot.

Bei einem Aufzug, den seine Anhänger veranstalteten, fiel wieder der Ruf »Es lebe der Kaiser«, der in die Republik nicht paßte. Ihre Anhänger tobten, und Cavaignac drohte, er lasse den Prinzen verhaften, wenn er nach Frankreich komme. Der Prinz verzichtete auf seinen Sitz.

Er blieb in London und schickte nur Botschaften an die Nationalversammlung – nie habe er gewähnt, daß Frankreich das Erbteil eines Mannes oder einer Familie sein könne, er unterstelle sich der Volkssouveränität. Renée war über sein Ausbleiben enttäuscht. Jacques gab ihm seit dem fünfzehnten Mai recht. Er sei klüger, als er geglaubt habe, lasse die Entwicklung reifen und lege sich weder fest, noch verbrauche er den Kredit.

Und kurz danach ereignete sich der dreiundzwanzigste Juni schrecklichen Andenkens, die viertägige Schlacht. Es begann damit, daß die Arbeiter, die nicht als Soldaten unterkriechen wollten, von den Klubisten angehalten wurden, Barrikaden zu baun. Umzüge fanden statt, das Militär sprengte sie, die Vorsichtigsten packten abermals. Auch Renées Mann bestellte für den Morgen die Reisekutsche; sie schien ihm sicherer als die von den Arbeitern bedrohte Bahn.

Als Renée sagte, er übertreibe die Gefahr, die Stadt befinde sich in den Händen des Militärs, erklärte er, aus guten Quellen zu wissen, daß die Faubourgs Waffen verteilten, und gab ihr fünf Minuten Bedenkzeit. In ihren Augen flimmerte ein Licht auf, das er nicht zu deuten verstand. Sie dachte, daß sich die Möglichkeit biete, mit Jacques ein paar Tage zusammenzusein. Daß sie auch die Nächte ausbleiben werde, ahnte sie nicht. Sie erwiderte, ihr Zimmer, das geschlossene Haus böten ihr Schutz genug. Da in diesem Augenblick die ersten Schüsse fielen, stieg Joseph Bartoux ohne sie ein und befahl dem Kutscher, so rasch zu fahren, wie es möglich war.

Renée zog sich um und warf, als sei nicht ein Sommermorgen voll Sonne, vielmehr eine stürmische Nacht im Herbst, eine dunkle Mantille über, umhüllte den Kopf mit einem Tuch. Auf der Brücke tastete ein Kavallerist sie nach Waffen ab. Sie zwang sich, wie ein Zöfchen zu lachen, und kam glücklich durch.

Jacques wußte nicht, was er sagen sollte, als sie beim ihm eintrat. Der Umstand, daß dieser Tag der Unruhe einer des Aufstands wurde, enthob ihn der Entscheidung. Am Abend konnte keine Rede mehr davon sein, sie nach Hause zu bringen. Die Kanonen donnerten schon im Viertel, und als der Boy die Läden schloß, fuhr ihm eine Kugel am Kopf vorbei.

Sie fand in der Pension, die ein Stockwerk höher lag, ein Zimmer, erhielt auch den Flurschlüssel, und wenn sie ihn verstohlen ins Schloß steckte, krähte schon der Hahn irgendwo in einem Hof. Dieses Stück des Boulevards und die Seitenstraße waren von Anfang an in den Händen der Truppen, man erlaubte den Verkehr in der Nachbarschaft. Die Läden waren geschlossen; aber der Boy, der Georges hieß, kannte sich in den Hauseingängen aus.

135

Dank ihm gelang es ihr sogar, am dritten Tag Wäsche zu kaufen, sie beschnupperte sich schon selbst. Da sie eine Frau war, hätte das Gefühl, sich nicht für den Geliebten pflegen zu können, die wunderbare, märchenhafte Vorstellung, der Wirklichkeit entrückt zu sein, zerstört. In der Hast hatte sie kein Geld mitgenommen – das von Jacques erhaltene auszugeben war eine unbekannte Lust, die sie sehnsüchtig nach ihm machte, sie erschauerte inmitten des Geschäfts. Sie sang in seinem Badezimmer und schickte ihm durch die Wände ein Lächeln zu, vom Gedanken, daß er sich diesen Luxus gestattet hatte, beglückt.

Verstohlen dann, mit gesenkten Augen, trat sie heraus und wußte nicht, ob Aushilfsbluse, ob fertiger Rock ihr standen. Er sah vom Schreibtisch auf, erhob sich, erriet ihre Gedanken und nickte – mit einem Sturm im Herzen warf sie sich an seine Brust. Liebe war ernster als jedes andere Ding der Welt. Fern von ihm, und seien es auch nur zehn Schritte, konnte sie lachen, in seinen Armen nicht. In seinen Armen, am Abend, wenn in der stillen Wohnung kein anderer mehr war, fühlte sie sich in den fast tödlichen Abgrund sinken – so tragisch war Lust, daß man die Zähne eingrub, gleich einem armen Tiere biß. Und dann ereignete sich das süße Wunder. Der Angst, zu fessellos zu sein, entsprang das Schluchzen, der heiße Quell der Zärtlichkeit, die nach der Entsühnung suchte und sie nicht anders als in sich selber fand, der Zärtlichkeit.

Zeitlos kehrte aus der Vernichtung das Bewußtsein zurück – stieg aus der Tiefe jenes Abgrunds auf und verdichtete sich wie der Geist in der Flasche zu einem Menschenwesen, das als erstes den Schimmer der Stehlampe in der Ecke sah; an dieser lichten, braunen Wärme entzündete sich die Nachfeier des Herzens, und nun lächelte auch sie mutwillig, empfand die Nixenlust, von Körper schlank und glatt zu sein, sie schmiegte sich an Jacques.

Das Tischchen stand schon bereit, mit Früchten, Süßigkeiten und kühlenden Getränken, Picknick der Mitternacht, seit Kairo beibehalten. Da Renée es nicht wußte, sann sie auch nicht darüber nach. Es gab nur Gegenwart, nur eine junge Frau, die ihn innig wie ein deutsches Mädchen und klug, lebhaft, wissend wie eine Pariserin dünkte – beschwingt nach der Befriedigung, lasziv fast. Nie war sie temperamentvoller als in diesen Augenblicken. Man konnte mit ihr plaudern oder ernsthaft reden; sie folgte jedem Gedanken, eine Liebende mit Intelligenz.

Er wußte, nichts vermochte sie zu beirren; ihr Leben noch gehörte ihm, wenn er verstand, sie auf diesem hohen Grat, in dieser ekstatischen Sicherheit zu halten – mißlang es, so stürzte sie ab. Daß der Liebeseinsatz an eine Voraussetzung gebunden war, beschäftigte ihn, sooft er ihm begegnete; er billigte und bejahte es. Manchmal fragte er sich, was Renée tun würde, wenn er gegen die Ausschließlichkeit, die sie erwartete, verstieß, und fühlte die Versuchung. Die Lust am Wagnis, die Neugier, die zerstörerische, die im Menschen lebt, flüsterte es ihm ein.

Nun gut, man konnte nicht verhindern, daß da unten oder drinnen, wo sich das Ich gleich einer Molluske des Meeresgrundes wand, neben anderen Gedanken auch dieser aufstieg. Aber wählen konnte man. In einem gewissen Sinn empfand er monogam, sei es auch nur, daß er darunter die Abneigung verstand, nichts als ein männlicher Muskel zu sein, der reagiert, sobald die Reizung auch nur eines Frauenbeins oder gar einer koketten Schürze auf ihn überspringt. Es schien ihm gegen eine Frau, die sich einsetzte, unfair, es schien ihm nicht chevaleresk zu sein.

Und Renée, die auf dem Diwan kauerte, nun in ein großblumiges Gewand gehüllt, und mit schlanken Fingern einen Pfirsich auseinanderbrach, war selber chevaleresk, nicht nur weil sie die Pferde liebte, und nicht nur, weil ihr Körper wie eine biegsame Klinge war – sie hatte auch eine tapfere, kleine Seele, die sich vertrauend gab.

In der dritten Nacht wurde unaufhörlich geschossen. Die Kanonade war fürchterlich. Es klang, als würde dort, wo der Faubourg Saint-Antoine war, die halbe Stadt in Trümmer gelegt. Wenn man durch den Fensterladen blickte, sah man einen dampfenden und grell überzuckten Schein. Am nächsten Morgen brachte der Boy vom Einkauf Nachrichten mit. Cavaignac, der Diktator, hatte sich durch die Garnisonen von Versailles und Saint-Germain verstärkt. Er eroberte die Vorstädte im Osten Schritt um Schritt. Den General Bria, der Frieden stiften wollte, hatten die Rebellen zerfetzt, und den Erzbischof, der mutig genug gewesen war, den Schutthaufen am Anfang des Faubourg als Mahner zu besteigen, hatte eine Kugel hinweggefegt.

Renée weinte, als sie es vernahm. Seitdem sie, kirchlich gesprochen, im Zustand der Sünde lebte, war sie wohl noch zur sonntäglichen Messe, aber nicht zur Beichte gegangen. Er kannte diesen Konflikt der katholischen Frauen; sie warteten, bis sich eines Tages die Möglichkeit der Versöhnung ergab. Der Friede mit Gott und die Sünde, die Leidenschaften bestanden nebeneinander, gleichzeitig in der Welt – so konnte man nur ein Nacheinander daraus machen und ordnete sie in der Zeit. Selbst Gott, wenn es ihn gab, vermochte nichts zu ändern an seinem eigenen, erlassenen Gesetz.

In der letzten Nacht, der vierten, sprachen sie davon. Am nächsten Morgen gab es keinen Vorwand mehr, zu bleiben. Das Militär und die Bürger hatten gesiegt, fünfzehntausend Aufständische sich ergeben; sie warteten auf das Urteil des Kriegsgerichts.

Die Fensterläden durften wieder geöffnet werden; die Rufe der Kohlenhändler, der Glaser, der Zeitungsmänner ertönten wieder, all die herkömmlichen Stimmen von Paris. Auch Kutschen waren bereits im Verkehr. Die Blumenfrauen, die Omnibusse, die Müßiggänger kehrten zurück. Jacques ließ Georges einen Wagen holen und brachte Renée nach Haus. Die Kadaverhaufen bei den Tuilerien rochen schon.

Sie würde sagen, an jenem Morgen sei sie töricht zum Einkauf gegangen, in die Kämpfe geraten und in einem Hotel untergeschlüpft. Es war im übrigen nicht wahrscheinlich, daß man Joseph Bartoux, der wenig Mut besaß, so bald zu sehn bekam. Er wartete in der Tat noch eine Woche, bis feststand, daß Cavaignac der Herr der Pariser war.

Die Fünfzehntausend würden, so hieß es, fast alle in die überseeischen Kolonien geschickt. Ein Ausschuß, der die Umstände der mörderischen Junischlacht untersuchte, beschäftigte sich mit der Rolle, die Blanc, Ledru-Rollin und andere gespielt hatten. Blanc und Ledru-Rollin flüchteten nach England.

Der Prinz wartete noch immer in London die Entwicklung ab. Die Diktatur erfüllte die Jakobiner mit Haß. Die Heraufsetzung des Arbeitstages auf wieder zwölf Stunden machte böses Blut, und die Beibehaltung des allgemeinen Wahlrechts entschädigte nicht dafür, daß man das Recht auf Arbeit aus den Entwürfen zur Verfassung strich. Zwischen Bürgern und Arbeitern klaffte fortan ein Abgrund. Niemand wußte, was ihm entsteigen würde – der Bonapartismus, behauptete Jacques. Die Journalisten lächelten nicht mehr so überlegen wie vorher.

Im Juli kehrte Berlioz aus London zurück. Zwar rauchten die Trümmer der Stadt nicht mehr; aber Trümmer waren es, und man erzählte ihm Schlimmes genug, Massenerschießungen, Plünderungen, die Rasenden hätten sogar Tote skalpiert. Es zu hören, tat dem Verdüsterten wohl. Die eine Hälfte der Menschheit war eine Bestie, die andere grauenhaft dumm.

Er bezahlte zwei Wohnungen. In der Rue Blanche lag Harriett, seine gelähmte Frau. In der Rue de La Rochefoucauld saß Marie Recio müßig und schwätzte mit ihrer kupplerischen Mutter bodenlos. Er stellte Wechsel aus und gab darauf, um Zeit zu gewinnen, als seine eigene Wohnung die Maries an – Marie erklärte, wenn sie vorgelegt wurden, empört, bei ihr wohne kein Berlioz, und sie gingen unter Protest zurück, mit einem Ärmel streifte er das Schuldgefängnis. Dann erreichte ihn die Nachricht, daß sein Vater im Sterben liege, und er reiste nach dem Dauphiné.

Aus Baden schrieb mit einer gewissen Regelmäßigkeit Alexandra. Unruhe durchzuckte das schmale, so weitgedehnte Land; es hatte radikale Abgeordnete ins Frankfurter Parlament geschickt. Im Juni, als die Ruhe wiederhergestellt war, brachte Grace ihre beiden Kinder in die Au. Alexandra war froh, daß die Zwillinge noch bei ihr blieben. Die Zwillinge fragten seit ihrer Rückkehr aus Paris nach diesem Vater, den sie nicht mehr kannten – wollte er sie nicht sehn, nicht den Besuch der Mutter erwidern und seine Ferien hier verbringen? Was stand entgegen? Jetzt, wo die Eltern einig waren, nichts als Renées nicht ausgesprochener, stiller Widerstand.

Es war nicht Eifersucht auf Alexandra, da sie seiner Versicherung, die Trennung sei endgültig, glaubte. Der Verkehr, der sich nun mit der Au entspinnen sollte, erschreckte sie. Er zerriß den Traum, in dem sie lebte, von einem Jacques, der nicht dem Alltag und der Familie angehörte. Eine Fee hatte ihn eines Tages, ihr zuliebe, aus Ägypten in eine Ärztewohnung am Boulevard versetzt. Nichts hatte sie von ihm gewußt, nichts auch lange Zeit gefragt; er war da, Geliebter aus der Fremde – Beruf und bürgerlicher Name Verkleidung nur. Selbst als diese Frau ihn plötzlich besuchte, hatte sie es nicht für Wirklichkeit gehalten, inmitten einer Revolution, in der Könige und Ehemänner flohen.

Jacques konnte ihr nicht helfen. Das Traumnetz, von der Sehnsucht nach der idealen Dauer gesponnen, zerriß unter der leichtesten aller Erschütterungen, wenn ein Brief nur in den Kasten fiel. Marja in Colmar schrieb ihm, er solle sie für die Reise nach der Au abholen und sich das Collège ansehn. Auch Philo ließ ihn wissen, die Söhne hätten ein Anrecht auf ihn.

Der Horizont umwölkte sich – er wurde wieder heiterer, als Mme. Pagelle, die Witwe war, Renée vorschlug, sie für vier Wochen nach dem Taunus zu begleiten. Renée eilte mit der Nachricht zu Jacques: nun würde sie in seiner Nähe sein und konnte sich mit ihm treffen. Doch Joseph Bartoux ging auf ihren Plan nicht ein. Er schrieb als Sommeraufenthalt Jouy vor und erklärte, er habe Gründe dafür. Sie wußte nicht, ob es eine Anspielung war oder ob er die allgemeine Lage meinte.

Renée saß bei Jacques und sagte, sie beginne Bartoux zu hassen. Was hatte sie? Kein Kind, keine Ehe und kein Heim, nichts als Jacques, den einen Menschen. Warum ließ man ihr nicht dieses arme Glück? Ein heißer Wunsch nach Widerstand überflutete sie. Jacques vernahm, er solle ihr zum Kind verhelfen – dann, nur dann ertrage sie ihr Los.

Er sah benommen, wie ein Gedanke in eine Seele einfiel und sich in ihr festsetzte. Wäre er nicht beteiligt gewesen, so hätte er Gelegenheit gehabt, die Symptome zu beobachten, die er im Fall der Mme. Marmontel krankhaft nannte. In der letzten Woche, die vor seiner Abreise lag, verebbte dieses heftige Gefühl, aber das Ergebnis war das gleiche: der Keim hatte sich entwickelt, zur sehnsüchtigsten Vorstellung, der Mutterschaft durch den Geliebten. Zwar sagte er, einem Gatten, der sein Recht nicht ausübe, unterschiebe man kein Kind; doch ließ sie es nicht gelten. Er mußte erklären, daß er sich ihrem Plan verweigere.

Von neuem entflammte ihr Haß. Man hatte sie in diese Ehe gegeben, ohne auch nur anzudeuten, was sie erwartete – die Leere, die Hohlheit und das Nichts. Wie konnten Verwandte ein junges Mädchen einem Mann, der gezeichnet war, hinopfern? Nur um es unterzubringen und Geld mit Geld zu verbinden? Mußte eine Frau es hinnehmen, besaß nicht auch sie ein Recht auf Inhalt und auf Glück?

Jacques sah, daß sie nun jedesmal beim Ablegen länger als sonst in den Spiegel schaute, und sie gestand ihm, der das wissen durfte, weshalb sie es tat. Die bösen Gedanken machten nicht nur schlecht, sie verzerrten auch die Züge. Sie schluchzte in seinen Armen, wollte weder schlecht noch häßlich sein, mußte über diese pathetischen Worte selber lachen, drängte sich noch heißer an ihn und flüsterte, sie habe Furcht vor dem Leben, dem plumpen, groben Tier.

Er gestand ihr zu, daß sie es nicht aus Schwäche, sondern aus Hellsichtigkeit sagte. Und dann beschwor er ihren Mut, ihre Heiterkeit und ihre Vernunft. Wie war es denn? Noch vor einer Woche, in den vier Putschnächten, dem unerwarteten Geschenk, hatten sie gefunden, daß ihnen nichts zu wünschen bleibe – kein Alltag, keine Reibungen, die aus dem ununterbrochenen Zusammenleben entstehn. Warum nicht weiterhin so denken, hatte sich etwas geändert? Nein. Man mußte den Himmel beobachten und aufsteigende Wölkchen vertreiben, im ersten Augenblick schon. Das war das Seltsame am Menschen, daß er jedem einigermaßen annehmbaren Zustand durch seinen bloßen Willen den frohen oder den düsteren Aspekt geben konnte, nur von ihm hing es ab.

Renée lächelte – alles war gut, wenn Jacques ihr zuredete; sie wußte, daß es zu ihrem Trost geschah. In der nächsten Nacht setzte sie dieses Gefühl in den naivsten Traum um. Sie ging mit ihm durch ein Dschungel, von dem sie wußte, daß es das Leben sei, und nur ein schmaler Pfad führte hindurch: auf der einen Seite starrten die Gesichter des Sphinx, der Gorgo, der Medusa – »der Konflikte und Probleme, du verstehst, Jacques« – und auf der andern züngelten aus den Nestern die Kobras, das giftige Gezücht.

Gefaßt nahm sie von ihm Abschied, als der Tag der Abreise kam. Jacques stieg in die Postkutsche, die auf der Strecke zum Rhein noch immer nicht überholt war. Anderswo wurden unermüdlich Linien gebaut – die französischen Arbeiter mißtrauten ihnen, sie seien Hilfsmittel der Gegenrevolution.

136

Seit der Rückkehr von Ägypten reiste er das erste Mal nicht zum Vergnügen in die Ferien, vielmehr mit der Aussicht, lauter Menschen zu begegnen, die ihn daran erinnerten, daß man nie ein Ding für sich, sondern eines unter andern ist.

Auch er hätte am liebsten vergessen, daß er nicht immer ein Maslin gewesen war, und alles vermieden, was daran erinnerte – zum Beispiel Luise Schorn, die Stiefschwester in Straßburg. Er hatte Jahre gebraucht, um diese Empfindungen vernünftig zu ordnen. Es ging weniger darum, zu leugnen, was sich nicht leugnen ließ, als um die Bewilligung der Zeit, die man zum Umstellen braucht. Denn der Wechsel von Namen und Lebensumständen damals, von Zielen und Ideen, kam einem Bruch gleich, der mit Hinken endet, wenn er nicht sorgsam geschient worden ist. Vielleicht war das der tiefste Grund für seine Weigerung, sich von Alexandra zu scheiden, in eine Änderung zu willigen, die gerade Linie zu verlassen. Suchte er sich selbst zu sehn, so schien ihm nichts stärker zu sein als der Befehl, in ungebrochener Richtung voranzugehn.

Im Ecksitz war gut träumen; die Felder draußen drehten sich wie die Scheiben im Kaleidoskop. Er hatte die Mitreisenden vergessen, endlich wandte er sich ihnen zu. Eine umfangreiche Frau mit einem Dreifaltenkinn hatte schon darauf gewartet, daß er den Blick nicht durch die Landschaft, sondern ins Innere des Wagens schweifen ließ. Sie machte ihm bereits nach fünf Minuten der Unterhaltung ein unvermutetes Kompliment – lange habe sie ihn betrachtet und gewiß sei er ein Aristokrat. Sie sagte es wohlwollend, als Eierhändlerin en gros, wie Jacques bald aus der Fülle ihrer Mitteilungen erfuhr.

Er erwiderte lachend, daß er Glück habe, nicht anno 92 von ihr erkannt worden zu sein, inzwischen sei das Volk menschlich geworden und köpfe die angeblich feineren Leute nicht mehr. Das Wort Menschlich hatte eine erstaunliche und fast bestürzende Wirkung. Wie andere auf ein Stichwort warten, um ihre astrologischen Kenntnisse an den Mann zu bringen, so auf das der Menschlichkeit die brave Frau. Sie führte Sokrates, Franziskus, den Dichter der »Räuber« an.

Der Himmel mochte wissen, wie sie zu Schiller kam. Ihr Wissen und ihr Feuer reichten aus bis Reims. Der ganze Wagen beteiligte sich an einem Thema, das dem heiligen Pathos so günstig war. Es tauchten so viele treffliche Argumente auf und kamen so viele edle Gedanken zum Vorschein, daß man die Nation bewundern mußte, die bei einem Zufallsquerschnitt so gut bestand. Alle hatten freilich die Überzeugung, nur Frankreich kenne dieses unbedingte Verhältnis zu den großen Ideen, und bewiesen es nach dem Augenschein. Auch sie hatten Zeitungen gelesen – war es nicht wahr, daß Europa immer wieder auf den ersten Donnerschlag in Paris wartete? Erfolgte er, so rollte das Echo bis ins ferne Rußland hinein.

Jacques nahm sich Zeit, um Reims, Nancy und Metz anzusehn. Zwei Kathedralen und die Place Stanislas waren der Gewinn, der den Umweg lohnte. In Nancy dachte er an Chopin, der ihm erzählt hatte, wie sein Großvater hierher gekommen war: durch König Stanislas, als der zum letzten Herzog von Lothringen gemacht wurde – der Vater wiederum kehrte mit einem französisch geformten Namen nach Polen zurück.

Ende Juli traf Jacques in Straßburg ein. Unter normalen Umständen wären die Schorns, bei denen er abstieg, schon in der Au gewesen. Sie blieben während dieses Sommers zu Haus. Die Straßburger hatten sich im Februar vor allen andern zuerst für die Republik erklärt und waren stolz darauf. Das Wort Republik mochte sie daran erinnern, daß sie einst freie Bürger in einer Reichsstadt gewesen waren. Eine französische Stadt zu sehn, in der die Eingesessenen Deutsch sprachen, war neu für Jacques.

Aber Frauenhaus und Rohanpalais, die Waschpritschen der Staden und die Rokokogitter, die grauen Dächer mit vier Luken übereinander und die Klassik des Empire vertrugen sich gut. Der rote Sandstein, ein Schimmer von Weiß darin, willigte in jeden Stil. Der Fluß umschlang, was immer in Jahrhunderten der veränderliche Menschengeist gestalten mochte, und der tiefe, dunkle Klang der Münsterglocken überschwang es.

Das also sei aus Jacques geworden, sagte Luise Schorn und nickte beifällig: gut sehe er aus, man glaube ihm Paris. Da sie beim Thema war, spann sie einen Faden weiter – ein Frauenarzt überstehe Revolutionen wohl leichter als andere Bürger, die um den Geschäftsgang bangen müßten. Sie behandelte ihn mit einer Vertraulichkeit, als hätten sie sich erst gestern zum letzten Mal gesehn und es gäbe keine andere Zeit als die, die im Kalender steht.

Von Luise erfuhr Jacques, wie es dem Chirurgus ging, dem ersten Vater, bei dem er in Lörrach aufgewachsen war. Der Chirurgus lebte nun, von der Gicht gekrümmt, in Gernsbach, einem Städtchen des Murgtals, das bei Baden-Baden hinter dem Berge lag. Er litt keine Not, Josepha in London und Louis in Berlin unterstützten ihn. Luise sagte es betont und deutete an, Jacques hätte sich um ihn, der immerhin seine Jugend beschützt habe, etwas mehr kümmern können. Jacques erwiderte nichts. Sie hatte recht. Er beschloß, die Reise nach Gernsbach auszudehnen.

Von Straßburg nach Colmar ging die Eisenbahn. Auf der Fahrt kamen Jacques seit siebzehn Jahren zum erstenmal wieder die alemannischen Laute der Jugend nah. Ein Anwalt, der zu einer Sitzung des Kassationshofes fuhr, und ein Geistlicher, dessen Kirche in Colmar Sankt Martin war, unterhielten sich auf elsässisch. Für sein entwöhntes Ohr war es ein rauher Dialekt. Als er über eine witzige Bemerkung lächelte, wandten sich die beiden ihm in ihrer Sprache zu. Da er ihrer nicht sicher war, gab er die Antwort auf hochdeutsch – alsbald gingen sie zu Französisch über; in diesem seltsamen Grenzland waltete offenbar ein eigenes Gesetz.

Er wurde gefragt, was ihn nach Colmar führe, und gab Nikolaus Stoffel an: der Anwalt und der Geistliche kannten ihn. Ein dritter Mitreisender, der in Schlettstadt eingestiegen war, mischte sich ein und sagte, Herr von Stoffel sei, auf dem Lande wenigstens, sein Nachbar, das Stoffelsche Landgut gehöre zu Ingersheim, das seine nebenan zu Katzental. Er trug im Knopfloch das Bändchen der Ehrenlegion und hatte eine Fabrik in Logelbach, das vor den Toren von Colmar lag.

Die Gesinnungen aller drei galten der Republik, vorausgesetzt, sie werde der Radikalen und der Roten Herr. Jacques nannte Louis Napoleon, um zu hören, wie Elsässer über ihn dachten. In wenigen Provinzen, erfuhr er, sei die Erinnerung an den ersten Bonaparte so stark, der Elsässer nicht nur ein guter Koch, sondern auch ein verwegener Soldat, er habe weder Kellermann noch Kléber, noch Rapp vergessen – aber in Louis Napoleon könne er mit dem Mißtrauen des Bauern nur den Abenteurer sehn, zum mindesten vorerst, was wisse man von ihm? Die drei Herren erörterten, wer am meisten Aussicht habe, Präsident der Republik zu werden, wenn die Verfassung endlich fertig sei. Jeder vermutete Cavaignac, und jeder lehnte ihn ab. Sie wünschten keinen Militär, der schon einmal diktatorische Vollmachten gehabt hatte.

Am Bahnhof von Colmar standen Nikolaus und eine junge Dame, die so leicht und beweglich wie Renée war. Aber sie sah Jacques mit einer Zurückhaltung an, der nicht viel zur Ablehnung fehlte. Wenn in ihren Augen Neugierde stand, so war es die kühle, die abschätzt und des wahrscheinlichen Urteils schon sicher ist.

Er hatte wenig an Paulette gedacht, obwohl sie seine Halbschwester war und seinen Namen trug; er rechnete nun nach, daß sie im siebzehnten Jahr stehn müsse – es war im Cholerafrühling 32 gewesen, als Marja nach Rouen flüchtete und niederkam. Im übrigen erinnerte er sich nur noch daran, daß man sie danach oft in den Garten Lydias legte und ihr seinen Papagei zur Gesellschaft gab. Er sagte es, während sie über den leeren Champ de Mars gingen, und sie erwiderte mit einem kurzen, spöttischen Ton, den Papagei sehe sie noch unbestimmt vor sich, nicht aber den Besitzer – von ihm habe man nie mehr etwas gehört.

Er erkundigte sich, ob diese Vernachlässigung der Grund zu einer Ablehnung sei, die er wohl spüre. Vielleicht, gab sie Antwort, und wollte wissen, ob der Papagei noch lebe.

Ein Papagei von vierunddreißig Jahren sei ein junger Mann, und so bestehe Aussicht, daß sie die Bekanntschaft mit ihm erneuern könne, bei ihrem ersten Besuch in Paris, meinte Jacques.

»Dann werde ich wohl lange warten müssen.«

»Nicht, wenn ich Sie einlade.«

»Auch dann. Maman hat festgesetzt, daß ich nicht nach Paris darf, bevor ich verheiratet bin.« Aus dem Ton ergab sich, daß sie Anordnungen Marjas als endgültig empfand.

Der große, dem Mars und den Paraden geweihte Platz stieß an eine Promenade, die durch ihre schmale, langgezogene Form verriet, daß sie ehedem der Wall gewesen war. Wenn man die Häuser, die dahinter begannen, genauer ansah, konnte man an den Vorgärtchen das alte Mauerwerk feststellen.

Von der Augustinergasse bogen sie bald in die Straße ein, die Nikolaus bewohnte und die parallel zu eben jenem Wall verlief.

Sie war still, im aristokratischsten Stil des achtzehnten Jahrhunderts gebaut. Jacques empfand eine Atmosphäre, die von gemessener Überlieferung sprach. Er fragte, und Nikolaus, der Archivar, erklärte, die weißen Häuser gingen alle auf die Räte des Gerichtshofs, des höchsten im rheinischen Departement, zurück.

Eine Torfahrt führte in einen gepflasterten Hof. Auch hier war die Farbe der Hauswände und der königlich hohen Fensterläden weiß. Vor der Remise standen Kübel mit blühenden Oleandern und wusch ein Knecht den Wagen, mit dem die Familie aus Ingersheim gekommen war. Ein Barbar noch entzog sich nicht der Heiterkeit, die im französischen Wohngebiet ein gepflegtes Haus umgab. Es mischte sich das Leichte mit sehr bestimmten Auffassungen von einem wissenden Lebenskult. Jacques schaute noch einmal zu den Oleandern und den Fensterläden hin.

Die Einrichtung gefiel ihm auf den ersten Blick. Den Grundstock bildeten Möbel des Louis Quinze, und plötzlich sagte Marja, sie stammten aus seiner, Jacques', Familie. Sein eigener Vater habe sie Anno 33 von der Verwandten gekauft – für sie, seine Frau. Der helle, weiße Glasfluß der Kronleuchter entzückte ihn. Er sah Aubussons mit Blumenmustern – leicht, heiter und warm abgestimmt auch sie.

Dazwischen standen gewählte Stücke des höfischen Empire und sogar des bürgerlichen Zopf, den man in Deutschland pflegte. Mme. Dubarry und Mme. Récamier unterschieden sich nicht absolut: bejahenswert erschien ihm alles, was wohnlich war. Vitrinen und Kristalle, Eiche, Nuß und Kirsche, die gedunkelten Farben von alten Porträts und die helleren, die mutigeren modernen Landschaften – es vertrug sich, von einem sicheren Geschmack überwacht.

Die Zeiten der strengen Stile seien vorüber, weil es keine getrennten Stände mehr gebe, sagte Jacques, und eine gewisse Eklektik scheine ihm wenn nicht die Tugend, so doch das Recht einer sich unaufhörlich mischenden Gesellschaft zu sein. Bei diesem zweiten Gang durch die Zimmer begleitete ihn Paulette. Zwar mißbilligte sie ihn noch fühlbar, doch folgte sie ihm und suchte seine Unterhaltung. Sie werde sich doch noch gewinnen lassen, dachte Jacques.

Da er erwähnte, er zeichne gern, zog sie ihn am Ärmel und gestand, das tue auch sie. Noch mehr, sie wäre am liebsten Malerin geworden, als sie noch klein gewesen sei. Und heute, fragte er. Sie hob die Schultern und sagte, sie bestehe nicht mehr darauf – nicht nur, weil Maman es nie erlauben würde, sondern auch, weil sie einsehe, als Malerin finde man nicht den Weg in die große Welt.

»Oh«, meinte er, »Sie wollen also in die Gesellschaft heiraten?«

»Das ist doch selbstverständlich«, erwiderte sie und sah ihn verwundert an.

»Und was ist die Gesellschaft?«

»Das sollte ein Pariser nicht fragen.«

»Ich verstehe, Sie begnügen sich nicht mit einem der Richter hier, Gesellschaft gibt es nur in Paris.«

»Das würde ich nicht sagen. Ich weiß sehr wohl, daß ein Richter am Kassationshof eine hohe Stellung einnimmt. Aber warum verlegt man dieses Gericht in die Provinz?«

Darauf konnte er keine Antwort geben, die sie nicht selbst gefunden hätte. Er zweifelte nicht mehr, daß sie in Paris Fuß fassen werde, und sie war erst sechzehn alt, etwas zu klar, etwas zu selbstbewußt für seinen Geschmack. Renée, die um acht Jahre ältere, empfand romantischer als sie.

137

Das Eßzimmer ging auf den Wall, der eine Promenade geworden war, sogar auf den Rest seiner Mauer, die bis zum ersten Stock reichte und ein winziges Gärtchen trug.

Ein Brief Alexandras war gekommen und hatte beruhigende Nachrichten aus dem Badischen gebracht. Die Regierung bereitete dort eine Amnestie der Aufrührer vor. Darüber redete man zuerst bei Tisch. Da nun auch Jacques da war, stand der Reise nach der Au nichts mehr im Wege. Nikolaus hatte in Neubreisach eine Besprechung, man würde nicht mit der Bahn über Straßburg fahren, sondern mit der Kutsche ostwärts zum Rhein; auf dem rechten Ufer stand die badische Linie zur Verfügung.

Marcelle mit ihren zehn Jahren und dem lustigen Wuschelhaar hatte das alles im Kopf und begann auf dem Tischtuch die Lage von Colmar, den beiden Breisach und Achern zu zeichnen. Eine Falte zwischen den Brauen der Mutter genügte, Kinder redeten bei Tisch nicht ohne Erlaubnis. Der kleine Schelm suchte sie sich zu verschaffen und schaute flehend zur zwölfjährigen Jeanne hin.

Die sanfte Jeanne wandte sich an die Mutter und sagte, Onkel Jacques – den sie mit einem süßen Blick bedachte – wisse doch sicher nicht in diesen Orten Bescheid, und wenn hier Colmar liege . . .

Liege Neubreisach da, fiel Marcelle ein, stieß ihren Finger neben den der Schwester und brachte die geographischen Kenntnisse doch an.

Jeanne sah so bezaubernd unschuldig aus, daß Jacques denken mußte, vor ein paar Jahren noch habe sie vielleicht heimlich unter dem Tisch gesessen und, während eine Kindergesellschaft tobte, die Blätter von Margeriten auf ein Puppenkleidchen genäht – und Marcelle so unbekümmert, als lese sie, den fortgeschrittenen Jahren zum Trotz, dieses prächtige Struwwelpeterbuch, das ein ärztlicher Kollege in Frankfurt auf den Markt gebracht hatte, es war erst ein paar Jahre her.

In seiner Sprechstunde hatte die Frau eines deutschen Handwerkers gewartet und für ihr kleines Mädchen, um es zu beschäftigen, eben jenes Buch mitgebracht. Es war liegengeblieben, er hatte die Bilder andern Kindern, die gelegentlich zu ihm kamen, gezeigt, bald mit großem Erfolg, bald mit gar keinem. Das erzählte er nun. Marcelle brach in ein Freudengeschrei aus, sie kannte ihn auswendig, den Struwwelpeter. Marja sagte geringschätzig, die Zeichnungen und die Verse seien gleich holprig; sie zog die eleganten französischen Kinderbücher vor.

Paulette gab ihr recht, es sei ein barbarisches Buch, die Mutter tue gut, im Kinderzimmer nachzusehn und es zu verbrennen. Nikolaus erteilte ihr einen Verweis; so eigenmächtig dürfe man unter keinen Umständen vorgehn, und es sei nicht an ihr, Autodafés zu verhängen. Sie erwiderte sofort: »Pardonnez-moi, mon père.«

Besser als Marjas Kinder konnte man nicht erzogen sein. Jacques suchte im Gesicht Paulettes nach dem Maslinschen Zug, doch fand er ihn nicht. Als er es vor Marja erwähnte, bat sie ihn, den Kindern seine natürliche Abstammung von Edmond Maslin zu verschweigen, für Paulette sei er der Sohn ihres Onkels aus Tours. Nikolaus, der in den Memoiren einen wesentlichen Teil der französischen Literatur liebte, sagte ihm, Marja lehne diese alten Geschichten aus keinem andern Grund ab, als weil sie auf jeder Seite von einer ungesetzlichen Verbindung erzählten – im Moralischen sei sie Legitimistin, erklärte er.

Jacques sah bald, daß in ihrer Hand nicht nur die Leitung des Haushaltes und die Erziehung der Kinder, sondern auch die Verwaltung des Landbesitzes, der Verkauf der Erträgnisse und der Verkehr mit den Banken lag. Nikolaus teilte seine Zeit zwischen der Stadtbibliothek und dem Studio im Haus, wo neben französischen Büchern russische und deutsche standen. Alle waren gebunden; schon an der Farbe konnte man sehn, ob es ein erzählendes oder geschichtliches Werk sei, und an einem Schildchen wieder diejenigen, die Colmar und das Elsaß betrafen. Paulette sagte vorwitzig, zwei Buchbinder verdienten ganz schön an ihm.

Auch ihre Backfischbücher hatten einen eigenen Einband, und

Jacques mußte lächeln, als er ihn sah: er war zu kostbar und trug das ganze Maslinsche Wappen mit dem gespaltenen Sarazenen eingeprägt. Sie schien auf ihren Namen so adelsstolz wie eine Spanierin zu sein. Doch wenn man Helm, Schild, Nebenstücke fortließ, und nur den Sarazenen behielt, ergab sich ein Signet, das auf Buchrücken gut aussah. Er merkte es sich und wies in der Folge seinen Buchbinder in Paris an, dieses Motiv zwischen zwei Bünden anzubringen, als Namensersatz.

Am nächsten Morgen zeigte Nikolaus dem Gast die Stadt, in der es so verschiedene Viertel wie die der Gärtner und der Richter gab. Am Ostrand floß die Lauch, Wallfluß und Lebensader zugleich. Aus uralten weißen oder auch Fachwerkhäusern, die an ihr standen, stiegen diese Stadtbauern in Kähne, die mit Jauche beladen waren, und stakten zum Gemüseland vor verschwundenen Toren, auf abzweigenden Kanälchen mitten in den schwarzen Humus hinein. Mit Brettchen, die unter die Füße geschnallt wurden, glättete man ihn zur Zeit der Aussaat – jetzt war die Zeit der grünen Ernte, die Kähne stakten hochbeladen zur Stadt zurück. Ob fünfhundert Jahre zuvor, ob heute, geändert hatte sich nichts.

Die Zünfte spielten keine Rolle mehr, die Mauern der Reichsstadt waren geschleift, die hohen Kirchen der Kleriker und Mönchsorden standen leer. Doch in der Mitte der Gassen rannen noch immer die mittelalterlichen Bäche, von gotischen Brunnen gespeist, und die Bürgermädchen, die einfacheren wenistens, trugen noch rote Röckchen und Vorfahrentracht – es war, als fände eine Aufführung des Faust statt und sie eilten ihr als Mitwirkende zu.

Nikolaus führte Jacques in die Bibliothek, an seine Arbeitsstätte. Sie lag im Jesuitenkloster und enthielt auch die Gemäldesammlungen der Stadt. Jacques sah sechs Tafeln, die Reste eines einst berühmten Altars, der in einem Ort namens Isenheim gestanden hatte. Nikolaus sagte, er sei in der Revolution zertrümmert worden, die Bilder auf den Doppelflügeln würden von den einen Dürer zugeschrieben, von den andern Baldung, und von den dritten einem wenig bekannten Grünewald – für Grünewald spreche Jakob Burckhardt in Basel sich aus.

Was Jacques von diesem Grünewald erblickte, war ebenso realistisch wie dämonisch gemalt. Er sagte, die altdeutsche Kunst sei ihm fremd, auch Dürer bedeute ihm wenig. Nikolaus seufzte, niemand teilte seine Begeisterung, doch von der Überführung in das geplante Schongauer Museum versprach er sich viel – das seit der großen Revolution verkommene Unterlindenkloster war dafür ausersehn.

Nach einer Weile blieb Jacques wieder vor den Bildern stehn und meinte, man müsse sie öfter betrachten. Nikolaus sagte, Dürer könne nicht ihr Maßstab sein, sie entsprängen einer aus der Farbe geborenen Phantasie. Jacques dachte an die Maler, denen seine Neigung galt. Es waren die französischen Landschafter, die das Freilicht suchten, den Atelierkomponisten ein Dorn. In der Kunst gab es viele Welten, die durch einen Abgrund voneinander geschieden waren, und was Corot oder Daubigny den paysage intime nannten, die silbergraue Einfachheit von Fontainebleau, vertrug sich mit der barbarischen Größe hier weder auf den ersten Blick noch auf den zweiten, und der dritte verlangte viel guten Willen, vor allem aber Zeit.

Der Nachmittag brachte eine Fahrt nach Ingersheim, das Colmar gegenüber am Gebirge und beim Ausgang des Kaysersberger Tales lag. Das Münstertal wiederum strich im rechten Winkel heran und entließ die schöne, wilde Fecht; die Vorwiesen des Besitzes reichten bis zu ihr. Der kultivierte Teil umfaßte die ersten mit Reben bepflanzten Hügel, den Blumengarten, den Gemüsegarten, ein Haus für den Verwalter und das für die Familie selbst.

Auf dem höchsten Hügel stand eine Gloriette, der Blick ging über die Fecht in die Ebene um Türkheim und Colmar hinein. Zur Rechten schob sich ein Seitenwall der Vogesen vor, die weiße Ruine von Hochlandsberg schimmerte dort, und die Türme der Drei Exen glichen einer lateinischen Drei.

Vor Straßburg hatte Colmar die Lage voraus; es schaute aufs Gebirge und auf die Wiesen und Wälder des Riedes am Rhein. An weißen, flimmernden Tagen wie diesem sah man im Osten den Schwarzwald kaum, aber man sah die Weite des Himmelsbogens und die Verschiebungen von Wolken darin. Sie türmten sich und stürzten doch nicht zusammen: Giganten aus wattehafter und leerer Substanz bedrängten sich in einer lautlosen Schlacht.

Der Heimweg führte über Türkheim und Logelbach. Auch Türkheim war eine Reichsstadt gewesen, man sah es den Türmen und Fachwerkhäusern, den Storchennestern und Ausspannwirtschaften noch an. In der Trinkstube des Wilden Mannes hätten die Reiter Turennes und des Großen Kurfürsten sitzen können, mit Kollern und Wämsern wie in den Tagen jener Schlacht. Zu Logelbach rasselten die Webstühle und Spindeln – Fenster reihte sich an Fenster, Kamin spie an Kamin.

Um die Zwillinge anzumelden, betrat Jacques, von Marja begleitet, das Jesuitencollège ein zweites Mal. Es lag unweit des Stoffelschen Hauses, ein altes, gelbes Kloster mit Mittelbau und Seitenflügeln. Zwei Schulhöfe und eine Kirche gehörten dazu.

Es war gerade Pause. Ein Priester, der die Oberaufsicht führte, trug die römische Soutane. Die Schüler in Uniform tobten mit Maß und fielen, wenn die Präfekten den Rücken wandten, vom gebotenen Französisch ins geläufige Elsässisch zurück. Der Direktor sagte, als er den Geburtsort aufschrieb, von Kairo nach Colmar sei ein weiter Weg, und Jacques fand es selber; auch von Lörrach nach Paris ging einer nicht oft.

Man aß früher. Die Glocken läuteten den Mittag ein, als die Reisekutsche, in der Marja, Paulette, Nikolaus und Jacques saßen, durch die Vorstadt der Krutenau fuhr. Die Köchin reiste über Straßburg mit der Bahn, und die beiden jüngeren Kinder begleiteten sie, im Wagen war nicht genügend Platz.

Das Gartenland, durch das die Kähne mit der Jauche fuhren, blieb bald zurück. Thur und Ill kamen, Flüsse, die zum Rhein strebten und doch so lange die Richtung mit ihm teilten. Man durchquerte den großen Kestenwald. Nikolaus bereitete Jacques auf den Eindruck vor, den er in Neubreisach haben werde: von Vauban in drei Parallelen aus rotem Sandstein erbaut, sei es der klassische und unversehrte Festungsstern. Die Gräben zwischen den Parallelen, wahre Höfe, hatten nackte glatte Wände.

Während Nikolaus sich mit dem Lehrer, der für ihn Auszüge aus den Zeiten eben Vaubans anfertigte, sprach und als Forscher, dessen größte Tugend die Vorsicht ist, mit ihm die Originale durchsah, führte ein Leutnant, der alsbald an Paulette Feuer fing, die Damen an die Stellen, die man in einer Festung zeigen darf. Nachdem sie drei Torfahrten durchschritten hatten, waren sie schon genügend verwirrt, und auch Jacques, der nichts von soldatischen Dingen verstand, glaubte dem jungen Artilleristen in der schwarzen Uniform aufs Wort, daß selbst heute, wo die gezogenen Geschütze aufkämen, dies noch immer ein uneinnehmbarer Waffenplatz sei.

Er lag nur drei Kilometer vom Rhein, und Fort Mortier noch näher – man werde in Altbreisach übernachten, bestimmte Nikolaus. Im Abendlicht fuhren sie über die Schiffsbrücke. Die Pontons schwankten, die Fenster des Münsters dort auf dem Hügel entzündeten sich an der Scheibe, die ihren Untergang in Grünewaldschen Farben zu vollziehn begann. Mit dem Straßburger Münster konnte man den kleinen Dom nicht vergleichen, aber gleich schicksalhaft stand er am Strom, der zwei Völker trennte: wie oft hatte das im Westen die starke Feste des Ostufers berannt.

Die grünen Zollbeamten der badischen Seite, durch ein Pikett badischer Dragoner verstärkt, prüften die Pässe genau. Der Beruf bewahrte die beiden Herren vor dem Verdacht, nachzüglerische

Revolutionäre zu sein. Neugierig musterte Paulette nach dem französischen Leutnant den deutschen und fragte, ob es ein preußischer sei. Die Preußen galten als schreckliche Eisenfresser und gänzlich ungalant.

Die Dragoner lagerten auf dem halben Wege zur Stadt; Koller, Helme, Säbel und Sättel waren zu einer römisch kriegerischen Trophäe zusammengesetzt, die Pferde an die Halfterstöcke gepflockt. Das Metall eines vom Schenkenwirt zusätzlich gelieferten französischen Kürassierbruststücks gleißte im Abendrot wie Gold.

Nikolaus sagte, zur Zeit der Römer habe der Rhein einen östlichen Arm gehabt und den Hügel im Strom zur Insel gemacht – wo das Kastell gestanden sei, stehe nun das Münster. Der Blick umfaßte verfallene Burgen und reifende Reben wie am Mittelrhein. Woran lag es, daß sich anders als dort das romantische Gefühl nicht einstellen wollte, nur das der Melancholie? Der Strom trage keine Schiffe, die Touristen wüßten zu wenig vom Oberrhein, vermutete Paulette, und Nikolaus nickte. Von der Bedeutung, die der Ort noch in den Tagen Ludwigs des Vierzehnten gehabt hatte, war nichts geblieben, wie Menschen traten auch Städte aus dem Geschehn.

138

In der Oberstadt standen geschwärzte Mauern, der Efeu rankte sich daran empor. Solcher Lücken gab es mehr als eine, Zeugen des Jahres 1793, als Fort Mortier drüben die Stadt in Trümmer geschossen hatte, man baute sie danach nur im bescheidensten Maße wieder auf. Die Bewohner lebten vom Fischfang, von der Viehzucht und den paar Beamtenfamilien; verschwunden war die Garnison.

Beim Abendessen wurde aufgetragen, was der Fluß und die Landschaft hervorbrachten, Salm, Aal und Hecht, vorzügliches Obst und der Wein vom Kaiserstuhl. Am nächsten Morgen sahen sie das Innere des Münsters an. Der überreich geschnitzte Altar war höher als das Schiff – die Pyramide dehnte sich längs der Wölbung, und die Spitze hing herab.

Beim Abstieg entdeckte Nikolaus ein Lädchen mit einem einzigen Fenster ohne Rahmen und Kreuz. Es sah wie die Wand eines Aquariums aus, und Gesteinsproben lagen dahinter. Da Nikolaus sagte, man könne den Zwillingen etwas für ihre Sammlung mitbringen, traten sie ein. Der Mann, der sein Käppchen zurechtsetzte und die Brille von der Stirn auf die Nase schob, war ein Original.

Besuche kamen selten, er stellte vier Stühle vor die Theke, hinter der er selber saß, und hielt ohne weiteres einen Vortrag. Was man bei ihm sehe, die Kreuzottern in den Gläsern, die gepreßte Flora in den Wandherbarien und die Fülle der Mineralien, es stamme alles vom Kaiserstuhl, dem einsamen Gebirgsstock, sechs Stunden lang und ihrer drei breit. Der Alte war ein Kaiserstuhlenthusiast; von seinem fünften Jahr bis zum heutigen siebzigsten hatte er die Schluchten, die Wälder, den Boden durchforscht.

Jacques, der die Gelegenheit, sich bei den Buben einzuführen, ergriff, verlangte die seltensten Stücke und hörte Namen, von denen er nicht gewußt hatte, daß es sie gab: Harmotom, Chabasin, Stilbit, Apatit, Arragon. Das alles also fand man in den Weinbergen und im Löß. Der Alte malte noch die Namen auf die Schildchen und hüllte jeden der Anschliffe sorgsam ein. Obwohl die Brillengläser so scharf waren, daß sie den Zuschauern weh taten, schien er nichts damit zu sehn und bückte sich so tief, daß die Nase mit den Steinen zusammenstieß.

Um Mittag saß man im Wagen, umfuhr den südlichen Fuß des Kaiserstuhls und erblickte später von einer Erhebung das liebliche Freiburg mit dem Münster. Auf der Anhöhe trieben sich ein paar wie Freischärler gekleidete Burschen herum. Sie trugen zur roten Binde den schwarzen Schlapphut, der am ganzen Rhein volkstümlich war, noch von den Tagen des Schinderhannes her. Der Aufstand sei gescheitert, sagten sie, aber noch nicht aller Tage Abend: der Hecker und der Struve bereiteten in der Schweiz einen neuen Einfall vor.

Der Zähringer Hof in Freiburg hatte keine Zimmer mehr frei, er gehörte den Adjutanten, Ordonnanzen, Kurieren und Stafetten eines einquartierten Stabes. Kein Stand in deutschem Land verbrauchte so viele Fremdwörter wie das Militär.

Am nächsten Tag erreichte man die Au. Während der Unruhen hatte sie Einquartierung gehabt. Die Familien waren wieder unter sich, doch wohnte bei Lydia ein italienisches Ehepaar, der Marchese Rocca mit seiner jungen Frau, Bekannte aus Florenz, begriffen auf Reise nach Paris.

Jacques beeilte sich, Lydia seine Aufwartung zu machen, er kannte sie noch nicht. Alexandra begleitete ihn und bereitete ihn darauf vor, daß er Lydias Sohn treffen werde, Franz Stoffel, der mit Blandine aus Dresden eingetroffen war.

Lydia behandelte ihn höflich, aber kühl. Er begegnete demselben Vorurteil wie bei Marja oder Paulette. Es war natürlich, daß alle für Alexandra Partei ergriffen, und er vermutete, sie nähmen an, jetzt endlich komme eine Aussöhnung zustande. Alexandra versicherte ihm auf dem Heimweg, sie habe darüber das Notwendige gesagt und jeder wisse, daß die Trennung auf ihren Wunsch erfolgt sei.

Jacques erwiderte, er benutze die Gelegenheit, um sich zu erkundigen, ob sie Franz Stoffel davon unterrichtet habe, daß er, Jacques, nun ebenfalls ihr Geheimnis oder das des kleinen Remigius kenne.

Bestürzt bat sie ihn, das nicht von ihr zu verlangen.

»Wozu auch, was hättest du davon, wenn er es wüßte?« fragte sie.

»Ich könnte unbefangener mit ihm verkehren, oder er mit mir. Es war ihm unangenehm, mich zu sehn, ich spürte es.«

»Er würde noch verlegener sein, wenn ich ihm einen Wink gäbe.«

»Ich glaube kaum. Ein Mann lächelt entweder zynisch, wenn er einem andern, den er betrogen hat, die Hand drückt, oder er verwünscht das schlechte Gewissen, das ihm aufgezwungen wird. Franz Stoffel scheint mir von der zweiten Art zu sein.«

»Bedenke, daß er nun verheiratet ist. Ich kann nicht mit ihm sprechen, es sähe wie ein nachträglicher Versuch aus, eine Vertraulichkeit, die nicht mehr besteht, wiederherzustellen.«

»Gewiß, ich sehe es ein«, sagte Jacques, und Alexandra nahm an, er gebe ihrem Wunsche nach.

Aber Jacques folgte seinem eigenen Ermessen. Er liebte es nicht, für jemand zu gelten, der nicht weiß, was um ihn und mit ihm geschieht. Alexandra hatte damit nichts zu tun, sie schied völlig aus. Sein Selbstbewußtsein bestand darauf, daß dieser Franz das geschlossene Visier, mit dem er herumging, einen Augenblick lang senken müsse, und ihn dazu zu bringen bereitete ihm eine Genugtuung, die nur ein Mann verstand.

So benutzte er die erste Gelegenheit, bei einem Spaziergang auf der Fahrstraße im Wald. Remi, der mit den andern vorantollte, kam zurückgesprungen und zeigte ihm, den er bereits als Vater ansprach, einen Kieselstein, die vom Kaiserstuhl mitgebrachten Mineralien waren ihm eingefallen.

»Ein hübscher blonder Junge«, wandte sich Jacques an Franz, der neben ihm ging. Es war kaum die Bemerkung, die ein Vater macht, und Franz schaute ihn unsicher an.

»Die Ähnlichkeit ist unverkennbar, Herr Stoffel«, fuhr Jacques fort. »Als Alexandra mich in Paris besuchte und die Erziehung der Kinder mit mir besprach, verlangte ich zuerst, daß auch Remi in eine französische Schule komme, und um mich umzustimmen, beichtete sie, was zu beichten war.«

»Ich stehe zur Verfügung, welche Konsequenz Sie immer ziehn«, sagte Franz.

»Halten wir uns an die Weisheit des Code civil, der die Nachforschung untersagt.«

»Die Weisheit ist auf Ihrer Seite. Ich habe Sie um Verzeihung zu bitten und Ihnen zu danken, in einem Atemzug.«

Die Unterhaltung verlief, wie Jacques sie sich gedacht hatte. Er teilte das Ergebnis Alexandra mit. Nachträglich stimmte sie ihm zu und meinte, Offenheit schaffe doch klarere Verhältnisse als Verschwiegenheit. So grundsätzlich sehe er es nicht, berichtete Jacques; ein plausibler Vorwand war manchmal besser als Offenheit. Den Zwillingen zum Beispiel erklärte er, die Mutter sei, um ihnen eine gesunde Jugend auf dem Land zu sichern, ihm nicht nach Paris gefolgt und werde es nun fernerhin so halten – die Söhne kämen ins Collège, sie selber bleibe in der Au.

Er wußte nicht, ob es sehr befriedigend klang, und wenn zehnjährige Knaben daraus den Schluß zogen, daß die Eltern nie mehr zusammen leben wollten, ließ es sich nicht ändern. Sie beobachteten in einem Wiesenbach Forellen, als er das sagte. In dieser Landschaft erledigte man die Familienangelegenheiten im Freien, als gehe die Natur voran. Sie wüßten nun immerhin, daß der Vater für sie sorge, fuhr er fort, und sie sollten ihn auch jährlich sehn – sei es, daß er in den Ferien die Au besuchte, sei es, daß sie ihn an die See begleiteten.

Die Knaben arbeiteten an einem kleinen Damm, der die Forellen anhalten sollte. Raoul schaute auf und meinte so leichthin, wie der Vater selbst es hätte sagen können, es sei auch denkbar, daß sie sich in die Ferien teilten. Angenommen, er gehe im Sommer 1849 mit an die See, so bleibe Rodolphe bei der Mutter, und im nächsten Jahr hielten sie es umgekehrt. –

»Im dritten vereinigten sich alle in der Au«, fiel Rodolphe ein.

Auch das sei eine Lösung, erwiderte Jacques und sah aus diesen Plänen, daß die Zwillinge die Lage schon begriffen. Auf den Spaziergängen schritten sie wie Erwachsene neben ihm und erkundigten sich wißbegierig nach allem, was ihn betraf. Es gab genug zu erzählen: von seiner Wohnung in Paris, von der großen Stadt, die Revolutionen machte, von den Verwandten in England und auf der Insel Wight.

Er deutete ihnen die französische Geschichte seit Napoleon. Ab 1831 hatte er sie selbst erlebt. Raoul konnte nicht genug von Algerien, vom Heldentod des Großvaters und von der Gefangenschaft Abd el Kaders hören. Was war Nationalgarde, was die Armee? Seine Neigungen galten so deutlich dem Soldatischen, daß Philo nicht zweifelte, er werde Offizier.

Jacques sprach mit Philo auch über Remigius und Hans. Der treuherzige Schützling Lydias gefiel ihm besser als Remi, den vor den Leuten als seinen Sohn zu behandeln ihm schwer fiel. Philo erzählte kleine Züge von beiden, Remi zeigte Geschäftssinn und übte sich bei den Bauernjungen im Tauschverkehr. Selbst Alexandra sah ihn schon nicht mehr als Priester und war auf eine Enttäuschung gefaßt.

Hans seinerseits sagte Frau Mutter zu ihr. Er hatte es sich so ausgedacht, um nicht hinter den andern Buben zurückzustehn, und zog sie so offen vor, daß Lydia eifersüchtig wurde. Knaben in diesem Alter schienen liebebedürftiger als Mädchen zu sein. Alexandra brachte es nicht fertig, ihn anzuweisen, er möge sie Tante nennen, wie die beiden Kinder Graces. Als sie es einmal andeutete, schaute er sie groß an und meinte verschmitzt: »Ha-joh, Frau Mutter, du machst nur Spaß.« In Baden leitete man ungefähr jeden Satz mit diesem Ha-joh ein.

Daß Jacques so unvermutet aufgetaucht war, empfand er als Störung. Ein Mann, ein Zufallsvater gar, paßte nicht in sein Bild. Naiv fragte er Alexandra jeden zweiten Tag, wann der Herr wieder abreise, und war so charaktervoll, daß er das Buch, das Jacques ihm in Achern kaufte, zur Seite tat. Ob er es nicht lesen wolle, fragte Jacques. –

»Wenn Sie fort sind«, erwiderte der junge Mann.

Die Kinder Irvings und Graces waren Alexandra und Philo gleich willkommen. Die mütterliche Frau sah in ihnen einen Ersatz für die Zwillinge, der Erzieher Philo auch. Zwei seiner Zöglinge gingen, zwei neue setzten sich ins Schulzimmer, das er nicht mehr entbehren mochte. Die Teilnahme an der problematischen Welt der Erwachsenen widerstrebte allen Ideen, die ihm teuer waren; die Formung junger Menschen entsprach seiner Auffassung, daß die Natur oder Gott selber die Lebewesen als unbefriedigend empfinde und in den Kindern immer wieder die Schöpfung neu beginne – ein unermüdlicher Versuch.

Paulette hatte sich aus den Bücherschränken Lydias Mérimées Carmen entliehn. Marja nahm ihr das Bändchen fort, in ihrem Alter lese man das nicht. Am Abend, als alle bei Handarbeit, Kloviervortrag und Schach zusammensaßen, beklagte sich Paulette, die mit Jacques eine Partie spielte, über das Verbot.

Das Tischchen stand etwas abseits. Alexandra trug den geliebten Schumann vor, und die Profile wandten sich ihr zu: das zarte der blonden Blandine, das gemmenhafte der dunklen Marchesa und das derbere Lydias mit dem grauweißen Haar. Als Alexandra geendet hatte, sagte Jacques zu Paulette, bei Mérimée gehe es immer realistisch zu und Marja halte ohne Zweifel eine Zigarrenarbeiterin, die von einem Soldaten erstochen werde, nicht für die Gestalt, mit der sich die Phantasie einer jungen Dame zu befassen habe. »Ah, tötet er sie doch«, fragte Paulette, zuerst befriedigt, dann zweifelnd; »er hätte sich nicht mit ihr einlassen sollen, sie bleibt die Stärkere, auch wenn er sie umbringt.«

Eine Sechzehnjährige, ein Backfisch, wie die Deutschen so lustig sagten, hatte gewöhnlich keinen Sinn für den Stil. Zu seiner Verwunderung ging sie auf das Lob, das er dem kühlen, fast unbeteiligten Erzähler Mérimée spendete, lebhaft ein. Die Aufgabe des Autors bestehe darin, einen Vorfall verständlich zu machen, wozu es nicht des Schwulstes der Sand bedürfe, ein paar feste Striche genügten schon, erklärte sie. Er meinte, Mérimée wäre entzückt, wenn er sie hören könnte, und sie fragte, ob Jacques bekannt mit ihm sei.

»Nicht näher. Am längsten unterhielt ich mich mit ihm, als er eine junge spanische Komtesse zum Kuchenbäcker führte, und das ist wohl schon ein Dutzend Jahre her.«

»Trug er langes Haar?«

»Nicht daß ich wüßte. Entspräche es deinem Geschmack?«

»Gar nicht. Ein Schriftsteller, der mir gefallen soll, muß wie ein Mann von Welt aussehn.«

»Das tut er auch. Man sagt, er sei schweigsam im großen, unterhaltend im kleinen Kreis.«

»Was ist aus der Komteß geworden?«

»Eine junge Dame, die oft nach Paris zu kommen scheint. Bei mehreren Gelegenheiten habe ich sie im Bois reiten sehn.«

»Ist sie schön?«

»Ungewöhnlich. Hohe Beine, rostbraunes Haar und eine Magnolienblütenhaut.«

»Wie heißt sie?«

»Eugenie Montijo, du unersättliche Fragerin.«

»An seiner Stelle hätte ich sie geheiratet.«

»Wer? Mérimée? Er ist zu alt für sie.«

»Was macht das? Man hätte davon gesprochen . . .«

»Und wen wirst du heiraten?« fragte er; dann fiel ihm ein, daß es nicht das erste Mal war.

»Keinen Orleanisten«, sagte sie.

»Weshalb?«

»Sie haben keine Zukunft mehr.«

»Und wer hat die nach deiner Meinung?«

»Entweder echte Legitimisten oder Leute des neuen Regimes, Maman meint, daß es die Bonapartisten sind?«

»Möglich. Vorsicht ist geboten, wenn man heiratet, um in die Politik zu kommen.«

»Ich werde vorsichtig sein. Zwei, drei Jahre habe ich noch Zeit, und bis dahin wird man sehn, wie sich die Republik entwickelt.«

»Vielleicht zum Kaiserreich, ich sehe dich schon als Würdenträgerin in den Tuilerien«, erwiderte er scherzend.

Die Partie wurde nicht zu Ende gespielt. Paulette packte die Figuren ein und hörte lieber der Unterhaltung zu. Es dauerte nicht lange, bis Marja ihr ein Zeichen gab. So gern das Mädchen geblieben wäre, stand es doch auf und wünschte gute Nacht. Zu Blandine sagte sie, und Marja mißbilligte es offensichtlich:

»Es ist Ihr letzter Abend, Madame, und Sie fahren morgen so früh, daß ich Ihnen schon jetzt Adieu sagen darf.«

»In der Tat, wir fahren, Prinzeß«, erwiderte die junge Frau, und Paulette wurde rot.

Blandine und Franz reisten nach Freiburg weiter, die Jachberg erwarteten die Tochter. Auch das italienische Paar sprach vom Aufbruch und wollte, bevor es nach Paris fuhr, Baden-Baden sehn. Jacques bemerkte, das sei auch sein Wunsch, und die Rocca schlugen ihm nun vor, er solle sie begleiten.

Alle widersetzten sich, am lebhaftesten Paulette, die er für sich gewonnen hatte. Jacques blieb fest. Da so viele seiner Patientinnen nach Baden-Baden fuhren, mußte er es tatsächlich kennen. Am zwanzigsten August stand Lydias Zweispänner vor der Tür. Zwar konnte man jetzt mit der Bahn nicht nur bis Oos, sondern auch bis Baden-Baden selbst kommen; aber Lydia sagte, die Landschaft sei zu schön, um sie im geschlossenen Coupé und im Rauch einer Lokomotive zu durchfahren.

Sie hatte nicht mit dem Gepäck dreier Reisender gerechnet, es nahm zwei Plätze fort. Jacques erklärte, er werde beim Kutscher sitzen, und begegnete dem Einspruch des höflichen Marchese dadurch, daß er sich zum Vergnügen der Kinder, die ihn beneideten, auf den Bock schwang. Die Zwillinge standen wie die Dioskuren da; der Arm des einen umschlang die Schulter und der des andern die Hüfte des Bruders. Jacques hätte ihnen gern noch etwas Ermutigendes gesagt und fand, was man immer sagt:

»Ihr werdet schreiben, auf Wiedersehn übers Jahr.«

Bei Achern erreichte die Kutsche die große Landstraße und überholte eine Jahrmarktsfamilie, die mit Wagen, Bären, Pudeln und vier Töchtern nordwärts zog. Menschliche Gesichter und die von Äffchen schauten aus den kleinen Fenstern. Die Jugend von Achern begleitete sie, und die der nächsten Ortschaft kam ihnen entgegen. Die Gaukler redeten Italienisch; den Marchese berührte es unangenehm, als sie den Landsmann in ihm witterten. Sie fragten ihn nach dem Weg, gen Baden-Baden wanderten auch sie.

Der Staub, den sie aufwirbelten, war fürchterlich. Die Karren, die mit ihrer Zwetschenlast nach Bühl strebten, vermehrten ihn. Endlich hatte man sie hinter sich gebracht und fuhr nun wie in einem Park durch die Landschaft, die eine Ebene zwischen Fluß und Gebirge war, durchweht von einem Wind, der aus dem Süden oder gar der Wüste kam.

Schirokkotag am Oberrhein, die Marchesa wollte es nicht glauben und mußte doch, sooft sie den Sonnenschirm zu öffnen suchte, ihn wieder schließen. Der gebogene Strohhut und der blaue Schleier standen ihr; aber sie seufzte darunter und hätte um ihr Haar am liebsten wie die Bauernmädchen ein Tuch gelegt.

Kein Wölkchen schwamm im Rivierablau. Vielleicht trieb der Föhn ganze Wolkenbänke vor sich her, irgendwo im Rücken, aber er überholte sie und stürmte ihnen voran, Quartiermacher für die noch ferne Nacht. Der Abstand schien aufgehoben zu sein, im Raum war alles nah und in wehender Bewegung, selbst noch die dichten Wälder auf dem Schwarzwald. Man sah es an den Veränderungen des Lichtes – der Wind drehte dort die untere Seite der Blätter, die heller war, nach oben.

Die Tälchen, die vom Gebirgsstock herunterliefen, teilten das Gelände lebhaft auf und verwandelten es in Gärten. Krumme Obstbäume, stolze Nußbäume und Blühendes in vielen Farben, Dahlien, Türkenbund, Sonnenblumen standen darin. Die Äcker der Vorberge waren so vielfach zerschnitten, die Streifen lagen so parallel und andere wieder quer zu ihnen, daß jede dieser Kuppen einem Schachbrett glich. Der Marchese, der Landwirt war, behauptete, es sei eine Folge des hier noch geltenden napoleonischen Rechtes, wonach auch der Boden unter den Erben geteilt werden müsse, immer schmälere Stücke bildeten sich.

Je näher man der Stelle kam, wo das Baden-Badener Tal von der Seite her in die Ebene mündete, desto höher standen die Reben den Berg hinauf und drängten den Wald zum Kamm zurück. Große, gleichmäßige Flächen entstanden so, aber das Gewellte und Gekrümmte lockerte sie auf; es war eine geheime Kreisdrehung in dieser Eintönigkeit. Und der Eckpfeiler, die Ruine der Yburg, über der man Raubvögel schweben sah, setzte ihr die Grenze.

Von Oos ab ging es wieder in südlicher Richtung zurück, durchs Tor zweier Hügel, deren einer die mächtigen Reste des Alten Schlosses trug. Die Pendelbahn, die läutend längs des Baches fuhr, brachte die einfacheren Reisenden heran. Andere, die auf sich und einen wirksamen Einzug hielten, hatten Zweispänner bestellt, und ein russischer Fürst gar für seine Familie einen Vierspänner mit Silbergeschirr, zwei Vorreiter begleiteten ihn.

Am Stadtbahnhof, dem freundlich umrankten Holzbau, vermehrte sich das Gewühl noch um die Hotelwagen und die der Lohnkutscher. Zwei Pferde waren das mindeste, womit man sich zufrieden gab. Im Schritt rückte ein Korso von Fremden und Landleuten dem Inneren zu. Er holte eine Jagdgesellschaft, in der auch Damen ritten, ein.

Die Unruhen des Frühjahrs waren vergessen. Manche mochten fortgeblieben sein, die Fürstlichkeiten kamen wie gewohnt. Man sah die Lakaien des Großherzogs, der Großherzoginwitwe Stephanie und ihres Schwiegersohns Hamilton. Die Rocca stiegen im Hotel d'Angleterre ab, das als das erste galt, und Jacques, der einmal im Jahr acht Tage für sich haben wollte, in dem von Lydia empfohlenen Zähringer Hof. Er lag zwar in der engen Gasse, aber nach hinten hinaus umfaßten seine Flügel einen nicht vermuteten Garten, der dem Bergabhang abgerungen war.

140

Jacques' erster Gang in aller Frühe galt der Post. Der Diener in Paris sah jede Woche einmal nach den Briefen, die privaten schickte er nach. Es befand sich diesmal einer aus Amerika darunter, und Jacques las ihn vor der Trinkhalle auf einer Bank.

Die Kapelle, die unweigerlich mit einem Choral begann; die Gäste, die entweder ein Glas mit warmem Wasser oder eines mit Molken in der Hand hielten; der Weibel, der den Hunden den Rasen mißgönnte; die Blumenmädchen und die Brezelfrauen; die Ziegen, von denen die Molken kamen, und der Appenzeller, der sie in einem Seehüttchen bereitete, es war alles so wie überall.

Von Ziegenmilch, die ihr verordnet sei, schrieb auch, aus einem Ort an der Grenze der Staaten Florida und Georgia, Ethel Williams. Sie lebte dort auf der Baumwollplantage ihres Schwagers. Nach der Flucht mit dem Südafrikaner aus Paris hatte sie in langen Zwischenräumen berichtet, zum letzten Mal vor einem Jahr, als ihr Mann von einem Mexikaner erstochen worden war. Den Mörder hatten die Nordamerikaner, als sie in Mexiko einrückten, gehenkt; das Zeitungsblatt mit dem Bericht schmückte das Gitter um das Grab des Gatten – dem Schwager und Major gefiel es so.

Sie erzählte mit dem Humor, den Jacques an ihr kannte, und

doch war alles mit Schwermut durchtränkt. Die amerikanischen Ärzte, die ihr so wenig wie die europäischen zu helfen vermochten, hatten sie ins wildeste Gebirge und in die jungfräulichsten Wälder geschickt, bis einer sich erbarmte und die Erlöschende in das warme Klima des Südens entließ. Die Negersklaven, die Reitpferde, was immer das Leben auf einer gästefrohen Plantage bot: auch wenn sie gesund gewesen wäre, hätte es ihr nichts genützt. Eine Witwe in den Südstaaten trug noch im dritten Jahr den Schleier, der über die Knie fiel, und bis zur Schulter – ihr Unglück, daß sie gern lachte, es geziemte sich ihr Leben lang nicht mehr.

»Wenn die Damen, die den Anstand mit dem Eifer der Freiwilligkeit überwachen, wüßten, daß ich das verpönte Wort Knie im Brief an einen Herrn gebrauche, ließen sie nicht einmal die dreitausend Meilen Zwischenraum als mildernden Umstand gelten«, schrieb sie und fuhr fort: »Jacques, wir haben uns geduzt, ich wage keinen Gebrauch davon zu machen; aber erinnern Sie sich an den Tag, als Sie vor dem Haus auf Guernsey standen und ich Sie einlud, einzutreten? Sie taten es, und wir tranken Tee. Das Haus gehört heute mir und seine Läden sind geschlossen, seit Jahren schon. Wenn ich tot bin, sollen Sie sie öffnen, es ist ein letzter Wunsch, verweigern Sie ihn der armen Ethel nicht.«

Jacques fragte sich vergebens, was sie damit sagen wollte. Er legte ihren Brief zur Seite und schnitt den Renées auf. Sie hatte ihn in Versailles aufgegeben; von Jouy war es nicht weit dahin.

Nichts von der fernen Klage Ethels, deren Blut sich der Erneuerung versagte; nur heiße, frohe Leidenschaft. Sie haßte nicht mehr ihre verfehlte Ehe, nicht mehr Josephs boshafte Wachsamkeit. Es werde alles gut, schrieb sie, denn Joseph sei doppelt in ihrer Hand. Nicht nur habe der Zufall ihr zu Briefen verholfen, die ihn unmöglich machten – er brauche auch für seine neuen Pläne ihre Zustimmung und ihr Geld.

Joseph wollte sich an einer Fabrik beteiligen (gesegnet die Revolution, die ihn des Einkommens beraubte), und er konnte nicht frei über ihr Vermögen bestimmen (gesegnet der Onkel, von dem es stammte, für den nachträglichen Schutz). Schon hatte sie mit Joseph gesprochen und ihn gefragt, ob nicht auch sie Rechte besitze, auf Familie, Mutterschaft und Glück. Das alles konnte er ihr nicht geben, so verlangte sie die Freiheit als Ersatz – verschwiegene Freiheit mit aller Vorsicht, die er erwarten durfte, Ausgang ohne Überwachung, Erlaubnis zu reisen und Wahrung jeder Form. Sie habe ihren Willen durchgesetzt und den Vertrag über die Beteiligung an der Waffenfabrik von ihrem alten Vormund machen lassen, dem erfahrenen Notar. Joseph sei nichts als der Nutznießer der Gewinne aus den Aktien und erhalten die Summe von ihr als Darlehn mit befristetem Lauf.

Sie fragte Jacques, ob er seine Ferien nicht um eine Woche verlängern könne. Wenn ja, mache sie von der neuen Freiheit den ersten Gebrauch und fahre nach Baden-Baden, angeblich zur Kur. Er fürchtete für ihren Ruf, als er das las, und noch mehr, als er, die Seite wendend, den Schlußsatz fand, es gehe über der Antwort zuviel Zeit verloren, sie folge dem Brief auf dem Fuß; er möge sie am Zweiundzwanzigsten erwarten, mit dem Mittagszug.

Er erhob sich und machte den ersten Gang flußaufwärts gen Lichtental, zur Rechten begann die berühmte Allee. Der heiße, trockene Wind von gestern wehte immer noch unter dem tiefblauen Himmel dahin, durchrauschte die Kronen der Kastanien oder Eichen und riß von andern Bäumen, die am Wasser standen, dolchlange Bohnen ab, die Jacques bekannt vorkamen. Im Jardin des plantes hingen sie von der subtropischen Catalpa, dem Trompetenbaum. Die hier trieben nun im Bach, verfolgt von einer nachtschwarzen Forellenart.

Die Brückchen, die über die Oos führten, waren von kleinknospigen Rosen umschlungen, die Ranken kletterten noch die Laternenpfosten hinauf. Aber seine Gedanken irrten immer wieder ab, sie waren bei Renée und hielten die Lage für weniger einfach als sie. Gewiß, Joseph Bartoux konnte nicht wie in Paris, wenn der Verdacht des Ehebruchs vorlag, einen Polizeikommissar rufen, der die Tür sprengte und, den Hut auf dem Kopf, feststellte, eine Frau sei in flagranti betroffen. Aber er konnte sie beobachten lassen und aus der Fremdenliste seinen, Jacques', Namen ersehn.

Am andern Ufer des Baches begann die Ländlichkeit, mit Wasserarmen, Holzhöfen, einer Mühle und Seilereien; man sah den Meister mit dem Lehrling einen Hanfstrick ausziehn. Das Tal erweiterte sich zum Kessel mit der fernen hohen Wand. Jacques ging weiter, bis Dorf und Kirche ihm Halt geboten, betrat den Klosterhof in Lichtental, und eine Schwester erklärte ihm ein Kapellchen, das die Ruhestätte der Markgrafen war.

Auf dem Rückweg blieb er in der Allee, nur ein paar Reiter begegneten ihm. Dem Eingang zum Konversationshaus gegenüber lag der Englische Hof, und da es inzwischen elf geworden war, meldete er sich bei den Rocca an. Sie waren schon zum Ausgang bereit. Ein paar Schritte führten zur Promenade, einem kurzen, von Bäumchen beschatteten und von Bretterbuden gesäumten Stück, das senkrecht aufs Konversationshaus zulief.

Unter den Bäumen standen Tischchen, eines vor jedem Bazar,

und wer des Aufundabgehens müde war, ließ sich daran nieder, um dem Treiben zuzusehn. Die Damen, die leichte Morgenkostüme trugen, hatten ein Buch oder eine Stickerei im Schoß. Die Herren, die sich auf den Goldknauf des Spazierstocks stützten, standen vor ihnen und unterhielten sie. Wenn so die Bekannten an den verschiedenen Tischchen begrüßt waren, kehrte jeder zur Königin seiner Clique zurück und setzte sich. Die einen trugen zum Strohhut den Zwillichrock, die andern, als sei schon Nachmittag, den hohen Kastor, das helle Gilet und die dunkle Redingote.

Beim Zigarrenhändler an der Ecke fand die Marchesa einen freien Stuhl; der Verkäufer brachte für die Begleiter noch zwei andere heraus. Jacques hatte von der Seite her den Blick auf die Konversationshausfront: acht Säulen vom antiksten Wasser und darüber, ein reizender Gegensatz, das Ziegeldach. Vor der Mitte stand der Musikpavillon mit den gestreiften Markisen, die Hälse der Cellos ragten über die Brüstung.

Die Rocca hatten den vorangehenden Abend im Spielsaal verbracht und wußten schon, wer alles in Baden-Baden war. Bekannte Namen fielen. Die russischen der Labanow, Galitzin, Tolstoi, Barischkin störten Jacques so wenig wie die der alten französischen Aristokratie. Mit den Crillon, Béthune, Tavannes, Choiseul hatte Renée nichts zu tun. Wohl aber machten ihn die vielen Pariser besorgt; sie würde Freunden begegnen, denen nicht entgehn konnte, daß sie allein reiste und, noch schlimmer, sich mit einem nicht unbekannten Frauenarzt traf.

Als wen oder was sollte er sie den Rocca vorstellen? Er sah keine Möglichkeit, es auch nur zu versuchen. Selbst wenn sie eine einzige Woche zusammen sein wollten, durften sie es nicht hier tun, wo die Pariser sich wie daheim bewegten und jede Inschrift, die Sprache der Geschäfte wie die des Umgangs französisch war. Kein Baum der Promenade, an dem nicht ein halbes Dutzend Angebote hingen, alle wandten sich an die Gäste aus Frankreich.

Die Marchesa unterbrach ihr Geplauder. In einem Kreis von Russen und neben einem mit britischer Nachlässigkeit gekleideten Mann, der an Byron erinnerte, schritt eine auffallend hohe und schöne Nordländerin. Die Marchesa fragte, wer es sein könne; den Begleiter kannte sie schon, es war der Marquis von Hamilton, Stephanie von Badens Schwiegersohn, der am Abend vorher Hände voll Goldstücke gesetzt und verloren hatte.

Madame Rocca war so neugierig, daß sie Jacques bat, sich beim Verkäufer, der aus dem Zigarrenmagazin schaute, nach der Fremden zu erkundigen. Jacques erwiderte, durch Liszt habe er sie vor drei Jahren beim Musikfest in Bonn kennengelernt: es sei Frau von Kalergis, geborene Gräfin Nesselrode, aus Warschau und Sankt Petersburg.

Die Marchesa war eine scharmante kleine Frau von sanftem Wesen, ihre schwache Seite der gesellschaftliche Ehrgeiz, doch auch der Eifer des Snobismus stand ihr gut. Wenn Jacques Mme. Kalergis kenne, besitze er die beste Einführung für Baden-Baden, meinte sie. Selbst in Florenz habe man von den Kalergisschen Abenden erzählt, die ganze europäische Gesellschaft verkehre bei ihr. Sie schlug ihm vor, ein wenig auf und ab zu gehn, die Polin oder Russin zu grüßen, das Weitere ergebe sich von selbst.

Er erwiderte ausweichend, er werde nicht so unhöflich sein, die Marchesa zu verlassen. Im Innern beschloß er, morgen zu packen und Renée am Zug abzufangen. Am besten blieb sie gleich sitzen und er stieg zu ihr ein. Der Zug ging nach Heidelberg – so war Heidelberg der Ort, wo sie sich verbergen mußten.

Gegen eins kehrte Jacques in sein Hotel zurück. Um eins fand, von den Glöckchen verkündet, die erste Table d'hôte statt. Die ganz feinen Leute gingen zur zweiten um fünf Uhr und ruhten vorher. Sie konnten sicher sein, im Speisesaal des Konversationshauses die Herzogin von Cleveland zu treffen. Sie saß mit den andern Sterblichen am Tisch, doch gebrauchte sie ihr eigenes Goldbesteck, der Kammerdiener wechselte es nach jedem Gang.

Die Einuhrtafel war die lustigere, weil sie die bürgerlichere war. Jacques fand sich in einem großen Raum, den Elsässer und Deutsche füllten, die alle, wenn der mitgelieferte Tischwein getrunken war, Extrakaraffen bestellten. Die Mundtücher steckten nicht selten im Knopfloch der Weste und im Ausschnitt des Busens. Die Gerichte waren reichlich und nach französischer Art bereitet. Es gab ohne Zweifel mehr als ein Motiv, um in ein Bad zu reisen. Das, gut zu essen und die Gottesgaben zu genießen, schien das häufigste zu sein.

Um sechs Uhr, wenn auch die zweite Table d'hôte vorüber war, kam die Stunde der Lichtentaler Allee, nach ihr die der Begegnungen vor dem Konversationshaus. Die Säulenfront schaute zum Städtchen hinüber, das mittelalterlich mit Giebeln und Kaminen zum Marktplatz aufstieg. Darüber lag das Neue Schloß, man erblickte die Schmalseite und die Marställe des Großherzogs. Ein zweiter Absatz, bewaldet, führte zum Kamm, aus dem das Alte Schloß mit der Fahne und die Porphyrwände einer zerklüfteten Felsengruppe sahn.

Das tiefere Blau des nachdunkelnden Himmels, das zartere Rauchblau der Wälder schieden sich deutlich und verschmolzen doch. Das weiße Licht aus den Gaskronen am Musiktempelchen kontrastierte mit dem Schwarz der abendlichen Kleider. Die den Herren erlaubte Zigarre glühte in der sinkenden Nacht überall auf, wo Stühle standen und sich unvermeidliche Clans fanden.

Nachher, im Spielsaal, hatte Jacques Gelegenheit, Mme. de Kalergis seinen Platz anzubieten, und sie erkannte ihn. Er wurde aufgefordert, sie zum Tee zu besuchen, erwiderte, er reise schon am nächsten Tag ab, bat aber um die Erlaubnis, ihr Rocca und die Marchesa vorzustellen. Die Marchesa nahm den Stuhl neben Mme. de Kalergis, und wenn Jacques setzen wollte, beugte er sich zwischen ihren schimmernden Schultern vor.

In Paris ging er der Kugel aus dem Weg, und wer sie nicht täglich suchte, fand wenig Reiz daran. Man mußte sich erst einspielen, um ihr zu verfallen; wer kühl blieb, den begünstigte sie. Das Rot der Seidenwände, die Leidenschaft in den Gesichtern der Frauen, die Erstarrung in denen der Männer, die Reflexe der Brillanten und der Lüster, die Unterhaltung auf den Samtbänken an der Seite und auf den vergoldeten Stühlen bezauberten ihn für einen Abend.

141

Die unerwartete Anwesenheit Isabelles übersah er, wie sie die seine. Aber als er den Spielsaal verließ, folgte sie ihm. So mußte er sich noch zu einem Gang durch den nächtlichen Kurgarten mit ihr verstehn.

Die Stelle, die er ihr an der Kasse des Café d'Orsay verschafft hatte, war nicht von langer Dauer gewesen. Im Juni, als die Straßenschlacht tobte, stand sie auf der Barrikade, und er konnte sie sich vorstellen: Delacroix hatte schon nach der Julirevolution die Mänade der Freiheit gemalt. Das Ende der vom Februar aber war für Isabelle Dominique die Verbannung nach Baden-Baden – immerhin besser als die nach Neukaledonien, scherzte er.

Sie lächelte. In der Tat, man hatte Erfolg bei einem Expair und Glück bei der Bank, daher eine Anleihe bei Jacques nicht nötig war. Daß er sie nach einer Viertelstunde wieder zum Spielsaal brachte, verstand sie nicht.

Am nächsten Morgen stand er in Oos auf dem Perron, als der Zug, den Renée angegeben hatte, einlief. Wenn sie nicht darin saß, mußte er stundenlang warten – eine Frau winkte und war Renée. Bevor sie aussteigen konnte, war er bei ihr und sagte, sie führen weiter; sie sah ihn entgeistert an. Mein großes Gepäck, stieß sie hervor. Er hatte auch daran gedacht, einen Dienstmann mitgebracht.

Sie war frischer als je und kam zu ihm mit dem Überschwang einer Frau, die endlich die Hindernisse überwunden hat. Sie ansehn und begehren wäre eins gewesen auch ohne das noch tiefere Gefühl, daß sie sich ihm zuerst gegeben hatte, und nur ihm. Er beugte sich, als der Zug wieder in Fahrt war, vor, um durch das süße Schleierchen mit den neckisch großen Flocken den Hauch von Flaum in den Mundecken und den bebenden Schatten im Nasenbogen zu sehn. Ihr französisch hohes Stimmchen, das über alle Modulationen verfügte, zwitscherte sich auch in das Herz des mitreisenden militärischen Herrn. Plötzlich fiel Jacques ein, daß er den Chirurgus im nahen Gernsbach und den geplanten Besuch bei ihm vergessen hatte. Es war zu spät dazu.

Die Wahl von Heidelberg erwies sich als glücklich. Renée, der man hätte einreden können, es liege an der Elbe, denn von der Elbe wußte sie so wenig wie vom Neckar, fühlte sich in eine romantische Oper versetzt, und im Schloßhof verlangte sie nach Musik. Es gab sie auch: Bald sangen wandernde Studenten ein Lied, bald griff ein Harfenmädchen in die Saiten. Aber Renée war sensibel, und sie spürte, diese Szenerie hier sei nicht nur um der Fremden willen, sie sei durch sich selber da, eine Schicksalsstätte der gestürzten Größe und der Melancholie.

Sie wohnten angenehm am Kornmarkt im Prinzen Karl. An der Mariensäule, die in der Mitte des Platzes ragte, standen Mieteselchen, auf denen man um vierundzwanzig Kreuzer zum Schlosse ritt. Das von Renée gewählte wartete schon am zweiten Morgen am Hotel direkt, und sie ließ es auch nur einen einzigen Tag unter sieben aus, als Jacques mit ihr nach Schwetzingen fuhr.

So komisch sich die langen Beine eines Engländers auf dem Grautier ausnahmen, die zarte junge Frau schien einen Zelter zu reiten wie in der alten Zeit. Jacques ging neben ihr, trug Schal und Plaid. Sie sagte, ein Jahr lang würde sie es nicht müde werden, auf einer Bank im Schloßgarten zu sitzen und auf die gesprengten, efeuumrankten Mauern zu sehn.

Was andere an Heidelberg verlockte, die langen Pfeifen, woraus blutjunge Burschen rauchten, die Mensuren in der Rose oder das große Faß und die vielen Kannen, die der dicke Ottheinrich getrunken hatte, stieß sie ab; der Französin fehlte der Sinn für die den Deutschen teuere Studentenpoesie. Eine Stunde lang im Schloßgarten spazierenzugehn, eine andere zu lesen, in der Gartenwirtschaft zu essen, von der Terrasse auf die Brücke und den Fluß zu schauen, oder vom Königsstuhl, nach einem langen Ritt, das Straßburger Münster zu suchen und dann in Wolfsbrunnen Forellen zu bestellen schien ihr die Erfüllung aller Wünsche zu sein.

Als sie danach abreisten, trennten sie sich nicht, sie blieben zusammen bis Paris. Um nicht neue Visa nehmen zu müssen, fuhren sie nach Karlsruhe zurück und reisten von da über Metz, Nancy und Reims. Renée besaß die bei einer Frau ungewöhnliche Eigenschaft, eine Feinschmeckerin zu sein. Die gute Kameradschaft, die Suche nach dem Hübschen und den kleinen Reizen des Tages hatte den Gewinn davon.

In Zukunft, sagte Renée, da sie Zukunftspläne machte, würde man die Ferienbegegnungen sorgfältig vorbereiten – gemeinsam mit dem Geliebten Europa zu bereisen, sei wie die Freiheit ein Menschenrecht. Jacques, der an die Verabredung mit den Zwillingen dachte, half sich mit der Überlegung, wenn es soweit sei, werde man einen Ausweg finden.

Er fragte nach dem, was näher lag, der Form, die ihre Beziehung nun in Paris selbst annehmen würde. Renée sagte es ihm, lebhaft und so optimistisch, wie sie nun war. Sein Tag sei besetzt, bis er die Sprechstunde schließen könne; von fünf an gehöre der Abend ihm. Wenn immer es sich machen lasse, werde sie in diesen Stunden bei ihm sein – sie, Renée, seine Abendfrau. Natürlich habe sie auch Aufgaben, die sie von ihm fernhielten, Gesellschaft, Theater, Ball. Joseph wolle ein größeres Haus machen, aber auch sie wolle es selbst – nun endlich habe ihr Leben Inhalt erhalten. Sobald eine Frau wisse, wem ihr Herz gehöre, sei sie auch bereit, die Pflichten zu bejahn, die aus den Umständen erwüchsen. Man lerne, nicht zuviel zu verlangen – die Freude auf die kurze, aber gesicherte Stunde des Herzens genüge ihr.

Mit einer Verspätung von acht Tagen nahm Jacques seine Praxis wieder auf. Er hatte viel zu tun, und Renée ging es kaum besser. Es ließ sich nur wenig ändern, sie erkannte es bald. Das größere Haus, das sie nun führte, beanspruchte auch mehr Zeit. Joseph bestand darauf, zweimal in der Woche eine Gesellschaft zu geben. Die eine war größer, die andere kleiner, aber zwei Abende schieden aus. Einmal mindestens mußte sie eine Einladung annehmen, einmal ins Theater gehn. Das ergab vier Abende, an denen sie so müde war, daß am nächsten Morgen der Besuch der Manege fortfiel.

Es lief darauf hinaus, daß sie an zwei Nachmittagen für ein paar Stunden zu Jacques schlüpfen und nur am Sonntag über Abend bleiben konnte. Joseph mochte sagen, was er wollte, sonntags verließ sie am frühen Nachmittag das Haus und kehrte erst spät in der Nacht zurück. Für die Dienstboten war sie im Vorort, in Passy, wo ihre beiden Schwestern wohnten.

Sie seufzte, aber Jacques redete ihr zu. Auch so, wie sie jetzt lebten, ließ es sich ertragen, weil eine Ordnung war. Aus der Abendfrau war nichts geworden, dafür kam sie als seine Sonntagsfrau. Der Alltag griff nicht nach ihnen, einander überdrüssig wurden sie nie. Er liebte den Augenblick, wenn sie in der Dämmerung des Winternachmittags hereinwehte, der Schleier und der Pelz nach der Frische draußen roch. An ihm, ihr beides abzunehmen – die Berührung seiner Hände machten ihre Knie schwach. Das Heimliche und das Heiße, das die Frauen zum Leichtsinn trieb, weil sie es daheim nicht fanden, überwältigte auch sie und war doch, beglückendes Gefühl, kein Betrug.

Jacques kannte Joseph kaum und wünschte auch nicht, mit ihm zu verkehren. Aber Renée lag alles daran, ihn bei sich zu sehn. Sie überraschte ihn durch die Mitteilung, Joseph halte ihn für ihren Arzt. Sie hatte Beschwerden vorgetäuscht, von einer Untersuchung und Behandlung gesprochen, schon längere Zeit. Jetzt erhielt Jacques eine goldgeränderte Einladungskarte, und es blieb ihm nichts anderes übrig, als hinzugehn.

Bei Joseph Bartoux verkehrten in wohlerwogener Mischung Geldleute, Deputierte, Industrielle, Offiziere und die Herausgeber von zwei Zeitungen. Sie gehörten alle dem Flügel der Blauen an. Was sie vom Staat verlangten, war Ruhe und das Geschäft mit ihm. Es befanden sich Orleanisten und Republikaner darunter, für alle Fälle auch der eine oder andere Monarchist. Man konnte nicht wissen, wohin die Entwicklung ging. Die Offiziere waren unter dem Gesichtspunkt der Unentbehrlichkeit ausgewählt. Sie arbeiteten im Kriegsministerium, das die Lieferungen von Pulver und Geschützen vergab.

Renée weihte Jacques in die Zusammenhänge ein. Er hatte am ersten Abend bestens bestanden. Unterhaltung um der Unterhaltung willen war nicht die starke Seite von Herren, die so gewichtige materielle Interessen hatten; der Geschäftsgeist vertrieb den Geist schlechthin. Es war ihm nicht schwergefallen, Löwe in der Damenecke zu sein, und auch nicht, auf die Frage einer Generalstäblerin nach dem Titel der Maslins zuzugeben, daß er als Sohn des in Algerien gefallenen Helden Anspruch darauf habe, sich Vicomte zu nennen, doch begnügte er sich mit dem einfacheren de als Arzt.

Joseph war nicht entgangen, wie vorteilhaft die Anwesenheit des Doktors für einen Gastgeber sei. Der Zwang, sich Frauen zu widmen, bedeutete ihm selbst ziemlich unverblümt eine Last. Die Frauen ihrerseits, ganz abgesehn davon, daß sie ihn farblos fanden, spürten es. Jacques, der Neuling in diesem Kreis, hatte den Vorteil davon. Mit Männern von der Veranlagung Josephs wurde er nicht warm. Der Mediziner entschuldigte sie, der Mensch lehnte sie ab. Sooft er ihnen begegnete, wiederholte sich das gleiche, die Abneigung war gegenseitig, und es entschied sich in der ersten Minute schon.

Das reizvollste am Abend war, Renée als frohe Gastgeberin zu sehn. Sie verschwendete sich an die Aufgabe, ein Dutzend gleichgültige Leute zu beschwingen, und vernahm, daß es so entzückend noch nie bei ihr gewesen sei. Sie lächelte; ihr Blick glitt wie ein Scheinwerfer, der gleich wieder abbiegt, zu Jacques, dem Freunde, hin. Beim Abschied sagte sie ihm, der Mittwoch sei ihr regelmäßiger Abend, und Joseph, der die matten Augen eines Fisches hatte, bestätigte es. So wurde Jacques in der Folge bei Renée Mittwochabendgast. Es wollte sich eine neue Gesellschaft bilden, und eines Tages stellte Renée fest, was sie selbst nicht gewußt hatte: sie führte einen hochpolitischen Salon. Der Name Louis Napoleon fiel immer häufiger in ihm.

Das erste, was Jacques bei seiner Rückkehr im September hörte, war, daß abermals Teilwahlen stattfänden und der Prinz sich wieder aufgestellt habe. Vor ein paar Monaten hatten die Republikaner und Cavaignac ihn durch ihre Drohungen gezwungen, auf seinen Sitz zu verzichten. Jetzt wagte er sich abermals ans Licht. Er oder Persigny bearbeiteten die Wähler mit persönlichen Briefen und Prospekten. Kaufleute taten das neuerdings, wenn sie ein Geschäft eröffneten, zum Ärger des Mannes, der Post bekam. Aber auch die Politik schien nichts anderes mehr als Bitte um Kundschaft zu sein.

Die Mühe lohnte sich, in fünf Departements wurde der Prinz gewählt. Diesmal beanstandete ihn niemand in der Nationalversammlung. Er setzte sich bescheiden auf einen Eckplatz auf der Linken und las sein Bekenntnis zur Republik vom Blatt. Kein Schweizer könne sich demokratischer gebärden, hieß es nun spöttisch, es stecke nichts hinter ihm – doch, Austerlitz, erklärte Victor Hugo im Evènement und meinte es zustimmend. Als Dichter hatte es ihm der große Name und der soziale Schimmer um den Namen angetan.

Jacques traf den Prinzen bei Mme. Demidow, die zurückgekehrt war und sich den Verhältnissen anpaßte. Mit dem vertriebenen König hatte sie gut gestanden, die Monarchisten verkehrten weiterhin bei ihr. An das Bekenntnis des Prinzen zur Republik glaubte man nicht recht – es konnte sein, daß er sich gegen sie gebrauchen ließ. Im Salon seiner Kusine Mathilde also nahmen die legitimistischen Herren ihn in Augenschein. Er hörte ihnen zu und benahm sich wie ein Mann, der noch viel lernen muß, die Erfahrung ist bei den andern. Bald hieß es, er sei harmlos und unbedeutend; auf Jacques wirkte er verschlagen.

Die Nationalversammlung entwarf noch immer die Artikel der Verfassung. Die größte Schwierigkeit bereitete die Frage, ob der Präsident der Republik durch die Volksvertreter oder abermals durch das Volk selbst zu wählen sei. In der Debatte griff ein Abgeordneter den Prinzen unvermutet an, und der Prinz, der nicht schlagfertig war, stammelte ein paar Worte, die besagten, daß er kein Kronprätendent sein wolle. Die Salons, die Zeitungen, die Kaffeehäuser spotteten. Er galt für eine Null, in einem Land, worin der hohlste Kopf doch eines besaß: Beredsamkeit und Feuer.

142

Am Tag nach diesem Zwischenfall traf Jacques auf der Straße Persigny und wurde von ihm kurzerhand ins Hôtel du Rhin mitgenommen. Es lag an der Place Vendôme und bewies, daß der Prinz über mehr Geld als im März verfügte. Jacques sah sich verbindlich begrüßt und auch zu Tisch geladen. Der Prinz sagte, daß er Mlle. George erwarte.

Das Jugendbildnis der Tragödin hing noch vielerorts in den Geschäften, das einer schönen Frau mit hoher Brust und um den Kopf gewundenen Flechten. Sie trat ein und war nun sechzig. Die Hand hielt einen Veilchenstrauß. Veilchen waren die Lieblinge der Kaiserin Josephine gewesen und seither bonapartistisches Emblem. Während der Prinz die Blumen in eine Vase gab, ging Mlle. George zum Fenster.

Der Kaiser, dem sie nicht gleichgültig gewesen war, stand auf der Säule draußen. Der Prinz sagte, den halben Tag verbringe er damit, den Oheim zu betrachten. Wie in einem Dialog auf der Bühne erwiderte sie bedeutungsvoll, mit dieser Säule verhalte es sich sehr hoch.

Ein Lakai öffnete die Tür zum Speisezimmer. Anwesend war nur noch Persigny. Mlle. George bemerkte den gelben Diamanten, den Jacques am Finger trug, und vermutete, er sei brasilianischer Herkunft. Das Geschenk einer brasilianischen Dame, mit der Madame einmal, vor fünfzehn Jahren, beim Herzog von Braunschweig gefrühstückt habe, entgegnete er.

Als Jacques auch Rossini und die Taglioni, den Prinzen Wasa und Mme. Belgiojoso erwähnte, erinnerte sie sich. Braunschweig war wie ein Stichwort. Jacques gab den Streich zum besten, an dem er beteiligt gewesen war, als der Herzog sich der Ausweisung entzogen hatte. Er erzählte auch von der Dachwohnung der Prinzessin Belgiojoso, wo Lafayette den Salat mischte und Thiers die Eier schlug. Der Prinz amüsierte sich und sagte, er hoffe ihn öfter zu sehn. Berlioz weilte im Dauphiné, am Sterbelager des Vaters. Inzwischen erlitt seine Frau den vierten Schlaganfall, die Zyniker im Café berechneten schon den sechsten. Als Pechvogel war Berlioz gefahren, in der gleichen Eigenschaft kehrte er zurück. Wohl erbte er nun Grundstücke, doch in dieser schlechten Zeit durfte man den Verkauf nicht übereilen. Zwei Haushalte kosteten Geld – es fand sich für keinen.

In seinen Erzählungen von der Reise tauchte der Name einer Estelle auf. Wenn er ihn aussprach, flackerten die Augen, und ihr Ausdruck war verstört. Bald schien Estelle ein Kind, bald eine alte Frau und immer eine Halluzination zu sein. Jacques bat um geordneten Bericht.

»Als ich sie zum letzten Mal sah, im Jahre 15, auf dem Landgut meines Großvaters, war ich zwölf und sie ein süßes kleines Mädchen«, sagte Berlioz und schlug die Hände vor die zerwühlten Wangen. –

»Es gab dort einen Salon, und auf seine Tapete waren segelnde Wildgänse, langgestreckte Kraniche gemalt. Mit Estelle stand ich davor und träumte in den Flug der Vögel den kühneren hinein, den ich selbst antreten würde, als Musiker, den Zug des Siegers.«

»Ich verstehe«, meinte Jacques, »nicht aber, was die Tapete mit Ihrer Reise zu tun hat – waren Sie auf dem Großvatergut?«

»Das ist es, ich war da. Und als ich den Salon betrat, die noch immer segelnden Vögel sah, empfand ich Dinge, für die es keine Worte gibt. Was war aus dem Traum geworden, aus Estelle, aus mir selbst und dem hohen Flug? Zu denken, wie ich damals war und wie ich heute bin, vernichtete.«

»Bleiben wir bei Estelle, mein Freund. Sie erkundigten sich ohne Zweifel nach ihr?«

»Ja, ich fragte, und man gab mir Bescheid. Sie hat geheiratet, sechs Kinder geboren und vor kurzem den Gatten verloren.«

»Der Lauf der Welt«, tröstete Jacques und nahm an, die Geschichte einer Erinnerung habe damit ihr natürliches Ende erreicht. Beunruhigt vernahm er, daß eine arme Künstlerseele sechs Kinder und dreiunddreißig Jahre für nichts erachtete. –

»Nur Estelle habe ich jemals geliebt, nie eine andere Frau. Sie ist vierundvierzig, ich ein Jahr älter, was macht es aus?«

»Angenommen, daß es nichts ausmacht, so können Sie doch nicht annehmen, daß Mme. Estelle von dieser späten Entdeckung Ihrer Gefühle das geringste ahnt.«

»Ich habe ihr geschrieben, sie weiß es nun.«
»Was hat sie geantwortet?«
»Daß mein Geständnis sie verwirrt.«
»Und werden Sie diesen Briefwechsel fortsetzen?«
»Ich lebe davon, ich klammere mich daran.«
»So reisen Sie in Gottes Namen hin.«
»Ich werde es tun, um die Erlaubnis bat ich sie schon.«

Wie verwüstet mußte Hamlet sein, daß er Nektar aus verwelkten Blumen sog. Die Adlernase sprang knochig aus dem abgemagerten Gesicht, der hohe Schopf war strähnig und farblos geworden; verschlissene Kleider hingen um den eingezogenen Leib. Estelle aber gab keine Antwort auf diesen letzten Brief. Seine Frau erlitt den fünften Schlaganfall – sterben konnte sie noch nicht.

Im November endlich kam die Verfassung zustande und setzte fest, daß der Präsident der Republik, der vier Jahre amten sollte, vom Volk selbst zu wählen sei. Bald zeigte sich, die größte Aussicht habe neben General Cavaignac Prinz Louis Napoleon, und das war seltsam genug. Die Politiker hielten den Prinzen für eine Marionettenfigur, aber eben deswegen stimmten sie für ihn. Eine Marionette war ein Ding mit Fäden, und an den Fäden konnte man es ziehn. Thiers, der wieder zur Macht kommen wollte, gestand diese Auffassung offen ein.

Eine neue Flut der Propaganda überschwemmte das Land. Dem Prinzen fehlte es nicht an Geld. Dieses Mal sagte man, seine Kusine Demidow und der Bankier Fould gäben es ihm. Eines Abends verließ Jacques den Salon Mme. de Demidows zugleich mit dem Prinzen und Persigny. Der Prinz schlug ihm vor, ihn ins Hotel zu begleiten – er sei froh, nach der Hetze des Tages bei einer Zigarre auszuruhn.

Jacques hatte ihn inzwischen öfter beim Ausritt gesehn. Auf dem Pferd machte der etwas Kurzbeinige gute Figur. Jetzt am Kamin in anderem Sinne auch. Es war der Kopf, der ihm eine gewisse Bedeutung gab. Man konnte darin einen verlebten Zug feststellen, aber das schadete einem Männergesicht selten, am wenigsten in den Augen der Frauen. Zwar hatte er die Kloake gestreift, aber der Eindruck, daß der Anspruch auf Rang seinem innersten Bewußtsein natürlich sei, ging von ihm aus. Das Vermögen seiner Mutter, der Königin Hortense, war in jungen Jahren durchgebracht – was weiter, er hatte es immerhin gehabt.

Das Markante und Klare fehlte dem Gesicht, und manche nannten ihn den Sphinx. Niemand wußte tatsächlich, ob er sich auf andere stützen mußte oder geheime Energie besaß. Was nicht feststeht, bleibt der Vermutung offen, und wer lange genug lebte, würde alles sehn.

Er machte keinen soldatischen Eindruck, dafür den eines Mannes mit Bildung und Erfahrenheit. Die Künste interessierten ihn nicht, wohl aber die Fragen des Staates, der Wirtschaft, der Technik stark, dazu Erziehung und Religion, in denen er Hilfsmittel sah.

Nur Persigny war zugegen, und Persigny schwieg. Die Unterhaltung kam auf die Schuljahre des Prinzen in Augsburg. Er sprach ein ausgezeichnetes Deutsch, es war sogar zu gut: aus seinem Französisch hörte man den germanischen Akzent. Cäsar, der gallische Krieg, die Brücken, die vermutliche Stätte der Lager und Schlachten beschäftigten ihn seit diesem Augsburg her. Er wirkte nicht wie jemand, der nach der Machtergreifung die Freunde der Vorbereitungszeit vergessen wird – es war nicht nur eine höfliche, sondern auch eine menschliche Atmosphäre um ihn. Als Jacques heimging, gestand er sich wieder, er habe alles in allem eine Schwäche für diesen Mann.

Die Propaganda erstreckte sich diesmal bis in die Kasernen und Schulen. Cavaignac war nicht beliebt. Wenn er in der Nationalversammlung Widerspruch begegnete, schlug er mit der Faust aufs Pult. Das Volk, worunter man sich nun etwas so Bestimmtes wie die Arbeiter und die kleinen Handwerker vorzustellen hatte, vergaß ihm die Deportierten nicht. Zwar waren es nicht fünfzehntausend, wie es zuerst geheißen hatte, aber auch ein Drittel dieser Zahl klang schrecklich genug. Das Volk stimmte für den Erben des großen Namens, der ihm Gerechtigkeit und den Bürgern Ordnung versprach. Am zehnten Dezember erhielt Lamartine achtzehntausend Stimmen, Cavaignac gegen anderthalb Millionen und Louis Napoleon deren fünfeinhalb. Er war nun der Erwählte der Nation und bezog alsbald seinen Amtssitz, das Elysée.

Renée, die sich zu ihm bekehrt hatte, weil Jacques für ihn war, sagte, nie sei ein Betrag besser verwendet worden als jene tausend Francs. Jacques erwiderte, der Präsident der Republik sei vielleicht eine Respektsperson, die keinen Privatverkehr mehr kenne. Als die Karnevalszeit des neuen Jahres 1849 kam, erhielt er, gleich Joseph und Renée, eine Einladung zu einem der offiziellen Bälle.

Der Präsident blieb einen Augenblick bei ihm stehn und drückte ihm die Hand – wie andern Ärzten, Künstlern, Gelehrten auch. Immerhin befand sich Jacques unter denen, die am vierundzwanzigsten Februar, dem ersten Gedenktag der Revolution, zu Rittern der Ehrenlegion befördert wurden. Es hob sein Ansehn, er war noch keine fünfunddreißig alt, und es machte ihm sogar Vergnügen. Mit einer Medaille lief man nicht herum, das rote Bändchen war eine diskrete Erfindung.

Die Entwicklung der Dinge im Staat an der Hand der Zeitungen zu verfolgen langweilte ihn, es kostete zuviel Zeit. Nichts war so schwer, wie im Auf und Ab der Tage und der Wochen die Grundlinie zu verfolgen. Er unterrichtete sich bei den Mittwochgesellschaften Renées. Wenn man sah, wie sich in den Köpfen einer Partei die Ereignisse spiegelten, erblickte man, sozusagen, auch den Schatten, den sie in andern Lagern warfen.

Es schien alles darauf hinzuweisen, daß der Prinz als erster Präsident einer Republik sich auf einem noch unbebauten Gelände ebenso unsicher wie die Gegenspieler erging. Sein Kabinett bestand aus alten Orleanisten, es versuchte, ihn in die Hand zu bekommen. Die Herren legten die Geschäfte nieder und nahmen sie nach Verhandlungen wieder auf. Jacques glaubte die wesentlichste Eigenschaft dieses Mannes zu spüren, die gleichmütige Geduld.

Im Mai schwächten die Neuwahlen den republikanischen Flügel noch mehr. Mit den Führern von 1848 verschwand auch Lamartine. Dupin, der Präsident der neuen Kammer, war Orleanist und gehörte zu den Freunden Josephs, der selber gewählt worden war. Der Oberbefehlshaber der Pariser Garnison, Changarnier, machte kein Hehl aus seiner royalistischen Gesinnung und aus seiner Feindschaft gegen den Prinzen, der sich nicht mehr auf die bonapartistischen Abgeordneten stützen konnte; es gab ihrer nur noch wenige.

Er stützte sich auf die Armee. Der Name Napoleon verpflichtete. Zwar besaß er keinen soldatischen Grad, aber er zog die Uniform eines Generals der Nationalgarde an und besuchte in ihr die Gießereien, die Zeughäuser und die Militärspitäler. Die äußere Politik kam ihm zu Hilfe. Die Römer hatten Pius den Neunten vertrieben. Mazzini die Republik erklärt. Schon marschierten die Österreicher auf Rom – um ihnen zuvorzukommen, fuhr ein französisches Korps übers Meer, und im Auftrag des Prinzen verhandelte Lesseps mit Mazzini über die Rückkehr des Papstes. Es war derselbe Lesseps, den Jacques in Alexandria als Generalkonsul getroffen hatte. Mazzini gab nicht nach. Der Prinz, der Carbonaro von einst, verjagte ihn und legte eine Garnison nach Rom.

Es war ein ganz großer Erfolg, der das Ansehn des Prinzpräsidenten nicht nur im Inland hob. Man besaß trotz des Wechsels noch Geltung; die Franzosen stellten es mit Genugtuung fest. Marja, die Jacques regelmäßig über die Zwillinge berichtete, hängte ein begeistertes Postskriptum über den Beschützer der Kirche an, und Paulette im gleichen Sinn das zweite.

Jacques erhielt noch einen Brief Paulettes, der heimlich geschrieben war, er amüsierte ihn. Sie fragte, ob die unerwartete Gunst der Orleanisten Dauer haben könne, Jacques möge vorsichtig beim Verkehr mit ihnen sein. Sie selber habe ihren ersten Bewerber abgewiesen, weil er zu offen als Legitimist auftrete. Sie wünsche sich nichts so brennend wie einen Besuch in Paris und hoffe auf Jacques – vielleicht lade er sie und die Mutter ein? Er zeigte den Brief Renée, und Renée sagte, sie sei bereit, Paulette für ein paar Wochen aufzunehmen. Die Mitteilung ging nach Colmar, hatte aber keinen Erfolg.

143

Joseph Bartoux war der zufriedenste Mann. Er hatte beim Ausbruch der Revolution geglaubt, seine Laufbahn sei zu Ende, und nun saß er nicht nur in der gesetzgebenden Versammlung: auch die Waffenfabrik vergrößerte sich, dank der römischen Expedition und der drohenden Haltung Österreichs, hinter dem Rußland stand.

Er setzte Jacques auseinander, wie sehr alles sich verändert hatte. Der Prinzpräsident griff in Italien im Namen der Legitimität ein, die vor dreißig Jahren von Rußland aufgestellt worden war, aber der Sinn galt nicht mehr, der alte Kampf zwischen Frankreich und Österreich lebte wieder auf, und Sardinien, das die Vertreibung der Österreicher aus Italien anstrebte, lehnte sich an Frankreich an. Bartoux witterte Morgenrot, Gewinn und Erfolg auf der ganzen Linie. Der Prinz war nicht nur der Erwählte der Nation, auch das Schicksal begünstigte ihn.

Im Juni, ein Jahr nach der Stadtschlacht, geriet Jacques in der Rue de la Paix in eine Attacke. Die Dragoner gingen mit blankem Säbel gegen eine Schar vor, die von Ledru-Rollin geführt wurde. Es war ein Protest gegen die Politik des Prinzen und für die römische Republik. Das Bändchen im Rockaufschlag, den Jacques emporhob, rettete ihn vor einem Hieb. Der Zwischenfall war kurz, er kostete sieben Tote, war aber der Beginn dessen, was bei den Republikanern fortan Reaktion hieß und leidenschaftlich bekämpft wurde, bald auch von Victor Hugo; er hatte umsonst auf einen Ministersitz gehofft.

Der Prinz untersagte die Vermehrung der Freiheitsbäume und schaffte den Nationalfeiertag vom vierundzwanzigsten Februar ab. Undurchsichtiger als je steuerte er den Kurs gegen die Republikaner, aber gewiß auch nicht zu den Legitimisten hin.

Die Sommerferien dieses Jahres wollte Jacques, wie verabredet war, zum Teil in der Au bei Alexandra und den Zwillingen, zum Teil mit Renée in Baden-Baden verbringen. Allein konnte er sie dort allerdings nicht treffen; die Wirklichkeit ließ sich immer anders als die Träume an. Sie würde mit ihrer Freundin Amélie hingehn und jede der Damen sich von einer Zofe begleiten lassen.

Dieser Plan wurde schon an Ostern gefaßt, während der Premiere von Meyerbeers Prophet, in der Mme. Pauline Viardot die große Rolle sang. Dann schien es freilich, als werde nichts daraus. Ein neuer Aufstand erschütterte das Großherzogtum Baden, im Auftrag des Deutschen Bundes rückten die Preußen ein. Als Jacques im Juli nicht wußte, ob er reisen solle, schrieb ihm Marja, er möge wie im Vorjahr nach Colmar kommen und hier die Entwicklung abwarten; die badischen Insurgenten hielten sich nur noch in Rastatt, es falle bald. Er erwähnte in seiner Antwort die beiden Damen, die er bis Straßburg begleiten wollte, und Marja lud auch sie ein, im Notfall bleibe man auf dem Gut in Ingersheim.

Um diese Zeit überraschte ihn Renée durch ein Geständnis, das ihn zuerst erzürnte. Sie hatte den Schutz, auf den er vertraute, beseitigt, und er warf ihr vor, daß sie hinterhältig wie andere Frauen auch sei.

»Nicht schelten«, bat sie. »Wenn eine Frau auf einem Kind besteht, ist sie immer im Recht.«

»Und von da zum Mittel, das den Zweck heiligt, nur ein Schritt.«

»Ein einziger«, bestätigte sie.

Er erinnerte sich, wie drängend und wie heiß sie sich in der letzten Zeit gegeben hatte, und fand sich mit einer Tatsache ab.

»Was wird Bartoux sagen?« fragte er.

»Wenn er Verstand hat, nur, daß das Geheimnis gewahrt werden muß. Er verdient so viel Geld, daß es eine Schande ist. Wem kann er es hinterlassen? Verwandten in der Provinz, die er kaum kennt. Es beschäftigt ihn, und als ich neulich, um ihn vorzubereiten, davon sprach, daß wir einen Sohn adoptieren sollten, nickte er schon fast. Bald werde ich ihm erklären, es gebe einen einfacheren Weg, und er sei bereits gefunden. Jacques, vielleicht wird es wirklich ein Sohn. Sag, daß du mir nicht mehr zürnst, denn es ist unser Sohn.«

Er erwiderte, an drei Söhnen habe er genug, und wenn es ein Mädchen werde, sei er auch froh. Sie wollten es Jacqueline nennen, sagte sie, und er, dann werde Joseph aufmerksam, Renée als Name gefalle ihm mehr.

»Wenn sie drei Jahre alt ist, führe ich sie zum erstenmal hierher zu dir.«

»Vorerst haben wir wieder einmal die Cholera; sei vorsichtig mit Obst und hüte dich vor Erkältungen, vielleicht solltest du nicht reisen«, meinte er.

»Wenn man so glücklich ist, wie ich es bin, wird man immun«, erwiderte sie. Er sagte, das habe er noch nicht gewußt, er lerne etwas hinzu.

Joseph wurde unauffällig beigebracht, daß Jacques Renée und Amélie begleiten könne. Renée erwähnte in seiner Anwesenheit die Absicht, nach Baden-Baden zu gehn, und Jacques fragte, wann sie führen – von Marja eingeladen, reise er selber nach Colmar. In der zweiten Hälfte Juli ergab sich Rastatt zur rechten Zeit dem Prinzen von Preußen, so daß nichts mehr im Wege stand. Sie verließen Paris, und die gemeinsame Fahrt dauerte bis Appenweier an.

Drei Wochen später traf Jacques, der aus der Au kam, in einem leeren Baden-Baden ein, wo schlechte Saison war. Bis vor wenigen Tagen wohnte das preußische Hauptquartier in der nahen Favorite, die Soldaten lagen noch immer in den Bürgerhäusern der Stadt.

Am Bahnhof warteten Renée, Amélie und der Kavalier, den sie inzwischen gefunden hatten, der junge Charles Humbert. Er war der Sohn eines Rüstungsindustriellen, der zur Bartouxgruppe gehörte, ein Achtundzwanzigjähriger mit vollblütigen Wangen und ein pathetischer, aber harmloser Snob. Über seinen Gang lächelte Jacques. Londoner Boxer hatten ihn, wenn sie vor zehntausend Augen den Ring betraten, von Muskeln schwellend und doch verhalten – bei steifen Oberarmen wippten die unteren nur auf und ab.

Die Damen, und nun auch Jacques, wohnten wieder an der Oos. Schon auf dem Weg zum Hotel fragte Humbert Renée, ob er hoffen dürfe, daß sie mit ihm am Nachmittag ausreite. Daß sie sich mit Jacques mehr als mit ihm beschäftigte, verdroß ihn offenbar. Renée verschwendete an ihn ihr zärtlichstes Gaminlächeln und erwiderte, Reiten sei ein Morgensport.

Humbert schaute sie bewundernd an, und man sah, wie ihm diese Antwort einging. Er sagte sogar, daß sie geistvoll sei. Am Abend im Spielsaal hörte Jacques zufällig, wie er sie einer Gruppe junger Damen vortrug, als selbstgefundene Sentenz: wer auf sich halte, reite am Morgen, am Mittag erholten sich die Epiciers.

Jacques machte Renée Vorwürfe. In ihrem Zustand sei es nicht gut, zu Pferde zu steigen, sagte er.

Es war am zweiten Morgen, er hatte lange geschlafen und traf sie im Vestibül des Hotels, als sie im Amazonenkostüm vom Ausritt kam. Die Bewegung hatte ihre Wangen gerötet; sie sah bezaubernd aus, nun hob sie die Augen, das Gefühl darin galt ihm.

»Nicht schelten«, bat sie. Die geringste Mißstimmung war ihr zuwider, weil sie die Nichtübereinstimmung empfand. »Du bist zu streng«, sagte sie und flüsterte errötend, es sei der zweite Monat erst. »In Paris kennt man sein Reitpferd, hier nicht«, erwiderte er.

Sie versicherte, die Stute Lore sei wohl ein wenig bissig, aber unter ihrer Hand die Sanftmut selbst. Jacques konnte keine Antwort geben, Amélie kam die Treppe herab, eine rundliche, gar nicht amazonische Frau, seit den Mädchentagen mit Renée befreundet und Witwe des Korvettenkapitäns, unter dem Renées Verlobter bis Tahiti und nicht weiter gefahren war.

Renée versprach, in einer Stunde im Kurgarten zu sein. In zwei, sie müsse ausruhn, rief Jacques ihr nach, war aber sicher, daß sie sich nicht daran halten werde. Das Kind, die Freiheit von Baden-Baden, seine Anwesenheit, alles beschwingte sie wie eine Feder vom feinsten und härtesten Stahl. Sie hatte keine Beschwerden; in Aufruhr brachte sie nur der Anblick von Molken, sei es im Glas, das eine Hand hielt, sei es im Bart eines alten Herrn. Ein Glück, daß gestern Humbert, der dem Jodeln der Sennerin lauschte, nicht gesehen hatte, wie sie sich über den Strauch beugte.

Der gute Humbert war sehr erstaunt gewesen, als man ihm sagte, die Sennerin sei ein der Umsicht der Kurverwaltung verdankter Import. Er hatte geglaubt, sie komme von der nächsten Schwarzwaldhöhe herab. Von Deutschland hatte er, wie die meisten Franzosen, die Vorstellungen eines Kindes, das in die Schachtel mit dem Nürnberger Spielzeug schaut.

Eben näherte er sich mit diesem unternehmend gedämpften Boxergang dem Tischchen, woran Amélie und Jacques saßen. Es stand vor der Bude eines Uhrmachers. Die Kuckucksuhren tickten und schlugen und riefen, die Pendel schienen rascher als andere zu schwingen, die Kinder staunten sie an. Amélie lobte die preußischen Offiziere aus der Bundesfestung Rastatt, weil sie die Zigarren aus dem Mund nahmen, wenn sie an einer Dame vorübergingen.

Humbert war aufs sorgfältigste angezogen, ein wenig zu neu. Zum Schneider hatte er den des Jockeyklubs. Schneider war auch der Mann, der wie ein wohlhabender Engländer aus der City aussah und in einem Gefolge von Deutschen daherkam, von allen Seiten begrüßt, nach allen würdig grüßend. Jacques kannte seinen Namen durch Neville, der bei ihm arbeiten ließ. Es war Mr. Stultz, dessen Vater in einem Dorf bei Baden-Baden geboren worden war und es in London zum Reichtum, in Karlsruhe zum Adel gebracht hatte. Der Sohn setzte die Stiftungen des Vaters fort und wurde von den Einheimischen verehrt.

Humbert stellte fest, daß auch Mr. Stultz keine Hosenstege mehr trug, sie also abgeschafft waren, und begann, Konversation zu machen. Sie war seltsam genug. Die zusammengewachsenen siamesischen Zwillinge hätten zwei Schwestern in Südkarolina geheiratet und die Schwestern bekämen Kinder – er lachte und schaute, da Amélie die Schultern zuckte, Jacques vielsagend an. Auf dem Boulevard Montmartre sei ein Lastwagen mit sechs Pferden nicht weitergekommen und man habe noch zwei andere vorspannen müssen – was mochten sie ziehn? Niemand gab eine Antwort, und er triumphierte schon, als Jacques sie doch gab: es sei der Papiervorrat, den Dumas für den Winter brauche. Am Morgen hatte er die Anekdote im Badeblättchen auf deutsch gelesen, Humbert sie aber von Mme. Heiligenthal, der Wirtin des Hirschen, erfahren, er wohnte dort.

Als Jacques, der den Eingang zum Kurgarten im Auge behielt, Renée sah, ging er ihr entgegen, wie duftig war ihr helles Kleid. Er liebte den Hauch von Parmaveilchen und hatte wenig übrig für das indische Patchouli, Renée aber viel. Vor einem Laden blieb sie stehn und erkundigte sich nach dem Preis. In Paris hätte sie es billiger haben können, aber hier schenkte es ihr Jacques. Gern würde er auch Amélie ein Fläschchen mitgebracht haben, doch dachte er an die Empfindlichkeit der Frauen, in diesem Fall Renées.

Humbert durfte ihr die nicht unwitzige Geschichte vom Papierbedürfnis Dumas' wiederholen, und sie lächelte ihm zu, was ihn beglückte. Seine von englischen Beefsteaks genährten Backen färbten sich. Daß sie den Beefsteaks zu verdanken seien, hatte er schon am ersten Abend Jacques anvertraut – ein Kavalier, der als Kavalier lebe, tue gut, auf die Erneuerung seiner Kräfte bedacht zu sein, und sei es für teures Geld, sogar um Mitternacht.

Gegen Abend fuhren die vier Bekannten auf der Lichtentaler Allee im Korso mit, und später zogen die Damen sich früh zurück. Amélie hatte Anlaß, mit einer Tasse Kamillentee das Bett zu hüten, und ohne sie konnte Renée nicht gut die Spieltische besuchen. Jacques vernahm, sie werde schlafen, bis er heimkomme, und ihre Tür – sie lag auf seinem Stockwerk – sei offen, damit er ihr gute Nacht sagen könne.

Jacques und Humbert rauchten eine Zigarre vor dem Konversationshaus; der volle Mond schwebte seitlich vom Hange des Merkur herauf. Preußisches Militär spielte Armeemärsche und Heil dir im Siegerkranz, eine Weise, in der die Engländer die Melodie von God save the Queen und eine Aufmerksamkeit sahn.

Humbert dürfe weder morgen noch an einem andern Tag Renée zum Ausreiten auffordern, erklärte er dem jungen Mann und wurde neugierig gefragt, was der Anlaß zu diesem Verbote sei. Die Wachsamkeit des Arztes, erwiderte Jacques. Neugier gehörte zu den ausgesprochenen Eigenschaften Humberts, und so auch Indiskretion. Hirschler, der Pédicure aus Paris, habe in seinem Baden-Badener Salon eine rothaarige Gehilfin, meinte er. Jacques, der das Mädchen behandelt hatte, riet zur Vorsicht und ging.

Dem neuerlichen Verbot, auszureiten, galten die letzten Worte, die Jacques an Renée richtete, als er in der Dämmerung der Frühe sie verließ. Sie strich sich schlaftrunken die Locken aus den Augen, um ihm zuzunicken. Er löschte die mit einem braunen Tischschirmchen umstellte Lampe aus.

Schlaftrunken war auch er. Im Korridor streifte ihn nur eben der Gedanke, er ermahne Renée zuviel, kein Liebender vertrage auf die Dauer die ewige Wiederholung eines Verbots. In seinem Zimmer vertauschte er Kopf- und Fußende des Bettes, um nicht ins Fenster zu schaun, und schlief, bis ihn das Rütteln an der Tür weckte, und gleich darauf die Stimme Amélies, die eingedrungen war.

»Renée«, stieß sie hervor, »Renée ist ein Unglück zugestoßen – etwas Entsetzliches, beim Reiten, Doktor.«

Er sprang mit einem Satz aus dem Bett, zum Heile ihrer Augen waren die Jalousien geschlossen. In ihrem aufgerissenen Blick las er, daß Renée nicht mehr zu helfen war. Nun tauchte hinter Amélie mit erbleichten Backen auch Humbert auf.

Humbert hatte mit Renée heimlich verabredet, sie zu begleiten – die Stute scheute vor einem Reiter, der ihr entgegensprengte, und warf sie so unglücklich ab, daß sie auf den Kopf stürzte und mit gebrochenem Halswirbel liegenblieb.

In der Leichenhalle sah Jacques sie wieder. Die ersten Tränen, die er je weinte, umschleierten ihm das Bild. Zwei Jahre kannte er sie, fast auf den Tag, und immer hatte er diese Angst gehabt, es könne ihn irgend etwas von ihr trennen, bevor sie sich so nahegekommen seien, wie es zwei Menschen gestattet wird.

Man hätte nicht warten können, bis Joseph Bartoux benachrichtigt und eingetroffen war. Als er aus Jouy ankam, ruhte sie schon drei Tage im Grab, auf dem Fremdenfriedhof bei Lichtental. Die Stätte war sogar schon mit einem Gitter aus gehämmertem Eisen und Gärtnerschmuck versehn. Das Gitter hatte eine kleine rührende Vorgeschichte, wurde Jacques von einem verzweifelten Schmiedemeister angeboten und war ein ungewöhnlich schönes Stück. Amélie sagte, Jacques begehe eine Eigenmächtigkeit, er dürfe Joseph nicht vorgreifen. Jacques erwiderte schroff, er lasse sich von seinem eigenen Empfinden leiten, und es gebe ihm recht – für Joseph der Grabstein, das Gitter für Jacques; Amélie bereitete Joseph, den sie abholte, vor.

Die beiden Männer verstanden sich zu einem Händedruck, und sie kehrten sogar gemeinsam nach Paris zurück, wie auch Amélie und Humbert. In Appenweier stiegen unvermutet Marja und die Kinder ein, das Collège der Zwillinge fing im September an. Jacques sah, daß Paulette Eindruck auf Humbert machte, und achtete nicht weiter darauf; achtzugeben war die Sache Marjas.

Er haßte den törichten Burschen, ohne den Renée noch leben würde, und unterbrach nur einmal das Schweigen, das er ihm entgegensetzte, durch die Mitteilung, daß er ihn fordern und zum Krüppel schießen werde, wenn das geringste Gerede über Renée entstehe. Humbert schaute auf das entschlossene Kinn und ließ es sich gesagt sein.

Daheim fand Jacques den Brief eines Notars vor. Er möge ihn aufsuchen, es handle sich um eine Erbschaftsangelegenheit. Jacques fürchtete schon, Renée habe ein Testament zu seinen Gunsten gemacht. Aber der Notar vertrat die amerikanische Gesandtschaft und eröffnete ihm, die um Pfingsten verstorbene Ethel Miller, geborene Williams, habe ihn mit einem Vermächtnis bedacht. Sie hinterließ ihm das Haus auf Guernsey und zehntausend Francs, für die Erbensteuer und die erste Reparatur.

So sei auch die kleine Ethel tot, dachte Jacques benommen. Er nahm die Erbschaft an und holte die Schlüssel im Oktober ab. Der Notar folgte ihm zum Begräbnis Chopins, der noch keine vierzig zählte, als er starb. Das Gefolge war ungeheuer. Man blies seinen Trauermarsch; Reber hatte ihn für diesen Gang zum Père Lachaise instrumentiert. Allen, die ihn vernahmen, war zumut, als wankten sie dem Gericht entgegen, am Jüngsten Tag.

144

Jacques, der weder die Nachmittage noch die Abende noch die Sonntage für Renée mehr freizuhalten brauchte, ging viel aus, ungeachtet der Cholera, der auch die alte Frau von Reding, die Erzieherin Mathilde Demidows, zum Opfer gefallen war. Um nicht ein Einsiedler zu werden, wurde er in den Theatern und in den Salons das, was die ausländischen Berichterstatter einen Habitué nannten und in jedem Feuilleton zum Überdruß abwandelten. Zu seiner Verwunderung sah er sich in einem Berliner Blatt gedruckt, wenn auch ohne Namen. Gereizt durch die Herablassung, mit der die Deutschen den Prinzpräsidenten behandelten, hatte er sich in einem Brief an Livonius gegen die Methode gewandt, die Legitimität der von Gott eingesetzten Fürsten zum Maßstab zu machen und die Republik, nur weil sie die Republik war, den Weg des Abstiegs zu nennen. Er fügte eine Seite über die Persönlichkeit des Präsidenten hinzu, und diese druckte Livonius ab, indem er erwähnte, sie stamme aus der Zuschrift eines Pariser Arztes und sei zwar offenbar durch freundschaftliche Beziehungen gefärbt, aber immerhin beachtenswert.

Beim nächsten Diner, zu dem Jacques ins Elysée geladen wurde, erkundigte sich Persigny, der nun Würdenträger war, ob er dieser Arzt sei, der Präsident habe den Ausschnitt gelesen. Der Präsident drückte Jacques die Hand, unterhielt sich mit ihm und sprach von Saint-Cloud, das er für sich eingerichtet hatte.

Seine Kusine Demidow machte an diesem Abend bei dem Unverheirateten die Honneurs. Einst, vor dem unglücklichen Straßburger Putsch, waren sie verlobt gewesen. Sie stand mit ihm besser als mit dem Vater und dem Bruder, die dem Präsidenten auf der Tasche lagen. Um ihnen Einkünfte zu verschaffen, hatte er den Exkönig zum Gouverneur des Invalidenhotels und den Vetter zum Gesandten in Madrid gemacht. Aber Vater und Sohn fanden es ungenügend – der Prinzpräsident hatte mit seiner Familie so wenig Glück wie einst sein Oheim, der Kaiser.

Prinz Napoleon kehrte eigenmächtig aus Madrid zurück. Ein einziges Mal folgte Jacques seiner Einladung, er zog den Verkehr im Hause Demidow vor. Die Schwester war ebenso gleichmäßig wie der Bruder launenhaft. An seinem Tisch hatte Jacques das Gefühl gehabt, in eine Gesellschaft von Frondeuren und Freigeistern des achtzehnten Jahrhunderts geraten zu sein: am Schluß des Abends werden sie in die verrufensten Gassen gehn. Bei der Schwester traf man Leute der Literatur und der Kunst, man schied mit der Empfindung, eine große Dame gebe sich einen Hintergrund. Sie wurde nun allgemein, dank ihres italienischen Fürstentitels und der Verwandtschaft mit dem Präsidenten, die Prinzessin kurzweg genannt.

Zum Umgang des Prinzpräsidenten gehörte sein unlegitimer Halbbruder, Graf Morny. Talleyrand hatte einen natürlichen Sohn, den Grafen Flahaut, und dieser ein Verhältnis mit der Königin Hortense gehabt, dem Verhältnis war Morny entsprungen. Er deutete die Abkunft durch sein Wappen an: ein Adler entstieg einem Hortensienstrauch. Doch der Devise Tace sed memento widersprach sein Verhalten. Weit davon entfernt, eine diskrete Geburt zu verhüllen, nannte er es pikant, zugleich von Josephine und ihrem Gegner Talleyrand abzustammen.

Es hieß, Louis Napoleon habe am Anfang den Bastard als Belastung empfunden, bis ein anderer Bastard vermittelte, Walewski, der Sohn des Kaisers und der Walewska. Walewski war im Augenblick Gesandter in Florenz, und Morny der Berater des Prinzpräsidenten – sein böser Geist, wie Moralisten sagten.

Der Präsident war zugleich Prätendent, und Prätendenten strebten den Vollbesitz der Macht an, ob sie sich Diktator, Konsul oder Kaiser nannten. Wenn Jacques in Ägypten dank Mehemed Ali gespürt hatte, daß sehr positive Eigenschaften zum Staatsmann gehören, so witterte er nun in der Atmosphäre, die um Louis Napoleon, Persigny und Morny, um Jérôme und seinen Sohn war, andere, ergänzende Elemente, ohne die es vermutlich auch nicht ging – verschwörerhafte Dinge, die man nicht eingesteht: Verschlagenheit, schweigende Entschlossenheit · und eine schwer zu ergründende Menschenverachtung, die in den Gesetzen nur Hindernisse des Ehrgeizes sieht. Der Prinzpräsident mochte von Haus aus nicht skrupellos sein, Persigny und Morny waren es – sie begriffen, daß im Staatengründer auch ein Spieler steckt. Die Republikaner wußten es ebensogut, ihr Mißtrauen gegen den Prinzen war der Beweis.

Jacques begegnete Morny bisweilen auf den Gesellschaften Josephs. Morny hatte von jeher mit den Geldleuten verkehrt, unter Louis Philippe war er Abgeordneter gewesen. Jetzt, wo der Präsident hinter ihm stand, wurde er in alle größeren Aktienunternehmungen gewählt, so auch in die Bartouxgruppe.

Wenn Bartoux seine Abende gab, nahm die Stelle Renées ihre Schwester Elisa ein, die mit dem Advokaten Joubar verheiratet war. Sie hatte einen Teil von Renées Vermögen und von ihren Waffenaktien geerbt. Jacques vermutete, daß sie etwas über seine Beziehung zu Renée gehört hatte, da sie ihm Einladungen schickte und durchblicken ließ, was sie von Bartoux hielt. Einige Jähre älter als Renée, sah sie ihr ähnlich, wie manchmal ein Tag im Juli an den Mai erinnert, und doch führt er ihn nicht mehr zurück.

Für seinen Geschmack standen zu viele Bronzen in ihrem Salon, aber es entsprach der Zeit. Die Fabriken richteten sich nicht nach dem Bedürfnis, das Angebot war früher als die Nachfrage da; und wenn der Bürger noch nicht wußte, was ihm zum Wohlstand fehlte, genügte ein Gang durch die Passagen des Palais-Royal oder über die Boulevards, die Auslagen zeigten es ihm. Nichts konnte überflüssiger als die hundert Erfindungen der Luxusindustrie, aber nichts auch zwingender sein.

Die kleinen Leute höhnten über die Fünfundzwanzigfrancsbourgeois und meinten damit die Abgeordneten, die eine Entschädigung bezogen. Aber Bourgeois mit Anteil am Steuergeld wäre jeder gern geworden. Irgendwo in der Stadt war der unfaßbare Mittelpunkt, von dem der Wirbel, die Windhose, der Geldtaumel, heiß wie der Atem der Wüste, seinen Ausgang nahm. Republikaner, die noch catonisch dachten, erklärten immer wieder, es sei das Elysée: dort heckten Morny und der Prinz das Kaiserreich aus.

Seit langem empfand Jacques es als Übelstand, daß er gezwungen war, die Patientinnen, wenn größere Operationen nötig wurden, in die verschiedensten Hospitäler zu legen. Viel Zeit und auch mancher Verdienst ging verloren. Neuerdings arbeitete er mit Doktor Mauvois, der in der Nähe ein Haus zur Privatklinik umgebaut und den Operationsraum aufs modernste eingerichtet hatte. Doch zählte die Anstalt nur fünfzehn Betten.

Mauvois war von Temperament Choleriker, politisch Republikaner, als Wissenschaftler Positivist, Anhänger Comtes. Zuerst verstanden sie sich nur wenig. Jacques fand, das ewige Problem des Staates, wer die Macht besitzen solle, werde weder vom Republikanismus noch vom Monarchismus gelöst, es gebe liberale Könige und reaktionäre Oligarchien. Man durfte bezweifeln, ob Ideen als solche überhaupt Allheilmittel waren. Erst durch die Verbindung mit den menschlichen Leidenschaften wurden sie konkret – was man aus einer Idee machte, darauf kam es an.

In Frankreich war wieder einmal Pathoszeit. Legouvé neigte zur Republik, sein Freund Schoelcher glühte dafür. Scribe wiederum weinte dem vertriebenen Bürgerkönig nicht nach; die Bürger strömten in seine und Legouvés Adrienne Lecouvreur. Doch als der Zufall ihn in England mit Louis-Philippe zusammenbrachte, war er sowohl sachlich wie menschlich genug, um dem einsamen Monarchen acht Tage lang Gesellschaft zu leisten: der König las ihm ein Stück vor, das er einst geschrieben hatte, Scribe ging es Szene für Szene durch, als ob Seine Majestät einer seiner Mitarbeiter sei. Mauvois erfuhr es und regte sich darüber auf. Jacques sagte:

»Zuviel Pathos, Mauvois, gewöhnen Sie es sich ab. Sie sollten selbst öfter nach London gehn und sich einer Kur in englischer Gelassenheit unterziehn. Wenn Sie Deutsch könnten, würde ich ein Wortspiel zwischen Gallisch und Gallig machen – der Gallier läuft Gefahr, zu gallig zu sein.«

»Ein Franzose lernt die Sprache der Briten nie.«

»Sie übertreiben. Gestern waren Sie mit Baudelaire und Mérimée zusammen – da haben Sie gleich zwei Männer, die Englisch gut verstehn.«

Mauvois zuckte die Achseln, und Jacques dachte, er habe vielleicht schon zuviel gesagt. Es konnte sein, daß die ihm innewohnende Abneigung gegen das Pathos ein Erbe der deutschen

Mutter war. Doch hatte auch sein Vater es nicht geliebt, und zahllose Franzosen hielten es ebenso. Woher die Abneigung auch stammte, sie durfte ihn nicht hindern, das französische Naturell positiv zu sehn. Er hatte nicht nur tatsächlich, sondern auch aus Überzeugung Franzose zu sein. Ein Mann von Vernunft regelt die Kritik, da er weiß, daß alles Menschliche ihr gleichmäßig untersteht.

Livonius in Berlin schickte ihm zu Weihnachten des Jahres 49 die Gespräche Eckermanns mit Goethe, und Jacques entzog sich nicht dem Eindruck, als er sah, mit welcher Bereitschaft der Alte von Weimar an jedem Gedicht oder Stück, das man ihm geschickt hatte, etwas zu loben fand, obwohl es manches Mal kaum mehr als Quark sein mochte. Ein Wissender und Weiser verbot sich die Ironie und tat es ohne Zweifel, weil er wußte, daß sie so nahe lag.

Der Tod Renées hatte ihn erschüttert, mit Haß gegen das Sinnlose des Geschehens erfüllt. Gab er nach, so stand sein Lebensmut in Frage – der Lebensmut und die Unbefangenheit des Blicks. Er verbrachte Wochen mit dem Goethebuch und in der Folge bildete sich ein eigentümliches Verhalten zu ihm heraus: als sei es eine Medizin, zwei- oder dreimal im Monat gut zu nehmen, wenn ein Tag wieder so gewesen war, daß er zu vergiften drohte, was Arzt und Mensch nicht entbehren konnten, das Wohlwollen und die Geduld.

Paris war schrecklich, ein Abgrund der Selbstsucht und der Lebensgier. Der Skeptiker sah schärfer als der Menschenfreund, am schärfsten sah der Hasser, der sich empört. Aber die Aufgabe war gar nicht, scharf zu sehn. Nicht Logik und nicht Vernunft gaben den Maßstab ab – der Wille, dem Leben seinen Wert zu lassen, lieferte ihn. Den Lebenswert durfte man nicht zersetzen; der Mensch war arm und hatte nichts als ihn. Wenn noch die Zeit der Devisen gewesen wäre, hätte er die der Stadt Paris in sein eigenes Wappen versetzt: das Fluctuat nec mergitur, das besagt, daß man im Strudel der Ideen schwanken, nicht aber versinken darf.

Im Sommer 1850 erreichte ihn ein Brief Dagmars aus Schwerin. Es war eine Anfrage, weshalb er nie komme, und eine Aufforderung, es zu tun. Ihre Sätze atmeten die Zufriedenheit einer Frau, die den Inhalt und den Sinn gefunden hat – sie betonte diesen Zustand außerdem. Er überlegte, was ihn dort, ganz absichtslos, erwartete: nicht so sehr der tägliche Hinweis darauf, daß er Dagmar nicht hatte halten können, als der Vergleich mit seiner eigenen Einsamkeit; an Renée dachte er jeden Tag.

So schrieb er Dagmar höflich ab, erwähnte das von Ethel geerbte Haus und sagte, es sei nötig, die Ferien auf Guernsey zu verleben. Das war so wenig Vorwand, daß er den Plan aufgab, am

Todestag Renées in Baden-Baden zu sein. Doch Ende Juli, als er die Koffer packte, schrieb Marja aus Colmar, Raoul liege krank, zur Grippe sei Lungenentzündung getreten. Statt seewärts reiste Jacques zum Rhein.

Alexandra holte ihn in Achern ab: für die nächste Nacht erwartete man die Krise. Raoul überstand sie; dann dauerte es noch zwei Wochen, bis er nach Ingersheim, aufs Landgut, fahren konnte. Alexandra verstand nicht, daß Jacques den Sohn verließ, statt ihn zu begleiten. Und Marja fand, nach wie vor fehle ihm das Herz, das Wesentliche. Jacques begnügte sich, zu versichern, daß er Gründe habe. Es tat ihm wohl, als Nikolaus Marja einen Verweis erteilte.

Jacques fuhr nach Baden-Baden. Auf dem Friedhof von Lichtental bestattete man gerade eine Engländerin, und er vernahm abermals Chopins Trauermarsch, der sich über die Welt verbreitete. Das Grab trug Rosen. Er brach eine ab, die röteste und die schönste. Der Gedanke, daß sie aus dem Moder des Körpers wachse, hatte nichts, was abstieß.

Ein Besuch, der ihm schwerfiel, stand noch bevor: beim Stiefvater, dem Chirurgus, der in Gernsbach, jenseits des Berges, wohnte. Jacques ging zu Fuß. Nach einer Stunde schaute er ins Murgtal und sah das Städtchen liegen. Ein Wirtshaus stand am Weg, Rastort für Lastwagen und ihre Knechte. Er ließ sich eine Erfrischung geben und griff nach einem Blatt, das Nachrichten aus der Gegend brachte. Schon wollte er es fortschieben, als ihm war, als habe er den Namen Kestenholz gesehn.

Es dauerte einige Zeit, bis er ihn fand – unter denen, die in der letzten Woche zu Gernsbach gestorben waren: »Johann Peter Kestenholz, Altchirurgus aus Lörrach in der Markgrafschaft, 72 Jahre alt, am Zehnten dieses.«

Verblaßte Bilder stiegen auf: ein einfaches Haus, die Mutter, die Hagebutten am Herd einkochte, der Chirurgus selbst, der ihn mit der Liebe eines echten Vaters aus Konstanz holte, damals, als der Knabe mit einem Knecht zu den Griechen fliehen wollte. Noch weiter rückwärts tastete er sich zurück – wie würde es ihm ergangen sein, wenn der Chirurgus die junge Frau in Hüningen und ihr Kind nicht aufgenommen hätte? Paris, Ägypten, Renée, der Titel und die Praxis, nichts wäre je gewesen von alledem, überlegte er am Grab.

Der Chirurgus hatte nur zwei Stuben bei seinen Verwandten gehabt, die Habe gehörte ihnen. Jacques ging denselben Weg zurück. Von Baden-Baden fuhr er in die Taunusbäder. In Paris waren sie Mode, er kannte sie noch nicht. Früher als in andern Jahren eröffnete er die Praxis. Mauvois schlug ihm vor, die Klinik gemeinsam zu betreiben – sie sei zu klein, durch Ankauf des Nebenhauses lasse sie sich erweitern. Ihm selber fehle das Kapital, erklärte er, aber Jacques könne es leicht beschaffen: er gehe bei den Bartoux und den Joubar aus und ein, die Verbindungen habe er.

Jacques erwiderte, bestimmte Gründe verböten ihm, diesen Familien je mit der Bitte um ein Darlehn zu nahn. Sein eigenes Vermögen hatte sich seit 1842, wo er die Eisenbahnaktien kaufte, durch Ersparnisse und Zinsen zwar verdoppelt, überstieg aber nicht sechzigtausend Francs. Dazu kam das von Ethel vermachte Haus auf Guernsey, das er verkaufen konnte; doch es widerstrebte ihm.

Er überlegte, was vernünftiger sei – die Aktien und das Konto zu behalten, oder das Wagnis einzugehn. Sicherer war jenes, doch dieses bot Aussicht, wenn es gelang. Als Arzt eine Klinik zu eröffnen war nicht ohne weiteres Spekulation: die Idee des guten Geschäftes hielt sich taktvoll im Hintergrund. Jacques ging mit den Unterlagen, die Mauvois ihm gab, zu Joubar und bat den Advokaten um seinen Rat.

Joubar rechnete die Voranschläge durch, verschaffte sich durch die Prüfung von Jacques' eigenen Büchern einen Einblick in den Umfang, auch den Rang seiner Klientschaft und kam zur Auffassung, die Aussichten seien gut. Als Jacques ihm auseinandersetzte, daß es allen Gebärhäusern an der Sauberkeit fehle und daß er in der neuen Klinik durch drakonische Hygiene eine Verminderung des schrecklichen Kindbettfiebers zu erzielen hoffe, bot Joubar ihm Kapitalbeteiligung an.

Jacques lehnte ab und sagte Mauvois nichts davon. Schon halb entschlossen, mochte er bei einem Besuch, den er der Prinzessin Mathilde abstattete, etwas unaufmerksam sein. Jedenfalls fragte sie, wo seine Gedanken weilten, und er sah keinen Grund, es nicht zu gestehn. Sie billigte den Plan und erklärte, wenn ihm an einem halb offiziellen Segen gelegen sei, brauche er sie nur zur Einweihung einzuladen: die Wirkung solcher Nachrichten aus der Gesellschaft kenne er.

Mauvois umarmte ihn, als er vernahm, Jacques sage endgültig zu. Der Winter war dem Umbau, der im Inneren stattfand, nicht hinderlich. Auf dem zweiten Haus blieb eine Hypothek stehn. Jacques' Einlage reichte so für die Barzahlung und die Einrichtung aus. Er verlangte Kachelverkleidungen, Ölanstrich und Material, das abwaschbar war. Mauvois fand es übertrieben und kostspielig, gab aber selbst in der Frage der Baderäume nach; ihre Zahl ließ jedes andere Unternehmen hinter sich.

Jacques vermehrte die Zahl der Einbettzimmer, um der Gefahr

der Ansteckung zu begegnen. Daß das Kindbettfieber übertragbar sei, wurde von den Professoren bestritten; Jacques behauptete es und sah den neuen Erfahrungen, die er machen würde, gespannt entgegen. Wie dem auch war, Sauberkeit konnte nicht schaden, in keinem Fall. Mit der Gleichgültigkeit des Personals werde man zu kämpfen haben, er wußte es. Der Architekt mußte mehr Zwischenwände ziehn, als Mauvois beabsichtigt hatte; aber statt der geplanten dreißig Betten ergaben sich deren vierzig, und Mauvois vollzog andächtig die Multiplikation dieser Ziffer mit dem Pensionspreis für Tag, Monat, Jahr.

In der Osterwoche des neuen Jahres 1851 fuhren die Wagen der Prinzessin Mathilde, einiger Professoren und Freunde vor. Die Herren der Presse, im Viertel daheim, kamen zu Fuß. Sie schrieben auf, was die Prinzessin äußerte, und gebrauchten dann in ihrem Bericht die Wendung, der Prinzpräsident habe seine Kusine geschickt. Die Prinzessin, von Jacques an ihre Kutsche geleitet, kehrte in ihr Palais, die übrigen Gäste kehrten zu ihrem Alltag zurück, aber zum Diner trafen sich die Herren bei Véry abermals.

Mauvois hatte das Diner auf die Besichtigung folgen lassen wollen und Jacques gesagt, so füttere man nur ab. Die Journalisten waren empfänglich für die elegantere Lösung, und Mauvois geriet in den Zustand, der den Himmel voller Geigen sieht. Sein republikanisches Herz zog sich nicht zusammen, als der Vertreter des Regierungsblattes es für gewiß hielt, daß auch seinen Rockaufschlag in zwei, drei Jahren das rote Bändchen zieren werde.

Auf dem Heimweg überwältigte Mauvois der Drang, der Verlobten in Rouen zu schreiben, und da die Müdigkeit sich nicht einstellen wollte, beschloß er, es in so später Stunde noch zu tun. Auch Jacques ging an den Schreibtisch; nach dem Kaffee war er allzu wach. Er öffnete sein Tagebuch, trug die Einweihung und das Diner ein, blätterte gedankenvoll zurück.

Begonnen hatte er die immer kurzen Aufzeichnungen vor bald zwanzig Jahren, nach der Ankunft in Paris, und sich den Fortunat genannt, das Glückskind, das abenteuerlich in ein fremdes Land fuhr und den Vater fand. Die gleiche Bemerkung wiederholte sich, als er zu Fürst Pückler nach Zakynthos reiste, als er Alexandra heiratete, als er dem Eisenbahnunglück von 1842 entging und als er Renée begegnet war. Weder Alexandra noch Renée waren ihm geblieben – gleichwohl durfte er denken, das Wesentliche sei geglückt: nicht äußerlich und nicht innerlich bedroht zu sein. Zuviel zerrüttete Menschen sah er jeden Tag, um nicht Dankbarkeit zu empfinden. Sein siebenunddreißigstes Jahr neigte sich, die zweite Hälfte des Weges begann.